线装中华国粹

# 醒世恒言

（明）冯梦龙◎编著
周　游◎注

二十一世纪出版社集团
21st Century Publishing Group
全国百佳出版社

**图书在版编目（CIP）数据**

醒世恒言 / (明) 冯梦龙编著 ; 周游注 . -- 南昌 : 二十一世纪出版社集团 , 2018.11
(线装中华国粹系列)
ISBN 978-7-5568-3739-7

Ⅰ . ①醒… Ⅱ . ①冯… ②周… Ⅲ . ①话本小说—小说集—中国—明代 Ⅳ . ① I242.3

中国版本图书馆 CIP 数据核字 (2018) 第 184982 号

**醒世恒言**　　（明）冯梦龙　编著　周　游　注

**策　　划**　张秋林
**责任编辑**　周向潮　张波虹
**出版发行**　二十一世纪出版社集团（江西省南昌市子安路 75 号　330009）
www.21cccc.com　cc21@163.net
**经　　销**　全国各地书店
**印　　刷**　南昌印刷十二厂有限公司
**版　　次**　2018 年 11 月第 1 版　2018 年 11 月第 1 次印刷
**印　　数**　0001 ~ 6000 册
**开　　本**　720mm×980mm　1/16
**印　　张**　27.5
**字　　数**　610 千字
**书　　号**　ISBN 978-7-5568-3739-7
**定　　价**　35.00 元

赣版权登字—04—2018—358
（如发现印装质量问题，请寄本社图书发行公司调换，服务热线：0791-86524997。）

# 目录

contents

# 第一卷　两县令竞义婚孤女

风水人间不可无，也须阴骘（zhì，阴德）两相扶。

时人不解苍天意，枉使身心着意图。

话说近代浙江衢州府，有一人，姓王名奉，哥哥姓王，名春，弟兄各生一女：王春的女儿名唤琼英，王奉的叫作琼真。琼英许配本郡一个富家潘百万之子潘华。琼真许配本郡萧别驾之子萧雅，都是自小聘定的。琼英年方十岁，母亲先丧，父亲继殁（mò，死）。那王春临终之时，将女儿琼英托与其弟，嘱咐道："我并无子嗣，只有此女，你把做嫡女看成。待其长成，好好嫁去潘家。你嫂嫂所遗房奁衣饰之类，尽数与之。有潘家原聘财礼置下庄田，就把与她做脂粉之费。莫负吾言！"嘱罢，气绝。殡葬事毕，王奉将侄女琼英接回家中，与女儿琼真作伴。

忽一年元旦，潘华和萧雅不约而同到王奉家来拜年。那潘华生得粉脸朱唇，如美女一般，人都称玉孩童。萧雅一脸麻子，眼眍（kōu，眼睛深陷的样子）齿龅（bāo，突出唇外的牙齿），好似飞天夜叉模样。一美一丑，相形起来，那标致的越觉美玉增辉，那丑陋的越觉泥涂无色。况且潘华衣服炫丽，有心卖富，脱一通换一通。那萧雅是老实人家，不以穿着为事。常言道："佛是金装，人是衣装。"世人眼孔浅的多，只有皮相，没有骨相。王家若男若女，若大若小，哪一个不欣羡潘小官人美貌，如潘安再出，暗暗地颠唇簸嘴，批点那飞天夜叉之丑。王奉自己也看不过，心上好不快活。

不一日，萧别驾卒于任所。萧雅奔丧，扶柩而回。他虽是个世家，累代清官，家无余积，自别驾死后，日渐消索（破落，败落）。潘百万是个暴富，家事日盛一日。王奉忽起一个不良之心，想道："萧家甚穷，女婿又丑；潘家又富，女婿又标致。何不把琼英琼真暗地兑转，谁人知道？也不教亲生女儿在穷汉家受苦。"主意已定，到临嫁之时，将琼真充作侄女，嫁与潘家；哥哥所遗衣饰庄田之类，都把她去。却将琼英、反为己女，嫁与那飞天夜叉为配。自己薄薄备些妆奁嫁送。琼英但凭叔叔做主，敢怒而不敢言。

谁知嫁后，那潘华自恃家富，不习诗书，不务生理，专一嫖赌为事。父亲累训不从，气愤而亡。潘华益无顾忌，日逐（每日）与无赖小人酒食游戏。不上十年，把百万家资败得罄尽，寸土俱无。丈人屡次周给他，如炭中沃雪，全然不济。结末迫于冻馁，瞒着丈人，要引浑家去投靠（投身富贵人家，订立契约，作为奴仆）人家为奴。王奉闻知此信，将女儿琼真接回家中养老，不许女婿上门。潘华流落他乡，不知下落。那萧雅勤苦攻书，后来一举成名，直做到尚书地位；琼英封一品夫人。有诗为证：

目前贫富非为准，久后穷通未可知。

颠倒任君瞒昧做，鬼神昭鉴定无私。

看官，你道为何说这王奉嫁女这一事？只为世人但顾眼前，不思日后，只要损人利己。岂知人有百算，天只有一算。你心下想得滑碌碌的一条路，天未必随你走哩。还是平日行善为高。今日说一段话本，正与王奉相反，唤作“两县令竞义婚孤女”。这桩故事，出在梁、唐、晋、汉、周五代之季。其时周太祖郭威在位，改元广顺。虽居正统之尊，未就混一之势。四方割据称雄者，还有几处，共是五国、三镇。哪五国？周郭威、南汉刘晟（shèng）、北汉刘旻（mín）、南唐李昪（biàn）、蜀孟知祥。哪三镇？吴越钱镠（liú）、湖南周行逢、荆南高季昌。

单说南唐李氏有国，辖下江州地方，内中单表江州德化县一个知县，姓石名璧，原是抚州临川县人氏，流寓建康。四旬之外，丧了夫人，又无儿子，止有八岁亲女月香，和一个养娘（女仆）随任。那官人为官清正，单吃德化县中一口水（比喻为官清廉）。又且听讼明决，雪冤理滞，果然政简刑清，民安盗息。退堂之暇，就抱月香坐于膝上，教她识字，又或叫养娘和她下棋、蹴踘，百般顽耍，他从旁教导。只为无娘之女，十分爱惜。

一日，养娘和月香在庭中蹴那小小球儿为戏。养娘一脚踢起，去得势重了些，那球击地而起，连跳几跳地溜溜滚去，滚入一个地穴里。那地穴约有二三尺深，原是埋缸贮水的所在。养娘手短搅它不着，正待跳下穴中去拾取球儿。石璧道：“且住！”问女儿月香道：“你有甚计较，使球儿自走出来么？”月香想了想，便道：“有计了！”即教养娘去提过一桶水来，倾在穴内。那球便浮在水面。再倾一桶，穴中水满，其球随水而出。石璧本是要试女孩儿的聪明。见其取水出球，智意过人，不胜之喜。

闲话休叙。那官人在任不上三年，谁知命里官星不现，飞祸相侵。忽一夜仓中失火，急去救时，已烧损官粮千余石。那时米贵，一石值一贯五百。乱离之际，军粮最重。南唐法度，凡官府破耗军粮至三百石者，即行处斩。只为石璧是个清官，又且火灾天数，非关本官私弊。上官都替他分解保奏。唐主怒犹未息，将本官削职，要他赔偿。估价共该一千五百余两。把家私变卖，未尽其半。石璧被本府软监，追逼不过，郁成一病，数日而死。遗下女儿和养娘二口，少不得着落牙婆（旧时以介绍人口买卖为业而从中牟利的妇女）官卖，取价偿官。这等苦楚，分明是：

屋漏更遭连夜雨，船迟又遇打头风。

却说本县有个百姓，叫作贾昌，昔年被人诬陷，坐假人命事，问成死罪在狱。亏石知县到任，审出冤情，将他释放。贾昌衔保家活命之恩，无从报效。一向在外为商，近日方回。正值石知县身死。即往抚尸恸哭，备办衣衾棺木，与他殡殓。合家挂孝，买地茔葬（埋葬）。又闻得所欠官粮尚多，欲待替他赔补几分，怕钱粮干系，不敢开端惹祸。见说小姐和养娘都着落牙婆官卖。慌忙带了银子，到李牙婆家，问要多少身价。李牙婆取出朱批的官票来看：养娘十六岁，只判得三十两。月香十岁，倒判了五十两。却是为何？月香虽然年小，容貌秀美可爱；养娘不过粗使之婢，故此判价不等。贾昌并无吝色，身边取出银包，兑足了八十两纹银，交付牙婆，又谢她五两银子，即时领取二人回家。李牙婆把两个身价，交纳官库。地方呈明石知县家财人口变卖都尽。上官只得在别项那移（挪移）赔补，不在话下。

却说月香自从父亲死后，没一刻不啼啼哭哭。今日又不认得贾昌是什么人，

买她归去，必然落于下贱，一路痛哭不已。养娘道："小姐，你今番到人家去，不比在老爷身边，只管啼哭，必遭打骂。"月香听说，愈觉悲伤。谁知贾昌一片仁义之心，领到家中，与老婆相见，对老婆说："此乃恩人石相公的小姐，那一个就是服侍小姐的养娘。我当初若没有恩人，此身死于缧绁（léi xiè，捆绑犯人的黑绳索。借指监狱，囚禁）。今日见他小姐。如见恩人之面。你可另收拾一间香房，教她两个住下，好茶好饭供待她，不可怠慢。后来倘有亲族来访，那时送还，也尽我一点报效之心。不然之时，待她长成，就本县择个门当户对的人家，一夫一妇，嫁她出去，恩人坟墓也有个亲人看觑。那个养娘依旧教她服侍小姐，等她两个做伴，做些女工，不要她在外答应。"月香生成伶俐，见贾昌如此吩咐老婆，慌忙上前万福道："奴家卖身在此，为奴为婢，理之当然。蒙恩人抬举，此乃再生之恩。乞受奴一拜，收为义女。"说罢，即忙下跪。贾昌哪里肯要她拜，别转了头，忙教老婆扶起道："小人是老相公的子民，这蝼蚁之命，都出老相公所赐。就是这位养娘，小人也不敢怠慢，何况小姐！小人怎敢妄自尊大。暂时屈在寒家，只当宾客相待。望小姐勿责怠慢，小人夫妻有幸。"月香再三称谢。贾昌又吩付家中男女，都称为石小姐。那小姐称贾昌夫妇，但呼贾公、贾婆，不在话下。

原来贾昌的老婆，素性不甚贤慧，只为看上月香生得清秀乖巧，自己无男无女，有心要收她做个螟蛉（míng líng，一种绿色小虫，蜾蠃常捕其存放在窝里，产卵在其身体里，卵孵化后拿螟蛉作食物。古人误认为蜾蠃不产子，喂养螟蛉为子，因此用"螟蛉"比喻养子、养女）女儿。初时甚是欢喜，听说宾客相待，先有三分不耐烦了。却灭不得石知县的恩，没奈何依着丈夫言语，勉强奉承。后来贾昌在外为商，每得好绸好绢，先尽上好的寄与石小姐做衣服穿。比及回家，先问石小姐安否。老婆心下渐渐不平。又过些时，把马脚露出来了。但是贾昌在家，朝饔（yōng，早餐）夕飧（sūn，晚餐），也还成个规矩，口中假意奉承几句。但背了贾昌时，茶不茶，饭不饭，另是一样光景了。养娘常叫出外边杂差杂使，不容她一刻空闲。又每日间限定石小姐要做若干女工针指还她；倘手迟脚慢，便去捉鸡骂狗，口里好不干净哩。正是：

人无千日好，花无百日红。

养娘受气不过，禀知小姐，欲待等贾公回家，告诉他一番。月香断然不肯，说道："当初他用钱买我，原不指望他抬举。今日贾婆虽有不到之处，却与贾公无干。你若说他，把贾公这段美情都没了。我与你命薄之人，只索忍耐为上。"

忽一日，贾公做客回家，正撞着养娘在外汲水，面庞比前甚是黑瘦了。贾公道："养娘，我只教你服侍小姐，谁要你汲水？且放着水桶，另叫人来担罢。"养娘放了水桶，动了个感伤之念，不觉滴下几点泪来。贾公要盘问时，她把手拭泪，忙忙地奔进去了。贾公心中甚疑，见了老婆，问道："石小姐和养娘没有甚事么？"老婆回言："没有。"初归之际，事体多头，也就搁过一边。

又过了几日，贾公偶然到近处人家走动，回来不见老婆在房，自往厨下去寻她说话。正撞见养娘从厨下来，也没有托盘，右手拿一大碗饭，左手一只空碗，碗上顶一碟腌菜叶儿。贾公有心闪在隐处看时，养娘走进石小姐房中去了。贾公不省得这饭是谁吃的，一些荤腥也没有。那时不往厨下，竟悄悄地走在石小姐房前，向门缝里张时，只见石小姐将这碟腌菜叶儿过饭。心中大怒，便与老婆闹将起来。老婆道："荤腥尽有，我又不是不舍得与她吃。那丫头自不来担，难道要老

娘送进房去不成？”贾公道：“我原说过来，石家的养娘，只教她在房中与小姐作伴。我家厨下走使的又不少，谁要她出房担饭！前日那养娘噙着两眼泪在外街汲水，我已疑心，是必家中把她难为了。只为匆忙，不曾细问得。原来你恁地无恩无义，连石小姐都怠慢！见（现成）放着许多荤菜，却教她吃白饭，是甚道理？我在家尚然如此，我出外时，可知连饭也没得与她们吃饱。我这番回来，见她们着实黑瘦了。”老婆道：“别人家丫头，哪要你恁般疼她。养得白白壮壮，你可收用她做小老婆么？”贾公道：“放屁！说的是什么话！你这样不通理的人，我不与你讲嘴。自明日为始，我教当直的每日另买一分肉菜供给她两口，不要在家火中算账，省得夺了你的口食，你又不欢喜。”老婆自家觉得有些不是，口里也含含糊糊地哼了几句，便不言语了。从此贾公吩付当直的，每日肉菜分作两份。却叫厨下丫头们，各自安排送饭。这几时，好不齐整。正是：

人情若比初相识，到底终无怨恨心。

贾昌因牵挂石小姐，有一年多不出外经营。老婆却也做意修好，相忘于无言。月香在贾公家，一住五年，看看长成。贾昌意思要密访个好主儿，嫁她出去了，方才放心，自家好出门做生理。这也是贾公的心事，背地里自去勾当。晓得老婆不贤，又与她商量怎的。若是凑巧时，赔些妆奁嫁出去了，可不干净，何期姻缘不偶。内中也有缘故：但是出身低微的，贾公又怕辱莫了石知县，不肯俯就；但是略有些名目的，哪个肯要百姓人家的养娘为妇？所以好事难成。贾公见姻事不就，老婆又和顺了，家中供给又立了常规，舍不得耽搁生意，只得又出外为商。未行数日之前，预先叮咛老婆有十来次，只教好生看待石小姐和养娘两口。又请石小姐出来，再三抚慰，连养娘都用许多好言安放。又吩咐老婆道：“她骨气也比你重几百分哩。你切莫慢她。若是不依我言语，我回家时，就不与你认夫妻了。”又唤当直的和厨下丫头，都吩咐遍了，方才出门。

临岐费尽叮咛语，只为当初受德深。

却说贾昌的老婆，一向被老公在家作兴（敬重，这里指宠爱）石小姐和养娘，心下好生不乐。没奈何，只得由他。受了一肚子的腌臜昏闷之气，一等老公出门，三日之后，就使起家主母的势来。寻个茶迟饭晏小小不是的题目，先将厨下丫头试法，连打几个巴掌，骂道：“贱人，你是我手内用钱讨的，如何恁地托大！你恃了那个小主母的势头，却不用心服侍我？家长在家日，纵容了你。如今他出去了，少不得要还老娘的规矩。除却老娘外，哪个该服侍的？要饭吃时，等她自担，不要你们献勤，却耽误老娘的差使！”骂了一回，就乘着热闹中，唤过当直的，吩咐将贾公派下另一分肉菜钱，干折进来，不要买了。当直的不敢不依。且喜月香能甘淡薄，全不介意。

又过了些时，忽一日，养娘担洗脸水，迟了些，水已凉了。养娘不合哼了一句。那婆娘听得了，特地叫来发作道：“这水不是你担的。别人烧着汤，你便胡乱用些罢。当初在牙婆家，哪个烧汤与你洗脸？”养娘耐嘴不住，便回了几句言语道：“谁要她们担水烧汤！我又不是不曾担水过的，两只手也会烧火。下次我自担水自烧，不费厨下姐姐们力气便了。”那婆娘提醒了她当初曾担水过这句话，便骂道：“小贱人！你们当先担得几桶水，便在外面做身做份，哭与家长知道，连累老娘受了百般呕气。今日老娘要讨个账儿。你既说会担水，会烧火，

把两件事都交在你身上。每日常用的水，都要你担，不许缺乏。是火，都是你烧，若是难为（浪费）了柴，老娘却要计较。且等你知心知意的家长回家时，你再啼啼哭哭告诉他便了，也不怕他赶了老娘出去！”

月香在房中，听得贾婆发作自家的丫头，慌忙移步上前，万福谢罪，招称许多不是，叫贾婆莫怪。养娘道：“果是婢子不是了！只求看小姐面上，不要计较。”那老婆愈加愤怒，便道：“什么小姐，小姐！是小姐，不到我家来了。我是个百姓人家，不晓得小姐是什么品级，你动不动把来压老娘。老娘骨气虽轻，不受人压量的。今日要说个明白。就是小姐，也说不得费了大钱讨的。少不得老娘是个主母，贾婆也不是你叫的。”月香听得话不投机，含着眼泪，自进房去了。那婆娘吩咐厨中，不许叫“石小姐”，只叫她“月香”名字。又吩咐养娘，只在厨下专管担水、烧火，不许进月香房中。月香若要饭吃时，待她自到厨房来取。其夜，又叫丫头搬了养娘的被窝到自己房中去。月香坐个更深，不见养娘进来，只得自己闭门而睡。

又过几日，那婆娘唤月香出房，却教丫头把她的房门锁了。月香没了房，只得在外面盘旋。夜间就同养娘一铺睡。睡起时，就叫她拿东拿西，役使她起来。在他矮檐下，怎敢不低头。月香无可奈何，只得伏低伏小。那婆娘见月香随顺了，心中暗喜，蓦地开了她房门的锁，把她房中搬得一空。凡丈夫一向寄来的好绸好缎，曾做不曾做的，都迁入自己箱笼，被窝也收起了不还她。月香暗暗叫苦，不敢则声（作声）。

忽一日，贾公书信回来，又寄许多东西与石小姐。书中嘱咐老婆：“好生看待，不久我便回来。”那婆娘把东西收起，思想道：“我把石家两个丫头作贱够了。丈夫回来，必然厮闹。难道我惧怕老公，重新奉承她起来不成？那老亡八把这两个瘦马（旧时先出资把贫苦家庭中面貌姣好的女孩儿买回后调习，教她们歌舞、琴棋、书画，长成后卖与富人作妾或入秦楼楚馆，以此从中牟利，被称作“养瘦马”）养着，不知作何结束！他临行之时，说道：‘若不依他言语，就不与我做夫妻了。’一定他起了什么不良之心。那月香好副嘴脸，年已长成。倘或有意留她，也不见得。那时我争风吃醋便迟了。人无远虑，必有近忧。一不做，二不休，索性把她两个卖去他方，老亡八回来也只一怪。拼得厮闹一场罢了，难道又去赎她回来不成？好计，好计！”正是：

眼孔浅时无大量，心田偏处有奸谋。

当下那婆娘吩咐当直的：“与我唤那张牙婆到来，我有话说。”不一时，当直的将张婆引到。贾婆教月香和养娘都相见了，却发付她开去。对张婆说道：“我家六年前，讨下这两个丫头。如今大的忒大了，小的又娇娇的，做不得生活，都要卖她出去。你与我快寻个主儿。”原来当先官卖之事，是李牙婆经手。此时李婆已死。官私做媒，又推张婆出尖（冒尖）了。张婆道：“那年纪小的，正有个好主儿在此，只怕大娘不肯。”贾婆道：“有甚不肯？”张婆道：“就是本县大尹老爷。复姓钟离，名义，寿春人氏，亲生一位小姐，许配德安县高大尹的长公子，在任上行聘的。不日就要来娶亲了。本县嫁装都已备得十全，只是缺少一个随嫁的养娘。昨日大尹老爷唤老媳妇当官吩咐过了。老媳妇正没处寻。宅上这位小娘子，正中其选。只是异乡之人，怕大娘不舍得与她。”贾婆想道：“我正要寻个远方的主顾，来得正好！况且知县相公要了人去，丈夫回来，料也不敢

则声。”便道：“做官府家的陪嫁，胜似在我家十倍，我有什么不舍得。只是不要亏了我的原价便好。”张婆道：“原价许多？”贾婆道：“十来岁时，就是五十两讨的。如今饭钱又丢一主（一注、一笔）在身上了。”张婆道：“吃的饭是算不得账。这五十两银子在老媳妇身上。”贾婆道：“那一个老丫头也替我觅个人家便好。她两个是一伙儿来的，去了一个，那一个也养不住了。况年纪一二十之外，又是要老公的时候，留她甚么！”张婆道：“那个要多少身价？”贾婆道：“原是三十两银子讨的。”牙婆道：“粗货儿，值不得这许多。若是减得一半，老媳妇倒有个外甥在身边，三十岁了，老媳妇原许下与他娶一房妻小的。因手头不宽展，捱下去。这到是雌雄一对儿。”贾婆道：“既是你的外甥，便让你五两银子。”张婆道：“连这小娘子的媒礼在内，让我十两罢。”贾婆道：“也不为大事。你且说合起来。”张婆道：“老媳妇如今先去回复知县相公。若讲得成时，一手交钱，一手就要交货的。”贾婆道：“你今晚还来不？”张婆道：“今晚还要与外甥商量，来不及了。明日早来回话。多分两个都要成的。”说罢，别去，不在话下。

却说大尹钟离义到任有一年零三个月了。前任马公，是顶那石大尹的缺。马公升任去后，钟离义又是顶马公的缺。钟离大尹与德安高大尹原是个同乡。高大尹生下二子，长曰高登，年十八岁；次曰高升，年十六岁。这高登便是钟离公的女婿。自来钟离公未曾有子，止生此女，小字瑞枝，年方一十七岁，选定本年十月望日出嫁。此时九月下旬，吉期将近。钟离公吩咐张婆，急切要寻个陪嫁。张婆得了贾家这头门路，就去回复大尹。大尹道：“若是人物好时，就是五十两也不多。明日库上来领价，晚上就要进门的。”张婆道：“领相公钧旨。”当晚回家，与外甥赵二商议，有这相应的亲事，要与他完婚。赵二先欢喜了一夜。次早，赵二便去整理衣褶（衣服），准备做新郎。张婆在家中，先凑足了二十两身价，随即到县取知县相公钧帖（古代对有身份的人的柬帖的敬称），到库上兑了五十两银子，来到贾家，把这两项银子交付与贾婆，分疏（一件件分别交代清楚）得明明白白。贾婆都收下了。少顷，县中差两名皂隶，两个轿夫，抬着一顶小轿，到贾家门首停下。贾家初时都不通月香晓得。临期竟打发她上轿。月香正不知教她哪里去，和养娘两个叫天叫地，放声大哭。贾婆不管三七二十一，和张婆两个，你一推，我一㩳（sǒng，推），㩳她出了大门。张婆方才说明：“小娘子不要啼哭了！你家主母，将你卖与本县知县相公处做小姐的陪嫁，此去好不富贵！官府衙门，不是耍处，事到其间，哭也无益。”月香只得收泪，上轿而去。

轿夫抬进后堂，月香见了钟离公，还只万福。张婆在旁道：“这就是老爷了，须下个大礼！”月香只得磕头。立起身来，不觉泪珠满面。张婆教她拭干了泪眼，引入私衙，见了夫人和瑞枝小姐。问其小名，对以“月香”。夫人道：“好个‘月香’二字！不必更换，就发她服侍小姐。”钟离公厚赏张婆，不在话下。

可怜宦室娇香女，权作闺中使令人。

张婆出衙，已是酉牌时分。再到贾家，只见那养娘正思想小姐，在厨下痛哭。贾婆对她说道：“我今把你嫁与张妈妈的外甥，一夫一妇，比月香倒胜几分。莫要悲伤了！”张婆也劝慰了一番。赵二在混堂（澡堂）内洗了个净浴，打扮得帽儿光光，衣衫簇簇，自家提一碗灯笼前来接亲。张婆就教养娘拜别了贾婆。那养娘原是个大脚，张婆扶着步行到家，与外甥成亲。

话休絮烦。再说月香小姐自那日进了钟离相公衙内，次日，夫人吩咐新来婢子，将中堂打扫。月香领命，携帚而去。钟离义梳洗已毕，打点早衙理事，步出中堂，只见新来婢子呆呆地把着一把扫帚，立于庭中。钟离公暗暗称怪。悄地上前看时，原来庭中有一个土穴，月香对了那穴，汪汪流泪。钟离公不解其故。走入中堂，唤月香上来，问其缘故。月香愈加哀泣，口称不敢。钟离公再三诘问，月香方才收泪而言道："贱妾幼时，父亲曾于此地教妾蹴球为戏，误落球于此穴。父亲问妾道：'你可有计较，使球自出于穴，不须拾取？'贱妾答云：'有计。'即遣养娘取水灌之，水满球浮，自出穴外。父亲谓妾聪明，不胜之喜。今虽年久，尚然记忆。睹物伤情，不觉哀泣。愿相公俯赐矜怜，勿加罪责！"钟离公大惊道："汝父姓甚名谁？你幼时如何得到此地？须细细说与我知。"月香道："妾父姓石名璧，六年前在此作县尹。只为天火烧仓，朝廷将父革职，勒令赔偿。父亲病郁而死。有司将妾和养娘官卖到本县贾公家。贾公向被冤系，感我父活命之恩，故将贱妾甚相看待，抚养至今。因贾公出外为商，其妻不能相容，将妾转卖于此。只此实情，并无欺隐。"

今朝诉出衷肠事，铁石人知也泪垂。

钟离公听罢，正是兔死狐悲，物伤其类："我与石璧一般是个县尹。他只为遭时不幸，遇了天灾，亲生女儿就沦于下贱。我若不闻不见，倒也罢了；天教她到我衙里。我若不扶持她，同官体面何存！石公在九泉之下，以我为何如人！"当下请夫人上堂，就把月香的来历细细叙明。夫人道："似这等说，她也是个县令之女，岂可贱婢相看！目今女孩儿嫁期又逼，相公何以处之？"钟离公道："今后不要月香服役，可与女孩儿姊妹相称。下官自有处置。"即时修书一封，差人送到亲家高大尹处。高大尹拆书观看，原来是求宽嫁娶之期。书上写道：

婚男嫁女，虽父母之心；舍己成人，乃高明之事。近因小女出阁，预置媵婢（随嫁的婢妾）月香。见其颜色端丽，举止安详，心窃异之。细访来历，乃知即两任前石县令之女。石公廉吏，因仓火失官丧躯，女亦官卖，转展售于寒家。同官之女，犹吾女也。此女年已及笄（古代女子满15周岁结发，用笄贯之，称为"及笄"，也指已到了结婚的年龄），不惟不可屈为媵婢，且不可使吾女先此女而嫁。仆今急为此女择婿。将以小女薄奁嫁之。令郎姻期，少待改卜。特此拜恳，伏惟情谅。钟离义顿首。

高大尹看了道："原来如此！此长者之事，吾奈何使钟离公独擅其美！"即时回书云：

鸾凤之配，虽有佳期；狐兔之悲，岂无同志？在亲翁既以同官之女为女，在不佞（不才，自己的谦语）宁不以亲翁之心为心？三复示言，令人悲恻。此女廉吏血胤（血统、后代），无惭阀阅（有名望的门第、家世）。愿亲家即赐为儿妇，以践始期。令爱别选高门，庶几两便。昔蘧伯玉耻独为君子，仆今者愿分亲翁之谊。高原顿首。

使者将回书呈与钟离公看了。钟离公道："高亲家愿娶孤女，虽然义举；但吾女他儿，久已聘定，岂可更改？还是从容待我嫁了石家小姐，然后另备妆奁，以完吾女之事。"当下又写书一封，差人再达高亲家。高公开书读道：

娶无依之女，虽属高情；更已定之婚，终乖正道。小女与令郎，

久谐凤卜（占卜佳偶），准拟鸾鸣。在令郎停妻而娶妻，已违古礼；使小女舍婿而求婿，难免人非。请君三思，必从前议。义惶恐再拜。

高公读毕，叹道："我一时思之不熟。今闻钟离公之言，惭愧无地。我如今有个两尽之道，使钟离公得行其志，而吾亦同享其名；万世而下，以为美谈。"即时复书云：

以女易女，仆之慕谊虽殷；停妻娶妻，君之引礼甚正。仆之次男高升，年方十七，尚未缔姻。令爱归我长儿，石女属我次子。佳儿佳妇，两对良姻。一死一生，千秋高谊。妆奁不须求备，时日且喜和同。伏冀俯从，不须改卜。原惶恐再拜。

钟离公得书，大喜道："如此处分，方为双美。高公义气，真不愧古人。吾当拜其下风矣。"当下即与夫人说知，将一副妆奁，剖为两分，衣服首饰，稍稍增添。二女一般，并无厚薄。到十月望前两日，高公安排两乘花花细轿，笙箫鼓吹，迎接两位新人。钟离公先发了嫁妆去后，随唤出瑞枝、月香两个女儿，教夫人吩咐她为妇之道。二女拜别而行。月香感念钟离公夫妇恩德，十分难舍，号哭上轿。一路趱行，自不必说。到了县中，恰好凑着吉日良时，两对小夫妻，如花如锦，拜堂合卺。高公夫妇欢喜无限。正是：

百年好事从今定，一对姻缘天上来。

再说钟离公嫁女三日之后，夜间忽得一梦，梦见一位官人，幞头象简（头戴官帽，手执象牙笏板），立于面前，说道："吾乃月香之父石璧是也。生前为此县大尹，因仓粮失火，赔偿无措，郁郁而亡。上帝察其清廉，悯其无罪，敕封吾为本县城隍之神。月香吾之爱女，蒙君高谊，拔之泥中，成其美眷，此乃阴德之事。吾已奏闻上帝。君命中本无子嗣，上帝以公行善，赐公一子，昌大其门。君当致身高位，安享遐龄（高龄、长寿）。邻县高公与君同心，愿娶孤女，上帝嘉悦，亦赐二子高官厚禄，以酬其德。君当传与世人，广行方便，切不可凌弱暴寡，利己损人。天道昭昭，纤毫洞察。"说罢，再拜。钟离公答拜起身，忽然踏了衣服前幅，跌上一跤，猛然惊醒，乃是一梦。即时说与夫人知道。夫人亦嗟讶不已。待等天明，钟离公打轿到城隍庙中焚香作礼，捐出俸资百两，命道士重新庙宇，将此事勒碑，广谕众人。又将此梦备细写书报与高公知道。高公把书与两个儿子看了，各各惊讶。钟离夫人年过四十，忽然得孕生子，取名天赐。后来钟离义归宋，仕至龙图阁大学士，寿享九旬。子天赐，为大宋状元。高登、高升俱仕宋朝，官至卿宰。此是后话。

且说贾昌在客中，不久回来，不见了月香小姐和那养娘。询知其故，与婆娘大闹几场。后来知得钟离相公将月香为女，一同小姐嫁与高门。贾昌无处用情，把银二十两，要赎养娘送还石小姐。那赵二恩爱夫妻，不忍分折，情愿做一对投靠。张婆也禁他不住。贾昌领了赵二夫妻，直到德安县，禀知大尹高公。高公问了备细，进衙又问媳妇月香，所言相同。遂将赵二夫妻收留，以金帛厚酬贾昌。贾昌不受而归。从此贾昌恼恨老婆无义，立誓不与她相处；另招一婢，生下两男。——此亦作善之报也！后人有诗叹云：

人家嫁娶择高门，谁肯周全孤女婚？
试看两公阴德报，皇天不负好心人。

# 第二卷　三孝廉让产立高名

紫荆枝下还家日，花萼楼中合被时。

同气从来兄与弟，千秋羞咏《豆萁诗》。

这首诗，为劝人兄弟和顺而作，用着三个故事，看官听在下一一分剖。第一句说："紫荆枝下还家日。"昔时有田氏兄弟三人，从小同居合爨（cuàn，烧火做饭）。长的娶妻，叫田大嫂；次的娶妻，叫田二嫂。妯娌和睦，并无闲言。唯第三的年小，随着哥嫂过日。后来长大娶妻，叫田三嫂。那田三嫂为人不贤，恃着自己有些妆奁，看见夫家一锅里煮饭，一桌上吃食，不用私钱，不动私秤，便私房要吃些东西，也不方便。日夜在丈夫面前撺掇："公堂钱库田产，都是伯伯们掌管，一出一入，你全不知道。他是亮里，你是暗里。用一说十，用十说百，哪里晓得！目今虽说同居，到底有个散场。若还家道消乏下来，只苦得你年幼的。依我说，不如早早分析，将财产三分拨开，各人自去营运，不好么？"田三一时被妻言所惑，认为有理，央亲戚对哥哥说，要分析而居。田大、田二初时不肯，被田三夫妇内外连连催逼，只得依允，将所有房产钱谷之类，三分拨开，分毫不多，分毫不少。只有庭前一棵大紫荆树，积祖传下，极其茂盛，既要析居，这树归着哪一个？可惜正在开花之际，也说不得了。田大至公无私，议将此树砍倒，将粗本分为三截，每人各得一截，其余零枝碎叶，论秤分开。商议已妥，只待来日动手。

次日天明，田大唤了两个兄弟，同去砍树。到得树边看时，枝枯叶萎，全无生气。田大把手一推，其树应手而倒，根芽俱露。田大住手，向树大哭。两个兄弟道："此树值得甚么！兄长何必如此痛惜！"田大道："吾非哭此树也。思我兄弟三人，产于一姓，同爷合母，比这树枝枝叶叶，连根而生，分开不得。根生本，本生枝，枝生叶，所以荣盛。昨日议将此树分为三截，那树不忍活活分离，一夜自家枯死。我兄弟三人若分离了，亦如此树枯死，岂有荣盛之日，吾所以悲哀耳。"田二、田三闻哥哥所言，至情感动："可以人而不如树乎？"遂相抱作一堆，痛哭不已。大家不忍分析，情愿依旧同居合爨。三房妻子听得堂前哭声，出来看时，方知其故。大嫂二嫂，各各欢喜。唯三嫂不愿，口出怨言。田三要将妻逐出，两个哥哥再三劝住。三嫂羞惭，还房自缢而死。此乃"自作孽不可活"。这话搁过不提。再说田大可惜那棵紫荆树，再来看时，其树无人整理，自然端正，枝枯再活，花萎重新，比前更加烂漫。田大唤两个兄弟来看了，各人嗟讶不已。自此田氏累世同居。有诗为证：

紫荆花下说三田，人合人离花亦然。

同气连枝原不解，家中莫听妇人言。

第二句说："花萼楼中合被时。"那花萼楼在陕西长安城中，大唐玄宗皇帝所建。玄宗皇帝就是唐明皇，他原是唐家宗室，因为韦氏乱政，武三思专权，明皇

起兵诛之，遂即帝位。有五个兄弟，皆封王爵，时号“五王”。明皇友爱甚笃，起一座大楼，取《诗经·棠棣》之义，名曰花萼。时时召五王登楼欢宴。又制成大幔，名为“五王帐”。帐中长枕大被，明皇和五王时常同寝其中。有诗为证：

羯鼓频敲玉笛催，朱楼宴罢夕阳微。

宫人秉烛通宵坐，不信君王夜不归。

第四句说：“千秋羞咏《豆萁诗》。”后汉魏王曹操长子曹丕，篡汉称帝。有弟曹植，字子建，聪明绝世，操生时最所宠爱，几遍欲立为嗣而不果。曹丕衔其旧恨，欲寻事而杀之。一日，召子建问曰：“先帝每夸汝诗才敏捷，朕未曾面试。今限汝七步之内，成诗一首。如若不成，当坐汝欺诳之罪。”子建未及七步，其诗已成。中寓规讽之意。诗曰：“煮豆燃豆萁，豆在釜中泣。本是同根生，相煎何太急。”曹丕见诗感泣，遂释前恨。后人有诗为证：

从来宠贵起猜疑，七步诗成亦可为。

堪叹釜萁仇未已，六朝骨肉尽诛夷。

说话的，为何今日讲这两三个故事？只为自家要说那三孝廉让产立高名。这段话文不比曹丕忌刻，也没子建风流，胜如紫荆花下三田，花萼楼中诸李，随你不和顺的弟兄，听着在下讲这节故事，都要学好起来。正是：

要知天下事，须读古人书。

这故事出在东汉光武年间。那时天下乂（yì）安（太平，安定），万民乐业，朝有梧凤之鸣，野无谷驹（比喻不被任用的贤人）之叹。原来汉朝取士之法，不比今时。他不以科目取士，唯凭州郡选举。虽则有博学宏词、贤良方正等科，唯以孝廉为重。孝者，孝弟；廉者，廉洁。孝则忠君，廉则爱民。但是举了孝廉，便得出身做官。若依了今日的事势，州县考个童生，还有几十封荐书。若是举孝廉时，不知多少分上钻刺（钻营），依旧是富贵子弟钻去了。孤寒的便有曾参之孝、伯夷之廉，休想扬名显姓。只是汉时法度甚妙：但是举过某人孝廉，其人若果然有才有德，不拘资格，骤然升擢，连举主俱记录受赏；若所举不得其人，后日或贪财坏法，轻则罪黜，重则抄没，连举主一同受罪。那荐人的，与所荐之人休戚相关，不敢胡乱。所以公道大明，朝班清肃。不在话下。

且说会稽郡阳羡县，有一人姓许名武，字长文。十五岁上，父母双亡。虽然遗下些田产童仆，奈门户单微，无人帮助。更兼有两个兄弟，一名许晏，年方九岁，一名许普，年方七岁，都则幼小无知，终日赶着哥哥啼哭。那许武日则躬率童仆，耕田种圃，夜则挑灯读书。但是耕种时，二弟虽未胜耰（yōu）锄（泛指农具，引申为农活），必使从旁观看。但是读书时，把两小兄弟，坐于案旁，将句读亲口传授，细细讲解，教以礼让之节，成人之道。稍不率教，辄跪于家庙之前，痛自督责，说自己德行不足，不能化诲，愿父母有灵，启牖（启发）二弟，涕泣不已。直待兄弟号泣请罪，方才起身，并不以疾言倨色相加也。室中只用铺陈一副，兄弟三人同睡。如此数年，二弟俱已长成，家事亦渐丰盛。有人劝许武娶妻。许武答道：“若娶妻，便当与二弟别居。笃夫妇之爱，而忘手足之情，吾不忍也。”由是昼则同耕，夜则同读，食必同器，宿必同床。乡里传出个大名，都称为“孝弟许武”。又传出几句口号，道是：“阳羡许季长，耕读昼夜忙。教诲二弟俱成行，不是长兄是父娘。”

时州牧郡守，俱闻其名，交章荐举，朝廷征为议郎。下诏会稽郡，太守奉旨，檄下县令，刻日劝驾。许武迫于君命，料难推阻，吩咐两个兄弟："在家躬耕力学，一如我在家之时，不可懈惰废业，有负先人遗训。"又嘱咐奴仆："俱要小心安分，听两个家主役使，早起夜眠，共扶家业。"嘱咐已毕，收拾行装，不用官府车辆，自己雇了脚力登车。只带一个童儿，望长安进发。不一日，到京朝见受职。长安城中，闻得孝弟许武之名，争来拜访识荆。此时望重朝班，名闻四野。朝中大臣探听得许武尚未婚娶，多欲以女妻之者。许武心下想道："我兄弟三人，年皆强壮，皆未有妻。我若先娶，殊非为兄之道。况我家世耕读，侥幸备员朝署，便与缙绅大家为婚，那女子自恃家门，未免骄贵之气。不唯坏了我儒素门风，异日我两个兄弟娶了贫贱人家女子，妯娌之间，怎生相处！从来兄弟不睦，多因妇人而起，我不可不防其渐也。"腹中虽如此踌论，却是说不出的话。只得权辞以对，说家中已定下糟糠之妇，不敢停妻再娶，恐被宋弘所笑。众人闻之，愈加敬重。况许武精于经术，朝廷有大政事，公卿不能决，往往来请教他。他引古证今，议论悉中窾要。但是许武所议，众人皆以为确不可易。公卿倚之为重。不数年间，累迁至御史大夫之职。忽一日，思想二弟在家，力学多年，不见州郡荐举，诚恐怠荒失业，意欲还家省视。遂上疏，其略云：

> 臣以菲才，遭逢圣代，致位通显，未谋报称，敢图暇逸？但古人云："人生百行，孝弟为先。""不孝有三，无后为大。"先父母早背，域兆未修。臣弟二人，学业未立。臣三十未娶。五伦之中，乃缺其三。愿赐臣假，暂归乡里。倘念臣犬马之力，尚可鞭笞，奔驰有日。

天子览奏，准给假暂归，命乘传衣锦还乡，复赐黄金二十斤为婚礼之费。许武谢恩辞朝，百官俱于郊外送行。正是：

> 报道锦衣归故里，争夸白屋出公卿。

许武既归，省视先茔已毕，便乃纳还官诰，只推有病，不愿为官。过了些时，从容召二弟至前，询其学业之进退。许晏、许普应答如流，理明词畅。许武心中大喜。再稽查田宅之数，比前恢廓数倍，皆二弟勤俭之所积也。武于是遍访里中良家女子，先与两个兄弟定亲，自己方才娶妻，续又与二弟婚配。约莫数月，忽然对二弟说道："吾闻兄弟有析居之义。今吾与汝，皆已娶妇，田产不薄，理宜各立门户。"二弟唯唯惟命。乃择日治酒，遍召里中父老，三爵已过，乃告以析居之事。因悉召童仆至前，将所有家财，一一分剖。首取广宅自予，说道："吾位为贵臣，门宜棨戟（qǐ jǐ，有缯衣或油漆的木戟），体面不可不肃。汝辈力田耕作，得竹庐茅舍足矣。"又阅田地之籍，凡良田悉归之己，将硗薄者量给二弟。说道："我宾客众盛，交游日广，非此不足以供吾用。汝辈数口之家，但能力作，只此可无冻馁。吾不欲汝多财以损德也。"又悉取奴仆之壮健伶俐者，说道："吾出入跟随，非此不足以给使令。汝辈合力耕作，正须此愚蠢者做伴，老弱馈食足矣，不须多人费汝衣食也。"

众父老一向知许武是个孝弟之人，这番分财，定然辞多就少，不想他般般件件，自占便宜。两个小兄弟所得，不及他十分之五，全无谦让之心，大有欺凌之意。众人心中甚是不平。有几个刚直老人气愤不过，竟自去了。有个心直口快的，便想要开口，说公道话，与两个小兄弟做乔主张（不经当事人同意而强作主）。

其中又有个老成的，背地里捏手捏脚，教他莫说。以此罢了。那教他莫说的，也有些见识，他道："富贵的人，与贫贱的人，不是一般肚肠。许武已做了显官，比不得当初了。常言道：疏不间亲。你我终是外人，怎管得他家事！就是好言相劝，料未必听从，枉费了唇舌，倒挑拨他兄弟不和。倘或做兄弟的肯让哥哥，十分之美，你我又呕这闲气则甚！若做兄弟的心上不甘，必然争论。等他争论时节，我们替他做个主张，却不是好！"正是：

事非干己休多管，话不投机莫强言。

原来许晏、许普，自从蒙哥哥教诲，知书达礼，全以孝弟为重。见哥哥如此分析，以为理之当然，绝无几微不平的意思。许武分拨已定，众人皆散。许武居中住了正房，其左右小房，许晏、许普各住一边。每日率领家奴下田耕种，暇则读书，时时将疑义叩问哥哥，以此为常。妯娌之间，也与他兄弟三人一般和顺。从此里中父老，人人薄许武之所为，都可怜他两个兄弟。私下议论道："许武是个假孝廉，许晏、许普才是个真孝廉。他思念父母面上，一体同气，听其教诲，唯唯诺诺，并不违拗，岂不是孝？他又重义轻财，任分多分少，全不争论，岂不是廉？"起初里中传个好名，叫作"孝弟许武"，如今抹落了武字，改作"孝弟许家"。把许晏、许普弄出一个大名来。那汉朝清议极重，又传出几句口号，道是：

假孝廉，做官员；真孝廉，出口钱。假孝廉，据高轩；真孝廉，守茅檐。假孝廉，富田园；真孝廉，执锄镰。真为玉，假为瓦；瓦为厦，玉抛野。不宜真，只宜假。

那时明帝即位，下诏求贤，令有司访问笃行有学之士，登门礼聘，传驿至京。诏书到会稽郡，郡守分谕各县。县令平昔已知许晏、许普让产不争之事，又值父老公举他真孝真廉，行过其兄，就把二人申报本郡。郡守和州牧，皆素闻其名，一同举荐。县令亲到其门，下车投谒，手捧玄纁（xūn，原指黑色和浅红色的布帛，这里是指皇帝延聘贤士的礼品）束帛，备陈天子求贤之意。许晏、许普，谦让不已。许武道："幼学壮行，君子本分之事。吾弟不可固辞。"

二人只得应诏，别了哥嫂，乘传到于长安，朝见天子。拜舞已毕，天子金口玉言，问道："卿是许武之弟乎？"晏、普叩头应诏。天子又道："闻卿家有孝弟之名。卿之廉让，有过于兄，朕心嘉悦。"晏、普叩头道："圣运龙兴，辟门访落，此乃帝王盛典。郡县不以臣晏臣普为不肖，有溷（hùn，肮脏）圣聪。臣幼失怙恃（父母双亡），承兄武教训，兢兢自守，耕耘诵读之外，别无他长。臣等何能及兄武之万一。"天子闻对，嘉其谦德，即日俱拜为内史。不五年间，皆至九卿之位。居官虽不如乃兄赫赫之名，然满朝称为廉让。忽一日，许武致家书于二弟。二弟拆开看之，书曰：

匹夫而膺辟召，仕宦而至九卿，此亦人生之极荣也。二疏有言："知足不辱，知止不殆。"既无出类拔萃之才，宜急流勇退，以避贤路。

晏、普得书，即日同上疏辞官。天子不许。疏三上。天子问宰相宋均道："许晏、许普壮年入仕，备位九卿，朕待之不薄，而屡屡求退，何也？"宋均奏道："晏、普兄弟二人，天性孝友。今许武久居林下，而晏、普并驾天衢，其心或有未安。"天子道："朕并召许武，使兄弟三人同朝辅政何如？"宋均道："臣察晏、

普之意，出于至诚。陛下不若姑从所请，以遂其高。异日更下诏征之。或访先朝故事，就近与一大郡，以展其未尽之才，因使便道归省，则陛下好贤之诚，与晏、普友爱之义，两得之矣。”天子准奏，即拜许晏为丹阳郡太守，许普为吴郡太守，各赐黄金二十斤，宽假三月，以尽兄弟之情。许晏、许普谢恩辞朝，公卿俱出郭，到十里长亭，相饯而别。

晏、普二人星夜回到阳羡，拜见了哥哥，将朝廷所赐黄金，尽数献出。许武道：“这是圣上恩赐，吾何敢当！”教二弟各自收去。次日，许武备下三牲祭礼，率领二弟到父母坟茔，拜奠了毕，随即设宴遍召里中父老。许氏三兄弟，都做了大官，虽然他不以富贵骄人，自然声势赫奕。闻他呼唤，尚不敢不来，况且加个“请”字，那时众父老来得愈加整齐。许武手捧酒卮，亲自劝酒。众人都道：“长文公与二哥、三哥接风之酒，老汉辈安敢僭先！”比时风俗淳厚，乡党序齿，许武出仕已久，还叫一句“长文公”，那两个兄弟，又下一辈了，虽是九卿之贵，乡尊故旧，依旧称“哥”。许武道：“下官此席，专屈诸乡亲下降，有句肺腑之言奉告。必须满饮三杯，方敢奉闻。”众人被劝，只得吃了。许武教两个兄弟次第把盏，各敬一杯。众人饮罢，齐声道：“老汉辈承贤昆玉厚爱，借花献佛，也要奉敬。”许武等三人，亦各饮讫。众人道：“适才长文公所谕金玉之言，老汉辈拱听已久，愿得示下。”许武叠两个指头，说将出来。言无数句，使听者毛骨耸然。正是：

斥鷃不知大鹏，河伯不知海若。圣贤一段苦心，庸夫岂能测度。

许武当时未曾开谈，先流下泪来。吓得众人惊惶无措。两个兄弟慌忙跪下，问道：“哥哥何事悲伤？”许武道：“我的心事，藏之数年，今日不得不言。”指着晏、普道：“只因为你两个名誉未成，使我做违心之事，冒不韪之名，有玷于祖宗，贻笑于乡里，所以流泪。”遂取出一卷册籍，把与众人观看。原来是田地屋宅及历年收敛米粟布帛之数。众人还未晓其意。许武又道：“我当初教育两个兄弟，原要他立身修道，扬名显亲。不想我虚名早著，遂先显达。二弟在家，躬耕力学，不得州郡征辟。我欲效古人祁大夫内举不避亲，诚恐不知二弟之学行者，说他因兄而得官，误了终身名节。我故倡为析居之议，将大宅良田，强奴巧婢，悉据为己有。度吾弟素敦爱敬，决不争竞。吾暂冒贪饕（贪得无厌）之迹，吾弟方有廉让之名。果蒙乡里公评，荣膺征聘。今位列公卿，官常无玷，吾志已遂矣。这些田房奴婢，都是公共之物，吾岂可一人独享！这几年以来，所收米谷布帛，分毫不敢妄用，尽数开载在那册籍上。今日交付二弟，表为兄的向来心迹，也教众乡尊得知。”

众父老到此，方知许武先年析产一片苦心。自愧见识低微，不能窥测，齐声称叹不已。只有许晏、许普哭倒在地，道：“做兄弟的，蒙哥哥教训成人，侥幸得有今日。谁知哥哥如此用心！是弟辈不肖，不能自致青云之上，有累兄长。今日若非兄长自说，弟辈都在梦中。兄长盛德，从古未有。只是弟辈不肖之罪，万分难赎。这些小家财，原是兄长苦挣来的，合该兄长管业。弟辈衣食自足，不消兄长挂念。”许武道：“做哥的力田有年，颇知生殖。况且宦情已淡，便当老于耰锄，以终天年。二弟年富力强，方司民社，宜资庄产，以终廉节。”晏、普又道：“哥哥为弟辈而自污。弟辈既得名，又欲得利，是天下第一等贪夫了。不

唯玷辱了祖宗，亦且玷辱了哥哥。万望哥哥收回册籍，聊减弟辈万一之罪！”

众父老见他兄弟三人交相推让，你不收，我不受，一齐向前劝道：“贤昆玉所言，都则一般道理。长文公若独得了这田产，不见得向来成全两位这一段苦心。两位若径受了，又负了令兄长文公这一段美意。依老汉辈愚见，宜作三股均分，无厚无薄，这才见兄友弟恭，各尽其道。”他三个兀自你推我让。那父老中有前番那几个刚直的，挺身向前，厉声说道：“吾等适才处分，甚得中正之道。若再推逊，便是矫情沽誉了。把这册籍来，待老汉与你分剖。”许武弟兄三人，更不敢多言，只得凭他主张。当时将田产配搭三股分开，各自管业。中间大宅，仍旧许武居住。左右屋宇窄狭，以所在粟帛之数补偿晏、普，他日自行改造。其童婢，亦皆分派。众父老都称为公平。许武等三人施礼作谢，邀入正席饮酒，尽欢而散。许武心中终以前番析产之事为歉，欲将所得良田之半，立为义庄，以赡乡里。许晏、许普闻知，亦各出己产相助。里中人人叹服。又传出几句口号来，道是：

真孝廉，唯许武；谁继之？晏与普。弟不争，兄不取。作义庄，赡乡里。呜呼，孝廉谁可比！

晏、普感兄之义，又将朝廷所赐黄金，大市牛酒，日日邀里中父老与哥哥会饮。如此三月，假期已满，晏、普不忍与哥哥分别，各要纳还官诰。许武再三劝谕，责以大义。二人只得听从，各携妻小赴任。

却说里中父老，将许武一门孝弟之事，备细申闻郡县，郡县为之奏闻。圣旨命有司旌表（表彰）其门，称其里为“孝弟里”。后来三公九卿，交章荐许武德行绝伦，不宜逸之田野。累诏起用，许武只不奉诏。有人问其缘故，许武道：“两弟在朝居位之时，吾曾讽以知足知止。我若今日复出应诏，是自食其言了。况方今朝廷之上，是非相激，势利相倾，恐非缙绅之福；不如躬耕乐道之为愈耳。”人皆服其高见。再说晏、普到任，守其乃兄之教，各以清节自励，大有政声。后闻其兄高致，不肯出仕。弟兄相约，各将印绶纳还，奔回田里，日奉其兄为山水之游，尽老百年而终。许氏子孙昌茂，累代衣冠不绝，至今称为“孝弟许家”云。后人作歌叹道：

今人兄弟多分产，古人兄弟亦分产。古人分产成弟名，今人分产但嚣争。古人自污为孝义，今人自污争微利。孝义名高身并荣，微利相争家共倾。安得尽居孝弟里，却把阋墙人愧死。

## 第三卷　卖油郎独占花魁

年少争夸风月，场中波浪偏多。有钱无貌意难和，有貌无钱不可。
就是有钱有貌，还须着意揣摩。知情识趣俏哥哥，此道谁人赛我。

这首词名为《西江月》，是风月机关中最要之论。常言道：“妓爱俏，妈爱

钞。”所以子弟行中，有了潘安般貌，邓通般钱，自然上和下睦，做得烟花寨内的大王，鸳鸯会上的主盟。然虽如此，还有个两字经儿，叫作“帮衬”。帮者，如鞋之有帮；衬者，如衣之有衬。但凡做小娘的，有一分所长，得人衬贴，就当十分。若有短处，曲意替她遮护，更兼低声下气，送暖偷寒，逢其所喜，避其所讳，以情度情，岂有不爱之理。这叫作帮衬。风月场中，只有会帮衬的最讨便宜，无貌而有貌，无钱而有钱。假如郑元和在卑田院（“悲田院”的语讹。原为佛寺救济贫民之所，后泛称收容乞丐的地方）做了乞儿，此时囊箧俱空，容颜非旧，李亚仙于雪天遇之，便动了一个恻隐之心，将绣襦（rú，短衣，短袄）包裹，美食供养，与他做了夫妻。这岂是爱他之钱，恋他之貌？只为郑元和识趣知情，善于帮衬，所以亚仙心中舍他不得。你只看亚仙病中想马板肠汤吃，郑元和就把个五花马杀了，取肠煮汤奉之。只这一节上，亚仙如何不念其情。后来郑元和中了状元，李亚仙封为汧国夫人。《莲花落》打出万年策，卑田院只做了白玉堂。一床锦被遮盖，风月场中反为美谈。这是：

运退黄金失色，时来铁也生光。

话说大宋自太祖开基，太宗嗣位，历传真、仁、英、神、哲，共是七代帝王，都则偃武修文，民安国泰。到了徽宗道君皇帝，信任蔡京、高俅、杨戬（jiǎn）、朱勔（miǎn）之徒，大兴苑囿，专务游乐，不以朝政为事。以致万民嗟怨，金虏乘之而起，把花锦般一个世界，弄得七零八落。直至二帝蒙尘，高宗泥马渡江（相传靖康之变后，康王赵构一路向南逃，一天晚上睡在崔府君庙中，睡梦中有神人对他说：“金国追兵马上就到，赶快离开这里。门口已经给你备好了马。”赵构惊醒来，果然见马就在旁边，急忙上马往南逃跑。渡过河后，马不再动了。下来一看，竟然是庙里泥塑的马匹），偏安一隅，天下分为南北，方得休息。其中数十年，百姓受了多少苦楚。正是：

甲马丛中立命，刀枪队里为家。

杀戮如同戏耍，抢夺便是生涯。

内中单表一人，乃汴梁城外安乐村居住，姓莘，名善，浑家阮氏。夫妻两口，开个六陈铺儿（旧时称粮食店）。虽则粜米为生，一应麦豆茶酒油盐杂货，无所不备，家道颇颇得过。年过四旬，止生一女，小名叫作瑶琴。自小生得清秀，更且资性聪明。七岁上，送在村学中读书，日诵千言。十岁时，便能吟诗作赋。曾有《闺情》一绝，为人传诵。诗云：

朱帘寂寂下金钩，香鸭沉沉冷画楼。

移枕怕惊鸳并宿，挑灯偏恨蕊双头。

到十二岁，琴、棋、书、画，无所不通。若提起女工一事，飞针走线，出人意表。此乃天生伶俐，非教习之所能也。莘善因为自家无子，要寻个养女婿，来家靠老。只因女儿灵巧多能，难乎其配。所以求亲者颇多，都不曾许。不幸遇了金虏猖獗，把汴梁城围困，四方勤王之师虽多，宰相主了和议，不许厮杀。以致虏势愈甚。打破了京城，劫迁了二帝。那时城外百姓，一个个亡魂丧胆，携老扶幼，弃家逃命。

却说莘善领着浑家阮氏，和十二岁的女儿，同一般逃难的，背着包裹，结队而走。

忙忙如丧家之犬，急急如漏网之鱼。担渴担饥担劳苦，此行谁是

家乡？叫天叫地叫祖宗，唯愿不逢鞑虏。正是：宁为太平犬，莫作乱离人！

正行之间，谁想鞑子到不曾遇见，却逢着一阵败残的官兵。他看见许多逃难的百姓，多背得有包裹，假意呐喊道："鞑子来了！"沿路放起一把火来。此时天色将晚，吓得众百姓落荒乱窜，你我不相顾。他就乘机抢掠，若不肯与他，就杀害了。这是乱中生乱，苦上加苦。

却说莘氏瑶琴，被乱军冲突，跌了一跤，爬起来，不见了爹娘。不敢叫唤，躲在道旁古墓之中，过了一夜。到天明，出外看时，但见满目风沙，死尸横路。昨日同时避难之人，都不知所往。瑶琴思念父母，痛哭不已。欲待寻访，又不认得路径。只得往南而行。哭一步，挨一步。约莫走了二里之程，心上又苦。腹中又饥。望见土房一所，想必其中有人，欲待求乞些汤饮。及至向前，却是破败的空屋，人口俱逃难去了。瑶琴坐于土墙之下，哀哀而哭。

自古道："无巧不成话。"恰好有一人从墙下而过，那人姓卜，名乔，正是莘善的近邻。平昔是个游手游食，不守本分，惯吃白食、用白钱的主儿，人都称他是卜大郎。也是被官军冲散了同伙，今日独自而行。听得啼哭之声，慌忙来看。瑶琴自小相认，今日患难之际，举目无亲，见了近邻，分明见了亲人一般，急忙收泪，起身相见。问道："卜大叔，可曾见我爹妈么？"卜乔心中暗想："昨日被官军抢去包裹，正没盘缠。天生这碗衣饭送来与我，正是奇货可居。"便扯个谎，道："你爹和妈寻你不见，好生痛苦。如今前面去了。吩咐我道：'倘或见我女儿，千万带了她来，送还了我。'许我厚谢。"瑶琴虽是聪明，正当无可奈何之际，君子可欺以其方，遂全然不疑，随着卜乔便走，正是：

情知不是伴，事急且相随。

卜乔将随身带的干粮，把些与她吃了，吩咐道："你爹妈连夜走的。若路上不能相遇，直要过江到建康府，方可相会。一路上同行，我权把你当女儿，你权叫我做爹。不然，只道我收留迷失子女，不当稳便。"瑶琴依允。从此陆路同步，水路同舟，爹女相称。到了建康府，路上又闻得金兀术四太子，引兵渡江。眼见得建康不得宁息。又闻得康王即位，已在杭州驻跸（帝王外出，途中暂住），改名临安。遂趁船到润州。

过了苏、常、嘉、湖直到临安地面，暂且饭店中居住。也亏卜乔，自汴京至临安，三千余里，带那莘瑶琴下来。身边藏下些散碎银两，都用尽了，连身上外盖衣服，脱下准（兑换，抵偿）了店钱，止剩得莘瑶琴一件活货，欲行出脱。访得西湖上烟花王九妈家要讨养女，遂引九妈到店中，看货还钱。九妈见瑶琴生得标致，讲了财礼五十两。卜乔兑足了银子，将瑶琴送到王家。原来卜乔有智，在王九妈前只说："瑶琴是我亲生之女，不幸到你门户人家（妓院），须是款款的教训，她自然从愿，不要性急。"在瑶琴面前又只说："九妈是我至亲，权时把你寄顿她家。待我从容访知你爹妈下落，再来领你。"以此，瑶琴欣然而去。

可怜绝世聪明女，堕落烟花罗网中。

王九妈新讨了瑶琴，将她浑身衣服，换个新鲜，藏于曲楼深处，终日好茶好饭，去将息她，好言好语，去温暖她。瑶琴既来之，则安之。住了几日，不见卜乔回信。思量爹妈，噙着两行珠泪，问九妈道："卜大叔怎不来看我？"九

妈道："哪个卜大叔？"瑶琴道："便是引我到你家的那个卜大郎。"九妈道："他说是你的亲爹。"瑶琴道："他姓卜，我姓莘。"遂把汴梁逃难，失散了爹妈，中途遇见了卜乔，引到临安，并卜乔哄她的说话，细述一遍。九妈道："原来恁地，你是个孤身女儿，无脚蟹（比喻孤独无依的人）。我索性与你说明罢：那姓卜的把你卖在我家，得银五十两去了。我们是门户人家，靠着粉头过活。家中虽有三四个养女，并没个出色的。爱你生得齐整，把做个亲女儿相待。待你长成之时，包你穿好吃好，一生受用。"瑶琴听说，方知被卜乔所骗，放声大哭。九妈劝解，良久方止。

自此九妈将瑶琴改作王美，一家都称为美娘，教她吹弹歌舞，无不尽善。长成一十四岁，娇艳非常。临安城中，这些富豪公子，慕其容貌，都备着厚礼求见。也有爱清标的，闻得她写作俱高，求诗求字的，日不离门。弄出天大的名声出来，不叫她美娘，叫她作"花魁娘子"。西湖上子弟编出一支《挂枝儿》，单道那花魁娘子的好处：

小娘中，谁似得王美儿的标致，又会写，又会画，又会做诗，吹弹歌舞都余事。常把西湖比西子，就是西子比她也还不如。哪个有福的汤（挨近）着她身儿，也情愿一个死。

只因王美有了个盛名，十四岁上，就有人来讲梳弄。一来王美不肯，二来王九妈把女儿做金子看成，见她心中不允，分明奉了一道圣旨，并不敢违拗。又过了一年，王美年方十五。原来门户中梳弄（原意是用木梳梳头发。把头发梳拢在一起，在头顶打个结，表示少女时代的结束。后来大多用来表示古代妓女第一次接客），也有个规矩。十三岁太早，谓之试花，皆因鸨儿爱财，不顾痛苦；那子弟也只博个虚名，不得十分畅快取乐。十四岁谓之开花，此时天癸已至，男施女受，也算当时了。到十五谓之摘花，在平常人家，还算年小，唯有门户人，以为过时。王美此时未曾梳弄，西湖上子弟又编出一只《挂枝儿》来：

王美儿，似木瓜，空好看，十五岁，还不曾与人汤一汤。有名无实成何干，便不是石女，也是二行子的娘。若还有个好好的，羞羞也，如何熬得这些时痒！

王九妈听得这些风声，怕坏了门面，来劝女儿接客。王美执意不肯，说道："要我会客时，除非见了亲生爹妈。他肯做主时，方才使得！"王九妈心里又恼她，又不舍得难为她，捱了好些时。偶然有个金二员外，大富之家，情愿出三百两银子，梳弄美娘。九妈得了这主大财，心生一计，与金二员外商议，若要他成就，除非如此如此。金二员外意会了。其日八月十五日，只说请王美湖上看潮。请至舟中，三四个帮闲，俱是会中之人，猜拳行令，做好做歉，将美娘灌得烂醉如泥。扶到王九妈家楼中，卧于床上，不省人事。此时天气和暖，又没几层衣服，妈儿亲手服侍，剥得她赤条条，任凭金二员外行事。金二员外那话儿，又非兼人之具，轻轻地撑开两股，用些涎沫，送将进去。比及美娘梦中觉痛，醒将转来，已被金二员外耍得够了。欲待挣扎，怎奈手足俱软，由他轻薄了一回。直待绿暗红飞，方始雨收云散。正是：

雨中花蕊方开罢，镜里娥眉不似前。

五鼓时，美娘酒醒，已知鸨儿用计，破了身子。自怜红颜命薄，遭此强横，

起来解手，穿了衣服，自在床边一个斑竹榻上，朝着里壁睡了，暗暗垂泪。金二员外来亲近她时，被她劈头劈脸，抓有几个血痕。金二员外好生没趣，捱得天明，对妈儿说声："我去也！"妈儿要留他时，已自出门去了。

从来梳弄的子弟，早起时，妈儿进房贺喜，行户（指其他的妓院）中都来称贺，还要吃几日喜酒。那子弟多则住一二月，最少也住半月二十日，只有金二员外侵早出门，是从来未有之事。王九妈连叫诧异，披衣起身上楼，只见美娘卧于榻上，满眼流泪。九妈要哄她上行，连声招许多不是。美娘只不开口。九妈只得下楼去了。美娘哭了一日，茶饭不沾。从此托病，不肯下楼，连客也不肯会面了。

九妈心下焦躁，欲待把她凌虐，又恐她烈性不从，反冷了她的心肠。欲待由她，本是要她赚钱。若不接客时，就养到一百岁也没用。踌躇数日，无计可施。忽然想起，有个结义妹子，叫作刘四妈，时常往来。她能言快语，与美娘甚说得着。何不接取她来，下个说词。若得她回心转意，大大地烧个利市（旧时迷信者烧纸祭神，以求吉利或感谢神的保佑）。当下叫保儿去请刘四妈到前楼坐下，诉以衷情。刘四妈道："老身是个女随何、雌陆贾，说得罗汉思情，嫦娥想嫁。这件事都在老身身上。"九妈道："若得如此，做姐的情愿与你磕头。你多吃杯茶去，免得说话时口干。"刘四妈道："老身天生这副海口，便说到明日，还不干哩。"

刘四妈吃了几杯茶，转到后楼，只见楼门紧闭。刘四妈轻轻地叩了一下，叫声："侄女！"美娘听得是四妈声音，便来开门。两下相见了。四妈靠桌朝下而坐，美娘傍坐相陪。四妈看她桌上铺着一幅细绢，才画得个美人的脸儿，还未曾着色。四妈称赞道："画得好！真是巧手！九阿姐不知怎生样造化，偏生遇着你这一个伶俐女儿。又好人物，又好技艺，就是堆上几千两黄金，满临安走遍，可寻出个对儿么？"美娘道："休得见笑，今日甚风吹得姨娘到来？"刘四妈道："老身时常要来看你，只为家务在身，不得空闲。闻得你恭喜梳弄了，今日偷空而来，特特与九阿姐叫喜。"美儿听得提起梳弄二字，满脸通红，低着头不来答应。刘四妈知她害羞，便把椅儿掇上一步，将美娘的手儿牵着，叫声："我儿！做小娘的，不是个软壳鸡蛋，怎的这般嫩得紧？似你恁地怕羞，如何赚得大主银子？"美娘道："我要银子做甚？"四妈道："我儿，你便不要银子，做娘的看得你长大成人，难道不要出本？自古道：'靠山吃山，靠水吃水。'九阿姐家有几个粉头，哪一个赶得上你的脚跟来？一园瓜，只看得你是个瓜种。九阿姐待你也不比其他，你是聪明伶俐的人，也须识些轻重。闻得你自梳弄之后，一个客也不肯相接，是什么意儿？都像你的意时，一家人口，似蚕一般，哪个把桑叶喂他？做娘的抬举你一分，你也要与她争口气儿，莫要反讨众丫头们批点。"美娘道："由她批点，怕怎的！"刘四妈道："阿呀！批点是个小事，你可晓得门户中的行径么？"美娘道："行径便怎的？"刘四妈道："我们门户人家，吃着女儿，穿着女儿，用着女儿，侥幸讨得一个像样的，分明是大户人家置了一所良田美产。年纪幼小时，巴不得风吹得大。到得梳弄过后，便是田产成熟，日日指望花利到手受用。前门迎新，后门送旧，张郎送米，李郎送柴，往来热闹，才是个出名的姊妹行家。"美娘道："羞答答，我不做这样事！"刘四妈掩着口，咯地笑了一声，道："不做这样事，可是由得你的？一家之中，有妈妈做主，做小娘的若不依她教训，动不动一顿皮鞭，打得你不生不死。那时不怕你不走

她的路儿。九阿姐一向不难为你，只可惜你聪明标致，从小娇养的，要惜你的廉耻，存你的体面。方才告诉我许多话，说你不识好歹，放着鹅毛不知轻，顶着磨子不知重，心下好生不悦，教老身来劝你。你若执意不从，惹她性起，一时翻过脸来，骂一顿，打一顿，你待走上天去！凡事只怕个起头。若打破了头时，朝一顿，暮一顿，那时熬这些痛苦不过，只得接客。却不把千金声价弄得低微了，还要被姊妹中笑话。依我说，吊桶已自落在他井里，挣不起了。不如千欢万喜，倒在娘的怀里，落得自己快活。”

美娘道：“奴是好人家儿女，误落风尘。倘得姨娘主张从良，胜造九级浮图。若要我倚门献笑，送旧迎新，宁甘一死，决不情愿。”刘四妈道：“我儿，从良是个有志气的事，怎么说道不该！只是从良也有几等不同。”美娘道：“从良有甚不同之处？”刘四妈道：“有个真从良，有个假从良；有个苦从良，有个乐从良；有个趁好的从良，有个没奈何的从良；有个了从良，有个不了的从良。我儿耐心听我分说。如何叫作真从良？大凡才子必须佳人，佳人必须才子，方成佳配。然而好事多磨，往往求之不得。幸然两下相逢，你贪我爱，割舍不下，一个愿讨，一个愿嫁，好像捉对的蚕蛾，死也不放。这个谓之真从良。怎么叫作假从良？有等子弟爱着小娘，小娘却不爱那子弟。本心不愿嫁他，只把个嫁字儿哄他心热，撒漫银钱。比及成交，却又推故不就。又有一等痴心的子弟，晓得小娘心肠不对他，偏要娶她回去。拼着一主大钱，动了妈儿的火，不怕小娘不肯。勉强进门，心中不顺，故意不守家规，小则撒泼放肆，大则公然偷汉。人家容留不得，多则一年，少则半载，依旧放她出来，为娼接客。把从良二字，只当个撰钱（赚钱）的题目。这个谓之假从良。如何叫作苦从良？一般样子弟爱小娘，小娘不爱那子弟，却被他以势凌之。妈儿惧祸，已自许了。做小娘的，身不繇主，含泪而行。一入侯门，如海之深，家法又严，抬头不得。半妾半婢，忍死度日。这个谓之苦从良。如何叫作乐从良？做小娘的，正当择人之际，偶然相交个子弟，见他情性温和，家道富足，又且大娘子乐善，无男无女，指望他日过门，与他生育，就有主母之分。以此嫁他，图个日前安逸，日后出身。这个谓之乐从良。如何叫作趁好的从良？做小娘的，风花雪月，受用已勾够趁这盛名之下，求之者众，任我拣择个十分满意的嫁他，急流勇退，及早回头，不致受人怠慢。这个谓之趁好的从良。如何叫作没奈何的从良？做小娘的，原无从良之意，或因官司逼迫，或因强横欺瞒，又或因债负太多，将来赔偿不起，憋口气，不论好歹，得嫁便嫁，买静求安，藏身之法，这谓之没奈何的从良。如何叫作了从良？小娘半老之际，风波历尽，刚好遇个老成的孤老，两下志同道合，收绳卷索，白头到老。这个谓之了从良。如何叫作不了的从良？一般你贪我爱，火热的跟他，却是一时之兴，没有个长算。或者尊长不容，或者大娘妒忌，闹了几场，发回妈家，追取原价。又有个家道凋零，养他不活，苦守不过，依旧出来赶趁。这谓之不了的从良。”

美娘道：“如今奴家要从良，还是怎地好？”刘四妈道：“我儿，老身教你个万全之策。”美娘道：“若蒙教导，死不忘恩！”刘四妈道：“从良一事，入门为净。况且你身子已被人捉弄过了，就是今夜嫁人，叫不得个黄花女儿。千错万错，不该落于此地，这就是你命中所招了。做娘的费了一片心机，若不帮她

几年，趁过千把银子，怎肯放你出门？还有一件，你便要从良，也须拣个好主儿。这些臭嘴臭脸的，难道就跟他不成？你如今一个客也不接，晓得哪个该从，哪个不该从？假如你执意不肯接客，做娘的没奈何，寻个肯出钱的主儿，卖你去做妾，这也叫作做从良。那主儿或是年老的，或是貌丑的，或是一字不识的村牛，你却不肮脏了一世！比着把你料在水里，还有扑通的一声响，讨得旁人叫一声可惜。依着老身愚见，还是俯从人愿，凭着做娘的接客。似你恁般才貌，等闲的料也不敢相扳。无非是王孙公子，贵客豪门，也不辱没了你。一来风花雪月，趁着年少受用；二来作成妈儿起个家事；三来使自己也积攒些私房，免得日后求人。过了十年五载，遇个知心着意的，说得来，话得着，那时老身与你做媒，好模好样地嫁去，做娘的也放得你下了。可不两得其便？”美娘听说，微笑而不言。刘四妈已知美娘心中活动了，便道：“老身句句是好话。你依着老身的话时，后来还要感激我哩。”说罢，起身。

王九妈立在楼门之外，一句句都听得的。美娘送刘四妈出房门，劈面撞着了九妈，满面羞惭，缩身进去。王九妈随着刘四妈，再到前楼坐下。刘四妈道：“侄女十分执意，被老身右说左说，一块硬铁看看溶作热汁。你如今快快寻个覆帐（再度接客）的主儿，她必然肯就。那时做妹子的再来贺喜。”王九妈连连称谢。是日备饭相待，尽醉而别。后来西湖上子弟们又有支《挂枝儿》，单说那刘四妈说词一节：

刘四妈，你的嘴舌儿好不厉害！便是女随何，雌陆贾，不信有这大才！说着长，道着短，全没些破败。就是醉梦中，被你说得醒；就是聪明的，被你说得呆。好个烈性的姑姑，也被你说得她心地改。

再说王美娘才听了刘四妈一席话儿，思之有理。以后有客求见，欣然相接。覆帐之后，宾客如市，捱三顶五，不得空闲，声价愈重。每一晚白银十两，兀自你争我夺。王九妈趁了若干钱钞，欢喜无限。美娘也留心要拣个知心着意的，急切难得。正是：

易求无价宝，难得有情郎。

话分两头。却说临安城清波门里，有个开油店的朱十老，三年前过继一个小厮，也是汴京逃难来的，姓秦名重。母亲早丧，父亲秦良，十三岁上将他卖了，自己在上天竺去做香火。朱十老因年老无嗣，又新死了妈妈，把秦重做亲子看成，改名朱重，在店中学做卖油生意。初时父子坐店甚好，后因十老得了腰痛的病，十眠九坐，劳碌不得，另招个伙计，叫作邢权，在店相帮。光阴似箭，不觉四年有余。朱重长成一十七岁，生得一表人才，须然已冠，尚未娶妻。那朱十老家有个侍女，叫作兰花，年已二十之外，存心看上了朱小官人，几遍的倒下钩子去勾搭他。谁知朱重是个老实人，又且兰花龌龊丑陋，朱重也看不上眼，以此落花有意，流水无情。那兰花见勾搭朱小官人不上，别寻主顾，就去勾搭那伙计邢权。

邢权是望四之人，没有老婆，一拍就上。两个暗地偷情，不止一次。反怪朱小官人碍眼，思量寻事赶他出门。邢权与兰花两个，里应外合，使心设计。兰花便在朱十老面前假意撇清说：“小官人几番调戏，好不老实！”朱十老平时与兰花也有一手，未免有拈酸之意。邢权又将店中卖下的银子藏过，在朱十老面前说道：

“朱小官在外赌博，不长进，柜里银子几次短少，都是他偷去了。”初次朱十老还不信，接连几次，朱十老年老糊涂，没有主意，就唤朱重过来，责骂了一场。

朱重是个聪明的孩子，已知邢权与兰花的计较，欲待分辩，惹起是非不小，万一老者不听，枉做恶人。心生一计，对朱十老说道：“店中生意淡薄，不消得二人。如今让邢主管坐店，孩儿情愿挑担子出去卖油。卖得多少，每日纳还，可不是两重生意？”朱十老心下也有许可之意，又被邢权说道：“他不是要挑担出去，几年上偷银子做私房，身边积攒有余了，又怪你不与他定亲，心下怨怅，不愿在此相帮，要讨个出场，自去娶老婆，做人家去。”朱十老叹口气道：“我把他做亲儿看成，他却如此歹意，皇天不祐！罢，罢，不是自身骨血，到底粘连不上，由他去罢！”遂将三两银子，把与朱重，打发出门，寒夏衣服和被窝都教他拿去。这也是朱十老好处。朱重料他不肯收留，拜了四拜，大哭而别。正是：

孝己杀身因谤语，申生丧命为谗言。
亲生儿子犹如此，何怪螟蛉受枉冤。

原来秦良上天竺做香火，不曾对儿子说知。朱重出了朱十老之门，在众安桥下赁了一间小小房儿，放下被窝等件，买巨锁儿锁了门，便往长街短巷，访求父亲。连走几日，全没消息，没奈何，只得放下。在朱十老家四年，赤心忠良，并无一毫私蓄，只有临行时打发这三两银子，不够本钱，做什么生意好？左思右量，只有油行买卖是熟间。这些油坊多曾与他识熟，还去挑个卖油担子，是个稳足的道路。当下置办了油担家伙，剩下的银两，都交付与油坊取油。那油坊里认得朱小官是个老实好人，况且小小年纪，当初坐店，今朝挑担上街，都因邢伙计挑拨他出来，心中甚是不平，有心扶持他，只拣窨（xūn）清（经贮藏而澄清）的上好净油与他，签子上又明让他些。朱重得了这些便宜，自己转卖与人，也放些宽，所以他的油比别人分外容易出脱。每日所赚的利息，又且俭吃俭用，积下东西来，置办些日用家业，及身上衣服之类，并无妄废。心中只有一件事未了，牵挂着父亲，思想：“向来叫作朱重，谁知我是姓秦！倘或父亲来寻访之时，也没有个因由。”遂复姓为秦。说话的，假如上一等人，有前程的，要复本姓，或具札子奏过朝廷，或关白礼部、太学、国学等衙门，将册籍改正，众所共知。一个卖油的，复姓之时，谁人晓得？他有个道理，把盛油的桶儿，一面大大写个“秦”字，一面写“汴梁”二字，将油桶做个标识，使人一览而知。以此临安市上，晓得他本姓，都呼他为“秦卖油”。时值二月天气，不暖不寒，秦重闻知昭庆寺僧人，要起个九昼夜功德，用油必多，遂挑了油担来寺中卖油。那些和尚们也闻知秦卖油之名，他的油比别人又好又贱，单单作成他。所以一连这九日，秦重只在昭庆寺走动。正是：

刻薄不赚钱，忠厚不折本。

这一日是第九日了。秦重在寺出脱了油，挑了空担出寺。其日天气晴明，游人如蚁。秦重绕河而行，遥望十景塘桃红柳绿，湖内画船箫鼓，往来游玩，观之不足，玩之有余。走了一回，身子困倦，转到昭庆寺右边，望个宽处，将担子放下，坐在一块石上歇脚。近侧有个人家，面湖而住，金漆篱门，里面朱栏内，一丛细竹。未知堂室何如，先见门庭清整。只见里面三四个戴巾的从内而出，一个女娘后面相送。到了门首，两下把手一拱，说声“请了”，那女娘竟

进去了。秦重定睛观之，此女容颜娇丽，体态轻盈，目所未睹，准准的呆了半晌，身子都酥麻了。

他原是个老实小官，不知有烟花行径，心中疑惑，正不知是什么人家。方正疑思之际，只见门内又走出个中年的妈妈，同着一个垂发的丫头，倚门闲看。那妈妈一眼瞧着油担，便道："阿呀！方才我家无油，正好有油担子在这里，何不与他买些？"那丫鬟同那妈妈出来，走到油担子边，叫声："卖油的！"秦重方才听见，回言道："没有油了！妈妈要用油时，明日送来。"那丫鬟也认得几个字，看见油桶上写个"秦"字，就对妈妈道："卖油的姓秦。"妈妈也听得人闲讲，有个秦卖油，做生意甚是忠厚。遂吩咐秦重道："我家每日要油用，你肯挑来时，与你做个主顾。"秦重道："承妈妈作成，不敢有误。"那妈妈与丫鬟进去了。秦重心中想道："这妈妈不知是那女娘的什么人？我每日到她家卖油，莫说赚她利息，图个饱看那女娘一回，也是前生福分。"正欲挑担起身，只见两个轿夫，抬着一顶青绢幔的轿子，后边跟着两个小厮，飞也似跑来。到了其家门首，歇下轿子，那小厮走进里面去了。秦重道："却又作怪。看他接什么人？"少顷之间，只见两个丫鬟，一个捧着猩红的毡包，一个拿着湘妃竹攒花的拜匣（旧时用于送礼或递柬帖的长方形小木匣），都交付与轿夫，放在轿座之下。那两个小厮手中，一个抱着琴囊，一个捧着几个手卷，腕上挂碧玉箫一支，跟着起初的女娘出来。女娘上了轿，轿夫抬起往旧路而去。丫鬟小厮，俱随轿步行。秦重又得亲炙（此处指又见一次）一番，心中愈加疑惑，挑了油担子，洋洋地去。

不过几步，只见临河有一个酒馆。秦重每常不吃酒，今日见了这女娘，心下又欢喜又气闷，将担子放下，走进酒馆，拣个小座头坐下。酒保问道："客人还是请客，还是独酌？"秦重道："有上好的酒，拿来独饮三杯。时新果子一两碟，不用荤菜。"酒保斟酒时，秦重问道："那边金漆篱门内是什么人家？"酒保道："这是齐衙内的花园，如今王九妈住下。"秦重道："方才看见有个小娘子上轿，是什么人？"酒保道："这是有名的粉头，叫作王美娘，人都称为花魁娘子。她原是汴京人，流落在此。吹弹歌舞，琴棋书画，件件皆精。来往的都是大头儿，要十两放光才宿一夜哩！可知小可的也近她不得。当初住在涌金门外，因楼房狭窄，齐舍人与她相厚。半载之前，把这花园借与她住。"秦重听得说是汴京人，触了个乡思之念，心中更有一倍光景。吃了数杯，还了酒钱，挑了担子，一路走，一路的肚中打稿道："世间有这样美貌的女子，落于娼家，岂不可惜！"又自家暗笑道："若不落于娼家，我卖油的怎生得见！"又想一回，越发痴起来了，道："人生一世，草生一秋。若得这等美人搂抱了睡一夜，死也甘心。"又想一回道："呸！我终日挑这油担子，不过日进分文，怎么想这等非分之事！正是癞蛤蟆在阴沟里想着天鹅肉吃，如何到口！"又想一回道："她相交的，都是公子王孙。我卖油的，纵有了银子，料她也不肯接我。"又想一回道："我闻得做老鸨的，专要钱钞。就是个乞儿，有了银子，她也就肯接了，何况我做生意的，青青白白之人。若有了银子，怕她不接！只是哪里来这几两银子？"一路上胡思乱想，自言自语。你道天地间有这等痴人，一个小经纪的，本钱只有三两，却要把十两银子去嫖那名妓，可不是个春梦！自古道："有志者事竟成。"被他千思万想，想出一个计策来。他道："从明日为始，逐日将本钱扣出，余下的积

攒上去。一日积得一分，一年也有三两六钱之数。只消三年，这事便成了。若一日积得二分，只消得年半。若再多得些，一年也差不多了。”想来想去，不觉走到家里，开锁进门。只因一路上想着许多闲事，回来看了自家的睡铺，惨然无欢，连夜饭也不要吃，便上了床。这一夜翻来覆去，牵挂着美人，哪里睡得着？

只因月貌花容，引起心猿意马。

捱到天明，爬起来，就装了油担，煮早饭吃了，匆匆挑了油担子，一径走到王九妈家去。进了门，却不敢直入，舒着头，往里面张望。王九妈恰才起床，还蓬着头，正吩咐保儿买饭菜。秦重认得声音，叫声：“王妈妈！”九妈往外一张，见是秦卖油，笑道：“好忠厚人！果然不失信。”便叫他挑担进来，称了一瓶，约有五斤多重，公道还钱，秦重并不争论。王九妈甚是欢喜，道：“这瓶油，只够我家两日用。但隔一日，你便送来，我不往别处去买油。”秦重应诺，挑担而出。只恨不曾遇见花魁娘子。“且喜扳下主顾，少不得一次不见，二次见；二次不见，三次见。只是一件，特为王九妈一家挑这许多路来，不是做生意的勾当。这昭庆寺是顺路，今日寺中虽然不做功德，难道寻常不用油的？我且挑担去问他。若扳得各房头做个主顾，只消走钱塘门这一路，那一担油尽够出脱了。”秦重挑担到寺内问时，原来各房和尚也正想着秦卖油，来得正好，多少不等，各各买他的油。秦重与各房约定，也是间一日便送油来用。这一日是个双日，自此日为始，但是单日，秦重别街道上做买卖；但是双日，就走钱塘门这一路。一出钱塘门，先到王九妈家里，以卖油为名，去看花魁娘子。有一日会见，也有一日不会见。不见时费了一场思想，便见时也只添了一层思想。正是：

天长地久有时尽，此恨此情无尽期。

再说秦重到了王九妈家多次，家中大大小小，没一个不认得是秦卖油。时光迅速，不觉一年有余。日大日小，只拣足色细丝，或积三分，或积二分，再少也积下一分。凑得几钱，又打做大块包。日积月累，有了一大包银子，零星凑集，连自己也不识多少。其日是单日，又值大雨，秦重不出去做买卖，看了这一大包银子，心中也自喜欢。“趁今日空闲，我把他上一上天平，见个数目。”打个油伞，走到对门倾银铺里，借天平兑银。那银匠好不轻薄，想着：“卖油的多少银子，要架天平？只把个五两头等子与他，还怕用不着头纽哩！”秦重把银子包解开，都是散碎银两，大凡成锭的见少，散碎的就见多。银匠是小辈，眼孔极浅，见了许多银子，别是一番面目，想道：“人不可貌相，海水不可斗量。”慌忙架起天平，搬出若大若小许多砝码。秦重尽包而兑，一厘不多，一厘不少，刚刚一十六两之数，上秤便是一斤。秦重心下想道：“除去了三两本钱，余下的做一夜花柳之费，还是有余。”又想道：“这样散碎银子，怎好出手？拿出来也被人看低了！见成倾银店中方便，何不倾成锭儿，还觉冠冕。”当下兑足十两，倾成一个足色大锭，再把一两八钱，倾成水丝一小锭。剩下四两二钱之数，拈一小块，还了火钱，又将几钱银子，置下镶鞋净袜，新褶了一顶万字头巾。回到家中，把衣服浆洗得干干净净，买几根安息香，熏了又熏。拣个晴明好日，侵早打扮起来。

虽非富贵豪华客，也是风流好后生。

秦重打扮得齐齐整整，取银两藏于袖中，把房门锁了，一径往王九妈家而来，那一时好不高兴。及至到了门首，愧心复萌，想道："时常挑了担子在他家卖油，今日忽地去做嫖客，如何开口？"正在踌躇之际，只听得呀的一声门响，王九妈走将出来。见了秦重，便道："秦小官今日怎的不做生意，打扮得恁般齐楚，往哪里去贵干？"事到其间，秦重只得老着脸，上前作揖，妈妈也不免还礼。秦重道："小可并无别事，专来拜望妈妈。"那鸨儿是老积年（老江湖），见貌辨色，见秦重恁般装束，又说拜望，"一定是看上了我家那个丫头，要嫖一夜，或是会一个房。虽然不是个大势主菩萨，搭在篮里便是菜，捉在篮里便是蟹，赚他钱把银子买葱菜，也是好的。"便满脸堆下笑来，道："秦小官拜望老身，必有好处。"秦重道："小可有句不识进退的言语，只是不好启齿。"王九妈道："但说何妨，且请到里面客座里细讲。"秦重为卖油虽曾到王家准百次，这客座里交椅，还不曾与他屁股做个相识，今日是个会面之始。王九妈到了客座，不免分宾而坐，向着内里唤茶。少顷，丫鬟托出茶来，看时却是秦卖油，正不知什么缘故，妈妈恁般待，咯咯低了头只是笑。王九妈看见，喝道："有甚好笑！对客全没些规矩！"

丫鬟止住笑，收了茶杯自去。王九妈方才开言问道："秦小官有甚话，要对老身说？"秦重道："没有别话。要在妈妈宅上请一位姐姐吃杯酒儿。"九妈道："难道吃寡酒？一定要嫖了。你是个老实人，几时动这风流之兴？"秦重道："小可的积诚，也非止一日。"九妈道："我家这几个姐姐，都是你认得的，不知你中意哪一位？"秦重道："别个都不要，单单要与花魁娘子相处一宵。"九妈只道取笑她，就变了脸道："你出言无度，莫非奚落老娘么？"秦重道："小可是个老实人，岂有虚情。"九妈道："粪桶也有两个耳朵，你岂不晓得我家美儿的身价！倒了你卖油的灶，还不够半夜歇钱哩！不如将就拣一个适兴罢。"秦重把颈一缩，舌头一伸，道："恁的好卖弄！不敢动问，你家花魁娘子一夜歇钱要几千两？"九妈见他说耍话，却又回嗔作喜，带笑而言道："哪要许多？只要得十两敲丝（纹银。银子上有钢印圆丝纹，故称），其他东道杂费，不在其内。"秦重道："原来如此，不为大事。"袖中摸出这秃秃里一大锭放光细丝银子，递与鸨儿道："这一锭十两重，足色足数，请妈妈收着。"又摸出一小锭来，也递与鸨儿，又道："这一小锭，重有二两，相烦备个小东。望妈妈成就小可这件好事，生死不忘，日后再有孝顺。"九妈见了这锭大银，已自不忍释手，又恐怕他一时高兴，日后没了本钱，心中懊悔，也要尽他一句才好。便道："这十两银子，你做经纪的人，积攒不易，还要三思而行。"秦重道："小可主意已定，不要你老人家费心。"

九妈把这两锭银子收于袖中，道："是便是了，还有许多烦难哩！"秦重道："妈妈是一家之主，有甚烦难？"九妈道："我家美儿，往来的都是王孙公子，富室豪家，真个是'谈笑有鸿儒，往来无白丁'。她岂不认得你是做经纪的秦小官，如何肯接你？"秦重道："但凭妈妈怎的委曲婉转，成全其事，大恩不敢有忘！"九妈见他十分坚心，眉头一皱，计上心来，扯开笑口道："老身已替你排下计策，只看你缘法如何。做得成，不要喜；做不成，不要怪。美儿昨日在李学士家陪酒，还未曾回。今日是黄衙内约下游湖。明日是张山人一班请客，邀她做诗社。后日是韩尚书的公子，数日前送下东道在这里。你且到大后日来看。还有句话，这几日你且不要来我家卖油，预先留下个体面。又有句话，你穿着

一身的布衣布裳，不像个上等嫖客。再来时，换件绸缎衣服，教这些丫鬟们认不出你是秦小官，老娘也好与你装谎。”秦重道：“小可一一理会得。”说罢，作别出门。且歇这三日生理，不去卖油，到典铺里买了一件见成半新半旧的绸衣，穿在身上，到街坊闲走，演习斯文模样。正是：

未识花院行藏（底细），先习孔门规矩。

丢过那三日不题。到第四日，起个清早，便到王九妈家去。去得太早，门还未开，意欲转一转再来。这番装扮稀奇，不敢到昭庆寺去，恐怕和尚们批点，且到十景塘散步。良久又踅（xué，折回）转来，王九妈家门已开了。那门前却安顿得有轿马，门内有许多仆从，在那里闲坐。秦重虽然老实，心下倒也乖巧，且不进门，悄悄地招那马夫问道：“这轿马是谁家的？”马夫道：“韩府里来接公子的。”秦重已知韩公子夜来留宿，此时还未曾别。重复转身，到一个饭店之中，吃了些见成茶饭，又坐了一回，方才到王家探信。只见门前轿马已自去了。进得门时，王九妈迎着，便道：“老身得罪，今日又不得工夫了。恰才韩公子拉去东庄赏早梅，他是个长嫖，老身不好违拗。闻得说，来日还要到灵隐寺，访个棋师赌棋哩！齐衙内又来约过两三次了，这是我家房主，又是辞不得的。他来时，或三日五日的住了去，连老身也定不得个日子。秦小官，你真个要嫖，只索耐心再等几日。不然，前日的尊赐，分毫不动，要便奉还。”秦重道：“只怕妈妈不作成。若还迟，终无失，就是一万年，小可也情愿等着。”九妈道：“恁地时，老身便好张主（主张，作主）。”

秦重作别，方欲起身，九妈又道：“秦小官人，老身还有句话。你下次若来讨信，不要早了，约莫申牌时分，有客没客，老身把个实信与你。倒是越晏些越好，这是老身的妙用，你休错怪。”秦重连声道：“不敢，不敢！”这一日秦重不曾做买卖。次日，整理油担，挑往别处去生理，不走钱塘门一路。每日生意做完，傍晚时分就打扮齐整，到王九妈家探信。只是不得功夫，又空走了一月有余。

那一日是十二月十五，大雪方霁，西风过后，积雪成冰，好不寒冷，却喜地下干燥。秦重做了大半日买卖，如前装扮，又去探信。王九妈笑容可掬，迎着道：“今日你造化，已是九分九厘了。”秦重道：“这一厘是欠着什么？”九妈道：“这一厘么？正主儿还不在家。”秦重道：“可回来么？”九妈道：“今日是俞太尉家赏雪，筵席就备在湖船之内。俞太尉是七十岁的老人家，风月之事，已是没分，原说过黄昏送来。你且到新人房里，吃杯烫风酒，慢慢地等她。”秦重道：“烦妈妈引路。”王九妈引着秦重，弯弯曲曲，走过许多房头，到一个所在，不是楼房，却是个平屋三间，甚是高爽。左一间是丫鬟的空房，一般有床榻桌椅之类，却是备官铺的；右一间是花魁娘子卧室，锁着在那里，两旁又有耳房。中间客座，上面挂一幅名人山水，香几上博山古铜炉，烧着龙涎香饼，两旁书桌，摆设些古玩，壁上贴许多诗稿。秦重愧非文人，不敢细看。心下想道：“外房如此整齐，内室铺陈，必然华丽，今夜尽我受用。十两一夜，也不为多！”九妈让秦小官坐于客位，自己主位相陪。少顷之间，丫鬟掌灯过来，抬下一张八仙桌儿，六碗时新果子，一架攒盒佳肴美酝，未曾到口，香气扑人。九妈执盏相劝：“今日众小女都有客，老身只得自陪，请开怀畅饮几杯。”秦重酒量本不

高，况兼正事在心，只吃半杯。吃了一会，便推不饮。九妈道："秦小官想饿了，且用些饭再吃酒。"丫鬟捧着雪花白米饭，一吃一添，放于秦重面前，就着一盏杂和汤。鸨儿量高，不用饭，以酒相陪。秦重吃了一碗，就放箸。九妈道："夜长哩，再请些。"秦重又添了半碗。丫鬟提个行灯来，说："浴汤热了，请客官洗浴。"秦重原是洗过澡来的，不敢推托，只得又到浴堂，肥皂香汤，洗了一遍，重复穿衣入座。九妈命撤去肴盒，用暖锅下酒。此时黄昏已绝，昭庆寺里的钟都撞过了，美娘尚未回来。

玉人何处贪欢耍，等得情郎望眼穿！

常言道："等人心急。"秦重不见表子回家，好生气闷。却被鸨儿夹七夹八，说些风话劝酒，不觉又过了一更天气。只听得外面热闹闹的，却是花魁娘子回家。丫鬟先来报了，九妈连忙起身出迎，秦重也离座而立。只见美娘吃得大醉，侍女扶将进来，到于门首，醉眼朦胧，看见房中灯烛辉煌，杯盘狼藉，立住脚问道："谁在这里吃酒？"九娘道："我儿，便是我向日与你说的那秦小官人。他心中慕你，多时的送过礼来。因你不得工夫，耽搁他一月有余了。你今日幸而得空，做娘的留他在此伴你。"美娘道："临安郡中，并不闻说起有什么秦小官人！我不去接他。"转身便走。九妈双手托开，即忙拉住道："他是个至诚好人，娘不误你。"美娘只得转身，才跨进房门，抬头一看那人，有些面善，一时醉了，急急叫不出来，便道："娘，这个人我认得他的，不是有名称的子弟。接了他，被人笑话。"九妈道："我儿，这是涌金门内开段铺的秦小官人。当初我们住在涌金门时，想你也曾会过，故此面善。你莫识认错了。做娘的见他来意志诚，一时许了他，不好失信。你看做娘的面上，胡乱留他一晚。做娘的晓得不是了，明日却与你陪礼。"一头说，一头推着美娘的肩头向前。美娘拗妈妈不过，只得进房相见。正是：

千般难出虔婆口，万般难脱虔婆手。
饶君纵有万千般，不如跟着虔婆走。

这些言语，秦重一句句都听得，佯为不闻。美娘万福过了，坐于侧首。仔细看着秦重，好生疑惑，心里甚是不悦，默默无言。唤丫鬟将热酒来，斟着大钟。鸨儿只道她敬客，却自家一饮而尽。九妈道："我儿醉了，少吃些么！"美儿哪里依她，答应道："我不醉！"一连吃上十来杯。这是酒后之酒，醉中之醉，自觉立脚不住。唤丫鬟开了卧房，点上银釭，也不卸头，也不解带，蹝（xǐ）脱了绣鞋，和衣上床，倒身而卧。鸨儿见女儿如此做作，甚不过意，对秦重道："小女平日惯了，她专会使性。今日她心中不知为什么有些不自在，却不干你事，休得见怪！"秦重道："小可岂敢！"鸨儿又劝了秦重几杯酒，秦重再三告止。鸨儿送入卧房，向耳旁吩咐道："那人醉了，放温存些。"又叫道："我儿起来，脱了衣服，好好地睡。"美娘已在梦中，全不答应，鸨儿只得去了。

丫鬟收拾了杯盘之类，抹了桌，叫声："秦小官人，安置罢。"秦重道："有热茶要一壶。"丫鬟泡了一壶浓茶，送进房里，带转房门，自去耳房中安歇。秦重看美娘时，面对里床，睡得正熟，把锦被压于身下。秦重想酒醉之人，必然怕冷，又不敢惊醒她。忽见阑干上又放着一床大红纻丝的锦被。轻轻地取下，盖在美娘身上。把银灯挑得亮亮的，取了这壶热茶，脱鞋上床，捱在美娘身边，

左身抱着茶壶在怀，右手搭在美娘身上，眼也不敢闭一闭。正是：

未曾握雨携云，也算偎香倚玉。

却说美娘睡到半夜，醒将转来，自觉酒力不胜，胸中似有满溢之状。爬起来，坐在被窝中，垂着头，只管打干哕（yuě，要吐又吐不出来）。秦重慌忙也坐起来，知她要吐，放下茶壶，用手抚摩其背。良久，美娘喉间忍不住了，说时迟，那时快，美娘放开喉咙便吐。秦重怕污了被窝，把自己的道袍袖子张开，罩在她嘴上。美娘不知所以，尽情一呕，呕毕，还闭着眼，讨茶漱口。秦重下床，将道袍轻轻脱下，放在地平之上。摸茶壶还是暖的。斟上一瓯香喷喷的浓茶，递与美娘。美娘连吃了二碗，胸中虽然略觉豪燥，身子兀自倦怠，仍旧倒下，向里睡去了。秦重脱下道袍，将吐下一袖的腌臜，重重裹着，放于床侧，依然上床，拥抱似初。

美娘那一觉直睡到天明方醒，覆身转来，见旁边睡着一人，问道："你是哪个？"秦重答道："小可姓秦。"美娘想起夜来之事，恍恍惚惚，不甚记得真了，便道："我夜来好醉！"秦重道："也不甚醉。"又问："可曾吐么？"秦重道："不曾。"美娘道："这样还好。"又想一想道："我记得曾吐过的，又记得曾吃过茶来，难道做梦不成？"秦重方才说道："是曾吐来。小可见小娘子多了杯酒，也防着要吐，把茶壶暖在怀里。小娘子果然吐后讨茶，小可斟上，蒙小娘子不弃，饮了两瓯。"美娘大惊道："脏巴巴的，吐在哪里？"秦重道："恐怕小娘子污了被褥，是小可把袖子盛了。"美娘道："如今在哪里？"秦重道："连衣服裹着，藏过在那里。"美娘道："可弄坏了你一件衣服。"秦重道："这是小可的衣服，有幸得沾小娘子的余沥。"美娘听说，心下想道："有这般识趣的人！"心里已有四五分欢喜了。

此时天色大明，美娘起身，下床小解。看着秦重，猛然想起是秦卖油，遂问道："你实对我说，是什么样人？为何昨夜在此？"秦重道："承花魁娘子下问，小子怎敢妄言。小可实是常来宅上卖油的秦重。"遂将初次看见送客，又看见上轿，心下想慕至极，及积攒嫖钱之事，备细述了一遍。"夜来得亲近小娘子一夜，三生有幸，心满意足。"美娘听说，愈加可怜，道："我昨夜酒醉，不曾招接得你。你干折了多少银子，莫不懊悔？"秦重道："小娘子天上神仙，小可唯恐服侍不周，但不见责，已为万幸，况敢有非意之望！"美娘道："你做经纪的人，积下些银两，何不留下养家？此地不是你来往的。"秦重道："小可单只一身，并无妻小。"美娘顿了一顿，便道："你今日去了，他日还来么？"秦重道："只这昨宵相亲一夜，已慰生平，岂敢又作痴想！"美娘想道："难得这好人，又忠厚，又老实，又且知情识趣，隐恶扬善，千百中难遇此一人。可惜是市井之辈，若是衣冠子弟，情愿委身事之。"

正在沉吟之际，丫鬟捧洗脸水进来，又是两碗姜汤。秦重洗了脸，因夜来未曾脱帻，不用梳头，呷了几口姜汤，便要告别。美娘道："少住不妨，还有话说。"秦重道："小可仰慕花魁娘子，在旁多站一刻，也是好的。但为人岂不自揣！夜来在此，实是大胆，唯恐他人知道，有玷芳名。还是早些去了安稳。"美娘点了一点头，打发丫鬟出房，忙忙地开了减妆（梳妆匣），取出二十两银子，送与秦重道："昨夜难为了你，这银两权奉为资本，莫对人说。"秦重哪里肯受。美

娘道："我的银子，来路容易。这些须酬你一宵之情，休得固逊。若本钱缺少，异日还有助你之处。那件污秽的衣服，我叫丫鬟湔（jiān，洗涤）洗干净了还你罢。"秦重道："粗衣不烦小娘子费心。小可自会湔洗。只是领赐不当。"美娘道："说哪里话！"将银子掗在秦重袖内，推他转身。秦重料难推却，只得受了，深深作揖，卷了脱下这件龌龊道袍，走出房门。打从鸨儿房前经过，鸨儿看见，叫声："妈妈！秦小官去了！"王九妈正在净桶上解手，口中叫道："秦小官，如何去得恁早？"秦重道："有些贱事，改日特来称谢！"

不说秦重去了，且说美娘与秦重虽然没点相干，见他一片诚心，去后好不过意。这一日因害酒，辞了客在家将息，千个万个孤老都不想，倒把秦重整整地想了一日。有《挂枝儿》为证：

俏冤家，须不是串花家的子弟，你是个做经纪本分人儿，那匡你会温存，能软款，知心知意。料你不是个使性的，料你不是个薄情的。几番待放下思量也，又不觉思量起。

话分两头，再说邢权在朱十老家，与兰花情热，见朱十老病废在床，全无顾忌。十老发作了几场。两个商量出一条计策来，俟夜静更深，将店中资本席卷，双双的桃之夭夭，不知去向。次日天明，十老方知。央及邻里，出了个失单，寻访数日，并无动静。深悔当日不合为邢权所惑，逐了朱重。如今日久见人心，闻说朱重赁居众安桥下，挑担卖油，不如仍旧收拾他回来，老死有靠。只怕他记恨在心，教邻舍好生劝他回家，但记好，莫记恶。秦重一闻此言，即日收拾了家伙，搬回十老家里。相见之间，痛哭了一场。十老将所存囊橐，尽数交付秦重。秦重自家又有二十余两本钱，重整店面，坐柜卖油。因在朱家，仍称朱重，不用秦字。不上一月，十老病重，医治不痊，呜呼哀哉！朱重捶胸大恸，如亲父一般，殡殓成服，七七做了些好事。朱家祖坟在清波门外，朱重举丧安葬，事事成礼，邻里皆称其厚德。

事定之后，仍先开店。原来这油铺是个老店，从来生意原好，却被邢权刻剥存私，将主顾弄断了多少。今见朱小官在店，谁家不来作成？所以生理比前越盛。朱重单身独自，急切要寻个老成帮手。有个惯做中人的，叫作金中，忽一日引着一个五十余岁的人来。原来那人正是莘善，在汴梁城外安乐村居住。因那年避乱南奔，被官兵冲散了女儿瑶琴，夫妻两口，凄凄惶惶，东逃西窜，胡乱地过了几年。今日闻临安兴旺，南渡人民，大半安插在彼。诚恐女儿流落此地，特来寻访，又没消息。身边盘缠用尽，欠了饭钱，被饭店中终日赶逐，无可奈何。偶然听见金中说起朱家油铺，要寻个卖油帮手。自己曾开过六陈铺子，卖油之事，都则在行。况朱小官原是汴京人，又是乡里，故此央金中引荐到来。朱重问了备细，乡人见乡人，不觉感伤。"既然没处投奔，你老夫妻两口，只住在我身边，只当个乡亲相处，慢慢地访着令爱消息，再作去处。"当下取两贯钱把与莘善，去还了饭钱，连浑家阮氏也领将来，与朱重相见了。收拾一间空房，安顿他老夫妇在内。两口儿也尽心竭力，内外相帮，朱重甚是欢喜。光阴似箭，不觉一年有余。多有人见朱小官年长未娶，家道又好，做人又志诚，情愿白白把女儿送他为妻。朱重因见了花魁娘子，十分容貌，等闲的不看在眼，立心要访求个出色的女子，方才肯成亲。以此日复一日，耽搁下去。正是：

曾观沧海难为水，除却巫山不是云。

再说王美娘在九妈家，盛名之下，朝欢暮乐，真个口厌肥甘，身嫌锦绣。然虽如此，每遇不如意之处，或是子弟们任情使性，吃醋挑槽，或自己病中醉后，半夜三更，没人疼热，就想起秦小官人的好处来，只恨无缘再会。也是他桃花运尽，合当变更，一年之后，生出一段事端来。

却说临安城中，有个吴八公子，父亲吴岳，见为福州太守。这吴八公子，打从父亲任上回来，广有金银，平昔间也喜赌钱吃酒，三瓦两舍走动。闻得花魁娘子之名，未曾识面，屡屡遣人来约，欲要嫖她。王美娘闻他气质不好，不愿相接，托故推辞，非止一次。那吴八公子也曾和着闲汉们亲到王九妈家几番，都不曾会。

其时清明节届，家家扫墓，处处踏青。美娘因连日游春困倦，且是积下许多诗画之债，未曾完得，吩咐家中："一应客来，都与我辞去！"闭了房门，焚起一炉好香，摆设文房四宝，方欲举笔，只听得外面沸腾，却是吴八公子，领着十余个狠仆，来接美娘游湖。因见鸨儿每次回他，在中堂行凶，打家打伙，直闹到美娘房前，只见房门锁闭。原来妓家有个回客法儿，小娘躲在房内，却把房门反锁，支吾客人，只推不在。那老实的就被她哄过了。吴公子是惯家，这些套子，怎的瞒得。吩咐家人扭断了锁，把房门一脚踢开。美娘躲身不迭，被公子看见，不由分说，教两个家人，左右牵手，从房内直拖出房外来，口中兀自乱嚷乱骂。王九妈欲待上前陪礼解劝，看见势头不好，只得闪过。家中大小，躲得没半个影儿。

吴家狠仆牵着美娘，出了王家大门，不管她弓鞋窄小，望街上飞跑。八公子在后，扬扬得意。直到西湖口，将美娘下掇了湖船，方才放手。美娘十二岁到王家，锦绣中养成，珍宝般供养，何曾受恁般凌贱。下了船，对着船头，掩面大哭。吴八公子见了，放下面皮，气忿忿地像关云长单刀赴会，一把交椅，朝外而坐，狠仆侍立于旁。一面吩咐开船，一面数一数二地发作一个不住："小贱人，小娼根！不受人抬举！再哭时，就讨打了！"美娘哪里怕他，哭之不已。船至湖心亭，吴八公子吩咐摆盒在亭子内，自己先上去了，却吩咐家人："叫那小贱人来陪酒！"

美娘抱住了栏杆，哪里肯去？只是嚎哭。吴八公子也觉没兴，自己吃了几杯淡酒，收拾下船，自来扯美娘。美娘双脚乱跳，哭声愈高。八公子大怒，教狠仆拔去簪珥。美娘蓬着头，跑到船头上，就要投水，被家童们扶住。公子道："你撒赖便怕你不成！就是死了，也只费得我几两银子，不为大事。只是送你一条性命，也是罪过。你住了啼哭时，我就放你回去，不难为你。"美娘听说放她回去，真个住了哭。八公子吩咐移船到清波门外僻静之处，将美娘绣鞋脱下，去其裹脚，露出一对金莲，如两条玉笋相似。教狠仆扶她上岸，骂道："小贱人！你有本事，自走回家，我却没人相送。"说罢，一篙子撑开，再向湖中而去。正是：

焚琴煮鹤从来有，惜玉怜香几个知！

美娘赤了脚，寸步难行，思想："自己才貌两全，只为落于风尘，受此轻贱。平昔枉自结识许多王孙贵客，急切用他不着，受了这般凌辱。就是回去，如何做人？倒不如一死为高。只是死得没些名目，枉自享个盛名，到此地位，看

着村庄妇人，也胜我十二分。这都是刘四妈这个花嘴，哄我落坑堕堑，致有今日！自古红颜薄命，亦未必如我之甚！”越思越苦，放声大哭。

事有偶然，却好朱重那日到清波门外朱十老的坟上，祭扫过了，打发祭物下船，自己步回，从此经过。闻得哭声，上前看时，虽然蓬头垢面，那玉貌花容，从来无两，如何不认得！吃了一惊，道：“花魁娘子，如何这般模样？”美娘哀哭之际，听得声音厮熟，止啼而看，原来正是知情识趣的秦小官！美娘当此之际，如见亲人，不觉倾心吐胆，告诉他一番。朱重心中十分疼痛，亦为之流泪。袖中带得有白绫汗巾一条，约有五尺多长，取出劈半扯开，奉与美娘裹脚，亲手与她拭泪。又与她挽起青丝，再三把好言宽解。等待美娘哭定，忙去唤个暖轿，请美娘坐了，自己步送，直到王九妈家。

九妈不得女儿消息，在四处打探，慌迫之际，见秦小官送女儿回来，分明送一颗夜明珠还她，如何不喜！况且鸨儿一向不见秦重挑油上门，多曾听得人说，他承受了朱家的店业，手头活动，体面又比前不同，自然刮目相待。又见女儿这等模样，问其缘故，已知女儿吃了大苦，全亏了秦小官，深深拜谢，设酒相待。日已向晚，秦重略饮数杯，起身作别。美娘如何肯放，道：“我一向有心于你，恨不得与你见面。今日定然不放你空去！”鸨儿也来扳留。秦重喜出望外。是夜，美娘吹弹歌舞，曲尽生平之技，奉承秦重。秦重如做了一个游仙好梦，喜得魄荡魂消，手舞足蹈。夜深酒阑，二人相挽就寝。云雨之事，其美满更不必言：

> 一个是足力后生，一个是惯情女子。这边说，三年怀想，费几多役梦劳魂；那边说，一载相思，喜侥幸粘皮贴肉。一个谢前番帮衬，合今番恩上加恩；一个谢今夜总成，比前夜爱中添爱。红粉妓倾翻粉盒，罗帕留痕；卖油郎打泼油瓶，被窝沾湿。可笑村儿干折本，做成小丫弄风流。

云雨已罢，美娘道：“我有句心腹之言与你说，你休得推托。”秦重道：“小娘子若用得着小可时，就赴汤蹈火，亦所不辞，岂有推托之理？”美娘道：“我要嫁你！”秦重笑道：“小娘子就嫁一万个，也还数不到小可头上，休得取笑，枉自**折了小可的食料**（折了小人的寿命）。”美娘道：“这话实是真心，怎说取笑二字！我自十四岁被妈妈灌醉，梳弄过了，此时便要从良，只为未曾相处得人，不辨好歹，恐误了终身大事。以后相处的虽多，都是豪华之辈，酒色之徒，但知买笑追欢的乐意，那有怜香惜玉的真心。看来看去，只有你是个志诚君子，况闻你尚未娶亲，若不嫌我烟花贱质，情愿举案齐眉，白头奉侍。你若不允之时，我就将三尺白罗，死于君前，表白我一片诚心，也强如昨日死于村郎之手，没名没目，惹人笑话。”说罢，呜呜地哭将起来。秦重道：“小娘子休得悲伤。小可承小娘子错爱，将天就地，求之不得，岂敢推托？只是小娘子千金声价，小可家贫力薄，如何摆布，也是力不从心了。”美娘道：“这却不妨。不瞒你说，我只为从良一事，预先积攒些东西，寄顿在外，赎身之费，一毫不费你心力。”秦重道：“就是小娘子自己赎身，平昔住惯了高堂大厦，享用了锦衣玉食，在小可家，如何过活？”美娘道：“布衣蔬食，死而无怨！”秦重道：“小娘子虽然——只怕妈妈不从！”美娘道：“我自有道理。”如此如此，这般这般，两个直说到天明。

原来黄翰林的衙内，韩尚书的公子，齐太尉的舍人，这几个相知的人家，美娘都寄顿得有箱笼。美娘只推要用，陆续取到密地，约下秦重，教他收置在家。然后一乘轿子，抬到刘四妈家，诉以从良之事。刘四妈道："此事老身前日原说过的。只是年纪还早，又不知你要从哪一个？"美娘道："姨娘，你莫管是甚人，少不得依着姨娘的言语，是个真从良，乐从良，了从良；不是那不真、不假、不了、不绝的勾当。只要姨娘肯开口时，不愁妈妈不允。做侄女的别没孝顺，只有十两金子，奉与姨娘，胡乱打些钗子。是必在妈妈前做个方便，事成之时，媒礼在外。"刘四妈看见这金子，笑得眼儿没缝，便道："自家儿女，又是美事，如何要你的东西！这金子权时领下，只当与你收藏，此事都在老身身上。只是你的娘，把你当个摇钱之树，等闲也不轻放你出去，怕不要千把银子！那主儿可是肯出手的么？也得老身见她一见，与她讲道方好。"美娘道："姨娘莫管闲事，只当你侄女自家赎身便了。"刘四妈道："妈妈可晓得你到我家来？"美娘道："不晓得。"四妈道："你且在我家便饭，待老身先到你家，与妈妈讲，讲得通时，然后来报你。"

刘四妈雇乘轿子，抬到王九妈家，九妈相迎入内。刘四妈问起吴八公子之事，九妈告诉了一遍。四妈道："我们行户人家，倒是养成个半低不高的丫头，尽可赚钱，又且安稳。不论什么客就接了，倒是日日不空的。侄女只为声名大了，好似一块鲞鱼（咸鱼干）落地，蚂蚁儿都要钻它。虽然热闹，却也不得自在。说便许多一夜，也只是个虚名。那些王孙公子来一遍，动不动有几个帮闲，连宵达旦，好不费事。跟随的人又不少，个个要奉承得他好，一些不到之处，口里就出粗，哩嗹罗嗹地骂人，还要弄损你家伙，又不好告诉得他家主，受了若干闷气。况且山人墨客，诗社棋社，少不得一月之内，又有几时官身。这些富贵子弟，你争我夺，依了张家，违了李家，一边喜，少不得一边怪了。就是吴八公子这一个风波，吓杀人的，万一失差，却不连本送了？官宦人家，和他打官司不成？只索忍气吞声。今日还亏着你家时运高，太平没事，一个霹雳空中过去了。倘然山高水低，悔之无及。妹子闻得吴八公子不怀好意，还要和你家索闹。侄女的性气又不好，不肯奉承人，第一是这件，乃是个惹祸之本。"九妈道："便是这件，老身好不担忧。就是这八公子，也是有名有称的人，又不是下贱之人，这丫头抵死不肯接他，惹出这场寡气。当初她年纪小时，还听人教训。如今有了个虚名，被这些富贵子弟夸她奖她，惯了她性情，骄了她气质，动不动自作自主。逢着客来，她要接便接。她若不情愿时，便是九牛也休想牵得她转！"刘四妈道："做小娘的略有些身份，都则如此。"王九妈道："我如今与你商议，倘若有个肯出钱的，不如卖了她去，倒得干净。省得终身担着鬼胎过日。"刘四妈道："此言甚妙！卖了她一个，就讨得五六个。若凑巧撞得着相应的，十来个也讨得的。这等便宜事，如何不做！"

王九妈道："老身也曾算计过来。那些有钱有力的不肯出钱，专要讨人便宜。及至肯出几两银子的，女儿又嫌好道歉，做张做智地不肯。若有好主儿，妹子做媒，作成则个。倘若这丫头不肯时节，还求你撺掇。这丫头做娘的话也不听，只你说得她信，话得她转。"刘四妈呵呵大笑道："做妹子的此来，正为与侄女做媒。你要许多银子便肯放她出门？"九妈道："妹子，你是明理的人。我们这

行户中，只有贱买，那有贱卖？况且美儿数年盛名满临安，谁不知她是花魁娘子！难道三百四百就容她走动？少不得要她千金。”刘四妈道：“待妹子去讲，若肯出这个数目，做妹子的便来多口。若合不着时，就不来了。”临行时，又故意问道：“侄女今日在哪里？”王九妈道：“不要说起，自从那日吃了吴八公子的亏，怕他还来淘气，终日里抬个轿子，各宅去分诉。前日在齐太尉家，昨日在黄翰林家，今日又不知在哪家去了！”刘四妈道：“有了你老人家做主，按定了坐盘星，也不容侄女不肯。万一不肯时，做妹子自会劝她。只是寻得主顾来，你却莫要捉班做势。”九妈道：“一言既出，并无他说！”九妈送至门首。刘四妈叫声咶噪，上轿去了。这才是：

数黑论黄雌陆贾，说长话短女随何。

若还都像虔婆口，尺水能兴万丈波。

刘四妈回到家中，与美娘说道：“我对你妈妈如此说，这般讲，你妈妈已自肯了。只要银子见面，这事立地便成！”美娘道：“银子已曾办下，明日姨娘千万到我家来，玉成其事。不要冷了场，改日又费讲。”四妈道：“既然约定，老身自然到宅。”美娘别了刘四妈，回家一字不题。次日午牌时分，刘四妈果然来了。王九妈问道：“所事如何？”四妈道：“十有八九，只不曾与侄女说过。”

四妈来到美娘房中，两下相叫了，讲了一回说话。四妈道：“你的主儿到了不曾？那话儿在哪里？”娘美指着床头道：“在这几只皮箱里。”美娘把五六只皮箱一时都开了，五十两一封，搬出十三四封来，又把些金珠宝玉算价，足够千金之数。把个刘四妈惊得眼中出火，口内流涎，想道：“小小年纪，这等有肚肠！不知如何设处，积下许多东西？我家这几个粉头，一般接客，赶得着她哪里！不要说不会生发，就是有几文钱在荷包里，闲时买瓜子磕，买糖儿吃，两条脚布破了，还要做妈的与她买布哩！偏生九阿姐造化，讨得着，年时赚了若干钱钞，临出门还有这一主大财，又是取诸宫中，不劳余力。”这是心中暗想之语，却不曾说出来。

美娘见刘四妈沉吟，只道她作难索谢，慌忙又取出四匹潞绸，两股宝钗，一对凤头玉簪，放在桌上，道：“这几件东西，奉与姨娘为伐柯之敬。”刘四妈欢天喜地对王九妈说道：“侄女情愿自家赎身，一般身价，并不短少分毫，比着孤老赎身更好。省得闲汉们从中说合，费酒费浆，还要加一加二地谢他！”王九妈听得说女儿皮箱内有许多东西，倒有个咈然（不悦貌）之色。你道却是为何？世间只有鸨儿的狠，做小娘的设法些东西，都送到她手里，才是快活。也有做些私房在箱笼内，鸨儿晓得些风声，专等女儿出门，撬开锁钥，翻箱倒笼取个罄空。只为美娘盛名之下，相交都是大头儿，替做娘的挣得钱钞，又且性格有些古怪，等闲不敢触犯。故此卧房里面，鸨儿的脚也不搠进去，谁知她如此有钱！刘四妈见九妈颜色不善，便猜着了，连忙道：“九阿姐，你休得三心两意。这些东西，就是侄女自家积下的，也不是你本分之钱。她若肯花费时，也花费了；或是她不长进，把来津贴了得意的孤老，你也哪里知道！这还是她做家的好处。况且小娘自己手中没有钱钞，临到从良之际，难道赤身赶她出门？少不得头上脚下都要收拾得光鲜，等她好去别人家做人。如今她自家拿得出这些东西，料然一丝一线不费你的心。这一主银子，是你完完全全别在腰胯里的。她就赎身出去，

怕不是你女儿？倘然她挣得好时，时朝月节，怕她不来孝顺你？就是嫁了人时，她又没有亲爹亲娘，你也还去做得着她的外婆，受用处正有哩！”只这一套话，说得王九妈心中爽然，当下应允。刘四妈就去搬出银子，一封封兑过，交付与九妈，又把这些金珠宝玉，逐件指物作价，对九妈说道：“这都是做妹子的故意估下她些价钱，若换与人，还便宜得几十两银子。”王九妈虽同是个鸨儿，倒是个老实头儿，凭刘四妈说话，无有不纳。

刘四妈见王九妈收了这主东西，便叫亡八写了婚书，交付与美儿。美儿道：“趁姨娘在此，奴家就拜别了爹妈出门，借姨娘家住一两日，择吉从良，未知姨娘允否？”刘四妈得了美娘许多谢礼，生怕九妈反悔，巴不得美娘出了她门，完成一事，说道：“正该如此！”当下美娘收拾了房中自己的梳台、拜匣、皮箱、铺盖之类，但是鸨儿家中之物，一毫不动。收拾已完，随着四妈出房，拜别了假爹假妈，和那姨娘行中，都相叫了。王九妈一般哭了几声。美娘唤人挑了行李，欣然上轿，同刘四妈到刘家去。四妈出一间幽静的好房，顿下美娘行李。众小娘都来与美娘叫喜。是晚，朱重差莘善到刘四妈家讨信，已知美娘赎身出来。择了吉日，笙箫鼓乐娶亲。刘四妈就做大媒送亲，朱重与花魁娘子花烛洞房，欢喜无限！虽然旧事风流，不减新婚佳趣。

次日，莘善老夫妇请新人相见，各各相认，吃了一惊。问起根由，至亲三口，抱头而哭。朱重方才认得是丈人、丈母，请他上坐，夫妻二人，重新拜见。亲邻闻知，无不骇然。是日，整备筵席，庆贺两重之喜，饮酒尽欢而散。三朝之后，美娘教丈夫备下几副厚礼，分送旧相知各宅，以酬其寄顿箱笼之恩，并报她从良信息，此是美娘有始有终处。王九妈、刘四妈家，各有礼物相送，无不感激。满月之后，美娘将箱笼打开，内中都是黄白之资，吴绫、蜀锦，何止百计，共有三千余金，都将匙钥交付丈夫，慢慢地买房置产，整顿家当。油铺生理，都是丈人莘公管理。不上一年，把家业挣得花锦般相似，驱奴使婢，甚有气象。

朱重感谢天地神明保佑之德，发心于各寺庙喜舍合殿香烛一套，供琉璃灯油三个月，斋戒沐浴，亲往拈香礼拜。先从昭庆寺起，其他灵隐、法相、净慈、天竺等寺，依次而行。就中单说天竺寺，是观音大士的香火，有上天竺、中天竺、下天竺，三处香火俱盛，却是山路，不通舟楫。朱重叫从人挑了一担香烛、三担清油，自己乘轿而往。先到上天竺来，寺僧迎接上殿。老香火秦公点烛添香。此时朱重居移气，养移体，仪容魁岸，非复幼时面目，秦公哪里认得他是儿子。只因油桶上有个大大的“秦”字，又有“汴梁”二字，心中甚以为奇。也是天然凑巧，刚刚到上天竺，偏用着这两只油桶。朱重拈香已毕，秦公托出茶盘，主僧奉茶。秦公问道：“不敢动问施主，这油桶上为何有此三字？”朱重听得问声，带着汴梁人的土音，忙问道：“老香火，你问他怎么？莫非也是汴梁人么？”秦公道：“正是。”朱重道：“你姓甚名谁？为何在此出家？共有几年了？”秦公把自己姓名、乡里，细细告诉：“某年上避兵来此，因无活计，将十三岁的儿子秦重，过继与朱家，如今有八年之远。一向为年老多病，不曾下山问得信息。”朱重一把抱住，放声大哭道：“孩儿便是秦重！向在朱家挑油买卖，正为要访求父亲下落，故此于油桶上，写‘汴梁秦’三字，做个标识。谁知此地相逢，真乃天与其便！”众僧见他父子别了八年，今朝重会，各各称奇。

朱重这一日，就歇在上天竺，与父亲同宿，各叙情节。次日，取出中天竺、下天竺两个疏头换过，内中朱重，仍改作秦重，复了本姓。两处烧香礼拜已毕，转到上天竺，要请父亲回家，安乐供养。

秦公出家已久，吃素持斋，不愿随儿子回家。秦重道：“父亲别了八年，孩儿有缺侍奉。况孩儿新娶媳妇，也得他拜见公公方是。”秦公只得依允。秦重将轿子让父亲乘坐，自己步行，直到家中。秦重取出一套新衣，与父亲换了，中堂设坐，同妻莘氏双双参拜。亲家莘公、亲母阮氏，齐来见礼。此日大排筵席，秦公不肯开荤，素酒素食。次日，邻里敛财称贺，一则新婚，二则新娘子家眷团圆，三则父子重逢，四则秦小官归宗复姓，共是四重大喜，一连又吃了几日喜酒。秦公不愿家居，思想上天竺故处清净出家。秦重不敢违亲之志，将银二百两，于上天竺另造净室一所，送父亲到彼居住。其日用供给，按月送去。每十日亲往候问一次，每一季同莘氏往候一次。那秦公活到八十余，端坐而化，遗命葬于本山。此是后话。

却说秦重和莘氏，夫妻偕老，生下两个孩儿，俱读书成名。至今风月中市语，凡夸人善于帮衬，都叫作“秦小官”，又叫“卖油郎”。有诗为证：

春来处处百花新，蜂蝶纷纷竞采春。
堪爱豪家多子弟，风流不及卖油人。

## 第四卷　灌园叟晚逢仙女

连宵风雨闭柴门，落尽深红只柳存。
欲扫苍苔且停帚，阶前点点是花痕。

这首诗为惜花而作。昔唐时有一处士姓崔，名玄微，平昔好道，不娶妻室，隐于洛东。所居庭院宽敞，遍植花卉竹木。构一室在万花之中，独处于内。童仆都居花外，无故不得辄入。如此三十余年，足迹不出园门。

时值春日，院中花木盛开，玄微日夕徜徉其间。一夜，风清月朗，不忍舍花而睡。乘着月色，独步花丛中。忽见月影下一青衣冉冉而来，玄微惊讶道：“这时节哪得有女子到此行动？”心下虽然怪异，又想道：“且看她到何处去。”那青衣不往东，不往西，径至玄微面前，深深道个万福。玄微还了礼，问道：“女郎是谁家宅眷？因何深夜至此？”那青衣启一点朱唇，露两行碎玉道：“儿家与处士相近。今与女伴过上东门，访表姨，欲借处士院中暂憩，不知可否？”玄微见来得奇异，欣然许之。青衣称谢，原从旧路转去。不一时，引一队女子，分花约柳而来，与玄微一一相见。玄微就月下仔细看时，一个个姿容媚丽，体态轻盈，或浓或淡，妆束不一。随从女郎，尽皆妖艳，正不知从哪里来的。

相见毕，玄微邀进室中，分宾主坐下。开言道：“请问诸位女娘姓氏？今访何姻戚，乃得光降敝园？”一衣绿裳者答道：“妾乃杨氏。”指一穿白的道：“此位李氏。”又指一衣绛服的道：“此位陶氏。”遂逐一指示。最后到一绯衣小女，

乃道："此位姓石，名阿措。我等虽则异姓，俱是同行姊妹。因封家十八姨（古代神话传说中的风神），数日云欲来相看，不见其至。今夕月色甚佳，故与姊妹们同往候之。二来素蒙处士爱重，妾等顺便相谢。"玄微方待酬答，青衣报道："封家姨至！"众皆惊喜出迎，玄微闪过半边观看。众女子相见毕，说道："正要来看十八姨，为主人留坐，不意姨至，足见同心。"各向前致礼。十八姨道："屡欲来看卿等，俱为使命所阻，今乘间至此。"众女道："如此良夜，请姨宽坐，当以一尊为寿。"遂授旨青衣去取。十八姨问道："此地可坐否？"杨氏道："主人甚贤，地极清雅。"十八姨道："主人安在？"玄微趋出相见。举目看十八姨，体态飘逸，言词泠泠有林下风气（称颂女子闲雅飘逸的风采）。近其旁，不觉寒气侵肌，毛骨悚然。逊入堂中，侍女将桌椅已是安排停当。请十八姨居于上席，众女挨次而坐，玄微末位相陪。不一时，众青衣取到酒肴，摆设上来，佳肴异果，罗列满案；酒味醇美，其甘如饴，俱非人世所有。此时月色倍明，室中照耀，如同白日。满座芳香，馥馥袭人。宾主酬酢，杯觥交杂。

酒至半酣，一红裳女子满斟大觥，送与十八姨道："儿有一歌，请为歌之。"歌云："绛衣披拂露盈盈，淡染胭脂一朵轻。自恨红颜留不住，莫怨春风道薄情。"歌声清婉，闻者皆凄然。

又一白衣女子送酒道："儿亦有一歌。"歌云："皎洁玉颜胜白雪，况乃当年对芳月。沉吟不敢怨春风，自叹容华暗消歇。"其音更觉惨切。

那十八姨性颇轻佻，却又好酒，多了几杯，渐渐狂放。听了二歌，乃道："值此芳辰美景，宾主正欢，何遽作伤心语？歌旨又深刺干，殊为慢客。须各罚以大觥，当另歌之。"遂手斟一杯递来，酒醉手软，持不甚牢，杯才举起，不想袖在箸上一兜，扑碌的连杯打翻。这酒若翻在别个身上，却又罢了，恰恰里尽泼在阿措身上。

阿措年娇貌美，性爱整齐，穿的却是一件大红簇花绯衣。那红衣最忌的是酒，才沾滴点，其色便败，怎经得这一大杯酒！况且阿措也有七八分酒意，见污了衣服，作色道："诸姊妹有所求，吾不畏尔！"即起身往外就走。十八姨也怒道："小女弄酒，敢与吾为抗耶？"亦拂衣而起。众女子留之不住，齐劝道："阿措年幼，醉后无状，望勿记怀，明日当率来请罪！"相送下阶，十八姨忿忿向东而去。众女子与玄微作别，向花丛中四散行走。玄微欲观其踪迹，随后送之。步急苔滑，一跤跌倒，挣起身来看时，众女子俱不见了。心中想道："是梦却又未曾睡卧；若是鬼，又衣裳楚楚，言语历历；是人，如何又倏然无影？"胡猜乱想，惊疑不定。回入堂中，桌椅依然摆设，杯盘一毫已无，唯觉余馨满室。虽异其事，料非祸祟，却也无惧。

到次晚，又往花中步玩。见诸女子已在，正劝阿措往十八姨处请罪。阿措怒道："何必更恳此老妪？有事只求处士足矣！"众皆喜道："妹言甚善。"齐向玄微道："吾姊妹皆住处士苑中，每岁多被恶风所挠，居止不安，常求十八姨相庇。昨阿措误触之，此后应难取力。处士倘肯庇护，当有微报耳。"玄微道："某有何力，得庇诸女？"阿措道："只求处士每岁元旦，作一朱幡，上图日月五星之文，立于苑东，吾辈则安然无恙矣！今岁已过，请于此月二十一日平旦，微有东风，即立之，可免本日之难。"玄微道："此乃易事，敢不如命。"齐声谢道：

“得蒙处士慨允，必不忘德！”言讫而别，其行甚疾。玄微随之不及，忽一阵香风过处，各失所在。玄微欲验其事，次日即制办朱幡。候至二十一日，清早起来，果然东风微拂，急将幡竖立苑东。少顷，狂风振地，飞沙走石，自洛南一路，摧林折树；唯苑中繁花不动。玄微方晓诸女者，皆众花之精也。绯衣名阿措，即安石榴也。封十八姨，乃风神也。至次晚，众女各裹桃李花数斗来谢道：“承处士脱某等大难，无以为报。饵此花英，可延年却老。愿长如此卫护，某等亦可致长生。”玄微依其言服之，果然容颜转少，如三十许人，后得道仙去。有诗为证：

洛中处士爱栽花，岁岁朱幡绘采茶。
学得餐英堪不老，何须更觅枣如瓜。

列位莫道小子说风神与花精往来，乃是荒唐之语。那九州四海之中，目所未见，耳所未闻，不载史册，不见经传，奇奇怪怪，跷跷蹊蹊的事，不知有多多少少。就是张华的《博物志》，也不过志其一二；虞世南的行书厨（活的书柜，形容博学），也包藏不得许多。此等事甚是平常，不足为异。然虽如此，又道是子不语怪，且阁过一边。只那惜花致福，损花折寿，乃见在功德，须不是乱道。列位若不信时，还有一段《灌园叟晚逢仙女》的故事，待小子说与列位看官们听。若平日爱花的，听了自然将花分外珍重；内中或有不惜花的，小子就将这话劝他，惜花起来，虽不能得道成仙，亦可以消闲遣闷。

你道这段话文出在哪个朝代？何处地方？就在大宋仁宗年间，江南平江府东门外长乐村中。这村离城只去三里之远，村上有个老者，姓秋名先，原是庄家出身，有数亩田地，一所草房。妈妈水氏已故，别无儿女。那秋先从幼酷好栽花种果，把田业都撇弃了，专于其事。若偶觅得种异花，就是拾着珍宝，也没有这般欢喜。随你极紧要的事出外，路上逢着人家有树花儿，不管他家容不容，便陪着笑脸，捱进去求玩。若平常花木，或家里也在正开，还转身得快。倘然是一种名花，家中没有的，虽或有，已开过了，便将正事撇在半边，依依不舍，永日忘归。人都叫他是花痴。或遇见卖花的有株好花，不论身边有钱无钱，一定要买。无钱时便脱身上衣服去解当。也有卖花的知他僻性，故高其价，也只得忍贵买回。又有那破落户晓得他是爱花的，各处寻觅好花折来，把泥假捏个根儿哄他，少不得也买。有恁般奇事！将来种下，依然肯活。日积月累，遂成了一个大园。那园周围编竹为篱，篱上交缠蔷薇、荼蘼、木香、刺梅、木槿、棣棠、金雀，篱边撒下蜀葵、凤仙、鸡冠、秋葵、莺粟等种。更有那金萱、百合、剪春罗、剪秋罗、满地娇、十样锦、美人蓼、山踯躅、高良姜、白蛱蝶、夜落金钱、缠枝牡丹等类，不可枚举。遇开放之时，烂如锦屏。远篱数步，尽植名花异卉。一花未谢，一花又开。向阳设两扇柴门，门内一条竹径，两边都结柏屏遮护。转过柏屏，便是三间草堂，房虽草覆，却高爽宽敞，窗槅明亮。堂中挂一幅无名小画，设一张白木卧榻。桌凳之类，色色洁净，打扫得地下无纤毫尘垢。堂后精舍数间，卧室在内。那花卉无所不有，十分繁茂，真个四时不谢，八节长春。但见：

梅标清骨，兰挺幽芳。茶呈雅韵，李谢浓妆。杏娇疏雨，菊傲严霜。水仙冰肌玉骨，牡丹国色天香。玉树亭亭阶砌，金莲冉冉池塘。

芍药芳姿少比，石榴丽质无双。丹桂飘香月窟，芙蓉冷艳寒江。梨花溶溶夜月，桃花灼灼朝阳。山茶花宝珠称贵，蜡梅花磬口方香。海棠花西府为上，瑞香花金边最良。玫瑰杜鹃，烂如云锦，绣球郁李，点缀风光。说不尽千般花卉，数不了万种芬芳。

篱门外，正对着一个大湖，名为朝天湖，俗名荷花荡。这湖东连吴淞江，西通震泽（太湖），南接庞山湖。湖中景致，四时晴雨皆宜。秋先于岸旁堆土作堤，广植桃柳，每至春时，红绿间发，宛似西湖胜景。沿湖遍插芙蓉，湖中种五色莲花，盛开之日，满湖锦云烂漫，香气袭人，小舟荡桨采菱，歌声泠泠。遇斜风微起，偎船竞渡，纵横如飞。柳下渔人，舣船晒网，也有戏鱼的，结网的，醉卧船头的，没水赌胜的，欢笑之音不绝。那赏莲游人，画船箫管鳞集，至黄昏回棹，灯火万点，间以星影萤光，错落难辨。深秋时，霜风初起，枫林渐染黄碧，野岸衰柳芙蓉，杂间白蘋红蓼，掩映水际，芦苇中鸿雁群集，嘹呖干云，哀声动人。隆冬天气，彤云密布，六花（雪花）飞舞，上下一色。那四时景致，言之不尽。有诗为证：

朝天湖畔水连天，不唱渔歌即采莲。
小小茅堂花万种，主人日日对花眠。

按下散言。且说秋先每日清晨起来，扫净花底落叶，汲水逐一灌溉。到晚上又浇一番。若有一花将开，不胜欢跃，或暖壶酒儿，或烹瓯茶儿，向花深深作揖，先行浇奠，口称花万岁三声，然后坐于其下，浅斟细嚼。酒酣兴到，随意歌啸。身子倦时，就以石为枕，卧在根旁。自半含至盛开，未尝暂离。如见日色烘烈，乃把棕拂蘸水沃之。遇着月夜，便连宵不寐。倘值了狂风暴雨，即披蓑顶笠，周行花间检视。遇有欹枝，以竹扶之。虽夜间，还起来巡看几次。若花到谢时，则累日叹息，常至堕泪。又不舍得那些落花，以棕拂轻轻拂来，置于盘中，时常观玩，直至干枯，装入净瓮。满瓮之日，再用茶酒浇奠，惨然若不忍释。然后亲捧其瓮，深埋长堤之下，谓之“葬花”。倘有花片，被雨打泥污的，必以清水再四涤净，然后送入湖中，谓之“浴花”。

平昔最恨的是攀枝折朵。他也有一段议论，道：“凡花一年只开得一度，四时中只占得一时，一时中又只占数日。他熬过了三时的冷淡，才讨得这数日的风光。看他随风而舞，迎人而笑，如人正当得意之境，忽被催残。巴此数日甚难，一朝折损甚易，花若能言，岂不嗟叹？况就此数日间，先犹含蕊，后复零残，盛开之时，更无多了。又有蝶攒蜂采，鸟啄虫钻，日炙风吹，雾迷雨打，全仗人去护惜他，却反恣意拗折，于心何忍！且说此花自芽生根，自根生本，强者为干，弱者为枝。一干一枝，不知养成了多少年月。及候至花开，供人清玩，有何不美，定要折它他？花一离枝，再不能上枝，枝一去干，再不能附干，如人死不可复生，刑不可复赎，花若能言，岂不悲泣？又想他折花的，不过择其巧干，爱其繁枝。插之瓶中，置之席上，或供宾客片时侑酒之欢，或助婢妾一日梳妆之饰，不思客觞可饱玩于花下，闺妆可借巧于人工。手中折了一枝，鲜花就少了一枝，今年伐了此干，明年便少了此干。何如延其性命，年年岁岁，玩之无穷乎？还有未开之蕊，随花而去，此蕊竟槁灭枝头，与人之童殀何异？又有原非爱玩，趁兴攀折，既折之后，拣择好歹，逢人取讨，即便与之，或随路弃掷，略不顾惜。如

人横祸枉死，无处申冤，花若能言，岂不痛恨？”

他有了这段议论，所以生平不折一枝，不伤一蕊。就是别人家园上，他心爱着那一种花儿，宁可终日看玩。假饶（假如）那花主人要取一枝一朵来赠他，他连称罪过，决然不要。若有旁人要来折花者，只除他不看见罢了，他若见时，就把言语再三劝止。人若不从其言，他情愿低头下拜，代花乞命。人虽叫他是花痴，多有可怜他一片诚心，因而住手者，他又深深作揖称谢。又有小厮们要折花卖钱的，他便将钱与之，不教折损。或他不在时，被人折损，他来见有损处，必凄然伤感，取泥封之，谓之“医花”。为这件上，所以自己园中不轻易放人游玩。偶有亲戚邻友要看，难好回时，先将此话讲过，才放进去。又恐秽气触花，只许远观，不容亲近。倘有不达时务的，捉空摘了一花一蕊，那老头便要面红颈赤，大发喉急（性急发脾气）。下次就打骂他，也不容进去看了。后来人都晓得他的性子，就一叶儿也不敢摘动。

大凡茂林深树，便是禽鸟的巢穴，有花果处，越发千百为群。如单食果实，倒还是小事，偏偏只拣花蕊啄伤。唯有秋先却将米谷置于空处饲之，又向禽鸟祈祝。那禽鸟却也有知觉，每日食饱，在花间低飞轻舞，婉转娇啼，并不损一朵花蕊，也不食一个果实。故此产的果品最多，却又大而甘美。每熟时就先望空祭了花神，然后敢尝。又遍送左近邻家试新，余下的方鬻，一年倒有若干利息。那老者因得了花中之趣，自少至老，五十余年，略无倦意，筋骨愈觉强健。粗衣淡饭，悠悠自得。有得赢余，就把来周济村中贫乏。自此合村无不敬仰，又呼为“秋公”。他自称为“灌园叟”。有诗为证：

朝灌园兮暮灌园，灌成园上百花鲜。
花开每恨看不足，为爱看园不肯眠。

话分两头。却说城中有一人姓张名委，原是个宦家子弟，为人奸狡诡谲、残忍刻薄，恃了势力，专一欺邻吓舍，扎害良善。触着他的，风波立至，必要弄得那人破家荡产，方才罢手。手下用一班如狼似虎的奴仆，又有几个助恶的无赖子弟，日夜合做一块，到处闯祸生灾，受其害者无数。不想却遇了一个又狠似他的，轻轻捉去，打得个臭死。及至告到官司，又被那人弄了些手脚，反问输了。因妆了幌子，自觉无颜，带了四五个家人，同那一班恶少，暂在庄上遣闷。那庄正在长乐村中，离秋公家不远。一日早饭后，吃得半酣光景，向村中闲走，不觉来到秋公门首。只见篱上花枝鲜媚，四围树木繁翳，齐道：“这所在倒也幽雅！是哪家的？”家人道：“此是种花秋公园上，有名叫作花痴。”张委道：“我常闻得说庄边有什么秋老儿，种得异样好花。原来就住在此。我们何不进去看看？”

家人道：“这老儿有些古怪，不许人看的。”张委道：“别人或者不肯，难道我也是这般？快去敲门！”那时园中牡丹盛开，秋公刚刚浇灌完了，正将着一壶酒儿，两碟果品，在花下独酌，自取其乐。饮不上三杯，只听得砰砰的敲门响，放下酒杯，走出来开门，一看，见站着五六个人，酒气直冲。秋公料到必是要看花的，便拦住门口，问道：“列位有甚事到此？”张委道：“你这老儿不认得我么？我乃城里有名的张衙内。那边张家庄便是我家的。闻得你园中好花甚多，特来游玩。”秋公道：“告衙内，老汉也没种甚好花，不过是桃杏之类，都已谢了。如今并没别样花卉。”张委睁起双眼道：“这老儿恁般可恶！看看花儿打甚

紧？却便回我没有。难道吃了你的？”秋公道：“不是老汉说谎，果然没有。”张委哪里肯听，向前叉开手，当胸一㧐，秋公站立不牢，踉踉跄跄，直撞过半边，众人一齐拥进。秋公见势头凶恶，只得让他进去，把篱门掩上，随着进来，向花下取过酒果，站在旁边。众人看那四边花草甚多，唯有牡丹最盛。那花不是寻常玉楼春之类，乃五种有名异品。哪五种？

黄楼子　　绿蝴蝶　　西瓜穰　　舞青猊　　大红狮头

这牡丹乃花中之王，唯洛阳为天下第一。有“姚黄”“魏紫”名色，一本价值五千。你道因何独盛于洛阳？只为昔日唐朝有个武则天皇后，淫乱无道，宠幸两个官儿，名唤张易之、张昌宗，于冬月之间，要游后苑，写出四句诏来，道：“来朝游上苑，火速报春知。百花连夜发，莫待晓风吹。”不想武则天原是应运之主，百花不敢违旨，一夜发蕊开花。次日驾幸后苑，只见千红万紫，芳菲满目，单有牡丹花有些志气，不肯奉承女主、幸臣，要一根叶儿也没有。则天大怒，遂贬于洛阳。故此洛阳牡丹冠于天下。有一支《玉楼春》词，单赞牡丹花的好处。词云：

名花绰约东风里，占断韶华都在此。芳心一片可人怜，春色三分愁雨洗。　　玉人尽日恹恹地，猛被笙歌惊破睡。起临妆镜似娇羞，近日伤春输与你。

那花正种在草堂对面，周围以湖石拦之，四边竖个木架子，上覆布幔，遮蔽日色。花本高有丈许，最低亦有六七尺，其花大如丹盘，五色灿烂，光华夺目。众人齐赞：“好花！”张委便踏上湖石去嗅那香气。秋先极怪的是这节，乃道：“衙内站远些看，莫要上去。”张委恼他不容进来，心下正要寻事，又听了这话，喝道：“你那老儿住在我庄边，难道不晓得张衙内名头么？有恁样好花，故意回说没有。不计较就够了，还要多言，哪见得闻一闻就坏了花？你便这般说，我偏要闻。”遂把花逐朵攀下来，一个鼻子凑在花上去嗅。那秋老在旁，气得敢怒而不敢言。也还道略看一回就去，谁知这厮故意卖弄道：“有恁样好花，如何空过？须把酒来赏玩。”吩咐家人快去取。秋公见要取酒来赏，更加烦恼，向前道：“所在蜗窄，没有坐处。衙内止看看花儿，酒还到贵庄上去吃。”张委指着地上道：“这地下尽好坐。”秋公道：“地上龌龊，衙内如何坐得？”张委道：“不打紧，少不得有毡条遮衬。”不一时，酒肴取到，铺下毡条，众人团团围坐，猜拳行令，大呼小叫，十分得意。只有秋公骨笃了嘴（噘着嘴生气），坐在一边。

那张委看见花木茂盛，就起个不良之念，思想要吞占他的。斜着醉眼，向秋公道：“看你这蠢老儿不出，倒会种花，却也可取，赏你一杯酒。”秋公哪里有好气答他，气忿忿地道：“老汉天性不会饮酒，衙内自请。”张委又道：“你这园可卖么？”秋公见口声来得不好，老大惊讶，答道：“这园是老汉的性命，如何舍得卖？”张委道：“什么性命不性命！卖与我罢了。你若没去处，一发连身归在我家，又不要做别事，单单替我种些花木，可不好么？”众人齐道：“你这老儿好造化，难得衙内恁般看顾，还不快些谢恩？”秋公看见逐步欺负上来，一发气得手足麻软，也不去睬他。张委道：“这老儿可恶！肯不肯，如何不答应我？”秋公道：“说过不卖了，怎的只管问？”张委道：“放屁！你若再说句不卖，就写帖儿，送到县里去！”秋公气不过，欲要抢白几句，又想一想，他是有势

力的人，却又醉了，怎与他一般样见识？且哄了去再处。忍着气答道："衙内总要买，也须从容一日，岂是一时急骤的事。"众人道："这话也说得是。就在明日罢！"此时都已烂醉，齐立起身，家人收拾家伙先去。秋公恐怕折花，预先在花边防护。那张委真个走向前，便要踹上湖石去采。秋先扯住道："衙内，这花虽是微物，但一年间不知废多少工夫，才开得这几朵。不争折损了，深为可惜。况折去不过二三日就谢了，何苦作这样罪过。"张委喝道："胡说！有甚罪过？你明日卖了，便是我家之物，就都折尽，与你何干！"把手去推开。秋公揪住死也不放，道："衙内便杀了老汉，这花决不与你摘的。"众人道："这老儿其实可恶！衙内采朵花儿，值什么大事，装妆出许多模样！难道怕你就不摘了？"遂齐走上前乱摘。把那老儿急得叫屈连天，舍了张委，拼命去拦阻。扯了东边，顾不得西首，顷刻间摘下许多。秋老心疼肉痛，骂道："你这班贼男女，无事登门，将我欺负，要这性命何用！"赶向张委身边，撞个满怀，去得势猛，张委又多了几杯酒，把脚不住，翻筋斗跌倒。众人都道："不好了！衙内打坏也！"齐将花撇下，便赶过来，要打秋公。内中有一个老成些的，见秋公年纪已老，恐打出事来，劝住众人，扶起张委。张委因跌了这跤，心中转恼，赶上前打得个只蕊不留，撒作遍地，意犹未足，又向花中践踏一回。可惜好花！正是：

老拳毒手交加下，翠叶娇花一旦休。
好似一番风雨恶，乱红零落没人收。

当下只气得个秋公怆地呼天，满地乱滚。邻家听得秋公园中喧嚷，齐跑进来。看见花枝满地狼藉，众人正在行凶。邻里尽吃一惊，上前劝住，问知其故。内中倒有两三个是张委的租户，齐替秋公陪个不是，虚心冷气，送出篱门。张委道："你们对那老贼说，好好把园送我，便饶了他。若说半个不字，须教他仔细着！"恨恨而去。邻里们见张委醉了，只道酒话，不在心上。覆身转来，将秋公扶起，坐在阶沿上。那老儿放声号恸。众邻里劝慰了一番，作别出去，与他带上篱门，一路行走。内中也有怪秋公平日不容看花的，便道："这老倌儿真是个忒煞古怪，所以有这样事，也得他经一遭儿，警戒下次！"内中又有直道的道："莫说这没天理的话！自古道：'种花一年，看花十日。'那看的但觉好看，赞声好花罢了，怎得知种花的烦难。只这几朵花，正不知费了许多辛苦，才培植得恁般茂盛。如何怪得他爱惜！"

不题众人。且说秋公不舍得这些残花，走向前将手去捡起来看，见践踏得凋残零落，尘垢沾污，心中凄惨，又哭道："花啊！我一生爱护，从不曾损坏一瓣一叶，哪知今日遭此大难！"正哭之间，只听得背后有人叫道："秋公为何恁般痛哭？"秋公回头看时，乃是一个女子，年约二八，姿容美丽，雅淡梳妆，却不认得是谁家之女。乃收泪问道："小娘子是哪家？至此何干？"那女子道："我家住在左近，因闻你园中牡丹花茂盛，特来游玩，不想都已谢了！"秋公提起牡丹二字，不觉又哭起来。女子道："你且说有甚苦情，如此啼哭？"秋公将张委打花之事说出。那女子笑道："原来为此缘故！你可要这花原上枝头么？"秋公道："小娘子休得取笑！哪有落花返枝的理？"女子道："我祖上传得个落花返枝的法术，屡试屡验。"秋公听说，化悲为喜道："小娘子真个有这术法么？"女子道："怎的不真？"秋公倒身下拜道："若得小娘子施此妙术，老汉无以为报，但每一种花开，便来相

请赏玩。”女子道：“你且莫拜，去取一碗水来。”秋公慌忙跳起去取水，心下又转道：“如何有这样妙法？莫不是见我哭泣，故意取笑？”又想道：“这小娘子从不相认，岂有耍我之理！还是真的。”急舀了一碗清水出来，抬头不见了女子，只见那花都已在枝头，地下并无一瓣遗存。起初每本一色，如今却变作红中间紫，淡内添浓，一本五色俱全，比先更觉鲜艳。有诗为证：

曾闻湘子将花染，又见仙姬会返枝。

信是至诚能动物，愚夫犹自笑花痴。

当下秋公又惊又喜道：“不想这小娘子果然有此妙法。”只道还在花丛中，放下水，前来作谢。园中团团寻遍，并不见影，乃道：“这小娘子如何就去了？”又想道：“必定还在门口，须上去求她，传了这个法儿。”一径赶至门边，那门却又掩着。拽开看时，门首坐着两个老者，就是左右邻家，一个唤作虞公，一个叫作单老，在那里看渔人晒网。见秋公出来，齐立起身拱手道：“闻得张衙内在此无理，我们恰往田头，没有来问得。”秋公道：“不要说起，受了这班泼男女的殴气（怄气）。亏得一位小娘子走来，用个妙法，救起许多花朵，不曾谢得她一声，径出来了。二位可看见往哪一边去的？”二老闻言，惊讶道：“花坏了，有甚法儿救得？这女子去几时了？”秋公道：“刚方出来。”二老道：“我们坐在此好一回，并没个人走动，哪见什么女子？”秋公听说，心下恍悟道：“恁般说，莫不这位小娘子是神仙下降？”二老问道：“你且说怎的救起花儿？”秋公将女子之事叙了一遍。二老道：“有如此奇事！待我们去看看。”秋公将门拴上，一齐走至花下，看了连声称异道：“这定然是个神仙，凡人哪有此法力！”秋公即焚起一炉好香，对天叩谢。二老道：“这也是你平日爱花心诚，所以感动神仙下降。明日索性倒教张衙内这几个泼男女看看，羞杀了他！”秋公道：“莫要！莫要！此等人即如恶犬，远远见了就该避之，岂可还引他来？”二老道：“这话也有理。”秋公此时非常欢喜，将先前那瓶酒热将起来，留二老在花下玩赏，至晚而别。

二老回去即传，合村人都晓得，明日俱要来看，还恐秋公不许。谁知秋公原是有意思的人，因见神仙下降，遂有出世之念，一夜不寐，坐在花下存想。想至张委这事，忽地开悟道：“此皆我平日心胸褊窄，故外侮得至。若神仙汪洋度量，无所不容，安得有此！”至次早，将园门大开，任人来看。先有几个进来打探，见秋公对花而坐，但吩咐道：“任凭列位观看，切莫要采便了。”众人得了这话，互相传开。那村中男子妇女，无有不至。

按下此处。且说张委至次早，对众人道：“昨日反被老贼撞了一跤，难道轻恕了不成？如今再去要他这园。不肯时，多教些人从，将花木尽打个稀烂，方出这气！”众人道：“这园在衙内庄边，不怕他不肯。只是昨日不该把花都打坏，还留几朵，后日看看，便是。”张委道：“这也罢了，少不得来年又发。我们快去，莫要使他停留长智。”众人一齐起身，出得庄门，就有人说：“秋公园上神仙下降，落下的花，原都上了枝头，却又变作五色。”张委不信道：“这老贼有何好处，能感神仙下降？况且不前不后，刚刚我们打坏，神仙就来，难道这神仙是养家的不成？一定是怕我们又去，故此诌这话来央人传说，见得他有神仙护卫，使我们不摆布他。”众人道：“衙内之言极是。”

顷刻，到了园门口，见两扇柴门大开，往来男女络绎不绝，都是一般说话。

众人道："原来真有这等事！"张委道："莫管他，就是神仙见坐着，这园少不得要的。"弯弯曲曲，转到草堂前，看时，果然话不虚传。这花却也奇怪，见人来看，姿态愈艳，光彩倍生，如对人笑的一般。张委心中虽十分惊讶，那吞占念头，全然不改。看了一回，忽地又起一个恶念，对众人道："我们且去。"齐出了园门。众人问道："衙内如何不与他要园？"张委道："我想得个好策在此，不消与他说得，这园明日就归于我。"众人道："衙内有何妙算？"张委道："见今贝州王则谋反，专行妖术。枢密府行下文书来，普天下军州严禁左道，捕缉妖人，本府见出三千贯赏钱，募人出首。我明日就将落花上枝为由，教张霸到府，首（向官府告发）他以妖术惑人。这个老儿熬刑不过，自然招承下狱，这园必定官卖，那时谁个敢买他的？少不得让与我。还有三千贯赏钱哩！"众人道："衙内好计！事不宜迟，就去打点起来。"当时即进城，写下首状。次早，教张霸到平江府出首。

这张霸是张委手下第一出尖的人，衙门情熟，故此用他。大尹正在缉访妖人，听说此事，合村男女都见的，不由不信。即差缉捕使臣带领几个做公的，押张霸作眼，前去捕获。张委将银布置停当，让张霸与缉捕使臣先行，自己与众子弟随后也来。缉捕使臣一径到秋公园上，那老儿还道是看花的，不以为意。众人发一声喊，赶上前一索捆翻。秋公吃这一吓不小，问道："老汉有何罪犯？望列位说个明白。"众人口口声声，骂作妖人反贼，不由分诉，拥出门来。邻里看见，无不失惊，齐上前询问。缉捕使臣道："你们还要问么？他所犯的事也不小，只怕连村人都有分哩！"那些愚民，被这大话一吓，心中害怕，尽皆洋洋走开，唯恐累及。只有虞公、单老，同几个平日与秋公相厚的，远远跟来观看。

且说张委俟秋公去后，便与众子弟来锁园门。恐还有人在内，又检点一过，将门锁上，随后赶上府前。缉捕使臣已将秋公解进，跪在月台上，见旁边又跪着一人，却不认得是谁。那些狱卒都得了张委银子，已备下诸般刑具伺候。大尹喝道："你是何处妖人，敢在此地方上将妖术煽惑百姓？有几多党羽？从实招来！"秋公闻言，恰如黑暗中闻个火炮，正不知从何处起的，禀道："小人家世住于长乐村中，并非别处妖人，也不晓得什么妖术。"大尹道："前日你用妖术使落花上枝，还敢抵赖！"秋公见说到花上，情知是张委的缘故。即将张委要占园打花，并仙女下降之事，细诉一遍。不想那大尹性是偏执的，哪里肯信，乃笑道："多少慕仙的，修行至老，尚不能得遇神仙，岂有因你哭，花仙就肯来？既来了，必定也留个名儿，使人晓得，如何又不别而去？这样话哄哪个！不消说得，定然是个妖人，快夹起来！"狱卒们齐声答应，如狼虎一般，蜂拥上来，揪翻秋公，扯腿拽脚，刚要上刑，不想大尹忽然一个头晕，险些儿跌下公座。自觉头目森森，坐身不住，吩咐上了枷扭，发下狱中监禁，明日再审。

狱卒押着，秋公一路哭泣出来，看见张委，道："张衙内，我与你前日无怨，往日无仇，如何下此毒手，害我性命？"张委也不答应，同了张霸和那一班恶少，转身就走。虞公、单老，接着秋公，问知其细，乃道："有这等冤枉的事！不打紧，明日同合村人，具张连名保结，管你无事！"秋公哭道："但愿得如此，便好。"狱卒喝道："这死囚还不走！只管哭什么！"秋公含着眼泪进狱。邻里又寻些酒食，送至门上。那狱卒谁个拿与他吃？竟接来自去受用。到夜间，将他上了囚床，就如活死人一般，手足不能少展。心中苦楚，想道："不知那位神仙救了这

花，却又被那厮借此陷害。神仙呵！你若怜我秋先，亦来救拔性命，情愿弃家入道。”一头正想，只见前日那仙女，冉冉而至。秋公急叫道：“大仙救拔弟子秋先则个！”仙女笑道：“汝欲脱离苦厄么？”上前把手一指，那枷钮纷纷自落。秋先爬起来，向前叩头道：“请问大仙姓氏。”仙女道：“吾乃瑶池王母座下司花女，怜汝惜花志诚，故令诸花返本。不意反资奸人谗口。然亦汝命中合有此灾，明日当脱。张委损花害人，花神奏闻上帝，已夺其算（减寿）。助恶党羽，俱降大灾。汝宜笃志修行，数年之后，吾当度汝。”秋先又叩首道：“请问上仙修行之道。”仙女道：“修仙径路甚多，须认本源。汝原以惜花有功，今亦当以花成道。汝但饵百花，自能身轻飞举。”遂教其服食之法。秋先稽首叩谢起来，便不见了仙子。抬头观看，却在狱墙之上，以手招道：“汝亦上来，随我出去。”秋先便向前攀援了一大回，还只到得半墙，甚觉吃力。渐渐至顶，忽听得下边一棒锣声，喊道：“妖人走了，快拿下！”秋公心下惊慌，手酥脚软，倒撞下来，撒然惊觉，原在囚床之上。想起梦中言语，历历分明，料必无事，心中稍宽。正是：

但存方寸无私曲，料得神明有主张。

且说张委见大尹已认作妖人，不胜欢喜，乃道：“这老儿许多清奇古怪，今夜且请在囚床上受用一夜，让这园儿与我们乐罢！”众人都道：“前日还是那老儿之物，未曾尽兴。今日是大爷的了，须要尽情欢赏。”张委道：“言之有理！”遂一齐出城，教家人整备酒肴，径至秋公园上，开门进去。那邻里看见是张委，心下虽然不平，却又惧怕，谁敢多口。且说张委同众子弟走至草堂前，只见牡丹枝头一朵不存，原如前日打下时一般，纵横满地，众人都称奇怪。张委道：“看起来，这老贼果系有妖法的。不然，如何半日上倏而又变了？难道也是神仙打的？”有一个子弟道：“他晓得衙内要赏花，故意弄这法儿来吓我们。”张委道：“他便弄这法儿，我们就赏落花。”当下依原铺设毡条，席地而坐，放开怀抱恣饮，也把两瓶酒赏张霸到一边去吃。看看饮至月色挫西（西下），俱有半酣之意。忽地起一阵大风，那风好厉害：

善聚庭前草，能开水上萍。

腥闻群虎啸，响合万松声。

那阵风却把地下这些花朵吹得都直竖起来，眨眼间俱变做一尺来长的女子。众人大惊，齐叫道：“怪哉！”言还未毕，那些女子迎风一晃，尽已长大，一个个姿容美丽，衣服华艳，团团立作一大堆。众人因见恁般标致，通看呆了。内中一个红衣女子却又说起话来，道：“吾姊妹居此数十余年，深蒙秋公珍重护惜。何意蓦遭狂奴，俗气熏炽，毒手摧残，复又诬陷秋公，谋吞此地。今仇在目前，吾姊妹曷不戮力击之！上报知己之恩，下雪摧残之耻，不亦可乎？”众女郎齐声道：“阿妹之言有理！须速下手，毋使潜遁！”说罢，一齐举袖扑来，那袖似有数尺之长，如风翻乱飘，冷气入骨。众人齐叫有鬼，撇了家伙，往外乱跑，彼此各不相顾。也有被石块打脚的，也有被树枝抓面的，也有跌而复起，起而复跌的，乱了多时，方才收脚。点检人数都在，单不见了张委、张霸二人。此时风已定了，天色已昏，这班子弟各自回家，恰像捡得性命一般，抱头鼠窜而去。家人喘息定了，方唤几个生力庄客，打起火把，覆身去抓寻。直到园上，只听得大梅树下有呻吟之声。举火看时，却是张霸被梅根绊倒，跌破了头，挣

扎不起，庄客着两个先扶张霸归去。众人周围走了一遍，但见静悄悄的万籁无声。牡丹棚下，繁花如故，并无零落。草堂中杯盘狼藉，残羹淋漓。众人莫不吐舌称奇，一面收拾家伙，一面重复照看。这园子又不多大，三回五转，毫无踪影。——难道是大风吹去了？女鬼吃去了？正不知躲在哪里。延捱了一会，无可奈何，只索回去过夜，再作计较。

方欲出门，只见门外又有一伙人，提着行灯进来。不是别人，却是虞公、单老，闻知众人遇鬼之事，又闻说不见了张委，在园上抓寻，不知是真是假，合着三邻四舍，进园观看。问明了众庄客，方知此事果真，二老惊诧不已。教众庄客："且莫回去，老汉们同列位还去抓寻一遍。"众人又细细照看了一下，正是兴尽而归，叹了口气，齐出园门。二老道："列位今晚不来了么？老汉们告过，要把园门落锁。没人看守得，也是我们邻里的干系。"此时庄客们，蛇无头而不行，已不似先前声势了，答应道："但凭，但凭。"两边人犹未散，只见一个庄客在东边墙角下叫道："大爷有了！"众人蜂拥而前。庄客指道："那槐枝上挂的，不是大爷的软翅纱巾么？"众人道："既有了巾儿，人也只在左近。"沿墙照去，不多几步，只叫得声："苦也！"原来东角转弯处，有个粪窖，窖中一人，两脚朝天，不歪不斜，刚刚倒插在内。庄客认得鞋袜衣服，正是张委，顾不得臭秽，只得上前打捞起来。虞、单二老暗暗念佛，和邻舍们自回。众庄客抬了张委，在湖边洗净。先有人报去庄上，合家大小，哭哭啼啼，置备棺衣入殓，不在话下。其夜，张霸破头伤重，五更时亦死。此乃作恶的见报，正是：

两个凶人离世界，一双恶鬼赴阴司。

次日，大尹病愈升堂，正欲吊审秋公之事，只见公差禀道："原告张霸同家长张委，昨晚都死了。"如此如此，这般这般。大尹大惊，不信有此异事。须臾间，又见里老乡民，共有百十人，连名具呈前事，诉说秋公平日惜花行善，并非妖人。张委设谋陷害，神道报应。前后事情，细细分剖。大尹因昨日头晕一事，亦疑其枉，到便心下豁然，还喜得不曾用刑。即于狱中吊出秋公，当堂释放。又给印信告示，与他园门张挂，不许闲人侵损他花木。众人叩谢出府，秋公向邻里作谢，一路同回。虞、单二老，开了园门，同秋公进去。秋公见牡丹茂盛如初，伤感不已。众人治酒，与秋公压惊；秋公又答席，一连吃了数日酒席。闲话休题。

自此之后，秋公日饵百花，渐渐习惯，遂谢绝了烟火之物。所鬻果实、钱钞，悉皆布施。不数年间，发白更黑，颜色转如童子。一日正值八月十五，丽日当天，万里无瑕，秋公正在花下趺坐，忽然祥风微拂，彩云如蒸，空中音乐嘹亮，异香扑鼻，青鸾白鹤，盘旋翔舞，渐至庭前。云中正立着司花女，两边幢幡宝盖，仙女数人，各奏乐器。秋公看见，扑翻身便拜。司花女道："秋先，汝功行圆满，吾已奏闻上帝，有旨封汝为护花使者，专管人间百花，令汝拔宅上升。但有爱花惜花的，加之以福；残花毁花的，降之以灾！"秋公向空叩首谢恩讫，随着众仙登云，草堂花木，一齐冉冉升起，向南而去。虞公、单老和那合村之人都看见的，一齐下拜。还见秋公在云中举手谢众人，良久方没。此地遂改名"升仙里"，又谓之"惜花村"。

园公一片惜花心，道感仙姬下界临。
草木同升随拔宅，淮南不用炼黄金。

# 第五卷　大树坡义虎送亲

举世芒芒无了休，寄身谁识等浮沤！
谋生尽作千年计，公道还当万古留。
西下夕阳谁把手？东流逝水绝回头。
世人不解苍天意，恐使身心半夜愁。

这八句诗，奉劝世人，公道存心，天理用事，莫要贪图利己，谋害他人。常言道："使心用心，反害其身。"你不存天理，皇天自然不佑。昔有一人，姓韦，名德，乃福建泉州人氏，自幼随着父亲，在绍兴府开个倾银铺儿。那老儿做人公道，利心颇轻，为此主顾甚多，生意尽好。不几年，挣了好些家私。韦德年长，娶了邻近单裁缝的女儿为媳。那单氏倒有八九分颜色，本地大户，情愿出百十贯钱讨她做偏房，单裁缝不肯。因见韦家父子本分，手头活动，况又邻居，一夫一妻，遂就了这头亲事。何期婚配之后，单裁缝得病身亡。不上二年，韦老亦病故。韦德与浑家单氏商议，如今举目无亲，不若扶柩还乡。单氏初时不肯，拗丈夫不过，只得顺从。韦德先将店中粗重家伙变卖，打叠行李，雇了一只长路船，择个出行吉日，把父亲灵柩装载，夫妻两口儿下船而行。

原来这艄公，名叫作张稍，不是个善良之辈，惯在河路内做些淘摸（原指偷窃，后来泛指用不正当的手段取得钱财）生意的。因要做这私房买卖，生怕伙计泄漏，却寻着一个会撑船的哑子做个帮手。今日晓得韦德倾银多年，囊中必然充实；又见单氏生得美丽，自己却没老婆。两件都动了火。下船时就起个不良之心，奈何未得其便。一日，因风大难行，泊舟于江郎山下。张稍心生一计，只推没柴，要上山砍些乱柴来烧。这山中有大虫，时时出来伤人，定要韦德做伴同去。韦德不知是计，随着张稍而走。张稍故意弯弯曲曲，引到山深之处，四顾无人，正好下手。张稍砍下些丛木在地，却教韦德打捆。韦德低着头，只顾捡柴，不防张稍从后用斧劈来，正中左肩，扑地便倒。重复一斧，向脑袋劈下，血如涌泉，结果了性命。张稍连声道："干净，干净！来年今日，叫老婆与你做周年。"说罢，把斧头插在腰里，柴也不要了，忙忙地空身飞奔下船。

单氏见张稍独自回来，就问丈夫何在。张稍道："没造化！遇了大虫，可怜你丈夫被他吃了去。亏我跑得快，脱了虎口。连砍下的柴，也不敢收拾！"单氏闻言，捶胸大哭。张稍解劝道："这是生辰八字，内注定虎伤，哭也没用！"单氏一头哭，一头想道："闻得虎遇夜出山，不信白日里就出来伤人。况且两人双双同去，如何偏拣我丈夫吃了，他又全没些损伤？好不奇怪！"便对张稍道："我丈夫虽然衔去，只怕还挣得脱不死。"张稍道："猫儿口中，尚且挖不出食，何况于虎！"单氏道："然虽如此，奴家不曾亲见。就是真个被虎吃了，少不得存几块骨头，烦你引奴家去，捡得回来，也表我夫妻之情。"张稍道："我怕虎，

不敢去！”单氏又哀哀地哭将起来。张稍想道：“不引她去走一遍，她心不死。”便道：“娘子，我引你去看，不要哭。”单氏随即上岸，同张稍进山路来。先前砍柴，是走东路，张稍恐怕妇人看见死尸，却引她从西路走。单氏走一步，哭一步，走了多时，不见虎迹。张稍指东话西，只望单氏倦而思返。谁知她定要见丈夫的骨血，方才指实。张稍见单氏不肯回步，扯个谎，望前一指道：“小娘子，你只管要行，兀的（这，这个）不是大虫来了？”单氏抬头而看，才问一声：“大虫在哪里？”声犹未绝，只听得林中呫喇的一阵怪风，忽地跳出一只吊睛白额虎，不歪不斜，正望着张稍当头扑来。张稍躲闪不及，只叫得一声“阿呀”，被虎一口衔着背皮，跑入深林受用去了。

单氏惊倒在地，半日方醒。眼前不见张稍，已知被大虫衔去，始信山中真个有虎，丈夫被虎吃了，此言不谬。心中害怕，不敢前行，认着旧路，一步步哭将转来。未及出山，只见一个似人非人的东西，从东路直冲出来。单氏只道又是只虎，叫道：“我死也！”往后便倒。耳根边忽听说：“娘子，你如何却在这里？”双手来扶。单氏睁眼看时，却是丈夫韦德，血污满面，所以不像人形。原来韦德命不该死，虽然被斧劈伤，一时闷绝。张稍去后，却又醒将转来，挣扎起身，扯下脚带，将头裹缚停当，他步出山，来寻张稍讲话，却好遇着单氏。单氏还认着丈夫被虎咬伤，以致如此。听韦德诉出其情，方悟张稍欺心使计，谋害他丈夫，假说有虎。后来被虎咬去，此乃神明遣来，剿除凶恶。夫妻二人，感谢天地不尽。

回到船中，那哑子做手势，问船主如何不来。韦德夫妻与他说明本末，哑子合着掌，忽然念出一声“南无阿弥陀佛”，便能说话，将张稍从前过恶，一一说出。再问他时，依旧是个哑子。此亦至异之事也。韦德一路相帮哑子行船，直到家中。将船变卖了，造一个佛堂与哑子住下，日夜烧香，韦德夫妇终身信佛。后人论此事，咏诗四句：

伪言有虎原无虎，虎自张稍心上生。
假使张稍心地正，山中有虎亦藏形。

方才说虎是神明遣来，剿除凶恶，此亦理之所有。看来虎乃百兽之王，至灵之物，感仁吏而渡河，伏高僧而护法，见于史传，种种可据。如今再说一个义虎知恩报恩，成就了人间义夫节妇，为千古佳话。正是：

说时节妇生颜色，道破奸雄丧胆魂。

话说大唐天宝年间，福州漳浦县下乡，有一人姓勤，名自励，父母俱存，家道粗足。勤自励幼年时，就聘定同县林不将的女儿潮音为妻，茶枣（古代订婚时男方向女方家送的聘礼）俱已送过，只等长大成亲。勤自励十二岁上，就不肯读书，出了学堂，专好使枪抡棒。父母单生的这个儿子，甚是姑息，不去拘管着他。年登十六，生得身长力大，猿臂善射，武艺过人。常言：“同声相应，同气相求”，自有一班无赖子弟，三朋四友，和他檠鹰放鹞，驾犬驰马，射猎打生为乐。曾一日射死三虎。忽见个黄衣老者，策杖而前，称赞道：“郎君之勇，虽昔日卞庄、李存孝不是过也！但好生恶杀，万物同情。自古道：‘人无害虎心，虎无伤人意。’郎君何故必欲杀之？此兽乃百兽之王，不可轻杀。当初黄公有道术，能以赤刀制虎，尚且终为虎害。郎君若自恃其勇，好杀不已，将来必犯天道之

忌，难免不测之忧矣！”勤自励闻言醒悟，即时折箭为誓，誓不杀虎。

忽一日，独往山中打生，得了几项野味而回。行至中途，地名大树坡，见一黄斑老虎，误陷于槛阱之中，猎户偶然未到。其虎见勤自励到来，把前足跪地，俯首弭耳，口中作声，似有乞怜之意。自励道：“业畜，我已誓不害你了。但你今日自投槛阱，非干我事。”其虎眼观自励，口中呜呜不已。自励道：“我今做主放你，你今后切莫害人！”虎闻言点头。自励破阱放虎，虎得命，狂跳而去。自励道：“人以获虎为利，我却以放虎为仁。我欲仁而使人失其利，非忠恕之道也。”遂将所得野味，置于阱中，空手而回。正是：

得放手时须放手，可施恩处便施恩。

只因勤自励不务本业，家道渐渐消乏。又且素性慷慨好客，时常引着这伙三朋四友，到家蒿恼（打扰，麻烦），索酒索食。勤公、勤婆爱子之心无所不至，初时犹勉强支持，以后支持不来，只得对儿子说道：“你今年已大长，不思务本作家，日逐游荡，有何了日？别人家儿子似你年纪，或农或商，胡乱得些进益，以养父母。似你有出气，无进气，家事日渐凋零，兀自三兄四弟，酒食征逐。不知做爹娘的将没作有，千难万难，就是衣饰典卖，也有尽时。将来手足无措，连爹娘也有饿死之日哩！我如今与你说过，再引人上门时，茶也没有一杯与他吃了，你莫着急！”勤自励被爹娘教训了一遍，默默无言，走出去了。真个好几日没有人上门蒿恼。约莫一月有余，勤自励又引十来个猎户到家，借锅煮饭。勤公也道：“容他煮罢！”勤婆不肯道：“费柴费火，还是小事，只是才说得儿子回心，清净了这几日，老娘心里好不喜欢。今日又来缠帐，开了端，辞得哪一个？他日又赔茶、赔酒。老娘支持得怕了，索性做个冷面，莫惯他吧！”勤公见勤婆不允，闪过一边。勤婆将中门闭了，从门内说道：“我家不是公馆，柴火不便，别处去利市。”众人闻言，只索（只得）去了。

勤自励满面羞惭，叹口气，想道：“我自小靠爹娘过活，没处赚得一文半文，家中来路又少，也怪爹娘不得。闻得安南作乱，朝廷各处募军，本府奉节度使文牒，大张榜文，众兄弟中已有几个应募去了。凭着我一身本事，一刀一枪，或者博得个衣锦还乡，也不见得。守着这六尺地上，带累爹娘受气，非丈夫之所为也。只是一件，爹娘若知我应募从军，必然不允。功名之际，只可从权，我自有个道理。”当下瞒过勤公、勤婆，竟往府中投军。

太守试他武艺出众，将他充为队长，军政司上了名字。不一日招募数足，领兵官点名编号，给了口粮，制办衣甲器械，择个出征吉日，放炮起身。勤自励也不对爹娘说知。直到上路三日之后，遇了个县中差役，方才写寄一封书信回来。勤公拆书开看时，写道：

男自励无才无能，累及爹娘。今已应募，充为队长，前往安南。幸然有功，必然衣锦还乡。爹娘不必挂念！

勤公看毕，呆了半晌，开口不得。勤婆道：“儿子哪里去了？写什么言语在书上？你不对我说？”勤公道：“对你说时，只怕急坏了你！儿子应募充军，从征安南去了。”勤婆笑道：“我说多大难事，等儿子去十日半月后，唤他回来就是了。”勤公道：“妇道家不知利害！安南离此有万里之遥，音信尚且难通；况他已是官身，此去刀剑无情，凶多吉少。万一做了沙场之鬼，我两口儿老景谁人

侍奉？”勤婆就哭天哭地起来，勤公也流泪不止。过了数日，林亲家亦闻此信，特地自来问个端的（究竟，底细）。勤公、勤婆遮瞒不得，只得实说了，伤感了一场。林公回去说知，举家都不欢喜。正是：

乐莫乐兮新相知，悲莫悲兮生别离。
他人分离犹自可，骨肉分离苦杀我。

光阴似箭，不觉三年，勤自励一去，杳无音信。林公频频遣人来打探消息，都则似金针堕海，银瓶落井，全没些影响。同县也有几个应募去的，都则如此。林公的妈妈梁氏对丈夫说道：“勤郎一去，三年不回，不知死活存亡。女儿年纪长成了，把她耽误，不是个常法，你也该与勤亲家那边讨个决裂。虽然亲则是亲，各儿各女，两个肚皮里出来的，我女儿还不认得女婿的面长面短，却教她活活做孤孀不成？”林公道：“阿妈说的是。”即忙来到勤家，对勤公道：“小女年长，令郎杳无归信。倘只是不归，作何区处？老荆日夜愁烦，特来与亲家商议。”勤公已知其意，便道：“不肖子无赖，有误令爱芳年。但事已如此，求亲家多多上覆亲母，耐心再等三年。若六年不回，任凭亲家将令爱别许高门，老汉再无言语。”林公见说得达理，只得唯唯而退，回来与妈妈说知。梁氏向来知道女婿不学本分，心中不喜，今三年不回，正中其意。听说还要等三年，好不焦躁，恨不得十日缩作一日，把三年一霎儿过了，等女儿再许个好人。

光阴似箭，不觉又过了三年。林公道：“勤亲家之约已满了，我再去走一番，看他更有何说。”梁氏道：“自古道：‘一言既出，驷马难追。’他既有言在前，如今怪不得我了。有路自行，又去对他说甚么？且待女儿有了对头，才通他知道，也不迟。”林公又道：“阿妈说得是。然虽如此，也要与孩儿说知。”梁氏道：“潮音这丫头，有些古怪劣别，只如此对她说，勤郎六年不回，教她改配他人，她料然不肯，反被勤老儿笑话。须得如此如此！”林公又道：“阿妈说得是。”

次日，梁氏正同女儿潮音一处坐，只见林公从外而来，故意大惊小怪地说道：“阿妈，你知道么？怪道勤郎无信回来，原来三年前便死于战阵了。昨日有军士在安南回，是他亲见的。”潮音听说，面如土色，阁泪（强忍着眼泪）而不敢下，慌忙走进自己房里去了。妈妈亦假作叹息，连称可怜。过了数日，林婆对女儿说道：“死者不能复生。他自没命，可惜你青春年少，我已教你父亲去寻媒说合，将你改配他人。乘这少年时，夫妻恩爱，莫教挫过（错过）。”潮音道：“母亲差矣！爹把孩儿从小许配勤家，一女不吃两家茶，勤郎在，奴是他家妻；勤郎死，奴也是他家妇，岂可以生死二心？奴断然不为！”妈妈道：“孩儿休如此执见，爹妈单生你一人，并无兄弟。你嫁得着人时，爹妈也有半子之靠。况且未过门的媳妇，守节也是虚名。现放着活活的爹妈，你不念他日后老景凄凉，却去恋个死人，可不是个痴愚不孝之辈！”潮音被骂，不敢回言。就有男媒女妁，来说亲事。

潮音拗爹妈不过，心生一计，对爹妈说道：“爹妈主张，孩儿焉敢有违？只是孩儿一闻勤郎之死，就将身别许他人，于心何忍！容孩儿守制三年，以毕夫妻之情，那时但凭爹妈。不然，孩儿宁甘一死，决不从命！”林公与梁氏见女儿立志甚决，怕她做出短见之事，只得由她。正是：

一人立志，万夫莫夺。

却说勤公夫妇见儿子六年不归，眼见得林家女儿是别人家的媳妇了。后来闻得

媳妇立志要守三年，心下不胜之喜："若巴得这三年内儿子回家，还是我的媳妇。"

光阴似箭，不觉又过了三年。潮音只认丈夫真死，这三年之内，素衣蔬食，如真正守孝一般。及至年满，竟绝了荤腥之味，身上又不肯脱素穿色。说起议婚，便要寻死。林公与妈妈商议："女孩儿执性如此，改嫁之事，多应不成。如之奈何？"梁氏道："密地择了人家，在我哥哥家受聘，不要通女孩儿得知。到临嫁之期，只说内侄做朝，来接女孩儿。哄得她易服上轿，鼓乐人从，都在半路迎接。事到其间，不怕她不从！"林公又道："妈妈说得是。"林公果然与舅子梁大伯计议定了，许了李承务家三舍人。自说亲以至纳聘，都在梁大伯家里。夫妻两口去受聘时，对女儿只说梁大伯大儿子定亲，潮音哪里疑心！吉期将到，梁大伯假说某日与儿子完婚，特迎取姐夫一家到家中去接亲。梁氏先自许过他一定都来。至期，大伯差人将两顶轿子，来接姐姐和外甥女。梁氏自己先装扮了，教女儿换了色服同去。潮音不知是计，只得易服随行。女孩儿家不出闺门，不知路径。行了一会，忽然山坳里灯笼火把，鼓乐喧天，都是娶亲的人众，中途等候，摆列轿前，吹打而来。潮音觉道事体有变，没奈何在轿内啼啼哭哭。众人也哪里管她，只顾催趱轿夫飞走。到一个去处，忽然阴云四合，下一阵大雨。众人在树林中暂歇，等雨过又行。走不上几步，抖然起一阵狂风，灯火俱灭，只见一只黄斑吊睛白额虎，从半空中跳将下来。众人发声喊，都四散逃走。

未知性命如何，已见亡魂丧胆。

风定虎去，众人叫声谢天，吹起火来，整顿重行。只见轿夫叫道："不好了！"起初两乘轿子，都是实的，如今一乘是空的。举火照时，正不见了新人，轿门都撞坏了，不是被大虫衔去是什么！梁氏听说，呜呜地啼哭起来。这些娶新的没了新人，好没兴头，乐人也不吹打了，灯火也熄了一半。众人商量道："如何是好？"欲待追寻，黑夜不便，也没恁般胆气。欲待各散去讫，怕又遇别个虎，不若聚作一块，同到林家，再作区处。所谓乘兴而去，败兴而回。

且说林公正闭着门，在家里收拾，听得敲门甚急，忙来开看。只见两乘轿子，依旧抬转，许多人从，一个个垂头丧气，都如丧家之狗，吃了一惊，正不是甚么缘故："莫非女孩儿不从，在轿里又弄出什么把戏？"心头犹如几百个榔槌打着，急问其故。梁氏在轿中哭将出来，哽哽咽咽，一字也说不出。众人将中途遇虎之事，叙了一遍。林公也捶胸大恸，懊悔无及："早知我儿如此薄命，依她不嫁也罢。如今断送得她好苦！"一面令人去报李承务和梁大伯两家知道；一面聚集庄客，准备猎具，专等天明，打点搜山捕获大虫，并寻女儿骨殖。正是：

悲悲切切思闺女，口口声声恨大虫。

话分两头，却说勤自励自从应募投军，从征安南，力战有功，都督哥舒翰用为帐下虞候，解所佩宝剑赐之，甚加信用。三年之后，吐番入寇，勤自励又随哥舒翰调兵征讨。平定之后，朝廷拜哥舒翰为大元帅，率领本部将校，雄军十万，镇守潼关。勤自励以两次军功，那时已做到都指挥之职。何期安禄反乱，杀到潼关，哥舒翰正值患病，抵敌不住，开关纳降。勤自励孤掌难鸣，弃其部下，只身挟剑而逃，一路辛苦不题。

事有凑巧，恰好林公嫁女这一晚，勤自励回到家中，见了父母，拜伏于地，口称："恕孩儿不孝之罪。"勤公、勤婆仔细看时，方才认得是儿子。去时虽然长

大，还没这般雄伟，又添上一嘴胡须，边塞风俗，容颜都改变了。勤公、勤婆痛定思痛，不觉流泪。勤公道：“我儿如何一去十年，音信全无？多有人说，你已没于战阵，哭得做爹妈的眼泪俱枯了！”勤婆道：“莫说十年之前，就是早回一日也还好，不见得媳妇随了别人。”勤自励道：“我媳妇怎么说？”勤婆道：“你去了三年之后，丈人就要将媳妇别许人家，是你爹爹不肯，勉强留了三年。以后媳妇闻你身死，自家立志守孝三年。如今第十个年头，也难怪她，刚刚是今晚出门嫁人。”勤自励听说，眉根倒竖，牙齿咬得咯咯的响，叫道：“哪个鸟（diǎo，骂人话）百姓敢讨勤自励的老婆？我只教他认一认我手中的宝剑！”说罢，狠狠地仗剑出门。爹妈从小管他不下的，今日哪里留得他住，只得由他，捏着两把汗，在草堂中等候消息。正是：

青龙共白虎同行，吉凶事全无未保。

却说勤自励自小认得丈人林公家里，打这条路迎将上去。走了多时，将近黄昏，遇了一阵大雨，衣服都沾湿了。记得这地方唤作大树坡，有一株古树，约莫十来围大，中间都是空的，可以避雨。勤自励走到树边，挨身入内，甚是宽转。那雨虽然大，落不多时就止了。勤自励却待跳出，半空中又刮起一阵大风。勤自励想道：“索性等着过了这阵风走吧。”又道：“这风有些妖气，好古怪！”舒着头往外张望，见两盏红灯，若隐若现。忽地刮喇的一声响亮，如天崩地裂，一件东西向前而坠，惊得勤自励倒身入内。少顷风定，耳边但闻呻吟之声。此时云收雨散，天边露出些微月。勤自励就月光下上前看时，那呻吟的却是个女子。勤自励扶起，细叩来历。那女子半晌方言，说道：“奴家林氏之女潮音也。”勤自励记得妻子的小名，未知是否，问道：“你可有丈夫么？”潮音道：“丈夫勤自励虽曾聘定，尚未过门。只为他十年前应募从军，久无音信，爹妈要将奴改适他姓，奴家誓死不从。爹妈背地将奴不知许与谁家，只说舅舅家来接，骗奴上轿，中路方知。正待寻死，忽然一阵狂风，火光之下，看见个黄斑吊睛白额虎，冲人而来，径向轿中，将奴衔出，撇在此地。虎已去了，幸不损伤。官人不知尊姓何名？若得送奴还归父母之家，家中必有厚报。”勤自励道：“则小生便是勤自励，先征安南，又征吐番，后来又随哥舒元帅镇守潼关，适才回家。听说你家中将你嫁人，在于今晚，以此仗剑而来，欲剿那些败坏纲常之辈。何期于此相遇，这是天遣大虫送还与我，省得我勤自励舞刀抡剑，乃是万千之幸！”潮音道：“官人虽如此说，奴家未曾过门，不识丈夫之面，今日一言之下，岂敢轻信？官人还是引奴回家，使我爹爹识认女婿，也不负奴家数年苦守之志。”勤自励道：“你家老禽兽把一女许配两家，这等不仁不义之辈，还去见他则甚！我如今背你到我家中，先参见了舅姑（指公婆），然后遣人通知你家，也把那老禽兽羞他一羞。”说罢，不管潮音肯不肯，把她负于背上，左手向后拦住她的金莲，右手仗剑，踏着烂地而回。

行不多步，忽闻虎啸之声，遥见前山之上，双灯冉冉。细视乃一只黄斑吊睛白额虎。那两个红灯，虎之睛光也。勤自励猛然想着十年之前，曾在此处破开槛阱，放了一只黄斑吊睛白额虎：“今日如何就晓得我勤自励回家，去人丛中衔那媳妇还我，岂非灵物！”遂高声叫道：“大虫，谢送媳妇了！”那虎大啸一声，跳而藏影。后人论起那虎报恩事，以为奇谈，多有题咏。唯胡曾先生一首最好，诗曰：

从来只道虎伤人，今日方知虎报恩。

多少负心无义汉，不如禽兽有情亲。

再说勤公、勤婆在家悬悬而望，听得脚步响，忙点灯出来看时，只见儿子勤自励背上负了一个人，来到草堂，放于地下，叫道："爹妈，则教你今夜认得媳妇。"勤公、勤婆见是个美貌女子，细叩来历，方知大虫报恩送亲一段奇事。双双举手加额，连称惭愧。勤婆遂将媳妇扶到房中，粥汤将息（调养）。次早差人去林亲家处报信。

却说林公那日黑早，便率领庄客，绕山寻绰了一遍，不见动静。叹口气，只得回家。忽见勤公遣人报喜，说夜来儿子已回，大虫衔来送还他家。哪里肯信？"我晓得了，这是勤亲家晓得女孩儿被虎衔去，故造此话来奚落我！"妈妈梁氏道："天下何事不有？前日我家走失了一只花毛鸡，被邻舍家收着。过了一日，野猫衔个鸡到我家来，赶脱了猫儿，看那鸡，正是我家走失的这一只花毛鸡，有这般巧事！况且虎是个大畜生，最有灵性。我又闻得一个故事：昔时有个书生，住在孤村，夜间听得门外声响，看时，窗棂里伸一只虎掌进来，掌有竹刺甚大。书生悟其来意，拔出其刺。明晚，虎衔一羊来谢。可见虎通人性。或者天可怜女孩儿守志，遣那大虫来送归勤家，亦未可知。你且到勤家看女婿曾回不曾回，便有分晓。"林公又道："阿妈说得是。"

当日林公来到勤家，勤公出迎，分宾而坐，细述夜来之情。林公满面羞惭，谢罪不已："求见贤婿和小女之面。"勤自励初时不肯认丈人，被爹娘先劝了多时，又碍浑家的面皮，故此只得出来相见，气忿忿地作了个揖，就走开去了。勤公教勤婆将媳妇装扮起来，却请林公进房，父女会面，出于意外，犹如梦中相逢，欢喜无限。要接女儿回家，勤公、勤婆不肯。择了吉日，就于家中拜堂成亲。李承务家已知勤自励回来，自没话说。后来郭、李二元帅恢复长安，肃宗皇帝登极，清查文武官员。肃宗自为太子时，曾闻勤自励征讨之功，今番贼党簿籍中，没有他名字，嘉其未曾从贼，再起为亲军都指挥使。累征安庆绪、史思明有功。年老致仕，夫妻偕老。有诗为证：

但行刻薄人皆怨，能布恩施虎亦亲。

奉劝人行方便事，得饶人处且饶人。

## 第六卷　小水湾天狐诒书

蠢动含灵俱一性，化胎湿卵命相关。

得人济利休忘却，雀也知恩报玉环。

这四句诗，单说汉时有一秀才，姓杨，名宝，华西人氏，年方弱冠，天资颖异，学问过人。一日，正值重阳佳节，往郊外游玩。因行倦，坐于林中歇息。但见树木蓊郁（wěng yù，形容草木茂盛或浓密），百鸟嘤鸣，甚是可爱。忽闻扑碌的一

声，堕下一只鸟来，不歪不斜，正落在杨宝面前，口内吱吱地叫，却飞不起，在地上乱扑。杨宝道：“却不作怪！这鸟为何如此？”向前抬起看时，乃是一只黄雀，不知被何人打伤，叫得好生哀楚。杨宝心中不忍，乃道：“将回去喂养好了放吧。”正看间，见一少年，手执弹弓，从背后走过来道：“秀才，这黄雀是我打下的，望乞见还。”杨宝道：“还亦易事。但禽鸟与人体质虽异，生命则一，安忍戕害？况杀百命不足供君一膳，鬻万鸟不能致君之富，奚不别为生业？我今愿赎此雀之命。”便去身边取出钱钞来。少年道：“某非为口腹利物，不过游戏试技耳。既秀才要此雀，即便相送。”杨宝道：“君欲取乐，禽鸟何辜！”少年谢道：“某知过矣！”遂投弓而去。杨宝将雀回家，贮于巾箱中，日采黄花蕊饲之，渐渐羽翼长换。育至百日，便能飞翔。时去时来，杨宝十分珍重。忽一日，去而不回。杨宝心中正在气闷，只见一个童子单眉细眼，身穿黄衣，走入其家，望杨宝便拜。杨宝急忙扶起。童子将出玉环一双，递与杨宝道：“蒙君救命之恩，无以为报，聊以微物相奉。掌此当累世为三公。”杨宝道：“与卿素昧平生，何得有救命之说？”童子笑道：“君忘之耶？某即林中被弹，君巾箱中饲黄花蕊之人也！”言讫，化为黄雀而去。后来杨宝生子震，明帝朝为太尉；震子秉，和帝朝为太尉；秉子赐，安帝朝为司徒；赐子彪，灵帝朝为司徒。果然世世三公，德业相继。有诗为证：

黄花饲雀非图报，一片慈悲利物心。

累世簪缨看盛美，始知仁义值千金。

说话的，那黄雀衔环的故事，人人晓得，何必费讲！看官们不知，只为在下今日要说个少年，也因弹了个异类上起，不能如弹雀的恁般悔悟，干（凭空，白白地）把个老大家事，弄得七颠八倒，做了一场话柄，故把衔环之事做个得胜头回（宋、元说书人的术语。在开讲前，先说一段小故事做引子）。劝列位须学杨宝这等好善行仁，莫效那少年招灾惹祸。正是：

得闭口时须闭口，得放手时须放手。

若能放手和闭口，百岁安宁有八九。

话说唐玄宗时，有一少年，姓王，名臣，长安人氏。略知书史，粗通文墨，好饮酒，善击剑，走马挟弹，尤其所长。从幼丧父，唯母在堂，娶妻于氏。同胞兄弟王宰，膂力过人，武艺出众，充羽林亲卫，未有妻室。家颇富饶，童仆多人，一家正安居乐业。不想安禄山兵乱，潼关失守，天子西幸，王宰随驾扈从（随从）。王臣料道立身不住，弃下房产，收拾细软，引母妻婢仆，避难江南，遂家于杭州，地名小水湾，置买田产，经营过日。后来闻得京城克复，道路宁静，王臣思想要往都下寻访亲知，整理旧业，为归乡之计。告知母亲，即日收拾行囊，止带一个家人，唤作王福，别了母妻，由水路直至扬州码头上。

那扬州隋时谓之江都，是江淮要冲，南北襟喉之地。往来樯橹如麻，岸上居民稠密，做买做卖的，挨挤不开，真好个繁华去处。当下王臣舍舟登陆，雇倩脚力，打扮作军官模样，一路游山玩水，夜宿晓行。不则一日，来至一所在，地名樊川，乃汉时樊哙所封食邑之处。这地方离都城已不多远，因经兵火之后，村野百姓，俱潜避远方，一路绝无人烟，行人亦甚稀少。但见：

冈峦围绕，树木阴翳。危峰秀拔插青霄，峻巅崔嵬横碧汉。斜飞

瀑布，喷万丈银涛；倒挂藤萝，飏千条锦带。云山漠漠，鸟道逶迤行客少；烟林霭霭，荒村寥落土人稀。山花多艳如含笑，野鸟无名只乱啼。

王臣贪看山林景致，缓辔而行，不觉天色渐晚。听见茂林中，似有人声。近前看时，原来不是人，却是两个野狐，靠在一株古树上，手执一册文书，指点商榷，若有所得，相对谈笑。王臣道："这孽畜作怪，不知看的是什么书？且教它吃我一弹。"按住丝缰，绰起那水磨角靶弹弓，探手向袋中，摸出弹子放上，觑得较亲，弓开如满月，弹去似飞星，叫声"着"。那二狐正在得意之时，不防林外有人窥看，听得弓弦响，方才抬头观看，那弹早已飞到，不偏不斜，正中执书这狐左目，弃下书，失声嗥叫，负痛而逃。那一个狐，却待就地去拾，被王臣也是一弹，打中左腮，放下四足，嗥叫逃命。王臣纵马向前，教王福拾起那书来看，都是蝌蚪之文（古代篆之一种，因头粗尾细形似蝌蚪而得名），一字不识，心中想道："不知是甚言语在上？把去慢慢访博古者问之。"遂藏在袖里，拔马出林，循大道往都城而来。

那时安禄山虽死，其子安庆绪犹强，贼将史思明降而复叛，藩镇又各拥重兵，俱蓄不臣之念。恐有奸细至京探听，故此门禁十分严紧，出入盘诘。刚到晚，城门就闭。王臣抵城下时，已是黄昏时候，见城门已扃（jiōng，关门），即投旅店安歇。到店门口，下马入来。主人家见他悬弓佩剑，军官打扮，不敢怠慢，上前相迎道："长官请坐。"便令小二点杯茶递上。王福将行李卸下，驮进店中。王臣道："主人家，有稳便房儿，开一间与我。"答道："舍下客房尽多，长官只拣中意的住便了。"即点个灯火，引王臣往各房看过，择了一间洁净所在，将行李放下，把牲口牵入后边喂料。收拾停当，小二进来问道："告长官，可吃酒么？"王臣道："有好酒打两角，牛肉切一盘。伴当们照依如此。"小二答应出去。王臣把房门带转，也走到外边。小二捧着酒肉问道："长官，酒还送到房里去饮，或就在此间？"王臣道："就在此吧。"小二将酒摆在一副座头上，王臣坐下，王福在旁斟酒。吃过两三杯，主人家上前问道："长官从哪镇到此？"王臣道："在下从江南来。"主人家道："长官语音，不像江南人物。"王臣道："实不相瞒，在下原是京师人氏，因安禄山作乱，车驾幸蜀，在下挈家避难江南。今知贼党平复，天子还都，先来整理旧业，然后迎接家小归乡。因恐路上不好行走，故此军官打扮。"主人家道："原来是自家人！老汉一向也避在乡村，到此不上一年哩！"彼此因是乡人，分外亲热，各诉流离之苦。正是：

江山风景依然是，城郭人民半已非。

两下正说得热闹，忽听得背后有人叫道："主人家，有空房宿歇么？"主人家答应道："房屋还有，不知客官有几位安歇？"答道："只有我一人。"主人家见是个单身，又没包裹，乃道："若止你一人，不敢相留。"那人怒道："难道赖了你房钱，不肯留我？"主人家道："客官，不是这般说。只因郭令公（名将郭子仪）留守京师，颁榜远近旅店，不许容留面生歹人。如隐匿藏留者，查出重治。况今史思明又乱，愈加紧急。今客官又无包裹，又不相认，故不好留得。"那人笑道："原来你不认得我，我就是郭令公家丁胡二。因有事往樊川去了转回，赶进城不及，借你店里歇一宵，故此没有包裹。你若疑惑，明早同到城门上去，问那管门的，谁个不认得我！"这主人家被他把大帽儿一磕，便信以为真，乃道：

“老汉一时不晓得是郭爷长官，莫怪，请里边房里去坐。”那人道：“且慢着。我肚里饿了，有酒饭讨些来吃了，进房不迟。”又道：“我是吃斋，止用素酒。”走过来，向王臣桌上对面坐下，小二将酒菜放下。王臣举目看时，见他把一只袖子遮着左眼，似觉疼痛难忍之状。那人开言道：“主人家，我今日造化低，遇着两个毛团（畜生，这里是指狐狸），跌坏了眼。”主人家道：“遇着什么？”答道：“从樊川回来，见树林中两个野狐打滚嗥叫，我赶上前要去拿他，不想绊上一跤，狐又走了，反在地上磕损眼睛。”主人家道：“怪道长官把袖遮着眼儿。”王臣接口道：“我今日在樊川过，也遇着两个野狐。”那人忙问道：“可曾拿到么？”王臣道：“他在林中把册书儿观看，被我一弹，打了执书这狐左眼，遂弃书而逃。那一个方待去拾，又被我一弹，打在腮上，也亡命而走。故此只取得这册书，没有拿到。”那人和主人家都道：“野狐会看书，这也是奇事！”那人又道：“那书上都是甚么事体？借求一观。”王臣道：“都是异样篆书，一字也看它不出。”放下酒杯，便向袖中去摸那册书出来。说时迟，那时快，手还未到袖里时，不想主人家一个孙儿，年才五六岁，正走出来。小厮家（小孩儿）眼睁，望见那人是个野狐，却叫不出名色，奔向前指住道：“老爹，怎么这个大野猫坐在此？还不赶它！”王臣听了，便醒悟是打坏眼的野狐，急忙拔剑，照顶门就砍。那狐往后一躲，就地下打个滚，露出本相，往外乱跑。王臣仗剑追赶了十数家门面，向个墙里跳进。王臣因黑夜之间，无门寻觅，只得回转。主人家点个灯火，同着王福一齐来迎着道：“饶它性命吧！”王臣道：“若不是令孙看破，几乎被这孽畜赚了书去。”主人家道：“这毛团也奸巧哩！只怕还要生计来取。”王臣道：“今后有人把野狐事来诱我的，定然是这孽畜，便挥它一剑。”一头说，已到店里。店左店右住宿的客商闻得，当作一件异事，都走出来询问，倒拌得口苦舌干。

王臣吃了夜饭，到房中安息。因想野狐忍痛来掇（duō）赚（哄骗）这册书，必定有些妙处，愈加珍秘。至三更时分，外边一片声打门叫道：“快把书还了我，寻些好事酬你。若不还时，后来有些事故，莫要懊悔！”王臣听得，气愤不过，披衣起身，拔剑在手，又恐惊动众人，悄悄地步出房来，去摸那大门时，主人家已自下了锁。心中想道：“便叫起主人开门出去，那毛团已自走了，砍它不着，空惹众人憎厌。不如别着鸟气，来朝却又理会。”王臣依先进房睡了。那狐喊了多时方去，合店的人，尽皆听得。到次早，齐劝王臣道：“这书既看不出字，留之何益，不如还它去吧！倘真个生出事来，懊悔何及！”王臣若是个见机的，听了众人言语，把那册书掷还狐精，却也罢了。只因他是个倔强汉子，不依众人说话，后来被那狐精把个家业弄得七零八落。正是：

不听好人言，必有恓惶泪。

当下王臣吃了早饭，算还房钱，取出行李，上马进城。一路观看，只见屋宇残毁，人民稀少，街市冷落，大非昔日光景。来到旧居地面看时，唯存一片瓦砾之场。王臣见了，不胜凄惨。无处居住，只得寻个寓所安顿了行李，然后去访亲族，却也存不多几家。相见之间，各诉向来踪迹，说到那伤心之处，不觉扑簌簌泪珠抛洒。王臣又言：“今欲归乡，不想屋宇俱已荡尽，没个住身之处。”亲戚道：“自兵乱以来，不知多少人家，父南子北，被掳被杀，受无限惨祸。就是我们，一个个都从刀尖上脱过来的，非容易得有今日。像你家太平无

事，止去了住宅，已是无量之福了。况兼你的田产，亏我们照管，依然俱在。若有念归乡，整理起来，还可成个富家。”王臣谢了众人，遂买一所房屋，制备日用家伙物件，将田园逐一经理停妥。

约过两月，王臣正走出门，只见一人从东而来，满身穿着麻衣，肩上背个包裹，行履如飞，渐渐至近。王臣举目观看，吃了一惊。这人不是别个，乃是家人王留儿。王臣急呼道：“王留儿，你从哪里来？却这般打扮？”王留儿见叫，乃道：“原来官人住在这里，教我寻得个发昏！”王臣道：“你且说为何恁般装束？”王留儿道：“有书在此，官人看了就知道。”至里边放下包裹打开，取出书信，递与家主。王臣接来拆开看时，却是母亲手笔。上写道：

从汝别后，即闻史思明复乱，日夕忧虑，遂沾重疾，医祷无效，旦夕必登鬼籍矣。年踰六秩（六十岁），已不为夭。第恨衰年值此乱离，客死远乡，又不得汝兄弟送我之终，深为痛心耳！但吾本家秦，不愿葬于外地。而又虑贼势方炽，恐京城复如前番不守，又不可居。终夜思之，莫若尽弃都下破残之业，以资丧事，迎吾骨入土之后，原返江东。此地田土丰阜，风俗醇美，可惜开创甚难，决不可轻废。俟干戈宁静，徐图归乡可也。倘违吾言，自罹罗网，颠覆宗祀，虽及泉下，誓不相见。汝其志之。

王臣看毕，哭倒在地道：“指望至此重整家业，同归故乡，不想母亲反为我而忧死。早知如此，便不来得也罢。悔之何及！”哭了一回，又问王留儿道：“母亲临终，可还有别话？”王留儿道：“并无别话，止叮嘱说，此处产业向已荒废，总然恢复，今史思明作反，京城必定有变，断不可守。教官人作速一切处置，备办丧葬之事，迎柩葬后，原往杭州避难。若不遵依，死不瞑目。”王臣道：“母亲遗命，岂敢违逆！况江东真似可居，长安战争未息，弃之甚为有理。”急忙制办缞（cuī，用粗麻布制成的丧服）裳，摆设灵座，一面差人往坟上收拾，一面央人将田宅变卖。王留儿住了两日，对王臣道：“官人修筑坟墓起来，尚有整月延迟，家中必然悬望。等小人先回，以安其心。”王臣道：“此言正合我意。”即便写下家书，取出盘缠，打发他先回。王留儿临出门，又道：“小人虽去，官人也须作速处置快回。”王臣道：“我恨不得这时就飞到家，何消叮嘱！”王留儿出门，洋洋而去。

且说王臣这些亲戚晓得，都来吊唁，劝他不该把田产轻废。王臣因是母命，执意不听众人言语，心忙意急，上好田产，都只卖得个半价。盘桓二十余日，坟上开土筑穴，诸事色色俱已停妥，然后打叠行装，带领仆从离了长安，星夜望江东赶来，迎灵车安葬。可怜：

仗剑长安悔浪游，归心一片水东流。

北堂空作斑衣梦，泪洒白云天尽头。

话分两头。且说王臣母、妻在家，真个闻得史思明又反，日夜忧虑王臣，懊悔放他出门。过了两三月，一日，忽见家人来报，王福从京师赍信回了。姑媳闻言，即教唤进。王福上前叩头，将书递上。却见王福左眼损坏，无暇详问，将书拆开观看。上写道：

自离膝下，一路托庇粗安。至都查核旧业，幸得一毫不废，已经

理如昔矣。更喜得遇故知胡八判官，引至元丞相门下，颇蒙青盼扶持，一官幽蓟，诰身（告身，古代授官的文凭）已领，限期甚迫，特遣王福迎母同之任所。书至，即将江东田产尽货，火速入京，勿计微值，有误任期。相见在迩，书不多赘。男臣百拜。

姑媳看罢书中之意，不胜欢喜，方问道："王福，为甚损了一目？"王福道："不要说起！在牲口上打瞌睡，不想跌下来，磕损了这眼。"又问："京师近来光景，比旧日何如？亲戚们可都在么？"王福道："满城残毁过半，与前大不相同了。亲戚们杀的杀，掳的掳，逃的逃，总来存不多几家。尚还有抢去家私的，烧坏屋宇的，占去田产的。唯有我家田园屋宅，一毫不动。"姑媳闻说，愈加欢悦，乃道："家业又不曾废，却又得了官职，此皆天地祖宗保佑之方，感谢不尽！到临起身，须做场好事报答。再祈此去前程远大，福禄永长。"又问道："那胡八判官是谁？"王福道："这是官人的故交。"王妈妈道："向来从不见说起有姓胡做官的来往。"媳妇道："或者近日相交的，也未可知。"王福接口道："正是近日相识的。"当下问了一回，王妈妈道："王福，你路上辛苦了，且去吃些酒饭，歇息则个。"

到了次日，王福说道："奶奶这里收拾起来，也得好几日。官人在京，却又无人服侍。待小人先去回复，打叠停当。候奶奶一到，即便起身往任，何如？"王妈妈道："此言甚是有理。"写起书信，付些盘缠银两，打发先行。王福去后，王妈妈将一应田地宇舍，什物器皿，尽行变卖，止留细软东西。因恐误了儿子任期，不择善价，半送与人。又延请僧人做了一场好事，然后雇下一只官船，择日起程。有几个平日相往的邻家女眷，俱来相送，登舟而别。离了杭州，由嘉禾、苏州、常、润州一路，出了大江，往前进发。那些奴仆，因家主得了官，一个个手舞足蹈，好不兴头！

避乱南驰实可哀，谁知富贵逼人来。
举家手额欢声沸，指日长安昼锦回。

且说王臣自离都下，兼程而进，不则一日，已到扬州码头上。把行李搬在客店上，打发牲口去了。吃了饭，教王福向河下雇觅船只。自己坐在客店门首，守着行囊，观看往来船只。只见一只官船溯流而上，船头站着四五个人，喜笑歌唱，甚是得意。渐渐至近，打一看时，不是别个，都是自己家人。王臣心中惊异道："他们不在家中服役，如何却在这只官船上？"又想道："想必母亲亡后，又归他人了。"正疑讶间，舱门帘儿启处，一个女子舒头而望。王臣仔细观看，又是房中侍婢，连称"奇怪"！刚欲询问，那船上家人却也看见，齐道："官人如何也在这里？却又恁般服色？"忙教稍子拢船。早惊动舱中王妈妈姑媳，掀帘观看。王臣望见母亲尚在，急将麻衣脱下，打开包裹，换了衣服巾帽。船上家人登岸相迎，王臣教将行李齐搬下船，自己上船来见母亲。一眼觑着王留儿在船头上，不问情由，揪住便打。王妈妈走出说道："他又无罪过，如何把他来打？"王臣见母亲出来，放手上前拜道："都是这狗才将母亲书信至京，误传凶信，陷儿于不孝！"姑媳俱惊讶道："他日日在家，何尝有书差到京中？"王臣道："一月前，赍母亲书来，书中写的如此如此，这般这般。住了两日，遣他先回，安慰家中。然后将田产处置了，星夜赶来。怎说不曾到京？"合家大惊道：

“有这等异事！那里一般又有个王留儿？”连王留儿也笑起来道：“莫说小人到京，就是这个梦也不曾做！”王妈妈道：“你且取书来看，可像我的字迹？”王臣道：“不像母亲字迹，我如何肯信？”便打开行李，取出书来看时，乃是一幅素纸，哪有一个字影。把王臣惊得目睁口呆，只管将这纸来翻看。王妈妈道：“书在哪里？把来我看。”王臣道：“却不作怪！书上写着许多言语，如何竟变作一幅白纸？”王妈妈不信道：“焉有此理！自从你出门之后，并无书信往来。直至前日，你差王福将书接我，方有一信，令他先来复你。如何有个假王留儿将假书哄你？如今却又说变了白纸，这是哪里学来这些鬼话？”

王臣听说王福曾回家这话，也甚惊骇，乃道：“王福在京，与儿一齐起身到此，儿曾教他将书来接母亲？”姑媳都道：“呀！这话愈加说得混账了！一月前王福送书到家，书上说都中产业俱在，又遇什么胡八判官，引在元丞相门下，得了官职，教将江东田宅，尽皆卖了，火速入京，同往任上。故此弃了家业，雇请船只入京。怎说王福没有回来？”王臣大惊道：“这事一发奇怪！何曾有甚胡八判官引到元丞相门下，选甚官职，有书迎接母亲？”王妈妈道：“难道王福也是假的？”快叫来问。王臣道：“他去唤船了，少刻就来。”众家人都到船头一望，只见王福远远跑来，却也穿着凶服，众人把手乱招。王福认得是自家人，也道诧异，说：“他们如何都在这里？”走近船边，众人看时，与前日的王福不同了，前日左目已是损坏，如今这王福两只大眼滴溜溜，恰如铜铃一般。众人齐问道：“王福，你前日回家，眼已瞎了，如今怎又好好的？”王福向众人喷一口涎沫道：“啐！你们的眼便瞎了。我何曾回家？却又咒我眼瞎！”众人笑道：“这事真个有些古怪。奶奶在舱中唤你，且除下身上麻衣，快去相见。”王福见说，呆了一呆道：“奶奶还在？”众人道：“哪里去了，不在？”王福不信，也不脱麻衣，径撞入舱来。王臣看见，喝道：“这狗才，奶奶在这里，还不换了衣服来见。”王福慌忙退出船头脱下，进舱叩头。王妈妈擦磨老眼，仔细一看，连称：“怪哉！怪哉！前日王福回家，左目已损，今却无恙。料然前日不是他了。”急去开出那封书来看时，也是一张白纸，并无一点墨迹。那时合家惶惑，正不知假王留儿、王福是甚变的，又不知有何缘故，却哄骗两头把家业破毁，还恐后来尚有变故，惊疑不定。

王臣沉思凝想半日，忽想到假王福左眼是瞎的，恍然而悟，乃道：“是了！是了！原来却是这孽畜变来弄我。”王妈妈急问是甚东西。王臣乃将樊川打狐得书，客店变人诒骗，和夜间打门之事说出。又道：“当时我只道这孽畜不过变人来骗此书，倒不提防它有凭般贼智。”众人闻言，尽皆摇首咋舌道：“这妖狐却也奸狡厉害哩！隔着几多路，却会仿着字迹人形，把两边人都弄得如耍戏一般。早知如此，把那书还了它去也罢！”王臣道：“叵耐（可恨）这孽畜无礼！如今越发不该还它了！若再缠账，把那祸种头一火而焚之。”于氏道：“事已如此，莫要闲讲了，且商量正务。如今住在这里，不上不下，还是怎生计较？”王臣道：“京中产业俱已卖尽，去也没个着落，况兼路途又远，不如且归江东。”王妈妈道：“江东田宅也一毫无存，却住在何处？”王臣道：“权赁一所住下，再作区处。”当下拨转船头，原往江东而回。那些家人起初像火一般热，到此时化作冰一般冷，犹如断线偶戏，手足撣（dǎn）软（瘫软），连话都无了。正是乘兴而来，败兴而返。

到了杭州，王臣同家人先上岸，在旧居左近赁了一所房屋，制办日用家伙，各色停当，然后发起行李，迎母妻进屋。计点囊橐，十无其半，又恼又气，门也不出，在家纳闷。这些邻家见王妈妈去而复回，齐来询问。王臣道知其详，众人俱以为异事，互相传说，遂嚷遍了半个杭城。

一日，王臣在堂中，督率家人收拾，只见外边一人走将入来，威仪济楚，服饰整齐。怎见得？但见：

头戴一顶黑纱唐巾，身穿一领绿罗道袍，碧玉环正缀巾边，紫丝绦横围袍上，袜似两堆白雪，舄（xì，鞋子）如二朵红云。堂堂相貌，生成出世之姿；落落襟怀，养就凌云之气。若非天上神仙，定是人间官宰。

那人走入堂中，王臣仔细看时，不是别人，正是同胞兄弟王宰。当下王宰向前作揖道："大哥别来无恙？"王臣还了个礼，乃道："贤弟，亏你寻到这里！"王宰道："兄弟到京回旧居时，见已化为白地。只道罹于兵火，甚是悲痛。即去访问亲故，方知合家向已避难江东。近日大哥至京，整理旧业，因得母亲凶问（噩耗），刚始离京。兄弟闻了这信，遂星夜赶来。适才访到旧居，邻家说新迁于此，母亲却也无恙，故此又到舟中换了衣服才来。母亲如今在哪里？为何反迁这等破屋里边？"王臣道："一言难尽！待见过了母亲，与你细说。"引入后边，早有家人报知。王妈妈闻次子归家，好生欢喜，急忙出来，恰好遇见，王宰倒身下拜，拜毕起身。王妈妈道："儿！我日夜挂心，一向好么？"王宰道："多谢母亲记念。待儿见过了嫂嫂，少停细细说与母亲知道。"当下王臣浑家并一家婢仆，都来见过。

王宰扯王臣往外就走，王妈妈也随出来，至堂中坐下。问道："大哥，你且先说，因甚弄得恁般模样？"王臣乃将樊川打狐起，直至两边掇赚，变卖产业，前后事细说一遍。王宰听了说："原来有这个缘故，以致如此！这却是你自取，非干野狐之罪。那狐自在林中看书，你是官道行路，两不妨碍，如何却去打它，又夺其书？及至客店中，它忍着疼痛，来赚你书，想是万不得已而然。你不还它罢了，怎地又起恶念，拔剑斩逐？及至夜间好言苦求，你又执意不肯。况且不识这字，终于无用，要它则甚！今反吃它捉弄得这般光景，都是自取其祸。"王妈妈道："我也是这般说。要它何用，如今反受其累！"

王臣被兄弟数落一番，默然不语，心中好不耐烦。王宰道："这书有几多大？还是什么字体？"王臣道："薄薄的一册，也不知是什么字体，一字也识不出。"王宰道："你且把我看看。"王妈妈从旁衬道："正是！你去把来与兄弟看看，或者识得这字也不可知。"王宰道："这字料也难识，只当眼见稀奇物罢了。"当时王臣向里边取出，到堂中，递与王宰。王宰接过手，从前直揭至后，看了一看，乃道："这字果然稀见！"便立起身，走在堂中，向王臣道："前日王留儿便是我。今天天书已还，不来缠你了，请放心！"一头说，一头往外就奔。王臣大怒，急赶上前，大喝道："孽畜大胆，哪里走！"一把扯住衣裳，走的势发，扯的力猛，只听得聒喇一响，扯下一幅衣裳。那妖狐索性把身一抖，卸下衣服，见出本相，向门外乱跑，风团也似去了。王臣同家人一齐赶到街上，四顾观看，并无踪影。王臣一来被它破荡了人家，二来又被它数落这场，三来不忿得这书，咬牙切齿，东张西望寻觅。只见一个瞎道人，站在对面檐下。王臣问道："可见一个野狐从哪里

去了？”瞎道人把手指道：“向东边去了。”王臣同家人急往东而赶。行不上五六家门面，背后瞎道人叫道：“王臣，前日王福便是我，令弟也在这里。”众人闻得，复转身来。两个野狐执着书儿在前戏跃，众人奋勇前来追捕。二狐放下四蹄，飞也似去了。王臣刚奔到自己门首，王妈妈叫道：“去了这败家祸胎，已是安稳了，又赶它则甚！还不进来？”王臣忍着一肚子气，只得依了母亲，唤转家人进来。逐件捡起衣服观看，俱随手而变。你道都是甚么东西？

破芭蕉化为罗服，烂荷叶变作纱巾，碧玉环柳枝圈就，紫丝绦薜萝搓成，罗袜二张白素纸，朱舄两片老松皮。

众人看了，尽皆骇异道：“妖狐神通这般广大！二官人不知在何处，却变得恁般厮像。”王臣心中转想转恼，气出一场病来，卧床不起。王妈妈请医调治，自不必说。

过了数日，家人们正在堂中，只见走进一个人来。看时，却是王宰，也是纱巾罗服，与前妖狐一般打扮。众家人只道又是假的，一齐乱喊道：“妖狐又来了！”各去寻棍觅棒，拥上前乱打。王宰喝道：“这些泼男女，为何这等无礼！还不去报知奶奶！”众人哪个睬他，一味乱打。王宰止遏不住，惹恼性子，夺过一根棒来，打得众人四分五落，不敢近前，都闪在里边门旁指着骂道：“你这孽畜！书已拿去了，又来做甚？”王宰不解其意，心下大怒直打入去。众人往内乱跑，早惊动王妈妈，听得外边喧嚷，急走出来，撞见众人，问道：“为何这等慌乱？”众人道：“妖狐又变作二官人模样，打进来也！”王妈妈惊道：“有这等事？”

言还未毕，王宰已在面前，看见母亲，即撇下棒子，上前叩拜道：“母亲，为甚这些泼男女将儿叫作妖狐孽畜，执棍乱打？”王妈妈道：“你真个是我的孩儿否？”王宰道：“儿是母亲生的，有什么假？”正说间，外面七八个人，扛抬铺程行李进来。众家人方知是真，上前叩头谢罪。王宰问其缘故，王妈妈乃将妖狐前后事细说。又道：“汝兄为此气成病症，尚未能愈。”王宰闻言，亦甚惊骇道：“恁样说起来，儿在蜀中，王福赍书至，也是这狐假的了。”王妈妈道：“你且说书上怎写？”王宰道：“儿是随驾入蜀，分隶于剑南节度严武部下，得蒙拔为裨将。故上皇还京，儿不相从归国。两月前，忽见王福赍哥哥书来，说向避难江东，不幸母亲有变，教儿速来计议，扶柩归乡。王福说要至京打扫茔墓，次日先行。儿为此辞了本官，把许多东西都弃下了，轻装兼程趱来，才访至旧居，邻家指引至此。知母亲无恙，复到舟中易服来见。正要问哥哥为甚把这样凶信哄我，不想却有此异事！”即去行李中开出那封书来看时，也是一幅白纸。合家又好笑，又好恼。王宰同母至内见过嫂子，省视王臣，道其所以。王臣又气得个发昏。王妈妈道：“这狐虽然惫懒（无情），也亏它至蜀中赚你回来，使我母子相会，将功折罪，莫怨它罢！”王臣病了两个月，方才痊可，遂入籍于杭州。所以至今吴越间称拐子为野狐精，有所本也。

蛇行虎走各为群，狐有天书狐自珍。
家破业荒书又去，世人千载笑王臣。

# 第七卷　钱秀才错占凤凰俦

渔船载酒日相随，短笛芦花深处吹。

湖面风收云影散，水天光照碧琉璃。

这首诗是宋时杨备游太湖所作。这太湖在吴郡西南三十余里之外。你道有多少大？东西二百里，南北一百二十里，周围五百里，广三万六千顷，中有山七十二峰，襟带三州。哪三州？苏州、湖州、常州。东南诸水皆归。一名震泽，一名具区，一名笠泽，一名五湖。何以谓之五湖？东通长洲松江，南通乌程霅（Zhà）溪，西通义兴荆溪，北通晋陵滆湖，东通嘉兴韭溪，水凡五道，故谓之五湖。那五湖之水，总是震泽分流，所以谓之太湖。就太湖中，亦有五湖名色，曰：菱湖、游湖、莫湖、贡湖、胥湖。五湖之外，又有三小湖：扶椒山东曰梅梁湖，杜圻之西、鱼查之东曰金鼎湖，林屋之东曰东皋里湖。吴人只称作太湖。那太湖中七十二峰，唯有洞庭两山最大。东洞庭曰东山，西洞庭曰西山，两山分峙湖中。其余诸山，或远或近，若浮若沉，隐见出没于波涛之间。有元人许谦诗为证：

周回万水入，远近数州环。南极疑无地，西浮直际山。

三江归海表，一径界河间。白浪秋风疾，渔舟意尚闲。

那东西两山在太湖中间，四面皆水，车马不通。欲游两山者，必假舟楫，往往有风波之险。昔宋时宰相范成大在湖中遇风，曾作诗一首：

白雾漫空白浪深，舟如竹叶信浮沉。

科头（不戴冠帽）宴起（睡懒觉）吾何敢，自有山川印此心。

话说两山之人，善于货殖，八方四路，去为商为贾。所以江湖上有个口号，叫作“钻天洞庭”。内中单表西洞庭有个富家，姓高名赞，少年惯走湖广，贩卖粮食。后来家道殷实了，开起两个解库（当铺），托着四个伙计掌管，自己只在家中受用。浑家金氏，生下男女二人，男名高标，女名秋芳。那秋芳反长似高标二岁。高赞请个积年老教授在家馆谷，教着两个儿女读书。那秋芳资性聪明，自七岁读书，至十二岁，书史皆通，写作俱妙。交十三岁，就不进学堂，只在房中习学女工，描鸾刺凤。看看长成十六岁，出落得好个女儿，美艳非常。有《西江月》为证：

面似桃花含露，体如白雪团成。眼横秋水黛眉清，十指尖尖春笋。

袅娜休言西子，风流不让崔莺。金莲窄窄瓣儿轻，行动一天丰韵。

高赞见女儿人物整齐，且又聪明，不肯将她配个平等之人，定要拣个读书君子、才貌兼全的配她。聘礼厚薄倒也不论，若对头好时，就赔些妆奁嫁去，也自情愿。有多少豪门富室，日来求亲的，高赞访得他子弟才不压众，貌不超群，所以不曾许允。虽则洞庭在水中央，三州通道，况高赞又是个富家，这些

做媒的四处传扬，说高家女子，美貌聪明，情愿赔钱出嫁，只要择个风流佳婿。但有一二分才貌的，哪一个**不挨风缉缝**（比喻为了达到某种目的而找门路），央媒说合。说时夸奖得潘安般貌，子建般才，乃至访实，都只平常。高赞被这伙做媒的哄得不耐烦了，对那些媒人说道："今后不须言三语四。若果有人才出众的，便与他同来见我。合得我意，一言两决，可不快当！"自高赞出了这句言语，那些媒人就不敢轻易上门。正是：

眼见方为的，传言未必真。

试金今有石，惊破假银人。

话分两头。却说苏州府吴江县平望地方，有一秀士，姓钱名青，字万选。此人饱读诗书，广知今古，更兼一表人才。也有《西江月》为证：

出落唇红齿白，生成眼秀眉清。风流不在着衣新，俊俏行中首领。

下笔千言立就，挥毫四坐皆惊。青钱万选好声名，一见人人起敬。

钱生家世书香，产微业薄，不幸父母早丧，愈加**零替**（一般写作"陵替"，衰败）。所以年当弱冠，无力娶妻，止与老仆钱兴相依同住。钱兴日逐做些小经纪供给家主，每每不敷，一饥两饱。幸得其年**游庠**（xiáng，就读于府或州县的学官），同县有个表兄，住在北门之外，家道颇富，就延他在家读书。那表兄姓颜，名俊，字伯雅，与钱生同庚生，都则一十八岁，颜俊只长得三个月，以此钱生呼之为兄。父亲已逝，止有老母在堂，亦未曾定亲。

说话的，那钱青因贫未娶，颜俊是富家之子，如何一十八岁，还没老婆？其中有个缘故。那颜俊有个好高之病，立誓要拣个绝美的女子，方与她缔姻，所以急切不能成就。况且颜俊自己又生得十分丑陋。怎见得？亦有《西江月》为证：

面黑浑如锅底，眼圆却似铜铃。痘疤密摆泡头钉，黄发蓬松两鬓。

牙齿真金镀就，身躯顽铁敲成。楂开五指鼓锤能，枉了名呼颜俊。

那颜俊虽则丑陋，最好装扮，穿红着绿，低声强笑，自己以为美。更兼他腹中全无滴墨，纸上难成片语，偏好攀今钓古，卖弄才学。钱青虽知不是同调，却也借他馆地，为读书之资，每事左凑着他。故此颜俊甚是喜欢，事事商议而行，甚说得着。

话休絮烦。一日，正是十月初旬天气，颜俊有个门房远亲，姓尤，名辰，号少梅。为人生意行中，颇颇伶俐，也领借颜俊些本钱，在家开个果子店营运过活。其日在洞庭山贩了几担橙桔回来，装做一盘，到颜家送新。他在山上闻得高家选婿之事，说话中间偶然对颜俊叙述，也是无心之谈。谁知颜俊倒有意了，想道："我一向要觅一头好亲事，都不中意。不想这段姻缘却落在那里！凭着我这恁般才貌，又有家私，若央媒去说，再增添几句好话，怕道不成？"那日一夜睡不着。天明起来，急急梳洗了，到尤辰家里。尤辰刚刚开门出来，见了颜俊，便道："大官人为何今日起得恁早？"颜俊道："便是有些正事，欲待相烦，恐老兄出去了，特特早来。"尤辰道："不知大官人有何事见委？请里面坐了领教。"颜俊到**坐启**（客厅）下，作了揖，分宾而坐。尤辰又道："大官人但有所委，必当效力，只怕用小子不着。"颜俊道："此来非为别事，特求少梅作伐。"尤辰道："大官人作成小子赚花红钱，最感厚意。不知说的是哪一头亲事？"颜俊道："就是老兄昨日说的洞庭西山高家这头亲事，于家下甚是相宜，求老兄作成小子

则个！”尤辰咯的笑了一声道：“大官人莫怪小子直言。若是第二家，小子也就与你去说了；若是高家，大官人作成别人做媒吧！”颜俊道：“老兄为何推托？这是你说起的，怎么又叫我去寻别人？”尤辰道：“不是小子推托，只为高老有些古怪，不容易说话，所以迟疑。”颜俊道：“别件事，或者有些东扯西拽，东掩西遮，东三西四，不容易说话。这做媒乃是冰人撮合，一天好事，除非他女儿不要嫁人便罢休；不然，少不得男媒女妁。随他古怪，然须知媒人不可怠慢，你怕他怎的！还是你故意作难，不肯总成我这桩美事。这也不难，我就央别人去说。说成了时，休想吃我的喜酒！”说罢，连忙起身。

那尤辰领借了颜俊家本钱，平日奉承他的，见他有咈然不悦之意，急忙回船转舵道：“大官人莫要性急，且请坐下，再细细商议。”颜俊道：“肯去说便去，不肯去就罢了，有甚话商量得！”口里虽则是恁般说了，身子却又转来坐下。尤辰道：“不是我故意作难，那老儿真个古怪。别家相媳妇，他偏要相女婿，但得他当面看得中意，才将女儿许他。有这些难处，只怕劳而无功，故此不敢把这个难题目包揽在身上。”颜俊道：“依你说，也极容易。他要当面看我时，就等他看个眼饱。我又不残疾，怕他怎的！”尤辰不觉呵呵大笑道：“大官人，不是冲撞你说。大官人虽则不丑，更有比大官人胜过几倍的，他还看不上眼哩！大官人若是不把与他见面，这事纵没一分二分，还有一厘二厘。若是当面一看，便万分难成了！”颜俊道：“常言‘无谎不成媒’，你与我包谎（替人掩饰撒谎），只说十二分人才，或者该是我的姻缘，一说便就，不要面看，也不可知。”尤辰道：“倘若要看时，却怎的？”颜俊道：“且到那时，再有商量。只求老兄速去一言。”尤辰道：“既蒙吩咐，小子好歹去走一遭便了。”颜俊临起身，又叮咛道：“千万，千万！说得成时，把你二十两这纸借契，先奉还了，媒礼花红在外。”尤辰道：“当得，当得！”颜俊别去。不多时，就教人封上五钱银子，送与尤辰，为明日买舟之费。

颜俊那一夜在床上睡不着，想道：“倘他去时不尽其心，葫芦提（糊涂，含糊其辞）回复了我，可不枉走一遭！再差一个伶俐家人跟随他去，听他讲甚言语。好计，好计！”等待天明，便唤家童小乙来，跟随尤大舍往山上去说亲。小乙去了，颜俊心中牵挂，急忙梳洗，往近处一个关圣庙中求签，卜其事之成否。当下焚香再拜，把签筒摇了几摇，扑的跳出一签。拾起看时，却是第七十三签。壁上写得有签诀四句，云：

忆昔兰房分半钗，而今忽把信音乖。

痴心指望成连理，到底谁知事不谐。

颜俊才学虽则不济，这几句签诀，文义显浅，难道好歹不知？求得此签，心中大怒，连声道：“不准，不准！”撒袖出庙门而去。回家中坐了一会，想道：“此事有甚不谐？难道真个嫌我丑陋，不中其意？男子汉须比不得妇人，只是出得人前罢了。一定要选个陈平、潘安不成？”一头想，一头取镜子自照。侧头侧脑地看了一回，良心不昧，自己也看不过了。把镜子向桌上一撇，叹了一口寡气（闷气），呆呆而坐，准准地闷了一日，不题。

且说尤辰是日同小乙驾了一只三橹快船，趁着无风静浪，咿呀地摇到西山高家门首停泊，刚刚是未牌时分。小乙将名帖递了，高公出迎，问其来意，说

是与令爱作伐。高赞问："是何宅？"尤辰道："就是敝县一个舍亲，家业也不薄，与宅上门户相当。此子年方十八，读书饱学。"高赞道："人品生得如何？老汉有言在前，定要当面看过，方敢应承。"尤辰见小乙紧紧靠在椅子后边，只得不老实扯个大谎，便道："若论人品，更不必言。堂堂一躯，十全之相。况且一肚文才，十四岁出去考童生，县里就高高取上一名。这几年为丁了父忧，不曾进院，所以未得游庠。有几个老学，看了舍亲的文字，都许他京解之才。就是在下，也非惯于为媒的，因年常在贵山买果，偶闻令爱才貌双全，老翁又慎于择婿，因思舍亲正合其选，故此斗胆轻造。"高赞闻言，心中甚喜："便是令亲果然有才有貌，老汉敢不从命！但老汉未曾经目，终不放心。若是足下引令亲过寒家一会，更无别说。"尤辰道："小子并非谬言，老翁他日自知。只是舍亲是个不出书房的小官人，或者未必肯到宅上。就是小子撺掇来时，若成得亲事还好，万一不成，舍亲何面目回转！小子必然讨他抱怨了。"高赞道："既然人品十全，岂有不成之理？老夫生性是这般小心过度的人，所以必要着眼。若是令亲不屑下顾，待老汉到宅，足下不意之中，引令亲来一观，却不妥帖？"尤辰恐怕高赞身到吴江，访出颜俊之丑，急忙转口道："既然尊意决要会面，小子还同舍亲奉拜，不敢烦尊驾动履。"说罢，告别。高公哪里肯放，忙教整酒肴相款。吃到更余，高公留宿。尤辰道："小舟带有铺陈，明日要早行，即今奉别。等舍亲登门，却又相扰。"高公取舟金一封相送，尤辰作谢下船。次早顺风，拽起饱帆，不够大半日就到了吴江。颜俊正呆呆地站在门前望信，一见尤辰回家，便迎住问道："有劳老兄往返，事体如何？"尤辰把问答之言，细述一遍。"他必要面会，大官人如何处置？"颜俊默然无言。尤辰便道："暂别再会。"自回家去了。颜俊到里面，唤过小乙来问其备细，只恐尤辰所言不实。小乙说来果是一般。颜俊沉吟了半晌，心生一计，再走到尤辰家，与他商议。不知说的是甚么计策？正是：

为思佳偶情如火，索尽枯肠夜不眠。
自古姻缘皆分定，红丝岂是有心牵。

颜俊对尤辰道："适才老兄所言，我有一计在此，也不打紧。"尤辰道："有何好计？"颜俊道："表弟钱万选，向在舍下同窗读书，他的才貌比我胜几分儿。明日我央及他同你去走一遭，把他只说是我，哄过一时。待行过了聘，不怕他赖我的姻事！"尤辰道："若看了钱官人，万无不成之理。只怕钱官人不肯。"颜俊道："他与我至亲，又相处得极好，只央他点一遍名儿，有甚亏他处！料他决然无辞。"说罢，作别回家。

其夜，就到书房中陪钱万选夜饭，酒肴比常分外整齐。钱万选愕然道："日日相扰，今日何劳盛设？"颜俊道："且吃三杯，有小事相烦贤弟则个。只是莫要推故。"钱万选道："小弟但可效劳之处，无不从命。只不知甚么样事？"颜俊道："不瞒贤弟说，对门开果子店的尤少梅，与我作伐，说的女家，是洞庭西山高家。一时间夸了大口，说我十分才貌。不想说得忒高兴了，那高老定要先请我去面会一会，然后行聘。昨日商议，若我自去，恐怕不应了前言，一来少梅没趣，二来这亲事就难成了。故此要劳贤弟认了我的名色，同少梅一行，瞒过那高老，玉成这头亲事，感恩不浅，愚兄自当重报。"钱万选想了一想，道："别事犹可，这事只怕行不得。一时便哄过了，后来知道，你我都不好看相。"颜俊

道："原只要哄过这一时。若行聘过了，就晓得也何怕他？他又不认得你是什么人，就怪也只怪得媒人，与你什么相干？况且他家在洞庭西山，百里之隔，一时也未必知道。你但放心前去，倒不要畏缩。"钱万选听了，沉吟不语。欲待从他，不是君子所为；欲待不从，必然取怪，这馆就处不成了，事在两难。颜俊见他沉吟不决，便道："贤弟，常言道：'天摊下来，自有长的撑住。'凡事有愚兄在前，贤弟休得过虑。"钱万选道："然虽如此，只是愚弟衣衫褴褛，不称仁兄之相。"颜俊道："此事愚兄早已办下了。"是夜无话。

次日，颜俊早起，便到书房中，唤家童取出一皮箱衣服，都是绫罗绸绢时新花样的翠颜色，时常用龙涎庆真饼熏得扑鼻之香，交付钱青行时更换，下面净袜丝鞋，只有头巾不对，即时与他折了一顶新的。又封着二两银子送与钱青道："薄意权充纸笔之用，后来还有相酬。这一套衣服，就送与贤弟穿了。日后只求贤弟休向人说，泄漏其事。今日约定了尤少梅，明日早行。"钱青道："一依尊命。这衣服小弟暂时借穿，回时依旧纳还。这银子一发不敢领了。"颜俊道："古人车马轻裘，与朋友共，就没有此事相劳，那几件粗衣奉与贤弟穿了，不为大事。这些须薄意，不过表情，辞时反教愚兄惭愧。"钱青道："既承仁兄盛情，衣服便勉强领下。那银子断然不敢领。"颜俊道："若是贤弟固辞，便是推托了。"钱青方才受了。颜俊是日约会尤少梅。尤辰本不肯担这干纪（犹干系，责任），只为不敢得罪于颜俊，勉强应承。颜俊预先备下船只，及船中供应食物和铺陈之类，又拨两个安童服侍，连前番跟去的小乙，共是三人。绢衫毡包，极其华整，隔夜俱已停当。又吩咐小乙和安童（书童）到彼，只当自家大官人称呼，不许露出个"钱"字。过了一夜，侵早就起来催促钱青梳洗穿着。钱青贴里贴外，都换了时新华丽衣服，行动香风拂拂，比前更觉标致。

分明荀令留香去，疑是潘郎掷果回。

颜俊请尤辰到家，同钱青吃了早饭，小乙和安童跟随下船。又遇了顺风，片帆直吹到洞庭西山。天色已晚，舟中过宿。次日早饭过后，约莫高赞起身，钱青全柬写颜俊名字拜帖，谦逊些，加个晚字。小乙捧帖，到高家门首投下，说："尤大舍引颜宅小官人特来拜见。"高家仆人认得小乙的，慌忙通报。高赞传言："快请！"假颜俊在前，尤辰在后，步入中堂。高赞一眼看见那个小后生，人物轩昂，衣冠济楚，心中已自三分欢喜。叙礼已毕，高赞看椅上坐，钱青自谦幼辈，再三不肯，只得东西昭穆坐下。高赞肚里暗暗喜欢："果然是个谦谦君子。"坐定，先是尤辰开口，称谢前日相扰。高翁答言多慢（怠慢），接口就问道："此位就是令亲颜大官人？前日不曾问得贵表。"钱青道："年幼无表。"尤辰代言："舍亲表字伯雅。伯仲之伯，雅俗之雅。"高赞道："尊名尊字，俱称其实。"钱青道："不敢！"高赞又问起家世。钱青一一对答，出词吐气，十分温雅。高赞想道："外才已是美了，不知他学问如何。且请先生和儿子出来相见，盘他一盘，便见有学无学。"献茶二道，吩咐家人："书馆中请先生和小舍出来见客。"去不多时，只见五十多岁一个儒者，引着一个垂髫（tiáo，头发下垂不束，指儿童）学生出来。众人一齐起身作揖。高赞一一通名："这位是小儿的业师，姓陈，现在府庠。这就是小儿高标。"钱青看那学生，生得眉清目秀，十分俊雅，心中想道："此子如此，其姊可知。颜兄好造化哩！"又献了一道茶，高赞便对先生道："此位尊

客是吴江颜伯雅，年少高才。”那陈先生已会了主人之意，便道：“吴江是人才之地，见高识广，定然不同。请问贵邑有三高祠，还是哪三个？”钱青答言：“范蠡、张翰、陆龟蒙。”又问：“此三人何以见得他高处？”钱青一一分疏出来。两个遂互相盘问了一回。钱青见那先生学问平常，故意谈天说地，讲古论今，惊得先生一字俱无，连称道：“奇才，奇才！”把一个高赞就喜得手舞足蹈，忙唤家人，悄悄吩咐备饭：“要整齐些。”家人闻言，即时摆开桌子，排下五色果品。高赞取杯箸安席，钱青答敬谦让了一回，照前昭穆坐下。三汤十菜，添案小吃，顷刻间，摆满了桌子，真个咄嗟（霎时）而办。你道为何如此便当？原来高赞的妈妈金氏，最爱其女，闻得媒人引颜小官人到来，也伏在遮堂背后张看。看见一表人才，语言响亮，自家先中意，料高老必然同心，故此预先准备筵席，一等吩咐，流水地就搬出来。宾主共是五位，酒后饭，饭后酒，直吃到红日衔山。钱青和尤辰起身告辞，高赞心中甚不忍别，意欲攀留数日，钱青哪里肯住。高赞留了几次，只得放他起身。钱青先别了陈先生，口称“承教”，次与高公作谢道：“明日早行，不得再来告别。”高赞道：“仓促怠慢，勿得见罪。”小学生也作揖过了。

金氏已备下几色嗄程（送行的礼物）相送，无非是酒米鱼肉之类，又有一封舟金。高赞扯尤辰到背处，说道：“颜小官人才貌，更无他说。若得少梅居间成就，万分之幸。”尤辰道：“小子领命。”高赞直送上船，方才分别。当夜夫妻两口，说了颜小官人一夜。正是：

> 不须玉杵（唐人传奇，裴航以玉杵臼为聘礼，娶云英，后双双成仙）千金聘，已许红绳两足缠。

再说钱青和尤辰，次日开船，风水不顺，直到更深，方才抵家。颜俊兀自秉烛夜坐，专听好音。二人叩门而入，备述昨朝之事。颜俊见亲事已成，不胜之喜，忙忙地就本月中择个吉日行聘。果然把那二十两借契送还了尤辰，以为谢礼。就拣了十二月初三日成亲。高赞得意了女婿，况且妆奁久已完备，并不推阻。

日往月来，不觉十一月下旬，吉期将近。原来江南地方娶亲，不行古时亲迎之礼，都是女亲家和阿舅自送上门。女亲家谓之“送娘”，阿舅谓之“抱嫁”。高赞为选中了乘龙快婿，到处夸扬，今日定要女婿上门亲迎，准备大开筵宴，遍请远近亲邻吃喜酒。先遣人对尤辰说知，尤辰吃了一惊，忙来对颜俊说了。颜俊道：“这番亲迎，少不得我自去走遭。”尤辰跌足道：“前日女婿上门，他举家都看个够，行乐图也画得出在那里。今番又换了一个面貌，教做媒的如何措辞？好事定然中变！连累小子必然受辱！”颜俊听说，反抱怨起媒人来道：“当初我原说过来，该是我姻缘，自然成就。若第一次上门时，自家去了，哪见得今日进退两难！都是你捉弄我，故意说得高老十分古怪，不要我去，教钱家表弟替了。谁知高老甚是好情，一说就成，并不作难。这是我命中注定，该做他家的女婿，岂因见了钱表弟方才肯成？况且他家已受了聘礼，他的女儿就是我的人了，敢道个不字么？你看我今番自去，他怎生发付我？难道赖我的亲事不成？”尤辰摇着头道：“成不得！人也还在他家，你狠到哪里去？若不肯把人送上轿，你也没奈何他！”颜俊道：“多带些人从去，肯便肯，不肯时打进去，抢将回来。便告到官司，有生辰吉帖为证，只是赖婚的不是，我并没差处。”尤辰道：“大官人休说满话！常言道：‘恶龙不斗地头蛇。’你的从人虽多，怎比得坐

地的有增无减。万一弄出事来，缠到官司，那老儿诉说，求亲的是一个，娶亲的又是一个。官府免不得唤媒人诘问，刑罚之下，小子只得实说，连钱大官人前程干系，不是耍处！”颜俊想了一想道：“既如此，索性不去了。劳你明日去回他一声，只说前日已曾会过了，敝县没有亲迎的常规，还是从俗送亲罢。”尤辰道：“一发成不得。高老因看上了佳婿，到处夸其才貌。那些亲邻专等亲迎之时，都要来厮认，这是断然要去的！”颜俊道：“如此，怎么好？”尤辰道：“依小子愚见，更无别策，只得再央令表弟钱大官人走遭，索性哄他到底。哄得新人进门，你就靠家大（在自己家里有依仗）了，不怕他又夺了去。结婚之后，纵然有话，也不怕他了。”颜俊顿了一顿口道：“话倒有理。只是我的亲事，到作成别人去风光。央及他时，还有许多作难哩！”尤辰道：“事到其间，不得不如此了。风光只在一时，怎及得大官人终身受用！”

颜俊又喜又恼。当下别了尤辰，回到书房，对钱青说道：“贤弟，又要相烦一事。”钱青道：“不知兄又有何事？”颜俊道：“出月初三，是愚兄毕姻之期，初二就要去亲迎。原要劳贤弟一行，方才妥当。”钱青道：“前日代劳，不过泛然之事。今番亲迎，是个大礼，岂是小弟代得的？这个断然不可！”颜俊道：“贤弟所言虽当，但因初番会面，他家已认得了，如今忽换我去，必然疑心，此事恐有变卦。不但亲事不成，只恐还要成讼，那时连贤弟也有干系。却不是为小妨大，把一天好事自家弄坏了？若得贤弟亲迎回来，成就之后，不怕他闲言闲语。这是个权宜之术，贤弟须知，塔尖上功德，休得固辞。”钱青见他说得情辞恳切，只索依允。颜俊又唤过吹手及一应接亲人从，都吩咐了说话，不许漏泄风声，要得亲回，都有重赏。众人谁敢不依。到了初二日侵晨，尤辰便到颜家相帮，安排亲迎礼物，及上门各项赏赐，都封得停停当当。其钱青所用，及儒巾圆领丝绦皂靴，并皆齐备。又分派各船食用，大船二只，一只坐新人，一只媒人共新郎同坐；中船四只，散载众人；小船四只，一者护送，二者以备杂差。十余只船，筛锣掌号，一齐开出湖去，一路流星炮仗，好不兴头。正是：

门阑多喜气，女婿近乘龙。

船到西山，已是下午。约莫离高家半里停泊，尤辰先到高家报信。一面安排亲迎礼物，及新人乘坐百花彩轿，灯笼火把，共有数百。钱青打扮整齐，另有青绢暖轿，四抬四绰，笙箫鼓乐，径往高家而来。那山中远近人家，都晓得高家新女婿才貌双全，竞来观看，挨肩并足，如看神会故事的一般热闹。钱青端坐轿中，美如冠玉，无不喝彩。有妇女曾见过秋芳的，便道：“这般一对夫妻，真个郎才女貌！高家拣了许多女婿，今日果然被他拣着了。”不题众人。

且说高赞家中，大排筵席，亲朋满座，未及天晚，堂中点得画烛通红。只听得乐声聒耳，门上人报道：“娇客轿子到门了！”傧相披红插花，忙到轿前作揖，念了诗赋，请出轿来。众人谦恭揖让，延至中堂奠雁（古代婚礼，新郎到女家迎亲，献雁为贽礼，称“奠雁”）。行礼已毕，然后诸亲一一相见。众人见新郎标致，一个个暗暗称羡。献茶后，吃了茶果点心，然后定席安位。此日新女婿与寻常不同，面南专席，诸亲友环坐相陪，大吹大擂的饭酒。随从人等，外厢另有款待。

且说钱青坐于席上，只听得众人不住声地赞他才貌，贺高老选婿得人。钱青肚里暗笑道：“他们好似见鬼一般，我好像做梦一般，做梦的醒了，也只扯淡。

那些见神见鬼的，不知如何结末哩！我今日且落得受用。”又想道：“我今日做替身，担了虚名，不知实受还在几时？料想不能如此富贵。”转了这一念，反觉得没兴起来，酒也懒吃了。高赞父子，轮流敬酒，甚是殷勤。钱青怕耽误了表兄的正事，急欲抽身。高赞固留，又坐了一回。用了汤饭，仆从的酒都吃完了，约莫四鼓，小乙走在钱青席边，催促起身。钱青教小乙把赏封给散，起身作别。高赞量度已是五鼓时分，赔嫁妆奁俱已点检下船，只待收拾新人上轿。只见船上人都走来说：“外边风大，难以行船，且消停一时，等风头缓了好走。”原来半夜里便发了大风。那风刮得好厉害！只见：

山间拔木扬尘，湖内腾波起浪。

只为堂中鼓乐喧阗，全不觉得，高赞叫乐人住了吹打听时，一片风声，吹得怪响，众皆愕然。急得尤辰只把脚跳，高赞心中大是不乐。只得重请入席，一面差人在外专看风色。看看天晓，那风越狂起来，刮得彤云密布，雪花飞舞。众人都起身看着天，做一块儿商议。一个道：“这风还不像就住的。”一个道：“半夜起的风，原要半夜里住。”又一个道：“这等雪天，就是没风也怕行不得。”又一个道：“只怕这雪还要大哩。”又一个道：“风太急了，住了风，只怕湖胶。”又一个道：“这太湖不愁它胶断，还怕的是风雪。”众人是恁般闲讲，高老和尤辰好生气闷。又捱一会，吃了早饭，风愈狂，雪愈大，料想今日过湖不成。错过了吉日良时，残冬腊月，未必有好日了。况且笙箫鼓乐，乘兴而来，怎好教它空去，事在千难万难之际。坐间有个老者，唤作周全，是高赞老邻，平日最善处分乡里之事，见高赞沉吟无计，便道：“依老汉愚见，这事一些不难。”高赞道：“足下计将安在？”周全道：“既是选定日期，岂可错过？令婿既已到宅，何不就此结亲？趁这筵席，做了花烛。等风息，从容回去，岂非全美！”众人齐声道：“最好！”高赞正有此念，却喜得周老说话投机。当下便吩咐家人，准备洞房花烛之事。

却说钱青虽然身子在此，本是个局外之人。起初风大风小，也还不在他心上。忽见周全发此议论，暗暗心惊，还道高老未必听他。不想高老欣然应允，老大着忙，暗暗叫苦。欲央尤少梅代言，谁想尤辰平昔好酒，一来天气寒冷，二来心绪不佳，斟着大杯，只顾吃，吃得烂醉如泥，在一壁厢空椅子上打鼾去了。钱青只得自家开口道：“此百年大事，不可草草。不妨另择个日子，再来奉迎。”高赞哪里肯依，便道：“翁婿一家，何分彼此！况贤婿尊人已不在堂，可以自专。”说罢，高赞入内去了。钱青又对各位亲邻，再三央及，不愿在此结亲。众人都是奉承高老的，哪一个不极口赞成？钱青此时无可奈何，只推出恭，到外面时，却叫颜小乙与他商议。小乙心上也道不该，只教钱秀才推辞，此外别无良策。钱青道：“我已辞之再四，其奈高老不从！若执意推辞，反起其疑。我只要委曲周全你家主一桩大事，并无欺心，若有苟且，天地不容！”主仆二人，正在讲话，众人都攒拢来道：“此是美事，令岳意已决矣，大官人不须疑虑！”钱青默然无语，众人揖钱青请进。午饭已毕，重排喜筵。傧相披红喝礼，两位新人打扮登堂，照依常规行礼，结了花烛。正是：

百年姻眷今宵就，一对夫妻此夜新。

得意事成失意事，有心人遇没心人。

其夜酒阑人散，高赞老夫妇亲送新郎进房。伴娘替新娘卸了头面，几遍催

新郎安置，钱青只不答应，正不知什么意故，只得服侍新娘先睡，自己出房去了。丫鬟将房门掩上，又催促官人上床。钱青心上如小鹿乱撞，勉强答应一句道：“你们先睡。”丫鬟们乱了一夜，各自倒东歪西去打瞌睡。钱青本待秉灯达旦，一时不曾讨得几支蜡烛。到烛尽时，又不好声唤，忍着一肚子闷气，和衣在床外侧身而卧，也不知女孩儿头东头西。次早清清天亮，便起身出外，到舅子书馆中去梳洗。高赞夫妻只道他少年害羞，亦不为怪。是日雪虽住了，风尚不息。高赞且做庆贺筵席，钱青吃得酩酊大醉，坐到更深进房，女孩儿又先睡了。钱青打熬不过，依旧和衣而睡，连小娘子的被窝儿也不敢触着。又过一晚，早起时，见风势稍缓，便要起身。高赞定要留过三朝，方才肯放。钱青拗不过，只得又吃了一日酒。坐间背地里和尤辰说起夜间和衣而卧之事，尤辰口虽答应，心下未必准信。事已如此，只索由他。

却说女孩儿秋芳，自结亲之夜，偷眼看那新郎，生得果然齐整，心中暗暗欢喜。一连两夜，都则衣不解带，不解其故：“莫非怪我先睡了，不曾等待得他？”此是第三夜了，女孩儿预先吩咐丫鬟，只等官人进房，先请他安息。丫鬟奉命，只等新郎进来，便替他解衣宽帽。钱青见不是头，除了头巾，急急地跳上床去，贴着床里自睡，仍不脱衣。女孩儿满怀不乐，只得也和衣睡了。又不好告诉爹娘。到第四日，天气晴和，高赞预先备下送亲船只，自己和老婆亲送女孩儿过湖。娘女共是一船，高赞与钱青、尤辰又是一船。船头俱挂了杂彩，鼓乐振天，好生闹热。只有小乙受了家主之托，心中甚不快意，驾个小小快船，赶路先行。

话分两头。且说颜俊自从打发众人迎亲去后，悬悬而望。到初二日半夜，听得刮起大风大雪，心上好不着忙。也只道风雪中船行得迟，只怕错了时辰，哪想到过不得湖？一应花烛筵席，准备十全，等了一夜，不见动静，心下好闷。想道：“这等大风，倒是不曾下船还好。若在湖中行动，老大担忧哩！”又想道：“若是不曾下船，我岳丈知道错过吉期，岂肯胡乱把女儿送来？定然要另选个日子。又不知几时吉利，可不闷杀了人！”又想道：“若是尤少梅能事时，在岳丈前撺掇，权且迎来，那时我哪管时日利与不利，且落得早些受用。”如此胡思乱想，坐不安席，不住在门前张望。到第四日风息，料道决有佳音。等到午后，只见小乙先回报道：“新娘已娶来了，不过十里之遥。”颜俊问道：“吉期错过，他家如何肯放新人下船？”小乙道：“高家只怕错过好日，定要结亲。钱大官人替东人权做新郎三日了。”颜俊道：“既结了亲，这三夜钱大官人难道竟在新人房里睡的？”小乙道：“睡是同床的，却不曾动弹。那钱大官人是看得熟鸭蛋伴得小娘眠的。”颜俊骂道：“放屁！哪有此理！我托你何事？你如何不叫他推辞，却做下这等勾当？”小乙道：“家人也说过来。钱大官人道：‘我只要周全你家之事，若有半点欺心，天神鉴察！’”颜俊此时：怒从心上起，恶向胆边生。一巴掌将小乙打在一边，气忿忿地奔出门外，专等钱青来厮闹。

恰好船已拢岸，钱青终有细腻，预先嘱咐尤辰拌住高老，自己先跳上岸。只为自反无愧，理直气壮，昂昂地步到颜家门首。望见颜俊，笑嘻嘻地正要上前作揖，告诉衷情。谁知颜俊以小人之心，度君子之腹，此际便是仇人相见，分外眼睁，不等开言，便扑的一头撞去，咬定牙根，狠狠地骂道：“天杀的！你

好快活！”说声未毕，揸开五指，将钱青和巾和发，扯作一把，乱踢乱打，口里不绝声地道：“天杀的！好欺心！别人费了钱财，把与你见成受用！”钱青口中也自分辩。颜俊打骂忙了，哪里听他半个字儿。家人也不敢上前相劝，钱青吃打慌了，但呼救命。船上人听得闹吵，都上岸来看。只见一个丑汉，将新郎痛打，正不知甚么意故，都走拢来解劝，哪里劝得他开。高赞盘问他家人，那家人料瞒不过，只得实说了。高赞不闻犹可，一闻之时，心头火起，大骂尤辰无理，做这等欺三瞒四的媒人，说骗人家女儿，也扭着尤辰乱打起来。高家送亲的人，也自心怀不平，一齐动手要打那丑汉。颜家的家人回护家主，就与高家从人对打。先前颜俊和钱青是一对断打，以后高赞和尤辰是两对断打，结末两家家人，扭作一团断打。看的人重重叠叠，越发多了，街道拥塞难行。却似：

九里山前摆阵势，昆阳城下赌输赢。

事有凑巧，其时本县大尹，恰好送了上司回轿，至于北门，见街上震天喧嚷，却是断打的，停了轿子，喝教拿下。众人见知县相公拿人，都则散了，只有颜俊兀自扭住钱青，高赞兀自扭住尤辰，纷纷告诉，一时不得其详。大尹都教带到公庭，逐一细审，不许搀口。见高赞年长，先叫他上堂诘问。高赞道：“小人是洞庭山百姓，叫作高赞，为女择婿，相中了女婿才貌，将女许配。初三日，女婿上门亲迎，因被风雪所阻，小人留女婿在家，完了亲事。今日送女到此，不期遇了这个丑汉，将小人的女婿毒打。小人问其缘故，却是那丑汉买嘱媒人，要哄骗小人的女儿为婚，却将那姓钱的后生，冒名到小人家里。老爷只问媒人，便知奸弊。”大尹道：“媒人唤作甚名字？可在这里么？”高赞道：“叫作尤辰，现在台下。”

大尹喝退高赞，唤尤辰上来，骂道：“弄假成真，以非为是，都是你弄出这个伎俩！你可实实供出，免受重刑！”尤辰初时还只含糊抵赖，大尹发怒，喝教取夹棍伺候。尤辰虽然市井，从未熬刑，只得实说：起初颜俊如何央小人去说亲，高赞如何作难，要选才貌，后来如何央钱秀才冒名去拜望，直到结亲始末，细细述了一遍。大尹点头道：“这是实情了。颜俊这厮费了许多事，却被别人夺了头筹，也怪不得发恼。只是起先设心哄骗的不是。”便教颜俊，审其口词。颜俊已听得尤辰说了实话，又见知县相公词气温和，只得也叙了一遍，两口相同。

大尹结末唤钱青上来，一见钱青青年美貌，且被打伤，便有几分爱他怜他之意，问道：“你是个秀才，读孔子之书，达周公之礼，如何替人去拜望迎亲，同谋哄骗，有乖行止？”钱青道：“此事原非生员所愿。只为颜俊是生员表兄，生员家贫，又馆谷于他家，被表兄再四央求不过，勉强应承。只道一时权宜，玉成其事。”大尹道：“住了！你既为亲情而往，就不该与那女儿结亲了。”钱青道：“生员原只代他亲迎，只为一连三日大风，太湖之隔，不能行舟，故此高赞怕误了婚期，要生员就彼花烛。”大尹道：“你自知替身，就该推辞了。”颜俊从旁磕头道：“青天老爷！只看他应承花烛，便是欺心。”大尹喝道：“不要多嘴，左右扯他下去。”再问钱青：“你那时应承做亲，难道没有个私心？”钱青道：“只问高赞便知，生员再三推辞，高赞不允。生员若再辞时，恐彼生疑，误了表兄的大事，故此权成大礼。虽则三夜同床，生员和衣而睡，并不相犯。”大尹呵呵大笑道：“自古以来，只有一个**柳下惠坐怀不乱**（春秋时期，柳下惠路过柳林，忽遇倾盆大

雨。在破庙里避雨遇到一女子，冻得发抖，夜里躲在柳下惠怀中驱寒。柳下惠抱了女子一个晚上秋毫无犯，被赞为坐怀不乱）。那**鲁男子既自知不及**（相传先秦时有个鲁国人，独居一室。夜里暴风骤雨，邻居家的屋子坏了，邻居家就一女子，前来敲门请求庇护。鲁男子自知没有柳下惠那般定力，执意不肯将门打开，也是洁身自好之士），风雪之中，就不肯放妇人进门了。你少年子弟，血气未定，岂有三夜同床，并不相犯之理？这话哄得哪一个！”钱青道：“生员今日自陈心迹，父母老爷未必相信。只教高赞去问自己的女儿，便知真假。”大尹想道：“那女儿若有私情，如何肯说实话。”当下想出个主意来，便教左右唤到老实**稳婆**（接生婆）一名，到舟中试验高氏是否处女，速来回话。不一时，稳婆来复知县相公，那高氏果是处子，未曾破身。

颜俊在阶下听说高氏还是处子，便叫喊道：“既是小的妻子不曾破坏，小的情愿成就！”大尹又道：“不许多嘴！”再叫高赞道：“你心下愿将女儿配哪一个？”高赞道：“小人初时原看中了钱秀才，后来女儿又与他做了花烛。虽然钱秀才不欺暗室，与小女即无夫妇之情，已定了夫妇之义。若教女儿另嫁颜俊，不唯小人不愿，就是女儿也不愿。”大尹道：“此言正合吾意。”钱青心下倒不肯，便道：“生员此行，实是为公不为私。若将此女归了生员，把生员三夜衣不解带之意全然没了。宁可令此女别嫁，生员决不敢冒此嫌疑，惹人谈论！”大尹道：“此女若归他人，你过湖这两番替人诓骗，便是行止有亏，干碍前程了。今日与你成就亲事，乃是遮掩你的过失。况你的心迹已自洞然，女家两相情愿，有何嫌疑？休得过让，我自有明断。”遂举笔判云：

高赞相女配夫，乃其常理；颜俊借人饰己，实出奇闻。东床已招佳选，何知以羊易牛；西邻纵有责言，终难指鹿为马。两番渡湖，不让传书柳毅；三宵隔被，何惭秉烛云长。风伯为媒，天公作合。佳男配了佳妇，两得其宜；求妻到底无妻，自作之孽。高氏断归钱青，不须另做花烛。颜俊既不合设骗局于前，又不合奋老拳于后。事已不谐，姑免罪责。所费聘仪，合助钱青，以赎一击之罪。尤辰往来煽诱，实启衅端，重惩示儆。

判讫，喝教左右，将尤辰重责三十板，免其画供，竟行逐出，盖不欲使钱青冒名一事彰闻于人也。高赞和钱青拜谢。一干人出了县门，颜俊满面羞惭，敢怒而不敢言，抱头鼠窜而去，有好几月不敢出门。尤辰自回家将息棒疮不题。

却说高赞邀钱青到舟中，反殷勤致谢道：“若非贤婿才行俱全，上官起敬，小女几乎错配**匪人**（行为不正之人）。今日倒要屈贤婿同小女到舍下少住几时。不知贤婿宅上还有何人？”钱青道：“小婿父母俱亡，别无亲人在家。”高赞道：“既如此，一发该在舍下住了，老夫供给读书，贤婿意下如何？”钱青道：“若得岳父扶持，足感盛德。”是夜开船离了吴江，随路宿歇，次日早到西山。一山之人闻知此事，皆当新闻传说。又知钱青存心忠厚，无不钦仰。后来钱青一举成名，夫妻偕老。有诗为证：

丑脸如何骗美妻，作成表弟得便宜。
可怜一片吴江月，冷照鸳鸯湖上飞。

# 第八卷　乔太守乱点鸳鸯谱

自古姻缘天定，不由人力谋求。有缘千里也相投，对面无缘不偶。

仙境桃花出水，宫中红叶传沟（宫女将诗写在红叶上，随溪水流出宫去，倾诉自己的情感）。三生（源于佛教的因果轮回学说，指一个人的“前生”“今生”“来生”）簿上注风流，何用冰人（媒人）开口。

这首《西江月》词，大抵说人的婚姻，乃前生注定，非人力可以勉强。今日听在下说一桩意外姻缘的故事，唤作“乔太守乱点鸳鸯谱”。这故事出在哪个朝代？何处地方？那故事出在大宋景祐年间，杭州府有一人姓刘，名秉义，是个医家出身。妈妈谈氏，生得一对儿女。儿子唤作刘璞，年当弱冠，一表非俗，已聘下孙寡妇的女儿珠姨为妻。那刘璞自幼攻书，学业已就。到十六岁上，刘秉义欲令他弃了书本，习学医业。刘璞立志大就，不肯改业，不在话下。女儿小名慧娘，年方一十五岁，已受了邻近开生药铺裴九老家之聘。那慧娘生得姿容艳丽，意态妖娆，非常标致。怎见得？但见：

蛾眉带秀，凤眼含情，腰如弱柳迎风，面似娇花拂水。体态轻盈，汉家飞燕同称；性格风流，吴国西施并美。蕊宫（又称蕊珠宫，道家传说中神仙居住的仙宫）仙子谪人间，月殿嫦娥临下界。

不题慧娘貌美。且说刘公见儿子长大，同妈妈商议，要与他完姻。方待教媒人到孙家去说，恰好裴九老也教媒人来说，要娶慧娘。刘公对媒人道：“多多上复裴亲家，小女年纪尚幼，一些妆奁未备。须再过几时，待小儿完姻过了，方及小女之事。目下断然不能从命！”媒人得了言语，回复裴家。那裴九老因是老年得子，爱惜如珍宝一般，恨不能风吹得大，早些儿与他毕了姻事，生男育女。今日见刘公推托，好生不喜。又央媒人到刘家说道：“令爱今年一十五岁，也不算做小了。到我家来时，即如女儿一般看待，决不难为。就是妆奁厚薄，但凭亲家，并不计论。万望亲家曲允则个。”刘公立意先要与儿子完姻，然后嫁女，媒人往返了几次，终是不允。裴九老无奈，只得忍耐。当时若是刘公允了，却不省好些事体，止因执意不从，倒后生出一段新闻，传说至今。正是：

只因一着错，满盘俱是空。

却说刘公回脱了裴家，央媒人张六嫂到孙家去说儿子的姻事。原来孙寡妇母家姓胡，嫁的丈夫孙恒，原是旧家子弟。自十六岁做亲，十七岁就生下一个女儿，唤名珠姨。才隔一岁，又生个儿子，取名孙润，小字玉郎。两个儿女，方在襁褓中，孙恒就亡过了。亏孙寡妇有些节气，同着养娘，守这两个儿女，不肯改嫁，因此人都唤她是孙寡妇。光阴迅速，两个儿女，渐渐长成。珠姨便许了刘家，玉郎从小聘定善丹青（绘画）徐雅的女儿文哥为妇。那珠姨、玉郎都生得一般美貌，就如良玉碾成，白粉团就一般。加添资性聪明，男善读书，女

工针指。还有一件，不但才貌双美，且又孝悌兼全。闲话休题。

且说张六嫂到孙家传达刘公之意，要择吉日娶小娘子过门。孙寡妇母子相依，满意（满心）欲要再停几时，因想男婚女嫁，乃是大事，只得应承。对张六嫂道："上复亲翁亲母，我家是孤儿寡妇，没甚大妆奁嫁送，不过随常粗布衣裳，凡事不要见责。"张六嫂复了刘公。刘公备了八盒羹果礼物并吉期送到孙家。孙寡妇受了吉期，忙忙地制办出嫁东西。看看日子已近，母子不忍相离，终日啼啼哭哭。谁想刘璞因冒风之后，出汗虚了，变为寒症，人事不省，十分危笃。吃的药就如泼在石上，一毫没用。求神问卜，俱说无救。吓得刘公夫妻魂魄都丧，守在床边，吞声对泣。刘公与妈妈商议道："孩儿病势恁样沉重，料必做亲不得。不如且回了孙家，等待病痊，再择日吧。"刘妈妈道："老官儿，你许多年纪了，这样事难道还不晓得？大凡病人势凶，得喜事一冲就好了。未曾说起的还要去相求，如今现成事体，怎么反要回它？"刘公道："我看孩儿病体，凶多吉少。若娶来家冲得好时，此是万千之喜，不必讲了；倘或不好，可不害了人家子女有个晚嫁（改嫁）的名头？"刘妈妈道："老官，你但顾了别人，却不顾自己。你我费了许多心机，定得一房媳妇。谁知孩儿命薄，临做亲却又患病起来。今若回了孙家，孩儿无事，不消说起。万一有些山高水低，有甚把臂（把柄），那原聘还了一半，也算是他们忠厚了。却不是人财两失？"刘公道："依你便怎样？"刘妈妈道："依着我，吩咐了张六嫂，不要提起孩儿有病，竟娶来家，就如养媳妇一般。若孩儿病好，另择吉结亲。倘然不起，媳妇转嫁时，我家原聘并各项使费，少不得班足了，放她出门，却不是个万全之策？"刘公耳朵原是棉花做的，就依着老婆，忙去叮嘱张六嫂不要泄漏。

自古道："若要不知，除非莫为。"刘公便瞒着孙家，哪知他紧间壁的邻家姓李名荣，曾在人家管过解库，人都叫作李都管。为人极是刁钻，专一打听人家的细事，喜谈乐道。因他做主管时，得了些不义之财，手中有钱，所居与刘家基址相连，意欲强买刘公房子，刘公不肯，为此两下面和意不和，巴不能刘家有些事故，幸灾乐祸。晓得刘璞有病危急，满心欢喜，连忙去报知孙家。

孙寡妇听见女婿病凶，恐防误了女儿，即使养娘去叫张六嫂来问。张六嫂欲待不说，恐怕刘璞有变，孙寡妇后来埋怨；欲要说了，又怕刘家见怪。事在两难，欲言又止。孙寡妇见她半吞半吐，越发盘问得急了。张六嫂隐瞒不过，乃说："偶然伤风，原不是十分大病，将息到做亲时，料必也好了。"孙寡妇道："闻得他病势十分沉重，你怎说得这般轻易？这事不是当耍的。我受了千辛万苦，守得这两个儿女成人，如珍宝一般！你若含糊赚了我女儿时，少不得和你性命相搏，那时不要见怪。"又道："你去到刘家说，若果然病重，何不待好了，另择日子。总是儿女年纪尚小，何必恁般忙迫？问明白了，快来回报一声。"张六嫂领了言语，方欲出门，孙寡妇又叫转道："我晓得你决无实话回我的，我令养娘同你去走遭，便知端的！"张六嫂见说教养娘同去，心中着忙道："不消得，好歹不误大娘之事。"孙寡妇哪里肯听，教了养娘些言语，跟张六嫂同去。

张六嫂摆脱不得，只得同到刘家。恰好刘公走出门来。张六嫂欺养娘不认得，便道："小娘子少待，等我问句话来。"急走上前，拉刘公到一边，将孙寡妇适来言语细说。又道："她因放心不下，特教养娘同来讨个实信，却怎的回答？"

刘公听见养娘来看，手足无措，埋怨道：“你怎不阻挡住了？却与她同来！”张六嫂道：“再三拦阻，如何肯听！教我也没奈何。如今且留她进去坐了，你们再去从长计较回她，不要连累我后日受气。”说还未毕，养娘已走过来。张六嫂就道：“此间便是刘老爹。”养娘深深道个万福。刘公还了礼道：“小娘子请里面坐。”一齐进了大门，到客坐内。刘公道：“六嫂，你陪小娘子坐着，待我教老荆出来。”张六嫂道：“老爹自便。”刘公急急走到里面，一五一十，学于妈妈。又说：“如今养娘在外，怎的回她？倘要进来探看孩儿，却又如何掩饰？不如改了日子罢！”妈妈道：“你真是个死货！她他受了我家的聘，便是我家的人了，怕她怎的？不要着忙，自有道理。”便教女儿慧娘：“你去将新房中收拾整齐，留孙家妇女吃点心。”慧娘答应自去。刘妈妈即走向外边，与养娘相见毕，问道：“小娘子下顾，不知亲母有甚话说？”养娘道：“俺大娘闻得大官人有恙，放心不下，特教男女（古代奴仆的自称）来问候。二来上复老爹大娘：若大官人病体初痊，恐未可做亲，不如再停几时，等大官人身子健旺，另拣日吧。”刘妈妈道：“多承亲母过念，大官人虽是身子有些不快，却是偶然伤风，原非大病。若要另择日子，这断不能够的。我们小人家的买卖，千难万难，方才支持得停当。如错过了，却不又费一番手脚。况且有病的人，正要得喜事来冲，他病也易好。常见人家要省事时，还借这病来见喜，何况我家吉期送已多日，亲戚都下了帖儿请吃喜筵，如今忽地换了日子，他们不道你们不肯，必认作我们讨媳妇不起。传说开去，却不被人笑耻，坏了我家名头？烦小娘子回去上复亲母，不必担忧，我家干系大哩！”养娘道：“大娘话虽说得是。请问大官人睡在何处？待男女候问一声，好家去回报大娘，也教她放心！”刘妈妈道：“适来服了发汗的药，正熟睡在那里，我与小娘子代言吧。事体总在刚才所说了，更无别说。”张六嫂道：“我原说偶然伤风，不是大病。你们大娘，不肯相信，又要你来。如今方见老身不是说谎的了。”养娘道：“既如此，告辞吧。”便要起身。刘妈妈道：“哪有此理！说话忙了，茶也还没有吃，如何便去？”即邀到里边，又道：“我房里腌腌臜臜，到在新房里坐吧。”引入房中，养娘举目看时，摆设得十分齐整。刘妈妈又道：“你看我家诸事齐备，如何肯又改日子？就是做了亲，大官人倒还要留在我房中歇宿，等身子痊愈了，然后同房哩！”养娘见他整备得停当，信以为实。当下刘妈妈教丫鬟将出点心、茶来摆上，又教慧娘也来相陪。养娘心中想道：“我家珠姨是极标致的了，不想这女娘也恁般出色！”吃了茶，作别出门。临行，刘妈妈又再三吩咐张六嫂：“是必来复我一声！”

养娘同着张六嫂回到家中，将上项事说与主母。孙寡妇听了，心中倒没了主意，想道：“欲待允了，恐怕女婿真个病重，变出些不好来，害了女儿。将欲不允，又恐女婿果是小病已愈，误了吉期。”疑惑不定，乃对张六嫂道：“六嫂，待我酌量定了，明早来取回信吧。”张六嫂道：“正是，大娘从容计较计较，老身明早来也。”说罢自去。

且说孙寡妇与儿子玉郎商议：“这事怎生计较？”玉郎道：“看起来还是病重，故不要养娘相见。如今必要回他另择日子，他家也没奈何，只得罢休。但是空费他这番东西，见得我家没有情义，倘后来病好相见之间，觉道没趣。若依了他们时，又恐果然有变，那时进退两难，懊悔却便迟了。依着孩儿，有个

两全之策在此，不知母亲可听？”孙寡妇道：“你且说是甚两全之策。”玉郎道：“明早教张六嫂去说，日子便依着他家，妆奁一毫不带。见喜过了，到第三朝（古代婚俗，新娘子婚后第三天回娘家）就要接回，等待病好，连妆奁送去。是恁样，纵有变故，也不受他们笼络，这却不是两全其美？”孙寡妇道：“你真是个孩子家见识！他们一时假意应承娶去，过了三朝，不肯放回，却怎么处？”玉郎道：“如此怎好？”孙寡妇又想了一想道：“除非明日教张六嫂依此去说，临期教姐姐闪过一边，把你假扮了送去。皮箱内原带一副道袍鞋袜，预防到三朝，容你回来，不消说起。倘若不容，且住在那里，看个下落。倘有三长两短，你取出道袍穿了，竟自走回，哪个扯得你住！”玉郎道：“别事便可，这事却使不得！后来被人晓得，教孩儿怎生做人？”孙寡妇见儿子推却，心中大怒道：“纵别人晓得，不过是耍笑之事，有甚大害！”玉郎平昔孝顺，见母亲发怒，连忙道：“待孩儿去便了。只不会梳头，却怎么好？”孙寡妇道：“我教养娘服侍你去便了。”计较已定，次早张六嫂来讨回音，孙寡妇与他说如此如此，恁般恁般。“若依得，便娶过去。依不得，便另择日吧！”张六嫂复了刘家，一一如命。你道他为何就肯了？只因刘璞病势愈重，恐防不妥，单要哄媳妇到了家里，便是买卖了。故此将错就错，更不争长竞短。哪知孙寡妇已先参透机关，将个假货送来，刘妈妈反做了：

周郎妙计高天下，赔了夫人又折兵。

话休烦絮。到了吉期，孙寡妇把玉郎装扮起来，果然与女儿无二，连自己也认不出真假。又教习些女人礼数。诸色好了，只有两件难以遮掩，恐怕露出事来。哪两件？第一件是足与女子不同。那女子的尖尖趫（qiáo）趫，凤头一对，露在湘裙之下，莲步轻移，如花枝招飐一般。玉郎是个男子汉，一只脚比女子的有三四只大，虽然把扫地长裙遮了，教他缓行细步，终是有些蹊跷。这也还在下边，无人来揭起裙儿观看，还隐藏得过。第二件是耳上的环儿。此乃女子平常时所戴，爱轻巧的，也少不得戴对丁香儿，那极贫小户人家，没有金的银的，就是铜锡的，也要买对儿戴着。今日玉郎扮作新人，满头珠翠，若耳上没有环儿，可成模样么？他左耳还有个环眼，乃是幼时恐防难养穿过的，那右耳却没眼儿，怎生戴得？孙寡妇左思右想，想出一个计策来。你道是甚计策？他教养娘讨个小小膏药，贴在右耳。若问时，只说环眼生着疳疮，戴不得环子，露出左耳上眼儿掩饰。打点停当，将珠姨藏过一间房里，专候迎亲人来。

到了黄昏时候，只听得鼓乐喧天，迎亲轿子已到门首。张六嫂先入来，看见新人打扮得如天神一般，好不欢喜。眼前不见玉郎，问道：“小官人怎的不见？”孙寡妇道：“今日忽然身子有些不健，睡在那里，起来不得。”那婆子不知就里，不来再问。孙寡妇将酒饭犒赏了来人，傧相念起诗赋，请新人上轿。玉郎兜上方巾，向母亲作别。孙寡妇一路假哭，送出门来。上了轿子，教养娘跟着，随身只有一只皮箱，更无一毫妆奁。孙寡妇又叮嘱张六嫂道：“与你说过，三朝就要送回的，不要失信！”张六嫂连声答应道：“这个自然！”

不题孙寡妇。且说迎亲的，一路笙箫聒耳，灯烛辉煌，到了刘家门首。傧相进来说道：“新人将已出轿，没新郎迎接，难道教她他独自拜堂不成？”刘公道：“这却怎好？不要拜吧！”刘妈妈道：“我有道理，教女儿陪拜便了。”即令慧娘出来相迎。傧相念了阑门诗赋（古代结婚仪式，新娘到达夫家大门口，夫家在门前摆下香

案，由傧相领着新郎行礼，嘴里念着吉利的诗赋），请新人出了轿子，养娘和张六嫂两边扶着。慧娘相迎，进了中堂，先拜了天地，次及公姑亲戚。双双却是两个女人同拜，随从人没一个不掩口而笑。都相见过了，然后姑嫂对拜。刘妈妈道："如今到房中去与孩儿冲喜。"乐人吹打，引新人进房，来至卧床边，刘妈妈揭起帐子，叫道："我的儿，今日娶你媳妇来家冲喜，你须挣扎精神则个。"连叫三四次，并不则声。刘公将灯照时，只见头儿歪在半边，昏迷去了。原来刘璞病得身子虚弱，被鼓乐一震，故此迷昏。当下老夫妻手忙脚乱，掐住人中，即教取过热汤，灌了几口，出了一身冷汗，方才苏醒。刘妈妈教刘公看着儿子，自己引新人进新房中去。揭起方巾，打一看时，美丽如画，亲戚无不喝彩。只有刘妈妈心中反觉苦楚，她想："媳妇恁般美貌，与儿子正是一对儿。若得双双奉侍老夫妻的暮年，也不枉一生辛苦。谁想他没福，临做亲却染此大病，十分中倒有九分不妙。倘有一差两误，媳妇少不得归于别姓，岂不目前空喜！"

不题刘妈妈心中之事。且说玉郎也举目看时，许多亲戚中，只有姑娘生得风流标致，想道："好个女子，我孙润可惜已定了妻子。若早知此女恁般出色，一定要求她为妇。"这里玉郎方在赞羡，谁知慧娘心中也想道："一向张六嫂说她标致，我还未信，不想话不虚传。只可惜哥哥没福受用，今夜教他孤眠独宿。若我丈夫像得她这样美貌，便称我的生平了，只怕不能够哩！"不题二人彼此欣羡。

刘妈妈请众亲戚赴过花红筵席，各自分头歇息。傧相乐人，俱已打发去了。张六嫂没有睡处，也自归家。玉郎在房，养娘与他卸了首饰，秉烛而坐，不敢便寝。刘妈妈与刘公商议道："媳妇初到，如何教她独宿？可教女儿去陪伴。"刘公道："只怕不稳便，由她自睡罢。"刘妈妈不听，对慧娘道："你今夜陪伴嫂嫂在新房中去睡，省得她怕冷静。"慧娘正爱着嫂嫂，见说教她相伴，恰中其意。刘妈妈引慧娘到新房中道："娘子，只因你官人有些小恙，不能同房，特令小女来陪你同睡。"玉郎恐露出马脚，回道："奴家自来最怕生人，倒不消吧。"刘妈妈道："呀！你们姑嫂年纪相仿，即如姊妹一般，正好相处，怕怎的！你若嫌不稳时，各自盖着条被儿，便不妨了。"对慧娘道："你去收拾了被窝过来。"慧娘答应而去。

玉郎此时，又惊又喜。喜的是心中正爱着姑娘标致，不想天与其便，刘妈妈令来陪卧，这事便有几分了。惊的是恐她不允，一时叫喊起来，反坏了自己之事。又想道："此番错过，后会难逢。看这姑娘年纪已在当时，情窦料也开了，须用计缓缓撩拨热了，不怕不上我钩！"心下正想，慧娘教丫鬟拿了被儿同进房来，放在床上。刘妈妈起身，同丫鬟自去。慧娘将房门闭上，走到玉郎身边，笑容可掬，乃道："嫂嫂，适来见你一些东西不吃，莫不饿了？"玉郎道："倒还未饿。"慧娘又道："嫂嫂，今后要甚东西，可对奴家说知，自去拿来，不要害羞不说。"玉郎见她意儿殷勤，心下暗喜，答道："多谢姑娘美情。"慧娘见灯上结着一个大大花儿，笑道："嫂嫂，好个灯花儿，正对着嫂嫂，可知喜也！"玉郎也笑道："姑娘休得取笑，还是姑娘的喜信。"慧娘道："嫂嫂话儿倒会耍人。"两个闲话一回。

慧娘道："嫂嫂，夜深了，请睡吧。"玉郎道："姑娘先请。"慧娘道："嫂嫂是客，奴家是主，怎敢僭先（越礼占先）！"玉郎道："这个房中还是姑娘是客。"慧

娘笑道："恁样占先了。"便解衣先睡。养娘见两下取笑，觉道玉郎不怀好意，低低说道："官人，你须要斟酌，此事不是当耍的。倘大娘知了，连我也不好。"玉郎道："不消嘱咐，我自晓得！你自去睡。"养娘便去旁边打个铺儿睡下。玉郎起身携着灯儿，走到床边，揭起帐子照看，只见慧娘卷着被儿，睡在里床，见玉郎将灯来照，笑嘻嘻地道："嫂嫂，睡罢了，照怎的？"玉郎也笑道："我看姑娘睡在那一头，方好来睡。"把灯放在床前一只小桌儿上，解衣入帐，对慧娘道："姑娘，我与你一头睡了，好讲话耍子。"慧娘道："如此最好！"玉郎钻下被里，卸了上身衣服，下体小衣却穿着，问道："姑娘，今年青春了？"慧娘道："一十五岁。"又问："姑娘许的是哪一家？"慧娘怕羞，不肯回信。玉郎把头挨到她枕上，附耳道："我与你一般是女儿家，何必害羞。"慧娘方才答道："是开生药铺的裴家。"又问道："可见说佳期还在何日？"慧娘低低道："近日曾教媒人再三来说，爹道奴年纪尚小，回他们再缓几时哩。"玉郎笑道："回了他家，你心下可不气恼么？"慧娘伸手把玉郎的头推下枕来，道："你不是个好人！哄了我的话，便来耍人。我若气恼时，你今夜心里还不知怎的恼着哩！"

玉郎依旧又挨到枕上道："你且说我有甚恼？"慧娘道："今夜做亲没有个对儿，怎的不恼？"玉郎道："如今有姑娘在此，便是个对儿了，又有甚恼？"慧娘笑道："恁样说，你是我的娘子了。"玉郎道："我年纪长似你，丈夫还是我。"慧娘道："我今夜替哥哥拜堂，就是哥哥一般，还该是我。"玉郎道："大家不要争，只做个女夫妻吧！"两个说风话耍子，愈加亲热。玉郎料想没事，乃道："既做了夫妻，如何不合被儿睡？"口中便说，两手即掀开她的被儿，挨过身来，伸手便去摸她身上，腻滑如酥，下体却也穿着小衣。慧娘此时已被玉郎调动春心，忘其所以，任玉郎摩弄，全然不拒。玉郎摸到胸前时，一对小乳，丰隆突起，温软如绵，乳头却像鸡头肉一般，甚是可爱。慧娘也把手来将玉郎浑身一摸，道："嫂嫂好个软滑身子！"摸他乳时，刚刚只有两个小小乳头。心中想道："嫂嫂长似我，怎么乳儿倒小？"

玉郎摩弄了一回，便双手搂抱过来，嘴对嘴将舌尖度向慧娘口中。慧娘只认作姑嫂戏耍，也将双手抱住，着实咂吮。咂得慧娘遍体酥麻，便道："嫂嫂，如今不像女夫妻，竟是真夫妻一般了。"玉郎见她情动，便道："有心玩了，何不把小衣一发去了，亲亲热热睡一回也好。"慧娘道："羞人答答，脱了不好。"玉郎道："纵是取笑，有甚么羞？"便解开她的小衣褪下。伸手去摸她不便处，慧娘双手即来遮掩，道："嫂嫂休得啰唣！"玉郎捧过面来亲个嘴，道："何妨！你也摸我的便了。"慧娘真个也去解了他的裈来摸时，只见一条玉茎，铁硬地挺着！吃了一惊，缩手不迭。乃道："你是何人，却假装着嫂嫂来此？"玉郎道："我便是你的丈夫了，又问怎的？"一头即便腾身上去，将手启她双股。慧娘双手推开半边，道："你若不说真话，我便叫喊起来，教你了不得。"玉郎着了急，连忙道："娘子不消性急，待我说便了。我是你嫂嫂的兄弟玉郎。闻得你哥哥病势沉重，未知怎的，我母亲不舍得姐姐出门，又恐误了你家吉期。故把我假装嫁来，等你哥哥病好，然后送姐姐过门。不想天付良缘，倒与娘子成了夫妇。此情只许你我晓得，不可泄漏！"说罢，又翻上身来。慧娘初时只道是真女人，尚然心爱，如今却是个男子，岂不欢喜？况且已被玉郎先引得神魂飘荡，又惊

又喜，半推半就道："原来你们恁样欺心！"玉郎哪有心情回答，双手紧紧抱住，即便恣意风流。

一个是青年孩子，初尝滋味；一个是黄花女儿，乍得甜头。一个说今宵花烛，倒成就了你我姻缘；一个说此夜衾稠，便试发了夫妻恩爱。一个说，前生有分，不须月老冰人；一个道，异日休忘，说尽山盟海誓。各燥自家脾胃，管什么姐姐哥哥；且图眼下欢娱，全不想有夫有妇。双双蝴蝶花间舞，两两鸳鸯水上游。

云雨已毕，紧紧偎抱而睡。

且说养娘恐怕玉郎弄出事来，卧在旁边铺上，眼也不合。听着他们初时还说话笑耍，次后只听得床棱摇曳，气喘吁吁，已知二人成了那事，暗暗叫苦。到次早起来，慧娘自向母亲房中梳洗。养娘替玉郎梳妆，低低说道："官人，你昨夜恁般说了，却又口不应心，做下那事！倘被他们晓得，却怎处？"玉郎道："又不是我去寻她，她自送上门来，教我怎生推却！"养娘道："你须拿住主意便好。"玉郎道："你想恁样花一般的美人，同床而卧，便是铁石人也打熬不住，叫我如何忍耐得过！你若不泄漏时，更有何人晓得？"装扮已毕，来刘妈妈房里相见。刘妈妈道："儿，环子也忘戴了。"养娘道："不是忘了，因右耳上环眼生了疳疮，戴不得，还贴着膏药哩。"刘妈妈道："原来如此。"玉郎依旧来至房中坐下，亲戚女眷都来相见，张六嫂也到，慧娘梳裹罢，也到房中，彼此相视而笑。

是日刘公请内外亲戚吃庆喜筵席，大吹大擂，直饮到晚，各自辞别回家。慧娘依旧来伴玉郎，这一夜颠鸾倒凤，海誓山盟，比昨倍加恩爱。看看过了三朝，二人行坐不离。倒是养娘捏着两把汗，催玉郎道："如今已过三朝，可对刘大娘说，回去吧！"玉郎与慧娘正火一般热，哪想回去，假意道："我怎好启齿说要回去，须是母亲叫张六嫂来说便好。"养娘道："也说得是。"即便回家。

却说孙寡妇虽将儿子假装嫁去，心中却怀着鬼胎，急切不见张六嫂来回复。眼巴巴望到第四日，养娘回家，连忙来问。养娘将女婿病凶，姑娘陪拜，夜间同睡相好之事，细细说知。孙寡妇跌足叫苦道："这事必然做出来也！你快去寻张六嫂来。"养娘去不多时，同张六嫂来家。孙寡妇道："六嫂前日讲定约三朝便送回来，今已过了，劳你去说，快些送我女儿回来！"张六嫂得了言语，同养娘来至刘家。恰好刘妈妈在玉郎房中闲话，张六嫂将孙家要接新人的话说知。玉郎、慧娘不忍割舍，到暗暗道："但愿不允便好。"谁想刘妈妈真个说道："六嫂，你媒也做老了，难道恁样事还不晓得？从来可有三朝媳妇便归去的理么？前日她不肯嫁来，这也没奈何。今既到我家，便是我家的人了，还像得她意？我千难万难，娶得个媳妇，到三朝便要回去，说也不当人子。既如此不舍得，何不当初莫许人家？她也有儿子，少不也要娶媳妇，看三朝可肯放回家去？闻得亲母是个知礼之人，亏她怎样说了出来？"一番言语，说得张六嫂哑口无言，不敢回复孙家。那养娘恐怕有人闯进房里，冲破二人之事，倒紧紧守着房门，也不敢回家。

且说刘璞自从结亲这夜，惊出那身冷汗来，渐渐痊可。晓得妻子已娶来家，人物十分标致，心中欢喜，这病愈觉好得快了。过了数日，挣扎起来，半眠半坐，日渐健旺，即能梳裹，要到房中来看浑家。刘妈妈恐他初愈，不耐行动，

叫丫鬟扶着，自己也随在后，慢腾腾地走到新房门口。养娘正坐在门槛之上，丫鬟道："让大官人进去。"养娘立起身来，高声叫道："大官人进来了！"玉郎正搂着慧娘调笑，听得有人进来，连忙走开。刘璞掀开门帘跨进房来。慧娘道："哥哥，且喜梳洗了。只怕还不宜劳动。"刘璞道："不打紧！我也暂时走走，就去睡的。"便向玉郎作揖。玉郎背转身，道了个万福。刘妈妈道："我的儿，你且慢作揖么！"又见玉郎背立，便道："娘子，这便是你官人。如今病好了，特来见你，怎么倒背转身子？"走向前，扯近儿子身边，道："我的儿，与你恰好正是个对儿。"

刘璞见妻子美貌非常，甚是快乐。真个是人逢喜事精神爽，那病平去了几分。刘妈妈道："儿去睡了吧，不要难为身子。"原叫丫鬟扶着，慧娘也同进去。玉郎见刘璞虽然是个病容，却也人材齐整，暗想道："姐姐得配此人，也不辱抹没了。"又想道："如今姐夫病好，倘然要来同卧，这事便要决撒（露馅），快些回去吧。"到晚上对慧娘道："你哥哥病已好了，我须住身不得。你可撺掇母亲送我回家，换姐姐过来，这事便隐过了。若再住时，事必败露！"慧娘道："你要归家，也是易事。我的终身，却怎么处？"玉郎道："此事我已千思万想，但你已许人，我已聘妇，没甚计策挽回，如之奈何？"慧娘道："君若无计娶我，誓以魂魄相随，决然无颜更事他人！"说罢，呜呜咽咽哭将起来。玉郎与她拭了眼泪道："你且勿烦恼，容我再想。"自此两相留恋，把回家之事倒搁起一边。一日午饭已过，养娘向后边去了，二人将房门闭上，商议那事，长算短算，没个计策，心下苦楚，彼此相抱暗泣。

且说刘妈妈自从媳妇到家之后，女儿终日行坐不离，刚到晚，便闭上房门去睡，直至日上三竿，方才起身，刘妈妈好生不乐。初时认作姑嫂相爱，不在其意。以后日日如此，心中老大疑惑。也还道是后生家贪眠懒惰，几遍要说，因想媳妇初来，尚未与儿子同床，还是个娇客，只得耐住。那日也是合当有事。偶在新房前走过，忽听得里边有哭泣之声。向壁缝中张时，只见媳妇共女儿互相搂抱，低低而哭。刘妈妈见如此做作，料道这事有些蹊跷。欲待发作，又想儿子才好，若知得，必然气恼，权且耐住。便掀门帘进来，门却闭着。叫道："快些开门！"

二人听见是妈妈声音，拭干眼泪，忙来开门。刘妈妈走将进去，便道："为甚青天白日，把门闭上，在内搂抱啼哭？"二人被问，惊得满面通红，无言对答。刘妈妈见二人无言，一发是了，气得手足麻木，一手扯着慧娘道："做得好事！且进来和你说话。"扯到后边一间空屋中来。丫鬟看见，不知为甚，闪在一边。刘妈妈扯进了屋里，将门闩上，丫鬟伏在门上张时，见妈妈寻了一根木棒，骂道："贱人！快快实说，便饶你打骂。若一句含糊，打下你这下半截来！"慧娘初时抵赖。妈妈道："贱人！我且问你：她来得几时，有甚恩爱割舍不得，闭着房门，搂抱啼哭？"慧娘对答不来。妈妈拿起棒子要打，心中却又不舍得。慧娘料是隐瞒不过，想道："事已至此，索性说个明白，求爹妈辞了裴家，配与玉郎。若不允时，拼个自尽便了！"乃道："前日孙家晓得哥哥有病，恐误了女儿，要看下落，叫爹妈另自择日。因爹妈执意不从，故把儿子玉郎假装嫁来。不想母亲叫孩儿陪伴，遂成了夫妇。恩深义重，誓必图百年偕老。今见哥哥病

好，玉郎恐怕事露，要回去换姐姐过来。孩儿思想，一女无嫁二夫之理，叫玉郎寻门路娶我为妻。因无良策，又不忍分离，故此啼哭。不想被母亲看见。只此便是实话。”刘妈妈听罢，怒气填胸，把棒撇在一边，双足乱跳，骂道：“原来这老乞婆恁般欺心，将男作女哄我！怪道三朝便要接回。如今害了我女儿，须与她干休不得！拼这老性命结识这小杀才吧！”开了门，便赶出来。慧娘见母亲去打玉郎，心中着忙，不顾羞耻，上前扯住。被妈妈将手一推，跌在地上，爬起时，妈妈已赶向外边去了。慧娘随后也赶将来，丫鬟亦跟在后边。

且说玉郎见刘妈妈扯去慧娘，情知事露，正在房中着急。只见养娘进来道：“官人，不好了！弄出事来也！适在后边来，听得空屋中乱闹。张看时，见刘大娘拿大棒子拷打姑娘，逼问这事哩！”玉郎听说打着慧娘，心如刀割，眼中落下泪来，没了主意。养娘道：“今若不走，少顷便祸到了！”玉郎急忙除下簪钗，挽起一个角儿，皮箱内开出道袍鞋袜穿起，走出房来，将门带上，离了刘家，带跌奔回家里。正是：

拆破玉笼飞彩凤，顿开金锁走蛟龙。

孙寡妇见儿子回来，恁般慌急，又惊又喜，便道：“如何这般模样？”养娘将上项事说知。孙寡妇埋怨道：“我教你去，不过权宜之计，如何却做出这般没天理事体！你若三朝便回，隐恶扬善，也不见得事败。可恨张六嫂这老虔婆（贱婆，贼婆。骂妇人的话），自从那日去了，竟不来复覆我。养娘，你也不回家走遭，教我日夜担愁！今日弄出事来，害这姑娘，却怎么处？要你不肖子何用！”玉郎被母亲嗔责，惊愧无地。养娘道：“小官人也自要回的，怎奈刘大娘不肯。我因恐他们做出事来，日日守着房门，不敢回家。今日暂走到后边，便被刘大娘撞破。幸喜得急奔回来，还不曾吃亏。如今且教小官人躲过两日，他家没甚话说，便是万千之喜了。”孙寡妇真个教玉郎闪过，等候他家消息。

且说刘妈妈赶到新房门口，见门闭着，只道玉郎还在里面，在外骂道：“天杀的贼贱才！你把老娘当作什么样人，敢来弄空头，坏我的女儿！今日与你性命相搏，方见老娘手段。快些走出来！若不开时，我就打进来了！”正骂时，慧娘已到，便去扯母亲进去。刘妈妈骂道：“贱人，亏你羞也不羞，还来劝我！”尽力一摔，不想用力猛了，将门靠开，母子两个都跌进去，搅作一团。刘妈妈骂道：“好天杀的贼贱才，倒放老娘这一跤！”急忙爬起寻时，哪里见个影儿？那婆子寻不见玉郎，乃道：“天杀的好见识！走得好！你便走上天去，少不得也要拿下来！”对着慧娘道：“如今做下这等丑事，倘被裴家晓得，却怎的做人？”慧娘哭道：“是孩儿一时不是，做差这事。但求母亲怜念孩儿，劝爹爹怎生回了裴家，嫁着玉郎，犹可挽回前失。倘若不允，有死而已！”说罢，哭倒在地。刘妈妈道：“你说得好自在话儿！他家下财纳聘，定着媳妇，今日平白地要休这亲事，谁个肯么？倘然问因甚事故要休这亲，教你爹怎生对答！难道说我女儿自寻了一个汉子不成？”慧娘被母亲说得满面羞惭，将袖掩着痛哭。刘妈妈终是禽犊之爱，见女儿恁般啼哭，却又恐哭伤了身子，便道：“我的儿，这也不干你事，都是那老虔婆设这没天理的诡计，将那杀才乔装嫁来。我一时不知，教你陪伴，落了她圈套。如今总是无人知得，把来搁过一边，全你的体面，这才是个长策。若说要休了裴家，嫁那杀才，这是断然不能！”慧娘见母亲不允，

愈加啼哭，刘妈妈又怜又恼，倒没了主意。

正闹间，刘公正在人家看病回来，打房门口经过，听得房中啼哭，乃是女儿的声音，又听得妈妈话响，正不知为着甚的，心中疑惑，忍耐不住，揭开门帘，问道：“你们为甚恁般模样？”刘妈妈将前项事一一细说，气得刘公半晌说不出话来。想了一想，倒把妈妈埋怨道：“都是你这老乞婆害了女儿！起初儿子病重时，我原要另择日子，你便说长道短，生出许多话来，执意要那一日。次后孙家教养娘来说，我也罢了，又是你弄嘴弄舌，哄着他家。及至娶来家中，我说待他自睡吧，你又偏生推女儿伴他。如今伴得好么！”刘妈妈因玉郎走了，又不舍得女儿难为，一肚子气，正没发脱，见老公倒前倒后，数说埋怨，急得暴躁如雷，骂道：“老亡八！依你说起来，我的孩儿应该与这杀才骗的！”一头撞个满怀。

刘公也在气恼之时，揪过来便打。慧娘便来解劝。三人搅作一团，滚作一块，分拆不开。丫鬟着了忙，奔到房中报与刘璞道：“大官人，不好了！大爷大娘在新房中相打哩！”刘璞在榻上爬起来，走至新房，向前分解。老夫妻见儿子来劝，因惜他病体初愈，恐劳碌了他，方才罢手。犹兀自老亡八老乞婆相骂。刘璞把父亲劝出外边，乃问：“妹子为甚在这房中厮闹？娘子怎又不见？”慧娘被问，心下惶愧，掩面而哭，不敢则声。刘璞焦躁道：“且说为着甚的？”刘婆方把那事细说，将刘璞气得面如土色。停了半晌，方道：“家丑不可外扬，倘若传到外边，被人耻笑。事已至此，且再作区处。”刘妈妈方才住口，走出房来。慧娘挣住不行，刘妈妈一手扯着便走，取巨锁将门锁上。来至房里，慧娘自觉无颜，坐在一个壁角边哭泣。正是：

饶君掬尽湘江水，难洗今朝满面羞。

且说李都管听得刘家喧嚷，伏在壁上打听，虽然晓得些风声，却不知其细底。次早，刘家丫鬟走出门前，李都管招到家中问她。那丫鬟初时不肯说，李都管取出四五十钱来与她道：“你若说了，送这钱与你买东西吃。”丫鬟见了铜钱，心中动火，接过来藏在身边，便从头至尾，尽与李都管说知。李都管暗喜道：“我把这丑事报与裴家，撺掇来闹吵一场，他定无颜在此居住，这房子可不归于我了？”忙忙地走至裴家，一五一十报知，又添些言语，激恼裴九老。那九老夫妻因前日娶亲不允，心中正恼着刘公。今日听见媳妇做下丑事，如何不气！一径赶到刘家，唤出刘公来发话道：“当初我央媒来说要娶亲时，千推万阻，道女儿年纪尚小，不肯应承，护在家中，私养汉子。若早依了我，也不见得做出事来。我是清清白白的人家，决不要这样败坏门风的好东西。快还了我昔年聘礼，另自去对亲，不要误我孩儿的大事。”将刘公嚷得面上一回红，一回白。想道：“我家昨夜之事，他如何今早便晓得了？这也怪异！”又不好承认，只得赖道：“亲家，这是哪里说起，造恁般言语污辱我家？倘被外人听得，只道真有这事，你我体面何在！”裴九老便骂道：“打脊贱才！真个是老亡八。女儿现做着恁般丑事，哪个不晓得了？亏你还长着鸟嘴，在我面前遮掩。”赶近前把手向刘公脸上一揿（qìn，方言。这里是刮脸皮的动作，表示羞辱）道：“老亡八！羞也不羞！待我送个鬼脸儿与你戴了见人。”刘公被他羞辱不过，骂道：“老杀才，今日为甚赶上门来欺我？”便一头撞去，把裴九老撞倒在地，两下相打起来。里边刘妈妈

与刘璞听得外面嚷喧，出来看时，却是裴九老与刘公厮打，急向前拆开。裴九老指着骂道："老亡八打得好！我与你到府里去说话。"一路骂出门去了。刘璞便问父亲："裴九因甚清早来厮闹？"刘公把他言语学了一遍。

刘璞道："他家如何便晓得了？此甚可怪。"又道："如今事已彰扬，却怎么处？"刘公又想起裴九老恁般耻辱，心中转恼，顿足道："都是孙家老乞婆，害我家坏了门风，受这样恶气！若不告她，怎出得这气？"刘璞劝解不住。刘公央人写了状词，望着府前奔来，正值乔太守早堂放告。这乔太守虽则关西人，又正直，又聪明，怜才爱民，断狱如神，府中都称为"乔青天"。

却说刘公刚到府前，劈面又遇着裴九老。九老见刘公手执状词，认作告他，便骂道："老亡八，你女做了丑事，倒要告我。我同你去见太爷。"上前一把扭住，两下又打将起来。两张状词，都打失了。二人结作一团，直至堂上。乔太守看见，喝教各跪一边，问道："你二人叫甚名字？为何结扭相打？"二人一齐乱嚷。乔太守道："不许搀越（越出本分，这里指抢先）！那老儿先上来说。"裴九老跪上去诉道："小人叫作裴九，有个儿子裴政，从幼聘下边刘秉义的女儿慧娘为妻，今年都已十五岁了。小人因是老年爱子，要早与他完姻。几次央媒去说，要娶媳妇，那刘秉义只推女儿年纪尚小，勒掯（刁难、强迫）不许。谁想他纵女卖奸，恋着孙润，暗招在家，要图赖亲事。今早到他家里说，反把小人殴辱。情极（急）了，来爷爷台下投生，他又赶来扭打。求爷爷做主，救小人则个！"乔太守听了，道："且下去！"唤刘秉义上去问道："你怎么说？"刘公道："小人有一子一女。儿子刘璞，聘孙寡妇女儿珠姨为妇，女儿便许裴九的儿子。向日裴九要娶时，一来女儿尚幼，未曾整备妆奁；二来正与儿子完姻，故此不允。不想儿子临婚时，忽地患起病来。不敢教与媳妇同房，令女儿陪伴嫂子。哪知孙寡妇欺心，藏过女儿，却将儿子孙润假装过来，倒强奸了小人女儿。正要告官，这裴九却得知了，登门打骂。小人气愤不过，与他争嚷，实不是图赖他的婚姻。"乔太守见说男扮为女，甚以为奇，乃道："男扮女装，自然有异，难道你认他不出？"刘公道："婚嫁乃是常事，哪曾有男子假扮之理，却去辨他真假？况孙润面貌，美如女子，小人夫妻见了，已是万分欢喜，有甚疑惑？"乔太守道："孙家即以女许你为媳，因甚却又把儿子假妆装？其中必有缘故。"又道："孙润还在你家么？"刘公道："已逃回去了。"乔太守即差人去拿孙寡妇母子三人，又差人去唤刘璞、慧娘兄妹俱来听审。不多时，都已拿到。

乔太守举目看时，玉郎姊弟，果然一般美貌，面庞无二。刘璞却也人物俊秀，慧娘艳丽非常，暗暗欣羡道："好两对青年儿女！"心中便有成全之意。乃问孙寡妇："因甚将男作女，哄骗刘家，害他女儿？"孙寡妇乃将女婿病重，刘秉义不肯更改吉期，恐怕误了女儿终身，故把儿子装去冲喜，三朝便回，是一时权宜之策。不想刘秉义却教女儿陪卧，做出这事。乔太守道："原来如此！"问刘公道："当初你儿子既是病重，自然该另换吉期。你执意不肯，却主何意？假若此时依了孙家，哪见得女儿有此丑事？这都是你自起衅端，连累女儿。"刘公道："小人一时不合听了妻子说话，如今悔之无及！"乔太守道："胡说！你是一家之主，却听妇人言语。"又唤玉郎、慧娘上去说："孙润，你以男假女，已是不该。却又奸骗处女，当得何罪？"玉郎叩头道："小人虽然有罪，但非设意谋求，乃是刘亲

母自遣其女陪伴小人。”乔太守道：“她因不知你是男子，故令她来陪伴，乃是美意，你怎不推却？”玉郎道：“小人也曾苦辞，怎奈坚执不从。”乔太守道：“论起法来，本该打一顿板子才是。姑念你年纪幼小，又系两家父母酿成，权且饶恕。”玉郎叩头泣谢。乔太守又问慧娘：“你事已做错，不必说起。如今还是要归裴氏？要归孙润？实说上来。”慧娘哭道：“贱妾无媒苟合，节行已亏，岂可更事他人？况与孙润恩义已深，誓不再嫁。若爷爷必欲判离，贱妾即当自尽，决无颜苟活，贻笑他人。”说罢，放声大哭。乔太守见她情词真恳，甚是怜惜，且喝过一边。唤裴九老吩咐道：“慧娘本该断归你家，但已失身孙润，节行已亏。你若娶回去，反伤门风，被人耻笑。她又蒙二夫之名，各不相安。今判与孙润为妻，全其体面。令孙润还你昔年聘礼，你儿子另自聘妇吧！”裴九老道：“媳妇已为丑事，小人自然不要。但孙润破坏我家婚姻，今原归于他，反周全了奸夫、淫妇，小人怎得甘心！情愿一毫原聘不要，求老爷断媳妇另嫁别人，小人这口气也还消得一半。”乔太守道：“你既已不愿娶她，何苦又做此冤家！”

刘公亦禀道：“爷爷，孙润已有妻子，小人女儿岂可与他为妾？”乔太守初时只道孙润尚无妻子，故此斡旋。见刘公说已有妻，乃道：“这却怎么处？”对孙润道：“你既有妻子，一发不该害人闺女了！如今置此女于何地？”玉郎不敢答应。乔太守又道：“你妻子是何等人家？可曾过门么？”孙润道：“小人妻子是徐雅女儿，尚未过门。”乔太守道：“这等易处了。”叫道：“裴九，孙润原有妻未娶，如今他既得了你媳妇，我将他妻子断偿你的儿子，消你之忿！”裴九老道：“老爷明断，小人怎敢违逆？但恐徐雅不肯。”乔太守道：“我做了主，谁敢不肯！你快回家引儿子过来，我差人去唤徐雅带女儿来，当堂匹配。”裴九老忙即归家，将儿子裴政领到府中。徐雅同女儿也唤到了。乔太守看时，两家男女却也相貌端正，是个对儿。乃对徐雅道：“孙润因诱了刘秉义女儿，今已判为夫妇。我今做主，将你女儿配与裴九儿子裴政。限即日三家俱便婚配回报，如有不伏者，定行重治。”徐雅见太守做主，怎敢不依，俱各甘伏。乔太守援笔判道：

弟代姊嫁，姑伴嫂眠。爱女爱子，情在理中。一雌一雄，变出意外。移干柴近烈火，无怪其燃；以美玉配明珠，适获其偶。孙氏子因姊而得妇，搂处子不用逾墙；刘氏女因嫂而得夫，怀吉士（男子之美称）初非衒玉（夸耀美玉，比喻自夸）。相悦为婚，礼以义起。所厚者薄，事可权宜。使徐雅别婿裴九之儿，许裴政改娶孙郎之配。夺人妇人亦夺其妇，两家恩怨，总息风波；独乐乐不若与人乐，三对夫妻，各谐鱼水。人虽兑换，十六两原只一斤；亲是交门，五百年决非错配。以爱及爱，伊父母自作冰人；非亲是亲，我官府权为月老。已经明断，各赴良期。

乔太守写毕，教押司当堂朗诵与众人听了。众人无不心服，各各叩头称谢。

乔太守在库上支取喜红六段，教三对夫妻披挂起来，唤三起乐人，三顶花花轿儿，抬了三位新人。新郎及父母，各自随轿而出。此事闹动了杭州府，都说好个行方便的太守，人人诵德，个个称贤。自此各家完亲之后，都无说话。李都管本欲唆孙寡妇、裴九老两家与刘秉义讲嘴，鹬蚌相持，自己渔人得利。不期太守善于处分，反作成了孙玉郎一段良姻，街坊上当作一件美事传说，不以为丑，他心中甚是不乐。未及一年，乔太守又取刘璞、孙润，都做了秀才，

起送科举。李都管自知愧惭，安身不牢，反躲避乡居。后来刘璞、孙润同榜登科，俱任京职，仕途有名，扶持裴政亦得了官职，一门亲眷，富贵非常。刘璞官直至龙图阁学士，连李都管家宅反归并于刘氏。刁钻小人，亦何益哉！后人有诗，单道李都管为人不善，以为后戒。诗云：

为人忠厚为根本，何苦刁钻欲害人！
不见古人卜居者，千金只为买乡邻。

又有一诗，单夸乔太守此事断得甚好：

鸳鸯错配本前缘，全赖风流太守贤。
锦被一床遮尽丑，乔公不枉叫青天。

## 第九卷　陈多寿生死夫妻

世事纷纷一局棋，输赢未定两争持。
须臾局罢棋收去，毕竟谁赢谁是输？

这四句诗，是把棋局比着那世局。世局千腾万变，转盼皆空，正如下棋的较胜争强，眼红喉急。分明似孙庞（战国时期的著名军事家孙膑、庞涓）斗智，赌个你死我活；又如刘项（汉高祖刘邦与西楚霸王项羽）争天下，不到乌江不尽头。及至局散棋收，付之一笑。所以高人隐士，往往寄兴棋枰，消闲玩世。

其间吟咏，不可胜述。只有国朝曾棨状元应制诗做得甚好，诗曰：

两君相敌立双营，坐运神机决死生。
十里封疆驰骏马，一川波浪动金兵。
虞姬歌舞悲垓下，汉将旌旗逼楚城。
兴尽计穷征战罢，松阴花影满棋枰。

此诗虽好，又有人驳他，说虞姬、汉将一联，是个套话。第七句说兴尽计穷，意趣便萧索了。应制诗是进御的，圣天子重瞳（两个瞳仁，古代多代指君王）观览，还该要有些气象。同时洪熙皇帝（明仁宗朱高炽，洪熙是其年号）御制一篇，词意宏伟，远出寻常。诗曰："二国争强各用兵，摆成队伍定输赢。马行曲路当先道，将守深营戒远征。乘险出车收散卒，隔河飞炮下重城。等闲识得军情事，一着功成定太平。"今日为何说这下棋的话？只为有两个人家，因这几着棋子，遂为莫逆之交，结下儿女姻亲，后来变出花锦般一段说话。正是：

夫妻不是今生定，五百年前结下因。

话说江西分宜县，有两个庄户人家，一个叫作陈青，一个叫朱世远，两家东西街对面居住。论起家事，虽然不算大富长者，靠祖上遗下些田业，尽可温饱有余。那陈青与朱世远，皆在四旬之外，累代邻居，志同道合，都则本分为人，不管闲事，不惹闲非。每日吃了酒饭，出门相见，只是一盘象棋，消闲造日。有时迭为宾主，不过清茶寡饭，不设酒肴，以此为常。那些三邻四舍，闲

时节也到两家去看他下棋玩耍。其中有个王三老，寿有六旬之外。少年时也自欢喜象棋，下得颇高。近年有个火症，生怕用心动火，不与人对局了。日常无事，只以看棋为乐，早晚不倦。说起来，下棋的最怕旁人观看。常言道："旁观者清，当局者迷。"倘或旁观的口嘴不紧，遇煞着处溜出半句话来，赢者反输，输者反赢。欲待发恶，不为大事；欲待不抱怨，又忍气不过。所以古人说得好：

观棋不语真君子，把酒多言是小人。

可喜王三老偏有一德，未曾分局时，绝不多口。到胜负已分，却分说那一着是先手，所以赢；那一着是后手，所以输。朱陈二人倒也喜他讲论，不以为怪。

一日，朱世远在陈青家下棋，王三老亦在座。吃了午饭，重整棋枰，方欲再下，只见外面一个小学生踱将进来。那学生怎生模样？

面如傅粉，唇若涂朱，光着靛一般的青头，露着玉一样的嫩手，仪容清雅，步履端详：却疑天上仙童，不信人间小子。

那学生正是陈青的儿子，小名多寿，抱了书包，从外而入。跨进坐启，不慌不忙，将书包放下椅子之上，先向王三老叫声公公，深深地作了个揖。王三老欲待回礼，陈青就坐上一把按住道："你老人家不须多礼，却不怕折了那小厮一世之福？"王三老道："说哪里话！"口中虽是恁般说，被陈青按住，只把臀儿略起了一起，腰儿略曲了一曲，也算受他半礼了。那小学生又向朱世远叫声伯伯，作揖下去。朱世远还礼时，陈青却是对坐，隔了一张棋桌，不便拖拽，只得也作揖相陪。小学生见过了二位尊客，才到父亲跟前唱喏，立起身来，禀道："告爹爹，明日是重阳节日，先生放学回去了，直过两日才来。吩咐孩儿回家，不许玩耍，限着书，还要读哩！"说罢，在椅子上取了书包，端端正正，走进内室去了。王三老和朱世远见那小学生行步舒徐，语音清亮，且作揖次第，甚有礼数，口中夸奖不绝。王三老便问："令郎几岁了？"陈青答应道："是九岁。"王三老道："想着昔年汤饼会（旧时习俗，小孩出生第三天举行庆贺宴会，吃汤饼，取长寿之意）时，宛如昨日。倏忽之间，已是九年。真个光阴似箭，争教我们不老！"又问朱世远道："老汉记得宅上令爱也是这年生的。"朱世远道："果然，小女多福，如今也是九岁了。"王三老道："莫怪老汉多口，你二人做了一世的棋友，何不扳做儿女亲家？古时有个朱陈村，一村中只有二姓，世为婚姻。如今你二人之姓，适然相符，应是天缘。况且好男好女，你知我见，有何不美？"朱世远已自看上了小学生，不等陈青开口，先答应道："此事最好！只怕陈兄不愿，若肯俯就，小子再无别言。"陈青道："既蒙朱兄不弃寒微，小子是男家，有何推托？就烦三老作伐。"王三老道："明日是个重阳日，阳九不利。后日大好个日子，老夫便当登门。今日一言为定，出自二位本心。老汉只图吃几杯现成喜酒，不用谢媒。"陈青道："我说个笑话你听。玉皇大帝要与人皇对亲，商量道：'两亲家都是皇帝，也须得个皇帝为媒才好。'乃请灶君皇帝往下界去说亲。人皇见了灶君，大惊道：'那做媒的怎的这般样黑？'灶君道：'从来媒人哪有白做的！'"王三老和朱世远都笑起来。朱陈二人又下棋到晚方散。

只因一局输赢子，定了三生男女缘。

次日，重阳节无话。到初十日，王三老换了一件新开折的色衣，到朱家说亲。朱世远已自与浑家柳氏说过，夸奖女婿许多好处。是日一诺无辞，财礼并

不计较，他日嫁送，称家之有无，各不责备便了。王三老即将此言回复陈青。陈青甚喜，择了个和合吉日，下礼为定。朱家将庚帖回来，吃了一日喜酒。从此亲家相称，依先下棋来往。

时光迅速，不觉过了六年。陈多寿年一十五岁，经书皆通。指望他应试，登科及第，光耀门楣。何期运限不佳，忽然得了个恶症，叫作癞。初时只道疥癣，不以为意。一年之后，其疾大发，形容改变，弄得不像模样了：

肉色焦枯，皮毛皴裂。浑身毒气，发成斑驳奇疮；遍体虫钻，苦杀晨昏作痒。任他凶疥癣，只比三分；不是大麻疯，居然一样。粉孩儿变作虾蟆相，少年郎活像老鼋头。搔爬十指带脓腥，龌龊一身皆恶臭。

陈青单单生得这个儿子，把做性命看成，见他这个模样，如何不慌！连象棋也没心情下了，求医问卜，烧香还愿，无所不为。整整地乱了一年，费过了若干钱钞，病势不曾减得分毫。老夫妻两口愁闷，自不必说。朱世远为着半子之情，也一般着忙，朝暮问安，不离门限。延挨过三年之外，绝无个好消息。

朱世远的浑家柳氏，闻知女婿得个恁般的病症，在家里哭哭啼啼，抱怨丈夫道："我女儿又不腌臭起来，为甚忙忙地九岁上就许了人家？如今却怎么好！索性那癞虾蟆死了，也出脱了我女儿。如今死不死，活不活，女孩儿年纪看看长成，嫁又嫁他不得，赖又赖他不得，终不然看着那癞子守活孤孀不成！这都是王三那老乌龟，一力撺掇，害了我女儿终身！"把王三老千乌龟、万乌龟的地骂，哭一番，骂一番。

朱世远原有怕婆之病，凭她夹七夹八，自骂自止，并不敢开言。一日，柳氏偶然收拾橱柜子，看见了象棋盘和那棋子，不觉勃然发怒，又骂起丈夫来，道："你两个老亡八，只为这儿着象棋上说得着，对了亲，赚了我女儿，还要留这祸胎怎的！"一头说，一头走到门前，把那象棋子乱撒在街上，棋盘也掼做几片。朱世远是本分之人，见浑家发性，拦她不住，洋洋地躲开去了。女儿多福又怕羞，不好来劝，任她絮聒个不耐烦，方才罢休。

自古道："隔墙须有耳，窗外岂无人。"柳氏整日在家中骂媒人，骂老公，陈青已自晓得些风声，将信未信。到满街撒了棋子，是甚意故，陈青心下了了。与浑家张氏两口儿商议道："以己之心，度人之心，我自家晦气，儿子生了这恶疾，眼见得不能痊可，却教人家把花枝般女儿伴这癞子做夫妻，真是罪过。料女儿也必然怨伤，便强她进门，终不和睦，难指望孝顺。当初定这房亲事，都是好情，原不曾费甚大财。千好万好，总只一好，有心好到底了，休得为好成歉。从长计较，不如把媳妇**庚帖**（古代婚俗，男女双方交换写有各自姓名、籍贯、生辰八字及祖宗三代姓名的红色柬帖，表示订婚）送还他家，任他别缔良姻。倘然皇天可怜，我孩儿有病痊之日，怕没有老婆？好歹与他定房亲事。如今害得人家夫妇反目，哭哭啼啼，絮絮聒聒，我也于心何忍！"计议已定，忙到王三老家来。

王三老正在门首，同几个老人家闲坐白话。见陈青到，慌忙起身作揖，问道："令郎两日尊恙好些么？"陈青摇首道："不济。正有句话，要与三老讲，屈三老到寒舍一行。"王三老连忙随着陈青到他家坐启内，分宾坐下。献茶之后，三老便问："大郎有何见教？"陈青将自己坐椅掇近三老，四膝相凑，吐露衷肠。先叙了儿子病势如何的厉害，次叙着朱亲家夫妻如何的抱怨。这句话王三老却

也闻知一二，口中只得包慌（掩饰）："只怕没有此事！"陈青道："小子岂敢乱言！今日小子他也不怪敝亲家。只是自己心中不安，情愿将庚帖退还，任从朱宅别选良姻。此系两家稳便，并无勉强。"

王三老道："只怕使不得！老汉只管撮合，那有拍开之理？足下异日翻悔之时，老汉却当不起。"陈青道："此事已与拙荆再三商量过了，更无翻悔。就是当先行些须薄礼，也不必见还。"王三老道："既然庚帖返去，原聘也必然还璧。但吉人天相，令郎尊恙，终有好日，还要三思而行。"陈青道："就是小儿侥幸脱体，也是水底捞针，不知何日到手，岂可耽搁人家闺女？"说罢，袖中取出庚帖，递与王三老，眼中不觉流下泪来。王三老亦自惨然，道："既是大郎主意已定，老汉只得奉命而行。然虽如此，料令亲家是达礼之人，必然不允。"陈青收泪而答道："今回是陈某自己情愿，并非舍亲家相逼。若舍亲家踌蹰之际，全仗三老撺掇一声，说陈某中心计较，不是虚情。"三老连声道："领命，领命！"

当下起身，到于朱家。朱世远迎接，讲礼而坐。未及开言，朱世远连声唤茶。这也有个缘故，那柳氏终日在家中千乌龟万乌龟指名骂媒人，王三老虽然不闻，朱世远却于心有愧，只恐三老见怪，所以殷勤唤茶。谁知柳氏恨杀王三老做错了媒，任丈夫叫唤，不肯将茶出来，此乃妇人小见。坐了一会，王三老道："有句不识进退的话，特来与大郎商量。先告过，切莫见怪。"原来朱世远也是行一，里中都称他作朱大郎。朱世远道："有话尽说。你老人家有甚差错，岂有见怪之理。"王三老方才把陈青所言退亲之事，备细说了一遍。"此乃令亲家主意，老汉但传言而已，但凭大郎主张。"朱世远终日被浑家聒絮得不耐烦，也巴不能个一搠两开，只是自己不好启齿。得了王三老这句言语，分明是朝廷新颁下一道赦书，如何不喜？当下便道："虽然陈亲家贤哲，诚恐后来翻悔，反添不美。"王三老道："老汉都曾讲过。他主意已决，不必怀疑，宅上庚帖，亦交付在此，大郎请收过。"朱世远道："聘礼未还，如何好收他的庚帖？"王三老道："他说些须薄聘，不须提起。是老汉多口，说道既然庚帖返去，原聘必然返璧。"朱世远道："这是自然之理。先曾受过他十二两银子，分毫不敢短少。还有银钗二股，小女收留，容讨出一并奉还。这庚帖权收在你老人家处。"王三老道："不妨事，就是大郎收下。老汉暂回，明日来领取聘物，却到令亲处回话。"说罢分别。有诗为证：

月老系绳今又解，冰人传语昔皆讹。
分宜好个王三老，成也萧何败也何。

朱世远随即入内，将王三老所言退亲之事，述与浑家知道。柳氏喜不自胜。自己私房银子也搜括将出来，把与丈夫，凑足十二两之数，却与女孩儿多福讨那一对银钗。却说那女儿虽然不读诗书，却也天生志气。多时听得母亲三言两语，絮絮聒聒，已自心慵意懒。今日与她讨取聘钗，明知是退亲之故，并不答应一字，径走进卧房，闭上门儿，在里面啼哭。朱世远终是男子之辈，见貌辨色，已知女孩儿心事，对浑家道："多福心下不乐，想必为退亲之故。你须慢慢偎（指挨近劝说）她，不可造次。万一逼得她紧，做出些没下稍勾当（没有好结果，这里指自寻短见），悔之何及！"柳氏听了丈夫言语，真个去敲那女儿的房门，低声下气地叫道："我儿，钗子肯不肯由你，何须使性？你且开了房门，有话时，好

好与做娘的讲，做娘的未必不依你。”那女儿初时不肯开门，柳氏连叫了几次，只得拔了门闩，叫声：“开在这里了！”自向兀子上气忿忿地坐了。柳氏另掇个兀子（即杌子，小矮凳）傍着女儿坐了，说道：“我儿，爹娘为将你许错了对头，一向愁烦。喜得男家愿退，许了一万个利市，求之不得。那癞子终无好日，可不误了你终身之事？如今把聘钗还了他家，恩断义绝。似你恁般容貌，怕没有好人家来求你？我儿休要执性，快把钗儿出来还了他吧。”女儿全不做声，只是流泪。柳氏偎了半晌，看见女儿如此模样，又款款地说道：“我儿，做爹娘的都只是为好，替你计较。你愿与不愿，直直地与我说，恁般自苦自知，教爹娘如何过意？”女儿恨穷（愤恨）道：“为好，为好！要讨那钗子也尚早！”柳氏道：“呵呀！两股钗儿，连头连脚，也重不上二三两，什么大事？若另许个富家，金钗玉钗都有。”女儿道：“哪稀罕金钗玉钗！从没见好人家女子吃两家茶。贫富苦乐，都是命中注定。生为陈家妇，死为陈家鬼，这银钗我要随身殉葬的，休想还他！”说罢，又哀哀地哭将起来。

柳氏没奈何，只得对丈夫说，女儿如此如此：，“这门亲多是退不成了。”朱世远与陈青肺腑之交，原不肯退亲。只为浑家絮聒不过，所以巴不得撒开，落得耳边清净。谁想女儿恁般烈性，又是一重欢喜，便道：“恁的时，休教苦坏了女孩儿。你与她说明，依旧与陈门对亲便了。”柳氏将此言对女儿说了，方才收泪。正是：

三冬不改孤松操，万苦难移烈女心。

当晚无话。次日，朱世远不等王三老到来，却自己走到王家，把女儿执意不肯之情，说了一遍，依旧将庚帖送还。王三老只称：“难得，难得！”随即往陈青家回话，如此这般。陈青退此亲事，十分不忍。听说媳妇守志不从，愈加欢喜，连连向王三老作揖道：“劳动，劳动！然虽如此，只怕小儿病症不痊，终难配合。此事异日还要烦三老开言。”王三老摇手道：“老汉今番说了这一遍，以后再不敢奉命了。”闲话休题。

却说朱世远见女儿不肯悔亲，在女婿头上愈加着忙，各处访问名医国手，赔着盘缠，请他来看治。那医家初时来看，定说能医，连病人服药，也有些兴头。到后来不见功效，渐渐地懒散了。也有讨着荐书到来，说大话，夸大口，索重谢，写包票，都只有头无尾。日复一日，不觉又挨了二年有余。医家都说是个痼疾，医不得的了。多寿叹口气，请爹妈到来，含泪而言道：“丈人不允退亲，访求名医用药，只指望我病有痊可之期。如今服药无效，眼见得没有好日。不要赚了人家儿女，孩儿决意要退这头亲事了！”陈青道：“前番说了一场，你丈人、丈母都肯，只为你媳妇执意不从，所以又将庚帖送来。”多寿道：“媳妇若晓得孩儿愿退，必然也放下了。”妈妈张氏道：“孩儿，且只照顾自家身子，休牵挂这些闲事。”多寿道：“退了这头亲，孩儿心下倒放宽了一件。”陈青道：“待你丈人来时，你自与他讲便了。”说犹未了，丫鬟报道：“朱亲家来看女婿。”妈妈躲过。陈青邀入内书房中，多寿与丈人相见，口中称谢不尽。朱世远见女婿三分像人，七分像鬼，好生不悦。茶罢，陈青推故起身。多寿吐露衷肠，说起自家病势不痊，难以完婚，决要退亲之事。袖中取出柬帖一幅，乃是预先写下的四句诗。朱世远展开念道：

命犯孤辰（古代卜者的术语。天干为日，地支为辰，六甲中无天干相配之地支称孤辰。迷信认为人的生辰八字犯孤辰即主不吉利）恶疾缠，好姻缘是恶姻缘。

今朝撒手红丝去，莫误他人美少年。

原来朱世远初次退亲，甚非本心，只为浑家逼迫不过。今番见女婿恁般病体，又有亲笔诗句，口气决绝，不觉也动了这个念头，口里虽道："说哪里话！还是将息贵体要紧。"却把那四句诗褶好，藏于袖中，即便抽身作别。陈青在坐启下接着，便道："适才小儿所言，出于至诚，望亲家委曲劝谕令爱俯从则个。庚帖仍旧奉还。"朱世远道："既然贤乔梓（比喻父子）谆谆吩咐，权时收下，再容奉复。"陈青送出门前。朱世远回家，将女婿所言与浑家说了。柳氏道："既然女婿不要媳妇时，女孩儿守他也是扯淡。你把诗意解说与女儿听，料她必然回心转意。"朱世远真个把那柬帖递与女儿，说："陈家小官人病体不痊，亲自向我说，决要退婚，这四句诗便是他的休书了。我儿也自想终身之事，休得执迷。"多福看了诗句，一言不发，回到房中，取出笔砚，就在那诗后也写四句：

运蹇虽然恶疾缠，姻缘到底是姻缘。

从来妇道当从一，敢惜如花美少年。

自古道："好事不出门，恶事扬千里。"只为陈小官自家不要媳妇，亲口回绝了丈人，这句话就传扬出去。就有张家嫂、李家婆，一班靠撮合山（媒婆的别称）养家的，抄了若干表号，到朱家议亲。说的都是名门富室，聘财丰盛。虽则媒人之口，不可尽信，却也说得柳氏肚里热蓬蓬的，分明似钱玉莲（南戏《荆钗记》中对爱情忠贞不渝的女主角）母亲，巴不得登时撇了王家，许了孙家。谁知女儿多福，心如铁石，并不转移。看见母亲好茶好酒款待媒人，情知不为别件。丈夫病症又不痊，爹妈又不容守节，左思右算，不如死了干净。夜间灯下取出陈小官人诗句，放在桌上，反复看了一回，约莫哭了两个更次，乘爹妈睡熟，解下束腰的罗帕，悬梁自缢。正是：

三寸气在千般用，一日无常万事休。

此际已是三更时分。也是多福不该命绝，朱世远在睡梦之中，恰像有人推醒，耳边只闻得女儿呜呜的哭声，吃了一惊，擦一擦眼睛，摇醒了浑家，说道："适才闻得女孩儿啼哭，莫非做出些事来？且去看她一看。"浑家道："女孩儿好好地睡在房里，你却说鬼话。要看时，你自去看，老娘要睡觉哩！"朱世远披衣而起，黑暗里开了房门，摸到女儿卧房门首，双手推门不开。连唤几声，女孩儿全不答应，只听得喉间痰响，其声异常。当下心慌，尽生平之力，一脚把房门踢开，已见桌上残灯半明不灭，女儿悬梁高挂，就如走马灯一般，团团而转。朱世远吃了一惊非小，忙把灯儿剔明，高叫："阿妈快来，女孩儿缢死了！"柳氏梦中听得此言，犹如冷雨淋身，穿衣不及，驮了被儿，就哭儿哭肉地跑到女儿房里来。

朱世远终是男子汉，有些智量，早已把女儿放下，抱在身上，将膝盖紧紧地抵住后门，缓缓地解开颈上的死结，用手轻摩。柳氏一头打寒颤，一头叫唤。约莫半个时辰，渐渐魄返魂回，微微转气。柳氏口称谢天谢地，重到房中穿了衣服，烧起热水来，灌下女儿喉中，渐渐苏醒。睁开双眼，看见爹妈在前，放声大哭。爹妈道："我儿！蝼蚁尚且贪生，怎的做此短见之事？"多福道："孩儿

一死，便得完名全节，又唤转来则甚？就是今番不死，迟和早少不得是一死。倒不如放孩儿早去，也省得爹妈费心，譬如当初不曾养下孩儿一般。”说罢，哀哀地哭之不已。朱世远夫妻两口，再三劝解不住，无可奈何。

比及天明，朱世远教浑家窝伴女儿在床眠息，自己径到城隍庙里去抽签。签语云：“时运未通亨，年来祸害侵。云开终见日，福寿自天成。”细详签意，前二句已自准了。第三句云开终见日，是否极泰来之意。末句福寿自天成，女儿名多福，女婿名多寿，难道陈小官人病势还有好日？一夫一妇，天然成配？心中好生委决不下。回到家中，浑家兀自在女儿房里坐着。看见丈夫到来，慌忙摇手道：“不要则声！女儿才停了哭，睡去了。”朱世远夜来剔灯之时，看见桌上一副柬帖，无暇观看。其时取而观之，原来就是女婿所写诗句，后面又有一诗，认得女儿之笔。读了一遍，叹口气道：“真烈女也！为父母者，正当玉成其美，岂可以非理强之。”遂将城隍庙签词，说与浑家道：“福寿天成，神明默定。若私心更改，皇天必不护佑。况女孩儿吟诗自誓，求死不求生，我们如何看守得她多日。倘然一个眼坐（一不留神），女儿死了时节，空负不义之名，反作一场笑话。据吾所见，不如把女儿嫁与陈家，一来表得我们好情，二来遂了女儿之意，也省了我们干纪。不知妈妈心下如何？”柳氏被女儿吓坏了，心头兀自突突地跳，便答应道：“随你做作主，我管不得这事。”朱世远道：“此事还须央王三老讲。”

事有凑巧，这里朱世远走出门，恰好王三老在门首走过。朱世远就迎住了，请到家中坐下，将前后事情，细细述了一遍：“如今欲把女儿嫁去，专求三老一言。”王三老道：“老汉曾说过，只管撮合，不管撒开。今日大郎所言，是仗义之事，老汉自当效劳。”朱世远道：“小女儿见了小婿之诗，曾和得一首，情见乎词。若还彼处推托，可将此诗送看。”王三老接了柬帖，即便起身。只为两亲家紧对门居住，左脚跨出了朱家，右脚就跨进了陈家，甚是方便。

陈青听得王三老到来，只认是退亲的话，慌忙迎接，问道：“三老今日光降，一定朱亲家处有言。”王三老道：“正是。”陈青道：“今番退亲，出于小儿情愿，亲家那边料无别说。”王三老道：“老汉今日此来，不是退亲，倒到是要做亲。”陈青道：“三老休要取笑。”王三老就将朱宅女儿如何寻死，他爹妈如何心慌，留女儿在家，恐有不测，情愿送来服侍小官人。“老汉想来，此亦两便之事。令亲家处脱了干纪，获其美名。你贤夫妇又得人帮助，令郎早晚也有个着意之人照管，岂不美哉！”陈青道：“虽承亲家那边美意，还要问小儿心下允否。”王三老就将柬帖所和诗句呈于陈青道：“令媳和得有令郎之诗。她十分烈性，令郎若不允从，必然送了她性命，岂不可惜！”陈青道：“早晚便来回复。”当下陈青先与浑家张氏商议了一回，道：“媳妇如此烈性，必然贤孝。得她来贴身看觑，夫妇之间，比爹娘更觉周备。万一度得个种时，就是孩儿无命，也绝不了我陈门后代。我两个做了主，不怕孩儿不依。”当下双双两口，到书房中，对儿子多寿说知此事。

多寿初时推却，及见了所和之诗，顿口无言。陈青已知儿子心肯，回复了王三老。择卜吉日，又送些衣饰之类。那边多福知是陈门来娶，心安意肯。至期，笙箫鼓乐，娶过门来。街坊上听说陈家癞子做亲，把作新闻传说道：“癞虾蟆也有吃天鹅肉的日子。”又有刻薄的闲汉，编成口号四句：

伯牛（冉耕，字伯牛，春秋时人，孔子的弟子。害有恶疾，死得早）命短偏多寿，娇香女儿偏逐臭。

红绫被里合欢时，粉花香与脓腥斗。

闲话休题，却说朱氏自过门之后，十分和顺。陈小官人全得他殷勤服服侍。怎见得？

着意殷勤，尽心服侍。熬汤煮药，果然味必亲尝；早起夜眠，真个衣不解带。身上东疼西痒，时时抚摩；衣裳血臭脓腥，勤勤煎洗。分明傅母育娇儿，只少开胸喂乳；又似病姑逢孝妇，每思割股烹羹。雨云休想欢娱，岁月岂辞劳苦。唤娇妻有名无实，怜美妇少乐多忧。

如此两年，公姑无不欢喜。只是一件，夫妇日间孝顺无比，夜里各被各枕，分头而睡，并无同衾共枕之事。张氏欲得他两个配合雌雄，却又不好开言。忽一日进房，见媳妇不在，便道："我儿，你枕头龌龊了，我拿去与你拆洗。"又道："被儿也龌龊了。"做一包儿卷了出去，只留一床被、一个枕头在床，明明要他夫妇二人共枕同衾，生儿度种的意思。谁知他夫妇二人，肚里各自有个主意。陈小官人肚里道："自己十死九生之人，不是个长久夫妻，如何又去污损了人家一个闺女？"朱小娘子肚里又道："丈夫恁般病体，血气全枯，怎经得女色相侵？"所以一向只是各被各枕，分头而睡。是夜只有一床被，一个枕，却都是朱小娘子的卧具。每常朱小娘子服侍丈夫先睡，自己灯下还做针指，直待公婆都睡了，方才就寝。当夜多寿与母亲取讨枕被，张氏推道："浆洗未干，胡乱同宿一夜罢。"朱氏将自己枕头让与丈夫安置。多寿又怕污了妻子的被窝，和衣而卧。多福亦不解衣，依旧两头各睡。

次日，张氏晓得了，反怪媳妇做格（摆架子），不去勾搭儿子干事，把一团美意，看作不良之心，捉鸡骂狗，言三语四，影射地发作了一场。朱氏是个聪明女子，有何难解？唯恐伤了丈夫之意，只作不知，暗暗偷泪。陈小官人也理会得了几分，甚不过意。

如此又挨过了一个年头。当初十五岁上得病，十六岁病凶，十九岁上退亲不允，二十一岁上做亲。自从得病到今，将近十载，不生不死，甚是闷人。闻得江南新到一个算命的瞎子，叫作"灵先生"，甚肯直言。央他推算一番，以决死期远近。

原来陈多寿自得病之后，自嫌丑陋，不甚出门。今日特为算命，整整衣冠，走到灵先生铺中来。那先生排成八字，推了五星运限，便道："这贵造（指八字）是宅上何人？先告过了，若不见怪，方敢直言。"陈小官人道："但求据理直言，不必忌讳。"先生道："此造四岁行运，四岁到十三，童限不必说起。十四岁至二十三，此十年大忌，该犯恶症，半死不生。可曾见过么？"陈小官人道："见过了。"先生道："前十年，虽是个水缺，还跳得过。二十四到三十三，这一运更不好。船遇危波亡桨舵，马逢峭壁断缰绳，此乃夭折之命。有好八字再算一个，此命不足道也！"小官人闻言，惨然无语。忙把命金送与先生，作别而行。腹内寻思，不觉泪下。想着："那先生算我前十年已自准了，后十年运限更不好，一定是难过。我死不打紧，可怜贤德娘子服侍了我三年，并无一宵之好。如今又连累她受苦怎的？我今苟延性命，与死无二，便多活几年，没甚好处。不如

早早死了，出脱了娘子。他也得趁少年美貌，别寻头路。”此时便萌了个自尽之念。顺路到生药铺上，赎了些砒礵，藏在身边。回到家中，不题起算命之事。至晚上床，却与朱氏叙话道：“我与你九岁上定亲，指望长大来夫唱妇随，生男育女，把家当户。谁知得此恶疾，医治不痊。唯恐耽搁了娘子终身，两番情愿退亲。感承娘子美意不允，拜堂成亲。虽有三年之外，却是有名无实，并不敢污损了娘子玉体，这也是陈某一点存天理处。日后陈某死了，娘子别选良缘，也教你说得嘴响，不累你叫作二婚之妇。”朱氏道：“官人，我与你结发夫妻，苦乐同受。今日官人患病，即是奴家命中所招。同生同死，有何理说！别缔良缘这话，再也休题。”陈小官人道：“娘子烈性如火。但你我相守，终非长久之计。你服侍我多年，夫妻之情，已自过分。此恩料今生不能补报，来生定有相会之日。”朱氏道：“官人怎说这伤心话儿？夫妻之间，说甚补报？”两个你对我答，足足的地说了半夜方睡。正是：

夫妻只说三分话，未可全抛一片心。

次日，陈小官人又与父母叙了许多说话，这都是办了个死字，骨肉之情，难割难舍的意思。看看至晚，陈小官人对朱氏说：“我要酒吃。”朱氏道：“你闲常怕发痒，不吃酒。今日如何要吃？”陈小官人道：“我今日心上有些不爽快，想酒，你与我热些烫一壶来。”朱氏为他夜来言语不祥，心中虽然疑惑，却不想到那话儿。当下问了婆婆讨了一壶上好酽酒，烫得滚热，取了一个小小杯儿，两碟小菜，都放在桌上。陈小官人道：“不用小杯，就是茶瓯吃一两瓯，倒也爽利。”

朱氏取了茶瓯，守着要斟。陈小官人道：“慢着，待我自斟。我不喜小菜，有果子讨些下酒。”把这句话遣开了朱氏，揭开了壶盖，取出包内砒礵，向壶中一倾，忙斟而饮。朱氏走了几步，放心不下，回头一看，见丈夫手慌脚乱，做张做智，老大疑惑，恐怕有些跷蹊。慌忙转来，已自呷了一碗，又斟上第二碗。朱氏见酒色不佳，按住了瓯子，不容丈夫上口。陈小官人道：“实对你说，这酒内下了砒礵。我主意要自尽，免得累你受苦。如今已吃下一瓯，必然无救。索性得我尽醉而死，省得费了工夫。”说罢，又夺了第二碗吃了。朱氏道：“奴家有言在前，与你同生同死。既然官人服毒，奴家亦不独生。”遂夺酒壶在手，骨都都吃个罄尽。此时陈小官人腹中**作耗**（作怪，这里指发作），也顾不得浑家之事。须臾之间，两个做一对儿跌倒。时人有诗叹此事云：

病中只道欢娱受，死后方知情义深。
相爱相怜相殉死，千金难买两同心。

却说张氏见儿子要吃酒，装了一碟巧糖，自己送来。在房门外，便听得“服毒”二字，吃了一惊，三步做两步走。只见两口儿都倒在地下，情知古怪，着了个忙，叫起屈来。陈青走到，见酒壶里面还剩有砒礵。平昔晓得一个单方，凡服砒礵者，将活羊杀了，取生血灌之，可活。也是二人命中有救，恰好左邻是个卖羊的屠户，连忙唤他杀羊取血。此时朱世远夫妻都到了。陈青夫妇自灌儿子，朱世远夫妇自灌女儿。两个亏得灌下羊血，登时呕吐，方才苏醒。余毒在腹中，兀自皮肤迸裂，流血不已。调理月余，方才饮食如故。有这等异事！朱小娘子自不必说，那陈小官人害了十年癞症，请了若干名医，用药全无功效。今日服了毒酒，不意中，正合了以毒攻毒这句医书，皮肤内迸出了许多恶血，

毒气泄尽，连癞疮渐渐好了。比及将息平安，疮痂脱尽，依旧头光面滑，肌细肤荣。走到人前，连自己爹娘都认不得。分明是脱皮换骨，再投了一个人身。此乃是个义夫节妇一片心肠，感动天地，所以毒而不毒，死而不死，因祸得福，破泣为笑。城隍庙签诗所谓"云开终见日，福寿自天成"，果有验矣。陈多寿夫妇俱往城隍庙烧香拜谢，朱氏将所聘银钗布施作供。王三老闻知此事，率了三邻四舍，提壶挈盒，都来庆贺，吃了好几日喜酒。

陈多寿是年二十四岁，重新读书，温习经史。到三十三岁登科，三十四岁及第。灵先生说他十年必死之运，谁知一生好事，偏在这几年之中。从来命之理微，常人岂能参透？言祸言福，未可尽信也。再说陈青和朱世远从此亲情愈高，又下了几年象棋，寿并八十余而终。陈多寿官至佥宪（佥都御史的美称），朱氏多福，恩爱无比。生下一双儿女，尽老百年，至今子孙繁盛。这回书唤作《生死夫妻》。诗曰：

从来美眷说朱陈，一局棋枰缔好姻。
只为二人多节义，死生不解赖神明。

## 第十卷 刘小官雌雄兄弟

衣冠未必皆男子，巾帼如何定妇人？
历数古今多怪事，高山为谷海生尘。

且说国朝成化年间，山东有一男子，姓桑，名茂，是个小家之子。垂髫时，生得红白细嫩。一日，父母教他往村中一个亲戚人家去，中途遇了大雨，闪在冷庙中躲避。那庙中先有一老妪也在内躲雨，两个做一堆儿坐地。那雨越下越大了，出头不得。老妪看见桑茂标致，将言语调弄他。桑茂也略通些情窍，只道老妪要他干事。临上交时，原来老妪腰间倒有本钱，把桑茂后庭弄将起来。事毕，雨还未止。桑茂终是孩子家，便问道："你是妇道，如何有那话儿？"老妪道："小官，我实对你说，莫要泄漏于他人。我不是妇人，原是个男子。从小缚做小脚，学那妇道装扮，习成低声哑气，做一手好针线，潜往他乡，假称寡妇，央人引进豪门巨室行教。女眷们爱我手艺，便留在家中，出入房闱，多与妇女同眠，恣意行乐。那妇女相处情厚，整月留宿，不放出门。也有闺女贞娘，不肯胡乱的，我另有媚药儿，待她睡去，用水喷在面上，她便昏迷不醒，任我行事。及至醒来，我已得手。她自怕羞辱，不敢声张，还要多赠金帛送我出门，嘱咐我莫说。我今年四十七岁了，走得两京九省，到处娇娘美妇，同眠同卧，随身食用，并无缺乏，从不曾被人识破！"桑茂道："这等快活好事，不知我可学得么？"老妪道："似小官恁般标致，扮妇女极像样了。你若肯投我为师，随我一路去，我就与你缠脚，教导你做针线，引你到人家去，只说是我外甥女儿，得便就有良遇。我一发把媚药方儿传授与你，包你一世受用不尽！"桑茂被他

说得心痒，就在冷庙中四拜，投老妪为师。也不去访亲访眷，也不去问爹问娘，等待雨止，跟着老妪便走。那老妪一路与桑茂同行宿。出了山东境外，就与桑茂三绺梳头，包裹中取出女衫换了，脚头缠紧，套上一双窄窄的尖头鞋儿，看来就像个女子，改名郑二姐。后来年长到二十二岁上，桑茂要辞了师父，自去行动。师父吩咐道："你少年老成，定有好人相遇。只一件，凡得意之处，不可久住。多则半月，少则五日，就要换场，免露形迹。还一件，做这道儿，多见妇人，少见男子，切忌与男子相近交谈。若有男子人家，预先设法躲避。倘或被他看出破绽，性命不保。切记，切记！"桑茂领教，两下分别。

后来桑茂自称郑二娘，各处行游哄骗。也走过一京四省，所奸妇女，不计其数。到三十二岁上，游到江西一个村镇，有个大户人家女眷留住，传她针线。那大户家妇女最多，桑茂迷恋不舍，住了二十余日不去。大户有个女婿，姓赵，是个纳粟监生（没有经过科举，用钱买来的监生）。一日，赵监生到岳母房中作揖，偶然撞见了郑二娘，爱其俏丽，嘱咐妻子接他来家。郑二娘不知就里，欣然而往。被赵监生邀入书房，拦腰抱住，定要求欢。郑二娘抵死不肯，叫喊起来。赵监生本是个粗人，惹得性起，不管三七二十一，竟按倒在床上去解他裤裆。郑二娘挡抵不开，被赵监生一手插进，摸着那话儿，方知是个男人女扮。当下叫起家人，一索捆翻，解到官府。用刑严讯，招称真姓真名，及向来行奸之事，污秽不堪。府县申报上司，都道是从来未有之变。具疏奏闻，刑部以为人妖败俗，律所不载，拟成凌迟重辟，决不待时。可怜桑茂假充了半世妇人，讨了若干便宜，到头来死于赵监生之手。正是：

福善祸淫天有理，律轻情重法无私。

方才说的是男人装女败坏风化的。如今说个女人装男，节孝兼全的来正本，恰似：

薰莸（香草和臭草。喻善恶、贤愚、好坏等）不共器，尧桀好相形。

毫厘千里谬，认取定盘星。

这话本也出在本朝宣德年间，有一老者，姓刘，名德，家住河西务（地名，在津京两地中间，为京杭大运河的漕运要地）镇上。这镇在运河之旁，离北京有二百里田地，乃各省出入京都的要路。舟楫聚泊，如蚂蚁一般；车音马迹，日夜络绎不绝。上有居民数百余家，边河为市，好不富庶。那刘德夫妻两口，年纪六十有余，并无弟兄子女。自己有几间房屋，数十亩田地，门首又开一个小酒店儿。刘公平昔好善，极肯周济人的缓急。凡来吃酒的，偶然身边银钱缺少，他也不十分计较。或有人多把与他，他便够了自己价银，余下的定然退还，分毫不肯苟取。有晓得的，问道："这人错与你的，落得将来受用，如何反把来退还？"刘公说："我身没有子嗣，多因前生不曾修得善果，所以今世罚做无祀之鬼，岂可又为恁样欺心的事！倘然命里不该时，错得了一分到手，或是变出些事端，或是染患些疾病，反用去几钱，却不到折便宜？不若退还了，何等安逸。"因他做人公平，一镇的人无不敬服，都称为刘长者。

一日，正值隆冬天气，朔风凛冽，彤云密布，降下一天大雪。原来那雪：

能穿帏幕，善度帘栊。乍飘数点，俄惊柳絮飞扬；狂舞一番，错认梨花乱坠。声从竹叶传来，香自梅枝递至。塞外征人穿冻甲，山中

隐士拥寒衾。王孙绮席倒金尊，美女红炉添兽炭。

刘公因天气寒冷，暖起一壶热酒，夫妻两个向火对饮。吃了一回，起身走到门首看雪。只见远远一人背着包裹，同个小厮迎风冒雪而来。看看至近，那人扑的一跤，跌在雪里，挣扎不起。小厮便向前去搀扶。年小力微，两个一拖，反向下边跌去，都滚作一个肉饺儿。抓了好一回，方才得起。刘公擦摩老眼看时，却是六十来岁的老儿，行缠（绑腿）绞脚，八搭麻鞋，身上衣服甚是褴褛。这小厮倒也生得清秀，脚下穿一双小布䘴（wēng）靴（高腰棉靴）。那老儿把身上雪片抖净，向小厮道："儿，风雪甚大，身上寒冷，行走不动。这里有酒在此，且买一壶来荡荡寒再行。"便走入店来，向一副座头坐下，把包裹放在桌上，小厮坐于旁边。刘公去暖一壶热酒，切一盘牛肉，两碟小菜，两副杯箸，做一盘儿托过来摆在桌上。小厮捧过壶来，斟上一杯，双手递与父亲，然后筛与自己。刘公见他年幼，有些礼数，便问道："这位是令郎么？"那老儿道："正是小犬。"刘公道："今年几岁了？"答道："乳名申儿，十二岁了。"又问道："客官尊姓？是往哪里去的？恁般风雪中行走。"那老儿答道："老汉方勇，是京师龙虎卫军士，原籍山东济宁。今要回去取讨军庄盘缠，不想下起雪来。"问主人家尊姓，刘公道："在下姓刘，招牌上近河，便是贱号。"又道："济宁离此尚远，如何不寻个脚力，却受这般辛苦？"答道："老汉是个穷军，哪里雇得起脚力！只得慢慢地挨去罢了。"刘公举目看时，只见他单把小菜下酒，那盘牛肉，全然不动。问道："长官父子想都是奉斋么？"答道："我们当军的人，吃什么斋！"刘公道："既不奉斋，如何不吃些肉儿？"答道："实不相瞒，身边盘缠短少，吃小菜饭儿，还恐走不到家。若用了这大菜，便去了几日的口粮，怎生得到家里？"刘公见他说恁样穷乏，心中惨然，便道："这般大雪，腹内得些酒肉，还可挡得风寒，你只管用，我这里不算账罢了。"老军道："主人家休得取笑！哪有吃了东西，不算账之理？"刘公道："不瞒长官说，在下这里，比别家不同。若过往客官，偶然银子缺少，在下就肯奉承。长官既没有盘缠，只算我请你罢了。"老军见他当真，便道："多谢厚情，只是无功受禄，不当人子。老汉转来，定当奉酬。"刘公道："四海之内，皆兄弟也。这些小东西，值得几何，怎说这奉酬的话！"老汉方才举箸。刘公又盛过两碗饭来，道："一发吃饱了好行路。"老军道："忒过分了！"父子二人正在饥馁之时，拿起饭来，狼餐虎咽，尽情一饱。这才是：

救人须救急，施人须当厄。
渴者易为饮，饥者易为食。

当下吃完酒饭，刘公又叫妈妈斟两杯热茶来吃了。老军便腰间取出银子来还饭钱。刘公连忙推住道："刚才说过，是我请你的，如何又要银子？恁样时，倒像在下说法卖这肉了。你且留下，到前途去盘缠。"老军便住了手，千恩万谢，背上包裹，作辞起身。走出门外，只见那雪越发大了，对面看不出人儿。被寒风一吹，倒退了几步。小厮道："爹，这样大雪，如何行走？"老军道："便是没奈何，且挨到前途，觅个宿店歇罢。"小厮眼中便流下泪来。刘公心中不忍，说道："长官，这般风寒大雪，着甚要紧，受此苦楚！我家空房床铺尽有，何不就此安歇，等天晴了走，也未迟。"老军道："若得如此，甚好。只是打搅不当。"

刘公道："说哪里话！谁人是顶着房子走的？快些进来，不要打湿了身上。"

老军引着小厮，重新进门。刘公领去一间房里，把包裹放下。看床上时，席子草荐（草垫子）都有。刘公还恐怕他寒冷，又取出些稻草来，放在上面。老军打开包裹，将出被窝铺下。此时天气尚早，准顿好了，同小厮走出房去。刘公已将店面关好，同妈妈向火。看见老军出房，便叫道："方长官，你若冷时，有火在此，烘一烘暖活也好。"老军道："好倒好，只是奶奶在那里，恐不稳便。"刘公道："都是老人家了，不妨得。"老汉方才同小厮走过来，坐于火边。那时比前又加识熟，便称起号来，说："近河，怎么只有老夫妻两位？想是令郎们另居么？"刘公道："不瞒你说，老拙夫妻今年都痴长六十四岁，从来不曾生育，哪里得有儿子？"

老军道："何不承继一个，服侍你老年也好？"刘公答道："我心里初时也欲得如此。因常见人家承继来的，不得他当家替力，反惹闷气，不如没有的到得清净。总（纵）要时，急切不能有个中意的，故此休了这念头。若得你令郎这样一个，却便好了。只是如何得能够？"两个闲话一回。看看日晚，老军讨了个灯火，叫声安置，同儿子到客房中来安歇。对儿子说："儿，今日天幸得遇这样好人。若没有他时，冻也要冻死了。明日莫管天晴下雪，蚤（通"早"）些走吧。打搅他，心上不安。"小厮道："爹说得是。"父子上床安息。

不想老军受了些风寒，到下半夜，火一般热起来，口内只是气喘，讨汤水吃。这小厮家夜晚间又在客店里，哪处去取？巴到天明，起来开房门看时，那刘公夫妻还未曾起身。他又不敢惊动，原把门儿掩上，守在床前。少顷，听得外面刘公咳嗽声响，便开门走将出来。刘公一见，便道："小官儿，如何起得恁蚤？"小厮道："告公公得知，不想爹爹昨夜忽然发起热来，口中不住吁喘，要讨口水吃，故此起得早些。"刘公道："阿呀！想是他昨日受些寒了。这冷水怎么吃得？待我烧些热汤与你。"小厮道："怎好又劳公公？"刘公便教妈妈烧起一大壶滚汤。

刘公送到房里，小厮扶起来吃了两碗。老军睁眼观看，见刘公在旁，谢道："难为你老人家，怎生报答？"刘公走近前道："休恁般说。你且安心自在，盖热了，发出些汗来便好了。"小厮放倒下去，刘公便扯被儿与盖好。见那被儿单薄，说道："可知道着了寒！如何这被恁薄？怎能发得汗出？"妈妈在门外听见，即去取出一条大被絮来道："老官儿，有被在此，你与他盖好了。这般冷天气，不是当耍的。"小厮便来接去，刘公与他盖得停当，方才走出。少顷，梳洗过，又走进来，问："可有汗么？"小厮道："我才摸时，并无一些汗气。"刘公道："若没汗时，这寒气是感得重的了。须请个太医来用药，表他的汗出来方好。不然，这风寒怎么够发泄？"小厮道："公公，身伴无钱，将何请医服药？"刘公道："不消你费心，有我在此。"小厮听说，即便叩头道："多蒙公公厚恩，救我父亲。今生若不能补报，死当为犬马偿恩。"刘公连忙扶起道："快不要如此，既在此安宿，我便是亲人了，岂忍坐视！你自去房中服侍，老汉与你迎医。"

其日雪止天霁，街上的积雪被车马践踏，尽为泥泞，有一尺多深。刘公穿了木屐，出街头望了一望，复身进门。小厮看刘公转进来，只道不去了，噙着两行珠泪，方欲上前叩问。只见刘公从后屋牵出个驴儿骑了，出门而去，小厮方才放心。且喜太医住得还近，不多时便到了。那太医也骑个驴儿，家人背着药箱，随在后面，到门首下了。刘公请进堂中，吃过茶，然后引至房里。此时老军已是神思昏迷，一毫人事不省。太医诊了脉，说道："这是个双感伤寒，风

邪已入于腠理（中医术语，指皮肤和肌肉的交接处）。伤寒书上有两句歌云：‘两感伤寒不须治，阴阳毒遍七朝期。’此乃不治之症。别个医家，便要说还可以救得。学生是老实的，不敢相欺，这病下药不得了。”小厮见说，惊得泪如雨下，拜倒在地上，哭说道：“先生垂我父子是个异乡之人，怎生用贴药救得性命，决不忘恩！”太医扶起道：“不是我作难，其实病人已犯实，教我也无奈。”刘公道：“先生，常言道：‘药医不死病，佛度有缘人。’你且不要拘泥古法，尽着自家意思，大了胆医去。或者他命不该绝，就好了也未可知。万一不好，决无归怨你之理。”先生道：“既是长者恁般说，且用一贴药看。若吃了发得汗出，便有可生之机，速来报我，再将药与他吃。若没汗时，这病就无救了，不消来复我。”教家人开了药箱，撮了一贴药剂，递与刘公道：“用生姜为引，快煮与他吃。这也是万分之一，莫做指望。”刘公接了药，便去封出一百文钱，递与太医道：“些少药资，权为利市。”太医必不肯受而去。刘公夫妻两口，亲自把药煎好，将到房中与小厮相帮，扶起吃了，将被没头没脑地盖下，小厮在旁守候。刘公因此事忙乱一朝，把店中生意都耽搁了，连饭也没工夫去煮。直到午上，方吃蚤膳。刘公去唤小厮吃饭，那小厮见父亲病重，心中慌急，哪里要吃？再三劝处，方吃了半碗。看看到晚，摸那老军身上，并无一些汗点。那时连刘公也慌张起来，又去请太医时，不肯来了。准准到第七日，呜呼哀哉！正是：

三寸气在千般用，一日无常万事休。

可怜那小厮申儿哭倒在地。刘公夫妇见他哭得悲切，也涕泪交流，扶起劝道：“方小官，死者不可复生，哭之无益。你且将息自己身子。”小厮双膝跪下哭告道：“儿不幸，前年丧母，未能入土，故与父谋归原籍，求取些银两来殡葬。不想逢此大雪，路途艰楚。得遇恩人，赐以酒饭，留宿在家，以为万千之幸。谁料皇天不佑，父忽骤病。又蒙恩人延医服药，日夜看视，胜如骨肉。只指望痊愈之日，图报大恩，哪知竟不能起，有负盛意！此间举目无亲，囊乏钱钞，衣棺之类，料不能办。欲求恩人借数尺之土，把父骸掩盖，儿情愿终身为奴仆，以偿大恩。不识恩人肯见允否？”说罢，拜伏在地。刘公扶起道：“小官人休虑！这送终之事，都在于我，岂可把来藁（gǎo）葬（没有棺材，以草席裹尸，草草埋葬）？”小厮又哭拜道：“得求隙地埋骨，已出望外，岂敢复累恩人费心破钞！此恩此德，教儿将何补报？”刘公道：“这是我平昔的志愿，哪望你的报偿！”当下忙忙地取了银子，便去买办衣衾棺木。唤两个土工来，收拾入殓过了。又备羹饭祭奠，焚化纸钱。那小厮悲恸，自不必说。就抬到屋后空地上埋葬好了。又立一个碑额，上写“龙虎卫军士方勇之墓”。诸事停当，小厮向刘公夫妇叩头拜谢。

过了两日，刘公对小厮道：“我欲要教你回去，访问个亲族来，搬丧回乡，又恐怕你年纪幼小，不认得路途。你且暂住我家，俟有识熟的在此经过，托他带回故乡，然后徐图运柩回去。不知你的意下何如？”小厮跪下泣告道：“儿受公公如此大恩，地厚天高，未曾报得，岂敢言归！且恩人又无子嗣，儿虽不才，倘蒙不弃，收充奴仆，朝夕服侍，少效一点孝心。万一恩人百年之后，亦堪为坟前拜扫之人。那时到京取回先母遗骨，同父骸葬于恩人墓道之侧，永守于此，这便是儿之心愿。”刘公夫妇大喜道：“若得你肯如此，乃天赐与我为嗣！岂有为奴仆之理！今后当以父子相称。”小厮道：“既蒙收留，即今日就拜了爹妈。”便

掇两把椅儿居中放下，请老夫妇坐了，四双八拜，认为父子。遂改姓为刘，刘公又不忍没其本姓，就将方字为名，唤作刘方。自此日夜辛勤，帮家过活，奉侍刘公夫妇，极其尽礼孝敬。老夫妇也把他如亲生一般看待。有诗为证：

刘方非亲是亲，刘德无子有子。

小厮事死事生，老军虽死不死。

时光似箭，不觉刘方在刘公家里已过了两个年头。时值深秋，大风大雨，下了半月有余，那运河内的水，暴涨有十来丈高下，犹如白沸汤一般，又紧又急。往来的船只，坏了无数。一日午后，刘方在店中收拾，只听得人声鼎沸。他只道是什么火发，忙来观看，见岸上人挨挤不开，都望着河中。急走上前看时，却是上流头一只大客船，被风打坏，淌将下来，船上之人，飘溺已去大半。余下的抱桅攀舵，呼号哀泣，只叫："救人！"那岸上看的人，虽然有救捞之念，只是风水厉害，谁肯从井救人？眼睁睁（xì，眼睁睁）看他一个个落水，口中只好叫句"可怜"而已。

忽然一阵大风，把那船吹近岸旁。岸上人一齐喊声："好了！"顷刻挠挠钩子二十多张，一齐都下，搭住那船，救起十数多人，各自分头投店内。有一个少年，年纪不上二十，身上被挠钩摘伤几处，行走不动，倒在地下，气息将绝，尚紧紧抱住一只竹箱，不肯放舍。刘方在旁睹景伤情，触动了自己往年冬间之事，不觉流下泪来，想道："此人之苦，正与我一般。我当时若没有刘公时，父子尸骸不知归于何处矣！这人今日却便没人怜救了。且回去与爹妈说知，救其性命。"急急转家，把上项事报知刘公夫妇，意欲扶他回家调养。刘公道："此是阴德美事，为人正该如此。"刘妈妈道："何不就同他来家？"刘方道："未曾禀过爹妈，怎敢擅便？"刘公道："说哪里话！我与你同去。"父子二人，行至岸口，只见众人正围着那少年观看。刘公分开众人，挨身而入，叫道："小官人！你挣扎着。我扶你到家去将息。"那少年睁眼看了一看，点点头儿。刘公同刘方向前搀扶，一个年幼力弱，一个老年衰迈，全不济事。旁边转过一个轩跎（kē）刺（高大有力）的后生道："老人家闪开，待我来！"向前一抱，轻轻地就扶了起来。那后生在右，刘公在左，两边挟住胳膊便走。少年虽然说话不出，心下却甚明白，把嘴努着竹箱。刘方道："这箱子待我与你驮去。"把来背在肩上，在前开路。众人闪在两边，让他们前行，随后便都跟来看。内中认得刘公的，便道："还是刘长者有些义气。这个异乡落难之人，在此这一回，并没有个慈悲的肯收留去，偏他一晓得了便搀扶回家。这样人，真个是世间少有！只可惜无个儿子，这也是天公没分晓！"又有个道："他虽没有亲儿，如今承继这刘方，甚是孝顺，比嫡亲的尤胜，这也算是天报他了。"那不认得的，见他老夫妻自来搀扶一个小厮，与他驮了竹箱，就认作那少年的亲族。以后见土人纷纷传说，方才晓得，无不赞叹其义。还有没肚子的（没有度量见识的）人，称量他那竹箱内有物无物，财多财少。此乃是人面相似，人心不同，不在话下。

且说刘公同那后生扶少年到家，向一间客房里放下。刘公叫声"劳动"，后生自去。刘方把竹箱就放在少年之旁。刘妈妈连忙去取干衣，与他换下湿衣，然后扶在铺上。原来落水人吃不得热酒，刘公晓得这道数，教妈妈取酽酒略温一下，尽着少年痛饮。就取刘方的卧被，与他盖了。夜间就教刘方伴他同卧。

到次蚤，刘公进房来探问。那少年已觉健旺，连忙挣扎起来，要下床称谢。刘公急止住道："莫要劳动，调养身子要紧！"那少年便向枕上叩头道："小子乃垂死之人，得蒙公公救拔，实乃再生父母，但不知公公尊姓？"刘公道："老拙姓刘。"少年道："原来与小子同姓。"刘公道："官人哪里人氏？"少年答道："小子刘奇，山东张秋人氏。二年前，随父三考（考试官员的三种项目）在京。不幸遇了时疫，数日之内，父母俱丧。无力扶柩还乡，只得将来火化。"指着竹箱道："奉此骸骨归葬，不想又遭此大难。自分必死，天幸得遇恩人，救我之命。只是行李俱失，一无所有，将何报答大恩？"刘公道："官人差矣！不忍之心，人皆有之。救人一命，胜造七级浮屠。若说报答，就是为利了。岂是老汉的本意！"刘奇见说，愈加感激。将息了两日，便能起身，向刘公夫妇叩头泣谢。那刘奇为人温柔俊雅，礼貌甚恭，刘公夫妇十分爱他，蚤晚好酒好食管待。刘奇见如此殷勤，心上好生不安，欲要辞归，怎奈钩伤之处溃烂成疮，步履不便，身边又无盘费，不能行动，只得暂且住下。正是：

不恋故乡生处好，受恩深处便为家。

却说刘方与刘奇年貌相仿，情投契合，各把生平患难细说。二人因念出处相同，遂结拜为兄弟，友爱如嫡亲一般。一日，刘奇对刘方道："贤弟如此青年美质，何不习些书史？"刘方道："小弟甚有此志，只是无人教导。"刘奇道："不瞒贤弟说，我自幼攻书，博通今古，指望致身青云，不幸先人弃后，无心于此。贤弟肯读书时，寻些书本来，待我指引便了。"刘方道："若得如此，乃弟之幸也。"连忙对刘公说知。刘公见说是个饱学之士，肯教刘方读书，分外欢喜。即便去买许多书籍。刘奇罄心指教，那刘方颖悟过人，一诵即解。日里在店中看管，夜间挑灯而读。不过数月，经书词翰，无不精通。

且说刘奇在刘公家中住有半年，彼此相敬相爱，胜如骨肉。虽然依傍得所，只是终日坐食，心有不安。此时疮口久愈，思想要回故土，来对刘公道："多蒙公公夫妇厚恩，救活残喘，又搅扰半年，大恩大德，非口舌可谢。今欲暂辞公公，负先人骸骨归葬。服阕（指守丧期满除服）之后，当图报效。"刘公道："此乃官人的孝心，怎好阻当。但不知几时起行。"刘奇道："今日告过公公，明早就行。"刘公道："既如此，待我去觅个便船与你。"刘奇道："水路风波险恶，且乏盘缠，还从陆路行罢。"刘公道："陆路脚力之费，数倍于舟，且又劳碌。"刘奇道："小子不用脚力，只是步行。"刘公道："你身子怯弱，如何走得远路？"刘奇道："公公，常言说得好，有银用银，无银用力。小子这样穷人，还怕得什么辛苦！"刘公想了一想道："这也易处。"便教妈妈整备酒肴，与刘奇送行。饮至中间，刘公泣道："老拙与官人萍水相逢，聚首半年，恩同骨肉，实是不忍分离。但官人送尊人入土，乃人子大事，故不好强留。只是自今一别，不知后日可能得再见否？"说罢，歔欷不胜。刘妈妈与刘方尽皆泪下。刘奇也泣道："小子此行，实非得已。俟服一满，即星夜驰来奉候，幸勿过悲。"刘公道："老拙夫妇年近七旬，如风中之烛，早暮难保。恐君服满来时，在否不可知矣！倘若不弃，送尊人入土之后，即来看我，也是一番相知之情。"刘奇道："既蒙吩咐，敢不如命？"一宿晚景不题。

到了次早清晨，刘妈妈又整顿酒饭与他吃了。刘公取出一个包裹，放在桌

上，又叫刘方在后边牵出那小驴儿来，对刘奇道：“此驴畜养已久，老汉又无远行，少有用处，你就乘它去吧，省得路上雇倩。这包裹内是一床被窝，几件粗布衣裳，以防路上风寒。”又在袖中摸一包银子交与道：“这三两银子，将就盘缠，亦可到得家了。但事完之后，即来走走，万勿爽信。”刘奇见了许多厚赠，泣拜道：“小子受公公如此厚恩，今生料不能报，俟来世为犬马以酬万一。”刘公道：“何出此言！”当下将包裹竹箱都装在牲口身上，作别起身。刘公夫妇送出门首，洒泪而别。刘方不忍分舍，又送十里之外，方才分手。正是：

萍水相逢骨肉情，一朝分袂泪俱倾。

《骊驹》唱罢劳魂梦，人在长亭共短亭。

且说刘奇一路夜住晓行，饥餐渴饮，不一日来到山东故乡。哪知去年这场大风大雨，黄河泛滥，张秋郸镇尽皆漂溺，人畜庐舍，荡尽无遗。举目遥望时，几十里田地，绝无人烟。刘奇无处投奔，只得寄食旅店，思想欲将骸骨埋葬于此，却又无处依栖，何以营生。须寻了个着落之处，然后举事。遂往各市镇郸乡郸访问亲旧，一无所有。住了月余，这三两银子盘费将尽，心下着忙：“若用完了这银子，就难行动了。不如原往河西务去求恩人一搭（一块）空地，埋了骨殖，倚傍在彼处，还是个长策。”算还店钱，上了牲口，星夜赶来。

到了刘公门首，下了牲口，看时只见刘方正在店中，手里拿着一本书儿在那里观看。刘奇叫了一声：“贤弟！公公、妈妈一向好么？”刘方抬头看时，却是刘奇。把书撇下，忙来接住牲口，牵入家中，卸了行李，作揖道：“爹妈日夜在此念兄，来得正好！”一齐走入堂中。刘公夫妇看见，喜从天降，便道：“官人，想杀我也！”刘奇上前倒身下拜。刘公还礼不迭。见罢，问道：“尊人之事，想已毕了。”刘奇细细泣诉前因。又道：“某故乡已无处容身，今复携骸骨而来，欲求一搭余地葬埋，就拜公公为父，依傍于此，朝夕奉侍，不知尊意允否？”刘公道：“空地尽有，任凭取择。但为父子，恐不敢当！”刘奇道：“若公公不屑以某为子，便是不允之意了。”便即请刘公夫妇上坐，拜为父子，将骸骨也葬于屋后地上。自此兄弟二人，并力同心，勤苦经营，家业渐渐兴隆。奉侍父母，极尽人子之礼。合镇的人，没一个不欣羡刘公无子而有子，皆是阴德之报。

时光迅速，倏忽又经年余。父子正安居乐业，不想刘公夫妇，年纪老了，筋力衰倦，患起病来。二子日夜服侍，夜不解带。求神罔效，医药无功，看看待尽。二子心中十分悲切，又恐伤了父母之心，唯把言语安慰，背地吞声而泣。刘公自知不起，呼二子至床前吩咐道：“我夫妻老年孤孑，自谓必作无祀之鬼，不意天地怜念，赐汝二人与我为嗣。名虽义子，情胜嫡血。我死无遗恨矣！但我去世之后，汝二人务要同心经业，共守此薄产。我于九泉亦得瞑目！”二子哭拜受命。

又延两日，夫妻相继而亡。二子怆地呼天，号啕痛哭，恨不得以身代替。置办衣衾棺椁，极其从厚，又请僧人做九昼夜功果超荐。入殓之后，兄弟商议筑起一个大坟，要将三家父母合葬一处。刘方遂至京中，将母柩迎来，择了吉日，以刘公夫妇葬于居中，刘奇迁父母骸骨葬于左边，刘方父母葬于右边，三坟拱列，如连珠相似。那合镇的人，一来慕刘公向日忠厚之德，二来敬他弟兄之孝，尽来相送。

话休絮烦。且说刘奇二人，自从刘公亡后，同眠同食，情好愈笃。把酒店收了，开起一个布店来。四方过往客商来买货的，见二人少年志诚，物价公平，传播开去，慕名来买者，挨挤不开。一二年间，挣下一个老大家业，比刘公时已多数倍。讨了两房家人，两个小厮，动用家火器皿，甚是次第。那镇上有几个富家，见二子家业日裕，少年未娶，都央媒来与之议姻。刘奇心上已是欲得，只是刘方却执意不愿。刘奇劝道："贤弟今年一十有九，我已二十有二，正该及时求配，以图生育，接续三家宗祀，不知贤弟为何不愿？"刘方答道："我与兄方在壮年，正好经营生理，何暇去谋此事？况我弟兄向来友爱，何等安乐！万一娶了一个不好的，反是一累，不如不娶为上。"刘奇道："不然，常言说得好，无妇不成家。你我俱在店中支持了生意时，里面绝然无人照管。况且交友渐广，设有个客人到来，中馈（家中膳食之事，又指妻室）无人主持，成何体面。此还是小事，当初义父以我二人为子时，指望子孙绍（继承）他宗祀，世守此坟。今若不娶，必然绝祀，岂不负其初念，何颜见之泉下！"再三陈说，刘方只把言支吾，终不肯应承。刘奇见兄弟不允，自己又不好独娶。

一日，偶然到一相厚朋友钦大郎家中去探望。两个偶然言及姻事，刘奇乃把刘方不肯之事，细细说与。又道："不知舍弟是甚主意。"钦大郎笑道："此事浅而易见。他与兄共创家业，况他是先到，兄是后来，不忿得兄先娶，故此假意推托。"刘奇道："舍弟乃仁义端直之士，决无此意！"钦大郎道："令弟少年英俊，岂不晓得夫妇之乐，恁般推阻。兄若不信，且教个人私下去见他，先与之为媒，包你一说就是。"刘奇被人言所惑，将信将疑，作别而回。恰好路上遇见两个媒婆，正要到刘奇家说亲，所说的是本镇开绸缎店崔三朝奉家。叙起年庚，正与刘方相合。刘奇道："这门亲，正对我家二官人。只是他有些古怪，人面前就害羞。你只悄地去对他说，若说得成时，自当厚酬。我且不归去，坐在巷口油店里等你回话。"两个媒婆应声而去。不一时，回复刘奇道："二官人果是古怪，老媳妇恁般撺掇，只是不允。再说时，他喉急起来，好教媳妇们老大没趣。"

刘奇方才信刘方不肯是个真心，但不知什么意故。一日，见梁上燕儿营巢，刘奇遂题一词于壁上，以探刘方之意。词云：

营巢燕，双双雄，朝暮衔泥辛苦同。若不寻雌继壳卵，巢成毕竟巢还空。

刘方看见，笑诵数次，亦援笔和一首于后。词曰：

营巢燕，双双飞，天设雌雄事久期。雌兮得雄愿已足，雄兮将雌胡不知？

刘奇见了此词，大惊道："据这词中之意，吾弟乃是个女子了。怪道恁般娇弱，语音纤丽，夜间睡卧，不脱内衣，连袜子也不肯去，酷暑中还穿着两层衣服。原来他却学木兰所为！"虽然如此，也还疑惑，不敢去轻易发言。又到钦大郎家中，将词念与他听。钦大郎道："这词意明白，令弟确然不是男子了。但与兄数年同榻，难道看他不出？"刘奇叙起向来并未曾脱衣之事。钦大郎道："恁般一发是了！如今兄当以实问之，看他如何回答。"刘奇道："我与他恩义甚重，情如同胞，安忍启口。"钦大郎道："他若果然是个女子，与兄成配，恩义两全，有何不可。"谈论已久，钦大郎将出酒肴款待，两人对酌，竟不觉至晚。刘

奇回至家时，已是黄昏时候。刘方迎着，见他已醉，扶进房中问道：“兄从何处饮酒，这时方归？”刘奇答道：“偶在钦兄家小饮，不觉话长坐久。”口中虽说，细细把他详视。当初无心时，全然不觉是女。此时已是有心辨他真假，越看越像个女子。刘奇虽无邪念，心上却要见个明白，又不好直言。乃道：“今日见贤弟所和燕子词甚佳，非愚兄所能及。但不知贤弟可能再和一首否？”刘方笑而不答，取过纸笔来，一挥就成。词曰：

营巢燕，声声叫，莫使青年空岁月。

可怜和氏璧无瑕，何事楚君终不纳？

刘奇接来看了，便道：“原来贤弟果是女子！”刘方闻言，羞得满脸通红，未及答言。刘奇又道：“你我情同骨肉，何必避讳。但不识贤弟昔年因甚如此装束？”刘方道：“妾初因母丧，随父还乡，恐途中不便，故为男扮。后因父殁，尚埋浅土，未得与母同葬，妾故不敢改形，欲求一安身之地，以厝（cuò，浅埋以待改葬）先灵。幸得义父遗此产业，父母骸骨，得以归土。妾是时意欲说明。因思家事尚微，恐兄独力难成，故复迟延。今见兄屡劝妾婚配，故不得不自明耳。”刘奇道：“原来贤弟用此一段苦心，成全大事。况我与你同榻数年，不露一毫棱角，真乃节孝兼全，女中丈夫，可敬可羡！但弟词中已有俯就之意，我亦决无他娶之理。萍水相逢，周旋数载，昔为兄弟，今为夫妇，此岂人谋，实由天合。倘蒙一诺，便订百年。不知贤弟意下如何？”刘方道：“此事妾亦筹之熟矣。三宗坟墓，俱在于此，妾若适他人，父母三尺之土，朝夕不便省视。况义父义母，看待你我犹如亲生，弃此而去，亦难恝（jiá）然（漠不关心貌，冷淡）。兄若不弃陋质，使妾得侍箕帚，供奉三姓香火，妾之愿也。但无媒私合，于礼有亏。唯兄裁酌而行，免受旁人谈议，则全美矣！”刘奇道：“贤弟高见，即当处分。”是晚两人便分房而卧。次早，刘奇与钦大郎说了，请他大娘为媒，与刘方说合。刘方已自换了女装。刘奇备办衣饰，择了吉日，先往三个坟墓上祭告过了，然后花烛成亲，大排筵席，广请邻里。那时哄动了河西务一镇，无不称为异事，赞叹刘家一门孝义贞烈。刘奇成亲之后，夫妇相敬如宾，挣起大大家事，生下五男二女。至今子孙蕃盛，遂为巨族。人皆称为“刘方三义村”云。有诗为证：

无情骨肉成吴越，有义天涯作至亲。

三义村中传美誉，河西千载想奇人。

## 第十一卷　苏小妹三难新郎

聪明男子做公卿，女子聪明不出身。

若许裙钗应科举，女儿那见逊公卿。

自混沌初辟，乾道成男，坤道成女，虽则造化无私，却也阴阳分位。阳动阴静，阳施阴受，阳外阴内。所以男子主四方之事，女子主一室之事。主四方

之事的，顶冠束带，谓之丈夫；出将入相，无所不为，须要博古通今，达权知变。主一室之事的，三绺梳头，两截穿衣，一日之计，止无过**饔飧**（做饭）井臼；终身之计，止无过生男育女。所以大家闺女，虽曾读书识字，也只要她识些姓名，记些账目。她又不应科举，不求名誉，诗文之事，全不相干。然虽如此，各人资性不同。有等愚蠢的女子，教她识两个字，如登天之难。有等聪明的女子，一般过目成诵，不教而能。吟诗与李、杜争强，作赋与班、马斗胜，这都是山川秀气，偶然不钟于男而钟于女。且如汉有**曹大家**（即班昭，东汉史学家班彪之女，班固、班超之妹，汉和帝时，常出入宫廷，担任皇后和妃嫔们的教师，嫁给曹世叔为妻，从夫姓，被称为曹大家）她是个班固之妹，代兄续成汉史。又有个**蔡琰**（字文姬，东汉大文学家蔡邕的女儿），制《胡笳十八拍》，流传后世。晋时有个谢道韫（字令姜，东晋时女诗人），与诸兄咏雪，有柳絮随风之句，诸兄都不及她。唐时有个**上官婕妤**（即上官婉儿，唐代女官、诗人），中宗皇帝教她品第朝臣之诗，臧否一一不爽。至于大宋妇人，出色的更多。就中单表一个叫作**李易安**（宋代著名词人李清照，号易安居士），一个叫作**朱淑真**（南宋著名女词人，号幽栖居士）。她两个都是闺阁文章之伯，女流翰苑之才。论起相女配夫，也该对个聪明才子。争奈月下老错注了婚籍，都嫁了无才无学之人，每每怨恨之情，形于笔札。有诗为证：

鸥鹭鸳鸯作一池，曾知羽翼不相宜。
东君不与花为主，何似休生连理枝！

那李易安有《伤秋》一篇，调寄《声声慢》：

寻寻觅觅，冷冷清清，凄凄惨惨戚戚。乍暖还寒时候，最难将息。三杯两盏淡酒，怎敌他晚来风急力！雁过也，正伤心，却是旧时相识。

满地黄花堆积，憔悴损，如今有谁堪摘？守着窗儿，独自怎生得黑！梧桐更兼细雨，到黄昏，点点滴滴。这次第，怎一个愁字了得！

朱淑真时值秋间，丈夫出外，灯下独坐无聊，听得窗外雨声滴点，吟成一绝：

哭损双眸断尽肠，怕黄昏后到昏黄。
那堪细雨新秋夜，一点残灯伴夜长！

后来刻成诗集一卷，取名《断肠集》。

说话的，为何单表那两个嫁人不着的？只为如今说一个聪明女子，嫁着一个聪明的丈夫，一唱一和，遂变出若干的话文。正是：

说来文士添佳兴，道出闺中作美谈。

话说四川眉州，古时谓之蜀郡，又曰嘉州，又曰眉山。山有蟆颐、峨眉，水有岷江、环湖。山川之秀，钟于人物，生出个博学名儒来，姓苏，名洵，字允明，别号老泉。当时称为老苏。老苏生下两个孩儿，大苏、小苏。大苏名轼，字子瞻，别号东坡；小苏名辙，字子由，别号颍滨。两子都有文经武纬之才，博古通今之学，同科及第，名重朝廷，俱拜翰林学士之职。天下称他兄弟，谓之二苏。称他父子，谓之三苏。这也不在话下。更有一桩奇处，那山川之秀，偏萃于一门，两个儿子未为稀罕，又生个女儿，名曰小妹，其聪明绝世无双，真个闻一知二，问十答十。因他父兄都是个大才子，朝谈夕讲，无非子史经书，目见耳闻，不少诗词歌赋。自古道："近朱者赤，近墨者黑。"况且小妹资性过人

十倍，何事不晓。十岁上随父兄居于京师寓中，有绣球花一树，时当春月，其花盛开。老泉赏玩了一回，取纸笔题诗，才写得四句，报说："门前客到！"老泉搁笔而起。小妹闲步到父亲书房之内，看见桌上有诗四句：

天巧玲珑玉一丘，迎眸烂漫总清幽。

白云疑向枝间出，明月应从此处留。

小妹览毕，知是咏绣球花所作，认得父亲笔迹，遂不待思索，续成后四句云：

瓣瓣折开蝴蝶翅，团团围就水晶球。

假饶借得香风送，何羡梅花在陇头。

小妹题诗依旧放在桌上，款步归房。老泉送客出门，复转书房，方欲续完前韵，只见八句已足，读之词意俱美。疑是女儿小妹之笔，呼而问之，写作果出其手。老泉叹道："可惜是个女子！若是个男儿，可不又是制科中一个有名人物！"自此愈加珍爱其女，恣其读书博学，不复以女工督之。看看长成一十六岁，立心要妙选天下才子，与之为配，急切难得。

忽一日，宰相王荆公着堂候官请老泉到府与之叙话。原来王荆公讳安石，字介甫，未得第时，大有贤名。平时常不洗面，不脱衣，身上虱子无数。老泉恶其不近人情，异日必为奸臣，曾作《辩奸论》以讥之，荆公怀恨在心。后来见他大苏、小苏连登制科，遂舍怨而修好。老泉亦因荆公拜相，恐妨二子进取之路，也不免曲意相交。正是：

古人结交在意气，今人结交为势利。

从来势利不同心，何如意气交情深。

是日，老泉赴荆公之召，无非商量些今古，谈论了一番时事，遂取酒对酌，不觉忘怀酩酊。荆公偶然夸能："小儿王雱（pāng），读书只一遍，便能背诵。"老泉带酒答道："谁家儿子读两遍！"荆公道："倒是老夫失言，不该班门弄斧。"老泉道："不唯小儿只一遍，就是小女也只一遍。"荆公大惊道："只知令郎大才，却不知有令爱。眉山秀气，尽属公家矣！"老泉自悔失言，连忙告退。荆公命童子取出一卷文字，递与老泉道："此乃小儿王雱窗课，相烦点定。"老泉纳于袖中，唯唯而出。回家睡至半夜，酒醒，想起前事："不合自夸女孩儿之才。今介甫将儿子窗课属吾点定，必为求亲之事。这头亲事，非吾所愿，却又无计推辞。"

沉吟到晓，梳洗已毕，便将王雱所作，次第看之，真乃篇篇锦绣，字字珠玑，又不觉动了个爱才之意："但不知女儿缘分如何？我如今将这文卷与女儿观之，看她爱也不爱。"遂隐下姓名，吩咐丫鬟道："这卷文字，乃是个少年名士所呈，求我点定。我不得闲暇，转送与小姐，教她到批阅完时，速来回话。"丫鬟将文字呈上小姐，传达太老爷吩咐之语。小妹滴露研朱，从头批点，须臾而毕。叹道："好文字！此必聪明才子所作。但秀气泄尽，华而不实，恐非久长之器。"遂于卷面批云："新奇藻丽，是其所长；含蓄雍容，是其所短。取巍科则有余，享大年则不足。"后来王雱十九岁中了头名状元，未几夭亡，可见小妹知人之明，这是后话。

却说小妹写罢批语，叫丫鬟将文卷纳还父亲。老泉一见大惊："这批语如何回复得介甫！必然取怪。"一时污损了卷面，无可奈何，却好堂候官到门："奉相

公钧旨，取昨日文卷，面见太爷，还有话禀。”老泉此时，手足无措，只得将卷面割去，重新换过，加上好批语，亲手交堂候官收讫。堂候官道：“相公还吩咐得有一言动问：贵府小姐曾许人否？倘未许人，相府愿谐秦晋。”老泉道：“相府议亲，老夫岂敢不从。只是小女貌丑，恐不足当金屋之选。相烦好言达上，但访问自知，并非老夫推托。”堂候官领命，回复荆公。荆公看见卷面换了，已有三分不悦。又恐怕苏小姐容貌真个不扬，不中儿子之意，密地差人打听。原来苏东坡学士常与小妹互相嘲戏。东坡是一嘴胡子，小妹嘲云：“口角几回无觅处，忽闻毛里有声传。”小妹额颅凸起，东坡答嘲云：“未出庭前三五步，额头先到画堂前。”小妹又嘲东坡下颏之长云：“去年一点相思泪，至今流不到腮边。”东坡因小妹双眼微抠（通“眍”，眼睛深陷的样子），复答云：“几回拭脸深难到，留却汪汪两道泉。”访事的得了此言，回复荆公，说：“苏小姐才调委实高绝，若论容貌，也只平常。”荆公遂将姻事搁起不提。

然虽如此，却因相府求亲一事，将小妹才名播满了京城。以后闻得相府亲事不谐，慕名来求者，不计其数。老泉都教呈上文字，把与女孩儿自阅。也有一笔涂倒的，也有点不上两三句的。就中只有一卷文字做得好，看他卷面写有姓名，叫作秦观。小妹批四句云：“今日聪明秀才，他年风流学士。可惜二苏同时，不然横行一世。”这批语明说秦观的文才，在大苏小苏之间，除却二苏，没人及得。

老泉看了，已知女儿选中了此人，吩咐门上：“但是秦观秀才来时，快请相见。余的都与我辞去。”谁知众人呈卷的，都在讨信，只有秦观不到。却是为何？那秦观秀才字少游，他是扬州府高邮人。腹饱万言，眼空一世，生平敬服的，只有苏家兄弟，以下的都不在意。今日慕小妹之才，虽然衒玉求售（比喻自夸其才以求任用或信任），又怕损了自己的名誉，不肯随行逐队，寻消问息。老泉见秦观不到，反央人去秦家寓所致意，少游心中暗喜，又想道：“小妹才名得于传闻，未曾面试。又闻得她容貌不扬，额颅凸出，眼睛凹进，不知是何等鬼脸。如何得见她一面，方才放心。”打听得三月初一日，要在岳庙烧香，趁此机会，改换衣装，觑个分晓。正是：

眼见方为的，传闻未必真。
若信传闻语，枉尽世间人。

从来大人家女眷入庙进香，不是早，定是夜。为什么？早则人未来，夜则人已散。秦少游到三月初一日五更时分，就起来梳洗，打扮个游方道人模样，头裹青布唐巾，耳后露两个石碾的假玉环儿，身穿皂布道袍，腰系黄绦，足穿净袜草履，项上挂一串拇指大的数珠，手中托一个金漆钵盂，侵（通“清”）早就到东岳庙前伺候。

天色黎明，苏小姐轿子已到。少游走开一步，让她轿子入庙，歇于左廊之下。小妹出轿上殿，少游已看见了，虽不是妖娆美丽，却也清雅幽闲，全无俗韵：“但不知她才调真正如何？”约莫焚香已毕，少游却循廊而上，在殿左相遇。少游打个问讯云：“小姐有福有寿，愿发慈悲。”小妹应声答云：“道人何德何能，敢求布施！”少游又问讯云：“愿小姐身如药树，百病不生。”小妹一头走，一头答应：“随道人口吐莲花，半文无舍。”少游直跟到轿前，又问讯云：“小娘子一天欢喜，如何撒手宝山？”小妹随口又答云：“风道人恁地贪痴，那得随身金

穴！”小妹一头说，一头上轿。少游转身时，口中喃出一句道：“‘风道人’得对‘小娘子’，万千之幸！”小妹上了轿，全不在意。跟随的老院子，却听得了，怪这道人放肆，方欲回身寻闹，只见廊下走出一个垂髫的俊童，对着那道人叫道：“相公这里来更衣。”那道人便先走，童儿后随。老院子将童儿肩上悄地捻了一把，低声问道：“前面是哪个相公？”童儿道：“是高邮秦少游相公。”老院子便不言语。回来时，就与老婆说知了。这句话就传入内里，小妹才晓得那化缘的道人是秦少游假装的，付之一笑，嘱咐丫鬟们休得多口。

话分两头。且说秦少游那日饱看了小妹容貌不丑，况且应答如响，其才自不必言。择了吉日，亲往求亲，老泉应允，少不得下财纳币。此是二月初旬的事。少游急欲完婚，小妹不肯。她看定秦观文字，必然中选。试期已近，欲要象简乌纱（手执象牙笏，头戴乌纱帽。指旧时大官的装束。象简，象牙做的朝笏；乌纱，黑纱制成的官帽），洞房花烛，少游只得依她。到三月初三礼部大试之期，秦观一举成名，中了制科。到苏府来拜丈人，就禀复完婚一事。因寓中无人，欲就苏府花烛。老泉笑道：“今日挂榜，脱白挂绿（脱去白衣，换上绿袍。指初登仕途），便是上吉之日，何必另选日子。只今晚便在小寓成亲，岂不美哉！”东坡学士从旁赞成。是夜与小妹双双拜堂，成就了百年姻眷。正是：

聪明女得聪明婿，大登科后小登科。

其夜月明如昼。少游在前厅筵宴已毕，方欲进房，只见房门紧闭，庭中摆着小小一张桌儿，桌上排列纸墨笔砚，三个封儿，三个盏儿，一个是玉盏，一个是银盏，一个瓦盏。青衣小鬟守立旁边。少游道：“相烦传语小姐，新郎已到，何不开门？”丫鬟道：“奉小姐之命，有三个题目在此，三试俱中试，方准进房。这三个纸封儿便是题目在内。”少游指着三个盏道：“这又是甚的意思？”丫鬟道：“那玉盏是盛酒的，那银盏是盛茶的，那瓦盏是盛寡水的。三试俱中，玉盏内美酒三杯，请进香房。两试中了，一试不中，银盏内清茶解渴，直待来宵再试。一试中了，两试不中，瓦盏内呷口淡水，罚在外厢读书三个月。”少游微微冷笑道：“别个秀才来应举时，就要告命题容易了。下官曾应过制科，青钱万选（比喻才华出众），莫说三个题目，就是三百个，我何惧哉！”丫鬟道：“俺小姐不比平常盲试官，之乎者也应个故事而已，她的题目好难哩！第一题，是绝句一首，要新郎也做一首，合了出题之意，方为中试。第二题四句诗，藏着四个古人，猜得一个也不差，方为中试。到第三题，就容易了，只要做个七字对儿，对得好便得饮美酒进香房了。”

少游道：“请第一题。”丫鬟取第一个纸封拆开，请新郎自看。少游看时，封着花笺一幅，写诗四句道：

铜铁投洪冶，蝼蚁上粉墙。
阴阳无二义，天地我中央。

少游想道：“这个题目，别人做定猜不着。则我曾假扮做云游道人，在岳庙化缘，去相那苏小姐。此四句乃含着‘化缘道人’四字，明明嘲我。”遂于月下取笔写诗一首于题后云：

化工何意把春催？缘到名园花自开。
道是东风原有主，人人不敢上花台。

丫鬟见诗完，将第一幅花笺折作三叠，从窗隙中塞进，高叫道："新郎交卷，第一场完。"小妹览诗，每句顶上一字，合之乃"化缘道人"四字，微微而笑。

少游又开第二封看之，也是花笺一幅，题诗四句：

强爷胜祖有施为，凿壁偷光夜读书。

缝线路中常忆母，老翁终日倚门间。

少游见了，略不凝思，一一注明。第一句是孙权，第二句是孔明，第三句是子思，第四句是太公望。丫鬟又从窗隙递进。少游口虽不语，心下想道："两个题目，眼见难我不倒，第三题是个对儿，我五六岁时便会对句，不足为难。"拆开第三幅花笺，内出对云："闭门推出窗前月。"初看时觉道容易，仔细想来，这对出得尽巧，若对得平常了，不见本事。左思右想，不得其对。听得谯楼三鼓将阑，构思不就，愈加慌迫。

却说东坡此时尚未曾睡，且来打听妹夫消息。望见少游在庭中团团而步，口里只管吟哦"闭门推出窗前月"七个字，右手做推窗之势。东坡想道："此必小妹以此对难之，少游为其所困矣！我不解围，谁为撮合？"急切思之，亦未有好对。庭中有花缸一只，满满的贮着一缸清水，少游步了一回，偶然倚缸看水。东坡望见，触动了他灵机，道："有了！"欲待教他对了，诚恐小妹知觉，连累妹夫体面，不好看相。东坡远远站着咳嗽一声，就地下取小小砖片，投向缸中。那水为砖片所激，跃起几点，扑在少游面上。水中天光月影，纷纷淆乱。少游当下晓悟，遂援笔对云："投石冲开水底天。"丫鬟交了第三遍试卷，只听呀的一声，房门大开。房内又走出一个侍儿，手捧银壶，将美酒斟于玉盏之内，献上新郎，口称："才子请满饮三杯，权当花红赏劳。"少游此时意气扬扬，连进三盏，丫鬟拥入香房。这一夜，佳人才子，好不称意。正是：

欢娱嫌夜短，寂寞恨更长。

自此夫妻和美，不在话下。后少游宦游浙中，东坡学士在京，小妹思想哥哥，到京省视。东坡有个禅友，叫作佛印禅师，尝劝东坡急流勇退。一日寄长歌一篇，东坡看时，却也写得怪异，每二字一连，共一百三十对字。你道写的是甚字？

野野　鸟鸟　啼啼　时时　有有　思思　春春　气气　桃桃
花花　发发　满满　枝枝　莺莺　雀雀　相相　呼呼　唤唤
岩岩　畔畔　花花　红红　似似　锦锦　屏屏　堪堪　看看
山山　秀秀　丽丽　山山　前前　烟烟　雾雾　起起　清清
浮浮　浪浪　促促　潺潺　湲湲　水水　景景　幽幽　深深
处处　好好　追追　游游　傍傍　水水　花花　似似　雪雪
梨梨　花花　光光　皎皎　洁洁　玲玲　珑珑　似似　坠坠
银银　花花　折折　最最　好好　柔柔　茸茸　溪溪　畔畔
草草　青青　双双　蝴蝴　蝶蝶　飞飞　来来　到到　落落
花花　林林　里里　鸟鸟　啼啼　叫叫　不不　休休　为为
忆忆　春春　光光　好好　杨杨　柳柳　枝枝　头头　春春
色色　秀秀　时时　常常　共共　饮饮　春春　浓浓　酒酒
似似　醉醉　闲闲　行行　春春　色色　里里　相相　逢逢
竞竞　忆忆　游游　山山　水水　心心　息息　悠悠　归归

去去　来来　休休　役役

东坡看了两三遍，一时念将不出，只是沉吟。

小妹取过，一览了然，便道：“哥哥，此歌有何难解。待妹子念与你听。”即时朗诵云：

野鸟啼，野鸟啼时时有思。
有思春气桃花发，春气桃花发满枝。
满枝莺雀相呼唤，莺雀相呼唤岩畔。
岩畔花红似锦屏，花红似锦屏堪看。
堪看山，山秀丽，秀丽山前烟雾起。
山前烟雾起清浮，清浮浪促潺湲水。
浪促潺湲水景幽，景幽深处好，深处好追游。
追游傍水花，傍水花似雪。
似雪梨花光皎洁，梨花光皎洁玲珑。
玲珑似坠银花折，似坠银花折最好。
最好柔茸溪畔草。柔茸溪畔草青青。
双双蝴蝶飞来到，蝴蝶飞来到落花。
落花林里鸟啼叫，林里鸟啼叫不休。
不休为忆春光好，为忆春光好杨柳。
杨柳枝枝春色秀，春色秀时常共饮。
时常共饮春浓酒，春浓酒似醉。
似醉闲行春色里，闲行春色里相逢。
相逢竞忆游山水，竞忆游山水心息。
心息悠悠归去来，归去来休休役役。

东坡听念，大惊道：“吾妹敏悟，吾所不及！若为男子，官位必远胜于我矣！”遂将佛印原写长歌，并小妹所定句读，都写出来，做一封儿寄与少游，因述自己再读不解，小妹一览而知之故。

少游初看佛印所书，亦不能解。后读小妹之句，如梦初觉，深加愧叹。答以短歌云：

未及梵僧歌，词重而意复。字字如联珠，行行如贯玉。
想妆惟一览，顾我劳三复。裁诗思远寄，因以真类触。
汝其审思之，可表予心曲。

短歌后制成叠字诗一首，却又写得古怪：

转漏闻时离别
忆　　　　　　静
期归阻久伊思

少游书信到时，正值东坡与小妹在湖上看采莲。东坡先拆书看了，递与小妹，问道：“汝能解否？”小妹道：“此诗乃仿佛印禅师之体也。”即念云：

静思伊久阻归期，久阻归期忆别离。
忆别离时闻漏转，时闻漏转静思伊。

东坡叹道：“吾妹真绝世聪明人也！今日采莲胜会，可即事各和一首，寄与少游，使知你我今日之游。”东坡诗成，小妹亦就。小妹诗云：

　　一阕新歌声嗽玉
　　采莲人在绿杨津

东坡诗云：

　　酒力微醒时已暮
　　赏花归去马如飞

照少游诗念出，小妹叠字诗，道是：

　　采莲人在绿杨津，在绿杨津一阕新。
　　一阕新歌声嗽玉，歌声嗽玉采莲人。

东坡叠字诗，道是：

　　赏花归去马如飞，去马如飞酒力微。
　　酒力微醒时已暮，醒时已暮赏花归。

二诗寄去，少游读罢，叹赏不已。其夫妇酬和之诗甚多，不能详述。

后来少游以才名被征为翰林学士，与二苏同官。一时郎舅三人，并居史职，古所稀有。于是宣仁太后亦闻苏小妹之才，每每遣内官赐以绢帛或饮馔之类，索她题咏。每得一篇，宫中传诵，声播京都。其后小妹先少游而卒，少游思念不置，终身不复娶云。有诗为证：

　　文章自古说三苏，小妹聪明胜丈夫。
　　三难新郎真异事，一门秀气世间无。

# 第十二卷　佛印师四调琴娘

　　文章落处天须泣，此老已亡吾道穷。
　　才业谩夸生仲达（司马懿，字仲达。多谋略，善权变，为魏重臣，后专国政），功名犹继死姚崇（本名元崇，字元之，唐代著名政治家，曾任武后、睿宗、玄宗三朝宰相）。
　　人间便觉无清气，海内安能见古风。
　　平日万篇何所在？六丁收拾上瑶宫。

这八句诗是谁做的？是宋理宗皇帝朝一个官人，姓刘，名克庄，道号后村先生做的。

单说那神宗皇帝朝，有个翰林学士，姓苏，名轼，字子瞻，道号东坡居士，本贯是四川眉州眉山县人氏。这学士平日结识一个道友，叫作佛印禅师。你道这禅师如何出身？他是江西饶州府浮梁县人氏，姓谢，名端卿，表字觉老。幼习儒书，通古今之蕴；旁通二氏（佛、道二家），负博洽（学识广博）之声。一日应举到京，东坡学士闻其才名，每与谈论，甚相敬爱。屡同诗酒之游，遂为莫逆之友。忽一日，神宗皇帝因天时亢旱，准了司天台奏章，特于大相国寺建设一百八分大斋，征取名僧，宣扬经典，祈求甘雨，以救万民。命翰林学士苏轼制就吁天文疏，就命轼充行礼官，主斋。三日前，便要到寺中斋宿。先有内官到寺看阅斋坛，传言

御驾不日亲临。方丈中备设御座，一切规模务要十分齐整。把个大相国寺打扫得一尘不染，装点到万锦攒花。府尹预先差官四围把守，不许闲人入寺，恐防不时触突了圣驾，这都不在话下。

却说谢端卿在东坡学士处闻知此事，问道：“小弟欲兄长挈带入寺，一瞻御容，未知可否？”东坡那时只合一句回绝了他，何等干净！只为东坡要得端卿相伴，遂对他说道：“足下要去，亦有何难。只消扮作侍者模样，在斋坛上**承直**（当班）。圣驾临幸时，便得饱看。”谢端卿那时若不肯扮作侍者，也就罢了。只为一时稚气，遂欣然不辞。先去借办行头，装扮得停停当当，跟随东坡学士入相国寺来。东坡已自吩咐了主僧，只等报一声圣驾到来，端卿就顶侍者名色上殿执役。闲时陪东坡在净室闲讲。

且说起斋之日，主僧五鼓鸣钟聚众。其时香烟缭绕，灯烛辉煌，幡幢五彩飘扬，乐器八音嘹亮，法事之盛，自不必语。东坡学士起了香头，拜了佛像，退坐于僧房之内。早斋方罢，忽传御驾已到。东坡学士**执掌丝纶**（代皇帝草拟诏旨。皇帝说的话或者诏命被称为丝纶玉音），日觐天颜，倒也不以为事。慌得谢端卿面上红热，心头突突地跳。矜持了一回，按定心神，来到大雄宝殿，杂于侍者之中，无过是添香剪烛，供食铺灯。不一时神宗皇帝驾到，东坡学士同众僧摆班跪迎，进入大殿。内官捧有内府龙香，神宗御手拈香已毕，铺设净褥，行三拜礼。主僧引驾到于方丈，神宗登了御座，众人叩见了毕。神宗夸东坡学士所作文疏之美，东坡学士再拜，口称不敢。主僧取旨献茶，捧茶盘的却是谢端卿。

原来端卿因大殿行礼之时，拥拥簇簇，不得仔细瞻仰，特地充作捧茶盘的侍者，直挨到龙座御膝之前，偷眼看圣容时，果然龙凤之姿，天日之表，天威咫尺，毛骨俱悚，不敢恣意观瞻，慌忙退步。却被神宗龙目看见了。只为端卿生得方面大耳，秀目龙眉，身躯伟岸，与其他侍者不同，所以天颜刮目。当下开金口，启玉言，指着端卿问道：“此侍者何方人氏？在寺几年了？”主僧先不曾问得备细，一时不能对答。还是谢端卿有量，叩头奏道：“臣姓谢，名端卿，江西饶州府人，新来寺中出家。幸瞻天表，不胜欣幸！”神宗见他应对明敏，龙情大喜。又问：“卿颇通经典否？”端卿奏道：“臣自少读书，**内典**（佛经）也颇知。”神宗道：“卿既通内典，赐卿法名‘了元’，号‘佛印’，就于御前披剃为僧。”那谢端卿的学问，与东坡肩上肩下，他为应举到京，指望一举成名，建功立业，如何肯做和尚！常言道“王言如天语”，违背圣旨，罪该万死。今日玉音吩咐，如何敢说我是假充的侍者，不愿为僧？心下十万分不乐，一时出于无奈，只得叩头谢恩。

当下主僧引端卿重来正殿，参见了如来，然后引至御前，如法披剃。钦赐紫罗袈裟一领，随驾礼部官取羊皮**度牒**（唐宋时官府发给出家僧尼的凭证）一道，中书房填写佛印法名及生身籍贯，奏旨披剃年月，付端卿受领。端卿披了袈裟，紫气腾腾，分明是一尊肉身罗汉，手捧度牒，重复叩头谢恩。神宗道：“卿既为僧，即委卿协理斋事。异日精严戒律，便可作本寺主持。勿得玷辱宗门，有负朕意。”说罢起驾。东坡和众僧于寺门之外跪送过了，依然来做斋事，不在话下。

从此阁起端卿名字，只称佛印。众人都称为印公。为他是钦赐剃度，好生敬重。原来故宋时最以剃度为重，每度牒一张，要费得千贯钱财方得到手。今日端卿不费分文，得了度牒为僧。若是个真侍者，岂不是千古奇逢，万分欢喜？只为

佛印弄假成真，非出本心，一时勉强出家，有好几时气闷不过。后来只在相国寺翻经转藏，精通佛理，把功名富贵之想，化作清净无为之业。他原是个明悟禅师转世，根气不同，所以出儒入墨，如**洪炉点雪**（大火炉里放进一点雪，马上就会融化。比喻领悟极快）。东坡学士他是个用世之人，识见各别。他道："谢端卿本为上京赴举，我带他到大相国寺，教他假充侍者，瞻仰天颜，遂尔披剃为僧，却不是我连累了他？他今在空门枯淡，必有恨我之意。虽然他戒律精严，只恐体面上矜持，心中不能无动。"每每于语言之间，微微挑逗。谁知佛印心冷如冰，口坚如铁，全不见丝毫**走作**（走样，变样。方言）。东坡只是不信。后来**东坡为吟诗触犯了时相**（指乌台诗案。苏东坡因反对王安石变法被打入大牢），连遭谪贬。到哲宗皇帝元祐年间，复召为翰林学士。其时佛印游方转来，仍在相国寺挂锡，年力尚壮。东坡一见，想起初年披剃之事，遂劝佛印："若肯还俗出仕，下官当力荐清职。"佛印哪里肯依！东坡遂嘲之曰："不毒不秃，不秃不毒。转毒转秃，转秃转毒。"佛印笑而不答。

那一日，仲春天气，学士正在府中闲坐，只见院子来报："佛印禅师在门首。"学士听得，教请入来。须臾之间，佛印入到堂上。见学士叙礼毕，教院子点将茶来。茶罢，学士便令院子于后园中洒扫亭轩，邀佛印同到园中，去一座相近后堂的亭子坐定。院子安排酒果肴馔之类。排完，使院子斟酒。二人对酌，酒至三巡，学士道："筵中无乐，不成欢笑。下官家中有一乐童，令歌数曲，以助筵前之乐。"道罢，便令院子传言入堂内去。不多时，佛印蓦然耳内听得有人唱词，真个唱得好！

> 声清韵美，纷纷尘落雕梁；字正腔真，拂拂风生绮席。若上苑流莺巧啭，似丹山彩凤和鸣。词歌白雪阳春，曲唱清风明月。

佛印听至曲终，道："奇哉！**韩娥**（相传为战国时期的善歌者。《列子·汤问》称其歌声"余音绕梁，三日不绝"）之吟，**秦青**（相传为战国时期的善歌者。《列子·汤问》称其歌声"响遏行云"）之词，虽不遏住行云，也解梁尘扑簌。"东坡道："吾师何不留一佳作？"佛印道："请乞纸笔。"学士遂令院子取将文房四宝，放在面前。佛印口中不道，心下自言："唱却十分唱得好了，却不知人物生得如何？"遂拈起笔来，做一词，词名《西江月》：

> 窄地重重帘幕，临风小小亭轩。绿窗朱户映婵娟，忽听歌讴宛转。
> 既是耳根有分，因何眼界无缘？分明咫尺遇神仙，隔个绣帘不见。

佛印写罢，学士大笑曰："吾师之词，所恨不见。"令院子向前把那帘子只一卷，卷起一半。佛印打一看时，只见那女孩儿半截露出那一双弯弯小脚儿。佛印口中不道，心下思量："虽是卷帘已半，奈帘钩低下，终不见她生得如何。"学士道："吾师既是见了，何惜一词。"佛印见说，便拈起笔来，又做一词，词名《品字令》：

> 觑着脚，想腰肢如削。歌罢遏云声，怎得向掌中托。　醉眼不如归去，强吧身心**虚霍**（虚耗）。几回欲待去掀帘，犹恐主人恶。

佛印意不尽，又做四句诗道：

> 只闻檀板与歌讴，不见如花似玉眸。
> 焉得好风从地起，倒垂帘卷上金钩。

佛印吟诗罢，东坡大笑。教左右卷上绣帘，唤出那女孩儿，从里面走出来，

看着佛印，道了个深深万福。那女孩儿端端正正，整容敛袂，立于亭前。佛印把眼一觑，不但唱得好，真个生得好！但见：

娥眉淡扫，莲脸微匀。轻盈真物外之仙，雅淡有天然之态。衣染鲛绡。手持象板，呈露笋指尖长；足步金莲，行动凤鞋弓小。临溪双洛浦（指洛水女神），对月两嫦娥。好好好，好如天上女；强强强，强似月中仙。

东坡唤院子斟酒，叫那女孩儿近前来，“与吾师把盏。”学士道：“此女小字琴娘，自幼在于府中，善知音乐，能抚七弦之琴，会晓六艺之事。吾师今日既见，何惜佳作？”佛印当时已自八分带酒，言称“告回”。琴娘曰：“禅师且坐，再饮几杯。”佛印见学士所说，便拿起笔来，又写一词，词名《蝶恋花》：

执板娇娘留客住，初整金钗，十指尖尖露。歌断一声天外去，清音已遏行云住。　　耳有姻缘能听事，眼见姻缘，便得当前觑。眼耳姻缘都已是，姻缘别有知何处？

佛印写罢，东坡见了大喜。便唤琴娘就唱此词劝酒，再饮数杯。佛印大醉，不知词中语失。

天色已晚，学士遂令院子扶入书院内，安排和尚睡了。学士心中暗想：“我一向要劝这和尚还俗出仕，他未肯统口（松口，改口）。趁他今日有调戏琴娘之意，若得他与这小妮子得手时，便是出家不了。那时拿定他破绽，定要他还俗，何怕他不从！好计，好计！”即唤琴娘到于面前道：“你省得那和尚做的词中意？后两句道：‘眼耳姻缘都已是，姻缘别有知何处？’这和尚不是好人，其中有爱慕你之心。你可今夜到书院相伴和尚就寝，须要了事，可讨执照（凭证）来。我明日赏你三千贯，作房奁之资。我与你主张，教你出嫁良人。如不了事，明日唤管家婆来，把你决竹篦二十，逐出府门！”

琴娘听罢，唬得颤作一团，道：“领东人钧旨。”离了房中，轻移莲步，怀着羞脸，径来到书院内。佛印已自大醉，昏迷不醒，睡在凉床之上，壁上灯尚明。琴娘无计奈何，坐在和尚身边，用尖尖玉手去摇那和尚时，一似蜻蜓摇石柱，蝼蚁撼太山。和尚鼻息如雷，哪里摇得觉！

话休絮烦。自初更摇起，只要守和尚醒省觉，直守到五更，也不醒。那琴娘心中好慌，不觉两眼泪下，自思量道：“倘或今夜不了得事，明日乞二十竹篦，逐出府门，却是怎的好？”争奈和尚大醉，不了得事。琴娘弹眼泪，却好弹在佛印脸上。只见那佛印飒然惊觉，闪开眼来，壁上灯尚明。去那灯光之下，只见一个如花似玉女子，坐在身边。佛印大惊道：“你是谁家女子，深夜至此，有何理说？”

琴娘见问，且惊且喜，揣着羞脸，道个万福道：“贱妾乃日间唱曲之琴娘也。听得禅师词中有爱慕贱妾之心，故夤夜前来，无人知觉。欲与吾师效云雨之欢，万乞勿拒则个！”佛印听说罢，大惊曰：“娘子差矣！贫僧夜来感蒙学士见爱，置酒管待，乘醉乱道，此词岂有他意。娘子可速回，倘有外人见之，无丝有线，吾这清德一旦休矣。”琴娘听罢，哪里肯去。佛印见琴娘只管尤殢（tì，滞留，纠缠）不肯去，便道：“是了！是了！此必是学士教你苦难我来！吾修行数年，止以诗酒自娱，岂有尘心俗意。你若实对我说，我有救你之心。如是不从，别无区处。”琴娘见佛印如此说罢，眼中垂泪道：“此果是学士使我来。如是吾师肯从贱妾云雨之欢，明

日赏钱三千贯，出嫁良人。如吾师不从，明日唤管家婆决竹篦二十，逐出府门。望吾师周全救我。”道罢，深深便拜。

佛印听罢，呵呵大笑，便道：“你休烦恼，我救你。”遂去书袋内，取出一副纸，有见成文房四宝在桌上，佛印捻起笔来，做了一支词，名《浪淘沙》：

昨夜遇神仙，也是姻缘。分明醉里亦如然。睡觉来时浑是梦，却在身边。　　此事怎生言？岂敢相怜！不曾抚动一条弦。传与东坡苏学士，触处封全。

佛印写了，意不尽，又做了四句诗：

传与巫山窈窕娘，休将魂梦恼襄王。
禅心已作沾泥絮，不逐东风上下狂。

当下琴娘得了此词，径回堂中呈上学士。学士看罢，大喜，自到书院中，见佛印盘膝坐在椅上。东坡道：“善哉！善哉！真禅僧也！”亦赏琴娘三百贯钱，择嫁良人。东坡自此将佛印愈加敬重，遂为入幕之宾。虽妻妾在旁，并不回避。佛印时时把佛理晓悟东坡，东坡渐渐信心。后来东坡临终不乱，相传已证正果，至今人犹唤为坡仙，多得佛印点化之力。有诗为证：

东坡不能化佛印，佛印反得化东坡。
若非佛力无边大，那得慈航渡爱河！

## 第十三卷　勘皮靴单证二郎神

柳色初浓，余寒似水，纤雨如尘。一阵东风，縠纹微皱，碧波粼粼。仙娥花月精神，奏凤管鸾箫斗新。万岁声中，天霞杯内，长醉芳春。

这首词调寄《柳梢青》，乃故宋时一个学士所作。单表北宋太祖开基，传至第八代天子，庙号徽宗，便是神霄玉府虚净宣和羽士道君皇帝。这朝天子，乃是江南李氏后主转生。父皇神宗天子，一日在内殿看玩历代帝王图像，见李后主风神体态，有蝉脱秽浊、神游八极之表，再三赞叹。后来便梦见李后主投身入宫，遂诞生道君皇帝。少时封为端王。从小风流俊雅，无所不能。后因哥哥哲宗天子上仙，群臣扶立端王为天子。即位之后，海内乂安，朝廷无事，道君皇帝颇留意苑囿。宣和元年，遂即京城东北隅，大兴工役，凿池筑囿，号寿山银岳。命宦官梁师成董（管理）其事。又命朱勔取三吴二浙三川两广珍异花木、瑰奇竹石以进，号曰“花石纲”。竭府库之积聚，萃天下之伎巧，凡数载而始成。又号为“万岁山”。奇花美木，珍禽异兽，充满其中。飞楼杰观，雄伟瑰丽，不可胜言。内有玉华殿、保和殿、瑶林殿、大宁阁、天真阁、妙有阁、层峦阁、琳霄亭、骞凤垂云亭，说不尽许多景致。时许侍臣蔡京、王黼（fǔ）、高俅、童贯、杨戬、梁师成纵步游赏。时号“宣和六贼”。有诗为证：

琼瑶错落密成林，竹桧交加尔有阴。

恩许尘凡时纵步，不知身在五云深。

单说保和殿西南，有一坐玉真轩，乃是官家第一个宠幸安妃娘娘妆阁，极是造得华丽。金铺（大门上用来衔门环的金属底座，一般为兽形或龙蛇形）屈曲（盘绕），玉槛玲珑，映彻辉煌，心目俱夺。时侍臣蔡京等，赐宴至此，留题殿壁。有诗为证：

保和新殿丽秋辉，诏许尘凡到绮闱。

雅宴酒酣添逸兴，玉真轩内看安妃。

不说安妃娘娘宠冠六宫。单说内中有一位夫人，姓韩，名玉翘，妙选入宫，年方及笄。玉佩敲磬，罗裙曳云。体欺皓雪之容光，脸夺芙蓉之娇艳。只因安妃娘娘三千宠爱偏在一身，韩夫人不沾雨露之恩。时值春光明媚，景色撩人，未免恨起红茵，寒生翠被。月到瑶阶，愁莫听其凤管；虫吟粉壁，怨不寐于鸳衾。既厌晓妆，渐融春思，长吁短叹，看看惹下一场病来。有词为证：

任东风老去，吹不断泪盈盈。记春浅春深，春寒春暖，春雨春晴，都断送佳人命。落花无定挽春心。芳草犹迷舞蝶，绿杨空语流莺。　　玄霜着意捣初成，回首失云英。但如醉如痴，如狂如舞，如梦如惊。香魂至今迷恋，问真仙消息最分明。几夜相逢何处，清风明月蓬瀛。

渐渐香消玉减，柳颦（同“颦”，皱眉）花困，太医院诊脉，吃下药去，如水浇石一般。忽一日，道君皇帝在于便殿，敕唤殿前太尉杨戬前来，天语传宣道：“此位内家，原是卿所进奉。今着卿领去，到府中将息病体。等得痊安，再许进宫未迟。仍着光禄寺每日送膳，太医院伺候用药，略有起色，即便奏来。”当下杨戬叩头领命，即着官身私身搬运韩夫人宫中箱笼装奁，一应动用什物器皿，用暖舆抬了韩夫人，随身带得养娘二人，侍儿二人，一行人簇拥着，都到杨太尉府中。太尉先去对自己夫人说知，出厅迎接。便将一宅分为两院，收拾西园与韩夫人居住，门上用锁封着，只许太医及内家人役往来。太尉夫妻二人，日往候安一次。闲时就封闭了门，门旁留一转桶，传递饮食、消息。正是：

映阶碧草自春色，隔叶黄鹂空好音。

将及两月，渐觉容颜如旧，饮食稍加。太尉夫妻好生欢喜，排下酒席，一当起病，一当送行。当日酒至五巡，食供两套，太尉夫妇开言道：“且喜得夫人贵体无事，万千之喜。旦晚奏过官里，选日入宫，未知夫人意下何如？”韩夫人叉手告太尉、夫人道：“氏儿不幸，惹下一天愁绪，卧病两月，才得小可。再要于此宽住几时，伏乞太尉、夫人方便，且未要奏知官里。只是在此打搅，深为不便。氏儿别有重报，不敢有忘。”太尉、夫人只得应允。

过了两月，却是韩夫人设酒还席。叫下一名说评话的先生，说了几回书。节次说及唐朝宣宗宫内，也是一个韩夫人，为因不沾雨露之恩，思量无计奈何，偶向红叶上题诗一首，流出御沟。诗曰：

流水何太急？深宫尽日闲。

殷勤谢红叶，好去到人间。

却得外面一个应试官人，名唤于佑，拾了红叶，就和诗一首，也从御沟中流将进去。后来那官人一举成名，天子体知此事，却把韩夫人嫁与于佑，夫妻百年偕老而终。这里韩夫人听到此处，蓦上心来，忽地叹一口气，口中不语，

心下寻思："若得奴家如此侥幸，也不枉了为人一世！"当下席散，收拾回房。睡至半夜，便觉头痛眼热，四肢无力，遍身不疼不痒，无明（佛家指不通达真理与不能明白理解事相或道理之精神状态）业火（佛教谓恶业害身如火）熬煎，依然病倒。这一场病，比前更加沉重。正是：

屋漏更遭连夜雨，船迟更遇打头风。

太尉夫人早来候安，对韩夫人说道："早是不曾奏过官里，宣取入宫。夫人既到此地，且是放开怀抱，安心调理。且未要把入宫一节，记挂在心。"韩夫人谢道："感承夫人好意，只是氏儿病入膏肓，眼见得上天远，入地便近，不能报答夫人厚恩，来生当效犬马之报。"说罢，一丝两气，好伤感人。太尉夫人甚不过意，便道："夫人休如此说。自古吉人天相，眼下凶星退度，自然贵体无事。但说起来，吃药既不见效，枉淘坏了身子。不知夫人平日在宫，可有甚愿心未经答谢？或者神明见责，也不可知。"韩夫人说道："氏儿入宫以来，每日愁绪萦丝，有甚心情许下愿心。但今日病势如此，既然吃药无功，不知此处有何神圣，祈祷极灵，氏儿便对天许下愿心。若得平安无事，自当拜还。"太尉夫人说道："告夫人得知，此间北极佑圣真君，与那清源妙道二郎神，极是灵应。夫人何不设了香案，亲口许下保安愿心。待得平安，奴家情愿陪夫人去赛神（祭神）答礼。未知夫人意下何如。"韩夫人点头应允。侍儿们即取香案过来。只是不能起身，就在枕上，以手加额，祷告道："氏儿韩氏，早年入宫，未蒙圣眷，惹下业缘病症，寄居杨府。若得神灵庇护，保佑氏儿身体康健，情愿绣下长幡二首，外加礼物，亲诣庙廷，顶礼酬谢。"当下太尉夫人也拈香在手，替韩夫人祷告一回，作别，不提。

可霎作怪，自从许下愿心，韩夫人渐渐平安无事。将息至一月之后，端然好了。太尉夫妇不胜之喜，又设酒起病。太尉夫人对韩夫人说道："果然是神道有灵，胜如服药万倍。却是不可昧心，负了所许之物。"韩夫人道："氏儿怎敢负心！目下绣了长幡，还要屈夫人同去，了还心愿。未知夫人意下如何？"太尉夫人答道："当得奉陪。"当日席散，韩夫人取出若干物事，制办赛神礼物，绣下四首长幡。自古道得好："火到猪头烂，钱到公事办。"凭你世间稀奇作怪的东西，有了钱，哪一件不做出来。不消几日，绣就长幡，用根竹竿叉起，果然是光彩夺目。选了吉日良时，打点信香礼物，官身私身，簇拥着两个夫人，先到北极佑圣真君庙中。庙官知是杨府钧眷，慌忙迎接至殿上，宣读疏文，挂起长幡。韩夫人叩齿礼拜。拜毕，左右两廊游遍，庙官献茶。夫人吩咐当道的赏了些银两，上了轿簇拥回来。一宿晚景不提。明早又起身，到二郎神庙中，却惹出一段蹊跷作怪的事来。正是：

情知语是钩和线，从前钓出是非来。

话休烦絮。当下一行人到得庙中，庙官接见，宣疏拈香礼毕。却好太尉夫人走过一壁厢，韩夫人向前轻轻将指头挑起销金黄罗帐幔来，定睛一看，不看时万事全休，看了时，吃那一惊不小！但见：

头裹金花幞头，身穿赭衣绣袍，腰系蓝田玉带，足登飞凤乌靴。
虽然土木形骸，却也丰神俊雅，明眸皓齿，但少一口气儿，说出话来。

当下韩夫人一见，目眩心摇，不觉口里悠悠扬扬，漏出一句俏语低声的话

来："若是氏儿前程远大，只愿将来嫁得一个丈夫，恰似尊神模样一般，也足称生平之愿。"话犹未了，恰好太尉夫人走过来，说道："夫人，你却在此祷告什么？"韩夫人慌忙转口道："氏儿并不曾说什么。"太尉夫人再也不来盘问。游玩至晚归家，各自安歇不题。正是：

要知心腹事，但听口中言。

却说韩夫人到了房中，卸去冠服，挽就乌云，穿上便服，手托香腮，默默无言，心心念念，只是想着二郎神模样。蓦然计上心来，吩咐侍儿们端正香案，到花园中人静处，对天祷告："若是氏儿前程远大，将来嫁得一个丈夫，好像二郎尊神模样，煞强似入宫之时，受千般凄苦，万种愁思。"说罢，不觉纷纷珠泪滚下腮边。拜了又祝，祝了又拜。分明是痴想妄想，不道有这般巧事！韩夫人再三祷告已毕，正待收拾回房，只听得万花深处，一声响亮，见一尊神道，立在夫人面前。但见：

龙眉凤目，皓齿鲜唇，飘飘有出尘之姿，冉冉有惊人之貌。若非阆苑瀛洲客，便是餐霞吸露人。

仔细看时，正比庙中所塑二郎神模样，不差分毫来去。手执一张弹弓，又像张仙（民间供奉的吉祥神，据说能够让信奉他的人得子）送子一般。韩夫人又惊又喜。惊的是天神降临，未知是祸是福；喜的是神道欢容笑口，又见他说出话来。便向前端端正正道个万福，启朱唇，露玉齿，告道："既蒙尊神下降，请到房中，容氏儿展敬。"当时二郎神笑吟吟同夫人入房，安然坐下。夫人起居（问候）已毕，侍立在前。二郎神道："早蒙夫人厚礼。今者小神偶然闲步碧落（道教语，指东方第一层天。泛指天上，仙境）之间，听得夫人祷告至诚。小神知得夫人仙风道骨，原是瑶池一会中人。只因夫人凡心未静，玉帝暂谪下尘寰，又向皇宫内苑，享尽人间富贵荣华。谪限满时，还归紫府（道教所说天府），证果非凡。"韩夫人见说，欢喜无任。又拜祷道："尊神在上：氏儿不愿入宫。若是氏儿前程远大，将来嫁得一个良人，一似尊神模样，偕老百年，也不辜负了春花秋月，说什么富贵荣华！"二郎神微微笑道："此亦何难？只恐夫人立志不坚。姻缘分定，自然千里相逢。"说毕起身，跨上槛窗，一声响亮，神道去了。韩夫人不见便罢，既然见了这般模样，真是如醉如痴，和衣上床睡了。正是：

欢娱嫌夜短，寂寞恨更长。

翻来覆去，一片春心，按捺不住。自言自语，想一回，定一回："适间尊神降临，四目相视，好不情长！怎的又瞥然而去？想是聪明正直为神，不比尘凡心性，是我错用心机了！"又想一回道："见适间尊神丰姿态度，语笑雍容，宛然是生人一般。难道见了氏儿这般容貌，全不动情？还是我一时见不到处，放了他去？算来还该着意温存，便是铁石人儿，也告得转。今番错过，未知何日重逢！"好生摆脱不下。眼巴巴盼到天明，再做理会。及至天明，又睡着去了。直到傍午，方才起来。

当日无情无绪，巴不到晚，又去设了香案，到花园中祷告如前："若得再见尊神一面，便是三生有幸！"说话之间，忽然一声响亮，夜来二郎神又立在面前。韩夫人喜不自胜，将一天愁闷，已冰消瓦解了。即便向前施礼，对景忘怀："烦请尊神入房，氏儿别有衷情告诉。"二郎神喜滋滋堆下笑来，便携夫人手，

共入兰房。夫人起居已毕，二郎神正中坐下，夫人侍立在前。二郎神道：“夫人分有仙骨，便坐不妨。”夫人便斜身对二郎神坐下。即命侍儿安排酒果，在房中一杯两盏，看看说出衷肠话来。道不得个：

春为茶博士，酒是色媒人。

当下韩夫人解佩出湘妃之玉，开唇露**汉署之香**（鸡舌香，汉代郎官向皇帝奏事，要口含鸡舌香，使气味芳香）：“若是尊神不嫌秽亵，暂息天上征轮，少叙人间恩爱。”二郎神欣然应允，携手上床，云雨绸缪。夫人倾身陪奉，忘其所以。盘桓至五更，二郎神起身，嘱咐夫人保重，再来相看。起身穿了衣服，执了弹弓，跨上槛窗，一声响亮，便无踪影。韩夫人死心塌地，道是神仙下临，心中甚喜。只恐太尉夫妻催她入宫，只有五分病，装作七分病，间常不甚十分欢笑。每到晚来，精神炫耀，喜气生春。神道来时，三杯已过，上床云雨，至晓便去，非止一日。

忽一日，天气稍凉，道君皇帝分散合宫秋衣。偶思韩夫人，就差内侍捧了旨意，敕赐罗衣一袭，玉带一围，到于杨太尉府中。韩夫人排了香案，谢恩礼毕。内侍便道：“且喜娘娘贵体无事。圣上思忆娘娘，故遣赐罗衣玉带，就问娘娘病势已痊，须早早进宫。”韩夫人管待使臣，便道：“相烦内侍则个。氏儿病体只去得五分。全赖内侍转奏，宽限进宫，实为恩便。”内侍应道：“这个有何妨碍，圣上哪里也不少娘娘一个人。入宫时，只说娘娘尚未全好，还须耐心保重便了。”韩夫人谢了，内侍作别不题。

到得晚间，二郎神到来，对韩夫人说道：“且喜圣上宠眷未衰，所赐罗衣玉带，便可借观。”夫人道：“尊神何以知之？”二郎神道：“小神坐观天下，立见四方。谅此区区小事，岂有不知之理？”夫人听说，便一发将出来看。二郎神道：“大凡世间宝物，不可独享。小神缺少围腰玉带，若是夫人肯舍施时，便完成善果。”夫人便道：“氏儿一身已属尊神，缘分非浅。若要玉带，但凭尊神将去。”二郎神谢了，上床欢会。未至五更便起身，手执弹弓，拿了玉带，跨上槛窗，一声响亮，依然去了。却不道是：

若要人不知，除非己莫为。

韩夫人与太尉居止，虽是一宅分为两院，却因是内家内人，早晚愈加提防。府堂深稳，料然无闲杂人辄敢擅入。但近日来常见西园彻夜有火，唧唧哝哝，似有人声息。又见韩夫人精神旺相，喜容可掬。太尉再三踌蹰，便对自己夫人说道：“你见韩夫人有些破绽出来么？”太尉夫人说道：“我也有些疑影，只是府中门禁甚严，决无此事，所以坦然不疑。今者太尉既如此说，有何难哉。且到晚间，着精细家人，从屋上扒去，打探消息，便有分晓，也不要错怪了人。”太尉便道：“言之有理！”当下便唤两个精细家人，吩咐他如此如此，教他：“不要从门内进去，只把摘花梯子，倚在墙外，待人静时，直扒去韩夫人卧房，看她动静，即来报知。此事非同小可的勾当，须要小心在意！”二人领命去了，太尉立等他回报。

不消两个时辰，二人打看得韩夫人房内这般这般，便教太尉屏去左右，方才将所见韩夫人房内坐着一人说话饮酒，“夫人口口声声称是尊神，小人也仔细想来，府中墙垣又高，防闲又密，就有歹人，插翅也飞不进。或者真个是神道也未见得。”太尉听说，吃那一惊不小，叫道：“怪哉！果然有这等事！你二人

休得说谎，此事非同小可。”二人答道：“小人并无半句虚谬。”太尉便道：“此事只许你知我知，不可泄漏了消息！”二人领命去了。太尉转身对夫人一一说知：“虽然如此，只是我眼见为真。我明晚须亲自去打探一番，便看神道怎生模样。”

挨至次日晚间，太尉复唤过昨夜打探二人来，吩咐道：“你两人着一个同我过去，着一人在此伺候，休教一人知道。”吩咐已毕，太尉便同一人过去，捏脚捏手，轻轻走到韩夫人窗前，向窗眼内把眼一张，果然是房中坐着一尊神道，与二人说不差。便待声张起来，又恐难得脱身。只得忍气吞声，依旧过来，吩咐二人休要与人胡说。转入房中，对夫人说个就里（内情）：“此乃必是韩夫人少年情性，把不住心猿意马，便遇着邪神魍魉，在此污淫天眷。决不是凡人的勾当，便须请法官（指道士）调治。你须先去对韩夫人说出缘由，待我自去请法官便了。”

夫人领命。明早起身，到西园来，韩夫人接见。坐定，茶汤已过，太尉夫人屏去左右，对面论心，便道：“有一句话要对夫人说知。夫人每夜房中，却是与何人说话，唧唧哝哝，有些风声，吹至我耳朵里。只是此事非同小可，夫人须一一说知，不要隐瞒则个。”韩夫人听说，满面通红，便道：“氏儿夜间房中并没有人说话，只氏儿与养娘们闲话消遣，却有甚人到来这里！”太尉夫人听说，便把太尉夜来所见模样，一一说过。韩夫人吓得目睁口呆，罔知所措。太尉夫人再三安慰道：“夫人休要吃惊！太尉已去请法官到来作用，便见他是人是鬼。只是夫人到晚间，务要陪个小心，休要害怕！”说罢，太尉夫人自去，韩夫人倒捏着两把汗。

看看至晚，二郎神却早来了。但是他来时，那弹弓紧紧不离左右。却说这里太尉请下灵济宫林真人手下的徒弟，有名的王法官，已在前厅作法。比至黄昏，有人来报：“神道来了！”法官披衣仗剑，昂然而入，直至韩夫人房前，大踏步进去，大喝一声：“你是何妖邪？却敢淫污天眷！不要走，吃吾一剑！”二郎神不慌不忙，便道：“不得无礼！”但见：

左手如托泰山，右手如抱婴孩，弓开如满月，弹发似流星。

当下一弹弓，正中王法官额角上，流出鲜血来，霍地往后便倒，宝剑丢在一边。众人慌忙向前扶起，往前厅去了。那神道也跨上槛窗，一声响亮，早已不见。当时却是怎的结果？正是：

说开天地怕，道破鬼神惊。

却说韩夫人见二郎神打退了法官，一发道是真仙下降，愈加放心，再也不慌。

且说太尉已知法官不济，只得到赔些将息钱，送他出门。又去请得五岳观潘道士来。那潘道士专一行持五雷天心正法，再不苟且，又且足智多谋。一闻太尉呼唤，便来相见，太尉免不得将前事一一说知。潘道士便道：“先着人引领小道到西园，看他出没去处，但知是人是鬼。”太尉道：“说得有理。”当时潘道士别了太尉，先到西园韩夫人卧房，上上下下，看了一会。又请出韩夫人来拜见了，看了她气色。转身对太尉说：“太尉在上，小道看起来，韩夫人面上部位气色，并无鬼祟相侵。只是一个会妖法的人做作，小道自有处置。也不用书符咒水、打鼓摇铃，待他来时，小道瓮中捉鳖，手到拿来。只怕他识破局面，再也不来，却是无可奈何。”太尉道：“若得他再也不来，便是干净了。我师且留在此，闲话片时则个。”

说话的，若是这厮识局知趣，见机而作，恰是断线鹞子，一般再也不来，落得先前受用了一番，且又完名全节，再去别处利市，有何不美？却不道是：得意之事，不可再作，得便宜处，不可再往。

却说那二郎神毕竟不知是人是鬼。却只是他尝了甜头，不达时务，到那日晚间，依然又来。韩夫人说道："夜来氏儿一些不知，冒犯尊神。且喜尊神无事，切休见责。"二郎神道："我是上界真仙，只为与夫人仙缘有分，早晚要度夫人脱胎换骨，白日飞升。叵耐这蠢物！便有千军万马，怎的近得我！"韩夫人愈加钦敬，欢好倍常。

却说早有人报知太尉，太尉便对潘道士说知。潘道士禀知太尉，低低吩咐一个养娘，教她只以服事为名，先去偷了弹弓，教他无计可施。养娘去了。潘道士结束得身上紧簇，也不披法衣，也不仗宝剑，讨了一根齐眉短棍，只教两个从人，远远把火照着，吩咐道："若是你们怕他弹子来时，预先躲过，让我自去，看他弹子近得我么！"二人都暗笑道："看他说嘴！少不得也中他一弹。"

却说养娘先去，以服事为名，挨挨擦擦，渐近神道身边。正与韩夫人交杯换盏，不提防她偷了弹弓，藏过一壁厢。这里从人引领潘道士到得门前，便道："此间便是。"丢下法官，三步做两步，躲开去了。

却说潘道士掀开帘子，纵目一观，见那神道安坐在上。大喝一声，舞起棍来，**匹头匹脑**（劈头劈脑），一径打去。二郎神急急取那弹弓时，再也不见。只叫得一声："中计！"连忙退去，跨上槛窗。说时迟，那时快，潘道士一棍打着二郎神后腿，却打落一件物事来！那二郎神一声响亮，依然向万花深处去了。潘道士便拾起这物事来，向灯光下一看，却是一只四缝乌皮皂靴。且将去禀复太尉道："小道看来，定然是个妖人做作，不干二郎神之事。却是怎的拿他便好？"太尉道："有劳吾师，且自请回。我这里别有措置，自行体访。"当下酬谢了潘道士去了，结过一边。

太尉自打轿到蔡太师府中，直至书院里，告诉道如此如此，这般这般。"终不成恁地便罢了！也须吃那厮耻笑，不成模样！"太师道："有何难哉！即今着落开封府滕大尹领这靴去作眼，差眼明手快的公人，务要体访下落，正法施行！"太尉道："谢太师指教。"太师道："你且坐下。"即命府中张干办火速去请开封府滕大尹到来。起居拜毕，屏去人从，太师与太尉齐声说道："帝辇之下，怎容得这等人在此做作！大尹须小心在意，不可怠慢。此是非同小可的勾当，且休要打草惊蛇，吃他走了！"大尹听说，吓得面色如土，连忙答道："这事都在下官身上。"领了皮靴，作别回衙。即便升厅，叫那当日缉捕使臣王观察过来，喝退左右，将上项事细说了一遍。"与你三日限，要捉这个杨府中做不是的人来见我。休要大惊小怪，仔细体察，重重有赏。不然，罪责不小！"说罢，退厅。王观察领了这靴，将至使臣房里，唤集许多做公人，叹了一口气，只见：

眉头搭上双横锁，腹内新添万斛愁。

却有一个三都捉事使臣，姓冉，名贵，唤作冉大。极有机变，不知替王观察捉了几多疑难公事，王观察极是爱他。当日冉贵见观察眉头不展，面带忧容，再也不来答扰，只管南天北地，七十三、八十四说开了去。王观察见他们全不在意，便向怀中取出那皮靴向桌上一丢，便道："我们苦杀是做公人！世上有这

等糊涂官府。这皮靴又不会说话，却限我三日之内，要捉这个穿皮靴在杨府中做不是的人来！你们众人道是好笑么？”众人轮流将皮靴看了一会，到冉贵面前，冉贵也不睬，只说：“难！难！难！官府真个糊涂。观察，怪不得你烦恼！”那王观察不提便罢，听了之时，说道：“冉大，你也只管说道难，这桩事便恁地干休罢了？却不难为了区区小子，如何回得大尹的说话？你们众人都在这房里撰过钱来使的，却说是难！难！难！”众人也都道：“贼情公事还有些捉摸。既然晓得他是妖人，怎的近得他？若是近得他，前日潘道士也捉够多时了。他也无计奈何，只打得他一只靴下来。不想我们晦气，撞着这场没头脑的官司，却是真个没捉处！”当下王观察先前只有五分烦恼，听得这篇言语，句句说得有道理，更添上十分烦恼。

只见那冉贵不慌不忙，对观察道：“观察且休要输了锐气。料他也只是一个人，没有三头六臂，只要寻他些破绽出来，便有分晓。”即将这皮靴翻来覆去，不落手看了一回。众人都笑起来，说道：“冉大！又来了，这只靴又不是一件稀奇作怪，眼中少见的东西，止无过皮儿染皂的，线儿扣缝的，蓝布吊里的，加上楦头，喷口水儿，弄得紧绷绷好看的。”冉贵却也不来兜揽（招揽，这里指理会），向灯下细细看那靴时，却是四条缝，缝得甚是紧密。看至靴尖，那一条缝略有些走线。冉贵偶然将小指头拨一拨，拨断了两股线，那皮就有些撬起来。向灯下照照里面时，却是蓝布托里。仔细一看，只见蓝布上有一条白纸条儿，便伸两个指头进去一扯，扯出纸条。仔细看时，不看时万事全休，看了时，却如半夜里拾金宝的一般。那王观察一见，也便喜从天降，笑逐颜开。众上争上前看时，那纸条上面却写着：“宣和三年三月五日铺户任一郎造。”观察对冉大道：“今岁是宣和四年。眼见得做这靴时，不上二年光景。只捉了任一郎，这事便有七分。”冉贵道：“如今且不要惊了他，待到天明，着两个人去，只说大尹叫他做生活，将来一索捆翻，不怕他不招。”观察道：“道你终是有些见识！”

当下众人吃了一夜酒，一个也不敢散。看看天晓，飞也似差两个人捉任一郎。不消两个时辰，将任一郎赚到使臣房里，翻转了面皮，一索捆番：“这厮大胆，做得好事！”把那任一郎吓了一跳，告道：“有事便好好说！却是我得何罪，便来捆我？”王观察道：“还有甚说！这靴儿可不是你店中出来的？”任一郎接着靴，仔细看了一看：“告观察，这靴儿委是男女做的。却有一个缘故：我家开下铺时，或是官员府中定制的，或是使客往来带出去的，家里都有一本坐簿，上面明写着某年某月某府中差某干办来定制做造。就是皮靴里面，也有一条纸条儿，字号与坐簿上一般的。观察不信，只消割开这靴，取出纸条儿来看，便知端的。”

王观察见他说着海底明（底细，根源），便道：“这厮老实，放了他好好与他讲。”当下放了任一郎，便道：“一郎休怪，这是上司差遣，不得不如此。”就将纸条儿与他看。任一郎看了道：“观察，不打紧！休说是一两年间做的，就是四五年前做的，坐簿还在家中。却着人同去取来对看，便有分晓。”当时又差两个人，跟了任一郎，脚不点地，到家中取了簿子，到得使臣房里。王观察亲自从头检看，看至三年三月五日，与纸条儿上字号对照相同。看时，吃了一惊，做声不得！却是蔡太师府中张干办来定制的。王观察便带了任一郎，取了皂靴，

执了坐簿，火速到府厅回话。此是大尹立等的勾当，即便出至公堂。王观察将上项事说了一遍，又将簿子呈上，将这纸条儿亲自与大尹对照相同。大尹吃了一惊：“原来如此！”当下半疑不信，沉吟了一会，开口道：“恁地时，不干任一郎事，且放他去！”任一郎磕头谢了自去。大尹又唤转来吩咐道：“放便放你，却不许说向外人知道。有人问你时，只把闲话支吾开去。你可小心记着！”任一郎答应道：“小人理会得！”欢天喜地地去了。

大尹带了王观察、冉贵二人，藏了靴儿簿子，一径打轿到杨太尉府中来。正直太尉朝罢回来，门吏报复，出厅相见。大尹便道：“此间不是说话处。”太尉便引至西偏小书院里，屏去人从，止留王观察、冉贵二人，到书房中伺候。大尹便将从前事历历说了一遍，如此如此：“却是如何处置？下官未敢擅便。”太尉看了，呆了半晌，想道：“太师国家大臣，富贵极矣，必无此事。但这只靴是他府中出来的，一定是太师亲近之人，做下此等不良之事。”商量一会，欲待将这靴到太师府中面质一番，诚恐干碍体面，取怪不便。欲待搁起不题，奈事非同小可，曾经过两次当官，又着落缉捕使臣，拿下任一郎问过，事已张扬，一时糊涂过去，他日事发，难推不知。倘圣上发怒，罪责非小。”左思右想，只得吩咐王观察、冉贵自去。也叫人看轿，着人将靴儿、簿子，藏在身边，同大尹径奔一处来。正是：

踏破铁鞋无觅处，得来全不费工夫。

当下太尉、大尹，径往蔡太师府中。门首伺候报复多时，太师叫唤入来书院中相见。起居茶汤已毕，太师曰：“这公事有些下落么？”太尉道：“这贼已有主名了，却是干碍太师面皮，不敢擅去捉他。”太师道：“此事非同小可，我却如何护短得？”太尉道：“太师便不护短，未免吃个小小惊恐。”太师道：“你且说是谁，直恁地碍难！”太尉道：“乞屏去从人，方敢胡言。”太师即时将从人赶开。太尉便开了文匣，将坐簿呈上与太师检看过了，便道：“此事须太师爷自家主裁，却不干外人之事。”太师连声道：“怪哉！怪哉！”太尉道：“此系紧要公务，休得见怪下官。”太师道：“不是怪你，却是怪这只靴来历不明。”太尉道：“簿上明写着府中张干办定做，并非谎言。”太师道：“此靴虽是张干定造，交纳过了，与他无涉。说起来，我府中冠服、衣靴、履袜等件，各自派一个养娘分掌。或是府中自制造的，或是往来馈送，一出一入的，一一开载明白，逐月缴清报数，并不紊乱。待我调查底补，便见明白。”即便着人去查那一个管靴的养娘，唤她出来。

当下将养娘唤至，手中执着一本簿子。太师问道：“这是我府中的靴儿，如何得到他人手中？即便查来。”当下养娘逐一查检，看得这靴是去年三月中，自着人制造的。到府不多几时，却有一个门生，叫作杨时，便是龟山先生，与太师极相厚的，升了近京一个知县，前来拜别。因他是道学先生，衣敝履穿，不甚齐整。太师命取圆领一袭、银带一围、京靴一双、川扇四柄，送他作嗄程。这靴正是太师送与杨知县的。果然前件开写明白，太师即便与太尉、大尹看了。二人谢罪道：“恁地又不干太师府中之事。适间言语冲撞，只因公事相逼，万望太师海涵！”太师笑道：“这是你们分内的事，职守当然，也怪你不得。只是杨龟山如何肯恁地做作？其中还有缘故。如今他任所去此不远，我潜地唤他来问个分晓。你二人且去，休说与人知道。”二人领命，作别回府不题。

太师即差干办火速去取杨知县来。往返两日，便到京中，到太师跟前。茶汤已毕，太师道："知县为民父母，却恁地这般做作，这是迷天之罪！"将上项事一一说过。杨知县欠身禀道："师相在上，某去年承师相厚恩，未及出京，在邸中忽患眼痛。左右传说，此间有个清源庙道二郎神，极是肸蚃（xī xiǎng，散布，传播，比喻灵感通微）有灵，便许下愿心，待眼痛痊安，即往拈香答礼。后来好了，到庙中烧香，却见二郎神冠服件件齐整，只脚下乌靴绽了，不甚相称。下官即将这靴舍与二郎神供养去讫。只此是真实语，知县生平不欺暗室，既读孔、孟之书，怎敢行盗跖之事，望太师详察！"太师从来晓得杨龟山是个大儒，怎肯胡做。听了这篇言语，便道："我也晓得你的名声，只是要你来时问个根由，他们才肯心服。"管待酒食。作别了，知县自去，吩咐休对外人泄漏，知县作别自去。正是：

日前不做亏心事，半夜敲门不吃惊。

太师便请过杨太尉、滕大尹过来，说开就里，便道："恁地又不干杨知县事，还着开封府用心搜捉便了。"当下大尹做声不得，仍旧领了靴儿，作别回府。唤过王观察来，吩咐道："始初有些影，如今都成画饼。你还领这靴去，宽限五日，务要捉得贼人回话！"

当下王观察领这差使，好生愁闷，便到使臣房里，对冉贵道："你看我晦气！千好万好，全仗你跟究出任一郎来。既是太师府中事体，我只道官官相护，就了其事。却如何重新又要这个人来，却不道是生菜铺中没买他处！我想起来既是杨知县舍与二郎神，只怕真个是神道一时风流兴发，也不见得。怎生地讨个证据回复大尹？"冉贵道："观察不说，我也晓得不干任一郎事，也不干蔡太师、杨知县事。若说二郎神所为，难道神道做这等亏心行当不成？一定是庙中左近妖人所为。还到庙前、庙后，打探些风声出来。捉得着，观察休欢喜；捉不着，观察也休烦恼。"观察道："说得是！"即便将靴儿与冉贵收了。

冉贵却装了一条杂货担儿，手执着一个玲珑珰琅的东西，叫作个惊闺（一种装有铃铛的小鼓，旧时卖针脂粉的小贩所用），一路摇着，径奔二郎神庙中来。歇了担儿，拈了香，低低祝告道："神明鉴察，早早保佑冉贵捉了杨府做不是的，也替神道洗清了是非。"拜罢，连讨了三个签，都是上上大吉。冉贵谢了出门，挑上担儿，庙前、庙后，转了一遭，两只眼东观西望，再也不闭。看看走至一处，独扇门儿，门旁却是半窗，门上挂一顶半新半旧斑竹帘儿，半开半掩。只听得叫声："货卖过来！"冉贵听得叫，回头看时，却是一个后生妇人。便道："告小娘子，叫小人有甚事？"妇人道："你是收买杂货的，却有一件东西在此，胡乱卖几文与小厮买嘴吃，你用得也用不得？"冉贵道："告小娘子，小人这个担儿，有名的叫作百纳仓，无有不收的，你且把出来看。"妇人便叫："小厮拖出来与公公看。"当下小厮拖出什么东西来？正是：

鹿迷秦相应难辨，蝶梦庄周未可知。

当下拖出来的，却正是一只四缝皮靴，与那前日潘道士打下来的一般无二。

冉贵暗暗喜不自胜，便告小娘子："此是不成对的东西，不值甚钱。小娘子实要许多？只是不要把话来说远了。"妇人道："胡乱卖几文钱，与小厮们买嘴吃，只凭你说罢了。只是要公道些。"冉贵便去便袋里摸一贯半钱来，便交与妇

人道："只恁地肯卖便收去了，不肯时，勉强不得。正是一物不成，两物见在。"妇人说："什么大事，再添些吧。"冉贵道："添不得。"挑了担儿就走。小厮就哭起来。妇人只得又叫转冉贵来，便道："多少添些，不打甚紧。"冉贵又去摸出二十文钱来，道："罢，罢！贵了，贵了！"取了靴儿，往担内一丢，挑了便走，心中暗喜："这事已有五分了！且莫要声张，还要细访这妇人来历，方才有下手处。"是晚，将担子寄与天津桥一个相识人家，转到使臣房里。王观察来问时，只说还没有消息。

到次日，吃了早饭，再到天津桥相识人家，取了担子，依先挑到那妇人门首。只见她门儿锁着，那妇人不在家里了。冉贵眉头一皱，计上心来。歇了担子，挨门儿看去。只见一个老汉坐着个矮凳儿，在门首将稻草打绳。冉贵陪个小心，问道："伯伯！借问一声，那左首住的小娘子，今日往哪里去了？"老汉住了手，抬头看了冉贵一看，便道："你问她怎么？"冉贵道："小子是卖杂货的，昨日将钱换那小娘子旧靴一只，一时间看不仔细，换得亏本了，特地寻她退还讨钱。"

老汉道："劝你吃亏些吧！那雌儿不是好惹的。她是二郎庙里庙官孙神通的亲表子（婊子，指娼妓或者姘妇，这里是后者）。那孙神通一身妖法，好不厉害！这旧靴一定是神道替下来，孙神通把与表子换些钱买果儿吃的。今日那雌儿往外婆家去了。她与庙官结识，非止一日。不知什么缘故，有两三个月忽然生疏，近日渐渐来往了。你若与她倒钱，定是不肯，惹毒了她，对孤老说了，就把妖术禁你，你却奈何他不得！"冉贵道："原来恁地，多谢伯伯指教！"

冉贵别了老汉，复身挑了担子，嘻嘻地喜容可掬，走回使臣房里来。王观察迎着问道："今番想得了利市了？"冉贵道："果然，你且拿出前日那只靴来我看。"王观察将靴取出，冉贵将自己换来这只靴比照一下，毫厘不差。王观察忙问道："你这靴哪里来的？"冉贵不慌不忙，数一数二，细细分剖出来："我说不干神道之事，眼见得是孙神通做下的不是，更不须疑！"王观察欢喜得没入脚处，连忙烧了利市，执杯谢了冉贵："如今怎的去捉？只怕漏了风声，那厮走了，不是要处。"冉贵道："有何难哉！明日备了三牲礼物，只说去赛神还愿。到了庙中，庙主自然出来迎接。那时掷盏为号，即便捉了，不费一些气力。"观察道："言之有理。也还该禀知大尹，方去捉人。"当下王观察禀过大尹。大尹也喜道："这是你们的勾当。只要小心在意，休教有失。我闻得妖人善能隐形遁法，可带些法物去，却是猪血、狗血、大蒜、臭屎，把他一灌，再也出豁不得！"王观察领命，便去备了法物。过了一夜，明晨早到庙中，暗地着人带了四般法物，远远伺候，捉了人时，便前来接应。吩咐已了，王观察却和冉贵换了衣服，众人簇拥将来，到殿上拈香。庙官孙神通出来接见，宣读疏文。未至四五句，冉贵在旁斟酒，把酒盏望下一掷，众人一齐动手，捉了庙官。正是：

浑似皂雕追紫燕，真如猛虎啖羊羔。

再把四般法物劈头一淋，庙官知道如此作用，随你泼天的神通，再也动弹不得。一步一棍，打到开封府中来。

府尹听得捉了妖人，即便升厅，大怒喝道："叵耐这厮！帝辇之下，辄敢大胆，兴妖作怪，淫污天眷，奸骗宝物，有何理说！"当下孙神通初时抵赖，后

来加起刑法来，料到脱身不得，只得从前一一招了。招称："自小在江湖上学得妖法，后在二郎庙出家，用钱夤缘（攀援，攀附，投机钻营）作了庙官。为因当日在庙中听见韩夫人祷告，要嫁得一个丈夫，一似二郎神模样。不合辄起奸心，假扮二郎神模样，淫污天眷，骗得玉带一条，只此是实。"大尹叫取大枷枷了，推向狱中，教禁子好生在意收管，须要请旨定夺。当下叠成文案，先去禀明了杨太尉。太尉即同到蔡太师府中商量，奏知道君皇帝。倒了圣旨下来："这断不合淫污天眷，奸骗宝物，准律凌迟处死。妻子没入官。追出原骗玉带，尚未出笏（脱手），仍归内府。韩夫人不合辄起邪心，永不许入内。就着杨太尉做主，另行改嫁良民为婚。"当下韩氏好一场惶恐，却也了却相思债，得遂平生之愿。后来嫁得一个在京开官店的远方客人，说过不带回去的。那客人两头往来，尽老百年而终。这是后话。

开封府就取出庙官孙神通来，当堂读了明断，贴起一片芦席，明写犯由，判了一个"剐"字，推出市心，加刑示众。正是：

从前做过事，没兴一齐来。

当日看的真是挨肩叠背。监斩官读了犯由，刽子叫起"恶煞都来"，一齐动手，剐了孙神通，好场热闹。原系京师老郎传流，至今编入野史。正是：

但存夫子三分礼，不犯萧何六尺条。
自古奸淫应横死，神通纵有不相饶。

## 第十四卷　闹樊楼多情周胜仙

太平时节日偏长，处处笙歌入醉乡。
闻说鸾舆且临幸，大家拭目待君王。

这四句诗乃咏御驾临幸之事。从来天子建都之处，人杰地灵，自然名山胜水，凑着赏心乐事。如唐朝便有个曲江池，宋朝便有个金明池，都有四时美景。倾城士女王孙，佳人才子，往来游玩。天子也不时驾临，与民同乐。

如今且说那大宋徽宗朝年东京金明池边，有座酒楼，唤作樊楼（宋代东京开封的大酒楼，又称白矾楼）。这酒楼有个开酒肆的范大郎，兄弟范二郎，未曾有妻室。时值春末夏初，金明池游人赏玩作乐。那范二郎因去游赏，见佳人才子如蚁。行到了茶坊里来，看见一个女孩儿，方年二九，生得花容月貌。这范二郎立地多时，细看那女子，生得：

色色易迷难拆，隐深闺，藏柳陌。足步金莲，腰肢一捻，嫩脸映桃红，香肌晕玉白。娇姿恨惹狂童，情态愁牵艳客。芙蓉帐里作鸾凰，云雨此时何处觅？原来情色都不由你。

那女子在茶坊里，四目相视，俱各有情。这女孩儿心里暗暗地喜欢，自思量道："若是我嫁得一个似这般子弟，可知好哩！今日当面错过，再来哪里去

讨？”正思量道：“如何着个道理和他说话？问他曾娶妻也不曾？”那跟来女子和奶子（奶妈），都不知许多事。你道好巧！只听得外面水桶响。女孩儿眉头一纵，计上心来，便叫：“卖水的，倾一盏甜蜜蜜的糖水来。”那人倾一盏糖水在铜盂儿里，递与那女子。那女子接得在手，才上口一呷，便把那个铜盂儿望空打一丢，便叫：“好好！你却来暗算我！你道我是兀谁？”那范二听得道：“我且听那女子说。”那女孩儿道：“我是曹门里周大郎的女儿，我的小名叫作胜仙小娘子，年一十八岁，不曾吃人暗算。你今却来算我！我是不曾嫁的女孩儿。”

这范二自思量道：“这言语跷蹊，分明是说与我听。”这卖水的道：“告小娘子！小人怎敢暗算！”女孩儿道：“如何不是暗算我？盏子里有条草。”卖水的道：“也不为利害。”女孩儿道：“你待算我喉咙。却恨我爹爹不在家里，我爹若在家，与你打官司。”奶子在旁边道：“却也叵耐这厮！”茶博士见里面闹吵，走入来道：“卖水的，你去把那水好好挑出来。”对面范二郎道：“他既过幸与我，如何我不过幸？”随即也叫：“卖水的，倾一盏甜蜜蜜糖水来。”卖水的便倾一盏糖水在手，递与范二郎。二郎接着盏子，吃一口水，也把盏子望空一丢，大叫起来道：“好好！你这个人真个要暗算人！你道我是兀谁？我哥哥是樊楼开酒店的，唤作范大郎，我便唤作范二郎，年登一十九岁，未曾吃人暗算。我射得好弩，打得好弹，兼我不曾娶浑家。”卖水的道：“你不是风（疯）！是甚意思，说与我知道？指望我与你作媒？你便告到官司，我是卖水，怎敢暗算人！”范二郎道：“你如何不暗算？我的盂儿里，也有一根草叶。”女孩儿听得，心里好欢喜。茶博士入来，推那卖水的出去。女孩儿起身来道：“俺们回去休。”看着那卖水的道：“你敢随我去？”这子弟思量道：“这话分明是教我随她去。”只因这一去，惹出一场没头脑官司。正是：

言可省时休便说，步宜留处莫胡行。

女孩儿约莫去得远了，范二郎也出茶坊，远远地望着女孩儿去。只见那女子转步，那范二郎好喜欢，直到女子住处。女孩儿入门去，又推起帘子出来望。范二郎心中越喜欢。女孩儿自入去了，范二郎在门前一似失心风的人，盘旋走来走去，直到晚方才归家。

且说女孩儿自那日归家，点心也不吃，饭也不吃，觉得身体不快。做娘的慌问迎儿道：“小娘子不曾吃甚生冷？”迎儿道：“告妈妈，不曾吃甚。”娘见女儿几日只在床上不起，走到床边问道：“我儿害甚的病？”女孩儿道：“我觉有些浑身痛，头疼，有一两声咳嗽。”周妈妈欲请医人来看女儿，争奈员外出去未归，又无男子汉在家，不敢去请。迎儿道：“隔一家有个王婆，何不请来看小娘子？她唤作‘王百会’，与人收生（接生），做针线，做媒人，又会与人看脉，知人病轻重。邻里家有些些事都浼（měi，恳托）她。”

周妈妈便令迎儿去请得王婆来。见了妈妈，妈妈说女儿从金明池走了一遍，回来就病倒的因由。王婆道：“妈妈不须说得，待老媳妇与小娘子看脉自知。”周妈妈道：“好好！”迎儿引将王婆进女儿房里。小娘子正睡哩，开眼叫声：“少礼。”王婆道：“稳便！老媳妇与小娘子看脉则个。”小娘子伸出手臂来，教王婆看了脉。道：“娘子害的是头疼浑身痛，觉得恹恹地恶心。”小娘子道：“是也。”王婆道：“是否？”小娘子道：“又有两声咳嗽。”王婆不听得万事皆休，听了道：

"这病跷蹊！如何出去走了一遭回来，却便害这般病？"王婆看着迎儿、奶子道："你们且出去，我自问小娘子则个。"迎儿和奶子自出去。王婆对着女孩儿道："老媳妇却理会得这病。"女孩儿道："婆婆，你如何理会得？"王婆道："你的病唤作心病。"女孩儿道："如何是心病？"王婆道："小娘子，莫不见了甚么人，欢喜了，却害出这病来？是也不是？"女孩儿低着头叫"没"。王婆道："小娘子实对我说，我与你做个道理，救了你性命。"

那女孩儿听得说话投机，便说出上件事来："那子弟唤作范二郎。"王婆听了道："莫不是樊楼开酒店的范二郎？"那女孩儿道："便是。"王婆道："小娘子休要烦恼。别人时老身便不认得，若说范二郎，老身认得他的哥哥、嫂嫂，不可得的好人。范二郎好个伶俐子弟，他哥哥见教我与他说亲。小娘子，我教你嫁范二郎，你要也不要？"女孩儿笑道："可知好哩！只怕我妈妈不肯。"王婆道："小娘子放心，老身自有个道理，不须烦恼。"女孩儿道："若得恁地时，重谢婆婆。"

王婆出房来，叫妈妈道："老媳妇知得小娘子病了。"妈妈道："我儿害甚么病？"王婆道："要老身说，且告三杯酒，吃了却说。"妈妈道："迎儿，安排酒来请王婆。"妈妈一头请她吃酒，一头问婆婆："我女儿害什么病？"王婆把小娘子说的话，一一说了一遍。妈妈道："如今却是如何？"王婆道："只得把小娘子嫁与范二郎。若还不肯嫁与他，这小娘子就难医。"妈妈道："我大郎不在家，须使不得。"王婆道："告妈妈，不若与小娘子下了定，等大郎归后，却作亲。且眼下救小娘子性命。"妈妈允了道："好好！怎的作个道理？"王婆道："老媳妇就去说，回来便有消息。"

王婆离了周妈妈家，取路径到樊楼来。见范大郎正在柜身里坐，王婆叫声"万福"。大郎还了礼，道："王婆婆，你来得正好！我却待使人来请你。"王婆道："不知大郎唤老媳妇做什么？"大郎道："二郎前日出去归来，晚饭也不吃，道：'身体不快。'我问他哪里去来，他道：'我去看金明池。'直至今日不起，害在床上，饮食不进。我待来请你看脉。"范大娘子出来与王婆相见了，大娘子道："请婆婆看叔叔则个。"王婆道："大郎，大娘子，不要入来，老身自问二郎这病是甚的样起。"范大郎道："好好！婆婆自去看，我不陪了。"王婆走到二郎房里，见二郎睡在床上，叫声："二郎，老媳妇在这里。"范二郎闪开眼道："王婆婆，多时不见，我性命休也！"王婆道："害甚病便休？"二郎道："觉头疼恶心，有一两声咳嗽。"王婆笑将起来。二郎道："我有病，你却笑我！"王婆道："我不笑别的，我得知你的病了。不害别病，你害曹门里周大郎女儿，是也不是？"二郎被王婆道着了，跳起来道："你如何得知？"王婆道："她家教我来说亲事。"范二郎不听得说，万事皆休；听得说，好喜欢！正是：

人逢喜信精神爽，话合心机意趣投。

当下同王婆厮赶着出来，见哥哥、嫂嫂。哥哥见兄弟出来，道："你害病却便出来？"二郎道："告哥哥，无事了也。"哥嫂好快活。王婆对范大郎道："曹门里周大郎家，特使我来说二郎亲事。"大郎欢喜。话休烦絮，两下说成了，下了定礼，都无别事。范二郎闲时不着家，从下了定，便不出门，与哥哥照管店里。

且说那女孩儿闲时不做针线，从下了定，也肯做活。两个心安意乐，只等周大郎归来做亲。三月间下定，直等到十一月间，等得周大郎归，少不得邻里

亲戚洗尘，不在话下。到次日，周妈妈与周大郎说知上件事。周大郎道："定了未？"妈妈道："定了也。"周大郎听说，双眼圆睁，看着妈妈骂道："打脊老贱人！得谁言语，擅便说亲！他高杀（好到极点）也只是个开酒店的。我女儿怕没大户人家对亲，却许着他！你倒了志气，干出这等事，也不怕人笑话！"正恁的骂妈妈，只见迎儿叫："妈妈，且进来救小娘子！"妈妈道："作甚？"迎儿道："小娘子在屏风后，不知怎的气倒在地。"慌得妈妈一步一跌，走向前来，看那女孩儿，倒在地下：

未知性命如何，先见四肢不举。

从来四肢百病，唯气最重。原来女孩儿在屏风后听得作爷的骂娘，不肯教她嫁范二郎，一口气塞上来，气倒在地。妈妈慌忙来救，被周大郎牵住，不得她救。骂道："打脊贼娘！辱门败户的小贱人，死便教她死，救她则甚？"迎儿见妈妈被周大郎牵住，自去向前，却被大郎一个漏风掌（伸开五指的巴掌）打在一壁厢。即时气倒妈妈，迎儿向前救得妈妈苏醒，妈妈大哭起来。邻舍听得周妈妈哭，都走来看。张嫂、鲍嫂、毛嫂、刁嫂，挤上一屋子。原来周大郎平昔为人不近道理，这妈妈甚是和气，邻舍都喜她。周大郎看见多人，便道："家间私事，不必相劝！"邻舍见如此说，都归去了。

妈妈看女儿时，四肢冰冷，妈妈抱着女儿哭。本是不死，因没人救，却死了。周妈妈骂周大郎："你直恁地毒害！想必你不舍得三五千贯房奁，故意把我女儿坏了性命！"周大郎听得，大怒道："你道我不舍得三五千贯房奁，这等奚落我！"周大郎走将出去。周妈妈如何不烦恼？一个观音也似女儿，又伶俐，又好针线，诸般都好，如何教她不烦恼！离不得周大郎买具棺木，八个人抬来，周妈妈见棺材进门，哭得好苦！周大郎看着妈妈道："你道我割舍不得三五千贯房奁，你那女儿房里，但有的细软，都搬在棺材里。"只就当时，叫仵作（旧时官署中检验死伤的吏役）人等入了殓，即时使人吩咐管坟园张一郎、兄弟二郎："你两个便与我砌坑子。"吩咐了毕，话休絮烦。功德水陆也不做，停留也不停留，只就来日便出丧。周妈妈教留几日，哪里拗得过来。早出了丧，埋葬已了，各人自归。

可怜三尺无情土，盖却多情年少人。

话分两头。且说当日一个后生的，年三十余岁，姓朱，名真，是个暗行（不正当行当）人。日常惯与仵作约做帮手，也会与人打坑子。那女孩儿入殓及砌坑，都用着他。这日葬了女儿回来，对着娘道："一天好事投奔我，我来日就富贵了。"娘道："我儿有甚好事？"那后生道："好笑，今日曹门里周大郎女儿死了，夫妻两个争竞道：'女孩儿是爷气死了。'斗别气，约莫有三五千贯房奁，都安在棺材里。有恁的富贵，如何不去取之？"那作娘的道："这个事却不是耍的事。又不是八棒十三的罪过（最轻的罪。宋朝的刑制，最轻的杖刑打十三下，最轻的笞刑打七下或八下），又兼你爷有样子。二十年前时，你爷去掘一家坟园，揭开棺材盖，尸首觑着你爷笑起来。你爷吃了那一惊，归来过得四五日，你爷便死了。孩儿切不可去，不是耍的事！"朱真道："娘，你不得劝我。"去床底下拖出一件物事来，把与娘看。娘道："休把出去吧！原先你爷曾把出去，使得一番便休了。"朱真道："各人命运不同。我今年算了几次命，都说我该发财，你不要阻挡我。"

你道拖出的是甚物事？原来是一个皮袋，里面盛着些挑刀斧头，一个皮灯

盏，和那盛油的罐儿，又有一领蓑衣。娘都看了，道："这蓑衣要它做甚？"朱真道："半夜使得着。"当日是十一月中旬，却恨雪下得大。那厮将蓑衣穿起，却又带一片，是十来条竹皮编成的一行，带在蓑衣后面。原来雪里有脚迹，走一步，后面竹片扒得平，不见脚迹。当晚约莫也是二更左侧，吩咐娘道："我回来时，敲门响，你便开门。"虽则京城热闹，城外空阔去处，依然冷静。况且二更时分，雪又下得大，兀谁出来。

朱真离了家，回身看后面时，没有脚迹。迤逦到周大郎坟边，到萧墙矮处，把脚跨过去。你道好巧，原来管坟的养只狗子。那狗子见个生人跳过墙来，从草窠里爬出来便叫。朱真日间备下一个油糕，里面藏了些药在内，见狗子来叫，便将油糕丢将去。那狗子见丢甚物过来，闻一闻，见香便吃了，只叫得一声，狗子倒了。朱真却走近坟边。那看坟的张二郎叫道："哥哥，狗子叫得一声，便不叫了，却不作怪！莫不有甚做不是的在这里？起去看一看。"哥哥道："那做不是的来偷我什么？"兄弟道："却才狗子大叫一声便不叫了，莫不有贼？你不起去，我自起去看一看。"那兄弟爬起来，披了衣服，执着枪在手里，出门来看。

朱真听得有人声，悄悄地把蓑衣解下，捉脚步走到一株杨柳树边。那树好大，遮得正好。却把斗笠掩着身子和腰，蹭在地下，蓑衣也放在一边。望见里面开门，张二走出门外，好冷，叫声道："畜生，做甚么叫？"那张二是睡梦里起来，被雪雹风吹，吃一惊，连忙把门关了，走入房去。叫："哥哥，真个没人。"连忙脱了衣服，把被匹头兜了道："哥哥，好冷！"哥哥道："我说没人。"约莫也是三更前后，两个说了半晌，不听得则声了。朱真道："不将辛苦意，难近世间财。"抬起身来，再把斗笠戴了，着了蓑衣，捉脚步到坟边，把刀拨开雪地。俱是日间安排下脚手，下刀挑开石板下去，到侧边端正了，除下头上斗笠，脱了蓑衣在一壁厢，去皮袋里取两个长钉，插在砖缝里，放上一个皮灯盏，竹筒里取出火种吹着了，油罐儿取油，点起那灯，把刀挑开命钉，把那盖天板丢在一壁，叫："小娘子莫怪，暂借你些个富贵，却与你做功德。"道罢，去女孩儿头上便除头面，有许多金珠首饰，尽皆取下了。只有女孩儿身上衣服，却难脱。那厮好会，去腰间解下手巾，去那女孩儿膊项上搁起，一头系在自膊项上，将那女孩儿衣服脱得赤条条的，小衣也不着。那厮**可霎**（也作"可煞"。可是）叵耐处，见那女孩儿白净身体，那厮淫心顿起，按捺不住，奸了女孩儿。你道好怪！只见女孩儿睁开眼，双手把朱真抱住。怎的出豁？正是：

曾观《前定录》，万事不由人。

原来那女儿一心牵挂着范二郎，见爷的骂娘，斗别气死了。死不多日，今番得了阳和之气，一灵儿又醒将转来。朱真吃了一惊，见那女孩儿叫声："哥哥，你是兀谁？"朱真那厮好急智，便道："姐姐，我特来救你！"女孩儿抬起身来，便理会得了。一来见身上衣服脱在一壁，二来见斧头刀仗在身边，如何不理会得。朱真欲待要杀了，却又舍不得。那女孩儿道："哥哥，你救我去见樊楼酒店范二郎，重重相谢你。"朱真心中自思，别人兀自坏钱取浑家，不能得恁的一个好女儿。救将归去，却是兀谁得之。朱真道："且不要慌，我带你家去，教你见范二郎则个。"女孩儿道："若见得范二郎，我便随你去。"

当下朱真把些衣服与女孩儿着了，收拾了金银珠翠物事，衣服包了，把灯

吹灭，倾那油入那油罐儿里，收了行头，揭起斗笠，送那女子上来。朱真也爬上来，把石头来盖得没缝，又捧些雪铺上。却教女孩儿上脊背来，把蓑衣着了，一手挽着皮袋，一手绾着金珠物事，把斗笠戴了，迤逦取路，到自家门前。把手去门上敲了两三下，那娘的知是儿子回来，放开了门。朱真进家中，娘的吃一惊道："我儿，如何尸首都驮回来？"朱真道："娘不要高声。"放下物件行头，将女孩儿入到自己卧房里面。朱真提起一把明晃晃的刀来，觑着女孩儿道："我有一件事和你商量。你若依得我时，我便将你去见范二郎。你若依不得我时，你见我这刀么？砍你作两段。"女孩儿慌道："告哥哥，不知教我依甚的事？"朱真道："第一，教你在房里不要则声；第二，不要出房门。依得我时，两三日内，说与范二郎。若不依我，杀了你！"女孩儿道："依得！依得！"朱真吩咐罢，出房去与娘说了一遍。

话休絮烦。夜间离不得伴那厮睡。一日两日，不得女孩儿出房门。那女孩儿道："你曾见范二郎么？"朱真道："见来！范二郎为你害在家里，等病好了，却来取你。"自十一月二十头日，至次年正月十五日，当日晚，朱真对着娘道："我每年只听得鳌山（元宵节用彩灯堆叠成的山，像传说中的巨鳌形状）好看，不曾去看，今日去看则个。到五更前后便归。"朱真吩咐了，自入城去看灯。

你道好巧！约莫也是更尽前后，朱真的老娘在家，只听得叫："有火！"急开门看时，是隔四五家酒店里火起，慌杀娘的，急走入来收拾。女孩儿听得，自思道："这里不走，更待何时！"走出门首，叫婆婆来收拾。娘的不知是计，入房收拾。女孩儿从热闹里便走，却不认得路。见走过的人，问道："曹门里在哪里？"人指道："前面便是。"迤逦入了门，又问人："樊楼酒店在哪里？"人说道："只在前面。"女孩儿好慌。若还前面遇见朱真，也没许多话。女孩儿迤逦走到樊楼酒店，见酒博士在门前招呼。女孩儿深深地道个万福，酒博士还了喏，道："小娘子没甚事？"女孩儿道："这里莫是樊楼？"酒博士道："这里便是。"女孩儿道："借问则个，范二郎在哪里么？"酒博士思量道："你看二郎！直引得光景上门。"酒博士道："在酒店里的便是。"女孩儿移身直到柜边，叫道："二郎万福！"范二郎不听得都休，听得叫，慌忙走下柜来，近前看时，吃了一惊。连声叫："灭！灭！"女孩儿道："二哥，我是人，你道是鬼？"范二郎如何肯信。一头叫："灭！灭！"一只手扶着凳子。却恨凳子上有许多汤桶儿，慌忙用手提起一支汤桶儿来，觑着女子脸上丢将过去。你道好巧！去那女孩儿太阳上打着，大叫一声，匹然倒地。慌杀酒保，连忙走来看时，只见女孩儿倒在地下。性命如何？正是：

　　小园昨夜东风恶，吹折江梅就地横。

酒博士看那女孩儿时，血浸着死了。范二郎口里兀自叫："灭！灭！"范大郎见上头闹吵，急走出来看了，只听得兄弟叫："灭！灭！"大郎问兄弟："如何做此事？"良久定醒。问："做甚打死她？"二郎道："哥哥，她是鬼！曹门里贩海周大郎的女儿。"大郎道："她若是鬼，须没血出。如何计结？"去酒店门前哄动有二三十人看，即时地方便入来捉范二郎。范大郎对众人道："她是曹门里周大郎的女儿，十一月已自死了。我兄弟只道她是鬼，不想是人，打杀了她。我如今也不知她是人是鬼。你们要捉我兄弟去，容我请他爷来看尸则个！"众人道："既是恁地，你快去请他来。"范大郎急急奔到曹门里周大郎门前，见个奶

子问道：“你是兀谁？”范大郎道：“樊楼酒店范大郎在这里，有些急事，说声则个。”奶子即时入去请。不多时，周大郎出来，相见罢，范大郎说了上件事，道：“敢烦认尸则个，生死不忘。”周大郎也不肯信。范大郎闲时不是说谎的人，周大郎同范大郎到酒店前，看见也呆了，道：“我女儿已死了，如何得再活？有这等事！”那地方不容范大郎分说，当夜将一行人拘锁，到次早解入南衙开封府。

包大尹看了解状，也理会不下。权将范二郎送狱司监候。一面相尸，一面下文书行使臣房审实。作公的一面差人去坟上掘起看时，只有空棺材。问管坟的张一、张二，说道：“十一月间，雪下时，夜间听得狗子叫。次早开门看，只见狗子死在雪里，更不知别项因依（原因，究竟）。”把文书呈大尹。大尹焦躁，限三日要捉上件贼人。展个两三限，并无下落。好似：

金瓶落井全无信，铁枪磨针尚少功。

且说范二郎在狱司间想：“此事好怪！若说是人，她已死过了，见有入殓的仵作及坟墓在彼可证；若说是鬼，打时有血，死后有尸，棺材又是空的。”辗转寻思，委决不下。又想道：“可惜好个花枝般的女儿！若是鬼，倒也罢了；若不是鬼，可害了她性命！”夜里翻来覆去，想一会，疑一会，转睡不着。直想到茶坊里初会时光景，便道：“我那日好不着迷哩！四目相视，急切不能上手。不论是鬼不是鬼，我且慢慢里商量，直恁性急，坏了她性命，好不罪过！如今陷于缧绁（léi xiè，捆绑犯人的黑绳索，借指监狱），这事又不得明白，如何是了？悔之无及！”转悔转想，转想转悔。换了两个更次，不觉睡去。梦见女子胜仙，浓妆而至。范二郎大惊道：“小娘子原来不死。”小娘子道：“打得偏些，虽然闷倒，不曾伤命。奴两遍死去，都只为官人。今日知道官人在此，特特相寻，与官人了其心愿。休得见拒，亦是冥数当然。”范二郎忘其所以，就和她云雨起来，枕席之间，欢情无限。事毕，珍重而别。醒来方知是梦，越添了许多想悔。次夜亦复如此。到第三夜又来，比前愈加眷恋。临去告诉道：“奴寿阳未绝，今被五道将军（道教传说中东岳的属神，掌管人的生死）收用。奴一心只忆着官人，泣诉其情，蒙五道将军可怜，给假三日。如今限期满了，若再迟延，必遭呵斥。奴从此与官人永别。官人之事，奴已拜求五道将军。但耐心，一月之后，必然无事。”范二郎自觉伤感，啼哭起来。醒了，记起梦中之言，似信不信。

刚刚一月三十个日头，只见狱卒奉大尹钧旨，取出范二郎赴狱司勘问。原来开封府有一个常卖（小贩）董贵，当日绾着一个篮儿，出城门外去。只见一个婆子在门前叫常卖，把着一件物事递与董贵。是甚的？是一朵珠子结成的栀子花。那一夜朱真归家，失下这朵珠花，婆婆私下捡得在手，不理会得值几钱，要卖一两贯钱作私房。董贵道：“要几钱？”婆子道：“胡乱。”董贵道：“还你两贯。”婆子道：“好。”董贵还了钱，径将来使臣房里，见了观察，说道恁地。即时观察把这朵栀子花径来曹门里，教周大郎、周妈妈看，认得是女儿临死带去的。即时差人捉婆子。婆子说：“儿子朱真不在。”当时搜捉朱真不见，却在桑家瓦里看耍，被作公的捉了，解上开封府。包大尹送狱司勘问上件事情，朱真抵赖不得，一一招伏。当案薛孔目初拟朱真劫坟当斩，范二郎免死，刺配牢城营，未曾呈案。其夜梦见一神，如五道将军之状，怒责薛孔目道：“范二郎有何罪过，拟他刺配！快与他出脱了！”薛孔目醒来，大惊。改拟范二郎打鬼，与人命不

同，事属怪异，宜径行释放。包大尹看了，都依拟。范二郎欢天喜地回家。后来娶妻，不忘周胜仙之情，岁时到五道将军庙中烧纸祭奠。有诗为证：

情郎情女等情痴，只为情奇事亦奇。
若把无情有情比，无情翻似得便宜。

## 第十五卷　赫大卿遗恨鸳鸯绦

皮包血肉骨包身，强作娇妍诳惑人。
千古英雄皆坐此，百年同共一坑尘。

这首诗乃昔日性如子所作，单戒那淫色自戕的。论来好色与好淫不同。假如古诗云："一笑倾人城，再笑倾人国。岂不顾倾城与倾国，佳人难再得！"此谓之好色。若是不择美恶，以多为胜，如俗语所云："石灰布袋，到处留迹。"其色何在？但可谓之好淫而已。然虽如此，在色中又有多般。假如张敞画眉（汉代大臣张敞替妻子画眉毛，旧时比喻夫妻感情好）、相如病渴（汉代大才子司马相如患有消渴病），虽为儒者所讥，然夫妇之情，人伦之本，此谓之正色。又如娇妾美婢，倚翠偎红；金钗十二行（指姬妾众多），锦障五十里（西晋石崇与王恺斗富，王恺用紫纱做四十里屏障，石崇用锦缎做五十里围屏）；樱桃杨柳，歌舞擅场；碧月紫云，风流姱艳。虽非一马一鞍，毕竟有花有叶，此谓之旁色。又如锦营献笑，花阵图欢。露水分司，身到偶然留影；风云随例，颜开哪惜缠头（原指古代艺人缠在头上作装饰的锦帛，艺人表演完毕，客人常以此为赠，后来泛指赠送妓女的财物）。旅馆长途，堪消寂寞；花前月下，亦助襟怀。虽市门之游，豪客不废；然女闾（春秋时齐桓公设于宫中的淫乐场所，后泛指妓院）之遗，正人耻言。不得不谓之邪色。至如上烝下报（晚辈男子和长辈女子通奸为"烝"，长辈男子与晚辈女子通奸为"报"。泛指男女乱伦），同人道于兽禽；钻穴逾墙，役心机于鬼蜮。偷暂时之欢乐，为万世之罪人。明有人诛，幽蒙鬼责。这谓之乱色。又有一种，不是正色，不是傍色，虽然比不得乱色，却又比不得邪色。填塞了虚空圈套，污秽却清净门风。惨同神面刮金，恶胜佛头浇粪，远则地府填单，近则阳间业报。奉劝世人，切须谨慎！正是：

不看僧面看佛面，休把淫心杂道心。

说这本朝宣德年间，江西临江府新淦县，有个监生，姓赫，名应祥，字大卿。为人风流俊美，落拓不羁，专好的是声色二事。遇着花街柳巷，舞榭歌台，便恋留不舍，就当作家里一般，把老大一个家业，也弄去了十之三四。浑家陆氏，见他恁般花费，苦口谏劝。赫大卿倒道老婆不贤，时常反目。因这上，陆氏立誓不管，领着三岁一个孩子喜儿，自在一间净室里持斋念佛，由他放荡。一日，正值清明佳节，赫大卿穿着一身华丽衣服，独自一个到郊外踏青游玩。有宋张咏诗为证：

春游千万家，美人颜如花。三三两两映花立，飘飘似欲乘烟霞。

赫大卿只拣妇女丛聚之处，或前或后，往来摇摆，卖弄风流，希图要逢着个有缘分的佳人。不想一无所遇，好不败兴。自觉无聊，走向一个酒馆中，沽饮三杯。上了酒楼，拣沿街一副座头坐下。酒保送上酒肴，自斟自饮，倚窗观看游人。不觉三杯两盏，吃够半酣，起身下楼，算还酒钱，离了酒馆，一步步任意走走。此时已是未牌时分，行不多时，渐渐酒涌上来，口干舌燥，思量得盏茶来解渴便好。正无处求觅，忽抬头见前面林子中，幡影摇拽，磬韵悠扬，料道是个僧寮道院，心中欢喜，即忙趋向前去。抹过林子，显出一个大庵院来。赫大卿打一看时，周遭都是粉墙包裹，门前十来株倒垂杨柳，中间向阳两扇八字墙门，上面高悬金字匾额，写着“非空庵”三字。赫大卿点头道：“常闻得人说，城外非空庵中有标致尼姑。只恨没有工夫，未曾见得。不想今日趁了这便。”即整顿衣冠，走进庵里。转东一条鹅卵石街，两边榆柳成行，甚是幽雅。行不多步，又进一重墙门，便是小小三间房子，供着韦驮尊者。庭中松柏参天，树上鸟声嘈杂。从佛背后转进，又是一条横街。大卿径往东首行去，见一座雕花门楼，双扉紧闭。上前轻轻扣了三四下，就有个垂髫女童，呀的开门。那女童身穿缁衣，腰系丝绦，打扮得十分齐整。见了赫大卿，连忙问讯。大卿还了礼，跨步进去看时，一带三间佛堂，虽不甚大，倒也高敞。中间三尊大佛，相貌庄严，金光灿烂。大卿向佛作了揖，对女童道：“烦报令师，说有客相访。”女童道：“相公请坐，待我进去传说。”

须臾间，一个少年尼姑出来，向大卿稽首。大卿急忙还礼，用那双开不开，合不合，惯输情，专卖俏，软眯瞇的俊眼，仔细一觑。这尼姑年纪不上二十，面庞白皙如玉，天然艳冶，韵格非凡。大卿看见恁般标致，喜得神魂飘荡，一个揖作了下去，却像初出锅的糍粑，软作一塌，头也伸不起来。礼罢，分宾主坐下，想道：“今日撞了一日，并不曾遇得个可意人儿，不想这所在倒藏着如此妙人。须用些水磨工夫撩拨她，不怕不上我的钩儿！”大卿正在腹中打点草稿，谁知那尼姑亦有此心。

从来尼姑庵也有个规矩，但凡客官到来，都是老尼迎接答话。那少年的，如闺女一般，深居简出，非细相熟的主顾，或是亲戚，方才得见。若是老尼出外，或是病卧，竟自辞客。就有非常势要的，立心要来认那小徒，也少不得三请四唤，等得你个不耐烦，方才出来。这个尼姑为何挺身而出？有个缘故。她原是个真念佛，假修行，爱风月，嫌冷静，怨恨出家的主儿。偶然先在门隙里张见了大卿这一表人材，倒有几分看上了，所以挺身而出。当下两只眼光，就如针儿遇着磁石，紧紧地摄在大卿身上，笑嘻嘻地问道：“相公尊姓贵表？府上何处？至小庵有甚见谕？”大卿道：“小生姓赫，名大卿，就在城中居住。今日到郊外踏青，偶步至此。久慕仙姑清德，顺便拜访。”尼姑谢道：“小尼僻居荒野，无德无能，谬承枉顾，蓬荜生辉。此处来往人杂，请里面轩中待茶。”

大卿见说请到里面吃茶，料有几分光景，好不欢喜，即起身随入。行过几处房屋，又转过一条回廊，方是三间净室，收拾得好不精雅。外面一带，都是扶栏，庭中植梧桐二树，修竹数竿，百般花卉，纷纭辉映，但觉香气袭人。正中间供白描大士像一轴，古铜炉中，香烟馥馥，下设蒲团一坐。左一间放着朱红厨柜四个，都有封锁，想是收藏经典在内。右一间用围屏围着。进入看时，

横设一张桐柏长书桌，左设花藤小椅，右边靠壁一张斑竹榻儿，壁上悬一张断纹古琴，书桌上笔砚精良，纤尘不染。侧边有经卷数帙，随手拈一卷翻看，金书小楷，字体摹仿**赵松雪**（赵孟頫，号松雪道人，南宋末至元初著名书法家、画家、诗人），后注年月，下书："弟子空照薰沐写。"大卿问："空照是何人？"答道："就是小尼贱名。"大卿反复玩赏，夸之不已。两个隔着桌子对面而坐。女童点茶到来，空照双手捧过一盏，递与大卿，自取一盏相陪。那手十指尖纤，洁白可爱。大卿接过，啜在口中，真个好茶！有吕洞宾茶诗为证：

玉蕊旗枪称绝品，僧家造法极工夫。
兔毛瓯浅香云白，虾眼汤翻细浪休。
断送睡魔离几席，增添清气入肌肤。
幽丛自落溪岩外，不肯移根入上都。

大卿问道："仙庵共有几位？"空照道："师徒四众。家师年老，近日病废在床，当家就是小尼。"指着女童道："这便是小徒，她还有师弟在房里诵经。"赫大卿道："仙姑出家几年了？"空照道："自七岁丧父，送入空门，今已十二年矣。"赫大卿道："青春十九，正在妙龄，怎生受此寂静？"空照道："相公休得取笑！出家胜俗家数倍哩！"赫大卿道："哪见得出家的胜似俗家？"空照道："我们出家人，并无闲事缠扰，又无儿女牵绊，终日诵经念佛，受用一炉香，一壶茶。倦来眠**纸帐**（用藤皮茧纸缝制成的帐子，以稀布为顶，取其透气，帐上常绘有梅花，情致清雅），闲暇**理丝桐**（弹琴），好不安闲自在。"大卿道："闲暇理丝桐，弹琴时也得个知音的人儿，在旁喝彩方好。这还罢了，则这倦来眠纸帐，万一梦魇起来，没人推醒，好不怕哩！"空照已知大卿下钩，含笑而应道："梦魇杀了人也不要相公偿命。"大卿也笑道："别的魇杀了一万个全不在小生心上，像仙姑恁般高品，岂不可惜！"

两下你一句，我一声，渐渐说到分际。大卿道："有好茶再求另烹一壶来吃。"空照已会意了，便教女童去廊下烹茶。大卿道："仙姑卧房何处？是什么纸帐？也得小生认一认。"空照此时欲心已炽，按捺不住，口里虽说道："认它怎么？"却早已立起身来。大卿上前拥抱，先做了个"吕"字。空照往后就走，大卿接脚跟上。空照轻轻地推开后壁，后面又有一层房屋，正是空照卧处，摆设更自济楚。大卿也无心观看，两个相抱而入，遂成云雨之欢。有《小尼姑》曲儿为证：

小尼姑，在庵中，手拍着桌儿怨命。平空里吊下个俊俏官人，坐谈有几句话，声口儿相应。你贪我不舍，一拍上就圆成。虽然不是结发的夫妻，也难得她一个字儿叫作肯。

二人正在酣美之处，不提防女童推门进来，连忙起身。女童放下茶儿，掩口微笑而去。看看天晚，点起灯烛，空照自去收拾酒果蔬菜，摆作一桌，与赫大卿对面坐下。又恐两个女童泄漏机关，也教来坐在旁边相陪。空照道："庵中都是吃斋，不知贵客到来，未曾备办荤味，甚是有慢。"赫大卿道："承贤师徒错爱，已是过分。若如此说，反令小生不安矣！"当下四人杯来盏去。吃到半酣，大卿起身挨至空照身边，把手勾着颈儿，将酒饮过半杯，递到空照口边，空照将口来承，一饮而尽。两个女童见他肉麻，起身回避。空照一把扯道："既同在

此，料不容你脱白。”二人挣脱不开，将袖儿掩在面上。大卿上前抱住，扯开袖子，就做了个嘴儿。二女童年在当时，情窦已开，见师父容情，落得快活。四人搂作一团，缠作一块，吃得个大醉，一床而卧，相偎相抱，如漆如胶。赫大卿放出平生本事，竭力奉承。尼姑俱是初得甜头，恨不得把身子并作一个。

到次早，空照叫过香公，赏他三钱银子，买嘱他莫要泄漏。又将钱钞教去买办鱼、肉、酒果之类。那香公平昔间，挨着这几碗黄齑淡饭，没甚肥水到口，眼也是盲的，耳也是聋的，身子是软的，脚儿是慢的。此时得了这三钱银子，又见要买酒肉，便觉眼明手快，身子如虎一般健，走跳如飞，哪消一个时辰，都已买完。安排起来，款待大卿。不在话下。

却说非空庵原有两个房头，东院乃是空照，西院的是静真，也是个风流女师，手下只有一个女童，一个香公。那香公因见东院连日买办酒肉，报与静真。静真猜算空照定有些不三不四的勾当，教女童看守房户，起身来到东院门口。恰好遇见香公，左手提着一个大酒壶，右手拿个篮儿，开门出来。两下打个照面，即问道：“院主往哪里去？”静真道：“特来与师弟闲话。”香公道：“既如此，待我先去通报。”静真一手扯住道：“我都晓得了，不消你去打照会。”香公被道着心事，一个脸儿登时涨红，不敢答应。只得随在后边，将院门闭上。跟至净室门口，高叫道：“西房院主在此拜访！”空照闻言，慌了手脚，没做理会，教大卿闪在屏后，起身迎住静真。静真上前一把扯着空照衣袖，说道：“好呀，出家人干得好事，败坏山门，我与你到里正处去讲！”扯着便走。吓得个空照脸儿就如七八样的颜色染的，一搭儿红，一搭儿青，心头恰像千百个铁槌打的，一回儿上，一回儿下，半句也对不出，半步也行不动！静真见她这个模样，呵呵笑道：“师弟不消着急！我是耍你。但既有佳宾，如何瞒着我独自受用？还不快请来相见！”空照听了这话，方才放心，遂令大卿与静真相见。

大卿看静真姿容秀美，风采动人，年纪有二十五六上下，虽然长于空照，风情比她更胜。乃问道：“师兄上院何处？”静真道：“小尼即此庵西院，咫尺便是。”大卿道：“小生不知，失于奉谒。”两下闲叙半晌。静真见大卿举止风流，谈吐开爽，凝眸留盼，恋恋不舍，叹道：“天下有此美士，师弟何幸，独擅其美！”空照道：“师兄不须眼热，倘不见外，自当同乐。”静真道：“若得如此，佩德不浅。今晚奉候小坐，万祈勿外。”说罢，即起身别。回至西院，准备酒肴伺候。不多时，空照同赫大卿携手而来。女童在门口迎候。赫大卿进院看时，房廊花径，亦甚委曲。三间净室，比东院的更觉精雅。但见：

潇洒亭轩，清虚户牖。画展江南烟景，香焚真腊（其境在今柬埔寨境内）沉檀。庭前修竹，风摇一派珮环声；帘外奇花，日照千层锦绣色。松阴入槛琴书润，山色侵轩枕簟凉。

静真见大卿已至，心中欢喜。不复叙礼，即便就坐。茶罢，摆上果酒肴馔。空照推静真坐在赫大卿身边，自己对面相陪。又扯女童打横而坐。四人三杯两盏，饮够多时。赫大卿把静真抱置膝上，又教空照坐至身边，一手勾着颈项儿，百般旖旎。旁边女童面红耳热，也觉动情。直饮到黄昏时分，空照起身道：“好做新郎，明日早来贺喜。”讨个灯儿，送出门口自去。女童叫香公关闭门户，进来收拾家火。将汤净过手脚，赫大卿抱着静真上床，解脱衣裳，钻入被中。酥

胸紧贴，玉体相偎。赫大卿乘着酒兴，尽生平才学，恣意搬演。把静真弄得魄散魂消，骨酥体软，四肢不收，委然席上。睡至巳牌时分，方才起来。

自此之后，两院都买嘱了香公，轮流取乐。赫大卿淫欲无度，乐极忘归。将近两月，大卿自觉身子困倦，支持不来，思想回家。怎奈尼姑正是少年得趣之时，哪肯放舍。赫大卿再三哀告道："多承雅爱，实不忍别。但我到此两月有余，家中不知下落，定然着忙。待我回去，安慰妻孥（nú，妻子和儿女），再来陪奉。不过四五日之事，卿等何必见疑？"空照道："既如此，今晚备一酌为饯，明早任君回去。但不可失信，作无行之人！"赫大卿设誓道："若忘卿等恩德，犹如此日！"空照即到西院，报与静真。静真想了一回道："他设誓虽是真心，但去了必不能再至。"空照道："却是为何？"静真道："是这样一个风流美貌男子，谁人不爱！况他生平花柳多情，乐地不少，逢着便留恋几时。虽欲要来，势不可得。"空照道："依你说还是怎样？"静真道："依我却有个绝妙策儿在此，教他无绳自缚，死心塌地守着我们。"空照连忙问计。静真伸出手叠着两个指头，说将出来，有分教赫大卿：

生于锦绣丛中，死在牡丹花下。

当下静真道："今夜若说饯行，多劝几杯，把来灌醉了，将他头发剃净，自然难回家去。况且面庞又像女人，也照我们装束，就是达摩祖师亲来，也相不出他是个男子。落得永远快活，且又不担干系，岂非一举两便！"空照道："师兄高见，非我可及。"到了晚上，静真教女童看守房户，自己到东院见了赫大卿道："正好欢娱，因甚顿生别念？何薄情至此！"大卿道："非是寡情，止因离家已久，妻孥未免悬望，故此暂别数日，即来陪侍。岂敢久抛，忘卿恩爱！"静真道："师弟已允，我怎好勉强。但君不失所期，方为信人。"大卿道："这个倒不须多嘱。"少顷，摆上酒肴，四尼一男，团团而坐。静真道："今夜置此酒，乃离别之筵，须大家痛醉！"空照道："这个自然！"当下更番劝酬，直饮至三鼓，把赫大卿灌得烂醉如泥，不省人事。静真起身，将他巾帻脱了，空照取出剃刀，把头发剃得一茎不存。然后扶至房中去睡，各自分别就寝。

赫大卿一觉，直至天明，方才苏醒，旁边伴的却是空照。翻转身来，觉道精头皮在枕上抹过，连忙把手摸时，却是一个精光葫芦。吃了一惊，急忙坐起，连叫道："这怎么说？"空照惊醒转来，见他大惊小怪，也坐起来道："郎君不要着恼！因见你执意要回，我师徒不忍分离，又无策可留，因此行这苦计，把你也要扮作尼姑，图个久远快活！"一头说，一头即倒在怀中，撒娇撒痴，淫声浪语，迷得个赫大卿毫无张主，乃道："虽承你们好意，只是下手太狠！如今教我怎生见人？"空照道："待养长了头发，见也未迟。"赫大卿无可奈何，只得依她，做尼姑打扮，住在庵中，昼夜淫乐。空照、静真已自不肯放空，又加添两个女童：

或时做联床会，或时做乱点军。那壁厢贪淫的肯行谦让？这壁厢买好的敢惜精神？两柄快斧不够劈一块枯柴，一个疲兵怎能当四员健将。灯将灭而复明，纵是强阳之火；漏已尽而犹滴，那有润泽之时。任教铁汉也消熔，这个残生难过活。

大卿病已在身，没人体恤。起初时还三好两歉，尼姑还认是躲避差役。次后见他久眠床褥，方才着急。意欲送回家去，却又头上没了头发，怕他家盘问

出来，告到官司，败坏庵院，住身不牢；若留在此，又恐一差两误，这尸首无处出脱，被地方晓得，弄出事来，性命不保。又不敢请觅医人看治，止教香公去说病讨药，犹如浇在石上，哪有一些用处！空照、静真两个，煎汤送药，日夜服侍，指望他还有痊好的日子。谁知病势转加，淹淹待毙。空照对静真商议道："赫郎病体，万无生理，此事却怎么处？"静真想了一想道："不打紧！如今先教香公去买了几担石灰。等他走了路，也不要寻外人收拾，我们自己与他穿着衣服，依般尼姑打扮。棺材也不必去买，且将老师父寿材来盛。我与你同着香公、女童相帮抬到后园空处，掘个深穴，将石灰倾入，埋藏在内。神不知，鬼不觉，哪个晓得！"

不题二人商议。且说赫大卿这日睡在空照房里，忽地想起家中，眼前并无一个亲人，泪如雨下。空照与他拭泪，安慰道："郎君不须烦恼，少不得有好的日子。"赫大卿道："我与二卿邂逅相逢，指望永远相好。谁想缘分浅薄，中道而别，深为可恨。但起手原是与卿相处，今有一句要紧话儿，托卿与我周旋，万乞不要违我！"空照道："郎君如有所嘱，必不敢违！"赫大卿将手在枕边取出一条鸳鸯绦来。如何叫作鸳鸯绦？原来这绦半条是鹦哥绿，半条是鹅儿黄，两样颜色合成，所以谓之鸳鸯绦。当下大卿将绦付与空照，含泪而言道："我自到此，家中分毫不知。今将永别，可将此绦为信，报知吾妻，教她快来见我一面，死亦瞑目！"

空照接绦在手，忙使女童请静真到厢房内，将绦与她看了，商议报信一节。静真道："你我出家之人，私藏男子，已犯明条，况又弄得淹淹欲死。他浑家到此，怎肯干休！必然声张起来，你我如何收拾？"空照到底是个嫩货，心中犹预不忍。静真劈手夺取绦来，望着天花板上一丢，眼见得这绦有好几时不得出世哩！空照道："你撇了这绦儿，教我如何去回复赫郎？"静真道："你只说已差香公将绦送去了，他娘子自不肯来，难道问我个违限不成？"空照依言回复了大卿。大卿连日一连问了几次，只认浑家怀恨，不来看他，心中愈加凄惨，呜呜而泣。又挨了几日，大限已到，呜呼哀哉！

地下忽添贪色鬼，人间不见假尼姑。

二尼见他气绝，不敢高声啼哭，饮泣而已。一面烧起香汤，将他身子揩抹干净，取出一套新衣，穿着停当。叫起两个香公，将酒饭与他吃饱，点起灯烛，到后园一株大柏树旁边，用铁锹掘了个大穴，倾入石灰，然后抬出老尼姑的寿材，放在穴内。铺设好了，也不管时日利也不利，到房中把尸首翻在一扇板门之上，众尼相帮香公，扛至后园，盛殓在内，掩上材盖，将就钉了。又倾上好些石灰，把泥堆上，匀摊与平地一般，并无一毫形迹。可怜赫大卿自清明日缠上了这尼姑，到此三月有余，断送了性命，妻孥不能一见，撇下许多家业，埋于荒园之中，深为可惜！有小词为证：

贪花的，这一番你走错了路！千不合，万不合，不该缠那小尼姑！小尼姑是真色鬼，怕你缠她不过。头皮儿都擂光了，连性命也呜呼！埋在寂寞的荒园，这也是贪花的结果。

话分两头，且说赫大卿的浑家陆氏，自从清明那日赫大卿游春去了，四五日不见回家。只道又在哪个娼家留恋，不在心上。已后十来日不回，叫家人各

家去挨问，都道清明之后，从不曾见。陆氏心上着忙。看看一月余，不见踪迹。陆氏在家日夜啼哭，写了招子，各处粘贴，并无下落。合家好不着急！那年秋间久雨，赫家房子倒坏甚多，因不见了家主，无心葺理。直至十一月间，方唤几个匠人修造。一日，陆氏自走出来，计点工程。一眼觑着个匠人腰间系一条鸳鸯绦儿，依稀认得是丈夫束腰之物，吃了一惊，连忙唤丫鬟教那匠人解下来看。这匠人叫作蒯三，泥水木作，件件精熟，有名的三料匠。赫家是顶门主顾，故此家中大小无不认得。当下见掌家娘子要看，连忙解下，交于丫鬟。丫鬟又递与陆氏。陆氏接在手中，反复仔细一认，分毫不差。只因这条绦儿，有分教：

贪淫浪子名重播，稔色（好色）尼姑祸忽临。

原来当初买这绦儿，一样两条，夫妻各系其一。今日见了那绦，物是人非，不觉扑簌簌流下泪来。即叫蒯三问道："这绦你从何处得来的？"蒯三道："在城外一个尼姑庵里拾的。"陆氏道："那庵叫什么庵？尼姑唤甚名字？"蒯三道："这庵有名的非空庵。有东西两院，东房叫作空照，西房叫作静真。还有几个不曾剃发的女童。"陆氏又问："那尼姑有多少年纪了？"蒯三道："都只好二十来岁，倒也有十分颜色。"陆氏听了，心中揣度："丈夫一定恋着那两个尼姑，隐在庵中了。我如今多着几个人将了这绦，叫蒯三同去做个证见，满庵一搜，自然出来的。"方才转步，忽又想道："焉知不是我丈夫掉下来的？且莫要枉杀了出家人，我再问他个备细。"陆氏又叫住蒯三问道："你这绦几时拾的？"蒯三道："不上半月。"陆氏又想道："原来半月之前，丈夫还在庵中，事有可疑。"又问道："你在何处拾的？"蒯三道："在东院厢房内，天花板上拾的。也是大雨中淋漏了屋，教我去翻瓦，故此拾得。不敢动问大娘子，为何见了此绦，只管盘问。"陆氏道："这绦是我大官人的。自从春间出去，一向并无踪迹。今日见了这绦，少不得绦在那里，人在那里，如今就要同你去与尼姑讨人。寻着大官人回来，照依招子上重重谢你。"蒯三听罢，吃了一惊："哪里说起？却在我身上要人！"便道："绦便是我拾得，实不知你们大官人事体。"陆氏道："你在庵中共做几日工作？"蒯三道："西院共有十来日，至今工钱尚还我不清哩！"陆氏道："可曾见我大官人在他庵里么？"蒯三道："这个不敢说谎，生活便做了这几日，任我们穿房入户，却从不曾见大官人的影儿。"陆氏想道："若人不在庵中，虽有此绦，也难凭据。"左思右算，想了一回，乃道："这绦在庵中，必定有因。或者藏于别处，也未可知。适才蒯三说庵中还有工钱，我如今赏他一两银子，教他以讨银为名，不时去打探，少不得露出些圭角来。那时着在尼姑身上，自然有个下落。"即唤过蒯三，吩咐如此如此，恁般恁般："先赏你一两银子。若得了实信，另有重谢。"那匠人先说有一两银子，后边还有重谢，满口应承，任凭差遣。陆氏回到房中，将白银一两付与，蒯三作谢回家。

到了次日，蒯三挨到饭后，慢慢地走到非空庵门口。只见西院的香公坐在门槛上，向着日色脱开衣服捉虱子。蒯三上前叫声："香公。"那老儿抬起头来，认得是蒯匠，便道："连日不见，怎么有工夫闲走？院主正要寻你做些小生活，来得凑巧！"蒯匠见说，正合其意，便道："不知院主要做什么？"香公道："说便恁般说，连我也不知。同进去问，便晓得。"把衣服束好，一同进来。弯弯曲曲，直到里边净室中，静真坐在那里写经。香公道："院主，蒯待诏在此。"

静真把笔放下道："刚要着香公来叫你做生活，恰来得正好。"蒯三道："不

知院主要做甚样生活？”静真道：“佛前那张供桌，原是祖传下来的，年深月久，漆都剥落了，一向要换，没有个施主。前日蒙钱奶奶发心舍下几根木子，今要照依东院一般做张佛柜。选着明日是个吉期，便要动手。必得你亲手制造，那样没用副手，一个也成不得的。工钱**素性**（索性）一并**罢**（给）。”蒯三道：“恁样，明日准来。”口中便说，两只眼四下瞧看。静室内空空的，料没个所在隐藏。即便转身，一路出来，东张西望。想道：“这绦在东院拾的，还该到那边去打探。”

走出院门，别了香公，经到东院。见院门半开半掩，把眼张看，并不见个人儿。轻轻地挨将进去，捏手捏脚逐步步走入。见锁着的空房，便从门缝中张望，并无声息。却走到厨房门首，只听得里边笑声，便立定了脚，把眼向窗中一觑，见两个女童搅作做一团玩耍。须臾间，小的跌倒在地，大的便扛起双足，跨上身去，学男人行事，捧着亲嘴。小的便喊，大的道：“孔儿也被人弄大了，还要叫喊！”蒯三正看得得意，忽地一个喷嚏，惊得那两个女童连忙跳起，问道：“哪个？”

蒯三走近前去，道：“是我。院主可在家么？”口中便说，心内却想着两个举动，忍笑不住，咯地笑了一声。女童觉道被他看见，脸都红了，道：“蒯待诏，有甚说话？”蒯三道：“没有甚话，要问院主借工钱用用。”女童道：“师父不在家里，改日来罢。”蒯三见回了，不好进去，只得覆身出院。两个女童把门关上，口内骂道：“这蛮子好像做贼的，声息不见，已到厨下了，恁样可恶！”蒯三明明听得，未见实迹，不好发作。一路思想：“孔儿被人弄大了，这话虽不甚明白，却也有些跷蹊。且到明日再来探听。”

至次日早上，带着家伙，径到西院，将木子量划尺寸，运动斧锯裁截。手中虽做家伙，一心察听赫大卿消息。约莫未牌时分，静真走出观看，两下说了一回闲话。忽然抬头见香灯中火灭，便教女童去取火。女童去不多时，将出一个灯火盏儿，放在桌上，便去解绳，放那香灯。不想绳子放得忒松了，那盏灯往下直溜。事有凑巧，物有偶然。香灯刚落下来，恰好静真立在其下，不歪不斜，正打在她的头上，扑的一声，那盏灯碎作做两片，这油从头直浇到底。静真心中大怒，也不顾身上油污，赶上前一把揪住女童头发，乱打乱踢，口中骂道：“骚精淫妇娼根，被人入昏了，全不照管，污我一身衣服！”蒯三撇下手中斧凿，忙来解劝开了。静真怒气未息，一头走，一头骂，往里边更换衣服去了。那女童打的头发散作一背，哀哀而哭。见她进去，口中喃喃地道：“打翻了油，便恁般打骂！你活活弄死了人，该问什么罪哩？”蒯三听得这话，即忙来问。正是：

情知语似钩和线，从头钓出是非来。

原来这女童年纪也在当时，初起见赫大卿与静真百般戏弄，心中也欲得尝尝滋味。怎奈静真情性历害，比空照大不相同，极要拈酸吃醋。只为空照是首事之人，姑容了她。汉子到了自己房头，囫囵吃在肚子，还嫌不够，怎肯放些须空隙与人！女童含忍了多时，衔恨在心。今日气怒间，一时把真话说出，不想正凑了蒯三之趣。当下蒯三问道：“她怎么弄死了人？”女童道：“与东房这些淫妇，日夜轮流快活，将一个赫监生断送了！”蒯三道：“如今在哪里？”女童道：“东房后园大柏树下埋的不是？”蒯三还要问时，香公走将出来，便大家住口。女童自哭向里边去了。

蒯三思量这话，与昨日东院女童的正是暗合，眼见得这事有九分了。不到晚，只推有事，收拾家伙，一口气跑至赫家，请出陆氏娘子，将上项事一一说知。陆氏见说丈夫死了，放声大哭。连夜请亲族中商议停当，就留蒯三在家宿歇。到次早，唤集童仆，共有二十来人，带了锄头铁锹斧头之类，陆氏把孩子教养娘看管，乘坐轿子，蜂涌而来。那庵离城不过三里之地，顷刻就到了。陆氏下了轿子，留一半人在门口把住，其余的担着锄头铁锹，随陆氏进去。蒯三在前引路，径来到东院叩门。那时庵门虽开，尼姑们方才起身。香公听得叩扣门，出来开看，见有女客，只道是烧香的，进去报与空照知道。那蒯三认得后园路径，引着众人，一直望里边径闯，劈面遇着空照。空照见蒯三引着女客，便道："原来是蒯待诏的宅眷。"上前相迎。蒯三、陆氏也不答应，将她挤在半边，众人一溜烟向园中去了。

空照见势头勇猛，不知有甚缘故，随脚也赶到园中。见众人不到别处，径至大柏树下，运起锄头铁耙，四下乱撬。空照知事已发觉，惊得面如土色。连忙覆身进来，对着女童道："不好了！赫郎事发了！快些随我来逃命！"两个女童都也吓得目睁口呆，跟着空照磬身而走。方到佛堂前，香公来报说："庵门口不知为甚，许多人守住，不容我出去。"空照连声叫："苦也！且往西院去再处。"四人飞走到西院，敲开院门，吩咐香公闭上，"倘有人来叩，且勿要开。"赶到里边，那时静真还未起身，门尚闭着。空照一片声乱打。静真听得空照声音，急忙起来，穿着衣服，走出问道："师弟为甚这般忙乱？"空照道："赫郎事体，不知哪个漏了消息，蒯木匠这天杀的，同了许多人径赶进后园，如今在那里发掘了。我欲要逃走，香公说门前已有人把守，出去不得。特来与你商议。"静真听说，吃这一惊，却也不小，说道："蒯匠昨日也在这里做生活，如何今日便引人来，却又知得恁般详细？必定是我庵中有人走漏消息，这奴狗方才去报新闻。不然，何由晓得我们的隐事？"那女童在旁闻得，懊悔昨日失言，好生惊惶！东院女童道："蒯匠有心，想非一日了。前日便悄悄直到我家厨下来打听**消耗**（消息），被我们发作出门。但不知哪个泄漏的？"空照道："这事且慢理论，只是如今却怎么处？"静真道："更无别法，只有一个走字。"空照道："门前有人把守。"静真道："且看后门。"先教香公打探，回说并无一人。空照大喜，一面教香公把外边门户一路关锁，自己到房中取了些银两，其余尽皆弃下。连香公共是七人，一齐出了后门，也把锁儿锁了。空照道："如今走在哪里去躲好？"静真道："大路上走，必然被人遇见，须从僻路而去，往极乐庵暂避。此处人烟稀少，无人知觉。了缘与我情分又好，料不推辞。待事平定，再作区处。"空照连声道是，不管地上高低，望着小径，落荒而走，投极乐庵躲避。不在话下。

且说陆氏同蒯三众人，在柏树下一齐着力，锄开面上土泥，露出石灰，都道是了。那石灰经了水，并作一块，急切不能得碎。弄了大一回，方才看见材盖，陆氏便放声啼哭。众人用铁锹垦去两边石灰，那材盖却不能开。外边把门的等得心焦，都奔进来观看。正见弄得不了不当，一齐上前相帮，掘将下去，把棺木弄清，提起斧头，砍开棺盖。打开看时，不是男子，却是一个尼姑。众人见了，都慌作一堆，也不去细认，俱面面相觑，急把材盖掩好。

说话的，我且问你：赫大卿死未周年，虽然没有头发，夫妻之间，难道就

认不出了？看官有所不知。那赫大卿初出门时，红红白白，是个俊俏子弟。在庵中得了怯症，久卧床褥，死时只剩得一把枯骨，就是引镜自照，也认不出当初本身了。况且骤然见了个光头，怎的不认作尼姑？当下陆氏倒埋怨蒯三起来，道："特地教你探听，怎么不问个的确，却来虚报？如今弄这把戏，如何是好？"蒯三道："昨天小尼明明说的，如何是虚报？"众人道："见今是个尼姑了，还强辩到哪里去！"蒯三道："莫不掘错了？再在那边垦下去看。"内中有个老年亲戚道："不可，不可！律上说，开棺见尸者斩。况发掘坟墓，也该是个斩罪。目今我们已先犯着了。倘再掘起一个尼姑，倒去顶两个斩罪不成？不如快去告官，拘昨日说的小尼来问，方才扯个两平。若被尼姑先告，倒是老大利害！"众人齐声道是，急忙引着陆氏就走，连锄头家伙到弃下了。从里边直至庵门口，并无一个尼姑。那老者又道："不好了！这些尼姑，不是去叫地方，一定先去告状了。快走！快走！"吓得众人一个个心下慌张，巴不能脱离了此处。教陆氏上了轿子，飞也似乱跑，望新淦县前来禀官。进得城时，亲戚们就躲去了一半。

正是话分两头。却说陆氏带来人众内，有个雇工人，叫作毛泼皮，只道棺中还有甚东西，闪在一边，让众人去后，揭开材盖，掀起衣服，上下一翻，更无别物。也是数合当然，不知怎的一扯，那裤子直褪下来，露出那件话儿。毛泼皮看了笑道："原来不是尼姑，却是和尚！"依旧将材盖好，走出来四处张望。见没有人，就踅到一个房里，正是空照的净室。只拣细软取了几件，揣在怀里，离了非空庵，急急追到县前。正值知县相公在外拜客，陆氏和众人在那里伺候。毛泼皮上前道："不要着忙。我放不下，又转去相看。虽不是大官人，却也不是尼姑，倒是个和尚。"众人都欢喜道："如此还好。只不知这和尚是甚寺里，却被那尼姑谋死？"

你道天下有恁般巧事！正说间，旁边走出一个老和尚来，问道："有甚和尚谋死在哪个尼姑庵里？怎么一个模样？"众人道："是城外非空庵东院，一个长长的黄瘦小和尚，像死不多时哩！"老和尚见说，便道："如此说来，一定是我的徒弟了。"众人问道："你徒弟如何却死在那里？"老和尚道："老僧是万法寺住持觉圆，有个徒弟叫作去非，今年二十六岁，专一不学长俊（长进），老僧管他不下。自今八月间出去，至今不见回来。他的父母又极护短，不说儿子不学好，反告小僧谋死，今日在此候审。若得死的果然是他，也出脱了老僧。"毛泼皮道："老师父，你若肯请我，引你去看如何？"老和尚道："若得如此，可知好么！"

正待走动，只见一个老儿，同着一个婆子，赶上来，把老和尚接连两个巴掌，骂道："你这贼秃！把我儿子谋死在哪里？"老和尚道："不要嚷，你儿子如今有着落了。"那老儿道："如今在哪里？"老和尚道："你儿子与非空庵尼姑串好，不知怎样死了，埋在她后园。"指着毛泼皮道："这位便是证见。"扯着他便走。

那老儿同婆子一齐跟来，直到非空庵。那时庵旁人家尽皆晓得，若老若幼，俱来观看。毛泼皮引着老和尚，直至里边。只见一间房里，有人叫响。毛泼皮推门进去看时，却是一个将死的老尼姑，睡在床上叫喊："肚里饿了，如何将饭来我吃！"毛泼皮也不管她，依旧把门拽上了。同老和尚到后园柏树下，扯开材盖。

那婆子同老儿擦磨老眼仔细看，依稀有些相像，便放声大哭。看的人都拥在一堆，问起根由，毛泼皮指手划脚，剖说那事。老和尚见他认了，只要出脱

自己，不管真假，一把扯道：“去！去！去！你儿子有了，快去禀官，拿尼姑去审问明白，再哭未迟。”那老儿只得住了。把材盖好，离了非空庵，飞奔进城。

到县前时，恰好知县相公方回。那拘老和尚的差人，不见了原被告，四处寻觅，奔了个满头汗。赫家众人见毛泼皮、老和尚到了，都来问道：“可真是你徒弟么？”老和尚道：“千真万真！”众人道：“既如此，并作一事，进去禀吧！”

差人带一干人齐到里边跪下。到先是赫家人上去禀说家主不见缘由，并见蒯匠丝绦，及庵中小尼所说，开棺却是和尚尸首，前后事一一细禀。然后老和尚上前禀说，是他徒弟，三月前蓦然出去，不想死在尼姑庵里，被伊父母讦（jié）告（揭发控告）：“今日已见明白，与小僧无干，望乞超豁。”知县相公问那老儿道：“果是你的儿子么？不要错了。”老儿禀道：“正是小人的儿子，怎么得错！”知县相公即差四个公差到庵中拿尼姑赴审。差人领了言语，飞也似赶到庵里，只见看的人便拥进拥出，哪见尼姑的影儿？直寻到一间房里，单单一个老尼在床将死快了。内中有一个道：“或者躲在西院。”急到西院门口，见门闭着。敲了一回，无人答应。公差心中焦躁，俱从后园墙上爬将过去。见前后门户，尽皆落锁。一路打开搜看，并不见个人迹。差人各溜过几件细软东西，到拿地方同去回官。知县相公在堂等候，差人禀道：“非空庵尼姑都逃躲不知去向，拿地方在此回话。”知县问地方道：“你可晓得尼姑躲在何处？”地方道：“这个小人们哪里晓得！”知县喝道：“尼姑在地方上偷养和尚，谋死人命，这等不法勾当，都隐匿不报。如今事露，却又纵容躲过，假推不知。既如此，要地方何用？”喝教拿下去打。地方再三苦告，方才饶得。限在三日内，准要一干人犯。召保在外，听候获到审问。又发两张封皮，将庵门封锁不题。

且说空照、静真同着女童、香公来到极乐庵中，那庵门紧紧闭着。敲了一大回，方才香公开门出来。众人不管三七二十一，一齐拥入，流水叫香公把门闭上。庵主了缘早已在门旁相迎，见她们一窝子都来，且是慌慌张张，料想有甚事故。请在佛堂中坐下，一面教香公去点茶，遂开言问其来意。静真扯在半边，将上项事细说一遍，要借庵中躲避。了缘听罢，老大吃惊。沉吟了一回，方道：“二位师兄有难来投，本当相留。但此事非同小可！往远处逃遁，或可避祸。我这里墙卑室浅，耳目又近，倘被人知觉，莫说师兄走不脱，只怕连我也涉在浑水内，如何躲得？”你道了缘因何不肯起来？她也是个广开方便门的善知识（佛教语。闻名为知，见形为识，即善友、好伴侣之意），正勾搭万法寺小和尚去非做了光头夫妻，藏在寺中三个多月。虽然也扮作尼姑，常恐露出事来，故此门户十分紧急。今日静真也为那桩事败露来躲避，恐怕被人缉着，岂不连她的事也出丑？因这上不肯相留。空照师徒见了缘推托，面面相觑，没做理会。到底静真有些贼智，晓得了缘平昔贪财，便去袖中摸出银子，拣上二三两，递与了缘道：“师兄之言，虽是有理，但事起仓卒，不曾算得个去路，急切投奔何处？望师兄念向日情分，暂容躲避两三日，待势头稍缓，然后再往别处。这些少银两，送与师兄为盘缠之用。”果然了缘见着银子，就忘了利害，乃道：“若只住两三日，便不妨碍，如何要师兄银子？”静真道：“在此搅扰，已是不当，岂可又费师兄。”了缘假意谦让一回，把银收过，引入里边去藏躲。

且说小和尚去非，闻得香公说是非空庵师徒五众，且又生得标致，忙走出

来观看，两下却好打个照面，各打了问讯。静真仔细一看，却不认得，问了缘道："此间师兄，上院何处？怎么不曾相会？"了缘扯个谎道："这是近日新出家的师弟，故此师兄还认不得。"那小和尚见静真师徒姿色胜似了缘，心下好不欢喜，想道："我好造化！哪里说起，天赐这几个妙人到此，少不得都刮上她，轮流儿取乐快活！"当下了缘备办些素斋款待。静真、空照心中有事，耳热眼跳，坐立不宁，哪里吃得下饮食。到了申牌时分，向了缘道："不知庵中事体若何，欲要央你们香公去打听个消息，方好计较长策。"了缘即教香公前去。

那香公是个老实头，不知利害，一径奔到非空庵前，东张西望。那时地方人等正领着知县钧旨，封锁庵门，也不管老尼死活，反锁在内，两皮封条，交叉封好。方待转身，见那老头探头探脑，晃来晃去，情知是个细作，齐上前喝道："官府正要拿你，来得恰好！"一个拿起索子，向颈上便套。吓得香公身酥脚软，连声道："她们借我庵中躲避，央来打听的，其实不干我事！"众人道："原晓得你是打听的，快说是哪个庵里？"香公道："是极乐庵里。"

众人得了实信，又叫几个帮手，押着香公齐到极乐庵，将前后门把好，然后叩门。里边晓得香公回了，了缘急急出来开门。众人一拥而入，迎头就把了缘拿住，押进里面搜捉，不曾走了一个。那小和尚着了忙，躲在床底下，也被搜出。了缘向众人道："他们不过借我庵中暂避，其实做的事体，与我分毫无干。情愿送些酒钱与列位，怎的做个方便，饶了我庵里吧！"众人道："这使不得！知县相公好不厉害哩！倘然问在何处拿的，教我们怎生回答？有干无干，我们总是不知，你自到县里去分辩。"了缘道："这也容易，但我的徒弟乃新出家的，这个可以免得。望列位做个人情。"众人贪着银子，却也肯了。内中又有个道："成不得！既是与他莫相干，何消这等着忙，直躲入床底下去？一定也有些跷蹊，我们休担这样干纪。"众人齐声道是。都把索子扣了，连男带女，共是十人，好像端午的粽子，做一串儿牵出庵门，将门封锁好了，解入新淦县来。一路上了缘埋怨静真连累，静真半字不敢回答。正是：

老龟蒸不烂，移祸于空桑。

是时天色傍晚，知县已是退衙，地方人又带回家去宿歇。了缘悄悄与小和尚说道："明日到堂上，你只认作新出家的徒弟，切莫要多讲。待我去分说，料然无事。"到次日，知县早衙，地方解进去禀道："非空庵尼姑俱躲在极乐庵中，今已缉获，连极乐庵尼姑通拿在此！"知县教跪在月台东首。即差人唤集老和尚、赫大卿家人、蒯三并小和尚父母来审。哪消片刻，俱已唤到，令跪在月台西首。小和尚偷眼看见，惊异道："怎么我师父也涉在他们讼中？连爹妈都在此，一发好怪！"心上虽然暗想，却不敢叫唤，又恐师父认出，倒把头儿别转，伏在地上。那老儿同婆子，也不管官府在上，指着尼姑，带哭带骂道："没廉耻的狗淫妇！如何把我儿子谋死？好好还我活的便罢！"小和尚听得老儿与静真讨人，愈加怪异，想道："我好端端活在此，哪里说起却与他们索命？"静真、空照还认是赫大卿的父母，哪敢则声。知县见那老儿喧嚷，呵喝住了，唤空照、静真上前问道："你既已出家，如何不守戒律，偷养和尚，却又将他谋死？从实招来，免受刑罚。"

静真、空照自己罪犯已重，心慌胆怯，那五脏六腑，犹如一团乱麻，没有个头绪。这时见知县不问赫大卿的事情，却问什么和尚之事，一发摸不着个头

路。静真那张嘴头子，平时极是能言快语，到这回恰如生漆获牢，鱼胶粘住，挣不出一个字儿。知县连问四五次，刚刚挣出一句道：“小尼并不曾谋死哪个和尚。”知县喝道：“见今谋死了万法寺和尚去非，埋在后园，还敢抵赖，快夹起来！”两边皂隶答应如雷，向前动手。了缘见知县把尸首认作去非，追究下落，打着她心头之事，老大惊骇，身子不摇自动，想道：“这是哪里说起？他们乃赫监生的尸首，却倒不问，反牵扯到我身上的事来，真也奇怪！”心中没想一头处，将眼偷看小和尚。小和尚已知父母错认了，也看着了缘，面面相觑。

且说静真、空照俱是娇滴滴的身子，嫩生生的皮肉，如何经得这般刑罚，夹棍刚刚套上，便晕迷了去，叫道：“爹爹不消用刑，容小尼从实招认。”知县止住左右，听她供招。二尼异口齐声说道：“爹爹，后园埋的不是和尚，乃是赫监生的尸首！”赫家人闻说原是家主尸首，同蒯三俱跪上去，听其情款。知县道：“既是赫监生，如何却是光头？”二尼乃将赫大卿到寺游玩，勾搭成奸，及设计剃发，扮作尼姑，病死埋葬，前后之事，细细招出。知县见所言与赫家昨日说话相合，已知是个真情。又问道：“赫监生事已实了，那和尚还藏在何处？一发招来！”二尼哭道：“这个其实不知，就打死也不敢虚认。”知县又唤女童、香公逐一细问，其说相同，知得小和尚这事与她无干。又唤了缘并小和尚上去问：“你藏匿静真、空照等在庵，一定与她是同谋的了。也夹起来！”了缘此时见静真等供招明白，和尚之事，已不缠牵在内，肠子宽了，从从容容地禀道：“爹爹不必加刑，容小尼细说。静真等昨到小尼庵中，假说他人扎诈，权住一两日，故此误留。其他奸情之事，委实分毫不知。”又指着小和尚道：“这徒弟乃新出家的，与静真等一发从不相认。况此等无耻勾当，败坏佛门体面，即使未曾发觉，小尼若稍知声息，亦当出首，岂肯事露之后，还敢藏匿？望爹爹详情超豁（免罪）。”知县见她说的有理，笑道：“话倒讲得好，只莫要心不应口。”遂令跪过一边。喝叫皂隶将空照、静真各责五十，东房女童各责三十，两个香公各打二十，都打得皮开肉绽，鲜血淋漓。打罢，知县举笔定罪。静真、空照设计恣淫，伤人性命，依律拟斩。东房二女童，减等，杖八十，官卖。两个香公，知情不举，俱问杖罪。非空庵藏奸之薮，拆毁入官。了缘师徒虽不知情，但隐匿奸党，杖罪纳赎。西房女童，判令归俗。赫大卿自作之孽，已死勿论，尸棺着令家属领归埋葬。判毕，各令画供。

那老儿见尸首已不是他儿子，想起昨日这场啼哭，好生没趣，愈加愤恨。跪上去禀知县，依旧与老和尚要人。老和尚又说徒弟偷盗寺中东西，藏匿在家，反来图赖。两下争执，连知县也委决不下。意为老和尚谋死，却不见形迹，难以入罪；将为果躲在家，这老儿怎敢又与他讨人？想了一回，乃道：“你儿子生死没个实据，怎好问得！且押出去，细访个的确证见来回话。”当下空照、静真、两个女童都下狱中。了缘、小和尚并两个香公，押出召保。老和尚与那老儿夫妻，原差押着，访问去非下落。其余人犯，俱释放宁家（归家）。

大凡衙门，有个东进西出的规矩。这时一干人俱从西边丹墀下走出去。那了缘因哄过了知县，不曾出丑，与小和尚两下暗地欢喜。小和尚还恐有人认得，把头直低向胸前，落在众人背后。也是合当败露，刚出西脚门，那老儿又揪住老和尚骂道：“老贼秃！谋死了我儿子，却又把别人的尸首来哄我么？”夹嘴连

腮，只管乱打。老和尚正打得连声叫屈，没处躲避，不想有十数个徒弟、徒孙们，在那里看出官，见师父被打，齐赶向前推翻了那老儿，挥拳便打。小和尚见父亲吃亏，心中着急，正忘了自己是个假尼姑，竟上前劝道：“列位师兄不要动手！”众和尚举眼观看，却认是去非。忙即放了那老儿，一把扯住小和尚叫道：“师父，好了！去非在此！”押保差人还不知就里，乃道：“这是极乐庵里的尼姑，押出去召保的，你们休错认了！”众和尚道：“哦！原来他假扮尼姑在极乐庵里快活，却害师父受累！”众人方才明白是个和尚，一齐都笑起来。旁边只急得了缘叫苦连声，面皮青染。老和尚分开众人，揪过来，一连四五个耳聒子，骂道：“天杀的狗奴材！你便快活，害得我好苦！且去见老爷来！”拖着便走。那老儿见了儿子已在，又做了假尼姑，料道到官必然责罚，向着老和尚连连叩头道：“老师父，是我无理得罪了，情愿下情陪礼。乞念师徒分上，饶了我孩儿，莫见官吧！”老和尚因受了他许多荼毒，哪里肯听，扭着小和尚直至堂上。差人押着了缘，也随进来。知县看见问道：“那老和尚为何又结扭尼姑进来？”老和尚道：“爷爷！这不是真尼姑，就是小的徒弟去非假扮的！”知县闻言，也忍笑不住，道：“如何有此异事？”喝教小和尚从实供来。去非自知隐瞒不过，只得一一招承。知县录了口词，将僧、尼各责四十，去非依律问徒，了缘官卖为奴，极乐庵亦行拆毁。老和尚并那老儿，无罪释放。又讨连具枷枷了，各搽半边黑脸，满城迎游示众。那老儿、婆子，因儿子做了这不法勾当，哑口无言，唯有满面鼻涕眼泪，扶着枷梢，跟出衙门。那时哄动了满城男女，扶老携幼，俱来观看。有好事的作个歌儿道：

可怜老和尚，不见了小和尚。原来女和尚，私藏了男和尚。分明雄和尚，错认了雌和尚。为个假和尚，带累了真和尚。断个死和尚，又明白了活和尚。满堂只叫打和尚，满街争看迎和尚。只为贪那裤裆中硬崛崛一个莽和尚，弄坏了庵院里娇滴滴许多骚和尚。

且说赫家人同蒯三急奔到家，报知主母。陆氏闻言，险些哭死。连夜备办衣衾棺椁，禀明知县，开了庵门，亲自到庵，重新入殓，迎到祖茔，择日安葬。那时庵中老尼已是饿死在床，地方报官盛殓，自不必说。这陆氏因丈夫生前不肯学好，好色身亡，把孩子严加教诲。后来明经出仕，官为别驾之职。有诗为证：

野草闲花恣意贪，化为蜂蝶死犹甘。

名庵并入游仙梦，是色非空作笑谈。

## 第十六卷　陆五汉硬留合色鞋

得便宜处笑嘻嘻，不遂心时暗自悲。

谁识天公颠倒用，得便宜处失便宜。

近时有一人，姓强，平日好占便宜，倚强凌弱，里中都惧怕他，熬出一个

浑名，叫作“强得利”。一日，偶出街市行走，看见前边一个单身客人，在地下捡了一个兜肚儿，提起颇重，想来其中有物，慌忙赶上前拦住客人，说道：“这兜肚是我腰间脱下来的，好好还我！”客人道：“我在前面走，你在后面来，如何倒是你腰间脱下来的？好不通理！”强得利见客人不从，就擘手去抢，早扯住兜肚上一根带子。两下你不松，我不放，街坊人都走拢来，问其缘故。二人各争执是自己的兜肚儿，众人不能剖判。其中一个老者开言道：“你二人口说无凭，且说兜肚中什么东西？合得着，便是他的。”强得利道：“谁耐烦与你猜谜道白！我只认得自己的兜肚，还我便休。若不还时，与你拼个死活！”只这句话，众人已知不是强得利的兜肚了。多有惧怕强得利的，有心帮衬他，便上前解劝道：“客人，你不识此位强大哥么？是本地有名的豪杰。这兜肚，你是地下捡的，料非己物，就把来结识了这位大哥，也是理所当然。”客人被劝不过，便道：“这兜肚果然不是小人的。只是财可义取，不可力夺。既然列位好言相劝，小人情愿将兜肚打开，看是何物。若果有些采头（好运气，亦指意外得到的财物），分作三股。小人与强大哥各得一股，那一股送与列位们做个利市，店中共饮三杯，以当酬劳。”那老者道：“客官最说得是！强大哥且放手，都交付与老汉手里。”

老者取兜肚打开看时，中间一个大布包，包中又有三四层纸，裹着光光两锭雪花样的大银，每锭有十两重。强得利见了这银子，爱不可言，就使欺心起来，便道：“论起三股分开，可惜錾坏了这两个锞儿。我身边有几两散碎银子，要去买牲口的，把来送与客人，留下这锞儿与我吧！”一头说，一头在腰里摸将出来三四个零碎包儿，凑起还称不上四两银子，连众人吃酒东道都在其内。客人如何肯收？两下争嚷起来。又有人点拨客人道：“这位强大哥不是好惹的，你多少得些采去吧！”老者也劝道：“客官，这四两银子，都把与你，我们众人这一股不要了。那一日不吃酒，省了这东道奉承你二位吧！”口里说时，那两锭银子在老者手中，已被强得利擘手抢去了。那客人没奈何，只得留了这四两银子。强得利道：“虽然我身边没有碎银，前街有个酒店，是我舅子开的。有劳众位多时，少不得同去一坐。”众人笑道：“恁地时，连客官也去吃三杯，今后就做个相识。”一行十四五人，同走到前街朱三郎酒店里大楼上坐下。强得利一来白白里得了这两锭大银，心中欢喜，二来感谢众人帮衬，三来讨了客人的便宜，又赖了众人一股利市，心上也未免有些不安。况且是自己舅子开张的酒店，越要卖弄，好酒好食，只顾教搬来，吃得个不亦乐乎！众人个个醉饱，方才撒手。共吃了三两多银子，强得利教记在自家账上。众人出门作别，各自散讫。客人干净得了四两银子，也自归家去了。

过了两日，强得利要买牲口，舅子店里又来取酒钱，家中别无银两，只得把那两锭雪白样的大银，在一个倾银铺里去倾销，指望加出些银水。那银匠接银在手，翻覆看了一回，手内颠上几颠，问道：“这银子哪里来的？”强得利道：“是交易上来的。”银匠道：“大郎被人哄了！这是铁胎假银，外边是细丝，只薄薄一层皮儿，里头都是铅铁。”强得利不信，只要錾开。银匠道：“錾坏时，大郎莫怪。”银匠动了手，乒乒乓乓錾开一个口子，那银皮裂开，里面露出假货。

强得利看了，自也不信：一生不曾做这折本的交易。自作自受，埋怨不得别人。坐在柜桌边，呆呆地对着这两锭银子只顾看。引下许多人进店，都来认

那铁胎银的，说长说短。强得利心中越气，正待寻事发作，只见门外两个公差走入，大喝一声，不由分说，将链子扣了强得利的颈，连这两锭银子，都解到一个去处来。

原来本县库上钱粮收了几锭假银，知县相公暗差做公的在外缉访。这兜肚里银子，不知是何人掉下的，那锭样正与库上的相同。因此被做公的拿了，解上县堂。知县相公一见了这锭样，认定是造假银的光棍，不容分诉，一上打了三十毛板，将强得利送入监里，要他赔补库上这几锭银子。三日一比较，强得利无可奈何，只得将田产变价上库。又央人情在知县相公处说明这两锭银子的来历。知县相公听了分上，饶了他罪名，释放宁家。共破费了百外银子，一个小小家当，弄得七零八落。被里中做下几句口号，传作笑话。道是：

强得利，强得利，做事全不济！得了两锭寡铁，破了百金家计。公堂上毛板是我打来，酒店上东道别人吃去。似此折本生涯，下次莫要淘气。从今改强为弱，得利唤作失利。再来吓里欺邻，只怕缩不上鼻涕。

这段话叫作《强得利贪财失采》，正是：得便宜处失便宜。

如今再讲一个故事，叫作《陆五汉硬留合色鞋》，也是为讨别人的便宜，后来弄出天大的祸来。正是：

爽口食多应损胃，快心事过必为殃。

话说国朝弘治年间，浙江杭州府城，有一少年子弟，姓张，名荩，积祖是大富之家。幼年也曾上学攻书，只因父母早丧，没人拘管，把书本抛开，专与那些浮浪子弟往来，学就一身吹弹蹴踘，惯在风月场中卖弄，烟花阵里钻研。因他生得风流俊俏，多情知趣，又有钱钞使费，小娘们多有爱他的，奉得神魂颠倒，连家里也不思想。妻子累谏不止，只索由他。

一日，正值春间，西湖上桃花盛开。隔夜请了两个名妓，一个唤作娇娇，一个叫作倩倩，又约了一般几个子弟，教人唤下湖船，要去游玩。自己打扮起来，头戴一顶时样绉纱巾，身穿着银红吴绫道袍，里边绣花白绫袄儿，脚下白绫袜、大红鞋，手中执一柄书画扇子。后面跟一个垂髫标致小厮，叫作清琴，是他的宠童，左臂上挂着一件披风，右手拿着一张弦子，一管紫箫，都是蜀锦制成囊儿盛裹。离了家中，往钱塘门摇摆而来。却打从十官子巷中经过，忽然抬头，看见一家临街楼上，有个女子揭开帘儿，泼那梳妆残水。那女子生得甚是娇艳。怎见得？有《清江引》为证：

谁家女儿，委实的好，赛过西施貌。面如白粉团，鬓似乌云绕。若得她近身时，魂灵儿都掉了。

张荩一见，身子就酥了半边，便立住脚，不肯转身，假意咳嗽一声。那女子泼了水，正待下帘，忽听得咳嗽声响，望下观看，一眼瞧见个美貌少年，人物风流，打扮乔画（浓妆艳抹），也凝眸流盼。两面对觑，四目相视，那女子不觉微微而笑，张荩一发魂不附体。只是上下相隔，不能通话。正看间，门里忽走出个中年人来，张荩急忙回避。等那人去远，又复走转看时，女子已下帘进去。站立一回，不见踪影，教清琴记了门面，明日再来打探。临行时，还回头几次。那西湖上，平常是他的脚边路，偏这日见了那女子，行一步，懒一步，就如走

儿百里山路一般，甚是厌烦。

出了钱塘门，来到湖船上。那时两个妓女和着一班子弟，都已先到。见张荩上船，俱走出船头相迎。张荩下了船，清琴把衣服、弦子、箫儿放下。稍子（艄公）开船，向湖心中去。那一日天色晴明，堤上桃花含笑，柳叶舒眉，往来踏春士女，携酒挈榼，纷纷如蚁。有诗为证：

山外青山楼外楼，西湖歌舞几时休？
暖风薰得游人醉，错把杭州作汴州。

且说张荩船中这班子弟们，一个个吹弹歌唱，施逞技艺。偏有张荩一意牵挂那楼上女子，无心欢笑，托腮呆想。他也不像游春，倒似伤秋光景。众人都道："张大爷平昔不是恁般，今日为何如此不乐？必定有甚缘故。"张荩含糊答应，不言所以。众人又道："大爷不要败兴，且开怀吃酒，有甚事等我众弟兄与你去解纷。"又对娇娇、倩倩道："想是大爷怪你们不来帮衬，故此着恼，还不快奉杯酒儿下礼。"娇娇、倩倩，真个筛过酒来相劝。张荩被众人鬼诨，勉强酬酢，心不在焉。未到晚，就先起身，众人亦不强留。

上了岸，进钱塘门，原打十官子巷经过。到女子门首，复咳嗽一声，不见楼上动静。走出巷口，又踅转来，一连数次，都无音响。清琴道："大爷，明日再来吧。若只管往来，被人疑惑。"张荩依言，只得回家。明日到她家左近访问，是何等人家。有人说："他家有名叫作潘杀星潘用，夫妻两个，只生一女，年才十六，唤作寿儿。那老儿与一官宦人家薄薄里有些瓜葛，冒着他的势头，专在地方上吓诈人的钱财，骗人酒食。地方上无一家不怕他，无一个不恨他，是个赖皮刁钻主儿。"张荩听了，记在肚里，慢慢地在他门首踱过。恰好那女子开帘远望，两下又复相见。彼此以目送情，转加亲热。自此之后，张荩不时往来其下探听，以咳嗽为号。有时看见，有时不见。眉来眼去，两眼甚浓，只是无门得到楼上。

一夜，正是二月十五，皓月当天，浑如白昼。张荩在家坐立不住，吃了夜饭，趁着月色，独步到潘用门首，并无一个人来往。见那女子正卷起帘儿，倚窗望月。张荩在下看见，轻轻咳嗽一声。上面女子会意，彼此微笑。张荩袖中摸出一条红绫汗巾，结个同心方胜（两个菱形压角相叠，组成的图案或纹样），团作一块，往上掷来。那女子双手来接，恰好正中。就月底下仔细看了一看，把来袖过，就脱下一只鞋儿投下。张荩双手承受，看时是一只合色鞋（用几种颜色的布料拼成鞋面的鞋子）儿，将指头量摸，刚刚一折，把来系在汗巾头上，纳在袖里。望上唱个肥喏，女子还了个万福。正在热闹处，那女子被父母呼唤，只得将窗儿闭上，自下楼去。

张荩也兴尽而返，归到家里，自在书房中宿歇。又解下这只鞋儿，在灯前细玩，果是金莲一瓣，且又做得甚精细。怎见得？也有《清江引》为证：

觑鞋儿三寸，轻罗软窄，胜蕖花片。若还绣满花，只费分毫线。
怪它香喷喷不沾泥，只在楼上转。

张荩看了一回，依旧包在汗巾头上。心中想道："须寻个人儿通信与她，怎生设法上得楼去方好。若只如此空砑（yà）光（指眉来眼去调情），眼饱肚饥，有何用处！"左思右算，除非如此，方能到手。明日午前，袖了些银子，走至潘家门

首。望楼上不见可人，便远远地借个人家坐下，看有甚人来往。事有凑巧，坐不多时，只见一个卖婆，手提着个小竹撞（竹匣子），进她家去。约有一个时辰，依原提着竹撞出来，从旧路而去。张荩急赶上一步，看时不是别人，却是惯走大家卖花粉的陆婆，就在十官子巷口居住。那婆子以卖花粉为名，专一做媒做保，做马泊六（撮合男女搞不正当关系的人），正是她的专门，故此家中甚是活动。儿子陆五汉在门前杀猪卖酒，平昔酗酒撒泼，是个凶徒，连那婆子时常要教训几拳的。婆子怕打，每事倒都依着他，不敢一毫违拗。当下张荩叫声："陆妈妈！"陆婆回头认得，便道："呀！张大爷何来？连日少会。"张荩道："适才去寻个朋友不遇，便道在此经过。你怎一向不到我家走走？那些丫头们，都望你的花哩！"陆婆道："老身日日要来拜望大娘，偏有这些没正经事，绊住身子，不曾来得。"一头说，已到了陆婆门首。只见陆五汉在店中卖肉卖酒，十分热闹。陆婆道："大爷吃茶去便好。只是家间龌龊，不好屈得贵人。"张荩道："茶倒不消，还要借几步路说话。"陆婆道："少待。"连忙进去，放了竹撞出来道："大爷有甚事作成（成全）老媳妇？"张荩道："这里不是说话之处，且随我来。"直引到一个酒楼上，拣个小阁儿中坐下。酒保放下杯箸，问道："可还有别客么？"张荩道："只我二人，上好酒暖两瓶来，时新果子，先将来案酒，好嗄饭（同"下饭"，指下饭的菜肴）只消三四味就够了。"酒保答应下去。不一时，都已取到，摆作一桌子。斟过酒来，吃了数杯。

张荩打发酒保下去，把阁子门闭了，对陆婆道："有一事要相烦妈妈，只怕你做不来。"那婆子笑道："不是老身夸口，凭你天大样疑难事体，经着老身，一了百当。大爷有甚事，只管吩咐来，包在我身上，与你完成。"张荩道："只要如此便好。"当下把两臂靠在桌上，舒着颈，向婆子低低说道："有个女子，要与我勾搭，只是没有做脚的，难得到手。晓得你与她家最熟，特来相求，去通个信儿。若说法得与我一会，决不忘恩。今日先有十两白物在此，送你开手（请人办事的酬劳）。事成之后，还有十两。"便去袖里摸出两个大锭，放在桌上。陆婆道："银子是小事，你且说是哪一家的雌儿？"张荩道："十官子巷潘家寿姐，可是你极熟的么？"陆婆道："原来是这个小鬼头儿。我常时见她端端正正，还是黄花女儿，不像要寻野食吃的，怎生着了你的道儿？"张荩把前后遇见，并夜来赠鞋的事，细细与婆子说知。陆婆道："这事倒也有些难处哩。"张荩道："有甚难处？"陆婆道："他家的老子厉害。家中并无一个杂人，只有嫡亲三口，寸步不离。况兼门户谨慎，早闭晏开，如何进得她家？这个老身不敢应承。"张荩道："妈妈，你适才说天大极难的事，经了你就成。这些小事，如何便推故不肯与我周全？想必嫌谢礼微薄，故意作难么？我也不管，是必要在你身上完成。我便再加十两银子，两匹段头（缎子），与你老人家做寿衣何如？"

陆婆见着雪白锭大银，眼中已是出火，却又贪他后手找账，心中不舍。想了一回，道："既大爷恁般坚心，若老身执意推托，只道我不知敬重了。待老身竭力去图，看你二人缘分何如。倘图得成，是你造化了；若图不成，也勉强不得，休得归罪老身。这银子且留在大爷处，但有些效验，然后来领。她与你这只鞋儿，倒要把来与我，好去做个话头。"张荩道："你若不收银子，我怎放心？"陆婆道："既如此，权且收下。若事不谐，依旧璧还。"把银揣在袖里。张

荩摸出汗巾，解下这只合色鞋儿，递与陆婆。陆婆接在手中，细细看了一看，喝彩道："果然做得好！"将来藏过。两个又吃了一回酒食，起身下楼，算还酒钱，一齐出门。临别时，陆婆又道："大爷，这事须缓缓而图，性急不得的。若限期限日，老身就不敢奉命了。"张荩道："只求妈妈用心，就迟几日也不大紧。倘有些好消息，竟到我家中来会。"道罢，各自分别而去。正是：

要将撮合三杯酒，结就欢娱百岁缘。

且说潘寿儿自从见了张荩之后，精神恍惚，茶饭懒沾，心中想道："我若嫁得这个人儿，也不枉为人一世！但不知住在哪里？姓甚名谁？"那月夜见了张荩，恨不得生出两个翅儿，飞下楼来，随他同去。得了那条红汗巾，就当作情人一般，抱在身边而卧。睡到明日午牌时分，还痴迷不醒，直待潘婆来唤，方才起身。又过两日，早饭已后，潘用出门去了，寿儿在楼上，又玩弄那条汗巾。只听得下面有人说话响，却又走上楼来。寿儿连忙把汗巾藏过，走到胡梯（扶梯）边看时，不是别人，却是卖花粉的陆婆，手内提着竹撞，同潘婆上来。到了楼上，陆婆道："寿姐，我昨日得了几般新样好花，特地送来与你。"连忙开了竹撞，取出一朵来道："寿姐，你看如何？可像真的一般么？"寿儿接过手来道："果然做得好！"陆婆又取出一朵来，递与潘婆道："大娘，你也看看，只怕后生时，从不曾见恁样花样哩！"潘婆道："真个我幼时只戴得那样粗花儿，不像如今做得这样细巧。"陆婆道："这个只算中等，还有上上号的，若看了，眼盲的就亮起来，老的便少起来，连寿还要增上几年哩！"寿儿道："你一发拿出来与我瞧瞧。"陆婆道："只怕你不识货，出不得这样贵价钱。"寿儿道："若买你的不起，看是看得起的。"陆婆陪笑道："老身是取笑话儿，寿姐怎认真起来？就连我这篮儿都要了，也值得几何？待我取出来与你看，只拣好的，任凭取择。"又取出几朵来，比前更加巧妙。寿儿拣好的取了数朵，道："这花怎么样卖？"陆婆道："呀！老身每常何曾与你争惯价钱，却要问价起来？但凭你吩咐罢了。"又道："大娘，有热茶便相求一碗。"潘婆道："看花兴（兴致，高兴）了，连茶都忘记去取。你要热的，待我另烧起来。"说罢，往楼下而去。

陆婆见潘婆转了身，把竹撞内花朵整顿好了，却又从袖中摸出一个红绸包儿，也放在里边。寿儿问道："这包的是什么东西？"陆婆道："是一件要紧物事，你看不得的。"寿儿道："怎么看不得？我偏要看！"把手便去取。陆婆口中便说："决不与你看！"却放个空让她一手掂起，连叫："阿呀！"假意来夺时，被寿儿抢过那边去。打开看时，却是她前夜赠与那生的这只合色鞋儿。寿儿一见，满面通红。陆婆便劈手夺去道："别人的东西，只管乱抢！"寿儿道："妈妈，只这一只鞋儿，什么好东西，恁般尊重！把绸儿包着，却又人看不得。"陆婆笑道："你便这样说不值钱，却不道有个官人，把这只鞋儿当似性命一般，教我遍处寻访那对儿哩！"寿儿心中明白是那人教她来通信，好生欢喜。便去取出那一只来，笑道："妈妈，我倒有一只在此，正好与它恰是对儿。"陆婆道："鞋便对着了，你却怎么发付那生？"寿儿低低道："这事妈妈总是晓得的了，我也不消瞒得，索性问个明白吧！那生端的是何等之人？姓甚名谁？平昔做人何如？"婆子道："他姓张，名荩，家中有百万家私，做人极是温存多情。为了你，日夜牵肠挂肚，废寝忘餐。晓得我在你家相熟，特央我来与你讨信，可有个法儿放他

进来么？”寿儿道：“你是晓得我家爹爹又厉害，门户甚是紧急，夜间等我吹熄灯火睡过了，还要把火来照过一遍，方才下去歇息。怎么得个策儿与他相会？妈妈，你有什么计策，成就了我二人之事，奴家自有重谢。”陆婆相了一相道：“不打紧，有计在此。”寿儿连忙问道：“有何计策？”陆婆道：“你夜间早些睡了，等爹妈上来照过，然后起来。只听下边咳嗽为号，把几匹布接长垂下楼来，待他从布上攀缘而上。到五更时分，原如此而下。就往来百年，也没有哪个知觉，任凭你两个取乐，可不好么？”寿儿听说，心中欢喜道：“多谢妈妈玉成。还是几时方来？”陆婆道：“今日天晚已来不及，明日清早去约了他，到晚来便可成事。只是再得一件信物与他，方见老身做事的当。”寿儿道：“你就把这对鞋儿，一总拿去为信。他明晚来时，依旧带还我。”说犹未了，潘婆将茶上来。陆婆慌忙把鞋藏于袖中，啜了两杯茶。寿儿道：“陆妈妈，花钱今日不便，改日奉还吧！”陆婆道：“就迟几日不妨碍，老身不是这琐碎的。”取了竹撞，作别起身，潘婆母子直送到中门口。寿儿道：“妈妈，明日若空，走来话话。”陆婆道：“晓得！”这是两个意会的说话，潘婆哪里知道？正是：

浪子心，佳人意，不禁眉来和眼去。虽然色胆大如天，中间还要人传会。伎俩熟，口舌利，握雨携云多巧计。虔婆绰号马泊六，多少良家受他累。　不怕天，不怕地，不怕旁人闲放屁；只须瞒却父和娘，暗中撮就鸳鸯对。朝想对，暮想对，想得人如痴如醉。不是冤家不聚头，杀却虔婆方出气。

且说陆婆也不回家，径往张荩家来。见了他浑家，只说卖花。问张荩时，却不在家。张荩合家那些妇女，把她这些花都抢一个干净，也有现，也有赊，混了一回。等他不及，作别起身。明日绝早，袖了那双鞋儿，又到张家问时，说：“昨夜没有回来，不知住在哪里。”陆婆依旧回到家中，恰好陆五汉要杀一口猪，因副手出去了，在那里焦躁。见陆婆归家，道：“来得极好！且相帮我缚一缚猪儿。”那婆子平昔惧怕儿子，不敢不依，道：“待我脱了衣服帮你。”往里边进去。陆五汉就随他进来，见婆子脱衣时，落下一个红绸包儿。陆五汉只道是包银子，拾起来，走到外边，解开看时，却是一双合色女鞋，喝彩道：“谁家女子，有恁般小脚！”相了一会，又道：“这个小脚女子，必定是有颜色的，若得抱在身边睡一夜，也不枉此一生！”又想道：“这鞋如何在母亲身边？却又是穿旧的，有恁般珍重，把绸儿包着。其中必有缘故。待她寻时，把话儿吓她，必有实信。”原把来包好，揣在怀里。

婆子脱过衣裳，相帮儿子缚猪来杀了，净过手，穿了衣服，却又要去寻张荩。临出门，把手摸袖中时，那双鞋儿却不见了。连忙复转身寻时，影也不见，急得那婆子叫天叫地。陆五汉冷眼看母亲恁般着急，由她寻个气叹，方才来问道：“不见了什么东西？这样着急！”婆子道：“是一件要紧物事，说不得的。”陆五汉道：“若说个影儿，或者你老人家目力不济，待我与你寻看。如说不得的，你自去寻，不干我事！”婆子见儿子说话跷蹊，便道：“你若拾得，还了我，有许多银子在上，够你做本钱哩！”陆五汉见说有银子，动了火，问道：“拾到是我拾得，你说那根由与我，方才还你。”婆子叫到里边去，一五一十，把那两个前后的事，细细说与。陆五汉探了婆子消息，心中欢喜，假意惊道：“早是与我

说知，不然，几乎做出事来。”婆子道：“却是为何？”陆五汉道：“自古说得好，若要不知，除非莫为。这样事，怎掩得人的耳目？况且潘用那个老强盗，可是惹得他的么？倘或事露，晓得你赚了银两，与他做脚，那时不要说把我做本钱，只怕连我的店底都倒在他手里，还不像意（惬意，满意）哩！”陆婆被儿子一吓，心中老大惊慌，道：“儿说得有理。如今我把这银子和鞋儿还了他，只说事体不谐，不管他闲账罢了。”陆五汉笑道：“这银子在哪里？”陆婆便去取出来与儿子看。五汉把来袖了道：“母亲，这银子和鞋儿，留在这里。万一后日他们从别处弄出事来，连累你时，把他做个证见。若不到这田地，那银子落得用的，他敢来讨么？”陆婆道：“倘张大老来问回音，却怎么处？”五汉道：“只说他家门户紧急，一时不能，若有机会，便来通报。回他数次，自然不来了。”那婆子银子鞋儿都被五汉拿去，又不敢讨，手中没了把柄，又怕弄出事来，也不敢去约张荩。

且说陆五汉把这十两银子，办起几件华丽衣服，也买一顶绉纱巾儿。到晚上等陆婆睡了，约莫一更时分，将行头打扮起来，把鞋儿藏在袖里，取锁反锁了大门，一径到潘家门首。其夜微云笼月，不甚分明，且喜夜深人静。陆五汉在楼墙下，轻轻咳嗽一声。上面寿儿听得，连忙开窗。那窗臼里，呀的有声，寿儿恐怕惊醒爹妈，即桌上取过茶壶来，洒些茶在里边，开时却就不响。把布一头紧紧地缚在柱上，一头便垂下来。陆五汉见布垂下，满心欢喜，撩衣拔步上前，双手挽住布儿，两脚挺在墙上，逐步捱将上去。顷刻已到楼窗边，轻轻跨下。寿儿把布收起，将窗儿掩上。陆五汉就双手抱住，便来亲嘴，寿儿即把舌儿度在五汉口中。此时两情火热，又是黑暗之中，哪辨真假，相偎相抱，解衣就寝。五汉将寿儿双股拍开，腾身上去。寿儿亦耸身而就。真个你贪我爱，被陆五汉恣情取乐。正是：

> 豆蔻包香，却被枯藤胡缠；海棠含蕊，无端暴雨摧残。鸺鹠（xiū liú，俗称小猫头鹰）占锦鸳之窠，凤凰作凡鸦之偶。一个口里呼肉肉肝肝，还认作店中行货；一个心里想亲亲爱爱，哪知非楼下可人。红娘约张珙，错订郑恒；郭素学王轩，偶迷西子，可怜美玉娇香体，轻付屠酤市井人。

当下雨散云收，方才叙阔。五汉将出那双鞋儿，细述向来情款。寿儿也诉想念之由。情犹未足，再赴阳台（巫山女神所居之地，后指男女欢会），愈加恩爱。到了四更，即便起身。开了窗，依旧把布放下，五汉攀援下去，急奔回家。寿儿把布收起藏过，轻轻闭上窗儿，原复睡下。

自此之后，但是雨下月明，陆五汉就不来，余则无夜不会。往来约有半年，十分绸缪。那寿儿不觉面目语言，非复旧时。潘用夫妻，心中疑惑，几遍将女儿盘问，寿儿只是咬定牙根，一字不吐。那晚五汉又来，寿儿对他说道：“爹妈不知怎么，有些知觉，不时盘问。虽然再四白赖过了，两夜防谨愈严，倘然候着，大家不好。今后你且勿来，待他懒怠些儿，再图欢会。”五汉口中答道：“说得是！”心内甚是不然。到四更时，又下楼去了。

当夜潘用朦胧中，觉道楼上有些唧唧哝哝，侧着耳要听个仔细，然后起来捉奸。不想听了一回，忽地睡去，天明方醒。对潘婆道：“阿寿这贱人，做下不明白的勾当是真了，她却还要口硬。我昨夜明明里听得楼上有人说话，欲待再听几句，起身去捉他，不想却睡着去。”潘婆道：“便是我也有些疑心。但算来这

楼上没个路道儿通得外边。难道是神仙鬼怪，来无迹，去无踪？”潘用道：“如今少不得打她一顿，拷问她真情出来。”潘婆道：“不好！常言道：‘家丑不可外扬。’若还一打，邻里都要晓得了，传说开去，谁肯来娶她？如今也莫论有这事没这事，只把女儿卧房迁在楼下，临卧时将她房门上落了锁，万无他虞。你我两口搬在她楼上去睡，看夜间有何动静，便知就里。”潘用道：“说得有理！”到晚间吃晚饭时，潘用对寿儿道：“今后你在我房中睡罢！我老夫妻要在楼上做房了。”寿儿心中明白，不敢不依，只暗暗地叫苦。当夜互相更换，潘用把女儿房门锁了，对老婆道：“今夜有人上楼时，拿住了，只做贼论，结果了他，方出我这气。”把窗儿也不扣上，准候拿人。

不题潘用夫妻商议。且说陆五汉当夜寿儿叮嘱他且缓几时来，心上不悦。却也熬定了数晚，果然不去。过了十余日，忽一晚淫心荡漾，按捺不住，又想要与寿儿取乐。恐怕潘用来捉奸，身边带着一把杀猪的尖刀防备。出了大门，把门反锁好了，直到潘家门首，依前咳嗽。等候一回，楼上毫无动静。只道寿儿不听见，又咳嗽两声，更无音响。疑是寿儿睡着了。如此三四番，看看等至四鼓，事已不谐，只得回家，心中想道：“她见我好几夜不去，如何知道我今番在此？这也不要怪她。”到次夜又去，依原不见动静。等得不耐烦，心下早有三分愤怒。到第三夜，自己在家中吃个半酣，等到更阑，掮了一张梯子，直到潘家楼下。也不打暗号，一径上到楼窗边，把窗轻轻一拽，那窗呀的开了。五汉跳身入去，抽起梯子，闭上窗儿，摸至床上来。正是：

一念愿邀云雨梦，片时飞过凤凰楼。

却说潘用夫妻初到楼上这两夜，有心采听风声，不敢熟睡。一连十余夜，静悄悄地老鼠也不听得叫一声，心中已疑女儿没有此事，提防便懈怠了。事有偶然，恰好这一夜寿儿房门上的搭钮断了，下不得锁。潘婆道：“只把前后门锁断，房门上用个封条封记，这一夜料没甚事。”潘用依了他说话。其夜老夫妻也用了几杯酒，带着酒兴，两口儿一头睡了，做了些不三不四没正经的生活，身子困倦，紧紧抱住睡熟。故此五汉上来，开闭窗槅（gé），分毫不知。

且说五汉摸到床边，正要解衣就寝，却听得床上两个人在一头打鼾，心中大怒道：“怪道两夜咳嗽，她只做睡着不瞅睬我。原来这淫妇又勾搭上了别人，却假意推说父母盘问，教我且不要来，明明断绝我了！这般无恩淫妇，要她怎的！”身边取出尖刀，把手摸着二人颈项，轻轻透入，尖刀一勒，先将潘婆杀死。还怕咽喉未断，把刀在内三四卷，眼见不能活了。覆刀转来，也将潘用杀死。揩抹了手上血污，将刀藏过。推开窗子，把梯儿坠下，跨出楼窗，把窗依旧闭好，轻轻溜将下来，担起梯子，飞奔回家去了。

且说寿儿自换了卧房，恐怕情人又来打暗号，露出马脚，放心不下。到早上不见父母说起，那一日方才放心。到十余日后，全然没事了。这一日睡醒了，守到巳牌时分，还不见父母下楼，心中奇怪。晓得门上有封记，又不敢自开。只在房中声唤道：“爹妈起身罢！天色晏了，如何还睡？”叫唤多时，并不答应。只得开了房门，走上楼来。揭开帐子看时，但见满床流血，血泊里挺着两个尸首。

寿儿惊倒在地，半晌方苏，抚床大哭，不知何人杀害。哭了一回，想道：“此事非同小可！若不报知邻里，必要累及自己。”即便取了钥匙，开门出来，

却又怕羞，立在门内喊道："列位高邻，不好了！我家爹妈不知被甚人杀死，乞与奴家作主！"连喊数声，那些对门间壁，并街上过往的人听见，一齐拥进，把寿儿倒挤在后边，都问道："你爹妈睡在哪里？"寿儿哭道："昨夜好好地上楼，今早门户不开，不知何人，把来双双杀死！"众人见说在楼上，都赶上楼，揭开帐子看时，老夫妻果然杀死在床。众人相看这楼，又临着街道，上面虽有楼窗，下面却是包檐墙，无处攀援上来。寿儿又说门户都是锁好的，适才方开；家中却又无别人，都道："此事甚是跷蹊，不是当耍的！"即时报地方总甲来看了，同着四邻，引寿儿去报官。可怜寿儿从不曾出门，今日事在无奈，只得把包头齐眉兜了，锁上大门，随众人往杭州府来。那时哄动半个杭城，都传说这事。陆五汉已晓得杀错了，心中懊悔不及，失张失智，颠倒在家中寻闹。陆婆向来也晓得儿子些来踪去迹，今番杀人一事，定有干涉，只是不敢问他，却也怀着鬼胎，不敢出门。正是：

理直千人必往，心亏寸步难移。

且说众人来到杭州府前，正值太守坐堂，一齐进去禀道："今有十官子巷潘用家，夜来门户未开，夫妻俱被杀死，同伊女寿儿特来禀知。"太守唤上寿儿问道："你且细说父母什么时候睡的？睡在何处？"寿儿道："昨夜黄昏时，吃了夜饭，把门户锁好，双双上楼睡的。今早巳牌时分，不见起身，上楼看时，已杀在被中。楼上窗槅依旧关闭，下边门户一毫不动，封锁依然。"太守又问道："可曾失甚东西？"寿儿道："件件俱在。"太守道："岂有门户不开，却杀了人？东西又一件不失，事有可疑。"想了一想，又问道："你家中还有何人？"寿儿道："止有嫡亲三口，并无别人。"太守道："你父亲平昔可有仇家么？"寿儿道："并没有甚仇家。"太守道："这事却也作怪。"沉吟了半晌，心中忽然明白。教寿儿抬起头来，见包头盖着半面。太守令左右揭开看时，生得非常艳丽。太守道："你今年几岁了？"寿儿道："十七岁了。"太守道："可曾许配人家么？"寿儿低低道："未曾。"太守道："你的睡处在哪里？"寿儿道："睡在楼下。"太守道："怎么你倒住在下边，父母反居楼上？"寿儿道："一向是奴睡在楼上，半月前换下来的。"太守道："为甚换了下来？"寿儿对答不来，道："不知爹妈为甚要换。"太守喝道："这父母是你杀的！"寿儿着了急，哭道："爷爷，生身父母，奴家敢做这事？"太守道："我晓得不是你杀的，一定是你心上人杀的。快些说他名字上来！"寿儿听说，心中慌张，赖道："奴家足迹不出中门，哪有此等勾当？若有时，邻里一定晓得。爷爷问邻里，便知奴家平昔为人了。"太守笑道："杀了人，邻里尚不晓得，这等事邻里如何晓得？此是明明你与奸夫往来，父母知觉了，故此半月前换你下边去睡，绝了奸夫的门路。他便愤怒杀了。不然，为甚换你在楼下去睡？"

俗语道："贼人心虚。"寿儿被太守句句道着心事，不觉面上一回红，一回白，口内如吃子（口吃之人）一般，半个字也说不清洁。太守见她这个光景，一发是了，喝教左右拶（zā，一种酷刑，用穿在一起的细木棍夹受刑人的手指或脚趾，用力收紧绳子）起。那些皂隶飞奔上前，扯出寿儿手来，如玉相似，哪禁得恁般苦楚。拶子才套得指头上，疼痛难忍，即忙招道："爷爷！有，有，有个奸夫！"太守道："叫甚名字？"寿儿道："叫作张荩。"太守道："他怎么样上你楼来？"寿儿道："每

夜等我爹妈睡着，他在楼下咳嗽为号，奴家把布接长，系一头在柱上垂下，他从布上攀引上楼。未到天明，即便下去。如此往来，约有半年。爹妈有些知觉，几次将奴盘问，被奴赖过。奴家嘱咐张荩，今后莫来，省得出丑，张荩应允而去。自此爹妈把奴换在楼下来睡，又将门户尽皆下锁。奴家也要隐恶扬善，情愿住在下边，与他断绝。只此便是实情。其爹妈被杀，委果不知情由。”太守见她招了，喝教放了拶子。起签差四个皂隶速拿张荩来审。那四个皂隶，飞也似去了。这是：

闭门家里坐，祸从天上来。

且说张荩自从与陆婆在酒店中别后，即到一个妓家住了三夜。回家知陆婆来寻过两遍，急去问信时，陆婆因儿子把话吓住，且又没了鞋子，假意说道：“鞋子是寿姐收了，教多多拜上，如今他父亲厉害，门户紧急，无处可入。再过几时，父亲即要出去，约有半年方才回来。待他起身后，那时可放胆来会。”张荩只道是真话，不时探问消息。落后又见寿儿几遭，相对微笑，两下都是错认。寿儿认作夜间来的即是此人，故见了喜笑。张荩认作要调戏他上手，时常现在他眼前卖俏。日复一日，并无确信。张荩渐渐忆想成病，在家服药调治。那日正在书房中闷坐，只见家人来说：“有四个公差在外面，问大爷什么说话。”张荩见说，吃了一惊，想道：“除非妓弟家什么事故！”不免出厅相见，问其来意。公差答道：“想是为什么钱粮里役事情，到彼自知。”张荩便放下了心，讨件衣服换了，又打发些钱钞，随着皂隶望府中而来，后面许多家人跟着。一路有人传说潘寿儿同奸夫杀了爹妈，张荩听了，甚是惊骇，心下想道：“这丫头弄出恁样事来？早是我不曾与她成就，原来也是个不成才的烂货！险些把我也缠在是非之中。”不一时，来到公厅。太守举目观看张荩，却是个标致少年，不像个杀人凶徒，心下有些疑惑。乃问道：“张荩！你如何奸骗了潘用女儿，又将他夫妻杀死？”

那张荩乃风流子弟，只晓得三瓦两舍，行奸卖俏，是他的本等，何曾看见官府的威严，一拿到时，已是胆战心惊。如今听说把潘寿儿杀人的事坐在他身上，就是青天里打下一个霹雳，吓得半个字也说不出。挣了半日，方才道：“小人与潘寿儿虽然有意，却未曾成奸。莫说杀他父母，就是楼上从不曾到。”太守喝道：“潘寿儿已招与你通奸半年，如何尚敢抵赖！”张荩对潘寿儿道：“我何尝与你成奸，却来害我？”起初潘寿儿还道不是张荩所杀，这时见他不认奸情，连杀人事到疑心是真了。一口咬住，哭哭啼啼，张荩分辩不清。太守喝教夹起来，只听得两旁皂隶一声吆喝，蜂拥上前，扯脚拽脚。可怜张荩从小在绫罗堆里滚大的，就挨着线结也还过不去，如何受得这等刑罚。夹棍刚套上脚，就杀猪般喊叫，连连叩头道：“小人愿招！”太守教放了夹棍，快写供状上来。张荩只是啼哭道：“我并不知情，却教我写什么来？”又向潘寿儿说道：“你不知被哪个奸骗了，却扯我抵当！如今也不消说起，但凭你怎么样说来，我只依你的口招承便了。”潘寿儿道：“你自作自受，怕你不招承！难道你不曾在楼下调戏我？你不曾把汗巾丢上来与我？你不曾接受我的合色鞋？”张荩道：“这都是了，只是我没有上楼与你相处！”太守喝道：“一事真，百事真。还要多说，快快供招！”张荩低头。只听潘寿儿说一句，便写一句，轻轻里把个死罪认在身上。画供已毕，呈与太守看了，将张荩问实斩罪。寿儿虽不知情，因奸伤害父母，

亦拟斩罪。各责三十，上了长板。张荩押付死囚牢里，潘寿自入女监收管，不在话下。

且说张荩幸喜皂隶们知他是有钞主儿，还打个出头棒子（指衙役受了贿赂，在打板子时，以板头着地，好像打得很重，但受刑人受伤并不很重的一种打法），不致十分伤损。来到牢里叫屈连声，无门可诉。这些狱卒分明是挑一担银子进监，哪个不欢喜，哪个不把他奉承。都来问道："张大爷，你怎么做恁般勾当？"张荩道："列位大哥，不瞒你说，当初其实与那潘寿姐曾见过一面。两下虽然有意，却从不曾与她一会。不知被甚人骗了，却把我来顶缸！你道我这样一个人，可是个杀人的么？"众人道："既如此，适才你怎么就招了？"张荩道："我这瘦怯怯的身子可是熬得刑的么？况且新病了数日，刚刚起来，正是雪上加霜一般。若招了，还活得几日；若不招，这条性命今夜就要送了。这也是前世冤业，不消说起。但潘寿姐适才说话，历历有据，其中必有缘故。我如今愿送十两银子与列位买杯酒吃，引我去与潘寿姐一见，细细问明这事，我死亦瞑目！"内中一个狱卒头儿道："张大爷要看见潘寿儿也不难，只是十两太少。"张荩道："再加五两罢。"禁子头道："我们人众，分不来，极少也得二十两。"张荩依允。两个禁子扶着两腋，直到女监栅门外。

潘寿儿正在里面啼哭，狱卒扶他到栅门口，见了张荩，便一头哭，一头骂道："你这无恩无义的贼！我一时迷惑，被你奸骗，有甚亏了你，下这样毒手，杀我爹妈，害我性命？"张荩道："你且不要嚷，如今待我细细说与你详察。起初见到你时，多承顾盼留恋，彼此有心。以后月夜我将汗巾赠你，你将合色鞋来酬我。我因无由相会，打听卖花的陆婆在你家走动，先送她十两银子，将那鞋儿来讨信。她来回说：鞋便你收了，只因父亲厉害，门户紧急，目下要出去几个月，待起身后，即来相约。是从那日为始，朝三暮四，约了无数日子，已及半年，并无实耗。及至有时见你，却又微笑，教我日夜牵挂，成了思忆之病，在家服药，何尝到你楼上？却来诬害我至此地位！"寿儿哭道："负心贼！你还要赖哩！那日你教陆婆将鞋来约会了，定下计策，教我等爹妈睡着，听下边咳嗽为号，把布接长，垂下来与你为梯。到次夜，你果然在下边咳嗽，我依法用布引你上楼，你出鞋为信。此后每夜必来。不想爹妈有些知觉，将我盘问几次。我对你说：此后且莫来，恐防事露，大家坏了名声。等爹妈不提防了，再图相会。哪知你这狠心贼，就衔恨我爹妈。昨夜不知怎生上楼，把来杀了。如今到还抵赖，连前面的事，都不肯承认！"

张荩想了一想道："既是我与你相处半年，那形体声音，料必识熟。你且细细审视，可不差么？"众人道："张大爷这话说得极是。若果然不差，你也须不是人了，不要说问斩罪，就问凌迟也不为过！"寿儿见说，踌躇了半晌，又睁目把他细细观看。张荩连问道："是不是？快些说出，不要迟疑！"寿儿道："声音甚是不同，身子也觉大似你。向来都是黑暗中，不能详察，只记得你左腰间有个疮痕肿起，大如铜钱，只这个便是色认。"众人道："这个一发容易明白。张大爷，你且脱下衣来看。若果然没有，明日禀知太爷，我众人为证，出你罪名。"于是张荩满心欢喜道："多谢列位！"连忙把衣服褪下。众人看时，遍身如玉，腰间那有疮痕？寿儿看了，哑口无言。张荩道："小娘子！如今可知不是我

么？”众人道：“不消说了，这便真正冤枉，明日与你禀官。”当下依旧扶到一个房头，住了一宵。明早，太守升堂，众禁子跪下，将昨夜张荩与潘寿儿面证之事，一一禀知。

太守大惊，即便吊出二人复审。先唤张荩上去，从头至尾，细诉一遍。太守道：“你那只鞋儿付与陆婆去后，不曾还你？”张荩道：“正是。”又唤寿儿上去，寿儿也把前后事，又细细呈说。太守道：“那鞋儿果是原与陆婆拿去，明晚张荩到楼，付你的么？”寿儿道：“正是。”太守点头道：“这等，是陆婆卖了张荩，将鞋另与别人冒名奸骗你了。”即便差人去拿那婆子。不多时，婆子拿到。太守先打四十，然后问道：“当初张荩央你与潘寿儿通信，既约了明晚相会，你如何又哄张荩不教他去，却把鞋儿与别人冒名去奸骗？从实说来，饶你性命！若半句虚了，登时敲死！”那婆子被这四十打得皮开肉绽，哪敢半字虚妄。把那卖花为由，定策期约，连寻张荩不遇，回来帮儿子杀猪，落掉鞋子，并儿子恐吓说话，已后张荩来讨信，因无了鞋子，含糊哄他等情，一一细诉。其奸骗杀人情由，却不晓得。

太守见说话与二人相合，已知是陆五汉所为。即又差人将五汉拿到。太守问道：“陆五汉，你奸骗了良家女子，却又杀他父母，有何理说！”陆五汉赖道：“爷爷！小人是市井愚民，哪有此事？这是张荩央小人母亲做脚，奸了潘家女儿，杀了他父母，怎推到小人身上？”寿儿不等他说完，便喊道：“奸骗奴家的声音，正是那人！爷爷只止验他左腰可有肿起疮痕，便知真假！”太守即教皂隶剥下衣服看时，左腰间果有疮痕肿起。陆五汉方才口软，连称情愿偿命，把前后奸骗，误杀潘用夫妻等情，一一供出。太守喝打六十，问成斩罪，追出行凶尖刀上库。寿儿依先原拟斩罪。陆婆说诱良家女子，依律问徒。张荩不合希图奸骗，虽未成奸，实为祸本，亦问徒罪，召保纳赎。当堂一一判定罪名，备文书申报上司。那潘寿儿思想：“却被陆五汉奸骗，父母为我而死，出乖露丑！”懊悔不及，无颜再活，立起身来，往丹墀阶沿青石上一头撞去，脑浆迸出，顷刻死于非命。

可怜慕色如花女，化作含冤带血魂。

太守见寿儿撞死，心中不忍，喝教把陆五汉再加四十，凑成一百，下在死囚牢里，听候文书转日，秋后处决。又拘邻里，将寿儿尸骸抬出，把潘用房产家私尽皆变卖，备棺盛殓三尸，买地埋葬，余银入官上库。不在话下。

且说张荩见寿儿触阶而死，心下十分可怜，想道：“皆因为我，致她父子丧身亡家。”回至家中，将银两酬谢了公差、狱卒等辈，又纳了徒罪赎银。调养好了身子，到僧房道院礼经忏超度潘寿儿父子三人。自己吃了长斋，立誓再不奸淫人家妇女，连花柳之地也绝足不行，在家清闲自在，直至七十而终。时人有诗叹云：

赌近盗兮奸近杀，古人说话不曾差。
奸赌两般都不染，太平无事做人家。

# 第十七卷　张孝基陈留认舅

士子攻书农种田，工商勤苦挣家园。
世人切莫闲游荡，游荡从来误少年。

尝闻得老郎（指说书人的师傅）们传说，当初有个贵人，官拜尚书，家财万贯。生得有五个儿子，只教长子读书，以下四子，农、工、商、贾，各执一艺。那四子心下不悦，却不知什么缘故，央人问老尚书：“四位公子何故都不教他习儒？况且农、工、商、贾，劳苦营生，非上人之所为。府上富贵安享有余，何故舍逸就劳，弃甘即苦？只恐四位公子不能习惯。”老尚书呵呵大笑，叠着两指，说出一篇长话来，道是：

世人尽道读书好，只恐读书读不了！读书个个望公卿，几人能向金阶跑？郎不郎时秀不秀（比喻不伦不类，不成材或没出息），长衣一领遮前后。畏寒畏暑畏风波，养成娇怯难生受。算来事事不如人，气硬心高妄自尊。稼穑不知贪逸乐，哪知逸乐会亡身。农工商贾虽然贱，各务营生不辞倦。从来劳苦皆习成，习成劳苦筋力健。春风得力总繁华，不论桃花与菜花。自古成人不自在，若贪安享岂成家！老夫富贵虽然爱，戏场纱帽轮流戴。子孙失势被人欺，不如及早均平派。一脉书香付长房，诸儿恰好四民良。暖衣饱食非容易，常把勤劳答上苍。

老尚书这篇话，至今流传人间，人多服其高论。为何的？多有富贵子弟，担了个读书的虚名，不去务本营生，戴顶角巾，穿领长衣，自以为上等之人，习成一身轻薄，稼穑艰难，全然不知。到知识渐开，恋酒迷花，无所不至。甚者破家荡产，有上稍时没下稍。所以古人云：五谷不熟，不如荑稗（两种草名）。贪却赊钱，失却见在。这叫作：

受用须从勤苦得，淫奢必定祸灾生。

说这汉末时，许昌有一巨富之家，其人姓过，名善，真是个田连阡陌，牛马成群，庄房屋舍，几十余处，童仆厮养，不计其数。他虽然是个富翁，一生省俭做家，从没有穿一件新鲜衣服，吃一味可口东西。也不晓得花朝月夕，同个朋友到胜景处游玩一番。也不曾四时八节，备个筵席，会一会亲族，请一请乡党。终日缩在家中，皱着两个眉头，吃这碗枯茶淡饭。一把匙钥，紧紧挂在身边，丝毫东西，都要亲手出放。房中桌上，更无别物，单单一个算盘，几本账簿。身子恰像生铁铸就，熟铜打成，长生不死一般。日夜思算，得一望十，得十望百，堆积上去，分文不舍得妄费。正是：

世无百岁人，枉作千年调。

那过善年纪五十余外，合家称作太公。妈妈已故，只有儿女二人。儿子过迁，已聘下方长者之女为媳。女儿淑女，尚未议姻。过善见儿子人材出众，性

质聪明，立心要他读书。却又悭吝，不肯延师在家，送到一个亲戚人家附学。谁知过老本是个看财童子，儿子却是个败家五道，平昔有几件毛病：

见了书本，就如冤家；遇着妇人，便是性命。喜的是吃酒，爱的是赌钱。蹴踘打弹，卖弄风流；放鹞擎鹰，争夸豪侠。耍拳走马骨头轻，使棒轮枪心窍痒。

自古道："物以类聚。"过迁性喜游荡，就有一班浮浪子弟引诱打合。这时还惧怕父亲，早上去了，至晚而归。过善一心单在钱财上做工夫的人，每日见儿子早出晚入，只道是在学里，哪个去查考。况且过迁把钱买嘱了送饭的小厮，日逐照旧送饭，到半路上作成他饱啖，归来瞒得铁桶相似，过善何由得知？过迁在先生面前，只说家中有事，不得工夫。过几日，间或去点个卯儿，又时常将些小东西孝顺。那先生一来见他不像个读书之人，二来见他老官儿也不像认真要儿读书，三来又贪着些小利，总然有些知觉，也装聋作哑，只当不知，不去拘管他。所以过迁得恣意无藉，家中毫不知觉。

常言说得好："若要不知，除非莫为。"不想方长者晓得了，差人上复过善。过善不信，想道："若在外恁般游荡，也得好些银子使费，他却从何而来？况且小厮日日送饭到学，并不说起不在，哪有这事！"又想道："方亲家是个真诚之人，必是有因，方才来说，不可不信。"便唤送饭的小厮来问道："小官人日日不在学里，你把饭都与哪个吃了？"这小厮是个教熟猢狲，便道："呀！小官人无一日不在学里，哪个却掉这样大谎？"过善只道小厮家是实话，更不再问。到晚间过迁回来，这小厮先把信儿透与知道。到了房中，过善问道："你如何不在学里读书，每日在外游荡？"过迁道："这是哪个说？快叫来，打他几个耳聒子，戒他下次不许说谎！我哪一日不在学里？造这话来谤我！"过善一来是爱子，二来料他没银使费，况说话与小厮一般，遂信以为实然，更不题起。正是：

因无背后眼，只当耳边风。

过了几日，方长者又教人来说："太公如何不拘管小官人到学里读书，仍旧纵容在外狂放？"过善道："不信有这等事！"即教人在学里去问，看他今日可在。家人到学看时，果然不见个影儿。问那先生时，答道："他说家中有事，好几日不到学了。"家人急忙归家，回复了过善。过善大怒道："这畜生原来恁地！"即将送饭小厮拷打起来。这小厮吃打不过，说道："小官人每日不知在何处玩耍，果然不到学中，再三教我瞒着太公。"过善听说，气得手足俱战，恨不得此时那不肖子就立在眼前，一棒敲死，方泄其忿。却得淑女在旁解劝。挨到晚间，过迁回家，老儿满肚子气，已自平下了一半，才骂得一句："畜生！你在外胡为，瞒得我好！"淑女就接口道："哥哥，你这几日在哪里玩耍？气坏了爹爹！还不跪着告罪！"过迁真个就跪下去，扯个谎道："孩儿一向在学攻书，这三两日因同学朋友家中赛神做会，邀孩儿去看，诚恐爹爹嗔责，吩咐小厮莫说。望爹爹恕孩儿则个！"淑女道："爹爹息怒，哥哥从今读书便了。"过善被他一片谎言瞒过，又信以为实，当下骂了一场，关他在家中看书，不放出门。

隔了两日，有人把几百亩田卖与过善。议定价钱，做下文书，到后房一只箱内去取银子。开箱看时，吃了一惊。那箱内约有二千余金，已去其大半。原来过迁晓得有银在内，私下配个匙钥，夜间俟父亲、妹子睡着，便起来悄悄捵

开，偷去花费。陆续取溜了，他也不知用过多少。当下过善叫屈连天，淑女听得，急忙来问。见说没了银子，便道："这也奇怪，在此间的东西，如何失了？爹莫不记错了，没有这许多？"过善道："不错！不错！原来这畜生偷我的银子，在外花费。"即忙寻了一条棒子，唤过迁到来。此时银子为重，把怜爱之情，搁过一边，不由分说，扯过来，一顿棍棒只打得满地乱滚。淑女负命解劝，将过善拉过一边，扯住了棒儿。过善喝道："畜生！你怎样偷的？在哪处花费？实说出来，还有个商量。若一句支吾，定然活活打死！"过迁打急了，只得一一直说，连那匙钥在裈带上解将下来。气得过善双脚乱跳道："留你这畜生，总是不肖之子，被人耻笑！不如早死，到得干净。"又要来打，那时阖家男女都来下跪讨饶。过善讨条链子，锁在一间空房里去，连这田也不买了，气倒在一个壁角边坐地。

这老儿虽是一时气不过，把儿子痛打一顿，却又十分肉疼，想道："看他这模样儿，也不像落莫（落魄，潦倒）的，谁道倒是个败子！怎地使他回心转意便好？"心下踌躇，无计可施。淑女劝道："爹爹，事已至此，气亦无益。只因哥哥年纪幼小，被人诱引，以致如此。今后但在家中读书，不要放他出门，远着这班人，他的念头自然息了。"众家人也劝道："太公关锁小官人，也不是长法。如今年已长大，何不与他完了姻事？有娘子绊住身子，料必不想到外边游荡，岂不两全其美！"过善见说，深以为然。两三日后，放其锁禁，又将好言教诲。过迁受了这场打骂，勉强住在家中，不敢出门。

半月之后，过善择了吉日，叫媒人往方家去说，要娶媳妇过门。方长者也是大富之家，妆奁久已完备，一诺无辞。到了吉期，迎娶来家。那过善素性俭朴，诸事减省，草草而已。且说过迁初婚时，见浑家面貌美丽，妆奁富盛，真个日日住在家中，横竖成双，全不想到外边游荡。过善见儿子如此，甚是欢喜。过了几时，方氏归宁回去。过迁在家无聊，三不知闪出去，寻着旧日这班子弟，到各处玩耍。只是手中没有钱钞使费，不能恣意。想起浑家箱笼中必然有物，将出旧日手段，逐一撬开搜寻去撒漫。使得手滑了，连衣饰都把来弄得罄尽。不一日，浑家归来，见箱笼俱空，叫苦不迭。盘问过迁时，只推不知，夫妻反目起来。过善闻知，气得手足麻冷，唤出儿子来，一把头发揪翻，乱踢乱打。这番连淑女也劝解不住了。过善喝道："只道你这畜生改悔前心，尚有成人之日。不想原复如是，我还有甚指望！不如速死，留我老性命再活几日！"见旁边有个棒槌，便抢在手，劈头就打。吓得淑儿魂不附体，双手扳住臂膊哭道："爹爹！别件打犹可，这东西断然使不得的！"方氏见势头厉害，心中惧怕，说道："公公请息怒，媳妇没不多几件东西，不为大事。"过善方才放手。淑女劝父亲到房中坐下，告道："爹爹只有一子，怎生如此毒打？万一失手打坏，后来倚靠何人？"过善道："这畜生到底不成人的了，还指望倚靠着他？打死了也省得被人谈耻。"淑女道："自古道：'败子回头便作家。'哥哥方才少年，哪见得一世如此！不争今日一时之怒，一下打死，后来思想，悔之何及！"过善被女儿苦劝一番，怒气少息。欲要访问同游这班人，告官惩治，又怕反用银子，只得忍耐。自此之后，过迁日日躲在房里，不敢出门，连父亲面也不敢见。

常言道："偷食猫儿性不改。"

他在外边放荡惯了，看着家中，犹如牢狱一般，哪里坐立得住。过了月余，瞒着父亲，悄悄却又出去。浑家再三苦谏，全不作准。欲要向过善说知，又见打得厉害，不敢开口，只得到与他隐瞒。过迁此时身边并无财物，寡闯了几日，甚觉没趣。料道家中决然无处出豁，私下将田产央人四处抵借银子，日夜在花街柳巷、酒馆赌坊迷恋，不想回家。方氏察听得实，恐怕在外学出些不好事来，只得告知过善。过善大惊道："我只道这畜生还躲在房里，原来又出去了！"埋怨方氏道："娘子，这畜生初出去时，何不就说，直至今日方言？"方氏道："因见公公打得厉害，故不敢说。"过善道："这样不肖子，打死罢了，要他何用！"当下便差人四下寻觅。淑儿姑嫂二人，反替他担着愁担子，将棍棒之类，预先都藏过了。早有人报知过迁，过迁量得此番归家，必然锁禁，不能出来，索性莫归吧！遂请着妓者藏在闲汉人家取乐。觉道有人晓得，即又换场。一连在外四五个月。这些家人们虽然知得些风声，哪个敢与小主人做冤家，只推没处寻觅。过善愈加气恼，写一纸忤逆状子，告在县里。却得闲汉们替过迁衙门上下使费，也不上紧拿人。

常言道："水平不流，人平不言。"这班闲汉替过迁衙门打点使钱，亦是有所利而为之。若是得利均分，倒也和其光而同其尘了。因有手迟脚慢的，眼看别人赚钱，心中不忿，却去过老面前搬嘴，说："令郎与某人某人往来，怎样嫖赌，将田产与某处抵银多少，算来共借有三千银子。"把那老儿吓得面如土色，想道："畜生恁般大胆，如此花费，能消几时！再过一二年，连我身子也是别人的了。"问道："如今这畜生在哪里？"其人道："现在东门外三里桥北堍下老王三家。他前门是不开的，进了小巷，中间有个小小竹园，便是他后门。内有茅亭三间，此乃令郎安顿之所。"过善得了下落，唤了五六个家人跟随，一径出东门，到三里桥，吩咐众人，在桥下伺候："莫要惊走了那畜生，待我唤你们时，便一齐上前。"也是这日合当有事，过迁恰好和一个朋友说话，不觉送出园门。作别过了，方欲转身，忽听得背后吆喝一声："畜生哪里走！"过迁回头一看，原来是父亲，吓得双脚俱软，寸步也移不动。说时迟，那时快，过善赶上一步，不由分说，在地下拾起一块大石块，口里恨着一声，照过迁顶门擘将去，咕喇一声响，只道这畜生今番性命休矣！正是：

地府忽增不肖鬼，人间已少败家精。

这一响，只道打碎天灵盖了。不想过迁后生眼快，见父亲来得凶恶，刚打下时，就旁边一闪，那石块恰恰中在侧边一堆乱砖上，打得砖头乱滚下来。过迁望着巷口便跑，不想去得力猛，反把过善冲倒。过善爬起身来，一头赶，一头喊道："杀爹的逆贼走了！快些拿住！"众家人听得家长声唤，都走拢来看时，过迁已自去得好远。过善气得一句话也说不出，只叫快赶，赶着的有赏。众人领命，分头追赶小官人。过善独自个气忿忿地坐在桥上，约有两个时辰，不见回报。天色将晚，只得忍着气，一步步挨到家里。淑女见父亲余怒未息，已猜着八九，上前问其缘故。过善细细告说如此如此。淑女含泪劝道："爹爹年过五旬，又无七男八女，只有这点骨血。总虽不肖，但可教诲，何忍下此毒手！适来幸喜他躲闪得快，不致伤身。倘有失错，岂不覆宗绝祀！爹爹，今后断不可如此！"过善咬牙切齿恨道："我便为无祀之鬼也罢！这畜生定然饶他不得！"

不题淑女苦劝父亲。且说过迁得了性命，不论高低，只望小路乱跑。正行间，背后二人飞也似赶来，一把扯住，定要小官人同回。你道这二人是谁？乃过善家里义仆小三、小四兄弟。两个领着老主之命，做一路儿追赶小官人，恰好在此遇见。过迁捽脱不开，心中愤怒，提起拳头，照着小四心窝里便打。小四着了拳，只叫得一声“阿呀”！仰后便倒，更不做声。小三见兄弟跌闷在地，只道死了，高声叫起屈来，扭住小官人死也不放。事到其间，过迁也没有主意：“左右是个左右，不是他便是我，一发拼了命吧！”捏起两个拳头，没头没脑，乱打将来。他曾学个拳法，颇有些手脚，小三如何招架得住？只得放他走了。回身看小四时，已自苏醒。小三扶他起来，就近处讨些汤水，与他吃了。两个一同回家，报与家主。别个家人赶不着的，也都回了。过善只是叹气，不在话下。

且说过迁一头走，一头想：“父亲不怀好意了！现今县里告下忤逆，如今又打死小四，罪上加罪，这条性命休矣！称身边还存得三四两银子，可做盘缠，且往远处逃命，再作区处。”算计已定，连夜奔走。正是：

忙忙如丧家之狗，急急如漏网之鱼。

过迁去有半年，杳无音信，里中传为已死。这些帮闲的要自脱干系，撺掇债主教人来过家取讨银子。若不还银，要收田产。那债主都是有势有力之家，过善不敢冲撞，只得缓词谢之。回得一家去时，接脚又是一家来说，门上络绎不绝，都是讨债之人。过善索性不出来相见。各家见不应承，齐告在县里。差人拘来审问。县令看了文契，对过善道：“这都是你儿子借的，须赖不得！”过善道：“逆子不遵教诲，被这班小人引诱为非，将家业荡费殆尽，向告在台，逃遁于外，未蒙审结。所存些少，只够小人送终之用，岂可复与逆子还债？况子债亦无父还之理。”县令笑道：“汝尚不肯与子还债，外人怎肯把银与汝子白用！且引诱汝子者，决非放债之人，如何赖得？总之，汝子不肖，莫怪别人。但父在子不得自专，各家贪图重利，与败子私自立券，其心亦是不良。今照契偿还本银，利钱勿论。银完之日，原契当堂销毁。居中人重责问罪！”过善被官府断了，怎敢不依。只得逐一清楚，心中愈加痛恨。倒以儿子死在他乡为乐，全无思念之意。正是：

种田不熟不如荒，养儿不肖不如无。

话休烦絮。且说过善女儿淑女，天性孝友，相貌端庄，长成一十八岁，尚未许人。你道恁样大富人家，为甚如此年纪犹未议婚？过善只因是个爱女，要觅个**啫嗻**（又作“奢遮”，了不起，出色）女婿为配，所以高不成，低不就，拣择了多少子弟，没个中意的，蹉跎至今。又因儿子不肖，越把女儿值钱，要择个出人头地的，赘入家来，付托家事，故此愈难其配。

话分两头。却说过善邻近有一人，姓张，名仁，世代耕读，家颇富饶。夫妻两口，单生一子，取名孝基，生得相貌魁梧，人物济楚，深通今古，广读诗书。年方二十，未曾婚配。张仁正央媒人寻亲，恰好说至过家。过善已曾看见孝基这个丰仪，却又门当户对，心中大喜道：“得此子为婚，我女终身有托矣！”张仁是个独子，本不舍得赘出。因过善央媒再三来说，又闻其女甚贤，故此允了。少不得问名纳彩，奠雁传书，赘入过家。孝基虽然赘在过家，每日早晚省视父母，并无少怠。夫妻相待，犹如宾客，敬重过善，同于父母。又且为人谦

厚，待人接物，一团和气，上下之人，无不悦服。过善爱之如子，凡有疑难事体，托他支理，看其材干。孝基条分理析，井井有方，过善因此愈加欢喜。只有方氏在房，思想丈夫，不知在于何处，并无消耗，未知死活存亡，日夜悲伤不已。

光阴如箭，张孝基在过家不觉又是二年有余。过善忽然染病，求神罔效，用药无功。方氏姑嫂二人，昼夜侍奉汤药。孝基居在外厢，综理诸事。那老儿渐渐危笃，自料不起，吩咐女儿治酒，遍请邻里亲戚到家，嘱咐道："列位高宗在上，老汉托赖天地祖宗，挣得这些薄产，指望传诸子孙，世守其业。不幸命薄，生此不肖逆贼，破费许多。向已潜遁在外，未知死生。幸尔尚有一女，婚配得人，聊慰老景。不想今得重疾，不久谢世。故特请列位到来，做个证明，将所有财产，尽传付女夫，接续我家宗祀。久已写下遗嘱，烦列位各署个花押。倘或逆子犹在，探我亡后，回家争执，竟将此告送官司，官府自然明白。"遂于枕边摸出遗嘱，教家人递与众人观看。此时众人疑是张孝基见识，尚未开言，只见张孝基说道："多蒙岳父大恩，但岳父现有子在，万无财产反归外姓之理。以小婿愚见，当差人四面访觅大舅回来，将家业付之，以全父子之情。小婿夫妻自当归宗。设或大舅身已不幸，尚有舅嫂守节，当交与掌管，然后访族中之子，立为后嗣，此乃正理。若是小婿承受，外人必有逐子爱婿之谤。鸠僭鹊巢，小婿亦被人谈论，这决不敢奉命！"淑女也道："哥哥只因惧怕爹爹责罚，故躲避在外，料必无恙。丈夫乃外姓之人，岂敢承受！"众人见他夫妻说话，出于至诚，遂齐声说道："令婿、令爱之言，亦似有理。且待寻访小官人，一年半载，待有的信，再作区处。"

过善道："小婿之言，不是爱我，乃是害我。"众人道："如何是害太公？"过善道："老汉一生辛苦，挣得这些家事，逆子视之犹如粪土，不上半年，破散四千余金。如此挥霍，便铜斗家计，指日可尽。财产既尽，必至变卖茔墓。那时不唯老汉不能入土，恐祖宗在土之骨，反暴弃荒野矣！"孝基又道："大舅昔因年幼，为匪人诱惑所致。今已年长，又有某辈好言劝喻，料必改过自新，决不至此。"过善道："未必！未必！有我在日，严加责罚，尚不改悛。我死之后，又何人得而禁之！"众人都道："依着我们愚见，不若均分了，两全其美。令郎回时，也没得话说。"过善只是不许。孝基夫妇再三苦辞。过善大怒道："汝亦效逆子要呕死我么？"众人见他发怒，乃对孝基道："令岳执意如此，不必辞了。"遂将遗嘱各写了花押，递与过老。淑女又道："爹爹家财尽付与我夫妇，嫂嫂当置于何地？"过善道："我已料理在此，不消你虑。"将遗嘱付过孝基，孝基夫妇泣拜而受。

过善又摸出二纸捏在手中，请过方长者近前，说道："逆子不肖，致令爱失其所天（指丈夫），老汉心实不安。但耽误在此，终为不了。老汉已写一执照于此，付与令爱。老汉亡后，烦亲家引回，别选良配。万一逆子回来有言，执此赴官诉理。外有田百亩，以偿逆子所费妆奁。"道罢，将二纸递与。方长者也不来接，答道："小女既归令郎，乃亲家家事，已与老夫无干。况寒门从无二嫁之女，非老夫所愿闻，亲家请勿开口。"道罢，往外就走，孝基苦留不住。过善呼媳妇出来说知，方氏大哭道："妾闻妇人之义，从一而终。夫死而嫁，志者耻为。何况妾夫

尚在，岂可为此狗彘之事！”过善又道：“逆子总在，这等不肖，守之何益？”方氏道：“妾夫虽不肖，妾志不可改。必欲夺妾之志，有死而已！”过善道：“你有此志气，固是好事。便我亡后，家产已付女夫掌管，你居于此，须不稳便。”淑女道：“爹爹，嫂嫂既肯守节，家业自然该她承受。孩儿归于夫家，才是正理。”方氏道：“姑娘，我又无子嗣，要这些家财何用！公公既有田百亩与我，当归母家，以赡此生。即丈夫回来，亦可度日。”众人齐声称好。过善道：“媳妇，你与过门争气，这百亩田尚少，再增田二百亩，银子二百两，与你终身受用！”方氏含泪拜谢。分拨已定，过善教女婿留亲戚邻里于堂中饮酒，至晚方散。

那过善本来病势已有八九分了，却又勉强料理这事，喉长气短，费舌劳唇，劳碌这半日，到晚上愈加沉重。女儿、媳妇守在床边，啼啼哭哭。张孝基备办后事，早已停当。又过数日，呜呼哀哉！正是：

三寸气在千般用，一旦无常万事休。

女儿、媳妇都哭得昏迷几次，张孝基也十分哀痛。衣衾棺椁，极其华美。七七之中，开丧受吊，延请僧道，修做好事，以资冥福。择选吉日，葬于祖茔，每事务从丰厚。殡葬之后，方氏收拾，归于母家。姑嫂不忍分舍，大哭而别，不在话下。

且说张孝基将丈人所遗家产钱财米谷，一一登记账簿，又差人各处访问过迁，并无踪影。时光似箭，岁月如流，倏忽便过五年。那时张孝基生下两个儿子，门首添个解当铺儿，用个主管总其出入。家事比过善手内，又增几倍。

话休烦絮。一日张孝基有事来到陈留郡中，借个寓所住下。偶同家人到各处游玩，末后来至市上，只见个有病乞丐，坐在一人家檐下，那人家驱逐他起身。张孝基心中不忍，教家人朱信舍与他几个钱钞。那朱信原是过家老仆，极会鉴貌辨色，随机应变，是个伶俐人儿。当下取钱递与这乞丐，把眼观看，吃了一惊！急忙赶来，对张孝基说道：“官人向来寻访小官人下落，适来丐者，面貌好生厮像！”张孝基便定了脚，吩咐道：“你再去细看，若果是他，必然认得你。且莫说我是你家女婿，太公产业都归于我。只说家已破散，我乃是你新主人，看他如何对答。然后你便引他来相见，我自有处。”

朱信得了言语，覆身转去。见他正低着头，把钱系在一根衣带上，藏入腰里。朱信仔细一看，更无疑惑。那丐者起先舍钱与他时，其心全在钱上，哪个来看舍钱的是谁。这次朱信去看时，他已把钱藏过，也举起眼来，认得是自家家人，不觉失声叫道：“朱信，你同谁在这里？”朱信便道：“小官人，你如何流落至此？”过迁泣道：“自从那日逃奔出门，欲要央人来劝解爹爹，不想路上恰遇着小三、小四兄弟两个拦阻住了，务要拖我回家。我想爹爹正在盛怒之时，这番若回，性命决然难活。匆忙之际，一拳打去，不意小四跌倒便死。心中害怕，连夜逃命。奔了几日，方到这里。在客店中歇了几时，把身边银两吃尽，被他赶将出来。无可奈何，只得求乞度命。日夜思家，没处讨个信息，天幸今日遇你。可实对我说，那日小四死了，爹爹有何话说？”朱信道：“小四当时醒了转来，不曾得死。太公已去世五年矣！”

过迁见说父亲已死，叫声：“苦也！”往下便倒。朱信上前扶起，喉中哽咽，哭不出声，呜呜了好一回，方才放声大哭道：“我指望回家，央人求告收留，依

原父子相聚，谁想已不在了！”悲声惨切，朱信亦不觉堕泪。哭了一回，乃问道：“爹爹既故，这些家私是谁掌管？”朱信道：“太公未亡之前，小官人所借这些债主，齐来取索。太公不肯承认，被告官司，衙门中用了无数银子。及至审问，一一断还，田产已去大半。小娘子出嫁，妆奁又去了好些。太公临终时，恨小官人不学好，尽数分散亲戚。存下些少，太公死后，家无正主，童仆等辈，一顿乱抢，分毫不留。止存住宅，卖与我新主人张大官人，把来丧中殡葬之用。如今寸土俱无了。”过迁见说，又哭起来道：“我只道家业还在，如今挣扎性命回去，学好为人，不料破费至此！”又问道：“家产便无了，我浑家却在何处？妹子嫁于哪家？”朱信道：“小娘子就嫁在近处人家，大嫂倒不好说。”过迁道：“却是为何？”朱信道：“太公因久不见小官人消息，只道已故，送归母家，令她改嫁。”过迁道：“可晓得嫁也不曾？”朱信道：“老奴为投了新主人，不时差往远处，在家日少，不曾细问，想是已嫁去了。”

过迁抚膺大恸道：“只为我一身不肖，家破人亡，财为他人所有，妻为他人所得，诚天地间一大罪人也！要这狗命何用，不如死休！”望着阶沿石上便要撞死。朱信一把扯住道：“小官人，蝼蚁尚且贪生，如何这等短见！”过迁道：“昔年还想有归乡的日子，故忍耻偷生。今已无家可归，不如早些死了，省得在此出丑！”朱信道：“好死不如恶活，不可如此。老奴新主人做人甚好，待我引去相见，求他带回乡里。倘有用得着你之处，就在他家安身立命，到老来还有个结果。若死在这里，有谁收取你的尸骸？却不枉了这一死！”过迁沉吟了一回道：“你话倒说得是。但羞人子（羞愧，羞答答），怎好去相见？万一不留，反干拆（白白丢了）这番面皮。”朱信道：“至此地位，还顾得什么羞耻！”过迁道：“既如此，不要说出我真姓名来，只说是你的亲戚吧！”朱信道：“适才我先讲过了，怎好改得？”

当下过迁无奈，只得把身上破衣裳整一整，随朱信而来。张孝基远远站在人家屋下，望见他啼哭这一段光景，觉道他有懊悔之念，不胜叹息。过迁走近孝基身边，低着头站下。朱信先说道：“告官人，正是老奴旧日小主人。因逃难出来，流落在此，求官人留他则个！”便叫道：“过来见了官人。”过迁上前欲要作揖，去扯那袖子，却都只有得半截，又是破的，左扯也盖不来手，右扯也遮不着臂，只得抄着手，唱个喏。张孝基看了，愈加可怜。因是舅子，不好受他的礼，还了个半礼，乃道：“嗳！你是个好人家子息，怎么到这等田地！但收留你回去，没有用处，却怎好？”朱信道：“告官人，随分胡乱留他罢！”张孝基道：“你可会灌园么？”过迁道：“小人虽然不会，情愿用心去学。”张孝基道：“只怕你是受用的人，如何吃得恁样辛苦？”过迁道：“小人到此地位，如何敢辞辛苦！”张孝基道：“这也罢。只是依得三件事，方带你回去。若依不得，不敢相留。”过迁道：“不知是哪三件？”张孝基道：“第一件，只许住在园上，饭食教人送与你吃，不许往外行走。若跨出了园门，就不许跨进园门。”过迁道：“小人玷辱祖宗，有何颜见人，往外行走？住在园上，正是本愿。这个依得。”张孝基见说话有自愧之念，甚是欢喜。又道：“第二件，要早起晏息，不许贪眠懒怠偷工。”过迁道：“小人天未明就起身，直至黑了方止。若有月的日子，夜里也做，怎敢偷工！这个也依得。”孝基又道：“夜里倒不消得，只日里不偷工就够了。第

三件，若有不到之处，任凭我责罚，不许怨怅。”过迁道：“既蒙收养，便是重生父母。但凭责罚，死而无怨！”张孝基道：“既都肯依，随我来。”也不去闲玩，覆转身引到寓所门口。过迁随将进来。

主人家见是个乞丐，大声叱咤，不容进门。张孝基道：“莫赶他，这是我家的人。”主人家道：“这乞丐常是在这里讨饭吃，怎么是府上家人？”朱信道：“一向流落在此，今日遇见的。”到里边开了房门，张孝基坐下，吩咐道：“你随了我，这模样不好看相。朱信，你去教主人家烧些汤与他洗净了身子，省两件衣服与他换了，把些饭食与他吃。”朱信便去教主人家烧起汤来，唤过迁去洗浴。过迁自出门这几年，从不曾见汤面。今日这浴，就如脱皮退壳，身上鏖糟（肮脏），足足洗了半缸。朱信将衣服与他穿起，梳好了头发，比前便大不相同。朱信取过饭来，恣意一饱。那过迁身子本来有些病体，又苦了一苦，又在当风处洗了浴，见着饭又多吃了碗，三合凑，到夜里生起病来。张孝基倩医调治，有一个多月，方才痊愈。

张孝基事体已完，算还了房钱，收拾起身。又雇了个牲口与过迁乘坐。一行四众，循着大路而来。张孝基开言道：“过迁，你是旧家子弟，我不好唤你名字，如今改叫作过小乙。”又吩咐朱信：“你们叫他小乙哥，两下稳便。”朱信道：“小人知道。”张孝基道：“小乙，今日路上无聊，你把向日兴头事情，细细说与我消遣。”过迁道：“官人，往事休题。若说起来，羞也羞死了！”张孝基道：“你当时是个风流趣人，有什么羞！且略说些么。”过迁被逼不过，只得一一直说前后浪费之事。张孝基道：“你起初恁般快活，前日街头这样苦楚，可觉有些过不去么？”过迁道：“小人当时年幼无知，又被人哄骗，以致如此，懊悔无及矣！”张孝基道：“只怕有了银子，还去快活哩！”过迁道：“小人性命已是多的了，还做这桩事？便杀我也不敢去！”张孝基又对朱信道：“你是他老家人，可晓得太公少年时也曾恁般快活过么？”朱信道：“可怜他日夜只想做人家，何曾舍得使一文屈钱？却想这样事！”孝基道：“你且说怎的样做人家？”朱信扳指头一岁起运，细说怎的勤劳，如何辛苦，方挣得这等家事。“不想小乙哥把来看得像土块一般，弄得人亡家破！”过迁听了，只管哀泣。张孝基道：“你如今哭也迟了，只是将来学做好人，还有个出头日子。”一路上热一句，冷一句，把话打着他心事。过迁渐渐自怨自艾，懊悔不迭！正是：

临崖立马收缰晚，船到江心补漏迟。

在路行了几日，来到许昌。张孝基打发朱信先将行李归家，报告浑家，自同过迁径到自己家中，见过父母，将此事说知。令过迁相见已毕，遂引到后园，打扫一间房子，把出被窝之类，交付安歇。又吩咐道：“不许到别处行走！我若查出时，定然责罚！”过迁连声答应：“不敢！不敢！”孝基别了父母，回至家中，悄悄与浑家说了，浑家再三称谢。不题。

且说过迁当晚住下，次日清早便起身，担着器具去锄地。看那园时，甚是广阔，周围编竹为篱。张太公也是做家之人，并不种甚花木，单种的是蔬菜，灌园的非止一人。过迁初时，哪里运弄得来？他也不管，一味蛮垦。过了数日，渐觉熟落（熟练），好不欢喜。每日担水灌浇，刈草锄垦，也不与人搭话。从清晨直至黄昏，略不少息。或遇凄风楚雨之时，思想父亲，吞声痛泣。欲要往坟上

叩个头儿，又守着规矩，不敢出门。想起妹子，闻说就嫁在左近，却不知是哪家。意欲见她一面，又想："今日落于人后，何颜去见妹子。总不嫌我，倘被妹夫父母兄弟奚落，却不自取其辱！"索性把这念头休了。

且说张孝基日日差人察听，见如此勤谨，万分欢喜。又教人私下试他，说："小乙哥，你何苦日夜这般劳碌？偷些工夫同我到街坊上玩耍玩耍，请你吃三杯，可好么？"过迁大怒道："你这人自己怠惰，已是不该，却又来引诱我为非！下次如此，定然禀知官人。"一日，张孝基自来查点，假意寻他事过，高声叱詈（lì，责骂）要打。过迁伏在地上，说道："是小人有罪，正该责罚！"张孝基恨了几声，乃道："姑恕你初次，且不计较。倘若再犯，定然不饶！"过迁顿首唯唯。自此之后，愈加奋励。约莫半年，并无倦怠之意，足迹不敢跨出园门。

张孝基见他悔过之念已坚，一日，教人拿着一套衣服并巾帻鞋袜之类，来到园上，对过迁道："我看你做事勤谨，甚是可用。如今解库少个人相帮，你倒去得。可戴了巾帻，随我同去。"过迁道："小人得蒙收留灌园，已出望外，岂敢复望解库中使令？"张孝基道："不必推辞，但得用心支理，便是你的好处了。"过迁即便裹起巾帻，整顿衣裳，此时模样，比前更是不同。随孝基至堂中，作别张太公出门。路上无颜见人，低着头而走。不一时，望见自家门首，心中伤感，暗自掉下泪来。到得门口，只见旧日家人都叉手拱立两边，让张孝基进门。过迁想道："我家这些人，如何都归在他家？想是随屋卖的了。"却也不敢呼唤，只低着头而走。众家人随后也跟进来。到了堂中，便立住脚不行，见桌椅家伙之类，俱是自家故物，愈加凄惨。张孝基道："你随我来，教你见一个人。"过迁正不知见哪个，只得又随着而走。却从堂后转向左边，过迁认得这径道乃他家旧时往家庙去之路。渐渐至近，孝基指着堂中道："有人在里边，你进去认一认！"过迁急忙走去，抬头看见父亲形影，翻身拜倒在地，哭道："不肖子流落卑污，玷辱家门，生不能侍奉汤药，死不能送骨入土，忤逆不道，粉骨难赎！"以头叩地，血被于面。

正哭间，只听得背后有人哭来，叫道："哥哥！你一去不回，全不把爹爹为念！"过迁举眼见是妹子，一把扯住道："妹子！只道今生已无再见之期，不料复得与你相会！"哥妹二人，相持大哭。

昔年流落实堪伤，今日相逢转断肠。
不是一番寒彻骨，怎得梅花扑鼻香！

哥妹哭了一回，过迁向张孝基拜谢道："若非妹丈救我性命，必作异乡之鬼矣！大恩大德，将何补报！"张孝基扶起道："自家骨肉，何出此言！但得老舅改过自新，以慰岳丈在天之灵，胜似报我也！"过迁泣谢道："不肖谨守妹丈向日约束，倘有不到处，一依前番责罚！"张孝基笑道："前者老舅不知详细，故用权宜之策。今已明白，岂有是理！但须自戒可也。"当下张孝基唤众家人来，拜见已毕，回至房中。淑女整治酒肴款待。过迁乃问："你的大嫂嫁了何人？"淑女道："哥哥，你怎说这话？却不枉杀了人！当日爹爹病重，主张教嫂嫂转嫁，嫂嫂立志不从！"乃把前事细说一遍。又道："如今见守在家，怎么说她嫁人？"过迁见说妻子贞节，又不觉泪下，乃道："我哪里晓得？都是朱信之言。"张孝基道："此乃一时哄你的话。待过几时，同你去见令岳，迎大嫂来家。"过迁道："这

个我也不想矣，但要到爹爹墓上走遭。”张孝基道：“这事容易。”

到次早，备办祭礼，同到墓上。过迁哭拜道：“不肖子违背爹爹，罪该万死！今愿改行自新，以赎前非，望乞阴灵洞鉴！”祝罢，又哭。张孝基劝住了，回到家里，把解库中银钱点明，付与过迁掌管。那过迁虽管了解库，一照灌园时早起晏眠，不辞辛苦。出入银两，公平谨慎。往来的人，无不欢喜。将张孝基夫妻恭敬犹如父母，倘有疑难之事，便来请问。终日住在店中，毫无昔日之态。此时亲戚尽晓得他已回家，俱来相探。彼此只作个揖，未敢深谈。过了两三个月，张孝基还恐他心活，又令人来试他说：“小官人，你平昔好玩，没银时还各处抵借来用。今见放着白晃晃许多东西，倒呆坐看守。近日有个绝妙的人儿，有十二分才色，藏在一个所在。若有兴，同去吃杯茶，何如？”过迁听罢，大喝道：“你这鸟人！我只因当初被人引诱坏了，弄得破家荡产，几乎送了性命。心下正恨着这班贼男女，你却又来哄我！”便要扯去见张孝基。那人招称不是，方才罢了。孝基闻知如此，不胜之喜。

时光迅速，不觉又是半年。张孝基把库中账目，细细查算，分毫不差。乃对过迁说道：“不孝有三，无后为大。向日你初回时，我便要上覆令岳，迎大嫂与老舅完聚。恐他还疑你是个败子，未必肯许，故此止了。今你悔过之名，人都晓得，去迎大嫂，料无推托，如今可即同去。”过迁依允。淑女取出一副新鲜衣服与他穿起，同至方家。方长者出来相见，过迁拜倒在地道：“小婿不肖，有负岳父、贤妻。今已改过前非，欲迎令爱完聚。”方长者扶起道：“不消拜，你之所行，我尽已知道。小女既归于汝，老夫自当送来。”张孝基道：“亲翁还在何日送来？”方长者道：“就明日便了。”张孝基道：“亲翁亦求一顾，尚有话说。”方长者应允。二人作别，回到家里。张孝基遍请亲戚邻里，于明日吃庆喜筵席。

次日午前，方氏已到，过迁哥妹出去相迎。相见之间，悲喜交集。方氏又请张孝基拜谢。少顷，诸亲俱到，相见已毕，无不称赞孝基夫妇玉成之德，过迁改悔之善，方氏志节之坚。不一时，酒筵完备。张孝基安席定位，叙齿而坐。酒过数巡，食供三套，张孝基起身进去，教人捧出一个箱儿，放于桌上。讨个大杯，满斟热酒，亲自递与过迁道：“大舅，满饮此杯！”过迁见孝基所敬，不敢推托，双手来接道：“过迁理合敬妹丈，如何反劳尊赐？”张孝基道：“大舅就请干了，还有话说。”过迁一吸而尽。孝基将钥匙开了那只箱儿，箱内取出十来本文簿，递与过迁道：“请收了这几本账目。”过迁接了，问道：“妹丈，这是什么账？”张孝基道：“你且收下，待我细说。”乃对众人道：“列位尊长在上，小生有一言相禀。”众人俱站立起身道：“不知足下有何见谕？老汉们愿闻清诲（领教）。”遂侧耳拱听。张孝基叠出两个指头，说将出来，言无数句，使听者无不啧啧称羡。正是：

钱财如粪土，仁义值千金。

曾记床头语，穷通不二心。

当下张孝基说道：“昔年岳父只因大舅荡费家业，故将财产传与小生。当时再三推辞，岳父执意不从。因见正在病中，恐触其怒，反非爱敬之意，故勉强承受。此皆列位尊长所共见，不必某再细言。及岳父弃世之后，差人四处寻访大舅，四五年间，毫无踪影。天意陈留得遇，当时本欲直陈，交还原产，仍恐

其旧态犹存，依然浪费，岂不反负岳父这段恩德？故将真情隐匿，使之耕种，绳以规矩，劳其筋骨，苦其心志，兼以良言劝喻，隐语讽刺，冀其悔过自新。幸喜彼亦自觉前非，怨艾日深，幡然迁改。及令管库，处心公平，临事驯谨，数月以来，丝毫不苟。某犹恐其心未坚，几遍教人试诱，心如铁石，片语难投，竟为志诚君子矣！故特请列位尊长到此，将昔日岳父所授财产，并历年收积米谷、布帛、银钱，分毫不敢妄用，一一开载账上。今日交还老舅，明早同令妹即搬归寒舍矣！”又在箧中取出一纸文书，也奉与过迁道：“这幅纸乃昔年岳父遗嘱，一发奉还。适来这杯酒，乃劝大舅，自今以后，兢兢业业，克俭克勤，以副岳父泉台（阴间，地下）之望。勿得意盈志满，又生别念。戒之！戒之！”

众人到此，方知昔年张孝基苦辞不受，乃是真情，称叹不已。过迁见说，哭拜于地道：“不肖悖逆天道，流落他乡，自分横死街衢，永无归期。此产岂为我有！幸逢妹丈救回故里，朝夕训诲，激励成人，全我父子，完我夫妇，延我宗祀。正所谓生我者父母，成我者妹丈。此恩此德，高天厚地，杀身难报。即使执鞭随蹬，亦为过分。岂敢复有他望！况不肖一生违逆父命，罪恶深重，无门可赎。今此产乃先人主张授君，如归不肖，却不又逆父志，益增我罪？”张孝基扶起道：“大舅差矣！岳父一世辛苦，实欲传之子孙世守。不意大舅飘零于外，又无他子可承，付之于我，此乃万不得已，岂是他之本念。今大舅已改前愆，守成其业，正是继父之志。岳父在天，亦必徜徉长笑，怎么反增你罪？”过迁又将言语推辞。两下你让我却，各不肯收受。连众人都没主意。方长者开言对张孝基道：“承姑丈高谊，小婿义不容辞。但全归之，其心何安？依老夫愚见，各受其半，庶不过情！”众人齐道：“长者之言甚是！昔日老汉们亦有此议，只因太公不允，所以止了。不想今日原从这着，可见老成之见，大略相同。”张孝基道：“亲翁，子承父业，乃是正理，有甚不安？若各分其半，即如不还一般了。这怎使得？”方长者又道：“既不愿分，不若同居于此，协力经营。待后分之子孙，何如？”张孝基道：“寒家自有敝庐薄产，子孙岂可占过氏之物！”众人见执意不肯，俱劝过迁受领。过迁却又不肯，跑进里边，见妹子正与方氏饮酒，过迁上前哭诉其事，教妹子劝张孝基受其半。哪知淑女说话与丈夫一般。过迁夫妇跪拜哀求，只是不允。过迁推托不去，再拜而受。众人齐赞道：“张君高义，千古所无！”唐人罗隐先生有赞云：“能生之，不能富之；能富之，不能教之。死而生之，贫而富之，小人而君子之。呜呼孝基，真可为百世之师！”

当日直饮至晚而散。到次日，张孝基叫浑家收拾回家。过迁苦留道：“妹丈财产，既已不受，且同居于此，相聚几时，何忍遽别！”张孝基道：“我家去此不远，朝暮便见，与居此何异？”过迁料留不住，乃道：“既如此，容明日治一酌与妹丈为饯，后日去何如？”孝基许之。次日，过迁大排筵席，广延男女亲邻，并张太公夫妇。张妈妈守家不至，请张太公坐了首席，其余宾客依次而坐。里边方氏姑嫂女亲，自不必说。是日筵席，水陆毕备，极其丰富，众客尽欢而别。客去后，张孝基对过迁道：“大舅，岳父存日，从不曾如此之费。下次只宜俭省，不可以此为则。”过迁唯唯。次日，孝基夫妇只收拾妆奁中之物，其余一毫不动，领着两个儿子，作辞起身。过迁、方氏同婢仆，直送至张家，置酒款待而回。自此之后，过迁操守愈励，遂为乡闾善士。只因勤苦太过，渐渐习成

父亲悭吝样子。后亦生下一子，名师俭。因惩自己昔年之失，严加教诲。此是后话不题。

且说里中父老，敬张孝基之义，将其事申闻郡县。郡县上之于朝。其时正是曹丕篡汉，欲收人望，遂下书征聘。孝基恶魏乃僭窃之朝，耻食其禄，以亲老为辞，不肯就辟。后父母百年后，哀毁骨立，丧葬合礼，其名愈著。州郡俱举孝廉，凡五诏，俱以疾辞。有人问其缘故，孝基笑而不答。隐于田里，躬耕乐道，教育二子。长子名继，次子名绍，皆仁孝有学行，里中咸愿与之婚，孝基择有世德者配之。孝基年五十外，忽梦上帝膺召，夫妇遂双双得疾。二子日夜侍奉汤药，衣不解带。过迁闻知，率其子过师俭同来，亦如二子一般侍奉。孝基谢而止之。过迁道："感君之德，恨不能身代。今聊效区区，何足为谢。"过了数日，夫妇同逝。临终之时，异香满室。邻里俱闻空中车马音乐之声，从东而去。二子哀恸，自不必说。那过迁哭绝复苏，至于呕血。丧葬之费，俱过迁为之置办。二子泣辞再三，过迁不允。

一月后，有亲友从洛中回来，至张家吊奠，述云："某日于嵩山游玩，忽见旌幢驺（zōu）御（车马、随从）满野。某等避在林中观看，见车上坐着一人，绛袍玉带，威仪如王者，两边锦衣花帽，侍卫多人。仔细一认，乃是令先君。某等惊喜，出林趋揖，令先君下车相慰。某等问道：'公何时就征，遂为此显官？'令先君答云：'某非阳官，乃阴职也。上帝以某还财之事，命主此山。烦传示吾子，不必过哀。'言讫，倏然不见。方知令先君已为神矣。"二子闻言，不胜哀感。那时传遍乡里，无不叹异，相率为善，名其里为义感乡。晋武帝时，州郡举二子孝廉，俱为显官。过迁年至八旬外而终。两家子孙繁盛，世为姻戚云。

还财阴德泽流长，千古名传义感乡。
多少竞财疏骨肉，应知无面向嵩山。

## 第十八卷　施润泽滩阙遇友

还带曾消纵理纹，返金种得桂枝芬。
从来阴骘能回福，举念须知有鬼神。

这首诗引着两个古人阴骘的故事。第一句说"还带曾消纵理纹"，乃唐朝晋公裴度之事。那裴度（唐代中期名相，曾督统诸将平定淮西之乱）未遇时，一贫如洗，功名蹭蹬。就一风鉴（以谈相论命为职业的人），以决行藏（出处或行止）。那相士说："足下功名事，且不必问。更有句话，如不见怪，方敢直言。"裴度道："小生因在迷途，故求指示，岂敢见怪！"相士道："足下螣蛇纵理纹入口（螣蛇是古代传说中一种能飞的蛇，相面术上将鼻子下方左右两条纹称作螣蛇纹，螣蛇纹入口为饿死之相），数年之间，必致饿死沟渠。"连相钱俱不肯受。裴度是个知命君子，也不在其意。

一日，偶至香山寺闲游，只见供桌上光华耀目，近前看时，乃是一围宝带。

裴度捡在手中，想道："这寺乃冷落所在，如何却有这条宝带？"翻阅了一回，又想道："必有甚贵人，到此礼佛更衣。祗候（泛指旧时官府的小吏或富贵人家的仆从）们不小心，遗失在此，定然转来寻觅。"乃坐在廊庑下等候。不一时，见一女子走入寺来，慌慌张张，径往殿上而去，向供桌上看了一看，连声叫苦，哭倒于地。裴度走向前问道："小娘子因何恁般啼泣？"那女子道："妾父被人陷于大辟（古代五刑之一，死刑），无门伸诉，妾日至此恳佛阴佑。近日幸得从轻赎锾，妾家贫无措，遍乞高门。昨得一贵人矜怜，助一宝带。妾以佛力所致，适携带呈于佛前，稽首叩谢。因赎父心急，竟忘收此带，仓忙而去。行至半路方觉，急急赶来取时，已不知为何人所得。今失去这带，妾父料无出狱之期矣！"说罢又哭。裴度道："小娘子不必过哀，是小生收得，故在此相候。"把带递还。那女子收泪拜谢："请问姓字，他日妾父好来叩谢。"裴度道："小娘子有此冤抑，小生因在贫乡，不能少助为愧。还人遗物，乃是常事，何足为谢！"不告姓名而去。

过了数日，又遇向日相士，不觉失惊道："足下曾作何好事来？"裴度答云："无有。"相士道："足下今日之相，比先大不相侔（一作"相侔"，相等，相同）。阴德纹大现，定当位极人臣，寿登耄耋，富贵不可胜言！"裴度当时犹以为戏语。后来果然出将入相，历事四朝，封为晋国公，年享上寿。有诗为证：

纵理纹生相可怜，香山还带竟安然。
淮西荡定功英伟，身系安危三十年。

第二句说是"返金种得桂枝芬"，乃五代窦禹钧之事。那窦禹钧，蓟州人氏，官为谏议大夫，年三十而无子。夜梦祖父说道："汝命中已该绝嗣，寿亦只在明岁。及早行善，或可少延。"禹钧唯唯。他本来是个长者，得了这梦，愈加好善。一日薄暮，于延庆寺侧，拾得黄金三十两，白金二百两。至次日清早，便往寺前守候。少顷，见一后生涕泣而来。禹钧迎住问之，后生答道："小人父亲身犯重罪，禁于狱中。小人遍恳亲知，共借白金二百两，黄金三十两。昨将去赎父，因主库者不在而归。为亲戚家留款，多吃了杯酒，把东西遗失，今无以赎父矣！"窦公见其言，已合银数，乃袖中摸出还之，道："不消着急，偶尔拾得在此，相候久矣！"这后生接过手，打开看时，分毫不动，叩头泣谢。窦公扶起，分外又赠银两而去。其他善事甚多，不可枚举。一夜，复梦祖先说道："汝合无子无寿，今有还金阴德种种，名挂天曹，特延算三纪（延长寿命三十六年，一纪为十二年），赐五子显荣。"窦公自此愈积阴功。后果连生五子：长仪、次俨、三侃、四偁、五僖，俱仕宋为显官。窦公寿至八十二，沐浴相别亲戚，谈笑而卒。安乐老冯道有诗赠之云：

燕山窦十郎，教子有义方。
灵椿一株老，丹桂五枝芳。

说话的，为何道这两桩故事？只因亦有一人曾还遗金，后来虽不能如二公这等大富大贵，却也免了一个大难，享个大大家事。正是：

种瓜得瓜，种豆种豆。
一切祸福，自作自受。

说这苏州府吴江县离城七十里，有个乡镇，地名盛泽。镇上居民稠广，土俗淳朴，俱以蚕桑为业。男女勤谨，络纬机杼之声，通宵彻夜。那市上两岸绸

丝牙行，约有千百余家，远近村坊织成绸匹，俱到此上市。四方商贾来收买的，蜂攒蚁集，挨挤不开，路途无伫足之隙。乃出产锦绣之乡，积聚绫罗之地。江南养蚕所在甚多，唯此镇处最盛。有几句口号为证：

东风二月暖洋洋，江南处处蚕桑忙。蚕欲温和桑欲干，明如良玉发奇光。缲成万缕千丝长，大筐小筐随络床。美人抽绎沾唾香，一经一纬机杼张。咿咿轧轧谐宫商，花开锦簇成匹量。莫忧入口无餐粮，朝来镇上添远商。

且说嘉靖年间，这盛泽镇上有一人，姓施，名复，浑家喻氏，夫妻两口，别无男女。家中开张绸机，每年养几筐蚕儿，妻络夫织，甚好过活。这镇上都是温饱之家，织下绸匹，必积至十来匹，最少也有五六匹，方才上市。那大户人家积得多的便不上市，都是牙行引客商上门来买。施复是个小户儿，本钱少，织得三四匹，便去上市出脱。一日，已积了四匹，逐匹把来方方折好，将个布袱儿包裹，一径来到市中。只见人烟辏集，语话喧阗，甚是热闹。施复到个相熟行家来卖，见门首拥着许多卖绸的，屋里坐下三四个客商。主人家跕在柜身里，展看绸匹，估喝价钱。施复分开众人，把绸递与主人家。主人家接来，解开包袱，逐匹翻看一过，将秤准了一准，喝定价钱，递与一个客人道："这施一官是忠厚人，不耐烦的，把些好银子与他。"那客人真个只拣细丝称准，付与施复。施复自己也摸出等子来准一准，还觉轻些，又争添上一二分，也就罢了。讨张纸包好银子，放在兜肚里，收了等子包袱，向主人家拱一拱手，叫声："有劳！"转身便走。行不上半箭之地，一眼觑见一家街沿之下，一个小小青布包儿。施复趱步向前，拾起袖过，走到一个空处，打开看时，却是两锭银子，又有三四件小块，兼着一文太平钱儿。把手撷一撷，约有六两多重。心中欢喜道："今日好造化！拾得这些银子，正好将去凑做本钱。"连忙包好，也揣在兜肚里，往家中而回。一头走，一头想："如今家中见开这张机，尽够日用了。有了这银子，再添上一张机，一月出得多少绸，有许多利息。这项银子，譬如没得，再不要动它。积上一年，共该若干，到来年再添上一张，一年又有多少利息。算到十年之外，便有千金之富。那时造什么房子，买多少田产？"

正算得熟滑，看看将近家中，忽地转过念头，想道："这银两若是富人掉的，譬如牯牛身上拔根毫毛，打什么紧，落得将来受用。若是客商的，他抛妻弃子，宿水餐风，辛勤挣来之物，今失落了，好不烦恼。如若有本钱的，他拼这账生意扯直，也还不在心上。倘然是个小经纪，只有这些本钱，或是与我一般样苦挣过日，或卖了绸，或脱了丝，这两锭银乃是养命之根，不争失了，就如绝了咽喉之气，一家良善，没甚过活，互相埋怨，必致鬻身卖子。倘是个执性的，气恼不过，肮脏（这里指糟蹋）送了性命，也未可知。我虽是拾得的，不十分罪过。但日常动念，使得也不安稳。就是有了这银子，未必真个营运发积起来。一向没这东西，依原将就过了日子。不如原往那所在，等失主来寻，还了他去，倒得安乐。"随复转身而去。正是：

多少恶念转善，多少善念转恶。
劝君诸善奉行，但是诸恶莫作。

当下施复来到拾银之处，靠在行家柜边，等了半日，不见失主来寻。他本

空心出门的，腹中渐渐饥饿。欲待回家吃了饭再来，犹恐失主一时间来，又不相遇，只得忍着等候。少顷，只见一个村庄后生，汗流满面，闯进行家，高声叫道：“主人家，适来银子忘记在柜上，你可曾捡得么？”主人家道：“你这人好混账！早上交银子与了你，这时节却来问我。你若忘在柜上时，莫说一包，再有几包也都拿去了。”那后生连把脚跌道：“这是我的种田工本，如今没了，却怎么好？”施复问道：“约莫有多少？”那后生道：“起初在这里卖的丝银六两二钱。”施复道：“把什么包的？有多少件数？”那后生道：“两大锭，又是三四块小的，一个青布银包包的。”施复道：“恁样，不消着急，我拾得在此，相候久矣！”便去兜肚里摸出来，递与那人。那人连声称谢，接过手，打开看时，分毫不动。

那时往来的人，当作奇事，拥上一堆，都问道：“在哪里拾的？”施复指道：“在这阶沿头拾的。”那后生道：“难得老哥这样好心，在此等候还人。若落在他人手里，安肯如此！如今倒是我拾得的了，情愿与老哥各分一半。”施复道：“我若要，何不全取了，却分你这一半？”那后生道：“既这般，送一两谢仪与老哥买果儿吃。”施复笑道：“你这人是个呆子！六两三两都不要，要你一两银子何用！”那后生道：“老哥，银子又不要，何以相报？”众人道：“看这位老兄，是个厚德君子，料必不要你报。不若请到酒肆中吃三杯，见你的意罢了。”那后生道：“说得是。”便来邀施复同去。施复道：“不消得！不消得！我家中有事，莫要耽搁我工夫。”转身就走，那后生留之不住。众人道：“你这人好造化！掉了银子，一文钱不费，便捞到手。”那后生道：“便是！不想世间原有这等好人。”把银包藏了，向主人叫声：“打搅！”下阶而去。众人亦赞叹而散。也有说：“施复是个呆子，拾了银子不会将去受用，却呆站着等人来还。”也有说：“这人积此阴德，后来必有好处。”不题众人。

且说施复回到家里，浑家问道：“为甚么去了这大半日？”施复道：“不要说起，将到家了，因着一件事，覆身转去，耽搁了这一回。”浑家道：“有甚事耽搁？”施复将还银之事，说向浑家。浑家道：“这件事也做得好。自古道：‘横财不富命穷人。’倘然命里没时，得了它反生灾作难，倒未可知。”施复道：“我正为这个缘故，所以还了它去。”当下夫妇二人，不以拾银为喜，反以还银为安。衣冠君子中，多有见利忘义的，不意愚夫愚妇倒有这等见识。

从来做事要同心，夫唱妻和种德深。
万贯钱财如粪土，一分仁义值千金。

自此之后，施复每年养蚕，大有利息，渐渐活动。那育蚕有十体、二光、八宜等法，三稀、五广之忌。第一要择蚕种。蚕种好，做成茧小而明厚坚细，可以缫丝。如蚕种不好，但堪为绵纩，不能缫丝，其利便差数倍。第二要时运。有造化的，就蚕种不好，依般做成丝茧；若造化低的，好蚕种，也要变作绵茧。北蚕三眠，南蚕俱是四眠。眠起饲叶，各要及时。又蚕性畏寒怕热，唯温和为得候。昼夜之间，分为四时，朝暮类春秋，正昼如夏，深夜如冬，故调护最难。江南有谣云：

做天莫做四月天，蚕要温和麦要寒。
秧要日时麻要雨，采桑娘子要晴干。

那施复一来蚕种拣得好，二来有些时运。凡养的蚕，并无一个绵茧，缫下丝来，细圆匀紧，洁净光莹，再没一根粗节不匀的。每筐蚕，又比别家分外多缫出许多丝来。照常织下的绸拿上市去，人看时光彩润泽，都增价竞买，比往常每匹平添钱多银子。因有这些顺溜，几年间，就增上三四张绸机，家中颇颇饶裕。里中遂庆个号儿叫作“施润泽”。却又生下一个儿子，寄名观音大士，叫作观保。年才二岁，生得眉目清秀，到好个孩子。

话休烦絮。那年又值养蚕之时，才过了三眠，合镇阙了桑叶。施复家也只够两日之用，心下慌张，无处去买。大率蚕市时，天色不时阴雨，蚕受了寒湿之气，又食了冷露之叶，便要僵死，十分之中，只好存其半，这桑叶就有余了。那年天气温暖，家家无恙，叶遂短阙。且说施复正没处买桑叶，十分焦躁，忽见邻家传说洞庭山余下桑叶甚多，合了十来家过湖去买。施复听见，带了些银两，把被窝打个包儿，也来赶船。这时已是未牌时候，开船摇橹，离了本镇。过了平望，来到一个乡村，地名滩阙。这去处在太湖之旁，离盛泽有四十里之远。天已傍晚，过湖不及，遂移舟进一小港泊住，稳缆停桡，打点收拾晚食，却忘带了打火刀石。众人道：“哪个上涯去，取讨个火利便好？”施复却如神差鬼使一般，便答应道：“待我去。”取了一把麻骨（麻秆），跳上岸来，见家家都闭着门儿。你道为何天色未晚，人家就闭了门？那养蚕人家，最忌生人来冲。从蚕出至成茧之时，约有四十来日，家家紧闭门户，无人往来。任你天大事情，也不敢上门。当下施复走过几家，初时甚以为怪，道：“这些人家，想是怕鬼拖了人去，日色还在天上，便都闭了门。”忽地想起道：“呸！自己是老看蚕，倒忘记了这取火乃养蚕家最忌的。却兜揽这账！如今哪里去讨？”欲待转来，又想道：“方才不应承来，倒也罢了。若空身回转，教别个来取得时，反是老大没趣。或者有家儿不养蚕的，也未可知。”依旧又走向前去。只见一家门儿半开半掩，他也不管三七二十一，做两步跨到檐下，却又不敢进去。站在门外，舒颈望着里边，叫声：“有人么？”里边一个女人走出来，问道：“什么人？”施复满面陪着笑道：“大娘子，要相求个火儿。”妇人道：“这时节，别人家是不肯的。只我家没忌讳，便点个与你也不妨得。”施复道：“如此，多谢了！”即将麻骨递与。妇人接过手，进去点出火来。施复接了，谢声：“打搅。”回身便走。

走不上两家门面，背后有人叫道：“那取火的转来，掉落东西了。”施复听得，想道：“却不知掉了甚的？”又覆走转去。妇人说道：“你一个兜肚落在此了。”递还施复。施复谢道：“难得大娘子这等善心。”妇人道：“何足为谢！向年我丈夫在盛泽卖丝，落掉六两多银子，遇着个好人拾得，住在那里等候。我丈夫寻去，原封不动，把来还了，连酒也不要吃一滴儿。这样人方是真正善心人！”施复见说，却与他昔年还银之事相合，甚是骇异。问道：“这事有几年了？”妇人把指头抡算道：“已有六年了。”施复道：“不瞒大娘子说，我也是盛泽人，六年前也曾拾过一个卖丝官人六两多银子，等候失主来寻，还了去。他要请我，也不要吃他的。但不知可就是大娘子的丈夫？”妇人道：“有这等事！待我教丈夫出来，认一认可是？”施复恐众人性急，意欲不要，不想手中麻骨火将及点完。乃道：“大娘子，相认的事甚缓，求得个黄同纸去引火时，一发感谢不尽。”妇人也不回言，径往里边去了。顷刻间，同一个后生跑出来。彼此睁

眼一认，虽然隔了六年，面貌依然，正是昔年还银义士！正是：

一叶浮萍归大海，人生何处不相逢。

当下那后生躬身作揖道："常想老哥，无从叩拜，不想今日天赐下顾。"施复还礼不迭。二人作过揖，那妇人也来见个礼。后生道："向年承老哥厚情，只因一时仓忙，忘记问得尊姓大号住处。后来几遍到贵镇卖丝，问主人家，却又不相认。四面寻访数次，再不能遇见。不期倒在敝乡相会，请里面坐。"施复道："多承盛情垂念。但有几个朋友，在舟中等候火去作晚食，不消坐罢。"后生道："何不一发请来？"施复道："岂有此理！"后生道："既如此，送了火去来坐罢！"便教浑家取个火来。妇人即忙进去。后生问道："老哥尊姓大号？今到哪里去？"施复道："小子姓施，名复，号润泽。今因缺了桑叶，要往洞庭山去买。"后生道："若要桑叶，我家尽有，老哥今晚住在寒舍，让众人自去，明日把船送到宅上，可好么？"施复见说他家有叶，好不欢喜，乃道："若宅上有时，便省了小子过湖，待我回复众人自去。"妇人将出火来，后生接了，说："我与老哥同去。"又吩咐浑家，快收拾夜饭。

当下二人拿了火来至船边，把火递上船去。众人一个个眼都望穿，将施复埋怨道："讨个火什么难事！却去这许多时？"施复道："不要说起，这里也都看蚕，没处去讨。落后相遇着这位相熟朋友，说了几句话，故此迟了，莫要见怪！"又道："这朋友偶有余叶在家中，我已买下，不得相陪列位过湖了。包袱在舱中，相烦拿来与我。"众人拣出付与。那后生便来接道："待我拿吧！"施复叫道："列位，暂时抛撇，归家相会。"

别了众人，随那后生转来。乃问道："适来忙促，不曾问得老哥贵姓大号。"答道："小子姓朱，名恩，表字子义。"施复道："今年贵庚多少？"答道："二十八岁。"施复道："恁样，小子叨长老哥八年。"又问："令尊、令堂同居么？"朱恩道："先父弃世多年，只有老母在堂，今年六十八岁了，吃一口长素。"二人一头说，不觉已至门首。朱恩推开门，请施复屋里坐下，那桌上已点得灯烛。朱恩放下包裹道："大嫂快把茶来。"声犹未了，浑家已把出两杯茶，就门帘内递与朱恩。朱恩接过来，递一杯与施复，自己拿一杯相陪。又问道："大嫂，鸡可曾宰么？"浑家道："专等你来相帮。"朱恩听了，连忙把茶放下，跳起身要去捉鸡。原来这鸡就罩在堂屋中左边，施复即上前扯住道："既承相爱，即小菜饭儿也是老哥的盛情，何必杀生！况且此时鸡已上宿，不争我来又害它性命，于心何忍！"

朱恩晓得他是个质直之人，遂依他说，仍复坐下道："既如此说，明日宰来相请。"叫浑家道："不要宰鸡了，随分有现成东西，快将来吃吧，莫饿坏了客人。酒烫热些。"施复道："正是忙日子，却来蒿恼（打扰，麻烦）。幸喜老哥家没忌讳还好。"朱恩道："不瞒你说，旧时敝乡这一带，第一忌讳是我家。如今只有我家无忌讳。"施复道："这却为何？"朱恩道："自从那年老哥还银之后，我就悟了这道理。凡事是有个定数，断不由人，故此绝不忌讳，依原年年十分利息。乃知人家都是自己见神见鬼，全不在忌讳上来。妖由人兴，信有之也。"施复道："老哥是明理之人，说得极是。"朱恩又道："又有一节奇事。常年我家养十筐蚕，自己园上叶吃不来，还要买些。今年看了十五筐，这园上桑又不曾增一棵两棵，如今够了自家，尚余许多，却好又济了老哥之用。这桑叶却像为老哥

而生，可不是个定数？”施复道：“老哥高见，甚是有理。就如你我相会，也是个定数。向日你因失银与我识面；今日我亦因失物，尊嫂见还，方才言及前情，又得相会。”朱恩道：“看起来，我与老哥乃前生结下缘分，才得如此。意欲结为兄弟，不知尊意若何？”施复道：“小子别无兄弟，若不相弃，可知好哩！”当下二人就堂中八拜为交，认为兄弟。施复又请朱恩母亲出来拜见了。朱恩重复唤浑家出来，见了结义伯伯。一家都欢欢喜喜。不一时，将出酒肴，无非鱼肉之类，二人对酌。朱恩问道：“大哥有几位令郎？”施复答道：“只有一个，刚才二岁。不知贤弟有几个？”朱恩道：“只有一个女儿，也才二岁。”便教浑家抱出来，与施恩观看。朱恩又道：“大哥，我与你兄弟之间，再结个儿女亲家何如？”施复道：“如此最好。但恐家寒攀陪不起。”朱恩道：“大哥何出此言！”两下联了姻事，愈加亲热，杯来盏去，直饮至更余方止。

朱恩寻扇板门，把凳子两头搁着，支个铺儿在堂中右边，将荐席铺上。施复打开包裹，取出被来丹（同“摊”）好。朱恩叫声：“安置！”将中门闭上，向里面去了。施复吹熄灯火，上铺卧下，翻来覆去，再睡不着。只听得鸡在笼中不住吱吱喳喳，想道：“这鸡为甚只管咭咕？”约莫一个更次，众鸡忽然乱叫起来，却像被什么咬住一般。施复只道是黄鼠狼来偷鸡，霍地立起身，将衣服披着急来看这鸡。说时迟，那时快，才下铺，走不上三四步，只听得一时响亮，如山崩地裂，不知甚东西打在铺上，把施复吓得半步也走不动。

且说朱恩同母亲、浑家正在那里饲蚕，听得鸡叫，也认作黄鼠狼来偷，急点火出来看。才动步，忽听见这一响，惊得跌足叫苦道：“不好了！是我害了哥哥性命也！怎么处？”飞奔出来。母、妻也惊骇道：“坏了！坏了！”接脚追随。朱恩开了中门，才跨出脚，就见施复站在中间，又惊又喜道：“哥哥，险些儿吓杀我也！亏你如何走得起身，脱了这祸？”施复道：“若不是鸡叫得慌，起身来看，此时已为齑粉矣！不知是甚东西打将下来？”朱恩道：“乃是一根车轴搁在上边，不知怎的却掉下来？”将火照时，那扇门打得粉碎，凳子都跌倒了。车轴滚在壁边，有巴斗（用柳条编织的圆斗）粗大。施复看了，伸出舌头缩不上去。此时朱恩母、妻见施复无恙，已自进去了。那鸡也寂然无声。朱恩道：“哥哥起初不要杀鸡，谁想就亏它救了性命！”二人遂立誓戒了杀生。有诗为证：

昔闻杨宝酬恩雀，今见施君报德鸡。
物性有知皆似此，人情好杀复何为？

当下朱恩点上灯烛，卷起铺盖，取出稻草，就地上打个铺儿与施复睡了。到次早起身，外边却已下雨。吃过早饭，施复便要回家。朱恩道：“难得大哥到此，须住一日，明早送回。”施复道：“你我正都在忙时，总然留这一日，各不安稳。不如早得我回去，等空闲时，大家宽心相叙几日。”朱恩道：“不妨得！譬如今日到洞庭山去了，住在这里话一日儿。”朱恩母亲也出来苦留，施复只得住下。到巳牌时分，忽然作起大风，扬沙拔木，非常厉害。接着风，就是一阵大雨。朱恩道：“大哥，天遣你遇着了我，不去得还好。他们过湖的，有些担险哩！”施复道：“便是。不想起这等大风，真个好怕人子！”

那风直吹至晚方息，雨也止了。施复又住了一宿。次日起身时，朱恩桑叶已采得完备。他家自有船只，都装好了。吃了饭，打点起身。施复意欲还他叶

钱，料道不肯要的，乃道："贤弟，想你必不受我叶钱，我倒不虚文了。但你家中脱不得身，送我去便耽搁两日工夫。若有人雇一个摇去，却不两便？"朱恩道："正要认着大哥家中，下次好来往，如何不要我去？家中也不消得我。"施复见他执意要去，不好阻挡。遂作别朱恩母、妻，下了船。

朱恩把船摇动，刚过午，就到了盛泽。施复把船泊住，两人搬桑叶上岸。那些邻家也因昨日这风，却担着愁担子，俱在门首等候消息。见施复到时，齐道："好了，回来也！"急走来问道："他们哪里去了不见？共买得几多叶？"施复答道："我在滩阙遇着亲戚家，有些余叶送我，不曾同众人过湖。"众人俱道："好造化！不知过湖的怎样光景哩？"施复道："料然没事。"众人道："只愿如此便好。"施复就央几个相熟的，将叶相帮搬到家里。谢声："有劳！"众人自去。浑家接着，道："我正在这里忧你，昨日恁样大风，不知如何过了湖？"施复道："且过来见了朱叔叔，慢慢与你细说。"朱恩上前深深作揖，喻氏还了礼。施复道："贤弟请坐。大娘快取茶来，引孩子来见丈人。"喻氏从不曾见过朱恩，听见叫他是贤弟，又称他是孩子丈人，心中惑突，正不知是几谁。忙忙点出两杯茶，引出小厮来。施复接过茶，递与朱恩。自己且不吃茶，便抱小厮过来，与朱恩看。朱恩见生得清秀，甚是欢喜，放下茶，接过来抱在手中。这小厮却如相熟的一般，笑嘻嘻全不怕生。施复向浑家说道："这朱叔叔便是向年失银子的，他家住在滩阙。"喻氏道："原来就是向年失银的，如何却得相遇？"施复乃将前晚讨火落了兜肚，因而言及，方才相会，留住在家，结为兄弟，又与儿女联姻。并不要宰鸡，亏鸡警报，得免车轴之难。所以不曾过湖，今日将叶送回。前后事细细说了一遍。喻氏又惊又喜，感激不尽，即忙收拾酒肴款待。

正吃酒间，忽闻得邻家一片哭声。施复心中怪异，走出来问时，却是昨日过湖买叶的翻了船，十来个人都淹死了。只有一个人得了一块船板，浮起不死，亏渔船上救了，回来报信。施复闻得，吃这惊不小。进来说向朱恩与浑家听了，合掌向天称谢。又道："若非贤弟相留，我此时亦在劫中矣！"朱恩道："此皆大哥平昔好善之报，与我何干！"施复留朱恩住了一宿。到次早，朝膳已毕，施复道："本该留贤弟闲玩几日，便是晓得你家中事忙，不敢耽误在此。过了蚕事，然后来相请。"朱恩道："这里原是不时往来的，何必要请。"施复又买两盒礼物相送，朱恩却也不辞。别了喻氏，解缆开船。施复送出镇上，方才分手。正是：

只为还金恩义重，今朝难舍弟兄情。

且说施复是年蚕丝利息比别年更多几倍。欲要又添张机儿，怎奈家中窄隘，摆不下机床。大凡人时运到来，自然诸事遇巧。施复刚愁无处安机床，恰好间壁邻家住着两间小房，连年因蚕桑失利，嫌道住居风水不好，急切要把来出脱，正凑了施复之便。那邻家起初没售主时，情愿减价与人。及至施复肯与成交，却又道方员（方圆，指地理位置）无真假，比原价反要增厚，故意作难刁蹬（刁难），直征个心满意足，方才移去，那房子还拆得如马坊一般。施复一面唤匠人修理，一面择吉铺设机床。自己将把锄头去垦机坑，约莫锄了一尺多深，忽锄出一块大方砖来。揭起砖时，下面圆圆一个坛口，满满都是烂米。施复说道："可惜这一坛米，如何却埋在地下？"又想道："上边虽然烂了，中间或者还好。"丢了锄头，把手去捧那烂米，还不上一寸，便露出一搭雪白的东西来。举目看时，不

是别件，却是腰间细，两头�，凑心的细丝锭儿。施复欲待运动，恐怕被匠人们撞见，沸扬开去，急忙原把土泥掩好，报知浑家。直至晚上，匠人去后，方才搬运起来，约有千金之数。夫妻们好不欢喜！施复因免了两次大难，又得了这注财乡（意外之财），愈加好善。凡力量做得的好事，便竭力为之；做不得的，他也不敢勉强，因此里中随有长者之名。夫妻依旧省吃俭用，昼夜营运。不上十年，就长有数千金家事。又买了左近一所大房居住，开起三四十张绸机，又讨几房家人小厮，把个家业收拾得十分完美。儿子观保，请个先生在家，教他读书，取名德胤。行聘礼定了朱恩女儿为媳。俗语说得好：六亲合一运。那朱恩家事也颇颇长起。二人不时往来，情分胜如嫡亲。

话休烦絮。且说施复新居房子，别屋都好，唯有厅堂摊塌坏了，看看要倒，只得兴工改造。他本寒微出身，辛苦作家惯了，不做财主身分，日逐也随着做工的搬瓦弄砖，拿水提泥。众人不晓得他是勤俭，都认做借意监工，没一个敢怠惰偷力。工作半月有余，择了吉日良时，立柱上梁。众匠人都吃利市酒去了，只存施复一人，两边检点柱脚，若不平准的，便把来垫稳，看到左边中间柱脚歪斜，把砖去垫。偏有这等作怪的事，左垫也不平，右垫又不稳。索性拆开来看，却原来下面有块三角沙石，尖头正向着上边，所以垫不平。乃道："这些匠工精鸟账！这块石怎么不去了，留在下边？"便将手去一攀，这石随手而起。拿开石看时，倒吃一惊。下面雪白的一大堆银子，其锭大小不一。上面有几个一样大的，腰间都束着红绒，其色甚是鲜明。又喜又怪，喜的是得这一大注财物，怪的是这几锭红绒束的银子，他不知藏下几多年了，颜色还这般鲜明。当下不管好歹，将衣服做个兜儿，抓上许多，原把那块石盖好，飞奔进房，向床上倒下。喻氏看见，连忙来问："是哪里来的？"施复无暇答应。见儿子也在房中，即叫道："观保快同我来！"口中便说，脚下乱跑。喻氏即解其意。父子二人来至外边，教儿子看守，自己匀几次搬完，这些匠人酒还吃未完哩。施复搬完了，方与浑家说知其故。

夫妻三人好不喜！把房门闭上，将银收藏，约有二千余金。红绒束的，只有八锭，每锭准准三两。收拾已完，施复要拜天地，换了巾帽长衣，开门出来。那些匠人，手忙脚乱，打点安柱上梁。见柱脚倒乱，乃道："这是谁个弄坏了？又要费一番手脚。"施复道："你们垫得不好，须还要重整一整。"工人知是家长所为，谁敢再言，流水自去收拾，哪晓其中奥妙？施复仰天看了一看，乃道："此时正是卯时了，快些竖起来！"众匠人闻言，七手八脚，一会儿便安下柱子，抬梁上去。里边托出一大盘抛梁馒首，分散众人。邻里们都将着果酒来与施复把盏庆贺，施复因掘了藏，愈加快活，分外兴头，就吃得个半醺。正是：

人逢喜事精神爽，月到中秋分外明。

施复送客去后，将巾帽长衣脱下，依原随身短衣，相帮众人。到巳牌时分，偶然走至外边，忽见一个老儿庞眉白发，年约六十以外，来到门首，相了一回，乃问道："这里可是施家么？"施复道："正是，你要寻哪个？"老儿道："要寻你们家长，问句话儿。"施复道："小子就是。老翁有甚话说？请里面坐了。"

那老儿听见就是家主，把他上下只管瞧看，又道："你真个是么？"施复笑道："我不过是平常人，哪个肯假！"老儿举一举手，道："老汉不为礼了，乞借

一步话说。”拉到半边，问道：“宅上可是今日卯时上梁安柱么？”施复道：“正是。”老儿又道：“官人可曾在左边中间柱下得些财产？”施复见问及这事，心下大惊，想道：“他却如何晓得？莫不是个仙人？”因道着心事，不敢隐瞒，答道：“果然有些。”老儿又道：“内中可有八个红绒束的锭么？”施复一发骇异，乃道：“有是有的，老翁何由知得这般详细？”老儿道：“这八锭银子，乃是老汉的，所以知得。”施复道：“既是老翁的，如何却在我家柱下？”老儿道：“有个缘故。老汉叫作薄有寿，就住在黄江南镇上，只有老荆两口，别无子女。门首开个糕饼、馒头等物点心铺子，日常用度有余，积至三两，便倾成一个锭儿。老荆孩子气，把红绒束在中间，无非尊重之意。因墙卑室浅，恐露人眼目，缝在一个暖枕之内，自谓万无一失。积了这几年，共得八锭，以为老夫妻身后之用，尽有余了。不想今早五鼓时分，老汉梦见枕边走出八个白衣小厮，腰间俱束红绦，在床前商议道：‘今日卯时，盛泽施家竖柱安梁，亲族中应去的，都已到齐了，我们也该去矣！’有一个问道：‘他们都在哪一个所在？’一个道：‘在左边中间柱下。’说罢，往外便走。有一个道：‘我们住在这里一向，如不别而行，觉道忒薄情了。’遂俱覆转身向老汉道：‘久承照管，如今却要抛撇，幸勿见怪！’那时老汉梦中，不认得那八个小厮是谁，也不晓得是何处来的。问他道：‘八位小官人是几时来的？如何都不相认？’小厮答道：‘我们自到你家，与你只会得一面，你就把我们撇在脑后，故此我们便认得你，你却不认得我。’又指腰间红绦道：‘这还是初会这次，承你送的，你记得了么？’老汉一时想不着几时与他的，心中只挂欠无子，见其清秀，欲要他做个干儿，又对他道：‘既承你们到此，何不住在这里？父子相看，帮我做个人家，怎么又要往别处去？’八个小厮笑道：‘你要我们做儿子，不过要送终之意。但我们该旺处去的，你这老官儿消受不起！’道罢，一齐往外而去。老汉此时觉道睡在床上，不知怎的身子已到门首，再三留之，头也不回。唯闻得说道：‘天色晏了，快走吧！’一齐乱跑。老汉追将上去，被草根绊了一跤，惊醒转来。与老荆说知，就疑惑这八锭银子作怪。到早上拆开枕看时，都已去了。欲要试验此梦，故特来相访，不想果然。”

施复听罢，大惊道：“有这样奇事！老翁不必烦恼，同我到里面来坐。”薄老道：“这事已验，不必坐了。”施复道：“你老人家许多路来，料必也饿了，见成点心吃些去也好。”这薄老儿见留他吃点心，倒也不辞，便随进来。只见新竖起三间堂屋，高大宽敞，木材巨壮，众匠人一个个乒乒乓乓，耳边唯闻斧凿之声，比平常愈加用力。你道为何这般勤谨？大凡新竖屋那日，定有个犒劳筵席，利市赏钱。这些匠人打点吃酒要钱，见家主进来，故便假殷勤讨好。薄老儿看着如此热闹，心下嗟叹道：“怪道这东西欺我消受它不起，要往旺处去，原来他家恁般兴头！咦，这银子却也势利得狠哩！”不一时，来至一小客座中。施复请他坐下，急到里边向浑家说知其事。喻氏亦甚怪异，乃对施复道：“这银子既是他送终之物，何不把来送还，做个人情也好。”施复道：“正有此念，故来与你商量。”喻氏取出那八锭银子，把块布儿包好。施复袖了，吩咐讨些酒食与他吃，复到客座中，摸出包来，道：“你看，可是那八锭么？”薄老儿接过打开一看，分毫不差，乃道：“正是这八个怪物！”那老儿把来左翻右相，看了一回，对着银子说道：“我想你缝在枕中，如何便会出来？黄江泾到此有十里之远，人也怕

走，还要乘个船儿。你又没有脚，怎的一回儿就到了这里？”口中便说，心下又转着苦挣之难，失去之易，不觉眼中落下两点泪来。施复道：“老翁不必心伤！小子情愿送还，赠你老人家百年之用。”薄老道：“承官人厚情，但老汉无福享用，所以走了。今若拿去，少不得又要走的，何苦讨恁般烦恼吃！”施复道：“如今乃我送你的，料然无妨。”薄老只把手来摇道：“不要！不要！老汉也是个知命的，勉强来，一定不妙！”

施复因他坚执不要，又到里边与浑家商议。喻氏道：“他虽不要，只我们心上过意不去。”又道：“他或者消受这十锭不起，一二锭量也不打紧。”施复道：“他执意一锭也不肯要。”喻氏道：“我有个道理在此，把两锭裹在馒头里，少顷送与他作点心。到家看见，自然罢了，难道又送来不成？”施复道：“此见甚妙！”喻氏先支持酒肴出去。薄老坐了客位，施复对面相陪。薄老道：“没事打搅官人，不当人子。”施复道：“现成菜酒，何足挂齿！”当下三杯两盏，吃了一回。薄老儿不十分会饮，不觉半醉。施复讨饭与他吃罢，将要起身作谢，家人托出两个馒头。施复道：“两个粗点心，带在路上去吃。”薄老道：“老汉酒醉饭饱，连夜饭也不要吃了，路上如何又吃点心？”施复道：“总不吃，带回家去便了。”薄老儿道：“不消得！不消得！老汉家中做这项生意的，日逐自有，官人留下赏人罢！”施复把来推在袖里道：“我这馒头馅好，比你铺中滋味不同，将回去吃，便晓得。”那老儿见其意殷勤，不好固辞，乃道：“没甚事到此，又吃又袖，罪过！罪过！”拱拱手道：“多谢了！”往外就走。施复送出门前，那老儿自言自语道：“来便来了，如今去不知可就有便船？”施复见他醉了，恐怕遗失了这两个馒头，乃道：“老翁，不打紧！我家有船，教人送你回去。”那老儿点头道：“官人，难得你这样好心，可知有恁般造化！”施复唤个家人，吩咐道：“你把船送这大伯子回去，务要送至家中，认了住处，下次好去拜访。”家人应诺。

薄老儿相辞下船，离了镇上，往黄江泾而去。那老儿因多了几杯酒，一路上问长问短，十分健谈。不一时已到，将船泊住，扶那老儿上岸，送到家中。妈妈接着，便问：“老官儿，可有这事么？”老儿答道：“千真万真！”口中便说，却去袖里摸出那两个馒头，递与施复家人道：“大官宅上事忙，不留吃茶了。这馒头转送你当茶吧。”施家人答道：“我官人特送你老人家的，如何却把与我？”薄老道：“你官人送我，已领过他的情了。如今送你，乃我之情，你不必固拒！”家人再三推却不过，只得受了，相别下船，依旧摇回。到自己河下，把船缆好，拿着馒头上岸。恰好施复出来，一眼看见，问道：“这馒头我送薄老官的，你如何拿了回来？”答道：“是他转送小人当茶，再三推辞不脱，勉强受了他的。”施复暗笑道：“原来这两锭银那老儿还没福受用，却又转送别人。”想道：“或者倒是那人造化，也未可知。”乃吩咐道：“这两个馒头滋味，比别的不同，莫要又与别人。”答应道：“小人晓得！”那人来到里边寻着老婆，将馒头递与。还未开言说是哪里来的，被伙伴中叫到外边吃酒去了。原来那人已有两个儿女，正害着疳膨食积病症。当下婆娘接在手中，想道：“若被小男女看见，偷去吃了，倒是老大利害，不如把去大娘换些别样点心哄他吧！”即便走来向主母道：“大娘，丈夫适才不知哪里拿这两个馒头，我想小男女正害肚腹病，倘看见偷吃了，这病却不一发加重？欲要求大娘换甚不伤脾胃的点心，哄那两个男女。”说罢，将

馒头放在桌上。喻氏不知详细，遂拣几件付与她去，将馒头放过。少顷，施复进来，把薄老转与家人馒头之事，说向浑家，又道："谁想到是他的造化！"喻氏听了，乃知把来换点心的就是。答道："原来如此，却也奇异！"便去拿那两个馒头，递与施复道："你拍这馒头开来看。"施复不知何意，随手拍开，只听得桌上当的一响，举目看时，乃是一锭红绒束的银子！问道："馒头如何你又取了他的？"喻氏将那婆娘来换点心之事说出。夫妻二人，不胜嗟叹。方知银子赶人，麾之不去；命里无时，求之不来。

施复因怜念薄老儿，时常送些钱米与他，倒做了亲戚往来。死后，又买块地儿殡葬。后来施德胤长大，娶朱恩女儿过门，夫妻孝顺。施复之富，冠于一镇。夫妇二人，各寿至八十外，无疾而终。至今子孙蕃衍，与滩阙朱氏，世为姻谊云。有诗为证：

六金还取事虽微，感德天心早鉴知。

滩阙巧逢恩义报，好人到底得便宜。

## 第十九卷　白玉娘忍苦成夫

两眼乾坤旧恨，一腔今古闲愁。隋宫吴苑旧风流，寂寞斜阳渡口。

兴到豪吟百首，醉余凭吊千秋。神仙迂怪总虚浮，只有纲常不朽。

这首《西江月》词，是劝人力行仁义，扶植纲常。从古以来，富贵空花，荣华泡影，只有那忠臣孝子，义夫节妇，名传万古，随你负担小人，闻之起敬。今日且说义夫节妇，如宋弘不弃糟糠（汉光武帝刘秀想把姐姐湖阳公主嫁给大臣宋弘，对他说："谚语讲人升了官就换朋友，发了财就换老婆，这是人之常情吗？"宋弘答道："臣闻贫贱之交不可忘，糟糠之妻不下堂。"加以拒绝），罗敷不从使君（据乐府《陌上桑》，采桑女罗敷，面对一名高官的诱惑，说"使君自有妇，罗敷自有夫"，加以拒绝），此一辈岂不是扶植纲常的？又如黄允欲娶高门，预逐其妇（东汉末大司徒袁隗不知名士黄允已有妻室，打算将侄女许配给他。黄允为攀高门，于是休遣其妻夏侯氏。夏侯氏不动声色地邀集黄允的宗亲，当众数落他十五桩丑事后，便登车离去。黄允从此一蹶不振）；买臣宦达太晚，见弃于妻（汉代名臣朱买臣早年贫寒，据说其妻崔氏深以为耻，执意离去。后来朱买臣当上高官，崔氏羞愧而自缢），哪一辈岂不是败坏纲常的？真个是人心不同，泾渭各别。有诗为证：

黄允弃妻名遂损，买臣离妇志甚悲。

夫妻本是鸳鸯鸟，一对栖时一对飞。

话中单表宋末时，一个丈夫姓程，双名万里，表字鹏举，本贯彭城人氏。父亲程文业，官拜尚书。万里十六岁时，椿萱（父母）俱丧。十九岁以父荫补国子生员。生得人材魁岸，志略非凡。性好读书，兼习弓马。闻得元兵日盛，深以为忧。曾献战、守、和三策，以直言触忤时宰，恐其治罪，弃了童仆，单身潜地走出京都。却又不敢回乡，欲往江陵府，投奔京湖制置使马光祖。未到汉

口，传说元将兀良哈歹统领精兵，长驱而入，势如破竹。程万里闻得这个消息，大吃一惊，遂不敢前行。踌躇之际，天色已晚。但见：

片片晚霞迎落日，行行倦鸟盼归巢。

程万里想道：“且寻宿店，打听个实信，再作区处。”其夜，只闻得户外行人，奔走不绝，却都是上路逃难来的百姓，哭哭啼啼，耳不忍闻。程万里已知元兵迫近，夜半便起身，趁众同走。走到天明，方才省得忘记了包裹在客店中。来路已远，却又不好转去取讨。身边又没盘缠，腹中又饿，不免到村落中告乞一饭，又好挣扎路途。约莫走半里远近，忽然斜插里一阵兵，直冲出来。程万里见了，飞向侧边一个林子里躲避。那支兵不是别人，乃是元朝元帅兀良哈歹部下万户张猛的游兵。前锋哨探，见一个汉子，面目雄壮，又无包裹，躲向树林中而去，料道必是个细作。追入林中，不管好歹，一索捆翻，解到张万户营中。程万里称是避兵百姓，并非细作。张万户见他面貌雄壮，留为家丁。程万里事出无奈，只得跟随。每日间见元兵所过，残灭如秋风扫叶，心中暗暗悲痛。正是：

宁为太平犬，莫作离乱人。

却说张万户乃兴元府人氏，有千斤膂力，武艺精通。昔年在乡里间豪横，守将知得他名头，收在部下为偏裨之职。后来元兵犯境，杀了守将，叛归元朝。元主以其有献城之功，封为万户，拨在兀良哈歹部下为前部向导，屡立战功。今番从军日久，思想家里，写下一封家书，把那一路掳掠下金银财宝，装作一车，又将掳到人口男女，分作两处，差帐前两个将校，押送回家。可怜程万里远离乡土，随着众人，一路啼啼哭哭，直至兴元府。到了张万户家里，将校把家书金银，交割明白。又令那些男女，叩见了夫人。那夫人做人贤慧，就各拨一个房户居住，每日差事服侍。将校讨了回书，自向军前回复去了。

程万里住在兴元府，不觉又经年余。那时宋、元两朝讲和，各自罢军，将士宁家。张万户也回到家中，与夫人相见过了，合家奴仆，都来叩头，程万里也只得随班行礼。又过数日，张万户把掳来的男女，拣身材雄壮的留了几个，其余都转卖与人。张万户唤众人来吩咐道：“你等不幸生于乱离时世，遭此涂炭，或有父母妻子，料必死于乱军之手。就是汝等，还喜得遇我，所以尚在。若逢着别个，死去几时了。今在此地，虽然是个异乡，既为主仆，即如亲人一般。今晚各配妻子与你们，可安心居住，勿生异心。后日带到军前，寻些功绩，搏个出身，一般富贵。若有他念，犯出事来，断然不饶的！”家人都流泪叩头道：“若得如此，乃老爹再生之恩，岂敢又生他念。”当晚张万户就把那掳来的妇女，点了几名。夫人又各赏几件衣服。张万户与夫人同出堂前，众妇女跟随在后。堂中灯烛辉煌，众人都叉手侍立两旁。张万户一一唤来配合，众人一齐叩首谢恩，各自领归房户。

且说程万里配得一个女子，引到房中，掩上门儿，夫妻叙礼。程万里仔细看那女子，年纪倒有十五六岁，生得十分美丽，不像个以下之人。怎见得？有《西江月》为证：

两道眉弯新月，一双眼注微波，青丝七尺挽盘螺，粉脸吹弹得破。

望日嫦娥盼夜，秋宵织女停梭。画堂花烛听欢呼，兀自含羞怯步。

程万里得了一个美貌女子，心中欢喜，问道：“小娘子尊姓何名？可是从幼

在宅中长大的么？”那女子见问，沉吟未语，早落下两行珠泪。程万里把袖子与她拭了，问道：“娘子为何掉泪？”那女子道：“奴家本是重庆人氏，姓白，小字玉娘，父亲白忠，官为统制。四川制置使余玠（jiè），调遣镇守嘉定府。不意余制置身亡，元将兀良哈歹乘虚来攻，食尽兵疲，力不能支。破城之日，父亲被擒，不屈而死。兀良元帅怒我父守城抗拒，将妾一门抄戮。张万户怜妾幼小，幸得免诛。带归家中为婢，服侍夫人。不意今日得配君子。不知君乃何方人氏，亦为所掳？”程万里见说亦是羁囚，触动其心，不觉也流下泪来。把自己家乡姓名，被掳情由，细细说与。两下凄惨一场，却已二鼓。夫妻解衣就枕，一夜恩情，十分美满。明早起身，梳洗过了，双双叩谢张万户已毕，玉娘原到里边去了。程万里感张万户之德，一切干办公事，加倍用心，甚得其欢。

其夜是第三夜了，程万里独坐房中，猛然想起功名未遂，流落异国，身为下贱，玷宗辱祖，可不忠孝两虚！欲待乘间逃归，又无方便。长叹一声，潸潸泪下。正在自悲自叹之际，却好玉娘自内而出。万里慌忙拭泪相迎，容颜惨淡，余涕尚存。玉娘是个聪明女子，见貌辨色，当下挑灯共坐，叩其不乐之故。万里是个把细（仔细，细心）的人，仓卒之间，岂明倾心吐胆？自古道：“夫妻且说三分话，未可全抛一片心。”当下强作笑容，只答应得一句道：“没有甚事。”玉娘情知他有含糊隐匿之情，更不去问他。直至掩户息灯，解衣就寝之后，方才低低启齿，款款开言道：“程郎，妾有一言，日欲奉劝，未敢轻谈。适见郎君有不乐之色，妾已猜其八九，郎君何用相瞒。”万里道：“程某并无他意，娘子不必过疑。”玉娘道：“妾观郎君才品，必非久在人后者。何不觅便逃归，图个显祖扬宗。却甘心在此，为人奴仆，岂能得个出头的日子？”程万里见妻子说出恁般说话，老大惊讶，心中想道：“她是妇人女子，怎么有此丈夫见识，道着我的心事？况且寻常人家，夫妇分别，还要多少留恋不舍。今成亲三日，恩爱方才起头，岂有反劝我还乡之理？只怕还是张万户教她来试我。”便道：“岂有此理！我为乱兵所执，自分必死。幸得主人释放，留为家丁，又以妻子配我，此恩天高地厚，未曾报得，岂可为此背恩忘义之事。汝勿多言！”玉娘见说，默然无语。程万里愈疑是张万户试他。

到明早起身，程万里思想：“张万户教她来试我，我今日偏要当面说破，固住了她的念头，不来提防，好办走路。”梳洗已过，请出张万户到厅上坐下，说道：“禀老爹，夜来妻子忽劝小人逃走。小人想来，当初被游兵捉住，蒙老爹救了性命，留作家丁。如今又配了妻子。这般恩德，未有寸报。况且小人父母已死，亲戚又无，只此便是家了，还教小人逃到哪里去？小人昨夜已把她埋怨一番。恐怕她自己情虚，反来造言累害小人，故此特禀知老爹。”张万户听了，心中大怒，即唤出玉娘骂道：“你这贱婢！当初你父抗拒天兵，兀良元帅要把你阖门尽斩，我可怜你年纪幼小，饶你性命。又恐为乱军所杀，带回来恩养长大，配个丈夫。你不思报效，反教丈夫背我，要你何用！”教左右：“快取家法来，吊起贱婢打一百皮鞭。”那玉娘满眼垂泪，哑口无言。众人连忙去取索子家法，将玉娘一索捆翻。正是：

分明指与平川路，反把忠言当恶言。

程万里在旁边，见张万户发怒，要吊打妻子，心中懊悔道：“原来她是真心，

倒是我害她了！”又不好过来讨饶。正在危急之际，恰好夫人闻得丈夫发怒，要打玉娘，急走出来救护。原来玉娘自到他家，因德性温柔，举止娴雅，且是女工中第一伶俐，夫人平昔极喜欢她的。名虽为婢，相待却像亲生一般，立心要把她嫁个好丈夫。因见程万里人材出众，后来必定有些好日，故此前晚就配与为妻。今日见说要打她，不知因甚缘故，特地自己出来。见家人正待要动手，夫人止住。上前道：“相公因甚要吊打玉娘？”张万户把程万里所说之事，告与夫人。夫人叫过玉娘道：“我一向怜你幼小聪明，特拣个好丈夫配你，如何反教丈夫背主逃走？本不当救你便是，姑念初犯，与老爹讨饶。下次再不可如此！”玉娘并不回言，但是流泪。夫人对张万户道：“相公，玉娘年纪甚小，不知世务，一时言语差误，可看老身份上，姑恕这次吧！”张万户道：“既夫人讨饶，且恕这贱婢！倘若再犯，二罪俱罚！”玉娘含泪叩谢而去。

张万户唤过程万里道：“你做人忠心，我自另眼看你！”程万里满口称谢。走到外边，心中又想道：“还是做下圈套来试我。若不是，怎么这样大怒要打一百，夫人刚开口讨饶，便一下不打？况夫人在里面，哪里晓得这般快就出来护救？且喜昨夜不曾说别的言语还好。”到了晚间，玉娘出来，见她虽然面带忧容，却没有一毫怨恨意思。程万里想道：“一发是试我了。”说话愈加谨慎。又过了三日，那晚玉娘看了丈夫，上下只管相着，欲言不言。如此三四次，终是忍耐不住，又道：“妾以诚心告君，如何反告主人，几遭棰挞（chuí tà，捶打）！幸得夫人救免。然细观君才貌，必为大器。为何还不早图去计？若恋恋于此，终作人奴，亦有何望？”程万里见妻子又劝他逃走，心中愈疑道：“前日恁般嗔责，她岂不怕？又来说起，一定是张万户又教她来试我念头果然决否。”也不回言，径自收拾而卧。到明早，程万里又来禀知张万户。张万户听了，暴躁如雷，连喊道：“这贱婢如此可恨，快拿来敲死了吧！”左右不敢怠缓，即向里边来唤。夫人见唤玉娘，料道又有甚事，不肯放将出来。张万户见夫人不肯放玉娘出来，转加焦躁。却又碍着夫人面皮，不好十分催逼，暗想道：“这贱婢已有外心，不如打发她去吧。倘然夫妻日久恩深，被这贱婢哄热，连这好人的心都要变了。”乃对程万里道：“这贱婢两次三番，诱你逃归，其心必有他念。料然不是为你，久后必被其害。待今晚出来，明早就教人引去卖了，别拣一个好的与你为妻。”程万里见说要卖他妻子，方才明白浑家果是一片真心，懊悔失言，便道：“老爹如今警戒两番，下次谅必不敢。总再说，小人也断然不听。若把她卖了，只怕人说小人薄情，做亲才六日，就把妻子来卖。”张万户道：“我做了主，谁敢说你！”道罢，径往里边而去。夫人见丈夫进来，怒气未息，恐还要责罚玉娘，连忙教闪过一边，起身相迎，并不问起这事。张万户却又怕夫人不舍得玉娘出去，也分毫不题。

且说程万里见张万户决意要卖，心中不忍割舍，坐在房中暗泣。直到晚间，玉娘出来，对丈夫哭道：“妾以君为夫，故诚心相告。不想君反疑妾有异念，数告主人。主人性气粗雄，必然怀恨，妾不知死所矣！然妾死不足惜，但君堂堂仪表，甘为下贱，不图归计为恨耳！”程万里听说，泪如雨下，道：“贤妻良言指迷，自恨一时错见，疑主人使汝试我，故此告知。不想反累贤妻。”玉娘道：“君若肯听妾言，虽死无恨！”程万里见妻子恁般情真，又思明日就要分离，愈

加痛泣。却又不好对她说知，含泪而寝。直哭到四更时分，玉娘见丈夫哭之不已，料必有甚事故，问道：“君如此悲恸，定是主人有害妾之意，何不明言？”程万里料瞒不过，方道：“自恨不才，有负贤妻。明日主人将欲鬻汝，势已不能挽回，故此伤痛。”玉娘闻言，悲泣不胜。两个搅作一团，哽哽咽咽，却又不敢放声。天未明，即便起身梳洗。玉娘将所穿绣鞋一只，与丈夫换了一只旧履，道：“后日倘有见期，以此为证。万一永别，妾抱此而死，有如同穴。”说罢，复相抱而泣，各将鞋子收藏。

到了天明，张万户坐在中堂，教人来唤。程万里忍住眼泪，一齐来见。张万户道：“你这贱婢！我自幼抚你成人，有甚不好，屡教丈夫背主！本该一剑斩你便是。且看夫人份上，姑饶一死，你且到好处受用去吧！”叫过两个家人吩咐道：“引她到牙婆人家去，不论身价，但要寻一下等人家，磨死不受人抬举的贱婢便了！”玉娘要求见夫人拜别，张万户不许。玉娘向张万户拜了两拜，起来对着丈夫道声保重，含着眼泪，同两个家人去了。程万里腹中如割，无可奈何，送出大门而回。正是：

世人万般哀苦事，无非死别与生离。

比及夫人知觉，玉娘已自出门去了。夫人晓得张万户情性，诚恐他害了玉娘性命。今日脱离虎口，倒也由他。

且说两个家人，引玉娘到牙婆家，恰好市上有个经纪人家，要讨一婢。见玉娘生得端正，身价又轻，连忙兑出银子，交与张万户家人，将玉娘领回家去不题。

且说程万里自从妻子去后，转思转悔，每到晚间，走进房门，便觉惨伤。取出那两只鞋儿，在灯前把玩一回，呜呜地啼泣一回。哭够多时，方才睡卧。次后访问得就卖在市上人家，几遍要悄地去再见一面，又恐被人觑破，报与张万户，反坏了自己大事，因此又不敢去。那张万户见他不听妻子言语，信以为实，诸事委托，毫不提防。程万里假意殷勤，愈加小心。张万户好不喜欢，又要把妻子配与。程万里不愿，道：“且慢着，候随老爷到边上去，有些功绩回来，寻个名门美眷，也与老爷争气！”

光阴迅速，不觉又过年余。那时兀良哈歹在鄂州镇守，值五十诞辰，张万户昔日是他麾下裨将，收拾了许多金珠宝玉，思量要差一个能干的去贺寿，未得其人。程万里打听在肚里，思量趁此机会，脱身去吧。即来见张万户道：“闻得老爷要送兀良爷的寿礼，尚未差人。我想众人都有掌管，脱身不得。小人总是在家没有甚事，倒情愿任这差使。”张万户道：“若得你去最好！只怕路上不惯，吃不得辛苦。”程万里道：“正为在家自在惯了，怕后日随老爷出征，受不得辛苦，故此先要经历些风霜劳碌，好跟老爹上阵。”张万户见他说得有理，并不疑虑，就依允了。写下问候书札，上寿礼帖，又取出一张**路引**（官府开具的通行凭证），以防一路盘诘。诸事停当，择日起身。程万里打叠行李，把玉娘绣鞋，都藏好了。到临期，张万户把东西出来，交付明白，又差家人张进，做伴同行，又把十两银子与他盘缠。程万里见又有一人同去，心中烦恼。欲要再禀，恐张万户疑惑，且待临时，又作区处。当下拜别张万户，把东西装上牲口，离了兴元，往鄂州而来。一路自有馆驿支讨口粮，并无耽搁。不则一日，到了鄂州，借个饭店寓下。来日清早，二人赍了书札礼物，到帅府衙门挂号伺候。那兀良

元帅是节镇重臣，故此各处差人来上寿的，不计其数，衙门前好不热闹。三通**画角**（古代军中用的乐器），兀良元帅开门升帐，许多将官僚属，参见已过，然后中军官引各处差人进见，呈上书札礼物。兀良元帅一一看了，把礼物查收，吩咐在外伺候回书。众人答应出来不题。

且说程万里送礼已过，思量要走，怎奈张进同行同卧，难好脱身，心中无计可施。也是他时运已到，天使其然。那张进因在路上鞍马劳倦，却又受了些风寒，在饭店上生起病来。程万里心中欢喜："正合我意！"欲要就走，却又思想道："大丈夫做事，须要来去明白。"原向帅府候了回书，到寓所看张进时，人事不省，毫无知觉。自己即便写下一封书信，一齐放入张进包裹中收好。先前这十两盘缠银子，张进便要分用，程万里要稳住张进的心，却总放在他包裹里面，等到鄂州一齐买**人事**（礼物）送人。今日张进病倒，程万里取了这十两银子，连路引铺陈，打作一包，收拾完备，却叫过主人家来吩咐道："我二人乃兴元张万户老爹特差来与兀良爷上寿，还要到山东史丞相处公干。不想同伴的路上辛苦，身子有些不健，如今行动不得。若等他病好时，恐怕误了正事，只得且留在此调养几日。我先往那里公干回来，与他一齐起身。"即取出五钱银子递与道："这薄礼权表微忱，劳主人家用心看顾，得他病体痊安，我回时还有重谢。"主人家不知是计，收了银子道："早晚服侍，不消牵挂。但长官须要作速就来便好。"程万里道："这个自然。"又讨些饭来吃饱，背上包裹，对主人家叫声暂别，大踏步而走。正是：

鳌鱼脱却金钩去，摆尾摇头再不来。

离了鄂州，望着建康而来。一路上有了路引，不怕盘诘，并无阻滞。此时淮东地方，已尽数属了胡元，万里感伤不已。一径到宋朝地面，取路直至临安。旧时在朝宰执，都另换了一班人物。访得现任枢密副使周翰，是父亲的门生，就馆于其家。正值度宗收录先朝旧臣子孙，全亏周翰提挈，程万里亦得补福建福清县尉。寻了个家人，取名程惠，择日上任。不在话下。

且说张进在饭店中，病发数日，方才精神清楚。眼前不见了程万里，问主人家道："程长官怎么不见？"主人家道："程长官十日前说还要往山东史丞相处公干。因长官有恙，他独自去了，转来同长官回去。"张进大惊道："何尝又有山东公干？被这贼趁我有病逃了。"主人家惊问道："长官一同来的，他怎又逃去？"张进把当初掳他情由细说，主人懊悔不迭。张进恐怕连他衣服取去，即忙教主人家打开包裹看时，却留下一封书信，并兀良元帅回书一封，路引、盘缠，尽皆取去，其余衣服，一件不失。张进道："这贼狼子野心！老爹恁般待他，他却一心恋着南边，怪道连妻子也不要！"又将息了数日，方才行走得动。便去禀知兀良元帅，另自打发盘缠、路引，一面行文挨获程万里。那张进到店中算还了饭钱，作别起身。星夜赶回家，参见张万户，把兀良元帅回书呈上看过，又将程万里逃归之事禀知。张万户将他遗书拆开看时，上写道："门下贱役程万里，奉书恩主老爷台下：万里向蒙不杀之恩，收为厮养，委以腹心，人非草木，岂不知感！但闻**越鸟南栖**（从南方飞来的鸟，筑巢时一定在南边的树枝上。比喻难忘故乡情），**狐死首丘**（传说狐狸如果死在外面，一定把头朝着它的洞穴。比喻不忘本或怀念故乡）。万里亲戚坟墓，俱在南朝，早暮思想，食不甘味。意欲禀知恩相，乞假归省，诚恐不许，以此斗胆辄行。在恩相幕从如云，岂少一走卒？放某还乡，如放一鸽耳。大恩

未报，刻刻于怀。衔环结草，生死不负。”

张万户看罢，顿足道：“我被这贼用计瞒过，吃他逃了。有日拿住，教他碎尸万段！”后来张万户贪婪太过，被人参劾，全家抄没，夫妻双双气死。此是后话不题。

且说程万里自从到任以来，日夜想念玉娘恩义，不肯再娶。但南北分争，无由访觅。时光迅速，岁月如流，不觉又是二十余年。程万里因为官清正廉能，已做到闽中安抚使之职。那时宋朝气数已尽，被元世祖直捣江南，如入无人之境。逼得宋末帝奔入广东崖山海岛中驻跸。只有八闽全省，未经兵火。然亦弹丸之地，料难抵敌。行省官不忍百姓罹于涂炭，商议将图籍版舆，上表亦归元主。元主将合省官俱加三级。程万里升为陕西行省参知政事。到任之后，思想兴元乃是所属地方，即遣家人程惠，将了向日所赠绣鞋，并自己这只鞋儿，前来访问妻子消息。不题。

且说娶玉娘那人，是市上开酒店的顾大郎，家中颇有几贯钱钞。夫妻两口，年纪将近四十，并无男女。浑家和氏，每劝丈夫讨个丫头服侍，生育男女。顾大郎初时恐怕淘气，心中不肯。倒是浑家叮嘱牙婆寻觅。闻得张万户家发出个女子，一力撺掇讨回家去。浑家见玉娘人物美丽，性格温存，心下欢喜。就房中侧边打个铺儿。到晚间又准备些夜饭，摆在房中。玉娘暗解其意，佯为不知，坐在厨下。和氏自家走来道：“夜饭已在房里了，你怎么反坐在此？”玉娘道：“大娘自请，婢子有在这里。”和氏道：“我们是小户人家，不像大人家有许多规矩。只要勤俭做人家，平日只是姊妹相称便了。”玉娘道：“婢子乃下贱之人，倘有不到处，得免嗔责足矣！岂敢与大娘同列。”和氏道：“不要疑虑！我不是那等嫉妒之辈。就是娶你，也倒是我的意思。只为官人中年无子，故此劝他取个偏房。若生得一男半女，即如与我一般。你不要害羞，可来同坐吃杯合欢酒。”玉娘道：“婢子蒙大娘抬举，非不感激！但生来命薄，为夫所弃，誓不再适。倘必欲见辱，有死而已！”和氏见说，心中不悦道：“你既自愿为婢，只怕吃不得这样苦哩。”玉娘道：“但凭大娘所命，若不如意，任凭责罚！”和氏道：“既如此，可到房中服侍。”玉娘随至房中。他夫妻对坐而饮，玉娘在旁筛酒，和氏故意难为她。直饮至夜半，顾大郎吃得大醉，衣也不脱，向床上睡了。玉娘收拾过家火，向厨中吃些夜饭，自来铺上和衣而睡。

明早起来，和氏限她一日纺绩。玉娘头也不抬，不到晚都做完了，交与和氏，和氏暗暗称奇。又限她夜中趱赶多少。玉娘也不推辞，直纺到晓，一连数日如此，毫无厌倦之意。顾大郎见她不肯向前，日夜纺绩，只道浑家妒忌，心中不乐，又不好说得。几番背他浑家与玉娘调戏，玉娘严声厉色。顾大郎惧怕浑家知得笑话，不敢则声。过了数日，忍耐不过，一日对浑家道：“既承你的美意，娶这婢子与我，如何教她日夜纺绩，却不容她近我？”和氏道：“非我之过。只因她第一夜，如此作乔，恁般推阻，为此我故意要难她转来，你如何反为好成歉？”顾大郎不信道：“你今夜不要她纺绩，教她早睡，看是怎么。”和氏道：“这有何难。”

到晚间，玉娘交过所限生活。和氏道：“你一连做了这几时，今晚且将息一晚，明日做吧！”玉娘也十数夜未睡，觉道劳倦，甚合其意。吃过夜饭，收拾

已完，到房中各自睡下。玉娘是久困的人，放倒头便睡着了。顾大郎悄悄地到她铺上，轻轻揭开被，挨进身子，把她身上一摸，却原来和衣而卧。顾大郎即便与她解脱衣裳，那衣带都是死结，如何扯拽得开？顾大郎性急，把她乱扯。才扯断得一条带子，玉娘在睡梦中惊醒，连忙跳起。被顾大郎双手抱住，哪里肯放？玉娘乱喊杀人。顾大郎道："既在我家，喊也没用。不怕你不从我！"和氏在床，假做睡着，声也不则。玉娘挣脱不得，心生一计，道："官人，你若今夜辱了婢子，明日即寻一条死路！张万户夫人平昔极爱我的，晓得我死了，料然决不与你干休。只怕那时破家荡产，连生命亦不能保，悔之晚矣！"顾大郎见说，果然害怕，只得放手，原走到自己床上睡了。玉娘眼也不合，直坐到晓。

和氏见她立志如此，料不能强，反认为义女，玉娘方才放心。夜间只是和衣而卧，日夜辛勤纺织。约有一年，玉娘估计积成布匹，比身价已有二倍，将来交与顾大郎夫妇，求为尼姑。和氏见她诚恳，更不强留。把她这些布匹，尽施与为出家之费。又备了些素礼，夫妇二人，同送到城南昙花庵出家。玉娘本性聪明，不够三月，把那些经典讽诵得烂熟。只是心中记挂着丈夫，不知可能够脱身逃走。将那两只鞋子，做个囊儿盛了，藏于贴肉。老尼出庵去了，就取出观玩，对着流泪。次后央老尼打听，知得乘机走了，心中欢喜，早晚诵经祈保。又感顾大郎夫妇恩德，也在佛前保佑。后来闻知张万户全家抄没，夫妇俱丧。玉娘想念夫人幼年养育之恩，大哭一场，礼忏追荐。诗云：

数载难忘养育恩，看经礼忏荐夫人。
为人若肯存忠厚，虽不关亲也是亲。

且说程惠奉了主人之命，星夜赶至兴元城中，寻个客店寓下。明日往市中，访到顾大郎家里。那时顾大郎夫妇，年近七旬，须鬓俱白，店也收了，在家持斋念佛，人都称他为顾道人。程惠走至门前，见老人家正在那里扫地。程惠上前作揖道："太公，借问一句说话。"顾老还了礼，见不是本处乡音，便道："客官可是要问路径么？"程惠道："不是。要问昔年张万户家出来的程娘子，可在你家了？"顾老道："客官，你是哪里来的？问她怎么？"程惠道："我是她的亲戚，幼年离乱时失散，如今特来寻访。"顾老道："不要说起！当初我因无子，要娶她做个通房。不想自到家来，从不曾解衣而睡。我几番捉弄她，她执意不从。见她立性贞烈，不敢相犯，倒认作义女，与老荆就如嫡亲母子。且是勤俭纺织，有时直做到天明。不上一年，将做成布匹，抵偿身价，要去出家。我老夫妻不好强留，就将这些布匹，送与她出家费用。又备些素礼，送她到南城昙花庵为尼。

如今二十余年了，足迹不曾出那庵门。我老夫妇倒时常走去看看他，也当作亲人一般。又闻得老尼说，至今未尝解衣寝卧，不知她为甚缘故。这几时因老病不曾去看得。客官，既是你令亲，径到那里去会便了，路也不甚远。见时，到与老夫代言一声。"

程惠得了实信，别了顾老，问昙花庵一路而来。不多时就到了，看那庵也不甚大。程惠走进了庵门，转过左边，便是三间佛堂。见堂中坐着个尼姑诵经，年纪虽是中年，人物倒还十分整齐。程惠想道："是了。"且不进去相问，就在门槛上坐着，袖中取出这两只鞋来细玩，自言自语道："这两只好鞋，可惜不全！"那诵经的尼姑，却正是玉娘。她一心对在经上，忽闻得有人说话，方才抬起头来。见

一人坐在门槛上，手中玩弄两只鞋子，看来与自己所藏无二，那人却又不是丈夫，心中惊异。连忙收掩经卷，立起身向前问讯。程惠把鞋放在槛上，急忙还礼。

尼姑问道："檀越（施主），借鞋履一观。"程惠拾起递与。尼姑看了，道："檀越，这鞋是哪里来的？"程惠道："是主人差来寻访一位娘子。"尼姑道："你主人姓甚？何处人氏？"程惠道："主人姓程，名万里，本贯彭城人氏，今现任陕西参政。"尼姑听说，即向身边囊中取出两只鞋来，恰好正是两对，尼姑眼中流泪不止。程惠见了，倒身下拜道："相公特差小人来寻访主母。适才问了顾太公，指引到此，幸而得见。"尼姑道："你相公如何得做这等大官？"程惠把历官闽中，并归元升任至此，说了一遍。又道："相公吩咐，如寻见主母，即迎到任所相会。望主母收拾行装，小人好去雇倩（出钱雇请）车辆。"尼姑道："吾今生已不望鞋履复合，今幸得全，吾愿毕矣，岂别有他想？你将此鞋归见相公夫人，为吾致意，须做好官，勿负朝廷，勿虐民下。我出家二十余年，无心尘世久矣！此后不必挂念。"程惠道："相公因念夫人之义，誓不再娶，夫人不必固辞。"尼姑不听，往里边自去。程惠央老尼再三苦告，终不肯出。程惠不敢苦逼，将了两双鞋履，回至客店，取了行李，连夜回到陕西衙门。见过主人，将鞋履呈上，细述顾老言语，并玉娘认鞋，不肯同来之事。程参政听了，甚是伤感。把鞋履收了，即移文本省。那省官与程参政昔年同在闽中为官，有僚友之谊。见了来文，甚以为奇，即行檄仰兴元府官吏，具礼迎请。兴元府官不敢怠慢，准备衣服礼物，香车细辇，笙箫鼓乐，又取两个丫鬟服侍，同了僚属，亲到昙花庵来礼请。那时满城人家尽皆晓得，当作一件新闻，扶老携幼，争来观看。

且说太守同僚属到了庵前下马，约退从人，径进庵中。老尼出来迎接。太守与老尼说知来意，要请程夫人上车。老尼进去报知。玉娘见太守与众官来请，料难推托，只得出来相见。太守道："本省上司奉陕西程参政之命，特着下官等具礼迎请夫人上车，往陕西相会。车舆已备，望夫人易换袍服，即便登舆。"教丫鬟将礼物服饰呈上。玉娘不敢固辞，教老尼收了。谢过众官，即将一半礼物送与老尼为终老之资，余一半嘱托地方官员将张万户夫妻以礼改葬，报其养育之义。又起七昼夜道场，追荐白氏一门老小。好事已毕，丫鬟将袍服呈上。玉娘更衣，到佛前拜了四拜，又与老尼作别，出庵上车，府县官俱随于后。玉娘又吩咐，还要到市中去拜别顾老夫妻。路上鼓乐喧闹，直到顾家门首下车。顾老夫妇出来，相迎庆喜。玉娘到里边拜别。又将礼物赠与顾老夫妇，谢他昔年之恩。老夫妻流泪收下，送至门前，不忍分别，玉娘亦觉惨然，含泪登车。各官直送至十里长亭而别。太守又委僚属李克复，率领步兵三百，防护车舆。一路经过地方，官员知得，都来迎送馈礼。直至陕西省城，那些文武僚属，准备金鼓旗幡，离城十里迎接。程参政也亲自出城远迎。一路金鼓喧天，笙箫振地，百姓们都满街结彩，香花灯烛相迎，直至衙门后堂私衙门口下车。程参政吩咐僚属明日相见，把门掩上，回至私衙。夫妻相见，拜了四双八拜，起来相抱而哭。各把别后之事，细说一遍，说罢，又哭。然后奴仆都来叩见，安排庆喜筵席，直饮至二更，方才就寝。可怜成亲只得六日，分离倒有二十余年，此夜再合，犹如一梦。次日，程参政升堂，僚属俱来送礼庆贺。程参政设席款待，大吹大擂，一连开宴三日。各处属下晓得，都遣人称贺，自不必说。

且说白夫人治家有方，上下钦服。因自己年长，料难生育，广置姬妾。程参政连得二子，自己直加衔平章，封唐国公，白氏封一品夫人，二子亦为显官。后人有诗为证：

六日夫妻廿载别，刚肠一样坚如铁。
分鞋今日再成双，留与千秋作话说。

## 第二十卷　张廷秀逃生救父

万事由天莫强求，何须苦苦用机谋。
饱三餐饭常知足，得一帆风便可收。
生事事生何日了？害人人害几时休？
冤家宜解不宜结，各自回头看后头。

话说国朝自洪武爷开基，传至万历爷，乃第十三代天子。那爷爷圣武神文，英明仁孝，真个朝无幸位，野没遗贤。内中单表江西南昌府进贤县，有一人姓张，名权，其祖上原是富家，报充了个粮长。哪知就这粮长役内坏了人家，把房产陆续弄完。传到张权父亲，已是寸土不存，这役子还不能脱。间壁是个徽州小木匠店，张权幼年间终日在那店门首闲看，拿匠人的斧凿学做，这也是一时戏耍。不想父母因家道贫乏，见儿子没甚生理，就送他学成这行生意。后来父母亡过，那徽州木匠也年老归乡，张权便顶着这店。因做人诚实，尽有主顾，苦挣了几年，遂娶了个浑家陈氏，夫妻二人将就过活。怎奈里役还不时缠扰。张权与浑家商议，离了故土，搬至苏州阊门外皇华亭侧边开了个店儿。自起了个别号，去那白粉墙上写两行大字，道：“江西张仰亭精造坚固小木家火，不误主顾。”

张权自到苏州，生意顺溜，颇颇得过。却又踏肩（肩挨肩，接连）生下两个儿子。常言道得好：只愁不养，不愁不长。不觉已到七八岁上，送在邻家一个义学中读书。大的取名廷秀，小的唤作文秀。这学中共有十来个孩子，只他两个教着便会。不上几年，把经书读得稀烂。看看廷秀长成一十三岁，文秀长成一十二岁，都生得眉目疏秀，人物轩昂。那时先生教他做文字，却就知布局练格，琢句修词。这张权虽是手艺之人，因见二子勤苦读书，也有个向上之念。谁想这年一秋无雨，做了个旱荒，寸草不留。大户人家有米的，却又关仓遏粜（关闭粮仓，不再卖粮食）。只苦了那些小百姓，若老若幼，饿死无数。官府看不过，开发义仓，赈济百姓。关支（发给）的十无三四，白白里与吏胥做了人家。又发米于各处寺院煮粥，救济贫民。却又把米侵匿，一碗粥中不上几颗米粒。还有把糠秕木屑搅和在内，凡吃的俱各呕吐，往往反速其死。上人只道百姓咸受其惠，哪知恁般弊窦，有名无实。正是：

任你官清似水，难逃吏滑如油。

且说张权因逢着荒年，只得把儿子歇了学，也教他学做木匠。二子天性聪

明，哪消几日，就学会了。且又做得精细，比积年老匠更胜几分，喜得张权满面添花。只是木匠便会了，做下家火摆在店中，绝无人买。不够几日，将平日积下些小本钱，看看摸尽，连衣服都解当来吃在肚里。张权心下着忙，与浑家陈氏商议，要寻个所在趁工（找点临时工）几时，度过荒年，再作区处。出去走了几日，无个安身之地。只得依先在门首磨打家火，眼巴巴望个主顾来买。一日，正当午后，只见一人年纪五十以上，穿着一身绸绢衣服，旁边小厮跟随，在街上踱将过去。忽抬头看见张权门首摆列许多家火，做得精致，就停住脚观看。张权瞧见，便放下手中生活，上前招架道："员外要甚家火？里面请看。"那人走上阶头，问道："这些家火都是你自己做的么？"张权道："尽是小子亲手所造。木料又干又厚，工夫精细，比别家不同。若是作成小子，情愿奉让加一。"那人道："我买倒不要买，问你可肯到人家做些家火么？"张权道："这也使得。不知尊府住在何处？要做甚家火？"那人道："我家住在专诸巷内天库前，有名开玉器铺的王家，要做一副嫁妆。木料尽多，只要做得坚固、精巧。完了嫁妆，还要做些桌椅书橱等类。你若肯做时，再拣两个好副手同来。"张权正要寻恁般所在，这便叫作天赐其便。乃答道："多承员外下顾，不知还在几时起工？"那人道："你若有工夫，就是明日做起。"张权道："既如此，明日小子早到宅上伺候便了。"说罢，那人作别而去。

你道那人是何等样人物？原来姓王，名宪，积祖豪富，家中有几十万家私。传到他手里，却又开了一个玉器铺儿，愈加饶裕。人见他有钱，都称作王员外。那王员外虽然是个富家，倒也做人谦虚忠厚，乐善好施。只是一件，年过五旬，却没有子嗣。浑家徐氏，单生两个女儿。长的唤作瑞姐，二年前已招赘了个女婿赵昂在家。次女玉姐，年方一十四岁，未有姻事，生得人物聪明，姿容端正，王员外夫妻钟爱犹胜过长女。那赵昂元是个旧家子弟，王员外与其父是通家好友，因他父母双亡，王员外念是故人之子，就赘入为婿。又与他纳粟入监，指望读书成器。谁知赵昂一纳了监生，就扩而充之起来，把书本撇开，穿着一套阔服，终日在街坊摇摆。为人且又奸狡险恶，见王员外没有儿子，以为自己是个赘婿，这家私恰像木榜上刊定是他承受，家业再没统核的了。遇着个老婆却又是一个不贤慧的班头，一心只向着老公。见父母喜欢妹子，恐怕也赘个女婿，分了家私，好生妒忌。有《赘婿诗》道得好：

人家赘婿一何痴！异种如何接木枝？
两口未曾沾孝顺，一心只想霸家私。
愁深只为防甥舅，念狠兼之妒小姨。
半子虚名空受气，不如安命没孩儿。

话分两头。且说张权正愁没饭吃，今日揽了这桩大生意，心中好生欢喜。到次日起来，备了些柴米在家，吩咐浑家照看门户，同了两个儿子，带了斧凿锯子，进了阊门，来到天库前。见个大玉器铺子，张权约莫是王家了。立住脚正要问人时，只见王员外从里边走将出来，张权即忙上前相见。王员外问道："有几个副手在此？"张权道："只有两个。"便教儿子过来见了王员外。弟兄两人将家火递与父亲，向前深深作揖。王员外还了个半礼，见是两个小厮，便道："我因要做好生活，故此寻你，怎么教这小厮来做？"张权正要开言，廷秀上前道："员外，

自古道：‘后生可畏。’年纪虽小，手段不小。且试做来看，莫要就轻忽了人！”

王员外看见二子人物清秀，又且能言快语，乃问道：“这两个小厮是你什么人？”张权道：“是小子的儿子。”王员外道：“你倒生得这两个好儿子！”张权道：“不敢，只是没饭吃。”王员外道：“有了恁样儿子，愁甚没饭吃！随我到里边来。”当下父子三人一齐跟进大厅。王员外唤家人王进开了一间房子，搬出木料，交与张权，吩咐了样式。父子三人量画定了，动起斧锯，手忙脚乱，直做到晚。吃了夜饭，又要个灯火，做起夜作，半夜方睡。一连做了五日，成了几件家火，请王员外来看。王员外逐件仔细一观，连声喝彩道：“果然做得精巧！”他把家火看了一回，又看张权儿子一回。见他弟兄两个，只顾做生活，头也不抬，不觉触动无子之念，默然伤感。走入里边，坐在房中一个墙角里，两个眉头蹙作一堆，骨嘟了嘴，口也不开。浑家徐氏看见恁般模样，连问几声也不答应。急走到外边来，问员外适才与谁惹气。都说才看了新做的家火进来，并不曾与甚人惹气。徐氏问明白了，又走到房里。见丈夫依旧如此闷坐，乃上前道：“员外，家中吃的尽有，穿的尽有，虽没有万贯家私，也算作是个财主。况今年纪五十以外，便日日快活，到八十岁也不上三十年了。着甚要紧，恁般烦恼？”王员外道：“妈妈，正为后头日子短了，因此烦恼。你想我辛勤半世，挣了这些少家私，却又不曾生得个儿子，传授与他，**接绍香烟**（传宗祭祖。香烟，祭祀祖宗的香火）。就是有两个女儿，纵养他一百来岁，终是别人家媳妇，与我毫没相干。譬如瑞姐，自与她做亲之后，一心只对着丈夫，把你我便撇在脑后，何尝牵挂父母，着些痛热！反不如张木匠是个手艺之人。看他年纪还小我十来年，倒生得两个好儿子，一个个眉清目秀，齿白唇红，且又聪明勤谨。父子恩恩爱爱，不教而善。适才完下几件家火，十分精巧，便是积年老手段，也做他不过。只可惜落在他家，做了木匠。若我得了这样一个儿子，就请个先生教他读书，怕不是联科及第，光耀祖宗。”徐氏见丈夫烦恼，便解慰道：“员外，这却也不难。常言道：着意栽花花不活，无心插柳柳成阴。既张木匠儿子恁般聪明俊秀，何不与他说，承继一个，岂不是无子而有子？”王员外闻言，心中欢喜道：“妈妈所见极是！但不知他可肯哩？”当夜无话。

到次日饭后，王员外走到厅上。张权上前说道：“员外，小子今晚要回去看看家里，相求员外借些工钱，买办柴米，安顿了敝房，明日早来。”王员外道：“这个易处。我有句话儿问你。”张权道：“不知员外有甚吩咐？”王员外道：“两位令郎今年几岁？叫甚名字？”张权道：“大的名廷秀，年十四岁了；小的名文秀，年十二岁了。”王员外道：“可识字么？”张权道：“也曾读过几年书，只为读书不起，就住了，字倒也识的。”王员外说道：“我欲要承继大令郎为子，做个亲戚往来，你可肯么？”张权道：“员外休得取笑！小子乃手艺之人，怎敢仰攀宅上！就是小儿也没有恁样福分。”王员外道：“何出此言！贫富那个是骨里带来的？你若肯时，就择个吉日过门，我便请个先生教他，这些小家私好歹都是他的。”张权见王员外认真要过继他儿子，满面堆起笑来，道：“既承员外提拔小儿，小子怎敢固辞！今晚且同回去，与敝房说知，待员外择日过门吧！”王员外道：“说得是。”进来回复了徐氏，取出一两银子工钱，付与张权。到晚上领着二子，作别回家。陈氏接着，张权把王员外过继儿子一事，与浑家说知。夫妻

欢天喜地，就是廷秀见说要请先生教他读书，也甚欲得。

话休絮烦。王员外拣了吉日，做下一身新衣，送来穿着。张权将廷秀打扮起来，真个人是衣装，佛是金装，廷秀穿了一身华丽衣服，比前愈加丰采，全不像贫家之子。当下廷秀拜别母亲，作辞兄弟。陈氏又将言训诲，教他孝顺亲热，谦恭下气。廷秀唯唯。虽然不是长别，母子未免流泪。张权亲自送到王家，只见厅上大排筵席，亲朋满座。见说到了，尽来迎接。到厅与众亲戚作揖过了，先引去拜过家庙，然请王员外夫妇到厅上坐下，廷秀上前四跪八拜，又与赵昂夫妇对拜，又到里边与玉姐姐相见。其余内外男女亲戚，一一拜见已毕，入席饮酒。就改名王廷秀，与玉姐两下同年，因小两个月，排行三官。廷秀在席上谦恭揖让，礼数甚周，亲友无不称赞，内中只有赵昂夫妇心中不悦。当日大吹大擂，鼓乐喧天，直到更余而散。次日，张权同着次子来谢过了王员外，依先到大厅上去做生活。王员外数日内便聘了个先生到家，又对张权说："二令郎这样青年美质，岂可将他埋没，何不教他同廷秀一齐读书，就在这里吃些现成茶饭？"张权道："只是又来相扰，小子心上不安。"王员外道："如今已是一家，何出此言！"自此文秀也在王家读书。张权另叫副手相帮，不题。且说文秀弟兄弃书原不多时，都还记得。那先生见二子聪明，尽心指教。一年之内，**三场俱通**（明代科举，乡试、会试各考三场，这里指三场考试的文章都读熟了）。此时王员外家火已是做完，张权趁了若干工银。王员外分外又资助些银两，依旧在家开店过日。虽然将上不足，也还比下有余。

且说王员外次女玉姐，年已一十五岁，未有亲事。做媒的络绎不绝，王员外因是爱女，要拣个有才貌的女婿，不知说过多少人家，再没有中意的。看见廷秀勤谨读书，倒有心就要把他为婿。还恐不能成就，私下询问先生。先生极口称赞二子文章，必然是个大器。王员外见先生赞扬太过，只道是面谀之词，反放心不下。即讨几篇文字，送与相识老学观看，所言与先生相合。心下喜欢，来对浑家商议。徐氏也爱廷秀人材出众，又肯读书，一力撺掇。王员外的主意已定，央族弟王三叔往张家为媒。王三叔得了言语，一径来到张家，把王员外要赘廷秀为婿的话，说与张权。张权推托门户不当，不肯应承。王三叔道："此是家兄因爱令郎才貌，异日定有些好处，故此情愿。又非你去求他，何必推辞。"张权方才依允。王三叔回复了王员外，便去择选吉日行聘。不题。

单表赵昂夫妇初时见王员外承继张廷秀为子，又请先生教他读书，心中已是不乐，只不好来阻当。今日见说要将玉姐赘他为婿，愈加妒忌。夫妻两个商议了说话，要来拦阻这事。当下赵昂先走入来见王员外道："有句话儿，本不该小婿多口。只是既在此间，事同一体，不得不说。又恐说时，反要招怪，不敢启齿。"王员外道："我有甚差误处，得你点拨，乃是正理，怎么怪你？"赵昂道："便是小姨的亲事。向日有多少名门巨族求亲，岳父都不应承，如何却要配与三官？我想他是个小户出身，岳父承继在家，不过是个养子，原不算十分正经，无人议论。今若赘做女婿，岂不被人笑话？"王员外笑道："贤婿，这事不劳你过忧，我自有主见在此。常言道：'会嫁嫁对头，不会嫁嫁门楼。'我为这亲事，不知拣过多少子弟，并没有一个入得眼。他虽是小家出身，生得相貌堂堂，人材出众，况且又肯读书，做的文字人人都称赞，说他定有科甲之分。放

着恁般目知眼见的倒不嫁，难道到在那些酒包饭袋里去搜觅？若拣个好的，也还有指望。倘一时没眼色，配着个不僧不俗、如醉如痴的蠢材，岂不反误了终身？如今纵有人笑话，不过一时。倘后来有些好处，方见我有先见之明。”赵昂听说，呵呵地笑道：“若论他相貌，也还有几分可听。若说他会做文字，人人称赞，这便差了。且不要论别处，只这苏州城里有无数高才绝学，朝吟暮读，受尽了灯窗之苦，尚不能够飞黄腾达。他才开荒田，读得年把书，就要想中举人、进士？岳父，你且想，每科普天下只中得三百个进士，就如筛眼里隔出来一般，如何把来看得恁般容易？这些称赞文字的，皆欺你不晓得其中道理。见你这般认真，难好败兴，把凑趣的话儿哄你，如何便信以为实？”王员外正要开言，旁边转过瑞姐道：“爹爹，凭着我们这样人家，妹子恁般容貌，怕没有门当户对人家来对亲，却与这木匠的儿子为妻？岂不玷辱门风，被人耻笑！据我看起来，这斧头、锯子，便是他的本等，晓得文字怎么样做的！我妹子做了匠人的妻子，有甚好处？后来怎么与他相往？”

王员外见说，心中大怒，道：“他既做了我的子婿，传授这些家私，纵然读书不成，就坐吃到老，也还有余。哪见得原做木匠，与你难好相往！我看起来，他目下虽穷，后来只怕你还跟他脚跟不着哩！哪个要你管这样闲账，可不扯淡么！”一头说，径往里边而走。羞得赵昂夫妻满面通红，连声道：“干我甚事？只为他体面上不好看，故此好言相劝，何消如此发怒！只怕后来懊悔，想我们的今日说话，便迟了！”王员外也不理他，直至房中，怒气不息。徐氏看见，便问道：“甚事气得恁般模样？”王员外把适来之事备细说知，徐氏也好生不悦。

王员外因赵昂奚落廷秀，心中不忿，务要与他争气。倒把行聘的事搁起，收拾五百两银子，将拜匣盛了，教个心腹的家人拿着，自己悄悄送与张权，教他置买一所房子，弃了木匠行业，另开别店，然后择日行聘。张权夫妻见王员外恁般慷慨，千恩万谢，感激不尽。自古道：“无巧不成话。”张权正要寻觅大房，不想左间壁一个大布店，情愿连房带店出脱与人，却不是一事两便？张权贪他现成，忍贵顶了这店，开张起来。又讨一房家人，与一个养娘。家中置办的十分次第。然后王员外选日行聘，大开筵席，广请亲朋。虽是廷秀行聘，却又不放回家。只有赵昂自觉没趣，躲了出去。瑞姐也坐在房里，不肯出来。因是赘婿，倒是王员外送聘，张权回礼。诸色丰盛，邻里无不喝彩。自此之后，张权店中日盛一日，挨挤不开，又雇了个伙计相帮。大凡人最是势利，见张权恁般热闹，把张木匠三字撇过一边，尽称为张仰亭。正是：

运退黄金无色，时来铁也增光。

话分两头。且说赵昂自那日被王员外抢白了，把怒气都迁到张家父子身上。又见张权买房开店，料道是丈人暗地与他的银子，愈加愤怒，成了个不解之仇。思量要谋害他父子性命，独并王员外家私，只是有不便之处，乃与老婆商议。那婆娘道：“不难！我有个妙策在此，教他有口难分，死在狱底！”赵昂满心欢喜，请问其策。那婆娘道：“谁不晓得张权是个穷木匠。今骤然买了房子，开张大店，只有你我便知道是老不死将银子买的，那些邻里如何知得，心下定然疑惑。如今老厌物要亲解白粮到京，趁他起身去后，拼几十两银子买嘱捕人，教强盗扳他同伙打劫，窝顿赃物在家。就拘邻里审时，料必实说，当初其实穷的，不知如何骤

富。合了强盗的言语。这个死罪如何逃得过去！房产家私，必然入官变卖。那时老厌物已不在家，他又是异乡之人，又无亲戚，谁人去照管？这条性命，决无活理！等张木匠死了，慢慢用软计在老厌物面前冷丢，张廷秀出门。再寻个计策，做成圈套，装在玉姐名下，只说与人有奸。老厌物是直性的人，听得了恁样话，自然逼她上路。去了这个祸根，还有甚人来分得我家的东西？”赵昂见说，连连称妙。只等王员外起身解粮，便来动手。

且说王员外因田产广多，点了个白粮解户。欲要包与人去，恐不了事，只得亲往。随便带些玉器，到京发卖，一举两得。遂将家中事体料理停当，即日起身。吩咐廷秀用心读书，又教浑家好生看待。大凡人结交富家，就有话多的礼数。像王员外这般远行，少不得亲戚都要饯送，有好几日酒席。那张权一来是大恩人，二来又是新亲家，一发理之当然，自不必说。到临行这日，张权父子三人直送至船上而别。

却说赵昂眼巴巴等丈人去后，要寻捕人陷害张权，却又没有个熟脚商议。问几谁好？忽地思量起来：“幼时有个同窗杨洪，闻得现今充当捕人，何不去投他？但不知住在哪里。”暗想道：“且走到府前去访问，料必有人晓得。”即与老婆要了五十两银子，打作一包，又取了些散碎银两，忙忙走到府门口。只见做公的东一堆，西一簇，好生热闹。赵昂有事在身，无心观看，见一个老年公差，举一举手道：“上下可晓得巡捕杨洪住在何处？”那公差答道：“可是杨黑心么？他住在乌鹊桥巷内，刚方走进总捕厅里去了。”赵昂谢声：“承教了。”飞向总捕厅衙前来看，只见杨洪从里边走出。赵昂上前拱手道：“有一件事，特来相求。屈兄一步。”杨洪道：“有甚见谕，就此说也不妨。”赵昂道：“这里不是说话之处。”两下厮挽着出了府门，到一个酒店中，拣副僻静座头坐下。叙了些疏阔寒温，酒保将酒果嗄饭摆来，两人吃了一回。赵昂开言低低道：“此来相烦，不为别事。因有个仇家，欲要在兄身上，吩咐个强盗扳他，了其性命，出这口恶气！”便摸出银子来，放在桌上，把包摊开道：“白银五十两，先送与兄，事就之日，再送五十两，凑成十数。千万不要推托！”

自古道：“公人见钱，犹如苍蝇见血。”那杨洪见了雪白的一大包银子，怎不动火？连叫：“且收过了说话，恐被人看见，不当稳便。”赵昂依旧包好，放在半边。杨洪道：“且说那仇家是何等样人？姓甚？名谁？有甚家事？拿了时，可有亲丁出来打官司告状的么？”赵昂道：“他名叫张权，江西小木匠出身，住在阊门皇华亭侧。旧时原是个穷汉，近日得了一注不明不白的钱财，买起一所大房，开张布店。只有两个儿子，都还是黄毛小厮。此外更无别人，不消虑的。”杨洪道：“这样不打紧。前日刚拿五个强盗，是打劫庞县丞的。因总捕侯爷公出，尚未到官。待我吩咐了，叫他当堂招出，包你稳稳问他个死罪。那时就狱中结果他性命，如翻掌之易了。”赵昂深深作揖道：“全仗老兄着力！正数之外，另自有报。”杨洪道：“我与尊相从小相知，怎说恁样客话！”把银子袖过。两下又吃了一大回酒，起身会钞。临出店门，赵昂又千叮万嘱。杨洪道：“不须多话，包你妥当！”拱拱手，原向府内去了。赵昂回到家里，把上项事说与老婆知道，两人暗自欢喜。

且说杨洪得了银子，也不通伙计得知。到衙门前完了些公事，回到家中，

将银交与老婆藏好，便去买些鱼肉安排起来，又打一大壶酒，烫得滚热，又煮一大锅饭。收拾停当，把中门闭上，走到后边，将匙钥开了阱房。那五个强盗见他进门，只道又来拷打，都慌张了，口中只是哀告。杨洪笑道：“我岂是要打你！只为我们这些伙计，见我不动手，只道有甚私弊，故此不得不依他们转动。两日见你众人吃这些痛苦，心中好生不忍。今日趁伙计都不在此，特买些酒肉与你们将息一日，好去见官。”那些强盗见说不去打他，反有酒肉来吃，喜出望外，一个个千恩万谢。须臾搬进，摆作一台，却是每人一碗肉，一碗鱼，一大碗酒，两大碗饭。杨洪先将一名开了铁链，放他饮啖。那强盗连日没有酒肉到口，又受了许多痛苦，一见了，犹如饿虎见羊，不够大嚼，顷刻吃个干净。吃完了，依旧锁好，又放一个起来。那未吃的口中好不流涎，不一时轮流都吃遍了。杨洪收过家火，又走进来问道：“你们曾偷过阊门外开布店张木匠张权的东西么？”都道：“没有。”杨洪道：“既没有，为何晓得你们事露，连日叫人来叮嘱，要快些了你们性命？你们各自去想一想，或者有些什么冤仇？”众强盗真个各去胡思乱想。内中一个道：“是了！是了！三月前我曾在阊门外一个布店买布，为争等子头上起，被我痛骂了一场。想是他怀恨在心，故此要来伤我们性命！”杨洪便趁势说道：“这等，不消说起是了。但不过是件小事，怎么就要害许多人的性命？那人心肠却也太狠！”众强盗见说，一个个咬牙切齿。杨洪道：“你们要报仇，有甚难处？明日解审时，当堂抬他是个同伙，一向打劫的赃物，都窝在他家。况他又是骤发，咬实了，必然难脱，却教他陪你吃苦！况他家中有钱，也落得他使用。”又说道：“切不要就招。待拷问到后边，众口一词招出，方像真的。”众人俱各欢喜，道：“还是杨阿叔有见识。”杨洪又说了他出身细底，又吩咐莫与伙计们得知，“他们通得了钱，都是一路。”众强盗牢记在心。杨洪见事已谐，心中欢喜，依旧将门锁好。又来到府前打听，侯同知晚上回府，便会同了众捕快，次日解官。有诗为证：

只因强盗设捕人，谁知捕人赛强盗！
买放真盗扳平民，官法纵免幽亦报。

次早，众府快都至杨洪家里，写了一张解呈，拿了赃物，带着这班强盗，来到总捕厅前伺候。不多时，侯爷升堂。杨洪同众捕快将强盗解进，跪在厅前，把解呈递上，禀道：“前日在平望地方，擒获强盗一起五名，正是打劫庞县丞的真赃真盗，解在台下。”侯爷将解呈看了，五个强盗，都有姓名：计文、吉适、袁良、段文、陶三虎。点过了名，又将赃物逐一点明，不多什么东西。便问捕快道：“闻得庞县丞十分贪污，囊橐甚多，俱被劫去，如何只有这几件粗重东西？其余的都在哪里？”众捕快禀道：“小的们所获，只有这几件，此外并没有了。或者他们还窝在那处，老爷审问便知。”侯爷唤上强盗问道：“你一班共有几个？做过几年？打劫多少人家？赃物都窝顿在何处？从实细说，饶你刑罚！”那强盗一一招称，只有五个，并无别人。劫过东西，俱已花费，只存这些，余外更没有窝顿所在。侯爷大怒，讨过夹棍，一齐夹起。才套得上，都喊道：“还有几名，都已逃散。只有一个江西木匠张权，住在阊门外边，向来打劫银两都窝在他家，如今见开布店。”侯爷见异口同声，认以为实，连忙起签，差原捕杨洪等，押着两名强盗作眼，同去擒拿张权，起赃连解。那三名锁在庭柱上，等

解到同审。侯爷再理别事。

且说杨洪同众人押着强盗，一径往阊门而去。赵昂也在府前打听，看见杨洪，已知事妥，自己躲过一边，却教手下人，远远跟去，看其动静。杨洪到了张权门首，立住脚道："这里是了！"只见张权在店中做生意，挤着许多主顾，打发不开。杨洪分开众人，托地跳进店里，将链子望张权颈上便套。张权叫声："阿呀！却是为何？"杨洪伸开手，两个大巴掌，骂道："你这强盗！还要问甚？你打劫许多东西，在家好快活，却带累我们，不时比捕！"张权连声叫苦道："这是哪里说起？"正要分辩时，众捕人押着强盗，往里边去了。杨洪恐怕人拣好东西藏过，忙将张权锁好，又取出铁扭上了，也牵入里面"起赃"。那时惊得一家无处躲避。门前买布的，与伙计讨了银钱，自往别处去买。看的人拥作一屋。众捕快将一应细软，都搜括出来，只拣银两衣饰，各自溜过，其余打起几个大包，连店中布匹，尽情收拾。张权夫妻抱头大哭，道："不知这场横祸哪里飞来！"两下分舍不得。捕人上前拆开，牵着便走。那些邻里不晓得的，认以为真，便道："我说他一向家事不济，如何忽地买起房屋，开这样大铺子？又与儿子定亲。只道他掘了藏，原来却做了这行生意，故此有钱。"有几个相识晓得些的，与他分剖说："是个好人！这些东西是亲家王员外扶持的。不知为甚被人扳害？"众人哪里肯信。一路上说好说歹，不止一个，都跟来看。

且说杨洪一班，押张权到了府中。侯爷在堂立等回话，解将进去跪下，把东西放在一堂。杨洪禀道："张权拿到了。"侯爷教放下柱上三个强盗同审，又将东西逐一验过。张权上前泣诉道："爷爷，小人是个良民，从来与这班人不曾识面，何尝与他同盗。其实是霹空陷害，望爷爷超拔！"侯爷喝道："既不曾同盗，这些赃物哪里来的？"张权道："这东西是小人自己挣的，并非赃物。"乃对众强盗道："我从不曾认得你们，有甚冤仇，今日害我？"众强盗道："我们本不欲招你出来，只因熬刑不过，一时招出。你也承认吧，省得受那痛苦！"张权高声叫屈道："你这些千刀万剐的强盗，得了哪个钱财，却来害我！"众强盗道："张权！仁心天理，打劫庞县丞，是你起的祸根。其地虽不曾同去，拿来的东西俱放在你家营运（指销赃），如何赖得？"张权又禀道："爷爷！小人住在此地，将有二十年了，并不曾与人角口一番，怎敢为此等犯法之事！若有此情，必能搬向隐僻所在去了，岂敢在闹市上开店？爷爷不信，可拘四邻地方来问，便知小人平素。"

侯爷见他苦苦折辩不招，对众强盗道："你这班人，想必把真强盗隐匿，陷害平人。"教都夹起来。众皂隶一齐向前动手，夹得五个强盗杀猪般叫喊，只是一口咬定张权是个同伙，不肯改口。又道："爷爷！他是小木匠（指做家具的木匠，相对于建造房子的大木匠），哪个不晓得是个穷汉。如何骤然置买房屋，开起恁样大布店来？只这个就明白了。"侯爷道："是！你是个穷木匠，为何忽地骤富？这个须没得辩！"喝教也夹起来。张权上前再三分辩，是亲家王员外扶持的银子。侯爷哪里肯听。可怜张权何尝经此痛苦，今日上了夹棍，又加一百杠子，死而复苏，熬炼不过，只得枉招。侯爷见已招承，即放了夹棍，各打四十毛板，将招由做实，依律都拟斩罪，赃物贮库。张权房屋家私，尽行变卖入官。画供已毕，上了脚镣手扭，发下司狱司监禁，连夜备文申报上司。正是：

闭门家里坐，祸从天上来。

话分两头。且说陈氏见丈夫拿去，哭死在地，亏养娘救醒。便教家人伙计随去，看个下落，顺便报与二子。廷秀兄弟正在书院读书，见报父亲被强盗扳了，吓得魂飞魄散，撇下书本，带跌而奔。先生也随将来看。里边徐氏晓得，连忙教几个家人探听。廷秀弟兄，随了家人，赶到府中，父亲已是解进衙门。立在外边打探，听得辩了半日，也上夹棍，着了急，便要往里边去禀。被先生一把扯住，道："你若进去，也被粘住身子，哪个出头去辩冤？"二子见先生之言有理，便住了脚。听父亲夹得声音凄惨，都叫起屈来，被把门人驱逐出外边。少顷，见两个人扶着父亲出来，两眼闭着，半死半活。又晓得问实斩罪，上前抱住放声大哭，一个字也说不出。张权耳内闻得儿子声音，方才挣眼一看，泪如珠涌。欲待吩咐几声，被杨洪走上前，一手推开廷秀，扶挟而行，脚不点地，直至司狱司，交与禁子，开了监门，扶将进去。

廷秀弟兄欲要也跟入去，禁子哪里肯容，连忙将监门闭上。可怜二子哭倒在地。那先生同伙计家人，随后也到，将廷秀扶起道："事已至此，哭亦无益。且回家去，再作区处。"二子无奈，只得收泪，对禁子道："列位大叔在上，可怜老父是含冤负屈之人，凡事全仗照管，自当重报！"禁子道："小官人，常言道：'靠山吃山，靠水吃水。'做公的买卖，千钱赊不如八百现。我们也不管你冤屈不冤屈，也不想甚重报。有，便如今就送与我们，凡事自然看顾十分；若没有，也便罢了，决无人来催讨。那远话儿且请收着，等你不及！"廷秀道："今日不曾准备在此，明早来相恳。"禁子道："既恁样，放心请回，我们自理会得。"廷秀弟兄同众人转来，也不到丈人家里，一径出阊门，去看母亲。走至门首，只见侯同知已差人将房子锁闭，两条封皮，交叉封着。陈氏同养娘都在门首啼哭，一见儿子到来，相抱而哭。真个是痛上加痛，悲中转悲，旁边看的人，无不垂泪称冤。那伙计并家人，见恁般光景，也不相顾，各自去寻活路。母子计议，无处投奔，只得同到丈人家里暂住，再作区处。到了王员外门口，廷秀先进去报知。徐氏与女儿出来迎接。相见已罢，请入房里。那时赵昂已往杨洪家去探听，瑞姐晓得，也来相见。廷秀母子将前后事情哭诉一番，徐氏也觉惨伤，玉姐暗自流泪。只有瑞姐心中欢喜，假意劝慰。当晚徐氏准备酒肴款待，陈氏水米不沾，一味悲泣，徐氏解劝不止。

到次日，廷秀与母亲商议，要牢中去看父亲，说："昨日已许了禁子东西，如今一无所有，如何是好？"正没做理会，徐氏走来知得，便去取出十两银子，递与廷秀道："你且先将去用，若少时，再对我说。等你父亲回家，就易处了。"陈氏谢道："屡承亲家厚恩，无门可报！今日又来累及亲家损钞，今生不能相报，死当衔结以报大恩！"徐氏道："说哪里话！亲翁在患难之际，员外又不在家，不能分忧。些小东西，何足为谢！"当下弟兄二人，将银留了八两，把二两带好，央先生同到司狱司前，送与禁子。禁子嫌少，又增了一两，方才放二人进去，先生自在外边等候。

禁子引二子来到后监，见父亲倒在一个壁角边乱草之上，两腿皮开肉绽，脚镣手扭，紧紧锁牢，奄奄止存一息。二子一见，犹如乱箭攒心，放声号哭，奔向前来，叫声："爹爹！孩儿在此！"把他扶将起来。那张权睁开眼见了儿子，呜呜地哭道："儿！莫不是与你梦中相会么？"廷秀说："爹爹！哪里说起，降着

这场横祸？到此地位，如何是好？”张权抚着二子道：“我的儿，做爹的为了一世善人，不想受此恶报，死于狱底。我死也罢了，只是受了王员外厚恩，未曾报得，不能瞑目！你们后来，倘有成人之日，勿要忘了此人。”廷秀道：“爹爹，且宽心将养身子，待孩儿拼命往上司衙门诉冤，务必救爹爹出去。”张权摇着手道：“不可！不可！如今乃是强盗当堂扳实，并不知何人诬陷，去告谁好？况侯同知见任在此，就准下来，他们官官相护，必不肯翻招，反受一场苦楚！况你年纪幼小，有甚力量干此大事？我受刑已重，料必不久。也别没甚话吩咐，只有你母亲，早晚好好服侍，即如与我一般。用心去读书，倘有好日，与爹争口气罢！”说罢，父子又哭。冤情说到伤心处，铁石人闻也断肠。

旁边有一人名唤种义，昔年因路见不平，打死人命，问绞在监。见他父子如此哭泣，心中甚不过意，便道：“你们父子且勿悲啼。我种义平生热肠仗义，故此遭了人命。昨日见你进来，只道真是强盗，不在心上。谁想有此冤枉，我种义岂忍坐视！二位小官人放心回去读书。今后令尊早晚酒食，我自支持，不必送来。棒疮目下虽凶，料必不至伤身。其余监中一应使用，有我在此，量他决不敢来要你银子。等待新按院（巡按御史）按临，那时去伸冤，必然有个生路！”廷秀弟兄听说，连忙叩拜道：“多蒙义士厚意。老父倘有出头之日，决不忘报！”种义扶起道：“不要拜谢！且扶令尊到我房中去歇息。”二子便去挽张权起来。张权腿上疼痛，二子年幼力弱，哪里挣扎得起。种义忍不住，自己揎拳裸袖，向前扶起，慢慢地逐步挨到前边种义房中。就教他睡在自己床铺上，取出棒疮膏，与张权贴好。廷秀见有倚靠，略略心宽，取出一两银子，送与种义，为盘缠之费。种义初时不肯受，廷秀弟兄再三哀恳，方才受了。父子留恋不忍分离，怎奈天色渐晚，禁子催促，只得含泪而别。

出了监门，寻着先生，取路回家。廷秀弟兄一路商议：“母亲住在王家，终不稳便。不若就司狱司左近赁间房子居住，早晚照管父亲，却又便当。”计议已定，到家与母亲说知。次日将余下的银两，赁下两间房屋，置办几件日用家火。廷秀告知徐氏，说：“母亲自要去住。”徐氏与玉姐苦留不住，只得差人相送，又赠些银米礼物。陈氏同二子，领着养娘，进了新房，自到牢中看觑丈夫，相见之间，哀苦自不必说。弟兄二人住过三四日，依原来到王家读书。终是挂念父亲，不时出入，把学业都荒疏了。

不题廷秀。且说赵昂自从陷害张权之后，又与妻子计较，要撚（撵，赶）廷秀出门。那婆娘道：“要他出门，也甚容易，只要多费几两银子。”赵昂道：“有甚妙计，你且说来。便费几两银子，也是甘心的。”那婆娘道：“要他出去，除非将家中大小男女都把银子买嘱停当，等父亲回时，七张八嘴，都说廷秀偷东西在外斗赌。他见众人说话相同，自然半信半疑。那时我与你再把冷话去激发，必定赶他出门。待廷秀去后，且再算计玉姐。”赵昂依着老婆，把银子买嘱家中婢仆。这些小人哪知礼义，见了银子，谁不依允。

不则一日，王宪京中解粮回家，合家大小都来相见。唯有廷秀因母亲有病，归家探看，不在眼前。那时文秀已是久住在家，服侍母亲，不在话下。王员外便问：“三官如何不见？”众人俱推不知。徐氏方接过口来，把张权被人陷害前后事情，细说一遍，又道：“想他看候父亲去了。”王员外闻言，心中惊讶。少

顷，廷秀归来相见。王员外又细询他父亲之事。廷秀哭诉一番，哀求搭救。王员外道：“你自去读书，待我心定了，与你计较这事。”廷秀拜谢，自归书房。到次日早上，记挂母亲，也不与先生说知，又回去候问。不想王员外一起身，便来拜望先生，又不见了廷秀。问先生时，说清早出外去了。王员外心中便有几分不喜。与先生叙了些间阔之情，查点廷秀功课，却又甚少。先生怕主人见怪，便道：“令郎自从令亲家被陷之后，不时往来看觑，学业也荒疏了。”王员外见说废了功课，愈加不乐。别了先生，走到外边，见书童进来，便问道：“可晓得三官哪里去了？”那书童已得过赵昂银子，一见家主问时，便答道：“三官这一向不时在外嫖赌，整几夜不回！”王员外似信不信，喝退书童，心中疑惑。又去访问家中童仆，都是一般言语。古语道得好：“众口铄金，积毁销骨。”王员外平日极是爱惜廷秀，被众人谗言一说，即信以为真，暗暗懊悔道：“当初指望他读书成人，做了这事。不想张权问罪在牢，其中真假未知。他又不学长俊，嫖赌兼全，后来岂不误了女儿终身？昔年赵昂和瑞姐曾来劝谏，只为一时之感，反将他来嗔责。如今却应了他们口嘴，如何是好？”委曲不下，在厅中团团走转。

那时这些奴仆，都将家主访问之事，报与赵昂。赵昂大喜，已知计中八九，到外边来打探，恰好遇着丈人。不等王员外开口，便道：“小婿今日又有一句话要说，只恐岳父又要见怪，不好说得。”王员外道：“往事休题！你说如今有甚事情？”赵昂道：“从岳父去后，张木匠做了强盗，问成死罪在牢。小婿初时，还只道是被人诬陷。据他邻里说来，却真有这事。况且三官趁岳父不在家中，日逐以看父为由，留恋嫖赌。亲邻晓得的，无不议论岳父扳个强盗亲家，招个败子女婿。连小婿也无颜见人。当初若听了小婿之言，决没有今日之事！”起初王员外已有八九分不悦，又被赵昂这班言语一说，凑成一十二分，气得哑口无言。沉吟半晌，方才道：“起初是我一时见不到，错怪了你，成就这事。如今懊悔无及！”赵昂便道：“依小婿之见，尚有挽回。”王员外忙问道：“你且说怎的可以挽回？”赵昂道：“若是毕姻过了，这便无可奈何。如今幸喜未曾成亲，岳父何不等廷秀回家，责骂一场，驱逐出门，一面就央媒妁寻个门当户对人家，将玉姐嫁去。他年纪又小，又无亲族，何人与他理论这事？设或告到官司，见已婚配，必无断与之理。况且是强盗之子，官府自然又当别论。是恁样，还不被人笑话。若不听小婿之言，后来使玉姐身无所依，出乖露丑，玷辱门风，那时懊悔，却不迟了？”王员外若是个有主意的，还该往别处访问个的确，也不做了有始无终薄幸之人。只因他是个直性汉子，不曾转这念头，遂听信了赵昂言语，点头道是。晓得浑家平昔喜欢廷秀，恐怕拦阻，也不到后边与她说知，同赵昂坐在厅中，专等廷秀回来不题。

且说廷秀至家，见到母亲，也恐丈人寻问，急急就回来。到厅前，见丈人与赵昂坐着说话，便上前作揖。王宪也不回礼，变着脸问道：“你不在学中读书，却到何处去游荡？”廷秀看见辞色不善，心中惊骇，答道：“因母亲有病，回去探看。”王员外道：“这也罢了。且问你自我去后，做有多少功课？可将来看。”廷秀道：“只为爹爹被陷，终日奔走，不曾十分读书，功课甚少。”王员外怒道：“当初指望你读书有些好日，故此不计贫富，继你为子，又聘你为婿。哪知你家是个不良之人，做下这般勾当，玷辱我家。你这畜生又不学好，乘我出外，终

日游荡嫖赌，被人耻笑！我的女儿从小娇养起来，若嫁你恁样无籍，有甚出头日子？这里不是你安身之处，快快出门，饶你一顿孤拐（脚踝骨，指打踝骨）。若再迟延，我就要打了！”

那些童仆，看见家主盘问这事，恐怕叫来对证，都四散走开。廷秀见丈人忽地心变，心中苦楚，哭倒在地道：“孩儿父子，蒙爹爹大恩，正图报效。不幸被人诬陷，悬望爹爹归家救援。不知何人嗔怪孩儿，搬斗是非，离间我父子。孩儿倘有不到之处，但凭责罚，死而无怨。若要孩儿出门，这是断然不去！”一头说，一头哭，好不凄惨。赵昂恐丈人回心转来，便衬道：“三官，只是你不该这样没正经。如今哭也迟了！”廷秀道：“我何尝干这等勾当，却霹空生造！”赵昂道：“这话一发差了。哪个与你有仇，造言谤你？况岳父又不是肯听是非的。必定做下一遭两次，露人眼目。如今岳父察晓的实，方才着恼，怎么反归怨别人？”廷秀道：“有哪个看见的，须叫他来对证。”王员外骂道：“畜生！若要不知，除非莫为。你在外胡行，哪个不晓得，尚要抵赖！”便抢过一根棒子，劈头就打道：“畜生！还不快走！”廷秀反向前抱住痛哭道：“爹爹，就打死也决不去的！”赵昂急忙扯开道：“三官，岳父是这样执性的，你且依他暂去，待气平了，少不得又要想你，那时却不原是父子翁婿？如今正在气恼上，你便哭死，料必不听！”廷秀见丈人声势凶狠，赵昂又从旁尖言冷语帮扶，心中明白是他撺掇，料道安身不住，乃道：“既如此，待我拜谢了母亲去吧！”王员外哪里肯容，连先生也不许他见。赵昂推着廷秀背上，往外而走，道：“三官，你怎么恁样不识气，又要见岳母做甚？”将他搡推大门而去。正是：

人情若比初相识，到底终无怨恨心。

且说徐氏在里面听得堂中喧嚷哭泣，只道王员外打小厮们，哪里想到廷秀身上，故此不在其意。童仆们也没一个露些声息。到午后闻得先生也打发去了，心中有些疑惑。问众家人，都推不知。至晚，王员外进房，询问其故，方晓得廷秀被人搬了是非赶逐去了。徐氏再三与他分解，劝员外原收留回来。怎奈王员外被谗言蛊惑，立意不肯，反道徐氏护短。那玉姐心如刀割，又不敢在爹妈面前明言，只好背地里啼哭。徐氏放心不下，几遍私自差人去请他来见。那些童仆与赵昂通是一路，只推寻访不着。

按下徐氏母子。且说廷秀离了王家，心中又苦又恼，不顾高低，乱撞回来。只见文秀正在门首，问道：“哥哥如何又走转来？”廷秀气塞咽喉，哪里答得出半个字儿。文秀道：“哥哥因甚气得这般模样？”廷秀停了一回，方将上项事，说与兄弟。文秀道：“世态炎凉，自来如此，不足为异！只是王员外平昔待我父子何等破格，今才到家，蓦地生起事端，赵昂又在旁帮扶，必然都是他的缘故。如今且莫与母亲说知，恐晓得了，愈加烦恼。”廷秀道：“贤弟之言甚是。”次日，来到牢中，看觑父亲。那时张权亏了种义，棒疮已好，身体如旧。廷秀也将其事哭诉。张权闻得，嗟叹王员外有始无终。种义便道：“恁般说起来，莫不你的事情，想是赵昂所为？”张权道：“我与他素无仇隙，恐没这事！”廷秀道：“只有定亲时，闻得他夫妻说我家是木匠，阻挡岳父不要赘我。岳父不听，反受了一场抢白。或者这个缘故上起的。”种义道：“这样说，自然是他了。如今且不要管是与不是，目下新按院将到镇江，小官人可央人写张状子去告。只说赵昂

将银买嘱捕人强盗，故此扳害。待他们自去分辩，若果然是他陷害，动起刑具，少不得内中有人招称出来。若不是时，也没甚大害。”张权父子连声道是。廷秀作别出监，兄弟商议停当，央人写下状词，要往镇江去告状。

常言道：“机不密，祸先行。”这样事体，只宜悄然商议。那张权是个老实头，不曾经历事体的，种义又是粗直之人，说话全不照管，早被一个禁子听见。这禁子与杨洪乃是姑舅弟兄，闻此消息，飞风便去报知。杨洪听得，吃了一吓，连忙来寻赵昂商议。走到王员外门首，不敢直入。见个小厮进去，央他传报说：“有府前姓杨的，要寻赵相公说话。”赵昂料是杨洪，即便出来相见。问道：“杨兄有甚话说？”杨洪扯到一个僻静所在，道：“张廷秀已晓得你我害他，即日要往按院去告状。倘若准了，到审问时，用起刑具，一时熬不得，招出真情，反坐转来，却不自害自身？幸喜表弟闻得来报，故此特来商议。”赵昂听了，惊得半晌说不出话来，乃道：“如此却怎么好？”杨洪道：“一不做，二不休，尊相便多用几两银子，我便拼折些工夫，连这两个小厮一并送了，方才斩草除根。”赵昂道：“银子是小事，只没有个妙策。”杨洪道：“不打紧，他们是个穷鬼，料道雇船不起，少不得是趁船。我便装起捕盗船来，教我兄弟同两个副手，泊在阊门。再令表弟去打听了起身日子，暗随他出城，招揽下船。我便先到镇江伺候。孩子家哪知路径，载他径到江中，撺入水里，可不干净？”赵昂大喜，教杨洪少待，便去取出三十两银子，送与杨洪道：“烦兄用心，务除其根！事成之日，再当厚谢！”杨洪收了银子，作别而去。

且说廷秀打听得按院将及过江，央人写了状词，要往镇江去告。那时陈氏病体痊愈，已知王员外赶逐回来，也只索无奈。见说要去告状，对廷秀道：“你从未出路，独自个去，我如何放心。须是弟兄同行，路上还有些商量。”廷秀道：“若得兄弟去便好。只是母亲在家，无人服侍。”陈氏道：“来往不过数日。况有养娘在家陪伴，不消牵挂。”廷秀依着母亲，收拾盘缠，来到监中，别过父亲，背上行李，径出阊门来搭船。刚走到渡僧桥，只听得背后有人叫道：“二位小官人往哪里去？”廷秀道：“往镇江去。”那人道：“到镇江有便船在此，又快当，又安稳！”廷秀听说有便船，便立住脚，与文秀说道：“若是便船，倒强如在航船上挨挤。”文秀道：“我任凭哥哥主张。”廷秀对船家说道：“你船在哪里，可就开么？”船家道：“他们是本府理刑厅提来差往公干的，**私己**（私下）搭一二人，路上去买酒吃。若没人也就罢了，有甚耽搁？”廷秀道：“既如此，带了我们去。”

船家引他下了船，住在艄上。少顷，只见一人背着行李而来，艄公接着上船。那人便问：“这两个孩子是何人？”稍公道：“这两个小官人，也要往镇江的，容小人们带他去，趁几文钱，路上买酒吃，望乞方便！”那人道：“止这两个，便容了你，多便使不得！”艄公道：“只此两个，也是偶然遇着，岂敢多搭。”说罢，连忙开船。

你道这人是何等样人？就是杨洪兄弟杨江。艄公便是副手。当下杨江问道：“二位小官人姓甚？住在何处？到镇江去何干？”廷秀说了姓名居处，又说父亲被人陷害缘由，如今要往按院告状。杨江道：“原来是好人家儿女，可怜！可怜！你住在艄上不便，也到舱中来坐。”廷秀道：“如此多谢了！”弟兄搬到舱中住下。杨江一路殷勤，到买酒肉相请，又许他到衙门上看顾。弟兄二人感激不尽。

那船乃是捕盗的快船，趁着顺风，连夜而走，次日傍晚就到了镇江。船家与廷秀讨了船钱，假意催促上岸。廷秀取了行李，便要起身。杨江道：“你这船家，忒煞不行方便！这两位小官人，从不曾出路的，此时天色已晚，教他哪里去寻宿处？”又向廷秀道：“莫要理他！今夜且在舟中住了，明早同上涯去，寻寓所安下，就到察院前去打听按院几时按临，却不又省了今夜房钱？”廷秀弟兄只认作好人，连声称谢，依原把包裹放下。杨江取出钱钞，教艄公买办些酒肉，吩咐移船到稳处安歇。艄公答应，将船直撑出西门闸外，沿江阔处停泊。艄公安排鱼肉，送入舱里。杨江满斟苦劝，将廷秀弟兄灌得大醉，人事不省，倒在舱中。那时，杨洪已约定在此等候，艄公口中唿哨一声，便跳下船。即忙解缆开船，悄悄地摇出江口，顺溜而下。过了焦山，到一宽阔处，取出索子，将他弟兄捆绑起来，恰如两只馄饨相似。二子身上疼痛，从醉梦中惊醒，挣扎不动。却待喊叫，被杨洪、杨江扛起，向江中扑通地撺将下去。眼见得二子性命休了！

可怜世上聪明子，化作江中浪宕魂。

你想长江中是何等样水！那水从四川、湖广、江西一路上流冲将下来，犹如滚汤一般紧急，到了镇江，直溜入海，就是落下一块砂石，少不得随流而下。偏有廷秀弟兄，撇入江中，却反逆流上去。杨洪、杨江望见，也道奇怪，拨转船头赶上，各提起篙子，照着头上便射。说时迟，那时快，篙子离身不上一尺，早被三四个大浪，把二子直涌开去，连船险些儿掀翻，那篙子便不能伤。杨江料道必无活理，原移至沿口泊下。次早开船，归到苏州，回复了赵昂。赵昂心中大喜，又找了三十两银子。杨洪兀自嫌少，两下面红颈赤而别。不在话下。

且说河南府有一人唤作褚卫，年纪六十已外，平昔好善，夫妻二人，吃着一口长斋。并无儿女，专在江南贩布营生。一日正装着一大船布匹，出了镇江，望河南进发。行不上三十余里，天色将晚，风逆浪大，只得随帮停泊江中。睡到半夜，听得船旁像有物撞响，他也不在其意。方欲合眼，又像有人推醒一般，那船旁撞得越响了，隐隐又有人声。心中奇怪，爬起来，开了篷窗。打一看时，只见水面上浮着一人，口内微微有声。褚卫慌忙叫起水手，捞救上船。打起火来看时，却是十五六岁一个小厮，生得眉清目秀，浑身绑缚，微微止有一息。与他下了索子，烧起热汤灌了几口，那孩子渐渐醒转，呕出许多清水。褚卫将干衣与他换了，询其缘故。小厮哭诉道：“小人名唤张文秀，只因父亲被人陷害在牢，同哥哥廷秀来镇江按院告状。趁了个便船，说是苏州理刑差人，一路假意殷勤照顾。昨夜到了镇江，又留住在船，将酒灌醉我弟兄，双双绑入水中。正不晓得他是何人，害我等性命！天幸得遇恩人救拔。但不知恩人高姓大名？这里是何处？离镇江多少路了？怎的送得小人归家，决不忘恩！”褚卫本是好善之人，见他说得苦楚，心下十分可怜。初时倒有送他回去之念，忽地想起镇江到此乃是逆水，怎么反淌了上来！“莫非此子后来有些好处，暗中自有鬼神护佑么？我今尚无子嗣，何不留他回去，做个螟蛉之子，却不是好！”乃哄他道：“我是河南褚卫，贩布回去。这里离镇江已远，有一千余里，怎能送你回去？况昨夜谋你的必是对头，差来心腹，故此下这样毒手。今若依旧回家，必然又寻别事害你。我今又无儿子，若不弃嫌，认作父子，随我归家去。明年带你下来，访出昨夜之人，然后去告理，救你父亲，可不好么？”文秀虽然记挂父母，到此无可奈何，只得依允。就

拜褚卫为父，改名褚嗣茂，带上河南，不题。

且说张廷秀被杨洪捆入水中，自分必死，不想半沉半浮，被大浪直涌到一个沙洲边芦苇之旁。到了天明，只见船只甚多，俱在江中往来，叫喊不闻。至午后，有一只船傍洲而来，廷秀连喊："救命！"那船拢到洲边，捞上船去，割断绳索，放将起来，且喜得毫无伤损。廷秀举目看船中时，却是两个中年汉子，十来个小厮，约莫俱有十六七岁。你道是何等样人？原来是浙江绍兴府孙尚书府中戏子。那两个中年人，一个是师父潘忠，一个是管箱的家人，领着行头往南京去做戏，在此经过，恰好救了廷秀。取几件干衣与他换了，问其缘故。廷秀把父亲被害，要到按院伸冤，被船上谋害之事，哭诉一遍。又道："多蒙救了性命，若得送我回家，定然厚报！"那潘忠因班中装生的（演生角的）哑了喉咙，正要寻个顶替，见廷秀人物标致，声音响亮，却又年纪相仿，心下暗喜道："若教此人起来，倒好个生脚。"心下怀了这个私念，就是顺路往苏州去，谅道也还不肯放他转身，莫说如今却是逆路。当下潘忠道："我们乃绍兴孙尚书府中子弟，到南京去做生意，哪有工夫拗转去，送你回家？我如今到京已近，不如随我们去住下，慢慢觅便人带你归家。你若不肯时，我们也不管闲账，原送你到沙洲上，等候别个便船带回去吧！"廷秀听得说出这话，连忙道："既然不是顺路，情愿随列位到京。"潘忠道："这便使得。"廷秀自己虽然得了性命，却又想着兄弟，必定死了，不住流泪。那日乃是顺风，晚间便到南京。

次早入城，寻寓所安下。那孙府戏子，原是有名的，一到京中，便有人叫去扮演，廷秀也随着行走。过了数日，潘忠对廷秀道："众人在此做生意，各要趁钱回去养家的，谁个肯白白养你？总然有便带你回家，那盘费从何而来？不如暂学些本事，吃些活饭，那时回去，却也容易。"廷秀思量："亏他们救了性命，空手坐食，心上已是过意不去。"又听了潘忠这班说话，愈觉羞惭，暗道："我只指望图个出身的日子，显祖扬宗，哪知霹空降下这场没影奇祸，弄得家破人亡，父南子北，流落如此。若学了这等下贱之事，这有什么长俊？如不依他，定难存住。"却又想道："昔日箕子为奴（商纣王的叔父箕子对纣王骄奢淫逸十分不满，极力进谏，纣不听，箕子披发佯狂而为奴躲过迫害），伍员乞食（春秋时期，楚国太子太傅伍奢被奸臣谄害而丧身，其子伍子胥隐姓埋名逃到吴国，在集市上乞讨，最后报了杀父之仇），他们都是大豪杰，在患难之际，也只得从权应变。我今日到此地位，也顾不得羞耻了。且暂度几日，再做区处。"遂应承了潘忠，就学个生脚。他资性本来聪慧，教来曲子，哪消几遍，却就会了，不够数日，便能登场。扮来的戏，出人意表，贤愚共赏，无一日空闲。在京半年有余，积攒了些银两，想道："如今盘缠已有，好回家了。"谁想潘忠先揣知其意，悄悄溜过了他的银子。廷秀依旧一双空手，不能归去。潘忠还恐他私下去了，行坐不离。廷秀脱身不得，只得住下。这叫作：

情知不是伴，事急且相随。

话分两头。却说陈氏自从打发儿子去后，只愁年幼，上司衙门厉害，恐怕言语中差错，再不想到有人谋害。已到十日之外，风吹草动，也认作儿子回来，急出门观看。渐渐过了半月二十日，一发专坐在门首盼望。那时还道按院未曾到任，在彼等候。后来闻得按院镇江行事已完，又按临别处。得了这个消息，急得如煎盘上蚂蚁，没奔一头处。急到监中对丈夫说知，央人遍贴招帖，四处寻访，

并无踪迹，正不知何处去了。夫妻痛哭懊悔道：“早知如此，不教他去也罢！如今冤屈未伸，倒先送了两个孩儿，后来倚靠谁人？”转思转痛，愈想愈悲。初时还痴心妄想有归家日子，过了年余，不见回来，料想已是死了。招魂设祭，日夜啼啼哭哭。一个养娘却又患病死了，只留得孤身孤影，越发凄惨。正是：

屋漏更遭连夜雨，船迟又遇打头风。

且说王员外自那日听了赵昂言语，将廷秀逐出，意欲就要把玉姐另配人家。一来恐廷秀有言，二来怕人诽议，未敢便行。次后闻得廷秀弟兄往镇江按院告状，只道他告赖亲这节，老大着忙，口虽不言，暗自差人打听。渐渐知得二子去后，不知死活存亡。有了这个消耗，不胜欢喜，即央媒寻亲。媒人得了这句口风，互相传说开去。那些人家只贪王员外是个无子富翁，哪管曾经招过养婿？数日间就有几十家来相求。玉姐初时见逐出廷秀，已是无限烦恼，还指望父亲原收留回来，总然不留回家，少不得嫁去成亲。后来微闻得有不好的信息，也还半信半疑。今番见父亲流水选择人家改嫁，料想廷秀死是实了，也怕不得羞耻，放声哭上楼去。

原来王员外的房屋，却是一带楼子，下边老夫妻睡处，楼上乃玉姐卧室。当下玉姐在楼上啼哭，送来茶饭也不要吃，她想道：“我今虽未成亲，却也从幼夫妻。他总无禄夭亡，我岂可偷生改节！莫说生前被人唾骂，就是死后亦有何颜见彼！与其忍耻苟活，何若从容就死。一则与丈夫争气，二则见我这点真心。只有母亲放她不下！事到如今，也说不得了。”想一回，哭一回，渐渐哭得前声不接后气。那徐氏把她当作掌上之珠，见哭得恁般模样，急得无法可治，口中连连地劝她：“莫要哭。且说为甚缘故？”自己却又鼻涕眼泪流下淌出来。玉姐只得从实说出。徐氏劝道：“儿，不要睬那老没志气！凡事有我在此做主。明日就差人去访问三官下落。设或真有些山高水低，好歹将家业分一半与你守节。若老没志气执意要把你改节，我拼得与他性命相搏！”又对丫鬟道：“快去叫员外来，说个明白。”又吩咐：“倘有人在彼，莫说别话。”

丫鬟急忙忙地来请。谁想王员外因有个媒人说：一个新进学小秀才来求亲，闻得才貌又美，且是名门旧族，十分中意。款留媒人酒饭，正说得浓酽，饮得高兴。丫鬟说声：“院君相请！”只当耳边风，如何肯走起身。丫鬟站够腿酸脚麻，只得进去回复。徐氏百般苦劝，刚刚略止，又加个赵昂老婆闯上楼来，重新哭起。你道却是为何？那赵昂摆布了张权，赶逐了廷秀，还要算计死了玉姐，独吞家业。因无机会，未曾下手。今见王员外另择人匹配，满怀不乐，又没个计策阻挡，在房与老婆商议。这时听得玉姐不愿，在楼上哭，却不正中其意！故此瑞姐走来，故意说道：“妹子，你如何不知好歹？当初爹爹一时没志气，把你配个木匠之子，玷辱门风。如今去了，另配个门当户对人家，乃是你万分造化了。如何反恁地哭泣？难道做强盗的媳妇，木匠的老婆，倒胜似有名称人家不成？”玉姐被这几句话，羞得满面通红，颠倒大哭起来。徐氏心中已是不悦，瑞姐还不达时务，且扯做娘的到半边，低低说道：“母亲，莫不妹子与小杀才，背地里做下些蹊跷勾当，故此这般牵挂？”只这句话，恼得徐氏两太阳火星直爆，把瑞姐劈面一啐。又恐怕气坏了玉姐，不敢明说，只道：“你是同胞姐妹，不怀个好念。我方劝得她住，却走来激得重复啼哭，还要放恁样冷屁！由她是强盗媳妇，木匠

老婆罢了，着你甚急，胡言乱语！”瑞姐被娘这场抢白，羞惭无地，连忙下楼，一头走，一头说道：“护短得好！只怕走尽天下，也没见人家有这样无耻闺女。且是不曾做亲，便恁般疼老公。若是生男育女的，真个要同死合棺材哩！亏她倒挣得一副好老脸皮，全没一毫羞耻！”夹七夹八一路嚷去，明明要气玉姐上路。徐氏怕得淘气，由她自说，只做不听见。玉姐正哭得头昏眼暗，全不觉得。

看看到晚，王员外吃得烂醉，小厮扶进来，自去睡了，竟不知女儿这些缘故。徐氏陪伴玉姐坐至更余，渐渐神思困倦，睡眼朦胧，打熬不住，向玉姐道：“儿，不消烦恼，总在明早，还你个决断！夜深了，去睡罢。”推至床上，除去簪钗和衣衾在被里，下了帐幔，又吩咐丫鬟们照管火烛。大凡人家使女，极是贪眼懒做，十个里边，难得一个长俊。徐氏房中共有七八个丫鬟，有三个贴身服侍玉姐，就在楼上睡卧。那晚守到这时候，一个个拗腰凸肚，巴不能睡卧。见徐氏劝玉姐睡了，各自去收拾家火，专等徐氏下楼，关上楼门，尽去睡了。徐氏下得楼来，看王员外醉卧正酣，也不去惊动他，将个灯火四面检点一遍，解衣就寝，不题。

且说玉姐睡在床上，转思转苦，又想道：“母亲虽这般说，未必爹爹念头若何。总是依了母亲，到后终无结果。”又想起：“母亲忽地将姐姐抢白，必定有甚恶话伤我，故此这般发怒。我乃清清白白的人，何苦被人笑耻！不如死了，倒得干净！”又哭了一个更次。听丫鬟们都齁齁睡熟，楼下也无一些声息，遂抽身起来，一头哭，一头拣起一条汗巾，走到中间，掇个杌子垫脚，把汗巾搭在梁上做个圈儿，将头套入，两脚登空，呜呼哀哉！正是：

难将幽恨和人说，应向泉台诉丈夫。

也是玉姐命不该绝。刚上得吊，不想一个丫鬟，因日间玉姐不要吃饭，瞒着那两个丫鬟，私自收去，尽情饱啖。到晚上，夜饭亦是如此。睡到夜半，心胸涨满，肚腹疼痛，起身出恭。床边却摸不着净桶，那恭又十分紧急，叫苦连连。原来起初性急时要睡，忘记担得，心下想着，精赤条条，跑去寻那净桶。因睡得眼目昏迷，灯又半明半灭，又看见玉姐挂在梁间，心慌意急，扑的撞着，连杌子跌倒楼板上。一声响亮，楼下徐氏和丫鬟们，都从梦中惊觉。王员外是个醉汉，也吓醒了，忙问：“楼上什么响？”那丫鬟这一跤跌去杌子，磕着了小腹，大小便齐流，撒作一地，污了一身。低头仔细看时，吓得叫声：“不好了！玉姐吊死也！”

员外闻言，惊得一滴酒也无了，直跳起身。一面寻衣服，一面问道：“这是为何？”徐氏一声儿，一声肉，哭道：“都是你这老天杀的害了她！还问怎的？”王员外没心肠再问，忙忙地寻衣服，只在手边混过，哪里寻得出个头脑。偶扯着徐氏一件袄子，不管三七二十一，披在身上。又寻不见鞋子，赤着脚，赶上楼去。徐氏只摸了一条裙子，却没有上身衣服。只得把一条单被卷在身上，倒拖着王员外的鞋儿，随后一步一跌，也哭上来。那老儿着了急，走到胡梯中间，一脚踏错，骨碌碌滚下去。又撞着徐氏，两个直跌到底，绞作一团。也顾不得身上疼痛，爬起来望上又跑。那门却还闭着，两个拳头如发擂般乱打。楼上、楼下丫鬟一齐起身，也有寻着裙子不见布衫的，也有摸了布衫不见裤子的，也有两只脚穿在一个裤管里的，也有反披了衣服摸不着袖子的，东扯西拽，你

夺我争，纷纷乱嚷。那撒粪的丫鬟也自揩抹身子，寻觅衣服，竟不开门。王员外打得急了，三个丫鬟，都提着衣服来开。老夫妻二人推门进去，徐氏望见女儿这个模样，心肠迸裂，放声大哭。到底男子汉有些见识，王员外忍住了哭泣，赶向前将手在身上一摸，遍体火热，喉间厮琅琅痰响，叫道："妈妈莫要哭，还可救得！"便双手抱住，叫丫鬟拿起机子上去解放，一面又叫扇些滚汤来。徐氏闻说还可救得，真个收了眼泪，点个灯来照着。那丫鬟扶起机子，捏着一手腌臜向鼻边一闻，臭气难当，急叫道："机上怎有许多污秽？"恰好徐氏将灯来照，看见一地尿粪。王员外踏在中间，还不知得。徐氏只认是女儿撒的，将火望下一撇，道："这东西也出了，还有甚救！"又哭起来。原来缢死的人，若大小便走了便救不得。当下王员外道："莫管它！且放下来看。"丫鬟带着一手腌臜，站上去解放。心慌手软，如何解得开。王员外不耐烦，叫丫鬟寻柄刀来，将汗巾割断，抱向床上，轻轻放开喉间死结。叫徐氏嘴对嘴打气，连连打了十数口气，只见咽喉气转，手足展施。又灌了几口滚汤，渐渐苏醒，还呜呜而哭。

徐氏也哭道："起先我恁样说了，如何又生此短见？"玉姐哭道："儿如此薄命，总生于世，也是徒然，不如死休！"王员外方问徐氏道："适来说我害了她，你且说个明白！"徐氏将女儿不肯改节的事说出。王员外道："你怎的这般执迷！向日我一时见不到，赚了你终身。如今畜生无了下落，别配高门，乃我的好意，为何反做出这等事来，险些把我吓死！"玉姐也不答应，一味哭泣。徐氏嚷道："老无知！你当初称赞廷秀许多好处，方过继为子，又招赘为婿，都是自己主张，没有人撺掇。后来好端端在家，也不见有甚不长俊，又不知听了那个横死贼的说话，刚到家，便赶逐出去，致使无个下落。纵或真个死了，也隔一年半载，看女儿志向，然后酌量而行。何况目今未知生死，便瞒着我闹轰轰寻媒说亲，教她如何不气！早是救醒了还好。倘若完了账，却怎的处？如今你快休了这念头，差人四下寻访。若还无恙，不消说起。设或真有不好消息，把家业分一半与她守节。如若不听我言语，逼迫女儿一差两讹，与你须干休不得！"王员外见女儿这般执性，只得含糊答应，下楼去了。徐氏又对玉姐道："儿，我已说明了，不怕他不听。莫要哭吧！且脱去腌臜衣服睡一觉，将息身子。"也不管玉姐肯不肯，流水把衣带乱扯。玉姐被娘逼不过，只得脱衣睡卧。乱到天明，看衣服上毫无污秽，那丫鬟隐瞒不过，方才实说，把众丫鬟笑得勾嘴歪。自此之后，玉姐住在楼上，如修行一般，足迹不走下来。王员外虽不差人寻觅廷秀，将亲事也只得搁过一边。徐氏恐女儿又弄这个把戏，自己伴她睡卧，寸步不离。见丈夫不着急寻问，私自赏了家人银子，差他体访，又教去与陈氏讨个消耗。正是：

但愿应时还得见，须知胜似岳阳金（犹南金，岳阳为楚地，楚金号南金）。

且说赵昂的老婆，被做娘的抢白下楼，一路恶言恶语，直嚷到自己房中，说向丈夫。又道："如今总是抓破脸了！待我朝一句，暮一句，好歹送这丫头上路。"到次早，闻得玉姐上吊之事，心中暗喜，假意走来安慰，背地里只在王员外面前冷言酸语挑拨。又悄悄地将钱钞买嘱玉姐身边丫鬟，吩咐如下次上吊，由她自死，莫要声张。又打听得徐氏差人寻访廷秀，也多将银两买定，只说无由寻觅。赵昂见了丈人，马前健，假殷勤，随风倒舵，掇臀捧屁，取他的欢心。王员外又

为玉姐要守着廷秀，触恼了性子，倒爱着赵昂夫妇小心热闹，每事言听计从。

赵昂诸色趁意，自不必说。只有一件事在心上打搅，你道是甚的事？乃是杨洪的这桩。那杨洪因与他干了两桩大事，不时来需索。赵昂初时打发了几次，后来颇觉厌烦，只是难好推托。及至送与，却又争多竞寡。落后回了两三遍，杨洪心中怀恨，口出怨言。赵昂恐走漏了消息，被丈人知得，忍着气依原馈送。杨洪见他害怕，一发来得勤了。赵昂无可奈何，想要出去躲避几时，恰好王员外又点着白粮解户。趁这个机会与丈人商议，要往京中选官，愿代去解粮，一举两得。王员外闻女婿要去选官，乃是美事，又替了这番劳碌，如何不肯？又与丈人要了千金，为干缺（花钱谋官职）之用。亲朋饯行已毕，临期又去安放了杨洪，方才上路。

话分两头。再说张廷秀在南京做戏，将近一年，不得归家。一日，有礼部一位官长唤去承应。那官长姓邵，名承恩，进士出身，官为礼部主事，本贯浙江台州府宁海县人氏。夫人朱氏，生育数胎，只留得一个女儿，年方一十五岁，工容贤德俱全。那日却是邵爷六十诞辰，同僚称贺，开筵款待。廷秀当场扮演，却如真的一般，满座称赞。那邵爷深通相法，见廷秀相貌堂堂，后来必有好处。又恐看错了，到半本时，唤廷秀近前仔细一观，果是个未发积（发迹）的公卿，只可惜落于下贱。问了姓名，暗自留意。到酒阑人散，吩咐众戏子都去，只留正生在此，承应夫人，明日差人送来。潘忠恐廷秀脱身去了，满怀不欲，怎奈官府吩咐，可敢不依！连声答应，引着一班徒弟自去。

廷秀随着邵爷直到后堂，只见堂中灯烛辉煌，摆着桌榼（kē），夫人同小姐向前相迎。众家人各自远远站立。廷秀也立在半边。堂中服侍俱是丫鬟之辈。先是小姐拜寿，然后夫人把盏称庆。邵爷回敬过了，方才就坐。唤廷秀叩见夫人，在旁唱曲。廷秀唱了一会，邵爷问道："张廷秀，我看你相貌魁梧，决非下流之人。你且实说：是何处人氏？今年几岁了？为甚习此下贱之事？细细说来，我自有处。"廷秀见问，向前细诉前后始末根由。又道："小的年纪十八，如今扮戏，实出无奈，非是甘心为此。"邵爷闻言，嗟叹良久。乃道："原来你抱此大冤。今若流为戏子，哪有出头之日！既会读书，必能诗词，随意作一首来，看是何如？"即令左右取过文房四宝，放在旁边一只桌上。廷秀拈起笔来，不解思索，顷刻而成，呈上。邵爷举目观看，乃是一首寿词，词名《千秋岁》，词云：

琼台琪草，玄鹤翔云表。华筵上，笙歌绕。玉京瑶岛客，笑傲乾坤小。齐拍手唱道：长春人不老。　　北阙龙章耀，南极祥光照。海屋内，筹添了。青鸟衔笺至，传报群仙到，同嵩祝，万年称寿考。

邵爷看了这词，不胜之喜，连声称好，乃道："夫人，此子才貌兼美，定有公卿之分。意欲螟蛉为子，夫人以为何如？"夫人道："此乃美事，有何不可！"邵爷对廷秀道："我今年已六十，尚无子嗣，你若肯时，便请个先生教你，也强如当场献丑。"廷秀道："若得老爷提拔，便是再生之恩。但小人出身微贱，恐为父子，玷辱老爷。"邵爷道："何出此言！"当下四双八拜，认了父母。又与小姐拜为兄妹。就把椅子坐在旁边，改名邵翼明。吩咐家人都称大相公，如有违慢，定行重责，不在话下。

且说潘忠那晚眼也不合，清早便来伺候。等到午上，不见出来，只得央门

上人禀知。邵爷唤进去说道："张廷秀本是良家之子，被人谋害，亏你们救了，暂为戏子。如今我已收留了，你们另自合人吧！"教家人取五两银子赏他。潘忠听见邵爷留了廷秀，开了口半晌还合不下。无可奈何，只得叩头作谢而去。邵爷即日就请个先生，收拾书房读书。廷秀虽然荒废多时，恰喜得昼夜勤学，埋头两个多月，做来文字，浑如锦绣一般，邵爷好不快活。那年正值乡试之期，即便援例入监。到秋间应试，中了第五名正魁，喜得邵爷眼花没缝。廷秀谢过主司，来禀邵爷，要到苏州救父。邵爷道："你且慢着！不如先去会试。若得连科，谋选彼处地方，查访仇人正法，岂不痛快！倘或不中，也先差人访出仇家，然后我同你去，与地方官说知，拿来问罪。如今若去，便是打草惊蛇，必被躲过，可不劳而无功，却又错了会试！"廷秀见说得有理，只得依允。那时邵爷满意欲将小姐配他，因先继为子，恐人谈论，自不好启齿，倩媒略露其意。廷秀一则为父冤未泄，二则未知玉姐志向何如，不肯先作负心之人。与邵爷说明，止住此事，收拾上京会试。正是：

未行雪耻酬凶事，先作攀花折桂人。

话分两头。且说张文秀自到河南，已改名褚嗣茂。褚长者夫妻珍重如宝，延师读书。文秀因日夜思念父母兄长，身子虽居河南，那肝肠还挂在苏州，哪有心情看到书上？眼巴巴望着褚长者往下路去贩布，跟他回家。谁知褚长者年纪老迈，家道已富，褚妈妈劝他弃了这行生意，只在家中营运。文秀闻得这个消息，一发忧郁成病。褚长者请医调治，再三解劝。约莫住了一年光景，正值宗师考取童生。文秀带病去赴试，便得**入泮**（科举时代学童入学为生员）。常言道：福至心灵。文秀入泮之后，倒将归家念头撇过一边，想道："我如今进身有路了，且赶一名**遗才**（秀才参加乡试，先要经过学道的科考录送，临时添补核准的，称为"遗才"）入场。倘得侥幸连科及第，那时救父报仇，岂不易如翻掌！"有了这般志气，少不得天随人愿，果然有了科举，三场已毕，名标榜上。赴过鹿鸣宴，回到家中拜见父母，喜得褚长者老夫妻天花乱坠。那时亲邻庆贺，宾客填门，把文秀好不奉承。多少富室豪门，情愿送千金礼物聘他为婿。文秀一心在父亲身上，哪里肯要。忙忙地约了两个同年，收拾行李，带领仆从起身会试。褚长者老夫妻直送到十里外，方才分别。

在路晓行夜宿，非止一日，到了京都，觅个寓所安下。也是天使其然，廷秀、文秀兄弟恰好作寓在一处，左右间壁，时常会面。此时居移气，养移体，已非旧日枯槁之容了。然骨韵犹存，不免睹景思形。只是一个是浙江邵翼明贵介公子，一个是河南褚嗣茂富室之儿，做梦也不想到亲弟兄头上。不一日，三场已毕，同寓举人候榜，拉去行院中游串，作东戏耍。只有邵、褚二人，坚执不行。褚嗣茂遂于寓中，治贴邀请邵翼明闲讲，以遣寂寞。两下坐谈，愈觉情热。嗣茂遂问："邵兄何以不往曲中行走？莫非尊大人家训严切？"翼明潸然下泪，答道："小弟有伤心之事，就是今日会试，亦非得已，况于闲串，哪有心情！只是尊兄为何也不去行走？如此少年老成，实是难得。"嗣茂凄然长叹道："若说起小弟心事，比仁兄加倍不堪。还仗仁兄高发，替小弟做个报仇泄恨之人。"翼明见话头有些相近，便道："你我虽则隔省同年，今日天涯相聚，便如骨肉一般，兄之仇，即吾仇也。何不明言，与小弟知之？"嗣茂沉吟未答。连连

被逼，只得叙出真情。才说得几句，不待词毕，翼明便道："原来你就是文秀兄弟，则我就是你哥哥张廷秀！"两下抱头大哭，各叙冒姓来历。且喜都中乡科，京都相会。一则以悲，一则以喜。

分明久旱逢甘雨，赛过他乡遇故知。
莫问洞房花烛夜，且看金榜挂名时。

春榜既发，邵翼明、褚嗣茂俱中在百名之内。到得殿试，弟兄俱在二甲。观政已过，翼明选南直隶常州府推官，嗣茂考选了庶吉士，入在翰林。救父心急，遂告个给假，与翼明同回苏州。一面写书打发家人归河南，迎褚长者夫妻至苏州相会，然后入京，不题。

弟兄二人离了京师，由陆路而回。到了南京，廷秀先来拜见邵爷，老夫妻不胜欢喜。廷秀禀道："兄弟文秀得河南褚长者救捞，改名褚嗣茂，亦中同榜进士，考选庶吉士，与儿同回，要见爹爹。"邵爷大惊道："天下有此奇事，快请相见！"家人连忙请进。文秀到了厅上，扯把椅儿正中放下，请邵爷上坐，行拜见之礼。邵爷哪里肯要，说道："岂有此理！足下乃是尊客，老夫安敢僭妄？"文秀道："家兄蒙老伯收录为子，某即犹子也，理合拜见！"两下谦让一回，邵爷只得受了半礼。文秀又请老夫人出来拜见。邵爷备起庆喜筵席，直饮至更余方止。次日，本衙门同僚知得，尽来拜访。弟兄二人以次答拜。

是日午间小饮，邵爷问文秀道："尊夫人还是向日聘在苏州？还是在河南娶的？"文秀道："小侄因遭家难，尚未曾聘得。"邵爷道："原来贤侄还没有姻事。老夫不揣，只有一女，年十六岁了。虽无容德，颇晓女红。贤侄倘不弃嫌，情愿奉侍箕帚。"文秀道："多感老伯俯就，岂敢有违！但未得父母之命，不敢擅专。"廷秀道："爹爹既有这段美情，俟至苏州，禀过父母，然后行聘便了。"邵爷道："这也有理。"正话间，只听得外边喧嚷。教人问时，却是报邵爷升任福建提学佥事。邵爷不觉喜溢于面，即吩咐家人犒劳报事的去了。廷秀弟兄起身把盏称贺。邵爷道："如今总是一路，再过几日同行何如？"廷秀道："待儿辈先行，在苏州相候吧！"邵爷依允。

次日，即雇了船只，作别邵爷，带领仆从，离了南京。顺流而至，只一日已抵镇江。吩咐船家，路上不许泄漏是常州理刑，舟人哪敢怠惰。过了镇江、丹阳，风水顺溜，两日已到苏州，把船泊在胥门码头上。弟兄二人只做平人打扮，带了些银两，也不教仆从跟随，悄悄地来到司狱司前。望见自家门首，便觉凄然泪下。

走入门来，见母亲正坐在矮凳上，一头绩麻，一边流泪。上前叫道："母亲，孩儿回来了！"哭拜于地。陈氏打磨泪眼，观看道："我的亲儿，你们一向在哪里不回？险些想杀了我！"相抱大哭。二子各将被害得救之故，细说一遍。又低低说道："孩儿如今俱得中进士，选常州府推官，兄弟考选庶吉士。只因记挂爹妈，未去赴任，先来观看母亲。但不知爹爹身子安否？"陈氏听见儿子都已做官，喜从天降，把一天愁绪撇开，便道："你爹全亏了种义，一向倒也安乐。如今恤刑坐于常熟，解审去了，只在明后日回来。你既做了官，怎的救得出狱？"廷秀道："出狱是个易事，但没处查那害我父子的仇人，出这口恶气。"文秀道："且救出了爹爹，再作区处。"廷秀又问道："向来王员外可曾有人来询问？

媳妇还是守节在家，还是另嫁人了？”陈氏道：“自你去后，从无个小厮来走遭。我又且日逐啼哭，也没心肠去问道。倒是王三叔在门首经过说起，方晓得王员外要将媳妇改配，不从，上了吊救醒的。如今又隔年余，不知可能依旧守节？我几遍要去，一则养娘又死，无人同去；二则想他既已断绝我家，去也甘受怠慢，故此却又中止。你今只记他好处，休记他歹处。总使媳妇已改嫁，明日也该去报谢。”廷秀听了这话，又增一番凄惨，齐答道：“母亲之言有理！”廷秀向文秀道：“爹爹又不在此，且去寻一乘轿子来，请母亲到船上去吧！”文秀即去雇下。陈氏收拾了几件衣服，其余粗重家火，尽皆弃下。上了轿子，直到河口下船。可怜母子数年隔别，死里逃生，今日衣锦还乡，方得相会。这才是：

兄弟同榜，锦上添花；母子相逢，雪中送炭。

次早，二人穿起公服，各乘四人轿，来到府中。太爷还未升堂，先来拜理刑朱推官。那朱四府乃山东人氏，父亲朱布政与邵爷却是同年。相见之间，十分款洽。朱四府道：“二位老先生至此，缘何馆驿中通不来报？”廷秀道：“学生乃小舟来的，不曾干涉驿道，故而不知。”朱四府道：“尊舟泊在哪一门？”廷秀道：“舟已打发去了，在专诸巷王玉器家作寓。”朱四府又道：“还在何日上任？”廷秀道：“尚有冤事在苏，还要求老先生昭雪，因此未曾定期。”朱四府道：“老先生有何冤事？”廷秀教朱爷屏退左右，将昔年父亲被陷前后情节，细细说出。朱四府惊骇道：“原来二位老先生乃是同胞，却又罹此奇冤！待太老先生常熟解审回时，即当差人送到寓所，查究仇家治罪！”弟兄一齐称谢。别了朱四府，又来拜谒太守，也将情事细说。俗语道：官官相为。见放着弟兄两个进士，莫说果然冤枉，就是真正强盗，少不得也要周旋。当下太守说话，也与朱四府相同。

廷秀弟兄作谢相别，回到船里。对兄弟道：“我如今扮作贫人模样，先到专诸巷打探，看王员外如何光景。你便慢慢随后衣冠而来。”商议停当。廷秀穿起一件破青衣，戴个帽子，一径奔到王员外家来。

且说赵昂二年前解粮进京，选了山西平阳府洪同县县丞。这个县丞，乃是数一数二的美缺，顶针挨住。赵昂用了若干银子，方才谋得。在家守得年余，前官方满，择吉起身。这日在家作别亲友，设戏筵款待。恰好廷秀来打探，听得里边锣鼓声喧，想道：“不知为甚恁般热闹？莫不是我妻子新招了女婿么？”心下疑惑，又想道：“且闯进去看是何如。”望着里边直撞，劈面遇见王进。廷秀叫声：“王进哪里去？”王进认得是廷秀，吃了一惊，乃道：“呀，三官一向如何不见？”廷秀道：“在远处玩耍，昨日方回。我且问你，今日为何如此热闹？可是玉姐新招了丈夫么？”王进在急忙间，不觉真心露吐，乃道：“阿弥陀佛！玉姐为了你，险些送了性命，怎说这话！”廷秀先已得了安家帖，便道：“你有事自去。”王进去后，竟往里面而来。到了厅前，只见宾客满座，童仆纷纭。分开众人，上前先看一看，那赵昂在席上扬扬得意，戏子扮演的却是王十朋《荆钗记》。心中想道：“当日丈人赶逐我时，赵昂在旁冷言挑拨，他今日正在兴头上，我且羞他一羞。”便挨入厅中，举着手团团一转，道：“列位高亲请了！”廷秀昔年去时，还未曾冠。今且身材长大，又戴着帽子，众亲眷便不认得是谁。廷秀覆身向王员外道：“爹爹拜揖！”终须是旦夕相见的眼熟，王员外举目观看，便认得是廷秀，也吃一惊，想道：“闻得他已死了，如何还在？”又见满身褴褛，

不成模样，便道："你向来在何处？今日到此怎么？"廷秀道："孩儿向在四方做戏，今日知赵姨夫荣任，特来扮一出奉贺。"王员外因女儿作梗，不肯改节，初时员外倒有个相留之念，故此好言问他。今听说在外做戏，恼得登时紫涨了面皮，气倒在椅上，喝道："畜生！谁是你的父亲？还不快走！"廷秀道："既不要我父子称呼，叫声岳丈何如？"王员外又怒道："谁是你的岳丈？"廷秀道："父亲虽则假的，岳父却是真的，如何也叫不得？"

赵昂一见廷秀，已是吓够，面如土色，暗道："这小杀才已绑在江里死了，怎生的全然无恙？莫非杨洪得了银子放走了，却来哄我？"又听得称他是姨夫，也喝道："张廷秀！哪个是你的姨丈？到此胡言乱语！若不走，教人打你这花子的孤拐！"廷秀道："赵昂！富贵不压于乡里，你便做得这蚂蚁官儿，就是这等轻薄。我好意要做出戏儿贺你，反恁般无礼！"赵昂见叫了他的名字，一发大怒，连叫家人快锁这花子起来。那时王三叔也在座间，说道："你们不要乱嚷，是亲不是亲，另日再说。既是他会做戏，好情来贺你，只当作戏子一般，演一出儿玩玩，有何不可，却这般着恼！"推着廷秀背道："你自去扮起来，不要听他们。"众亲戚齐拍手道："还是三叔说得有理！"将廷秀推入戏房中，把纱帽员领穿起，就顶王十朋《祭江》这一折。廷秀想起玉姐曾被逼嫁上吊，恰与玉莲相仿，把胸中真境敷演在这折戏上，浑如王十朋当日亲临。众亲鼻涕眼泪都看出来，连声喝彩不迭。只有王员外、赵昂又羞又气。

正做之间，忽见外面来报，本府太爷来拜常州府理刑邵爷、翰林院褚爷。慌得众宾客并戏子，就存坐不住，戏也歇了。王员外、赵昂急奔出外边，对赍(jī，送)帖的道："并没甚邵爷、褚爷在我家作寓。"赍帖的道："邵爷今早亲口说寓在你家，如何没有？"将帖子撇下道："你们自去回复！"竟自去了。王员外和赵昂慌得手足无措，便道："怎得个会说话的回复？"廷秀走过来道："爹爹，待我与你回吧！"王员外这时，巴不得有个人儿回话，便是好了，见廷秀肯去，倒将先前这股怒气撇开，乃道："你若回得甚好。"看他还穿着纱帽、员领，又道："既如此，快去换了衣服。"廷秀道："就是恁般罢了，谁耐烦去换！"赵昂道："官府事情，不是取笑的。"廷秀笑道："不打紧！凡事有我在此，料道不累你。"王员外道："你莫不疯了？"廷秀又笑道："就是疯了，也让我自去，不干你们事！"只听得铺兵锣响，太守已到。王员外、赵昂着了急，撇下廷秀，躲进去了。廷秀走出门前，恰好太守下轿，两下一路打恭，直到茶厅上坐下攀谈。吃过两杯茶，谈论多时，作别而去。有诗为证：

> 谁识毗陵邵理刑，就是场中王十朋？
> 太守自来宾客散，仇人暗里自心惊。

却说玉姐日夕母子为伴，足迹不下楼来。那赵昂妻子因老公选了官，在她面前卖弄，她也全然不理。这一日，外边开筵做戏，瑞姐来请看戏，玉姐不肯。连徐氏因女儿不愿，也不走出来瞧。少顷，瑞姐见廷秀在厅前这番闹吵，心下也是骇异。又看见当场扮戏，故意跑进来报道："妹子，好了！你日逐思想妹夫，如今已是回了，见在外边扮戏！"玉姐只道是生这话来笑她，脸上飞红，也不答应。徐氏也认是假话，不去睬她。瑞姐见她们冷淡，又笑道："再去看妹夫做戏！"即便下楼。

不一时，丫鬟们都进来报，徐氏还不肯信，亲至遮堂（指堂屋内后半间的屏门）后一望，果是此人。心下又惊又喜，暗叹道："如何流落到这个地位？"瑞姐道："母亲，可是我说谎么？"徐氏不去应她，竟归楼上说与女儿。玉姐一言不发，腮边珠泪乱落。徐氏劝道："儿！不必苦了，还你个夫妻快活过日。"劝了一回，恐王员外又把廷秀逐去，放心不下，复走出观看。只见赵昂和瑞姐往里边乱跑，随后王员外也跑进来。你道为何？原来王员外、赵昂，太守到时，与众宾客俱躲入里边。忽见家人报道："三官陪着太守坐了说话。"众人通不肯信，齐到遮堂后张看，果然两下一递一答说话。王员外暗道："原来这冤家已做官了，却乔装来哄我。懊悔昔时错听了谗言，将他逐出。幸喜得女儿有志气，不曾改嫁，还好解释。不然，却怎生处？只是适来又伤了他几句言语，无颜相见，且叫妈妈来做个引头。"故此乱跑。自古道：贼人心虚。那赵昂因有旧事在心，比王员外更是不同，吓得魂魄俱无。报知妻子，跑回房里，打点收拾，明日起身，躲避这个冤家，连酒席也不想终了。正是：早知今日，悔不当初！

且说王员外跑来撞见徐氏，便喊道："妈妈，小女婿回了！"徐氏道："回了便罢，何消恁般大惊小怪？"王员外道："不要说起，适来如此如此。我因无颜见他，特请你去做个解冤释结的。"徐氏得了这几句话，喜从天降，乃道："有这等事！"教丫鬟上楼报知玉姐，与王员外同出厅前。廷秀正送了太守进来，众亲眷都来相迎。徐氏道："三官，想杀我也！你往何处去了？再无处寻访！"廷秀方上前请老夫妇坐下，纳头便拜。王员外以手扶住道："贤婿，老夫得罪多矣，岂敢又要劳拜！"廷秀道："某实不才，不能副岳丈之望，何云有罪！"拜罢起来，与众亲眷一一相见已毕。廷秀道："赵姨夫如何不见？快请来相会！"童仆连忙进去。赵昂本不欲见他，又恐不出去，反使他疑心，勉强出来相见，说道："适来言语冲撞，望勿记怀！"廷秀道："我是不达，自取其辱，怎取怪姨夫？"赵昂羞惭无地。王员外见廷秀冷言冷语，乃道："贤婿，当初一时误听谗言，错怪你了，如今莫计较吧！"徐氏道："你这几年却在哪里？怎的就得了官？"廷秀乃将被人谋害，直到做官前后话细说，却又不说出兄弟做官的缘由。众亲眷听了，无不嗟叹。乃道："只是甚冤家下此毒手，如今可晓得么？"廷秀道："若是晓得，却便好了！"那时廷秀便说，旁边赵昂脸上一回红，一回白，好不着急。直听到不晓得这句，方才放下心肠。王三叔道："不要闲讲了，且请坐着。待我借花献佛，奉敬一杯贺喜。"众亲眷多要逊廷秀坐第一位。廷秀不肯，再三谦让不过，只得依了他。竟穿着行头中冠带，向外而坐。戏子重新登场定戏。这时众亲眷把他好不奉承。徐氏自归楼上，不在话下。

却说张权解审恤刑，却原是杨洪这班人押解。原来捕人拿了强盗，每至审录，俱要原捕押解。其中恐有冤枉，便要对审，故此脱他不得。那杨洪临起解时，先来与赵昂要银若干盘缠，与兄弟杨江一齐同去。及到转来，将张权送入狱中，弟兄二人假意来回复赵昂，又要需他东西。到了专诸巷内，一路听得人说太守方才到王家拜望。杨洪弟兄疑惑道："赵昂是个监生官，如何太爷去拜他？且又不是属下。"到了王家门首，只听得里边便闹热做戏，门首悄悄地不见一人，却又不敢进去，坐在门前石上，等个人出来问个信。刚刚坐得，忽见一乘四人轿抬到门前歇下，走出一位少年官员，他二人连忙立起。那官员是谁？

便是庶吉士张文秀。他跨入门来，抬头看见二人，倒吃一吓。认得一个是杨洪，一个是谋他性命的公差，想道：“原来是他一路，不知为何坐在此间？”且不说破，竟往里面而去。杨洪已不认得，向兄弟说：“赵昂多大官儿，却有大官府来拜？”你道杨洪如何便认不得了？文秀当初谋他命时，还是一个小厮，如今顶冠束带，换了一番景象，如何便认得出？文秀乃切骨之仇，日夜在心，故此一经眼，即便认得。

且说文秀走入里面，早有人看见，飞报进去道：“又有一位官府来拜了！”说犹未了，文秀已至厅前。众亲眷并戏子们看见，各自四散奔开，又单撇下廷秀一人。王员外原在遮堂后张看，这官员却又比先前太守不同，廷秀也不与他作揖，站起身说道：“你来了！”那官府道：“如何见我来，都走散了？”廷秀忍不住笑。文秀道：“且莫笑！有句紧话在此。”附耳低声道：“便是谋你我的公差与杨洪，都坐在外面。”廷秀惊道：“有这等事！如何坐在这里？其中可疑。快些拿住，莫被他走了！”一面讨上冠带，换了身上行头。文秀即差众家人出去擒拿。廷秀一面换起冠带，脱下身上行头。

且说众人赶出去，掀翻杨洪兄弟，拖入里边来。杨洪只道是赵昂的缘故，口中骂道：“忘恩负义的贼！我与你干了许多大事，今日反打我么？”正在乱时，报道：“理刑朱爷到了！”众家人将杨洪推在半边。廷秀兄弟出来相迎，接在茶厅上坐下。廷秀耐不住，乃道：“老先生，天下有这般快事！谋害愚兄弟的强盗，今日自来送死，已被拿住！”朱四府道：“如今在哪里？”廷秀教众人推到面前跪下。廷秀道：“你二人可认得我了？”杨洪道：“小人却认不得二位老爷。”文秀道：“难道昔年趁船到镇江告状，绑入水中的人就不认得了？”二人闻言，已知是张廷秀弟兄，吓得缩作一堆。朱四府道：“且问你有甚冤仇，谋害他一家？”二人道：“没甚冤仇。”朱四府道：“既无仇隙，如何生此歹心？”二人料然性命难存，想起赵昂平日送的银子，又不攀利，怎生放得他过！便道：“不干小人之事，都是赵昂与他有仇，要谋害二位老爷父子，央小人行的！”廷秀弟兄闻言失惊道：“原来正是这贼！我与他有甚冤仇，害我父子？”朱四府道：“赵昂是何人？住在哪里？”廷秀道：“是个粟监，就住在此间。”朱四府喝声：“快拿！”

手下人一声答应，蜂拥进去，将赵昂拿出。那时惊得一家儿啼女喊，正不知为甚。众亲都从后门走了，戏子见这等沸乱，也自各散去讫。那赵昂见了杨洪二人，已知事露，并无半言。朱四府即起身回到府中，先差人至狱内将张权释放，讨乘轿子送到王家。然后细鞫（jū，审问）赵昂。初时抵赖，用起刑具，方才一一吐实。杨洪又招出两个摇船帮手，顷刻也拿到来。赵昂、杨洪、杨江各打六十，依律问斩。两个帮手各打四十，拟成绞罪。俱发司狱司监禁。朱四府将廷秀父子被陷始末根由，备文申报抚按，会同题请，不在话下。

且说廷秀弟兄送朱四府去后，回到里边，易了公服。那时王员外已知先来那官便是张文秀，老夫妇齐出来相见。问朱四府因甚拿了赵昂，廷秀说出其情。王员外咬牙切齿，恨道：“原来都是这贼的奸计！”正说间，丫鬟来报，瑞姐吊死了！原来瑞姐知得事露，丈夫拿去，必无活理。自觉无颜见人，故此走了这条径路。王员外与徐氏因恨她夫妻生心害人，全无苦楚。一面买棺盛殓，自不必说。

王员外吩咐重整筵席款待，一面差人到舟迎取陈氏。一时间家人报道：“朱

爷差人送太老爷来了！”廷秀弟兄、王员外一齐出去相迎。恰好陈氏轿子也至，夫妻母子一见，相抱而哭。正是：

苦中得乐浑如梦，死里逃生喜欲狂！
一家骨肉重聚会，千载令人笑赵昂。

张权道：“我只道此生永无见期了，不料今日复能父子相逢！”一路哭入堂中。先向王员外、徐氏称谢，王员外再三请罪。然后二子叩拜，将赵昂设谋陷害前后情，一一细诉。说到伤心之处，父子又哭。不想哭兴了，竟忘记打发了朱爷差人。那差人央家人们来禀知，廷秀发个谢帖，赏差人三钱银子而去。当下徐氏邀陈氏自归后房，玉姐下楼拜见，姑媳又是一番凄楚。少顷，筵宴已完，内外两席，直饮到半夜方止。次日，廷秀弟兄到府中谢过朱四府，打发了船只，一家都住于王员外家中。等邵爷到后，完姻赴任。廷秀又将邵爷愿招文秀为婿的事，禀知父母。备下聘礼，一到便行。半月之后，邵爷方至，河南褚长者夫妻也到，常州府迎接的吏书也都到了。那时王员外门庭好不热闹。廷秀主意，原作成王三叔为媒，先行礼聘了邵小姐，然后选起吉日，弟兄一齐成亲。到了是日，王员外要夸炫亲戚，大开筵宴，广请宾朋；笙箫括地，鼓乐喧天。花烛之下，乌纱绛袍，凤冠霞帔，好不气象。恰好两对新人，配着四双父母。有诗为证：

四姓亲家皆富贵，两双夫妇倍欢娱。
枕边忽诉伤心话，泪珠犹然洒绣帻。

那府县官闻知，都去称贺。三朝之后，各自分别起身。张权夫妇随廷秀常州上任，褚长者与文秀自往京中，邵爷自往福建。王员外因家业广大，脱身不得，夫妻在家受用。不则一日，圣旨颁下，依拟将赵昂、杨洪、杨江处斩。按院就委廷秀监斩。行刑之日，看的人如山如海。都道赵昂自作之孽，亲戚中无有怜之者，连丈人王员外也不到法场来看。正是：

善恶到头终有报，只争来早与来迟！
劝君莫把欺心使，湛湛青天不可欺。

廷秀念种义之恩，托朱爷与他开招释罪。又因父亲被人陷害，每事务必细询，鞫出实情，方才定罪，为此声名甚著。行取至京，升为给事。文秀以散馆点了山西巡按。那张权念祖茔俱在江西，原归故土，恢复旧业，建第居住。后来邵爷与褚长者身故，廷秀兄弟，各自给假为之治丧营葬。待三年之后，方上表，复了本姓。廷秀生得三子，将次子继了王员外之后，三子继邵爷之后，以表不负昔年父子之恩。文秀亦生二子，也将次子绍了褚长者香火。张权夫妇寿至九旬之外，无疾而终。王员外夫妻亦享遐龄。廷秀弟兄俱官至八座之位，至今子孙科甲不绝。诗曰：

由来白屋出公卿，到底穷通未可凭。
凡事但存天理念，安心自有福来迎。

# 第二十一卷　张淑儿巧智脱杨生

自昔财为伤命刃，从来智乃护身符。
贼髡毒手谋文士，淑女双眸识俊儒。
已幸余生逃密网，谁知好事在穷途？
一朝获把封章奏，雪怨酬恩显丈夫。

话说正德年间，有个举人，姓杨，名延和，表字元礼，原是四川成都府籍贯。祖上流寓南直隶扬州府地方做客，遂住扬州江都县。此人生得肌如雪晕，唇若朱涂；一个脸儿，恰像羊脂白玉碾成的。哪里有什么裴楷（三国曹魏及西晋时期大臣、名士，美男子，被时人称为“玉人”），哪里有什么王衍（西晋末年重臣，著名清谈家，外表清明俊秀，风姿安详文雅，人称“处众中，如珠玉在瓦石间”）？这个杨元礼，便真正是神清气清，第一品的人物。更兼他文才天纵，学问夙成（早成，早熟）；开着古书簿叶，一双手不住地翻，吸力豁剌（象声词，类似“稀里哗啦”），不够吃一杯茶时候，便看完一部。人只道他查点篇数，哪晓得经他一展，逐行逐句，都稀烂地熟在肚子里头。一遇作文时节，铺着纸，研着墨，蘸着笔尖，飕飕声，簌簌声，直挥到底，好像猛雨般洒满一纸，句句是锦绣文章。真个是：

笔落惊风雨，书成泣鬼神。
终非池沼物，堪作庙堂珍。

七岁能书大字，八岁能作古诗，九岁精通时艺，十岁进了府庠，次年第一补廪（明清科举制度，生员经岁、科两试成绩优秀者，增生可依次升廪生）。父母相继而亡，丁忧六载。元礼因为少孤，亲事也都不曾定得。喜得他苦志读书，十九岁便得中了乡场第二名。不得首荐，心中闷闷不乐，叹道：“世少识者。”不耐烦赴京会试。那些叔伯亲友们，哪个不来劝他及早起程？又有同年兄弟六人，时常催促同行。那杨元礼虽说不愿会试，也是不曾中得解元气愤的说话，功名心原是急的。一日，被这几个同年们催逼不过，发起兴来，整治行李。原来父母虽亡，他的老尊（父亲）原是务实生理的人，却也有些田房遗下。元礼变卖一两处，为上京盘缠，同了六个乡同年，一路上京。

那六位同年是谁？一个姓焦，名士济，字子舟；一个姓王，名元晖，字景照；一个姓张，名照，字弢伯；一个姓韩，名蕃锡，字康侯；一个姓蒋名义，字礼生；一个姓刘，名善，字取之。六人里头，只有刘、蒋二人家事凉薄（贫寒）些儿，那四位却也一个个殷足。那姓王的家私百万，地方上叫作小王恺。说起来连这举人也是有些缘故来的。那时新得进身，这几个朋友好不高兴，带了五六个家人上路。一个个人材表表，气势昂昂，十分济整。怎见得？但见：

轻眉俊眼，绣腿花拳；风笠飘飘，雨衣鲜灿。玉勒马，一声嘶破柳堤烟；碧帷车，数武碾残松岭雪。右悬雕矢，行色增雄；左插鲛函（鲛

鱼皮做的箭袋），威风倍壮。扬鞭喝跃，途人谁敢争先；结队驱驰，村市尽皆惊盼。正是：处处绿杨堪系马，人人有路透长安。

这班随从的人打扮出路光景，虽然悬弓佩剑，实落是一个也动不得手的。大凡出路的人，第一是“老成”二字最为紧要，一举一动，俱要留心。千不合，万不合，是贪了小便宜。在山东兖州府码头上，各家的管家打开了银包，兑了多少铜钱，放在皮箱里头，压得那马背郎当，担夫瘫（tān，疲乏）软。一路上见的，只认是银子在内，哪里晓得是铜钱在里头。行到河南府荥县地方相近，离城尚有七八十里。路上荒凉，远远地听得钟声清亮，抬头观看，望着一座大寺。

苍松虬结，古柏龙蟠。千寻峭壁，插汉芙蓉；百道鸣泉，洒空珠玉。螭（chī）头（古代官殿中寺庙建筑殿柱，殿阶以及碑额等上的装饰笏。螭，没有角的龙。）高拱，上逼层霄；鸱（chī）吻（古代官殿屋脊正脊两端的一种饰物）分张，下临无地。颤巍巍恍是云中双阙，光灿灿犹如海外五城。

寺门上有金字牌扁，名曰“宝华禅寺”。这几个连日鞍马劳顿，见了这么大寺，心中欢喜。一齐下马停车，进去游玩。但见稠阴夹道，曲径纡回；旁边多少旧碑，七横八竖，碑上字迹模糊，看起来唐时开元年间建造。正看之间，有小和尚急忙进报。随有中年和尚油头滑脸，摆将出来。见了这几位冠冕客人踱进来，便鞠躬迎进。逐一位见礼看座，问了某姓某处，小和尚掇出一盘茶来吃了。那几个随即问道：“师父法号？”那和尚道：“小僧贱号悟石。列位相公有何尊干，到荒寺经过？”众人道：“我们都是赴京会试的，在此经过，见寺宇整齐，进来随喜。”那和尚道：“失敬，失敬！家师远出，有失迎接，却怎生是好？”说了三言两语，走出来吩咐道人摆茶果点心。便走到门前观看，只见行李十分华丽，跟随人役，个个鲜衣大帽，眉头一蹙，计上心来，暗暗地欢喜道：“这些行李，若谋了他的，尽好受用。我们这样荒僻地面，他每（他们）在此逗留，正是天送来的东西了。见物不取，失之千里。不免留住他们，再作区处。”转身进来，就对众举人道：“列位相公在上，小僧有一言相告，勿罪唐突。”众举人道：“但说何妨。”和尚道：“说也奇怪，小僧昨夜得一奇梦，梦见天上一个大星，端端正正地落在荒寺后园地上，变了一块青石。小僧心上喜道：必有大贵人到我寺中。今日果得列位相公到此。今科状元，决不出七位相公之外。小僧这里荒僻乡村，虽不敢屈留尊驾，但小僧得此佳梦，意欲暂留过宿。列位相公若不弃嫌，过了一宿，应此佳兆。只是山蔬野蔌（sù），怠慢列位相公，不要见罪。”

众举人听见说了星落后园，决应在我们几人之内，欲待应承过宿。只有杨元礼心中疑惑，密向众同年道：“这样荒僻寺院，和尚外貌虽则殷勤，人心难测。他苦苦要留，必有缘故。”众同年道：“杨年兄又来迂腐了。我们连主仆人夫，算来约有四十多人，哪怕这几个乡村和尚。若杨年兄行李万有他虞，都是我众人赔偿。”杨元礼道：“前边只有三四十里，便到歇宿所在，还该赶去，才是道理。”却有张弢伯与刘取之都是极高兴的朋友，心上只是要住，对元礼道：“且莫说天时已晚，赶不到村店；此去途中，尚有可虑。现成这样好僧房，受用一宵，明早起身，也不为误事。若年兄必要赶到市镇，年兄自请先行，我们不敢奉陪。”

那和尚看见众人低声商议，杨元礼声声要去，便向元礼道：“相公，此处去十来里有黄泥坝，歹人极多。此时天时已晚，路上难保无虞。相公千金之躯，

不如小房过夜，明日早行，差得几时路程，却不安稳了多少？”元礼被众友牵制不过，又见和尚十分好意；况且跟随的人，见寺里热茶热水，也懒得赶路，向主人道：“这师父说黄泥坝晚上难走，不如暂过一夜吧。”元礼见说得有理，只得允从。众友吩咐抬进行李，明早起程。

那和尚心中暗喜中计，连忙备办酒席，吩咐道人宰鸡杀鹅，烹鱼炮鳖，登时办起盛席来。这等地面哪里买得凑手？原来这寺和尚极会受用，件色鸡鹅等类，都养在家里，因此捉来便杀，不费工夫。佛殿旁边转过曲廊，却是三间精致客堂，上面一字儿摆下七个筵席，下边列着一个陪桌，共有八席，十分齐整。悟石举杯安席，众同年序齿坐定。吃了数杯之后，张弢伯开言道：“列位年兄，必须行一酒令，才是有兴。”刘取之道：“师父，这里可有色盆（酒令用具，即骰盆）？”和尚道：“有，有！”连唤道人取出色盆，斟着大杯，送第一位焦举人行令。焦子舟也不推逊，吃酒便掷，取么点为文星，掷得者卜色飞送。众人尝得酒味甘美，上口便干。原来这酒不比寻常，却是把酒来浸米，曲中又放些香料，用些热药，做来颜色浓酽，好像琥珀一般。上口甘香，吃了便觉神思昏迷，四肢瘫软。这几个会试的路上吃惯了歪酒，水般样的淡酒，药般样的苦酒，还有尿般样的臭酒，这晚吃了恁般浓酝，加倍放出意兴来。猜拳赌色，一杯复一杯，吃一个不住。那悟石和尚又叫小和尚在外厢陪了这些家人，叫道人支持这些轿夫马夫，上下人等，都吃得泥烂。只有杨元礼吃到中间，觉酒味香浓，心中渐渐昏迷，暗道：“这所在哪得恁般好酒！且是昏迷神思，其中决有缘故。”就地生出智着来，假做腹痛，吃不下酒。

那些人不解其意，却道：“途路上或者感些寒气，必是多吃热酒，才可解散，如何倒不用酒？”一齐来劝。那和尚道：“杨相公，这酒是三年陈的，小僧辈置在床头，不敢轻用。今日特地开出来，奉敬相公。腹内作痛，必是寒气，连用十来大杯，自然解散。”杨元礼看他勉强劝酒，心上愈加疑惑，坚执不饮。众人道：“杨年兄为何这般扫兴？我们是畅饮一番，不要负了师父美情。”和尚合席敬大杯，只放元礼不过。心上道：“他不肯吃酒，不知何故？我也不怕他一个醒的跳出圈子外边去。”又把大杯斟送。元礼道：“实在吃不下了，多谢厚情。”和尚只得把那几位抵死劝酒。

却说那些副手的和尚，接了这些行李，众管家们各拣洁净房头，铺下铺盖。这些吃醉的举人，大家你称我颂，乱叫着某状元、某会元，东歪西倒，跌到房中，面也不洗，衣也不脱，爬上床磕头便睡，齁齁鼻息，响动如雷。这些手下人也被道人和尚们大碗头劝着，一发不顾性命，吃得眼定口开，手瘫脚软，做了一堆矬倒（缩成一团的样子）。却说那和尚也在席上陪酒，他便如何不受酒毒？他每吩咐小和尚，另藏着一把注子（酒壶），色味虽同，酒力各别。间或客人答酒，只得呷下肚里，却又有解酒汤，在房里去吃了，不得昏迷。

酒散归房，人人熟睡。那些贼秃们一个个摩拳擦掌，思量动手。悟石道：“这事须用乘机取势，不可迟延。万一酒力散了，便难做事。”吩咐各持利刃，悄悄地步到卧房门首，听了一番，思待进房。中间又有一个四川和尚，号曰觉空，悄向悟石道：“这些书呆不难了当，必须先把跟随人役完了事，才进内房。这叫作斩草除根，永无遗患。”悟石点头道：“说得有理。”遂转身向家人安歇去

处，掇开房门，见头便割。这班酒透的人，匹力扑六的好像切菜一般，一齐杀倒，血流遍地，其实堪伤！

却说那杨元礼因是心中疑惑，和衣而睡。也是命不该绝，在床上展转不能安寝。侧耳听着外边，只觉酒散之后，寂无人声。暗道：“这些和尚是山野的人，收了这残盘剩饭，必然聚吃一番。不然，也要收拾家火，为何寂然无声？”又少顷，闻得窗外悄步，若有人声，心中愈发疑异。又少顷，只听得外厢连叫：“嗳哟！”又有模糊口声。又听得匹扑的跳响，慌忙跳起道：“不好了，不好了！中了贼僧计也！”隐隐地闻得脚踪声近，急忙里用力去推那些醉汉，哪里推得醒？也有木头般不答应的，也有胡胡卢卢（含含糊糊）说困话的。推了几推，只听得呀的房门声响。元礼顾不得别人，事急计生，耸身跳出后窗。见庭中有一棵大树，猛力爬上，偷眼观看。只见也有和尚，也有俗人，一伙儿拥进房门，持着利刃，望颈便刺。元礼见众人被杀，惊得心摇胆战，也不知墙外是水是泥，奋身一跳，却是乱棘丛中。欲待蹲身，又想后窗不曾闭得，贼僧必从天井内追寻，此处不当稳便。用力推开棘刺，满面流血，钻出棘丛，拔步便走，却是硬泥荒地。带跳而走，已有二三里之远。云昏地黑，阴风淅淅，不知是什么所在，却都是废冢荒丘。又转了一个弯角儿，却是一所人家，孤丁丁住着，板缝内尚有火光。元礼道：“我已筋疲力尽，不能行动。此家灯火未熄，只得哀求借宿，再作道理。”正是：

青龙白虎同行，凶吉全然未保。

元礼低声叩门，只见五十来岁一个老妪，点灯开门。见了元礼道：“夜深人静，为何叩门？”元礼道：“昏夜叩门，实是学生得罪。争奈急难之中，只得求妈妈方便，容学生暂息半宵。”老妪道：“老身孤寡，难好留你。且尊客又无行李，又无随从，语言各别，不知来历。决难从命！”元礼暗道：“事到其间，不得不以实情告她。”“妈妈在上，其实小生姓杨，是扬州府人，会试来此，被宝华寺僧人苦苦留宿。不想他忽起狠心，把我们六七位同年都灌醉了，一齐杀倒。只有小生不醉，幸得逃生。”老妪道：“嗳哟！阿弥陀佛！不信有这样事！”元礼道：“你不信，看我面上血痕。我从后庭中大树上爬出，跳出荆棘丛中，面都刺碎。”老妪睁睛看时，果然面皮都碎，对元礼道：“相公果然遭难，老身只得留住。相公会试中了，看顾老身，就有在里头了。”元礼道：“极感妈妈厚情！自古道：‘救人一命，胜造七级浮屠。’我替你关了门，你自去睡。我就在此桌儿上假寐片时，一待天明，即便告别。”老妪道：“你自请稳便。那个门没事，不劳相公费心。老身这样寒家，难得会试相公到来。常言道：‘贵人上宅，柴长三千，米长八百。’我老身有一个姨娘，是卖酒的，就住在前村。我老身去打一壶来，替相公压惊，省得你又无铺盖，冷冰冰地睡不去。”元礼只道脱了大难，心中又惊又喜，谢道：“多承妈妈留宿，已感厚情！又承赐酒，何以图报？小生倘得成名，决不忘你大德。”妈妈道：“相公且宽坐片时，有小女奉陪，老身暂去就来。女儿过来，见了相公。你且把门儿关着，我取了酒就来也。”那老妪吩咐女儿几句，随即提壶出门去了，不题。

却说那女子把元礼仔细端详，若有嗟叹之状。元礼道：“请问小姐姐今年几岁了？”女子道：“年方一十三岁。”元礼道：“你为何只管呆看小生？”女子道：“我看你堂堂容貌，表表姿材，受此大难，故此把你仔细观看。可惜你满腹文

章，看不出人情世故。”元礼惊问道：“你为何说此几句，令我好生疑异！”女子道：“你只道我家母亲为何不肯留你借宿？”元礼道：“孤寡人家，不肯夤夜留人。”女子道：“后边说了被难缘因，她又如何肯留起来？”元礼道：“这是你令堂恻隐之心，留我借宿。”女子道：“这叫作燕雀处堂，不知祸之将及。”

元礼益发惊问道：“难道你母亲也待谋害我不成？我如今孤身无物，她又何所利于我？小姐姐莫非道我伤弓之鸟，故把言语来吓诈我么？”女子道：“你只道我家住居的房屋，是哪个的房屋？我家营运的本钱，是哪个的本钱？”元礼道：“小姐姐说话好奇怪！这是你家事，小生如何知道？”女子道：“妾姓张，有个哥哥，叫作张小乙，是我母亲过继的儿子，在外面做些小经纪。他的本钱，也是宝华寺悟石和尚的，这一所草房也是寺里搭盖的。哥哥昨晚回来，今日到寺里交纳利钱去了，幸不在家。若还撞见相公，决不相饶。”元礼想道：“方才众和尚行凶，内中也有俗人，一定是张小乙了。”便问道：“既是你妈妈和寺里和尚们一路，如何又买酒请我？”女子道：“她哪里真个去卖酒？假此为名，出去报与和尚得知。少顷他们就到了，你终须一死！我见你丰仪出众，决非凡品，故此对你说知，放你逃脱此难。”元礼吓得浑身冷汗，抽身便待走出。女子扯住道：“你去了不打紧，我家母亲极是厉害，她回来不见了你，必道我泄漏机关。这场责罚，教我怎生禁受？”元礼道：“你若有心救我，只得吃这场责罚，小生死不忘报。”女子道：“有计在此！你快把绳子将我绑缚在柱子上，你自脱身前去。我口中乱叫母亲，等她回来，只告诉她说你要把我强奸，绑缚在此。被我叫喊不过，他怕母亲归来，只得逃走了去。必然如此，方免责罚。”又急向箱中取银一锭与元礼，道：“这正是和尚借我家的本钱。若母亲问起，我自有言抵对。”元礼初不欲受，思量前路盘缠，尚无毫忽，只得受了。把这女子绑缚起来，心中暗道：“此女仁智兼全，救我性命，不可忘她大恩，不如与她定约，异日娶她回去。”便向女子道：“小生杨延和，表字元礼，年十九岁，南直扬州府江都县人氏。因父母早亡，尚未婚配。受你活命之恩，意欲结为夫妇，后日娶你，决不食言。小姐姐意下如何？”女子道：“妾小名淑儿，今岁十三岁。若不弃微贱，永结葭莩（jiā fú，芦苇杆内壁的薄膜。比喻关系疏远的亲戚。这里是指亲属），死且不恨。只有一件：我母亲通报寺僧，也是平昔受他恩惠，故而不肯负他。请君日后勿复记怀。事已危迫，君无留恋。”元礼闻言一毕，抽身往外便走。才得出门，回头一看，只见后边一队人众，持着火把，蜂拥而来。元礼魂飞魄丧，好像失心风一般，往前乱跌，也不敢回头再看。

话分两头。单提那老妪打头，川僧觉空持棍在前，悟石随后，也有张小乙，通共有二十余人，气哞哞一直赶到老妪家里。女子听得人声相近，乱叫乱哭。老妪一进门来，不见了姓杨的，只见女子被缚，吓了一跳，道：“女儿为何倒缚在那里？”女子哭道：“那人见母亲出去，竟要把我强奸，道我不从，竟把绳子绑缚了我。被我乱叫乱嚷，只得奔去。又转身进来要借盘缠。我回他没有，竟向箱中摸取东西，不知拿了什么，向外就走。”那老妪闻言，好像落汤鸡一般，口不能言。连忙在箱子内查看，不见了一锭银子，叫道：“不好了！前借师父的本钱，反被他掏摸去了。”众和尚不见杨元礼，也没工夫逗留，连忙向外追赶。又不知东西南北哪一条路去了，走了一阵，只得叹口气回到寺中，跌脚叹道：

“打蛇不死，自遗其害。”事已如此，无可奈何。且把杀死众尸，埋在后园空地上。开了箱笼被囊等物，原来多是铜钱在内，银子也有八九百两。把些来分与觉空，又把些分与众和尚、众道人等，也分些与张小乙。人人欢喜，个个感激。又另把些送与老妪，一则买她的口，一则赔偿她所失本钱，依旧作借。

却说那元礼脱身之后，黑地里走来走去，原只在一笪（dá）地方，气力都尽。只得蹲在一个冷庙堂里头。天色微明，向前奔走，已到萦县。刚待进城，遇着一个老叟，连叫：“老侄，闻得你新中了举人，恭喜，恭喜！今上京会试，如何在此独步，没人随从？”那老叟你道是谁？却就是元礼的叔父，叫作杨小峰，一向在京生理，贩货下来，经由河间府，到往山东。劈面撞着了新中的侄儿，真是一天之喜。元礼正值穷途，撞见了自家的叔父，把宝华寺受难根因，与老妪家脱身的缘故，一一告诉。杨小峰十分惊吓，挽着手，拖到饭店吃上了饭，就把身边随从的阿三，送与元礼服侍；又借他白银一百二三十两；又替他叫了骡轿，送他进京。正叫作：

不是一番寒彻骨，怎得梅花扑鼻香！

元礼别了小峰，到京会试，中了第二名会魁，叹道：“我杨延和到底逊人一筹！然虽如此，我今番得中，一则可践约，二则得以伸冤矣。”殿试中了第一甲第三名，入了翰林。有相厚会试同年舒有庆，他父亲舒珽，正在山东做巡按。元礼把六个同年及从人受害本末，细细与舒有庆说知。有庆报知父亲，随着府县拘提合寺僧人到县，即将为首僧人悟石、觉空二人，极刑鞫问，招出杀害举人原由。押赴后园，起尸相验。随将众僧拘禁。此时张小乙已自病故了。舒珽即时题请灭寺屠僧，立碑道旁，地方称快。后边元礼告假回来，亲到废寺基址，作诗吊祭六位同年，不题。

却说那老妪原系和尚心腹，一闻寺灭僧屠，正待逃走。女子心中暗道：“我若跟随母亲同去，前日那杨举人从何寻问？”正在忧惶，只见一个老人家走进门来，问道：“这里可是张妈妈家？”老妪道：“老身亡夫，其实姓张。”老叟道：“令爱可叫作淑儿么？”老妪道：“小女的名字，老人家如何晓得？”老叟道：“老夫是扬州杨小峰。我侄儿杨延和，中了举人，在此经过，往京会试。不意这里宝华禅寺和尚忽起狼心，谋害同行六位举人，并杀跟随多命。侄儿幸脱此难，现今中了探花，感激你家令爱活命之恩，又谢她赠了盘缠银一锭，因此托了老夫到此说亲。”老妪听了，吓呆了半晌，无言回答。那女子窥见母亲情慌无措，扯她到房中说道：“其实那晚见他丰格超群，必有大贵之日。孩儿惜他一命，只得赠了盘缠，放他逃去。彼时感激孩儿，遂订终身之约。孩儿道母亲平昔受了寺僧恩惠，纵去报与寺僧知道，也是各不相负，你切不可怀恨。他有言在先，你今日不须惊怕。”杨小峰就接淑儿母子到扬州地方，赁房居住。等了元礼荣归，随即结姻。老妪不敢进见元礼，女儿苦苦代母请罪，方得相见。老妪匍伏而前，元礼扶起行礼，不提前事。却说后来淑儿与元礼生出儿子，又中乙未科状元，子孙荣盛。若非黑夜逃生，怎得佳人作合？这叫作：夫妻本是前生定，曾向蟠桃会里来。有诗为证：

春闱赴选遇强徒，解厄全凭女丈夫。

凡事必须留后看，他年方不悔当初。

## 第二十二卷　吕纯阳飞剑斩黄龙

暮宿苍梧，朝游蓬岛，朗吟飞过洞庭边。岳阳楼酒醉，借玉山作枕，容我高眠。出入无踪，往来不定，半是风狂半是颠。随身用提篮背剑，货卖云烟。　人间飘荡多年，曾占东华第一筵。推倒玉楼，种吾奇树；黄河放浅，栽我金莲。捽碎珊瑚，翻身北海，稽首虚皇高座前。无难事，要功成八佰，行满三千。

这支词儿名曰《沁园春》，乃是一位陆地大罗神仙（道教神仙的最高等级大罗天仙，这里相当于说“上仙”）所作。那位神仙是谁？姓吕，名岩，表字洞宾，道号纯阳子。自从黄粱梦得悟，跟随师父钟离先生，每日在终南山学道。或一日，洞宾曰：“弟子蒙我师度脱，超离生死，长生妙诀，俺道门中轮回还有尽处么？”师父曰：“如何无尽！自从混沌初分以来，一小劫该十二万九千六百年，世上混一，圣贤皆尽；一大数二十五万九千二百年，儒教已尽；阿修劫三十八万八千八百年，俺道门已尽；襄劫七十七万七千七百年，释教已尽。此是劫数。”洞宾又问：“我师，阎浮（指人所居住的世界）世上，高低阔远，南北东西，俱有尽处么？”师父曰：“如何无尽处！且说中原之地，东至日出，西至日没，南至南蛮，北至幽燕，两轮日月，一合乾坤，四百座军州，三千座县分，七百座巡检司，此是中原之地。”洞宾曰：“弟子欲游中原，从何而起？从何而止？”师曰：“九九之数属阳，先从山前九州，山后九州，两淮三九二十七军州，河北四九三十六军州，关西五九四十五军州，西川六九五十四军州，荆湖七九六十三军州，江南九九八十一军州，海外潮阳四州，共计四百座军州。”洞宾曰：“四百座军州，有多少人烟？”师曰：“世上三山、六水、一分人烟。”洞宾又问：“我师成道之日，到今该多寿数？”师父曰：“数着汉朝四百七年，晋朝一百五十七年，唐朝二百八十八年，宋朝三百一十七年，算来计该一千年一百岁有零。”洞宾曰：“师父计年一千一百岁有零，度得几人？”师父曰：“只度得你一人。”洞宾曰：“缘何只度得弟子一人？只是俺道门中不肯慈悲，度脱众生。师父若教弟子三年严限，只在中原之地，度三千余人，兴俺道家。”师父听得说，呵呵大笑：“吾弟住口！世上众生不忠者多，不孝者广。不仁不义众生，如何做得神仙？吾教汝去三年，但寻得一个来，也是汝之功。”洞宾曰：“只就今日拜辞吾师，弟子云游去了。”师父曰：“且住，且住！你去未得。吾有法宝，未曾传与汝。道童，与吾取过降魔太阿神光宝剑来。”道童取到。师父曰：“此剑是吾师父东华帝君传与吾。吾传与汝。”这洞宾双膝跪下：“领我师法旨。”师父曰：“此剑能飞取人头，言说住址、姓名，念咒罢，此剑化为青龙，飞去斩首，口中衔头而来，有此灵显。有咒一道，飞去者如此如此。再有收回咒一道，如此如此。”言罢，洞宾纳头拜授，背了剑，曰：“告吾师，弟子只今日拜辞下山去。”师曰：“且住，且住！

你去未得。汝若要下山，依我三件事，方可去。”洞宾曰：“告我师，不知哪三件事？”师曰：“第一件，到中原之地，休寻和尚闹，依得么？”洞宾曰：“依得。”师曰：“第二件，将吾宝剑去要将回来，休失落了，依得么？”洞宾曰：“依得。”师曰：“第三件，与你三年限满，休违了。如违了限，即当斩首灭形，依得么？”洞宾曰：“依得。”师父大喜道：“好去，好去！”洞宾曰：“蒙我师传法与弟子，年代劫数、地理路途、宝剑法语，弟子都省悟了。今作诗一首，拜谢吾师，弟子下山度人去也！”诗曰：

二十四神清，三千功行成。云烟笼地轴，星月遍空明。

玉子何须种，金丹岂用耕？个中玄妙诀，谁道不长生！

作诗已罢，师父呵呵大笑：“吾弟，汝去三年，度得人也回来，度不得人也回来，休违限次。宝剑休失落了。休惹和尚闹。速去速回！”洞宾拜辞师父下山。却不知度得人也度不得？正是：

情知语是钩和线，从头钩出是非来。

这洞宾一就下山，按落云头，来到阎浮世上，寻取有缘得道之士。整整行了一年，绝无踪迹。有诗为证：

自隐玄都不记春，几回沧海变成尘。

我今学得长生法，未肯轻传与世人。

洞宾行了一年，没寻人处，如之奈何？眉头一纵，计上心来。在山中曾听得师父说来，直上太虚顶上观看，但是紫气现处，五霸诸侯；黑气现处，山妖水怪；青气现处，得道神仙。去那无人烟处，喝声起，一道云头直到太虚顶上。东观西望，远远见一处青气充天而起。洞宾道：“好！此处必有神仙。”云行一万，风行八千，料在千里路；云头一片，去心留不住。看看行到青气现处，不知何所。洞宾唤：“土地安在？”一阵风过处，土地现形，怎生模样？

衣裁五短，帽裹三山；手中梨杖老龙形，腰间皂绦黑虎尾。

土地唱喏：“告上仙，呼唤小圣，不知有何法旨？”洞宾曰：“下界何处？青气现者，谁家男子妇人？”土地道：“下界西京河南府。在城铜驼巷口，有个妇人殷氏，约年三十有余，不曾出嫁。累世奉道，积有阴果。此女唐朝殷开山（唐朝开国功臣殷峤，字开山，凌烟阁二十四功臣之一）的子孙，七世女身，因此青气现。”洞宾曰：“速退。”风过处，土地去了。

却说洞宾坠下云端，化作腌臜道人，直入城来。到铜驼巷口，见牌一面，上写“殷家浇造细心耐点清油蜡烛”。铺中立着个女娘，鱼魫（shěn）冠（又作鱼枕冠，古时以鱼枕骨为饰的冠）儿，道装打扮，眉间青气现。洞宾见了，叫声好，不知高低。正是：

踏破铁鞋无觅处，得来全不费工夫。

洞宾叫声：“稽首！”看那娘子正与浇蜡烛待诏说话，回头道：“先生过一遭。”洞宾上前一看，见怒气太重，叫声：“可惜！”去袖内拂下一张纸来，上有四句诗曰：

出山罚愿（发愿）度三千，寻遍阎浮未结缘。

特地来时真有意，可怜殷氏骨难仙。

诗后写道：“口口仙作。”这个女娘见那道人袖中一幅纸拂将下来，交人拾起

看时，二口为吕，知是吕祖师化身。便教人急忙赶去，寻这个先生，先生化阵清风不见了。殷氏心中懊悔，正是无缘对面不相逢！只因这四句诗，风魔了这女娘一十二年，后来坐化而亡。

只说洞宾不觉又早一年光景，无寻人处。且去太虚顶上观看，只见一匹马飞来，到面前下马离鞍。背上宣筒里取出请书来：“告上仙，东京开封府马行街，居住奉道信官王惟善，于今月十四日，请道一坛，就家庭开建奉真清醮三百六十分位斋。请往来道士二千员，恭为纯阳真人度诞之辰。特赍请状拜请！”洞宾听说：“吾忘其所以！来朝是吾生日。符官有劳心力远来。”符官曰：“小圣直到终南山，见老师父，说上仙在中原之地，特寻到此，得见上仙。”洞宾于荆筐篮内，取一个仙果，与符使吃了，拜谢上马而去。

洞宾一道云头直到东京人不到处，坠下云头，立住了脚。若还这般模样，被人识破，把头一摆，喝声“变”！变作一个腌臜疥癞先生入城。行到马行街，只见扬幡挂榜做好事，上朝请圣邀真。洞宾却好到。人若有愿，天必从之。且看哪斋主有缘度他？洞宾到坛上看，却是个**中贵官太尉**（中贵官，贵幸的内臣，后指宦官；太尉，最高级的武官。唐朝任用太监统军），好善，奉真修道，眉间微微有些青气。洞宾肚内思量：“此人时节未到，显些神通化他。初心不退，久后成其正果。”洞宾吃罢斋，支衬钱五百文，白米五斗。洞宾言曰：“贫道善能水墨画，用水一碗，也不用笔，取将绢一匹，画一幅山水相谢**斋衬**（施舍给佛寺的钱币）。”众人禀了太尉，取绢一幅与先生。先生磨那碗墨水，去绢上一泼，坏了那幅绢。太尉见道：“这厮无礼，捉弄下官，与我拿来！”先生见太尉焦躁，转身便去。众人赶来，只见先生化阵清风而去。但见有幅白纸吊将下来，众人拿白纸来见太尉。太尉打开看时，有四句言语道：

斋道欲求仙骨，及至我来不识。
要知贫道姓名，但看绢画端的。

太尉教取恰才坏了的绢，再展开来看。不看时万事全休，看了纳头便拜。见什么来？正是：

神仙不肯分明说，误了阎浮世上人。

王太尉取污了绢来看时，完然一幅全身吕洞宾。才信来的先生是神仙，悔之不及！将这幅仙画送进入后宫，太后娘娘裱褙了，内府侍奉。王太尉奏过，将房屋宅子，纳还朝廷，伴当家人都散了，直到武当山出家。山中采药，遭遇纯阳真人，得度为仙。这是后话。

且说洞宾吕先生三年将满限期，一人不曾度得，如之奈何？心中闷倦，只得再在太虚顶上观看青气现处，只见正南上有青气一股。急驾云头望着青气现处，约行两个时辰，见青气至近。喝声“住”，唤：“此间山神安在？”风过处，山神现形，金盔金甲锦袍，手执着开山斧，躬身唱喏：“告上仙，有何法旨？”洞宾道：“下方青气现处，是个甚么人家？”山神曰：“下界江西地面，黄州黄龙山下有个公公，姓傅，法名永善。广行阴骘，累世积善，因此有青气现。”洞宾曰：“速退。”聚则成形，散则为气。先生坠下云来，直到黄龙山下傅家庭前。正见傅太公家斋僧。直至草堂上，见傅太公。先生曰：“结缘增福，开发道心。”太公曰：“先生少怪！老汉家斋僧不斋道。”洞宾曰：“斋官，儒释道三教，从来总

一家。”太公曰：“偏不敬你道门！你那道家说谎太多。”洞宾曰：“太公，哪见俺道家说谎太多？”太公曰：“秦皇、汉武，尚且被你道家捉弄，何况我等！”先生曰：“从头至尾说，俺道家怎么捉弄秦皇、汉武？”太公曰：“岂不闻白氏（白居易）《讽谏》曰：‘海漫漫，直下无底傍无边。云涛雪浪最深处，人传中有三神山。山上多生不死药，服之羽化为神仙。秦皇汉武信此语，方士年年采药去。蓬莱今古但闻名，烟水茫茫无觅处。海温温，风浩浩，眼穿不见蓬莱岛。不见蓬莱不肯归，童男童女舟中老。徐福狂言多诳诞，上元太乙虚祈祷。君看骊山（指秦始皇墓）顶上茂陵（指汉武帝墓）头，毕竟悲风吹蔓草！何况玄元圣祖五千言，不言药，不言仙，不言白日上青天。’”

傅太公言毕，先生曰：“我道家说谎，你那佛门中有甚奇德处？”太公曰：“休言灵山活佛，且说俺黄龙山黄龙寺黄龙长老慧南禅师，讲经说法，广开方便之门；普度群生，接引菩提之路。说法如云，度人如雨。法座下听经闻法者，每日何止数千，尽皆欢喜。几曾见你道门中，阐扬道法，普度群生？只是独吃自痾（比喻顾己不顾人，一人独吞。痾，即“屙”，拉屎撒尿）。因此不敬道门。”吕先生不听，万事全休；听得时，怒气填胸。问太公：“这和尚今日说法么？”太公道：“一年四季不歇，何在乎今日。”吕先生不别太公，提了宝剑，径上黄龙山来，与慧南长老斗圣。谁胜谁赢？正是：

蜗角虚名，蝇头微利，算来直恁乾忙！事皆前定，谁弱与谁强？且趁闲身未老，须放我些子（些许）疏狂。　百年里，浑教是醉，三万六千场。思量能几许？　忧愁风雨，一半相妨。又何须抵死说短论长？幸对清风明月，箪纹展帘幕高张。江南好，千钟美酒，一曲《满庭芳》。

却才说不了，吕先生径往黄龙山上来，寻那慧南长老。话中且说黄龙禅师擂动法鼓，鸣钟击磬，集众上堂说法。正欲开口启齿，只见一阵风，有一道青气撞将入来，直冲到法座下。长老见了，用目一观，暗暗地叫声苦：“魔障到了！”便把手中界尺（佛教僧徒说戒时的用具），去桌上按住大众道：“老僧今日不说法，不讲经，有一转语（禅宗谓拨转心机，使之恍然大悟的机锋话语），问你大众。其中有答得的么？”言未了，去那人从里走出那先生来道：“和尚，你快道来。”长老曰：

老僧今年胆大，黄龙山下扎寨。袖中扬起金锤，打破三千世界。

先生呵呵大笑道：“和尚！前年不胆大，去年不胆大，明年亦不胆大，只今年胆大！你再道来。”和尚言：“老僧今年胆大。”先生道：“住！贫道从来胆大，专会偷营劫寨。夺了袖中金锤，留下三千世界。”众人听得，发一声喊，好似一风撼折千竿竹，百万军中半夜潮。众人道：“好个先生答得好！”长老拿界方按定，众人肃静。先生道：“和尚，这四句只当引子，不算输赢。我有一转语，和你赌赛输赢，不赌金珠富贵。”去背上拔出那口宝剑来，插在砖缝里，双手拍着：“众人听贫道说：和尚赢，斩了小道；小道赢，要斩黄龙。”先生说罢，吓得人人失色，个个吃惊。只见长老道：“你快道来！”先生言：

铁牛耕地种金钱，石刻儿童把线穿。
一粒粟中藏世界，半升铛内煮山川。
白头老子眉垂地，碧眼胡僧手指天。

休道此玄玄未尽，此玄玄内更无玄。

先生说罢，便问和尚："答得么？"黄龙道："你再道来。"先生道："铁牛耕地种金钱。"黄龙道："住！"和尚言：

自有红炉种玉钱，比先毫发不曾穿。
一粒能化三千界，大海须还纳百川。
六月炉头喷猛火，三冬水底纳凉天。
谁知此禅真妙用，此禅禅内又生禅。

先生道："和尚输了，一粒化不得三千界。"黄龙道："怎的说？近前来，老僧耳聋！"先生不知是计，趱上法座边，被黄龙一把捽住："我问你：一粒化不得三千界，你一粒怎的藏世界？且论此一句。我且问你：半升铛内煮山川，半升外在哪里？"先生无言可答。和尚道："我的禅大合小，你的禅小合大。本欲斩你，佛门戒杀，饶你这一次！"手起一界尺，打得先生头上一个疙瘩，通红了脸，众人一齐贺将起来。先生没出豁，看着黄龙长老，大笑三声，三摇头，三拍手，拿了宝剑，入了鞘子，往外便走。众人道："输了呀！"黄龙禅师按下界方："大众！老僧今日大难到了。不知明日如何？有一转语曰：'五五二十五，会打贺山鼓。黄龙山下看相扑，却来这里吃一赌。大地甜瓜彻底甜，生擦瓜儿连蒂苦。'大众，你道什么三鼓掌，三摇头，三声大笑，作什么生？咦！本是醍醐味，番成毒药仇。今夜三更后，飞剑斩吾头。"

禅师道罢，众人皆散。和尚下座入方丈，集众道："老僧今日对你们说，夜至三更，先生飞剑来斩老僧。老僧有神通，躲得过；神通小些，没了头。你众僧各自小心！"众僧合掌下跪："长老慈悲，救度则个！"黄龙长老点头，伸两个指头，言不数句，话不一席，救了一寺僧众。正是：

劝君莫结冤，冤深难解结。一日结成冤，千日解不彻。若将恩报冤，如汤去泼雪。若将冤报冤，豺狼重见蝎。我见结冤人，尽被冤磨折。

黄龙长老道："众僧，牢关门户，休点灯烛。各人裹顶头巾，戴顶帽儿，躲此一夜，来日早见。"众僧出方丈，自言自语："今日也说法，明日也说法，说出这个祸来！一寺三百余僧，有分切西瓜一般，都被切了头去！"胆大的在寺里，胆小的连夜走了。且说长老唤门公来。门公到面前，唱个喏。长老道："近前来。"耳边低低道了言语，门公领了法旨自去。天色已晚，闹了黄龙寺中，半夜不安迹。

话中却说吕先生坐在山岩里，自思："限期已近，不曾度得一人。师父说道：休寻和尚斗！被他打了一界尺，就这般干罢？和尚，不是你便是我！飞将剑去斩了黄龙，教人说俺有气度；若不斩他，回去见师父如何答应？"抬头观看，星移斗转，正是三更时分。取出剑来，吩咐道："吾奉本师法旨，带将你做护身之宝，休误了我。你去黄龙山黄龙寺，见长老慧南禅师，不问他行住坐卧间，速取将头来。"念念有词，喝声道："疾！"豁刺刺一声响亮，化作一条青龙，径奔黄龙寺去。吕先生喝声彩。去了多时，约莫四更天气，却似石沉沧海，线断风筝，不见回来。急念收咒语，念到有三千余遍，不见些儿消息，吕先生慌了手脚。"倘或失了宝剑，斩首灭形！"连忙起身，驾起云头，直到黄龙寺前，坠下云头。见山门佛殿大门一齐开着，却是长老吩咐门公，教他都不要关门。吕

先生见了道："可惜！早知这和尚不准备，直入到方丈，一剑挥为两段。"径到方丈里面，两枝大红烛点得明晃的，焚着一炉好香，香烟缭绕，禅床上坐着黄龙长老。长老高声大叫："多口子！你要剑，在这里！进来取去。"吕先生揭起帘子，走将入方丈去，道："和尚，还我剑来。"长老用手一指，那口剑一半插在泥里。吕先生肚里思量："我去拔剑，被他暗算，如之奈何？"道："和尚，罢，罢，罢！你还了我剑，两解手（罢手）。"长老道："多口子，老僧不与你一般见识。本欲斩了你，看你师父面。"洞宾听得："直恁厉害！就拔剑在手，斩这厮！"大踏步向前，双手去拔剑，却便似万万斤生铁铸牢在地上，尽平生气力来拔，不动分毫。黄龙大笑："多口子，自古道：'人无害虎心，虎无伤人意。'我要还了你剑，教你回去见师父去，你心中却要拔剑斩吾！吾不还你剑，有气力拔了去。"吕先生道："他禁法禁住了，如何拔得去！"便念解法，越念越牢，永拔不起。吕先生道："和尚，还了我剑罢休。"长老道："我有四句颂，你若参得透，还了你剑。"先生道："你道来。"和尚怀中取出一幅纸来。纸上画着一个圈，当中间有一点，下面有一首颂曰：

丹在剑尖头，剑在丹心里。若人晓此因，必脱轮回死。

吕先生见了，不解其意。黄龙曰："多口子，省得么？"洞宾顿口无言。黄龙禅师道声："俺护法神安在？"风过处，护法神现形。怎生打扮？

头顶金盔，绯红撒发朱缨，浑身金甲，妆成惯带，手中拿着降魔宝杵，貌若颜童。

护法神向前问讯："不知我师呼召，有何法旨？"黄龙曰："护法神，与我将这多口子押入困魔岩，待他参透禅机，引来见吾。每日天厨与他一个馒头。"护法神曰："领我师法旨。"护法神道："先生快请行！"吕先生道："哪里去？"护法神曰："走，走！如不走，交你认得三洲感应护法韦驮尊天手中宝杵，只重得一万四千斤！你若不走，直压你入泥里去！"吕先生自思量："师父教我不要惹和尚！"只得跟着护法神入困魔岩参禅。不在话下。

却说黄龙寺僧众，五更都到方丈参见长老。长老道："夜来惊恐你们。"众僧曰："得蒙长老佛法浩大，无些动静。"长老道："你们自好睡，却好闹了一夜。"众僧道："没有甚执照？"长老用手一指，众人见了这口宝剑，却似：

分开八片顶阳骨，倾下半桶冰雪水。

众僧一齐礼拜，方见长老神通广大，法力高强。山前山后，城里城外，男子女人，僧尼道俗，都来方丈，看剑的人，不知其数。闹了黄龙山，鼎沸了黄州府。

却说吕先生坐在困魔岩，耳畔听得闹嚷嚷的，便召山神，山神现形唱喏。问："寺中为甚热闹？"山神曰："告上仙：城里城外人都来看这口宝剑，人人拔不起，因此热闹。"洞宾道："速退！"山神去了。先生自思："闹了黄州，师父知道，怎的分说？自首免罪。"韦天不在，走出洞门，驾云而起。且说韦天到困魔岩，不见了吕先生，径来方丈报与黄龙禅师："走了吕先生，不知吾师要赶他也不赶？"禅师道："护法神，免劳生受，且回天宫。"化阵清风而去。

却说吕先生一道云头，直到终南山洞门口立着。见道童向前稽首，道童施礼。吕先生道："道童，师父在么？"道童言："老师父山中采药，不在洞中。"吕先生径上终南山，寻见师父，双膝跪下，俯伏在地。钟离师父呵呵大笑，自

已知道了，道："弟子引将徒弟来了？不知度得几人？先将剑来还我。"吕先生告罪，说："不是处，望乞老师父将就解救弟子！"师父曰："吾再三吩咐，休惹和尚们。你头上的疙瘩，尚然未消，有何面目见吾？你神通短浅，法又未精，如何与人斗胜？徒弟不曾度得一个，妆这辱门败户的事！俺且饶你初犯一次，速去取剑来！"吕先生："拜告吾师，免弟子之罪。此剑被他禁住了，不能得回。"师父言："吾修书一封，将去与吾师兄辟支佛（辟支迦佛陀的简称，汉译"独觉"，这里是指黄龙是辟支佛）看，自然还你。不可轻易，休损坏了封皮。"去荆筐篮里，取出这封书来。吕先生见了，纳头便拜："吾师过去未来，俱已知道。"得了书，直到黄龙寺坠下云来。伽蓝通报长老："吕先生在方丈外听法旨。"黄龙道："唤他进来。"伽蓝曰："吾师有请。"洞宾直到方丈里，合掌顶礼："来时奉本师法旨，有封书在此。"长老已知道，教取书来。吕先生双手献上。长老拆开，上面一个圆圈，圈外有一点在上，下有四句偈曰：

丹只是剑，剑只是丹。得剑知丹，得丹知剑。

黄龙曰："觑汝师父面皮，取了剑去。"忙走向前将剑轻轻拔起。"拜谢吾师！吕岩请问：吾师法语，'圈子里一点'；本师法语，'圈子上一点'，不知是何意故？"黄龙曰："你肯拜我为师，传道与你。"吕先生言："情愿皈依我佛。"前三拜，后三拜，礼佛三拜，三三九拜，合掌跪膝谛听。黄龙曰："汝在座前言，一粒粟中藏世界，小合大圈子上一点。吾答一粒能化三千界，大合小圈子内一点。这是道，吾传与你！"吕先生听罢，大彻大悟，如漆桶底脱。"拜谢吾师，弟子回终南山去拜谢师父。"黄龙曰："吾传道与汝。久后休言自会，或诗、或词留为表记。就取文房四宝将来。"吕先生磨墨蘸笔，作诗一首。诗曰：

捽碎葫芦踏折琴，生来只念道门深。
今朝得悟黄龙术，方信从前枉用心。

作诗已毕，拜谢了黄龙禅师，径回终南山，见了本师，纳还了宝剑。从此定性，修真养道，数百年不下山去。功成行满，成陆地神仙。正是：

朝骑白鹿升三岛，暮跨青鸾上九霄。

后府人于凤翔府天庆观壁上，见诗一首，字如龙蛇之形，诗后大书"回道人"三字。详之，知为纯阳祖师也。诗曰：

得道年来八百秋，不曾飞剑取人头。
玉皇未有天符至，且货乌金混世流。

## 第二十三卷　金海陵纵欲亡身

昨日流莺今日蝉，起来又是夕阳天。
六龙飞辔（神话传说日神乘车，驾以六龙，这里指时光飞逝）长相窘，何忍乘危自着鞭。

这四句诗是唐朝司空图所作。他说：流光迅速，人寿无多，何苦贪恋色欲，自促其命。看来这还是劝化平人的。平人所有者，不过一身一家，就是好色贪淫，还只心有余而力不足。若是贵为帝王，富有四海，何令不从，何求不遂？假如商惑妲己，周爱褒姒，汉嬖飞燕，唐溺杨妃，他所宠者止于一人，尚且小则政乱民荒，大则丧身亡国。何况渔色不休，贪淫无度，不惜廉耻，不论纲常！若是安然无恙，皇天福善祸淫之理，也不可信了。如今说这金海陵，乃是大金国一朝聪明天子；只为贪淫无道，蔑礼败伦，坐了十二年宝位，改了三个年号：初次天德三年，二次贞元，也是三年，末次正隆六年。到正隆六年，大举侵宋，被弑于瓜洲。大定帝（金世宗完颜雍，大定是其年号）即位，追废为海陵王。后人将史书所载废帝海陵之事，敷演出一段话文，以为将来之戒。正是：

后人请看前人样，莫使前人笑后人。

话说金废帝海陵王，初名迪古，后改名亮，字元功，辽王宗干第二子也。为人善饰诈，慓急多猜忌，残忍任数（用权谋，使心计）。年十八，以宗室子为奉国将军，赴梁王宗弼军前任使。梁王以为行军万户，迁骠骑上将军。未几，加龙虎卫上将军。累迁尚书右丞。留守汴京，领行台尚书省事。后召入为丞相。初，熙宗以太祖嫡孙嗣位。海陵念其父辽王，本是长子，己亦是太祖嫡孙，合当有天下之分，遂怀觊觎，专务立威以压伏人心，后竟弑熙宗而篡其位。心忌太宗诸子，恐为后患，欲除去之，与秘书监萧裕密谋。裕倾险巧诈，因构致太傅宗本、秉德等反状。海陵杀宗本，遣使杀秉德、宗懿及太宗子孙七十余人，秦王宗翰子孙三十余人。宗本已死，裕乃取宗本门客萧玉，教以具款反状，令作主名上变，遍诏天下。天下冤之。萧裕以诛宗本功为尚书右丞，累迁至平章政事。专恣威福，遂以谋逆赐死。此是后话。

且说海陵初为丞相，假意俭约，妾媵不过三数人。及践大位，侈心顿萌，淫志蛊惑。自徒单皇后而下，有大氏、萧氏、耶律氏，俱以美色被宠。凡平日曾与淫者，悉召入内宫，列之妃位。又广求美色，不论同姓异姓，名分尊卑，及有夫无夫，但心中所好，百计求淫，多有封为妃嫔者。诸妃名号，共有十二位，昭仪至充媛九位，婕妤、美人、才人三位，殿直最下，其他不可举数。大营宫殿，以处妃嫔。一木之费，至二千万。牵一车之力，至五百人。宫殿之饰，遍傅黄金，而后绚以五彩，金屑飞空如落雪，一殿之费，以亿万计。成而复毁，务极华丽。这俱不必题起。

且说昭妃阿里虎，姓蒲察氏，驸马都尉没里野女也。生而妖娆娇媚，嗜酒跌宕（放荡不羁）。初未嫁时，见其父没里野修合（调制）美女颤声娇、金枪不倒丹、硫磺箍、如意带等春药，不知其何所用，乃窃以问侍婢阿喜留可道：“此名何物？何所用？而郎罢惣急急治之？”阿喜留可道：“此春药也。男子与妇人交，不能久战者，则用之以取乐。”阿里虎问道：“何为交合？”阿喜留可道：“鸡踏雄，犬交恋，即交合之状也。”阿里虎道：“交合有何妙处，而人为之？”阿喜留可道：“初试之时，亦觉难当，试再试三，便觉畅美！”阿里虎闻其言，哂笑不已，情若有不禁者，问道：“尔从何处得知如此？”阿喜留可笑道：“奴奴曾尝此味来！”无何，阿里虎嫁于宗室子阿虎迭，生女重节。七岁，阿虎迭伏诛，阿里虎不待闭丧，携重节再醮宗室南家。南家故善淫，阿里虎又以父所验方，修

合春药，与南家昼夜宣淫。重节熟睹其丑态，阿里虎恬不讳也。久之，南家髓竭而死。南家父突葛速为南京元帅都监，知阿里虎淫荡丑恶，莫能禁止。因南家死，遂携阿里虎往南京，幽闭一室中，不令与人接见。阿里虎向闻海陵善嬲戏，好美色，恨天各一方，不得与之接欢。至是沉郁烦懑，无以自解。且知海陵亦在南京，乃自图其貌，题诗于上。诗曰：

阿里虎，阿里虎，夷光（西施）、毛嫱（春秋时期与西施齐名的美女）非其伍。
一旦夫死来南京，突葛爬灰真吃苦。有人救我出牢笼，脱却从前从后苦。

题毕，封缄固密，拔头上金簪一枝，银十两，贿属监守阍人（守门人），送于海陵。海陵稔闻阿里虎之美，未之深信。一见此图，不觉手舞足蹈，羡慕不止。于是托人达突葛速，欲娶之。突葛速不从。海陵故意扬言，突葛速有新台之行（传说卫宣公为人淫纵，行为不俭。为其子聘齐僖公之女为媳妇，宣公听说齐女貌美，欲自娶之，乃建新台于淇河之上，待女女至，自纳为妾，这里是指公公与儿媳妇通奸），欲突葛速避嫌而出之。突葛速知海陵之意，只不放出。及篡位三日，诏遣阿里虎归父母家，以礼纳之宫中。阿里虎益嗜酒喜淫，海陵恨相见之晚。数月后，特封贤妃，再封昭妃。

一日，阿虎迭女重节来朝。重节为海陵再从兄之女，阿里虎其生母也。留宿宫中。海陵猝至，见重节年将及笄，资色顾眄，迥异诸女，不觉情动，思有以中之，而虞阿里虎之沮己（阻拦他）。乃高张灯烛，令室中辉煌如昼。自傅淫药，与阿里虎及诸侍嫔，裸逐而淫，以动重节。重节闻其嬉笑声，潜起以听，钻穴隙窥之，神痴心醉。几欲破户趋前，羞缩自止。海陵嬲（niǎo，戏弄）谑，至四鼓方止。诸嫔咸灭烛就寝，寂然无声。独重节咬指抚心，倏起倏卧，席不得暖。只得和衣拥被，长叹歪眠。忽闻阿里虎床复有声。欲再起窥之，头岑岑（头昏沉沉）不止；倚枕听之，又闻有击户声。重节不应。击声甚急，重节问为谁？海陵捏作侍嫔取灯声，以促其开。重节强起，拔去门栓。海陵突入，搂抱接唇。重节欲脱身逃去，海陵力挽就榻中，以手探其股间，则单裙无裈，两股滑腻如脂，乃抚摩调弄。重节情亦动，乃以袖掩面，任其作为，不虞创之特甚。争奈海陵兴发如狂，阳巨如杵，略加点破，猩红溅于裙幅。重节于是时皱眉啮齿，娇声颤作，几不欲生，再三求止。遂轻轻款款，若点水蜻蜓；止止行行，如贪花蜂蝶。盘桓一夜，谑浪千般。置阿里虎于不理者将及旬矣。

阿里虎欲火高烧，情烟陡发，终日焦思，竟忘重节之未出宫也。命诸侍嫔侦察海陵之所在。一侍嫔曰："帝得新人，撇却旧人矣。"阿里虎惊问道："新人为谁？几时取入宫中？"侍嫔答道："帝幸阿虎重节于昭华宫，娘娘因何不知？"阿里虎面皮紫坨，怒发如火，捶胸跌脚，诟詈重节。侍嫔道："娘娘与之争锋，恐惹笑耻。且帝性躁急，祸且不测。"阿里虎道："彼父已死，我身再醮。恩义久绝，我怕谁笑话！我誓不与此淫种俱生，帝亦奈我何哉！"侍嫔道："重节少艾（年轻貌美），帝得之胜百斛明珠。娘娘齿长矣，自当甘拜下风，何必发怒。"阿里虎闻诮，愈怒道："帝初得我，誓不相舍。讵意来此淫种，夺我口食！"乃促步至昭华宫，见重节方理妆，一嫔捧凤钗于侧。遂向前批其颊骂道："老汉不仁，不顾情分，贪图淫乐，固为可恨！汝小小年纪，又是我亲生儿女，也不顾廉耻，便与老汉苟合！岂是有人心的？"重节亦怒骂道："老贱不知礼义，不识羞耻，明烛张灯，与诸嫔裸裎（脱衣露体）夺汉，求快于心。我因来朝，踏此淫网，求生

不得生，求死不得死，正怨你这老贱，只图利己，不怕害人，造下无边恶孽，如何反来打我？”两下言语，不让一句，扭作一团，结作一块。众多侍嫔，从中劝释。阿里虎忿忿归宫，重节大哭一场，闷闷而坐。顷之，海陵来，见重节面带忧容，两颊泪痕犹湿，便促膝近前，偎其脸问道：“汝有恁事，如此烦恼？”重节沉吟不答。侍嫔说：“昭妃娘娘批贵人面颊，辱骂陛下，是以贵人失欢。”海陵闻之，大怒道：“汝勿烦恼！我当别有处分。”是日，阿里虎回宫，益嗜酒无赖，诋訾（dǐ zī，毁谤，非议）海陵不已。海陵遣人责让之，阿里虎恬无忌惮，暗以衣服遗前夫南家之子。海陵侦知之，怒道：“身已归我，突葛速之情，犹未断也！”由是宠衰。

海陵制，凡诸妃位，皆以侍女服男子衣冠，号“假厮儿”。有胜哥者，身体雄壮若男子，给侍阿里虎本位。见阿里虎忧愁抱病，夜不成眠，知其欲心炽也，乃托宫竖（太监）市角先生（仿制的男性生殖器）一具以进。阿里虎使胜哥试之，情若不足，兴更有余。嗣是，与之同卧起，日久不须臾离。厨婢三娘者不知其详，密以告海陵道：“胜哥实是男子，扮作女耳，给侍昭妃非礼。”海陵曾幸胜哥，知其非男子，不以为嫌。唯使人诫阿里虎勿棰（用棍子打）三娘。阿里虎怒三娘之泄其隐也，榜杀之。海陵闻昭妃阁有死者，想道：“必三娘也。若果尔，吾必杀阿里虎！”侦之，果然。是月为太子光英生月，海陵私忌不行戮。徒单后又率诸妃嫔为之哀求，乃得免。胜哥畏罪先仰药而亡。阿里虎闻海陵将杀己，又见胜哥先死，亦绝粒不食，日夕焚香吁天，以冀脱死。逾月，阿里虎已委顿不知所为，海陵乃使人缢杀之，并杀侍婢棰三娘者。因此不复幸昭华宫。出重节为民间妻，后屡召幸，出入昭妃位焉。

柔妃弥勒者，耶律氏之女，生有国色，族中人无不奇之。年十岁，色益丽，人益奇。弥勒亦自谓异于众人，每每沾娇夸诩。其母与邻母善，时时迭为宾主。邻母之子哈密都卢年十二岁，丰姿颇美，闲尝与弥勒儿戏于房中，互相嘲谑，遂及于乱。说话的，那十二岁的孩儿，和那十岁的女儿，晓得什么做作，只无过是玩耍而已，怎么就说个“乱”字？看官们有所不知，北方男女，生得长大倜傥，容易知事。况且这些骚挞子干事，不瞒着儿女。他们都看得惯熟了，故此小小年纪，便弄出事来。

光阴荏苒，约摸有一年多光景。一日也是合当败露。弥勒正在房中洗浴，忘记上了门闩，恰好哈密都卢闯进房来。弥勒忙忙叫他回去，说：“娘要来看添汤。”那哈密都卢见弥勒雪白身子在浴盆中，有如玉柱一般，欢喜得了不得，偏要共盆洗浴。弥勒苦不肯容，正在拘执喧闹，其母突至，哈密都卢乘间逸去。母大怒，将弥勒痛棰戒训，关防严密，再不得与哈密都卢绸缪欢狎。

倏经天德二年，弥勒年已逾笄。海陵闻其美也，使礼部侍郎迪辇阿不取之于汴京。迪辇阿不者，华言萧珙也。为弥勒女兄择特懒之夫，芳年美貌，颇识风情。一见弥勒，心神摇动；惧惮海陵，强自沮遏。不意弥勒久别哈密都卢，欲火甚迍（zhūn，困顿失意），见迪辇阿不生得标致，心里便有几分爱他。只是船只各居，难于通情达意。弥勒遂心生一计，诈言鬼魅相侵，夜中辄喊叫不止。相从诸婢，无可奈何，只得请迪辇阿不同舟共济，果尔寂然，从婢实不察其隐衷也。于是眉目相调，情兴如火，彼此俱不能遏。遇晚，便同席饮食，谑浪无所

不至。所以不遽上手者，迪辇阿不谓弥勒真处子，恐点破其躯，海陵见罪故耳。一晚，维舟傍岸，大雨倾盆，两下正欲安眠，忽闻歌声聒耳。迪辇阿不虑有穿窬（yú，打洞穿墙行窃，指盗贼），坐而听之。乃岸上更夫倡和山歌，歌云：

雨落沉沉不见天，八哥飞入画堂前。

燕子无窠梁上宿，阿姨相伴姐夫眠。

迪辇阿不听见此歌，叹道："作此歌者，明是讥诮下官。岂知下官并没有这样事情。谚云：羊肉不吃得，空惹一身臊也！"叹息未毕，又闻得窣窣似有人行。定睛一看，只见弥勒踽踽凉凉（落寞独行的样子），缓步至床前矣。迪辇阿不惊问："贵人何所见而来？"弥勒道："闻歌声而来，官人岂年高耳聋乎？"迪辇阿不道："歌声聒耳，下官正无以自明。贵人何不安寝？"弥勒道："我不解歌，欲求官人解一个明白。"迪辇阿不遂将歌词四句，逐一分析讲解。弥勒不觉面赤耳热，偎着迪辇阿不道："山歌原来如此！官人岂无意乎？"迪辇阿不跪于床前，告道："下官心非木石，岂能无情。但惧主上闻知，取罪不小。"弥勒便搂抱他起来说道："我和官人，是至亲瓜葛，不比别人。到主上跟前，我自有道理支吾，不必惧怕。"当下两人兴发如狂，就在舟中，成其云雨。但见：

蜂忙蝶恋，弱态难支；水渗露滋，娇声细作。一个原是惯熟风情，一个也曾略尝滋味。惯熟风情的，到此夜尽呈伎俩；略尝滋味的，喜今番方称情怀。一个道：大汉果胜似孩童。一个道：小姨又强如阿姊。一个顾不得女身点破，一个顾不得王命紧严。鸳鸯云雨百年情，果然色胆天来大。

一路上朝欢暮乐，荏苒耽延。道出燕京，迪辇阿不父萧仲恭为燕京留守，见弥勒面貌，知非处女，乃叹道："上必以疑杀珙矣！"却不知珙之果有染也。已而入宫，弥勒自揣事必败露，惶悔无地。见海陵来，涕交颐下，战栗不敢迎。海陵淫兴大作，遂列烛两行，命侍嫔脱其衣而淫之。弥勒掩饰不来，只得任其做作。海陵见非处女，大怒道："迪辇阿不乃敢盗尔元红，可恼可恨！"呼宫竖捆绑弥勒，审鞫其详。弥勒泣告道："妾十三岁时，为哈密都卢所淫，以至于是。与迪辇阿不实无干涉。"海陵叱问："哈密都卢何在？"弥勒道："死已久矣。"海陵道："哈密都卢死时几岁？"弥勒道："方十六岁。"海陵怒道："十六岁小孩童，岂能巨创汝耶？"弥勒泣告道："贱妾死罪，实与迪辇阿不无干！"海陵笑道："我知道了。是必哈密都卢取汝元红；迪辇阿不乘机入彀（得手）也。"弥勒顿首无言。即日遣出宫，致迪辇阿不于死。弥勒出宫数月，海陵思之，复召入，封为充媛，封其母张氏华国夫人，伯母兰陵郡君萧氏为巩国夫人。越日，海陵诡以弥勒之命，召迪辇阿不妻择特懒入宫乱之，笑曰："迪辇阿不善蹚混水，朕亦淫其妻以报之。"进封弥勒为柔妃，以择特懒给侍本位，时行幸焉。

崇义节度使乌带之妻定哥，姓唐姑氏，眼横秋水，如月殿姮娥；眉插春山，似瑶池玉女。说不尽的风流万种，窈窕千般。海陵在汴京时，偶于帘子下瞧见定哥美貌，不觉魄散魂飞，痴呆了半晌，自想道："世上如何有这等一个美妇人！倒落在别人手里，岂不可惜！"便暗暗着人打听是谁家宅眷。探事人回复："是节度使乌带之妻，极是好风月有情趣的人，只是没人近得她。她家中侍婢极多，只有一个贵哥是她得意丫鬟，常时使用的，这贵哥也有几分姿色。"海陵就思量一个

计策，差人去寻着乌带家中时常走动的一个女待诏，叫她到家里来，与自己篦了头，赏她十两银子。这女待诏晓得海陵是个猜刻的人，又怕他威势，千推万阻，不敢受这十两银子。海陵道："我赏你这几两银子自有用你处，你不要十分推辞。"女待诏道："但凭老爷吩咐，若可做的，小妇人尽心竭力去做就是，怎敢望这许多赏赐？"海陵笑道："你不肯收我银子，就是不肯替我尽心竭力做了。你若肯为我做事，日后我还有抬举你处。"女待诏道："不知要妇人做恁么事？"

海陵道："大街南首高门楼内，是乌带节度使衙内么？"女待诏答道："是节度使衙。"海陵道："闻你常常在他家中篦头，果然否？"女待诏道："他夫人与侍婢，俱用小妇人篦头。"海陵道："他家中有一个丫鬟叫作贵哥，你认得否？"女待诏道："这个是夫人得意的侍婢，与小妇人极是相好，背地里常常与小妇人东西，照顾着小妇人。"海陵道："夫人心性何如？"女待诏道："夫人端谨严厉，言笑不苟。只是不知为什么欢喜这贵哥，凭着她十分恼怒，若是贵哥站在面前一劝，天大的事也冰消了。所以衙内大小人都畏惧她。"海陵道："你既与贵哥相好，我有一句话央你传与贵哥。"女待诏道："贵哥莫非与老爷沾亲带故么？"海陵道："不是。"女待诏道："莫非与衙内女使们是亲眷往来，老爷认得她么？"海陵也说："不是。"女待诏道："莫非原是衙内打发出去的人？"海陵道："也不是。"女待诏道："既然一些没相干，要小妇人去对她说恁么话？"海陵道："我有宝环一双，珠钏一对，央你转送与贵哥，说是我送与她的。你肯拿去么？"女待诏道："拿便小妇人拿去，只是老爷与她既非远亲，又非近邻，平素不相识，平白地送这许多东西与她，倘她细细盘问时，叫小妇人如何答应？"海陵道："你说得有理，难道教她猜哑迷不成？我说与你听，须要替我用心委曲，不可乱事。"女待诏道："吩咐得明白，妇人自有处置。"海陵道："我两日前在帘子下，看见她夫人立在那里，十分美貌可爱，只是无缘与她相会。打听得她家只是你在里面走动，夫人也只欢喜贵哥一人。故此赏你银子，央你转送这些东西与她，要她在夫人跟前通一个信儿，引我进去，博她夫人一宵恩爱。"女待诏道："偷寒送暖，大是难事。况且她夫人有些古怪兜搭，妇人如何去做得？"海陵怒道："你这老虔婆，敢说三个不去么？我目下就断送你这老猪狗！"只这一句，吓得女待诏毛发都竖了，抖作一团道："妇人不说不去，只说这件事必须从容缓款，性急不得。怎么老爷就发起恼来？"海陵道："我如今也不恼你了。只限你在一个月内，要圆成这事，不可十分怠缓。"

女待诏唯唯连声，跑到家中，算计了一夜，没法入脚。只得早早起来，梳洗完毕，就把宝环、珠钏藏在身边，一径走到乌带家中，迎门撞见贵哥。贵哥问道："今日有何事？来得恁早？"女待诏道："有一个亲眷，为些小官事，有两件好首饰，托我来府中变卖些银两，是以早来。"贵哥道："首饰在哪里？我用得的么？"女待诏道："正是你们用得的。你换了他的倒好。"贵哥道："要几贯钱？拿与我看一看。"女待诏道："到房中才把与你看。"贵哥引她到了自家房内，便向厨柜里搬些点心、果子请她吃，问她讨首饰看。那女待诏在身边摸出一双宝环放在桌子上，那环上是四颗祖母绿镶嵌的，果然耀日层光，世所罕见。贵哥一见，满心欢喜，便说："他要多少银子？"女待诏道："他要二千两一只，四千两一双。"贵哥舔啖道："我只说几贯钱的东西，我便兑得起；若说这许多银子，莫说我没

有，就是我夫人一时间也拿不出来，只好看看吧。”又道：“待我拿去与夫人瞧一瞧，也识得世间有这般好首饰。”女待诏道：“且慢着！我有句话与你说个明白，拿去不迟。”贵哥道：“有话尽说，不必隐瞒。”女待诏道：“我承你日常看顾，感恩不尽。今日有句不识进退的话，说与你听，你不要恼我，不要怪我。”贵哥道：“你今日想是疯了。你在府中走动多年，哪一日不说几句话，怎的今日说话我就怪你恼你不成？你说，你说！”女待诏道：“这环儿是一个人央我送你的，不要你的银子。还有一双珠钏在此。”连忙向腰间摸出珠钏，放在桌子上。贵哥见了，笑道：“你这婆子说话真个疯了！我从幼儿来在府中，再不曾出门去，又不曾与恁人相熟，为何有人送这几千两银子的首饰与我？想是哪个要央人做前程，你婆子在外边，指着我老爷的名头，说骗他这些首饰。今日露出马脚，恐怕我老爷知道，你故此早来府中说这话骗我？”女待诏道：“若是这般说，我就该死了。你将耳朵来，我悄悄说与你听。”贵哥道：“这里再没有人来听的，你轻轻说就是了。”女待诏道：“这宝环、珠钏，不是别人送你的，是那辽王宗干第二世子，现做当朝右丞，领行台尚书省事，完颜迪古老爷央我送来与你的。”贵哥笑道：“那完颜老爷不是那白白净净没髭须的俊官儿么？”女待诏道：“正是那俊俏后生官儿。”贵哥道：“这倒稀奇了！他虽然与我老爷往来，不过是人情体面上走动，既非府中族分亲戚，又非通家兄弟，并不曾有杯酌往来。若说起我，一面也不曾相见，他如何肯送我这许多首饰？”女待诏道：“说来果忒稀奇，忒好笑！我若不说，便不是受人之托，终人之事。我若轻轻说出来，连你也吃一个大惊。”贵哥笑道：“果是恁么事情？你须说个明白。”女待诏才定了喘息，低了声音，附着贵哥耳朵说道：“数日前完颜右丞在街上过，恰好你家夫人立在帘子下面，被他瞧见了。他思量要与你夫人会一会儿，没个进身的路头。打听得只有你在夫人跟前，说得一句话，故此央我拿这宝环、珠钏送与你，要你做个针儿将线引。你说稀奇也不稀奇，好笑也不好笑？”贵哥道：“癞虾蟆躲在阴沟洞里指望天鹅肉吃，忒差做梦了！夫人好不兜搭性子，侍婢们谁敢在她跟前道个不字？莫说眼生面不熟的人要见她，就是我老爷与她做了这几年夫妻，她若不欢喜时，等闲不许他近身。怎么完颜右丞做这个大春梦来？”女待诏道：“依你这般说，大事成不得了。我依先拿这环珠送还了他，两下撒开，省得他来絮聒。”

那贵哥口里虽是这般回复，恰看了这两双好环钏，有些赈黄地黑，心下不割舍得还他，便对女待诏道：“你是老人家，积年做马泊六的主子；又不是少年媳妇，不曾经识事的；又不是头生儿，为何这般性急？凡事须从长计较，三思而行。世上哪里有一锹掘个井的道理？”女待诏道：“不是我性急，你说的话，没有一些儿口风，教我如何去回复右丞。不如送还了他这两件首饰，倒得安静。”贵哥道：“说便是这般说，且把这环钏留在我这里，待我慢慢地看觑个方便时节，躧(xǐ)探一个消息回话你。若有得一线的门路，我便将这物件送了夫人。你对右丞说，另拿两件送我何如？”女待诏道：“这个使得。只是你须要小心在意，紧差紧做，不可丢得冰洋了。我过两三日就来讨个消息，好去回复右丞。”说毕，叫声聒躁去了。贵哥便把这东西，放在自己箱内，踌躇算计，不敢提起。

一夕晚，月明如昼，玉宇无尘。定哥独自一个坐在那轩廊下，倚着栏杆看月。贵哥也上前去站在那里，细细地瞧她的面庞。果是生得有沉鱼落雁之容，

闭月羞花之貌。只是眉目之间，觉道有些不快活的意思，便猜破她的心事八九分，淡淡地说道：“夫人独自一个看月，也觉得凄凉，何不接老爷进来，杯酒交欢，同坐一看，更热闹有趣。”定哥皱眉，答道：“从来说道，人月双清。我独自坐在月下，虽是孤零，还不辜负了这好月。若接这腌臜浊物来，举杯邀月，可不被嫦娥连我也笑得俗了。”贵哥道：“夫人在上，小妮子蒙恩抬举，却不晓得怎么样的人叫作趣人，怎么样的叫作俗人？”定哥笑道：“你是也不晓得，我说与你听。你日后拣一个知趣的才嫁他，若遇着那般俗物，宁可一世没有老公，不要被他污辱了身子。”贵哥道：“小妮子望夫人指教。”定哥道：“那人生得清标秀丽，倜傥脱洒，儒雅文墨，识重知轻，这便是趣人。那人生得丑陋鄙猥，粗浊蠢恶，取憎讨厌，龌龊不洁，这便是俗人。我前世里不曾栽修得，如今嫁了这个浊物，那眼稍里看得他上！倒不如自家看看月，倒还有些趣。”贵哥道：“小妮子不知事，敢问夫人，比如小妮子，不幸嫁了个俗丈夫，还好再寻个趣丈夫么？”定哥哈哈地笑了一声道：“这妮子倒说得有趣！世上妇人只有一个丈夫，哪有两个的理？这就是偷情不正气的勾当了。”贵哥道：“小妮子常听人说有偷情之事，原来不是亲丈夫就叫偷情了。”定哥道：“正是！你他日嫁了丈夫莫要偷情。”贵哥带笑说道：“若是夫人包得小妮子嫁得个趣丈夫，又去偷什么情？傥或像夫人今日，眼前人不中意，常常讨不快活吃，不如背地里另寻一个清雅人物，知轻识重的，与他悄地往来，也晓得人道之乐。终不然人生一世，草生一秋，就只管这般闷昏昏过日子不成？哪见得那正气不偷情的就举了节妇，名标青史？”定哥半晌不语，方才道：“妮子禁口，勿得胡言！恐有人听得，不当稳使。”贵哥道：“一府之中，老爷是主父，夫人是主母，再无以次做得主的人。老爷又趁常（经常）不在府中，夫人就真个有些小做作，谁人敢说个不字？况且说话之间，何足为虑。”定哥对着月色，叹了一口气，欲言还止。贵哥又道：“小妮子是夫人心腹之人，夫人有甚心话，不要瞒我。”定哥道：“你方才所言，我非不知。只是我如今好似笼中之鸟，就有此心，眼前也没一个中得我意的人，空费一番神思了。假如我眼里就看得一个人中意，也没有个人与我去传消递息，他怎么到得这里来？”贵哥道：“夫人若果有得意的人，小妮子便做个红娘，替夫人传书递柬，怎么夫人说没人敢去？”定哥又迷迷地笑一声，不答应她。

贵哥转身就走，定哥叫住她道：“你往哪里去？莫不是你见我不答应，心下着了忙么？我不是不答应，只笑你这小妮子说话倒疯得有趣。”贵哥道：“小妮子早间拾得一件宝贝，藏放在房里，要去拿来与夫人识一识宝。”定哥道：“恁么宝见？哪里拾得来的？我又不是识宝的三叔公。”贵哥也不回言，忙忙地走回房中，拿了宝环、珠钏，递与定哥，道：“夫人，这两件首饰，好做得人家的聘礼么？”定哥拿在手里看了一回道：“这东西哪里来的？果是好得紧。随你恁么人家下聘，也没这等好首饰落盘。除非是皇亲国戚、驸马公侯人家，才拿得这样东西出来。你这妮子如何有在身边？实实地说与我听！”贵哥道：“不敢瞒夫人说，这是一个人央着女待诏来我府里做媒，先行来的聘礼。”定哥笑道：“你这妮子真个害风（发疯）了。我无男无女，又没姑娘小叔，女待诏来替哪个做媒？”贵哥道：“他也不说男说女，也不说姑娘小叔，他说的媒远不远千里，近只在目前。”定哥道：“难道女待诏来替你做媒？”贵哥道：“小妮子哪得福来消受这宝环、珠钏？”定

哥道："难道替侍女中哪一个做媒不成？算来这些妮子，一发消受不起了。"贵哥道："使女们如何有福消受这件。只除是天上仙姬，瑶台玉女，像得夫人这般人物，才有福受用它。"定哥笑道："据你这般说，我如今另寻一个头路去做新媳妇，作兴女待诏做个媒人，你这妮子做个从嫁吧。"贵哥跪在地上道："若得夫人作成女待诏，小妮子情愿从嫁夫人。"定哥又嘻嘻地笑了一声，把贵哥打一掌道："我一向好看你，你今日真真害疯，说出许多疯话来！倘若被人听见，岂不连我也没了体面？"贵哥道："不是妮子胡言乱道，真真实实那女待诏拿这礼物来聘夫人。"定哥柳眉倒竖，星眼圆睁，勃然怒道："我是二品夫人，不是小户人家，孤孀嫠（lí）妇（寡妇）。他怎敢小觑我，把这样没根蒂的话来奚落我？明日对老爷说，着人去拿他来，拷打他一番，也出这一口气。"贵哥道："夫人且莫恼怒，待小妮子悄悄地说出来，斗夫人一场好笑。俗语云：'不说不笑，不打不叫。'只怕小妮子说出来，夫人又笑又叫。"定哥一向是喜欢贵哥的，大凡有事发怒，见了贵哥，就解散了。何况她今日自家的言语唐突，怎肯与她计较？故此顺口说道："你说我听。"那一腔怒气直走到爪哇国去了。

贵哥道："几日前头，有一个尚书右丞，打从俺府门首经过，瞧见夫人立在帘子下面，生得娇娆美艳，如毛嫱、飞燕一般，他那一点魂灵儿就掉在夫人身上。归家去整整欣昏迷痴想了两日，再不得凑巧儿遇见夫人。因此上托这女待诏送这两件首饰与夫人，求夫人再见一面。夫人若肯看觑他，便再在帘子下与他一见，也好收他这两件环钏。况这个右丞，就是那完颜迪古，好不生得聪俊洒落，极是有福分的官儿！算来夫人也曾瞧见他来。"定哥回嗔作喜道："莫不是常来探望老爷的那少年官儿么？生得倒也清俊文雅。只是这个人心性是不常的。"贵哥哈哈地笑道："从来相面的先生，与人对坐着半日，从头看到脚下，又相手摸腰，还只知面不知心。夫人略瞧右丞一瞧，连心都瞧见了，岂不是两心相照？"定哥道："丫头莫要嚷！我且问你，那女待诏怎么对你说？你怎么样回话那女待诏？"贵哥道："那女待诏是个老作家（行家里手），恐怕一句说出来，惹是非到了身上，便伸进吐出，团团圈圈，远远地说将来。我说：'老婆子，你不消多说了，以定是有哪个人儿看上了我家夫人，你思量做个马泊六，何苦扯扯拽拽排布这个大套子？'那女待诏便拍手拍脚地笑起来，说道：'好个乖乖姐姐！像似被人开过聪明孔了，一猜就猜着。'被小妮子照脸一口啐，唾骂她道：'老虔婆，老花娘！你自没廉耻，被千人万人开了聪明孔，才学得这篦头生息。我是天生天化，踏着尾羓头便动的，哪个和你这虔婆取笑！'那女待诏道：'好姐姐，你不须发恼。我不过是趁口取笑你，难道你这般决烈索性（直截了当，干脆）的姐姐，身边就肯添个影人儿？'小妮子道：'你这般说，且饶你去，不许在此胡缠。'那女待诏又道：'我特特为着夫人来，被你抢白这一顿，怎么教我就去了？你且把夫人平日的性格说说我听。我是劈面相、闻声相、揣骨相、麻衣相、达磨相，一下里就知道她的心事了。'小妮子便道：'若问别样心事，我实实不曾晓得。若说我夫人正色治家，严肃待众，见我们一些笑容也是没有的，谁敢在她跟前把身子侧立立儿？'那女待诏道：'若依这般说，就恭喜，贺喜！我这马泊六稳稳地做成了。'小妮子道：'你这般胡嘲乱讲！若不惹得打下截来！'她道：'我是依着相书上相来的。'小妮子道：'相书上哪一本有如此说话？'她道：'俗

语说得好：嬉嬉哈哈，不要惹他；脸儿狠狠，一问就肯。’”定哥正呷着一口茶，听见贵哥这些话，不觉笑了一声，喷茶满面，骂道：“老虔婆一味油嘴，明天叫她来，打她几个耳聒子才饶她！”说罢话时，炉烟已尽，织女横斜，漏下二鼓矣。贵哥服侍定哥归房安置，就问道：“这两件宝贝放在哪里好？”定哥道：“且放在我首饰箱内，好好锁着。”贵哥依言收拾不题。

恰好贵哥见定哥这个光景，心中揣定有八九分稳的事，也安眠了一夜。到次日清晨，定哥在妆阁梳裹，贵哥站在那里服侍她。看见她眉眼欣欣，比每日欢喜得不了，便从旁插一嘴道：“夫人，今日何不着人去叫那虔婆来，打她一顿？”定哥笑道：“且从容，那婆子自然来。”贵哥道：“不是小妮子性急，实是气那老虔婆不过！”定哥道：“当怒火炎，唯忍水制。你不消性急。”贵哥又悄悄道：“大凡做事，只该一促一成。倘或夜长梦多，这般一个标致人物，被人搂上了，那时便迟了。”定哥道：“他自标致，要他做恁么？”贵哥道：“不是小妮子多言，老爷常常不在家，夫人独自一个，颇是凄冷。小妮子又要溺尿，搿不得夫人的脚。待这标致人来替夫人搿一搿，也强如冬天用汤婆子（旧时冬日取暖的用具），夏天用竹夫人（旧时夏日取凉用具）。”定哥道：“丫头多嘴！我不要你管！”贵哥道：“小妮子蒙夫人抬举，故替夫人担忧。怎么说个管着夫人？”定哥也不答应她的说话，向身边钞袋内摸出十两一锭的银子，递与贵哥道：“我把这银子赏赐你，拿去打一双镯儿戴在臂膊上，也是服侍我一场恩念。你不可与众人知道。”贵哥叩头接了银子，对定哥道：“一丝为定，万金不移。夫人既酬谢了媒婆，媒婆即着人去寻女待诏，约那人晚上到府中来。”定哥掩口胡卢（捂着嘴笑）道：“黄花女儿做媒，自身难保！世间哪有未出嫁的媒婆？”

贵哥道：“虔婆也是女儿身，难道女儿就做不得虔婆？”定哥又笑道：“你说话真个乖巧好笑！只是人生路不熟，羞答答地怎好去约他？”贵哥道：“别的事怕羞，这事儿只有小妮子、女待诏知道，怕恁么羞？俗语道得好：‘羞一羞，抽一抽。羞两羞，抽两抽。只顾羞，只顾抽。若不羞，便不抽。’”定哥道：“好女儿，你怎么学得这许多鬼话儿在肚里？”两个一递一句，说得梳妆事毕。贵哥便走到厅上，吩咐当直的去叫女待诏来，“夫人要篦头绞面。”当直的道：“夫人又不出去烧香、赴筵席，为何要绞面？”贵哥道：“夫人面上的毛，可是养得长的，你休多管闲事！”当直的道：“少刻女待诏来，姐姐的毛一发央她绞一绞，省得养长了拖着地。”贵哥啐了一声，进里面去了。

不移时，女待诏到了，见过定哥。定哥领她到妆阁上去篦头，只叫贵哥在旁服侍，其余女使一个也不许到阁儿上来。女待诏到得妆阁上头，便打开家伙包儿，把篦箕一个个摆列在桌子上，恰是一个大梳，一个通梳，一个掠儿，四个篦箕，又有剔子剔帚，一双簪子，共是十一件家伙。才把定哥头发放散了，用手去前前后后，左边右边莆睃摸索，捏了一遍，才把篦箕篦上两三篦箕。贵哥在旁，把嘴一努，那女待诏就知其意，顺口儿开科，说道：“夫人，头垢气色及时，主有喜事临身。”贵哥插嘴道：“应在几时得喜？”女待诏道：“只在早晚之间，主有非常喜庆。”定哥道：“朝廷没有覃恩（广施恩泽），我又不讨封赠，有恁么非常的喜事？”女待诏道：“该有个得活宝的喜气。”贵哥插嘴道：“除了西洋国出的走盘珠，缅甸国出的缅铃，只有人才是活宝。若说起人时，府中且是

多得紧，夫人恰是用不着的。你说恁么活宝不活宝？”女待诏道：“人有几等人，物有几等物，宝有几等宝，活也有几等活。你这姐姐只好躲在夫人跟前拆白道绿，喝五吆三，哪曾见稀奇的活宝来？”

定哥心中虽是热燥得紧，只是口里说不出来。贵哥又问女待诏道：“你今日来篦头，还是来献宝？”定哥便把女待诏推了一推道：“小妮子多嘴饶舌，你莫听她！”贵哥便向女待诏瞅了一眼。女待诏道：“要活宝时尽有，只怕夫人不用。”贵哥道：“夫人正用得着这活宝。”定哥道：“还不噤声！谁许你多说？”贵哥道：“我站在此，禁不住口，我且站远些个。”说罢，洋洋地走过一边。定哥便道：“婆子，我且问你，那人几时见我来？有恁么话对你说？你怎么大胆就敢替他来诱骗我？”女待诏道：“夫人勿罪！待老婆子细细告诉夫人。这个月那一日，夫人立在朱帘下边，瞧看那往来的人。恰好说的那人，打从府门过，看见夫人容貌，便叹道：‘天下怎么有这等一个美人，倒被别人娶了去，岂不是我没福！’”定哥笑道：“这不是那人没福。”贵哥听得，又走来插嘴道：“不是那人没福，是谁没福？”女待诏道：“是我婆子没福。”贵哥道：“怎么是你没福？”女待诏道：“若是夫人不曾出阁，我去对那人说，做上一头媒，岂不赚那人百十两媒钱？”贵哥道：“夫人倒肯作成你赚百十两银子，只怕那人没福受享着夫人。”定哥道：“他派演天潢（皇族），官居右相，哪里少金钗十二，粉黛成行，说他没福！看来倒是我没福！”女待诏道：“夫人干净识得人。只是那人情重，眼睛里不轻意看上一个人。夫人如何得没福！”一边说，一边篦头。

三个人说得火滚般热，竟没一些避忌。这定哥欢天喜地，开箱子取出一套好衣服、十两雪花银，赏与女待诏，道：“婆子，今日篦得头好，权赏你这些东西。我日后还要重重酬你。”女待诏千恩万谢，收藏过了，才附着定哥耳朵说道：“请问夫人，还是婆子今日去约那人来，还是明日去约他？”定哥面皮通红，答应不出。贵哥道：“老虔婆做事颠倒！做事好笑！今日是一个黄道大吉日，诸样顺溜的。况且那人数日前就等你的回复，他心里好不急在那里。你如今忙忙去约他晚上来，他还等不得日落西山，月升东海，怎么说个明日？”定哥笑道：“痴丫头，你又不曾与那人相处几时，怎么连他的心事先瞧破来？”贵哥道：“小妮子虽然不曾与那人相处，恰是穿铁草鞋，走得人的肚子过。”定哥又冷笑了一声，低头弄着裙带子。女待诏道：“婆子如今去约那人，夫人把恁么物件为信？”贵哥将定哥一枝凤头金簪拿在手中，递与女待诏。那簪儿有何好处：

> 叶子金出自异邦，色欺火赤；细抽丝攒成双凤，状若天生。顶上嵌猫儿眼，闪一派光芒，冲霄耀日；口中衔金刚钻，垂两条珠结，似舞如飞。常绾青丝，好像乌云中赤龙出现；今藏翠袖，宛然九天降丹诏前来。这女待诏将着这一件东西，明是个消除孽障救苦天尊，解散相思五瘟使者（又称五鬼、五瘟使，民间传说中的瘟神）。

贵哥把簪儿递与女待诏道：“这个就是信物了。”定哥笑道：“这妮子好大胆，擅动我的首饰！”贵哥笑道：“小妮子头一次大胆，望夫人饶恕则个。”定哥道：“饶你！饶你！”

女待诏欢天喜地，接着簪儿出门，一径跑到海陵府中。海陵正坐在书房里面，女待诏便走到那里，朝着海陵道：“老爷恭喜！老爷贺喜！”海陵道：“我托

你的事，如今已有七八日了。我正在恼你，你今来贺恁么喜？”女待诏道：“老妇人如今不做待诏了，是一个檄定三秦扶炎刘的韩信，临潼斗宝尊周室的子胥，怀揣令旨兵符来救那困围城的烈丈夫，怎么还说个恼字！”海陵欣欣然道：“早知你干成了功劳，却是错怪了也。”那女待诏把前前后后的话，细细陈说了一遍，才向袖中取出那同心结的凤头簪儿，递与海陵道：“这便是皇王令旨，大将兵符，一到即行，不许迟滞。”欢喜得那海陵满身如虫钻虱咬，皮燥骨轻，坐立不牢，道：“这事亏着你了！只是我恁么时候好去？从哪一条路入脚？”女待诏道：“黄昏时候，老爷把幅巾笼了头，穿上一件缁衣，只说夫人着婆子请来宣卷的尼姑，从左角门进去，万无一失。”海陵笑道：“这婆子果然是智赛孙吴，谋欺陆贾，连我也走不出这个圈套了。”忙取银二十两赏她。女待诏道：“前日送与贵哥的宝环、珠钏，贵哥就送与夫人作聘礼了。老爷今晚过去，须索另寻两件去送与她。”海陵道：“环儿、钏子，我还有两对，比前日的更好，原留着送夫人的。夫人既收了那两对，我晚上另带这两对去送与她。你须先和她约会一个端正，后头好常常来往。”女待诏应允，去见定哥把海陵的说话回复了一遍。定哥满面堆下笑来，叫贵哥送她出门，嘱咐道：“师父早些来。”女待诏一头走，悄悄地对贵哥说：“完颜老爷再三嘱谢你，说晚上另有环儿、钏子送你，比前日又好。你须要温存抚惜他，不要只推在夫人身上。”贵哥啐了一声，道：“好一个包前包后的马泊六！”两下散去。

看看天色晚了，定哥便吩咐前后关门，男妇各归房去。大小侍婢，俱各早早歇息，不许东穿西走，只留贵哥一个在房服侍。不觉谯楼鼓响，远寺钟鸣。这海陵瞒了徒单夫人，一个从人也不带着，独自一个走到女待诏家中，敲门叫道：“待诏在否？”只见女待诏提了一盏小灯笼，走将出来开门。看见海陵黑魆魆的，独自立在街上，便道：“请进来，坐坐去。”海陵道：“这是什么时候，还说坐坐？”女待诏道：“譬如她那里还不招架子，怎的这般性急？”海陵笑一声，拽了手就走。女待诏道：“放尊重些，不要连婆子也取笑。”两个提着这盏小灯笼，遮遮掩掩，走到乌带府衙角门首，轻轻敲上一下。那里面走出一个丫鬟，也拿了一碗小纱灯儿，迎门相叫。海陵走进门去，丫鬟便一地里拴上了门。女待诏扯扯海陵道：“颜师父，这个便是贵哥姐姐。”海陵听了女待诏话，便千揖万揖，谢了贵哥。又在袖子里取出两双环共钏与她，道：“屡劳姐姐费心，这物件权表寸心，望姐姐勿嫌轻薄。”女待诏从旁撺掇道：“老爷仔细看一看，不要错认了。若论这般一个好姐姐，就受老爷这聘礼，也不为过。”海陵笑道：“原蒙姐姐错爱，才敢唐突。若论小生这般人物，岂不辱莫了姐姐？”女待诏道：“老爷不必过谦，姐姐不要害怕。你两个何不先吃个合卺杯儿？”海陵道：“婆婆说得极是。只是酒在哪里？杯儿在哪里？”女待诏揿着他两个的头道：“好个不聪明的老爷，杯儿就在嘴上，好酒就在嘴里。你两个香喷喷美甜甜亲一个嘴，就是合卺杯了。”海陵道：“果是小生呆蠢，见不到此！”便搂着贵哥，要与她做嘴。那贵哥扭头捏颈，不肯顺从。被海陵拦腰抱住，左凑右凑。贵哥拗不过，只得做了个肥嘴。海陵就用出那水磨的工夫，咂咂咬咬，多时还不放松。女待诏笑道：“好姐姐，酒便少吃些，莫要贪杯吃醉了，撒酒风。”海陵便照女待诏肩胛上拍一下，道：“老虔婆！一味胡言，全不理论正事。”

三个人说说道道，走到定哥房中。只见灯烛辉煌，杯盘罗列，珍羞毕备，水陆兼陈。恰便似会亲见礼，男男女女斗新妆；庆喜芳筵，色色般般堆美品。海陵近前下拜，定哥慌忙答礼，分宾主坐下。女待诏道："今日该坐床撒帐（旧时婚俗，新人进房，撒枣子、荔枝、栗子、桂圆、花生等，用来避邪煞）。你两个又不是亲家翁，如何对面坐着？"拖定哥过来，坐在海陵身边。贵哥嘻嘻地笑道："你才做媒婆，又做搀扶婆了。"海陵道："这个叫作一当两，大家免思想。"他两个并肩同坐，一递一杯，席前各叙相慕之意。女待诏坐在旁边，左斟右劝。贵哥捧着酒壶，正在椅子背后，看他们调情斗口，觉得脸上，热了又冷，冷了又热。约莫酒至半酣，女待诏道："欢娱夜短，寂寞更长，早结同心，莫教错过。"便收拾过酒肴几案，拽上了门关，自和贵哥去睡了。他两个携归罗帐，各逞风流。解扣轻摹，卸衣交颈。说不尽百媚千娇，魂飞魄荡。正是：

春意满身扶不起，一双蝴蝶逐人来。

颠倒约有两个更次，还像鳔胶一般，不肯放开。两个狂得无度，方才合眼安息。那女待诏也鼾鼾地睡着不醒。只有贵哥一个听他们一会，又走起来睃他们一会，耳闻目击这许多侮弄的光景，弄得没情没绪，辗转无聊，眼也合不上。看看谯楼上钟鸣漏尽，画角高吹，贵哥只得近前叫道："鸡将鸣矣，请早起身，以图再会。"海陵从魂梦中爬起来，披衣就走。定哥也披了衣服，要送海陵。海陵叫她将息，不要她起来。定哥吩咐贵哥："好好送爷出去，你就进来。"贵哥便掌了灯，悄悄地一重重开了门送海陵。海陵走了几步，见侧边一间厢房，净荡荡没有人，便搂住贵哥求欢。贵哥道："夫人极是疑心重的，我进去得迟，她岂不怪？"海陵道："你是有功之人，夫人也要酬谢你的，定不作酸！"一头说，一头就抱了贵哥走进厢房。恰好有旧椅子一张，靠着壁边，海陵就那椅子上，与贵哥行事。

原来贵哥年纪只得十五六岁，乌带虽是看上她，几番要偷摸她，怕着定哥，不曾到手。她只睃见定哥与海陵这般恩爱，只道怎的快乐，所以欣然相就，不道初时如此疼痛，连声告饶。海陵亦爱惜她，不敢恣意。却又舍不得放手，摩弄多时，才出角门而去。

却说定哥见贵哥送海陵去，许久不转，疑有别事。忙忙地潜踪蹑足立在角门里等她。见她慢慢地转来，便将身子影在黑地里，听她说些甚话。只见她一路关门，口里喃喃地说道："这桩事有甚好处，却也当一件事去做它，真是好笑！"一头说，一头笑，往房里走，只道没人听见。不料定哥影着身子，跟着她。走到房里转身去关房门，才看见定哥立在房门外，吓了一跌，羞得当不得！定哥扶她起来道："你和他干的好事，我都瞧见了。"贵哥道："并不干恁么事。"定哥道："你赖到哪里去？若是别一个，我实是容不得。他是你引进来的，果然不比我那浊物。如今正要和他来往，难道倒多你不成？只是你日后不要僭我的先头。"贵哥道："小妮子安敢僭先？只望夫人饶恕！"说毕，大家欢欢喜喜，坐到天明。不题。

从此以后，海陵不时到定哥那里，通宵作乐。贵哥和定哥两个，就像姊妹一般，不相嫌忌。渐渐地侍女们也都知道，只是不敢管他闲事。所不知者，乌带一人而已。

光阴似箭，约摸着往来有数个月。海陵是渔色的人，又寻着别个主儿去弄，有好一程不到定哥这里。这定哥偷垂泪眼，懒试新妆，冷落凄凉，埋怨懊悔，叫贵哥着人去寻女待诏，要他寄个信儿与海陵，催他再来。那女待诏又病倒在床上，走来不得。定哥捺不住春心鼓动，欲念牢骚，过一日有如一年；见了乌带就似眼中钉一般，一发惹动心中烦恼，没法计较。家奴中有个阎乞儿，年不上二十，且是生得干净活脱。定哥看上了他，又怕贵哥不肯，不敢开言。凑着贵哥往娘家去了，便轻移莲步，独自一个走到厅前，只做叫阎乞儿吩咐说话，就与他结上了私情。怎见得私情好处？

一个是幽闺乍旷，一个是女色初侵。幽闺乍旷，有如饿虎擒羊；女色初侵，好似苍鹰逐兔。鸳鸯枕上，罗袜纵横；翡翠衾中，云鬟散乱。定哥许多欲为之兴趣，此际方酬；乞儿一段鏖战之精神，今宵毕露。唯愿同心天地老，何妨暮暮与朝朝。

如此来往，非止一夜。

一日贵哥回来，看见定哥容颜，不似前番愁闷，便问："那人是几时来的？"定哥道："那人何尝肯来？不是跳槽，决是奉命往他方去了。我日夜在此想你，怨你，你为何今日才回？"贵哥道："夫人如何是想我？如何是怨我？"定哥道："亏你引得那人来，这便是想你。那人如今再不来，这便是怨你。"贵哥见定哥这样说话，心中有七八分疑惑，只是不敢问。停不移时，定哥叫贵哥进房中，要对她说些恁么话，却又脸红了不说，半吞半吐地束住了嘴。

贵哥立了一会，只得问道："夫人呼唤小妮子来，毕竟要吩咐些话，怎的又不开口？"定哥叹口气道："你去得这几日，我惹下一桩事在这里，要和你商议，故此叫你来。及至你到我跟前，我又说不出了。"贵哥道："夫人平日没一句话不对小妮子说的，怎么今日这般含糊疑虑？"定哥道："我不好说得，我受了乞儿的亏！"贵哥道："乞儿不过是抄化无赖的人，受了他亏，夫人若肯饶他，便不打紧；若不肯饶他，着当直的送到五城兵马司，打他一顿板子，重重的枷枷示他两三个月就出气了。"定哥道："不是这个乞儿，所以要和你计较一个长便。"贵哥道："不是这个乞儿却是哪个乞儿？"定哥道："是家中的阎乞儿。"贵哥道："若是阎乞儿冲激了夫人，一发好惩治的了。夫人自己不耐烦打他，也不消送官府，只待老爷回来，着着实实地打他几百，赶逐他离了府门就够了，有恁么长便、短便要计较的？"定哥附着贵哥的耳朵道："不是这般说话。数日前我被阎乞儿强奸了，不好对别个说得，只等你回来，和你商议一个长便。"贵哥笑道："府中规矩，从来男子不许擅入中堂，便是那人来，也有个女待诏做牵头，小妮子做脚力，才走得进来。这狗才怎的敢闯进绣房，强奸夫人？真是夫人受亏了。这狗才的胆，不知怎么这样大的！但不知他是日间闯来的，是夜间闯来的？"定哥的脸，红了又白，白了又红，羞惭满面道："不瞒你说，是夜里进来的。"贵哥笑道："据夫人说来是和奸，不是强奸了。不要说乞儿有罪，连夫人也有个罪了。"定哥道："我睡着在床上，不知他怎的走将进来把我骗了。"贵哥笑道："这狗才倒是个啄木鸟！"定哥也笑道："他怎的是个啄木鸟？"贵哥道："小妮子闻得那啄木鸟，把尖嘴在那树上，画了几画，摇了几摇，那树木里头的蠹虫儿，自然钻出来，等这鸟儿吃。夫人的房门谨谨拴上的，房门又有侍妾们相

伴着，不知这狗才，把甚的在夫人门上，画得几画，摇得几摇，夫人的房门就自开了，岂不是个啄木鸟？”定哥笑道：“好姐姐，你又来取笑。我实实与你说，那人许久不来，我心里着实急他。你又不在家中，没有一个知我心的，我冷落不过，故此将就容纳了乞儿。你如今既回来，我就断绝了他，再不许他进来就是。”贵哥道：“萧何律法，和奸也合杖开。夫人这说话，正合着律法，但凭夫人自家裁处。只怕那虫儿不肯躲，又要钻出来凑着。”她两个正在说话，当直的报说乌带回来。大家惊得面如土色，忙忙出去迎接。不在话下。

当时定哥虽对贵哥说了这一番，心中却不舍得断绝乞儿，依先暗暗地赶着空儿干事，只不敢通宵作乐。贵哥明知其事，也只做不知，不去参破它。婢中有个小底药师奴，一日撞遇定哥和乞儿在轩廊下说话，跪来告诉贵哥。贵哥叮嘱她，叫她不要多管，惹夫人责罚。如此小底药师奴也不对人说。乞儿常常来撩拨贵哥，要图贵哥打作一家，贵哥只是不理他。一日，乞儿张着眼错把贵哥一把搂了要亲嘴，被贵哥骂道：“你这狗才，身上惹下了凌迟的罪儿，还不知死活，又来撩我！我说出来时，只怕你这狗才，死无葬身之地！”那乞儿吃了这一场抢白，暗暗对定哥说，才绝了这个念头，再不敢来誂（tiǎo，挑逗，诱惑）弄贵哥。

后来海陵即了大位，乌带还做宗义节度使。每遇元会生辰，使家奴葛鲁葛温诣阙上寿。定哥亦使贵哥候问两宫太后起居。海陵一见贵哥，就想起昔日情意，因贵哥传语定哥道：“自古天子亦有两后者。能杀汝夫以从我，当以汝为后。”贵哥归，具以海陵言告定哥。定哥笑道：“少时丑恶，事已可耻。今儿女已成立，岂可更为此事，以贻儿女羞？”盖与阎乞儿相得，不忍舍之也。海陵闻其言，又使人对定哥说道：“汝不忍杀汝夫，我将族灭汝家。”定哥大恐，乃以子乌答补为辞，说：“彼常侍其父，无隙可乘。”海陵即召乌答补为符宝祗候（又称符宝郎，掌宝玺、金银符牌）。定哥与贵哥商议道：“事不可止矣！”因乌带酒醉，令家奴葛鲁葛温缢杀乌带。时天德三年七月也。

乌带死，海陵伪为哀伤，以礼厚葬之。使小底药师奴传旨定哥，告以纳之之意。定哥将行，贵哥为从。小底药师奴谑之曰：“夫人行矣，阎乞儿何以为情？”定哥惧其泄于海陵也，以奴婢十八口赂之，使无言与阎乞儿私事。定哥入宫，海陵册为娘子。贞元元年封贵妃，大爱幸，许以为后。赐其家奴孙梅进士及第。海陵每与定哥同辇游瑶池，诸妃步从之。阎乞儿以妃家旧人，得给侍本位。

后海陵嬖幸愈多，定哥稀得见。一日独居楼上，海陵与他妃同辇从楼下过。定哥望见，号呼求去，诅骂海陵，海陵佯为不闻而去。定哥益无聊赖，欲复与乞儿通。乃使比丘尼向乞儿索所遗衣服以调之。乞儿识其意，笑曰：“妃今日富贵忘我耶？”定哥欲以计纳乞儿于宫中，恐阍者察其隐，乃先令侍儿以大箧盛亵衣（内衣）其中，遣人载之入宫。阍者索之，见箧中皆亵衣，阍者已悔惧。定哥使人诘责阍者，曰：“我天子妃，亲体之衣，尔故玩视何也？我且奏闻之。”阍者惶惧，甘死罪，请后不敢再视。定哥乃使尼以大箧盛乞儿载入宫中，阍者果不敢复索。

乞儿入宫十余日，定哥恣情欢谑，喜出望外。然乐不可极，不得已，使衣妇人衣，杂诸侍婢，抵暮混出。贵哥闻其事，以告海陵。海陵乃缢死定哥，搜捕乞

儿及比丘尼，皆伏诛。封贵哥萃国夫人。小底药师奴以匿定哥奸事，杖百五十，后亦赐死。

丽妃石哥者，定哥之妹，秘书监文之妻也。海陵与之私，欲纳之宫中。乃使文庶母按都瓜主文家。海陵谓按都瓜曰："必出而妇，不然，我将必有所行。"按都瓜以语文，文难之。按都瓜曰："上谓别有所行，是欲杀汝也。岂以一妻杀其身乎？愚痴谅不至此！"文不得已，乃与石哥相持，恸哭而别。是时海陵至中都，迎石哥于中都，纳之。

一日，海陵与石哥坐便殿，召文至前，指石哥问道："卿还思此人否？"文答道："侯门一入深如海，从此萧郎是路人。微臣岂敢再萌邪思！"海陵大喜道："卿为人大忠厚。"乃以迪辇阿不之妻择特懒赏之，使为夫妇。及定哥缢死，遣石哥出宫。不数日，复召入，封为昭仪。正隆元年封柔妃，二年进封丽妃。

昭媛察八者，姓耶律氏，尝嫁奚人萧堂古带。海陵闻其美，强纳之，封为昭媛。以萧堂古带为护卫。察八见海陵嫔御甚多，每以新欢间阻旧爱，不得已，勉意承欢，而心实恋恋堂古带也。一日，使侍女以软金鹌鹑袋子数枚，题诗一首，遗萧堂古带。诗云：

一入深宫尽日闲，思君欲见泪阑珊。
今生不结鸳鸯带，也应重过望夫山。

堂古带得之，惧祸及己，谒告往河间驿。无何，事觉。海陵召问之，堂古带以实闻。海陵道："此非汝之罪也，罪在思汝者。吾为汝结来生缘。"乃登宝昌楼，手刃察八，堕楼下死。诸后妃股栗，莫能仰视。并诛侍女之遗软金鹌鹑袋者。

海陵杀诸宗室，择其妇人之美者，皆欲纳入宫中，乃讽宰相道："朕嗣续未广，此党人妇女，有朕中外亲，纳之宫中何如？"徒单贞以告萧裕，萧裕道："近杀宗室，中外异议纷纭，奈何复为此耶？"徒单贞以其语复海陵，海陵道："吾固知裕不肯从！"乃使贞自以己意讽萧裕，必欲裕等请行此事。贞不获辞，乃对裕说道："上意已有所属，公固止之，祸将及矣！"萧裕道："必不肯已，唯上择一人纳之。"徒单贞道："必须公等白之。"裕知不可止，乃具奏。遂纳秉德弟糺里妻高氏，宗本子莎曾刺妻，宗固子胡里刺妻，胡失来妻。又纳叔曹国王子宗敏妻阿懒于宫中。贞元元年，封为昭妃，大臣奏宗敏属近尊行，不可。乃令阿懒出宫，而封高氏为修仪，加其父高邪鲁瓦辅国上将军，母完颜氏封密国夫人。又宋王宗望女寿宁县主什古，梁王宗弼女静乐县主蒲剌，及习统宗隽女师姑儿，皆海陵从姊妹也。混同郡君莎里古真及其妹余都，太傅宗本女也，为海陵再从姊妹。表兄张定安妻奈剌忽，丽妃妹蒲鲁胡只皆有夫。唯什古丧夫。海陵无所忌耻，使高师姑、内哥阿古等，传达言语，皆与之私。

内中莎里古真色最美而善淫。高师姑对她说道："上之好美色，汝所知也。汝之美，主上能舍汝乎？主上于汝为再从姊妹，出阁之日，服制无矣，相遇犹路人。然汝曷不入侍于上，以博恩宠？"莎里古真笑而从之。入见海陵，海陵幸之，竭尽精力，博得古真一笑。次日，以其夫撒速近侍局直宿，海陵谓撒速道："尔妻年少，遇尔直宿，不可令宿于家，当令宿于妃位。"撒速默然，不敢出一语。每召古真入，海陵必亲伺候于廊下，立久不至，则坐于高师姑膝上以望之。高师姑道："陛下尊为天子，嫔御满前，何劳苦如此？"海陵笑道："我固以天子为易

得耳；此等期会，乃可贵也。”莎里古真一至，则捧惜拥持，无所不用其极，唯恐古真之不悦己。然古真在外，颇恣淫佚，恃宠笞决其夫，亦不能制。见官之尊贵，人之有才者，及美貌而饶于淫具者，必招徕之，与之交合，不以为耻。海陵闻之，大怒道：“尔爱贵官，有贵如天子者乎？尔爱人才，有才兼文武似我者乎？尔爱娱乐，有丰富伟岸过我者乎？”怒甚，气咽不能言。莎里古真恬不为意，嘻嘻地道：“我只笑尔无能耳。”海陵又大怒，遣之出宫。后复思之，屡召入焉。

其妹余都，牌印松古剌妻也。海陵尝私之，谓之曰：“汝貌虽不扬，而肌肤洁白可爱，胜莎里古真多矣！”余都恚（huì，恨，怒）曰：“古真既有貌，陛下何不易其肌肤，作一全人？”海陵道：“我又不是阎罗天子，安能取彼易此？”余都道：“从今以后，妾不敢复承幸御矣。”海陵慰之曰：“前言戏之耳，汝毋以我言为实，而生怨恚也。”进封寿阳县主，出入贵妃位。又使内哥召什古，出入昭妃位。

什古者，将军瓦剌哈迷妻也。瓦剌哈迷丰躯伟干，长九尺有奇，力能扛鼎，气可吞牛。一夕常淫二三姬，不则满身抽彻难熬，必提掇重物，以泄其气。每与什古交合，什古辄娇颤逾时，瞑目欲死。后因瓦剌哈迷从征阵亡，什古不耐寡居，遂与门下少年相通，恨不畅意。少年乃觅淫药傅之，通宵不倦。什古笑道：“今日差强人意。”后有知之者，遂嘲少年为“差强人”以笑。海陵闻什古之善嬲也，遂使内哥传语什古道：“你风流跌宕，冠绝一时；然沉溺下僚，未见风流元帅，岂不虚负此生？主上阳尊九五，杰出大僚，尔何不独当一队，分沾雨露，以自快乎？”

什古笑道：“主上虽逾雄，谅不能敌瓦剌哈迷之半。况且后宫森列，何必召妾？”内哥道：“主上属意尔久矣！尔若不往，恐上怒不测。”什古不得已，乃入宫焉。海陵乘其未至，先于小殿位，置琴阮其中。什古来朝，见礼毕，海陵携其手，坐于膝上，调琴拨阮以悦其心。进封昭宁公主。乃检《洞房春意》一册，戏道：“朕今宵与汝，将此二十四势，次第试之！”什古笑道：“陛下即欲挑战，妾敢不为应兵！”海陵未尽其势之半，意欲少息。什古抱持道：“陛下可谓善战矣，第恨具少弱耳！”海陵恧（nǜ，惭愧）然道：“瓦剌哈迷之具何如？”什古道：“大异于是。”海陵不悦道：“汝齿长矣，汝色衰矣，朕不弃汝，汝之大幸，何得云尔！”什古愧恨而罢。翌日出宫，潜以其状对少年说道：“帝之交合，果有传授，非空搏也。”少年不谨，以其语泄之于人。人笑谓少年道：“帝今作差强人矣！”

奈剌忽者，蒲只哈剌赤女也，修美洁白，见者无不啧啧。及笄，嫁于节度使张定安为妻。定安为海陵表兄，海陵未冠时，常过定安家嬉戏，即与奈剌忽同席，接谈谑笑竟日，遂与之私。无何，张定安受熙宗命，出使于宋。海陵与奈剌忽通宵行乐，遂如夫妇。房中侍婢，无得免者。不料熙宗诏海陵赴梁王军前听用，海陵只得辞别奈剌忽而去，不复再见。直至即位，方才又召奈剌忽出入柔妃位。

女使辟懒有夫在外，海陵欲幸之，封以县君，召之入宫。恶其有娠，乃命人煎麝香汤，躬自灌之，且揉拉其腹。辟懒欲全性命，乃乞哀道：“苟得乳娩，当不举，以侍陛下。”海陵道：“若待大产，则汝阴宽衍不可用矣！”竟揉堕其胎。越数日幸之。辟懒恶路不净，海陵之阳，濡染不洁。顾视而笑，作口号道：“秃秃光光一个瓜，忽然红水浸根芽；今朝染作红瓜出，不怕瓜田不种他。”辟懒笑

而答道：“浅浅平平一个沟，鲇鱼在内恣遨游；谁知水满沟中浅，变作红鱼不转头。”海陵道：“黑松林下水潺亹，点点飞花落满川；鱼衔桃浪游春水，冲破松林一片烟。”辟懒答道：“古寺门前一个僧，袈裟红映半边身；从今撇却菩提路，免得频敲月下门。”海陵笑道：“尔可谓善于应对矣！”

蒲察阿虎迭女叉察，海陵姊庆宜公主所生，幼养于辽王宗干府中。及笄而嫁秉德之弟特里。秉德伏诛，叉察当连坐。太后使梧桐请于海陵，由是得免。海陵遂白太后欲纳之，太后道：“是儿始生，先帝亲抱至吾家养之，至于成人。帝虽舅，犹父也，岂可为此非礼之事？”海陵屈于太后而止。叉察跌宕喜淫，不安其室，遂与完颜守诚有奸。守诚本名遏里来，芳年淑艾，白皙过人，更善交接，叉察绝爱之。太后窃知其事，乃以之嫁宗室安达海之子乙补剌。乙补剌不胜其欲，叉察日与之反目。海陵不知其故，数使人讽乙补剌出之，因而纳之。太后初不知也。叉察思念守诚，愁眉不展，每侍海陵，强为笑乐，转背即诅詈不已。侦者以告海陵。海陵怒道：“朕乃不如完颜守诚耶？”遂挞杀守诚，欲并杀叉察。又得太后求哀，乃释放出宫。无何，叉察家奴告叉察痛守诚之死，日夜咒诅，语涉不道。海陵乃自临问，责叉察道：“汝以守诚死詈我耶？守诚不可得见矣！朕欲令汝往见之。”遂杀叉察而分其尸。

大宗正阿里虎妻蒲速碗，及元妃之妹也，大有姿色，而持身颇正。因入见元妃，留宿于宫中。迨（dài，等到）晚，海陵强之同坐饮宴，蒲速碗正色固拒。退食于元妃之幕，将周身衣服，谨系牢结，坐而不卧，以防海陵之辱己。果然，谯楼鼓急，画角声摧，银缸半灭半明，神思乍醒乍倦。海陵突至，强抱求欢，蒲速碗再四不从。海陵凌逼不已，相持相拒，将及更余。海陵乃以力制之，怒发如雷，声如吼虎，喝教侍婢共挟持之，尽断其中外衣带。蒲速碗气索力疲，支撑不住，叫不得撞天的冤屈，只得紧闭着双眼，放开了两手，任凭着海陵百谑千嘲，千抽万送，就像喉咙气断，死了不得知的一般。这海陵像心像意，侮弄了许多时节，见蒲速碗没有一些儿情趣，倒也觉得没意思，兴尽而去。

元妃问蒲速碗道：“妹妹，你平昔的兴在哪里去了？今日做出这般模样。”蒲速碗道：“姐姐，你可是有人气的？古来那娥皇、女英，都是未出嫁的女子，所以帝尧把她嫁得舜哥天子。我是有丈夫的，若和你合着个老公，岂不惹人笑杀！连姐姐也做人不成了！”元妃道：“事到其间，连我也做不得主。俗语说得好：‘只好随乡入乡。’哪里顾得人笑耻。”蒲速碗道：“姐姐，你说得好话儿，这话儿只当不说吧！世上哪有百世太平，千年天子。你倘或被人凌辱，你心里过去得否？”元妃惨沮，不出一声。过了一夜，次日早晨，蒲速碗辞朝归去，再不入宫朝见。虽是海陵假托别样名目来宣召她，她也只以疾辞道：“臣妾有死而已，不能复见娘娘。”海陵亦付之无可奈何也！

张仲轲者，幼名牛儿，乃市井无赖小人，惯说传奇小说，杂以俳优诙谐语为业。其舌尖而且长，伸出可以够着鼻子。海陵尝引之左右，以资戏笑。及即位，乃以为秘书郎。使之入直宫中，遇景生情，乘机谑浪，略无一些避忌。海陵尝与妃嫔云雨，必撤其帷帐，使仲轲说淫秽语于其前，以鼓其兴。或令之躬身曲背，衬垫妃腰，或令之调搽淫药，抚弄阳物。又尝使妃嫔裸列于左右，海陵裸立于中间，使仲轲以绒绳缚己阳物，牵扯而走，遇仲轲驻足之妃，即率意

嬲弄，仲轲从后推送出入，不敢稍缓。故凡妃嫔之阴，仲轲无不熟睹之者。有一室女（处女），龆年稚齿（指儿童少年），貌美而捷于应对，海陵喜之。每每与她姬侍淫媾时，辄指是女对仲轲说道："此儿弱小，不堪受大含弘，朕姑待之，不忍见其痛苦。"仲轲呼："万岁！"

一日，海陵昼醉，隐几（伏案）而卧，仲轲暂息于檐下。此女恐海陵之寒，提袍覆其肩。海陵惊醒，醉眼朦胧，见是此女，即搂抱于怀，遂乘兴幸之，竟忘其质之弱，年之小也。此女果不能当，涕泗交下。海陵忙拔出其阳，女阴中血流不止。海陵怜惜之，呼仲轲以舌舔其血，仲轲但称："死罪！"不敢仰视。海陵再三强仲轲舔之，女羞缩自起而止。海陵对仲轲道："汝亦须眉男子，非无阳者，朝朝暮暮，见朕与妃嫔嬲戏，汝之阳亦崛强否？汝可脱去下衣，俾朕观之。"仲轲道："殿陛尊严，宫闱谨肃。臣何等人，敢裸露丑形，以取罪戾！"海陵道："朕欲观汝之阳物，罪不在汝，朕不汝责！"仲轲叩首求免，海陵敕内竖尽褫其衣，仲轲俯身蹲踞于地，以双手掩于胯前。海陵又敕内竖以绳绑缚仲轲，仰卧于凳上。其阳直竖而起，亦大而长，仅有海陵三分之二。诸妃嫔见者，皆掩面而笑。海陵道："汝等莫笑！此亦人道耳。设使室女当之，未必不作痛也。"妃嫔又笑久之，见其痿缩不举，始释其缚。

又尝召侍臣聚于一殿，各露其私，以相比拼。大者列为第一班，赏以摧残不用宫女一人，给予阳侯牙牌一面；中者列为第二班，赏以楮钞百锭，给予阳伯牙牌一面；不及二等者为最下，不入选。除正殿朝参奏事，大酺（大宴饮）宴赏，依次叙爵外，凡入宫直宿，内殿赐饮，即不论官爵崇卑，悉照牙牌，列成班次，以为笑乐，虽徒单贞亦不能免。百人之中，与海陵相伯仲者居其一，父叔事海陵者居其二，奴视海陵百不得一也。时人为谣歌云：

朝廷做事忒兴阳，自做铨司开选场。
政事文章俱不用，唯须腰下硬帮帮。

那歌谣直传到海陵耳朵里，海陵也只当不得知，一味头只是作乐淫谑。不要说起那宫中嫔御，就是官庶妇人，曾蒙幸者，海陵也列在宫人数内。虽有丈夫的，皆分番出入，听其淫乱。海陵还不足意，欲把这些妇人随意幸之，限于更番不便，乃尽遣其丈夫往上京去了，恰把这些妇人都留在宫中。每当行幸，即令撤蔽去围帐，教坊司近前奏乐，幸已方止。再幸再奏。一幸必及数妇，徒以尽己之幸，而诸妇皆不畅所欲，人人嗟怨。尝幸室女，必乘兴狠触，不顾女之创痛。有不遂其情者，令妃嫔牵制其手足，使不得动。尝与妃嫔同坐，必自掷一物于地，使近侍环视之，他视者杀。又诫宫中给使男子，于妃嫔位举首者，剜其目。出入不得独行，便旋须四人偕往，所司执刀监护，不由路者斩之。日入后，下阶砌行者死，告者赏钱百万。男女仓促互相触，先声言者赏三品官，后言者死，齐言者皆释之。

有梁琉者，本大臭家奴，随元妃入宫，以阉竖事海陵。琉性便佞（巧言善辩，阿谀逢迎），善迎合人意。海陵特见宠信，言无不从。琉尝构求海上仙方，远觅兴阳异物，修合媚药，以奉海陵。海陵试之，颇有效验。益肆淫蛊，中外嫔御妇女殆将万人，犹恨不得绝色，以逞心意。琉乃极言宋刘贵妃绝色倾国。海陵道："汝试言其容止。"琉道："鬒发腻理，姿质纤秾。体欺皓雪之容光，脸夺英华之

濯艳。顾影徘徊，光彩溢目，承迎盼睐，举止绝伦。智算过人，歌舞出众。”海陵闻言大喜。自此决南征之意。将行，命县君高师姑预贮紫绡帐、画石床、鹧鸪枕、却尘褥、神丝绣被、瑟瑟幕、纹布巾。帐轻疏而薄，视之如无所碍。虽属隆冬，而风不能入，盛暑则清凉自至。其色隐隐焉，忽不知其帐也，乃绞绡之类。床文如锦绣，石体甚轻，郅支（北匈奴第一代单于，这里指匈奴）国所献。枕以七宝合为鹧鸪，褥色殷鲜，光软无比，云是却尘兽毛所为，出自句骊国（又称高句丽，位于东北亚的一个古国）。被绣三千鸳鸯，仍间以奇花异叶，上缀灵粟之珠，如果粒五色辉焕。其幕色如瑟瑟，阔三丈，长百尺，轻明虚薄，无以为比，向空张之，则疏朗之纹，如碧丝之贯其珠，虽大雨暴降，不能湿漏，云以蛟人瑞香膏所傅故也。纹布巾，即手巾也，洁白如雪光，软如绵，试水不濡，用之弥年，不生垢腻，乃得自鬼谷国者。俟得刘贵妃时用之。更带九玉钗、蠲忿犀、如意玉、龙绡衣、龙髯紫拂。钗刻九鸾，皆九色，其上有字。白玉儿工巧妙丽，殆非人制。犀圆如弹丸，带之令人蠲愤怒。玉类桃实，上有七孔，云是通明之象。衣重无一二两，纵之不盈一握。拂色各如烂椹，可长三尺，削水晶为柄，刻红玉为环纽。或风雨晦暝，临流沾洒，则光彩动摇，奋然如怒。置于堂中，则日无蝇虫，夜无蚊蚋。拂之为声，则鸡犬无不惊逸；垂之池潭，则鳞介之属，悉俯伏而至。引水于空中，则成瀑布；烧燕肉熏之，则焞焞焉若生云雾，云得于洞庭湖中者。俟得刘贵妃，则以赐之。海陵件件色色，都打点端正。不想探事人来报说：“刘贵妃已辞世矣！”海陵好不痛惜！忙传下号令，说灭却宋时，把她死尸也抬来瞧一瞧，完了心中一念。这才是：

生前不结鸳鸯带，死后空劳李少君。

世宗时为济南尹，夫人乌林答氏，玉质凝肤，体轻气馥，绰约窈窕，转动照人。海陵闻其美，思有以通之。而乌林答氏端方严悫（què，严肃而诚实），无隙可乘。一日，传旨召之。世宗忿忿，抗旨不使之去。乌林答氏泣对世宗道：“妾之身，王之身也。一醮不再，妾之志也，宁肯为上所辱？第妾不应召则无君，王不承旨则不臣。上坐是以杀王，王更何辞以免？我行当自勉，不以累王也。”世宗涕泣，不忍分离。乌林答氏毅然就道，一路上凄其沮郁，无以为情。行至良乡地方，乃将周身衣服，缝纫固密，题诗一首于衣裙上，遂自杀。诗云：

世态翻如掌，君心狠似狼。凶狂图快乐，淫逆灭纲常。

我死身无辱，夫存姓亦香！敢劳传旨客，持血报君王。

乌林答氏既死，使者以讣闻。海陵伪为哀伤，命归其榇于世宗。世宗发榇视之，面色如生，血凝喉吻，抚尸痛悼，以礼葬焉。后世宗在位二十九年，不复立后者，以乌林答氏之死节也。此是后话。

却说海陵大举南侵，造战船于江上，毁民庐舍以为材，煮死人膏以为油，费财用如泥沙，视人命如草菅。既发兵南下，群臣因万民之嗟怨，立曹国公乌禄为帝，即位辽阳，改名雍，改元大定，遥降海陵为王。海陵闻之，叹道：“朕本欲削平江南，然后改元大定。今日之事，岂非天乎？”因出素所书：“一着戎衣，天下大定。”改元事以示群臣。遂召诸将，谋帅师北还。至瓜洲，浙西路都统制耶律元宜等谋弑之。箭入帐中，海陵以为宋兵追至，及视箭，曰：“此我兵也！”欲取弓还射，忽又中一箭仆地。延安少尹纳合干鲁补先刃之，手足犹动，

遂缢杀之。妃嫔等数十人皆遇害。后世宗数海陵过恶，不当有王封土，不当在诸王茔域。乃降废为海陵王，复降为庶人，改葬于西南四十里。后人有诗叹云：

世上谁人不爱色？唯有海陵无止极。未曾立马向吴山，大定改元空叹息。空叹息，空叹息，国破家亡回不得。孤身客死倩人怜，万古传名为逆贼。

## 第二十四卷　隋炀帝逸游召谴

《玉树》歌残舞袖斜，景阳宫里事如麻。
曙星自合临天下，千里空教怨丽华。

这首诗单表隋文帝篡周灭陈，奄有（全部占有）天下，一统太平，真个治得外户不闭，路不拾遗。初时已立太子勇为东宫，却因不得母后独孤氏欢心。原来文帝独孤皇后最是妒忌，文帝畏而爱之。常言：“前代帝王，骨肉分争，皆因嫡庶相猜相忌，致有祸胎。今吾家五子同母，旁无异生之子，后来安享太平，绝无后患。”不想太子勇嫡妃元氏无宠，抑郁而死。专宠云定兴之女，所生子女，皆是庶出。独孤皇后心中甚是不愤，每每在文帝前谮诉（谗毁攻讦）太子勇之短。文帝极是惧内的，听她言话，太子勇日渐日疏。

却有第二子晋王广，为扬州都总管，生来聪明俊雅，仪容秀丽。十岁即好观古今书传，至于方药、天文地理、百家技艺术数，无不通晓。却只是心怀叵测，阴贼刻深（阴险，城府深），好钩索（刺探）人情深浅，又能为矫情忍询（又作忍诟，忍受耻辱）之事。刺探得太子勇失爱母后，日夜思所以间之。日与萧妃独处，后宫皆不得御幸。每遇文帝及独孤皇后使来，必与萧妃迎门候接，饮食款待，如平交（平时交往）往来。临去，又以金钱纳诸袖中。以故人人到母后跟前，交口同声，誉称晋王仁孝聪明，不似太子寡恩傲礼，专宠阿云，致有如许豘（小猪）犊。独孤皇后大以为然，日夜谮之于文帝，说太子勇不堪承嗣大统。后来晋王广又多以金宝珠玉，结交越公杨素，令他谗废太子。杨素是文帝第一个有功之臣，言无不从。皇后谮之于内，杨素毁之于外，文帝积怒太子勇，已非一日，竟废太子勇为庶人，幽之别宫，却立晋王广为太子。受命之日，地皆震动。识者皆知其夺嫡阴谋。独杨素残忍深刻，扬扬得意，以为太子由我得立，威权震天下，百官皆畏而敬之。

后来独孤皇后崩，后宫却得近幸。文帝有一位宣华夫人陈氏，陈宣帝之女也，隋灭陈，配掖庭。性聪慧，姿貌无双。及皇后崩后，始进位为贵人。专房擅宠，后宫莫及。文帝寝疾于仁寿宫，夫人与太子广同侍疾。平旦，夫人出更衣，为太子所逼。夫人拒之，发乱神惊，归于帝所。文帝怪其容色有异，问其故，夫人泫（xuàn）然泣曰：“太子无礼！”文帝大恚曰：“畜生何足付大事！独孤悮我！”盖指皇后也。因呼兵部尚书柳述，黄门侍郎元岩，司空越公杨素等曰：“召我儿来！”述等将呼太子广。帝曰：“勇也。”杨素曰：“国本不可屡易，臣不敢奉诏。”

帝气哽塞，回面向内不言。

素出，语太子广曰：“事急矣！”太子广拜素曰：“以终身累公！”有顷，左右报素曰：“帝呼不应，喉中呦呦有声。”素急入，文帝已崩矣。陈夫人与诸后宫相顾悲恸。**晡时**（即申时，下午3时至5时），太子广遣使者赍金合，缄封其际，亲书封字，以赐夫人。夫人见之惶惧，以为药酒，不敢发。使者促之，乃开。见盒中有同心结数枚，宫人咸相庆曰：“得免死矣！”陈夫人恚而却坐，不肯致谢。宫人咸逼之，乃拜使者。太子夜入烝焉。明旦发丧，使人杀故太子勇而后即位。左右扶太子上殿，太子足弱，欲倒者数四，不能上。杨素叱去左右，以手扶接，太子援之乃上。百官莫不嗟叹。杨素归谓家人曰：“小儿子吾已提起教作大家，即不知能了当否？”

素恃己有功，于帝多呼为郎君。时宴内宫，宫人偶遗酒污素衣，素叱左右引下加挞焉。帝甚不平，隐忍不发。一日，帝与素钓鱼于后苑池上，并坐，左右张伞以遮日。帝起如厕，回见素坐赭伞下，风骨秀异，神采毅然，帝大忌之。帝每欲有所为，素辄抑而禁之，由是愈不快于素。会素死，帝曰：“使素不死，夷其九族。”先是，素一日欲入朝，见文帝执金钺逐之，曰：“此贼，吾欲立勇，竟不从吾言，今必杀汝！”素惊怖入室，召子弟二人语曰：“吾必死矣！出见文帝如此如此。”移时而死。

帝自素死，益无忌惮，沉迷女色。一日顾诏近侍曰：“人主享天下之富，亦欲极当年之乐，自快其意。今天下富安，外内无事，正吾行乐之日也。今宫殿虽壮丽显敞，苦无曲房小室，幽轩短槛。若得此，则吾期老于其中也。”近侍高昌奏曰：“臣有友项升，浙人也，自言能构宫室。”翌日，诏召问之。升曰：“臣乞先进图本。”后日进图，帝览之，大悦。即日诏有司供具材木，凡役夫数万，经岁而成。楼阁高下，轩窗掩映，幽房曲室，玉栏朱楯，互相连属，回环四合，牖户自通，千门万户，金碧相辉，照耀人耳目。**金虬**（金龙）伏于栋下，玉兽蹲于户旁。壁砌生光，琐窗曜日，工巧之极，自古未之有比也。费用金宝珠玉，库藏为之一空。人误入其中者，虽终日不能出。帝幸之，大悦，顾左右曰：“使真仙游其中，亦当自迷也，可目之曰‘迷楼’。”诏以五品官赐升，仍给内库金帛千匹赏之。诏选良家女数千以居楼中。帝每一幸，经月不出。

是月，大夫何稠进御女车。车之制度绝小，只容一人，有机伏于其中。若御童女，则以机碍女之手足，女纤毫不能动。帝以处女试之，极喜。召何稠谓之曰：“卿之巧思，一何神妙如此！”以千金赠之。稠又进转关车，可以升楼阁如行平地。车中御女，则自摇动。帝尤喜悦，谓稠曰：“此车何名？”稠曰：“臣任意造成，未有名也，原赐佳名。”帝曰：“卿任其巧意以成车，朕得之，任其意以自乐，可命名‘任意车’也。”帝又令画工绘画士女交合之图数十幅，悬于阁中。其年，上官时自江外得替回，铸乌铜鉴数十面，其高五尺，而阔三尺，磨以成镜为屏，环于寝所，诣阙投进。帝以屏纳迷楼中，而御女于其旁，纤毫运转，皆入于鉴中。帝大喜曰：“绘画得其形象耳，此得人之真容也，胜绘图万倍矣。”

帝日夕沉荒于迷楼，罄竭其力，亦多倦息。又辟地周二百里为西苑，役民力常百万，内为十六院。聚巧石为山，凿池为五湖四海，诏天下境内所有鸟兽草木，驿送京师。诏定西苑十六院名：景明、迎晖、栖鸾、晨光、明霞、翠华、文

安、积珍、影纹、仪凤、仁智、清修、宝林、和明、绮阴、绛阳。每院择宫中佳丽谨厚有容色美人实之，选帝常幸御者为之首。分派宦者，主出入易市。又凿五湖，每湖四方十里。东曰翠光湖，南曰迎阳湖，西曰金光湖，北曰洁水湖，中曰广明湖。湖中积土石为山，构亭殿屈曲，环绕澄泓，皆穷极人间华丽。又凿北海，周环四十里，中有三山，效蓬莱、方丈、瀛洲，其上皆台榭回廊，其下水深数丈。开通五湖北海，通行龙凤舸。帝多泛东湖，因制湖上曲《望江南》八阕云：

湖上月，偏照列仙家。水浸寒光铺枕簟，浪摇晴影走金蛇，偏称泛灵槎。　光景好，轻彩望中斜。清露冷侵银兔影，西风吹落桂枝花，开宴思无涯。

其二云：

湖上柳，烟里不胜催。宿雾洗开明媚眼，东风摇弄好腰肢，烟雨更相宜。　环曲岸，阴覆画桥低。线拂行人春晚后，絮飞晴雪暖风时，幽意更依依。

其三云：

湖上雪，风急堕还多。轻片有时敲竹户，素华无韵入澄波，望外玉相磨。　湖水远，天地色相和。仰面莫思梁苑赋，朝来且听玉人歌，不醉拟如何？

其四云：

湖上草，碧翠浪通津。修带不为歌舞缓，浓铺堪作醉人茵，无意衬香衾。　晴霁后，颜色一般新。游子不归生满地，佳人远意正青春，留咏卒难伸。

其五云：

湖上花，天水浸灵芽。浅蕊水边匀玉粉，浓苞天外剪明霞，只在列仙家。　开烂漫，插鬓若相遮。水殿春寒幽冷艳，玉轩晴照暖添华，清赏思何赊。

其六云：

湖上女，精选正轻盈。犹恨乍离金殿侣，相将尽是采莲人，清唱谩频频。　轩内好，嬉戏下龙津。玉管朱弦闻尽夜，踏青斗草事青春，玉辇从群真。

其七云：

湖上酒，终日助清欢。檀板轻声银甲缓，醅浮香米玉蛆寒，醉眼暗相看。　春殿晚，仙艳奉杯盘。湖上风光真可爱，醉乡天地就中宽，帝主正清安。

其八云：

湖上水，流绕禁园中。斜日暖摇清翠动，落花香暖众纹红，蘋末起清风。　闲纵目，鱼跃小莲东。泛泛轻摇兰棹稳，沉沉寒影上仙宫，远意更重重。

帝常游湖上，多令宫中美人歌唱此曲。

大业六年，后苑草木鸟兽，繁息茂盛；桃蹊柳径，翠阴交合；金猿青鹿，动辄成群。自大内开为御道，直通西苑，夹道植长松高柳。帝多宿苑中，去来

无时。侍御多夹道而宿。帝往往于中夜即幸焉。道州贡矮民王义，眉目浓秀，应对敏捷。帝尤爱之。常从帝游，终不得入宫，曰：“尔非宫中物也。”义乃出，自阉以求进。帝由是愈加怜爱，得出入内寝。义多卧御榻下。帝游湖海回，多宿十六院。一夕中夜，帝潜入栖鸾院。时夏气暄烦，院妃庆儿卧于帘下。初月照轩，甚是明朗。庆儿睡中惊魇，若不救者。帝使义呼庆儿。帝自扶起，久方清醒。帝曰：“汝梦中何故而如此？”庆儿曰：“妾梦中如常时，帝握妾臂，游十六院。至第十院，帝入坐殿上，俄时火发，妾乃奔走，回视帝坐烈焰中，惊呼人救帝，久方睡觉。”帝自强解曰：“梦死得生。火有威烈之势，吾居其中，得威者。”后帝幸江都被弑，帝入第十院，居火中，此其应也。

一夕，帝因观殿壁上有广陵图，帝注目视之。移时，不能举步。时萧后在侧，谓帝曰：“知它是甚图画？何消帝如此挂心？”帝曰：“朕不爱此画，只为思旧游之处耳。”于是以左手凭后肩，右手指图上山水及人烟村落寺宇，历历皆如在目前。谓萧后曰：“朕昔征陈后主时游此。岂期久有天下，万机在躬，便不得豁然于怀抱也。”言讫，容色惨然。萧后奏曰：“帝意在广陵，何如一幸？”帝闻之，言下恍然。即日召群臣，言欲至广陵，旦夕游赏。议当泛巨舟，自洛入河，自河达海入淮，至广陵。群臣皆言：“似此程途，不啻万里。又孟津水紧，沧海波深，若泛巨舟，事恐不测。”时有谏议大夫萧怀静，乃皇后弟也，奏曰：“臣闻秦始皇时，金陵有王气，始皇使人凿断砥柱，王气遂绝。今睢阳有王气，又陛下喜在东南。欲泛孟津，又虑危险。况大梁西北有故河道，乃是秦将王离畎水灌大梁（秦灭六国时，王贲伐魏，决黄河水淹当时的魏国都城大梁。王离，应该是王贲；畎，沟渠）之处。乞陛下广集兵夫，于大梁起首开掘，西自河阴，引孟津水入；东至淮阴，放孟津水出，此间地不过千里。况于睢阳境内经过，一则路达广陵，二则凿穿王气。”

帝闻奏大喜，出敕朝堂，有敢谏开河者斩。乃命征北大总管麻叔谋为开河都护，以荡寇将军李渊为开河副使。渊称疾不赴，即以左屯卫将军令狐达代之。诏发天下丁夫，男年十五以上、五十以下者皆至。如有隐匿者，斩三族。凡役夫五百四十三万余人，昼夜开掘，急如星火。又诏江淮诸州，造大船五百只。使命促督，民间有配著造船一只者，家产破用皆尽，犹有不足。枷项笞背，然后鬻卖子女以供官费。到得开河功役渐次将成，龙舟亦就。帝大喜，将幸江都。命越王侗留守东都。宫女半不随驾，争攀号留。且言辽东小国，不足以烦大驾，愿遣将征之。帝意不回，作诗留别宫人云：

我梦江南好，征辽亦偶然。但存颜色在，离别只今年。

车驾既行，师徒百万，离都旬日。长安贡御车女袁宝儿，年十五，腰肢纤堕，骏憨多态，帝宠爱特厚。时洛阳进合蒂迎辇花，云：“得之嵩山坞中，人不知其名。采花者异而贡之。”会帝驾适至，因以“迎辇”名之。帝令宝儿持之，号曰“司花女”。时诏虞世南草《征辽指挥德音敕》，宝儿持花侍侧，注视久之。帝谓世南曰：“昔传飞燕可掌上舞，朕常谓儒生饰于文字，岂人能若是乎？及今得宝儿，方昭前事。然多憨态，今注目于卿。卿才人，可便作诗嘲之。”世南应诏，为绝句云：

学画莺黄半未成，垂肩亸袖太憨生。
缘憨却得君王宠，长把花枝傍辇行。

帝大悦。

既至汴京，帝御龙舟，萧后乘凤舸。于是吴越取民间女年十五六岁者五百人，谓之“殿脚女”，至龙舟、凤舸。每船用彩缆十条，每条用殿脚女十人，嫩羊十口，令殿脚女与羊相间而行。时方盛暑，翰林学士虞世基献计，请用垂柳栽于汴渠两堤上。一则树根四散，鞠护河堤；二则牵舟之人，庇其阴；三则牵舟之羊，食其叶。上大喜。诏民间献柳一株，赏一匹绢。百姓竞献之。又令亲种，帝自种一株，群臣次第皆种，方及百姓。时有谣言曰：“天子先栽，然后百姓栽。”栽与灾同音，盖妖谶也。栽毕，取御笔写赐垂柳姓杨，曰杨柳也。

时舳舻相继，连接千里，自大梁至淮口，连绵不绝。锦帆过处，香闻数里。一日，帝将登龙舟，凭殿脚女吴绛仙肩，喜其媚丽，不与群辈等，爱之，久不移步。绛仙善画长蛾眉，帝色不自禁。回辇，召绛仙，将拜婕妤。萧后性妒忌，故不克谐。帝寝兴罢，擢为龙舟首楫，号曰“崆峒夫人”。由是殿脚女争效为长蛾眉。司宫吏日给螺子黛五斛，号为“蛾绿”。螺子黛出波斯国，每颗值十金。后征赋不足，杂以铜黛给之。独绛仙得赐螺黛不绝。帝每倚帘视绛仙，移时不去。顾内谒者曰：“古人言秀色若可餐，如绛仙真可疗饥矣。”因吟《持楫篇》赐之曰：

旧曲歌桃叶，新妆艳落梅。将身傍轻楫，知是渡江来。

诏殿脚女千辈唱之。时越溪进耀光绫，绫纹突起，时有光彩。帝独赐司花女及绛仙，他人莫预。萧后恚愤不怿，由是二姬稍稍不得亲幸，帝常登楼忆之，题《东南柱》二篇云：

黯黯愁侵骨，绵绵病欲成。须知潘岳鬓，大半为多情。

又云：

不信长相忆，丝从鬓里生。闲来倚槛立，相望几含情。

殿脚女自至广陵，悉命备月观行宫。绛仙辈亦不得亲侍寝殿。有郎将自瓜州宣事回，进合欢果一器。帝命小黄门以一双驰骑赐绛仙。遇马上摇动，合欢蒂解。绛仙拜赐，因附红笺小简上进曰：

驿骑传双果，君王宠念深。宁知辞帝里，无复合欢心。

帝览之，不悦。顾小黄门曰：“绛仙如何辞怨之深也？”黄门拜而言曰：“适走马摇动，及月观，果已离解，不复连理。”帝因言曰：“绛仙不独容貌可观，诗意深切，乃女相如也，亦何谢左贵嫔（西晋文学家左思之妹，著名的才女，晋武帝司马炎的贵嫔。这里是说不逊于左贵嫔）乎？”帝尝醉游后宫，偶见宫婢罗罗者，悦而私之。罗罗畏萧后，不敢迎帝。因托辞以程姬之疾（指女子月经来潮），不可荐寝。帝乃嘲之曰：

个人无赖是横波，黛染隆颅簇小峨。

幸好留侬伴成梦，不留侬住意如何？

帝自达广陵。沉湎滋深，荒淫无度，往往为妖祟所惑。尝游吴公宅鸡台，恍惚间与陈后主相遇。帝幼年与后主甚善，乃起迎之，都忘其已死。后主尚唤帝为殿下。后主戴青纱皂帻，青绰袖，长裾，绿锦纯绿紫纹方平履。舞女数十，罗侍左右。中有一女殊色，帝屡目之。后主云：“殿下不识此人耶？即张丽华贵妃也。每忆桃叶山前乘战舰与此妃北渡。尔时丽华最恨，方倚临春阁，试东郭㲠紫毫笔，书小研红绡，作答江令‘璧月’句未终，见韩擒虎跃青骢马，拥万甲骑直来冲人，都不存去就之礼，以至有今日！”言罢，即以绿文测海酒蠡，酌

红梁新酿劝帝。帝饮之甚欢。因请丽华舞《玉树后庭花》。丽华白后主，辞以抛掷岁久，自井中出来，腰肢粗巨，无复往时姿态。帝再三强之，乃徐起舞，终一曲。后主问帝："萧妃何如此人？"帝曰："春兰秋菊，各一时之秀也。"后主复诵诗十数篇。帝不记之，独爱《小窗诗》及《寄侍儿碧玉诗》。《小窗诗》云：

午醉醒来晚，无人梦自惊。夕阳如有意，偏傍小窗明。

《寄碧云》云：

离别肠应断，相思骨合销。愁魂若非散，凭仗一相招。

丽华拜求帝赐一章。帝辞以不能。丽华笑曰："尝闻'此处不留侬，会有留侬处'，安得言不能耶？"帝强为之，操笔立成，曰：

见面无多事，闻名尔许时。坐来生百媚，实个好相知。

丽华捧诗，赧然不怿（yì，欢喜）。后主问帝："龙舟之游乐乎？始谓殿下致治在尧舜之上，今日仍此逸游。大抵人生各图快乐，向时何见罪之深耶？三十六封书，至今使人怏怏不悦。"帝忽悟其已死，叱之曰："何今日尚呼我为殿下，复以往事相讯耶？"恍惚不见，帝兀然不自知，惊悸移时。

帝后御龙舟，中道闻歌者甚悲，其辞曰：

我兄征辽东，饿死青山下。今我挽龙舟，又困隋堤道。

方今天下饥，路粮无些少。前去三千程，此身安可保！

寒骨枕荒沙，幽魂泣烟草。悲损门内妻，望断吾家老。

安得义男儿，焚此无主尸。引其孤魂回，负其白骨归。

帝闻其歌，遽遣人求其歌者，至晓不得其人，帝颇彷徨，通夕不寐。帝知世祚已去，意欲遂幸永嘉，群臣皆不愿从。扬州朝百官，天下朝贡使无一人至者。有来者，在途遭兵夺其贡物。帝犹与群臣议，诏十三道起兵，诛不朝贡者。

帝深识玄象，常夜起观星，乃召太史令袁充，问曰："天象如何？"充伏地泣涕曰："星文大恶！贼星逼帝座甚急，恐祸起旦夕！原陛下遽修德灭之。"帝不乐，乃起，入便殿，索酒自歌曰：

宫木阴浓燕子飞，兴亡自古漫成悲。

他日迷楼更好景，宫中吐艳恋红辉。

歌竟，不胜其悲。近侍奏："无故而歌甚悲，臣皆不晓。"帝曰："休问！他日自知也。"俯首不语。召矮民王义问曰："汝知天下将乱乎？"义泣对曰："臣远方废民，得蒙上贡，进入深宫，久承恩泽，又尝自宫，以近陛下。天下大乱，固非今日；履霜坚冰，其渐久矣。臣料大祸，事在不救。"帝曰："子何不早告我也？"义曰："臣唯不言，言即死久矣。"帝乃泣下沾襟，曰："子为我陈败乱之理，朕贵知其故也。"明日，义上书曰：

臣本出南楚卑薄之地，逢圣明为治之时，不爱此身，愿从入贡。臣本侏儒，性尤蒙滞。出入左右，积有年岁。浓被圣私，皆逾素望。侍从乘舆，周旋台阁。臣虽至鄙，酷好穷经。颇知善恶之本源，少识兴亡之所以。还往民间，周知利害。深蒙顾问，方敢敷陈。自陛下嗣守元符，体临大器，圣神独断，谋谏莫从。大兴西苑，两至辽东。龙舟逾万艘，宫阙遍天下。兵甲常役百万，士民穷乎山谷。征辽者百不存十，殁葬者十未有一。帑藏全虚，谷粟涌贵。乘舆竟往，行幸无时。

兵人侍从，常守空宫。遂令四方失望，天下为墟。方今有家之村，存者可数。子弟死于兵役，老弱困于蓬蒿。兵尸如岳，饿莩盈郊。狗彘厌人之肉，鸢鱼食人之余。臭闻千里，骨积高原。阴风无人之墟，鬼哭寒草之下。目断平野，千里无烟。万民剥落，不保朝昏。父遗幼子，妻号故夫。孤苦何多，饥荒尤甚！乱离方始，生死谁知。人主爱人，一何至此！陛下圣性毅然，孰敢上谏？或有鲠言，即令赐死。臣下相顾，箝结（闭口不敢发表言论）自全。龙逢（即关龙逄，夏桀时的名相，因为进谏忠言而被杀）复生，安敢议奏！左右近臣，阿谀顺旨。迎合帝意，造作拒谏。皆出此途，乃逢富贵。陛下恶过，从何得闻？方今又败辽师，再幸东土，社稷危于春雪，干戈遍于四方。生民已入涂炭，官吏犹未敢言。陛下自惟：若何为计？陛下欲兴师，则兵吏不顺；欲行幸，则将卫莫从。适当此时，何以自处？陛下虽欲发愤修德，特加爱民，圣慈虽切救时，天下不可复得。大势已去，时不再来。巨厦之崩，一木不能支；洪河已决，掬壤不能救！臣本远人，不知忌讳。事急至此，安敢不言！臣今不死，后必死兵。敢献此书，延颈待尽。

帝省义奏，曰："自古安有不亡之国，不死之主乎？"义曰："陛下尚犹蔽饰己过！陛下常言：吾当跨三皇，超五帝，下视商周，使万世不可及。今日之势如何？能自复回都辇乎？"帝再三加叹。义曰："臣昔不言，诚爱生也。今既具奏，愿以死谢。天下方乱，陛下自爱。"少选，左右报曰："义自刎矣！"帝不胜悲伤，命厚葬焉。

时值阁裴虔通，虎贲郎将司马德戡，左右屯卫将军宇文化及，将谋作乱。因请放官奴，分直上下。帝可其奏，即下诏云："寒暑迭用，所以成岁功也；日月代明，所以均劳逸也。故士子有游息之谈，农夫有休养之节。咨尔（助词，用于句首，表示赞叹或祈使）髦众（指杰出的将士），服役甚勤，执劳无怠。埃垢溢于爪发，虮虱结于兜鍪（头盔）。朕甚悯之。俾尔休番，从便嬉戏，无烦方朔滑稽之请，而从卫士旃上之文。朕于侍从之间，可谓恩矣！可依前件施行。"

不数日，忽中夜闻外切切有声。帝急起，衣冠御内殿。坐未久，左右伏兵俱起。司马德戡携白刃向帝。帝叱之曰："吾终年重禄养汝，吾无负汝，汝何得负我！"帝常所幸朱贵儿在帝旁，谓德戡曰："三日前，帝虑侍卫秋寒，诏宫人悉絮袍裤，帝自临视。造数千领，两日毕功。前日颁赐，尔等岂不知也？何敢迫胁乘舆！"乃大骂德戡。德戡斩之，血溅帝衣。德戡前数帝罪，且曰："臣实负陛下！但今天下俱叛，二京已为贼据。陛下归亦无门，臣生亦无路。臣已亏臣节，虽欲复已不可得也。愿得陛下首以谢天下！"乃携剑逼帝。帝复叱曰："汝岂不知诸侯之血入地，大旱三年，况天子乎？死自有法！"命索药酒，不得。左右进练巾，逼帝入阁自经死。萧后率左右宫娥，辍床头小版为棺敛，粗备仪卫，葬于吴公台下。即前此帝与陈后主相遇处也。

初，帝不爱第三子齐王暕，见之常切齿。每行幸，辄录以自随。及是难作，谓萧后曰："得非阿孩耶？"阿孩，齐王暕小字也。司马德戡等既弑帝，即驰遣骑兵执齐王暕于私第，倮跣（赤脚光着脑袋）驱至当街。暕曰："大家计必杀儿，愿容儿衣冠就死。"犹意帝遣人杀之。父子见杀，至死不明，可胜痛悼！后唐文皇

太宗皇帝，提兵入京，见迷楼，太宗叹曰："此皆民膏血所为也！"乃命放出诸宫女，焚其宫殿，火经月不灭。前谣、前诗，无不应验，方知炀帝非天亡之也。后人有诗：

千里长河一旦开，亡隋波浪九天来。
锦帆未落干戈起，惆怅龙舟不更回。

## 第二十五卷　独孤生归途闹梦

东园蝴蝶正飞忙，又见罗浮花正香。
梦短梦长缘底事？莫贪磁枕误黄粱。

昔有夫妻二人，各在芳年，新婚燕尔，如胶似漆，如鱼似水。刚刚三日，其夫被官府唤去。原来为急解军粮事，文书上佥了他名姓，要他赴军前交纳。如违限时刻，军法从事。立刻起行，身也不容他转，头也不容他回，只捎得个口信到家。正是上命所差，盖不由己。一路趱行，心心念念，想着浑家。又不好向人告诉，只落得自己凄惶。行了一日，想到有万遍。是夜宿于旅店，梦见与浑家相聚如常，行其夫妻之事。自此无夜不梦。到一月之后，梦见浑家怀孕在身，醒来付之一笑。且喜如期交纳钱粮，太平无事，星夜赶回家乡。缴了批回，入门见了浑家，欢喜无限。那一往一来，约有三月之遥。尝言道：新娶不如远归。夜间与浑家绸缪恩爱，自不必说。其妻叙及别后相思，因说每夜梦中如此如此。所言光景，与丈夫一般无二，果然有了三个月身孕。若是其夫先说的，内中还有可疑；却是浑家先叙起的。可见梦魂相遇，又能交感成胎，只是彼此精诚所致。如今说个闹梦故事，亦由夫妇积思而然。正是：

梦中识想非全假，白日奔驰莫认真。

话说大唐德宗皇帝贞元年间，有个进士复姓独孤，双名遐叔，家住洛阳城东崇贤里中。自幼颖异，十岁便能作文。到十五岁上，经史精通，下笔数千言，不待思索。父亲独孤及官为司封之职。昔年存日，曾与遐叔聘下同年司农白行简女儿娟娟小姐为妻。那娟娟小姐，花容月貌，自不必说；刺绣描花，也是等闲之事。单喜她深通文墨，善赋能诗。若教去应文科，稳稳里是个状元。与遐叔正是一双两好，彼此你知我见，所以成了这头亲事。不意遐叔父母连丧，丈人丈母亦相继弃世，功名未遂，家事日渐零落，童仆也无半个留存，刚刚剩得几间房屋。那白行简的儿子叫作白长吉，是个凶恶势利之徒。见遐叔家道穷了，就要赖他的婚姻，将妹子另配安陵富家。幸得娟娟小姐是个贞烈之女，截发自誓，不肯改节。白长吉强他不过，只得原嫁与遐叔。却是随身衣饰，并无一毫妆奁，只有从幼服侍一个丫鬟翠翘从嫁。

白氏过门之后，甘守贫寒，全无半点怨恨。只是晨炊夜绩，以佐遐叔读书。那遐叔一者敬她截发的志节，二者重她秀丽的词华，三者又爱她娇艳的颜色。

真个夫妻相得，似水如鱼。白氏亲族中，倒也怜遐叔是个未发达的才子，十分尊敬。只有白长吉一味趋炎附热，说妹子是穷骨头，要跟恁样饿莩，坏他体面。见了遐叔就如眼中之刺，肉内之钉。遐叔虽然贫穷，却又是不肯俯仰人的。因此两下遂绝不相往。

时值贞元十五年，朝廷开科取士，传下黄榜，期于三月间诸进士都赴京师殿试。遐叔别了白氏，前往长安，自谓文才，必魁春榜。哪知贡举的官，是礼部侍郎同平章事郑余庆，本取遐叔卷子第一。岂知策上说着："奉天之难，皆因奸臣卢杞（唐朝宰相，嫉妒贤能，因此这里说激起朱泚等人反叛）窃弄朝权，致使泾原节度使姚令言与太尉朱泚，得以激变军心，劫夺府库。可见众君子共佐太平而不足，一小人作乱天下而有余。故人君用舍，不可不慎。"原来德宗皇帝心性最是猜忌，说他指斥朝廷，讥讪时政，遂将头卷废弃不录。那白氏两个族叔，一个叫作白居易，一个叫作白敏中，文才本在遐叔之下，却皆登了高科。单单只有遐叔一人落第，好生没趣！连夜收拾行李东归。白居易、白敏中知得，齐来饯行，直送到十里长亭而别。遐叔途中愁闷，赋诗一首。诗云：

童年挟策赴西秦，弱冠无成逐路人。
时命不将明主合，布衣空惹上京尘。

在路非止一日，回到东都，见了妻子，好生惭赧。终日只在书房里发愤攻书，每想起落第的光景，便凄然泪下。那白氏时时劝解道："大丈夫功名终有际会，何苦颓折如此！"遐叔谢道："多感娘子厚意，屡相宽慰。只是家贫如洗，衣食无聊。纵然巴得日后亨通，难救目前愁困，如之奈何？"白氏道："俗谚有云：'十访九空，也好省穷。'我想公公三十年宦游，岂无几个门生故旧在要路的？你何不趁此闲时，一去访求？倘或得他资助，则三年诵读之费有所赖矣！"只这句话头，提醒了遐叔，答道："娘子之言，虽然有理，但我自幼攻书，未尝交接人事；先父的门生故旧，皆不与知。只认得个韦皋，是京兆人，表字仲翔。当初被丈人张之赏逐出，来投先父，举荐他为官，甚是有恩。如今他现做西川节度使，我若去访他，必有所助。只是东都到西川，相隔万里程途，往返便要经年。我去之后，你在家中用度，从何处置？以此抛撇不下。"白氏道："既有这个相识，便当整备行李，送你西去。家中事体，我自支持。总有缺乏，姑姊妹家，犹可假贷，不必忧虑。"遐叔欢喜道："若得如此，我便放心前去。"白氏道："但是路途跋涉，无人跟随，却怎的好？"遐叔道："总然有人，也没许多盘费，只索罢了。"遂即拣了个吉日，白氏与遐叔收拾了寒暑衣装，带着丫鬟翠翘，亲至开阳门外一杯饯送。

夫妻正在不舍之际，骤然下起一阵大雨，急奔入路旁一个废寺中去躲避。这寺叫作龙华寺，乃北魏时广陵王所建。殿宇十分雄壮，阶下栽种名花异果。又有一座钟楼，楼上铜钟，响闻五十里外，后被胡太后移入宫中去了。到唐太宗时，有胡僧另铸一钟在上，却也响得二十余里。到玄宗时，还有五百僧众，香火不绝。后遭安禄山贼党史思明攻陷东都，杀戮僧众，将钟磬毁为兵器，花果伐为樵苏（柴禾），以此寺遂颓败。遐叔与白氏看了，叹道："这等一个道场，难道没有发心的重加修造？"因向佛前祈祷："阴空保佑，若得成名时节，誓当捐俸，再整山门。"雨霁之后，登途分别。正是：

蝇头微利驱人去，虎口危途访客来。

不题白氏归家。且说遐叔在路，晓行夜宿，整整的一个月，来到荆州地面。下了川船，从此一路都是上水。除非大顺风，方使得布帆，风略小些，便要扯着百丈。你道怎么叫作“百丈”？原来就是纤子。只那川船上的有些不同，用着一寸多宽的毛竹片子，将生漆绞着麻丝接成的，约有一百多丈，为此川中人叫作百丈。在船头立个辘轳，将百丈盘于其上。岸上扯的人，只听船中打鼓为号。遐叔看了，方才记得杜子美有诗道：“百丈内江船。”又道：“打鼓发船何处郎。”却就是这件东西。又走了十余日，才是黄牛峡，那山形生成似头黄牛一般，三四十里外，便远远望见。这峡中的水更溜，急切不能够到。因此上有个俗谚云：“朝见黄牛，暮见黄牛；朝朝暮暮，黄牛如故。”

又走了十余日，才是瞿塘峡。这水一发急紧。峡中有座石山，叫作滟滪堆。四五月间水涨，这堆只留一些些在水面上。下水的船，一时不及回避，触着这堆，船便粉碎，尤为厉害。遐叔见了这般险路，叹道：“万里投人，尚未知失得如何，却先受许多惊恐！我娘子怎生知道？”原来巴东峡江一连三个：第一是瞿塘峡，第二是广阳峡，第三是巫峡。三峡之中，唯巫峡最长。两岸都是高山峻岭，古木阴森，映蔽江面，只露得中间一线的青天。除非日月正中时分，方有光明透下。数百里内，岸上绝无人烟，唯闻猿声昼夜不断。因此有个俗谚云：“巴东三峡巫峡长，猿鸣三声断客肠。”

这巫峡上就是巫山，有十二个山峰，山上有一座高唐观。相传楚襄王曾在观中夜寝，梦见一个美人愿荐枕席。临别之时，自称是伏羲皇帝的爱女，小字瑶姬，未行而死，今为巫山之神。朝为行云，暮为行雨，朝朝暮暮，阳台之下。那襄王醒后，还想着神女，教大夫宋玉作《高唐赋》一篇，单形容神女十分的艳色。因此，后人立庙山上，叫作巫山神女庙。遐叔在江中遥望庙宇，掬水为浆（捧一捧水权当美酒），暗暗地祷告道：“神女既有精灵，能通梦寐。乞为我特托一梦与家中白氏妻子，说我客途无恙，免其恩念。当赋一言相谢，决不敢学宋大夫作此淫亵之语，有污神女香名。乞赐仙鉴。”自古道得好：“有其人，则有其神。”既是祷告的许了做诗做赋，也发下这点虔诚，难道托梦的只会行云行雨，再没有别些灵感？少不得后来有个应验。正是：

祷祈仙梦通闺阁，寄报平安信一缄。

出了巫峡，再经由巴中、巴西地面，都是大江。不觉又行一个多月，方到成都。城外临着大江，却是濯锦江。你道怎么叫作濯锦江？只因成都造得好锦，朝廷称为“蜀锦”。造锦既成，须要取这江水再加洗濯，能使颜色倍加鲜明，故此叫作濯锦江。唐明皇为避安禄山之乱，曾驻跸于此，改成都为南京。这便是西川节度使开府之处。真个沃野千里，人烟辏集，是一花锦世界。遐叔无心观玩，一径入城，奔到帅府门首，访问韦皋消息。岂知数月前，因为云南蛮夷反叛，统领兵马征剿去了，须待平定之后，方得回府。你想那征战之事，可是期得日子定的么？遐叔得了这个消息，惊得进退无措，叹口气道：“常言‘鸟来投林，人来投主，’偏是我遐叔恁般命薄！万里而来，却又投人不着。况一路盘缠已尽，这里又无亲识，只有来的路，没有去的路。天哪！兀的不是活活坑杀我也！”

自古道：“吉人自有天相。”遐叔正在帅府门首叹气，旁边忽转过一个道士问

道："君子何叹？"遐叔答道："我本东都人氏，复姓独孤，双名遐叔。只因下第家贫，远来投谒故人韦仲翔，希他资助。岂知时命不济，早已出征去了。欲待候他，只恐奏捷无期，又难坐守；欲待回去，争奈盘缠已尽，无可图归。使我进退两难，是以长叹。"那道士说："我本道家，专以济人为事。敝观去此不远，君子既在穷途，若不嫌粗茶淡饭，只在我观中权过几时，等待节使回府，也不负远来这次。"遐叔再三谢道："若得如此，深感！深感！只是不好打搅。"便随着道士径投观中而去。我想那道士与遐叔素无半面，知道他是甚底样人，便肯收留在观中去住？假饶这日无人搭救，却不穷途流落，几时归去？岂非是遐叔不遇中之遇？

当下遐叔与道士离了节度府前，行不上一二里许，只见苍松翠柏，交植左右，中间龟背大路，显出一座山门，题着"碧落观"三个簸箕大的金字。这观乃汉时刘先主为道士李寂盖造的。到唐明皇时，有个得道的叫作徐佐卿，重加修建。果然是一尘不到，神仙境界。遐叔进入观中，瞻礼法像了。道士留入房内，重新叙礼，分宾主而坐。遐叔举目观看这房，收拾得十分清雅。只见壁上挂着一幅诗轴，你道这诗轴是哪个名人的古迹？却就是遐叔的父亲司封独孤及送徐佐卿还蜀之作。诗云：

羽客笙歌去路催，故人争劝别离杯。
苍龙阙下长相忆，白鹤山头更不回。

原来昔日唐明皇闻得徐佐卿是个有道之士，用安车蒲轮，征聘入朝。佐卿不愿为官，钦赐驰驿还山。满朝公卿大夫，赋诗相赠，皆不如独孤及这首。以此观中相传，珍重不啻拱璧。遐叔看了父亲遗迹，不觉潸然泪下。道士道："君子见了这诗，为何掉泪？"遐叔道："实不相瞒，因见了先人之笔，故此伤感。"道士闻知遐叔即是独孤及之子，朝夕供待，分外加敬。光阴迅速，不觉过了半年。那时韦皋降服云南诸蛮，重回帅府。遐叔连忙备礼求见。一者称贺他得胜而回，二者诉说自己穷愁，远来干谒的意思。正是：

故人长望贵人厚，几个贵人怜故人。

那韦皋一见遐叔，盛相款宴，正要多留几日，少尽阔怀。岂知吐蕃赞普，时常侵蜀，专恃云南诸蛮为之向导。近闻得韦皋收服云南，失其羽翼，遂起雄兵三十余万，杀过界来，要与韦皋亲决胜负。这是烽火紧切的事。一面写表申奏朝廷，一面兴师点将，前去抵敌。遐叔叹道："我在此守了半年，才得相见，忽又有此边报，岂不是命！"便向节度府中告辞。韦皋道："吐蕃入寇，满地干戈，岂还有路归得！我已吩咐道士好生管待。且等杀退番兵，道途宁静，然后慢慢地与仁兄饯行便了。"遐叔无奈，只得依允，照旧住在碧落观中。不在话下。

且说韦皋统领大兵，离了成都，直到葭萌关外，正与吐蕃人马相遇。先差通使与他打话道："我朝自与你邦和亲之后，出嫁公主做你国质婆，永不许兴兵相犯。如今何故背盟，屡屡扰我蜀地？"那赞普答道："云南诸夷，原是臣伏我国的，你怎么辄敢加兵，侵占疆界？好好地还我云南，我便收兵回去。半声不肯，教你西川也是难保！"韦皋道："圣朝无外，普天下哪一处不属我大唐的？要战便战，云南断还不成！"原来吐蕃没有云南夷人向导，终是路径不熟。却被韦皋预在深林穷谷之间，偏插旗帜，假作伏兵，又教步军舞着藤牌，伏地而

进，用大刀砍其马脚。一声炮响，鼓角齐鸣，冲杀过去。那吐蕃一时无措，大败亏输，被韦皋追逐出境，直到赞普新筑的王城，叫作末波城，尽皆打破。杀得吐蕃尸横遍野，血染成河。端的这场厮杀，可也功劳不小！韦皋见吐蕃远遁，即便下令班师，一面差牌将赍捷书飞奏朝廷。一路上：

喜孜孜鞭敲金凳响，笑吟吟齐唱凯歌声。

话分两头。却说独孤遐叔久住碧落观中，十分郁郁。信步游览，消遣客怀，偶到一个去处，叫作升仙桥，乃是汉朝司马相如在临邛县窃了卓文君回到成都，只因家事萧条，受人侮慢，题下两行大字在这桥柱上，说道："大丈夫不乘驷马高车，不过此桥。"后来做了中郎，奉诏开通云南道径，持节而归，果遂其志。遐叔在那桥上，徘徊东望，叹道："小生不愧司马之才，娘子尽有文君之貌。只是怎能够得这驷马高车的日子？"下了桥，正待取路回观。此时恰是暮春天气，只听得林中子规一声声叫道："不如归去！"遐叔听了这个鸟声，愈加愁闷，又叹道："我当初与娘子临别，本以一年半载为期。岂知耽搁到今，不能归去。天哪！我不敢望韦皋的厚赠，只愿他早早退了番兵，送我归家，却也免得娘子在家朝夕悬望。"

不觉春去夏来，又过一年有余，才等候得韦皋振旅而还。那时捷书已到朝中，德宗天子知道韦皋战退吐蕃，成了大功，龙颜大喜。御笔加授兵部尚书太子太保，仍领西川节度使。回府之日，合属大小文武，哪一个不奉牛酒拜贺！直待军门稍暇，遐叔也到府中称庆。自念客途无以为礼，做得《蜀道易》一篇。你道为何叫作《蜀道易》？当时唐明皇天宝末年，安禄山反乱，却是郑国公严武做西川节度。有个拾遗杜甫，避难来到西川，又有丞相房绾也贬作节度府属官。只因严武性子颇多猜狠，所以翰林供奉李白，做《蜀道难》词。其尾特云："锦城虽云乐，不如早归家。"乃是替房、杜两公忧危的意思。遐叔故将这难字改作易字，翻成乐府，一者称颂韦皋功德，远过严武；二者见得自己侨寓锦城，得其所主，不比房、杜两公。以此暗暗打动他。词云：

吁嗟蜀道，古以为难。蚕丛开国，山川郁盘。秦置金牛，道路始刊。天梯石栈，勾接危峦。仰薄青霄，俯挂飞湍。猿猱之捷，尚莫能干。使人对此，宁不悲叹！自我韦公，建节当关。荡平西寇，降服南蛮。风烟宁息，民物殷繁。四方商贾，争出其间。匪无跋涉，岂乏跻攀。若在衽席，既坦而安。蹲鸱疗饥，筒布御寒。是称天府，为利多端。寄言客子，可以开颜。锦城甚乐，何必思还！

韦皋看见《蜀道易》这一篇，不胜叹服，便对遐叔说："往时李白所作《蜀道难》词，太子宾客贺知章称他是天上谪下来的仙人。今观仁兄高才，何让李白！老夫幕府正缺书记一员，意欲申奏取旨，借重仁兄为礼部员外，权充西川节度府记室参军，庶得朝夕领教，不识仁兄肯屈从否？"遐叔答道："我朝最重科目。凡士子不由及第出身，便做到九棘三槐（泛指三公、九卿等高级官职），终究被人欺侮。小生虽则三番落第，壮气未衰。怎忍把先世科名，一朝自废？如今叨寓贵镇，已过岁余，寒荆白氏在家，久无音信。朝夕萦挂，不能去怀。巴得旋旆回府，正要告辞。伏乞俯鉴微情，勿嫌方命（违命，抗命）！"韦皋谢道："既是仁兄不允，老夫亦不敢相强。只是目下岁暮，冰雪载途，不好行走。不若少待

开春，治装送别，未为晚也。”遐叔一来见韦皋意思殷勤，二来想起天气果然寒冷，路上难行，又只得住下。

挨过残腊，到了新年，又早是上元佳节。原来成都府地沃人稠，本是西南都会。自唐明皇驻跸之后，四方朝贡，皆集于此，便有京都气象。又经严郑公镇守巴蜀，专以平静为政，因此闾阎繁富，库藏充饶。现今韦皋继他，降服云南诸夷，击破吐蕃五十万众，威名大振。这韦皋最是豪杰的性子，因见地方宁定，民心归附，预传号令，吩咐城内城外都要点放花灯，与民同乐。那道令旨传将出去，谁敢不依。自十三到十七，共是五夜，家家门首扎缚灯棚，张挂新奇好灯，巧样烟火，照耀如同白昼。狮蛮社火，鼓乐笙箫，通宵达旦。韦皋每夜大张筵宴，在散花楼上，单请遐叔庆赏元宵。刚到下灯之日，遐叔便去告辞。韦皋再三苦留，终不肯住，乃对遐叔说道：“仁兄归心既决，似难相强。只是老夫还有一杯淡酒，些小资装，当在万里桥东，再与仁兄叙别，幸勿固拒。”即传令拨一船只，次日在万里桥伺候，送遐叔东归。又点长行军士一名护送。

到明早，韦皋设宴在万里桥饯别遐叔，亲举金杯，说道：“此桥最古，昔诸葛孔明送费祎使吴，道是万里之行，实始于此，这桥因以得名。今仁兄青云万里，亦由今始，愿努力自爱。老夫蝉冠虽敝，拱听泥金佳报（唐代进士及第，用泥金帖附在家信中报喜），特为仁兄弹之！”一连地劝了三杯，方才捧出一个锦囊，说道：“老夫深荷令先公推荐之力，得有今日。只因王事鞅掌（事务繁忙的样子），未得少酬大恩。有累远临，岂不惭汗！但今盗贼生发，势难重挈。老夫聊备三百金，权充路费。此外别有黄金万两，蜀锦千端，俟道路稍宁，专人奉送。勿谓老夫轻薄，为负恩人也！”又唤过军士吩咐道：“一路小心服事，不可怠慢！”军士叩头答应。遐叔再三拜谢道：“不才受此，已属过望，敢烦后命！”领了锦囊，军士跟随上船。那韦皋还在桥上，直等望不见这船，然后回府。不在话下。

且说遐叔别了韦皋，开船东去。原来下水船，就如箭一般急的，不消两三日，早到巫峡之下。远远地望见巫山神女庙，想起：“当时从此经过，暗祈神女托梦我白氏娘子，许她赋诗为谢。不知这梦曾托得去不曾托得去？我岂可失信。”便口占一首以偿宿愿。诗云：

古木阴森一线天，巫峰十二锁寒烟。
襄王自作风流梦，不是阳台云雨仙。

题毕，又向着山上作礼称谢。过了三峡，又到荆州。不想送来那军士，忽然生起病来，遐叔反要去服事他。又行了几日，来到汉口地方。自此从汝宁到洛阳，都是旱路。那军士病体虽愈，难禁鞍马驰骤。遐叔写下一封书信，留了些盘费，即令随船回去。独自个收拾行李登岸，却也会算计，自己买了一头牲口，望东都进发。约莫行了一个月头，才到洛阳地面，离着开阳门只有三十余里。是时天色傍晚，一心思量赶回家去，策马前行。又走了十余里路，早是一轮月上。趁着月色，又走了十来里，隐隐地听得钟鸣鼓响。想道：“城门已闭，纵赶到也进城不及了。此间正是龙华古寺，人疲马乏，不若且就安歇。”解囊下马，投入山门。不争此一夜，有分教：

蝴蝶梦中逢佚女，鹭鸶杓底听娇歌。

话说两头。且说白氏自龙华寺前与遐叔分别之后，虽则家事荒凉，衣食无

措，犹喜白氏女工精绝，翰墨旁通；况白姓又是个东京大族，姑姊妹间也有就她学习针指的，也有学做诗词的，少不得具些礼物为酬谢之资，因此尽堪支给。但时时记念丈夫临别之言，本以一年为约，如何三载尚未回家？况闻西川路上有的是一线天、人鲊瓮、蛇倒退、鬼见愁，都这般险恶地面。所以古今称说途路艰难，无如蜀道。想起丈夫经由彼处，必多惊恐。别后杳无书信，知道安否如何？“教我这条肚肠，怎生放得！”欲待亲往西川，体访消息，“只我女娘家，又是个不出闺门的人，怎生去得？除非梦寐之中，与他相见，也好得个明白！”因此朝夕悬念，睡思昏沉，深闺寂寞，兀坐无聊，题诗一首。诗云：

西蜀东京万里分，雁来鱼去两难闻。
深闺只是空相忆，不见关山愁杀人。

那白氏一心想着丈夫，思量要做个梦去寻访。想了三年有余，再没个真梦。一日正是清明佳节，姑姊妹中，都来邀去踏青游玩。白氏哪有恁样闲心肠！推辞不去。到晚上对着一盏孤灯，凄凄惶惶地呆想。坐了一个黄昏，回过头来，看见丫鬟翠翘已是齁齁睡去。白氏自觉没情没绪，只得也上床去睡卧。翻来覆去，哪里睡得安稳，想道：“我直恁命薄！要得个梦儿去会他也不能够！”又想道：“总然梦儿里会着了他，到底是梦中的说话，原作不得准。如今也说不得了，须是亲往蜀中访问他回来，也放下了这条肠子。”却又想道：“我家姊妹中晓得，怎么肯容我去！不如瞒着她们，就在明早悄悄前去。”正想之间，只听得喔喔鸡鸣，天色渐亮。即忙起身梳裹，扮作村庄模样。取了些盘缠银两，并几件衣服，打个包裹，收拾完备。看翠翘时，睡得正熟。也不通她知道，一路开门出去。离了崇贤里，顷刻出了开阳门，过了龙华寺，不觉又早到襄阳地面，有一座寄锦亭。原来苻秦时，有个安南将军窦滔，镇守襄阳，挈了宠妾赵阳台随任，抛下妻子苏氏。那苏氏名蕙，字若兰，生得才貌双绝。将一幅素锦，长广八寸，织成回文诗句，五色分章，计八百四十一字，诗三千七百五十二首，寄与窦滔。窦滔看见，立时送还阳台，迎接苏氏到任，夫妻恩爱，比前更笃。后人遂为建亭于此。那白氏在亭子上眺望良久，叹道：“我虽不及若兰才貌，却也粗通文墨。纵有织锦回文，谁人为寄，使他早整归鞭，长谐伉俪乎？”乃口占《回文词》一首，题于亭柱上。词云：

阳春艳曲，丽锦夸文。伤情织怨，长路怀君。惜别同心，膺填思悄。碧凤香残，青鸾梦晓。

若倒转来，又是一首好词：

晓梦鸾青，残香凤碧。悄思填膺，心同别惜。君怀路长，怨织情伤。文夸锦丽，曲艳春阳。

白氏题罢，离了寄锦亭，不觉又过荆州，来到夔府。恰遇天晚，见前面有所庙宇，遂入庙中投宿。抬头观看，上面悬一金字扁额，写着“高唐观”三个大字，乃知是巫山神女之庙。便于神座前撮土为香，祷告道：“我白氏小字娟娟，本在东京居住。只为儿夫独孤遐叔去访西川节度韦皋，一别三年，杳无归信，是以不辞跋涉，万里相寻。今夕寄宿仙宫，敢陈心曲。吾想神女曾能通梦楚王，况我同是女流，岂不托我一梦。伏乞大赐灵感，显示前期，不胜虔恳之至！”祷罢而睡，果然梦见神女备细说道：“遐叔久寓西川，平安无恙。如今已经辞别，

取路东归。你此去怎么还遇得他着？可早早回身家去，须防途次尚有虚惊。保重！保重！”那白氏飒然觉来，只见天已明了。想起神女之言，历历分明，料然不是个春梦。遂起来拜谢神女，出了庙门，重寻旧径，再转东都。在路晓行暮止，迤逦往东而来。

此时正值暮春天气，只见一路上有的是红桃绿柳，燕舞莺啼。白氏贪看景致，不觉日晚，尚离开阳门二十余里。便趁着月色，趱步归家。忽遇前面一簇游人，笑语喧杂，渐渐地走近。你道是甚么样人？都是洛阳少年，轻薄浪子。每遇花前月下，打伙成群，携着的锦瑟瑶笙，挈着的青尊翠幕，专惯窥人妇女，逞己风流。白氏见那伙人来得不三不四，却待躲避。原来美人映着月光，分外娇艳，早被这伙人瞧破。便一圈圈将转来，对白氏道：“我们出郭春游，步月到此，有月无酒，有酒无人，岂不辜负了这般良夜！此去龙华古寺不远，桃李大开。愿小娘子不弃，同去赏玩一回何如？”那白氏听见，不觉一点怒气，从脚底心里直涌到耳朵根边，把一个脸都变得通红了，骂道：“你须不是史思明的贼党，清平世界，谁敢调弄良家女子！况我不是寻常已下之人，是白司农的小姐，独孤司封的媳妇，前进士独孤遐叔的浑家，谁敢罗唣（滋事，纠缠）！”怎禁这班恶少，哪管什么宦家良家，任你喊破喉咙，也全不作准。推的推，拥的拥，直逼入龙华寺去赏花。这叫作铁怕落炉，人怕落套。正是：

分明绣阁娇闺妇，权做征歌侑酒人。

且说遐叔因进城不及，权在龙华寺中寄宿一宵。想起当初从此送别，整整地过了三年，不知我白氏娘子安否何如？因诵襄阳孟浩然的诗，说道：“近家心转切，不敢问来人。”吟咏数番，潸然泪下。坐到更深，尚未能睡。忽听得墙外人语喧哗，渐渐地走进寺来。遐叔想道：“明明是人声，须不是鬼。似这般夜静，难道有甚官府到此？”正惶惑间，只见有十余人，各执苕帚粪箕，将殿上扫除干净去讫。不多时，又见上百的人，也有铺设茵席的，也有陈列酒肴的，也有提着灯烛的，也有抱着乐器的，络绎而到，摆设得十分齐整。遐叔想道：“我晓得了，今日清明佳节，一定是贵家子弟出郭游春，因见月色如昼，殿庭下桃李盛开，烂漫如锦，来此赏玩。若见我时，必被他赶逐，不若且伏在壁后佛棹下，待他酒散，然后就寝。只是我恁般晦气，在古庙中要讨一觉安睡，也不能够！”即起身躲在后壁，声也不敢则。又隔了一回，只见六七个少年，服色不一，簇拥着个女郎来到殿堂酒席之上，单推女郎坐在西首，却是第一个坐位。诸少年皆环向而坐，都属目（注目）在女郎身上。遐叔想道：“我猜是富贵家游春的，果然是了。只这女郎不是个官妓，便是个土妓，何必这般趋奉她？难道有甚良家女子，肯和他们到此饮宴？莫不是强盗们抢夺来的？或拐骗来的？”只见那女郎侧身西坐，攒眉蹙额，有不胜怨恨的意思。遐叔凝着双睛，悄地偷看，宛似浑家白氏。吃了一惊，这身子就似吊在冰桶里，遍体冷麻，把不住地寒颤。却又想道：“呸！我好十分蒙憧，娘子是个有节气的，平昔间终日住在房里，亲戚们也不相见，如何肯随这班人行走？世上面貌厮像的尽多，怎么这个女郎就认作娘子？”虽这般想，终是放心不下。悄地在黑影子里一步步挨近前来，仔细再看，果然声音举止，无一件不是白氏，再无疑惑。却又想道：“莫不我一时眼花错认了？”又把眼来擦得十分明亮，再看时节，一发丝毫不差。却又想道：“莫不我睡了去，在梦儿里见她？”把眼

霎霎，把脚踏踏，分明是醒的，怎么有此诧异的事！“难道她做闺女时尚能截发自誓，今日却做出这般勾当！岂为我久客西川，一定不回来了，遂改了节操？我想苏秦落第（战国时期纵横家苏秦，外出游历多年，潦倒而归，遭到妻子等人冷落），嗔他妻子不曾下机迎接。后来做了丞相，尚然不肯认她。不知我明早归家，看她还有甚面目好来见我？”心里不胜愤怒，摩拳擦掌地要打将出去。因见他人多伙众，可不是倒捋虎须。且再含忍，看他怎生的下场。只见一个长须的，举杯向白氏道：“古语云：‘一人向隅，满座不乐。’我辈与小娘子虽然乍会，也是天缘。如此良辰美景，亦非易得，何苦恁般愁郁？请放开怀抱，欢饮一杯。并求妙音，以助酒情！”那白氏本是强逼来的，心下十分恨他。欲待不歌，却又想：“这班乃是无籍恶少，我又孤身在此，怕触怒了他，一时撒泼起来，岂不反受其辱？”只得拭干眼泪，拔下金雀钗，按板而歌。歌云：

今夕何夕？存耶？没耶？良人去兮天之涯，园树伤心兮三见花！

自古道：“词出佳人口。”那白氏把心中之事，拟成歌曲，配着那娇滴滴的声音，呜呜咽咽歌将出来，声调清婉，音韵悠扬，真个直令高鸟停飞，潜鱼起舞，满座无不称赞。长须的连称：“有劳，有劳！”把酒一吸而尽。遐叔在黑暗中看见浑家并不推辞，就拔下宝钗按拍歌曲，分明认得是昔年聘物，心中大怒，咬碎牙关，也不听曲中之意，又要抢将出去厮闹。只是恐众寡不敌，反失便宜，又只得按捺住了，再看他们。

只见行酒到一个黄衫壮士面前，也举杯对白氏道：“聆卿佳音，令人宿酲（犹宿醉）顿醒，俗念俱消。敢再求一曲，望勿推却！”白氏心下不悦，脸上通红，说道：“好没趣！歌一曲尽够了，怎么要歌两曲？”那长须的便拿起巨觥说道：“请置监令，有拒歌者，罚一巨觥。酒到不干，颜色不乐，并唱旧曲者，俱照此例。”白氏见长须形状凶恶，心中害怕，只得又歌一曲。歌云：

叹衰草，络纬（虫名，俗称纺织娘）声切切，良人一去不复返，今日坐愁鬓如雪。

歌罢，众人齐声喝彩。黄衫人将酒饮干，道声：“劳动！”遐叔见浑家又歌了一曲，愈加愤恨。恨不得眼里放出火来，连这龙华寺都烧个干净。那酒却行到一个白面少年面前，说道：“适来音调虽妙，但宾主正欢，歌恁样凄清之曲，恰是不称！如今求歌一曲有情趣的。”众人都和道：“说得有理！歌一个新意儿的，劝我们一杯！”白氏无可奈何，又歌一曲云：

劝君酒，君莫辞！落花徒绕枝，流水无返期。莫恃少年时，少年能几时？

白氏歌还未毕，那白面少年便嚷道：“方才讲过要个有情趣的，却故意唱恁般冷淡的声音，请监令罚一大觥！”长须人正待要罚，一个紫衣少年立起身来说道：“这罚酒且慢着。”白面少年道：“却是何为？”紫衣人道：“大凡风月场中，全在帮衬，大家得趣。若十分苛罚，反觉我辈俗了。如今且权寄下这杯，待她另换一曲，可不是好？”长须的道：“这也说得是。”将大觥放下，那酒就行到紫衣少年面前。白氏料到推托不得，勉强挥泪又歌一曲云：

怨空闺，秋日亦难暮。夫婿绝音书，遥天雁空度。

歌罢，白衣少年笑道：“到底都是那些凄怆怨暮之声，再没一毫艳意。”紫衣

人道："想是她传派如此，不必过责。"将酒饮尽。行至一个皂帽胡人面前，执杯在手，说道："曲理俺也不十分明白，任凭小娘子歌一个儿，侑（佐助）这杯酒下去罢了。但莫要冷淡了俺。"白氏因连歌几曲，气喘声促，心下好不耐烦！听说又要再歌，把头调转，不去理他。长须的见不肯歌，叫道："不应拒歌！"便抛一巨觥。白氏到此地位，势不容已，只得忍泣含啼，饮了这杯罚酒。又歌云：

切切夕风急，露滋庭草湿。良人去不回，焉知掩闺泣！

皂帽胡人将酒饮罢，却行到一个绿衣少年，举杯请道："夜色虽阑，兴犹未浅。更求妙音，以尽通宵之乐。"那白氏歌这一曲，声气已是断续，好生吃力！见绿衣人又来请歌，那两点秋波中扑簌簌泪珠乱洒。众人齐笑道："对此好花明月，美酒清歌，真乃赏心乐事，有何不美？却恁般凄楚，忒煞不韵。该罚！该罚！"白氏恐怕罚酒，又只得和泪而歌。歌云：

萤火穿白杨，悲风入荒草。疑是梦中游，愁迷故园道。

白氏这歌，一发前声不接后气，恰如啼残的杜宇，叫断的哀猿。满座闻之，尽觉凄然。只见绿衣人将酒饮罢，长须的含着笑说道："我音律虽不甚妙，但礼无不答。信口诌一曲儿，回敬一杯，你们休要笑话！"众人道："你又几时进了这桩学问？快些唱来。"长须的顿开喉咙，唱道：

花前始相见，花下又相送。何必言梦中，人生尽如梦！

那声音犹如哮虾蟆、病老猫，把众人笑作一堆，连嘴都笑歪了，说道："我说你晓得什么歌曲！弄这样空头。"长须人倒挣得好副老脸，但凭众人笑话，他却面不转色。直到唱完了，方答道："休要见笑，我也是好价钱学来的哩。你们若学得我这几句，也尽够了。"众人闻说，越发笑一个不止。长须的由他们自笑，却执起一个杯儿，满满斟上，欠身亲奉白氏一杯，直待饮干，然后坐下。

遐叔起初见浑家随着这班少年饮酒，那气恼倒包着身子，若没有这两个鼻孔，险些儿肚子也胀穿了。到这时见众人单逼着她唱曲，浑家又不胜忧恨，涕泣交零，方才明白是逼勒来的，这气倒也略平了些。却又想："我娘子自在家里，为何被这班杀才劫到这个荒僻所在？好生委曲不下，我且再看她还要怎么。"只见席上又轮到白面饮酒，他举着金杯，对白氏道："适劳妙歌，都是忧愁怨恨的意思，连我等眼泪不觉吊将下来，终觉败兴。必须再求一风月艳丽之曲，我等洗耳恭听，幸勿推辞！"遐叔暗道："这些杀才，劫掠良家妇女，在此歌曲，还有许多嫌好道歉！"那白氏心中正自烦恼，况且连歌数曲，口干舌燥，声气都乏了，如何肯再唱！低着头，只是不应。那长须的叫道："违令！"又抛下一巨觥。这时遐叔一肚子气怎么再忍得住！暗里从地下摸得两块大砖橛子，先一砖飞去，恰好打中那长须的头。再一砖飞去，打中白氏的额上。只听得殿上一片嚷将起来，叫道："有贼！有贼！"东奔西散，一眼间早不见了。那遐叔走到殿上，四下打看，莫说一个人，连这铺设的酒筵器具，一些没有踪迹。好生奇怪！吓得眼跳心惊，把个舌头伸出，半晌还缩不进去。

那遐叔想了一会，叹道："我晓得了！一定是我的娘子已死，她的魂灵游到此间，却被我一砖把她惊散了！"这夜怎么还睡得着？等不得金鸡三唱，便束装上路。天色未明，已到洛阳城外。挨进开阳门，经奔崇贤里，一步步含着眼泪而来，遥望家门，却又不见一些孝事。那心儿里就是十五六个吊桶打水，七

上八落地跳一个不止。进了大门，走到堂上，撞着梅香翠翘，连忙问道："娘子安否如何？"口内虽然问她，身上却担着一把冷汗，诚恐怕说出一句不吉利的话来。只见翠翘不慌不忙地答道："娘子睡在房里，说今早有些头痛，还未曾起来梳洗哩！"

遐叔听见翠翘说到娘子无恙，这一句话就如分娩的孕妇，囫（huò）的一声，孩子头落地，心下好不宽畅。只是夜来之事，好生疑惑。忙忙进到卧房里面问道："夜来做甚不好睡！今早走不起？"白氏答道："我昨夜害魇哩！只因你别去三年，杳无归信，我心中时常忧忆。夜来做成一梦，要亲到西川访问你的消息。直行到巫山地面，在神女庙里投歇。那神女又托梦与我，说你已离巴蜀，早晚到家，休得途中错过，枉受辛苦。我依还寻着旧路而回，将近开阳门二十余里，踏着月色，要赶进城。忽遇一伙少年，把我逼到龙华寺玩月赏花。饮酒之间，又要我歌曲，整整地歌了六曲，还被一个长须屡次罚酒。不意从空中飞下两块砖橛子，一块打了长须的头，一块打了我的额角上，瞥然惊醒，遂觉头痛。因此起身不得，还睡在这里。"遐叔听罢，连叫："怪哉！怪哉！怎么有恁般异事！"白氏便问有何异事？遐叔把昨夜寺中宿歇，看见的事情，从头细说一遍。白氏见说，也称奇怪，道："原来我昨夜做的却是真梦？但不知这伙恶少是谁？"遐叔道："这也是梦中之事，不必要深究了。"

说话的，我且问你：那世上说谎的也尽多，少不得依经傍注，有个边际，从没有见你恁样说瞒天谎的祖师！那白氏在家里做梦，到龙华寺中歌曲，须不是亲身下降，怎么独孤遐叔便见她的形象？这般没根据的话，就骗三岁孩子也不肯信，如何哄得我过？看官有所不知，大凡梦者，想也，因也，有因便有想，有想便有梦。那白氏行思坐想，一心记挂着丈夫，所以梦中真灵飞越，有形有像，俱为实境。那遐叔亦因想念浑家，幽思已极，故此虽在醒时，这点神魂，便入了浑家梦中。此乃两下精神相贯，魂魄感通，浅而易见之事，怎说在下掉谎！正是：

只因别后幽思切，致使精灵暗往回。

当下白氏说道："梦中之事，所见皆同，这也不必说了。且问你：一去许久，并无音耗，虽则梦中在巫山庙祈梦，蒙神女指示，说你一路安稳，干求称意。我想蜀道艰难，不知怎生到得成都？便到了成都，不知可曾见韦皋？便见了韦皋，不知赠得你几何？"遐叔惊道："我当初经过巫峡，听说山上神女颇有灵感，曾暗祈她托汝一梦，传个平安消息。不道果然梦见！真个有些灵感。只是我到得成都，偶值韦皋两次出征，因此在碧落观整整地住了两年半，路上走了半年，遂至耽搁，有负初盟。犹喜得韦皋故人情重，相待甚厚。若不是我一意告辞，这早晚还被他留住，未得回来。"将那路途跋涉，旅邸凄凉，并韦皋款待赠金，差人远送，前后之事，一一细说。夫妻二人感叹不尽。把那三百金日逐用度，遐叔埋头读书。

约莫半年有余，韦皋差两员将校，赍书送到黄金一万两，蜀锦一千匹。遐叔连忙写了谢书，款待来使去后，对白氏道："我先人出仕三十余年，何尝有此宦橐（指因做官而得到的钱财）！我一来家世清白，二来又是儒素，只前次所赠，以足度日，何必又要许多！且把来封好收置，待我异日成名，另有用处。"白氏依着丈夫言语，收置不题。

且说唐朝制科，率以三岁为期。遐叔自贞元十五年下第，西游巴蜀，却错了十八年这次。直到二十一年，又该殿试时分，打叠行囊，辞别白氏，上京应举。哪知贡举官乃是中书门下侍郎崔群，素知遐叔才名，有心拣他出来取作首卷。呈上德宗天子，御笔亲题状元及第。那遐叔有名已久，榜下之日，哪一个不以为得人。旧例游街三日，**曲江赐宴，雁塔题名**（唐代新科进士，在曲江宴饮后，集体来到大雁塔下，推举善书者将他们的姓名、籍贯和及第的时间写在墙壁上，成为一时风尚）。钦除翰林修撰，专知制诰。谢恩之后，即写家书，差人迎接白氏夫人赴京，共享富贵。

且说白氏在家，掐指过了试期，眼盼盼悬望佳音。一日，正在闺房中，忽听得堂前鼎沸。连忙教翠翘出去看时，恰正是京中走报的来报喜。白氏问了详细，知得丈夫中了头名状元，以手加额，对天拜谢。整备酒饭，款待报人。顷刻就嚷遍满城，白氏亲族中俱来称贺。那白长吉昔日把遐叔何等奚落，及到中了，却又老着脸皮，备了厚礼也来称贺。那白氏是个记德不记仇的贤妇，念着同胞分上，将前情一笔都勾。相见之间，千欢万喜。白长吉自挨进了身子，无一日不来掇臀捧屁。就是平日从不往来、极疏冷的亲戚，也来殷勤趋奉，倒教白氏应酬不暇。那赍书的差人，星夜赶到洛阳，叩见白氏，将书呈上。白氏拆开，看到书后有诗一首，云：

玉京仙府献书人，赐出宫袍似烂银。
寄语机中愁苦妇，好将颜面对苏秦。

白氏看罢，微微笑道："原来相公要迎我至京。"遂留下差人，择吉起程。那时府县拨送船夫，亲戚都来饯送。白长吉亲送妹子至京。遐叔接入衙门，夫妻相见，喜从天降。白长吉向前请罪，遐叔度量宽弘，全无芥蒂。即便摆设家筵，款待，不题。

不想那年德宗皇帝晏驾，百官共立顺宗登位。不上半年，顺宗也就崩了。又立宪宗登位，改元元和元年。到四月间，遐叔早升任翰林院学士，知制诰如故。你道他为何升得恁骤？原来大行皇帝的遗诏与新帝登极的诏书，前后四篇，都出遐叔之作。这是朝廷极大手笔，以此累功，不次迁擢。恰好五月间，有大赦天下诏书，遐叔乘这个机会，就讨了宣赦的差，夫妻二人，衣锦还乡。亲戚们都在十里外迎接，府县官也出郭相迎。遐叔回到家中，焚黄谒墓，杀猪宰羊，做庆喜筵席，遍请亲邻。饮酒中间，说起龙华寺曾许下愿心，要把韦皋送来的黄金万两，蜀锦千匹，都舍在寺里，重修宝殿，再整山门。即便选择吉辰，兴动工役。其时白敏中以中书侍郎请告归家。白居易新授杭州府太守，回来赴任。两个都到遐叔处贺喜。见此胜缘，各各布施。那州县官也要奉承遐叔，无一个不来助工。眼见得这龙华寺不日建造起来，比初时越觉齐整。但见：

宝殿嵯峨侵碧落，山门弘敞压阎浮。

却说韦皋久镇蜀中，自知年纪渐老，万一西番南夷，有些决撒，恐损威名。上表固**请骸骨**（指古代官吏请求退休。言使骸骨得以归葬故乡），因荐遐叔自代。奉圣旨："韦皋镇蜀多年，功劳积著，可进光禄大夫、右丞相、同平章事，封襄国公，驰驿回朝。独孤遐叔累掌丝纶，王言无忝，访之舆望，佥谓通材；可加兵部侍郎，领西川节度使。仍着走马赴任，无得迟误。钦此。"遐叔接了诏书，恐怕违了钦限，便同白氏夫人乘传而去。未到半路，早有韦皋差官迎接，约定在夔府交代。

恰好巫山神女庙正在夔府地方。遐叔与白氏乘此便道，先往庙中行香，谢她托梦的灵感。然后与韦皋相见，叙过寒温，送过敕印，把大小军政一一交盘明白，才吃公宴。当日遐叔就回了席。明早，点集车骑队伍，护送韦皋还朝。从此上任之后，专务镇静，军民安堵，威名更胜。朝廷累加褒赏，直做到太保兼吏兵二部尚书，封魏国公。白氏诰封魏国夫人。夫妻偕老，子孙荣盛。有诗为证：

梦中光景醒时因，醒若真时梦亦真。
莫怪痴人频做梦，怪他说梦亦痴人。

## 第二十六卷　薛录事鱼服证仙恩

借问白龙缘底事？蒙他鱼服区区。虽然纵适在河渠，失其云雨势，无乃困余且（古代神话中的渔夫）。要识灵心能变化，须教无主常虚。非关喜里乍昏愚；庄周曾作蝶，薛伟变为鱼。

话说唐肃宗乾元年间，有个官人姓薛，名伟，吴县人氏，曾中天宝末年进士。初任扶风县尉，名声颇著，升为蜀中青城县主簿。夫人顾氏，乃是吴县第一个大族；不唯容止端丽，兼且性格柔婉。夫妻相得，爱敬如宾。不觉在任又经三年，大尹升迁去了。上司知其廉能，即委他署摄（代理）县印。那青城县本在穷山深谷之中，田地硗脊（土地坚硬瘠薄），历年岁歉民贫，盗贼生发。自薛少府署印，立起保甲之法，凡有盗贼，协力缉捕。又设立义学，教育人材。又开义仓，赈济孤寡。每至春间，亲往各乡，课农布种。又把好言劝谕，教他本分为人。因此处处田禾大熟，盗贼尽化为良民。治得县中真个夜不闭户，路不拾遗。百姓戴恩怀德，编成歌谣，称颂其美。歌云：

秋至而收，春至而耘。吏不催租，夜不闭门。百姓乐业，立学兴文。教养兼遂，薛公之恩。自今孩童，愿以名存。将何字之？薛儿薛孙。

那薛少府不但谦谨仁慈，爱民如子，就是待那同僚，却也谦恭虚己，百凡从厚。原来这县中有一个县丞，一个主簿，两个县尉。那县丞姓邹，名滂，也是进士出身，与薛少府恰是同年好友。两个县尉，一个姓雷，名济；一个姓裴，名宽。这二位官人，为官也都清正，因此臭味相投。每遇公事之暇，或谈诗，或弈棋，或在花前竹下，开樽小饮，彼来此往，十分款洽。一日正值七夕，薛少府在衙中与夫人乞巧饮宴。原来七夕之期，不论大小人家，少不得具些酒果为乞巧穿针之宴。你道怎么叫作乞巧穿针？只因天帝有个女儿，唤作织女星，日夜辛勤织纴。天帝爱其勤谨，配与牵牛星为妇。谁知织女自嫁牛郎之后，贪欢眷恋，却又好梳妆打扮，每日只是梳头，再不去调梭弄织。天帝嗔怒，罚织女住在天河之东，牛郎住在天河之西。一年只许相会一度，正是七月七日。到这一日，却教喜鹊替她在天河上填河而渡。因此世人守她渡河时分，皆于星月之下，将彩线去穿针眼。穿得过的，便为得巧；穿不过的，便不得巧，以此卜

一年的巧拙。你想那牛郎、织女眼巴巴盼了一年，才得相会，又只得三四个时辰，忙忙地叙述想念情悰（cóng），还恐说不了，哪有闲工夫又到人间送巧？岂不是个荒唐之说！

且说薛少府当晚在庭中，与夫人互相劝酬，不觉坐到夜久更深，方才入寝。不道却感了些风露寒凉，遂成一病，浑身如炭火烧的一般，汗出如雨。渐渐三餐不进，精神减少，口里只说道："我如今顷刻也挨不过了！你们何苦留我在这里！不如放我去吧！"你想病人说出这样话头，明明不是好消息了。吓得那顾夫人心胆俱落。难道就这等坐视他死了不成？少不得要去请医问卜，求神许愿。原来县中有一座青城山，是道家第五洞天。山上有座庙宇，塑着一位老君，极有灵感，真是祈晴得晴，祈雨得雨，祈男得男，祈女得女，香火最盛。因此夫人写下疏文，差人到老君庙祈祷。又闻灵签最验，一来求他保佑少府，延福消灾；二来求赐一签，审问凶吉。其时三位同僚闻得，都也素服角带，步至山上行香，情愿减损自己阳寿，代救少府。刚是同僚散后，又是合县父老，率着百姓们，一齐拜祷。显见得少府平日做官好处，能得人心如此。只是求的签是第三十二签，那签诀道：

百道清泉入大江，临流不觉梦魂凉。
何须别向龙门去？自有神鱼三尺长。

差人抄这签诀回衙，与夫人看了，解说不出，想道："闻得往常间人求的皆如活见一般，不知怎的我们求的却说起一个人来，与相公的病全无着落？是吉是凶，好生难解！"以此心上就如十五六个吊桶打水，七上八落的，转加忧郁，又想道："这签诀已不见怎的，且去访个医人来调治，倒是正经。"即差人去体访，却访得成都府有个道人李八百，他说是孙真人（即孙思邈，唐代医药学家、道士，被后人尊称为"药王"）第一个徒弟，传得龙宫秘方有八百个，因此人都叫他作李八百。真个请他医的，手到病除，极有神效。他门上写下一对春联道："药按韩康无二价，杏栽董奉有千株。"但是请他的，难得就来。若是肯来，这病人便有些生机了。他要的谢仪，却又与人不同：也有未曾开得药箱，先要几百两的；也有医好了，不要分文酬谢，只要吃一醉的。也有闻召即往的，也有请杀不去的。甚是捉他不定，大抵只要心诚他便肯来。夫人知得有这个医家，即差下的当人赍了礼物，星夜赶去请那李八百。恰好他在州里，一请便来，夫人心下方觉少宽。岂知他一进门来，还不曾认脉，说道："这病势虽则像个死的，却是个不死的，也要请我来则甚？"当下夫人备将起病根由，并老君庙里占的签诀，尽数说与太医知道，求他用药。那李八百只是冷笑道："这个病从来不上医书的，我也无药可用。唯有死后常将手去摸他的胸前，若是一日不冷，一日不可下棺。待到半月二旬之外，他思想食吃，自然渐渐苏醒回来。那老君庙签诀，虽则灵应，然须过后始验，非今日所能猜度得的。"到底不肯下药，竟自去了。但不知少府这病当真不消吃药，自然无事；还是病已犯拙，下不得药的，故此托辞而去。正是：

青龙共白虎同行，吉凶事全然未保。

夫人因见李八百去了，叹道："这等有名的医人，尚不肯下药，难道还有别一个敢来下药？定然病势不救！唯有奄奄待死而已。"只见热了七日七夜，越加越重。忽然一阵昏迷，闭了眼去，再叫也不醒了。夫人一边啼哭，一边教人禀

知三位同僚，要办理后事。那同僚正来问候，得了这个凶信，无不泪下，急至衙中向尸哭了一回。然后与夫人相见，又安慰一番。因是初秋时候，天气还热，分头去备办衣衾棺椁。到第三日，诸色完备，理当殡殓入棺。其时夫人扶尸恸哭，觉得胸前果然有微微暖气，以此信着李八百道人的说话，还要停在床里。只见家人们都道："从来死人胸前尽有三四日暖的，不是一死便冷，此何足据！现今七月天道，炎热未退，倘遇一声雷响，这尸首就登时涨将起来，怎么还进得棺去？"夫人道："李道人元说胸前一日不冷，一日不可入棺。如今既是暖的，就做不信他，守到半月二十多日，怎忍便三日内带热的将他殓了？况且棺木已备，等我自己日夜守他。只待胸前一冷，就入棺去，也不为迟。天哪！但愿李道人的说话灵验，守得我相公重醒回来，何但救了相公一命，却不连我救了两命！"众人再三解说，夫人终是不听。拗她不过，只得依着，停下少府在床，谨谨看守，不在话下。

却说少府病到第七日，身上热极，便是顷刻也挨不过，一心思量要寻个清凉去处消散一消散，或者这病还有好的日子。因此悄地里背了夫人，瞒了同僚，竟提一条竹杖，私离衙斋，也不要一人随从。倏忽之间，已至城外，就如飞鸟辞笼，游鱼脱网一般，心下甚喜，早把这病都忘了。你道少府是个官，怎么出衙去，就没一个人知道？原来想极成梦，梦魂儿觉得如此，这身子依旧还在床上，怎么去得？单苦了守尸的哭哭啼啼，无明无夜，只望着死里求生。岂知他做梦的飘飘忽忽，无碍无拘，倒也自苦中取乐。

薛少府出了南门，便向山中游去。来到一座山，叫作龙安山，山上有座亭子，乃是隋文帝封儿子杨秀做蜀王，建亭于此，名为避暑亭。前后左右，皆茂林修竹，长有四面风来，全无一点日影。所以蜀王每到炎天，便率领宾客来此亭中避暑。果然好个清凉去处！少府当下看见，便觉心怀开爽。"若使我不出城，怎知山中有这般境界？但是我在青城县做了许多时，尚且不曾到此；想那三位同僚，怎么晓得？只合与他们知会，同携一尊，为避暑之宴。可惜有了胜地，少了胜友，终是一场欠事。"眼前景物可人，遂作诗一首。诗云：

偷得浮生半日闲，危梯绝壁自跻攀。
虽然呼吸天门近，莫遣乘风去不还。

薛少府在亭子里坐了一会，又向山中行去。那山路上没有些树木荫蔽，怎比得亭子里这般凉爽。以此越行越闷。渐渐行了十余里，远远望见一条大江。你道这江是什么江？昔日大禹治水，从岷山导出岷江。过了茂州、威州地面，又导出这个江水来，叫作沱江。至今江岸上垂着大铁链，也不知道有多少长，沉在江底，乃是大禹锁着应龙的去处。原来禹治江水，但遇水路不通，便差那应龙前去。随你几百里的高山巨石，只消他尾子一抖，登时就分开做了两处。所以世称大禹叫个"神禹"。若不会驱使这样东西，焉能八年之间，洪水底定？至今泗江水上，也有一条铁链，锁着水母，其形似猕猴一般。这沱江却是应龙（古代中国神话传说中一种有翼的龙，曾以尾画地成江，助大禹治水），皆因水功既成，锁着以镇后害，岂不是个圣迹！当下少府在山中行得正闷，况又患着热症的，忽见这片沱江，浩浩荡荡，真个秋水长天一色，自然觉得清凉，直透骨髓。就恨不得把三步并做一步，风车似奔来。岂知从山上望时甚近，乃至下得山来，又远还不

曾到得沱江，却被一个东潭隔住。这潭也好大哩！水清似镜一般，不论深浅去处，无不见底。况又映着两岸竹树，秋色可掬。少府便脱下衣裳，向潭中洗澡。

原来少府是吴人，生长泽国，从幼学得泅水。成人之后，久已不曾弄这本事。不意今日到此游戏，大快夙心，偶然叹道："人游到底不如鱼健！怎么借得这鱼鳞生在我身上，也好到处游去，岂不更快！"只见旁边有个小鱼，却觑着少府道："你要变鱼不难，何必假借。待我到河伯处，为你图之！"说声未毕，这小鱼早不见了。把少府吃上一惊，想道："我怎知这水里有精怪的？岂可独自一个在里面洗澡！不如早早抽身去罢！"岂知少府既动了这个念头，便少不得堕了那重业障。只教：

衣冠暂解人间累，鳞甲俄看水上生。

薛少府正在沉吟，恰待穿了衣服，寻路回去。忽然这小鱼来报道："恭喜！河伯已有旨了。"早见一个鱼头人，骑着大鱼，前后导从的小鱼，不计其数，来宣河伯诏曰：

城居水游，浮沉异路。苟非所好，岂有兼通。尔青城县主簿薛伟，家本吴人，官亦散局（不是主管的官员，比较清闲的官职）。乐清江之浩渺，放意而游；厌尘世之喧嚣，拂衣而去。暂从鳞化，未便终身。可权充东潭赤鲤。呜呼！纵远适以忘归，必受神明之罚；昧纤钩而贪饵，难逃刀俎之灾。无或失身，以羞吾党。尔其勉之！

少府听诏罢，回顾身上，已都生鳞，全是一个金色鲤鱼。心下虽然骇异，却又想道："事已如此，且待我恣意游玩一番，也晓得水中的意趣。"自此三江五湖，随其意向，无不游适。原来河伯诏书上说充东潭赤鲤，这东潭便似分定的地方一般，不论游到哪里，少不得要回到那东潭安歇。单则那一味，也觉得有些儿不在。过了几日，只见这小鱼又来对薛少府道："你岂不闻山西平阳府有一座山，叫个龙门山，是大禹治水时凿将开的，山下就是黄河。只因山顶上有水接着天河的水，直冲下来，做黄河的源头，所以这个去处，叫作河津。目今八月天气，秋潦（秋季因久雨而形成的大水）将降，雷声先发。普天下鲤鱼，无有不到那里去跳龙门的。你如何不禀辞河伯，也去跳龙门？若跳得过时，便做了龙，岂不便强似做鲤鱼！"

原来少府正在东潭里面住得不耐烦，听见这个消息，心中大喜。即便别了小鱼，竟到河伯处所。但见宫殿都是珊瑚作柱，玳瑁为梁，真个龙宫海藏，自与人世各别。其时河伯管下的地方，岷江、沱江、巴江、渝江、涪江、黔江、平羌江、射洪江、濯锦江、嘉陵江、青衣江、五溪、泸水、七门滩、瞿塘三峡，哪一处鲤鱼不来禀辞要去跳龙门的。只有少府是金色鲤鱼，所以各处的都推他为首，同见河伯。旧规有个公宴，就如起送科举的酒席一般。少府和各处鲤鱼一齐领了宴，谢了恩，同向龙门跳去。岂知又跳不过，点额而回。你道怎么叫作点额？因为鲤鱼要跳龙门，逆水上去，把周身的精血都积聚在头顶心里，就如被朱笔在额上点了一点的。以此世人称下第（指殿试或乡试没考中）的皆为点额，盖本于此。正是：

龙门浪急难腾跃，额上羞题一点红。

却说青城县里有个渔户叫作赵干，与妻子在沱江上网鱼为业。岂知网着一

个癞头鼋，被他把网都牵了去，连赵干也几乎掉下江里。那妻子埋怨道：“我们专靠这网做本钱，养活两口。今日连本钱都弄没了，哪里还有余钱再讨得个网来？况且县间官府，早晚常来取鱼，你把什么应付？”以此整整争了一夜。赵干被她絮聒不过，只得装一个钓竿，商量来东潭钓鱼。你道赵干为何舍了这条大江，却向潭里钓鱼？原来沱江流水最急，正好下网，不好下钓，故因想到东潭另做此一行生意。那钓钩上钩着香香的一大块油面，没下水中。薛少府自龙门点额回来，也有许多没趣，好几日躲在东潭，不曾出去觅食，肚中饥甚。忽然间赵干的渔船摇来，不免随着他船游去看看。只闻得饵香，便思量去吃他的。已是到了口边，想道：“我明知他饵上有个钩子。若是吞了这饵，可不被他钓了去？我虽是暂时变鱼耍子，难道就没处求食，偏只吃他钓钩上的？”再去船旁周围游了一转，怎当那饵香得酷烈，恰似钻入鼻孔里的一般，肚中又饥，怎么再忍得住！想道：“我是个人身，好不多重，这些些钓钩怎么便钓得我起？便被他钓了去，我是县里三衙，他是渔户赵干，岂不认得？自然送我归县，却不是落得吃了他的？”方才把口就饵上一合，还不曾吞下肚子，早被赵干一掣，掣将去了。这便叫作‘眼里识得破，肚里忍不过’。

那赵干钩得一个三尺来长金色鲤鱼，举手加额，叫道：“造化！造化！我再钓得这等几个，便有本钱好结网了。”少府连声叫道：“赵干！你是我县里渔户，快送我回县去！”那赵干只是不应，竟把一根草索贯了鱼鳃，放在舱里。只见他妻子说道：“县里不时差人取鱼。我想这等一个大鱼，若被县里一个公差看见，取了去，领得多少官价？不如藏在芦苇之中，等贩子投来，私自卖他，也多赚几文钱用。”赵干说道：“有理！”便把这鱼拿去藏在芦苇中，把一领破蓑衣遮盖。回来对妻子说：“若多卖得几个钱时，拼得沽酒来与你醉饮。今夜再发利市，安知明日不钓了两个？”

那赵干藏鱼回船，还不多时候，只见县里一个公差叫作张弼，来唤赵干道：“裴五爷要个极大的鱼做鲊（用盐和红曲腌的鱼）吃。今早直到沱江边来唤你，你却又移到这个所在，教我团团寻遍，走得个汗流气喘。快些拣一尾大的，同我送去！”赵干道：“有累上下走着屈路了。不是我要移到这里，只为前日弄没了网，无钱去买，没奈何，只得权到此钓几尾去做本钱。却又没个大鱼上钩，只有小鱼三四斤在这里，要便拿了去。”张弼道：“裴五爷吩咐要大鱼，小的如何去回话？”扑的跳下船，揭开舱板一看，果然通是小的。欲要把去权时答应，又想道：“这般宽阔去处，难道没个大鱼？一定这厮奸诈，藏在哪里。”即便上岸各处搜看，却又不见。次后寻到芦苇中，只见一件破蓑衣掀上掀下地乱动。张弼料道必是鱼在底下，急走上前，揭起看时，却是一个三尺来长的金色鲤鱼。赵干夫妻望见，口里只叫得苦。

张弼不管三七二十一，提了那鱼便走，回头向赵干说道：“你哄得我好！待禀了裴五爷，着实打你这厮。”少府大声叫道：“张弼！张弼！你也须认得我。我偶然游到东潭，变鱼耍子，你怎么见我不叩头，倒提着我走？”张弼全然不理，只是提了鱼，一直奔回县去。赵干也随后跟来。那张弼一路走，少府也一路骂。提到城门口，只见一个把门的军，叫作胡健，对张弼说道：“好个大鱼！只是裴五爷请各位爷饮宴，专等鱼来做鲊吃，道你去了许久不到，又飞出签来叫你，

你可也走紧些！”少府抬头一看，正前日出来的那一座南门，叫作迎薰门，便叫把门军道：“胡健！胡健！前日出城时节，曾吩咐你道：我自私行出去的，不要禀知各位爷，也不要差人迎接。难道我出城不上一月，你就不记得了？如今正该去禀知各位爷，差人迎接才是，怎么把我不放在眼里，这等无状（不成体统，不像样）！”岂知把门军胡健也不听见，却与张弼一般。

那张弼一径地提了鱼，进了县门。薛少府还叫骂不止。只见司户吏与刑曹吏，两个东西相向在大门内下棋。那司户吏道：“好怕人子！这等大鱼，可有十多斤重？”那刑曹吏道：“好一个活泼泼的金色鲤鱼，只该放在后堂绿漪池里养它看耍子，怎么就舍得做鲊吃了？”少府大叫道：“你两个吏，终日在堂上服侍我的，便是我变了鱼，也该认得，怎么见了我都不站起来，也不去报与各位爷知道？”那两个吏依旧在那里下棋，只不听见。少府想道：“俗谚有云：‘不怕官，只怕管。’岂是我管你不着，一些儿不怕我？莫不是我出城这几日，我的官被勾了？纵使勾了官，我不曾离任，到底也还管得他着。且待我见同僚时，把这起奴才从头告诉，教他一个个打得皮开肉绽！”看官们牢记下这个话头，待下回表白。

且说顾夫人谨守薛少府的尸骸，不觉过了二十多日，只见肌肉如故，并不损坏。把手去摸着心头，觉得比前更暖些，渐渐地上至喉咙，下至肚脐，都不甚冷了。想起道人李八百的说话，果然有些灵验。因此在他顶上刺出鲜血来，写成一疏，请了几个有名的道士，在青城山老君庙里建醮，祈求仙方，保护少府回生。许下重修庙宇，再塑金身的愿心。宣疏之日，三位同僚与通县吏民，无不焚香代祷，如当日一般。我想古语有云：“吉人天相。”难道薛少府这等好官，况兼合县的官民又都来替他祈祷，怕就没有一些儿灵应？只是已死二十多日的人，要他依旧又活转来，虽则老君庙里许下愿的，从无不验之人；但是阎王殿前投到过的，哪有退回之鬼！正是：

须知作善还酬善，莫道无神定有神。

却说是夜道士在醮坛上面，铺下七盏明灯，就如北斗七星之状。原来北斗第七个星，叫作斗杓，春指东方，夏指南方，秋指西方，冬指北方，在天上旋转的。只有第四个星，叫作天枢，它却不动。以此将这天枢星上一灯，特为本命星灯。若是灯明，则本身无事，暗则病势淹缠，灭则定然难救。其时道士手举法器，朗诵灵章，虔心禳解（向神祈求解除灾祸），伏阴（旧时迷信，称道士敬神、念咒后灵魂即离体而去，聆受神的指示，以为人禳灾除病）而去，亲奏星官，要保佑薛少府重还魂魄，再转阳间。起来看这七盏灯时，尽皆明亮，觉得本命那一盏尤加光彩，显见不该死的符验，便对夫人贺喜道：“少府本命星灯，光彩倍加，重生当在旦夕；切不可过于哀泣，恐惊动他魂魄不安，有难回转。”夫人含着两行眼泪谢道：“若得如此，也不枉做这个道场，和那昼夜看守的辛苦。”

得了这个消息，心中少觉宽解。岂知朦胧睡去，做成一梦。明明见少府慌慌忙忙，精赤剥地跑入门来，满身都是鲜血，把两只手掩着脖子叫道：“晦气！晦气！我在江上泛舟，情怀颇畅，忽然狂风陡作，大浪掀天，把舟覆了，却跌在水去。幸遇江神怜我阳寿未绝，赠我一领黄金锁子甲，送得出水。正待寻路入城，不意遇着剪径的强人，要谋这领金甲，一刀把我杀了。你若念夫妻情分，好生看守魂魄，送我回去。”夫人一闻此言，不觉放声大哭，就惊醒了。想道：

“适间道士只说不死，如何又有此噩梦？我记得梦书上有一句道：‘梦死得生。’莫非他眼下灾悔脱尽，故此身上全无一丝一缕，亦未可知。只是紧紧地守定他尸骸便了。”

到次日，夫人将醮坛上牺牲诸品，分送三位同僚，这个叫作“散福”。其日就是裴县尉做主，会请各衙，也叫作“饮福”。因此裴县尉差张弼去到渔户家取个大鱼来做鲊，好配酒吃。终是邹二衙为着同年情重，在席上叹道：“这酒与平常宴会不同，乃为薛公祈祷回生，半是醮坛上的品物。今薛公的生死未知何如，教我们食怎下咽？”裴五衙便道：“古人临食不叹，偏是你念同年，我们不念同僚的？听得道士说他回生，不在昨晚，便是今日。我们且待鱼来做鲊下酒，拼吃个酩酊，只在席上等候他一个消息，岂不是公私两尽？”

当日直到未牌时分，张弼方才提着鱼到阶下。原来裴五衙在席上做主，单为等鱼不到，只得停了酒，看邹二衙与雷四衙打双陆，自己在旁边吃着桃子。忽回转头看见张弼，不觉大怒道：“我差你取鱼，如何去了许久？若不是飞签催你，你敢是不来了么？”张弼只是叩头，把渔户赵干藏过大鱼的情节，备细禀上一遍。裴五衙便叫当直的把赵干拖翻，着实打了五十下皮鞭，打得皮开肉绽，鲜血迸流。你道赵干为何先不走了，偏要跟着张弼到县，自讨打吃？他只恋着这几文的官价，思量领去，却被打了五十皮鞭，价又不曾领得，岂不与这尾金色鲤鱼为贪着香饵上了他的钩儿一般！正是：

世上死生皆为利，不到乌江不肯休。

裴五衙把赵干赶了出去，取去来看，却是一尾金色鲤鱼，有三尺多长，喜叹：“此鱼甚好，便可付厨上做鲊来吃！”当下薛少府大声叫道：“我哪里是鱼？就是你的同僚，岂可错认得我了？我受了许多人的侮慢，正要告诉列位与我出这一口恶气，怎么也认我做鱼，便付厨上做鲊吃？若要作鲊，可不屈我杀了！枉做这几时同僚，一些儿契分（交谊，情分）安在！”其时同僚们全然不理。少府便情极了，只得又叫道：“邹年兄，我与你同登天宝末年进士，在都下往来最为交厚，今又在此同官，与他们不同。怎么不发一言，坐视我死？”只见邹二衙对裴五衙道：“以下官愚见，这鱼还不该做鲊吃。那青城山上老君祠前有老大的一个放生池，尽有建醮的人买着鱼鳖螺蛤等物投放池内。今日之宴，既是薛衙送来的散福，不若也将此鱼投于放生池内，见我们为同僚的情分，种此因果。”那雷四衙便从旁说道：“放鱼甚善！因果之说，不可不信。况且酒席美肴馔尽够多了，何必又要鲊吃？”此时薛少府在阶下听见叹道：“邹年兄好没分晓！既是有心救我，何不就送回衙里去，怎么又要送我上山，却不渴坏了我？虽然如此，也强如死在庖人之手。待我到放生池内，依还变了转来，重穿冠带，再坐衙门。且莫说赵干这起狗才，看那同僚把甚嘴脸来见我？”

正在踌躇，又见那裴五衙答道：“老长官要放这鱼，是天地好生之心，何敢不听？但打醮是道家事，不在佛门那一教，要修因果，也不在这上。想道天生万物，专为养人。就如鱼这一种，若不是被人取吃，普天下都是鱼，连河路也不通了。凡人修善，全在一点心上，不在一张口上。故谚语有云：‘佛在心头坐，酒肉穿肠过。’又云：‘若依佛法，冷水莫呷。’难道吃了这个鱼，便坏了我们为同僚的心？眼见得好鱼不作鲊吃，倒平白地放了它去。安知我们不吃，又不被

水獭吃了？总只一死，还是我们自吃了的是。”少府听了这话，便大叫道：“你看两个客人都要放我，怎么你做主人的偏要吃我？这等执拗！莫说同僚情薄，原来宾主之礼，也一些没有的。”

原来雷四衙是个两可的人，见裴五衙一心要做鱼鲊吃，却又对邹二衙道：“裴长官不信因果，多分这鱼放生不成了。但今日是他做主人，要以此奉客，怎么好固拒他？我想这鱼不是我等定要杀他，只算今日是它数尽之日，救不得罢了！”当下少府即大声叫道：“雷长官，你好没主意，怎么两边撺掇！既是劝他放我，他便不听，你也还该再劝才是。怎么反劝邹年兄也不要救我？敢则你衙斋冷淡，好几时没得鱼吃了，故此待他做鲊来，思量饱餐一顿么？”只得又叫邹二衙道：“年兄！年兄！你莫不是乔做人情么？故假意劝了这几句，便当完了？你是再也不出半声了！自古道得好：‘一死一生，乃见交情。’若非今日我是死的，你是活的，怎知你为同年之情淡薄如此！到底有个放我时节，等我依旧变了转来，也少不得学**翟廷尉的故事**（据《史记》记载，翟公曾经做过廷尉，当时，也可称宾客盈门了，可等到被罢免，门前却冷落到可张网捕雀。不久后，他又做了廷尉，那些宾客又想去巴结，翟公便在大门上醒目地写上：“一死一生，乃知交情；一贫一富，乃知交态；一贵一贱，交情乃见。”），将那两句题在我衙门之上，与你看看！年兄！年兄！只怕你悔之晚矣！”少府虽则乱叫乱嚷，宾主都如不闻。

当时裴五衙便叫厨役叫作王士良，因有手段，最整治得好鲊，故将这鱼交付与他，说道：“又要好吃，又要快当。不然，照着赵干样子，也奉承你五十皮鞭！”那王士良一头答应，一头就伸过手提鱼，急得少府顶门上飞散了三魂，脚板底荡调了七魄，便大声哭起来道：“我平昔和同僚们如兄若弟，极是交好，怎么今日这等哀告，只要杀我？哎，我知道了，一定是妒忌我掌印，起此一片恶心。须知这印是上司委把我署的，不是我谋来掌的。若肯放我回衙，我就登时推印，有何难哉！”说了又哭，哭了又说。岂知同僚都做不听见。竟被王士良一把提到厨下，早取过一个砧头来放在上面。少府举眼看时，却认得是他手里一向做厨役的，便大叫道：“王士良，你岂不认得我是薛三爷？若非我将吴下食谱传授与你，看你整治些甚样肴馔出来，能使各位爷这般作兴你？你今日也该想我平昔抬举之恩，快去禀知各位爷，好好送回衙去。却把我来放在砧头上待要怎的？”岂知王士良一些不理，右手拿刀在手，将鱼头着实按上一下。激得少府心中不胜大怒！便骂：“你这狗才，敢只会奉承裴五衙，全不怕我！难道我就没摆布你处？”一挣挣起来，将尾子向王士良脸上只一泼，就似打个耳聒子一般，打得王士良耳鸣眼暗，连忙举手掩面不迭，将那把刀直抛在地下去了。一边拾刀，一边却冷笑道：“你这鱼！既是恁的健浪，停一会等我送你到滚锅儿里再游游去！”

原来做鲊的，最要刀快，将鱼切得雪片也似薄薄的，略在滚水里面一转，便捞起来，加上椒料，泼上香油，自然松脆鲜美。因此王士良再把刀去磨一下。其时少府叫他不应，叹口气道：“这次磨快了刀来，就是我命尽之日了。想起我在衙虽则患病，也还可忍耐。如何私自跑出，却受这般苦楚！若是我不见这个东潭；便见了东潭，也不下去洗澡；便洗个澡，也不思量变鱼；便思量变鱼，也不受那河伯的诏书，也不至有今日！总只未变鱼之先，被那小鱼十分撺掇；既变鱼

之后，又被那赵干把香饵来哄我，都是命里凑着，自作自受，怎好埋怨哪个！只可怜见我顾夫人在衙，无儿无女，将谁倚靠？怎生寄得一信与她，使我死也瞑目！”正在号啕大哭，却被王士良将新磨的快刀，一刀剁下头来。正是：

三寸气在，谁肯输半点便宜；七尺躯亡，都付与一场春梦。

眼见得少府这一番真个呜呼哀哉了！未知少府生回日，已见鱼儿命尽时。这里王士良刚把这鱼头一刀剁下，那边三衙中薛少府在灵床之上，猛地跳起来坐了。莫说顾夫人是个女娘家，就险些儿吓得死了；便是一家们在那里守尸的，哪一个不摇首咋舌，叫道：“好古怪！好古怪！我们一向紧紧地守定在此，从没个猫儿在他身上跳过，怎么就把死尸吊了起来？”只见少府叹了口气，问道：“我不知人事有几日了？”夫人答道：“你不要吓我！你已死去了二十五日，只怕不会活哩！”少府道：“我何曾死！只做得一个梦，不意梦去了这许多日。”便唤家人：“去看三位同僚，此时正在堂上，将吃鱼鲊。教他且放下了箸，不要吃，快请到我衙里来讲话。”果然同僚们在堂上饮酒，刚刚送到鱼鲊，正待举箸，只见薛衙人禀说：“少府活转来了，请三位爷莫吃鱼鲊，便过衙中讲话。”惊得那三位都暴跳起来，说道：“医人李八百的把脉，老君庙里铺灯，怎么这等灵验得紧！”忙忙地走过薛衙，连叫：“恭喜！恭喜！”只见少府道：“列位可晓得？适才做鲊的这尾金色鲤鱼便是不才。若不被王士良那一刀，我的梦儿时够醒。”

那三位茫茫不知其故，都说道：“天下岂有此事！请老长官试说一番，容下官们洗耳恭听。”薛少府道：“适才张弼取鱼到时，邹年兄与雷长官打双陆，裴长官在旁吃桃子。张弼禀渔户赵干藏了大鱼，把小鱼搪塞。裴长官大怒，把赵干鞭了五十，这事有么？”三位道：“果是如此。只是老长官如何晓得恁详细？”少府道：“再与我唤赵干、张弼和那把守迎薰门军士胡健，户曹刑曹二吏，并厨役王士良来，待我问他。”那三位即便差人，都去唤到。少府问道：“赵干，你在东潭钓鱼，钓得个三尺来长金色鲤鱼，你妻子教你藏在芦苇之中，上头盖着旧蓑衣。张弼来取鱼时，你只推没有大鱼。却被张弼搜出，提到迎薰门下。门军胡健说道：‘裴五爷下飞签催你，你可走快些！’到得县门，门内二吏东西相向，在那里下棋。一个说：‘鱼大得怕人子！做鲊来一定好吃。’一个说：‘这鱼可爱，只该畜在后堂池里，不该做鲊。’王士良把鱼按在砧头上，却被鱼跳起尾来，脸上打了一下，又去磨快了刀，方才下手。这事可都有么？”赵干等都惊道：“事俱有的！但不知三爷何由知得？”少府道：“这鱼便是我做的。我自被钓之后，那一处不高声大叫，要你们送我回衙，怎么都不听我，却是甚主意？”赵干等都叩头道：“小的们实是不听见，若听见时，怎么敢不送回？”少府又问裴县尉道：“老长官要做鱼鲊之时，邹年兄再三劝你放生，雷长官在旁边撺掇，只是不听，催唤王士良提去。我因放声大哭，说：‘枉做这几时同僚，今日定要杀我，岂是仁者所为！’莫说裴长官不理，连邹年兄、雷长官，也更无一言。这是何意？”三位相顾道：“我们何尝听见些儿！”一齐起身请罪。少府笑道：“这鱼不死，我也不生。已作往事，不必再题了。”遂把赵干等打发出去，同僚们也作别回衙。将鱼鲊投弃水中，从此立誓再不吃鱼。原来少府叫哭，哪曾有什么声响，但见这鱼口动而已。乃知三位同僚与赵干等，都不听见，盖有以也。

且说顾夫人想起老君庙签诀的句语，无一字不验。乃将求签打醮事情，备细

说与少府知道，就要打点了愿。少府惊道：“我在这里几多时，但闻得青城山上有座老君庙，是极盛的香火，怎知道灵应如此！”即便清斋七日，备下明灯净香，亲诣庙中偿愿。一面差人估计木料，装严金像，合用若干工价，将家财俸资凑来买办，择日兴工。到第七日早上，屏去左右，只带一个十二三岁的小门子，自出了衙门，一步一拜，向青城山去。刚至半山，正拜在地，猛然听得有人叫道：“薛少府，你可晓得么？”少府不觉吃了一惊。抬头观看，乃是一个牧童，头戴箬笠，横坐青牛，手持短笛，从一个山坡边转出来的。当下少府问道：“你要我晓得什么？”那牧童道：“你晓得神仙中有个琴高（古代传说中的人物，能鼓琴，后于涿水乘鲤归仙），他本骑着赤鲤升天去的。只因在王母座上，把那弹云璈（一种古代乐器，又称“阮咸”）的田四妃，觑了一眼，动了凡心，故此两个并谪人世。如今你的前生，便是琴高，你那顾夫人，便是田四妃。为你到官以来，迷恋风尘，不能脱离，故又将你权充东潭赤鲤，受着诸般苦楚，使你回头。你却怎么还不省得？敢是做梦未醒哩！”少府道：“依你说，我的前生，乃是神仙。今已迷惑，又须得一个师父来提醒便好。”牧童道：“你要个提醒的人，远不远千里，近只在目前。这成都府道人李八百，却不是个神仙？他本在汉时叫作韩康，一向卖药长安市上，口不二价。后来为一女子识破了，故此又改名为李八百。人只说他传授得孙真人八百个秘方，正不知他道术还在孙真人之上，实实活过八百多岁了。今你夫妻谪限将满，合该重还仙籍。何不去问那李八百，教他与你打破尘障？”

原来夫人只与少府说得香愿的事，不曾说起李八百把脉情由，因此牧童说着李八百名姓，少府一些也不晓得。心下想道：“山野牧童知道甚么？无过信口胡谈，荒唐之说，何足深信。我只是一步一拜，还愿便了！”岂知才回顾头来，那牧童与牛化作一道紫气，冲天而去。正是：

当面神仙犹不识，前生世事怎能知！

少府因自己做鱼之事，来得奇怪。今番看见牧童化风而去，心下越发惶惑，定道连那牧童也是梦中，好生委决不下。不一时，拜到山顶老君座前，叩谢神明保佑，再得回生。只在早晚选定吉日，偿还愿心。拜罢起来，看那老君神像，正是牧童的面貌。又见座旁塑着一头青牛，也与那牧童骑的一般。方悟道：“方才牧童分明是太上老君指引我重还仙籍，如何有眼无珠，当面错过？”乃再拜请罪。

回至衙中，备将牧童的话，细细述与夫人知道。夫人方说起：“病危时节，曾请成都府道人李八百来看脉。他说：‘是死而不死之症。须待死后半月二旬，自然慢慢地活将转来，不必下药。’临起身时，又说：‘这签诀灵得紧。直到看见鱼时，方有分晓。’我想他能顾知过去未来之事，岂不真是个仙人！莫说老君已经显出化身，指引你去；便不是仙人，既劳他看脉一场，且又这等神验，也该去谢他！”少府听罢，乃道：“原来又有这段姻缘！如何不去谢他。”又清斋了七日，徒步自往成都府去，访那道人李八百。

恰好这一日，李八百正坐在医铺里面。一见少府，便问道：“你做梦可醒了未？”少府扑地拜下，答道：“弟子如今醒了。只求师父指教，使弟子脱离风尘，早闻大道！”李八百笑道：“你须不是没根基的，要去烧丹炼火。你前世原是神仙谪下，太上老君已明明对你说破。自家身子，还不省得，还来问人？敢是你只认得青城县主簿么？”当下少府恍然大悟，拜谢道：“弟子如今真个醒了！只

是老君庙里香愿，尚未偿还。待弟子了愿之后，即便弃了官职，挈了妻子，同师父出家，证还仙籍，未为晚也！”遂别了李八百，急回至青城县，把李八百的话述语夫人知道。夫人也就言上省悟，前生原是西王母前弹云璈的田四妃，因动尘念堕落。当夜便与少府各自一房安下，焚香静坐，修证前因。次日，少府将印送与邹二衙署摄，备文申报上司。一面催趱工役，盖造殿庭，装严金像，极其齐整。

刚到工完之日，那邹二衙为着当时许愿，也要分俸相助，约了两个县尉，到少府衙舍，说知此事。家人只道还在里边静坐，进去通报。只见案上遗下一诗，竟不知少府和夫人都在哪里去了。家人拿那首诗递与邹二衙观看，乃是留别同僚吏民的。诗云：

鱼身梦幻欣无恙，若是鱼真死亦真。
到底有生终有死，欲离生死脱红尘。

邹二衙看了这诗，不胜嗟叹，乃道：“年兄总要出家修行，也该与我们作别一声，如今觉道忒歉然了！谅来他去还未远。”即差人四下寻访，再也没些踪迹。正在惊讶，裴五衙笑道：“二位老长官好不睹事！想他还掉不下水中滋味，多分又去变鲤鱼玩耍去了。只到东潭上抓他便了。”

不题同僚们胡猜乱想。再说少府和夫人不往别处，竟至成都去见那李八百。那李八百对着少府笑道：“你前生原是琴高，因为你升仙不远，故令赤鲤专在东潭相候。今日依先还你赤鲤，骑坐上升何如？”又对夫人道：“自你谪后，西王母前弹云璈的暂借**董双成**（古代神话传说中的人物，商亡后于西湖畔修炼成仙，飞升后任王母身边的玉女。善吹笙，通音律，深得西王母的喜爱），如今依旧该是你去弹了。”自然神仙一辈，叫作会中人，再不消什么口诀，什么心法，都只是一笑而喻。其时少府、夫人也对李八百说道：“你先后卖药行医，救度普众，功行亦非小可，何必久混人世！”李八百道：“我数合与你同升，故在此相候。”顷刻间，祥云缭绕，瑞霭缤纷，空中仙音嘹亮，鸾鹤翱翔，仙童仙女，各执幢幡宝盖，前来接引。少府乘着赤鲤，夫人驾了紫霞，李八百跨上白鹤，一齐升天。遍成都老幼，那一个不看见，尽皆望空瞻拜，赞叹不已。至今升仙桥圣迹犹存。诗云：

茫茫荡荡事端新，人既为鱼鱼复人。
识破幻形不碍性，体形修性即仙真。

## 第二十七卷　李玉英狱中讼冤

人间夫妇愿白首，男长女大无疾疢。男娶妻兮女嫁夫，频见**森孙**（孙儿孙女）会行走。若还此愿遂心怀，百年瞑目黄泉台。莫教中道有差跌，前妻晚妇情离乖。晚妇狠毒胜蛇蝎，枕边谮语无休歇。自己生儿似宝珍，他人子女遭磨灭。饭不饭兮茶不茶，蓬头垢面徒伤嗟。君不

见大舜历山终夜泣（大舜早年备受继母虐待，多次身陷险境，但他从不怨恨，曾在历山耕田，常洒思亲之泪。下文的“焚廪损阶”就是父母叫舜去整修谷仓顶，然后撤掉了梯子，在下面放火焚烧谷仓），闵骞十月衣芦花（闵子骞，春秋时期孔子的弟子，为人极孝。他少年丧母，父亲娶了继母。继母偏爱自己亲生二子，虐待闵子骞，冬天用棉絮给自己的孩子做棉衣，而给他的棉衣填的是芦花。父亲发现后很生气，想休掉妻子。子骞长跪于父亲面前，为继母求情：“母在一子寒，母去三子单。”）！

这篇言语，大抵说人家继母心肠狠毒，将亲生子女胜过一颗九曲明珠，乃稀世之宝，何等珍重。这也是人之常情，不足为怪。单可恨的，偏生要把前妻男女，百般凌虐，粪土不如。若年纪在十五六岁，还不十分受苦，纵然磨灭，渐渐长大，日子有数。唯有十岁内外的小儿女，最为可怜。然虽如此，其间原有三等。哪三等？第一等，乃富贵之家，幼时自有乳母养娘服侍，到五六岁便送入学中读书。况且亲族蕃盛，手下婢仆，耳目众多，尚怕被人谈论，还要存个体面，不致有饥寒打骂之苦。或者自生得有子女，要独吞家业，索性倒弄个斩草除根的手段，有诗为证：

焚廪损阶事可伤，申生遭谤伯奇殃。
后妻煽处从来有，几个男儿肯直肠。

第二等，乃中户人家，虽则体面还有，料道幼时未必有乳母养娘服侍，诸色尽要在继母手内出放，那饥寒打骂就不能够免了。若父亲是个硬挣的，定然卫护儿女，与老婆反目厮闹，不许她凌虐。也有惧怕丈夫厉害，背着眼方敢施行。倘遇了那不怕天，不怕地，也不怕羞，也不怕死，越杀越上的泼悍婆娘，动辄拖刀弄剑，不是刎颈上吊，定是奔井投河，惯把死来吓老公，常有弄假成真，连家业都完在她身上。俗语道得好：“逆子顽妻，无药可治。”遇着这般泼妇，难道终日厮闹不成？少不得闹过几次，奈何她不下，倒只得诈瞎装聋，含糊忍痛，也有将来过继与人，也有送去为僧学道，或托在父兄外家寄养。这还是有些血气的所为。

又有那一种横肚肠，烂心肝，忍心害理，无情义的汉子，前妻在生时，何等恩爱，把儿女也何等怜惜。到得死后，娶了晚妻，或奉承她妆奁富厚，或贪恋颜色美丽，或中年娶了少妇，因这几般上，弄得神魂颠倒，意乱心迷，将前妻昔日恩义，撇向东洋大海。儿女也渐渐做了眼中之钉，肉内之刺。到得打骂，莫说护卫劝解，反要加上一顿，取她的欢心。常有后生儿女都已婚嫁，前妻之子，尚无妻室，公论上说不去时，胡乱娶个与他。后母还千方百计做下魇魅（用邪道致人死亡）要他夫妻不睦。若是魇魅不灵，便打儿子，骂媳妇，撺掇老公告忤逆，赶逐出去。那男女之间，女儿更觉苦楚。孩子家打过了，或向学中攻书，或与邻家孩子们玩耍，还可以消遣。做了女儿时，终日不离房户，与那夜叉婆挤作一块，不住脚把她使唤，还要限每日做若干女红。做得少，打骂自不必说。乃至攒足了，却又嫌好道歉，也原脱白（摆脱）不过。生下儿女，恰像写着包揽文书的，日夜替她怀抱。倘若啼哭，便道是不情愿，使性儿难为她孩子。偶或有些病症，又道是故意惊吓出来的。就是身上有个蚊虫疤儿，一定也说是故意放来叮的。更有一节苦处，任你滴水成冰的天气，少不得向冰孔中洗浣污秽衣服，还要憎嫌洗得不洁净，加一场咒骂。熬到十五六岁，渐渐成人。那时打骂，

就把污话来肮脏了，不骂要趁汉，定说想老公。可怜女子家无处伸诉，只好向背后吞声饮泣！倘或听见，又道装这许多妖势。多少女子当不起恁般羞辱，自去寻了一条死路。有诗为证：

不正夫纲但怕婆，怕婆无奈后妻何！

任她打骂亲生女，暗地心疼不敢诃。

第三等，乃朝趁暮食肩担之家，此等人家儿女，纵是生母在时，只好苟免饥寒，料道没甚丰衣足食。巴到十来岁，也就要指望教去学做生意，趁三文五文帮贴柴火。若又遇着个凶恶继母，岂不是苦上加苦！口中吃的，定然有一顿没一顿，担饥忍饿。就要口热汤，也须请问个主意，不敢擅专。身上穿的，不是前拖一块，定是后破一片。受冻挨寒，也不敢在她面前说个冷字。那几根头发，整年也难得与梳子相会，胡乱挽个角儿，还不是捋得披头盖脸。两只脚久常赤着，从不曾见鞋袜面。若得了双草鞋，就胜如穿着粉底皂靴。专任的是劈柴烧火，担水提浆。稍不如意，软的是拳头脚尖，硬的是木柴棍棒。那咒骂乃口头言语，只当与他消闲。到得将就挑得担子，便限着每日要赚若干钱钞。若还缺了一文，少不得敲个半死。倘肯撺掇老公，卖与人家为奴，这就算她一点阴骘。所以小户人家儿女，经着后母，十个倒有九个磨折死了。有诗为证：

小家儿女受艰辛，后母加添妄怒嗔。

打骂饥寒浑不免，人前一样唤娘亲。

说话的，为何只管絮絮叨叨，道后母的许多短处？只因在下今日要说一个继母谋害前妻儿女，后来天理昭彰，反受了国法，与天下的后母做个榜样，故先略道其概。这段话文若说出来时：

直教铁汉也心酸，总是石人亦泪洒！

你道这段话文，出在哪里？就在本朝正德年间，北京顺天府**旗手卫**（明官署名，掌大驾金鼓、旗纛，随皇帝出入并守卫四门），有个荫籍百户李雄。他虽是武弁出身，却从幼聪明好学，深知典籍。及至年长，身材魁伟，膂力过人，使得好刀，躲得好箭，是一个文武兼备的将官。因随太监张永征陕西安化王有功，升锦衣卫千户。娶得个夫人何氏，夫妻十分恩爱。生下三女一男：儿子名曰承祖，长女名玉英，次女名桃英，三女名月英。原来是先花后果的。倒是玉英居长，次即承祖。不想何氏自产月英之后，便染了个虚怯症候，不上半年，呜呼哀哉！可怜：

留得旧时残锦绣，每因肠断动悲伤！

那时玉英刚刚六岁，承祖五岁，桃英三岁，月英只有五六个月。虽有养娘、奶子服侍，到底像小鸡失了鸡母，七慌八乱，啼啼哭哭。李雄见儿女这般苦楚，心下烦恼，只得终日住在家中窝伴。他本是个官身，顾着家里，便耽搁了公事；到得干办了公事，却又没工夫照管儿女，真个公私不能两尽。挨了几个月日，思想终不是长法，要娶个继室，遂央媒寻亲。那媒婆是走千家、踏万户的，得了这句言语，到处一兜，那些人家闻得李雄年纪只有三十来岁，又是锦衣卫千户，一进门就称奶奶，谁个不肯？三日之间，就请了若干庚帖送来，任凭李雄选择。俗语有云：“姻缘本是前生定，不许今人作主张。”李雄千择万选，却拣了个姓焦的人家女儿，年方一十六岁，父母双亡，哥嫂做主。那哥哥叫作焦榕，专在各衙门打干，是一个油里滑的光棍。李雄一时没眼色，成了这头亲事。少

不得行礼纳聘，不则一日，娶得回家，花烛成亲。

那焦氏生得有六七分颜色，女工针指，却也百伶百俐，只是心肠有些狠毒，见了四个小儿女，便生嫉妒之念。又见丈夫十分爱惜，又不时叮嘱好生抚育，越发不怀好意。她想道："若没有这一窝子贼男女，那官职产业好歹是我生子女来承受。如今遗下许多短命贼种，纵挣得泼天家计，少不得被他们先拔头筹。设使久后，也只有今日这些家业，派到我的子女，所存几何，可不白白与他辛苦一世？须是哄热了丈夫，然后用言语唆冷他父子，磨灭死两三个，只存个把，就易处了。"你道天下有恁样好笑的事！自己方才十五六岁，还未知命短命长，生育不生育中，却就算到几十年后之事，起这等残忍念头，要害前妻儿女，可胜叹哉！有诗为证：

娶妻原为生儿女，见成儿女反为仇。
不是妇人心最毒，还因男子没长筹。

自此之后，焦氏将着丈夫百般殷勤趋奉。况兼正在妙龄，打扮得如花朵相似，枕席之间，曲意取媚。果然哄得李雄千欢万喜，百顺百依。只有一件不肯听她。你道是哪件？但说到儿女面上，便道："可怜他没娘之子，年幼娇痴，倘有不到之处，须将好言训诲，莫要深责！"焦氏撺唆了几次，见不肯听，忍耐不住。一日趁老公不在家，寻起李承祖事过，揪来打骂。不道那孩子头皮寡薄，她的手儿又老辣，一顿乱打，那头上却如酵到馒头，登时肿起几个大疙瘩。可怜打得那孩子无个地孔可钻，号啕痛哭！养娘、奶子解劝不住。那玉英年纪虽小，生性聪慧，看见兄弟无故遭此毒打，已明白晚母不是个善良之辈，心中苦楚，泪珠乱落。在旁看不过，向前道："告母亲，兄弟年幼无知，望乞饶恕则个。"焦氏喝道："小贱人！谁要你多言？难道我打不得的么？你的打也只就在头上滴溜溜转了，却与别人讨饶？"玉英闻得这语，愈加哀楚。

正打之间，李雄已回，那孩子抱住父亲，放声号恸。李雄见打得这般光景，暴躁如雷，翻天作地，闹将起来。那婆娘索性抓破脸皮，反要死要活，分毫不让。早有人报知焦榕，特来劝慰。李雄告诉道："娶令妹来，专为要照管这几个儿女，岂是没人打骂，娶来凌贱不成！况又几番嘱咐，可怜无母娇幼。你即是亲母一般，凡事将就些，反故意打得如此模样！"焦榕假意埋怨了妹子几句，赔个不是，道："舍妹一来年纪小，不知世故；二来也因从幼养娇了性子，在家任意惯了。妹丈不消气得！"又道："省得在此不喜欢，待我接回去住几日，劝喻她下次不可如此。"道罢，作别而去。

少顷，雇乘轿子，差个女使接焦氏到家。那婆娘一进门，就埋怨焦榕道："哥哥，奴总有甚不好处，也该看爹娘分上访个好对头匹配才是，怎么胡乱肮脏送在这样人家，误我的终身？"焦榕笑道："论起嫁这锦衣卫千户，也不算肮脏了。但是你自己没有见识，怎么抱怨别人？"焦氏道："哪见得我没有见识？"焦榕道："妹夫既将儿女爱惜，就顺着他性儿，一般着些疼热。"焦氏嚷道："又不是亲生的，教我着疼热，还要算计哩！"焦榕笑道："正因这上，说你没见识。自古道：'将欲取之，必固与之。'你心下越不喜欢这男女，越该加意爱护。"焦氏道："我恨不得顷刻除了这几个冤孽，方才干净，为何反要将他爱护？"焦榕道："大抵小儿女，料没甚大过失。况婢仆都是他旧人，与你恩义尚疏。稍加责

罚，此辈就到家主面前轻事重报，说你怎的凌虐。妹夫必然着意防范，何由除得？他存了这片疑心，就是生病死了，还要疑你有甚缘故，可不是无丝有线？你若将就容得，落得做好人，抚养大了，不怕不孝顺你。”焦氏把头三四摇道：“这是断然不成！”焦榕道：“毕竟容不得，须依我说话。今后将他如亲生看待，婢仆们施些小惠，结为心腹，暗地察访。内中倘有无心向你，并口嘴不好的，便赶逐出去。如此过了一年两载，妹夫信得你真了，婢仆又皆是心腹，你也必然生下子女，分了其爱。那时觑个机会，先除却这孩子，料不疑虑到你。那几个丫头，等待年长，叮嘱童仆们一齐驾起风波，只说有私情勾当。妹夫是有官职的，怕人耻笑，自然逼其自尽。是恁样阴唆阳劝做去，岂不省了目下受气？又见得你是好人。”焦氏听了这片言语，不胜喜欢道：“哥哥言之有理！是我错埋怨你了。今番回去，依此而行。倘到紧要处，再来与哥哥商量。”

不题焦榕兄妹计议。且说李雄因老婆凌贱儿女，反添上一顶愁帽儿，想道：“指望娶她来看顾儿女，却倒增了一个魔头！后边日子正长，教这小男女怎生得过？”左思右算，想出一个道理。你道是什么道理？原来收拾起一间书室，请下一个老儒，把玉英、承祖送入书堂读书，每日茶饭俱着人送进去吃，直至晚方才放学。教他远了晚娘，躲这打骂。那桃英、月英自有奶子照管，料然无妨。常言：“夫妻是打骂不开的。”过了数日，只得差人去接焦氏。焦榕备些礼物，送将回来。焦氏知得请下先生，也解了其意，更不道破。这番归来，果然比先大不相同，一味将笑撮在脸上，调引这几个小男女，亲亲热热，胜如亲生。莫说打骂，便是气儿也不再呵一口。待婢仆们也十分宽恕，不常赏赐小东西。大凡下人，肚肠极是窄狭，得了须微之利，便极口称功颂德，欢声溢耳。李雄初时甚觉奇异，只道惧怕他闹吵，当面假意殷勤，背后未必如此。几遍暗地打听，冷眼偷瞧，更不见有甚别样做作。过了年余，愈加珍爱。李雄万分喜悦，想道：“不知大舅怎生样劝喻，便能改过从善。如此可见好人原容易做的，只在一转念耳！”从此放下这片肚肠，夫妻恩爱愈笃。那焦氏巴不能生下个儿子，谁知做亲二年，尚没身孕。心中着急，往各处寺观庵堂，烧香许愿。那菩萨果是有些灵验，烧了香，许过愿，真个就身怀六甲。到得十月满足，生下一个儿子，乳名亚奴。你道为何叫这般名字？原来民间有个俗套，恐怕小儿家养不大，常把贱物为名，取其易长的意思，因此每每有牛儿、狗儿之名。那焦氏也恐难养，又不好叫恁般名色，故只唤作亚奴，以为比奴仆尚次一等，即如牛儿、狗儿之意。李雄只道焦氏真心爱惜儿女，今番生下亚奴，亦十分珍重。三朝满月，遍请亲友吃庆喜筵宴，不在话下。

常言说得好：“只愁不养，不愁不长。”眨眼间，不觉亚奴又已周岁。那时玉英已是十龄，长得婉丽飘逸，如画图中人物。且又赋性敏慧，读书过目成诵，善能吟诗作赋。其他描花刺绣，不教自会。兄弟李承祖，虽然也是个聪明孩子，到底赶不上姐姐。曾咏绿萼梅，诗曰：

并是调羹种，偏栽碧玉枝。不夸红有艳，兼笑白无奇。
蕊绽莺忘啄，花香蝶未窥。陇头羌笛奏，芳草总堪疑。

因有了这般才藻，李雄倍加喜欢。连桃英、月英也送入书堂读书。又尝对焦氏说道：“玉英女儿，有如此美才，后日不舍得嫁她出去。访一个有才学的秀

士入赘家来，待他夫妇唱和，可不好么？”焦氏口虽赞美，心下越增妒忌，正要设计下手。不想其年乃正德十四年，陕西反贼杨九儿据皋兰山作乱，累败官军，地方告急。朝廷遣都指挥赵忠充总兵官，统领兵马前去征讨。赵忠知得李雄智勇相兼，特荐为前部先锋。你想军情之事，火一般紧急，可能够少缓？半月之间，择日出师。李雄收拾行装器械，带领家丁起程。临行时又叮嘱焦氏，好生看管儿女。焦氏答道：“这事不消吩咐！但愿你阵面上神灵护佑，马到成功，搏个封妻荫子。”

夫妻父子正在分别，外边报：“赵爷传令教场相会！”李雄洒泪出门，急急上马，直至教场中演武厅上，与诸将参谒已毕。朝廷又差兵部官犒劳，三军齐向北阙谢恩，口称万岁三声。赵爷吩咐李雄带领前部军马先行。李雄领了将令，放起三个轰天大炮，众军一声呐喊，遍地锣鸣，离了教场，往陕西而进。军容整肃，器杖鲜明。一路上逢山开径，遇水叠桥。不则一日，已至陕西地面。安营下寨，等大军到来，一齐进发。与贼兵连战数阵，互相胜负。到七月十四，贼兵挑战。赵爷令李雄出阵。那李雄统领部下精兵，奋勇杀入。贼兵抵挡不住，大败而走。李雄乘胜追逐数里，不想贼人伏兵四起，团团围住，左冲右突，不能得脱，外面救兵又被截断。李雄部下虽然精勇，终是众寡不敌。鏖战到晚，一军尽没。可怜李雄盖世英雄，到此一场春梦！正是：

正气千寻横宇宙，孤魂万里占清寒。

赵忠出征之事，按下不题。

却说焦氏方要下手，恰好遇着丈夫出征，可不天凑其便？李雄去了数日，一乘轿子，抬到焦榕家里，与他商议。焦榕道：“据我主意，再缓几时。”焦氏道：“却是为何？”焦榕道：“妹夫不在家死了，定生疑惑。如今还是把他倍加好好看承。妹夫回家知道，越信你是个好人。那时出其不意，弄个手脚，必无疑虑，可不妙哉？”焦氏依了焦榕说话，真个把玉英姊妹看承比前又胜几分。终日盼望李雄得胜回朝。谁知巴到八月初旬，陕西报到京中，说七月十四日与贼交锋，前部千户李雄恃勇深入，先胜后败，全军尽没。焦榕是专在各衙门当干的，早已知得这个消息，吃了一惊，如飞报于妹子。焦氏闻说丈夫战死，放声号恸。那玉英姊妹尤为可怜，一个个哭得死而复苏。焦氏与焦榕商议，就把先生打发出门，合家挂孝，招魂设祭，摆设灵座。亲友尽来吊唁。那时焦氏将脸皮翻转，动辄便是打骂。又过了月余，焦氏向焦榕道：“如今丈夫已死，更无别虑，动了手吧！”焦榕道：“我有个妙策在此，不消得下手，只教他死在他乡外郡，又怨你不着。”焦氏忙问有何妙策。焦榕道：“妹夫阵亡，不知尸首下落。再挨两月，等到严寒天气，差一个心腹家人，同承祖去陕西寻觅妹夫骸骨。他是个孩子家，哪曾经途路风霜之苦，水土不服，自然中道病死。设或熬得到彼处，叮嘱家人撇了他，暗地自回。那时身畔没了盘缠，进退无门，不是冻死，定然饿死。这几个丫头，饶她性命，卖与人为妾作婢，还值好些银子，岂非一举两得？”焦氏连称有理。

耐至腊月初旬，焦氏唤过李承祖说道：“你父亲半世辛勤，不幸丧于沙场，无葬身之地，虽在九泉，安能瞑目！昨日闻得舅舅说，近日赵总兵连胜数阵，敌兵退去千里之外，道路已是宁静。我欲亲往陕西寻觅你父亲骸骨归葬，少尽

夫妻之情。又恐我是个少年寡妇，出头露面，必被外人谈耻。故此只得叫家人苗全服侍你去走遭。倘能寻得回来，也见你为子的一点孝心。行囊都已准备下了，明早便可登程。”承祖闻言，双眼流泪道：“母亲言之有理，孩儿明早便行。”

玉英料道不是好意，大吃一惊，乃道：“告母亲：爹爹暴弃沙场，理合兄弟前去寻觅。但他年纪幼小，道途跋涉，未曾经惯。万一有些山高水低，可不枉送一死？何不再差一人，与苗全同去，总是一般的。”焦氏大怒道：“你这逆种！当初你父存日，将你姐妹如珍宝一般爱惜。如今死了，便忘恩背义，连骸骨也不要了！你读了许多书，难道不晓得昔日木兰代父征西，缇萦上书代刑？这两个一般也是幼年女子，有此孝顺之心。你不能够学她恁般志气，也去寻觅父亲骸骨，反来阻挡兄弟莫去！况且承祖还是个男儿，一路又有人服侍，须不比木兰女上阵征战，出生入死。哪见得有什么山高水低，枉送了性命！要你这样不孝女何用！”一顿乱嚷，把玉英羞得满面通红，哭告道：“孩儿岂不念爹爹生身大恩，要寻访骸尸归葬？只因兄弟年纪尚幼，恐受不得辛苦，孩儿情愿代兄弟一行。”焦氏道：“你便想要到外边去游山玩景快活，只怕我心里还不肯哩！”

当晚玉英姊妹挤在一处言别，呜呜地哭了半夜。李承祖道：“姐姐，爹爹骸骨暴弃在外，就死也说不得。待我去寻觅回来，也教母亲放心，不必你忧虑。”到了次早，焦氏催促起程。姊妹们洒泪而别。焦氏又道：“你若寻不着父亲骸骨，也不必来见我。”李承祖哭道：“孩儿如不得爹爹骨殖，料然也无颜再见母亲。”苗全扶他上了牲口，径出京师。你道那苗全是谁？乃是焦氏带来赠嫁的家人中第一个心腹，已暗领了主母之意，自在不言之表。

主仆二人离了京师，往陕西进发。此时正是隆冬天气，朔风如箭，地上积雪有三四尺高，往来牲口，恰如在棉花堆里行走。那李承祖不上十岁的孩子，况且从幼娇养，何曾受这般苦楚！在牲口背上把不住地寒颤，常常望着雪窝里颠将下来。在路晓行夜宿，约走了十数日。李承祖渐渐饮食减少，生起病来，对苗全道：“我身子觉得不好，且将息两日再行。”苗全道：“小官人，奶奶付的盘缠有限，忙忙趱到那边，只怕转去还用度不来。路上若再耽搁两日，越发弄不来了。且勉强挨到省下，那时将养几日吧！”李承祖又问：“到省下还有几多路？”苗全笑道：“早哩！极快还要二十个日子。”李承祖无可奈何，只得熬着病体，含泪而行。有诗为证：

> 可怜童稚离家乡，匹马迢迢去路长！
> 遥望沙场何处是？乱云衰草带斜阳。

又行了两日。李承祖看看病体转重，牲口甚难坐。苗全又不肯暂停，也不雇脚力，故意扶着步行，明明要送他上路的意思。又挨了半日，来到一个地方，名唤保安村。李承祖道：“苗全，我半步移不动了，快些寻个宿店歇吧！”苗全闻言，暗想道：“看他这个模样，料然活不成了。若到店客中住下，便难脱身。不如撇在此间，回家去吧！”乃道：“小官人，客店离此尚远。你既行走不动，且坐在此，待我先去放下包裹，然后来背你去何如？”李承祖道：“这也说得有理。”遂扶至一家门首阶沿上坐下。苗全拽开脚步，走向前去，问个小路抄转，买些饭食吃了，雇个牲口，原从旧路回家去了。不在话下。

且说李承祖坐在阶沿上，等了一回，不见苗全转来。自觉身子存坐不安，

倒身卧下，一觉睡去。那个人家却是个孤孀老妪，住得一间屋儿，坐在门口纺纱。初时见一汉子扶个小厮坐于门口，也不在其意。直至傍晚，拿只桶儿要去打水，恰好拦门熟睡，叫道：“兀那小官人快起来！让我们打水。”李承祖从梦中惊醒，只道苗全来了，睁眼看时，乃是那屋里的老妪，便挣扎坐起道：“老婆婆有甚话说？”那老妪听得语言不是本地上人物，问道：“你是何处来的，却睡在此间？”李承祖道：“我是京中来的。只因身子有病，行走不动，借坐片时。等家人来到，即便去了。”老妪道；“你家人在哪里？”李承祖道：“他说先至客店中，放下包裹，然后来背我去。”老妪道：“哎呦！我见你那家人去时，还是上午。如今天将晚了，难道还走不到？想必包裹中有甚银两，撇下你逃走去了！”李承祖因睡得昏昏沉沉，不曾看天色早晚，只道不多一回。闻了此言，急回头仰天观望，果然日已矬西。吃了一惊，暗想道：“一定这狗才料我病势渐凶，懒得服侍，逃走去了。如今教我进退两难，怎生是好？”禁不住眼中流泪，放声啼哭。有几个邻家俱来观看。

那老妪见他哭得苦楚，亦觉孤恓，倒放下水桶，问道：“小官人，你父母是何等样人？有甚紧事，恁般寒天冷月，随个家人行走？还要往哪里去？”李承祖带泪说道：“不瞒老婆婆说，我父亲是锦衣卫千户，因随赵总兵往陕西征讨反贼，不幸父亲阵亡。母亲着我同家人苗全到战场上寻觅骸骨归葬。不料途中患病，这奴才就撇我而逃。多分也做个他乡之鬼了！”说罢，又哭。众人闻言，各各嗟叹。那老妪道：“可怜！可怜！原来是好人家子息，些些年纪，有如此孝心，难得！难得！只是你身子既然有病，睡在这冷石上，愈加不好了。且挣挫起来，到我铺上去睡睡。或者你家人还来也未可知。”李承祖道：“多谢婆婆美情！恐不好打搅。”那老妪道：“说哪里话！谁人没有患难之处。”遂向前扶他进屋里去。邻家也各自散了。承祖跨入门槛，看时，侧边便是个火炕，那铺儿就在炕上。老妪支持他睡下，急急去汲水烧汤，与承祖吃。到半夜间，老妪摸他身上，犹如一块火炭。至天明看时，神思昏迷，人事不省。那老妪央人去请医依脉，取出钱钞，赎药与他吃，早晚服侍。那些邻家听见李承祖病凶，在背后笑那老妪着甚要紧，讨这样烦恼！老妪听见，只做不知，毫无倦怠。这也是李承祖未该命绝，得遇恁般好人。有诗为证：

家中母子犹成怨，路次闲人反着疼！
美恶性生天壤异，反教陌路笑亲情。

李承祖这场大病，挨过残年，直至二月中方才稍可。在铺上看着那老妪谢道：“多感婆婆慈悲，救我性命！正是再生父母。若能挣扎回去，定当厚报大德。”那老妪道：“小官人何出此言！老身不过见你路途孤苦，故此相留，有何恩德，却说厚报二字！”光阴迅速，倏忽又三月已尽，四月将交。那时李承祖病体痊愈，身子硬挣，遂要别了老妪，去寻父亲骸骨。那老妪道：“小官人，你病体新痊，只怕还不可劳动。二来前去不知尚有几多路程，你孤身独自，又无盘缠，如何去得！不如住在这里，待我访问近边有人入京的，托他与你带信到家，教个的当（恰当，合适）亲人来同去方好。”承祖道：“承婆婆过虑。只是家里也没有甚亲人可来。二则在此久扰，于心不安。三则恁般温和时候，正好行走。倘再挨几时，天道炎热，又是一节苦楚。我的病症，觉得全妥，料也无妨。就是

一路去，少不得是个大道，自然有人往来。待我慢慢求乞前去，寻着了父亲骸骨，再来相会。”那老妪道：“你纵到彼寻着骸骨，又无银两装载回去，也是徒然。”李承祖道：“那边少不得有官府，待我去求告，或者可怜我父为国身亡，设法装送回家，也未可知。”

那老妪再三苦留不住，又去寻凑几钱银子相赠。两下凄凄惨惨，不忍分别，倒像个嫡亲子母。临别时，那老妪含着眼泪嘱道：“小官人转来，是必再看看老身，莫要竟自过去。”李承祖喉间哽咽，答应不出，点头涕泣而去。走两步，又回头来观看。那老妪在门首，也直至望不见了，方才哭进屋里。这些邻家没一个不笑她是个痴婆子：“一个远方流落的小厮，白白里赔钱赔钞，服侍得才好，急松松（急匆匆）就去了。有甚好处，还这般哭泣！不知她眼泪是何处来的。”遂把这事做笑话传说。

看官，你想那老妪乃是贫穷寡妇，倒有些义气，一个从不识面的患病小厮，收留回去，看顾好了，临行又赍赠银两，依依不舍。像这班邻里，都是须眉男子，自己不肯施仁仗义，及见他人做好事，反又撅唇簸嘴。可见人面相同，人心各别。闲话休题。

且说李承祖又无脚力，又不认得路径，顺着大道，一路问讯，挨向前去。觉道劳倦，随分庵堂寺院，市镇乡村，即便借宿。又亏着那老妪这几钱银子，将就半饥半饱，度到临洮府。那地方自遭兵火之后，道路荒凉，人民稀少。承祖问了向日争战之处，直至皋兰山相近，思想要祭奠父亲一番。怎奈身边只存着十数文铜钱，只得单买了一陌纸钱，讨个火种，向战场一路跑来。远远望去，只见一片旷野，并无个人影来往，心中先有五分惧怯，便立住脚，不敢进步。却又想道：“我受了千辛万苦，方到此间。若是害怕，怎能够寻得爹爹骸骨？须索拼命前去。”大着胆飞奔到战场中，举目看时，果然好凄惨也！但见：

> 荒原漠漠，野草萋萋。四郊荆棘交缠，一望黄沙无际。髑髅暴露，堪怜昔日英雄；白骨抛残，可惜当年壮士！阴风刁刁，唯闻鬼哭神号；寒露蒙蒙，但见狐奔兔走。猿啼夜月肠应断，雁唳秋云魂自消。

李承祖吹起火种，焚化纸钱，望空哭拜一回。起来仔细寻觅，团团走遍，但见白骨交加，并没一个全尸。原来赵总兵杀退贼兵，看见尸横遍野，心中不忍，即于战场上设祭阵亡将士，收拾尸骸焚化，因此没有全尸遗存。李承祖寻了半日，身子困倦，坐于乱草之中，歇息片时。忽然想起：“征战之际，遇着便杀，即为战场，料非只此一处。正不知爹爹当日丧于哪个地方？我却专在此寻觅，岂不是个骙子（呆子）？”却又想道：“我李承祖好十分懵懂！爹爹身死已久，血肉定自腐坏，骸骨纵在目前，也难厮认。若寻认不出，可不空受这番劳碌！”心下苦楚，又向空祷告道：“爹爹阴灵不远，孩儿李承祖千里寻访至此，收取骸骨。怎奈不能识认！爹爹，你生前尽忠报国，死后自必为神。乞显示骸骨所在，奉归安葬，免使暴露荒丘，为无祀之鬼！”祝罢，放声号哭。又向白骨丛中，东穿西走一回。看看天色渐晚，料来安身不得，随路行走，要寻个歇处。

行不上一里田地，斜插里林子中，走出一个和尚来。那和尚见了李承祖，把他上下一相，说道：“你这孩子，好大胆！此是什么所在，敢独自行走？”李承祖哭诉道：“小的乃京师人氏，只因父亲随赵总兵出征阵亡，特到此寻觅骸骨

归葬。不道没个下落，天又将晚，要觅个宿处。师父若有庵院，可怜借歇一晚，也是无量功德！”那和尚道：“你这小小孩子，反有此孝心，难得！难得！只是尸骸都焚化尽了，哪里去寻觅？”李承祖见说这话，哭倒在地。那和尚扶起道：“小官人！哭也无益。且随我去住一晚，明日打点回家去吧！”李承祖无奈，只得随着和尚，又行了二里多路，来到了个小小村落，看来只有五六家人家。那和尚住的是一座小茅庵，开门进去，吹起火来，收拾些饭食，与李承祖吃了。问道：“小官人，你父亲是何卫军士？在哪个将官部下？叫甚名字？”李承祖道：“先父是锦衣卫千户，姓李名雄。”和尚大惊道：“原来是李爷的公子！”李承祖道：“师父！你如何晓得我先父？”和尚道：“实不相瞒，小僧原是羽林卫军人，名叫曾虎二，去年出征，拨在老爷部下。因见我勇力过人，留我帐前亲随，另眼看承。许我得胜之日，扶持一官。谁知七月十四，随老爷上阵，先斩了数百余级，贼人败去。一时恃勇，追逐十数里，深入重地。贼人伏兵四起，围裹在内。外面救兵又被截住，全军战没，只存老爷与小僧二人。各带重伤，只得同伏在乱尸之中。到深夜起来逃走，不想老爷已死。小僧望见旁边有一带土墙，随负至墙下，推倒墙土掩埋。那时贼兵反拦在前面，不能归营。逃到一个山湾中，遇一老僧，收留在庵。亏他服侍，调养好了金疮，朝暮劝化我出家。我也想死里逃生，不如图个清闲自在，因此依了他，削发为僧。今年春间，老师父身故，有两个徒弟道我是个涾来僧，不容住在庵中。我想既已出家，争甚是非？让了他们，要往远方去。行脚经过此地，见这茅庵空间，就做个安身之处，往远近村坊抄化度日。不想公子亲来，天遣相遇！”

李承祖见说父亲尸骨尚在，倒身拜谢。和尚连忙扶住，又问道：“公子恁般年娇力弱，如何家人也不带一个，独自行走？”李承祖将中途染病，苗全抛弃逃回，亏老妪救济前后事细细说出。又道：“若寻不见父亲骨殖，已拼触死沙场。天幸得遇吾师，使父子皆安。”和尚道：“此皆老爷英灵不泯，公子孝行感格，天使其然。只是公子孑然一身，又没盘缠，怎能够装载回去？”公子道：“意欲求本处官府设法，不知可肯？”和尚笑道：“公子差矣！常言道：“官情如纸薄。”总然极厚相知，到得死后，也还未可必，何况素无相识？却做恁般痴想！”李承祖道：“如此便怎么好？”和尚沉吟半晌，乃道：“不打紧，我有个道理在此。明日将骸骨盛在一件家伙之内，待我负着，慢慢一路抄化至京，可不好么？”李承祖道：“吾师肯恁般用情，生死衔恩不浅！”和尚道：“我蒙老爷识拔之恩，少效犬马之劳，何足挂齿！”

到了次日，和尚向邻家化了一只破竹笼，两条索子，又借柄锄头，又买了几陌纸钱，锁上庵门，引李承祖前去。约有数里之程，也是一个村落，一发没个人烟。直到土墙边放下竹笼，李承祖就哭啼起来。和尚将纸钱焚化，拜祝一番，运起锄头，掘开泥土，露出一堆白骨。从脚上逐节儿收置笼中，掩上笼盖，将索子紧紧捆牢，和尚负在背上。李承祖掮了锄头，回至庵中。和尚收拾衣钵被窝，打个包儿，做成一担，寻根竹子，挑出庵门。把锄头还了，又与各邻家作别，央他看守。二人离了此处，随路抄化，盘缠尽是有余。不则一日，已至保安村。李承祖想念那老妪的恩义，径来谢别。谁知那老妪自从李承祖去后，日夕挂怀，染成病症，一命归泉。有几个亲戚，与她备办后事，送出郊外，烧

化久矣。李承祖问知邻里，望空遥拜，痛哭一场，方才上路。共行了三个多月，方达京都。

离城尚有十里之远，见旁边有个酒店。和尚道："公子且在此少歇。"齐入店中，将竹笼放于桌上，对李承祖说道："本该送公子到府，向灵前叩个头儿才是。只是我原系军人，虽则出家，终有人认得。倘被拿作逃军，便难脱身。只得要在此告别，异日再图相会！"李承祖垂泪道："吾师言虽有理，但承大德，到我家中，或可少尽。今在此处，无以为报，如之奈何？"和尚道："何出此言！此行一则感老爷昔日恩谊，二则见公子穷途孤弱，故护送前来，哪个贪图你的财物！"正说间，酒保将过酒肴，和尚先摆在竹笼前祭奠，一连叩了四五个头，起来又与李承祖拜别，两下各各流泪。饮了数杯，算还酒钱，又将钱雇个牲口，与李承祖乘坐，把竹笼教脚夫背了。自己也背上包裹，齐出店门，洒泪而别。有诗为证：

欲收父骨走风尘，千里孤穷一病身。
老妪周旋僧做伴，皇天不负孝心人。

话分两头。却说苗全自从撇了李承祖，雇着牲口赶到家中。只说已至战场，无处觅寻骸骨，小官人患病身亡。因少了盘缠，不能带回，就埋在彼。暗将真信透与焦氏。那时玉英姊妹一来思念父亲，二来被焦氏日夕打骂，不胜苦楚。又闻了这个消息，愈加悲伤。焦氏也假意啼哭一番。那童仆们见家主阵亡，小官人又死，各寻旺处飞去。单单剩得苗全夫妻和两个养娘，门庭冷如冰炭。焦氏恨不得一口气吹大了亚奴，袭了官职，依然热闹。又闻得兵科给事中上疏，奏请优恤阵亡将士，圣旨下在兵部查复。焦氏多将金银与焦榕，到部中上下使用，要谋升个指挥之职。那焦榕平日与人干办，打惯了偏手，就是妹子也说不得也要下只手儿。

一日，焦榕走来回复妹子说话，焦氏安排酒肴款待。原来他兄妹都与酒瓮同年，吃杀不醉的。从午后吃起直至申牌时分，酒已将竭，还不肯止，又教苗全去买酒。苗全提个酒瓶走出大门，刚欲跨下阶头，远远望见一骑牲口，上坐一个小厮，却是小主人李承祖。吃这惊不小！暗道："原来这冤家还在！"掇转身跑入里边，悄悄报知焦氏。焦氏即与焦榕商议停当，教苗全出后门去买砒霜。二人依旧坐着饮酒，等候李承祖进来。不题。

且说李承祖到了自家门首，跳下牲口，赶脚的背着竹笼，跟将进来。直至堂中，静悄悄并不见一人，心内伤感道："爹爹死了，就弄得这般冷落！"教赶脚的把竹笼供在灵座上，打发自去。李承祖向灵前叩拜，转念去时的苦楚，不觉泪如泉涌，哭倒在拜台之上。焦氏听得哭声，假意教丫头出来观看。那丫头跑至堂中，见是李承祖，惊得魂不附体，带跌而奔，报道："奶奶，公子的魂灵来家了！"焦氏照面一口涎沫，道："啐！青天白日这样乱说！"丫头道："现在灵前啼哭！奶奶若不信，一同去看。"焦榕也假意说道："不信有这般奇事！"一齐走出外边。李承祖看见，带着眼泪向前拜见。焦榕扶住道："途路风霜，不要拜了。"焦氏挣下几点眼泪，说道："苗全回来，说你有不好的信息，日夜想念，懊悔当初教你出去。今幸无事，万千之喜了！只是可曾寻得骸骨？"李承祖指着竹笼道："这个里边就是！"焦氏捧着竹笼，便哭起天来。玉英姊妹，已是知

得李承祖无恙，又惊又喜，奔至堂前，四个男女，抱作一团而哭。哭了一回，玉英道：“苗全说你已死，怎的却又活了？”李承祖将途中染病，苗全不容暂停，直至遇见和尚送归始末，一一道出。焦榕怒道：“苗全这奴才恁般可恶！待我送他到官，活活敲死，与贤甥出气！”李承祖道：“若得舅舅主张，可知好么！”焦氏道：“你途中辛苦了，且进去吃些酒饭，将息身子。”遂都入后边。

焦榕扯李承祖坐下，玉英姊妹，自避过一边。焦氏一面教丫头把酒去热，自己踅到后门首，恰好苗全已在那里等候。焦氏接了药，吩咐他停一回进来。焦氏到厨下，将丫头使开，把药倾入壶中，依原走来坐下。少顷，丫头将酒镟汤得飞滚，拿至桌边。焦榕取过一只茶瓯，满满斟一杯，递与承祖道：“贤甥，借花献佛，权当与你洗尘。”承祖道：“多谢舅舅！”接过手放下，也要斟一杯回敬。焦榕又拿起，直推至口边道：“我们饮得多了，这壶中所存有限，你且乘热饮一杯。”李承祖不知好歹，骨都都饮个干净。焦榕又斟过一杯道：“小官人家须要饮个双杯。”又推到口边。那李承祖因是尊长相劝，不敢推托，又饮干了。焦榕再把壶斟时，只有小半杯，一发劝李承祖饮了。那酒不饮也罢，才到腹中，便觉难过，连叫肚痛。焦氏道：“想是路上触了臭气了。”李承祖道：“也不曾触甚臭气。”焦氏道：“或者三不知，哪里觉得！”须臾间药性发作，犹如钢枪攒刺，烈火焚烧，疼痛难忍，叫声：“痛死我也！”跌倒在地。焦榕假惊道：“好端端的，为何痛得恁般厉害？”焦氏道：“一定是**绞肠沙**（即绞肠痧，以心腹绞痛为主证）了。”急教丫头扶至玉英床上睡下，乱撕乱跌，只叫难过。慌得玉英姊妹手足无措，哪里按得他住！不消半个时辰，五脏迸裂，七窍流红，大叫一声，命归泉府！

旁边就哭杀了玉英姊妹，喜杀了焦氏婆娘，也假哭几声。焦榕道：“看这模样，必是触犯了神道，被**丧煞**（凶神）打了。如今幸喜已到家里，还好。只是占了甥女卧处，不当稳便。就今夜殓过，省得她们害怕。”焦氏便去取出些银钱。那时苗全已转进前门，打探听得里边哭声鼎沸，量来已是完账，径走入来。焦氏恰好看见，把银递与苗全，急忙去买一具棺木，又买两壶酒，与苗全吃够一醉。先把棺木放在一门厢房里，然后揎拳裸臂，跨入房中，教玉英姊妹走开。向床上翻那尸首，也不揩抹去血污，也不换件衣服，伸着双手，便抱起来。一则那厮有些蛮力，二则又趁着酒兴，三则十数岁孩子，原不甚重，轻轻地托在两臂，直至厢房内盛殓。玉英姊妹，随后哭泣。谁知苗全落了银子，买小了棺木，尸首放下去，两只腿露出了五六寸。只得将腿儿竖起，却又顶浮了棺盖。苗全扯来拽去，没做理会。玉英姊妹看了这个光景，越发哭得惨伤。焦氏沉吟半晌，心生一计。把玉英姊妹并丫头都打发出外，掩上门儿，教苗全将尸首拖在地上，提起斧头，砍下两只小腿，横在头下，倒好做个枕儿。收拾停当，钉上棺盖，开门出来，焦榕自回家去。玉英觑见棺已钉好，暗想道：“适来放不下，如何打发我姊妹出来了，便能钉上棺盖？难道他们有甚法术，把棺木化大了，尸首缩小了？”好生委决不下。

过了两日，焦氏备起衣衾棺椁，将丈夫骸骨重新殓过，择日安葬祖茔。恰好优恤的覆本已下：李雄止赠忠勇将军，不准升袭指挥。焦氏用费若干银两，空自送在水里。到了安葬之日，亲邻齐来相送。李承祖也就埋在坟侧。偶有人问及，只说路上得了病症，到家便亡。那亲戚都不是切已之事，哪个去查他细

底。可怜李承祖沙场内倒挣挫得性命，家庭中反断送了残生。正是：

非故翻如故，宜亲却不亲。万般皆是命，半点不由人。

常言道：“痛定思痛。”李承祖死时，玉英慌张慌智不暇致详，到葬后渐渐想出疑惑来。她道：“如何不前不后，恰恰里到家便死，不信有恁般凑巧！况兼口鼻中又都出血，且不拣个时辰，也不收拾个干净，棺木小了，也不另换，哄了我们转身，不知怎的，胡乱迭入里面。那苗全听说要送他到官，今半句不题，比前反觉亲密，显系是母亲指使的。看起那般做作，我兄弟这死，必定有些蹊跷！”心中虽则明白，然亦无可奈何，只索付之涕泣而已。

那焦氏谋杀了李承祖之后，却又想道：“这小杀才已除，那几个小贱人，日常虽受了些磨折，也只算与她拂养（抚痒，搔痒痒）。须是教她大大吃些苦楚，方不敢把我轻觑。”自此日逐寻头讨脑，动辄便是一顿皮鞭，打得体无完肤。却又不许啼哭，若还则一则声，又重新打起。每日只给两餐稀汤薄粥，如做少了生活，打骂自不消说，连这稀汤薄粥也没有得吃了。身上的好衣服，尽都剥去，将丫头们的旧衣旧裳，换与穿着。腊月天气，也只得三四层单衣，背上披一件旧棉絮。夜间只有一条藁荐（草席），一条破被单遮盖，寒冷难熬，如蛆虫般搅作一团，苦楚不能尽述。玉英姊妹挨忍不过，几遍要寻死路。却又指望还有个好日，舍不得性命，互相劝解。真个求生不能，求死不得！

看看过了残岁，又是新年。玉英已是十二岁。那年二月间，正德爷晏驾，嘉靖爷嗣统，下速诏遍选嫔妃。府司着令民间挨家呈报，如有隐匿，罪坐邻里。那焦氏的邻家，平昔晓得玉英才貌兼美，将名具报本府，一张上选的黄纸帖在门上。那时焦氏就打张了做皇亲国戚的念头，掉过脸来，将玉英百般奉承，通身换了绫罗锦绣，肥甘美味，与她调养。又将银两教焦榕到礼部使用。那玉英虽经了许多磨折，到底骨格犹存，将息数日，面容顿改。又兼穿起华丽衣服，便似画中人物。府司选到无数女子，推她为第一，备文齐送到礼部选择。礼部官见了玉英这个容仪，已是万分好了。但只年纪幼小，恐不谙侍御，发回宁家。那焦氏因用了许多银子，不能够中选，心下懊悔气恼。原翻过向日嘴脸，好衣服也剥去了，好饮食也没得吃了，打骂也更觉勤了。

常言说得好：“坐吃山空，立吃地陷。”当初李雄家业，原不甚大，自从阵亡后，焦氏单单算计这几个小儿女，哪个思想去营运。一窝子坐食，能够几时？况兼为封荫、选妃二事，又用空了好些。日渐日深，看看弄得罄尽。两个丫头也卖来完在肚里。那时没处出豁，只得将住房变卖。谁知苗全这厮，见家中败落，亚奴年纪正小，袭职日子尚远，料想日前没甚好处，趁焦氏卖得房价，夜间挟入卧房，偷了银两，领着老婆，逃往远方受用去了。到次早，焦氏方才觉得。这股闷气无处发泄，又迁怒到玉英姊妹，说道：“如何不醒睡，却被他偷了东西去？”又都奉承一顿皮鞭。一面教焦榕告官缉捕。过了两月，哪里有个踪迹。此时买主又来催促出房。无可奈何，与焦榕商议，要把玉英出脱。焦榕道：“玉英这个模样儿，慢慢地觅个好主顾，怕道不是一大注银子。如今急切里寻人，能值得多少？不若先把小的胡乱货一个来使用。”焦氏依了焦榕，便把桃英卖与一个豪富人家为婢。姊妹分别之时，你我不忍分舍，好不惨伤！焦氏赁了一处小房，择日迁居。玉英想起祖父累世安居，一旦弃诸他人，不胜伤感。走

出堂前，抬头看见梁间燕子，补缀旧垒，旁边又营一个新巢，暗叹道："这燕儿是个禽鸟，秋去春来，倒还有归巢之日！我李玉英今日离了此地，反没个再来之期了！"抚景伤心，托物喻意，乃作《别燕诗》一首。诗云：

新巢泥落旧巢欹，尘半疏帘欲掩迟。
愁对呢喃终一别，画堂依旧主人非。

原来焦氏要依傍焦榕，却搬在他侧边小巷中，相去只有半箭之远，间壁乃是贵家的花园。那房屋只得两间，诸色不便，要桶水儿，直要到邻家去汲。那焦氏平昔受用惯的，自去不成，少不得通在玉英、月英两个身上。姊妹此时也难顾羞耻，只得出头露面。又过了几时，桃英的身价渐渐又将摸完。一日傍晚，焦氏引着亚奴在门首闲立，见一个乞丐女儿，只有十数岁，在街上求讨，声音叫得十分惨切。有个邻家老妪对她说道："这般时候，哪个肯舍，不时回去吧！"那叫化女儿哭道："奶奶，你哪里晓得我的苦楚！我家老的，限定每日要讨五十文钱，若少了一文，便打个臭死，夜饭也不与我吃，又要在明日补足。如今还少六七文，怎敢回去？"那老妪听说得苦恼，就舍了两文。旁边的人，见老妪舍了，一时助兴，你一文，我一文登时倒有十数文。那叫化女儿千恩万谢，转身去了。焦氏听了这片言语，哪知反拨动了个贪念，想道："这个小化子，一日倒讨得许多钱。我家月英那贱人，面貌又不十分标致。卖与人，也值得有限。何不教她也做这桩道路，倒是个永远利息。"

正在沉吟，恰好月英打水回来。焦氏道："小贱人，你可见那叫街的丫头么？她年纪比你还小，每日倒趁五十文钱。你可有处寻得三文五文哩？"月英道："她是个乞丐，千爷爷，万奶奶，叫来的，孩儿怎比得她！"焦氏喝道："你比她有什么差！自明日为始，也要出去寻五十文一日，若少一文，便打下你下半截来。"玉英姊妹见说要她求乞，惊得面面相觑，满眼垂泪，一齐跪下，说道："母亲！我家世代为官，多有人认得，也要存个体面。若教出去求乞，岂不辱没门风，被人耻笑？"焦氏道："现今饭也没有得吃了，还要什么体面，怕什么耻笑？"月英又苦告道："任凭母亲打死了，我决不去的。"焦氏怒道："你这贱人，恁般不听教训！先打个样儿与你尝尝。"即去寻了一块木柴，揪过来，没头没脑乱敲。月英疼痛难忍，只得叫道："母亲饶恕则个！待我明日去便了。"焦氏放下月英，向玉英道："不教你去，是我的好情了，反来放屁阻挠？"拖翻在地，也吃一顿木柴。到次早，即赶逐月英出门求乞。月英无奈，忍耻依随，自此日逐沿街抄化。若足了这五十文，还没得开口。些儿欠缺，便打个半死。

光阴如箭，不觉玉英年已一十六岁。时值三月下旬，焦榕五十寿诞，焦氏引着亚奴同往祝寿。月英自向街坊抄化去了，只留玉英看家。玉英让焦氏去后，掩上门儿，走入里边，手中拈着针指，思想道："爹爹当年生我姊妹，犹如掌上之珠，热气何曾轻呵一口。谁道遇着这个继母，受万般凌辱。兄弟被她谋死，妹子为奴为丐，一个家业弄得瓦解冰消。沦落到恁样地位，真个草菅不如！尚不知去后，还是怎的结果？"又想道："在世料无好处，不如早死为幸。趁她今日不在家，何不寻个自尽，也省了些打骂之苦！"却又想道："我今年已十六岁了，再忍耐几时，少不得嫁个丈夫，或者有个出头日子，岂可枉送这条性命？"把那前后苦楚事，想了又哭，哭了又想。直哭得个有气无力，没情没绪。放下

针指，走至庭中，望见间壁园内，红稀绿暗，燕语莺啼，游丝斜袅，榆荚乱坠。看了这般景色，触目感怀。遂吟《送春诗》一首。诗云：

柴扉寂寞锁残春，满地榆钱不疗贫。
云鬓衣裳半泥土，野花何事独撩人。

玉英吟罢，又想道：“自爹爹亡后，终日被继母磨难，将那吟咏之情，久已付之流水。自移居时，作了《别燕诗》，倏忽又经年许，时光迅速如此！”嗟叹了一回，又恐误了女工，急走入来趱赶。见桌上有个帖儿，便是焦榕请妹子吃寿酒的。玉英在后边裁下两折，寻出笔砚，将两首诗录出，细细展玩。更叹口气道：“古来多少聪明女子，或共姊妹赓酬（以诗歌与人相赠答），或是夫妻唱和，成千秋佳话。偏我李玉英恁般命薄！埋没至此，岂不可惜可悲！”又伤感多时，愈觉无聊。将那纸左折右折，随手折成个方胜儿，藏于枕边。却忘收了笔砚，忙忙地赶完针指。

天色傍晚，刚是月英到家，焦氏接脚也至，见她泪痕未干，便道：“哪个难为了你，又在家做妖势？”玉英不敢回答，将做下女工与她点看。月英也把钱交过，收拾些粥汤吃了。又做半夜生活，方才睡卧。到了明日，焦氏见桌上摆着笔砚，拣起那帖儿，后边已去了几折。疑惑玉英写她的不好处，问道：“你昨日写的是何事？快把来我看。”玉英道：“偶然写首诗儿，没甚别事。”焦氏嚷道：“可是写情书约汉子，坏我的帖儿？”玉英被这两句话，羞得彻耳根通红。焦氏见她脸涨红了，只道真有私情勾当，逼她拿出这纸来。又见折着方胜，一发道是真了。寻根棒子，指着玉英道：“你这贱人，恁般大胆！我刚不在家，便写情书约汉子。快些实说是哪个？有情儿时了？”玉英哭道：“哪里说起！却将无影丑事来肮脏，可不屈杀了人！”焦氏怒道：“赃证现在，还要口硬！”提起棒子，没头没脑乱打。打得玉英无处躲闪，挣脱了往门首便跑。焦氏道：“想是要去叫汉子，相帮打我么？”随后来赶，不想绊上一跤，正磕在一块砖上，磕碎了头脑，鲜血满面，嚷道：“打得我好！只教你不要慌！”月英上前扶起，又要赶来。到亏亚奴紧紧扯住道：“娘，饶了姐姐吧！”那婆娘恐带跌了儿子，只得立住脚，百般辱骂，玉英闪在门旁啼哭。

那邻家每日听得焦氏凌虐这两个女儿，今日又听得打得厉害，都在门首议论。恰好焦榕撞来，推门进去。那婆娘一见焦榕，便嚷道：“来得好！玉英这贱人偷了汉子，反把我打得如此模样！”焦榕看见她满面是血，信以为实，不问情由，抢过焦氏手中棒子，赶近前，将玉英揪过来便打。那邻家抱不平，齐走来说道：“一个十五六岁女子家，才打得一顿大棒，不指望你来劝解，反又去打她！就是做母舅的，也没有打甥女之理！”焦榕自觉乏趣，撇下棒子，径自去了。那邻家又说道：“也不见这等人家，无一日不打骂这两个女儿！如今一发连母舅都来助兴了。看起来，这两个女子也难存活。”又一个道：“若死了，我们就具个公呈，不怕那姓焦的不偿命！”焦氏一句句听见，邻家发作，只得住口。喝月英推上大门，自去揩抹血污，依旧打发月英出去求乞。

玉英哭了一回，忍着疼痛，原入里边去做针指。那焦氏恨声不绝。到了晚间，吞声饮泣，想道：“人生百岁，总是一死，何苦受恁般耻辱打骂！”等至焦氏熟睡，悄悄抽身起来，扯下脚带，悬梁高挂。也是命不该绝，这倒亏了晚母不去

料理她身上，不但衣衫褴褛，只这脚带不知缠过了几个年头，布缕虽连，没有筋骨，一用力就断了。刚刚上吊，扑通地跌下地来。惊觉月英，身边不见了阿姐，情知必走这条死路，叫声："不好了！"急跳起身，救醒转来，兀自呜呜而哭。那焦氏也不起身，反骂道："这贱人！你把死来诈我么？且到明日与你理会！"

至次早，吩咐月英在家看守，叫亚奴引着到焦榕家里，将昨日邻家说话，并夜来玉英上吊事说与。又道："倘然死了，反来连累着你。不如先送到官，除了这个祸根吧！"焦榕道："要摆布她也不难。那锦衣卫堂上，昔年曾替他打干，与我极是相契。你家又是卫籍，竟送她到这个衙门，谁个敢来放屁！"焦氏大喜，便教焦榕央人写下状词，说玉英奸淫忤逆，将那两首诗做个执证，一齐至锦衣卫衙门前。

焦榕与衙门中人，都是厮熟的，先央进去道知其意。少顷升堂，准了焦氏状词，差四个校尉前去，拘拿玉英到来。那问官听了一面之词，不论曲直，便动刑具。玉英再三折辩，哪里肯听。可怜受刑不过，只得屈招，拟成剐罪，发下狱中。两个禁子扶出衙门，正遇月英妹子。原来月英见校尉拿去阿姐，吓得魂尽魄散，急忙锁上门儿，随后跟来打探。望见禁子扶挟出来，便钻向前抱住，放声大哭。旁边转过焦氏，一把扯开道："你这小贱人，家里也不顾了，来此做甚！"月英见了焦氏，犹如老鼠见猫，胆丧心惊，不敢不跟着她走。到家又打够半死，恨道："你下次若又私地去看了这贱人，查访着实，好歹也送你到这所在去！"月英口里虽答应，终是同胞情分，割舍不下。过了两三日，多求乞得几十文钱，悄地踅到监门口来探望。不题。

再说玉英下到狱中，那禁子头见她生得标致，怀个不良之念，假慈悲照顾她，住在一个好房头，又将些饮食调养。玉英认做好人，感激不尽，叮嘱她："有个妹子月英，定然来看，千万放她进来，相见一面。"那禁子紧紧记在心上。至第四日午后，月英到监门口道出姓名，那禁子流水开门引见玉英。两下悲号，自不必说。渐至天晚，只得分别。自此月英不时进监看觑。不在话下。

且说那禁子贪爱玉英容貌，眠思梦想，要去奸她。一来耳目众多，无处下手，二则恐玉英不从，喊叫起来，坏了好事。捉空就走去说长问短，把几句风话撩拨。玉英是聪明女子，见话儿说得蹊跷，已明白是个不良之人，留心提防，便不十分招架。一日，正在槛上闷坐，忽见那禁子轻手轻脚走来，低声哑气，笑嘻嘻地说道："小娘子，可晓得我一向照顾你的意思么？"玉英知其来意，即立起身道："奴家不晓得是甚意思。"那禁子又笑道："小娘子是个伶俐人，难道不晓得？"便向前搂抱。玉英着了急，乱喊："杀人！"那禁子见不是话头，急忙转身，口内说道："你不从我么？今晚就与你个辣手。"玉英听了这话，捶胸跌脚地号哭，惊得监中人俱来观看。玉英将那禁子调戏情由，告诉众人。内中有几个抱不平的，叫过那禁子说道："你强奸犯妇，也有老大的罪名。今后依旧照顾她，万事干休，倘有些儿差错，我众人连名出首，但凭你去计较！"那禁子情亏理虚，满口应承，陪告不是："下次再不敢去惹她！"正是：

羊肉馒头没得吃，空教惹得一身膻。

玉英在狱不觉又经两月有余，已是六月初旬。原来每岁夏间，在朝廷例有宽恤之典，差太监审录各衙门未经发落之事。凡事枉人冤，许诸人陈奏。比及

六月初旬，玉英闻得这个消息，想一家骨肉，俱被焦氏陷害，此番若不伸冤，再无昭雪之日矣！遂草起辩冤奏章，将合家受冤始末，细细详述，教月英赍奏。其略云：

臣闻先正有云：五刑以不孝为先，四德以无义为耻。故窦氏投崖，云华坠井，是皆毕命于纲常、流芳于后世也。臣父锦衣卫千户李雄，先娶臣母，生臣姊妹三人，及弟李承祖。不幸丧母之日，臣等俱在孩提。父每见怜，仍娶继母焦氏抚养。臣父于正德十四年七月十四日征陕西反贼阵亡。天祸臣家，流移日甚。臣年十六，未获结褵（结婚）。姊妹伶仃，孑无依荷。摽梅已过，红叶无凭。尝有《送春诗》一绝云云，又有《别燕诗》一绝云云。是皆有感而言，情非得已。奈母氏不察臣衷，疑为外遇，逼舅焦榕，拿送锦衣卫，诬臣奸淫不孝等情。问官昧臣事理，坐臣极刑。臣女流难辩，俯首听从。盖不敢逆继母之情，以重不孝之罪也。迩蒙圣恩熟审，凡事枉人冤，许诸人陈奏。钦此钦遵。故不得不生乐生之心，以冀超脱。臣父本武人，颇知典籍。臣虽妾妇，幸领遗教。臣继母年二十，有弟亚奴，生方周岁。母图亲儿荫袭，故当父方死之时，计令臣弟李承祖十岁孩儿，亲往战场，寻父遗骨，陷之死地，以图己私。幸赖天佑父灵，抱骨以归。前计不成，仍将臣弟毒药身死，支解弃埋。又将臣妹李桃英卖为人婢，李月英屏去衣食，沿街抄化。今将臣诬陷前情。臣设有不才，四邻何不纠举？又不曾经获某人，只凭数句之诗，寻风捉影，以陷臣罪。臣之死，固当矣。十岁之弟，有何罪乎？数岁之妹，有何辜乎？臣母之过，臣不敢言。《凯风》有诗，臣当自责。臣死不足惜，恐天下后世之为继母者，得以肆其妒妒而无忌也！伏望陛下俯察臣心，将臣所奏付诸有司。先将臣速斩，以快母氏之心。次将臣诗委勘，有无事情。推详臣母之心，尽在不言之表。则臣之生平获雪，而臣父之灵，亦有感于地下矣！

这一篇章疏奏上，天子重瞳亲照，怜其冤抑，倒下圣旨，着三法司严加鞫审。三法司官不敢怠慢，会同拘到一干人犯，连桃英也唤至，当堂逐一细问。焦氏、焦榕初时抵赖，动起刑法，方才吐露真情，与玉英所奏无异。勘得焦氏叛夫杀子，逆理乱伦，与无故杀子孙轻律不同，宜加重刑，以为继母之戒。焦榕通同谋命，亦应抵偿。玉英、月英、亚奴发落宁家。又令变卖焦榕家产，赎回桃英。覆本奏闻，请旨。天子怒其凶恶，连亚奴俱敕即日处斩。玉英又上疏恳言："亚奴尚在襁褓，无所知识。且系李氏一线不绝之嗣，乞赐矜宥。"天子准其所奏，诏下刑部，只将焦榕、焦氏二人绑缚法场，即日双双受刑。亚奴终身不许袭职，别择嫡枝次房承荫，以继李雄之嗣。玉英、月英、桃英俱择士人配嫁。至今《列女传》中载有李玉英辩冤奏本，又为赞云：

李氏玉英，父死家倾。《送春》《别燕》，母疑外情。置之重狱，险罹非刑。陈情一疏，冤滞始明。

后人又有诗叹云：

昧心晚母曲如钩，只为亲儿起毒谋。
假饶血化西江水，难洗黄泉一段羞。

# 第二十八卷　吴衙内邻舟赴约

贪花费尽采花心，身损精神德损阴。

劝汝遇花休浪采，佛门第一戒邪淫。

话说南宋时，江州有一秀才，姓潘，名遇，父亲潘朗，曾做长沙太守，高致（致仕高隐）在家。潘遇已中过省元（乡试第一名，又称解元），别了父亲，买舟往临安会试。前一夜，父亲梦见鼓乐旗彩，送一状元匾额进门，匾上正注潘遇姓名。早起唤儿子说知，潘遇大喜，以为春闱首捷无疑。一路去高歌畅饮，情怀开发。不一日，到了临安，寻觅下处，到一个小小人家。主翁相迎，问："相公可姓潘么？"潘遇道："然也。足下何以知之？"主翁道："夜来梦见土地公公说道：'今科状元姓潘，明日午时到此，你可小心迎接！'相公正应其兆。若不嫌寒舍简慢，就在此下榻何如？"潘遇道："若果有此事，房价自当倍奉。"即令家人搬运行李到其家停宿。

主人有女，年方二八，颇有姿色。听得父亲说其梦兆，道潘郎有状元之分，在窗下偷觑，又见他仪容俊雅，心怀契慕，无由通款。一日，潘生因取砚水，偶然童子不在，自往厨房，恰与主人之女相见，其女一笑而避之。潘生魂不附体，遂将金戒指二枚、玉簪一支，嘱咐童儿，觑空致意此女，恳求幽会。此女欣然领受，解腰间绣囊相答。约以父亲出外，亲赴书斋。一连数日，潘生望眼将穿，未得其便。直至场事已毕，主翁治杯节劳。饮至更深，主翁大醉。潘生方欲就寝，忽闻轻轻叩门之声，启而视之，乃此女也。不及交言，捧进书斋，成其云雨，十分欢爱。约以成名之后，当娶为侧室。

是夜，潘朗在家，复梦向时鼓乐旗彩，迎状元匾额过其门而去。潘朗梦中唤云："此乃我家旗匾。"送匾者答云："非是！"潘朗追而看之，果然又一姓名矣。送匾者云："今科状元合是汝子潘遇，因做了欺心之事，天帝命削去前程，另换一人也！"潘朗惊醒，将信将疑。未几揭晓，潘朗阅登科记（科举时代及第士人的名录），状元果是梦中所迎匾上姓名，其子落第。待其归而叩之，潘遇抵赖不过，只得实说。父子叹嗟不已。潘遇过了岁余，心念此女，遣人持金帛往聘之，则此女已适他人矣！心中甚是懊悔。后来连走数科不第，郁郁而终。

因贪片刻欢娱景，误却终身富贵缘。

说话的，依你说，古来才子佳人，往往私谐欢好，后来夫荣妻贵，反成美谈，天公大算盘，如何又差错了？看官有所不知，大凡行奸卖俏，坏人终身名节，其过非小。若是五百年前合为夫妇，月下老赤绳系足，不论幽期明配，总是前缘判定，不亏行止。听在下再说一件故事，也出在宋朝，却是神宗皇帝年间，有一位官人，姓吴，名度，汴京人氏，进士出身，除授长沙府通判。夫人林氏，生得一位衙内，单讳个彦字。年方一十六岁，一表人才，风流潇洒，自

幼读书，广通经史，吟诗作赋，件件皆能。更有一件异处，你道是甚异处？这等一个清标人物，却吃得东西，每日要吃三升米饭，二斤多肉，十余斤酒，其外饮馔不算。这还是吴府尹恐他伤食，酌中（斟酌）定下的规矩。若论起吴衙内，只算作半饥半饱，未能趁心像意。

是年三月间，吴通判任满，升选扬州府尹。彼处吏书差役，带领马船，直到长沙迎接。吴度即日收拾行装，辞别僚友起程。下了马船，一路顺风顺水，非止一日，将近江州。昔日白乐天赠商妇《琵琶行》云“江州司马青衫湿”，便是这个地方。吴府尹船上正扬着满帆，中流稳度。倏忽之间，狂风陡作，怒涛汹涌，险些儿掀翻。莫说吴府尹和夫人们慌张，便是篙师舵工无不失色，急忙收帆拢岸。只有四五里江面，也挣了两个时辰。回顾江中往来船只，哪一只上不手忙脚乱，求神许愿。挣得到岸，便谢天不尽了。

这里吴府尹马船至了岸旁，抛锚系缆。那边已先有一只官船停泊，两下相隔约有十数丈远。这官船舱门上帘儿半卷，下边站着一个中年妇人，一个美貌女子。背后又侍立三四个丫鬟。吴衙内在舱中帘内，早已瞧见。那女子果然生得娇艳。怎见得？有诗为证：

秋水为神玉为骨，芙容如面柳如眉。
分明月殿瑶池女，不信人间有异姿。

吴衙内看了，不觉魂飘神荡，恨不得就飞到她身边，搂在怀中。只是隔着许多路，看得不十分较切。心生一计，向吴府尹道：“爹爹，何不教水手移去，帮在这只船上？倒也安稳。”吴府尹依着衙内，吩咐水手移船。水手不敢怠慢，起锚解缆，撑近那只船旁。吴衙内指望帮过了船边，细细饱看，谁知才傍过去，便掩上舱门。把吴衙内一团高兴，直冷淡到那脚指尖上。

你道那船中是甚官员？姓甚名谁？那官人姓贺，名章，祖贯建康人氏，也曾中过进士。前任钱塘县尉，新任荆州司户。带领家眷前去赴任，亦为阻风，暂驻江州。三府是他同年，顺便进城拜望去了。故此家眷开着舱门闲玩。中年的便是夫人金氏，美貌女子乃女儿秀娥。原来贺司户没有儿子，只得这秀娥小姐。年才十五，真有沉鱼落雁之容、闭月羞花之貌。女工针指，百伶百俐，不教自能。兼之幼时，贺司户曾延师教过，读书识字，写作俱高。贺司户夫妇，因是独养女儿，钟爱胜如珍宝。要赘个快婿，难乎其配，尚未许人。当下母子正在舱门口观看这些船只慌乱，却见吴府尹马船帮上来，夫人即教丫鬟下帘掩门进去。

吴府尹是仕路上人，便令人问是何处官府。不一时回报说：“是荆州司户，姓贺讳章，今去上任。”吴府尹对夫人道：“此人昔年至京应试，与我有交。向为钱塘县尉，不道也升迁了。既在此相遇，礼合拜访。”教从人取帖儿过去传报。从人又禀道：“那船上说，贺爷进城拜客未回。”正说间，船上又报道：“贺爷已来了。”吴府尹教取公服穿着，在舱中望去，贺司户坐着一乘四人轿，背后跟许多人从。原来贺司户去拜三府，不想那三府数日前丁忧去了，所以来得甚快，抬到船边下轿。看见又有一只座船，心内也暗转：“不知是何使客？”走入舱中，方待问手下人，吴府尹帖儿早已递进。贺司户看罢，即教相请。恰好舱门相对，走过来就是。见礼已毕，各叙间阔寒温。吃过两杯茶，吴府尹起身作别。

不一时，贺司户回拜。吴府尹款留小酌，唤出衙内相见，命坐于旁。贺司

户因自己无子，观见吴彦仪表超群，气质温雅，先有四五分欢喜。及至问些古今书史，却又应答如流。贺司户愈加起敬，称赞不绝。暗道："此人人材学识，尽是可人。若得他为婿，与女儿恰好正是一对。但他居汴京，我住建康，两地相悬，往来遥远，难好成偶，深为可惜！"此乃贺司户心内之事，却是说不出的话。吴府尹问道："老先生有几位公子？"贺司户道："实不相瞒，只有小女一人，尚无子嗣。"吴衙内也暗想道："适来这美貌女子，必定是了。看来年纪与我相仿。若求得为妇，平生足矣！但他只有此女，料必不肯远嫁，说也徒然！"又想道："莫说求她为妇，今后要再见一面，也不能够了。怎做恁般痴想！"

吴府尹听得贺司户尚没有子，乃道："原来老先生还无令郎，此亦不可少之事。须广置姬妾，以图生育便好。"贺司户道："多承指教！学生将来亦有此意。"彼此谈论，不觉更深方止。临别时，吴府尹道："倘今晚风息，明晨即行，恐不及相辞了。"贺司户道："相别已久，后会无期，还求再谈一日。"道罢，回到自己船中。夫人小姐都还未卧，秉烛以待。贺司户酒已半酣，向夫人说起吴府尹高情厚谊，又夸扬吴衙内青年美貌，学问广博，许多好处，将来必是个大器。明日要设席请他父子。因有女儿在旁，不好说出意欲要他为婿这一段情来。那晓得秀蛾听了，便怀着爱慕之念。

至次日，风浪转觉狂大，江面上一望去，烟水迷蒙，浪头推起约有二三丈高，唯闻澎湃之声。往来要一只船儿做样，却也没有。吴府尹只得住下。贺司户清早就送请帖，邀他父子赴酌。那吴衙内记挂着贺小姐，一夜卧不安稳。早上贺司户相邀，正是挖耳当招，巴不能到他船上，希图再得一觑。偏这吴府尹不会凑趣，道是父子不好齐扰。吴府尹至午后，独自过去，替儿子写帖辞谢。吴衙内难好说得，好不气恼！幸喜贺司户不听，再三差人相请。吴彦不敢自专，又请了父命，方才脱换服饰，过去相见入坐饮酒。早惊动后舱贺小姐，悄悄走至遮堂后门缝中张望。那吴衙内装束整齐，比平日愈加丰采飘逸。怎见得？也有诗为证：

何郎俊俏颜如粉（三国时期曹魏大臣何晏，容貌俊美，人称"傅粉何郎"），荀令风流坐有香（东汉末年曹操的谋士荀彧，据说坐过的席子好几天都有香味）。若与潘生同过市（西晋潘安是出名的美男子，据说他驾车出行，连老妇人都为之着迷，用水果往车里丢，将车装满），不知掷果向谁傍。

贺小姐看见吴衙内这表人物，不觉动了私心。想道："这衙内果然风流俊雅。我若嫁得这般个丈夫，便心满意足了。只是怎好在爹爹面前启齿？除非他家来相求才好。但我便在思想，吴衙内如何晓得？欲待约他面会，怎奈爹妈俱在一处，两边船上，耳目又广，没讨个空处。眼见得难就，只索罢休！"心内虽如此转念，那双眼却紧紧觑定吴衙内。大凡人起了爱念，总有十分丑处，俱认作美处。何况吴衙内本来风流，自然转盼生姿，愈觉可爱。又想道："今番错过此人，后来总配个豪家宦室，恐未必有此才貌兼全！"左思右想，把肠子都想断了，也没个计策与他相会。心下烦恼，倒走去坐下。席还未暖，恰像有人推起身的一般，两只脚又早到屏门后张望。看了一回，又转身去坐。不上吃一碗茶的工夫，却又走来观看。犹如走马灯一般，顷刻几个盘旋，恨不得三四步撵至吴衙内身边，把爱慕之情，一一细罄（详细说尽）。

说话的，我且问你，在后舱中，非只贺小姐一人，须有夫人丫鬟等辈，难道这般着迷光景，岂不要看出破绽？看官，有个缘故。只因夫人平素有件毛病，刚到午间，便要熟睡一觉，这时正在睡乡，不得工夫。那丫头们，巴不得夫人小姐不来呼唤，背地自去打伙作乐，谁个管这样闲账。为此并无人知觉。少顷，夫人睡醒，秀娥只得耐住双脚，闷坐呆想。正是：

相思相见知何日？此时此际难为情。

且说吴衙内身虽坐于席间，心却挂在舱后。不住偷眼瞧看，见屏门紧闭，毫无影响，暗叹道："贺小姐，我特为你而来，不能再见一面，何缘分浅薄如此！"怏怏不乐，连酒也懒得去饮。抵暮席散，归到自己船中，没情没绪，便向床上和衣而卧。这里司户送了吴府尹父子过船，请夫人、女儿到中舱夜饭。秀娥一心忆着吴衙内，坐在旁边，不言不语，如醉如痴，酒也不沾一滴，箸也不动一动。夫人看了这个模样，忙问道："儿，为甚一毫东西不吃，只是呆坐？"连问几声，秀娥方答道："身子有些不好，吃不下。"司户道："既然不自在，先去睡罢！"夫人便起身，叫丫鬟掌灯，送她睡下，方才出去。停了一回，夫人又来看觑一番，催丫鬟吃了夜饭，进来打铺相伴。

秀娥睡在帐中，翻来覆去，哪里睡得着。忽闻舱外有吟咏之声，侧耳听时，乃是吴衙内的声音。其诗云：

天涯犹有梦，对面岂无缘。莫道欢娱暂，还期盟誓坚。

秀娥听罢，不胜欢喜道："我想了一日，无计见他一面。如今在外吟诗，岂非天付良缘！料此更深人静，无人知觉，正好与他相会。"又恐丫鬟们未睡，连呼数声，俱不答应，量已熟睡。即披衣起身，将残灯挑得亮亮的，轻轻把舱门推开。吴衙内恰如在门首守候的一般，门启处便钻入来，两手搂抱。秀娥又惊又喜。日间许多想念之情，也不暇诉说，连舱门也不曾闭上，相偎相抱，解衣就寝，成其云雨。

正在酣美深处，只见丫鬟起来解手，喊道："不好了，舱门已开，想必有贼！"惊动合船的人，都到舱门口观看。司户与夫人推门进来，教丫鬟点火寻觅。吴衙内慌作一堆，叫道："小姐，怎么处？"秀娥道："要不着忙，你只躲在床上，料然不寻到此。待我打发他们出去，送你过船。"刚抽身下床，不想丫鬟照见了吴衙内的鞋儿，乃道："贼的鞋也在此，想躲在床上！"司户夫妻便来搜看，秀娥推住，连叫"没有"。哪里肯听，向床上搜出吴衙内。秀娥只叫得："苦也！"司户道："叵耐这厮，怎来点污我家？"夫人便说："吊起拷打！"司户道："也不要打，竟撇入江里去吧！"教两个水手，扛头扛脚，抬将出去。吴衙内只叫饶命。秀娥扯住叫道："爹妈！都是孩儿之罪，不干他事！"司户也不答应，将秀娥推上一跤，把吴衙内扑通撇在水里。秀娥此时也不顾羞耻，跌脚捶胸，哭道："吴衙内，是我害着你了！"又想道："他既因我而死，我又何颜独生？"遂抢出舱门，向着江心便跳。

可怜嫩玉娇香女，化作随波逐浪魂！

秀娥刚跳下水，猛然惊觉，却是梦魇，身子仍在床上。旁边丫鬟还在那里叫喊："小姐苏醒！"秀娥睁眼看时，天已明了，丫鬟俱已起身。外边风浪，依然狂大。丫鬟道："小姐梦见甚的？恁般啼哭，叫唤不醒。"秀娥把言语支吾过了。想

道："莫不我与吴衙内没有姻缘之分，显这等凶恶梦兆？"又想道："若得真如梦里这回恩爱，就死亦所甘心！"此时又被梦中那段光景在腹内打搅，越发想得痴了。觉道睡来没些聊赖，推枕而起。丫鬟们都不在眼前，即将门掩上，看着舱门，说道："昨夜吴衙内明明从此进来，搂抱至床，不信倒是做梦。"又想道："难道我梦中便这般侥幸，醒时却真个无缘不成？"一面思想，一面随手将舱门推开。用目一觑，只见吴府尹船上舱门大开，吴衙内向着这边船上呆呆而坐。原来二人卧处，都在后舱，恰好间壁，只隔得五六尺远。若去了两重窗槅，便是一家。那吴衙内也因夜来魂颠梦倒，清早就起身，开着窗儿，观望贺司户船，这也是癞虾蟆想天鹅肉吃的妄想！哪知姻缘有分，数合当然。凑巧贺小姐开窗而下，正打个照面。四目相视，且惊且喜。恰如识熟过的，彼此微微而笑。秀娥欲待通句话儿，期他相会，又恐被人听见。遂取过一幅桃花笺纸，磨得墨浓醮得笔饱，题诗一首，折成方胜，袖中摸出一方绣帕包裹，卷作一团，掷过船去。吴衙内双手承受，深深唱个肥喏，秀娥还了个礼。然后解开看时，其诗云：

花笺栽锦字，绣帕裹柔肠。不负襄王梦，行云在此方。

旁边又有一行小字道："今晚妾当挑灯相候，以剪刀声响为号，幸勿爽约。"吴衙内看罢，喜出望外，暗道："不道小姐又有如此秀美才华，真个世间少有！"一头赞羡，即忙取过一幅金笺，题诗一首，腰间解下一条锦带，也卷成一块，掷将过来。秀娥接得看时，这诗与梦中听见的一般，转觉骇然！暗道："如何他才题的诗，昨夜梦中倒见了？看起来我二人合该为配，故先做这般真梦。"诗后边也有一行小字道："承芳卿雅爱，敢不如命。"看罢，纳诸袖中。

正在迷恋之际，恰值丫鬟送面水叩门。秀娥轻轻地上槅子，开放丫鬟。随后夫人也来询视，见女儿已是起身，才放下这片愁心。那日乃是吴府尹答席，午前贺司户就去赴宴。夫人也自昼寝。秀娥取出那首诗来，不时展玩，私心自喜，盼不到晚。有恁般怪事！每常时，翣（shà）翣眼（一眨眼）便过了一日；偏生这日的日子，恰像有条绳子系住，现不能够下去。心下好不焦躁！渐渐挨至黄昏，忽地想着这两个丫鬟碍眼，不当稳便，除非如此如此。到夜饭时，私自赏那贴身服侍的丫鬟一大壶酒，两碗菜蔬。这两个丫头，犹如渴龙见水，吃得一滴不留。

少顷贺司户筵散回船，已是烂醉。秀娥恐怕吴衙内也吃醉了，不能赴约，反增忧虑。回到后舱，掩上门儿，教丫鬟将香儿熏好了衾枕，吩咐道："我还要做些针指，你们先睡则个。"那两个丫鬟正是酒涌上来，面红耳热，脚软头旋，也思量干这道儿，只是不好开口。得了此言，正中下怀，连忙收拾被窝去睡。头儿刚刚着枕，鼻孔中就扇风箱般打鼾了。秀娥坐了更余，仔细听那两船人声静悄，寂寂无闻。料得无事，遂把剪刀向桌儿上厮琅的一响。那边吴衙内早已会意。原来吴衙内记挂此事，在席上酒也不敢多饮。贺司户去后，回至舱中，侧耳专听。约莫坐了一个更次，不见些影响，心内正在疑惑。忽听得了剪刀之声，喜不自禁，连忙起身，轻手轻脚，开了窗儿，跨将出去，依原推上。耸身跳过这边船来，向窗门上轻轻弹了三弹。秀娥便来开窗，吴衙内钻入舱中，秀娥原复带上。两下又见了个礼儿，吴衙内在灯下把贺小姐仔细一观，更觉千娇百媚。这时彼此情如火热，哪有闲工夫说甚言语。吴衙内捧过贺小姐，松开纽

扣，解卸衣裳，双双就枕。酥胸紧贴，玉体轻偎，这场云雨，十分美满。但见：

舱门轻叩小窗开，瞥见犹疑梦里来。

万种欢娱愁不足，梅香熟睡莫惊猜。

一回儿云收雨散，各道想慕之情。秀娥又将梦中听见诗句，却与所赠相同的话说出。吴衙内惊讶道："有恁般奇事！我昨夜所梦，与你分毫不差。因道是奇异，闷坐呆想。不道天使小姐也开窗观觑，遂成好事。看起来，多分是宿世姻缘，故令魂梦先通。明日即恳爹爹求亲，以图偕老百年。"秀娥道："此言正合我意。"二人说到情浓之际，阳台重赴，恩爱转笃，竟自一觉睡去。不想那晚夜半，风浪平静，五鼓时分，各船尽皆开放。贺司户、吴府尹两边船上，也各收拾篷樯，解缆开船。众水手齐声打号子起锚，早把吴衙内、贺小姐惊醒。又听得水手说道："这般好顺风，怕赶不到蕲州！"吓得吴衙内暗暗只管叫苦，说道："如今怎生是好？"贺小姐道："低声！倘被丫鬟听见，反是老大厉害。事已如此，急也无用，你且安下，再作区处。"吴衙内道："莫要应了昨晚的梦便好！"这句话却点醒了贺小姐。想梦中被丫鬟看见鞋儿，以致事露。遂伸手摸起吴衙内那双丝鞋藏过。贺小姐踌躇了千百万遍，想出一个计来，乃道："我有个法儿在此。"吴衙内道："是甚法儿？"贺小姐道："日里你便向床底下躲避，我也只推有病，不往外边陪母亲。吃饭竟讨进舱来。待到了荆州，多将些银两与你，趁起岸时人从纷纭，从闹中脱身，觅个便船回到扬州，然后写书来求亲。爹妈若是允了，不消说起。倘或不肯，只得以实告之。爹妈平日将我极是爱惜，到此地位，料也只得允从。那时可不依旧夫妻会合！"吴衙内道："若得如此，可知好哩！"

到了天明，等丫鬟起身出舱去后，二人也就下床。吴衙内急忙钻入床底下，做一堆儿伏着。两旁俱有箱笼遮隐，床前自有帐幔低垂。贺小姐又紧紧坐在床边，寸步不离。盥漱过了，头也不梳，假意靠在桌上。夫人走入看见，便道："呵呀！为何不梳头，却靠在此？"秀娥道："身子觉道不快，怕得梳头。"夫人道："想是起得早些，伤了风了。还不到床上去睡睡。"秀娥道："因是睡不安稳，才坐在这里。"夫人道："既然要坐，还该再添件衣服，休得冻了，愈加不好！"教丫鬟寻过一领披风，与她穿起，又坐了一回。丫鬟请吃早膳，夫人道："儿，身子不安，莫要吃饭，不如教丫鬟香香地煮些粥儿调养，倒好。"秀娥道："我心里不喜欢吃粥，还是饭好。只是不耐烦走动，拿进来吃吧。"夫人道："既恁般，我也在此陪你。"秀娥道："这班丫头，背着你眼，就要胡做了，母亲还到外边去吃。"夫人道："也说得是。"遂转身出去，教丫鬟将饭送进摆在桌上。

秀娥道："你们自去，待我唤时方来。"打发丫鬟去后，把门顶上，向床底下招出吴衙内来吃饭。那吴衙内爬起身，把腰伸了一伸，举目看桌上时，乃是两碗荤菜，一碗素菜，饭只有一吃一添。原来贺小姐平日饭量不济，额定两碗，故此只有这些。你想吴衙内食三升米的肠子，这两碗饭填在哪处？微微笑了一笑，举起箸两三绰，就便了账。却又不好说得，忍着饿原向床下躲过。秀娥开门，唤过丫鬟又教添两碗饭来吃了。那丫鬟互相私议道："小姐自来只用得两碗，今日说道有病，如何反多吃了一半，可不是怪事！"不想夫人听见，走来说道："儿，你身子不快，怎的反吃许多饭食？"秀娥道："不妨事，我还未饱哩。"这一日三餐俱是如此。司户夫妇只道女儿年纪长大，增了饭食。正不知舱中，另

有个替吃饭的，还饿得有气无力哩！正是：

安排布地瞒天谎，成就偷香窃玉情。

当晚夜饭过了。贺小姐即教吴衙内先上床睡卧，自己随后解衣入寝。夫人又来看时，见女儿已睡，问了声自去。丫鬟也掩门歇息。吴衙内饥馁难熬，对贺小姐说道："事虽好了，只有一件苦处。"秀娥道："是哪件？"吴衙内道："不瞒小姐说，我的食量颇宽。今日这三餐，还不够我一顿。若这般忍饿过日，怎能捱到荆州？"秀娥道："既恁地，何不早说？明日多讨些就是。"吴衙内道："十分讨得多，又怕惹人疑惑。"秀娥道："不打紧，自有道理。但不知要多少才够？"吴衙内道："哪里像得我意！每顿十来碗也胡乱度得过了。"到次早，吴衙内依旧躲过。贺小姐诈病在床，呻吟不绝。司户夫人担着愁心，要请医人调治。又在大江中，没处去请。秀娥却也不要，只叫肚里饿得慌。夫人流水催进饭来，又只嫌少，共争了十数多碗，倒把夫人吓了一跳。劝她少吃时，故意使起性儿，连叫："快拿去！不要吃了，索性饿死吧。"夫人是个爱女，见她使性，反陪笑脸道："儿，我是好话，如何便气你。若吃得尽意，吃罢了，只不要勉强。"亲自拿起碗箸，递到她手里。秀娥道："母亲在此看着，我便吃不下去。通出去了，等我慢慢的，或者吃不完，也未可知。"夫人依她言语，教丫鬟一齐出外。

秀娥披衣下床，将门掩上。吴衙内便钻出来，因是昨夜饿坏了，见着这饭，也不谦让，也不抬头，一连十数碗，吃个流星赶月。约莫存得碗余，方才住手，把贺小姐倒看呆了，低低问道："可还少么！"吴衙内道："将就些吧，再吃便没意思了。"泻杯茶漱漱口儿，向床下飕的又钻入去了。贺小姐将余下的饭吃罢，拽开门儿，原到床上睡卧。那丫鬟专等她开门，就奔进去。看见饭儿、菜儿，都吃得精光。收着家伙，一路笑道："原来小姐患的却是吃饭病！"报知夫人，夫人闻言，只把头摇，说道："亏她怎的吃上这些，那病儿也患得蹊跷！"急请司户来说知，教他请医问卜。连司户也不肯信，吩咐午间莫要依她，恐食伤了五脏，便难医治。哪知未到午时，秀娥便叫肚饥。夫人再三把好言语安慰时，秀娥就啼哭起来。夫人没法，只得又依着她。晚间亦是如此。司户夫妻，只道女儿得了怪病，十分慌张。

这晚已到蕲州停泊，吩咐水手，明日不要开船。清早差人入城，访问名医，一面求神占卦。不一时，请一个太医来。那太医衣冠济楚，气宇轩昂。贺司户迎至舱中，叙礼看坐。那太医晓得是位官员，礼貌甚恭。献过两杯茶，问了些病缘，然后到后舱认脉。认过脉，复至中舱坐下。贺司户道："请问太医，小女还是何症？"太医先咳了一声嗽，方才答道："令爱是痞膨食积！"贺司户道："先生差矣！痞膨食积乃婴儿之症，小女今年十五岁了，如何还犯此症？"太医笑道："老先生但知其一，不知其二。令爱名虽十五岁，即今尚在春间，只有十四岁之实。倘在寒月所生，才十三岁有余。老先生，你且想，十三岁的女子，难道不算婴孩？大抵此症，起于饮食失调，兼之水土不伏，食积于小腹之中，凝滞不消，遂至生热，升至胸中，便觉饥饿。及吃下饮食，反资其火。所以日盛一日。若再过月余不医，就难治了！"贺司户见说得有些道理，问道："先生所见，极是有理了。但今如何治之？"太医道："如今学生先消其积滞，去其风热，住了热，饮食自然渐渐减少，平复如旧矣！"贺司户道："若得如此神效，

自当重酬！”道罢，太医起身拜别。贺司户封了药资，差人取了药来，流水煎起，送与秀娥。

那秀娥一心只要早至荆州，哪个要吃什么汤药？初时，见父母请医，再三阻挡不住，又难好道出真情，只得由他慌乱。晓得了医者这班言语暗自好笑。将来的药，也打发丫鬟将去，竟泼入净桶。求神占卦，有的说是星辰不利，又触犯了鹤神，须请僧道禳解，自然无事。有的说在旷野处遇了孤魂饿鬼，若设醮追荐，便可痊愈。贺司户夫妻一一依从。见服了几剂药，没些效验，吃饭如旧，又请一个医者。

那医者更是扩而充之，乘着轿子，三四个仆从跟随。相见之后，高谈阔论，也先探了病源，方才认脉，问道：“老先生可有哪个看过么？”贺司户道：“前日曾请一位看来。”医者道：“他看的是何症？”贺司户道：“说是疳瘀食积。”医者呵呵笑道：“此乃痨瘵之症，怎说是疳瘀食积？”贺司户道：“小女年纪尚幼，如何有此症候？”医者道：“令爱非七情六欲痨怯之比，她本秉气虚弱，所谓孩儿痨便是。”贺司户道：“饮食无度，这是为何？”医者道：“寒热交攻，虚火上延，因此容易饥饿。”夫人在屏后打听，教人传说，小姐身子并不发热。医者又道：“这乃内热外寒骨蒸之症，故不觉得。”又讨前日医者药剂看了，说道：“这般克罚药（指烈性药），削弱元气，再服几剂，便难救了。待学生先以煎药治其虚热，调和脏腑，即进饮食。那时，方以滋阴降火养血补元的丸药，慢慢调理，自当痊可。”

贺司户称谢道：“全仗神力！”遂辞别而去。少顷，家人又请一个太医到来。那太医却是个老者，须鬓皓然，步履蹒跚。刚坐下，便夸张善识疑难怪异之病。某官府亏老夫救得，某夫人又亏老夫用甚药奏效。那门面话儿就说了一大派。又累累问了病者起居饮食，才去诊脉。贺司户被他大话一哄，认作有意思的，暗道：“常言老医少卜，或者这医人有些效验，也未可知。”医者认过了脉，向贺司户道：“还是老先生有缘，得遇老夫。令爱这个病症，非老夫不能识。”贺司户道：“请问果是何疾？”医者道：“此乃有名色的，谓之膈病。”贺司户道：“吃不下饮食，方是膈病。目今比平常多食几倍，如何是这症候？”医者道：“膈病原有几般，像令爱这膈病，俗名唤作老鼠膈。背后尽多尽吃，及至见了人，一些也难下咽喉。后来食多发涨，便成蛊胀。二病相兼，便难医治。如今幸而初起，还不妨得。包在老夫身上，可以除根。”言罢，起身。贺司户送出船头方别。那时一家都认作老鼠膈，见神见鬼的，请医问卜。哪晓得贺小姐把来的药，都送在净桶肚里，背地冷笑。贺司户在蕲州停了几日，算来不是长法，与夫人商议，与医者求了个药方，多买些药材，一路吃去，且到荆州另请医人。那老儿因要他写方，着实诈了好些银两，可不是他的造化！有诗为证：

> 医人未必尽知医，却是将机便就机。
> 无病妄猜云有病，却教司户折便宜。

常言说得好：“少女少郎，情色相当。”贺小姐初时，还是个处子，云雨之际，尚是逡巡畏缩。况兼吴衙内心慌胆怯，不敢恣肆，彼此未见十分美满。两三日后，渐入佳境，姿意取乐，忘其所以。一晚夜半，丫鬟睡醒，听得床上唧唧哝哝，床棱戛戛地响。隔了一回，又听得气喘吁吁，心中怪异。次早报与夫人。夫人也因见女儿面色红活，不像个病容，正有些疑惑。听了这话，合着她的意思。

不去通知司户，竟走来观看，又没些破绽。及细看秀娥面貌，愈觉丰采倍常，却又不好开口问得，倒没了主意。坐了一回，原走出去。朝饭以后，终是放心不下，又进去探觑，把远话挑问。秀娥见夫人话儿问得蹊跷，便不答应。耳边忽闻得打齁之声，原来吴衙内夜间多做了些正经，不曾睡得，此时吃饱了饭，在床底下酣睡。秀娥一时遮掩不来，被夫人听见，将丫鬟使遣开去，把门顶上，向床下一望。只见靠壁一个蓬头孩子，曲着身体，睡得好不自在。夫人暗暗叫苦不迭！对秀娥道："你做下这等勾当，却诈推有病，吓得我夫妻心花儿急碎了！如今羞人答答，怎的做人！这天杀的，还是哪里来的？"秀娥羞得满面通红，说道："是孩儿不是，一时做差事了，望母亲遮盖则个！这人不是别个，便是吴府尹的衙内。"夫人失惊道："吴衙内与你从未见面，况那日你爹在他船上吃酒，还在席间陪侍，夜深方散，四鼓便开船了，如何得能到此？"秀娥从实将司户称赞留心，次日屏后张望，夜来做梦，早上开窗订约，并熟睡船开，前后事细细说出。又道："不肖女一时情痴，丧名失节，玷辱父母，罪实难逭（huàn，逃避）。但两地相隔数千里，一旦因阻风而会，此乃宿世姻缘，天遣成配，非由人力。儿与吴衙内誓同生死，各不更改。望母亲好言劝爹曲允，尚可挽回前失。倘爹有别念，儿即自尽，决不偷生苟活。今蒙耻禀知母亲，一任主张。"道罢，泪如雨下。

这里母子便说话，下边吴衙内打齁声越发雷一般响了。此时夫人又气又恼。欲待把她难为，一来娇养惯了，哪里舍得；二来恐婢仆闻知，反做话靶。吞声忍气，拽开门走往外边去了。秀娥等母亲转身后，急下床顶上门儿，在床下叫醒吴衙内，埋怨道："你打齁，也该轻些儿，惊动母亲，事都泄漏了！"吴衙内听说事露，吓得浑身冷汗直淋，上下牙齿，顷刻就吃蹬蹬地相打，半句话也挣不出。秀娥道："莫要慌！适来与母亲如此如此说了。若爹爹依允，不必讲起。不肯时，拼得学梦中结局，决不教你独受其累！"说到此处，不觉泪珠乱滚。

且说夫人急请司户进来，屏退丫鬟，未曾开言，眼中早已簌簌泪下。司户还道愁女儿病体，反宽慰道："那医者说，只在数日便可奏效，不消烦恼。"夫人道："听那老光棍花嘴！什么老鼠膈！论起恁般太医，莫说数日内奏效，就一千日还看不出病体！"司户道："你且说怎的？"夫人将前事细述。把司户气得个发昏章第十一（昏头昏脑，说书人的风趣话），连声道："罢了！罢了！这等不肖之女，做恁般丑事，败坏门风，要她何用？趁今晚都结果了性命，也脱了这个丑名！"这两句话惊得夫人面如土色，劝道："你我已在中年，只有这点骨血。一发断送，更有何人？论来吴衙内好人家子息，才貌兼全，招他为婿，原是门当户对。独怪他不来求亲，私下做这般勾当。事已如此，也说不得了。将错就错，悄地差人送他回去，写书与吴府尹，令人来下聘，然后成礼，两全其美。今若声张，反装幌子。"司户沉吟半响，无可奈何，只得依着夫人，出来问水手道："这里是甚地方？"水手答道："前边已是武昌府了。"司户吩咐就武昌暂停，要差人回去。一面修起书札，唤过一个心腹家人，吩咐停当。

不一时到了武昌，那家人便上涯写下船只，傍在船边。贺司户与夫人同至后舱，秀娥见了父亲，自觉无颜，把被蒙在面上。司户也不与她说话，只道："做得好事！"向床底下，呼唤吴衙内。那吴衙内看见了贺司户夫妇，不知是甚意儿，战兢兢爬出来，伏在地上，口称死罪。司户低责道："我只道你少年博学，

可以成器。不想如此无行，辱我家门！本该撇下江里，才消这点恶气。今姑看你父亲面皮，饶你性命，差人送归。若得成名，便把不肖女与你为妻；如没有这般志气，休得指望！”吴衙内连连叩头领命。司户原教他躲过，挨至夜深人静，悄地教家人引他过船，连丫鬟不容一个见面。彼时两下分别，都还道有甚歹念，十分凄惨，又不敢出声啼哭。秀娥又扯夫人到背后，说道：“此行不知爹爹有甚念头，须教家人回时，讨吴衙内书信复我，方才放心！”夫人真个依着她，又叮嘱了家人。次日清早开船自去。贺司户船只也自往荆州进发。贺小姐诚恐吴衙内途中有变，心下忧虑，即时真个倒想出病来！正是：

乍别冷如冰，动念热如火。三百六十病，唯有相思苦。

话分两头。且说吴府尹自那早离了江州，行了几十里路，已是朝膳时分，不见衙内起身，还道夜来中酒。看看至午，不见声息，以为奇怪。夫人自去叫唤，并不答应。那时着了忙，吴府尹教家人打开观看，只有一个空舱。吓得府尹夫妻，魂魄飞散，呼天怆地地号哭！只是解说不出。合船的人都道：“这也作怪！总来只有只船，哪里去了？除非落水里。”吴府尹听了众人，遂泊住船，寻人打捞。自江州起至泊船之所，百里内外，把江也捞遍了，哪里罗得尸首。一面招魂设祭，把夫人哭得死而复苏。吴府尹因没了儿子，连官也不要做了。手下人再三苦劝，方才前去上任。不则一日，贺司户家人送吴衙内到来。父子一见，惊喜相半。看了书札，方知就里。将衙内责了一声，款留贺司户家人，住了数日。准备聘礼，写起回书，差人同去求亲。吴衙内也写封私书寄与贺小姐。两下家人领着礼物，别了吴府尹，直至荆州，参见贺司户。收了聘礼，又作回书，打发吴府尹家人回去。那贺小姐正在病中，见了吴衙内书信，然后渐渐痊愈。那吴衙内在衙中，日夜攻书，候至开科，至京应试，一举成名，中了进士。凑巧除授荆州府湘潭县县尹。吴府尹见儿子成名，便告了致仕，同至荆州上任。择吉迎娶贺小姐过门成亲，同僚们前来称贺。

两个花烛下新人，锦衾内一双旧友。

秀娥过门之后，孝敬公姑，夫妻和顺，颇有贤名。后来贺司户因念着女儿，也入籍汴京，靠老终身。吴彦官至龙图阁学士，生得二子，亦登科甲。这回书唤作《吴衙内邻舟赴约》。诗云：

佳人才子貌相当，八句新诗暗自将。
百岁姻缘床下就，丽情千古播词场。

## 第二十九卷　卢太学诗酒傲王侯

卫河东岸浮丘高，竹舍云居隐凤毛。
遂有文章惊董贾，岂无名誉驾刘曹。
秋天散步青山郭，春日催诗白兔毫。

醉倚湛卢时一啸，长风万里破洪涛。

这首诗，系本朝嘉靖年间一个才子所作。那才子是谁？姓卢，名楠，字少梗，一字子赤，大名府浚县人也。生得丰姿潇洒，气宇轩昂，飘飘有出尘之表。八岁即能属文，十岁便娴诗律，下笔数千言，倚马可待。人都道他是李青莲再世，曹子建后身。一生好酒任侠，放达不羁，有轻财傲物之志。真个名闻天下，才冠当今。与他往来的，俱是名公巨卿。又且世代簪缨，家资巨富；日常供奉，拟于王侯。所居在城外浮邱山下，第宅壮丽，高耸云汉。后房粉黛，一个个声色兼妙，又选小奚秀美者数十人，教成吹弹歌曲，日以自娱。至于僮仆厮养，不计其数。

宅后又构一园，大可两三顷，凿池引水，叠石为山，制度极其精巧，名曰啸圃。大凡花性喜暖，所以名花俱出南方，那北地天气严寒，花到其地，大半冻死，因此至者甚少。设或到得一花一草，必为巨铛大畹（代指身份显贵的权宦、贵族。巨铛，皇帝近侍的装饰；大畹，皇亲国戚的住宅区）所有，他人亦不易得。这濬县又是个拗处，比京都更难，故宦家园亭虽有，俱不足观。偏卢楠立心要胜似他人，不惜重价，差人四外构取名花异卉，怪石奇峰，落成这园，遂为一邑之胜。真个景致非常！但见：

楼台高峻，庭院清幽。山叠岷峨怪石，花栽阆苑奇葩。水阁遥通行坞，风轩斜透松寮。回塘曲槛，层层碧浪漾琉璃；叠嶂层峦，点点苍苔铺翡翠。牡丹亭畔，孔雀双栖；芍药栏边，仙禽对舞。萦纡松径，绿阴深处小桥横；屈曲花岐，红艳丛中乔木耸。烟迷翠黛，意淡如无；雨洗青螺，色浓似染。木兰舟荡漾芙蓉水际，秋千架摇拽垂杨影里。朱栏画槛相掩映，湘帘绣幕两交辉。

卢楠日夕吟花课鸟，笑傲其间，虽南面至乐，亦不是过。凡朋友去相访，必流连尽醉方止。倘遇着个声气相投知音的知己，便兼旬累月，款留在家，不肯轻放出门。若有人患难来投奔的，一一都有赍发（资助），决不令其空过。因此四方慕名来者，络绎不绝，真个是：

座上客常满，尊中酒不空。

卢楠只因才学高广，以为掇青紫（本为古时公卿绶带之色，因借指高官显爵）如拾针芥。哪知文福不齐，任你锦绣般文章，偏生不中试官之意，一连走上几次，不能够飞黄腾达。他道世无识者，遂绝意功名，不图进取。唯与骚人剑客、羽士高僧，谈禅理，论剑术，呼卢（古代的一种博游）浮白（罚酒，干杯），放浪山水，自称“浮丘山人”。曾有五言古诗云：

逸翮（hé，疾飞的鸟）奋霄汉，高步蹑天关。褰衣在椒涂，长风吹海澜。琼树系游镳，瑶华代朝餐。恣情戏灵景，静啸喈鸣鸾。浮世信淆浊，焉能濡羽翰！

话分两头。却说浚县知县，姓汪，名岑，少年连第，贪酷无比，性复猜刻。又酷好杯中之物，若擎着酒杯，便直饮到天明。自到浚县，不曾遇着对手。平昔也晓得卢楠是个才子，当今推重，交游甚广；又闻得邑中园亭，推他家为最；酒量又推尊第一。因这三件，有心要结识他，做个相知。差人去请来相会。你道有这般好笑的事么？别个秀才要去结交知县，还要挨风缉缝，央人引进，拜

在门下，认为老师。四时八节，馈送礼物，希图以小博大。若知县自来相请，便似朝廷征聘一般，何等荣耀！还把名帖粘在壁上，夸炫亲友。这虽是不肖者所为，有气节的未必如此；但知县相请，也没有不肯去的。偏有卢楠比他人不同，知县一连请了五六次，只当作耳边风，全然不睬，只推自来不入公门。你道因甚如此？那卢楠才高天下，眼底无人，天生就一副侠肠傲骨，视功名如敝蓰（敝屣），等富贵犹浮云。就是王侯卿相不曾来拜访，要请去相见，他也断然不肯先施（先行拜访或馈赠礼物），怎肯轻易去见个县官？真个是天子不得臣，诸侯不得友，绝品的高人。

这卢楠已是个清奇古怪的主人，撞着知县又是个耐烦琐碎的冤家，请人请到四五次不来，也只索罢了，偏生只管去缠账。见卢楠决不肯来，却倒情愿自去就教。又恐卢楠他出，先差人将帖子订期。差人领了言语，一直径到卢家，把帖子递与门公，说道："本县老爷有紧要话，差我来传达你相公，相烦引进。"门公不敢怠慢，即引到园上，来见家主。

差人随进园门，尽目看时，只见水光绕绿，山色送青，竹木扶疏，交相掩映。林中禽鸟，声如鼓吹。那差人从不曾见这般景致，今日到此，恍如登了洞天仙府，好生欢喜，想道："怪道老爷要来游玩，原来有恁地好景！我也是有些缘分，方得至此观玩这番，也不枉为人一世。"遂四下行走，恣意饱看。弯弯曲曲，穿过几条花径，走过数处亭台，来到了个所在。周围尽是梅花，一望如雪，霏霏馥馥，清香沁人肌骨。中间显出一座八角亭子，朱甍碧瓦，画栋雕梁，亭中悬一个匾额，大书"玉照亭"三字。下边坐着三四个宾客，赏花饮酒，旁边五六个标致青衣，调丝品竹，按板而歌。有高太史（明代文学家高启）《梅花诗》为证：

琼姿只合在瑶台，谁向江南处处栽。
雪满山中高士卧，月明林下美人来。
寒依疏影萧萧竹，春掩残香漠漠苔。
自去渔郎无好韵，东风愁寂几回开！

门公同差人站在门外，候歌完了，先将帖子禀知，然后差人向前说道："老爷令小人多多拜上相公，说既相公不屑到县，老爷当来拜访。但恐相公他出，又不相值，先差小人来期个日子，好来请教。二来闻府上园亭甚好，顺便就要游玩。"

大凡事当凑就不起，那卢楠见知县频请不去，恬不为怪，却又情愿来就教，未免转过念头，想："他虽然贪鄙，终是个父母官儿，肯屈己敬贤，亦是可取。若又峻拒不许，外人只道我心胸褊狭，不能容物了。"又想道："他是个俗吏，这文章定然不晓得的。那诗律旨趣深奥，料必也没相干。若论典籍，他又是个后生小子，侥幸在睡梦中偷得这进士到手，已是心满意足，谅来还未曾识面。至于理学、禅宗，一发梦想所不到了。除此之外，与他谈论，有甚意味？还是莫招揽罢。"却又念其来意惓惓，如拒绝了，似觉不情。正沉吟间，小童斟上酒来。他触境情生，就想到酒上，道："倘会饮酒，亦可免俗。"问来人道："你本官可会饮酒么？"答道："酒是老爷的性命，怎么不会饮？"卢楠又问："能饮得多少？"答道："但见拿着酒杯，整夜吃去，不到酩酊不止，也不知有几多酒量。"卢楠心中喜道："原来这俗物却会饮酒，单取这节吧！"随教童子取个帖儿，付与来人道：

“你本官既要来游玩，趁此梅花盛时，就是明日罢！我这里整备酒盒相候。”

差人得了言语，原同门公一齐出来，回到县里，将帖子回复了知县。知县大喜。正要明日到卢楠家去看梅花，不想晚上人来报新按院到任，连夜起身往府，不能如意，差人将个帖儿辞了。知县到府，接着按院，伺行香过了，回到县时，往还数日，这梅花已是：

纷纷玉瓣堆香砌，片片琼英绕画栏。

汪知县因不曾赴梅花之约，心下怏怏，指望卢楠另来相邀。谁知卢楠出自勉强，见他辞了，即撇过一边，哪肯又来相请？看看已到仲春时候，汪知县又想到卢楠园上去游春，差人先去致意。那差人来到卢家园中，只见园林织锦，堤草铺茵，莺啼燕语，蝶乱蜂忙，景色十分艳丽。须臾，转到桃蹊上，那花浑如万片丹霞，千重红锦，好不烂漫！有诗为证：

桃花开遍上林春，耀服繁华色艳浓。

含笑动人心意切，几多消息五更风。

卢楠正与宾客在花下击鼓催花，豪歌狂饮，差人执帖子上前说知。卢楠乘着酒兴对来人道：“你快回去与本官说，若有高兴，即刻就来，不必另约。”众宾客道：“使不得！我们正在得趣之时，他若来了，就有许多文（文绉绉，指烦琐礼节和客套），怎能尽兴？还是改日吧。”卢楠道：“说得有理，便是明日。”遂取个帖子，打发来人，回复知县。

你道天下有这样不巧的事！次日汪知县刚刚要去游春，谁想夫人有五个月身孕，忽然小产起来，晕倒在地，血污浸渍身子。吓得知县已是六神无主，还有甚心肠去吃酒？只得又差人辞了卢楠。这夫人一病直至三月下旬，方才稍可。

那时卢楠园中牡丹开放，冠绝一县。真是好花！有《牡丹诗》为证：

洛阳千古斗春芳，富贵真夸浓艳妆。

一自《清平》传唱后，至今人尚说花王。

汪知县为夫人这病，乱了半个多月，情绪不佳，终日只把酒来消闷，连政事也懒得去理。次后闻得卢家牡丹茂盛，想要去赏玩，因两次失约，不好又来相期，差人送三两书仪（旧时馈赠钱物所写的礼帖），就致看花之意。卢楠日子便期了，却不肯受这书仪。璧返数次，推辞不脱，只得受了。那日天气晴爽，汪知县打帐早衙完了就去，不道刚出私衙，左右来报：“吏科给事中某爷告养亲归家，在此经过。”正是要道之人，敢不去奉承么？急忙出郭迎接，馈送下程，设宴款待。只道一两日就行，还可以看得牡丹，那知某给事，又是好胜的人，教知县陪了游览本县胜景之处，盘桓七八日方行。等到去后，又差人约卢楠时，那牡丹已萎谢无遗，卢楠也向他处游玩山水，离家两日矣！

不觉春尽夏临，倏忽间又早六月中旬，汪知县打听卢楠已是归家，在园中避暑，又令人去传达，要赏莲花。那差人径至卢家，把帖儿教门公传进。须臾间，门公出来说道：“相公有话，唤你当面去吩咐。”差人随着门公，直到一个荷花池畔，看那池团团约有十亩多大，堤上绿槐碧柳，浓阴蔽日；池曲红妆翠盖，艳色映人。有诗为证：

凌波仙子斗新妆，七窍虚心吐异香。

何似花神多薄幸，故将颜色恼人肠。

原来那池也有个名色，唤作“滟碧池”。池心中有座亭子，名曰“锦云亭”。此亭四面皆水，不设桥梁，以采莲舟为渡，乃卢柟纳凉之处。门公与差人下了采莲舟，荡动画桨，顷刻到了亭边，系舟登岸。差人举目看那亭子，周围朱栏画槛，翠幔纱窗；荷香馥馥，清风徐徐；水中金鱼戏藻，梁间紫燕寻巢；鸥鹭争飞叶底，鸳鸯对浴岸旁。去那亭中看时，只见藤床湘簟，石榻竹儿，瓶中供千叶碧莲，炉内焚百和名香。卢柟科头跣足，斜据石榻。面前放一帙古书，手中执着酒杯。旁边冰盘中，列着金桃雪藕，沉李浮瓜，又有几味案酒。一个小厮捧壶，一个小厮打扇。他便看几行书，饮一杯酒，自取其乐。差人未敢上前，在侧边暗想道：“同是父母生长，他如何有这般受用！就是我本官中过进士，还有许多劳碌，怎及得他的自在！”卢柟抬头看见，即问道：“你就是县里差来的么？”

差人应道：“小人正是。”卢柟道：“你那本官倒也好笑，屡次订期定日，却又不来。如今又说要看荷花，恁样不爽利，亏他怎的做了官！我也没有许多闲工夫与他缠账，任凭他有兴便来，不奈烦又约日子。”差人道：“老爷多拜上相公，说久仰相公高才，如渴思浆，巴不得来请教，连次皆为不得已事羁住，故此失约。还求相公期个日子，小人好去回话。”卢柟见来人说话伶俐，却也听信了他，乃道：“既如此，竟在后日。”差人得了言语，讨个回帖，同门公依旧下船，划到柳阴堤下上岸，自去回复了知县。

那汪知县至后日早衙，发落了些公事，约莫午牌时候，起身去拜卢柟。谁想正值三伏之时，连日酷热非常，汪知县已受了些暑气，这时却又在正午，那轮红日犹如一团烈火，热得他眼中火冒，口内烟生。刚到半路，觉道天旋地转，从桥上直撞下来，险些儿闷死在地。从人急忙救起，抬回县中，送入私衙，渐渐苏醒。吩咐差人辞了卢柟，一面请太医调治。足足里病了一个多月，方才出堂理事，不在话下。

且说卢柟一日在书房中查点往来礼物，检着汪知县这封书仪，想道：“我与他水米无交，如何白白里受他的东西？须把来消豁（打发，了结）了，方才干净！”到八月中，差人来请汪知县中秋夜赏月。那知县却也正有此意，见来相请，好生欢喜。取回帖打发来人，说：“多拜上相公，至期准赴。”那知县乃一县之主，难道刚刚只有卢柟请他赏月不成？少不得初十边，就有乡绅同僚中相请，况又是个好饮之徒，可有不去的理么？定然一家家挨次都到，至十四这日，辞了外边酒席，于衙中整备家宴，与夫人在庭中玩赏。那晚月色分外皎洁，比寻常更是不同。有诗为证：

玉宇淡悠悠，金波彻夜流。最怜圆缺处，曾照古今愁。

风露孤轮影，山河一气秋。何人吹铁笛？乘醉倚南楼。

夫妻对酌，直饮到酩酊，方才入寝。那知县一来是新起病的人，元神未复；二来连日沉酣糟粕，趁着酒兴，未免走了酒字下这道儿；三来这晚露坐夜深，着了些风寒。三合凑又病起来。眼见得卢柟赏月之约，又虚过了。调摄数日，方能痊可。那知县在衙中无聊，量道卢柟园中桂花必盛，意欲借此排遣。适值有个江南客来打抽丰，送两大坛惠山泉酒，汪知县就把一坛，差人转送与卢柟。卢柟见说是美酒，正中其怀，无限欢喜，乃道：“他的政事文章，我也一概勿论，只这酒中，想亦是知味的了。”即写帖请汪知县后日来赏桂花。有诗为证：

凉影一帘分夜月，天宫万斛动秋风。
淮南何用歌《招隐》？自可淹留桂树丛。

自古道："一饮一啄，莫非前定。"像汪知县是个父母官，肯屈己去见个士人，岂不是件异事？谁知两下机缘未到，临期定然生出事故，不能相会。这番请赏桂花，汪知县满意要尽竟日之欢，罄夙昔仰想之诚。不料是日还在眠床上，外面就传板进来报："山西理刑赵爷行取入京，已至河下！"恰正是汪知县乡试房师，怎敢怠慢？即忙起身梳洗，出衙上轿，往河下迎接，设宴款待。你想两个得意师生，没有就相别之理，少不得盘桓数日，方才转身。这桂花已是：

飘残金粟随风舞，零乱天香满地铺。

却说卢楠索性刚直豪爽，是个傲上矜下之人，见汪知县屡次卑词尽敬，以其好贤，遂有俯交之念。时值九月末旬，园中菊花种数甚多，内中唯有三种为贵。哪三种？鹤翎、剪绒、西施。每一种各有几般颜色，花大而媚，所以贵重。有《菊花诗》为证：

不共春风斗百芳，自甘篱落傲秋霜。
园林一片萧疏景，几朵依稀散晚香。

卢楠因想汪知县几遍要看园景，却俱中止，今趁此菊花盛时，何不请来一玩？也不枉他一番敬慕之情。即写帖儿，差人去请次日赏菊。家人拿着帖子，来到县里，正值知县在堂理事，一径走到堂上跪下，把帖子呈上，禀道："家相公多拜上老爷，园中菊花盛开，特请老爷明日赏玩。"汪知县正想要去看菊，因屡次失约，难好启齿；今见特地来请，正是挖耳当招，深中其意。看了帖子，乃道："拜上相公，明日早来领教。"那家人得了言语，即便归家回复家主道："汪老爷拜上相公，明日绝早就来。"那知县说"明日早来"，不过是随口的话，那家人改作"绝早就来"，这也是一时错讹之言。不想因这句错话上，得罪于知县，后来把天大家私弄得罄尽，险些儿连性命都送了。正是：

舌为利害本，口是祸福门。

当下卢楠心下想道："这知县也好笑，哪见赴人筵席，有个绝早就来之理。"又想道："或者慕我家园亭，要尽竟日之游。"吩咐厨夫："大爷明日绝早就来，酒席须要早些完备。"那厨夫听见知县早来，恐怕临时误事，隔夜就手忙足乱收拾。卢楠到次早吩咐门上人："今日若有客来，一概相辞，不必通报！"又将个名帖，差人去邀请知县。不到朝食时，酒席都已完备，排设在燕喜堂中。上下两席，并无别客相陪。那酒席铺设得花锦相似！正是：

富家一席酒，穷汉半年粮。

且说知县那日早衙，投文已过，也不退堂，就要去赴酌。因见天色太早，恐酒席未完，吊一起公事来问。那公事却是新拿到一班强盗，专在卫河里打劫来往客商，因都在娼家宿歇，露出马脚，被捕人拿住。解到本县，当下一讯都招。内中一个叫作石雪哥，又扳出本县一个开肉铺的王屠，也是同伙，即差人去拿到。知县问道："王屠！石雪哥招称你是同伙，赃物俱窝顿你家，从实供招，免受刑罚。"王屠禀道："老爷！小人是个守法良民，就在老爷马足下开个肉铺生理，平昔间就街市上不十分行走，哪有这事？莫说与他是个同伙，就是他面貌，从不曾识认。老爷不信，拘邻里来问平日所行所为，就明白了。"知县又叫石雪

哥道："你莫要诬陷平人，若审出是扳害的，登时就打死你这奴才！"石雪哥道："小的并非扳害，真实是同伙。"王屠叫道："我认也认不得你，如何是同伙？"石雪哥道："王屠！我与你一向同做伙计，怎么诈不认得？就是今日，本心原要出脱你的，只为受刑不过，一时间说了出来，你不可怪我！"王屠叫屈连天道："这是哪里说起？"知县喝交一齐夹起来。可怜王屠夹得死而复苏，不肯招承。这强盗咬定是个同伙，虽夹死终不改口。是巳牌时分，夹到日已倒西，两下各执一词，难以定招。此时知县一心要去赴宴，已不耐烦，遂依着强盗口词，葫芦提（稀里糊涂）将王屠问成斩罪，其家私尽作赃物入官。画供已毕，一齐发下死囚牢里，即起身上轿，到卢楠家去吃酒不题。

你道这强盗为甚死咬定王屠是个同伙？那石雪哥当初原是个做小经纪的人，因染了时疫症，把本钱用完，连几件破家伙也卖来吃在肚里。及至病好，却没本钱去做生意，只存得一只锅儿，要把去卖几十文钱来营运度日。旁边却又有些破的，生出一个计较，将锅煤拌着泥儿涂好，做个草标儿，提上街去卖。转了半日，都嫌是破的，无人肯买。落后走到王屠对门开米铺的田大郎门首，叫住要买。那田大郎是个近觑眼，却看不出损处，一口就还八十文钱。石雪哥也就肯了。田大郎将钱递与石雪哥，接过手刚在那里数明，不想王屠在对门看见，叫道："大郎！你且仔细看看，莫要买了破的！"这是嘲他眼力不济，乃一时戏谑之言。谁知田大郎真个重新仔细一看，看出那个破损处来，对王屠道："早是你说，不然几乎被他哄了，果然是破的。"连忙讨了铜钱，退还锅子。石雪哥初时买成了，心中正在欢喜；次后讨了钱去，心中痛恨王屠，恨不得与他性命相搏。只为自己货儿果然破损，没个因头，难好开口，忍着一肚子恶气，提着锅子转身。临行时，还把王屠怒目而视，巴不能等他问一声，就要与他厮闹。那王屠出自无心，哪个去看他。石雪哥见不来招揽，只得自去。不想心中气闷，不曾照管得，脚下绊上一跤，把锅子打做千百来块，将王屠就恨入骨髓。思想没了生计，欲要寻条死路，诈那王屠，却又舍不得性命。没甚计较，就学作夜行人，倒也顺溜，手到擒来。做了年余，嫌这生意微细，合入大队里，在卫河中巡绰，得来大碗酒、大块肉，好不快活！那时反又感激王屠起来。他道是："当日若没有王屠这一句话，卖成这只锅子，有了本钱，这时只做小生意过日，那有恁般快活！"及至恶贯满盈，被拿到官，情真罪当，料无生理，却又想起昔年的事来："那日若不是他说破，卖这几十文钱做生意度日，不见致有今日。"所以扳害王屠，一口咬定，死也不放。故此他便认得王屠，王屠却不相认。后来直到秋后典刑，齐绑在法场上，王屠问道："今日总是死了，你且说与我有甚冤仇，害我致此？说个明白，死也甘心！"石雪哥方把前情说出。王屠连喊冤枉，要辩明这事。你想此际有哪个来睬你？只好含冤而死。正是：

只因一句闲言语，断送堂堂六尺躯。

闲话休题。且说卢楠早上候起，已至巳牌，不见知县来到，又差人去打听，回报说在那里审问公事。卢楠心上就有三四分不乐，道："既约了绝早就来，如何这时候还问公事？"停了一回，还不见到，又差人去打听，来报说："这件公事还未问完哩。"卢楠不乐有六七分了，想道："是我请他的不是，只得耐这次吧。"俗语道得好，等人性急。略过一回，又差人去打听，这人行无一箭之远，

又差一人前去，顷刻就差上五六个人去打听。少停一齐转来回复说：“正在堂上夹人，想这事急切未得完哩。”卢楠听见这话，凑成十分不乐，心中大怒道：“原来这俗物一无可取，却只管来缠账，几乎错认了！如今幸尔还好。”即令家人撤开下面这桌酒席，走上前居中向外而坐，叫道：“快把大杯酒热来，洗涤俗肠！”家人都禀道：“恐大爷一时来到。”卢楠睁起眼喝道：“哇！还说甚大爷？我这酒可是与俗物吃的么？”家人见家主发怒，谁敢再言，只得把大杯斟上，厨下将肴馔供出。小奚在堂中宫商迭奏，丝竹并呈。卢楠饮了数杯，又讨出大碗，一连吃上十数多碗。吃得性起，把巾服都脱去了，跣足蓬头，踞坐于椅上，将肴馔撤去，只留果品案酒，又吃上十来大碗。连果品也赏了小奚，唯饮寡酒，又吃上几碗。卢楠酒量虽高，原吃不得急酒，因一时恼怒，连饮了几十碗，不觉大醉，就靠在桌上齁齁睡去。家人谁敢去惊动，整整齐齐，都站在两旁伺候。

里边卢楠便醉了，外面管园的却不晓得。远远望见知县头踏来，急忙进来通报。到了堂中，看见家主已醉，倒吃一惊道：“大爷已是到了，相公如何先饮得这个模样？”众家人听得知县来到，都面面相觑，没做理会，齐道：“那桌酒便还在，但相公不能够醒，却怎好？”管园的道：“且叫醒转来，扶醉陪他一陪也罢。终不然特地请来，冷淡他去不成！”众家人只得上前叫唤，喉咙都喊破了，如何得醒？渐渐听得人声喧杂，料道是知县进来，慌了手脚，四散躲过，单单撇下卢楠一人。只因这番，有分教：佳宾贤主，变为百世冤家；好景名花，化作一场春梦。正是：

盛衰有命天为主，祸福无门人自生。

且说汪知县离了县中，来到卢家园门首，不见卢楠迎接，也没有一个家人伺候。从人乱叫：“门上有人么？快去通报，大爷到了！”并无一人答应。知县料是管门的已进去报了，遂吩咐：“不必呼唤！”竟自进去。只见门上一个匾额，白地翠书“啸圃”两个大字。进了园门，一带都是柏屏，转过弯来，又显出一座门楼，上书“隔凡”二字。过了此门，便是一条松径。绕出松林，打一看时，但见山岭参差，楼台缥缈，草木萧疏，花竹围环。知县见布置精巧，景色清幽，心下暗喜道：“高人胸次，自是不同。”但不闻得一些人声，又不见卢楠相迎，未免疑惑。也还道是园中径路错杂，或者从别道往外迎我，故此相左。一行人在园中，任意东穿西走，反去寻觅主人。次后来到一个所在，却是三间大堂。一望菊花数百，霜英灿烂，枫叶万树，拥若丹霞，橙橘相亚，累累如金。池边芙蓉千百株，颜色或深或浅，绿水红葩，高下相映，鸳鸯、凫鸭之类，戏狎其下。汪知县想道：“他请我看菊，必在这个堂中了。”径至堂前下轿。走入看时，哪里见甚酒席，唯有一人蓬头跣足，居中向外而坐，靠在桌上打齁，此外更无一个人影。从人赶向前乱喊：“老爷到了，还不起来！”汪知县举目看他身上服色不像以下之人，又见旁边放着葛巾野服，吩咐且莫叫唤，看是何等样人。那常来下帖的差人，向前仔细一看，认得是卢楠，禀道：“这就是卢相公，醉倒在此！”汪知县闻言，登时紫涨了面皮，心下大怒道：“这厮恁般无理！故意哄我上门羞辱。”欲得教从人将花木打个稀烂，又想不是官体，忍着一肚子恶气，急忙上轿，吩咐回县。

轿夫抬起，打从旧路，直至园门首，依原不见一人。那些皂快，没一个不

摇首咋舌道：“他不过是个监生，如何将官府恁般藐视？这也是件异事！”知县在轿上听见，自觉没趣，恼怒愈加，想道：“他总然才高，也是我的治下，曾请过数遍，不肯来见，情愿就见，又馈送银酒，我亦可为折节敬贤之至矣！他却如此无理，将我侮慢。且莫说我是父母官，即便平交，也不该如此！”到了县里，怒气不息，即便退入私衙不题。

且说卢楠这些家人、小厮，见知县去后，方才出头，到堂中看家主时，睡得正浓，直至更余方醒。众人说道：“适才相公睡后，大爷就来，见相公睡着，便起身而去。”卢楠道：“可有甚话说？”众人道：“小人们恐难好答应，俱走过一边，不曾看见。”卢楠道：“正该如此！”又懊悔道：“是我一时性急，不曾吩咐闭了园门，却被这俗物直至此间，践污了地上。”教管园的明早快挑水，将他进来的路径扫涤干净。又着人寻访常来下帖的差人，将向日所送书仪，并那坛泉酒，发还与他。那差人不敢隐匿，遂即到县里去缴还。不在话下。

却说汪知县退到衙中，夫人接着，见他怒气冲天，问道：“你去赴宴，如何这般气恼？”汪知县将其事说知。夫人道：“这都是自取，怪不得别人！你是个父母官，横行直撞，少不得有人奉承；如何屡屡卑污苟贱，反去请教子民。他总是有才，与你何益？今日讨恁般怠慢，可知好么！”汪知县又被夫人抢白了几句，一发怒上加怒，坐在交椅上，气愤愤地半晌无语。夫人道：“何消气得，自古道：破家县令。”只这四个字，把汪知县从睡梦中唤醒，放下了怜才敬士之心，顿提起生事害人之念。当下口中不语，心下踌躇，寻思计策安排卢生：“必置之死地，方泄吾恨！”当夜无话。

汪知县早衙已过，次日唤一个心腹令史进衙商议。那令史姓谭，名遵，颇有才干，惯与知县通赃过付，是一个积年滑吏。当下知县先把卢楠得罪之事叙过，次说要访他过恶参之，以报其恨。谭遵道：“老爷要与卢楠作对，不是轻举妄动的。须寻得一件没躲闪的大事，坐在他身上，方可完得性命。那参访一节，恐未必了事，在老爷反有干碍。”汪知县道：“却是为何？”谭遵道：“卢楠与小人原是同里，晓得他多有大官府往来，且又家私豪富。平昔虽则恃才狂放，却没甚违法之事。总然拿了，少不得有天大分上到上司处挽回，决不至死的田地。那时怀恨挟仇，老爷岂不反受其累？”汪知县道：“此言虽是，但他恁般放肆，定有几件恶端。你去细细访来，我自有处！”谭遵答应出来，只见外边缴进原送卢楠的书仪、泉酒，知县见了，转觉没趣。无处出气，迁怒到差人身上，说道：“不该收他的回来！”打了二十毛板，就将银、酒都赏了差人。正是：

*劝君莫做伤心事，世上应多切齿人。*

话分两头。却说浮邱山脚下有个农家，叫作钮成，老婆金氏。夫妻两口，家道贫寒，却又少些行止，因此无人肯把田与他耕种，历年只在卢楠家做长工过日。二年前，生了个儿子，那些一般做工的，同卢家几个家人，斗分子与他贺喜。论起钮成恁般穷汉，只该辞了才是。十分情不可却，称家有无，胡乱请众人吃三杯，可也罢了。不想他却弄空头，装好汉，写身子与卢楠家人卢才，抵借二两银子，整个大大筵席，款待众人。邻里尽送汤饼，热烘烘倒像个财主家行事。外边正吃得快活，哪得知孩子隔日被猫惊了，这时了账（死了），十分败兴，不能够尽欢而散。

那卢才肯借银子与钮成，原怀着个不良之念。你道为何？因见钮成老婆有三四分颜色，指望以此为由，要勾搭这婆娘。谁知缘分浅薄，这婆娘情愿白白里与别人做些交易，偏不肯上卢才的桩儿，反去学向老公说卢才怎样来调戏。钮成认作老婆是贞节妇人，把卢才恨入骨髓，立意要赖他这项银子。卢才踅了年余，见这婆娘装乔做样，料道不能勾上钩，也把念头休了，一味索银。两下面红了好几场，只是没有。有人教卢才个法儿道："他年年在你家做长工，何不耐到发工银时，一并扣清，可不干净？"卢才依了此言，再不与他催讨。等到十二月中，打听了发银日子，紧紧伺候。

那卢楠田产广多，除了家人，雇工的也有整百。每年至十二月中预发来岁工银。到了是日，众长工一齐进去领银。卢楠恐家人们作弊，短少了众人的，亲自唱名亲发，还赏一顿酒饭，吃个醉饱，叩谢而出。刚至宅门口，卢才一把扯住钮成，问他要银。那钮成一则还钱肉痛，二则怪他调戏老婆，乘着几杯酒兴，反撒赖起来，将银塞在兜肚里，骂道："狗奴才！只欠得这丢银子，便生心来欺负老爷！今日与你性命相搏！"当胸撞个满怀。卢才不曾提防，踉踉跄跄，倒退了十数步，几乎跌上一跤。恼动性子，赶上来便打。那句"狗奴才"却又犯了众怒，家人们齐道："这厮恁般放泼！总使你的理直，到底是我家长工，也该让我们一分。怎的欠了银子，反要行凶？打这狗亡八！"齐拥上前乱打。常言道，双拳不敌四手。钮成独自一个，如何抵当得许多人，着实受了一顿拳脚。卢才看见银子藏在兜肚中，扯断带子，夺过去了。众长工再三苦劝，方才住手，推着钮成回家。

不道卢楠在书房中隐隐听得门首喧嚷，唤管门的查问。他的家法最严，管门的恐怕连累，从实禀说。卢楠即叫卢才进去，说道："我有示在先，不许擅放私债，盘算小民。如有此等，定行追还原券，重责逐出。你怎么故违我法，却又截抢工银，行凶打他？这等放肆可恶！"登时追出兜肚银子并那纸文契，打了三十，逐出不用，吩咐管门的："钮成来时，着他来见我，领了银券去。"管门的连声答应出来。出来不题。

且说钮成刚吃饱得酒食，受了这顿拳头脚尖，银子原被夺去，转思转恼，愈想愈气。到半夜里火一般发热起来，觉道心头胀闷难过，次日便爬不起来。到第二日早上，对老婆道："我觉得身子不好，莫不要死？你快去叫我哥哥来商议。"自古道无巧不成书。原来钮成有个嫡亲哥子钮文，正卖与令史谭遵家为奴。金氏平昔也曾到谭遵家几次，路径已熟，故此教他去叫。当下金氏听见老公说出要死的话，心下着忙，带转门儿，冒着风寒，一径往县中去寻钮文。

那谭遵四处察访卢楠的事过，并无一件；知县又再三催促，倒是个两难之事。这一日正坐在公廨中，只见一个妇人慌慌张张地走入来，举目看时，不是别人，却是家人钮文的弟妇。金氏向前道了万福，问道："请问令史，我家伯伯可在么？"谭遵道："到县门前买小菜就来，你有甚事恁般惊惶？"金氏道："好教令史得知：我丈夫前日与卢监生家人卢才费口，夜间就病起来，如今十分沉重，特来寻伯伯去商量。"潭遵闻言，不胜欢喜，忙问道："且说为甚与他家费口？"金氏即将与卢才借银起，直至相打之事，细细说了一遍。谭遵道："原来恁地！你丈夫没事便罢，有些山高水低，急来报知，包在我身上，与你出气！

还要他一注大财乡，够你下半世快活。”金氏道：“若得令史张主，可知好么。”

正说间，钮文已回。金氏将这事说知，一齐同去。临出门，谭遵又嘱咐道：“如有变故，速速来报！”钮文应允。离了县中，不消一个时辰，早到家中。推门进去，不见一些声息。到床上看时，把二人吓作一跳。原来直僵僵挺在上面，不知死过几时了。金氏便号啕大哭起来。正是：

夫妻本是同林鸟，大限来时各自飞。

那些东邻西舍听得哭声，都来观看，齐道：“虎一般的后生，活活打死了。可怜！可怜！”钮文对金氏说道：“你且莫哭，同去报与我主人，再作区处。”金氏依言，锁了大门，嘱咐邻里看觑则个，跟着钮文就走。那邻里中商议道：“他家一定去告状了！地方人命重情，我们也须呈明，脱了干系。”随后也往县里去呈报。其时远近村坊尽知钮成已死，早有人报与卢楠。那卢楠原是疏略之人，两日钮成不去领这银券，连其事却也忘了，及至闻了此信，即差人去寻获卢才送官。哪知卢才听见钮成死了，料道不肯干休，已先逃之夭夭。不在话下。

且说钮文、金氏一口气跑到县里，报知谭遵。谭遵大喜，悄悄地先到县中禀了知县。出来与二人说明就里，教了说话，流水写起状词，单告卢楠强占金氏不遂，将钮成擒归打死。教二人击鼓叫冤。钮文依了家主，领着金氏，不管三七二十一，执了一块木柴，把鼓乱敲，口内一片声叫喊：“救命！”衙门差役，自有谭遵吩咐，并无拦阻。汪知县呼得击鼓，即时升堂，唤钮文、金氏至案前。才看状词，恰好地邻也到了。知县专心在卢楠身上，也不看地邻呈子是怎样情由，假意问了几句，不等发房，即时出签，差人捉卢楠立刻赴县。公差又受了谭遵的叮嘱，道：“大爷恼得卢楠要紧，你们此去，只除妇女、孩子，其余但是男子汉，尽数拿来。”众皂快素知知县与卢监生有仇，况且是个大家，若还人少，进不得他家大门，遂聚起三兄四弟，共有四五十人，分明是一群猛虎。

此时隆冬日短，天已傍晚，彤云密布，朔风凛冽，好不寒冷！谭遵要奉承知县，陪出酒浆，与众人先发个兴头。一家点起一根火把，飞奔至卢家门首，发一声喊，齐抢入去，逢着的便拿。家人们不知为甚，吓得东倒西歪，儿啼女哭，没奔一头处。卢楠娘子正同着丫头们，在房中围炉向火，忽闻得外面人声鼎沸，只道是漏了火，急叫丫鬟们观看。尚未动步，房门口早有家人报道：“大娘，不好了！外边无数人执着火把，打进来也！”卢楠娘子还认作强盗来打劫，惊得三十六个牙齿矻磴磴地相打，慌忙叫丫鬟快闭上房门。言犹未了，一片火光，早已拥入房里。那些丫头们奔走不迭，只叫：“大王爷饶命！”众人道：“胡说！我们是本县大爷差来拿卢楠的。什么大王爷！”卢楠娘子见说这话，就明白向日丈夫怠慢了知县，今日寻事故来摆布，便道：“既是公差，难道不知法度的？我家总有事在县，量来不过户婚田土的事罢了，须不是大逆不道，如何白日里不来，黑夜间率领多人，明火执杖，打入房帷，乘机抢劫？明日到公堂上去讲，该得何罪？”众公差道：“只要还了我卢楠，但凭到公堂上去讲！”遂满房遍搜一过，只拣器皿宝玩，取够像意，方才出门。又打到别个房里，把姬妾们都惊得躲入床底下去。

各处搜到，不见卢楠，料想必在园上，一齐又赶入去。卢楠正与四五个宾客，在暖阁上饮酒，小优两旁吹唱，恰好差去拿卢才的家人，在那里回话，又是

两个乱喊上楼报道："相公，祸事到也！"卢楠带醉问道："有何祸事？"家人道："不知为甚，许多人打进大宅抢劫东西，逢着的便被拿住，今已打入相公房中去了！"众宾客被这一惊，一滴酒也无了，齐道："这是为何？可去看来！"便要起身。卢楠全不在意，反拦住道："由他自抢，我们且吃酒，莫要败兴，快斟热酒来！"家人跌足道："相公！外边恁般慌乱，如何还要饮酒！"说声未了，忽见楼前一派火光闪烁，众公差齐拥上楼。吓得那几个小优满楼乱滚，无处藏躲。

卢楠大怒，喝道："什么人，敢到此放肆！"叫人快拿。众公差道："本县大爷请你说话，只怕拿不得的！"一条索子，套在颈里，道："快走！快走！"卢楠道："我有何事，这等无礼！偏不去！"众公差道："老实说：向日请便请你不动，如今拿到要拿去的！"牵着索子，推的推，扯的扯，拥下楼来。家人共拿了十四五个。众人还想连宾客都拿，内中有人认得，俱是贵家公子，又是有名头秀才，遂不敢去惹他。一行人离了园中，一路闹吵吵直至县里。这几个宾客，放心不下，也随来观看。躲过的家人，也自出头，奉着主母之命，将了银两，赶来央人使用打探。不在话下。

且说汪知县在堂等候，堂前灯笼火把，照辉浑如白昼，四下绝不闻一些人声。众公差押卢楠等，直至丹墀下。举目看那知县，满面杀气，分明坐下个阎罗天子。两行隶卒排列，也与牛头夜叉无二。家人们见了这个威势，一个个胆战心惊。众公差跑上堂禀道："卢楠一起拿到了！"将一干人带上月台，齐齐跪下。钮文、金氏另跪在一边。唯有卢楠挺然居中而立。汪知县见他不跪，仔细看了一看，冷笑道："是一个土豪！见了官府，犹恁般无状！在外安得不肆行无忌。我且不与你计较，暂请到监里去坐一坐。"卢楠倒走上三四步，横挺着身子说道："就到监里去坐也不妨。只要说个明白，我得何罪，昏夜差人抄没？"知县道："你强占良人妻女不遂，打死钮成，这罪也不小！"卢楠闻言，微微笑道："我只道有甚天大事情，原来为钮成之事。据你说只不过要我偿他命罢了，何须大惊小怪。但钮成原系我家佣奴，与家人卢才口角而死，却与我无干；即使是我打死，亦无死罪之律。若必欲借彼证此，横加无影之罪，以雪私怨，我卢楠不难屈承，只怕公论难泯！"汪知县大怒道："你打死平人，昭然耳目，却冒认为奴，污蔑问官，抗拒不跪。公堂之上，尚敢如此狂妄，平日豪横，不问可知矣！今且勿论人命真假，只抗逆父母官，该得何罪？"喝都教拿下去打。众公差齐声答应，赶向前一把揪翻。卢楠叫道："士可杀而不可辱，我卢楠堂堂汉子，何惜一死，却要用刑？任凭要我认那一等罪，无不如命，不消责罚！"众公差哪里由他做主，按倒在地，打了三十。知县喝教住了，并家人齐发下狱中监禁。钮成尸首着地方买棺盛殓，发至官坛候验。钮文、金氏干证人等，召保听审。

卢楠打得血肉淋漓，两个家人扶着，一路大笑走出仪门。这几个朋友上前相迎，家人们还恐怕来拿，远远而立，不敢近身。众友问道："为甚事，就到杖责？"卢楠道："并无别事，汪知县公报私仇，借家人卢才的假人命，装在我名下，要加个小小死罪！"众友惊骇道："不信有此等奇冤！"内中一友叫道："不打紧！待小弟回去，与家父说了，明日拉合县乡绅孝廉，与县公讲明，料县公难灭公论，自然开释。"卢楠道："不消兄等费心，但凭他怎的摆布罢了！只有一件紧事，烦到家间说一声，教把酒多送几坛到狱中来。"众友道："如今酒也该少

饮。”卢楠笑道：“人生贵在适意，贫富荣辱，俱身外之事，于我何有！难道因他要害我，就不饮酒了？这是一刻也少不得的！”

正在那里说话，一个狱卒推着背道：“快进狱去，有话另日再说！”那狱卒不是别人，叫作蔡贤，也是汪知县得用之人。卢楠睁起眼喝道：“哣（dōu，叹词，多表示喝斥或唾弃）！可恶！我自说话，与你何干？”蔡贤也焦躁道：“呵呀！你如今是个在官人犯了，这样公子气质，且请收起，用不着了。”卢楠大怒道：“什么在官人犯，就不进去，便怎么！”蔡贤还要回话，有几个老成的，将他推开，做好做歹，劝卢楠进了监门，众友也各自回去。卢楠家人自归家回复主母。不在话下。

原来卢楠出衙门时，谭遵紧随在后察访，这些说话，一句句听得明白，进衙报与知县。知县到次早只说有病，不出堂理事。众乡官来时，门上人连帖也不受。至午后忽地升堂，唤齐金氏一干人犯，并忤作人等，监中吊出卢楠主仆，径去检验钮成尸首。那忤作人已知县主之意，轻伤尽报作重伤，地邻也理会得知县要与卢楠作对，齐咬定卢楠打死。知县又哄卢楠将出钮成佣工文券，只认作假的，尽皆扯碎，严刑拷逼，问成死罪。又加二十大板，长枷手扭，下在死囚牢里。家人们一概三十，满徒三年，召保听候发落。金氏、钮文干证人等，发回宁家。尸棺俟详转定夺。将招由叠成文案，并卢楠抗逆不跪等情，细细开载在内，备文申报上司。虽众乡绅力为申理，知县执意不从。有诗为证：

县令从来可破家，冶长非罪亦堪嗟。
福堂今日容高士，名圃无人理百花。

且说卢楠本是贵介之人，生下一个脓窠疮儿，就要请医家调治的，如何经得这等刑杖？到得狱中，昏迷不醒。幸喜合监的人，知他是个有钱主儿，奉承不暇，流水把膏药末药送来。家中娘子又请太医来调治，外修内补，不够一月，平服如旧。那些亲友，络绎不绝，到监中候问。狱卒人等，已得了银子，欢天喜地，由他们直进直出，并无拦阻。内中单有蔡贤是知县心腹，如飞禀知县主，魆（xū）地（暗中）到监点闸，搜出五六人来，却都是有名望的举人秀士，不好将他难为，教人送出狱门。又把卢楠打上二十。四五个狱卒，一概重责。那狱卒们明知是蔡贤的缘故，咬牙切齿！因是县主得用之人，谁敢与他计较？

那卢楠平日受用的高堂大厦，锦衣玉食，眼内见的是竹木花卉，耳中闻的是笙箫细乐；到了晚间，娇姬美妾，倚翠偎红，似神仙般散诞（悠闲自在）的人。如今坐于狱中，住的却是钻头不进半塌不倒的房子；眼前见的无非死犯重囚，言事嘈杂，面目凶顽，分明一班妖魔色怪；耳中闻的不过是脚镣手扭铁链之声；到了晚间，提铃喝号，击柝鸣锣，唱那歌儿，何等凄惨！他虽是豪迈之人，见了这般景象，也未免睹物伤情。恨不得胁下顷刻生出两个翅膀来，飞出狱中。又恨不得提把板斧，劈开狱门，连众犯也都放走。一念转着受辱光景，毛发倒竖，恨道：“我卢楠做了一世好汉，却送在这个恶贼手里！如今陷于此间，怎能够出头日子。总然挣得出去，亦有何颜面见人！要这性命何用？不如寻个自尽，倒得干净！”又想道：“不可！不可！昔日成汤、文王，有夏台（又名均台，夏代狱名，据称商朝开国之君成汤曾被囚禁于此）羑里（周文王姬昌曾被商纣王囚禁于此）之囚；孙膑、马迁有刖足（战国时期军事家孙膑受庞涓迫害，遭受剔除膝盖骨的膑刑）腐刑（西汉史学家司马迁因替李陵辩解，得罪了汉武帝，遭受割去生殖器的宫刑）之辱。这几个都是圣贤，尚忍辱待时，

我卢楠岂可短见！”却又想道：“我卢楠相知满天下，身列缙绅者也不少，难道急难中就坐观成败？还是他们不晓得我受此奇冤？须索写书去通知，教他们到上司处挽回。”遂写起若干书启，差家人分头投递那些相知。也有见任，也有林下，见了书札，无不骇然；也有直达汪知县，要他宽罪的；也有托上司开招的。那些上司官，一来也晓得卢楠是当今才子，有心开释，都把招详驳下县里。回书中又露个题目，教卢楠家属前去告状，转批别衙门开招出罪。卢楠得了此信，心中暗喜，却教家人往各上司诉冤，果然都批发本府理刑勘问。理刑官先已有人致意。不在话下。

却说汪知县几日间连接数十封书札，都是与卢楠求解的。正在踌躇，忽见各上司招详，又都驳转。过了几日，理刑厅又行牌到县，吊卷提人。已明知上司有开招放他之意，心下老大惊惧，想道：“这厮果然神通广大，身子坐在狱中，怎么各处关节已是布置到了？若此番脱漏出去，如何饶得我过！一不做，二不休，若不斩草除根，恐有后患。”当晚差谭遵下狱，教狱卒蔡贤拿卢楠到隐僻之处，遍身鞭朴，打够半死，推倒在地，缚了手足，把土囊压住口鼻。那消一个时辰，呜呼哀哉！可怜满腹文章，到此冤沉狱底。正是：

英雄常抱千年恨，风木寒烟空断魂。

话分两头。却说濬县有个巡捕县丞，姓董，名绅，贡士出身，任事强干，用法平恕，见汪知县将卢楠屈陷大辟，十分不平。只因官卑职小，不好开口。每下狱查点，便与卢楠谈论，两下遂成相知。那晚恰好也进监巡视，不见了卢楠。问众狱卒时，都不肯说。恼动性子，一片声喝打，方才低低说：“大爷差谭令史来讨气绝，已拿向后边去了。”董县丞大惊道：“大爷乃一县父母，哪有此事？必是你们这些奴才，索诈不遂，故此谋他性命！快引我去寻来！”众狱卒不敢违逆，直引至后边一条夹道中。劈面撞着谭遵、蔡贤，喝教拿住。上前观看，只见卢楠仰在地上，手足尽皆绑缚，面上压个土囊。董县丞叫左右提起土囊，高声叫唤，也是卢楠命不该死，渐渐苏醒。与他解去绳索，扶至房中，寻些热汤吃了，方能说话。乃将谭遵指挥蔡贤打骂谋害情由说出。董县丞安慰一番，教人服侍他睡下。然后带谭遵，二人到于厅上。思想这事虽然是县主之意，料今败露，也不敢承认；欲要拷问谭遵，又想他是县主心腹，只道我不存体面，反不为美。单唤过蔡贤，要他招承与谭遵索诈不遂，同谋卢楠性命。那蔡贤初时只推县主所遣，不肯招承。

董县丞大怒，喝教夹起来。那众狱卒因蔡贤向日报县主来闸监，打了板子，心中怀恨，寻过一副极短极紧的夹棍，才套上去，就喊叫起来，连称：“愿招！”董县丞即便教住了。众狱卒恨着前日的毒气，只做不听见，倒务命收紧，夹得蔡贤叫爹叫娘，连祖宗十七八代尽叫出来。董县丞连声喝住，方才放了。把纸笔要他亲供，蔡贤只得依着董县丞说话供招。董县丞将来袖过，吩咐众狱卒：“此二人不许擅自释放，待我见过大爷，然后来取。”起身出狱回衙，连夜备了文书。次早汪知县升堂，便去亲递。

汪知县因不见谭遵回复，正在疑惑；又见董县丞呈说这事，暗吃一惊，心中虽恨他冲破了网，却又奈何他不得。看了文书，只管摇头：“恐没这事！”董县丞道：“是晚生亲眼见的，怎说没有？堂尊若不信，唤二人对证便了。那谭遵

犹可恕，这蔡贤最是无理，连堂尊也还污蔑；若不究治，何以惩戒后人！”汪知县被道着心事，满面通红，生怕传扬出去，坏了名声，只得把蔡贤问徒发遣。自此怀恨董县丞，寻两件风流事过，参与上司，罢官而去。此是后话不题。

再说汪知县因此谋不谐，遂具揭呈，送各上司；又差人往京中传送要道之人。大抵说卢楠恃富横行乡党，结交势要，打死平人，抗送问官，营谋关节，希图脱罪。把情节做得十分厉害，无非要张扬其事，使人不敢救援。又教谭遵将金氏出名，连夜刻起冤单，遍处粘贴。布置停当，然后备文起解到府。那推官原是没担当懦怯之辈，见汪知县揭帖并金氏冤单，果然恐怕是非，不敢开招，照旧申报上司。大凡刑狱，经过理刑问结，别官就不敢改动。卢楠指望这番脱离牢狱，谁道反坐实了一重死案。依旧发下浚县狱中监禁。还指望知县去任，再图昭雪。哪知汪知县因扳翻了个有名富豪，京中多道他有风力，倒得了个美名，行取入京，升为给事之职。他已居当道，卢楠总有通天摄地的神通，也没人敢翻他招案。有一巡按御史樊某，怜其冤枉，开招释罪。汪给事知道，授意与同科官，劾樊巡按一本，说他得了贿赂，卖放重囚，罢官回去。着府县原拿卢楠下狱。因此后来上司虽知其冤，谁肯舍了自己官职，出他的罪名。

光阴迅速，卢楠在狱不觉又是十有余年，经了两个县官。那时金氏、钮文，虽都病故，汪给事却升了京堂之职，威势正盛，卢楠也不做出狱指望。不道灾星将退，那年又选一个新知县到任。只因这官人来，有分教：

此日重阴方启照，今朝甘露不成霜。

却说浚县新任知县姓陆，名光祖，乃浙江嘉兴府平湖县人氏。那官人胸藏锦绣，腹隐珠玑；有经天纬地之才，济世安民之术。出京时，汪公曾把卢楠的事相嘱，心下就有些疑惑，想道：“虽是他旧任之事，今已年久，与他还有甚相干？谆谆教谕，其中必有缘故！”到任之后，访问邑中乡绅，都为称枉，叙其得罪之繇。陆公还恐卢楠是个富家，央浼（恳求）下的，未敢全信。又四下暗暗体访，所说皆同。乃道：“既为民上，岂可以私怨罗织，陷人大辟？”欲要申文到上司，与他昭雪。又想道：“若先申上司，必然行查驳勘，便不能决截了事；不如先开释了，然后申报。”遂吊出那宗卷来，细细查看，前后招由，并无一毫空隙。反复看了几次，想道：“此事不得卢才，如何结案？”乃出百金为信赏钱，立限与捕役要拿卢才。不一月，忽然获到，将严刑究讯，审出真情。遂援笔批云：

审得钮成以领工食银于卢楠家，为卢才叩债，以致争斗，则钮成为卢氏之雇工人也明矣。雇工人死，无家翁偿命之理。况放债者才，叩债者才，厮打者亦才，释才坐楠，律何称焉？才遁不到官，累及家翁，死有余辜，拟抵不枉。卢楠久陷于狱，亦一时之厄也！相应释放。云云。

当日监中取出卢楠，当堂打开枷钮，释放回家。合衙门人无不惊骇，就是卢楠也出自意外，甚以为异。陆公备起申文，把卢才起衅根由，并受枉始末，一一开叙，亲至府中，相见按院呈递。按院看了申文，道他擅行开释，必有私弊，问道：“闻得卢楠家中甚富，贤令独不避嫌乎？”陆公道：“知县但知奉法，不知避嫌。但知问其枉不枉，不知问其富不富。若是不枉，夷齐亦无生理。若是枉，陶朱亦无死法。”按院见说得词正理直，更不再问，乃道：“昔张公（西汉名

臣张释之）为廷尉，狱无冤民，贤令近之矣！敢不领教。”陆公辞谢而出。不题。

且说卢柟回至家中，合门庆幸，亲友尽来相贺。过了数日，卢柟差人打听陆公已是回县，要去作谢，他却也素位而行，换了青衣小帽。娘子道：“受了陆公这般大德大恩，须备些礼物去谢他便好！”卢柟说：“我看陆公所为，是有肝胆的豪杰，不比那龌龊贪利的小辈。若送礼去，反轻亵他了。”娘子道：“怎见得是反为轻亵？”卢柟道：“我沉冤十余载，上官皆避嫌不肯见原。陆公初莅此地，即廉知枉，毅然开释，此非有十二分才智，十二分胆识，安能如此！今若以利报之，正所谓故人知我，我不知故人也，如何使得！”即轻身而往。陆公因他是个才士，不好轻慢，请到后堂相见。卢柟见了陆公，长揖不拜。陆公暗以为奇，也还了一礼。遂教左右看坐。门子就扯把椅子，放在旁边。看官，你道有恁样奇事！那卢柟乃久滞的罪人，亏陆公救拔出狱，此是再生恩人，就磕穿头，也是该的，他却长揖不拜。若论别官府见如此无礼，心上定然不乐了。那陆公毫不介意，反又命坐，可见他度量宽洪，好贤极矣！谁想卢柟见教他旁坐，倒不悦起来，说道：“老父母，但有死罪的卢柟，没有旁坐的卢柟。”陆公闻言，即走下来，重新叙礼，说道：“是学生得罪了！”即逊他上坐。两下谈今论古，十分款洽，只恨相见之晚，遂为至友。有诗为证：

> 昔闻长揖大将军，今见卢生抗陆君。
> 夕释桁阳朝上坐，丈夫意气薄青云。

话分两头。却说汪公闻得陆公释了卢柟，心中不忿，又托心腹，连按院劾上一本。按院也将汪公为县令时挟怨诬人始末，细细详辩一本。倒下圣旨，将汪公罢官回去，按院照旧供职，陆公安然无恙。那时谭遵已省察在家，专一挑写词状。陆公廉访得实，参了上司，拿下狱中，问边远充军。

卢柟从此自谓余生，绝意仕进，益放于诗酒；家事渐渐沦落，绝不为意。再说陆公在任，分文不要，爱民如子；况又发奸摘隐，剔清利弊，奸宄慑伏，盗贼屏迹，合县遂有神明之称，声名振于都下。只因不附权要，只迁南京礼部主事。离任之日，士民攀辕卧辙，泣声盈道，送至百里之外。那卢柟直送五百余里，两下依依不舍，欷歔而别。后来陆公累官至南京吏部尚书，卢柟家已赤贫，乃南游白下（南京），依陆公为主。陆公待为上宾，每日供其酒资一千，纵其游玩山水。所到之处，必有题咏，都中传诵。

一日游采石李学士祠，遇一赤脚道人，风致飘然，卢柟邀之同饮。道人亦出葫芦中玉液以酌卢柟。柟饮之，甘美异常！问道：“此酒出于何处？”道人答道：“此酒乃贫道所自造也。贫道结庵于庐山五老峰下，居士若能同游，当恣君斟酾耳！”卢柟道：“既有美酝，何惮相从！”即刻到李学士祠中，作书寄谢陆公，不携行李，随着那赤脚道人而去。陆公见书，叹道：“翛（xiāo）然（无拘无束的样子）而来，翛然而去，以乾坤为逆旅（旅舍），以七尺为蜉蝣，真狂士也！”屡遣人于庐山五老峰下访之，不获。

后十年，陆公致政归田，朝廷遣官存问。陆公使其次子往京谢恩，从人遇之于京都，寄问陆公安否。或云遇仙成道矣。后人有诗赞云：

> 命蹇英雄不自由，独将诗酒傲公侯。
> 一丝不挂飘然去，赢得高名万古留。

后人又有一诗警戒文人，莫学卢公以傲取祸。诗曰：

酒癖诗狂傲骨兼，高人每得俗人嫌。
劝人休蹈卢公辙，凡理还须学谨谦。

## 第三十卷　李汧公穷邸遇侠客

世事纷纷如弈棋，输赢变幻巧难窥。
但存方寸公平理，恩怨分明不用疑。

话说唐玄宗天宝年间，长安有一士人，姓房，名德，生得方面大耳，伟干丰躯。年纪三十以外，家贫落魄，十分淹蹇（艰难窘迫），全亏着浑家贝氏纺织度日。时遇深秋天气，头上还裹着一顶破头巾，身上穿着一件旧葛衣。那葛衣又逐缕绽开了，却与蓑衣相似。思想：天气渐寒，这模样怎生见人？知道老婆余得两匹布儿，欲要讨来做件衣服。谁知老婆原是小家子出身，器量最狭，却又配着一副悍毒的狠心肠。那张嘴头子，又巧于应变，赛过刀一般快，凭你什么事，高来高就，低来低对，死的也说得活起来，活的也说得死了去，是一个翻唇弄舌的婆娘。那婆娘看见房德没甚活路，靠他吃死饭，常把老公欺负。房德因不遇时，说嘴不响，每事只得让她，渐渐有几分惧内。是日贝氏正在那里思想，老公恁般的狼狈，如何得个好日？却又怨父母，嫁错了对头，赚了终身。心下正是十分烦恼，恰好触在气头上，乃道："老大一个汉子，没处寻饭吃，靠着女人过日。如今连衣服都要在老娘身上出豁，说出来可不羞么？"

房德被抢白了这两句，满面羞惭。事在无奈，只得老着脸，低声下气道："娘子，一向深亏你的气力，感激不尽！但目下虽是落薄，少不得有好的日子，权借这布与我，后来发积时，大大报你的情吧！"贝氏摇手道："你的甜话儿哄得我多年了，信不过。这两匹布，老娘自要做件衣服过寒的，休得指望。"房德布又取不得，反讨了许多没趣。欲待厮闹一场，因怕老婆嘴舌又利，喉咙又响，恐被邻家听见，反装幌子。敢怒而不敢言，别口气撞出门去，指望寻个相识告借。

走了大半日，一无所遇。那天却又与他做对头，偏生地忽地发一阵风雨起来。这件旧葛衣被风吹得飕飕如落叶之声，就长了一身寒栗子，冒着风雨，奔向前面一古寺中躲避。那寺名为云华禅寺。房德跨进山门看时，已先有个长大汉子，坐在左廊槛上。殿中一个老僧诵经。房德就向右廊槛上坐下，呆呆地看着天上，那雨渐渐止了，暗道："这时不走，只怕少刻又大起来。"却待转身，忽掉过头来，看见墙上画了一只禽鸟，翎毛儿、翅膀儿、足儿、尾儿，件件皆有，单单不画鸟头。天下有恁样空脑子的人，自己饥寒尚且难顾，有甚心肠，却评品这画的鸟来！想道："常闻得人说：画鸟先画头。这画法怎与人不同？却又不画完，是甚意故？"一头想，一头看，转觉这鸟画得可爱，乃道："我虽不晓此道，谅这鸟头也没甚难处，何不把来续完。"即往殿上与和尚借了一支笔，蘸得墨饱，走来

将鸟头画出，却也不十分丑，自觉欢喜道：“我若学丹青，倒可成得！”

刚画时，左廊那汉子就挨过来观看，把房德上下仔细一相，笑容可掬，向前道：“秀才！借一步说话。”房德道：“足下是谁？有甚见教？”那汉道：“秀才不消细问，同在下去，自有好处。”房德正在困穷之乡，听见说有好处，不胜之喜，将笔还了和尚，把破葛衣整一整，随那汉子前去。

此时风雨虽止，地上好生泥泞，却也不顾。离了云华寺，直走出升平门，到乐游原旁边，这所在最是冷落。那汉子向一小角门上连叩三声。停了一回，有个人开门出来，也是个长大汉子，看见房德，亦甚欢喜，上前声喏。房德中心疑道：“这两个汉子，是何等样人？不知请我来有甚好处？”问道：“这里是谁家？”二汉答道：“秀才到里边便晓得。”房德跨入门里，二汉原把门撑上，引他进去。及到里面，荆棘满目，衰草漫天，乃是个败落花园。弯弯曲曲，转到一个半塌不倒的亭子上，里边又走出十四五个汉子，一个个身长臂大，面貌狰狞，见了房德，尽皆满面堆下笑来，道：“秀才请进。”房德暗自惊骇道：“这班人来得跷蹊，且看他有甚话说。”众人迎进亭中，相见已毕，逊在板凳上坐下，问道：“秀才尊姓？”房德道：“小生姓房。不知列位有何说话？”起初同行那汉道：“实不相瞒，我众弟兄乃江湖上豪杰，专做这件没本钱的生意。只为俱是一勇之夫，前日几乎弄出事来。故此对天祷告，要觅个足智多谋的好汉，让他做个大哥，听其指挥。适来云华寺墙上画不完的禽鸟，便是众弟兄对天祷告，设下的誓愿，取羽翼俱全，单少头儿的意思。若合该兴隆，天遣个英雄好汉，补足这鸟，便迎请来为头。等候数日，未得其人。且喜天随人愿，今日遇见秀才恁般魁伟相貌，一定智勇兼备，正是真命寨主了！众兄弟今后任凭调度，保个终身安稳快活，可不好么？”对众人道：“快去宰杀牲口，祭拜天地！”内中有三四个，一溜烟跑向后边去了。

房德闻言道：“原来这班人，却是一伙强盗！我乃清清白白的人，如何做恁样事？”答道：“列位壮士在上，若要我做别事则可，这一桩实不敢奉命！”众人道：“却是为何？”房德道：“我乃读书之人，还要巴个出身日子，怎肯干这等犯法的勾当？”众人道：“秀才所言差矣！方今杨国忠为相，卖官鬻爵，有钱的，便做大官；除了钱时，就是李太白恁样高才，也受了他的恶气，不能得中，若非辨识番书，恐此时还是个白衣秀士哩。不是冒犯秀才说，看你身上这般光景，也不像有钱的，如何指望官做？不如从了我们，大碗酒，大块肉，整套穿衣，论秤分金，且又让你做个掌盘，何等快活散诞！倘若有些气象时，据着个山寨，称孤道寡，也由得你。”房德沉吟未答。那汉又道：“秀才十分不肯时，也不敢相强。但只是来得去不得，不从时，便要坏你性命，这却莫怪！”都向靴里飕地拔出刀来，吓得房德魂不附体，倒退十数步来道：“列位莫动手！容再商量。”众人道：“从不从，一言而决，有甚商量？”

房德想道：“这般荒僻所在，若不依他，岂不白白送了性命，有哪个知得？且哄过一时，到明日脱身去出首吧！”算计已定，乃道：“多承列位壮士见爱，但小生平昔胆怯，恐做不得此事。”众人道：“不打紧，初时便胆怯，做过几次，就不觉了。”房德道：“既如此，只得顺从列位。”众人大喜，把刀依旧纳在靴中道：“即今已是一家，皆以弟兄相称了。快将衣服来与大哥换过，好拜天地！”

便进去捧出一套锦衣，一顶新唐巾，一双新靴，房德着扮起来，威仪比前更是不同。众人齐声喝彩道：“大哥这个人品，莫说做掌盘，就是皇帝，也做得过！”

古语云：“不见可欲，使心不乱。”房德本是个贫士，这般华服，从不曾着体；如今忽地焕然一新，不觉动其念，把众人那班说话，细细一味，转觉有理。想道：“如今果是杨国忠为相，贿赂公行，不知埋没了多少高才绝学。像我恁样平常学问，真个如何能够官做？若不得官，终身贫贱，反不如这班人受用了。”又想起：“见今恁般深秋天气，还穿着破葛衣，与浑家要匹布儿做件衣服，尚不能够；及至仰告亲识，又并无一个肯慨然周济。看起来倒是这班人义气，与他素无相识，就把如此华美衣服与我穿着，又推我为主。便依他们胡做一场，倒也落得半世快活！”却又想道：“不可！不可！倘被人拿住，这性命就休了！”正在胡思乱想，把肠子搅得七横八竖，疑惑不定，只见众人忙摆香案，抬出一口猪、一腔羊，当天排列，连房德共是十八个好汉，一齐跪下，拈香设誓，歃血为盟。祭过了天地，又与房德八拜为交，各叙姓名。少顷摆上酒肴，请房德坐了第一席。肥甘美酝，恣意饮啖。

房德日常不过黄齑（咸腌菜）淡饭，尚且自不全，间或觅得些酒肉，也不能够趁心醉饱。今日这番受用，喜出望外。且又众人轮流把盏，大哥前，大哥后，奉承得眉花眼笑。起初还在欲为未为之间，到此时便肯死心塌地，做这桩事了。想道：“或者我命里合该有些造化，遇着这班弟兄扶助，真个弄出大事业来也未可知。若是小就时，只做两三次，寻了些财物，即便罢手，料必无人晓得。然后去打杨国忠的关节，觅得个官儿，岂不美哉！万一败露，已是享用过头，便吃刀吃剐，亦所甘心，也强如担饥受冻，一生做个饿莩！”有诗为证：

> 风雨萧萧夜正寒，扁舟急桨上危滩。
> 也知此去波涛恶，只为饥寒二字难。

众人杯来盏去，直吃到黄昏时候。一人道：“今日大哥初聚，何不就发个利市？”众人齐声道：“言之有理！还是到哪一家去好？”房德道：“京都富家，无过是延平门王元宝这老儿为最；况且又在城外，没有官兵巡逻。前后路径，我皆熟惯。只这一处，就抵得十数家了，不知列位以为何如？”众人喜道：“不瞒大哥说，这老儿我们也在心久了。只因未得其便，不想却与大哥暗合，足见同心！”即将酒席收过，取出硫磺、焰硝、火把、器械之类，一齐扎缚起来。但见：

> 白布罗头，�鞋兜脚。脸上抹黑搽红，手内提刀持斧。
> 裤裩刚过膝，牢拴裹肚；衲袄却齐腰，紧缠搭膊。
> 一队幺魔来世界，数群虎豹入山林。

众人结束停当，挨至更余天气，出了园门，将门反撑好了，如疾风骤雨而来。这延平门离乐游原约有六七里之远，不多时就到了。

且说王元宝乃京兆尹王鉷的族兄，家有敌国之富，名闻天下。玄宗天子亦尝召见。三日前被小偷窃了若干财物，告知王鉷，责令不良人（唐代官府征用有恶迹者充任侦缉逮捕的小吏，称为不良人）捕获，又拨三十名健儿防护。不想房德这班人晦气，正撞在网里。当下众强盗取出火种，引着火把，照耀浑如白昼，抡起刀斧，一路砍门进去。那些防护健儿并家人等，俱从睡梦中惊醒，鸣锣呐喊，各执棍棒上前擒拿。庄前庄后邻家闻得，都来救护。这班强盗见人已众了，心下慌张，

便放起火来，夺路而走。王家人分一半救火，一半追赶上去，团团围住。众强盗拼命死战，戳伤了几个庄客，终是寡不敌众，被打翻数人，余皆尽力奔脱。房德亦在打翻数内，一齐绳穿索缚，等到天明，解进京兆尹衙门，王铁发下畿尉（京城附近畿县的县尉）推问。

那畿尉姓李，名勉，字玄卿，乃宗室之子。素性忠贞尚义，有经天纬地之才、济世安民之志。只为李林甫、杨国忠相继为相，妒贤嫉能，病国殃民，屈在下僚，不能施展其才。这畿尉品级虽卑，却是个刑名官儿，凡捕到盗贼，俱属鞠讯；上司刑狱，悉委推勘。故历任的畿尉，定是酷吏，专用那周兴、来俊臣、索元礼（均为唐周酷吏，下文中"犊子悬车"、"驴儿拔橛"、"凤凰晒翅"、"童子参禅"、"玉女登梯"、"仙人献果"、"猕猴钻火"、"夜叉望海"均为酷刑名）遗下有名色的极刑。是哪几般名色？有《西江月》为证：

犊子悬车可畏，驴儿拔橛堪哀！凤凰晒翅命难挨，童子参禅魂蹭。
玉女登梯最惨，仙人献果伤哉！猕猴钻火不招来，换个夜叉望海。

那些酷吏，一来仗刑立威；二来或是权要嘱托希承其旨，每事不问情真情枉，一味严刑锻炼，罗织成招。任你铜筋铁骨的好汉，到此也胆丧魂惊，不知断送了多少忠臣义士！唯有李勉与他尉不同，专尚平恕，一切惨酷之刑，置而不用，临事务在得情，故此并无冤狱。

那一日正值早衙，京尹发下这件事来，十来个强盗，五六个戳伤庄客，跪做一庭；行凶刀斧，都堆在阶下。李勉举目看时，内中唯有房德，人材雄伟，风采非凡，想道："恁样一条汉子，如何为盗？"心下就怀个矜怜之念。当下先唤巡逻的，并王家庄客，问了被劫情由；然后又问众盗姓名，逐一细鞫。俱系当下就擒，不待用刑，尽皆款伏。又招出党羽窟穴，李勉即差不良人前去捕缉。问至房德，乃匍匐到案前，含泪而言道："小人自幼业儒，原非盗辈。只因家贫无措，昨到亲戚处告贷，为雨阻于云华寺中，被此辈以计诱威逼入伙，出于无奈！"遂将画鸟及入伙前后事，一一细诉。李勉已是惜其材貌，又见他说得情词可悯，便有意释放他。却又想："一伙同罪，独放一人，公论难泯。况是上司所委，如何回复？除非如此如此。"乃假意叱喝下去，吩咐俱上了枷钮，禁于狱中，俟拿到余党再问。砍伤庄客，遣回调理。巡逻人记功有赏。

发落众人去后，即唤狱卒王太进衙。原来王太昔年因误触了本官，被诬构成死罪，也亏李勉审出，原在衙门服役。那王太感激李勉之德，凡有委托，无不尽力，为此就参他做押狱之长。当下李勉吩咐道："适来强人内有个房德，我看此人相貌轩昂，言词挺拔，是个未遇时的豪杰。有心要出脱他，因碍着众人，不好当堂明放。托在你身上，觑个方便，纵他逃走。"取过三两一封银子，教他递与，赠为盘费，速往远处潜避，莫在近边，又为人所获。王太道："相公吩咐，怎敢有违？但恐遗累众狱卒，却如何处？"李勉道："你放他去后，即引妻小，躲入我衙中，将申文俱做于你的名下，众人自然无事。你在我左右，做个亲随，岂不强如做这贱役？"王太道："因得相公收留，在衙服侍，万分好了！"将银袖过，急急出衙，来到狱中，对小牢子道："新到囚犯，未经刑杖，莫教聚于一处，恐弄出些事来。"小牢子依言，遂将众人四散分开。

王太独引房德置在一个僻静之处，把本官美意，细细说出，又将银两交与。

房德不胜感激道："烦禁长哥致谢相公，小人今生若不能补报，死当作犬马酬恩！"王太道："相公一片热肠救你，哪指望报答？但愿你此去，改行从善，莫负相公起死回生之德！"房德道："多感禁长哥指教，敢不佩领。"挨到傍晚，王太眼同众牢子将众犯尽上囚床，第一个先从房德起，然后挨次而去。王太觑众人正手忙脚乱之时，捉空踅过来，将房德放起，开了枷锁，又把自己旧衣帽与他穿了，引至监门口。且喜内外更无一人来，急忙开了狱门，拟他出去。房德拽开脚步，不顾高低，也不敢回家，挨出城门，连夜而走。心中思想："多感畿尉相公救了性命，如今投兀谁好？想起当今唯有安禄山，最为天子宠任，收罗豪杰，何不投之？"遂取路直至范阳，恰好遇见故友严庄，为范阳长史，引见禄山。那时安禄山久蓄异志，专一招亡纳叛，见房德生得人才出众，谈吐投机，遂留于衙中。房德住了几时，暗地差人迎取妻子到彼，不在话下。正是：

挣破天罗地网，撇开闷海愁城。得意尽夸今日，回头却认前生。

且说王太当晚，只推家中有事要回，吩咐众牢子好生照管，将匙钥交付明白。出了狱门，来至家中，收拾囊箧，悄悄领着妻子，连夜躲入李勉衙中，不题。

且说众牢子到次早放众囚水火（让人犯大小便），看房德时，枷锁撇在半边，不知几时逃去了。众人都惊得面如土色，叫苦不迭道："恁样紧紧上的刑具，不知这死囚怎的挣脱逃走了？却害我们吃屈官司！又不知从何处去的？"四面张望墙壁，并不见块砖瓦落地，连泥屑也没有一些。齐道："这死囚昨日还哄畿尉相公，说是初犯，倒是个积年高手。"内中一人道："我去报知王狱长，教他快去禀官，作急缉获！"那人一口气跑到王太家，见门闭着，一片声乱敲，哪里有人答应。间壁一个邻家走过来，道："他家昨夜乱了两个更次，想是搬去了。"牢子道："并不见王狱长说起迁居，哪有这事？"邻家道："无过只这间屋儿，如何敲不应？难道睡死不成！"牢子见说得有理，尽力把开，原来把根木子反撑的，里边只有几件粗重家伙，并无一人。牢子道："却不作怪！他为什么也走了？这死囚莫不倒是他卖放的？休管是不是，且都推在他身上罢了！"把门依旧带上，也不回狱，径往畿尉衙门前来。恰好李勉早衙理事，牢子上前禀知。李勉佯惊道："向来只道王太小心，不想恁般大胆，敢卖放重犯！料他也只躲在左近，你们四散去缉访，获到者自有重赏。"牢子叩头而出。李勉备文报府，王铁以李勉疏虞防闲，以不职奏闻天子，罢官为民。一面悬榜，捕获房德、王太。李勉即日纳还官诰，收拾起身，将王太藏于女人之中，带回家去。

不因济困扶危意，肯作藏亡匿罪人？

李勉家道素贫，却又爱做清官，分文不敢妄取。及至罢任，依原是个寒士。归到乡中，亲率童仆，躬耕而食。家居二年有余，贫困转剧，乃别了夫人，带着王太并两个家奴，寻访故知。由东都一路，直至河北。闻得故人颜杲卿新任常山太守，遂往谒之。路经柏乡县过，这地方离常山尚有二百余里。李勉正行间，只见一行头踏（古代官员出行，走在前面的仪仗），手持白棒，开道而来，呵喝道："县令相公来，还不下马！"李勉引过半边回避。王太远远望见那县令，上张皂盖，下乘白马，威仪济济，相貌堂堂。仔细认时，不是别个，便是昔年释放的房德。乃道："相公不消避得，这县令就是房德。"李勉闻言，心中甚喜，道："我说那人是个未遇时的豪杰，今却果然，但不知怎的就得了官职？"欲要上前去

问，又道：“我若问时，此人只道晓得他在此做官，来与索报了，莫问吧！”吩咐王太禁声，把头回转，让他过去。

那房德渐渐至近，一眼觑见李勉背身而立，王太也在旁边，又惊又喜。连忙止住从人，跳下马来，向前作揖道：“恩相见了房德，如何不唤一声，反调转头去？险些儿错过！”李勉还礼道：“恐妨足下政事，故不敢相通。”房德道：“说哪里话？难得恩相至此，请到敝衙少叙。”李勉此时，鞍马劳倦，又见其意殷勤，答道：“既承雅情，当暂话片时。”遂上马并辔而行，王太随在后面。不一时到了县中，直至厅前下马。房德请李勉进后堂，转过左边一个书院中来，吩咐从人不必跟入，只留一个心腹干办陈颜，在门口伺候，一面着人整备上等筵席。将李勉四个牲口，发于后槽喂养，行李即教王太等搬将入去。又教人传话衙中，唤两个家人来服侍。那两个家人，一个叫作路信，一个叫作支成，都是房德为县尉时所买。

且说房德为何不要从人入去？只因他平日冒称是宰相房玄龄之后，在人前夸炫家世，同僚中不知他的来历，信以为真，把他十分敬重。今日李勉来至，相见之间，恐题起昔日为盗这段情由，怕众人闻得，传说开去，被人耻笑，做官不起，因此不要从人进去。这是他用心之处。当下李勉步入里边去看时，却是向阳一带三间书室，侧边又是两间厢房。这书室庭户虚敞，窗槅明亮，正中挂一幅名人山水，供一个古铜香炉，炉内香烟馥郁。左边设一张湘妃竹榻，右边架上堆满若干图书。沿窗一只几上，摆列文房四宝。庭中种植许多花木，铺设得十分清雅，这所在乃是县官休沐之处，故尔恁般齐整。

且说房德让李勉进了书房，忙忙地掇过一把椅子，居中安放，请李勉坐下，纳头便拜。李勉急忙扶住道：“足下如何行此大礼？”房德道：“某乃待死之囚，得恩相超拔，又赐赠盘缠，遁逃至此，方有今日。恩相即某之再生父母，岂可不受一拜！”李勉是个忠正之人，见他说得有理，遂受了两拜。房德拜罢起来，又向王太礼谢，引他三人到厢房中坐地。又叮咛道：“倘隶卒询问时，切莫与他说昔年之事！”王太道：“不消吩咐，小人理会得了。”房德复身到书房中，扯把椅儿，打横相陪，道：“深蒙相公活命之恩，日夜感激，未能酬报！不意天赐至此相会。”李勉道：“足下一时被陷，吾不过因便斡旋，何德之有？乃承如此垂念。”献茶已毕，房德又道：“请问恩相，升在何任，得过敝邑？”李勉道：“吾因释放足下，京尹论以不职，罢归乡里。家居无聊，故遍游山水，以畅襟怀。今欲往常山，访故人颜太守，路经于此。不想却遇足下，且已得了官职，甚慰鄙意。”房德道：“原来恩相因某之故，累及罢官，某反苟颜窃禄于此，深切惶愧！”

李勉道：“古人为义气上，虽身家尚然不顾，区区卑职，何足为道！但不识足下别后，归于何处，得宰此邑？”房德道：“某自脱狱，逃至范阳，幸遇故人，引见安节使，收于幕下，甚蒙优礼。半年后，即署此县尉之职。近以县主身故，遂表某为令。自愧谫陋（浅薄）菲才，滥叨民社，还要求恩相指教！”李勉虽则不在其位，却素闻安禄山有反叛之志。今见房德乃是他表举的官职，恐其后来党逆，故就他请教上，把言语去规训道：“做官也没甚难处，但要上不负朝廷，下不害百姓；遇着死生利害之处，总有鼎镬（huò，古代的酷刑。用鼎镬烹人）在前，斧锧（zhì，古代腰斩用的垫座）在后，亦不能夺我之志。切勿为匪人所惑，小利所诱，

顿尔改节，虽或侥幸一时，实是贻笑千古！足下立定这个主意，莫说为此县令，就是宰相，亦尽可做得过！”房德谢道：“恩相金玉之言，某当终身佩铭！”两下一递一答，甚说得来。

少顷，路信来禀：“筵宴已完，请爷入席。”房德起身，请李勉至后堂，看时乃是上下两席。房德教从人将下席移过左旁，李勉见他要傍坐，乃道：“足下如此相叙，反觉不安，还请坐转。”房德道：“恩相在上，侍坐已是僭妄，岂敢抗礼？”李勉道：“吾与足下今已为声气之友，何必过谦！”遂令左右，依旧移在对席。从人献过杯箸，房德安席定位。庭下承应乐人，一行儿摆列奏乐。那筵席杯盘罗列，非常丰盛：虽无炮凤烹龙，也极山珍海错。当下宾主欢洽，开怀畅饮，更余方止。王太等另在一边款待，自不必说。此时二人转觉亲热，携手而行，同归书院。

房德吩咐路信，取过一副供奉上司的铺盖，亲自施设裀褥，提携溺器。李勉扯住道：“此乃仆从之事，何劳足下自为。”房德道：“某受相公大恩，即使生生世世，执鞭随镫，尚不能报万一，今不过少尽其心，何足为劳！”铺设停当，又教家人另放一榻，在旁相陪。李勉见其言词诚恳，以为信义之士，愈加敬重。两下挑灯对坐，彼此倾心吐胆，各道生平志愿，情投契合，遂为至交，只恨相见之晚。直至夜分，方才就寝。次日同僚官闻得，都来相访。相见之间，房德只说：“是昔年曾蒙识荐，故此有恩！”同僚官又在县主面上讨好，各备筵席款待。

话休烦絮。房德自从李勉到后，终日饮酒谈论，也不理事，也不进衙，其侍奉趋承，就是孝子事亲，也没这般尽礼。李勉见恁样殷勤，诸事俱废，反觉过意不去，住了十来日，作辞起身。房德哪里肯放，说道：“恩相至此，正好相聚，哪有就去之理！须是多住几月，待某拨夫马送至常山便了。”李勉道：“承足下高谊，原不忍言别。但足下乃一县之主，今因我在此，耽误了许多政务，倘上司知得，不当稳便。况我去心已决，强留于此，反不适意！”房德料道留他不住，乃道：“恩相既坚执要去，某亦不好苦留。只是从此一别，后会无期，明日容治一樽，以尽竟日之欢，后日早行何如？”李勉道：“既承雅意，只得勉留一日。”房德留住了李勉，唤路信跟着回到私衙，要收拾礼物馈送。只因这番，有分教李畿尉险些儿送了性命。正是：

祸兮福所倚，福兮祸所伏。所以恬淡人，无营心自足。

话分两头。却说房德老婆贝氏，昔年房德落薄时，让她做主惯了；到今做了官，每事也要乔主张（不经当事人同意而强做主）。此番见老公唤了两个家人出去，一连十数日不进衙，只道瞒了她做甚事体，十分恼恨。这日见老公来到衙里，便待发作。因要探口气，满脸反堆下笑来，问道：“外边有何事，久不退衙？”房德道：“不要说起，大恩人在此，几乎当面错过。幸喜我眼快瞧着，留得到县里，故此盘桓了这几日。特来与你商量，收拾些礼物送他。”贝氏道：“哪里什么大恩人？”房德道：“哎呀！你如何忘了？便是向年救命的畿尉李相公，只为我走了，带累他罢了官职，今往常山去访颜太守，路经于此。那狱卒王太也随在这里。”贝氏道：“原来是这人么？你打账送他多少东西？”房德道：“我个大恩人，乃再生父母，须得重重酬报！”贝氏道：“送十匹绢可少么？”房德呵呵大笑道：“奶奶倒会说耍话，恁地一个恩人，这十匹绢送他家人也少！”贝氏道：

“胡说！你做了个县官，家人尚没处一注赚十匹绢，一个打抽丰的，如何家人便要许多？老娘还要算计哩！如今做我不着，再加十匹，快些打发起身！”房德道：“奶奶怎说出恁样没气力的话来？他救了我性命，又赍赠盘缠，又坏了官职，这二十匹绢当得甚的？”贝氏从来鄙吝，连这二十匹绢，还不舍得的，只为是老公救命之人，故此慨然肯出，她已算作天大的事了。房德兀自嫌少，心中便有些不悦，故意道：“一百匹何如？”房德道：“这一百匹只够送王太了。”

贝氏见说一百匹还只够送王太，正不知要送李勉多少，十分焦躁道：“王太送了一百匹，畿尉极少也送得五百匹哩！”房德道：“五百匹还不够！”贝氏怒道：“索性凑足一千何如？”房德道：“这便差不多了。”贝氏听了这话，向房德劈面一口涎沫，道：“啐，想是你失心风了！做得几时官，交多少东西与我？却来得这等大落（大方）！恐怕连老娘身子卖来，还凑不上一半哩！哪里来许多绢送人？”房德看见老婆发喉急，便道：“奶奶有话好好商量，怎就着恼。”贝氏嚷道：“有甚商量，你若有，自去送他，莫向我说。”房德道：“十分少，只得在库上撮去。”贝氏道：“啧！啧！你好天大的胆儿！库藏乃朝廷钱粮，你敢私自用得的！倘一时上司查核，那时怎的回答？”房德闻言，心中烦恼道：“话虽有理，只是恩人又去得急，一时没处设法，却怎生处？”坐在旁边踌躇。

谁想贝氏见老公执意要送恁般厚礼，就是割身上肉，也没这样疼痛，连肠子也急做千百段！顿起不良之念，乃道：“看你枉做了个男子汉，这些事没有决断，如何做得大官？我有个捷径法儿在此，倒也一劳永逸。”房德认做好话，忙问道：“你有什么法儿？”贝氏答道：“自古有言，大恩不报。不如今夜觑个方便，结果了他性命，岂不干净！”只这句话，恼得房德稳耳根通红，喝道：“你这不贤妇！当初只为与你讨匹布儿做件衣服不肯，以致出去求告相识，被这班人诱去入伙，险些儿送了性命！若非这恩人，舍了自己官职，释放出来，安得今日夫妻相聚？你不劝我行些好事，反教伤害恩人，于心何忍！”贝氏一见老公发怒，又陪着笑道：“我是好话，怎到发恶？若说得有理，你便听了；没理时，便不要听，何消大惊小怪。”房德道：“你且说有甚理？”贝氏道：“你道昔年不肯把布与你，至今恨我么？你且想，我自十七岁随了你，日逐所需，哪一件不亏我支持？难道这两匹布，真个不舍得？因闻得当初有个苏秦，未遇时，合家佯为不礼，激励他做到六国丞相。我指望学这故事，也把你激发。不道你时运不济，却遇这强盗，又没苏秦那般志气，就随他们胡做，弄出事来。此乃你自作之孽，与我什么相干？那李勉当时岂真为义气上放你么？”房德道：“难道是假意？”贝氏笑道：“你枉自有许多聪明，这些事便见不透。大凡做刑名官的，多有贪酷之人；就是至亲至戚，犯到手里，尚不肯顺情；何况他与你素无相识，且又情真罪当，怎肯舍了自己官职，轻易纵放了重犯？无非闻说你是个强盗头儿，定有赃物窝顿，指望放了暗地去孝顺，将些去买上嘱下，这官又不坏，又落些入己。不然，如何一伙之中，独独纵你一个？哪里知道你是初犯的穷鬼，竟一溜烟走了，他这官又罢休。今番打听着在此做官，可可地来了。”

房德摇首道：“没有这事。当初放我，乃一团好意，何尝有丝毫别念！如今他自往常山，偶然遇见，还怕误我公事，把头调转，不肯相见，并非特地来相见，不要疑坏了人。”贝氏又叹道：“他说往常山乃是假话，如何就信以为真？且

不要论别件，只他带着王太同行，便见其来意了。”房德道：“带王太同行便怎么？”贝氏道：“你也忒杀懵懂！那李勉与颜太守是相识，或者去相访是真了；这王太乃京兆府狱卒，难道也与颜太守有旧去相访？却跟着同走。若说把头掉转不来招揽，此乃冷眼觑你可去相迎。正是他奸巧之处，岂是好意？如果真要到常山，怎肯又住这几多时。”房德道：“他哪里肯住，是我再三苦留下的。”贝氏道：“这也是他用心处，试你待他的念头诚也不诚。”

房德原是没主意的人，被老婆这班话一耸，渐生疑惑，沉吟不语。贝氏又道：“总来这恩是报不得的！”房德道：“如何报不得？”贝氏道：“今若报得薄了，他一时翻过脸来，将旧事和盘托出，那时不但官儿了账，只怕当作越狱强盗拿去，性命登时就送。若报得厚了，他做下额子，不常来取索，如照旧馈送，自不必说；稍不满欲，依然揭起旧案，原走不脱，可不是到底终须一结。自古道：‘先下手为强。’今若不依我言，事到其彼，悔之晚矣！”房德闻说至此，暗暗点头，心肠已是变了。又想了一想，乃道：“如今原是我要报他恩德，他却从无一字题起，恐没这心肠。”贝氏笑道：“他还不曾见你出手，故不开口，到临期自然有说话的。还有一件，他此来这番，纵无别话，你的前程，已是不能保了。”房德道：“却是为何？”贝氏道：“李勉至此，你把他万分亲热，衙门中人不知来历，必定问他家人。那家人肯替你遮掩？少不得以直告之。你想衙门人的口嘴，好不厉害，知得本官是强盗出身，定然当作新闻，互相传说。同僚们知得，虽不敢当面笑你，背后诽议也经不起。就是你也无颜再存坐得住！这个还算小可的事。那李勉与颜太守既是好友，到彼难道不说？自然一一道知其详。闻得这老儿最是古怪，且又是他属下，倘被遍河北一传，连夜走路，还只算迟了。那时可不依旧落薄，终身怎处？如今急急下手，还可免得颜太守这头出丑。”

房德初时，原怕李勉家人走漏了消息，故此暗地叮咛王太。如今老婆说出许多厉害，正投其所忌，遂把报恩念头，撇向东洋大海，连称：“还是奶奶见得透，不然，几乎反害自己。但他来时，合衙门人通晓得，明日不见了，岂不疑惑？况那尸首也难出脱！”贝氏道：“这个何难？少停出衙，只留几个心腹人答应，其余都打发去了。将他主仆灌醉，到夜静更深，差人刺死。然后把书院放了一把火烧了，明日寻出些残尸剩骨，假哭一番，衣棺盛殓。那时人只认是火烧死的，有何疑惑？”房德大喜道：“此计甚妙！”便要起身出衙。那婆娘晓得老公心是活的，恐两下久坐长谈，说得入港（相投），又改过念头，乃道：“总则天色还早，且再过一回出去。”房德依着老婆，真个住下。有诗为证：

猛虎口中剑，长蛇尾上针。两般犹未毒，最毒妇人心。

自古道：“隔墙须有耳，窗外岂无人。”房德夫妻在房说话时，那婆娘一味不舍得这绢匹，专意撺唆老公害人，全不提防有人窥听。况在私衙中，料无外人来往，恣意调唇弄舌。不想家人路信，起初闻得贝氏焦躁，便覆在间壁墙上听他们争多竞少，直至放火烧屋，一句句听得十分仔细，倒吃了一惊。想道：“原来我主曾做过强盗，亏这官人救了性命，今反恩将仇报，天理何在？看起来这般大恩人，尚且如此，何况我奴仆之辈。倘稍有过失，这性命一发死得快了！此等残薄之人，跟他何益。”又想道：“常言‘救人一命，胜造七级浮屠’。何不救了这四人，也是一点阴骘。”却又想到：“若放他们走了，料然不肯饶我，不如

也走了罢！”遂取些银两，藏在身边，觑个空，悄悄闪出私衙，一径奔入书院。只见支成在厢房中烹茶，坐于槛上，执着扇子打盹，也不去惊醒他。竟踅入书室，看王太时，却都不在；只有李勉正襟据案而坐，展玩书籍。路信走近案前，低低道：“相公，你祸事到了！还不快走，更待几时？”李勉被这惊不小，急问：“祸从何来？”路信扯到半边，将适才所闻，一一细说。又道：“小人因念相公无辜受害，特来通报，如今不走，少顷便不能免祸了！”

李勉听了这话，惊得身子犹如掉在冰桶里，把不住地寒颤，向着路信倒身下拜道：“若非足下仗义救我，李勉性命定然休矣！大恩大德，自当厚报，决不学此负心之人。”急得路信答拜不迭，道：“相公不要高声，恐支成听得，走漏了消息，彼此难保！”李勉道：“但我走了，遗累足下，于心何安？”路信道：“小人又无妻室，待相公去后，亦自远遁，不消虑得。”李勉道：“既如此，何不随我同往常山？”路信道：“相公肯收留小人，情愿执鞭随镫。”李勉道：“你乃大恩人，怎说此话？”遂叫王太，一连十数声，再没一人答应，跌足叫苦道：“他们都往哪里去了？”路信道：“待小人去寻来。”李勉又道：“马匹俱在后槽，却怎处？”路信道：“也等小人去哄他带来。”急出书室，回头看支成已不在槛上打盹了。路信即走入厢房中观看，却也不在。原来支成登东厮（厕所）去了。路信只道被他听得，进衙去报房德，心下慌张，复转身向李勉道：“相公，不好了！想被支成听见，去报主人了，快走吧！等不及管家矣。”

李勉又吃了一惊，半句话也应答不出，弃下行李，光身子，同着路信踉踉跄跄抢出书院。做公的见了李勉，坐下的都站起来。李勉两步并作一步，奔出了仪门外。见有三骑马系着，是俟候县令、主簿、县尉出入的。路信心生一计，对马夫道：“李相公要往西门拜客，快带马来！”那马夫晓得李勉是县主贵客，且又县主管家吩咐，怎敢不依，连忙牵过两骑。李勉刚刚上马，王太撞至马前，手中提着一双麻鞋，问道：“相公往何处去？”路信撮口道：“相公要往西门拜客，你们通到哪里去了？”王太道：“因麻鞋坏了，上街去买，相公拜哪个客？”路信道：“你跟来罢了，问怎的？”又叫马夫带那骑马与他乘坐，齐出县门，马夫在后跟随。路信吩咐道：“顷刻就来，不消你随了。”那马夫真个住下。

离了县中，李勉加上一鞭，那马如飞而走。王太见家主恁般慌促，且不知要拜甚客。行不上一箭之地，两个家人，也各提着麻鞋而来，望见家主，便闪在半边，问道：“相公往哪里去？”李勉道：“你且莫问，快跟来便了。”话还未了，那马已跑向前去，二人负命地赶，如何跟得上？看看近西门，早有两人骑着牲口，从一条巷中横冲出来。路信举目观看，不是别人，却是干办陈颜，同着一个令史。二人见了李勉，滚鞍下马声喏。路信见景生情，急叫道：“李相公管家们还少牲口，何不借陈干办的暂用？”李勉暗地意会，遂收缰勒马道：“如此甚好！”路信向陈颜道：“李相公要去拜客，暂借你的牲口与管家一乘，少顷便来！”二人巴不能奉承得李勉欢喜，指望在本官面前增添些好言语，可有不肯的理么？连声答应道：“相公要用，只管乘去。”等了一回，两个家人带跌地赶到，走得汗淋气喘。陈颜二人将鞭缰递与两个家人上了马，随李勉趱出城门。纵开丝缰，二十个马蹄，如撒钹相似，循着大道，往常山一路飞奔去了！正是：

折破玉龙飞彩凤，顿开金锁走蛟龙。

话分两头。且说支成上了东厮转来，烹了茶，捧进书室，却不见了李勉。只道在花木中行走，又遍寻一过，也没个影儿，想道："是了，一定两日久坐在此，心中不舒畅，往外闲游去了。"约莫有一个时辰，还不见进来。走出书院去观看，刚至门口，劈面正撞着家主。原来房德被老婆留住，又坐了一大回，方起身打点出衙，恰好遇见支成。问："可见路信么？"支成道："不见，想随李相公出外闲走去了。"房德心中疑虑，正待差支成去寻觅，只见陈颜来到。房德问道："曾见李相公么？"陈颜道："方才在西门遇见。路信说要往那里去拜客。连小人的牲口，都借与他管家乘坐。一行共五个马，飞跑如云，正不知有甚紧事。"

房德听罢，料是路信走漏消息，暗地叫苦。也不再问，复转身，原入私衙，报与老婆知得。那婆娘听说走了，倒吃一惊道："罢了！罢了！这祸一发来得速矣。"房德见老婆也着了急，慌得手足无措，埋怨道："未见得他怎的！都是你说长道短，如今倒弄出事来了。"贝氏道："不要慌！自古道：一不做，二不休。事到其间，说不得了。料他去也不远，快唤几个心腹人，连夜追赶前去，扮作强盗，一齐砍了，岂不干净！"

房德随唤陈颜进衙，与他计较。陈颜道："这事行不得，一则小人们只好趋承奔走，那杀人勾当，从不曾习惯；二则倘一时有人救应拿住，反送了性命。小人倒有一计在此，不消劳师动众，教他一个也逃不脱！"房德欢喜道："你且说有甚妙策？"陈颜道："小人间壁，一月前有一个异人搬来居住，不言姓名，也不做甚生理，每日出去吃得烂醉方归。小人见他来历跷蹊，行迹诡秘，有心去察他动静。忽一日，有一豪士青布锦袍，跃马而来，从者数人，径到此人之家，留饮三日方去。小人私下问那从者宾主姓名，都不肯说。有一个人悄对小人说：'那人是个剑侠，能飞剑取人之头，又能飞行，顷刻百里；且是极有义气，曾与长安市上代人报仇，白昼杀人，潜踪于此。'相公何不备些礼物前去，只说被李勉陷害，求他报仇。若得应允，便可了事，可不好么？"房德道："此计虽好，只恐他不肯。"陈颜道："他见相公是一县之主，屈己相求，定不推托。还怕连礼物也未必肯受哩！"贝氏在屏风后听得，便道："此计甚妙！快去求之。"房德道："将多少礼物送他？"陈颜道："他是个义士，重情不重物，得三百金足矣。"贝氏一力撺掇，备就了三百金礼物。

天色傍晚，房德易了便服，陈颜、支成相随，也不乘马，悄悄地步行到陈颜家里。原来却住在一条冷巷中，不上四五家邻舍，好不寂静。陈颜留房德到里边坐下，点起灯火，向壁缝中张看，那人还未曾回。走出门口观望，等了一回，只见那人又是烂醉，东倒西歪的，撞入屋里去了。陈颜奔入报知，房德起身就走。

陈颜道："相公须打点了一班说话，更要屈膝与他，这事方谐。"房德点头道是。一齐到了门首，向门上轻轻叩上两下。那人开门出问："是谁？"陈颜低声哑气答道："本县知县相公，在此拜访义士。"那人带醉说道："咱这里没有什么义士。"便要关门。陈颜道："且莫闭门，还有句说话。"那人道："咱要紧去睡，谁个耐烦！有话明日来说。"房德道："略话片时，即便相别。"那人道："既如此，到里面来。"三人跨进门内，掩上门儿，引过一层房子，乃是小小客坐，点将灯烛荧煌。房德即倒身下拜道："不知义士驾临敝邑，有失迎迓。今日幸得识荆，深慰平生。"那人将手扶住道："足下一县之主，如何行此大礼？岂不失了体面。

况咱并非什么义士，不要错认了。”房德道：“下官专来拜访义士，安有差错之理！”教陈颜、支成将礼物献上，说道：“些小薄礼，特献义士为斗酒之资，望乞哂留。”那人笑道：“咱乃闾阎（里巷内外的门，泛指民间）无赖，四海为家，无一技一能，何敢当义士之称？这些礼物也没用处，快请收去！”房德又躬身道：“礼物虽微，出自房某一点血诚，幸勿峻拒。”那人道：“足下蓦地屈身匹夫，且又赐恁般厚礼，却是为何？”房德道：“请义士收了，方好相告。”那人道：“咱虽贫贱，誓不取无名之物。足下若不说明白，断然不受！”房德假意哭拜于地道：“房某负戴大冤久矣！今仇在目前，无能雪耻。特慕义士是个好男子，有聂政、荆轲之技，故敢斗胆，叩拜阶下。望义士怜念房某含冤负屈，少展半臂之力，刺死此贼，生死不忘大德！”

那人摇手道：“我说足下认错了，咱资身尚且无策，安能为人谋大事？况杀人勾当，非同小可，设或被人听见这话，反连累咱家，快些请回！”言罢转身，先向外而走。房德上前，一把扯道：“闻得义士素抱忠义，专一除残祛暴，济困扶危，有古烈士之风。今房某身抱大冤，义士反不见怜，料想此仇永不能报矣！”道罢，又假意啼哭。那人冷眼瞧了这个光景，只道是真情，方道：“足下真个有冤么？”房德道：“若没大冤，怎敢来求义士？”那人道：“既恁样，且坐下，将冤抑之事并仇家姓名，今在何处，细细说来。可行则行，可止则止。”两下遂对面而坐，陈颜、支成站于旁边。房德捏出一段假情，反说：“李勉昔年诬指为盗，百般毒刑拷打，陷于狱中，几遍差狱卒王太谋害性命，皆被人知觉，不致于死。幸亏后官审明释放，得官此邑。今又与王太同来挟制，索诈千金，意犹未足；又串通家奴，暗地行刺事露，适来连此奴挈去，奔往常山，要唆颜太守来摆布。”把一片说话，装点得十分厉害。那人听毕，大怒道：“原来足下受此大冤，咱家岂忍坐视！足下且请回县，在咱身上，今夜往常山一路找寻此贼，为足下报仇！夜半到衙中复命。”房德道：“多感义士高义！某当秉烛以待。事成之日，另有厚报。”那人作色道：“咱一生路见不平，拔刀相助，哪个希图你的厚报？这礼物咱也不受。”说犹未绝，飘然出门，其去如风，须臾不见了。房德与众人惊得目睁口呆，连声道：“真异人也！”权将礼物收回，待他复命时再送。有诗为证：

报仇凭一剑，重义藐千金。谁谓奸雄舌，能违烈士心？

话分两头。且说王太同两个家人，见家主出了城门，又不拜客，只管乱跑，正不知为甚缘故。一口气就行了三十余里，天色已晚，却又不寻店宿歇。那晚乃是十三，一轮明月，早已升空。趁着月色，不顾途路崎岖，负命而逃，常恐后面有人追赶；在路也无半句言语，只管趱向前去。约莫有二更天气，共行了六十多里，来到一个村镇，已是井陉县地方。那时走得口中又渴，腹内又饥，马也渐渐行走不动。路信道：“来路已远，料得无事了，且就此觅个宿处，明日早行。”

李勉依言，径投旅店。谁想夜深了，家家闭户关门，无处可宿。直到市梢头，见一家门儿半开半掩，还在那里收拾家伙，遂一齐下马，走入店门。将牲口卸了鞍辔，系在槽边喂料。路信道：“主人家，拣一处洁净所在，与我们安歇。”店家答道：“不瞒客官说，小店房头，没有个不洁净的，如今也只空得一间在此。”教小二掌灯引入房中。李勉向一条板凳上坐下，觉得气喘吁吁。王太忍

不住问道："请问相公，那房县主惓惓苦留，后日拨夫马相送，从容而行，有何不美？却反把自己行李弃下，犹如逃难一般，连夜奔走，受这般劳碌！路管家又随着我们同来，是甚意故？"李勉叹口气道："汝哪知就里？若非路管家，我与汝死无葬身之地矣！今幸得脱虎口，已谢天不尽了，顾得什么行李、辛苦？"王太惊问其故。

李勉方待要说，不想店主人见他们五人五骑，深夜投宿，一毫行李也无，疑是歹人，走进来盘问脚色，说道："众客长做甚生意？打从何处来，这时候到此？"李勉一肚子气恨，正没处说，见店主相问，答道："话头甚长，请坐下了，待我细诉。"乃将房德为盗犯罪，怜其才貌，暗令王太释放，以致罢官；及客游遇见，留回厚款，今日午后，忽然听信老婆谗言，设计杀害，亏路信报知逃脱，前后之事，细说一遍。王太听了这话，连声唾骂："负心之贼！"店主人也不胜嗟叹。

王太道："主人家，相公鞍马辛苦，快些催酒饭来吃了，睡一觉好赶路。"店主人答应出去。只见床底下忽地钻出一个大汉，浑身结束，手持匕首，威风凛凛，杀气腾腾。吓得李勉主仆魂不附体，一齐跪倒，口称："壮士饶命！"那人一把扶起李勉道："不必慌张，自有话说。咱乃义士，平生专抱不平，要杀天下负心之人。适来房德假捏虚情，反说公诬陷，谋他性命，求咱来行刺。哪知这贼子恁般狼心狗肺，负义忘恩！早是公说出前情，不然，险些误杀了长者。"李勉连忙叩下头去，道："多感义士活命之恩！"那人扯住道："莫谢莫谢，咱暂去便来。"即出庭中，耸身上屋，疾如飞鸟，顷刻不见。主仆都惊得吐了舌，缩不上去，不知再来还有何意。怀着鬼胎，不敢睡卧，连酒饭也吃不下。有诗为证：

奔走长途气上冲，忽然床下出青锋。
一番衷曲殷勤诉，唤醒奇人睡梦中。

再说房德的老婆见丈夫回来，大事已就，礼物原封不动，喜得满脸都是笑靥。连忙整备酒席，摆在堂上，夫妻秉烛以待，陈颜也留在衙中。俟候到三更时分，忽听得庭前宿鸟惊鸣，落叶乱坠，一人跨入堂中。房德举目看时，恰便是那个义士，打扮得如天神一般，比前大似不同。且惊且喜，向前迎接。那义士全不谦让，气愤愤地大踏步走入去，居中坐下。房德夫妻叩拜称谢，方欲启问，只见那义士怒容可掬，飕地掣出匕首，指着骂道："你这负心贼子！李畿尉乃救命大恩人，不思报效，反听妇人之言，背恩反噬。既已事露逃去，便该悔过，却又假捏虚词，哄咱行刺。若非他道出真情，连咱也陷于不义。剐你这负心贼一万刀，方出咱这点不平之气！"房德未及措辩，头已落地。惊得贝氏慌作一堆，平时且是会话会讲，到此心胆俱裂，一张嘴犹如胶漆粘牢，动弹不得。义士指着骂道："你这泼贱狗妇！不劝丈夫为善，反唆他伤害恩人，我且看你肺肝是怎样生的！"托地跳起身来，将贝氏一脚踢翻，左脚踏住头发，右膝捺住两腿。这婆娘连叫："义士饶命！今后再不敢了。"那义士骂道："泼贱淫妇！咱也倒肯饶你，只是你不肯饶人。"提起匕首向胸膛上一刀，直剖到脐下。将匕首衔在口中，双手拍开，把五脏六腑，抠将出来，血沥沥提在手中，向灯下照看。道："咱只道这狗妇肺肝与人不同，原来也只如此，怎生恁般狠毒！"遂撇过一边，也割下首级，两颗头结作一堆，盛在革囊之中。揩抹了手中血污，藏了匕

首，提起革囊，步出庭中，逾垣而去。

*说时义胆包天地，话起雄心动鬼神。*

再说李勉主仆在旅店中，守至五更时分，忽见一道金光，从庭中飞入，众人一齐惊起，看时正是那义士，放下革囊，说道："负心贼已被咱刳腹屠肠，今携其首在此！"向革囊中取出两颗首级。李勉又惊又喜，倒身下拜道："足下高义，千古所无！请示姓名，当图后报。"义士笑道："咱自来没有姓名，亦不要人酬报。前咱从床下而来，日后设有相逢，竟以'床下义士'相呼便了。"道罢，向怀中取一包药儿，用小指甲挑了少许，弹于首级断处。举手一拱，早已腾上屋檐，挽之不及，须臾不知所往。李勉见弃下两个人头，心中慌张，正在摆布。可霎作怪！看那人头时，渐渐缩小，须臾化为一搭清水，李勉方才放心。坐至天明，路信取些钱钞，还了店家，收拾马匹上路。

说话的，据你说，李勉共行了六十多里方到旅店，这义士又无牲口，如何一夜之间，往返如风？这便是前面说起，顷刻能飞行百里，乃剑侠常事耳。那义士受房德之托，不过黄昏时分，比及追赶，李勉还在途中驰骤，未曾栖息。他先一步埋伏等候，一往一来，有风无影，所以伏于床下，店中全然不知。此是剑术妙处。

且说李勉当夜无话，次日起身，又行了两日，方到常山，径入府中，拜谒太守。故人相见，喜随颜开，遂留于衙署中安歇。颜太守也见没有行李，心中奇怪，问其缘故。李勉将前事一一诉出，不胜骇异。过了两日，柏乡县将县宰夫妻被杀缘由，申文到府。原来是夜陈颜、支成同几个奴仆，见义士行凶，一个个惊号鼠窜，四散潜躲，直至天明，方敢出头。只见两个没头尸首，横在血泊里，五脏六腑，都抠在半边，首级不知去向，桌上器皿，一毫不失。一家叫苦连天，报知主簿、县尉，俱吃一惊，齐来验过。细询其情，陈颜只得把房德要害李勉，央人行刺始末说出。主簿、县尉，即点起若干做公的，各执兵器，押陈颜作眼，前去捕获刺客。那时哄动合县人民，都跟来看。到了陈颜间壁，打将入去，唯有几间空房，哪见一个人影？主簿与县尉商议申文，已晓得李勉是颜太守的好友，从实申报，在他面上，怕有干碍；二则又见得县主薄德，乃将真情隐过。只说半夜被盗越入私衙，杀死县令夫妇，窃去首级，无从捕获。两下周全其事。一面买棺盛殓。颜太守依拟，申文上司。

那时河北一路，是安禄山专制，知得杀了房德，岂不去了一个心腹，倒下回文，着令严加缉获。李勉闻了这个消息，恐怕缠到身上，遂作别颜太守，回归长安故里。恰好王鉷坐事下狱，凡被劾罢官，尽皆起任。李勉原起畿尉，不上半年，即升监察御史。一日，在长安街上行过，只见一人身衣黄衫，跨下白马，两个胡奴跟随，望着节导（古代官员出行前导的仪仗队）中乱撞，从人呵喝不住。李勉举目观看，却是昔日那床下义士，遂滚鞍下马，鞠躬道："义士别来无恙？"那义士笑道："亏大人还认得咱家。"李勉道："李某日夜在心，安有不识之理？请到敝衙少叙。"义士道："咱另日竟诚来拜，今日不敢从命。倘大人不弃，同到敝寓一话何如？"李勉欣然相从，并马而行，来到庆元坊，一个小角门内入去。过了几重门户，忽然显出一座大宅院，厅堂屋舍，高耸云汉。奴仆趋承，不下数百。李勉暗暗点头道："真是个异人！"请入堂中，重新见礼，分宾主而坐。

顷刻摆下筵席，丰富胜于王侯。唤出家乐在庭前奏乐，一个个都是明眸皓齿，绝色佳人。义士道：“随常小饭，不足以供贵人，幸勿怪。”李勉满口称谢。当下二人席间谈论些古今英雄之事，至晚而散。次日李勉备了些礼物，再来拜访时，只存一所空宅，不知搬向何处去了。嗟叹而回。后来李勉官至中书门下平章事，封为汧国公。王太、路信亦扶持做个小小官职。诗云：

从来恩怨要分明，将怨酬恩最不平。
安得剑仙床下士，人间遍取不平人！

## 第三十一卷　郑节使立功神臂弓

颠狂弥勒到明州，布袋横拖拄杖头。
饶你化身千百亿，一身还有一身愁。

话说东京汴梁城开封府，有个万万贯的财主员外，姓张，排行第一，双名俊卿。这个员外，冬眠红锦帐，夏卧碧纱厨；两行珠翠引，一对美人扶。家中有赤金白银、斑点玳瑁、鹘轮珍珠、犀牛头上角、大象口中牙。门首一壁开个金银铺，一壁开所质库。他那爹爹大张员外方死不多时，只有妈妈在堂。张员外好善，人叫他作张佛子。忽一日在门首观看，见一个和尚，打扮非常。但见：

双眉垂雪，横眼碧波。衣披烈火七幅鲛绡，杖拄降魔九环锡杖。若非圆寂光中客，定是楞严峰顶人。

那和尚走至面前，道：“员外拜揖。”员外还礼毕。只见和尚袖中取出个疏头来，上面写道：“竹林寺特来抄化五百香罗木（即香楠木）。”员外口中不说，心下思量：“我从小见说竹林寺，哪曾见有？况兼这香罗木，是我爹在日许下愿心，要往东峰岱岳盖嘉宁大殿，尚未答还。”员外便对和尚道：“此是我先人在日，许下愿心，不敢动着。若是吾师要别物，但请法旨。”和尚道：“若员外不肯舍施，贫僧到晚自教人取。”说罢转身。员外道：“这和尚莫是疯！”

天色渐晚，员外吃了三五杯酒，却待去睡，只见当值的来报：“员外祸事！家中后园火发。”唬杀员外，慌忙走来时，只见焰焰地烧着。去那火光之中，见那早来和尚，将着百十人，都长七八尺，不类人形，尽数搬这香罗板去。员外赶上看时，火光顿熄，和尚众人都不见了。再来园中一看，不见了那五百片香罗木，枯炭也没些个。“却是作怪！我爹爹许下愿心，却如何好？”一夜不眠。但见：

玉漏声残，金乌影吐。邻鸡三唱，唤佳人傅粉施珠；宝马频嘶，催行客争名夺利。几片晓霞飞海峤，一轮红日上扶桑。

员外起来洗漱罢，去家堂神道前烧了香，向堂前请见妈妈，把昨夜事说了一遍，道：“三月二十八日，却如何上得东峰岱岳，与爹爹答还心愿？”妈妈道：“我儿休烦恼，到这日却又理会。”员外见说，辞了妈妈，退去金银铺中坐地。

却是二月半天气，正是：

金勒马嘶芳草地，玉楼人醉杏花天。

只听得街上锣声响，一个小节级同个茶酒保，把着团书（通知聚会的请柬）来请张员外团社。原来大张员外在日，起这个社会，朋友十人，近来死了一两人，不成社会。如今这几位小员外，学前辈做作，约十个朋友起社。却是二月半，便来团社。员外道：“我去不得，要与爹还愿时，又不见了香罗木，如何去得？”那人道：“若少了员外一个，便拆散了社会。”员外与决不下，去堂前请见妈妈，告知：“众员外请儿团社，缘没了香罗木与爹爹还愿，儿不敢去。”妈妈就手把着锦袋，说向儿子道：“我这一件宝物，是你爹爹泛海外得来的无价之宝，我儿将此物与爹爹还愿心。”员外接得，打开锦袋红纸包看时，却是一个玉结连绦环。员外谢了妈妈，留了请书，团了社，安排上庙。那九个员外，也准备行李，随行人从，不在话下。

却说张员外打扮得一似军官：裹四方大万字头巾，带一双扑兽匾金环，着西川锦纻丝袍，系一条乾红大匾绦，挥一把玉靶压衣刀，穿一双鞔鞋。员外同几个社友，离了家中，迤逦前去。饥餐渴饮，夜住晓行。不则一日，到得东岳，就客店歇了。至日，十个员外都上庙来烧香，各自答还心愿。员外便把玉结连绦环，舍入炳灵公殿内。还愿都了，别无甚事，便在廊下看社火酌献。这几个都是后生家，乘兴去游山。员外在后，徐徐而行。但见：

山明水秀，风软云闲。一岩风景如屏，满目松筠似画。轻烟淡淡，数声啼鸟落花天；丽日融融，是处绿杨芳草地。

员外自觉脚力疲困，却教众员外先行，自己走到一个亭子上歇脚。只听得斧凿之声。看时见一所作场，竹笆夹着。望那里面时，都是七八尺来长大汉做生活。忽地凿出一片木屑来，员外拾起看时，正是园中的香罗木，认得是爹爹花押（旧时文书契约末尾的草书签名或代替签名的特种符号）。疑怪之间，只见一个行者，开笆门，来面前相揖道：“长老法旨，请员外略到山门献茶。”员外入那笆门中，一似身登月殿，步入蓬瀛。但见：

三门高耸，梵宇清幽。当门敕额字分明，两个金刚形勇猛。观音位接水陆台，宝盖相随鬼子母。

员外到得寺中，只见一个和尚出来相揖道：“外日深荷了办缘事，今日幸得员外至此，请过方丈献茶。”员外远观不审，近睹分明，正是向日化香罗木的和尚，只得应道：“日昨多感吾师过访，接待不及。”和尚同至方丈，叙礼，分宾主坐定。点茶吃罢，不曾说得一句话。只见黄巾力士走至面前，暴雷也似声个喏：“告我师，炳灵公（传说是东岳大帝的第三子，又称为“炳灵太子”）相见。”吓得员外神魂荡漾，口中不语，心下思量：“炳灵公是东岳神道，如何来这里相见？”那和尚便请：“员外屏风后少待，贫僧断了此事，却与员外少叙。”员外领法旨，潜身去屏风后立地看时，见十数个黄巾力士，随着一个神道入来，但见：

眉单眼细，貌美神清。身披红锦衮龙袍，腰系蓝田白玉带。裹簇金帽子，着侧面丝鞋。

员外仔细看时，与岳庙塑的一般。只见和尚下阶相揖，礼毕，便问：“昨夜公事如何？”炳灵公道：“此人直不肯认作诸侯，只要做三年天子。”和尚道：“直

恁难勘，教押过来。”只见几个力士，押着一大汉，约长八尺，露出满身花绣。至方丈，和尚便道：“教你做诸侯，有何不可？却要图王争帝，好打！”道不了，黄巾力士扑翻长汉在地，打得几杖子。那汉长叹一声道：“休！休！不肯还我三年天子，胡乱认作诸侯吧。”黄巾力士即时把过文字安在面前，教他押了花字，便放他去。炳灵公抬身道：“甚劳吾师心力。”相辞别去。和尚便请员外出来坐定。和尚道：“山门无可见意，略备水酒三杯，少延清话。”员外道：“深感吾师见爱。”道罢，酒至面前，吃了几杯，便教收过一壁。和尚道：“员外可同往山后闲游。”员外道：“谨领法旨。”二人同至山中闲走。但见：

奇峰耸翠，佳木交阴。千层怪石惹闲云，一道飞泉垂素练。万山横碧落，一柱入丹霄。

员外观看之间，喜不自胜，便问和尚：“此处峭壁，直恁险峻！”和尚道：“未为险峻，请员外看这路水。”员外低头看时，被和尚推下去！员外吃一惊，却在亭子上睡觉来，道：“作怪！欲道是梦来，口中酒香；道不是梦来，却又不见踪迹。”正疑惑间，只见众员外走来道：“员外，你却怎的不来？独自在这里打磕睡。”张员外道：“贱体有些不自在，有失陪步，得罪！得罪！”也不说梦中之事。众员外游山都了，离不得买些人事，整理行装，厮赶归来。

单说张员外到家，亲邻都来远接，与员外洗拂。见了妈妈，欢喜不尽。只见：

四时光景急如梭，一岁光阴如撚指。

却早腊月初头，但见北风凛冽，瑞雪纷纷，有一只《鹧鸪天》词为证：

凛冽严凝雾气昏，空中瑞雪降纷纷。须臾四野难分别，顷刻山河不见痕。　银世界，玉乾坤，望中隐隐接昆仑。若还下到三更后，直要填平玉帝门！

员外看见雪却大，便教人开仓库散些钱米与穷汉。

且说一个人在客店中，被店小二埋怨道：“喏大个汉！没些运智，这早晚兀自不起。今日又是两个月，不还房钱。哥哥你起休！”那人长叹一声：“苦！苦！小二哥莫怪，我也是没计奈何。”店小二道：“今日前巷张员外散贫，你可讨些汤洗了头脸，胡乱讨得些钱来，且做盘缠，我又不指望你的。”那人道：“罪过你！”便去带了那顶搭圾头巾，身上披着破衣服，露着腿，赤着脚，离了客店，迎着风雪走到张员外宅前。事有斗巧，物有故然，却来得迟些，都散了。这个人走至宅前，见门公唱个喏：“闻知宅上散贫。”门公道：“却不早来，都散了。”那人听得，叫声：“苦！”匹然倒地。员外在窗中看见，即时教人扶起。倾刻之间，三魂再至，七魄重来。员外仔细看时，吃一惊，这人正是亭子上梦中见的，却恁地模样！便问那汉：“你是哪里人？姓甚名谁？见在哪里住？”那人叉着手，告员外：“小人是郑州泰宁军大户财主人家孩儿。父母早丧，流落此间，现在宅后王婆店中安歇，姓郑，名信。”员外即时讨几件旧衣服与他，讨些饭食请他吃罢，便道：“你会甚手艺？”那人道：“略会些书算。”员外见说，把些钱物与他，还了店中，便收留他。见他会书算，又似梦中见的一般，便教他在宅中做主管。那人却伶俐，在宅中小心向前。员外甚是敬重，便做心腹人。

又过几时，但见时光如箭，日月如梭，不觉又是二月半间。那众员外便商量来请张员外同去出郊，一则团社，二则赏春。那几个员外，隔夜点了妓弟，

一家带着一个寻常间来往说得着行首（头牌美妓）。知得张员外有孝，怕他不肯带妓女，先请他一个得意的婊子在那里。张员外不知是计，走到花园中，见了几个行首厮叫了。只见众中走出一个行首来，她是两京诗酒客，烟花杖子头，唤作王倩，却是张员外说得着的顶老（妓女、歌妓）。员外见了，却待要走，被王倩一把扯住道："员外，久别台颜，一向疏失。"员外道："深荷姐姐厚意，缘先父亡去，持服在身，恐外人见之，深为不孝。"便转身来辞众员外道："俊卿荷诸兄见爱，偶贱体不快，坐侍不及，先此告辞。"那众员外和王倩再三相留，员外不得已，只得就席，和王行首并坐。众员外身边一家一个妓弟，便教整顿酒来。

正吃得半酣，只见走一个人入来。如何打扮？

裹一头蓝青头巾，带一对扑匾金环，着两上领白绫子衫，腰系乾红绒线绦，下着多耳麻鞋，手中携着一个篮儿。

这人走至面前，放下篮儿，叉着手唱三个喏。众员外道："有何话说？"只见那汉就篮内取出砧刀，借个盘子，把块牛肉来切得几片，安在盘里。便来众员外面前道："得知众员外在此吃酒，特来送一劝。"道罢，安在面前，唱个喏便去。张员外看了，暗暗叫苦道："我被那厮诈害几遍了！"原来那厮是东京破落户，姓夏，名德，有一个浑名，叫作"扯驴"。先年曾有个妹子，嫁在老张员外身边，为争口闲气，一条绳缢死了。夏德将此人命为由，屡次上门吓诈，在小张员外手里，也诈过一二次。众员外道："不须忧虑，他只是讨些赏赐，我们自吃酒。"道不了，那厮立在面前道："今日夏德有采，遭际这一会员外。"众人道："各支二两银子与他。"讨至张员外面前，员外道："依例支二两。"那厮看着张员外道："员外依例不得。别的员外二两，你却要二百两！"张员外道："我比别的加倍，也只四两，如何要二百两？"夏德道："别的员外没甚事，你却有些瓜葛，莫待我说出来不好看！"张员外被他直诈到二十两。众员外道："也好了！"那厮道："看众员外面上罢，只求便赐。"张员外道："没在此间，把批子去我宅中质库内讨。"

夏扯驴得了批子，唱个喏，便出园门，一径来张员外质库里，揭起青布帘儿走入去唱个喏，众人还了礼。未发迹的贵人问道："赎典还是解钱？"夏扯驴道："不赎不解，员外有批子在此，教支二十两银。"郑信便问："员外买你甚么？支许多银？"那厮道："买我牛肉吃。"郑信道："员外直吃得许多牛肉？"夏扯驴道："主管莫问，只照批子付与我。"两个说来说去，一声高似一声。这郑信只是不肯付与他，将了二十两银在手道："夏扯驴，我说与你，银子已在此了。我同到花园中，去见员外，若是当面吩咐得有话，我便与你。"夏扯驴骂道："打脊客作儿！员外与我银子，干你甚事，却要你作难？便与你去员外，这批子须不是假的。"

这郑信和夏扯驴一径到花园中，见众员外在亭子上吃酒，进前唱个喏。张员外见郑信来，便道："主管没甚事？"郑信道："覆使头（奴仆对家主的称呼），蒙台批支二十两银，如今自把来取台旨。"张员外道："这厮是个破落户，把与他去吧！"夏扯驴就来郑信手中抢那银子。郑信哪肯与他，便对夏扯驴道："银子在这里，员外教把与你，我却不肯。你倚着东京破落户，要平白地骗人钱财。别的怕你，我郑信不怕你。就众员外面前，与你比试。你打得我过，便把银子与你；打我不过，教你许多时声名，一旦都休！"夏扯驴听得说："我好没兴，吃

这客作欺负！”郑信道：“莫说你强我会，这里且是宽，和你赌个胜负！”郑信脱膊下来，众人看了喝彩：

先自人才出众，那堪满体雕青。左臂上三仙仗剑，右臂上五鬼擒龙，胸前一搭御屏风，脊背上巴山龙出水。

夏扯驴也脱膊下来，众人打一看时，那厮身上刺着的是木拐梯子，黄胖儿忍字。当下两个在花园中厮打，赌个输赢。这郑信拳到手起，去太阳上打个正着。夏扯驴扑的倒地，登时身死。唬得众员外和妓弟都走了。即时便有做公的围住，郑信拍着手道：“我是郑州泰宁军人，现今在张员外宅中做主管。夏扯驴来骗我主人，我拳手重，打杀了他，不干他人之事，便把条索子缚我去！”众人见说道：“好汉子！与我东京除了一害，也不到得偿命！”离不得解进开封府，押下凶身对尸。这郑信一发都招认了，下狱定罪。张员外在府里使钱，教好看他，指望迁延，等天恩大赦。不在话下。

忽一日，开封府大尹出城谒庙，正行轿之间，只见路旁一口古井，黑气冲天而起。大尹便教住轿，看了道：“怪哉！”便去庙中烧了香。回到府，不入衙中，便教客将请众官来。不多时，众官皆至。相见茶汤已毕，大尹便道：“今日出城谒庙，路旁见一口古井，其中黑气冲天，不知有何妖怪？”众官无人敢应，只有通判起身道：“据小官愚见，要知井中怪物，何不且奏朝廷照会，将现在牢中该死罪人，教他下井去，看验的实，必知休咎。”大尹依言，即具奏朝廷，便指挥狱中，拣选当死罪人下井，要看仔细。大尹和众人到地头，押过罪人，把篮盛了，用辘轳放将下去。只听铃响，绞上来看时，只有骨头。一个下去一个死，二人下去一双亡，似此坏了数十人。狱中受了张员外嘱托，也要藏留郑信。大尹令旨，教狱中但有罪人都要押来，却藏留郑信不得，只得押来。大尹教他下井去。郑信道：“下去不辞，愿乞五件物。”大尹问：“要甚五件？”郑信道：“要讨头盔衣甲和靴，剑一口，一斗酒，二斤肉，炊饼之类。”大尹即时教依他所要，一一将至面前。郑信唱了诺，把酒肉和炊饼吃了，披挂衣甲，仗了剑。众人喝声彩。但见：

头盔似雪，衣甲如银，穿一辆抹绿皂靴，手仗七星宝剑。

郑信打扮了，坐在篮中，辘轳放将下去。铃响绞上来看时，不见了郑信，那井中黑气也便不起。大尹再教放下篮去取时，杳无踪迹，一似石沉大海，线断风筝。大尹知众官等候多时，且各自回衙去。

却说未发迹变泰国家节度使郑信到得井底，便走出篮中，仗剑在手，去井中一壁立地。初下来时便黑，在下多时却明。郑信低头看时，见一壁厢一个水口，却好容得身，挨身入去。行不多几步，抬头看时，但见：

山岭相连，烟霞缭绕。芳草长茸茸嫩绿，岩花喷馥馥清香。苍崖郁郁长青松，曲涧涓涓流细水。

郑信正行之间，闷闷不已，知道此处是哪里？又没人烟。日中前后，去松阴竹影稀处望时，只见飞檐碧瓦，栋宇轩窗，想有山人居止。遂登危历险，寻径而往。只闻流水松声，步履之下，渐渐林麓两分，峦峰四合。但见：

溪深水曲，风静云闲。青松锁碧瓦朱甍，修竹映雕檐玉砌。楼台高耸，院宇深沉。若非王者之宫，必是神仙之府。

郑信见这一所宫殿，便去宫前立地多时，更无一人出入。抬头看时，只见门上一面朱红牌金字，写着“日霞之殿”。里面寂寥，杳无人迹。仗剑直入宫门，走到殿内，只见一个女子，枕着件物事，齁齁地裸体而卧。但见：

兰柔柳困，玉弱花羞。似杨妃出浴转香衾，如西子心疼攲玉枕。柳眉敛翠，桃脸凝红。却是西园芍药倚朱栏，南海观音初入定。

郑信见了女子，这却是此怪。便悄悄地把只手衬着那女子，拿了枕头的物事，又轻轻放下女子头。走出外面看时，却是个乾红色皮袋。郑信不解其故，把这件物事，去花树下，将剑掘个坑埋了。又回身仗剑入殿中，看着那女子，尽力一喝道：“起！”只见女子闪开那娇滴滴眼儿，慌忙把万种妖娆唬作一团，回头道：“郑郎！你来也。妾守空房，等你多时。妾与你五百年前姻眷，今日得见你。”那女子初时待要变出本相，却被郑信偷了她的神通物事，只得将错就错。若是生得不好时，把来一剑剁了，却见她如花似玉，不觉心动。便问：“女子孰氏？”女子道：“丈夫，你可放下手中宝剑，脱了衣甲，妾和你少叙绸缪。”但见：

暮云笼帝榭，薄霭罩池塘。双双粉蝶宿芳丛，对对黄鹂栖翠柳。画梁悄悄，珠帘放下燕归来；小院沉沉，绣被薰香人欲睡。风定子规啼玉树，月移花影上纱窗。

女子便叫青衣安排酒来。顷刻之间，酒至面前，百味珍羞俱备。饮至数杯，酒已半酣。女子道：“今日天与之幸，得见丈夫，尽醉方休！”郑信推辞。女子道：“妾与郑郎，是五百年前姻眷，今日岂可推托！”又吃了多时，乃令青衣收过杯盘，两个同携素手，共入兰房。正是：

绣幌低垂，罗衾漫展。两情欢会，共诉海誓山盟；二意和谐，多少云情雨意。云淡淡天边鸾凤，水沉沉交颈鸳鸯。写成今世不休书，结下来生合欢带。

到得天明，女子起来道：“丈夫，夜来深荷见怜。”郑信道：“深感娘娘见爱，未知孰氏？恐另日相见，即当报答深恩。”女子道：“妾乃日霞仙子，我与丈夫尽老百年，何有思归之意？”这两口儿，同行并坐，暮乐朝欢。

忽一日，那女子对郑信道：“丈夫，你耐静则个！我出去便归。”郑信道：“到哪里去？”女子道：“我今日去赴上界蟠桃宴便归，留下青衣相伴，如要酒食，旋便指挥。有件事嘱咐丈夫，切不可去后宫游戏；若还去时，利害非轻！”那女子吩咐了，暂别。两个青衣服侍。

郑信独自无聊，遂令安排几杯酒消遣，思量：“却似一场春梦，留落在此。适来我妻吩咐，莫去后宫，想必另有景致，不交我去。我再试探则个！”遂移步出门，迤逦奔后宫来。打一看，又是一个去处，一个宫门。到得里面，一个大殿，金书牌额：“月华之殿”。正看之间，听得鞋履响、脚步鸣，语笑喧杂之声。只见一簇青衣拥着一个仙女出来，生得：

盈盈玉貌，楚楚梅妆。口点樱桃，眉舒柳叶。轻叠乌云之发，风消雪白之肌，不饶照水芙蓉，恐是凌波菡萏。一尘不染，百媚俱生。

郑信见了，喜不自胜。只见那女子便道：“好也！何处不寻，甚处不觅，原来我丈夫只在此间。”不问事由，便把郑信簇拥将去，叫道：“丈夫，你来也！妾守空房，等你久矣！”郑信道：“娘娘错认了，我自有浑家在前殿。”那女子不

由分说，簇拥到殿上，便教安排酒来。那女子和郑信饮了数杯，二人携手入房。向鸳帏之中，成夫妇之礼。顷刻间云收雨散，整衣而起。

只见青衣来报："前殿日霞娘娘来见！"这女子慌忙藏郑信不及。日霞仙子走至面前道："丈夫，你却走来这里则甚？"便拖住郑信臂膊，将归前殿。月华仙子见了，柳眉剔竖，星眼圆睁道："你却将身嫁他，我却如何？"便带数十个青衣奔来，直到殿上道："姐姐，我的丈夫，你却如何夺了？"日霞仙子道："妹妹，是我丈夫，你却说什么话？"两个一声高似一声。这郑信被日霞仙子把来藏了，月华仙子无计奈何。两个打作一团，扭作一块。斗了多时，月华仙子觉道斗姐姐不下，喝声"起"，跳至虚空，变出本相。那日霞仙子，也待要变，原来被郑信埋了她的神通，便变不得，却输了。慌忙走来见郑信，两泪交流道："丈夫，只因你不信我言，故有今日之苦。又被你埋了我的神通，我变不得。若要奈何得她，可把这件物事还我。"

郑信见她哀求不已，只得走来殿外花树下，掘出那件物事来。日霞仙子便再和月华仙子斗圣。日霞仙子又输了，走回来。郑信道："我妻又怎的奈何她不下？"日霞仙子道："为我身怀六甲，赢那贱人不得。我有件事告你。"郑信道："我妻有话但说。"日霞仙子教青衣去取来。不多时，把一张弓、一支箭，道："丈夫，此弓非人间所有之物，名为神臂弓，百发百中。我在空中变就神通，和那贱人斗法，你可在下看着白的，射一箭，助我一臂之力。"郑信道："好，你但放心。"

说不了，月华仙子又来。两个上云中变出本相相斗。郑信在下看时，哪里见两个如花似玉的仙子？只见一个白、一个红，两个蜘蛛在空中相斗。郑信道："原来如此！"只见红的输了便走，后面白的赶来，被郑信弯弓，觑得亲，一箭射去，喝声"着"，把白蜘蛛射了下来。月华仙子大痛失声，便骂："郑信负心贼！暗算了我也！"自往后殿去，不题。这里日霞仙子，收了本相，依原一个如花似玉佳人，看着郑信道："丈夫，深荷厚恩，与妾解围，使妾得遂终身偕老之愿。"两个自此越说得着，行则并肩，坐则叠股，无片时相舍。正是：

春和淑丽，同携手于花前；夏气炎蒸，共纳凉于花下；秋光皎洁，银蟾与桂偶同圆；冬景严凝，玉体与香肩共暖，受物外无穷快乐，享人间不尽欢娱。

倏忽间过了三年，生下一男一女。郑信自思："在此虽是朝欢暮乐，作何道理发迹变泰？"遂告道："感荷娘娘收留在此，一住三年，生男育女。若得前途发迹，报答我妻，是吾所愿。"日霞仙子见说，泪下如雨道："丈夫，你去不争教我如何？两个孩儿却是怎的！"郑信道："我若得一官半职，便来取你们。"仙子道："丈夫你要何处去？"郑信道："我往太原投军。"仙子见说，便道："丈夫，与你一件物事，教你去投军，有分发迹。"便叫青衣取那张神臂克敌弓，便是今时踏凳弩，吩咐道："你可带去军前立功，定然有五等诸侯之贵。这一男一女，与你抚养在此，直待一纪之后，奴自遣人送还。"郑信道："我此去若有发迹之日，早晚来迎你母子。"仙子道："你我相遇，亦是夙缘。今三年限满，仙凡路隔，岂复有相见之期乎！"说罢，不觉潸然下泪。

郑信初时求去，听说相见无期，心中感伤，亦流泪不已，情愿再住几时。仙子道："夫妻缘尽，自然分别。妾亦不敢留君，恐误君前程，必遭天谴！"即

命青衣置酒饯别。饮至数杯，仙子道：“丈夫，你先前携来的剑，和那一副盔甲，权留在此。他日这儿女还你，那时好作信物。”郑信道：“但凭贤妻主意。”仙子又亲劝别酒三杯，取一大包金珠相赠，亲自送出宫门。约行数里之程，远远望见路口，仙子道：“丈夫，你从此出去，便是大路。前程万里，保重！保重！”郑信方欲眷恋，忽然就脚下起阵狂风，风定后，已不见了仙子！但见：

青云藏宝殿，薄雾隐回廊。静听不闻消息之声，回视已失峰峦之势。日霞宫想归海上，神仙女料返蓬莱。多应看罢**僧繇**（张僧繇，南北朝时期梁朝著名画家，成语“画龙点睛”的故事即出自于有关他的传说）面，卷起丹青一幅图。

郑信抱了一张神臂弓，呆呆地立了半晌，没奈何，只得前行。到得路口看时，却是汾州大路，此路去河北太原府不远。那太原府主，却是种相公，讳师道，见在出榜招军。郑信走到辕门投军，献上神臂弓。**种相公**（种师道，北宋末年名将，抵御西夏建立功勋）大喜，吩咐工人如法制造数千张，遂补郑信为帐前管军指挥。后来收番累立战功，都亏那神臂弓之用。十余年间，直做到两川节度使之职。思念日霞公主恩义，并不婚娶。

话分两头。再说张俊卿员外，自从那年郑信下井之后，好生思念。每年逢了此日，就差主管备下三牲祭礼，亲到井边祭奠。也是不忘故旧之意。如此数年，未尝有缺。忽一日祭奠回来，觉得身子困倦，在厅堂中，少憩片时，不觉睡去。梦见天上五色云霞，灿烂夺目，忽然现出一位红衣仙子，左手中抱着一男，右手中抱着一女，高叫：“张俊卿，这一对男女，是郑信所生。今日交付与你，你可好生抚养。郑信发迹之后，送至剑门所，不可负吾之托！”说罢，将手中男女，从半空里撇下来。员外接受不迭，惊出一身冷汗。蓦然醒来，口称奇怪！尚未转动，只见门公报道：“方才有个白须公公，领着一男一女，送与员外，说道‘员外在古井边，曾受他之托’。又有送这个包裹，这一口剑，说是两川节度使的信物在内，教员外亲手开看。男女不知好歹，特来报知。”张员外听说，正符了梦中之言，打开包裹看时，却是一副盔甲在内，和这口剑。收起，亲走出门看时，已不见了白须公公，但见如花似玉的一双男女，约莫有三四岁长成。问其来历，但云：“娘是日霞公主，教我去跟寻郑家爹爹。”再叩其详，都不能言。张员外想道：“郑信已堕井中，几曾出来？哪里又有儿女，莫非是同名同姓的？”又想起岳庙之梦，分明他有五等诸侯之贵。心中委决不下，且收留着这双男女，好生抚养，一面打探郑信消息。

光阴如箭，看看长大。张员外把作自己亲生儿女看成，男取名郑武，女取名彩娘。张员外自有一子，年纪相方，叫作张文。一文一武，如同胞兄弟，同在学堂攻书。彩娘自在闺房针指。又过了几年，并不知郑信下落。忽一日，张员外走出厅来，忽见门公来报：“有两川节度使，差来进表官员。写了员外姓名居址，问到这里，他要亲自求见。”员外心中疑虑，忙教请进。只见那差官：头顶缠棕大帽，脚踏粉底乌靴。身穿蜀锦窄袖袄子，腰系间银纯铁挺带。行来魁岸之容，面带风尘之色。从者牵着一匹大马相随。张员外降阶迎接，叙礼已毕。那差官取出一包礼物，并书信一封，说道：“节使郑爷多多拜上张员外。”拆书看时，认得是郑信笔迹，书上写道：

信向蒙恩人青目，狱中又多得看觑，此乃莫大之恩也！前入古井，

自分无幸，何期有日霞仙子之遇。伉俪三年，复赠资斧，送出汾州投军，累立战功。今叨福庇，得抚蜀中。向无鸿雁，有失奉候。今因进表之便，薄具黄金三十两，蜀锦十端，权表微忱。傥不畏蜀道之难，肯到敝治光顾，信之万幸。悬望！悬望！

张员外看罢，举手加额，道："郑家果然发迹变泰，又不忘故旧，远送礼物，真乃有德有行之人也！"遂将向来梦中之事，一一与差官说知，差官亦惊讶不已！是日设筵，款待差官。那差官虽然是有品级的武职，却受了节使吩咐言语来迎取张员外的，好生谦谨。张员外就留他在家中作寓所，日日宴会。

闲话休叙。过了十来日，公事了毕，差官催促员外起身。张员外与院君商量，要带那男女送还郑节使。又想女儿不便同行，只得留在家中，单带那郑武上路。随身行李，童仆四人，和差官共是七个马，一同出了汴京，望剑门一路进发。不一日，到了节度使衙门，差官先入禀复。郑信忙教请进私衙，以家人之礼相见。员外率领郑武拜认父亲，叙及白发公公领来相托。献上盔甲、腰刀信物，并说及两番奇梦。郑信念起日霞仙子情分，凄然伤感。屈指算之，恰好一十二年，男女皆一十二岁。仙子临行所言，分毫不爽。其时大排筵会，管待张员外，礼为上宾。就席间将女儿彩娘许配员外之子张文，亲家相称。此谓以德报德也。却说郑信思念日霞仙子不已，于绵江之旁建造日霞行宫，极其壮丽。岁时亲往行香。

再说张员外住了三月有余，思想家乡，郑信不敢强留，安排车马，送出十里长亭之外。赠遗之厚，自不必说。又将黄金百两，托员外施舍岳庙修造炳灵公大殿。后来因金兀术入寇，天子四下征兵，郑信带领儿子郑武勤王，累败金兵。到汴京复与张俊卿相会，方才认得女婿张文，及女儿彩娘。郑信寿至五十余，白日看见日霞仙子命驾来迎，无疾而逝。其子郑武以父荫累官至宣抚使。其后金兵入寇不已，各郡县俱仿神臂弓之制，多能杀贼。到徽、钦巡狩，康王渡江，为金兵所追，忽见空中有金甲神人，率领神兵，以神臂弓射贼，贼兵始退。康王见旗帜上有"郑"字，以问从驾之臣。有人奏言："前两川节度使郑信，曾献克敌神臂弓，此必其神来护驾耳！"康王既即位，敕封明灵昭惠王，立庙于江上，至今古迹犹存。诗曰：

郑信当年未遇时，俊卿梦里已先知。
运来自有因缘到，到手休嫌早共迟。

## 第三十二卷　黄秀才徼灵玉马坠

净几明窗不染尘，图书镇日与相亲。
偶然谈及风流事，多少风流误了人。

话说唐乾符年间，扬州一秀士，姓黄，名损，字益之，年方二十一岁。生

得丰姿韵秀，一表人才；兼之学富五车，才倾八斗，同辈之中，推为才子。原是阀阅名门，因父母早丧，家道零落。父亲手里遗下一件宝贝，是一块羊脂白玉雕成个马儿，唤作“玉马坠”，色泽温润，镂刻精工。虽然是小小东西，等闲也没有第二件胜得它的。黄损秀才自幼爱惜，佩带在身，不曾顷刻之离。偶一日闲游市中，遇着一个老叟，生得怎生模样？

头带箬叶冠，身穿百衲袄，腰系黄丝绦，手执逍遥扇。童颜鹤发，碧眼方瞳。不是蓬莱仙长，也须学道高人。

那老者看着黄生，微微而笑。黄生见其仪容古雅，竦然起敬，邀至茶坊，献茶叙话。那老者所谈，无非是理学名言，玄门妙谛，黄生不觉叹服。正当语酣之际，黄生偶然举袂，老者看见了那玉马坠儿，道：“乞借一观。”黄生即时解下，双手献与老者。老者看了又看，啧啧叹赏，问道：“此坠价值几何？老汉意欲奉价相求，未审郎君允否？”黄生答道：“此乃家下祖遗之物，老翁若心爱，便当相赠，何论价乎！”老者道：“既蒙郎君慷慨不吝，老汉何敢固辞！老汉他日亦有所报。”遂将此坠悬挂在黄丝绦上，挥手而别，其去如飞。生愕然惊怪，想道：“此老定是异人，恨不曾问其姓名也！”这段话搁过不题。

却说荆襄节度使刘守道，平昔慕黄生才名，差官持手书一封，白金彩币，聘为幕宾。如何叫作幕宾？但凡幕府军民事冗，要人商议，况一应章奏及书札，亦须要个代笔，必得才智兼全之士，方称其职。厚其礼币，奉为上宾，所以谓之幕宾，又谓之书记。有官职者，则谓之记室参军。黄损秀才正当穷困无聊之际，却闻得刘节使有此美意，遂欣然许之。先写了回书，打发来人；约定了日期，自到荆州谒见。差官去了，黄生收拾衣装，别过亲友，一路搭船，行至江州。忽见巨舟泊岸，篷窗雅洁，朱栏油幕，甚是整齐。黄生想道：“我若趁得此船，何愁江中波浪之险乎！”适有一水手上岸沽酒，黄生尾其后而问之：“此舟从何而来？今往何处？”水手答道：“徽人姓韩，今往蜀中做客。”黄生道：“此去蜀中，必从荆江而过，小生正欲往彼，未审可容附舟否？”水手道：“船颇宽大，哪争趁你一人。只是主人家眷在上，未知他意允否若何？”黄生取出青蚨（代指钱）三百，奉为酒资，求其代言。水手道：“官人但少停于此，待我禀过主人，方敢相请。”须臾，水手沽酒回来，黄生复嘱其善言方便，水手应允。不一时，见船上以手相招，黄生即登舟相问。水手道：“主人最重斯文，说是个单身秀士，并不推拒。但前舱货物充满，只可于艄头存坐，夜间在后火舱歇宿。主人家眷在于中舱，切须谨慎，勿取其怪。”遂引黄生见了主人韩翁，言谈之间，甚相器重。

是夜，黄生在后火舱中坐了一回，方欲解衣就寝，忽闻筝声凄婉，其声自中舱而出。黄生披衣起坐，侧耳听之：

乍雄乍细，若沉若浮。或如雁语长空，或如鹤鸣旷野；或如清泉赴壑，或如乱雨洒窗。汉宫初奏《明妃曲》，唐家新谱《雨淋铃》。

唐时第一琵琶手是康昆仑，第一筝手是郝善素。扬州妓女薛琼琼独得郝善素指法。琼琼与黄生最相契厚。僖宗皇帝妙选天下知音女子，入宫供奉，扬州刺史以琼琼应选。黄生思之不置，遂不忍复听弹筝。今日所闻筝声，宛似琼琼所弹，黄生暗暗称奇。时夜深人静，舟中俱已睡熟。黄生推篷而起，悄然从窗隙中窥之，见舱中一幼女年未及笄，身穿杏红轻绡，云发半亸（duǒ，下垂），娇

艳非常。燃兰膏，焚凤脑，纤手如玉，抚筝而弹。须臾曲罢，兰销篆（焚香）灭，杳无所闻矣。那时黄生神魂俱荡，如逢神女仙妃，薛琼琼辈又不足道也！在舱中展转不寐，吟成小词一首。词云：

生平无所愿，愿伴乐中筝。得近佳人纤手子，研罗（砑光的丝织品）裙上放娇声，便死也为荣。

一夜无眠，巴到天明起坐，但取花笺一幅，楷写前词，后题“维扬黄损”四字，叠成方胜，藏于怀袖。梳洗已毕，频频向中舱观望，绝无动静。少顷，韩翁到后艄答拜，就拉往前舱献茶。黄生身对老翁，心怀幼女。自觉应对失次，心中惭悚，而韩翁殊不知也。忽闻中舱金盆声响，生意此女盥漱，急急起身，从船舷而过。偷眼窥睹窗棂，不甚分明，而香气芬馥，扑于鼻端。生之魂已迷，而骨已软矣！急于袖中取出花笺小词，从窗隙中投入。诚恐舟人旁瞯（jiàn，窥视，偷看），移步远远而立。两只眼觑定窗棂，真个是目不转睛。

却说中舱那女子梳妆盥手刚毕，忽闻窗间簌簌之响，取而观之，解开方胜，乃是小词一首。读罢，赞叹不已。仍折作方胜，藏于裙带上锦囊之中。明明晓得趁船那秀才夜来闻筝而作，情词俱绝，心中十分欣慕。但内才如此，不知外才何如？遂启半窗，舒头外望，见生凝然独立，如有所思。麟凤之姿，皎皎绝尘，虽潘安、卫玠，无以过也！心下想道：“我生长贾家，耻为贩夫贩妇。若与此生得偕伉俪，岂非至愿！”本欲再看一时，为舟中耳目甚近，只得掩窗。黄生亦退于舱后，然思慕之念益切。时舟尚停泊未开，黄生假推上岸，屡从窗边往来。女闻窗外履声，亦必启窗露面，四目相视，未免彼此送情，只是不能接语。正是：

彼此满怀心腹事，大家都在不言中。

到午后，韩翁有邻舟相识，拉上岸于酒家相款。舟人俱整理篷楫，为明早开船之计。黄生注目窗棂，适此女推窗外望，见生，忽然退步，若含羞退避者。少顷，复以手招生。生喜出望外，移步近窗，女乃倚窗细语道：“夜勿先寝，妾有一言。”黄生再欲叩之，女已掩窗而去矣。黄生大喜欲狂，恨不能一拳打落日头，把孙行者的磕睡虫，遍派满船之人，等他呼呼睡去，独留他男女二人，叙一个心满意足！正是：

无情不恨良宵短，有约偏嫌此日长！

至夜，韩翁扶醉而归，到船即睡。挨至更深，舟子俱已安息。微闻隔壁弹指三声，黄生急整冠起视。时新月微明，轻风徐拂，女已开半户，向外而立。黄生即于船舷上作揖，女于舱中答礼。生便欲跨足下舱，女不许，向生道：“慕君之才，本欲与君吐露心腹，幸勿相逼！”黄生亦不敢造次，乃矬身坐于窗口。女问生道：“君何方人氏？有妻室否？”黄生答道：“维扬秀才，家贫未娶。”女道：“妾之母裴姓，亦维扬人也。吾父虽徽籍，浮家蜀中，向到维扬，聘吾母为侧室，只生妾一人。十二岁吾母见背，今三年丧毕，吾父移妾归蜀耳！”黄生道：“既如此，则我与小娘子同乡故旧，安得无情乎？幸述芳名，当铭胸臆。”女道：“妾小字玉娥，幼时吾母教以读书识字，颇通文墨。昨承示佳词，逸思新美，君真天下有心人也！愿得为伯鸾（汉代梁鸿，字伯鸾，家贫好学，不求仕进，与妻孟光共入霸陵山中，以耕织为业，夫妇举案齐眉，相敬如宾），效孟光举案齐眉，妾愿足矣！”黄生道：

“小娘子既有此心，我岂木石之比，誓当竭力图之。若不如愿，当终身不娶，以报高情！”女道：“慕君才调，不羞自媒。异日富贵，勿令妾有白头之叹。”黄生道：“卿家雅意，阳侯（古代传说中的波涛之神）河伯，实闻此言，如有负心，天地不宥。但小娘子乃尊翁之爱女，小生逆旅贫儒，即使通媒尊翁，未必肯从。异日舟去人离，相会不知何日？不识小娘子有何奇策，使小生得遂盟言？”女道：“夜话已久，严父酒且醒矣，难以尽言。此后三月，必到涪州。十月初三日，乃水神生日，吾父每出入，必往祭赛，舟人尽行。君以是日能到舟次一会，当为决终身之策，幸勿负约，使妾望穿两眸也！”黄生道：“既蒙良约，敢不趋赴！”言毕，舒手欲握女臂，忽闻韩翁酒醒呼茶，女急掩窗。黄生逡巡就寝，忽忽如有所失。从此合眼便见此女，顷刻不能忘情，此女亦不复启窗见生矣。

舟行月余，方抵荆江，正值上水顺风，舟人欲赶程途，催生登岸。生虽徘徊不忍，难以推托。将酒钱赠了舟子，别过韩翁，取包裹上岸，复伫立凝视中舱，凄然欲泪。女亦微启窗棂，停眸相送。俄顷之间，扬帆而去，迅速如飞。黄生盼望良久，不见了船，不觉堕泪。旁人问其缘故，黄生哽咽不能答一语。正是：

不如意事常八九，可与人言无二三。

黄生呆立江岸，直至天晚，只得就店安歇。次早问了守帅府前，投了名刺，刘公欣然接纳，叙起敬慕之意，随即开筵相待。黄生于席间思念玉娥，食不下咽。刘公见其精神恍惚，疑有心事，再三问之。黄生含泪不言，但云：“中途有病未痊。”刘公亦好言抚慰。至晚刘公亲自送入书馆，铺设极其华整。黄生心不在焉，郁郁而已。过了数日，黄生恐误玉娥之期，托言欲往邻郡访一故友，暂假出外，月余即返。刘公道：“军务倥偬，政欲请教，且待少暇，当从尊命。”又过了数日，生再开言，刘公只是不允。生度不可强，又公馆守卫严密，夜间落锁，不便出入。一连踌躕了三日夜，更无良策。忽一日问馆童道：“此间何处可以散闷？”馆童道：“一墙之隔，便是本府后花园中，亭台树木，尽可消遣。”黄生命童子开了书馆，引入后园。游玩了一番，问道：“花园之外，还有何处？”馆童道：“墙外便是街坊，周围有人巡警。日则敲梆，夜则打更。老爷法度，好不严哩！”黄生听在肚里，暗暗打账：“除非如此如此。”是夜和衣而卧，寝不成寐。挨到五更，鼓声已绝，寂无人声，料此际司更的辛苦了一夜，必然困倦。此时不去，更待何时！近墙有石榴树一株，黄生攀援而上，耸身一跳，出了书房的粉墙，静悄悄一个大花园，园墙上都有荆棘。黄生心生一计，将石块填脚，先扒开那些棘刺，逾墙而出，并无人知觉。早离了帅府，趁此天色未明，拽开脚步便走。忙忙若丧家之狗，急急如漏网之鱼！有诗为证：

已效郗生入幕（东晋郗超，是桓温的谋士，曾在帷幕后面与桓温商议朝政，被谢安笑称为“入幕宾”），何当干木逾垣（战国时期的段干木，品行高尚，不肯做官。有一次，魏文侯前来拜访，他跳墙逃走了）！岂有墙东窥宋（战国时的宋玉在《登徒子好色赋》中否定自己好色，说我家东邻的女子，非常漂亮。她登墙偷看我三年，我至今都没有动心），却同月下追韩。

次日馆中童子早起承值，叫声：“奇怪！门不开，户不开，房中不见了黄秀才！”忙去报知刘公。刘公见说，吃了一惊，亲到书房看了一遍，一步步看到

后园，见棘刺扒动，墙上有缺，想必那没行止的秀才，从此而去，正不知什么急务。当下传梆升帐，拘巡警员役询问，皆云不知，刘公责治了一番。因他说邻邦访友，差人于襄邓各府逐县挨查缉访，并无踪影，叹息而罢。

话分两头。却说黄秀才自离帅府，挨门出城，又怕有人追赶，放脚飞跑；逢人问路，晚宿早行，径望涪州而进。自古道："无巧不成话。"赶到涪州，刚刚是十月初三日。且说黄秀才在帅府中耽搁多日，如何还赶得上？只因客船重大，且是上水有风则行，无风则止。黄秀才从陆路短船，风雨无阻，所以赶着了。沿江一路抓寻，只见高樯巨舰，比次辏集，如鱼鳞一般，逐只挨去，并不见韩翁之舟。心中早已着忙，莫非忙中有错，还是再挨转去。方欲回步，只见前面半箭之地，江岸有枯柳数株，下面单单泊着一只船儿。上前仔细观看，那船上寂无一人，只中舱有一女子，独倚篷窗，如有所待。那女子非别，正是玉娥。因为有黄生之约，恐众人耳目之下，相接不便，在父亲前，只说爱那柳树之下泊船，僻静有趣，韩翁爱女，言无不从。此时黄生一见，其喜非小。

谩说洞房花烛夜，且喜他乡遇故知。

那玉娥望见黄生，笑容可掬。其船离岸尚远，黄生便欲上。玉娥道："水势甚急，须牵缆至近方可。"黄生依言，便举手去牵那缆儿。也是合当有事，那缆带在柳树根上，被风浪所激，已自松了。黄生去拿它时，便脱了结。你说巨舟在江涛汹涌之中，何等力气！黄生又是个书生，不是筋节的，一只手如何带得住？说时迟，那时快，只叫得一声"阿呀"，但见舟逐顺流下水，去若飞电，若现若隐，瞬息之间，不知几里！黄生沿岸叫呼。众船上都往水神庙祭赛去了，便有来往舟只，那涪江水势又与下面不同，离川江不远，瞿塘三峡，一路下来，如银河倒泻一般；各船过此，一个个手忙脚乱，自顾且不暇，何暇顾别人。黄生狂走约有一二十里，到空阔处，不见了那船。又走二十来里，料无觅处，欲待转去报与韩翁知道，又恐反惹其祸，对着江面，痛哭了一声。想起远路天涯，孤身无倚，欲再见刘公，又无颜面。况且盘缠缺少，有家难奔，有国难投。"不如投向江流或者得小娘子魂魄相见，也见我黄损不是负心之人。罢！罢！罢！人生自古谁无死，留与风流作话文。"

黄秀才方欲投江，只听得背后一人叫道："不可！不可！"黄生回头看时，不是别人，正是维扬市上曾遇着请他玉马坠儿这个老叟。黄生见了那老叟，又羞又苦，泪如雨下。老叟道："郎君有何痛苦？说与老汉知道，或者可以分忧一二。"黄生道："到此地位，不得不说了。"但将初遇玉娥，及相约涪江，缆断舟行之事，备细述了一遍。老叟呵呵大笑，道："原来如此，些须小事，如何便拼得一条性命！"黄生道："老翁是局外之人，把这事看得小。依小生看来，比天更高，比海更阔，这事大得多哩！"老叟把十指一轮，说道："老汉颇通数学（命相学），方才轮算，尊可（您的心上人）命不该绝，郎君还有相会之期。此去前面一里之外，有一茅庵，是我禅兄所居，郎君但往借宿，徐以此事求之，彼必能相济。老汉不及奉陪。"黄生道："老翁若不同去，恐禅师未必相信，不肯留宿。"老叟道："郎君前所惠玉马坠儿，老汉佩带在身，我禅兄所常见，但以此为信可也。"说罢，就黄丝绦上解下玉马坠来，递与黄生。黄生接得在手，老叟竟自飘然去了。

黄生为心事扰乱，依旧不曾问得姓名，懊悔无及！天色已晚，且自前去。

约行一里之外，果然荒野中独独有个茅庵，其门半掩。黄生挨身而入，佛堂中一盏琉璃灯，半明不灭。居中放个蒲团，一位高年胡僧与塑的西番罗汉无二，盘膝打坐，双眸紧闭，如入定之状。黄生不敢惊动，端跪于前。约有一个时辰，胡僧开眼看见，喝道："何物俗子，敢来混人！"黄生再拜，奉上玉马坠，代老叟致意："今晚求借一宿。"胡僧道："一宿不难，但尘路茫茫，郎君此行将何底止？"黄生道："小生黄损正有心愿，欲求圣僧指迷。"遂将玉娥涪州之约始终叙述，因叩首问计。胡僧道："俺出家人心如死灰，哪管人间儿女之事！"黄生拜求不已。胡僧道："郎君念既至诚，可通神明。但观郎君必是仕宦中人品，大丈夫以致身青云，显宗扬名为本，此事须于成名之后，从容及之。"黄生又拜道："小生举目无亲，口食尚然不周，哪有功名之念？适间若非老翁相救，已作江中之鬼矣！"胡僧道："佛座下有白金十两，聊助郎君费。且往长安，俟机缘到日，当有以报命耳！"说罢，依先闭目入定去了。黄生身体亦觉困倦，就蒲团之侧，曲肱而枕之，猛然睡去。醒将转来，已是黎明时候，但见破败荒庵，墙壁俱无，并不见坐禅胡僧的踪迹，上边佛像也剥落破碎，不成模样。佛座下露出白晃晃一锭大银，锭上凿有"黄损"二字。黄生叫声"惭愧"，方知夜来所遇，真圣僧也。向佛前拜祷了一番，取了这锭银子，权为路费，径往长安。正是：

人有逆天之时，天无绝人之路。万事不由人计较，一生都是命安排。

话分两头。却说韩翁同舟人赛神回来，不见了船，急忙寻问。别个守船的看见，都说："断了缆，被流水滚下去多时了，我们没本事救得。"韩翁大惊，一路寻将下来，闻岸上人所说，亦是如此。抓寻了两三日，并无影响，痛哭而回。不在话下。

再说扬州妓女薛琼琼鸨儿叫作薛媪，为女儿琼琼以弹筝充选，入宫供奉，已及二载。薛媪自去了这女儿，门户萧条，乃买舟欲往长安探女，希求天子恩泽。其舟行至汉水，见有一覆舟自上流而下，回避不迭，砰的一声，正触了船头，那只船就停止不行了。舟人疑覆舟中必有财物，遂牵近岸边，用斧劈开，其中有一女子。薛媪闻知，忙教救出，已是淹淹将尽，只有一丝未断。原来冬天水寒，但是下水便没了命。只因此女藏在中舱，船底遮盖，暖气未泄，所以留得这一息生气。舟中货物，已自漂失了，便有存留，舟人都分散去讫。薛媪为去了女儿琼琼，正想没有个替代，见此女容貌美丽，喜不可言，慌忙将通身湿衣解下，置于絮被之内，自己将肉身偎贴。那女子得了暖气，渐渐苏醒。然后将姜汤粥食，慢慢扶持，又将好言抚慰。女子渐能言语，索取湿衣中锦囊。薛媪问其来历，女子答道："奴家姓韩，小字玉娥，随父往蜀。舟至涪州，父亲同舟人往赛水神，奴家独守舟中，偶因缆脱，漂没到此。"薛媪道："可曾适人么？"玉娥道："与维扬黄损秀才，曾有百年之约。锦囊中藏有花笺小词，即黄郎所赠也！"薛媪道："黄秀才原是我女儿琼琼旧交，此人才貌双全，与小娘子正是一对良缘。小娘子不须忧虑，随老身同到长安，来年大比，黄秀才必来应举，那时待老身寻访他来，与娘子续秦晋之盟，岂不美乎！"玉娥道："若得如此，便是重生父母。"自此玉娥遂拜薛媪为义母，薛媪亦如己女相待。正是：

休言事急且相随，受恩深处亲骨肉。

不一日，行到长安，薛媪赁了小小一所房子，同玉娥住下。其时琼琼入宫

进御，宠幸无比。晓得假母到来，无由相会，但遣人不时馈送些东西候问。玉娥又扃户深藏，终日针指，以助薪水之费，所以薛媪日用宽然有余。光阴似前，不觉岁尽春来。怎见得？有诗为证：

爆竹声中一岁除，春风送暖入屠苏。

千门万户曈曈日，总把新桃换旧符。

且说除夜，玉娥想着母死父离，情人又无消息，暗暗坠泪。是夜睡去，梦见天门大开，一尊罗汉从空中出现。玉娥拜诉衷情。罗汉将黄纸一书，从空掷下，纸上写“维扬黄损佳音”六字。玉娥大喜，方欲开看，忽闻霹雳一声，蓦然惊觉，乃是人家岁朝开门，放火炮声响。玉娥想了一回，凄然不乐。其日新年，只得强起梳妆。薛媪往邻家拜年去了。玉娥垂下竹帘，立于门内，眼觑街市上人来人往，心中想道：“今年是大比之期，不知黄郎曾到长安否？若得他此地经过，重逢一面，应着夜来之梦，也不枉奴死里逃生。”方才转动念头，忽见一个胡僧当帘而立，高叫道：“募化有缘男女。”玉娥从帘中仔细一看，那胡僧面貌与夜来梦中所见罗汉无异，不觉竦然起敬。孤身女子，却又不好招接他。正在踌躇，那胡僧竟自揭帘而入，玉娥倒退几步，闪在一旁。胡僧走入中庭，盘膝而坐，顶上现出毫光数道，直透天门。玉娥大惊，跪拜无数，禀道：“弟子堕落火坑，有夙缘未了，望罗汉指示迷津，救拔苦海！”胡僧道：“汝诚念皈依，但尚有尘劫未脱；老僧赠汝一物，可密藏于身畔，不许一人知道。他日夫妇重逢，自有灵验。”当下取出一件宝贝，赠与玉娥，乃是玉马坠儿。玉娥收讫。即见一道金光，冲天而起，胡僧忽然不见。玉娥知是圣僧显化，望空拜谢。将玉马坠牢系襟带之上，薛媪回来，并不题起。

满怀心事无人诉，一炷心香礼圣僧。

再说黄损秀才得胡僧助了盘缠，一径往长安应试。然虽如此，心上只挂着玉娥，也不去温习经史，也不去静养精神，终日串街走巷，寻觅圣僧，庶几一遇。早出晚回，终日闷闷而已。试期已到，黄生只得随例入场，举笔一挥，绝不思索。他也只当应个故事，哪有心情去推敲磨练。谁知那偏是应故事的文字容易入眼。正是：

不愿文章中天下，只愿文章中试官。

金榜开时，高高挂一个黄损名字，除授部郎之职。其时吕用之专权乱政，引用无籍小人，左道惑众，中外嫉之如仇，然怕他权势，不敢则声。黄损独条陈他前后奸恶，事事有据。天子听信，敕吕用之免官就第。黄生少年高第，又上了这个疏，做了天下第一件快心之事，哪一个不钦服他！真个名倾朝野。长安贵戚，闻黄生尚未娶妻，多央媒说合，求他为婿。黄生心念玉娥，有盟言在前，只是推托不允。那时薛媪也风闻得黄损登第，欲待去访他，倒是玉娥教他：“且慢！贵易交，富易妻，人情乎，未知黄郎真心何如？”这也是她把细处。

话分两头。且说吕用之闲居私第，终日讲炉鼎之事，差人四下缉访名姝美色，以为婢妾。有人夸薛媪的养女，名曰玉娥，天下绝色，只是不肯轻易见人。吕用之道：“只怕求而没有，哪怕有而难求。”当下差干仆数十人，以五百金为聘，也不通名道姓，竟撒向薛媪家中，直入卧房抢出玉娥，不由分说，抬上花花暖轿，往吕府飞奔而走。吓得薛媪软作一团，急忙里想不出的道理。后来晓

得吕府中要人，声也不敢则了。欲待投诉黄损，恐无益于事，反讨他抱怨。只得忍气吞声，不在话下。

且说玉娥到了府中，吕用之亲自卷帘，看见姿容绝世，喜不自胜。即命丫鬟、养娘，扶至香房，又取出锦衣数箱，奇样首饰，教她装扮。玉娥只是啼哭，将首饰掷之于地，一件衣服也不肯穿。丫鬟、养娘回复吕相公。吕相公只教："莫难为了她！好言相劝。"众人领命，你一句，我一句，只是劝她顺从，玉娥全然不理。正是：

万事可将权势使，寸心不为绮罗移。

姻缘自古皆前定，堪笑狂夫妄用机。

却说吕家门生故吏，闻得相公纳过新宠，都来拜贺，免不得做庆贺筵席。饮至初更，只见后槽马夫喘吁吁堂上禀事："适间有白马一匹，约长丈余，不知哪里来的，突入后槽，啮伤群马；小人持棍赶它，那马直入内宅去了。"吕用之大惊道："哪有此事？"即命干仆明火执杖，同着马夫于各房搜检，马屁也不闻得一个，都来回话。吕相公心知不祥之事，不肯信以为然，只怪马夫妄言，不老实，打四十棍，革去不用。众客咸不欢而散。

吕用之乘着酒兴，径入新房。玉娥兀自哭哭啼啼。吕用之一般也会帮衬，说道："我富贵无比，你若顺从，明日就立你为夫人，一生受用不尽！"玉娥道："奴家虽是女流，亦知廉耻，曾许配良人，一女不更二夫。况相公珠翠成群，岂少奴家一人。愿赐矜怜，以全名节。"吕用之哪里肯听，用起拔山之力，抱向床头按住，亲解其衣。玉娥双手拒之，气力不加，口中骂声不绝。正在危急之际，忽有白马一匹，约长丈余，从床中奔出，向吕用之乱扑乱咬。吕用之着忙，只得放手。喝教侍婢上前，那白马在房中乱舞，逢着便咬，咬得侍婢十损九伤。吕用之惊惶逃窜。比及吕用之出了房门，那白马也不见了。吕用之明明晓得是个妖孽，暗地差人四下访求高人禳解。

次日有胡僧到门，自言："善能望气，预知凶吉。今见府上妖气深重，特来禳解。"门上通报了用之，即曰请进，甚相敬礼。胡僧道："府上妖气深重，主有非常之祸！"吕用之道："妖气在于何处？"胡僧道："似在房闱之内，待老僧细查。"吕用之亲自引了胡僧，各户观看，行至玉娥房头，胡僧大惊道："妖气在此！不知此房中是相公何人？"吕用之道："新纳小妾，尚未成婚。"胡僧道："恭喜相公，洪福齐天，得遇老僧。若成亲之后，相公必遭其祸矣！此女乃上帝玉马之精，来人间行祸者。今已到相公府中，若不早些发脱，祸必不免！"

吕用之被他说着玉马之事，连呼为神人，请问如何发脱。胡僧道："将此女速赠他人，使他人代受其祸，相公便没事了。"吕用之虽然爱那女色，性命为重，说得活灵活现，怎的不怕？又问了赠与谁人方好？胡僧道："只拣相公心上第一个不快的，将此女赠之。一月之内，此人必遭其祸！相公可高枕无忧也。"吕用之被黄损一本劾奏罢官，心中最恨的。那时便定了个主意，即忙作礼道："领教！领教！"吩咐干仆备斋相款，多取金帛厚赠。胡僧道："相公天下福人，老僧特来相救，岂敢受赐！"连斋也不吃，拂衣而去。分明一席无稽话，却认非常禳祸功。

吕用之当时差人唤取薛媪到府说话，薛媪不敢不来。吕用之便道："你女儿

年幼，不知礼数，我府中不好收用。闻得新进士黄损尚无妻室，此人与我有言，我欲将此女送他，解释其恨。须得你亲自送去，善言道达，必得他收纳方好。”薛媪叩首道：“相公钧旨，敢不遵依！”吕用之又道：“房中衣饰箱笼，尽作嫁资，你可自去收拾，竟自抬去，连你女儿也不消相见了。”薛媪闻言，正中其怀。中堂自有人引进香房，玉娥见薛媪到来，认是吕用之着她来劝解，心头突突地跳。薛媪向女儿耳边低说道：“你如今好了，相公不用，着我另送与一个知趣的人。”玉娥道：“奴家所以贪生忍耻，跟随到此，只望黄郎一会。若转赠他人，与陷身此地何异？奴家宁死，不愿为逐浪之萍，随风之絮也！”薛媪道：“方才说知趣的人儿，正是黄郎。房中衣饰箱笼，尽数相赠。快些出门，防他有翻悔之事。”玉娥道：“原来如此！”当下母子二人，忙忙地收拾停当。嘱咐丫鬟、养娘，寄谢相公。唤下脚力，一道烟去了。

鳌鱼脱却金钩去，摆尾摇头再不来。

却说黄损闲坐衙斋，忽见门役来报：“有维扬薛妈妈求见。”黄生忙教请进。薛媪一见了黄生，连称：“贺喜！”黄生道：“下官何喜可贺？”薛媪道：“老身到长安，已半年有余，平时不敢来冒渎，今日特奉一贵官之命，送一位小娘子到府成亲。”黄生问道：“贵官是哪个？”薛媪道：“是新罢职的吕相公公。”黄生大怒道：“这个奸雄，敢以美人局戏我！若不看你旧时情分，就把你叱咤一场！”薛媪道：“官人休恼！那美人非别，却是老身的女儿，与官人有瓜葛的。”黄生闻言，就把怒容放下了五分，从容问道：“令爱琼琼，久已入宫供奉，以下更有谁人？与下官有何瓜葛？”薛媪道：“是老身新认的小女，姓韩，名玉娥。”黄生大惊道：“你在哪里相会来？”薛媪便把汉江捞救之事，说了一遍。“近日被吕相公用强夺去，女儿抵死不从。不知何故，吩咐老身送与官人，权为修好之意。”黄生摇首道：“既被吕用之这厮夺去，必然玷污，岂有白白发出之理。又如何偏送与下官？”薛媪道：“只问我女儿便知。”黄生道：“莫非不是那维扬韩玉娥么？”薛媪道：“现有官人所赠花笺小词为证。”遂出诸袖中，还是被水浸湿过的，都绉了。

黄生见之，提起昔日涪江光景，不觉惨然泪下。即刻命肩舆人从，同薛媪迎接玉娥到衙相会。两下抱头大哭，哭罢，各叙衷肠。玉娥举玉马坠对生说道：“妾若非此物，必为吕贼所污，当以颈血溅其衣，不复得见君面矣！”黄生见坠，大惊道：“此玉马坠原是吾家世宝，去年涪洲献与胡僧，芳卿何以得之？”玉娥道：“妾除夜曾得一梦，次日岁朝遇一胡僧，宛如梦中所见，将此坠赠我，嘱咐我夫妻相会，都在这个坠上，妾谨藏于身。那夜吕贼用强相犯，忽有白马从床头奔出，欲啮吕贼，吕贼惊惶逃去。后闻得也有个胡僧，对吕贼说：‘白马为妖，不利主人！’所以将妾赠君，欲贻祸于君耳！”黄生道：“如此说，你我夫妻重会，皆胡僧之力。胡僧皆神人，玉马坠真神物也！今日礼当谢之！”遂命设下香案，供养玉马坠于上，摆列酒脯之仪，夫妻双双下拜。薛媪亦从旁叩头。忽见一白马，约长丈余，从香案上跃出，腾空而起。众人急出户看之，见云端里面站着一人，须眉可辨。那人是谁？

维扬市上初相识，再向涪江渡口逢。
今日云端来显相，方知玉马主人翁。

那人便是起首说维扬市上相遇，请那玉马坠的老翁。老翁跨上白马，须臾，

烟云缭绕，不知所往。黄生想起江头活命之恩，望空再拜。看案上玉马坠已不见矣！是夜黄损与玉娥遂为夫妇。薛媪养老送终。黄损又差人持书往蜀中访问韩翁，迎来奉养。岁时必设老叟及胡僧神位，焚香礼拜。后黄损官至御史中丞，玉娥生三子，并列仕途，夫妇百年谐老。有诗赞云：

一曲筝声江上听，知音遂缔百年盟。
死生离合皆前定，不是姻缘莫强争。

## 第三十三卷　十五贯戏言成巧祸

聪明伶俐自天生，懵懂痴呆未必真。
嫉妒每因眉睫浅，戈矛时起笑谈深。
九曲黄河心较险，十重铁甲面堪憎。
时因酒色亡家国，几见诗书误好人！

这首诗，单表为人难处。只因世路窄狭，人心叵测。大道既远，人情万端。熙熙攘攘，都为利来；蚩蚩蠢蠢（愚昧无知），皆纳祸去。持身保家，万千反复。所以古人云："颦有为颦，笑有为笑。颦笑之间，最宜谨慎。"这回书，单说一个官人，只因酒后一时戏笑之言，遂至杀身破家，陷了几条性命。且先引下一个故事来，权做个得胜头回。

却说故宋朝中，有一个少年举子，姓魏，名鹏举，字冲霄，年方一十八岁，娶得一个如花似玉的浑家。未及一月，只因春榜动，选场开，魏生别了妻子，收拾行囊，上京取应。临别时，浑家吩咐丈夫："得官不得官，早早回来，休抛闪了恩爱夫妻！"魏生答道："功名二字，是俺本领前程，不索贤卿忧虑。"别后登程到京，果然一举成名，除授一甲第二名榜眼及第，在京甚是华艳动人。少不得修了一封家书，差人接取家眷入京。书上先叙了寒温及得官的事，后却写下一行，道是："我在京中早晚无人照管，已讨了一个小老婆，专候夫人到京，同享荣华。"家人收拾书程（书信与盘缠），一径到家，见了夫人，称说贺喜，因取家书呈上。夫人拆开看了，见是如此如此，这般这般，便对家人道："官人直恁负恩！甫能得官，便娶了二夫人。"家人便道："小人在京，并没见有此事，想是官人戏谑之言。夫人到京，便知端的，休得忧虑。"夫人道："恁地说，我也罢了！"却因人舟未便，一面收拾起身，一面寻觅便人，先寄封平安家书到京中去。那寄书人到了京中，寻问新科魏榜眼寓所，下了家书，管待酒饭自回，不题。

却说魏生接书拆开来看了，并无一句闲言闲语，只说道："你在京中娶了一个小老婆，我在家中也嫁了一个小老公，早晚同赴京师也！"魏生见了，也只道是夫人取笑的说话，全不在意。未及收好，外面报说："有个同年相访！"京邸寓中，不比在家宽转，那人又是相厚的同年，又晓得魏生并无家眷在内，直到里面坐下，叙了些寒温。魏生起身去解手，那同年偶翻桌上书帖，看见了这

封家书，写得好笑，故意朗诵起来，魏生措手不及，通红了脸，说道：“这是没理的事！因是小弟戏谑了她，她便取笑写来的。”那同年呵呵大笑道：“这节事却是取笑不得的！”别了就去。那人也是一个少年，喜谈乐道，把这封家书一节，顷刻间遍传京邸。也有一班妒忌魏生少年登高科的，将这桩事只当作风闻言事的一个小小新闻，奏上一本，说这魏生年少不检，不宜居清要之职，降处外任。魏生懊恨无及。后来毕竟做官蹭蹬（困顿，失势）不起，把锦片也似一段美前程，等闲放过去了。这便是一句戏言，撒漫了一个美官。今日再说一个官人，也只为酒后一时戏言，断送了堂堂七尺之躯，连累三个人，枉屈害了性命。却是为着甚的？有诗为证：

世路崎岖实可哀，旁人笑口等闲开。

白云本是无心物，又被狂风引出来。

却说南宋时，建都临安，繁华富贵，不减那汴京故国。去那城中箭桥左侧，有个官人姓刘，名贵，字君荐。祖上原是有根基的人家，到得君荐手中，却是时乖运蹇。先前读书，后来看看不济，却去改业做生意，便是半路上出家的一般。买卖行中，一发不是本等伎俩，又把本钱消折去了。渐渐大房改换小房，赁得两三间房子，与同浑家王氏，年少齐眉。后因没有子嗣，娶下一个小娘子，姓陈，是陈卖糕的女儿，家中都呼为二姐。这也是先前不十分穷薄的时候做下的勾当。至亲三口，并无闲杂人在家。那刘君荐，极是为人和气，乡里见爱，都称他刘官人。“你是一时运限不好，如此落莫，再过几时，定时有个亨通的日子！”说便是这般说，哪得有些些好处？只是在家纳闷，无可奈何！

却说一日闲坐家中，只见丈人家里的老王，年近七旬，走来对刘官人说道：“家间老员外生日，特令老汉接取官人娘子，去走一遭。”刘官人便道：“便是我日逐愁闷过日子，连那泰山的寿诞，也都忘了。”便同浑家王氏，收拾随身衣服，打叠个包儿，交与老王背了，吩咐二姐：“看守家中，今日晚了，不能转回，明晚须索来家。”说了就去。离城二十余里，到了丈人王员外家，叙了寒温。当日坐间客众，丈人女婿，不好十分叙述许多穷相。到得客散，留在客房里宿歇。

直到天明，丈人却来与女婿攀话，说道：“姐夫，你须不是这般算计，坐吃山空，立吃地陷。咽喉深似海，日月快如梭。你须计较一个常便！我女儿嫁了你，一生也指望丰衣足食，不成只是这等就罢了。”刘官人叹了一口气道：“是！泰山在上，道不得个上山擒虎易，开口告人难。如今的时势，再有谁似泰山这般怜念我的？只索守困，若去求人，便是劳而无功。”丈人便道：“这也难怪你说。老汉却是看你们不过，今日赍助你些少本钱，胡乱去开个柴米店，撰得些利息来过日子，却不好么？”刘官人道：“感蒙泰山恩顾，可知是好。”当下吃了午饭，丈人取出十五贯钱来，付与刘官人道：“姐夫，且将这些钱去，收拾起店面，开张有日，我便再应付你十贯。你妻子且留在此过几日，待有了开店日子，老汉亲送女儿到你家，就来与你作贺，意下如何？”刘官人谢了又谢，驮了钱一径出门。

到得城中，天色却早晚了，却撞着个相识，顺路在他家门首经过。“那人也要做经纪的人，就与他商量一会，可知是好。”便去敲那人门时，里面有人应喏，出来相揖，便问：“老兄下顾，有何见教？”刘官人一一说知就里。那人便道：

"小弟闲在家中，老兄用得着时，便来相帮。"刘官人道："如此甚好！"当下说了些生意的勾当。那人便留刘官人在家，现成杯盘，吃了三杯两盏。刘官人酒量不济，便觉有些朦胧起来，抽身作别，便道："今日相扰，明早就烦老兄过寒家，计议生理。"那人又送刘官人至路口，作别回家，不在话下。若是说话的同年生，并肩长，拦腰抱住，把臂拖回，也不见得受这般灾悔！却教刘官人死得不如《五代史》李存孝（唐末至五代著名的猛将，晋王李克用义子，因人谗言，最终落得五马分尸的可悲下场）《汉书》中彭越（西汉开国功臣，与韩信、英布并称汉初三大名将，后以谋反罪名被诛灭三族，枭首示众）。

却说刘官人驮了钱，一步一步挨到家中。敲门已是点灯时分，小娘子二姐独自在家，没一些事做，守得天黑，闭了门，在灯下打瞌睡。刘官人打门，她那里便听见。敲了半晌，方才知觉，答应一声："来了！"起身开了门。刘官人进去，到了房中，二姐替刘官人接了钱，放在桌上，便问："官人何处那移这项钱来，却是甚用？"那刘官人一来有了几分酒，二来怪她开得门迟了，且戏言吓她一吓，便道："说出来，又恐你见怪；不说时，又须通你得知。只是我一时无奈，没计可施，只得把你典与一个客人，又因舍不得你，只典得十五贯钱。若是我有些好处，加利赎你回来；若是照前这般不顺溜，只索罢了！"那小娘子听了，欲待不信，又见十五贯钱堆在面前；欲待信来，他平白与我没半句言语，大娘子又过得好，怎么便下得这等狠心辣手！疑狐不决。只得再问道："虽然如此，也须通知我爹娘一声。"刘官人道："若是通知你爹娘，此事断然不成。你明日且到了人家，我慢慢央人与你爹娘说通，他也须怪我不得。"小娘子又问："官人今日在何处吃酒来？"刘官人道："便是把你典与人，写了文书，吃他的酒才来的。"小娘子又问："大姐姐如何不来？"刘官人道："她因不忍见你分离，待得你明日出了门才来。这也是我没计奈何，一言为定。"说罢，暗地忍不住笑。不脱衣裳，睡在床上，不觉睡去了。

那小娘子好生摆脱不下："不知他卖我与甚色样人家？我须先去爹娘家里说知。就是他明日有人来要我，寻到我家，也须有个下落。"沉吟了一会，却把这十五贯钱，一垛儿堆在刘官人脚后边。趁他酒醉，轻轻地收拾了随身衣服，款款地开了门出去，拽上了门。却去左边一个相熟的邻舍，叫作朱三老儿家里，与朱三妈宿了一夜，说道："丈夫今日无端卖我，我须先去与爹娘说知。烦你明日对他说一声，既有了主顾，可同我丈夫到爹娘家中来，讨个分晓，也须有个下落。"那邻舍道："小娘子说得有理，你只顾自去，我便与刘官人说知就理。"过了一宵，小娘子作别去了，不题。正是：

鳌鱼脱却金钩去，摆尾摇头再不回。

放下一头。却说这里刘官人一觉直至三更方醒，见桌上灯犹未灭，小娘子不在身边。只道她还在厨下收拾家火，便唤二姐讨茶吃。叫了一回，没人答应，却待挣扎起来，酒尚未醒，不觉又睡了去。不想却有一个做不是的，日间赌输了钱，没处出豁，夜间出来掏摸些东西。却好到刘官人门首，因是小娘子出去了，门儿拽上不关，那贼略推一推，豁地开了。捏手捏脚，直到房中，并无一人知觉。到得床前，灯火尚明。周围看时，并无一物可取。摸到床上，见一人朝着里床睡去，脚后却有一堆青钱，便去取了几贯。不想惊觉了刘官人，起来

喝道：“你须不近道理！我从丈人家借办得几贯钱来，养身活命，不争你偷了我的去，却是怎的计结！”那人也不回话，照面一拳，刘官人侧身躲过，便起身与这人相持。那人见刘官人手脚活动，便拔步出房。刘官人不舍，抢出门来，一径赶到厨房里。恰待声张邻舍起来捉贼，那人急了，正好没出豁，却见明晃晃一把劈柴斧头，正在手边，也是人急计生，被他绰起一斧，正中刘官人面门，扑地倒了，又复一斧，斫倒一边。眼见得刘官人不活了，呜呼哀哉，伏惟尚飨！那人便道：“一不做，二不休，却是你来赶我，不是我来寻你。”索性翻身入房，取了十五贯钱，扯条单被，包裹得停当，拽扎得爽利，出门，拽上了门就走。不题。

次早邻舍起来，见刘官人家门也不开，并无人声息，叫道：“刘官人，失晓（起床晚）了。”里面没人答应。挨将进去，只见门也不关。直到里面，见刘官人劈死在地。“他家大娘子两日前已自往娘家去了，小娘子如何不见？”免不得声张起来。却有昨夜小娘子借宿的邻家朱三老儿说道：“小娘子昨夜黄昏时，到我家宿歇，说道刘官人无端卖了她，她一径先到爹娘家里去了。教我对刘官人说，既有了主顾，可同到他爹娘家中，也讨得个分晓。今一面着人去追她转来，便有下落。一面着人去报他大娘子到来，再作区处。”众人都道：“说得是！”先着人去到王老员外家报了凶信。老员外与女儿大哭起来，对那人道：“昨日好端端出门，老汉赠他十五贯钱，教他将来作本，如何便恁的被人杀了？”那去的人道：“好教老员外、大娘子得知，昨日刘官人归时，已自昏黑，吃得半酣，我们都不晓得他有钱没钱，归迟归早。只是今早刘官人家门儿半开，众人推将进去，只见刘官人杀死在地，十五贯钱一文也不见，小娘子也不见踪迹。声张起来，却有左邻朱三老儿出来，说道：‘他家小娘子昨夜黄昏时分，借宿他家。小娘子说道：刘官人无端把她典与人了，小娘子要对爹娘说一声。住了一宵，今日径自去了。’如今众人计议，一面来报大娘子与老员外，一面着人去追小娘子。若是半路里追不着的时节，直到他爹娘家中，好歹追她转来，问个明白。老员外与大娘子，须索去走一遭，与刘官人执命。”老员外与大娘子急急收拾起身，管待来人酒饭，三步做一步，赶入城中。不题。

却说那小娘子清早出了邻舍人家，挨上路去，行不上一二里，早是脚疼走不动，坐在路旁。却见一个后生，头带万字头巾，身穿直缝宽衫，背上驮了一个搭膊，里面却是铜钱，脚下丝鞋净袜，一直走上前来。到了小娘子面前，看了一看，虽然没有十二分颜色，却也明眉皓齿，莲脸生春，秋波送媚，好生动人。正是：

野花偏艳目，村酒醉人多。

那后生放下搭膊，向前深深作揖：“小娘子独行无伴，却是往哪里去的？”小娘子还了万福，道：“是奴家要往爹娘家去，因走不上，权歇在此。”因问：“哥哥是何处来？今要往何方去？”那后生叉手不离方寸：“小人是村里人，因往城中卖了丝账，讨得些钱，要往褚家堂那边去的。”小娘子道：“告哥哥则个，奴家爹娘也在褚家堂左侧。若得哥哥带挈奴家，同走一程，可知是好。”那后生道：“有何不可！既如此说，小人情愿服侍小娘子前去。”

两个厮赶着，一路正行，行不到二三里田地，只见后面两个人脚不点地赶

上前来，赶得汗流气喘，衣襟敞开，连叫："前面小娘子慢走！我却有话说知。"小娘子与那后生看见赶得蹊跷，都立住了脚。后边两个赶到跟前，见了小娘子与那后生，不容分说，一家扯了一个，说道："你们干得好事！却走往哪里去？"小娘子吃了一惊，举眼看时，却是两家邻舍，一个就是小娘子昨夜借宿的主人。小娘子便道："昨夜也须告过公公得知，丈夫无端卖我，我自去对爹娘说知。今日赶来，却有何说？"朱三老道："我不管闲账，只是你家里有杀人公事，你须回去对理。"小娘子道："丈夫卖我，昨日钱已驮在家中，有甚杀人公事？我只是不去。"朱三老道："好自在性儿，你若真个不去，叫起地方有杀人贼在此，烦为一捉。不然，须要连累我们，你这里地方也不得清净。"

那个后生见不是话头，便对小娘子道："既如此说，小娘子只索回去，小人自家去休！"那两个赶来的邻舍，齐叫起来说道："若是没有你在此便罢，既然你与小娘子同行同止，你须也去不得！"那后生道："却也作怪，我自半路遇见小娘子，偶然伴她行一程路儿，却有甚皂丝麻线（比喻是非混乱，纠缠不清），要勒掯我回去？"朱三老道："她家有了杀人公事，不争放你去了，却打没对头官司！"当下不容小娘子和那后生做主。看的人渐渐立满，都道："后生你去不得！你日间不做亏心事，半夜敲门不吃惊，便去何妨！"那赶来的邻舍道："你若不去，便是心虚；我们却和你罢休不得！"四个人只得厮挽着一路转来。

到得刘官人门首，好一场热闹！小娘子入去看时，只见刘官人斧劈倒在地死了，床上十五贯钱分文也不见。开了口合不得，伸了舌缩不上去。那后生也慌了，便道："我恁的晦气！没来由和那小娘子同走一程，却做了干连人。"众人都和哄着。正在那里分豁不开，只见王老员外和女儿一步一攧走回家来，见了女婿身尸，哭了一声，便对小娘子道："你却如何杀了丈夫，劫了十五贯钱，逃走出去？今日天理昭然，有何理说！"小娘子道："十五贯钱委是有的。只是丈夫昨晚回来，说是无计奈何，将奴家典与他人，典得十五贯身价在此，说过今日便要奴家到他家去。奴家因不知他典与甚色样人家，先去与爹娘说知，故此趁他睡了，将这十五贯钱一垛儿堆在他脚后边，拽上门，到朱三老家住了一宵，今早自去爹娘家里说知。临去之时，也曾央朱三老对我丈夫说，既然有了主顾，可同到我爹娘家里来交割。却不知因甚杀死在此？"那大娘子道："可又来！我的父亲昨日明明把十五贯钱与他驮来作本，养赡妻小，他岂有哄你说是典来身价之理？这是你两日因独自在家，勾搭上了人；又见家中好生不济，无心守耐；又见了十五贯钱，一时见财起意，杀死丈夫，劫了钱。又使见识，往邻舍家借宿一夜，却与汉子通同计较，一处逃走。现今你跟着一个男子同走，却有何理说，抵赖得过！"

众人齐声道："大娘子之言，甚是有理。"又对那后生道："后生，你却如何与小娘子谋杀亲夫？却暗暗约定在僻静处等候，一同去逃奔他方，却是如何计结？"那人道："小人自姓崔，名宁，与那小娘子无半面之识。小人昨晚入城，卖得几贯丝钱在这里，因路上遇见小娘子，小人偶然问起往哪里去的，却独自一个行走。小娘子说起是与小人同路，以此做伴同行，却不知前后因依。"众人哪里肯听他分说，搜索他搭膊中，恰好是十五贯钱，一文也不多，一文也不少。众人齐发起喊来道："是天网恢恢，疏而不漏。你却与小娘子杀了人，拐了钱财，

盗了妇女，同往他乡，却连累我地方邻里打没头官司！”

当下大娘子结扭了小娘子，王老员外结扭了崔宁，四邻舍都是证见，一哄都入临安府中来。那府尹听得有杀人公事，即便升厅。便叫一干人犯，逐一从头说来。先是王老员外上去，告说：“相公在上，小人是本府村庄人氏，年近六旬，只生一女，先年嫁与本府城中刘贵为妻。后因无子，取了陈氏为妾，呼为二姐。一向三口在家过活，并无片言。只因前日是老汉生日，差人接取女儿、女婿到家，住了一夜。次日，因见女婿家中全无活计，养赡不起，把十五贯钱与女婿作本，开店养身。却有二姐在家看守。到得昨夜，女婿到家时分，不知因甚缘故，将女婿斧劈死了！二姐却与一个后生，名唤崔宁，一同逃走，被人追捉到来。望相公可怜见老汉的女婿，身死不明；奸夫淫妇，赃证现在，伏乞相公明断！”

府尹听得如此如此，便叫陈氏上来：“你却如何通同奸夫，杀死了亲夫，劫了钱，与人一同逃走，是何理说？”二姐告道：“小妇人嫁与刘贵，虽是个小老婆，却也得他看承（看待，对待）得好，大娘子又贤慧，却如何肯起这片歹心？只是昨晚丈夫回来，吃得半酣，驮了十五贯钱进门。小妇人问他来历，丈夫说道：为因养赡不周，将小妇人典与他人，典得十五贯身价在此。又不通我爹娘得知，明日就要小妇人到他家去。小妇人慌了，连夜出门，走到邻舍家里，借宿一宵。今早一径先往爹娘家去，教他对丈夫说，既然卖我有了主顾，可到我爹妈家里来交割。才走得到半路，却见昨夜借宿的邻家赶来，捉住小妇人回来，却不知丈夫杀死的根由。”那府尹喝道：“胡说！这十五贯钱分明是他丈人与女婿的，你却说是典你的身价，眼见的没巴臂（把柄）的说话了。况且妇人家如何黑夜行走？定是脱身之计。这桩事须不是你一个妇人家做的，一定有奸夫帮你谋财害命，你却从实说来。”

那小娘子正待分说，只见几家邻舍一齐跪上去告道：“相公的言语，委是青天。他家小娘子昨夜果然借宿在左邻第二家的，今早她自去了。小的们见她丈夫杀死，一面着人去赶，赶到半路，却见小娘子和那一个后生同走，苦死不肯回来。小的们勉强捉他转来，却又一面着人去接他大娘子与他丈人，到时，说昨日有十五贯钱付与女婿做生理的。今者女婿已死，这钱不知从何而去。再三问那小娘子时，说道：他出门时，将这钱一堆儿堆在床上。却去搜那后生身边，十五贯钱分文不少。却不是小娘子与那后生通同作奸？赃证分明，却如何赖得过？”

府尹听他们言言有理，就唤那后生上来道：“帝辇之下（皇帝车子经过之地，指京都），怎容你这等胡行？你却如何谋了他小老婆，劫了十五贯钱，杀死了亲夫？今日同往何处？从实招来！”那后生道：“小人姓崔，名宁，是乡村人氏。昨日往城中卖了丝，卖得这十五贯钱。今早偶然路上撞着这小娘子，并不知她姓甚名谁，哪里晓得他家杀人公事？”府尹大怒，喝道：“胡说！世间不信有这等巧事！他家失去了十五贯钱，你却卖的丝恰好也是十五贯钱，这分明是支吾的说话了。况且他妻莫爱，他马莫骑，你既与那妇人没甚首尾（事情的经过始末，这里指奸情），却如何与她同行共宿？你这等顽皮赖骨，不打如何肯招？”当下众人将那崔宁与小娘子，死去活来拷打一顿。那边王老员外与女儿并一干邻佑人等，口口声声，咬他二人。府尹也巴不得结了这段公案。拷讯一回，可怜崔宁和小娘子受刑不过，只得屈招了，说是一时见财起意，杀死亲夫，劫了十五贯钱，同

奸夫逃走是实。左邻右舍都指画了十字，将两人大枷枷了，送入死囚牢里。将这十五贯钱给还原主，也只好奉与衙门中人做使用，也还不够哩。府尹叠成文案，奏过朝廷，部复申详，倒下圣旨，说："崔宁不合奸骗人妻，谋财害命，依律处斩。陈氏不合通同奸夫，杀死亲夫，大逆不道，凌迟示众。"当下读了招状，大牢内取出二人来，当厅判一个斩字，一个剐字，押赴市曹，行刑示众。两人浑身是口，也难分说。正是：

哑子谩尝黄蘖（niè）味，难将苦口对人言。

看官听说，这段公事，果然是小娘子与那崔宁谋财害命的时节，他两人须连夜逃走他方，怎的又去邻舍人家借宿一宵？明早又走到爹娘家去，却被人捉住了？这段冤枉，仔细可以推详出来。谁想问官糊涂，只图了事，不想捶楚之下，何求不得？冥冥之中，积了阴骘，远在儿孙近在身。他两个冤魂，也须放你不过。所以做官的，切不可率意断狱，任情用刑，也要求个公平明允。道不得个死者不可复生，断者不可复续，可胜叹哉！

闲话休题。却说那刘大娘子到得家中，设个灵位，守孝过日。父亲王老员外劝她转身，大娘子说道："不要说起三年之久，也须到小祥（古代亲丧一周年的祭礼）之后。"父亲应允自去。光阴迅速，大娘子在家巴巴结结，将近一年。父亲见她守不过，便叫家里老王去接她来，说："叫大娘子收拾回家，与刘官人做了周年，转了身去吧！"大娘子没计奈何，细思："父言亦是有理。"收拾了包裹，与老王背了，与邻舍家作别，暂去再来。

一路出城，正值秋天，一阵乌风猛雨，只得落路，往一所林子去躲，不想走错了路。正是：

猪羊走屠宰之家，一脚脚来寻死路。

走入林子里去，只听它林子背后，大喝一声："我乃静山大王在此！行人住脚，须把买路钱与我。"大娘子和那老王吃那一惊不小，只见跳出一个人来：头带乾红凹面巾，身穿一领旧战袍，腰间红绢搭膊裹肚，脚下蹬一双乌皮皂靴，手执一把朴刀，舞刀前来。那老王该死，便道："你这剪径的毛团！我须是认得你，做这老性命着与你兑了吧！"一头撞去，被他闪过空。老人家用力猛了，扑地便倒。那人大怒道："这牛子（骂人话，蛮牛）好生无礼！"连搠一两刀，血流在地，眼见得老王养不大了。那刘大娘子见他凶猛，料道脱身不得，心生一计，叫作"脱空计"。拍手叫道："杀得好！"那人便住了手睁圆怪眼，喝道："这是你什么人？"那大娘子虚心假气地答道："奴家不幸丧了丈夫，却被媒人哄诱，嫁了这个老儿，只会吃饭。今日却得大王杀了，也替奴家除了一害！"那人见大娘子如此小心，又生得有几分颜色，便问道："你肯跟我做个压寨夫人么？"大娘子寻思，无计可施，便道："情愿服侍大王。"那人回嗔作喜，收拾了刀杖，将老王尸首撺入涧中。领了刘大娘子到一所庄院前来，甚是委曲。只见大王向那地上拾些土块，抛向屋上去，里面便有人出来开门。到得草堂之上，吩咐杀羊备酒，与刘大娘子成亲。两口儿且是说得着。正是：

明知不是伴，事急且相随。

不想那大王自得了刘大娘子之后，不上半年，连起了几主大财，家间也丰富了。大娘子甚是有识见，早晚用好言语劝他："自古道：'瓦罐不离井上破，将

军难免阵中亡。’你我两人下半世也够吃用了，只管做这没天理的勾当，终须不是个好结果！却不道是梁园（汉梁孝王修建规模宏大的梁园，其中宫观相连，多奇果佳树，珍禽异兽，广揽宾客）虽好，不是久恋之家。不若改行从善，做个小小经纪，也得过养身活命。”那大王早晚被她劝转，果然回心转意，把这门道路撇了。却去城市间赁下一处房屋，开了一个杂货店。遇闲暇的日子，也时常去寺院中，念佛持斋。

忽一日在家闲坐，对那大娘子道：“我虽是个剪径的出身，却也晓得冤各有头，债各有主。每日间只是吓骗人东西，将来过日子。后来得有了你，一向买卖顺溜。今已改行从善，闲来追思既往，只曾枉杀了两个人，又冤陷了两个人，时常挂念，思欲做些功德，超度他们，一向未曾对你说知。”大娘子便道：“如何是枉杀了两个人？”那大王道：“一个是你的丈夫，前日在林子里的时节，他来撞我，我却杀了他。他须是个老人家，与我往日无仇，如今又谋了他老婆，他死也是不甘心的。”大娘子道：“不恁地时，我却哪得与你厮守？这也是往事，休题了！”又问：“杀那一个，又是甚人？”那大王道：“说起来这个人，一发天理上放不过去，且又带累了两个人，无辜偿命。是一年前，也是赌输了，身边并无一文，夜间便去掏摸些东西。不想到一家门首，见他门也不闩，推进去时，里面并无一人。摸到门里，只见一人醉倒在床，脚后却有一堆铜钱，便去摸他几贯。正待要走，却惊醒了。那人起来说道：‘这是我丈人家与我做本钱的，不争你偷去了，一家人口都是饿死。’起身抢出房门，正待声张起来。是我一时见他不是话头，却好一把劈柴斧头在我脚边，这叫作人急计生，绰起斧来，喝一声道：‘不是我，便是你。’两斧劈倒。却去房中将十五贯钱，尽数取了。后来打听得他，却连累了他家小老婆，与那一个后生，唤作崔宁，说他两人谋财害命，双双受了国家刑法。我虽是做了一世强人，只有这两桩人命，是天理人心打不过去的！早晚还要超度他，也是该的。”那大娘子听说，暗暗地叫苦：“原来我的丈夫也吃这厮杀了，又连累我家二姐与那个后生无辜被戮。思量起来，是我不合当初执证他两人偿命。料他两人阴司中，也须放我不过。”

当下权且欢天喜地，并无他说。明日捉个空，便一径到临安府前，叫起屈来。那时换了一个新任府尹，才得半月。正值升厅，左右捉将那叫屈的妇人进来。刘大娘子到于阶下，放声大哭。哭罢，将那大王前后所为：“怎的杀了我丈夫刘贵，问官不肯推详，含糊了事，却将二姐与那崔宁，朦胧偿命。后来又怎的杀了老王，奸骗了奴家。今日天理昭然，一一是他亲口招承。伏乞相公高抬明镜，昭雪前冤！”说罢又哭。府尹见她情词可悯，即着人去捉那静山大王到来，用刑拷讯，与大娘子口词一些不差。即时问成死罪，奏过官里。待六十日限满，倒下圣旨来：“勘得静山大王谋财害命，连累无辜。准律：杀一家非死罪三人者，斩加等，决不待时。原问官断狱失情，削职为民。崔宁与陈氏枉死可怜，有司访其家，谅行优恤。王氏既系强徒威逼成亲，又有伸雪夫冤，着将贼人家产，一半没入官，一半给与王氏养赡终身。”刘大娘子当日往法场上，看决了静山大王，又取其头去祭献亡夫，并小娘子及崔宁，大哭一场。将这一半家私，舍入尼姑庵中，自己朝夕看经念佛，追荐亡魂，尽老百年而终。有诗为证：

善恶无分总丧躯，只因戏语酿殃危。
劝君出话须诚信，口舌从来是祸基。

# 第三十四卷　一文钱小隙造奇冤

世上何人会此言，休将名利挂心田。
等闲倒尽十分酒，遇兴高歌一百篇。
物外烟霞为伴侣，壶中日月任婵娟。
他时功满归何处？直驾云车入洞天。

这八句诗，乃回道人所作。那道人是谁？姓吕，名岩，号洞宾，岳州河东人氏。大唐咸通中应进士举，游长安酒肆，遇正阳子钟离先生，点破了黄粱梦，知宦途不足恋，遂求度世之术。钟离先生恐他立志未坚，十遍试过，知其可度。欲授以黄白秘方，使之点石成金，济世利物，然后三千功满，八百行圆。洞宾问道：“所点之金，后来还有变异否？”钟离先生答道：“直待三千年后，还归本质。”洞宾愀然不乐道：“虽然遂我一时之愿，可惜误了三千年后遇金之人，弟子不愿受此方也！”钟离先生呵呵大笑道：“汝有此好心，三千八百尽在于此。吾向蒙苦竹真君吩咐道：‘汝游人间，若遇两口的，便是你的弟子。’遍游天下，从没见有两口之人。今汝姓吕，即其人也。”遂传以分合阴阳之妙。

洞宾修炼丹成，发誓必须度尽天下众生，方肯上升。从此混迹尘途，自称为回道人。“回”字也是二“口”，暗藏着“吕”字。尝游长沙，手持小小磁罐乞钱，向市上大言：“我有长生不死之方，有人肯施钱满罐，便以方授之。”市人不信，争以钱投罐，罐终不满，众皆骇然。忽有一僧人推一车子钱从市东来，戏对道人说：“我这车子钱共有千贯，你罐里能容之否？”道人笑道：“连车子也推得进，何况钱乎？”那僧不以为然，想着：“这罐子有多少大嘴，能容得车儿？明明是说谎！”道人见其沉吟，便道：“只怕你不肯布施，若道个肯字，不愁这车子不进我罐儿里去。”此时众人聚观者极多，一个个肉眼凡夫，谁人肯信？都去撺掇那僧人。那僧人也道必无此事，便道：“看你本事，我有何不肯？”道人便将罐子侧着，将罐口向着车儿，尚离三步之远，对僧人道：“你敢道三声‘肯’么？”僧人连叫三声：“肯！肯！肯！”每叫一声“肯”，那车子便近一步。到第三个“肯”字，那车儿却像罐内有人扯拽一般，一溜子滚入罐内去了。众人一个眼花，不见了车儿，发声喊，齐道：“奇怪！奇怪！”都来张那罐口，只见里面黑洞洞的。那僧人就有不悦之意，问道：“你那道人是神仙，还是幻术？”道人口占八句道：

非神亦非仙，非术亦非幻。天地有终穷，桑田经几变。
此身非吾有，财又何足恋。苟不从吾游，骑鲸腾汗漫。

那僧人疑心是个妖术，欲同众人执之送官。道人道：“你莫非懊悔，不舍得这车子钱财么？我今还你就是。”遂索纸笔，写一道符投入罐内。喝声：“出！出！”众人千百只眼睛，看着罐口，并无动静。道人说道：“这罐子贪财，不肯

送将出来，待贫道自去讨来还你。”说声未了，耸身望罐口一跳，如落在万丈深潭，影儿也不见了。那僧人连呼：“道人出来！道人快出来！”罐里并不则声。僧人大怒，提起罐儿，向地下一掷，其罐打得粉碎，也不见道人，也不见车儿，连先前众人布施的散钱并无一个，正不知哪里去了？只见有字纸一幅，取来看时，题得有诗四句道：

寻真要识真，见真浑未悟。一笑再相逢，驱车东平路。

众人正在传观，只见字迹渐灭，须臾之间，连这幅白纸也不见了。众人才信是神仙，一哄而散。只有那僧人失脱了一车子钱财，意气沮丧，忽想着诗中“一笑再相逢，驱车东平路”之语，汲汲回归。行到东平路上，认得自家车儿，车上钱物宛然，分毫不动。那道人立于车旁，举手笑道：“相待久矣！钱车可自收之。”又叹道：“出家之人，尚且惜钱如此，更有何人不爱钱者？普天下无一人可度，可怜哉！可痛哉！”言讫腾云而去。那僧人惊呆了半晌，去看那车轮上，每边各有一口字，二口成吕，乃知吕洞宾也。懊悔无及！正是：

天上神仙容易遇，世间难得舍财人。

方才说吕洞宾的故事，因为那僧人舍不得这一车子钱，把个活神仙当面错过。有人论：这一车子钱，岂是小事，也怪那僧人不得；世上还有一文钱也舍不得的。依在下看来，舍得一车子钱，就从那舍得一文钱这一念推广上去；舍不得一文钱，就从那舍不得一车子钱这一念算计入来。不要把钱多钱少，看作两样。如今听在下说这一文钱小小的故事。列位看官们，各宜警醒，惩忿窒欲（克制愤怒，杜塞情欲。语出《易经·损卦》），且休望超凡入道，也是保身保家的正理。诗云：

不争闲气不贪钱，舍得钱时结得缘。

除却钱财烦恼少，无烦无恼即神仙。

话说江西饶州府浮梁县，有景德镇，是个马头去处。镇上百姓，都以烧造磁器为业，四方商贾，都来载往苏杭各处贩卖，尽有利息。就中单表一人，叫作丘乙大，是窑户家一个做手（行家好人）。浑家杨氏，善能描画。乙大做就磁胚，就是浑家描画花草人物，两口俱不吃空。住在一个冷巷里，尽可度日有余。那杨氏年三十六岁，貌颇不丑，也肯与人活动（指男女私通）。只为老公厉害，只好背地里偶一为之，却不敢明当做事。所生一子，名唤丘长儿，年十四岁，资性愚鲁，尚未会做活，只在家中走跳。忽一日杨氏患肚疼，思想椒汤吃，把一文钱教长儿到市上买椒。长儿拿了一文钱，才走出门，刚刚遇着东间壁一般做磁胚刘三旺的儿子，叫作再旺，也走出门来。那再旺年十三岁，比长儿倒乖巧，平日喜的是撷钱（博戏名）耍子。怎的样撷钱？也有八个六个，撷出或字或背，一色的谓之浑成。也有七个五个，撷去一背一字间花儿去的，谓之背间。再旺和长儿闲常有钱时，多曾在巷口一个空阶头上耍过来。这一日巷中相遇，同走到当初耍钱去处，再旺又要和长儿耍子。长儿道：“我今日没有钱在身边。”再旺道：“你往哪里去？”长儿道：“娘肚疼，叫我买椒泡汤吃。”再旺道：“你买椒，一定有钱。”长儿道：“只有得一文钱。”再旺道：“一文钱也好耍，我也把一文与你赌个背字，两背的便都赢去，两字便输，一字一背不算。”长儿道：“这文钱是要买椒的，倘或输与你了，把什么去买？”再旺道：“不妨事，你若赢了是造化；若输了时，我借与你，下次还我就是。”长儿一时不老成，就把这文钱撇在地上。

再旺在兜里也摸出一个钱丢下地来。长儿的钱是个背，再旺的是个字。这攧钱也有先后常规，该是背的先攧。

长儿拣起两文钱，摊在第二手指上，把大拇指掐住，曲一曲腰，叫声："背！"攧将下去，果然两背，长儿赢了。收起一文，留一文在地。再旺又在兜肚里摸出一文钱来，连地下这文钱拣起，一般样摊在第二手指上，把大拇指掐住，曲一曲腰，叫一声："背！"攧将下去，却是两个字，又是再旺输了。长儿把两个钱都收起，和自己这一文钱，共是三个。长儿赢得顺流，动了赌兴，问再旺道："还有钱么？"再旺道："钱尽有，只怕你没造化赢得。"当下伸手在兜肚里摸出十来个净钱，捻在手里，啧啧夸道："好钱！好钱！"问长儿："还敢攧么？"又丢下一文来。长儿又攧了两背，第四次再旺攧，又是两字。一连攧了十来次，都是长儿赢了，共得了十二文。分明是掘藏一般，喜得长儿笑容满面，拿了钱便走。再旺哪肯放他，上前拦住，道："你赢了我许多钱，走哪里去？"长儿道："娘肚疼，等椒汤吃，我去去，闲时再来。"再旺道："我还有钱在腰里，你赢得时，都送你。"长儿只是要去，再旺发起喉急来，便道："你若不肯攧时，还了我的钱便罢。你把一文钱来骗了我许多钱，如何就去？"长儿道："我是攧得有采，须不是白夺你的。"再旺索性把兜肚里钱，尽数取出，约莫有二三十文，做一垛儿堆在地下道："待我输尽了这些钱，便放你走。"长儿是个小厮家，眼孔浅，见了这钱，不觉贪心又起；况且再旺抵死缠住，只得又攧。谁知风无常顺，兵无常胜。这番采头又轮到再旺了。照前攧了一二十次，虽则中间互有胜负，却是再旺赢得多。到结末来，这十二文钱，依旧被他复去，长儿刚刚原剩得一文钱。

自古道：赌以气胜。初番长儿攧赢了一两文，胆就壮了，偶然有些采头，就连赢数次。到第二番又攧时，不是他心中所愿，况且着了个贪心，手下就有些矜持。到一连攧输了几文，去了个舍不得一个，又添了个吝字，气便索然。怎当再旺一股愤气，又且稍长胆壮，自然赢了。大凡人富的好过，贫的好过，只有先富后贫的，最是难过。据长儿一文钱起手时，赢得一二文也是够了，一连得了十二文钱，一拳头捻不住，就似白手成家，何等欢喜！把这钱不看做**倘来之物**（意外得到的或非本分应得的东西），就认作自己东西，重复输去，好不气闷，痴心还想再像初次赢将转来。"就是输了，他原许下借我的，有何不可？"这一交，合该长儿攧了，忍不住按定心坎，再复一攧，又是二字，心里着忙，就去抢那钱，手去迟些，先被再旺抢到手中，都装入兜肚里去了。长儿道："我只有这文钱，要买椒的，你原说过赢时借我，怎的都收去了？"再旺怪长儿先前赢了他十二文钱就要走，今番正好出气。君子报仇，直待三年；小人报仇，只在眼前。怎么还肯把这文钱借他？把长儿双手挡开，故意地一跳一舞，跑入巷去了。急得长儿且哭且叫，也回身进巷扯住再旺要钱，两个扭作一堆厮打。

孙庞斗智谁为胜，楚汉争锋哪个强？

却说杨氏专等椒来泡汤吃，望了多时，不见长儿回来。觉得肚疼定了，走出门来张看，只见长儿和再旺扭住厮打，骂道："小杀才！教你买椒不买，倒在此寻闹，还不撒开。"两个小厮听得骂，都放了手。再旺就闪在一边。杨氏问长儿："买的椒在哪里？"长儿含着眼泪回道："那买椒的一文钱，被再旺夺去了。"再旺道："他与我攧钱，输与我的。"杨氏只该骂自己儿子，不该攧钱，不该怪别

人。况且一文钱，所值几何，即输了去，只索罢休。单因杨氏一时不明，惹出一场大祸，展转地害了多少人的性命。正是：

事不三思终有悔，人能百忍自无忧。

杨氏因等候长儿不来，一肚子恶气，正没出豁，听说赢了他儿子的一文钱，便骂道："天杀的野贼种！要钱时，何不教你娘趁汉，却来骗我家小斯攧钱！"口里一头骂，一头便扯再旺来打。恰正抓住了兜肚，凿下两个栗暴。那小厮打急了，把身子负命一挣，却挣断了兜肚带子，落下地来。索郎一声响，兜肚子里面的钱，撒作一地。杨氏道："只还我那一文便了。"长儿得了娘的口气，就势抢了一把钱，奔进自屋里去。再旺就叫起屈来。杨氏赶进屋里，喝教长儿还了他钱。

长儿被娘逼不过，把钱对着街上一撒。再旺一头哭，一头骂，一头捡钱。捡起时，少了六七文钱，情知是长儿藏下，拦着门只顾骂。杨氏道："也不见这天杀的野贼种，恁地撒泼！"把大门关上，走进去了。再旺敲了一回门，又骂了一回，哭到自屋里去。母亲孙大娘正在灶下烧火，问其缘故。再旺哭诉道："长儿抢了我的钱，他的娘不说他不是，倒骂我天杀的野贼种，要钱时何不教你娘趁汉。"孙大娘不听时，万事全休，一听了这句不入耳的言语，不觉怒从心上起，恶向胆边生。

原来孙大娘最痛儿子，极是护短，又兼性暴，能言快语，是个揽事的女都头。若相骂起来，一连骂十来日，也不口干，有名叫作"绰板婆"。她与丘家只隔得三四个间壁居住，也晓得杨氏平日有些不三不四的毛病，只为从无口面，不好发挥出来。一闻再旺之语，太阳里爆出火来，立在街头，骂道："狗泼妇！狗淫妇！自己瞒着老公趁汉子，我不管你罢了，倒来谤别人。老娘人便看不像，却替老公争气。前门不进师姑，后门不进和尚，拳头上立得人起，臂膊上走得马过。不像你那狗淫妇，人硬货不硬，表壮里不壮，作成老公带了绿帽儿，羞也不羞？还亏你老着脸在街坊上骂人。便臊贱时，也不恁般做作！我家小厮年幼，连头带脑，也还不够与你补空，你休得缠他！臊发时还去寻那旧汉子，是多寻儿遭，多养了几个野贼种，大起来好做贼！"一声泼妇，一声淫妇，骂一个路绝人稀。杨氏怕老公，不敢揽事，又没处出气，只得骂长儿道："都是你那小天杀的，不学好，引这长舌妇开口！"提起木柴，把长儿劈头就打，打得长儿头破血淋，号啕大哭。丘乙大正从窑上回来，听得孙大娘叫骂，侧耳多时，一句句都听在肚里，想道："是哪家婆娘不秀气（不争气），替老公装幌子，惹得绰板婆叫骂。"及至回家，见长儿啼哭，问起缘由，倒是自家家里招揽的是非。丘乙大是个硬汉，怕人耻笑，声也不喷，气忿忿地坐下。远远地听得骂声不绝，直到黄昏后，方才住口。

丘乙大吃了几碗酒，等到夜深人静，叫老婆来盘问道："你这贱人瞒着我做的好事！趁的许多汉子，姓甚名谁？好好招将出来，我自去寻他说话。"那婆娘原是怕老公的，听得这句话，分明似半空中响一个霹雳，战兢兢还敢开口？丘乙大道："泼贱妇！你有本事偷汉子，如何没本事说出来？若要不知，除非莫为。瞒得老公，瞒不得邻里，今日教我如何做人？你快快说来，也得我心下明白。"杨氏道："没有这事，教我说谁来？"丘乙大道："真个没有？"杨氏道："没有。"丘乙大道："既是没有时，他们如何说你？你如何凭她说，不则一声？显是心虚

口软，应她不得。若是真个没有，是他们诈说你时，你今夜吊死在她门上，方表你清白，也出脱了我的丑名。明日我好与她讲话。”那婆娘怎肯走动，流下泪来，被丘乙大三两个巴掌，出大门，把一条麻索丢与她，叫道：“快死！快死！不死便是恋汉子了。”说罢推，关上门儿进来。长儿要来开门，被乙大一顿栗暴，打得哭了一场，睡去了。乙大有了几分酒意，也自睡去。单撇杨氏在门外好苦，上天无路，入地无门。千不是，万不是，只是自家不是，除却死，别无良策。自悲自怨了多时，恐怕天明，慌慌张张地取了麻索，去认那刘三旺的门首。也是将死之人，失魂颠智，刘家本在东间壁第三家，却错走到西边去。走过了五六家，到了第七家，见门面与刘家相像，忙忙地把几块乱砖衬脚，搭上麻索于檐下，系颈自尽。可怜伶俐妇人，只为一文钱斗气，丧了性命。正是：

地下新添恶死鬼，人间不见画花人。

却说西邻第七家，是个打铁的匠人门首。这匠人浑名叫作白铁，每夜四更便起来打铁。偶然开了大门撒溺，忽然一阵冷风，吹得毛骨悚然，定睛看时，吃了一惊。不是傀儡场中鲍老（古代戏剧中的角色，多戴面具，用其滑稽表演逗人取乐），竟像秋千架上佳人。檐下挂着一件物事，不知是哪里来的，好不怕人！犹恐是眼花，转身进屋，点个亮来一照，原来是新缢的妇人，咽喉气断，眼见得救不活了。欲待不去照管她，到天明被做公的看见，却不是一场飞来横祸，辨不清的官司。思量一计：“将她移在别处，与我便无干了。”担着惊恐，上前去解这麻索。那白铁本来有些蛮力，轻轻地便取下挂来，背出正街，心慌意急，不暇致详，向一家门里撇下。头也不回，竟自归家，兀自连打几个寒噤，铁也不敢打了，复上床去睡卧。不在话下。

且说丘乙大黑早起来开门，打听老婆消息，走到刘三旺门前，并无动静，直走到巷口，也没些踪影，又回来坐地寻思：“莫不是这贱妇逃走他方去了？”又想：“她出门稀少，又是黑暗里，如何行动？”又想道：“她若不死时，麻索必然还在。”再到门前去看时，地下不见麻绳。“定是死了刘家门首，被他知觉，藏过了尸首，与我白赖。”又想：“刘三旺昨晚不回，只有那绰板婆和那小厮在家，哪有力量搬运？”又想道：“虫蚁也有几只脚儿，岂有人无帮助？且等她开门出来，看她什么光景，见貌辨色，可知就里。”等到刘家开门，再旺出来，把钱去市心里买馍馍点心，并不见有一些惊慌之意。丘乙大心中委决不下。又到街前街后闲荡，打探一回，并无影响。回来看见长儿还睡在床上打齁，不觉怒起，掀开被，向腿上四五下，打得这小厮睡梦里直跳起来。丘乙大道：“娘也被刘家逼死了，你不去讨命，还只管睡！”这句话，分明丘乙大教长儿去惹事，看风色。

长儿听说娘死了，便哭起来，忙忙地穿了衣服，带着哭，一径直赶到刘三旺门首，大骂道：“狗娼根！狗淫妇！还我娘来！”那绰板婆孙大娘见长儿骂上门，如何耐得，急赶出来，骂道：“千人射的野贼种，敢上门欺负老娘么？”便揪着长儿头发，却待要打，见丘乙大过来，就放了手。这小厮满街乱跳乱舞，带哭带骂讨娘。丘乙大已耐不住，也骂起来。那绰板婆怎肯相让，旁边钻出个再旺来相帮，两下干骂一场，邻里劝开。

丘乙大教长儿看守家里，自己去街上央人写了状词，赶到浮梁县告刘三旺和妻孙氏人命事情。大尹准了状词，差人拘拿原被告和邻里干证，到官审问。

原来绰板婆孙氏平昔口嘴不好，极是要冲撞人，邻里都不欢喜。因此说话中间，未免偏向丘乙大几分，把相骂的事情，增添得重大了，隐隐地将这人命，射实在绰板婆身上。这大尹见众人说话相同，信以为实。错认刘三旺将尸藏匿在家，希图脱罪。差人搜检，连地也翻了转来，只是搜寻不出，故此难以定罪。且不用刑，将绰板婆拘禁，差人押刘三旺寻访杨氏下落，丘乙大讨保在外。这场官司好难结哩！有分教：

绰板婆消停口舌，磁器匠耽误生涯。

这事且搁过不题。再说白铁将那尸首，却撇在一个开酒店的人家门首。那店主人王公，年纪六十余岁，有个妈妈，靠着卖酒过日。是夜睡至五更，只听得叩门之声，醒时又不听得。刚刚合眼，却又闻砰砰声叩响。心中惊异，披衣而起，即唤小二起来，开门观看。只见街头上，不横不直，挡着这件物事。王公还道是个醉汉，对小二道：“你仔细看一看，还是远方人，是近处人？若是左近邻里，可叩他家起来，扶了去。”小二依言，俯身下去认看，因背了星光，看不仔细。见颈边拖着麻绳，却认作是条马鞭，便道：“不是近边人，想是个马夫。”王公道：“你怎么晓得他是个马夫？”小二道：“见他身边有根马鞭，故此知得。”王公道：“既不是近处人，由他吧！”小二欺心，要拿他的鞭子，伸手去拾时，却拿不起，只道压了身底下，尽力一扯，那尸首直竖起来，把小二吓了一跳，叫道：“阿呀！”连忙放手，那尸扑的倒下去了。连王公也吃一惊，问道：“这怎么说？”小二道：“只道是根鞭儿，要拿他的，不想却是缢死的人，颈下扣的绳子。”王公听说，慌了手脚，欲待叫破地方，又怕这没头官司惹在身上；不报地方，这事洗身不清。便与小二商议，小二道：“不打紧！只教她离了我这里，就没事了。”王公道：“说得有理，还是拿到哪里去好？”小二道：“撇她在河里吧！”当下二人动手，直抬到河下。远远望见岸上有人打着灯笼走来，恐怕被他撞见，不管三七二十一，撇在河边，奔回家去了，不在话下。

且说岸上打灯笼来的是谁？那人乃是本镇一个大户，叫作朱常，为人奸诡百出，变诈多端，是个好打官司的主儿。因与隔县一个姓赵的人家争田，这一早要到田头去割稻，同着十来个家人，拿了许多扁挑、索子、镰刀，正来下船。那提灯的在前，走下岸来，只见一人横倒在河边，也认作是个醉汉，便道：“这该死的，贪这样脓血！若再一个翻身，却不滚在河里，送了性命？”内中一个家人，叫作卜才，是朱常手下第一出尖的帮手，他只道醉汉身边有些钱钞，就蹲倒身，伸手去摸他腰下，却冰一般冷，吓得缩手不迭，便道：“原来死的了！”朱常听说是死人，心下顿生不良之念。忙叫：“不要嚷，把灯来照看，是老的？是少的？”

众人在灯下仔细打一认，却是个缢死的妇人。朱常道：“你们把她颈里绳子快解掉了，扛下艄里去藏好。”众人道：“老爹！这妇人正不知是甚人谋死的，我们如何却倒去招揽是非？”朱常道：“你莫管，我自有用处。”众人只得依他，解去麻绳，叫起看船的扛上船，藏在艄里，将平基盖好。朱常道：“卜才，你回去，媳妇子叫五六个来。”卜才道：“这二三十亩稻，够什么砍，要这许多人去做甚？”朱常道：“你只管叫来，我自有用处。”卜才不知是意见，即便提灯回去。不一时叫到，坐了一船，解缆开船，两人荡桨，离了镇上。众人问道：“老爹载

这东西去，有甚用处？”朱常道：“如今去割稻，赵家定来拦阻，少不得有一场相打，到告状结杀。如今天赐这东西与我，岂不省了打官司！还有许多妙处。”众人道：“老爹怎见省了打官司？又有何妙处？”朱常道：“有了这尸首时，只消如此如此，这般这般，却不省了打官司，你们也有些财采。他若不见机，弄到当官，定然我们占个上风，可不好么？”众人都喜道：“果然妙计！小人们怎省得？”正是：

算定机谋夸自己，排与圈套害他人。

这些人都是愚野村夫，晓得什么利害？听见家主说得都有财采，竟像瓮中取鳖，手到擒来的事，乐极了，巴不得赵家的人，这时便到船边来厮闹便好。银子既有得到手，官司又可以赢得，心急，发狠荡起桨来。这船恰像生了七八个翅膀一般，顷刻就飞到了。

此时天色渐明，朱常教把船歇在空阔无人居住之处，离田头尚有一箭之路。众人都上了岸，寻出一条一股连一股断的烂草绳，将船缆在一棵草根上，只留一个人坐在船上看守，众男女都下田**斫稻**（割稻）。朱常远远地立在岸上打探消耗，原来这地方叫作鲤鱼桥，离景德镇只有十里多远，再过去里许，又唤作太白村，乃南直隶徽州府婺源县所管。因是两省交界之处，人民错壤而居。与朱常争田这人名唤赵完，也是个大富之家，原是浮梁县人户，却住在婺源县地方，两县俱置得有田产。那争的田，只得三十余亩，乃赵完族兄赵宁的。先把来抵借了朱常银子，却又卖与赵完，恐怕出丑，就揽来佃种，两边影射了三四年。不想近日身死，故此两家相争。这稻子还是赵宁所种。

说话的，这田在赵完屋脚跟头，如何不先斫了，却留与朱常来割？看官有所不知，那赵完也是个强横之徒，看得自己大了，道这田是明中正契买族兄的，又在他的左近；朱常又是隔省人户，料必不敢来斫稻，所以放心托胆。哪知朱常又是个专在虎头上做窠，要吃不怕死的魍魉，竟来**放对**（作对）。正在田中砍稻，早有人报知赵完。赵完道：“这厮真是吃了大虫的心，豹子的胆，敢来我这里撩拨！想是来送死么！”儿子赵寿道：“爹！自古道：‘来者不惧，惧者不来。’也莫轻觑了他！”赵完问报人道：“他们共有多少人在此？”答道：“十数个男子，六七个妇人。”赵完道：“既如此，也教妇人去。男对男，女对女，都拿回来，敲断他的孤拐子，连船都拔他上岸，那时方见我的手段。”即便唤起二十多人，十来个妇人，一个个粗脚大手，裸臂揎拳，如疾风骤雨而来。赵完父子随后来看。

且说众人远远地望着田中，便喊道：“偷稻的贼不要走！”朱常家人、媳妇，看见赵家有人来了，连忙住手，往河边便跑。到得岸旁，朱常连叫快脱衣服。众人一齐卸下，堆作一处，叫一个妇人看守，复身转来，叫道：“你来！你来！若打输与你，不为好汉！”赵完家有个雇工人，叫作田牛儿，自恃有些气力，抢先飞奔向前。朱家人见他势头来得勇猛，两边一闪，让他冲将过来。才让他冲进时，男子、妇人，一裹转来围住。田牛儿叫声：“来得好！”提起升箩般拳头，拣着个精壮村夫面上，一拳打去，只指望先打倒了一个硬的，其余便如摧枯拉朽了。谁知那人却也来得，拳到面上时，将头略偏一偏，这拳便打个空，刚落下来，就顺手牵羊，把拳留住。田牛儿挣脱不得，急起左拳来打，手尚未起，又被一人接住，两边扯开。田牛儿便施展不得。朱家人也不打他，推

的推，扯的扯，倒像八抬八绰一般，脚不点地，竟拿上船。那烂草绳系在草根上，有甚筋骨，初踏上船就断了。艄上人已预先将篙拦住，众人将田牛儿纳在舱中乱打。赵家后边的人，见田牛儿捉上船去，蜂拥赶上船抢人。朱家妇女都四散走开，放他上去。说时迟，那时快，拦篙的人一等赵家男子、妇人上齐船时，急调转篙，望岸上用力一点，那船如箭一般，向河心中直荡开去。人众船轻，三四晃便翻将转来。两家男女四十多人，尽都落水。这些妇人各自挣扎上岸，男子就在水中相打，纵横搅乱，激得水溅起来，恰如骤雨相似。把岸上看的人眼都耀花了，只叫莫打，有话上岸来说。

正打之间，卜才就人乱中，把那缢死妇人尸首，直过去，便喊起来道："地方救护，赵家打死我家人了！"朱常同那六七个妇人，在岸边接应，一齐喊叫，其声震天动地。赵家的妇人，正绞挤湿衣，听得打死了人，带水而逃。水里的人，一个个吓得胆战心惊，正不知是哪个打死的，巴不能掮（lì，折断）脱逃走，被朱家人乘势追打，吃了老大的亏。挣上了岸，落荒逃奔。此时只恨父母少生了两只脚儿。朱家人欲要追赶，朱常止住道："如今不是相打的事了，且把尸首收拾起来，抬放他家屋里了再处。"众人把尸首拖到岸上，卜才认作妻子，假意啼啼哭哭。

朱常又教捞起船上篙桨之类，寄顿佃户人家。又对看的人道："列位地方邻里，都是亲眼看见，活打死的，须不是诬陷赵完，倘到官司时，少不得要相烦做个证见，但求实说罢了。"这几句是朱常引人来兜揽处和的话。此时内中若有个有力量的出来担当，不教朱常把尸首抬去赵家，说和这事，也不见得后来害许多人的性命。只因赵完父子，平日是个难说话的，恐怕说而不听，反是一场没趣。况又不晓得朱常心中是甚样个意儿，故此并无一人招揽。朱常见无人招架，教众人穿起衣服，把尸首用芦席卷了，将绳索络好，四个扛着，往赵完家来。看的人随后跟来，观看两家怎的结局。

铜盆撞了铁扫帚，恶人自有恶人磨。

且说赵完父子随后走来，远望着自家人追赶朱家的人，心中欢喜。渐渐至近，只见妇女、家人，浑身似水，都像落汤鸡一般，四散奔走。赵完惊讶道："我家人多，如何反被他们打下水去？"急那步上前。众人看见，乱喊道："阿爹不好了！快回去吧。"赵寿道："你们怎的恁般没用？都被打得这模样！"众人道："打是小事，只是他家死了人，却怎处？"赵完听见死了个人，吓得就酥了半边，两只脚就像钉了，半步也行不动。赵寿与田牛儿，两边挟着胳膊而行，扶至家中坐下，半晌方才开言，问道："如何就打死了人？"众人把相打翻船的事，细说一遍。又道："我们也没有打妇人，不知怎的死了？想是淹死的。"赵完心中没了主意，只叫："这事怎好？"那时合家老幼，都丛在一堆，人人心中惊慌。正说之间，人进来报："朱家把尸首抬来了。"赵完又吃这一吓，恰像**打坐的禅和子**（参禅的和尚），急得**身色**（佛教语，指身体和神色）一毫不动。

自古道："物极则反，人急计生。"赵寿忽地转起一念，便道："爹莫慌！我自有对付他的计较在此。"便对众人道："你们都向外边闪过，让他们进来之后，听我鸣锣为号，留几个紧守门口，其余都赶进来拿人，莫教走了一个。解到官司，见许多人白日抢劫，这人命自然从轻。"众人得了言语，一齐转身。赵完恐又打坏了人，吩咐："只要拿人，不许打人！"众人应允，一阵风出去。赵寿只

留了一个心腹义孙赵一郎道:“你且在此。”又把妇女妻小打发进去,吩咐:“不要出来!”赵完对儿子道:“虽然告他白日打抢,总是人命为重,只怕抵当不过。”赵寿走到耳根前,低低道:“如今只消如此这般。”赵完听了大喜,不觉身子就健旺起来,乃道:“事不宜迟,快些停当!”赵寿先把各处门户闭好,然后寻了一把斧头,一个棒槌,两扇板门,都已完备,方教赵一郎到厨下叫出一个老儿来。那老儿名唤丁文,约有六十多岁,原是赵完的表兄,因有了个懒黄病,吃得做不得,却又无男无女,挨在赵完家烧火,博口饭吃。当下那老儿不知头脑,走近前问道:“兄弟有甚话?”赵完还未答应,赵寿闪过来,提起棒槌,看正太阳,便是一下。那老儿只叫得声:“阿呀!”翻身跌倒。赵寿赶上,又复一下,登时了账。当下赵寿动手时,以为无人看见,不想田牛儿的娘田婆,就住在赵完宅后,听见打死了人,恐是儿子打的,心中着急,要寻来问个仔细,从后边走出,正撞着赵寿行凶。吓得蹲倒在地,便立不起身。口中念声:“阿弥陀佛!青天白日,怎做这事!”赵完听得,回头看了一看,把眼向儿子一颠,赵寿会意,急赶近前,照顶门一棒槌打倒,脑浆鲜血一齐喷出。还怕不死,又向肋上三四脚,眼见得不能够活了。只因这一文钱上起,又送了两条性命。正是:

耐心终有益,任意定生灾。

且说赵一郎起初唤丁老儿时,不道赵寿怀此恶念,蓦见他行凶,惊得只缩到一壁角边去。丁老儿刚刚完事,接脚又撞个田婆来凑成一对,他恐怕这第三棒槌轮到头上,心下着忙,欲待要走,这脚上却像被千百斤石头压住,哪里移得动分毫。正在慌张,只见赵完叫道:“一郎快来帮一帮!”赵一郎听见叫他相帮,方才放下肚肠,挣扎得动,向前帮赵寿拖这两个尸首,放在遮堂背后,寻两扇板门压好,将遮堂都起浮了窠臼。又吩咐赵一郎道:“你切不可泄漏,待事平了,把家私分一股与你受用。”赵一郎道:“小人靠阿爹洪福过日的,怎敢泄漏?”刚刚停当,外面人声鼎沸,朱家人已到了。赵完三人退入侧边一间屋里,掩上门儿张看。

且说朱常引家人、媳妇,扛着尸首赶到赵家,一路打将进去。直到堂中,见四面门户紧闭,并无一个人影。朱常教:“把尸首居中停下,打到里边去,拿赵完这老亡八出来,锁在死尸脚上!”众人一齐动手,乒乒乓乓将遮堂乱打,那遮堂已是离了窠臼的,不消几下,一扇扇都倒下去,尸首上又压上一层。众人只顾向前,哪知下面有物。赵寿见打下遮堂,把锣筛起。外边人听见,发声喊,抢将入来。朱常听得筛锣,只道有人来抢尸首,急掣身出来,众人已至堂中,两下你揪我扯,搅作一团,滚作一块。里边赵完三人大喊:“田牛儿!你母亲都被打死了,不要放走了人!”田牛儿听见,急奔来问:“我母亲如何却在这里?”赵完道:“她刚同丁老官走来问我,遮堂打下,压死在内。我急走得快,方逃得性命。若迟一步儿,这时也不知怎的了!”田牛儿与赵一郎将遮堂搬开,露出两个尸首。

田牛儿看娘时,头已打开,脑浆鲜血满地,放声大哭。朱常听见,只道还是假的,急抽身一望,果然有两个尸首,着了忙,往外就跑。这些家人、媳妇,见家主走了,各要挪脱逃走,一路揪扭打将出来。哪知门口有人把住,一个也走不脱,都被拿住。赵完叫道:“莫打坏了人!”故此朱常等不十分吃亏。赵寿取出链子绳索,男子、妇女锁作一堂。田牛儿痛哭了一回,心中愤怒,跳起身道:“我把朱常这狗忘八,照依母亲打死罢了!”赵完拦住道:“不可!不可!如

今自有官法究治了，你打死他做甚？”教众人扯过一边。此时已哄动远近村坊，地方邻里，无有不到赵家观看。赵完留到后边，备起酒席款待，要众人具个白昼劫杀公呈。那些人都是赵完的亲戚佃户、雇工人等，谁敢不依？

赵完连夜装起四五只大船，载了地邻干证人等，把两只将朱常一家人锁缚在舱里。行了一夜，方到婺源县台。候大尹早衙升堂，地方人等先将呈子具上。这大尹展开，观看一过，问了备细，即差人押着地方并尸亲赵完、田牛儿、卜才前去，将三个尸首盛殓了，吊来相验。朱常一家人，都发在铺里羁候。那时朱常家中，自有佃户报知，儿子朱太星夜赶来看觑，自不必说。

有句俗语道得好：“官无三日急。”那尸棺便吊到了，这大尹如何就有工夫去相验。隔了半个多月，方才出牌，着地方备办登场法物，铺中取出朱常一干人，都到尸场上。仵作人逐一看报道：“丁文太阳有伤，周围二寸有余，骨头粉碎。田婆脑门打开，脑髓漏尽，右肋骨踢折三根。二人实系打死。卜才妻子颈下有缢死绳痕，遍身别无伤损，此系缢死是实。”大尹见报，心中骇异道：“据这呈子上，称说船翻落水身死，如何却是缢死的？”朱常就禀道：“爷爷！众耳众目所见，如何却是缢死的？这明明仵作人得了赵完银子，妄报老爷！”大尹恐怕赵完将别个尸首颠换了，便唤卜才：“你去认这尸首，正是你妻子的么？”卜才上前一认，回复道：“正是小人妻子！”大尹道：“是昨日登时死的？”卜才道：“是。”大尹问了详细，自走下来，把三个尸首逐一亲验，仵作人所报不差，暗称奇怪！吩咐把棺木盖上封好，带到县里来审。

大尹在轿上，一路思想，心下明白。回县坐下，发众犯都跪在仪门外，单唤朱常上去，道：“朱常，你不但打死赵家二命，连这妇人，也是你谋死的。须从实招来。”朱常道：“这是家人卜才的妻子余氏，实被赵完打下水死的，地方上人，都是见的，如何反是小人谋死？爷爷若不信，只问卜才便见明白。”大尹喝道：“胡说！这卜才乃你一路之人，我岂不晓得！敢在我面前支吾！夹起来！”众皂隶一齐答应上前，把朱常鞋袜去了，套上夹棍，便喊起来。那朱常本是富足之人，虽然好打官司，从不曾受此痛苦，只得一一吐实：“这尸首是浮梁江口不知何人撇下的。”

大尹录了口词，叫跪在丹墀下。又唤卜才进来，问道：“死的妇人果是你妻子么？”卜才道：“正是小人妻子。”大尹道：“既是你妻子，如何把她谋死了，诈害赵完？”卜才道：“爷爷！昨日赵完打下水身死，地方上人都看见的。”大尹把气拍（即惊堂木）在桌上一连七八拍，大喝道：“你这该死的奴才！这是谁家的妇人，你冒认作妻子，诈害别人！你家主已招称，是你把她谋死。还敢巧辩，快夹起来！”卜才见大尹像道士打灵牌一般，把气拍一片声乱拍乱喊，将魂魄都惊落了。又听见家主已招，只得禀道：“这都是家主教小人认作妻子，并不干小人之事。”大尹道：“你一一从实细说。”卜才将下船遇见尸首，定计诈赵完前后事细说一过，与朱常无二。大尹已知是实，又问道：“这妇人虽不是你谋死，也不该冒认为妻，诈害平人。那丁文、田婆却是你与家主打死的，这须没得说。”卜才道：“爷爷！其实不曾打死，就夹死小人，也不招的。”

大尹也教跪在丹墀。又唤赵完并地方来问，都执朱常扛尸到家，乘势打死。大尹因朱常造谋诈害赵完事实，连这人命也疑心是真，又把朱常夹起来。朱常

熬刑不起，只得屈招。大尹将朱常、卜才各打四十，拟成斩罪，下在死囚牢里。其余十人，各打二十板，三个充军，七个徒罪，亦各下监。六个妇人，都是杖罪，发回原籍。其田断归赵完，代赵宁还原借朱常银两。又行文关会浮梁县，查究妇人尸首来历。

那朱常初念，只要把那尸首做个媒儿，赵完怕打人命官司，必定央人兜收私处，这三十多亩田，不消说起归他，还要扎诈一注大钱，故此用这一片心机。谁知激变赵寿做出没天理事来对付，反中了他计。当下来到牢里，不胜懊悔，想道："这蚤若不遇这尸首，也不见得到这地位！"正是：

蚤知更有强中手，却悔当初枉用心。

朱常料到此处定难翻案，叫儿子吩咐道："我想三个尸棺，必是钉稀板薄，交了春气，自然腐烂。你今先去会了该房（当值的衙役），捺住关会文书。回去教妇人们莫要泄漏这缢死尸首消息。一面向本省上司去告准，挨至来年四五月间，然后催关去审，那时烂没了缢死绳痕，好与他白赖。一事虚了，事事皆虚，不愁这死罪不脱！"朱太依了父亲，前去行事，不在话下。

却说景德镇卖酒王公家小二因相帮撇了尸首，指望王公些东西，过了两三日，却不见说起。小二在口内野唱，王公也不在其意。又过了几日，小二不见动静，心中焦躁，忍耐不住，当面明明说道："阿公，前夜那话儿，亏我把去出脱了还好；若没我时，到天明地方报知官司，差人出来相验，饶你硬挣，不使酒钱，也使茶钱。就拌上十来担涎吐，只怕还不得干净哩！如今省了你许多钱钞，怎么竟不说起谢我？"大凡小人度量极窄，眼孔最浅，偶然替人做件事儿，侥幸得效，便道是泼天大功劳，就来挟制那人，责他厚报；稍不遂意，便把这事翻局来害，往往人家用错了人，反受其累。譬如小二不过一时用得些气力，便想要王公的银子。那王公若是个知事的，不拘多寡与他些也就罢了；谁知王公又是舍不得一文钱的悭吝老儿，说着要他的钱，恰像割他身上的肉，就面红颈赤起来了。当下王公见小二要他银子，便发怒道："你这人忒没理！吃黑饭，护漆柱（比喻黑心眼，坏良心）。吃了我家的饭，得了我的工钱，便是这些小事，略走得几步，如何就要我钱？"小二见他发怒，也就嚷道："啼呀！就不把我，也是小事，何消得喉急？用得我着，方吃得你的饭，赚得你的钱，须不是白把我用的。还有一句话，得了你工钱，只做得生活，原不曾说替你拽死尸的。"王婆便走过来道："你这蛮子，真个惫懒？自古道：茄子也让三分老。怎么一个老人家，全没些尊卑，一般样与他争嚷。"小二道："阿婆！我出了力，不把银子与我，反发喉急，怎不要嚷？"王公道："什么是我谋死的，要诈我钱！"小二道："虽不是你谋死，便是擅自移尸，也须有个罪名。"王公道："你到去首了我来。"小二道："要我首也不难，只怕你当不起这大门户。"王公赶上前道："你去首，我不怕。"望外劈颈就扠。那小二不曾提防，捉脚不定，翻筋斗直跌出门外，磕碎了脑后，鲜血直淌。小二跌毒了，骂道："老亡八！亏了我，反打么！"就地下拾起一块砖来，望王公掷去。谁知数合当然，这砖不歪不斜，恰恰正中王公太阳，一跤跌倒，再不则声。王婆急上前扶时，只见口开眼定，气绝身亡。跌脚叫苦，便哭起天来。只在这一文钱上，又断送了一条性命。

总为惜财丧命，方知财命相连。

小二见王公死了，爬起来就跑。王婆喊叫邻里赶上拿转，锁在王公脚上。问王婆因甚事起，王婆一头哭，一头将前情说出，又道："烦列位与老身做主则个！"众人道："这厮原来恁地可恶！先教他吃些痛苦，然后解官。"三四个邻佑走上前，一顿拳头脚尖，打得半死，方才住手。教王婆关闭门户，同到县中告状。此时纷纷传说，远近人都来观看。

且说丘乙大正访问妻子尸首不着，官司难结，心思气闷。这一日闻得小二打王公的根由，想道："这妇女尸首，莫不就是我妻子么？"急走来问，见王婆锁门要去告状。丘乙大上前问了详细，计算日子，正是他妻子出门这夜，便道："怪道我家妻子尸首，当朝就不见踪影，原来却是你们撇掉了。如今有了实据，绰板婆却白赖不过了，我同你们见官去！"当下一干人牵了小二，直到县里。次早大尹升堂，解将进去。地方将前后事细禀，大尹又唤王婆问了备细。小二料到情真难脱，不待用刑，从实招承。打了三十，问成死罪，下在狱中。丘乙大禀说妻子被刘三旺谋死，正是此日，这尸首一定是他撇下的。证见已确，要求审结。

此时婺源县知会文书未到，大尹因没有尸首，终无实据，原发落出去寻觅。再说小二，初时已被邻里打伤，那顿板子，又十分厉害。到了狱中，没有使用（花钱打点），又遭一顿拳脚，三日之间，血崩身死。为这一文钱起，又送一条性命。

见因贪白镪（即"白镪"，白银的别称），翻自丧黄泉。

且说丘乙大从县中回家，正打白铁门首经过，只听得里边叫天叫地地啼哭。原来白铁自那夜担着惊恐，出脱这尸首，冒了风寒，回家上得床，就发起寒热，病了十来日，方才断命，所以老婆啼哭。眼见为这一文钱，又送一条性命。

化为阴府惊心鬼，失却阳间打铁人。

丘乙大闻知白铁已死，叹口气说："恁般一个好汉，有得几日，却又了账，可见世人真是没根的！"走到家里，单单只有这个小厮，鬼一般缩在半边，要口热水，也不能够。看了那样光景，方懊悔前日逼勒老婆，做了这件拙事。如今又弄得不尴不尬，心下烦恼，连生意也不去做，终日东寻西觅，并无尸首下落。

看看挨过残年，又蚤五月中旬。那时朱常儿子朱太已在按院告准状词，批在浮梁县审问，行文到婺源县关提人犯尸棺。起初朱太还不上紧，到了五月间，料得尸首已是腐烂，大大送个东道与婺源县该房，起文关解。那赵完父子因婺源县已经问结，自道没事，毫无畏惧，抱卷赴理。两县解子领了一干人犯，三具尸棺，直至浮梁县当堂投递。大尹将人犯羁禁，尸棺发置官坛候检，打发婺源回文，自不必说。

不则一日，大尹吊出众犯，前去相验。那朱太合衙门通买嘱了，要胜赵完。大尹到尸场上坐下，赵完将浮梁县案卷呈上。大尹看了，对朱常道："你借尸扎诈，打死二命，事已问结，如何又告？"朱常禀道："爷爷！赵完打余氏落水身死，众目共见；却买嘱了地邻仵作，妄报是缢死的。那丁文、田婆，自己情慌，谋害抵饰，硬诬小人打死。且不要论别件，但据小人主仆俱被拿住，赵家是何等势力，却容小人打死二命？况死的俱是七十多岁，难道恁地不知利害，只拣垂死之人来打？爷爷推详这上，就见明白。"大尹道："既如此，当时怎就招承？"朱常道："那赵完衙门情熟，用极刑拷逼，若不屈招，性命已不到今日了。"赵完也禀道："朱常当日倚仗假尸，逢着的便打，合家躲避。那丁文、田婆

年老，奔走不及，故此遭了毒手。假尸缢死绳痕，是婺源县大爷亲验过的，岂是仵作妄报！如今日久腐烂，巧言诳骗爷爷，希图漏网反陷。但求细看招卷，曲直立见。”大尹道：“这也难凭你说。”即教开棺检验。

天下有这等作怪的事！只道尸首经了许多时，已腐烂尽了，谁知都一毫不变，宛然如生。那杨氏颈下这条绳痕，转觉显明，倒教仵作人没做理会。你道为何？他已得了朱常钱财，若尸首烂坏了，好从中作弊，要出脱朱常，反坐赵完。如今伤痕见在，若虚报了，恐大尹还要亲验。实报了，如何得朱常银子？正在踌躇，大尹蚤已瞧破，就走下来亲验。那仵作人被大尹监定，不敢隐匿，一一实报。朱常在旁暗暗叫苦。大尹将所报伤处，将卷对看，分毫不差，对朱常道：“你所犯已实，怎么又往上司诳告？”朱常又苦苦分诉。大尹怒道：“还要强辩！夹起来！快说这缢死妇人是哪里来的？”朱常受刑不过，只得招出：“本日蚤起，在某处河沿边遇见，不知是何人撇下。”那大尹极有记性，忽地想起：“去年丘乙大告称，不见了妻子尸首；后来卖酒王婆告小二打死王公，也称是日抬尸首撇在河沿上起衅。至今尸首没有下落，莫不就是这个么？”暗记在心。当下将朱常、卜才都责三十，照旧死罪下狱，其余家人减徒召保。赵完等发落宁家，不题。

且说大尹回到县中，吊出丘乙大状词，并王小二那宗案卷查对，果然日子相同，撇尸地处一般，更无疑惑。即着原差，唤到丘乙大、刘三旺干证人等，监中吊出绰板婆孙氏，齐到尸场认看。此时正是五月天道，监中瘟疫大作，那孙氏刚刚病好，还行走不动，刘三旺与再旺扶挟而行。到了尸场上，仵作揭开棺盖，那丘乙大认得老婆尸首，放声号恸，连连叫道：“正是小人妻子！”干证地邻也道：“正是杨氏！”大尹细细鞠问致死情由，丘乙大咬定：“刘三旺夫妻登门打骂，受辱不过，以致缢死。”刘三旺、孙氏，又苦苦折辩。地邻俱称是孙氏起衅，与刘三旺无干。大尹喝教将孙氏拶起。那孙氏是新病好的人，身子虚弱，又行走这番，劳碌过度，又费唇费舌折辩，渐渐神色改变。经着拶子（夹手指的刑具），疼痛难忍，一口气收不来，翻身跌倒，呜呼哀哉！只因这一文钱上起，又送一条性命。正是：

地狱又添长舌鬼，相骂今无绰板声。

大尹看见，即令放拶。刘三旺向前叫喊，喊破喉咙，也唤不转。再旺在旁哀哀啼哭，十分凄惨。大尹心中不忍，向丘乙大道：“你妻子与孙氏角口而死，原非刘三旺拳手相交。今孙氏亦亡，足以抵偿。今后两家和好，尸首各自领归埋葬，不许再告，违者定行重治。”众人叩首依命，各领尸首埋葬。不在话下。

再说朱常、卜才下到狱中，想起枉费许多银两，反受一场刑杖，心中气恼，染起病来，却又沾着瘟气，二病夹攻，不够数日，双双而死。只因这一文钱上起，又送两条性命。

未诈他人，先损自己。

说话的，我且问你：朱常生心害人，尚然得个丧身亡家之报；那赵完父子活活打死无辜二人，又诬陷了两条性命，他却漏网安享，可见天理原有报不到之处。看官，你可晓得，古老有几句言语么？是哪几句？古语道：“善有善报，恶有恶报。不是不报，时辰未到。”那天公算子，一个个记得明白。古往今来，曾放过哪个？这赵完父子漏网受用，一来他的顽福未尽；二来时候不到；三来

小子只有一张口，没有两副舌，说了那边，便难顾这边，少不得逐节儿还你个报应。闲话休题。且说赵完父子，又胜了朱常，回到家中，亲戚邻里，齐来作贺，吃了好儿日酒。又过数日，闻得朱常、卜才俱已死了，一发喜之不胜。田牛儿念着母亲暴露，领归埋葬不题。

时光迅速，不觉又过年余。原来赵完年纪虽老，还爱风月，身边有个偏房，名唤爱大儿。那爱大儿生得四五分颜色，乔乔画画（化妆打扮，浓妆艳抹），正在得趣之时。那老儿虽然风骚，到底老人家，只好虚应故事，怎能够满其所欲？看见义孙赵一郎，身材雄壮，人物乖巧，尚无妻室，倒有心看上了。常常走到厨房下，挨肩擦背，调嘴弄舌。你想世上能有几个坐怀不乱的鲁男子，妇人家反去勾搭，他可有不肯之理？两下眉来眼去，不则一日，成就了那事。彼此俱在少年，犹如一对饿虎，哪有个饱期？捉空就闪到赵一郎房中偷一手儿。那赵一郎又有些本领，弄得这婆娘体酥骨软，魄散魂销，恨不时刻并做一块。约莫串了半年有余，一日，爱大儿对赵一郎说道："我与你虽然快活了这儿多时，终是碍人耳目，心忙意急，不能够十分尽兴。不如悄地逃往远处，做个长久夫妻。"赵一郎道："小娘子若真肯跟我，就在此可以做得夫妻，何必远去！"爱大儿道："你便是我心上人了，有甚假意？只是怎的在此就做得夫妻？"赵一郎道："向年丁老官与田婆，都是老爹与大官人自己打死，诈赖朱家的。当时教我相帮他扛抬，曾许事完之日，分一分家私与我。那个棒棍，还是我藏好。一向多承小娘子相爱，故不说起。你今既有此心，我与老爹说，先要了那一分家私，寻个所在住下；然后再央人说，要你为配，不怕他不肯。他若舍不得，那时你悄地径自走了出来，他可敢道个不字么？设或不达时务，便报与田牛儿，同去告官，教他性命也自难保。"

爱大儿闻言，不胜欢喜，道："事不宜迟，作速理会！"说罢，闪出房去。次日赵一郎探赵完独自个在堂中闲坐，上前说道："向日老爹许过事平之后，分一股家私与我。如今朱家了账已久，要求老爹分一股儿，自去营运。"赵完答道："我晓得了。"再过一日，赵一郎转入后边，遇着爱大儿，递个信儿道："方才与老爹说了，娘子留心察听，看可像肯的。"爱大儿点头会意，各自开去不题。

且说赵完叫赵寿到一个厢房中去，将门掩上，低低把赵一郎说话，学与儿子，又道："我一时含糊应了他，如今还是怎的计较？"赵寿道："我原是哄他的甜话，怎么真个就做这指望！"老儿道："当初不合许出了，今若不与他些，这点念头，如何肯息？"赵寿沉吟了一回，又生起歹念，乃道："若引惯了他，做了个月月红，倒是无了无休的诈端。想起这事，只有他一个晓得，不如一发除了根，永无挂虑！"那老儿若是个有仁心的，劝儿子休了这念，胡乱与他些小东西，或者免得后来之祸，也未可知。千不合，万不合，却说道："我也有这念头，但没有个计策。"赵寿道："有甚难处，明日去买些砒礵，下在酒中，到晚灌他一醉，怕道不就完事。外边人都晓得平日将他厚待的，决不疑惑！"赵完欢喜，以为得计。

他父子商议，只道神鬼不知，哪晓得却被爱大儿瞧见，料然必说此事，悄悄走来覆在壁上窥听。虽则听着几句，不当明白，恐怕出来撞着，急闪入去。欲要报与赵一郎，因听得不甚真切，不好轻事重报。心生一计，到晚间，把那老儿

多劝上几杯酒，吃得醉熏熏，到了床上，爱大儿反抱定了那老儿撒娇撒痴，淫声浪语。这老儿迷魂了，乘着酒兴，未免做些没正经事体。方在酣美之时，爱大儿道：“有句话儿要说，恐气坏了你，不好开口。若不说，又气不过。”这老儿正玩得气喘吁吁，借那句话头，就停住了，说道：“是哪个冲撞了你？如此着恼！”爱大儿道：“叵耐一郎这厮，今早把风话撩拨我，我要扯他来见你，倒说：‘老爹和大官人性命都还在我手里，料道也不敢难为我。’不知有甚缘故，说这般满话。倘在外人面前，也如此说，必疑我家做甚不公不法勾当，可不坏了名声？那样没上下的人，怎生设个计策摆布死了，也省了后患。”那老儿道：“原来这厮恁般无礼！不打紧，明晚就见功效了。”爱大儿道：“明晚怎的就见功效？”那老儿也是合当命尽，将要药死的话，一五一十说出。

那婆娘得了实言，次早闪来报知赵一郎。赵一郎闻言，吃那惊不小，想道：“这样反面无情的狠人！倒要害我性命，如何饶得他过？”摸了棒槌，锁上房门，急来寻着田牛儿，把前事说与。田牛儿怒气冲天，便要赶去厮闹。赵一郎止住道：“若先嚷破了，反被他做了准备。不如竟到官司，与他理论。”田牛儿道：“也说得是。还到哪一县去？”赵一郎道：“当初先在婺源县告起，这大尹还在，原到他县里去。”那太白村离县只有四十余里，二人拽开脚步，直跑至县中。正好大尹早堂未退，二人一齐喊叫。大尹唤入，当厅跪下，却没有状词，只是口诉。先是田牛儿哭禀一番，次后赵一郎将赵寿打死丁文、田婆，诬陷朱常、卜才情由细诉，将行凶棒槌呈上。大尹看时，血痕虽干，鲜明如昨，乃道：“既有此情，当时为何不首？”赵一郎道：“是时因念主仆情分，不忍出首。如今恐小人泄漏，昨日父子计议，要在今晚将毒药鸩害小人，故不得不来投生。”大尹道：“他父子私议，怎的你就晓得？”赵一郎急遽间，不觉吐出实话，说道：“亏主人偏房爱大儿报知，方才晓得。”大尹道：“你主人偏房，如何肯来报信？想必与你有奸么？”赵一郎被道破心事，脸色俱变，强词抵赖。大尹道：“事已显然，不必强辩。”即差人押二人去拿赵完父子，并爱大儿前来赴审。到得太白村，天已昏黑，田牛儿留回家歇宿，不题。

且说赵寿早起就去买下砒礵，却不见了赵一郎，问家中上下，都不知道。父子虽然有些疑惑，哪个虑到爱大儿泄漏。次日清晨，差人已至，一索捆翻，拿到县中。赵完见爱大儿也拿了，还错认作赵一郎调戏她不从，因此牵连在内。直至赵一郎说出，报他谋害情由，方知向来有奸，懊悔失言。两下辩论一番，不肯招承。怎当严刑锻炼，疼痛难熬，只得一一细招。大尹因害了四命，情理可恨，赵完父子，各打六十，依律处斩。赵一郎奸骗主妾，背恩反噬；爱大儿通同奸夫，谋害亲夫，各责四十，杂犯死罪，齐下狱中。田牛儿释放回家。一面备文申报上司，具疏题请。不一日，刑部奉旨，倒下号札，四人俱依拟秋后处决。只因这一文钱，又断送了四条性命。虽然是冤各有头，债各有主，若不因那一文钱争闹，杨氏如何得死？没有杨氏的死尸，朱常这诈害一事，也就做不成了。总为这一文钱起，共害了十三条性命。这段话叫作《一文钱小隙造奇冤》。奉劝世人，舍财忍气为上。有诗为证：

相争只为一文钱，小隙谁知奇祸连！
劝汝舍财兼忍气，一生无事得安然。

# 第三十五卷　徐老仆义愤成家

犬马犹然知恋主，况于列在生人。为奴一日主人身，情恩同父子，
名分等君臣。　　主若虐奴非正道，奴如欺主伤伦。能为义仆是良民，
盛衰无改节，史册可传神。

说这唐玄宗时，有一官人姓萧，名颖士，字茂挺，兰陵人氏。自幼聪明好学，该博（学问或见识广博）三教九流，贯串诸子百家。上自天文，下至地理，无所不通，无有不晓。真个胸中书富五车，笔下句高千古。年方一十九岁，高擢巍科（高第。古代称科举考试名次在前者），名倾朝野，是一个广学的才子。家中有个仆人，名唤杜亮。那杜亮自萧颖士数龄时，就在书房中服侍起来。若有驱使，奋勇直前，水火不避。身边并无半文私蓄。陪伴萧颖士读书时，不待吩咐，自去千方百计，预先寻觅下果品饮馔供奉。有时或烹瓯茶儿，助他清思；或暖杯酒儿，接他辛苦。整夜直服侍到天明，从不曾打个瞌睡。如见萧颖士读到得意之处，他在旁也十分欢喜。

那萧颖士般般皆好，件件俱美，只有两桩儿毛病。你道是哪两桩？第一件乃是恃才傲物，不把人看在眼内。才登仕籍，便去冲撞了当朝宰相。那宰相若是个有度量的，还恕得他过，又正冲撞了是第一个忌才的李林甫。那李林甫混名叫作李猫，平昔不知坏了多少大臣，乃是杀人不见血的刽子手。却去惹他，可肯轻轻放过？被他略施小计，险些连性命都送了。又亏着座主（唐宋时进士称主试官为座主）搭救，只削了官职，坐在家里。第二件是性子严急，却像一团烈火，片语不投，即暴躁如雷，两太阳火星直爆。奴仆稍有差误，便加捶挞。他的打法，又与别人不同。有甚不同？别人责治家奴，定然计其过犯大小，讨个板子，教人行杖，或打一十，或打二十，分个轻重。唯有萧颖士，不论事体大小，略触着他的性子，便连声喝骂，也不用什么板子，也不要人行杖，亲自跳起身来，一把揪翻，随分掣着一件家火，没头没脑乱打。凭你什么人劝解，他也全不作准，直要打个气息。若不像意，还要咬上几口，方才罢手。因是恁般厉害，奴仆们惧怕，都四散逃去，单单存得一个杜亮。论起萧颖士，只存得这个家人种儿，每事只该将就些才是。谁知他是天生的性儿，使惯的气儿，打溜的手儿，竟没丝毫更改，依然照旧施行。起先奴仆众多，还打了那个，空了这个。到得秃秃里独有杜亮时，反觉打得勤些。论起杜亮，遇着这般难理会的家主，也该学众人逃走去罢了，偏又寸步不离，甘心受他的责罚。常常打得皮开肉绽，头破血淋，也再无一点退悔之念，一句怨恨之言。打罢起来，整一整衣裳，忍着疼痛，依原在旁答应。

说话的，据你说，杜亮这等奴仆，莫说千中选一，就是走尽天下，也寻不出个对儿。这萧颖士又非黑漆皮灯，泥塞竹管，是那一窍不通的蠢物。他须是

身登黄甲（进士及第者），位列朝班，读破万卷，明理的才人，难道恁般不知好歹，一味蛮打，没一点仁慈改悔之念不成？看官有所不知，常言道得好：“江山易改，禀性难移。”那萧颖士平昔原爱杜亮小心驯谨，打过之后，深自懊悔道：“此奴随我多年，并无十分过失，如何只管将他这样毒打？今后断然不可！”到得性发之时，不觉拳脚又轻轻地生在他身上去了。这也不要单怪萧颖士性子急躁，谁教杜亮刚闻得叱喝一声，恰如小鬼见了钟馗一般，扑秃的两条腿就跪倒在地！萧颖士本来是个好打人的，见他做成这个要打局面，少不得奉承几下。

杜亮有个远族兄弟杜明，就住在萧家左边，因见他常打得这个模样，心下倒气不过，撺掇杜亮道：“凡做奴仆的，皆因家贫力薄，自难成立，故此投靠人家。一来图个现成衣服，二来指望家主有个发迹日子，带挈风光，摸得些东西，做个小小家业，快活下半世。像阿哥如今随了这措大（贫寒失意的读书人，是对读书人的蔑称），早晚辛勤服侍，竭力尽心，并不见一些好处，只落得常受他凌辱痛楚。恁样不知好歉的人，跟他有何出息？他家许多人都存住不得，各自四散去了。你何不也别了他，另寻头路？有多少不如你的，投了大官府人家，吃好穿好，还要作成趁一贯两贯。走出衙门前，谁不奉承！那边才叫：‘某大叔，有些小事相烦。’还未答应时，这边又叫：‘某大叔，我也有件事儿劳动。’真个应接不暇，何等兴头。若是阿哥这样肚里又明白，笔下又来得，做人且又温存小心，走到势要人家，怕道不是重用？你那措大，虽然中个进士，发利市就与李丞相作对，被他弄来坐在家中，料道也没个起官的日子，有何撇不下，定要与他缠账？”

杜亮道：“这些事，我岂不晓得？若有此念，早已去得多年了，何待吾弟今日劝谕。古语云：‘良臣择主而事，良禽择木而栖。’奴仆虽是下贱，也要择个好使头。像我主人，只是性子躁急，除此之外，只怕舍了他，没处再寻得第二个出来。”杜明道：“满天下无数官员宰相，贵戚豪家，岂有反不如你主人这个穷官？”杜亮道：“他们有的，不过是爵位、金银二事。”杜明道：“只这两桩尽够了，还要怎样？”杜亮道：“那爵位乃虚花之事，金银是臭污之物，有甚稀罕？如何及得我主人这般高才绝学，拈起笔来，顷刻万言，不要打个稿儿。真个烟云缭绕，华彩缤纷。我所恋恋不舍者，单爱他这一件耳！”

杜明听得说出爱他的才学，不觉呵呵大笑，道：“且问阿哥，你既爱他的才学，到饥时可将来当得饭吃，冷时可做得衣穿么？”杜亮道：“你又说笑话，才学在他腹中，如何济得我的饥寒？”杜明道：“原来又救不得你的饥，又遮不得你的寒，爱它何用？当今有爵位的，尚然只喜趋权附势，没一个肯怜才惜学。你我是个下人，但得饱食暖衣，寻觅些钱钞做家，乃是本等。却这般迂阔，爱什么才学，情愿受其打骂，可不是个呆子？”杜亮笑道：“金银我命里不曾带来，不做这个指望，还只是守旧。”杜明道：“想是打得你不爽利，故此尚要挨他的棍棒。”杜亮道：“多承贤弟好情，可怜我做兄的。但我主这般博奥才学，总然打死，也甘心服侍他！”遂不听杜明之言，仍旧跟随萧颖士。

不想今日一顿拳头，明日一顿棒子，打不上几年，把杜亮打得渐渐遍身疼痛，口内吐血，成了个伤痨症候。初时还勉强趋承，以后打熬不过，半眠半起。又过几时，便久卧床席。那萧颖士见他呕血，情知是打上来的，心下十分懊悔！还指望有好的日子，请医调治，亲自煎汤送药。挨了两月，呜呼哀哉！

萧颖士想起他平日的好处，只管涕泣，备办衣棺埋葬。萧颖士日常亏杜亮服侍惯了，到得死后，十分不便，央人四处寻觅仆从，因他打人的名头出了，哪个肯来跟随？就有个肯跟他的，也不中其意。有时读书到忘怀之处，还认作杜亮在旁，抬头不见，便掩卷而泣。后来萧颖士知得了杜亮当日不从杜明这班说话，不觉气咽胸中，泪如泉涌，大叫一声："杜亮！我读了一世的书，不曾遇着个怜才之人，终身沦落。谁想你倒是我的知己，却又有眼无珠，枉送了你性命，我之罪也！"言还未毕，口中的鲜血，往外直喷，自此也成了个呕血之疾。将书籍尽皆焚化，口中不住地喊叫杜亮，病了数月，也归大梦。遗命教迁杜亮与他同葬。有诗为证：

纳贿趋权步步先，高才曾见几人怜？

当路若能如杜亮，草莱（杂生的草，指民间）安得有遗贤。

说话的，这杜亮爱才恋主，果是千古奇人。然看起来，毕竟还带些腐气，未为全美。若有别桩稀奇故事，异样话文，再讲回出来。列位看官稳坐着，莫要性急，适来小子道这段小故事，原是入话，还未曾说到正传。那正传却也是个仆人，他比杜亮更是不同，曾独力与孤孀主母，挣起个天大家事，替主母嫁三个女儿，与小主人娶两房娘子，到得死后，并无半文私蓄，至今名垂史册。待小子慢慢地道来，劝谕那世间为奴仆的，也学这般尽心尽力，帮家做活，传个美名；莫学那样背恩反噬，尾大不掉的，被人唾骂。

你道这段话文，出在哪个朝代？什么地方？原来就在本朝嘉靖爷年间，浙江严州府淳安县，离城数里，有个乡村，名曰锦沙村。村上有一姓徐的庄家，恰是弟兄三人。大的名徐言，次的名徐召，各生得一子。第三个名徐哲，浑家颜氏，倒生得二男三女。他弟兄三人，奉着父亲遗命，合锅儿吃饭，并力地耕田。挣下一头牛儿，一骑马儿。又有一个老仆，名叫阿寄，年已五十多岁，夫妻两口，也生下一个儿子，还只有十来岁。那阿寄就是本村生长，当先因父母丧了，又无力殡殓，故此卖身在徐家。为人忠谨小心，朝起晏眠，勤于种作。徐言的父亲大得其力，每事优待。到得徐言辈掌家，见他年纪有了，便有些厌恶之意。那阿寄又不达时务，遇着徐言弟兄行事有不到处，便苦口规谏。徐哲尚肯服善，听他一两句；那徐言、徐召是个自作自用的性子，反怪他多嘴擦舌，高声叱喝，有时还要奉承几下消食拳头。阿寄的老婆劝道："你一把年纪的人了，诸事只宜退缩算。他们是后生家世界，时时新，局局变，由他去主张罢了！何苦地定要多口，常讨恁样凌辱。"阿寄道："我受老主之恩，故此不得不说。"婆子道："累说不听，这也怪不得你了。"自此阿寄听了老婆言语，缄口结舌，再不干预其事，也省了好些耻辱。正合着古人两句言语，道是：

闭口深藏舌，安身处处牢。

不则一日，徐哲忽地患了个伤寒症候，七日之间，即便了账。那时就哭杀了颜氏母子，少不得衣棺盛殓，做些功果追荐。过了两月，徐言与徐召商议道："我与你各只一子，三兄弟倒有两男三女，一分就抵着我们两分。便是三兄弟在时，一般耕种，还算计不就。何况他已死了，我们日夜吃辛吃苦挣来，却养他一窝子吃死饭的。如今还是小事，到得长大起来，你我儿子配婚了，难道不与他婚男嫁女，岂不比你我反多去四分。意欲即今三股分开，撇脱了这条烂死蛇，

由他们有得吃，没得吃，可不与你我没干涉了？只是当初老官儿遗嘱，教道莫要分开。今若违他言语，被人谈论，却怎么处？”那时徐召若是个有仁心的，便该劝徐言休了这念才是。谁知他的念头，一发起得久了，听见哥子说出这话，正合其意。乃答道：“老官儿虽有遗嘱，不过是死人说话了，须不是圣旨，违背不得的；况且我们的家事，哪个外人敢来谈论！”徐言连称有理。即将田产家私，都暗地配搭停当，只拣不好的留与侄子。徐言又道：“这牛马却怎的分？”徐召沉吟半晌，乃道：“不难！那阿寄夫妻年纪已老，渐渐做不动了，活时倒有三个吃死饭的，死了又要赔两口棺木，把他也当作一股，派与三房里，卸了这干系，可不是好。”

计议已定，到次日备些酒肴，请过几个亲邻坐下，又请出颜氏，并两个侄儿。那两个孩子，大的才得七岁，唤作福儿，小的五岁，叫作寿儿，随着母亲直到堂前，连颜氏也不知为甚缘故。只见徐言弟兄立起身来道：“列位高亲在上，有一言相告：昔年先父原没甚所遗，多亏我弟兄挣得些小产业，只望弟兄相守到老，传至子侄这辈分析。不幸三舍弟近日有此大变，弟妇又是个女道家，不知产业多少；况且人家消长不一，到后边多挣得，分与舍侄便好，万一消乏了，那时只道我们有甚私弊，欺他孤儿寡妇，反伤骨肉情义了。故此我兄弟商量，不如趁此完美之时，分作三股，各自领去营运，省得后来争多竞少。特请列位高亲来作眼。”

遂向袖中摸出三张分书来，说道：“总是一样配搭，至公无私，只劳列位着个花押。”颜氏听说要分开自做人家，眼中扑簌簌珠泪交流，哭道：“二位伯伯，我是个孤孀妇人，儿女又小，就是没脚蟹一般，如何撑持得门户？昔日公公原吩咐莫要分开，还是二位伯伯总管在那里，扶持儿女大了，但凭胡乱分些便罢，决不敢争多竞少！”徐召道：“三娘子，天下无有不散筵席，就合上一千年，少不得有个分开日子。公公乃过世的人了，他的说话，哪里作得准？大伯昨日要把牛马分与你，我想侄儿又小，哪个去看养？故分阿寄来帮扶。他年纪虽老，筋力还健，赛过一个后生家种作哩！那婆子绩麻纺线，也不是吃死饭的。这孩子再耐他两年，就可下得田了，你不消愁得！”颜氏见他弟兄如此，明知已是做就，料道拗他不过，一味啼哭。那些亲邻看了分书，虽晓得分得不公道，都要做好好先生，哪个肯做闲冤家，出尖说话？一齐着了花押，劝慰颜氏收了进去，入席饮酒。有诗为证：

分书三纸语从容，人畜均分禀至公。
老仆不如牛马用，拥孤孀妇泣西风。

却说阿寄那一早差他买东买西，请张请李，也不晓得又做甚事体。恰好在南村去请个亲戚，回来时里边事已停妥。刚至门口，正遇着老婆。那婆子恐他晓得了这事，又去多言多语，扯到半边，吩咐道：“今日是大官人分拨家私，你休得又去闲管，讨他的怠慢！”阿寄闻言，吃了一惊，说道：“当先老主人遗嘱，不要分开，如何见三官人死了，就撇开这孤儿寡妇，教她如何过活？我若不说，再有何人肯说？”转身就走。婆子又扯住道：“清官也断不得家务事，适来许多亲邻，都不开口；你是他手下人，又非甚么高年族长，怎好张主？”阿寄道：“话虽有理，但他们分得公道，便不开口；若有些欺心，就死也说不得，也要讲

个明白。”又问道：“可晓得分我在那一房？”婆子道：“这倒不晓得。”阿寄走到堂前，见众人吃酒，正在高兴，不好遽然问得，站在旁边。间壁一个邻家抬头看见，便道：“徐老官，你如今分在三房里了。她是孤孀娘子，须是竭力帮助便好。”阿寄随口答道：“我年纪已老，做不动了。”口中便说，心下暗转道：“原来拨我在三房里，一定他们道我没用了，借手推出的意思。我偏要争口气，挣个事业起来，也不被人耻笑。”遂不问他们分析的事，一径转到颜氏房门口，听得在内啼哭。阿寄立住脚听时，颜氏哭道：“天啊！只道与你一竹竿到底，白头相守，哪里说起半路上就抛撇了，遗下许多儿女，无依无靠！还指望倚仗做伯伯的扶养长大，谁知你骨肉未寒，便分拨开来。如今教我没投没奔，怎生过日？”又哭道：“就是分的田产，他们通是亮里，我是暗中，凭他们分派，哪里知得好歹。只一件上，已是他们的肠子狠了。那牛儿可以耕田，马儿可雇倩与人，只拣两件有利息的拿了去！却推两个老头儿与我，反要费我的衣食！”

那老儿听了这话，猛然揭起门帘叫道：“三娘！你道老奴单费你的衣食，不及马牛的力么？”颜氏**魆地里**（突然）被他钻进来说这句话，倒惊了一跳，收泪问道：“你怎的说？”阿寄道：“那牛马每年耕种雇倩，不过有得数两利息，还要赔个人喂养跟随。若论老奴，年纪虽有，精力未衰，路还走得，苦也受得。那经商道业，虽不曾做，也都明白。三娘急急收拾些本钱，待老奴出去做些生意，一年几转，其利岂不胜似马牛数倍！就是我的婆子，平昔又勤于纺织，亦可少助薪水之费。那田产莫管好歹，把来放租与人，讨几担谷子，做了桩主。三娘同姐儿们，也做些活计，将就度日，不要动那资本。营运数年，怕不挣起个事业？何消愁闷！”颜氏见他说得有些来历，乃道：“若得你如此出力，可知好哩！但恐你有了年纪，受不得辛苦。”阿寄道：“不满三娘说，老便老，健还好，眠得迟，起得早，只怕后生家还赶我不上哩！这倒不消虑得。”颜氏道：“你打账做甚生意？”阿寄道：“大凡经商，本钱多便大做，本钱少便小做。须到外边去，看临期着便，见景生情，只拣有利息的就做，不是在家论得定的。”颜氏道：“说得有理，待我计较起来。”阿寄又讨出分书，将分下的家伙，照单逐一点明，搬在一处，然后走至堂前答应。众亲邻直饮至晚方散。

次日，徐言即唤个匠人，把房子两下夹断，教颜氏另自开个门户出入。颜氏一面整顿家中事体，自不必说；一面将簪钗衣饰，悄悄教阿寄去变卖，共凑了十二两银子。颜氏把来交与阿寄道：“这些少东西，乃我养命之资，一家大小俱在此上，今日交付与你，大利息原不指望，但得细微之利也就够了。临事务要斟酌，路途亦宜小心。切莫有始无终，反被大伯们耻笑！”口中便说，不觉泪随言下。阿寄道：“但请放心，老奴自有见识在此，管情不负所托。”颜氏又问道：“还是几时起身？”阿寄回道：“本钱已有了，明早就行。”颜氏道：“可要拣个好日？”阿寄道：“我出去做生意，便是好日了，何必又拣？”即把银子藏在兜肚之中，走到自己房里，向婆子道：“明早要出门去做生意，可将旧衣旧裳，打叠在这一处。”

原来阿寄只与主母计议，连老婆也不通她知得。这婆子见蓦地说出那句话，也觉骇然，问道：“你往何处去？做甚生意？”阿寄方把前事说与。那婆子道：“阿呀！这是哪里说起！你虽然一把年纪，那生意行中，从不曾着脚，却去弄虚

头，说大话，兜揽这账。孤孀娘子的银两，是苦恼东西，莫要把去弄出个话靶，连累她没得过用，岂不终身抱怨？不如依着我，快快送还三娘，拼得早起晏眠，多吃些苦儿，照旧耕种帮扶，彼此倒得安逸。”阿寄道：“婆子家晓到什么？只管胡言乱语！哪见得我不会做生意，弄坏了事，要你未风先雨。”遂不听老婆，自去收拾了衣服、被窝，却没个被囊，只得打个包儿；又做起一个缠袋，准备些干粮；又到市上买了顶雨伞，一双麻鞋。打点完备，次早先到徐言、徐召二家说道：“老奴今日要往远处做生意，家中无人照管，虽则各分门户，还要二位官人早晚看顾。”徐言二人听了，不觉暗笑，答道：“这倒不消你叮嘱，只要赚了银子回来，送些人事与我们。”阿寄道：“这个自然。”转到家中，吃了饭食，作别了主母，穿上麻鞋，背着包裹、雨伞，又吩咐老婆，早晚须要小心。临出门，颜氏又再三叮咛，阿寄点头答应，大踏步去了。

且说徐言弟兄等阿寄转身后，都笑道：“可笑那三娘子好没见识，有银子做生意，却不与你我商量，倒听阿寄这老奴才的说话。我想他生长已来，何曾做惯生意？哄骗孤孀妇人的东西，自去快活。这本钱可不白白送落！”徐召道：“便是当初合家时，却不把出来营运，如今才分得，即教阿寄做客经商。我想三娘子又没甚妆奁，这银两定然是老官儿存日，三兄弟克剥下的，今日方才出豁。总之，三娘子瞒着你我做事，若说她不该如此，反道我们妒忌了。且待阿寄折本回来，那时去笑她。”正是：

云端看厮杀，毕竟孰输赢？路遥知马力，日久见人心。

再说阿寄离了家中，一路思想：“做甚生理便好？”忽地转着道：“闻得贩漆这项道路，颇有利息，况在近处，何不去试它一试？”定了主意，一径直至庆云山中。原来采漆之处，原有个牙行，阿寄就行家住下。那贩漆的客人，却也甚多，都是挨次儿打发。阿寄想道：“若慢慢地挨去，可不耽搁了日子，又费去盘缠！”心生一计，捉个空扯主人家到一村店中，买三杯请他，说道：“我是个小贩子，本钱短少，守日子不起的。望主人家看乡里分上，怎的设法先打发我去。那一次来，大大再整个东道请你！”也是数合当然，那主人家却正撞着是个贪杯的，吃了他的软口汤，不好回得，一口应承。当晚就往各村户凑足其数，装裹停当。恐怕客人们知得嗔怪，倒寄在邻家放下。次日起个五更，打发阿寄起身。

那阿寄发利市，就得了便宜，好不喜欢。教脚夫挑出新安江口，又想道：“杭州离此不远，定卖不起价钱。”遂雇船直到苏州。正遇在缺漆之时，见他的货到，犹如宝贝一般，不够三日，卖个干净。一色都是现银，并无一毫赊账。除去盘缠使用，足足赚对合有余。暗暗感谢天地，即忙收拾起身。又想道：“我今空身回去，须是趁船，这银两在身边，反担干系。何不再贩些别样货去，多少寻些利息也好。”打听得枫桥籼米到得甚多，登时落了几分价钱，乃道：“这贩米生意，量来必不吃亏。”遂籴了六十多担籼米，载到杭州出脱。那时乃七月中旬，杭州有一个月不下雨，稻苗都干坏了，米价腾涌。阿寄这载米，又值在巧里，每一挑长了二钱，又赚十多两银子，自言自语道：“且喜做来生意，颇颇顺溜，想是我三娘福分到了！”却又想道：“既在此间，怎不去问问漆价？若与苏州相去不远，也省好些盘缠。”细细访问时，比苏州更反胜。你道为何？原来贩漆的，都道杭州路近价贱，俱往远处去了，杭州到时常短缺。常言道：“货无大

小，缺者便贵。”故此比别处反胜。阿寄得了这个消息，喜之不胜，星夜赶到庆云山。只备下些小人事，送与主人家，依旧又买三杯相请。那主人家得了些小便宜，喜逐颜开，一如前番，悄悄先打发他转身。到杭州也不消三两日，就都卖完。计算本利，果然比起先这一账又多几两，只是少了那回头货的利息。乃道：“下次还到远处去。”与牙人算清了账目，收拾起程，想道：“出门好几时了，三娘必然挂念，且回去回复一声，也教她放心。”又想道：“总是收漆要等候两日，何不先到山中，将银子教主人家一面先收，然后回家，岂不两便！”定了主意，到山中把银两付与牙人，自己赶回家去。正是：

先收漆货两番利，初出茅庐第一功。

且说颜氏自阿寄去后，朝夕悬挂，常恐他消折了这些本钱，怀着鬼胎。耳根边又听得徐言兄弟在背后搬唇簸嘴，愈加烦恼。一日正在房中闷坐，忽见两个儿子乱喊进来道：“阿寄回家了！”颜氏闻言，急走出房，阿寄早已在面前，他的老婆也随在背后。阿寄上前，深深唱个大喏。颜氏见了他，反增着一个蹬心拳头，胸前突突地乱跳，诚恐说出句扫兴话来，便问道：“你做的是什么生意？可有些利钱？”那阿寄叉手不离方寸，不慌不忙地说道：“一来感谢天地保佑，二来托赖三娘洪福，做的却是贩漆生意，赚得五六倍利息。如此如此，这般这般。恐怕三娘放心不下，特归来回复一声！”颜氏听罢，喜从天降，问道：“如今银子在哪里？”阿寄道：“已留与主人家收漆，不曾带回，我明早就要去的。”那时合家欢天喜地。阿寄住了一晚，次日清早起身，别了颜氏，又往庆云山去了。

且说徐言弟兄，那晚在邻家吃社酒醉倒，故此阿寄归家，全不晓得。到次日齐走过来，问道：“阿寄做生意归来，趁了多少银子？”颜氏道：“好教二伯伯知得，他一向贩漆营生，倒觅得五六倍利息。”徐言道：“好造化！恁样赚钱时，不够几年，便做财主哩！”颜氏道：“伯伯休要笑话，免得饥寒便够了。”徐召道：“他如今在哪里？出去了几多时？怎么也不来见我？这样没礼！”颜氏道：“今早原就去了。”徐召道：“如何去得恁般急速？”徐言又问道：“那银两你可曾见见数么？”颜氏道：“他说俱留在行家买货，没有带回。”徐言呵呵笑道：“我只道本利已在手上了，原来还是空口说白话，眼饱肚中饥。耳边倒说得热哄哄，还不知本在何处？利在哪里？便信以为真。做经纪的人，左手不托右手，岂有自己回家，银子反留在外人。据我看起来，多分这本钱弄折了，把这鬼话哄你！”徐召也道：“三娘子，论起你家做事，不该我们多口。但你终是女眷家，不知外边世务，既有银两，也该与我二人商量，买几亩田地，还是长策。那阿寄晓得做甚生理？却瞒着我们，将银子与他出去瞎撞。我想那银两，不是你的妆奁，也是三兄弟的私蓄，须不是偷来的，怎看得恁般轻易！”二人一吹一唱，说得颜氏心中哑口无言，心下也生疑惑，委决不下。把一天欢喜，又变为万般闷愁。按下此处不题。

再说阿寄这老儿急急赶到庆云山中，那行家已与他收完，点明交付。阿寄此番不在苏杭发卖，径到兴化地方，利息比这两处又好。卖完了货，却听得那边米价一两三担，斗斛又大。想起杭州见今荒歉，前次籴客贩的去，尚赚了钱，今在出处贩去，怕不有一两个对合。遂装上一大载米至杭州，准准籴了一两二钱一石，斗斛上多来，恰好顶着船钱使用。那时到山中收漆，便是大客人了，

主人家好不奉承。一来是颜氏命中合该造化，二来也亏阿寄经营伶俐，凡贩的货物，定获厚利。一连做了几账，长有二千余金。看看挨着残年，算计道：“我一个孤身老儿，带着许多财物，不是耍处！倘有差跌，前功尽弃。况且年近岁逼，家中必然悬望，不如回去，商议置买些田产，做了根本，将余下的再出来运弄。”此时他出路行头，诸色尽备，把银两逐封紧紧包裹，藏在顺袋（古代一种挂在腰带上盛放物品的小袋）中。水路用舟，陆路雇马，晏行早歇，十分小心。非止一日，已到家中，把行李驮入。婆子见老公回了，便去报知颜氏。那颜氏一则以喜，一则以惧。所喜者，阿寄回来；所惧者，未知生意长短若何。因向日被徐言弟兄奚落了一场，这番心里比前更是着急。三步并作两步，奔至外厢，望见这堆行李，料道不像个折本的，心上就安了一半。终是忍不住，便问道：“这一向生意如何？银两可曾带回？”阿寄近前见了个礼，说道：“三娘不要急，待我慢慢地细说。”教老婆顶上中门，把行李尽搬至颜氏房中打开，将银子逐封交与颜氏。颜氏见着许多银两，喜出望外，连忙开箱启笼收藏。阿寄方把往来经营的事说出。颜氏因怕惹是非，徐言当日的话，一句也不说与他知道，但连称：“都亏你老人家气力了，且去歇息则个。”又吩咐：“倘大伯们来问起，不要与他讲真话。”阿寄道：“老奴理会得。”

正话间，外面砰砰声叩门，原来却是徐言弟兄听见阿寄归了，特来打探消耗。阿寄上前作了两个揖。徐言道：“前日闻得你生意十分旺相，今番又趁若干利息？”阿寄道：“老奴托赖二位官人洪福，除了本钱盘费，干净趁得四五十两。”徐召道：“阿呀！前次便说有五六倍利了，怎的又去了许多时，反少起来？”徐言道：“且不要问他趁多趁少，只是银子今日可曾带回？”阿寄道：“已交与三娘了。”二人便不言语，转身出去。

再说阿寄与颜氏商议，要置买田产，悄地央人寻觅。大抵出一个财主，生一个败子。那锦沙村有个晏大户，家私豪富，田产广多；单生一子名为世保，取世守其业的意思。谁知这晏世保，专于嫖赌，把那老头儿活活气死。合村的人道他是个败子，将“晏世保”三字，顺口改为“献世保”。那献世保同着一班无藉，朝欢暮乐，弄完了家中财物，渐渐摇动产业。道是零星卖来不够用，索性卖一千亩，讨价三千余两，又要一注儿交银。那村中富者虽有，一时凑不起许多银子，无人上桩。延至岁底，献世保手中越觉干逼（拮据，指没有钱用），情愿连一所庄房，只要半价。阿寄偶然闻得这个消息，即寻中人去讨个经账，恐怕有人先成了去，就约次日成交。献世保听得有了售主，好不欢喜。平日一刻也不着家的，偏这日足迹不敢出门，呆呆地等候中人同往。

且说阿寄料到献世保是爱吃东西的，清早便去买下佳肴美酝，唤个厨夫安排。又向颜氏道：“今日这场交易，非同小可！三娘是个女眷家，两位小官人又幼，老奴又是下人，只好在旁说话，难好与他抗礼。须请间壁大官人弟兄来作眼，方是正理。”颜氏道：“你就过去请一声。”阿寄即到徐言门首，弟兄正在那里说话。阿寄道：“今日三娘买几亩田地，特请二位官人来张主！”二人口中虽然答应，心内又怪颜氏不托他寻觅，好生不乐。徐言说道：“既要买田，如何不托你我，又教阿寄张主，直至成交，方才来说？只是这村中，没有什么零星田卖。”徐召道：“不必猜疑，少顷便见着落了。”二人坐于门首，等至午前光景，只见献

世保同着几个中人，两个小厮，拿着拜匣，一路拍手拍脚地笑来，望着间壁门内齐走进去。徐言弟兄看了，倒吃一吓，都道："咦！好作怪！闻得献世保要卖一千亩田，实价三千余两，不信她家有许多银子？难道献世保又零卖一二十亩？"疑惑不定。随后跟入，相见已罢，分宾而坐。

阿寄向前说道："晏官人，田价昨日已是言定，一依分付，不敢断少。晏官人也莫要节外生枝，又更他说。"献世保乱嚷道："大丈夫做事，一言已出，驷马难追！若又有他说，便不是人养的了！"阿寄道："既如此，先立了文契，然后兑银。"那纸墨笔砚，准备得停停当当，拿过来就是。献世保拈起笔，尽情写了一纸绝契，又道："省得你不放心，先画了花约，何如？"阿寄道："如此更好！"徐言兄弟看那契上，果是一千亩田，一所庄房，实价一千五百两。吓得二人面面相觑，伸出了舌头，半日也缩不上去，都暗想道："阿寄生意总是趁钱，也趁不得这些！莫不是做强盗打劫的，或是掘着了藏？好生难猜。"中人着完花押，阿寄收进去交与颜氏。他已先借下一副天秤砝码，提来放在桌上，与颜氏取出银子来兑，一色都是粉块细丝。徐言、徐召眼内放出火来，喉间烟也直冒，恨不得推开众人，通抢回去！不一时兑完，摆出酒肴，饮至更深方散。

次日，阿寄又向颜氏道："那庄房甚是宽大，何不搬在那边居住？收下稻子，也好照管。"颜氏晓得徐言弟兄妒忌，也巴不能远开一步。便依他说话，选了新正初六，迁入新房。阿寄又请个先生，教他两位小官人读书。大的名徐宽，次的名徐宏，家中收拾得十分次第。那些村中人见颜氏买了一千亩田，都传说掘了藏，银子不计其数，连坑厕说来都是银的，谁个不来趋奉！

再说阿寄将家中整顿停当，依旧又出去经营。这番不专于贩漆，但闻有利息的便做。家中收下米谷，又将来腾那。十年之外，家私巨富。那献世保的田宅，尽归于徐氏。门庭热闹，牛马成群，婢仆雇工人等，也有整百，好不兴头！正是：

富贵本无根，尽从勤里得。请观懒惰者，面带饥寒色。

那时颜氏三个女儿，都嫁与一般富户。徐宽、徐宏也各婚配。一应婚嫁礼物，尽是阿寄支持，不费颜氏丝毫气力。他又见田产广多，差役烦重，与徐宽弟兄，俱纳个监生，优免若干田役。

颜氏与阿寄儿子完了姻事，又见那老儿年纪衰迈，留在家中照管，不肯放他出去，又派个马儿与他乘坐。那老儿自经营以来，从不曾私吃一些好饮食，也不曾自私做一件好衣服。寸丝尺帛，必禀命颜氏，方才敢用。且又知礼数，不论族中老幼，见了必然站起。或乘马在途中遇着，便跳下来闪在路旁，让过去了，然后又行。因此远近亲邻，没一人不把他敬重。就是颜氏母子，也如尊长看承。那徐言、徐召，虽也挣起些田产，比着颜氏，尚有天渊之隔，终日眼红颈赤。那老儿揣知二人意思，劝颜氏各助百金之物。又筑起一座新坟，连徐哲父母，一齐安葬。

那老儿整整活到八十，患起病来，颜氏要请医人调治，那老儿道："人年八十，死乃分内之事，何必又费钱钞。"执意不肯服药。颜氏母子，不住在床前看视，一面准备衣衾棺椁。病了数日，势渐危笃，乃请颜氏母子到房中坐下，说道："老奴牛马力已少尽，死亦无恨。只有一事，越分张主，不要见怪。"颜氏垂泪道："我母子全亏你气力，方有今日。有甚事体，一凭吩咐，决不违拗！"

那老儿向枕边摸出两纸文书，递与颜氏道："两位小官人，年纪已长，后日少不得要分析。倘那时嫌多道少，便伤了手足之情。故此老奴久已将一应田房财物等件，分均停当。今日交付与二位小官人，各自去管业。"又叮嘱道："那奴仆中难得好人，诸事须要自己经心，切不可重托！"颜氏母子，含泪领命。他的老婆、儿子，都在床前啼啼哭哭，也嘱咐了几句。忽地又道："只有大官人、二官人，不曾面别，终是欠事，可与我去请来。"颜氏即差个家人去请。徐言、徐召说道："好时不直得帮扶我们，临死却来思想，可不扯淡！不去！不去！"那家人无法，只得转身。却见徐宏亲自奔来相请，二人灭不个侄儿面皮，勉强随来。那老儿已说话不出，把眼看了两看，点点头儿，奄然而逝！他的老婆、儿媳啼哭，自不必说。只这颜氏母子俱放声号恸，便是家中大小男女，念他平日做人好处，也无不下泪。唯有徐言、徐召反有喜色。可怜那老儿：

辛勤好似蚕成茧，茧老成丝蚕命休。

又似采花蜂酿蜜，甜头到底被人收。

颜氏母子哭了一回，出去支持殡殓之事。徐言、徐召看见棺木坚固，衣衾整齐，扯徐宽弟兄到一边，说道："他是我家家人，将就些罢了，如何要这般好断送？就是当初你家公公与你父亲，也没恁般齐整！"徐宽道："我家全亏他挣起这些事业，若薄了他，内心上也打不过去！"徐召笑道："你老大的人，还是个呆子！这是你母子命中合该有此造化，岂真是他本事挣来的哩！还有一件，他做了许多年数，克剥的私房，必然也有好些，怕道没得结果，你却挖出肉里钱来，与他备后事。"徐宏道："不要冤枉坏人！我看他平日，一厘一毫，都清清白白交与母亲，并不见有什么私房。"徐召又说道："做的私房，藏在哪里，难道把与你看不成？若不信时，如今将那房中一检，极少也有整千银子！"徐宽道："总有也是他挣下的，好道拿他的不成？"徐言道："虽不拿他的，见个明白也好。"

徐宽弟兄被二人说得疑疑惑惑，遂听了他，也不通颜氏知道，一齐走至阿寄房中。把婆子们哄了出去，闭上房门，开箱倒笼，遍处一搜，只有几件旧衣旧裳，哪有分文钱钞？徐召道："一定藏在儿子房里，也去一检！"寻出一包银子，不上二两，包中有个账儿。徐宽仔细看时，还是他儿子娶妻时，颜氏助作三两银子，用剩下的。徐宏道："我说他没有什么私房，却定要来看！还不快收拾好了，倘被人撞见，反道我们器量小了。"徐言、徐召自觉乏趣，也不别颜氏，径自去了。徐宽又把这事学向母亲，愈加伤感，令合家挂孝，开丧受吊，多修功果追荐。七终之后，即安葬于新坟旁边，祭葬之礼，每事从厚。颜氏主张将家产分一股与他儿子，自去成家立业，奉养其母；又教儿子们以叔侄相称。此亦见颜氏不泯阿寄恩义的好处。那合村的人，将阿寄生平行谊，具呈府县，要求旌奖，以劝后人。府县又查勘的实，申报上司，具疏奏闻，朝廷旌表其义。至今徐氏子孙繁衍，富冠淳安。诗云：

年老筋衰逊马牛，千金致产出人头。

托孤寄命真无愧，羞杀苍头不义侯。

# 第三十六卷　蔡瑞虹忍辱报仇

酒可陶情适性，兼能解闷消愁。三杯五盏乐悠悠，痛饮翻能损寿。

谨厚化成凶险，精明变作昏流。禹疏仪狄岂无由，狂药使人多咎。

这首词名为《西江月》，是劝人节饮之语。今日说一位官员，只因贪杯上，受了非常之祸。话说这宣德年间，南直隶淮安府淮安卫，有个指挥姓蔡，名武。家资富厚，婢仆颇多。平昔别无所好，偏爱的是杯中之物，若一见了酒，连性命也不相顾，人都叫他作"蔡酒鬼"。因这件上，罢官在家。不但蔡指挥会饮，就是夫人田氏，却也一般善酌，二人也不像个夫妻，到像两个酒友。偏生奇怪，蔡指挥夫妻都会饮酒，生得三个儿女，却又滴酒不闻。那大儿蔡韬，次子蔡略，年纪尚小；女儿倒有一十五岁，生时因见天上有一条虹霓，五色灿烂，正环在他家屋上，蔡武以为祥瑞，遂取名叫作瑞虹。那女子生得有十二分颜色，善能描龙画凤，刺绣拈花。不独花工伶俐，且有智识才能，家中大小事体，倒是她掌管。因见父母日夕沉湎，时常规谏，蔡指挥哪里肯依！

话分两头。且说那时有个兵部尚书赵贵，当年未达时，住在淮安卫间壁，家道甚贫，勤苦读书，夜夜直读到鸡鸣方卧。蔡武的父亲老蔡指挥，爱他苦学，时常送柴送米资助。赵贵后来连科及第，直做到兵部尚书。思念老蔡指挥昔年之情，将蔡武特升了湖广荆襄等处游击将军，是一个上好的美缺，特地差人将文凭送与蔡武。蔡武心中欢喜，与夫人商议，打点择日赴任。瑞虹道："爹爹！依孩儿看起来，此官莫去做吧！"蔡武道："却是为何？"瑞虹道："做官的一来图名，二来图利，故此千乡万里远去。如今爹爹在家，日日只是吃酒，并不管一毫别事。倘若到任上也是如此，哪个把银子送来？岂不白白里干折了盘缠辛苦，路上还要担惊受怕。就是没得银子趁，也只算是小事，还有别样要紧事体，担干系哩！"蔡武道："除了没银子趁罢了，还有什么干系？"瑞虹道："爹爹！你一向做官时，不知见过多少了，难道这样事倒不晓得？那游击官儿，在武职里便算作美任；在文官上司里，不过是个守令官，不时衙门伺候，东迎西接，都要早起晏眠。我想你平日在家，单管吃酒，自在惯了；倘到那里，依原如此，岂不受上司责罚！这也还不算厉害，或是汛地（明清时代称军队驻防地段）盗贼生发，差拨去捕获；或者别处地方有警，调遣去出征。那时不是马上，定是舟中，身披甲胄，手执戈矛，在生死关系之际，倘若一般终日吃酒，岂不把性命送了？不如在家安闲自在，快活过了日子，却去讨这样烦恼吃！"

蔡武道："常言说得好：'酒在心头，事在肚里。'难道我真个单吃酒不管正事不成？只为家中有你掌管，我落得快活。到了任上，你替我不得时，自然着急，不消你担隔夜忧。况且这样美缺，别人用银子谋干，尚不能够；如今承赵尚书一片好意，特地差人送上大门，我若不去做，反拂了这段来意。我自有主

意在此，你不要阻挡！”瑞虹见父亲立意要去，便道：“爹爹既然要去，把酒来戒了，孩儿方才放心。”蔡武道：“你晓得我是酒养命的，如何全戒得，只是少吃几杯吧！”遂说下几句口号：

老夫性与命，全靠水边酉。宁可不吃饭，岂可不饮酒。
今听汝忠言，节饮知谨守。每常十遍饮，今番一加九。
每常饮十升，今番只一斗。每常一气吞，今番分两口。
每常床上饮，今番下地走。每常到三更，今番二更后。
再要裁减时，性命不值狗。

且说蔡武次日即教家人蔡勇在淮关写了（预订）一只民座船，将衣饰细软，都打叠带去。粗重家伙，封锁好了，留一房家人看守。其余童仆尽随往任所。又买了许多好酒，带路上去吃。择了吉日，备猪羊祭河，作别亲戚，起身下船。艄公扯起篷，由扬州一路进发。你道艄公是何等样人？那艄公叫作陈小四，也是淮安府人，年纪三十以外。雇着一班水手，共有七人，唤作白满、李癞子、沈铁甏、秦小圆、胡蛮二、余蛤蚆、凌歪嘴。这班人都是凶恶之徒，专在河路上谋劫客商。不想今日蔡武晦气，下了他的船只。陈小四起初见发下许多行李，眼中已是放出火来；及至家小下船，又一眼瞧见瑞虹美艳，心中愈加着魂。暗暗算计：“且远一步儿下手，省得在近处，容易露人眼目。”

不一日，将到黄州，乃道：“此去正好行事了，且与众兄弟们说知。”走到艄上，对众水手道：“舱中一注大财乡，不可错过，乘今晚取了吧！”众人笑道：“我们有心多日了，因见阿哥不说起，只道让同乡分上，不要了。”陈小四道：“因一路来，没个好下手处，造化他多活了这几日。”众人道：“他是个武官出身，从人又众，不比其他，须要用心。”陈小四道：“他出名的蔡酒鬼，有什么用？少停等他吃酒到分际，放开手砍他娘罢了！只饶了这小姐，我要留她做个押舱娘子。”商议停当。少顷，到黄州江口泊住，买了些酒肉，安排起来，众水手吃个醉饱。扬起满帆，舟如箭放。

那一日正是十五，刚到黄昏，一轮明月，如同白昼。至一空阔之处，陈小四道：“众兄弟，就此处罢，莫向前了！”霎时间，下篷抛锚，各执器械，先向前舱而来。迎头遇着一个家人。那家人见势头来得凶险，叫声：“老爷，不好了！”说时迟，那时快，叫声未绝，顶门上已遭一斧，翻身跌倒。那些家人，一个个都抖衣而颤，哪里动弹得。被众强盗刀砍斧切，连排价杀去！且说蔡武自从下船之后，初时几日，酒还少吃，以后觉道无聊，夫妻依先大酌，瑞虹劝谏不止。那一晚与夫人开怀畅饮，酒量已吃到九分，忽听得前舱发喊。瑞虹急叫丫鬟来看，那丫鬟吓得寸步难移，叫道：“老爷，前舱杀人哩！”蔡奶奶惊得魂不附体，刚刚立起身来，众凶徒已赶进舱。蔡武兀自朦胧醉眼，喝道：“我老爹在此，哪个敢？”沈铁甏早把蔡武一斧砍倒。众男女一齐跪下，道：“金银任凭取去，但求饶命！”众人道：“两件俱是要的。”陈小四道：“也罢！看乡里情上，饶他砍头，与他个全尸罢了！”即教快取索子。两个奔向后艄，取出索子，将蔡武夫妻二子，一齐绑起，只空瑞虹。蔡武哭对瑞虹道：“不听你言，致有今日！”声犹未绝，都撺向江中去了。其余丫鬟等婢，一刀一个，杀个干净。有诗为证：

金印将军酒量高，绿林暴客气雄豪。

无情波浪兼天涌，疑是胥江起怒涛。

瑞虹见合家都杀，独不害她，料必然来污辱，奔出舱门，望江中便跳。陈小四放下斧头，双手抱住道："小姐不要惊恐！还你快活。"瑞虹大怒，骂道："你这班强盗，害了我全家，尚敢污辱我么！快快放我自尽。"陈小四道："你这花容月貌，教我如何舍得？"一头说，一头抱入后舱。瑞虹口中千强盗万强盗骂不绝口。众人大怒道："阿哥，哪里不寻了一个妻子，却受这贱人之辱！"便要赶进来杀。陈小四拉住道："众兄弟，看我分上饶她吧！明日与你陪情。"又对瑞虹道："快些住口，你若再骂时，连我也不能相救！"瑞虹一头哭，心中暗想："我若死了，一家之仇，哪个去报？且含羞忍辱，待报仇之后，死亦未迟！"方才住口，跌足又哭。陈小四安慰一番。

众人已把尸首尽抛入江中，把船揩抹干净，扯起满篷，又驶到一个沙洲边，将箱笼取出，要把东西分派。陈小四道："众兄弟且不要忙，趁今日十五团圆之夜，待我做了亲，众弟兄吃过庆喜筵席，然后自由自在均分，岂不美哉！"众人道："也说得是。"连忙将蔡武带来的好酒，打开几坛，将那些食物东西，都安排起来，团团坐在舱中，点得灯烛辉煌，取出蔡武许多银酒器，大家痛饮。陈小四又抱出瑞虹坐在旁边道："小姐！我与你郎才女貌，做对夫妻，也不辱没了你。今夜与我成亲，图个白头到老。"瑞虹掩着面只是哭。众人道："我众兄弟各人敬阿嫂一杯酒。"便筛过一杯，送在面前。陈小四接在手中，拿向瑞虹口边道："多谢众弟兄之敬，你略略沾些儿。"瑞虹哪里睬他，把手推开。陈小四笑道："多谢列位美情，待我替娘子饮吧！"拿起来一饮而尽。秦小元道："哥不要吃单杯，吃个双双到老！"又送过一杯，陈小四又接来吃了，也筛过酒，逐个答还。吃了一会，陈小四被众人劝送，吃到八九分醉了。众人道："我们畅饮，不要难为新人。哥！先请安置吧。"陈小四道："既如此，列位再请宽坐，我不陪了。"抱起瑞虹，取了灯火，径入后舱。放下瑞虹，掩上舱门，便来与她解衣。那时瑞虹身不由主，被他解脱干净，抱向床中，任情取乐。可惜千金小姐，落在强徒之手。

暴雨摧残娇蕊，狂风吹损柔芽。哪是一宵恩爱，分明夙世冤家。

不题陈小四。且说众人在舱中吃酒，白满道："陈四哥此时正在乐境了。"沈铁甏道："他便乐，我们却有些不乐。"秦小元道："我们有甚不乐。"沈铁甏道："同样做事，他倒独占了第一件便宜。明日分东西时，可肯让一些么？"李癞子道："你道是乐，我想这一件，正是不乐之处哩。"众人道："为何不乐？"李癞子道："常言说得好：'斩草不除根，萌芽依旧发。'杀了她一家，恨不得把我们吞在肚里，方才快活，岂肯安心与陈四哥做夫妻？倘到人烟辏聚所在，叫喊起来，众人性命，可不都送在她的手里！"众人尽道："说得是，明日与陈四哥说明，一发杀却，岂不干净！"答道："陈四哥今夜得了甜头，怎肯杀她？"白满道："不要与陈四哥说知，悄悄竟行吧。"李癞子道："若瞒着他杀了，弟兄情上就倒不好开交。我有个两得其便的计儿在此：趁陈四哥睡着，打开箱笼，将东西均分，四散去快活。陈四哥已受用了一个妙人，多少留几件与他，后来露出事来，只他自己受累，与我众人无干。或者不出丑，也是他的造化，恁样又不伤了弟兄情分，又连累我们不着，可不好么？"众人齐称道："好！"立起身把箱笼打开，将出黄白

之资，衣饰器皿，都均分了，只拣用不着的留下几件。各自收拾，打了包裹，把舱门关闭，将船使到一个通官路所在泊住，一齐上岸，四散而去！

篋中黄白皆公器，被底红香偏得意。

蜜房割去别人甜，狂蜂犹抱花心睡。

且说陈小四专意在瑞虹身上，外边众人算计，全然不知。直至次日巳牌时分，方才起身来看，一人不见，还只道夜来中酒睡着。走至艄上，却又不在。再到前舱去看，哪里有个人的影儿？惊骇道："他们通往何处去了？"心内疑惑，复走到舱中，看那箱笼，俱已打开，逐只检看，并无一物，只一只内存些少东西，并书帖之类。方明白众人分去，敢怒而不敢言，想道："是了！他们见我留着这小姐，恐后事露，故都悄然散去。"又想道："我如今独自个又行不得这船，住在此又非长策，倒是进退两难！欲待上涯，村中觅个人儿帮行，到有人烟之处，恐怕这小姐喊叫出来，这性命便休了。势在骑虎，留她不得了，不如斩草除根吧！"提起一柄板斧，抢入后舱。

瑞虹还在床上啼哭，虽则泪痕满面，愈觉千娇百媚。那贼徒看了，神荡魂迷，臂垂手软，把杀人肠子，顿时熔化。一柄板斧，扑秃地落在地下。又腾身上去，捧着瑞虹淫媾。可怜嫩蕊娇花，怎挡得风狂雨骤！那贼徒恣意轻薄了一回，说道："娘子，我晓得你劳碌了，待我去收拾些饮食与你将息！"跳起身，往艄上打火煮饭。忽地又想起道："我若迷恋这女子，性命定然断送；欲要杀她，又不忍下手。罢！罢！只算我晦气，弃了这船，也向别处去过日。倘有采头，再觅注钱财，原挣个船儿，依旧快活。那女子留在船中，有命时便遇人救了，也算我一点阴骘。"却又想道："不好！不好！如不除她，终究是个祸根。只饶她一刀，与她全尸吧！"煮些饭食吃饱，将平日所积囊资，并留下的些小东西，叠成一个大包，放在一边。寻了一条索子，打个圈儿，赶入舱来。

这时瑞虹恐又来淫污，已是穿起衣服，向着里床垂泪，思算报仇之策，不提防这贼徒来谋害。说时迟，那时快，这贼徒奔近前，左手托起头儿，右手就将索子套上。瑞虹方待喊叫，被他随手扣紧，尽力一收，瑞虹疼痛难忍，手足乱动，扑地跳了几跳，直挺挺横在床上便不动了。那贼徒料是已死，即放了手，到外舱拿起包裹，提着一根短棍，跳上涯，大踏步而去！正是：

虽无并枕欢娱，落得一身干净。

原来瑞虹命不该绝，喜得那贼打的是个单结，虽然被这一收时，气绝昏迷，才放下手，结就松开，不比那吊死的越坠越紧。咽喉间有了一线之隙，这点气回复透出，便不致于死。渐渐苏醒，只是遍体酥软，**动掸**（动弹）不得，倒像被按摩得捏了个醉杨妃光景。喘了一回，觉得颈下难过，勉强挣起手扯开，心内苦楚，暗哭道："阿爹当时若听了我的言语，哪有今日？只不知与这伙贼徒，前世有甚冤业，合家遭此惨祸！"又哭道："我指望忍辱偷生，还图个报仇雪耻，不道这贼原放我不过。我死也罢了，但是冤沉海底，安能瞑目！"转思转哭，愈想愈哀。正哭之间，忽然稍上扑通的一声响亮，撞得这船晃上几晃，睡的床铺，险些攧翻。瑞虹被这一惊，哭也倒止住了。侧耳听时，但闻隔船人声喧闹，打号撑篙，本船不见一些声息，疑惑道："这班强盗为何被人撞了船，却不开口？莫非那船也是同伙？"又想道："或者是捕盗船儿，不敢与他争论。"便欲喊

叫，又恐不能了事。

方在惶惑之际，船舱中忽地有人大惊小怪，又齐拥入后舱。瑞虹还道是这班强盗，暗道：“此番性命定然休矣！”只听众人说道：“不知何处官府，打劫得如此干净？人样也不留一个！”瑞虹听了这话，已知不是强盗了，挣扎起身，高喊：“救命！”众人赶向前看时，见是美貌女子，扶持下床，问她被劫情由。瑞虹未曾开言，两眼泪珠先下。乃将父亲官爵籍贯，并被难始末，一一细说。又道：“列位大哥，可怜我受屈无伸，乞引到官司告理，擒获强徒正法，也是一点阴骘。”

众人道：“原来是位小姐，可恼受着苦了！但我们都做主不得，须请老爹来与你计较。”内中一个便跑去相请。不多时，一人跨进舱中，众人齐道：“老爹来也！”瑞虹举目看那人面貌魁梧，服饰齐整，见众人称他老爹，料必是个有身家的，哭拜在地。那人慌忙扶住道：“小姐何消行此大礼？有话请起来说。”瑞虹又将前事细说一遍，又道：“求老爹慨发慈悲，救护我难中之人，生死不忘大德！”那人道：“小姐不消烦恼！我想这班强盗，去还未远，即今便同你到官司呈告，差人四处追寻，自然逃走不脱。”瑞虹含泪而谢。那人吩咐手下道：“事不宜迟，快扶蔡小姐过船去吧！”众人便来搀扶。瑞虹寻过鞋儿穿起，走出舱门观看，乃是一只双开篷顶号货船。过得船来。请入舱中安息。众水手将贼船上家伙东西，尽情搬个干净，方才起篷开船。

你道那人是谁？原来姓卞，名福，汉阳府人氏。专在江湖经商，挣起一个老大家业，打造这只大船。众水手俱是家人。这番在下路脱了粮食，装回头货归家，正趁着顺风行走，忽地被一阵大风，直打向到岸边去。艄公把舵务命（拼命）推挥，全然不应，径向贼船上当艄一撞。见是座船（官员乘坐的船），恐怕拿住费嘴，好生着急。合船人手忙脚乱，要撑开去，不道又搁在浅处，牵扯不动，故此打号用力。因见座船上没个人影，卞福以为怪异，教众水手过船来看。已后闻报，只有一个美女子，如此如此，要求搭救。卞福即怀下不良之念，用一片假情，哄得过船，便是买卖了，哪里是真心肯替她伸冤理枉。那瑞虹起初因受了这场惨毒，正无门伸诉，所以一见卞福，犹如见了亲人一般，求他救济，又见说出那班言语，便信以为真，更不疑惑。到得过船心定，想起道：“此来差矣！我与这客人非亲非故，如何指望他出力，跟着同走？虽承他一力当担，又未知是真是假。倘有别样歹念，怎生是好？”

方在疑虑，只见卞福自去安排着佳肴美酿，承奉瑞虹，说道：“小姐你一定饿了，且吃些酒食则个。”瑞虹想着父母，哪里下得咽喉？卞福坐在旁边，甜言蜜语，劝了两小杯，开言道：“小子有一言商议，不知小姐可肯听否？”瑞虹道：“老客有甚见谕？”卞福道：“适来小子一时义愤，许小姐同到官司告理，却不曾算到自己这船货物。我想那衙门之事，原论不定日子的。倘或牵缠半年六月，事体还不能完妥，货物又不能脱去，岂不两下耽搁。不如小姐且随我回去，先脱了货物，然后另换一个小船，与你一齐下来理论这事，就盘桓几年，也不妨得。更有一件，你我是个孤男寡女，往来行走，必惹外人谈议，总然彼此清白，谁人肯信？可不是无丝有线？况且小姐举目无亲，身无所归；小子虽然是个商贾，家中颇颇得过，若不弃嫌，就此结为夫妇。那时报仇之事，水里水去，火里火去，包在我身上，一个个缉获来，与你出气，但未知尊意若何？”瑞虹

听了这片言语，暗自心伤，簌簌地泪下，想道："我这般命苦！又遇着不良之人。只是落在他套中，料难摆脱。"乃叹口气道："罢！罢！父母冤仇事大，辱身事小。况已被贼人玷污，总今就死也算不得贞节了。且待报仇之后，寻个自尽，以洗污名可也！"踌躇已定，含泪答道："官人果然真心肯替奴家报仇雪耻，情愿相从！只要发个誓愿，方才相信。"卞福得了这句言语，喜不自胜，连忙跪下设誓道："卞福若不与小姐报仇雪耻，翻江而死！"道罢起来，吩咐水手："就前途村镇停泊，买办鱼肉酒果之类，合船吃杯喜酒。"到晚成就好事。

不则一日，已至汉阳。谁想卞福老婆，是个拈酸的领袖，吃醋的班头，卞福平昔极惧怕的。不敢引瑞虹到家，另寻所在安下，叮嘱手下人不许泄漏。内中又有个请风光搏笑脸的，早去报知。那婆娘怒气冲天，要与老公厮闹。却又算计，没有许多闲工夫淘气。倒一字不提，暗地教人寻下掠贩的，期定日期，一手交钱，一手交人。到了是日，那婆娘把卞福灌得烂醉，反锁在房。一乘轿子，抬至瑞虹住处。掠贩的已先在彼等候，随那婆娘进去，教人报知瑞虹说："大娘来了！"瑞虹无奈，只得出来相迎。掠贩的在旁，细细一观，见有十二分颜色，好生欢喜。那婆娘满脸堆笑，对瑞虹道："好笑官人，做事颠倒，既娶你来家，如何又撇在此，成何体面。外人知得，只道我有甚缘故。适来把他理怨一场，特地自来接你回去，有甚衣饰，快些收拾！"瑞虹不见卞福，心内疑惑，推辞不去。那婆娘道："既不愿同住，且去闲玩几日，也见得我亲来相接之情。"瑞虹见这句说得有理，便不好推托，进房整饰。那婆娘一等她转了身，便与掠贩的议定身价，教家人在外兑了银两，唤乘轿子，哄瑞虹坐下，轿夫抬起，飞也似走，直至江边一个无人所在，掠贩的引至船边歇下。瑞虹情知中了奸计，放声号哭，要跳向江中。怎当掠贩的两边扶挟，不容转动。遂推入舱中，打发了中人、轿夫，急忙解缆开船，扬着满帆而去。

且说那婆娘卖了瑞虹，将屋中什物收拾归去，把门锁上，回到家中，卞福正还酣睡。那婆娘三四个巴掌打醒，数说一回，打骂一回，整整闹了数日，卞福脚影不敢出门。一日捉空踅到瑞虹住处，看见锁了门户，吃了一惊，询问家人，方知被老婆卖去久矣！只气得发昏章第十一。那卞福只因不曾与瑞虹报仇，后来果然翻江而死，应了向日之誓。那婆娘原是个不成才的烂货，自丈夫死后，越发恣意把家私贴完，又被奸夫拐去，卖与烟花门户。可见天道好还，丝毫不爽。有诗为证：

> 忍耻偷生为父仇，谁知奸计觅风流。
> 劝人莫设虚言誓，湛湛青天在上头。

再说瑞虹被掠贩的纳在船中，一味悲号。掠贩的劝慰道："不必啼泣，还你此去丰衣足食，自在快活！强如在卞家受那大老婆的气。"瑞虹也不理他，心内暗想："欲待自尽，怎奈大仇未报；将为不死，便成淫荡之人。"踌躇千百万遍，终是报仇心切，只得宁耐，看个居止下落，再作区处。行不多路，已是天晚泊船。掠贩的逼她同睡，瑞虹不从，和衣缩在一边。掠贩的便来搂抱，瑞虹乱喊杀人。掠贩的恐被邻船听得，弄出事来，放手不迭，再不敢去缠她。径载到武昌府，转卖与**乐户**（娼家）王家。

那乐户家里先有三四个粉头，一个个打扮得乔乔画画，傅粉涂脂，倚门卖

俏。瑞虹到了其家，看见这般做作，转加苦楚。又想道：“我今落在烟花地面，报仇之事，已是绝望，还有何颜在世！”遂立意要寻死路，不肯接客，偏又作怪，但是瑞虹走这条门路，就有人解救，不致伤身。乐户与鸨子商议道：“她既不肯接客，留之何益！倘若三不知，做出把戏，倒是老大厉害，不如转货与人，另寻个吧！”常言道：“事有凑巧，物有偶然。”恰好有一绍兴人，姓胡，名悦，因武昌太守是他亲戚，特来打抽丰，倒也做成寻觅了一大注钱财。那人原是贪花恋酒之徒，住的寓所，近着妓家，闲时便去串走，也曾见过瑞虹是个绝色丽人，心内着迷，几遍要来入马（勾搭得手）。因是瑞虹寻死觅活，不能到手。今番听得乐户有出脱的消息，情愿重价娶为偏房。也是有分姻缘，一说就成。

胡悦娶瑞虹到了寓所，当晚整备着酒肴，与瑞虹叙情。那瑞虹只是啼哭，不容亲近。胡悦再三劝慰不止，倒没了主意，说道：“小娘子，你在娼家，或者道是贱事，不肯接客；今日与我成了夫妇，万分好了，还有甚苦情，只管悲恸？你且说来，若有疑难事体，我可以替你分忧解闷；倘事情重大，这府中太爷，是我舍亲，就转托他与你料理，何必自苦如此！”瑞虹见他说话有些来历，方将前事，一一告诉。又道：“官人若能与奴家寻觅仇人，报冤雪耻，莫说得为夫妇，便做奴婢，亦自甘心！”说罢又哭。胡悦闻言答道：“原来你是好人家子女，遭此大难，可怜！可怜！但这事非一时可毕，待我先教舍亲出个广捕，到处挨缉；一面同你到淮安告官，拿众盗家属追比，自然有个下落。”瑞虹拜倒在地道：“若得官人如此用心，生生世世，衔结报效。”胡悦扶起道：“既为夫妇，事同一体，何必出此言！”遂携手入寝。哪知胡悦也是一片假情哄骗。过了几日，只说已托太守出广捕缉获去了。瑞虹信以为实，千恩万谢。又住了数日，雇下船只，打叠起身，正遇着顺风顺水，哪消十日，早至镇江，另雇小船回家。把瑞虹的事，搁过一边，毫不提起。瑞虹大失所望，但到此地位，无可奈何，遂吃了长斋，日夜暗祷天地，要求报冤。在路非止一日，已到家中。胡悦老婆见娶个美人回来，好生妒忌，时常厮闹。瑞虹总不与她争论，也不要胡悦进房，这婆娘方才少解。

原来绍兴地方，惯做一项生意：凡有钱能干的，便到京中买个三考吏（具有三考资格的吏员。明代吏员三年一考绩，六年再考，九年考满，再经吏部考试，合格者可以授官）名色，钻谋好地方选一个佐贰官（即副职官员，亦称“辅佐官”）出来，俗名唤作“飞过海”。怎么叫作“飞过海”？大凡吏员考满，依次选去，不知等上几年。若用了钱，挖选在别人前面，指日便得做官，这谓之“飞过海”。还有独自无力，四五个合做伙计，一人出名做官，其余坐地分赃。到了任上，先备厚礼，结好堂官，叨揽事管，些小事体，经他衙里，少不得要诈一两五钱。到后觉道声息不好，立脚不住，就悄地逃之夭夭。十个里边，难得一两个来去明白，完名全节。所以天下衙官，大半都出绍兴。

那胡悦在家住了年余，也思量到京干这桩事体。更兼有个相知，现在当道，写书相约，有扶持他的意思，一发喜之不胜。即便处置了银两，打点起程。单虑妻妾在家不睦，与瑞虹计议，要带她同往，许她谋选彼处地方，访觅强盗踪迹。瑞虹已被骗过一次，虽然不信，也还希冀出外行走，或者有个机会，情愿同去。胡悦老婆知得，翻天作地，与老公相打相骂，胡悦全不作准。择了吉日，

雇得船只，同瑞虹径自起身。一路无话，直至京师，寻寓所安顿了瑞虹。次日整备礼物，去拜那相知官员。谁想这官人一月前暴病身亡，合家慌乱，打点扶柩归乡。胡悦没了这个倚靠，身子就酥了半边。思想银子带得甚少，相知又死，这官职怎能弄得到手？欲待原复归去，又恐被人笑耻，事在两难，狐疑未决。寻访同乡一个相识商议，这人也是走那道儿的，正少了银两，不得完成，遂设计哄骗胡悦，包揽替他图个小就。设或短少，寻人借债。胡悦合该晦气，被他花言巧语，说得热闹，将所带银两一包儿递与。那人把来完成了自己官职，悄地一溜烟径赴任去了。胡悦只剩得一双空手，日逐时需，渐渐欠缺。寄书回家取索盘缠，老婆正恼着他，哪肯应付分文。自此流落京师，逐日东走西撞，与一班京花子合了伙计，骗人财物。一日商议要大大寻一注东西，但没甚为由，却想到瑞虹身上，要把来认作妹子，做个美人局。算计停当，胡悦又恐瑞虹不肯，生出一段说话哄她道："我向日指望到此，选得个官职，与你去寻访仇人。不道时运乖蹇，相知已死，又被那天杀的骗去银两，沦落在此，进退两难。欲待回去，又无处设法盘缠。昨日与朋友们议得个计策，倒也尽通。"瑞虹道："是甚计策？"胡悦道："只说你是我的妹子，要与人为妾。倘有人来相看，你便见他一面。等哄得银两到手，连夜悄然起身，他们哪里来寻觅？顺路先到淮安，送你到家，访问强徒，也了我心上一件未完事。"瑞虹初时本不欲得，次后听说顺路送归家去，方才许允。胡悦讨了瑞虹一个肯字，欢喜无限，教众光棍四处去寻主顾。正是：

安排地网天罗计，专待落坑堕堑人。

话分两头。却说浙江温州府有一秀士，姓朱，名源，年纪四旬以外，尚无子嗣。娘子几遍劝他娶个偏房，朱源道："我功名淹蹇，无意于此。"其年秋榜高登，到京会试。谁想福分未齐，春闱不第，羞归故里。与几个同年相约，就在京中读书，以待下科。那同年中晓得朱源还没有儿子，也苦劝他娶妾。朱源听了众人说话，教人寻觅。刚有了这句口风，那些媒人互相传说，几日内便寻下若干头脑，请朱源逐一相看拣择，没有个中得意的。众光棍缉着那个消息，即来上桩，夸称得瑞虹姿色绝世无双，古今罕有。哄动朱源期下日子，亲去相看。此时瑞虹身上衣服，已不十分整齐，胡悦教众光棍借来装饰停当。众光棍引了朱源到来，胡悦向前迎接，礼毕就坐，献过一杯茶，方请出瑞虹站在遮堂门边。朱源走上一步，瑞虹侧着身子，道个万福，朱源即忙还礼。用目仔细一觑，端的娇艳非常，暗暗喝彩道："真好个美貌女子！"瑞虹也见朱源人材出众，举止闲雅，暗道："这官人倒好个仪表，果是个斯文人物，但不知什么悔气，投在网中！"心下存了个懊悔之念，略站片时，转身进去。众光棍从旁衬道："相公，何如？可是我们不说谎么？"朱源点头微笑道："果然不谬。可到小寓议定财礼，择吉行聘便了。"道罢起身，众人接脚随去，议了一百两财礼。朱源也闻得京师骗局甚多，恐怕也落了套儿，讲过早上行礼，到晚即要过门。众光棍又去与胡悦商议，胡悦沉吟半晌，生出一计。恐瑞虹不肯，教众人坐下，先来与她计较道："适来这举人已肯上桩，只是当日便要过门，难做手脚。如今只得将计就计，依着他送你过去。少不得备下酒肴，你慢慢地饮至五更时分，我同众人便打入来，叫破地方，只说强占有夫妇女，就引你回来，声言要往各衙门呈告。想他

是个举人，怕干碍前程，自然反来求服。那时和你从容回去，岂不美哉！”瑞虹闻言，愀然不乐，答道：“我前生不知做下甚业，以至今世遭许多磨难？如何又做恁般没天理的事害人？这个断然不去。”胡悦道：“娘子，我原不欲如此，但出于无奈，方走这条苦肉计，千万不要推托！”瑞虹执意不从，胡悦就双膝跪下道：“娘子！没奈何将就做这一遭，下次再不敢相烦了。”瑞虹被逼不过，只得应允。胡悦急急跑向外边，对众人说知就里。众人齐称妙计，回复朱源，选起吉日，将银两兑足，送与胡悦收了。众光棍就要把银两分用，胡悦道：“且慢着，等待事妥，分也未迟。”到了晚间，朱源叫家人雇乘轿子，去迎瑞虹，一面吩咐安排下酒馔等候。不一时，已是娶到。两下见过了礼，邀入房中，叫家人管待媒人酒饭，自不必说。

单讲朱源同瑞虹到了房中，瑞虹看时，室中灯烛辉煌，设下酒席。朱源在灯下细观其貌，比前更加美丽，欣欣自得，道声：“娘子请坐。”瑞虹羞涩不敢答应，侧身坐下。朱源叫小厮斟过一杯酒，恭恭敬敬递至面前放下，说道：“小娘子，请酒。”瑞虹也不敢开言，也不回敬。朱源知道她是怕羞，微微而笑。自己斟一杯，对席相陪。又道：“小娘子，我与你已为夫妇，何必害羞！多少沾一盏儿，小生候干。”瑞虹只是低头不应。朱源想道：“她是女儿家，一定见小厮们在此，所以怕羞。”即打发出外，掩上门儿，走至身边道：“想是酒寒了，可换些热的饮一杯，不要拂了我的敬意。”遂另斟一杯，递与瑞虹。瑞虹看了这个局面，转觉羞惭，蓦然伤感。想起幼时父母何等珍惜，今日流落至此，身子已被玷污，大仇又不能报，又强逼做这般丑态骗人，可不辱没祖宗。柔肠一转，泪珠簌簌乱下。朱源看见流泪，低低道：“小娘子，你我千里相逢，天缘会合，有甚不足，这般愁闷？莫不宅上有甚不堪之事，小娘子记挂么？”连叩数次，并不答应。觉得其容转戚，朱源又道：“细观小娘子之意，必有不得已事，何不说与我知，倘可效力，决不推故！”瑞虹又不则声。朱源到没做理会，只得自斟自饮。吃够半酣，听谯楼已打二鼓。朱源道：“夜深了，请歇息吧！”瑞虹也全然不睬。朱源又不好催逼，到走去书桌上，取过一本书儿观看，陪她同坐。

瑞虹见朱源殷勤相慰，不去理他，并无一毫愠怒之色。转过一念道：“看这举人倒是个盛德君子，我当初若遇得此等人，冤仇申雪久矣！”又想道：“我看胡悦这人，一味花言巧语，若专靠在他身上，此仇安能得报？他今明明受过这举人之聘，送我到此，何不将计就计，就跟着他，这冤仇或者倒有报雪之期。”左思右想，疑惑不定。朱源又道：“小娘子请睡吧！”瑞虹故意又不答应。朱源依然将书观看，看看三鼓将绝，瑞虹主意已定。朱源又催她去睡，瑞虹才道：“我如今方才是你家的人了。”朱源笑道：“难道起初还是别家的人么？”瑞虹道：“相公哪知就里，我本是胡悦之妾，只因流落京师，与一班光棍生出这计，哄你银子。少顷即打入来，抢我回去，告你强占良人妻女。你怕干碍前程，还要买静求安。”朱源闻言大惊道：“有恁般异事！若非小娘子说出，险些落在套中。但你既是胡悦之妾，如何又泄漏与我？”瑞虹哭道：“妾有大仇未报，观君盛德长者，必能为妾伸雪，故愿以此身相托！”朱源道：“小娘子有何冤抑，可细细说来，定当竭力为你图之。”瑞虹乃将前后事泣诉，连朱源亦自惨然下泪。

正说之间，已打四更。瑞虹道：“那一班光棍，不久便到，相公若不早避，

必受其累！”朱源道：“不要着忙！有同年寓所，离此不远，他房屋尽自深邃。且到那边暂避过一夜，明日另寻所在，远远搬去，有何患哉！”当下开门，悄地唤家人点起灯火，径到同年寓所，敲开门户。那同年见半夜而来，又带着个丽人，只道是来历不明的，甚以为怪。朱源一一道出，那同年即移到外边去睡，让朱源住于内厢。一面叫家人们相帮，把行李等件，尽皆搬来，只存两间空房。不在话下。

且说众光棍一等瑞虹上轿，便逼胡悦将出银两分开。买些酒肉，吃到五更天气，一齐赶至朱源寓所，发声喊，打将入去。但见两间空屋，哪有一个人影。胡悦倒吃了一惊，说道：“他如何晓得？预先走了！”对众光棍道：“一定是你们倒勾结来捉弄我的，快快把银两还了便罢！”众光棍大怒，也翻转脸皮，说道：“你把妻子卖了，又要来打抢，反说我们有甚勾当，须与你干休不得！”将胡悦攒盘（包围殴打）打够臭死。恰好五城兵马（明代在北京城设中、东、西、南、北五城兵马指挥司，负责治安等）经过，结扭到官，审出骗局实情，一概三十，银两追出入官，胡悦短递回籍。有诗为证：

牢笼巧设美人局，美人原不是心腹。
赔了夫人又打臀，手中依旧光陆秃。

且说朱源自娶了瑞虹，彼此相敬相爱，如鱼似水。半年之后，即怀六甲。到得十月满足，生下一个孩子，朱源好不喜欢，写书报知妻子。光阴迅速，那孩子早又周岁。其年又值会试，瑞虹日夜向天祷告，愿得丈夫黄榜题名，早报蔡门之仇。场后开榜，朱源果中了六十五名进士，殿试三甲，该选知县。恰好武昌县缺了县官，朱源就讨了这个缺。对瑞虹道：“此去仇人不远，只怕他先死了，便出不得你的气；若还在时，一个个拿来沥血祭献你的父母，不怕他走上天去！”瑞虹道：“若得相公如此用心，奴家死亦瞑目！”朱源一面差人回家，接取家小在扬州伺候，一同赴任；一面候吏部领凭。不一日领了凭限，辞朝出京。

原来大凡吴、楚之地作宦的，都在临清张家湾雇船，从水路而行，或径赴任所，或从家乡而转，但从其便。那一路都是下水，又快又稳。况带着家小，若没有勘合（验对符契）脚力，陆路一发不便了。每常有下路粮船运粮到京，交纳过后，那空船回去，就揽这行生意，假充座船，请得个官员坐舱，那船头便去包揽他人货物，图个免税之利。这也是个旧规。却说朱源同了小奶奶到临清雇船，看了几个舱口，都不称怀，只有一只整齐，中了朱源之意。船头递了姓名手本，磕头相见。管家搬行李安顿舱内，请老爷、奶奶下船，烧了神福，船头指挥众人开船。瑞虹在舱中，听得船头说话，是淮安声音，与贼头陈小四一般无二。问丈夫什么名字，朱源查那手本写着“船头吴金叩首”，姓名都不相同，可知没相干了。再听他声口越听越像，转展生疑，放心不下，对丈夫说了，假托吩咐说话，唤他近舱。瑞虹闪于背后，厮认其面貌，又与陈小四无异，只是姓名不同。好生奇怪，欲待盘问，又没个因由。偶然这一日，朱源的座师船到，过船去拜访，那船头的婆娘进舱来拜见奶奶，送茶为敬。瑞虹看那妇人，虽无十分颜色，也有一段风流。瑞虹有心问那妇人道：“你几岁了？”那妇人答道：“二十九岁了。”又问：“那里人氏？”答道：“池阳人氏。”瑞虹道：“你丈夫不像个池阳人。”那妇人道：“这是小妇人的后夫。”瑞虹道：“你几岁死过丈夫的？”

那妇人道："小妇人夫妇为运粮到此，拙夫一病身亡。如今这拙夫是武昌人氏，原在船上做帮手，丧事中亏他一力相助。小妇人孤身无倚，只得就从了他，顶着前夫名字，完这场差使。"瑞虹问在肚里，暗暗点头。将香帕赏她，那妇人千恩万谢地去了。瑞虹等朱源下船，将这话述与他听了。眼见吴金即是陈小四，正是贼头。朱源道："路途之间，不可造次，且耐着他到地方上施行，还要在他身上追究余党。"瑞虹道："相公所见极明，只是仇人相见，分外眼睁，这几日何如好过！"恨不得借滕王阁的顺风，一阵吹到武昌！

饮恨亲冤已数年，枕戈思报叹无缘。

同舟敌国今相遇，又隔江山路几千。

却说朱源舟至扬州，那接取大夫人的还未曾到，只得停泊码头等候，瑞虹心上一发气闷。等到第三日，忽听得岸上鼎沸起来。朱源叫人问时，却是船头与岸上两个汉子扭作一团厮打。只听得口口声声说道："你干得好事！"朱源见小奶奶气闷，正没奈何，今番且借这个机会，敲那贼头几个板子，权发利市。当下喝教水手："与我都拿过来！"原来这班水手，与船头面和意不和，也有个缘故。当初陈小四缢死了瑞虹，弃船而逃，没处投奔，流落到池阳地面，偶值吴金这只粮船起运，少个帮手。陈小四就上了他的船。见吴金老婆像个爱吃枣儿汤（喜欢勾勾搭搭）的，岂不正中下怀，一路行奸卖俏，搭识上了。两个如胶似漆，反多那老公碍眼。船过黄河，吴金害了个寒症，陈小四假意殷勤，赎药调理。那药不按君臣（中医处方，以君臣相配为原则。君是主药，臣是辅药。不按君臣，就是违反药理，胡乱用药。引申为使用毒药的隐语），一服见效，吴金死了！妇人身边取出私财，把与陈小四，只说借他的东西，断送老公。过了一两个七，又推说欠债无偿，就将身子白白里嫁了他。虽然备些酒食，暖住了众人，却也中心不服。为此缘由，所以面和意不和。听得舱里叫一声："都拿过来！"蜂拥地上岸，将三个人一齐扣下船来，跪于将军柱边。

朱源问道："为何厮打？"船头禀道："这两个人原是小人合本撑船伙计，因盗了资本，背地逃走，两三年不见面。今日天遣相逢，小人与他取讨，他倒图赖小人，两个来打一个。望老爷与小人做主！"朱源道："你二人怎么说？"那两个汉子道："小人并没此事，都是一派胡言！"朱源道："难道一些影儿也没有，平地就厮打起来？"那两个汉子道："有个缘故：当初小的们虽曾与他合本撑船，只为他迷恋了个妇女，小的们恐误了生意，把自己本钱收起，各自营运，并不曾欠他分毫。"朱源道："你两个叫什么名字？"那两个汉子不曾开口，倒是陈小四先说道："一个叫沈铁甏，一个叫秦小元。"朱源却待再问，只见背后有人扯拽，回头看时，却是丫鬟，悄悄传言，说道："小奶奶请老爷说话。"朱源走进后舱，见瑞虹双行流泪，扯住丈夫衣袖，低声说道："那两个汉子的名字，正是那贼头一伙同谋打劫的人，不可放他走了！"朱源道："原来如此！事到如今，等不得到武昌了。"慌忙写了名帖，吩咐打轿，喝叫地方，将三人一串儿缚了，自去拜扬州太守，告诉其事。

太守问了备细，且教把三个贼徒收监，次日面审。朱源回到船中，众水手已知陈小四是个强盗，也把谋害吴金的情节，细细禀知。朱源又把这些缘由，备写一封书帖，送与太守，并求究问余党。太守看了，忙出飞签，差人拘那妇

人，一并听审。扬州城里传遍了这出新闻，又是强盗，又是奸淫事情，有妇人在内，哪一个不来观看？临审之时，府前好不热闹！正是：

好事不出门，恶事传千里。

却说太守坐堂，吊出三个贼徒，那妇人也提到了，跪于阶下。陈小四看见那婆娘也到，好生惊怪，道："这厮打小事，如何连累家属？"只见太守却不叫吴金名字，竟叫陈小四，吃这一惊非小，凡事逃那实不过，叫一声不应，再叫一声不得不答应了。太守相公冷笑一声道："你可记得三年前蔡指挥的事么？天网恢恢，疏而不漏。今日有何理说！"三个人面面相觑，却似鱼胶粘口，一字难开。

太守又问："那时同谋还有李癞子、白满、胡蛮二、凌歪嘴、余蛤蚆，如今在哪里？"陈小四道："小的其时虽在那里，一些财帛也不曾分受，都是他这几个席卷而去，只问他两个便知。"沈铁甏、秦小元道："小的虽然分得些金帛，却不像陈小四强奸了他家小姐。"太守已知就里，恐碍了朱源体面，便喝住道："不许闲话！只问你那几个贼徒，今在何处？"秦小元说："当初分了金帛，四散去了。闻得李癞子、白满随着山西客人，贩买绒货；胡蛮二、凌歪嘴、余蛤蚆三人，逃在黄州撑船过活。小的们也不曾相会。"太守相公又叫妇人上前问道："你与陈小四奸密，毒杀亲夫，遂为夫妇，这也是没得说了。"妇人方欲抵赖，只见阶下一班水手都上前禀话，如此如此，这般这般，说得那妇人顿口无言。

太守相公大怒，喝教选上号毛板，不论男妇，每人且打四十，打得皮开肉绽，鲜血迸流。当下录了口词，三个强盗通问斩罪，那妇人问了凌迟。齐上刑具，发下死囚牢里。一面出广捕，挨获白满、李癞子等。太守问了这件公事，亲到船上答拜朱源，就送审词与看。朱源感谢不尽，瑞虹闻说，也把愁颜放下七分。

又过几日，大奶奶已是接到，瑞虹相见。一妻一妾，甚是和睦。大奶奶又见儿子生得清秀，愈加欢喜。不一日，朱源于武昌上任，管事三日，便差的当捕役缉访贼党胡蛮二等。果然胡蛮二、凌歪嘴在黄州江口撑船，手到拿来。招称："余蛤蚆一年前病死，白满、李癞子现跟陕西客人，在省城开铺。"朱源权且收监，待拿到余党，一并问罪。省城与武昌县相去不远，捕役去不多日，把白满、李癞子二人一索子捆来，解到武昌县。朱源取了口词，每人也打四十，备了文书，差的当公人，解往扬州府里，以结前卷。

朱源做了三年县宰，治得那武昌县道不拾遗，犬不夜吠，行取御史，就出差淮扬地方。瑞虹嘱咐道："这班强盗，在扬州狱中，连岁停刑，想未曾决。相公到彼，可了此一事，就与奴家沥血祭奠父亲，并两个兄弟。一以表奴家之诚，二以全相公之信。还有一事，我父亲当初曾收用一婢，名唤碧莲，曾有六个月孕，因母亲不容，就嫁出与本处一个朱裁为妻。后来闻得碧莲所生，是个男儿。相公可与奴家用心访问。若这个儿子还在，可主张他复姓，以续蔡门宗祀，此乃相公万代阴功！"说罢，放声大哭，拜倒在地。朱源慌忙扶起道："你方才所说二件，都是我的心事。我若到彼，定然不负所托，就写书信报你得知。"瑞虹再拜称谢。

再说朱源赴任淮扬，这是代天子巡狩，又与知县到任不同。真个号令出时霜雪凛，威风到处鬼神惊。其时七月中旬，未是决囚之际。朱源先出巡淮安，

就托本处府县访缉朱裁及碧莲消息，果然访着。那儿子已八岁了，生得堂堂一貌。府县奉了御史之命，好不奉承。即日香汤沐浴，换了衣履，送在军卫供给，申文报知察院。朱源取名蔡续，特为起奏一本，将蔡武被祸事情，备细达于圣聪。“蔡氏当先有汗马功劳，不可令其无后。今有幼子蔡续，合当归宗，俟其出幼承袭。其凶徒陈小四等，秋后处决。”圣旨准奏了。其年冬月，朱源亲自按临扬州，监中取出陈小四与吴金的老婆，共是八个，一齐绑赴法场，剐的剐，斩的斩，干干净净。正是：

善有善报，恶有恶报。若还不报，时辰未到。

朱源吩咐刽子手，将那几个贼徒之首，用漆盘盛了，就在城隍庙里设下蔡指挥一门的灵位，香花灯烛，三牲祭醴，把几颗人头，一字儿摆开。朱源亲制祭文拜奠。又于本处选高僧做七七功德，超度亡魂。又替蔡续整顿个家事，嘱咐府县青目。其母碧莲一同居住，以奉蔡指挥岁时香火。朱裁另给银两别娶。诸事俱已停妥，备细写下一封家书，差个得力承舍（古时传递公文信件的差役），赍回家中，报知瑞虹。

瑞虹见了书中之事，已知蔡氏有后，诸盗尽已受刑，沥血奠祭。举手加额，感谢天地不尽！是夜，瑞虹沐浴更衣，写下一纸书信，寄谢丈夫；又去拜谢了大奶奶。回房把门拴上，将剪刀自刺其喉而死。其书云：

贱妾瑞虹百拜相公台下：

虹身出武家，心娴闺训。男德在义，女德在节；女而不节，与禽何别！虹父韬钤（指兵法）不戒，曲糵（指酒）迷神。诲盗亡身，祸及母弟，一时并命！妾心胆俱裂，浴泪弥年。然而隐忍不死者，以为一人之廉耻小，阖门之仇怨大。昔李将军忍耻降虏（汉代将军李陵兵败降匈奴，他在给苏武的信中表示，自己忍辱投降，仍是为了寻机报效汉朝），欲得当以报汉；妾虽女流，志窃类此。不幸历遭强暴，衷怀未申。幸遇相公，拔我于风波之中，谐我以琴瑟之好。识荆之日，便许复仇。皇天见怜，宦游早遂。诸奸贯满，相次就缚；而且明正典刑，沥血设飨。蔡氏已绝之宗，复蒙拔根见本，世禄复延。相公之为德于衰宗者，天高地厚，何以喻兹。妾之仇已雪而志已遂矣！失节贪生，贻玷阀阅，妾且就死，以谢蔡氏之宗于地下。儿子年已六岁，嫡母怜爱，必能成立。妾虽死之日，犹生之年。姻缘有限，不获面别，聊寄一笺，以表衷曲。

大奶奶知得瑞虹死了，痛惜不已，殡殓悉从其厚。将她遗笔封固，付承舍寄往任上。朱源看了，哭倒在地，昏迷半晌方醒。自此患病，闭门者数日，府县都来候问。朱源哭诉情由，人人堕泪；俱赞叹瑞虹节孝，今古无比。不在话下。

后来朱源差满回京，历官至三边总制。瑞虹所生之子，名曰朱懋，少年登第，上疏表陈生母蔡瑞虹一生之苦，乞赐旌表。圣旨准奏，特建节孝坊，至今犹在。有诗赞云：

报仇雪耻是男儿，谁道裙钗有执持。
堪笑硁硁（kēng kēng，形容浅陋固执）真小谅，不成一事枉嗟咨。

# 第三十七卷　杜子春三入长安

想多情少宜求道，想少情多易入迷。

总是七情难断灭，爱河波浪更堪悲。

话说隋文帝开皇年间，长安城中有个子弟姓杜，双名子春，浑家韦氏，家住城南，世代在扬州做盐商营运。真有万万贯家资，千千顷田地。那杜子春倚借着父祖资业，哪晓得稼穑艰难。且又生性豪侠，要学那石太尉（西晋富豪石崇，曾与王恺争富）的奢华，孟尝君（战国四公子之一，广招宾客，以食客三千闻名）的气概。宅后造起一座园亭，重价构取名花异卉，巧石奇峰，装成景致。曲房深院中，置买歌儿舞女，艳妾妖姬，居于其内。每日开宴园中，广召宾客。你想那扬州乃是花锦地面，这些浮浪子弟，轻薄少年，却又尽多。有了杜子春恁样撒漫财主，再有那个不来！虽无食客三千，也有帮闲几百。相交了这般无藉，肯容你在家受用不成？少不得引诱到外边游荡。杜子春心性又是活的，有何不可？但见：

轻车怒马，春陌游行；走狗擎鹰，秋田较猎。青楼买笑，缠头那惜千缗；博局呼卢，一掷常输十万。画船箫管，恣意逍遥；选胜探奇，任情散诞。风月场中都总管，烟花寨内大主盟。

杜子春将银子认作没根的，如土块一般挥霍。那韦氏又是掏得水出的女儿家，也只晓得穿好吃好，不管闲账。看看家中金银搬完，屯盐卖完，手中干燥，央人四处借债。扬州城中哪个不晓得杜子春是个大财主，才说得声，东也挜来，西也送至，又落得几时脾胃。到得没处借时，便去卖田园，货屋宅。那些债主，见他产业摇动，都来取索。那时江中芦洲也去了，海边盐场也脱了，只有花园住宅，不舍得与人，到把衣饰器皿变卖。他是用过大钱的，这些少银两，犹如吃碗泡茶，顷刻就完了。你想杜子春自幼在金银堆里滚大起来，使滑的手，若一刻没得银用，便过不去。难道用完了这项，却就罢休不成？少不得又把花园、住宅出脱。大凡东西多的时节，便觉用之不尽；若到少来，偏觉得易完。卖了房屋，身子还未搬出，银两早又使得干净。那班朋友，见他财产已完，又向旺处去了，谁个再来趋奉！就是奴仆，见家主弄到恁般地位，赎身的赎身，逃走的逃走，去得半个不留。姬妾女婢，标致的准了债去，粗蠢的卖来用度，也自各散去了。单单剩得夫妻二人搬向几间接脚屋里居住，渐渐衣服凋敝，米粮欠缺。莫说平日受恩的不来看觑他，就是杜子春自己也无颜见人，躲在家中。正是：

床头黄金尽，壮士无颜色。

杜子春在扬州做了许多时豪杰，一朝狼狈，再无面目存坐得住，悄悄地归去长安祖居，投托亲戚。原来杜陵韦、曲二姓，乃是长安巨族，宗支十分蕃盛。也有为官作宦的，也有商贾经营的，排家都是至亲至戚，因此子春起这念头。也不指望他资助，若肯借贷，便好度日。岂知亲眷们都道，子春泼天家计，

尽皆弄完，是个败子，借贷与他，断无还日。为此只推着没有，并无一个应承。便十二分至戚，情不可却，也有周济些的。怎当得子春这个大手段，就是热锅头上，洒着一点水，济得甚事！好几日，饭不得饱吃，东奔西趁，没个头脑。偶然打向西门经过，时值十二月天气，大雪初晴，寒威凛烈，一阵西风，正从门圈子里刮来，身上又无棉衣，肚中又饿，刮起一身鸡皮栗子，把不住地寒颤。叹口气道："我杜子春岂不枉然！平日攀这许多好亲好眷，今日见我沦落，便不理我，怎么受我恩的也做这般模样？要结那亲眷何用？要施那仁义何用？我杜子春也是一条好汉，难道就没再好的日子？"

正在那里自言自语，偶有一老者从旁走过，见他叹气，便立住脚问道："郎君为何这般长叹？"杜子春看那老者，生得：

童颜鹤发，碧眼庞眉。声似铜钟，须如银线。戴一顶青蓝唐巾，披一领茶褐道袍，腰系丝绦，脚穿麻履。若非得道仙翁，定是修行长者。

杜子春这一肚子气恼，正莫发脱处，遇着这老者来问，就从头备诉一遍。那老者道："俗语有云：世情看冷暖，人面逐高低。你当初有钱是个财主，人自然趋奉你；今日无钱，是个穷鬼，便不礼你，又何怪哉！虽然如此，天不生无禄之人，地不长无根之草。难道你这般汉子，世间就没个慷慨仗义的人周济你的？只是你目下须得银子几何，才够用度？"子春道："只三百两足矣。"老者道："量你好大手段，这三百两干得甚事？再说多些。"子春道："三千两。"老者摇手道："还要增些。"子春道："若得三万两，我依旧到扬州去做财主了。只是难讨这般好施主。"老者道："我老人家虽不甚富，却也一生专行好事，便助你三万两。"袖里取出三百个钱，递与子春聊备一饭之费。"明日午时，可到西市波斯馆里会我，郎君勿误！"那老者说罢，径一直去了。

子春心中暗喜道："我终日求人，一个个不肯周济，只道一定饿死。谁知遇着这老者发个善心，一送便送我三万两，岂不是天上掉下来的造化！如今且将他赠的钱，买些酒饭吃了，早些安睡。明日午时，到波斯馆里，领他银子去！"走向一个酒店中，把三百钱都先递与主人家，放开怀抱，吃个醉饱，回至家中去睡。却又想道："我杜子春聪明一世，懵懂片时。我家许多好亲好眷，尚不理我，这老者素无半面之识，怎么就肯送我银子？况且三万两，不是当耍的，便作石头也老重一块。量这老者有多大家私，便把三万两送我？若不是见我嗟叹，特来宽慰我的，必是作耍我的，怎么信得他？明日一定是不该去！"却又想道："我细看那老者，倒像个至诚的。我又不曾与他求乞，他没有银子送我便罢了，说那谎话怎的？难道是舍真财，调假谎，先送我三百个钱，买这个谎说？明日一定是该去。去也是，不去也是。"想了一会，笑道："是了，是了！哪里是三万两银子，敢只把三万个钱送我，总是三万之数，也不见得。俗谚道得好：'饥时一粒，胜似饱时一斗。'便是三万个钱，也值三十多两，够我好几日用度，岂可不去？"子春被这三万银子在肚里打搅，整整一夜不曾得睡。巴到天色将明，不想精神困倦，倒一觉睡去。及至醒来，早已日将中了，忙忙地起来梳洗。他若是个有见识的，昨日所赠之钱，还留下几文到这早买些点心吃了去也好。只因他是松溜的手儿，撒漫的性儿，没钱便烦恼；及至钱入手时，这三百文又不在他心上了。况听见有三万银子相送，已喜出望外，哪里算计至此？他的肚皮，

两日到饿服了，却也不在心上。梳裹完了，临出门又笑道："我在家也是闲，那波斯馆又不多远，做我几步气力不着，便走走去何妨。若见那老者，不要说起那银子的事，只说昨夜承赐铜钱，今日特来相谢，大家心照，岂不美哉！"

原来波斯馆，都是四夷进贡的人，在此贩卖宝货，无非明珠美玉，文犀瑶石，动是上千上百的价钱，叫作金银窠里。子春一心想着要那老者的银子，又怕他说谎，这两只脚虽则有气没力的，一步步荡到波斯馆来，一只眼却紧紧望那老者在也不在。到得馆前，正待进门，恰好那老者从里面出来，劈头撞见。那老者嗔道："郎君为甚的爽约？我在辰时到此，渐渐地日影铧西，还不见来，好守得不耐烦！你岂不晓得秦末张子房曾遇黄石公于圯桥之上，约后五日五更时分，到此传授兵书。只因子房来迟，又约下五日。直待走了三次，半夜里便去等候，方才传得三略之法，辅佐汉高祖平定天下，封为留侯。我便不如黄石公，看你怎做得张子房？敢是你疑心我没银子把你么？我何苦讨你的疑心。你且回去，我如今没银子了！"

只这一句话，吓得子春面如土色，懊悔不及。恰像折翅的老鹤，两只手不觉直掉了下去。想道："三万银子到手快了，怎么恁样没福，倒熟睡了去，弄到这时候！如今他却不肯了。"又想道："他若也像黄石公肯再约日子，情愿隔夜找个铺儿睡在此伺候！"又想道："这老官儿既有心送我银子，早晚总是一般的，又吊什么古今，论什么故事？"又想道："还是他没有银子，故把这话来遮掩。"正在胡猜乱想，那老者恰像在他腹中走过一遭的，便晓得了，乃道："我本待再约个日子，也等你走几遭儿则是，你疑我道一定没有银子，故意弄这腔调。罢！罢！罢！有心做个好事，何苦又要你走，可随我到馆里来。"子春见说原与他银子，又像一个**跳虎**（一种玩具虎，拨动机关可以站立起来）拨着**关捩子**（能转动的机械装置）直竖起来。急松松跟着老者径到西廊下第一间房内，开了壁厨，取出银子，一划都是五十两一个元宝大锭，整整的六百个，便是三万两，摆在子春面前，精光耀目。说道："你可将去，再做生理，只不要负了我相赠的一片意思。"你道杜子春好不莽撞，也不问他姓甚名谁，家居那里，刚刚拱手，说得一声："多谢！多谢！"便领三十来个脚夫，竟把银子挑回家去。

杜子春到明日绝早，就去买了一匹骏马，一付鞍辔，又做几件时新衣服，便去夸耀众亲眷，说道："据着你们待我，我已饿死多时了。谁想天无绝人之路，却又有做方便的送我好几万银子。我如今依旧往扬州去做盐商，特来相别。有一首《感怀诗》在此，**请政**（请指正）。"诗云：

> 九叩高门十不应，耐他凌辱耐他憎。
> 如今骑鹤扬州去，莫问腰缠有几星。

那些亲眷们一向讪笑杜子春这个败子，岂知还有发迹之日。这些时见了那首感怀诗，老大的好没颜色。却又想道："长安城中，哪有这等一舍便舍三万两的大财主？难道我们都不晓得？一定没有这事。"也有说他祖上埋下的银子，想被他掘着了。也有说道，莫非穷极无计，交结了响马强盗头儿，这银子不是打劫客商的，便是偷窃库藏的，都在半信半不信之间。这也不在话下。

且说子春那银子装上几车，出了东都门，径上扬州而去。路上不则一日，早来到扬州家里。浑家韦氏迎着道："看你气色这般光彩，行里又这般沉重，多

分有些钱钞。但不知那一个亲眷借贷你的？”子春笑道：“银倒有数万，却一分也不是亲眷的。”备细将西门下叹气，波斯馆里赠银的情节，说了一遍。韦氏便道：“世间难得这等好人！可曾问他什么名姓？等我来生也好报答他的恩德。”子春却呆了一晌，说道：“其时我只看见银子，连那老者也不看见，竟不曾问得。我如今谨记你的言语，倘或后来再赠我的银子时节，我必先问他名姓便了。”

那子春平时的一起宾客，闻得他自长安还后，带得好几万银子来，依旧做了财主，无不趋奉，似蝇攒蚁附一般。因而撺掇他重装气象，再整风流。只他是使过上百万银子的，这三万两能够几时挥霍，不及两年，早已罄尽无余了。渐渐卖了马骑驴，卖了驴步走，熬枯受淡，度过日子。岂知坐吃山空，立吃地陷，终是没有来路。日久岁长，怎生挨得！悔道：“千错万错，我当初出长安别亲眷这日，送什么《感怀诗》，分明与他告绝了，如今还有甚嘴脸好去干求他？便是干求，料他也决不理我。弄得我有家难奔，有国难投，教我怎处？”韦氏道：“倘或前日赠银子的老儿尚在，再赠你些，也不见得。”子春冷笑道：“你别痴心妄想！知那个老儿生死若何？贫富若何？怎么还望他赠银子！只是我那亲眷都是肺腑骨肉，到底割不断的。常言：‘傍生不如傍熟。’我如今没奈何，只得还至长安去，求那亲眷。”正是：

要求生活计，难惜脸皮羞。

杜子春重到长安，好不卑词屈体，去求那众亲眷。岂知亲眷们如约会的一般，都说道：“你还去求那顶尖的大财主，我们有甚力量扶持得你起？”只这冷言冷语，带讥带讪的，教人怎么当得！险些把子春一气一个死。忽一日打从西门经过，劈面遇着老者，子春不胜感愧，早把一个脸都挣得通红了。那老者问道：“看你气色，像个该得一注横财的。只是身上衣服，怎么这般褴褛？莫非又消乏了？”子春谢道：“多蒙老翁送我三万银子，我只说是用不尽的。不知略撒漫，便没有了。想是我流年不利，故此没福消受，以至如此！”老者道：“你家好亲好眷，遍满长安，难道更没周济你的？”子春听见说亲眷周济这句话，两个眉头就攒着一堆，答道：“亲眷虽多，一个个都是一钱不舍的悭吝鬼，怎比得老翁这般慷慨！”老者道：“我如今本当再赠你些才是，只是你三万银子不够用得两年，若活了一百岁，教我哪里去讨那百多万赠你？休怪！休怪！”把手一拱，往西去了。正是：

须将有日思无日，休想今人似昔人。

那老者去后，子春叹道：“我受了亲眷们许多讪笑，怎么那老者最哀怜我的，也发起说话来？敢是他硬做好汉，送了我三万银子，如今也弄得手头干了。只是除了他，教我再望着哪一个搭救。”正在那里自言自语，岂知老者去不多远，却又转来，说道：“人家败子也尽有，从不见你这个败子的头儿。三万银子，恰像三个铜钱，媻媻眼就弄完了。论起你恁样会败，本不该周济你了；只是除了我，再有谁周济你的？你依旧饥寒而死，却不枉了前一番功果。常言道：‘杀人须见血，救人须救彻。’还只是废我几两银子不着，救你这条穷命！”袖里又取出三百个铜钱，递与子春道：“你可将去买些酒饭吃，明日午时仍到波斯馆西廊下相会。既道是三万银子不够用度，今次须送你十万两。只是要早来些，莫似前番又要我等你！”且莫说那老者发这样慈悲心，送过了三万，还要送他十万；

倒也亏杜子春好一副厚面皮，明日又去领受他的。

当下子春见老者不但又肯周济，且又比先反增了七万，喜出望外，双手接了三百铜钱，深深作了个揖，起来举举手，大踏步就走。一直径到一个酒店中，依然把三百个钱做一垛儿先付与酒家。走上酒楼，拣副座头坐下，酒保把酒肴摆将过来。子春一则从昨日至今，还没饭在肚里；二则又有十万银子到手，欢喜过望，放下愁怀，恣意饮啖。那酒家只道他身边还有铜钱，嗄饭案酒，流水搬来。子春又认作三百钱内之物，并不推辞，尽情吃个醉饱，将剩下东西，都赏了酒保。那酒保们见他手段来得大落，私下议道："这人身上便褴褛，倒好个撒漫主顾！"

子春下楼，向外便走。酒家道："算明了酒钱去！"子春只道三百钱还吃不了，乃道："余下的赏你吧，不要算了！"酒家道："这人好混账，吃透了许多东西，倒说这样冠冕话。"子春道："这却不干我事，你自送我吃的。"彻身又走，酒家上前一把扯住道："说得好自在！难道再多些，也是送你吃的？"两下争嚷起来。旁边走过几个邻里相劝，问："吃透多少？"酒家把账一算，说："还该二百。"子春呵呵大笑道："我只道多吃了几万，恁般着忙！原来只得二百文，乃是小事，何足为道。"酒家道："正是小事，快些数了撒开。"子春道："却恨今日带得钱少，我明日送来还你。"酒家道："认得你是哪个，却赊与你？"杜子春道："长安城中，谁不晓得我城南杜子春是个大财主？莫说这二百文，再多些，决不少你的。若不相托，写个票儿在此，明日来取。"众人见他自称为大财主，都忍不住笑，把他上下打料。内中有个闻得他来历的，在背后笑道："原来是这个败子，只怕财主如今轮不着你了。"子春早又听见，便道："老丈休得见笑！今日我便是这个嘴脸，明午有个相识送我十万银子，怕我不依旧做财主么？"

众人闻得这话，一发都笑倒了，道："你这人莫不是疯了，天下哪有送十万银子的相识？在哪里？"酒家道："我也不管你有十万二十万，只还了我二百钱走路。"子春道："要！便明日多赏了你两把，今日却一文没有。"酒家道："你是什么鸟人？吃了东西，不肯还钱。"当胸揪住，却待要打。子春正摔脱不开，只听有人说叫道："莫要打！有话讲理。"分开众人，挨身进来。子春睁睛观看，正是西门老者，忙叫道："老翁来得恰好！与我评一评理。"老者问道："你们为何揪住这位郎君厮闹？"酒家道："他吃透了二百钱酒，却要白赖，故此取索。"子春道："承老翁所赐三百文，先付与他，然后饮酒，他自要多把东西与人吃，干我甚事？今情愿明日多还他些，执意不肯，反要打我。老翁！你且说谁个的理直？"老者向酒家道："既是先交钱后饮酒，如何多把与他吃？这是你自己不是。"又对子春道："你在穷困之乡，也不该吃这许多。如今通不许多说，我存得二百钱在此，与你两下和了吧！"袖里摸出钱来，递与酒家。酒家连称多谢。子春道："又蒙老翁周全，无可为报。若不相弃，就此小饮三杯，奉酬何如？"老者微微笑道："不消得，改日扰你吧！"向众人道声请了，原复转身而去。子春也自归家。

这一夜，子春心下想道："我在贫窭之中，并无一个哀怜我的，多亏这老儿送我三万银子，如今又放我十万。就是今日，若不遇他来周全，岂不受这酒家罗唣？明日到波斯馆里，莫说有银子，就做没有，也不可不去。况他前次既不

说谎，难道如今却又弄谎不成？”巴不到明日，一径地投波斯馆来，只见那老者已先在彼，依旧引入西廊下房内，搬出二千个元宝锭，便是十万两，交付子春收讫，叮嘱道：“这银子难道不许你使用？但不可一造（一次，一起）地用尽了，又来寻我。”子春谢道：“我杜子春若再败时，老翁也不必看觑我了！”即便雇了车马，将银子装上，向老者叫声聒噪，押着而去。

原来偷鸡猫儿到底不改性的，刚刚挑得银子到家，又早买了鞍马，做了衣服，去辞别那众亲眷，说道：“多承指示，教我去求那大财主。果然财主手段，略不留难，又送了我十万两银子。我如今有了本钱，便住在城中，也有座位了。只是我杜子春天生败子，岂不玷辱列位高亲？不如仍往扬州与盐商合伙，倒也稳便。”这个说话，明明是带着刺儿的。那亲眷们却也受了子春一场呕气，敢怒而不敢言。

且说子春，整备车马，将那十万银子，载的载，驮的驮，径往扬州。韦氏看见许多车马，早知道又弄了些银子回来了，便问道：“这行李莫非又是西门老儿资助你的？”子春道：“不是那老儿，难道还有别个？”韦氏道：“可曾问得名姓么？”子春睁着眼道：“哎呀！他在波斯馆里搬出十万银子时节，明明记得你的吩咐，正待问他，却被他婆儿气，再四叮嘱我，好做生理，切不可浪费了，我不免回答他几句。其时一地的元宝锭，又要雇车顾马，看他装载；又要照顾地下，忙忙地收拾不迭，怎讨得闲工夫，又去问他名姓！虽然如此，我也甚是懊悔！万一我杜子春旧性发作，依先用完了，怎么又好求他？却不是天生定该饿死的。”韦氏笑道：“你今有了十万银子，还怕穷哩！”原来子春初得银子时节，甚有做人家的意思。及到扬州，豪心顿发，早把穷愁光景尽皆忘了。莫说旧时那班帮兴不帮败的朋友，又来撺哄；只那韦氏出自大家，不把银子放在眼里的，也只图好看，听其所为。真个银子越多，用度越广，不上三年，将这十万两荡得干干净净，倒比前次越穷了些。韦氏埋怨道：“我教你问那老儿名姓，你偏不肯问，今日如何？”子春道：“你埋怨也没用。那老儿送了三万，又送十万，便问得名姓，也不好再求他。只是那老儿不好求，亲眷又不好求，难道杜子春便是这等坐守死了！我想长安城南祖居，尽值上万多银子。众亲眷们都是图谋的。我既穷了，左右没有面孔在长安住，还要这宅子怎么？常言道：‘有千年产，没千年主。’不如将来变卖，且作用度，省得靠着米囤却饿死了！”这叫作杜子春三入长安，岂不是天生的一条的痴汉！有诗为证：

莫恃黄金积满阶，等闲费尽几时来？
十年为侠成何济，万里投人谁见哀！

却表子春到得长安，再不去求众亲眷，连那老儿也怕去见他。只住在城南宅子里，请了几个有名的经纪，将祖遗的厅房、土库几所，下连基地，时值价银一万两，一一面议定，亲笔填了文契，托他绝卖。只道这价钱是瓮中捉鳖，手到拿来；岂知亲眷们量他穷极，故意要死他的货，偏不肯买。那经纪都来回了，子春叹道：“我杜子春直恁的命低！似这寸金田地，偏有卖主，没有受主。敢则经纪们不济，须自家出去寻个头脑。”刚刚到得大街上，早望见那老者在前面来了，连忙地躲在众人丛里，思量避他。岂知那老者却从背后一把曳住袖子，叫道：“郎君，好负心也！”只这一声，羞得杜子春再无容身之地。老者道：“你全不记在

西门叹气之日乎！老夫虽则凉薄，也曾两次助你好几万银子，且莫说你怎么样报我，难道喏也唱不得一个？见了我到躲了去。我何不把这银子料在水里，也砰的响一声！”子春谢罪道：“我杜子春单只不会做人家，心肝是有的，宁不知感老翁大恩！只是两次银子，都一造地荡废，望见老翁，不胜惭愧，就恨不得立时死了。以此躲避，岂敢负心！”那老者便道：“既是这等，则你回心转意，肯做人家，我还肯助你！”子春道：“我这一次，若再败了，就对天设下个誓来。”老者笑道：“誓倒不必设，你只把做人家的勾当，说与我听着。”子春又道：“我祖上遗下海边上盐场若干所，城里城外冲要去处，店房若干间，长江上下芦洲若干里，良田若干顷，极是有利息的。我当初要银钱用，都烂贱地典卖与人了。我若有了银子，尽数取赎回来，不消两年，便可致富。然后兴建义庄，**开辟义冢**（旧时收埋无主尸骸的墓地），亲故们羸老的养膳他，幼弱的抚育他，孤孀的存恤他，流离颠沛的拯救他，尸骸暴露的收埋他，我于**名教**（名声与教化，这里是指自己败家子的坏名声）复圆矣！”老者道：“你果有此心，我依旧助你。”便向袖里一摸，却又摸出三百个钱，递与子春，约道：“明日午时到波斯馆里来会我，再早些便好！”

子春因前次受了酒家之气，今番也不去吃酒，别了老者，一径回去。一头走，一头思想道：“我杜子春天生莽汉，幸遇那老者两次赠我银子，我不曾问得他名姓，被妻子埋怨一个不了。如今这次，须不可不问。”只待天色黎明，便投波斯馆去。在门上坐了一会，方才那老者走来，此时尚是辰牌时分。老者喜道：“今日来得恰好！我想你说的做人家勾当，若银子少时，怎济得事？须把三十万两助你。算来三十万，要六千个元宝锭，便数也数得一日，故此要你早些来。”便引子春入到西廊下房内，只一搬，搬出六千个元宝锭来，交付明白，叮嘱道：“老夫一生家计，尽在此了。你若再败时节，也不必重来见我。”子春拜谢道：“敢问老翁高姓大名？府上哪里？”老者道：“你待问我怎的？莫非你思量报我么？”子春道：“承老翁前后共送了四十三万，这等大恩，还有甚报得？只是狗马之心，一毫难尽。若老翁要宅子住，小子卖契尚在袖里，便敢相奉。”老者笑道：“我若要你这宅子，我只守了自家的银子却不好。”子春道：“我杜子春贫乏了，平时亲识没有一个看顾我的，独有老翁三次周济。想我杜子春若无可用之处，怎肯便舍这许多银子？倘或要用我杜子春，敢不水里水里去，火里火里去！”老者点着头道：“用便有用你去处，只是尚早。且待你家道成立，三年之后，来到华山云台峰上老君祠前双桧树下，见我便了！”有诗为证：

> 四十三万等闲轻，末路犹然讳姓名。
> 他日云台虽有约，不知何事用狂生？

却说子春把那三十万银子，扛回家去，果然这一次顿改初心，也不去整备鞍马，也不去制备衣服，也不去辞别亲眷，悄悄地雇了车马，收拾停当，径往扬州。原来有了银子，就是天上打一个霹雳，满京城无有不知的。那亲眷们都说道：“他有了三十万银子，一般财主体面，况又沾亲，岂可不去饯别！”也有说道：“他没了银子时节，我们不曾理他，怎么有了银子便去饯别？这个叫作前倨后恭，反被他小觑了我们！”到底愿送者多，不愿送者少，少的拗不过多的，一齐备了酒出东都门外，与杜子春饯别。只见酒到三巡，子春起来谢道：“列位高亲光送，小子信口诌得个曲儿，回敬一杯，休得见笑！”你道是什么曲儿？

原来都是叙述穷若无处求人的意思，只教那亲眷们听着，坐又坐不住，去又去不得，倒是不来送行也罢了，何苦自讨这场没趣！曲云：

我生来是富家，从幼的喜奢华，财物撒漫贱如沙。觑着囊资渐寡，看看手内光光乍，看看身上丝丝挂。欢娱博得叹和嗟，枉教人作话靶。待求人难上难，说求人最感伤。朱门走遍自彷徨，没半个钱儿到掌。若没有城西老者宽洪量，三番相赠多情况，这微躯已丧路途旁，请列位高亲主张。

子春唱罢，拍手大笑，向众亲眷说声“请了”，洋洋而去，心里想道：“我当初没银子时节，去访那亲眷们，莫说请酒，就是一杯茶也没有；今日见我有了银子，便都设酒出门外送我。原来银子这般不可少的，我怎么将来容易荡费了！”一路上好生感叹。

到得扬州，韦氏只道他只卖得些房价在身，不够撒漫，故此服饰舆马，比前十分收敛。岂知子春在那老者眼前，立下个做人家的誓愿，又被众亲眷们这席酒识破了世态，改转了念头，早把那扶兴不扶败的一起朋友，尽皆谢绝，影也不许他上门。方才陆续地将典卖过盐场、客店、芦洲、稻田，逐一照了原价，取赎回来。果然本钱大，利钱也大，不上两年，依旧泼天巨富。又在两淮南北，直到瓜州地面，造起几所义庄，庄内各有义田、义学、义冢。不论孤寡老弱，但是要养育的，就给衣食供膳他；要讲读的，就请师傅教训他；要殡殓的，就备棺椁埋葬他。莫说千里内外，感被恩德，便是普天下，哪一个不赞道：“杜子春这等败了，还挣起人家，才做得家成，又干了多少好事，岂不是天生的豪杰！”

原来子春牢记那老者期约在心，刚到三年，便把家事一齐交付与妻子韦氏，说道：“我杜子春三入长安，若没那老者相助，不知这副穷骨头死在哪里？他约我家道成立，三年之外，可到华山云台峰上老君祠前双桧树下，与他相见，却有用着我的去处。如今已是三年时候，须索到华山去走一遭。”韦氏答道：“你受他这等大恩，就如重生父母一般，莫说要用着你，便是要用我时，也说不得了。况你贫穷之日，留我一个在此，尚能支持；如今现有天大家私，又不怕少了我吃的，又不怕少了我穿的。你只管放心，自去便了。”当日整治一杯别酒，亲出城西饯送子春上路。

竹叶杯中辞少妇，莲花峰上访真人。

子春别了韦氏，也不带从人，独自一个上了牲口，径往华山路上前去。原来天下名山，无如五岳。你道哪五岳？中岳嵩山、东岳泰山、北岳恒山、南岳衡山、西岳华山。这五岳都是神仙窟宅。五岳之中，唯华山最高。四面看来，都是方的，如刀斧削成一片，故此俗人称为“削成山”。到了华山顶上，别有一条小路，最为艰险，须要攀藤附葛而行。约莫五十余里，才是云台峰。子春抬头一望，早见两株桧树，青翠如盖，中间显出一座血红的山门，门上竖着匾额，乃是“太上老君之祠”六个老大的金字。此时乃七月十五，中元令节，天气尚热，况又许多山路，走得子春浑身是汗，连忙拭净，敛容向前，顶礼仙像。只见那老者走将出来，比前大是不同，打扮得似神仙一般。但见他：

戴一顶玲珑碧玉星冠，被一领织锦绛绡羽衣，黄丝绶腰间婉转，红云履足下蹒跚。颏下银须洒洒，鬓边华发斑斑。两袖香风飘瑞霭，

一双光眼露朝星。

那老者遥问道：“郎君果能不负前约，远来相访乎！”子春上前纳头拜了两拜，躬身答道：“我这身子，都是老翁再生的。既蒙相约，岂敢不来！但不知老翁有何用我杜子春之处？”老者道：“若不用你，要你冲炎冒暑来此怎的！”便引着子春进入老君祠后。这所在乃是那老者炼药去处。子春举目看时，只见中间一所大堂，堂中一座药灶，玉女九人环灶而立，青龙白虎分守左右。堂下一个大瓮，有七尺多高，瓮口有五尺多阔，满瓮贮着清水。西壁下铺着一张豹皮。老者教子春靠壁向东盘膝坐下，却去提着一壶酒一盘食来。你道盘中是甚东西？乃是三个白石子。子春暗暗想道：“这硬石子怎生好吃？”原来煮熟的，就如芋头一般，味尤甘美。子春走了许多山路，正在饥渴之际，便把酒食都吃尽了。其时红日沉西，天色傍晚。那老者吩咐道：“郎君不远千里，冒暑而来，所约用你去处，单在于此。须要安神定气，坐到天明。但有所见，皆非实境。任他怎生样凶险，怎生样苦毒，都只忍着，不可开言！”吩咐已毕，自向药灶前去，却又回头叮嘱道：“郎君切不可忘了我的吩咐，便是一声也则不得的。牢记！牢记！”

子春应允，刚把身子坐定，鼻息调得几口，早看见一个将军，长有一丈五六，头戴凤翅金盔，身穿黄金铠甲，带领着四五千人马，鸣锣击鼓，呐喊摇旗，拥上堂来，喝问：“西壁下坐着的是谁？怎么不回避我？快通名姓！”子春全不答应。激得将军大怒，喝教人攒箭射来，也有用刀夹背斫的，也有用枪当心戳的，好不厉害！子春谨记老者吩咐，只是忍着，并不做声。那将军没奈何他，引着兵马也自去了。金甲将军才去，又见一条大蟒蛇，长可十余丈，将尾缠住子春，以口相向，焰焰地吐出两个舌尖，抵入鼻子孔中。又见一群狼虎，从头上扑下，咆哮之声，震动山谷，那獠牙就如刀锯一般锋利，遍体咬伤，流血满地。又见许多凶神恶鬼，都是铜头铁角，狰狞可畏，跳跃而前。子春任他百般欺弄，也只是忍着。猛地里又起一阵怪风，刮得天昏地黑，大雨如注，堂下水涌起来，直漫到胸前。轰天的霹雳，当头打下，电火四掣，须发都烧。子春一心记着老者吩咐，只不做声，渐渐地雷收雨息，水也退去。子春暗暗喜道：“如今天色已霁，想再没有什么惊吓我了。”岂知前次那金甲大将军，依旧带领人马，拥上堂来，指着子春喝道：“你这云台山妖民，到底不肯通名姓，难道我就奈何不得你？”便令军士，疾去扬州，擒他妻子韦氏到来。说声未毕，韦氏已到，按在地上，先打三百杀威棒，打得个皮开肉绽，鲜血迸流。韦氏哀叫道：“贱妾虽无容德，奉事君子有年，岂无伉俪之情？乞赐一言，救我性命！”子春暗想老者吩咐，说是：“随他所见，皆非实境，安知不是假的？况我受老者大恩，便真是妻子，如何顾得！”并不开言。激得将军大怒，遂将韦氏千刀万剐。韦氏一头哭，一头骂，只说：“枉做了半世夫妻，忍心至此！我在九泉之下，誓必报冤！”子春只做不听得一般。将军怒道：“这贼妖术已成，留他何用？便可一并杀了！”只见一个军士，手提大刀，走上前来，向子春颈上一挥，早已身首分为两处。你看杜子春，刚才挣得成家，却又死于非命，岂不痛惜可怜！

游魂渺渺归何处？遗业忙忙付甚人？

那子春颈上被斫了一刀，已知身死，早有夜叉在，领了他魂魄竟投十地阎

君殿下，都道：“子春是个云台峰上妖民，合该押赴酆都地狱，遍受百般苦楚，身躯靡烂！”原来被业风一吹，依然如旧。却又领子春魂魄，托生在宋州原任单父县丞叫作王勘家做个女儿。从小多灾多病，针灸汤药，无时间断。渐渐长成，容色甚美。只是说不出一句言语来，是个哑的。同乡有个进士，叫作卢珪，因慕她美貌，要求为妻。王家推辞哑的，不好相许。卢珪道：“与我做媳妇，只要有容有德，岂在说话？便是哑，不强似长舌的！”却便下了财礼，迎娶过门，夫妻甚是相得。早生下儿子，已经两岁，生得眉清目秀，红的是唇，白的是齿，真个可爱！

忽一日卢珪抱着抚弄，却问王氏道：“你看这样儿子，生得好么？”王氏笑而不答。卢珪怒道：“我与你结发三载，未尝肯出一声。这是明明鄙贱着我，还说甚恩情那里，总要儿子何用？”倒提着两只脚，向石块上只一扑，可怜掌上明珠，扑作一团肉酱。子春却忘记了王家哑女儿，就是他的前身。看见儿子被丈夫活活扑死了，不胜爱惜，刚叫得一个“噫”字，岂知药灶里迸出一道火光，连这所大堂险些烧了。其时天已将明，那老者忙忙向前提着子春的头发，将他浸在水瓮里，良久方才火熄。老者跌脚叹道：“人有七情，乃是喜、怒、忧、惧、爱、恶、欲。我看你六情都尽，唯有爱情未除。若再忍得一刻，我的丹药已成，和你都升仙了，难得如此！”子春懊悔无地，走到堂上，看那药灶时，只见中间贯着手臂大一根铁柱，不知仙药都飞在哪里去了。老者脱了衣服，跳入灶中，把刀在铁柱上，刮得些药末下来，教子春吃了，遂打发下山。子春伏地谢罪，说道：“我杜子春不才，有负老师嘱咐，如今情愿跟着老师出家，只望哀怜弟子，收留在山上吧！”老者摇手道：“我这所在，如何留得你？可速回去，不必多言！”子春道：“既然老师不允，容弟子改过自新，三年之后，再来效用。”老者道：“你若修得心尽时，就在家里也好成道。若修心不尽，便来随我，亦有何益。慎之！勉之！”

子春领命，拜别下山。不则一日，已至扬州。韦氏接着，问道：“那老者要你去，有何用处？”子春道：“不要说起，是我不才，负了这老翁一片美情！”韦氏问其缘故，子春道：“他是个得道之人，教我看守丹灶，嘱咐不许开言。岂知我一时见识不定，失口叫了一个‘噫’字，把他数十年辛勤修命的丹药，都弄走了。他道我再忍得一刻，他的丹药成就，连我也做了神仙。这不是坏了他的事，连我的事也坏了？以此归来，重加修省。”韦氏道：“你为甚却道这‘噫’字？”子春将所见之事，细细说出，夫妻不胜嗟叹。自此之后，子春把天大家私，丢在脑后，日夕焚香打坐，涤虑凝神，一心思想神仙路上。但遇孤孀贫苦之人，便动千动百地舍与他，虽不比当初败废，却也渐渐地十不存一。

倏忽之间，又是三年。一日对韦氏说道：“如今待要再往云台求见那老者，超脱尘凡。所余家私，尽着够你用度，譬如我已死，不必更想念了！”那韦氏也是有根器的，听见子春要去，绝无半点留念，只说道：“那老者为何肯舍这许多银子送你，明明是看你有神仙之分，故来点化，怎么还不省得？”明早要与子春饯行。岂知子春这晚题下一诗，留别韦氏，已潜自往云台去了。诗云：

骤兴骤败人皆笑，旋死旋生我自惊。
从今撒手离尘网，长啸一声归白云！

你道子春为何不与韦氏面别？只因三年斋戒，一片诚心，要从扬州步行到彼，恐怕韦氏差拨伴当跟随，整备车马送他，故此悄地出了门去。两只脚上，都走起茧子来，方才到得华州地面。上了华山，径奔老君祠下，但见两株桧树，比前愈加葱翠。堂中绝无人影，连那药灶也没些踪迹。子春叹道："一定我杜子春不该做神仙，师父不来点化我了！虽然如此，我发了这等一个愿心，难道不见师父就去了不成？今日死也死在这里，断然不回去了！"便住在祠内，草衣木食，整整过了三年。守那老者不见，只得跪在仙像前叩头祈告云："窃唯弟子杜子春，下土愚民，尘凡浊骨。奔逐货利之场，迷恋身色之内。蒙本师慨发慈悲，指皈大道，奈弟子未断爱情，难成正果。遣归修省，三载如初。再叩丹台，一诚不二。洗心涤虑，六根净清无为；养性修真，万缘去除都尽。伏愿道缘早启，仙驭速临。拔凡骨于尘埃，开迷踪于觉路。云云。"

子春正在神前祷祝，忽然祠后走出一个人来，叫道："郎君，你好至诚也！"子春听见有人说话，抬起头来看时，却正是那老者，又惊又喜，向前叩头道："师父，想杀我也！弟子到此盼望三年，怎的再不能一面？"老者笑道："我与你朝夕不离，怎说三年不见？"子春道："师父既在此间，弟子缘何从不看见？"老者道："你且看座上神像，比我如何？"子春连忙走近老君神像之前，定睛细看，果然与老者全无分别。乃知向来所遇，即是太上老君，便伏地请罪。谢道："弟子肉眼怎生认得？只望我师哀怜弟子，早传大道！"老君笑道："我因怕汝处世日久，尘根不一，故假摄七种情缘，历历试汝。今汝心下已皆清净，又何言哉！我想汉时淮南王刘安，专好神仙，直感得八公（传说中的八位神仙，化为十五岁的童子，度化淮南王刘安全家成仙）下界，与他修合丹药。炼成之日，合宅同升，连那鸡儿、狗儿，餂（tiǎn，同"舔"）了鼎中药末，也得相随而去，至今鸡鸣天上，犬吠云间。既是你已做神仙，岂有妻子偏不得道。我这有神丹三丸，特相授汝，可留其一，持归与韦氏服之。教她免堕红尘，早登紫府。"子春再拜，受了神丹，却又禀道："我弟子贫穷时节，投奔长安亲眷，都道我是败子，并无一个慈悲我的。如今弟子要同妻韦氏，再往长安，将城南祖居舍为太上仙祠，祠中铸造丈六金身，供奉香火。待众亲眷聚集，晓喻一番，也好打破他们这重魔障。不知我师可容许我弟子否？"老君赞道："善哉！善哉！汝既有此心，待金像铸成之日，吾当显示神通，挈汝升天，未为晚也！"正是：

十年一觉扬州梦，赢得人间败子名。

话分两头。却说韦氏自子春去后，却也一心修道，屏去繁华，将所遗家私尽行布施，只在一个女道士观中，投斋度日。满扬州人见他夫妻云游的云游，乞丐的乞丐，做出这般行径，都莫知其故。忽一日子春回来，遇着韦氏，两个俱是得道之人，自然不言而喻。便把老君所授神丹，付与韦氏服了，只做抄化模样，径赴长安去投见那众亲眷。呈上一个疏簿，说把城南祖居，舍作太上老君神庙，特募黄金十万两，铸造丈六金身，供奉殿上。要劝那众亲眷，共结善缘。其时亲眷都笑道："他两次得了横财，尽皆废败，这不必说了。后次又得一大注，做了人家。如何三年之后，白白地送与人去？只他丈夫也罢了，怎么韦氏平时既不谏阻，又把分拨与他用度的，亦皆散舍？岂不夫妻两个都是薄福之人，消受不起，致有今日？眼见得这座祖宅，还值万数银子，怎么又要舍作道

院，别来募化黄金，兴铸仙像！这等痴人，便是募得些些，左右也被人骗去，我们理他则甚！”尽都闭了大门，推辞不管闲事。子春夫妻含笑而归。那亲眷们都量定杜子春夫妻，断然铸不起金像的，故此不肯上疏。岂知半月之后，子春却又上门，递进一个请帖儿，写着道：

子春不自量力，谨舍黄金六千斤，铸造老君仙像。仰仗众缘，法相完成，拟于明日奉像升座。特备小斋，启请大德，同观胜事，幸勿他辞！

那亲眷们看见，无不惊讶，叹道："怎么就出得这许多金子？又怎么铸造得这等神速？”连忙差人前去打听，只见众亲眷门上，和满都城士庶人家，都是同日，有一个杜子春亲送请帖，也不知杜子春有多少身子。都道："这事有些跷蹊！”到次日，没一个不来。到得城南，只见人山人海，填街塞巷，合城男女，都来随喜。早望见门楼已都改造过了，造得十分雄壮，上头写着栲栳（由柳条编成的容器，形状像斗，也叫笆斗）大金字，是“太上行宫”四个字。进了门楼，只见殿宇廊庑，一划的金碧辉煌，耀睛夺目，俨如天宫一般。再到殿上看时，真个黄金铸就的丈六金身，庄严无比。众亲眷看了，无不摇首咋舌道："真个他弄起恁样大事业！但不知这些金子是何处来的？”又见神座前，摆下一大盘蔬菜，一卮子酒，暗暗想道："这定是他办的斋了。纵便精洁，无过有一两器，不消一个人，便一口吃完了。怎么下个请帖，要遍斋许多人众？你道好不古怪！”只见子春夫妇，但遇着一个到金像前瞻礼的，便捧过斋来请他吃些，没个不吃，没个不赞道甘美！那亲眷们正在惊叹之际，忽见金像顶上，透了一道神光，化作三朵白云，中间的坐了老君，左边坐了杜子春，右边坐了韦氏，从殿上出来，升到空里，约莫离地十余丈高，只见子春举手与人众作别，说道："横眼凡民，只知爱惜钱财，焉知大道！但恐三灾横至，四大崩摧，积下家私，抛于何处？可不省哉！可不惜哉！”晓喻方毕，只听得一片笙箫仙乐，响振虚空，旌节导前，幡盖拥后，冉冉升天而去！满城士庶，无不望空合掌顶礼。有诗为证：

千金散尽贫何惜，一念皈依死不移。
慷慨丈夫终得道，白云朵朵上天梯。

## 第三十八卷　李道人独步云门

尽说神仙事渺茫，谁人能脱利名缰？
今朝偶读云门传，阵阵熏风透体凉。

话说昔日隋文帝开皇初年，有个富翁，姓李，名清，家住青州城里，世代开染坊为业。虽则经纪人家，宗族倒也蕃盛，合来共有五六千丁，都是有本事，光着手赚得钱的。因此家家饶裕，远近俱称为李半州。一族之中，唯李清年齿最尊，推为族长。那李清天性仁厚，族中不论亲疏远近，个个亲热，一般看待，再

无两样心肠。为这件上，合族长幼男女，没一个不把他敬重。每年生日，都去置办礼物，与他续寿。宗族已是大了，却又好胜，各自搜觅异样古物器玩、锦绣绫罗馈送。他生平省俭惜福，不肯过费，俱将来藏置土库中。逐年堆积上去，也不计其数。只有一件事，再不吝惜。你道是那一件？他自幼行善，利人济物，兼之慕仙好道，整千贯价布施。若遇个云游道士、方外全真，叩留至家中供养，学些丹术，讲些内养。谁想那班人都是走方光棍，一味说骗钱财，何曾有真实学问！枉自费过若干东西，便是戏法讨不得一个。然虽如此，他这点精诚，终是不改，每日焚香打坐，养性存心，有出世之念。

其年恰好齐头七十。那些子孙们，两月前便在那里商议，说道："七十古稀之年，是人生最难得的，须不比平常诞日。各要寻几件稀奇礼物上寿，祝他个长春不老。"李清也料道子孙辈必然如此，预先设下酒席，分着一支一支的，次第请来赴宴。因对众人说："赖得你等勤力，各能生活，每年送我礼物，积至近万。衣装器具，华侈极矣！只是我平生好道，布衣蔬食，垂五十年，要这般华侈的东西，也无用处。我因不好拂你等盛情，所以有受无却。然而一向贮在土库，未尝检阅，多分已皆朽坏了。费你等钱帛，做我的粪土，岂不可惜！今日幸得天曹尚未录我魂气，生日将到，料你等必然经营庆生之礼，甚非我的本意！所以先期相告，切莫为此！"子孙辈皆道："庆生的礼，自古叫作续寿；况兼七十岁，人生能有几次，若不庆贺，何以少展卑下孝顺之心？这可是少得的！"李清道："既你等主意难夺，只凭我所要的，将来送我何如？"子孙辈欣然道："愿闻尊命！"李清道："我要生日前十日，各将手指大麻绳百尺送我，总算起来约有五六万丈，以此续寿，岂不更为长远！"众人闻声，暗暗称怪，齐问道："太公吩咐，敢不奉命！但不知要它做甚？"李清笑道："且待你等都送齐了，然后使你等知之，今犹未可轻言也。"众子孙领了李清吩咐之后，真个一传十，十传百，都将麻绳百尺，赶在生日前交纳。地上叠得高高的，竟成一座绳山。只是不知他要这许多绳何用。

原来离着青州城南十里，有一座山叫作云门山，山顶上分作两个，俨如斧劈开的。青州城里人家，但是向南的，无不看见这山飞云度鸟，**窳**（yǔ）**儿**（山顶一缺口）内经过，皆历历可数。俗人又称为劈山。那山顶中间，却有个大穴，**澒澒**（hòng hòng，混沌貌）洞洞的，不知多少深。也有好事的，把大石块投下，从不曾听见些声响，以此人都道是没底的。只见李清受了麻绳之后，便差人到那山上紧靠着穴口，竖起两个大橛子，架上辘轳。家里又唤打竹家火的，做一个结结实实的大竹篮，又到铜铺里买上大小铜铃好几百个，也不知道弄出什么勾当。子孙辈一齐的都来请问，李清方才答道："我原说终使你等知之，难道我就瞒着去了。我自幼好道，今经五十余年，一无所得。常见《图经》载那云门山，是神仙第七个洞府。我年已七十，便活在世上，也不过两三年了。趁今手足尚还强健，欲于生日这一日，借你等所送的麻绳，用着四根，悬在大竹篮四角，中间另是一根，系上铜铃，待我坐于篮内，却慢慢地绞下。若有些不虞去处，见我摇动中间这绳，或听见铃响，便好将我依旧盘上。万一有缘，得与神仙相遇，也少不得回来，报知你等。"

说犹未毕，只见子孙辈都叩头谏道："不可！不可！这个大穴里面，且莫说

山精木魅、毒蛇怪兽，藏着多少；只是那一道乌黑的臭气，也把人熏死了。高年之人，怎么禁得这般厉害？”李清道：“我意已决，便死无悔！你等若不容我，必然私自逃去，从空投下，不得麻绳竹篮，永无出来的日子！”内中也有老成的，晓得他生平是个执性的人，便道：“恭敬不如从命。只是这等天大的事，岂可悄然便去？须要遍告亲戚，同赴云门山相送。也使四海流传，做个美谈，不亦可乎？”李清道：“这却使得！”那李家一姓子孙，原有五六千，又去通知亲眷，同来拜送。只算一人一个，却不就是上万的人了。到得李清生辰这一日，无不陈了鼓乐，携了酒馔，一齐地捧着李清，竟往云门山去。随着去看的人，也不知有多少，几乎把青州城都出空了。不一时，到了云门山顶，众人举目四下一望，果然好景。但见：

众峰朝拱，列嶂环围。响泠泠流泉幽咽，密茸茸乱草迷离。崖边怪树参天，岩上奇花映日。山径烟深，野色过桥。青霭近冈形势远，松声隔水白云连。淅淅但闻林坠露，萧萧只听叶吟风。

那竹篮绳索等件，俱已整备停当。众亲眷们都更递地上前奉酒。内中也有一样高年的说道：“老亲家！你好道之心，这般决烈，必然是神仙路上人，此去保无他虑。但我等做事也要老成，方无后悔。我想这等黑洞洞深穴，从来没人下去，怎把千金之体，轻投不测？今日既有竹篮绳索，不若先取一个狗来，放下去看。若是这狗无事，再把一个伶俐些家人下去，看道有什么仙迹在那里。待他上来说了，方才送老亲家下去，岂不万全？”李清笑道：“承教！承教！只是要求道的，长拚个死，才得神仙可怜，或肯收为弟子。这个穴内，相传是神仙第七洞府，又不比砒霜毒药，怎么要试它利害？似此疑惑，便是退悔道心，怎能够超凡脱浊？我主意已定，好歹自下去走遭，不消列位高亲担忧。老汉信口诌得四句俚言，在此留别，望勿见笑！”众亲眷齐道：“愿闻珠玉。”李清随念出一首诗来，诗云：

久拚残命已如无，挥手云门愿不孤。

翻笑**壶公**（又名玄壶子、悬壶翁。是东汉时期的卖药人，传说他常悬一壶于市肆中出诊，市罢辄跳入壶中，一般人不能见到他）曾得道，犹烦市上有悬壶。

众人听了这诗，无不点头嗟叹，勉强解慰道：“老亲家道心恁般坚固，但愿一下去，便得逢仙。”李清道：“多谢列位祈祝，且看老汉缘法何如！”遂起来向空拜了两拜，便去坐在竹篮内，挥手与众亲眷子孙辈作别，再也不说甚话，一径地把麻绳轫轫铄铄放将下去。莫说众亲眷子孙辈，都一个个面色如土，连那看的人也惊呆了！摇头咋舌道：“这老儿好端端在家受用倒不好，却痴心妄想，往恁样深穴中去求仙！可不是讨死吃么？”噫！李清这番下去了，不知几时才出世哩！正是：

神仙本是凡人做，只为凡人不肯修。

却说李清放下也不知有几千多丈，觉得到了底上，便爬出竹篮，去看那里面有何仙迹。岂知穴底黑洞洞的，只是不见一些高低。况是地下有水一般，又滑又烂。还不曾走得一步，早跌上一跤。那七十岁老人家，有甚气力，才挣得起，又闪上一跌。只两跤，就把李清跌得昏晕了去。那上面亲眷子孙辈，看看日色傍晚，又不见中间的麻绳曳动，又不听得铜铃响，都猜着道：“这老人家被

那股阴湿的臭气相触，多分不保了！”且把辘轳绞上竹篮看时，只见一个空篮，不见了李清。其时就着了忙，只得又把竹篮放下。守了一会，再绞上来，依旧是个空篮。那伙看的人，也有嗟叹的，也有发笑的，都一哄走了。

子孙辈向着穴口，放声大哭，埋怨道：“我们苦苦谏阻，只不肯听，偏要下去！七十之人，不为寿夭，只是死便死了，也留个骸骨，等我们好办棺椁葬他。如今弄得尸首都没了，这事怎处？”那亲眷们人人哀感，无不洒泪。内中也有达者说道：“人之生死，无非大数。今日生辰，就是他数尽之日，便留在家里，也少不得是死的；况他志向如此，纵死，已遂其志，当无所悔。虽然没了尸首，他衣冠是有的，不若今晚且回去，明早请几个有法力的道士，重到这里，招他魂去。只将衣冠埋葬，也是古人一个葬法。我闻轩辕皇帝得了大道，已在鼎湖升天去了，还留下一把剑、两只履，装在棺内，葬于桥山。又安知这老翁不做了神仙，也要教我们与他做个空冢？只管对着穴口啼啼哭哭，岂不惑哉！”子孙辈只得依允，拭了眼泪，收拾回家。到明日重来山顶，招魂回去。一般的设座停棺，少不得诸亲众眷都来祭奠。过了七七四十九日，造坟下葬，不在话下。

且说李清被这两跌，晕去好几时，方才醒得转来，又去细细地摸看。原来这穴底，也不多大，只有一丈来阔，周围都是石壁，别无甚奇异之处。况且脚下烂泥，又滑得紧，不能举步，只得仍旧去寻那竹篮坐下，思量曳动绳索，摇响铜铃，待他们再绞上去。伸手遍地摸着，已不见了竹篮，叫又叫不应，飞又飞不去，真个来时有路，去日无门，教李清怎么处置？只得盘膝儿坐在地下。也不知挨了几日，但觉饥渴得紧，一时难过。想道古人啮雪吞毡，尚且救了性命；这里无雪无毡，只有烂泥在手头，便去抓一把来咽下。岂知神仙窟宅，每遇三千年才一开底里，迸出泥来，叫作“青泥”，专是把与仙人做饭吃的，尽也有些味道，可解饥渴。吃了几口，觉得精神好些，却又去细细摸看，只见石壁擦底下，又有个小穴，高不上二尺，心下想道：“只管坐在泥中，有何了期？左右没命的人了，便这里面有什么毒蛇妖怪，也顾不得，且是爬将进去，看个下落。”只因这番，直教黑茫茫断头之路，另见个境界风光；活喇喇拼命之夫，重开个铺行生理。正是：

阎王未注今朝死，山穴宁无别道通？

李清不顾性命，钻进小穴里去，约莫的爬了六七里，觉得里面渐渐高了二尺来多，左右是立不直的，只是爬着地走。那老人家也知天晓日暗，倦时就睡上一觉，饥时就把青泥吃上几口。又爬了二十余里，只见前面透出星也似一点亮光，想道：“且喜已有出路了！”再把青泥吃些，打起精神，一钻钻向前去，出了穴口，但见青的山、绿的水，又是一个境界。李清起来伸一伸腰，站一站脚，整衣拂履，望空谢道：“惭愧！今朝脱得这一场大难！”依着大路，走上十四五里，腹中渐渐饥馁，路上又没一个人家卖得饭吃。总有得买，腰边也没钱钞，穴里的青泥，又不曾带得些出来。看看走不动了，只见路旁碧靛青的流水，两岸覆着菊花，且去捧些水吃。岂知这水也不是容易吃的，仙家叫作“菊泉”，最能延年却病。那李清才吃得几口，便觉神清气爽，手脚都轻快了。又走上十多里，忽望见树顶露出琉璃瓦盖造的屋脊，金碧闪烁，不知什么所在。飞撚（跑得飞快）地赶到那里去看，却是座血红的观门，周围都是白玉石砌就台基。

共有九层，每一层约有一丈多高。又没个阶坡，只得攀藤扪葛，拼命吊将上去。那门儿又闭着，不敢擅自去扣，只得屏气而待。直等到一佛出世，二佛升天（佛出生，佛又死去，即死过去又活过来，这里比喻时间漫长），方才有个青衣童子开门出来，喝道："李清！你来此怎么？"李清连忙伏地叩头，称道："青州染匠李清不揣凡庸，冒叩洞府，伏乞收为弟子，生死难忘！"那童子笑道："我怎好收留得你！且引你进去恳求我主人便了。"那青衣童子入去不久，便出来引李清进去。到玉墀之下，仰看壁上华丽如天宫一般，端的好去处。但见：

朱甍耀日，碧瓦标霞。起百尺琉璃宝殿，甃（zhòu）九层白玉瑶台。隐隐雕梁镌玳瑁，行行绣柱嵌珊瑚。琳宫贝阙，飞檐长接彩云浮；玉宇琼楼，画栋每含苍雾宿。曲曲栏干围玛瑙，深深帘幕挂珍珠。青鸾玄鹤双双舞，白鹿丹麟对对游。野外千花开烂漫，林间百鸟啭清幽。

李清去那殿中看时，只见正居中坐着一位仙长，头戴碧玉莲冠，身披缕金羽衣，腰系黄绦，足穿朱舄，手中执着如意，有神游八极之表。东西两旁，每边又坐着四位，一个个仙风道骨，服色不一。满殿祥云缭绕，香气氤氲，真个万籁无声，一尘不到，好生严肃。李清上前，逐位叩了头，依旧将这冒死投见的情节，表诉一遍。只见中间的仙长说道："李清！你未该来此，怎么就擅自投到？我这里没有你的座位，快回去吧！"李清便涕泣禀道："我李清一生好道，不曾有些儿效验。今日幸得到了仙宫，面见仙长，岂肯空手回去？我已是七十岁的人，左右回去，也没多几时活，难道还再来得成？情愿死便死在阶下，断然不回去了！"

那仙长只是摇头不允。却得旁边的替他禀道："虽则李清未该到此，但他一片虔诚，亦自可怜！我今若不留他，只道神仙到底修不得的了。况我法门中，本以度人为第一功德。姑且收留门下，若是不堪受教，再遣他回去，亦未迟也！"那仙长才点着头道："也罢！也罢！姑容他在西边耳房暂住。"李清连忙拜谢。一头走到耳房里去，一头想道："我若没有些道气，怎得做仙家弟子？只是当初曾与子孙们约道，遇得仙时，少不得给假回去，报知你等。今我再三哀禀，又得旁边这几位仙长相劝，才许收留，怎么又请回去？万一触忤了他，嗔责我尘缘未净，如何是好？且自安心静坐，再过几时，另作区处。"

那李清走到西边耳房下，尚未坐定，只见一个老者，从门外进来，禀道："蓬莱山霞明观丁尊师初到，西王母特启瑶池大宴，请群真同赴。"并不见有人陈设，早已几乘鹤驾鸾车，齐齐整整，摆列殿下。其时中间的仙长在前，两旁的八位在后，次第步出殿来。那李清也免不得随着那伙青衣童子，在丹墀里候送。只见仙长觑着李清吩咐道："你在此，若要观山玩水，任意无拘。唯有北窗，最是轻易开不得的，谨记！谨记！"说罢，各各跨上鸾鹤，腾空而起。自然有云霞拥护，箫管喧阗，这也不能备述。

岂知李清在耳房下，凭窗眺望，看见三面景致。幽禽怪鸟，四时有不绝之音；异草奇花，八节有长春之色。真个观之不足，玩之有余。渐渐转过身来，只见北窗斜掩，想道："既是三面都好看得，怎么偏生一个北窗，却看不得？必定有甚奇异之处，故不把与我看。如今仙长已去赴会，不知多少程途，未必就回，且待我悄悄地开来看看，仙家哪里便知道了？"走上前轻轻把手一推，呀

的一声，那窗早已开了。举目仔细一观，有恁般作怪的事！一座青州城正临在北窗之下。见州里人家，历历在目。又见所住高房大宅，渐已残毁，近族旁支，渐已零落，不胜慨叹道："怎么我出来得这几日，家里便是这等一个模样了？俗语道得好：'家无主，屋倒柱。'我若早知如此，就不到得这里也罢！何苦使我子孙恁般不成器，坏了我的门风！"不觉归心顿然而起。岂知叹声未毕，众仙长已早回来了。只听得殿上大叫："李清！李清！"那李清连忙掩上北窗，走到阶下。中间的仙长大怒道："我吩咐你不许偷开北窗，你怎么违命，擅自开了？又嗟叹懊悔，思量回去。我所以不肯收留者，正为你尘心不断故也。今日如何还容得你在此！便可速回，无得溷（hùn，肮脏）我洞府。"那李清无言可答，只是叩头请罪，哀告道："我来时不知吃了多少苦楚，真个性命是毫厘丝忽上挣来的。如今回去，休说竹篮绳索已被家里人绞上；就是这三十多里小小穴道中，我老人家怎么还爬得过？"仙长笑道："这不必忧虑，我另有个路径，教人指引你出去。"那李清方才放下了这条肚肠，起来拜谢出门。只见东手头一位，向着仙长不知说甚话。仙长便唤李清："你且转来！"李清想道："一定的又似前番相劝，收留我了。"不胜欣然，急急走转去跪下，听候法旨。

你道那仙长唤李清回来，说些什么？说道："我遣便遣你回去，只是你没个生理，何以度日？我书架上有的是书，你可随意取一本去。若是要觅衣饭，只看这书上，自然有了。"李清口里答应，心里想道："原来仙长也只晓得这里的事，不晓得我青州郡里的事。我本有万金家计，就是子孙辈连年送的生日礼物，也有好几千，怎么刚出来得这两日，便回去没有饭吃了？"只是难得他一片好意，不免走近书架上，取了一本最薄的，过去拜谢。那仙长问道："书有了么？"李清道："有了！"仙长道："既有了书，去吧！"李清正待出门，只见西手头一位，向着仙长，也不知说甚话。那仙长把头一点，又叫道："李清你且转来！"李清想道："难道这一番不是劝他收留我的？"岂知仍旧不是，只见仙长道："你回去也要走好些路，才到得家里；便到了家里，也不能够就有饭吃，你可吃饱了去。"早有童子，拿出两个大芋头来，递与李清吃。原来是煮熟的鹅卵石，就似芋头一般，软软的，嫩嫩的，又香又甜，比着云门穴底的青泥，愈加好吃。再走过去拜谢。那仙长道："李清！你此去，也只消七十多年，还该到这里的。但是青州一郡，多少小儿的性命，都还在你身上！你可广行方便，休得堕落。我有四句偈语，把与你一生受用，你紧记着！"偈云：

见石而行，听简而问，傍金而居，先裴而遁。

李清再拜，受了这偈语，却教初来时原引进的童子送他回去。竟不知又走出个甚的路径来，总便不消得万丈麻绳，难道也没有一些险处？原来那童子指引的路径，全不是旧时来的去处，却绕着这一所仙院，倒转向背后山坡上去。只见一个所在，出得好白石头，有许多人在那里打它。李清问道："仙家要这石头何用？"童子道："这个是白玉，因为早晚又有一个尊师该来，故此差人打去，要做第十把交椅。"李清便问道："这个尊师，是什么名姓？"童子道："连我们也只听得是这等说，怎么知道？便知道，也不好说得，恐怕泄漏天机，被主人见罪。"

一头说，一头走，也行了十四五里，都是龟背大路，两旁参天的古树，间着奇花异卉，看不尽的景致，便再走两里，也不觉地又走过一座高山，这路径

渐渐僻小，童子把手指道："此去不上十里，就是青州北门了。"李清道："我前日来时，是出南门的，怎么今日却进北门？我生长在青州已七十岁了，哪晓得这座云门山是环着州城的。可知道开了北窗，便直看见青州城里。但不知哪一边是前路？哪一边是后路？可指示我，待我日后再来叩见仙长，只打这条路上来，却不省费许多麻绳吊去云门穴里去？"问未绝口，岂知飕飕的一阵风起，托地跳出一个大虫来，向着李清便扑。惊得李清魂胆俱丧，叫声："苦也！"望后便倒，吓死在地。可怜：

身名未得登仙府，支体（肢体）先归虎腹中。

说话的，我且问你：尝闻得古老传说，那青泥、白石，乃仙家粮糗，凡人急切难遇，若有缘的尝一尝，便疾病不能侵，妖怪不能近，虎狼不能伤。这李清两件既已都曾饱食，况又在洞府中住过，虽则道心不坚，打发回去，却又原许他七十年后，还归洞府，分明是神仙了，如何却送在大虫口里？看官们莫要性急，待在下慢慢表白出来。那大虫不是平常吃人的虎，乃是个神虎，专与仙家看山守门的，是那童子故意差来把李清惊吓，只教他迷了来路，原非伤了性命。那李清死去半晌，渐渐地醒转来，口里只叫："救命！救命！"慢慢挣扎坐起看时，大虫已是不见，连青衣童子也不知去向。跌足道："罢了！罢了！这童子一定被大虫驮去吃了，可怜！可怜！"却又想道："那童子是侍从仙长的，料必也有些仙气，大虫如何敢去伤他？决无此理。只是因甚不送我到家，半路就撇了去？"心下好生疑惑，爬将起来，把衣服整顿好了，忽地回头观看，又吃了一惊：怎么那来路一划都是高山陡壁，全无路径？连称："奇怪！奇怪！"口里便说，心中只怕又跳出一个大虫来，却不丧了这条老命！且自负命跑去。约莫走上四五里，却是三岔路口，又没一个行人来往，可以问信。看看日色傍晚，万一走差路头怎了！正在没摆布处，猛然看见一条路上，却有块老大的石头，支出在那里，因而悟道："仙长传授我的偈语，有句道：'见石而行。'却不是教我往这条路去？"果然又走上四五里，早是青州北门了。

进了城门，觉得街道还略略可认，只是两边的屋宇，全比往时不同，莫测其故。欲要问人，偏生又不遇着一个熟的。渐渐天色又黑，只得赶回家去。岂知家里房子，也都改换，却另起了大门楼，两边八字墙，好不雄壮！李清暗道："莫非错走到州前来了？"仔细再看："像便像个衙门，端只是我家里。难道这等改换了，我便认不得？想我离家去，只在云门穴里，不知耽搁了几日，也是有数的。后面钻出小穴来，总是今日这一日，怎么便有这许多差异的事？莫非州里见我不在，就把我家房子，白白地占做衙门？可道凡事也不问个主。只可惜今日晚了，拼到明日，打进状词，与他理会。随你官府，也少不得给官价还我！"只得寻个客店安歇，争奈身边一个钱也没有，不免解件衣服下来，换了一贯钱。还觉腹中是饱的，只买一角酒来吃了，便待去睡。终究心下彷徨，这夜如何睡得着。李清在床上翻来覆去，自嗟自叹，悔道："我怎么倒去抱怨仙长？他明明说我回去将何度日，教我取书一本，别做生理。又道是：我回去，就也未有饭吃，把两个煮熟的石子与我。岂不是预知已有今日了。"便去袖里把书一摸，且喜得尚在，只如今未有工夫去看。

待到天明，还了房钱，便遍着青州大街上都走转来。莫说众亲眷子孙没有

一个，连那染坊铺面，也没一间留下的。只得陪个小心，逢人便问。岂知个个摇头，人人努嘴，都说道："我们并不知道有甚李清，也并不曾见说云门山穴里有人下去得的。"只教李清茫然莫知所以。看看天晚，只得又向客店中安歇。到第二日，又向小巷儿里，东抄西转，也不曾遇着一个。但是问人，都与大街上说话一般。一发把李清弄呆了，想道："我也怪前日出来的路径，有些差异，莫非这座青州城是新建的，不是我旧青州，故此没个熟人相遇。天下云门山只有一个，绝无两个。我何不出了南门，径到云门山上一看，若云门山无异，这便是我旧青州了。再慢慢地访问，好歹究出甚的缘故来！"忙忙地奔出南门，径住云门山去。将至山顶，早见一座亭子，想道："这路径明明是云门山的，几时有个亭子在这里？且待我看是什么亭？"原来题着："烂绳亭。开皇四年立。"李清道："是了！昔日樵夫曾遇见仙人下棋，他看得一局棋完，不知已过了多少年岁，这斧柄坐在身下，已烂坏了，至今世人传说烂柯的故事。多分是我众子孙，道我将这麻绳吊下云门穴底，也去遇了神仙，把绳都烂掉在山上，故建立这座亭子，名为烂绳亭。无非要四方流传，做个美谈的意思。看他后面写着开皇四年立，却不仍是今年的日月，怎么城里人家就是这等改换了？且再到上边去看。"只见当着穴口，竖个碑石，题道："李清招魂处。"李清吓了一跳道："我现今活活地在此，又不曾死，要招我的魂做什么？"又想了一想道："是了！是了！见我下到这般险处，提起竹篮上来，又不见了我，疑心道死了，故在此招我的魂回去。"又想一想道："咦！莫非是我真个死了，今日是魂灵到此？"心下反彷徨起来，不能自决，想道："既是招魂，必有个葬处；若是葬，必在祖茔左右。人家虽有改换之日，祖宗坟墓，却千年不改换的。何不再去祖坟上一看，或者倒有个明白。"

下了云门山，一径地转过东门，远远望见祖坟上，山势活似一条青龙，从天上飞将下来的。想起："《葬经》上面有云：'山如凤翥，或似龙蟠，一千年后当出仙官。'看我家祖坟有这等风水，怎么刚出得我一个，才遇见仙人，又被赶逐回家，焉能够升天日子？却不知这风水，毕竟应在哪个身上？"到了祖坟，不免拜了两拜。只见许多合抱的青松白杨，尽被人伐去。坟上的碑石，也有推倒的，也有打断的，全不似旧时模样。不胜凄感，叹道："我家众子孙，真个都死断了，就没一个来到坟上照管？"单有一个碑，倒还是竖着的，碑上字迹，仿佛可认，乃是"故道士李清之墓"七个字。李清道："既是招魂葬，无过把些衣冠埋在里面，料必是个空冢。只是碑石已被苔藓驳蚀几尽，须不是开皇四年立的，可知我死已多时了。今日来家的，一定是我魂灵，故此幽冥间隔，众亲眷子孙都不得与我相见。不然，这上千上万的人，怎么就没一个在的？"那李清满肚子疑心："只当青天白日，做梦一般。又不知是生，又不知是死，教我哪里去问个明白？"

正在彷徨之际，忽听得隐隐的**渔鼓简响**（渔鼓，又称道筒、竹琴，一种传统乐器，道士们传道或者化募时，常打渔鼓，唱道歌。简，又称简子，简板，说唱曲艺时用以伴奏的打击乐器）走去看时，却是东岳庙前一个瞎老儿，在那里唱道情，聚着人掠钱。方才想起："临出山时，仙长传授我的偈语，第二句道：'听简而问。'这个不是渔鼓简？我该问他的。且自站在一边，待众人散后，过去问他便了。"只见那瞎老儿，只掠

得十来文钱，便没人肯出。内中一个道：“先生，你且说唱起来，待我们敛足与你。”瞽者道：“不成！不成！我是个瞎子，倘说完了，都一溜走开，哪里来寻讨？”众人道：“岂有此理！你是个残疾人，哄了你也不当人子。”那瞽者听信众人，遂敲动渔鼓简板，先念出四句诗来道：

暑往寒来春复秋，夕阳桥下水东流。
将军战马今何在？野草闲花满地愁。

念了这四句诗，次第敷衍正传，乃是“庄子叹骷髅”一段话文，又是道家故事，正合了李清之意。李清挤近一步，侧耳而听，只见那瞽者说一回，唱一回，正叹到骷髅皮生肉长，复命回阳，在地下直跳将起来。那些人也有笑的，也有嗟叹的，却好是个半本，瞽者就住了鼓简。待掠钱足了，方才又说。此乃是说平话的常规。谁知众人听话时一团高兴，到出钱时，面面相觑，都不肯出手。又有身边没钱的，假意说几句冷话，佯佯地走开去了。刚刚又只掠得五文钱。那掠钱的人，心中焦躁，发起喉急，将众人乱骂。内中有一后生出尖揽事，就与那掠钱的争嚷起来。一递一句，你不谦，我不让，便要上交厮打。把前后掠的十五文钱，撒作一地。众人发声喊，都走了。有几个不走的，且去劝厮打，单撇着瞽者一人。

李清动了个恻隐之心，一头在地上捡起那十五文钱，交付与瞽者，一头口里叹道：“世情如此硗薄，钱财恁般珍重！”瞽者接钱在手，闻其叹语，问道：“你是兀谁？”李清道：“老汉是问信的，你若晓得些根由，倒送你几十文酒钱。”瞽者道：“问什么信？”李清道：“这青州城内，有个做染匠的李家，你可晓得么？”瞽者道：“在下正姓李，敢问老翁高姓大名？”李清道：“我叫作李清，今年七十岁了。”瞽者笑道：“你怎么欺我瞎子，就要讨我的便宜。我也不是个小伙子，年纪倒比你长些，今年七十六岁了。只我嫡堂的叔曾祖，叫作李清，你怎么也叫作李清？”李清见他说话有些来历，便改着口道：“天下尽有同名同姓的，岂敢讨你的便宜？我且问你，那令曾叔祖，如今到哪去了？”瞽者道：“这说话长哩！直在隋文帝开皇四年，我那叔曾祖也是七十岁，要到云门山穴里，访什么神仙洞府，备下了许多麻绳，一吊吊将下去。你道这个穴里，可是下去得的？自然死了。原来我家合族全仗他一个的福力，自他死后，家事都就零落；况又遭着兵火，遂把我合族子孙，都灭尽了。单留得我一个现世报，还在这里，却又无男无女，靠唱道情度日。”

李清暗忖道：“原来错认我死在云门山穴里了。”又问道：“他吊下云门穴去，也只一年里面，怎么家事就这等零落得快？合族的人，也这等死灭得尽？”瞽者道：“哎呀！敢是你老翁说梦哩！如今须不是开皇四年，是大唐朝高宗皇帝永徽五年了。隋文帝坐了二十四年天下，传与炀帝，也做了十四年，被宇文化及谋杀了，因此天下大乱。却是唐太宗打了天下，又让与父亲做皇帝，叫作高祖，坐了九年。太宗自家坐了二十三年。如今皇帝就是太宗的太子，又登基五年了。从开皇四年算起，共是七十二年。我那叔曾祖去世时节，我只有得五岁，如今现活七十六岁了，你还说道快哩！”李清又道：“闻得李家族里，有五六千丁，便隔得七十二年也不该就都死灭，只剩得你一个！”瞽者道：“老翁你怎知这个缘故？只因我族里人，都也有些本事，会光着手赚得钱的。不料隋炀帝死后，

有个王世充造反，到我青州，看见我家族里，人丁精壮，尽皆拿去当军。那王世充又十分不济，屡战屡败，遂把手下军马，都消折了。我那时若不亏着是个带残疾的，也留不到今日！”李清听了这一篇说话，如梦初觉，如醉方醒，把一肚子疑心，才得明白。身边只有三四十文钱，尽数送与瞽者，也不与他说明这些缘故，便作别转身，再进青州城来。

一路想道：“古诗有云；‘山中方七日，世上已千年。’果然有这等异事！我从开皇四年，吊下云门穴去，往还能得几日，岂知又是唐高宗永徽五年，相隔七十二年了。人世光阴，这样容易过的！若是我在里面多住几时，却不连这青州城也没有了。如今我的子孙已都做故人，自己住的高房大屋，大皆属了别姓，这也不必说起。只是我身边没有半分钱钞，眼前又别无熟识可以挪借，教我把什么度日？左右也是个死，那仙长何苦定要赶我回来怎的？”叹了几声，想了一会，猛然省道：“我李清这般懵懂，怎么思量还要做仙哩？我临出门时，仙长明明说我回家来，怕没饭吃，曾教我到他书架上拿本书去。如今现在袖里，何不取出书来，看道另做什么生意？”你道这本书是什么书？原来是本医书，专治小儿的病症，也不多几个方子在上面。那李清看见，方才悟道：“仙长曾对我说，此去不消七十多年，依旧容我来到那里。我想这七十年，非比云门穴底下，须在人世上好几时，不是容易过的。况我老人家，从来药材行里，不曾着脚，怎便莽莽广广的要去行医？且又没些本钱，置办药料。不如到药铺里寻个老成人，与他商量，好做理会。”

刚刚走得三百余步，就有一个白粉招牌，上写着道：“积祖金铺出卖川广道地生熟药材。”当下李清看见，便大喜道：“仙长传授我的第三句偈语，说道：‘傍金而居。’这不是姓金的了？世称神仙未卜先知，岂不信哉！岂不信哉！”只见铺中坐的，还不上二十多岁，叫作金大郎。李清连忙向前，与他唱个喏，问道：“你这药材，还是现卖，也肯赊卖？”金大郎道：“别人家买药的，就要现钱才卖。只有行医开铺的，是长久主顾，但要药料，只上个账簿取去，或一季、或一月一算，总数还钱，叫作半赊半现。”李清便扯个谎道：“我原是个幼科医人，一向背着包，沿村走的。如今年纪老了，也要开个铺面，坐地行医，不知哪里有空房，可以赁住？乞赐指引，也好与贵铺做个主顾。”金大郎道：“就是我家隔壁，有一间空房，不见门上贴着‘招赁’两字么？只怕窄狭，不够居住。”李清道：“我老身别无家小，便一间也尽够了。只是铺前须要竖面招牌，铺内须要药厢、药刀，各色家伙，方才像个行医的。这几件，都在哪里去置办？不知可也赊得否？”金大郎道：“我铺里尽有现成余下的在此，我一发都借了你去。待生意兴旺时，连那药账，一总算还与我，岂不两得其便！”

那李清亏得金大郎一力周旋，就在他药铺间壁住下，想起：“当初在云门山上，与亲族告别之时，曾有诗云：‘翻笑壶公曾得道，犹烦市上有悬壶。’不意今日回来，又要行医，却不应了两句谶语。”遂在门前横吊起一面小牌，写着“悬壶处”三个字。直竖起一面大牌，写着“李氏专医小儿疑难杂症”十个字。铺内一应什物家伙，无不完备。真个装一佛像一佛，自然像个专门的太医起来。

恰好这一年青州城里，不论大小人家，都害时行天气，叫作小儿瘟，但沾着的便死。那幼科就没请处，连大方脉的，也请了去。岂知这病，偏生厉害，

随你有名先生下的药，只当投在水里，眼睁睁都看他死了。只有李清这老儿古怪，不消自到病人家里切脉看病，只要说个症候，怎生模样，便信手撮上一帖药；也不论这药料有贵有贱，也不论见效不见效，但是一帖，要一百个钱。若讨他两帖的，便道：“我的药，怎么还用两帖？”情愿退还了钱，连这一帖也不发了。那讨药的人，都也半信半不信。无奈病势危急，只得也赎一帖回去吃看。你道有这等妙药？才到得小儿口里，病就好一半，一咽咽下肚里去，便全然好了。还有拿得药回去，小儿已是死了的，但要煎得药香，冲在那小儿鼻孔内，就醒将转来。这名头就满城传遍，都称他作“李一帖”。

从此后，也不知医好了多少小儿，也不知赚过了多少钱钞。我想李清是个单身子，日逐用度有限，除算还了房钱、药钱和那什物家伙钱以外，赢余的难道似平时积攒生日礼一般，都烂掉在家里？毕竟有个来处，也有个去处。原来李清这一次回来，大不似当初性子，有积无散。除还了金大郎铺内赊下各色家伙，并生熟药料的钱，其余只够了日逐用度，尽数将来赈济贫乏，略不留难。这叫作广行方便，无量功德。以此声名愈加传播。莫说青州一郡，遍齐鲁地方，但是要做医的，闻得李一帖名头，哪一个不来拜从门下，希图学些方术。只见李清再不看甚医书，又不亲到病人家里诊脉，凡遇讨药人来，收了铜钱，便撮上一帖药，又不多几样药味。也有说来病症是一样的，倒与他各样的药；也有说来病症是各样的，倒与他一样药。但见拿药去吃的，无有不效。众皆茫然，莫测其故，只得觅个空间，小心请教。李清道：“你等疑我不曾看脉，就要下药。不知医道中，本以望闻问切，目为神圣工巧，可见看脉是医家第四等，不是上等。况小儿科与大方脉不同，他气血未全，有何脉息可以看得？总之，医者，意也。无过要心下明，指下明，把一个意思揣摩将去。怎么靠得死方子，就好疗病？你等但看我的下药，便当想我所以下药的意思。那《大观本草》这部书，却不出在我山东的，你等熟读本草，先知了药性，才好用药。上者要看本年是甚司天，就与他分个温凉。二者看害病的是哪地方人，就与他分个燥湿。三者看是甚等样人家，富贵的人，多分柔脆；贫贱的人，多分坚强，就与他分个消补。细细地问了症候，该用何等药味，然后出些巧思，按着君臣佐使，加减成方，自然药与病合，病随药去。所以古人将用药比之用兵，全在用得药当，不在药多。赵括徒读父书，终致败灭，此其鉴也！”众等皆拜，谢教而退。岂知李清身边，自有薄薄的一本仙书，怎肯轻易泄漏？正是：

*小儿有命终须救，老子无书把甚看。*

李清自唐高宗永徽五年，行医开铺起，真个光阴迅速，不觉过了第六年，又是显庆五年、龙朔三年、麟德二年、乾封二年、总章二年、咸亨四年、上元二年、仪凤三年、调露一年、永隆一年、开耀一年，一总共是二十七年了。这一年却是永淳元年，忽然有个诏书下来，说御驾亲幸泰山，要修汉武帝封禅的故事。你道如何叫作封禅？只为天下五座名山，称作五岳。五岳之中无如泰山，尤为灵秀，上通于天，云雨皆从此出。故有得道的皇帝，遇着天下太平，风调雨顺，亲到泰山顶上，祭祀岳神，刻下一篇纪功德的颂，告成天地。那碑上刻的字，都是赤金填的，叫作金书。碑外又有个白玉石的套子，叫作玉检。最是朝廷盛举。那天帝是不好欺的，颂上略有些不实，便起怪风暴雨，不能终事。

这也不是汉武帝一个创起的，直从大禹以前，就有七十九代，都曾封禅。后来只有秦始皇和汉武帝两个，这怎叫得有道之君？无非要粉饰太平，侈人观听。毕竟秦始皇遇着大雨，只得躲避松树底下；汉武帝下山，也被伤了左足。故此武帝之后，再没有敢去封禅的。那唐高宗这次诏书，已是第三次了。青州地方，正是上泰山的必由去处，刺史官接了诏，不免点起排门夫，填街砌路，迎候圣驾。那李清既有铺面，便也编在人夫数内，催去着役。

其时青州自有了李清行医，羞得那幼科先生，都关了铺门，再没个敢出头的。若教他去做夫砌路，万一小儿们有个急病，一时怎么就请得他到，讨得药吃？因此合郡的人，都到州里去替他禀脱。少不得推几个能言会语的做头，向前禀道："现今行医的李清，已是九十七岁近百的人，有什么气力当夫？我们情愿替他出钱，另雇精壮少年应役，仍留他在铺里，也好保全我一州的小儿性命！"原来李清开铺这一年，依还说是七十岁。因此人只认他九十七岁，哪知他已是一百六十八岁了。从来律上凡七十以上的，即系是年老，准免差役。所以合郡的人，借这个名色，要与他雇工替役，仍留他在铺行医。

岂知州刺史是岭南人，他那地方，最是信巫不信医的，说道："虽然李清已有九十七岁，想他筋力强健，尽好做工，怎么手里撮得药，偏修不得路？不见姜太公八十二岁，还要辅佐周武王，兴兵上阵。既做了朝廷的百姓，死也则索要做，躲避到哪里去？总便他会医小儿，难道偌大一坐青州，只有他幼科一个？查他开铺以来，只得二十七年，以前的青州人家小儿，也不曾见都死绝了。怎么独独除下他一个名字，何以服众？"随他合郡的人，再三苦禀，只是不听。急得那许多人，就没个处置。都走到李清铺前商议，要央个紧要的分上，再去与州官说。

李清道："多谢列位盛情！以我老朽看来，倒不去说也罢。你道一些小事，有何难听。那州官这等拘执，无过虑着圣驾亲来，非寻常上司之比，少有不当，便是砍头的罪过！故此只要正身着役，恐怕雇工的做出事来，以后不好查究。做官的肚肠，大概如此，断然不肯再听人说。但我揣度事势，这诏书也多分要停止的。在麟德二年一次，调露元年又一次，如今却是第三次。既是前两次不来，难道这一次又来得成？包你五日里面，就有决裂。不若且放下胆，凭他怎生样差拨便了。"众人听了这篇说话，都怪道："眼见得州里早晚就要佥了牌，分了路数，押夫着役，如火急一般，那老儿倒说得冰也似冷。若是诏书一日不停止，怕你一日不做夫！我们倒思量与他央个分上，保求顶替，他偏生自要去当。想是在铺里收钱不迭，只要到州里去领他二分一日的工食哩！"都冷笑一声，各自散去。岂知高宗皇帝这一次，已是决意要到泰山封禅，诏下礼部官，草定了一应仪注（指皇帝出巡的仪式礼节），只待择个黄道吉日，御驾启行，忽然患了个痿痹（指肢体痿弱，肌肉萎缩）的症候，两只脚都站不起来，怎么还去行得这等大礼？因此青州上司，隔不得三日之内，移文下来，将前诏停止。那合郡的人，方信李清神见，愈加叹服！

原来山东地面，方术之士最多。自秦始皇好道，遣徐福载了五百个童男童女到蓬莱山，采不死之药，那徐福就是齐人。后来汉武帝也好道，拜李少君为文成将军，栾大为五利将军，日逐在通天台、竹宫、桂馆，祈求神仙下降。那

少君、栾大也是齐人。所以世代相传，常有此辈。一向看见李清自七十岁开医铺起，过了二十七年，已是近百的人，再不见他添了一些儿老态，反觉得精神颜色，越越强壮，都猜是有内养的。如今又见他预知过往、未来之事，一定是得道之人，与董奉、韩康一般，隐名卖药。因此那些方士，纷纷然都来拜从门下，参玄访道，希图窥他底蕴。屡屡叩问李清，求传大道。李清只推着老朽，原没甚知觉，唯有三十岁起，便绝了欲，万事都不营心，图个静养而已，所以一向没病没痛，或者在此。方士们疑他隐讳，不肯轻泄，却又问道："寿便养得，那过去、未来之事，须不是容易晓得的。不知老师有何法术，就预期五日内当有停止诏书消息？"李清道："我哪里真是活神仙，能未卜先知的人。岂不知孔夫子萍实商羊（萍实，楚昭王渡江，有物大如斗，直触王舟，止于舟中。昭王大怪之，使聘问孔子。孔子曰：'此名萍实，令剖而食之，唯霸者能获之。'出自《说苑》。商羊，齐有一足之鸟，飞集于公朝，下止于殿前，舒翅而跳。齐侯大怪之，使使聘鲁，问孔子。孔子曰：此鸟名曰商羊，水祥也。昔儿童有屈起一脚，振讯两眉而跳，且谣曰：天将大雨，商羊鼓舞，今齐有之，其应至矣也。急告民趋治沟渠，修堤防，将有大雨为灾。顷之，大霖雨，水溢泛诸国，伤害民人。唯齐有备不败。出自《孔子家语》）故事！只是平日里，听得童谣，揣度将去，偶然符合。盖因童谣出于无心，最是天地间一点灵机，所以有心的试他，无有不验。我从永徽五年，在此开医铺起，听见龙朔年间，就有个童谣，料你等也该记得的。那童谣上说道：'上泰山高，高几层？不怕上不得，倒怕不得登。三度征兵马，旁道打腾腾。'三度去登不得。果然前两度已验，故知今次断无登理。大抵老人家闻见多，经验多，也无过因此识彼，难道有甚的法术不成！"这方士们见他不肯说，又常是收钱撮药，忙忙地没个闲暇，还有那伙要赈济的来打搅，以此渐渐地也散去了。

明年高宗皇帝晏驾，却是武则天皇后临朝。坐了二十一年，才是太子中宗皇帝。坐了六年，又被韦皇后谋乱。却是睿宗皇帝除了韦后，也坐了六年，传位玄宗皇帝。初年叫作开元，不觉又过了九年。总共四十三年。满青州城都晓得李清已是一百四十岁。一来见他医药神效如旧，二来容颜不老，也如旧日，虽或不是得道神仙，也是个高年人瑞。因此学医的，学道的，还有真实信他的，只在门下不肯散去。正是：

神仙原在阎浮界，骨肉还须夙世成。

话分两头，却说玄宗天子，也志慕神仙，尊崇道教。拜着两个天师，一个叶法善，一个邢和璞，皆是得道的，专为天子访求异人，传授玄素赤黄，及还婴泝流之事。这一年却是开元九年，邢、叶二天师奏道："现有三个真仙在世，一个叫作张果，是恒州条山人。一个叫作罗公远，是鄂州人。一个叫作李清，是北海人。虽然在烟霞之外，无意世上荣华，若是朝廷虔心遣使聘他，或者肯降体而来，也未可知！"因此玄宗天子，差中书舍人徐峤去聘张果，太常博士崔仲芳去聘罗公远，通事舍人裴晤聘李清。三个使臣辞朝别圣，捧着玺书，各自去征聘不题。

原来李清尘世限满，功行已圆，自然神性灵通，早已知裴舍人早晚将到，省起昔日仙长吩咐的偈语："第四句说道：'先裴而遁。'这个'遁'字是逃遁之遁，难道叫我逃走不成？明明是该尸解去了。"你道怎么叫作尸解？从来仙家成道之日，少不得该离人世，有一样白日飞升的谓之"羽化"，有一样也似世人一般死

了的，只是棺中到底没有尸骸，这为之“尸解”。唯有尸解这门，最是不同，随他五行，皆可解去。以此世人却有不知道他是神仙的。

且说李清一个早起，教门生等休挂牌面，说道：“我今日不卖药了，只在午时，就要与汝等告别！”众门生齐吃一惊，道：“师父好端端的，如何说出这般没正经话来？况弟子辈久侍门下，都不曾传授得师父一毫心法，怎的就去了？还是再留几时，把玄妙与弟子们细讲一讲，那时师父总然仙去，道统流传，使后世也知师父是个有道之人。”李清笑道：“我也没甚玄秘可传，也不必后人晓得。今大限已至，岂可强留。只是隔壁金大郎又不在此，可烦汝等为我买具现成棺木，待我气绝之后，即便下棺，把钉钉上，切不可停到明日。我铺里一应家伙什物，都将来送与金大郎，也见得我与他七十年老邻老舍，做主顾的意思。”众门生一一领命，流水去买办棺木等件，顷刻都完。那金大郎也年八十九岁了，筋骨亦甚强健，步履如飞，挣了老大家业，儿孙满堂，人都叫他是金阿公。只有李清还在少年时看他老起来的，所以原呼他为大郎。那日起五更往乡间去了，所以不在。

李清到了午时，香汤沐浴，换了新衣，走入房中。那些门生，都紧紧跟着。李清道：“你们且到门首去，待我静坐片时，将心境清一清，庶使临期不乱。问金大郎回了，请来面别，也不枉一向相处之情。”众门生依言，齐走出门，就问金大郎，却还未回。隔了片时，进房观看李清，已是死了。众门生中，也有相从久的，一般痛哭流涕；也有不长俊的，只顾东寻西觅，搜索财物。乱了一回，依他吩咐，即便入棺。原来这尸，也有好些异处。但见他一双手，两只脚，都交在胸前，如龙蟠一般，怎好便放下去？待要与他扯一扯直，岂知是个僵尸，就如一块生铁打成，动也动不得。只得将就抬入棺中，钉上材盖，停在铺里。李清是久名向知的，顷刻便传遍了半个青州城，主顾人家都来吊探。众门生迎来送往，一个个弄得口苦舌干，腰驼背曲。有诗为证：

> 百年踪迹混风尘，一旦辞归御白云。
> 羽盖霓旌何处在？空留药臼付门人。

却说通事舍人裴晤，一路乘传而来，早到青州境上。那刺史官已是知得，率着合郡父老，香烛迎接。直到州堂开读诏书，却是征聘仙人李清。刺史官茫然无知，遂问众父老。父老们禀道：“青州地方，但有个行小儿科的李清。他今年一百四十岁，昨日午时，无病而死。此外并不曾闻有甚仙人李清在那里。”裴舍人见说，倒吃了一惊，叹道：“下官受了多少跋涉，赍诏到此，下聘行医的仙人李清，指望敦请得入朝，也叫作不辱君命。偏生不遇巧，刚刚的不先不后，昨日死了，连面也不曾得见。这等无缘，岂不可惜！我想汉武帝时，曾闻得有人修得神仙不死之药，特差中大夫去求他药方，这中大夫也是未到前，适值那人死了。武帝怪他去迟，不曾求得药方，要杀这大夫。亏着东方朔谏道：‘那人既有不死之药，定然自己吃过，不该死了；既死了，药便不验，要这方也没用。’武帝方悟。今幸我天子神明，胜于汉武，纵无东方朔之谏，必不至有中大夫之恐。但邢、叶二天师既称他是仙人，自当后天不老，怎么会死？若果死，就不是仙人了。虽然如此，一百四十岁的人，无病而死，便不是仙人，却也难得！”即便吩咐州官，取左右邻不扶结状，见得李清平日有何行谊，怎的修行的，于

某年月某日时，已经身死，方好复命。刺史不敢怠慢，即唤李清左近邻佑，责令具结前来，好送天使起身。那些邻舍领命出去。内中一个道：“我们尽是后生，不晓得他当初来历详细，如何具结？闻说只有金阿公是他起头相处的，必然知他始末根由。昨日往乡间去了，少不得只在今日明早便归，待他斟酌写一张同去呈递，也好回答。”

众人齐称有理，同回家去。恰好金老儿从乡间归来，一个人背着一大包草头跟着，劈面遇见。众人迎住道：“好了，金阿公回也！你昨日不到乡间去，也好与你老友李太医作别。”金老儿道：“他往哪里去，要作别？”众人道：“他昨日午时，已辞世了！”金老儿道：“罪过！罪过！我昨日在南门遇见的，怎说恁样话咒他？”众人反吃一惊道：“人也死了，怎么你又看见？想是他的魂灵了。”金老儿也惊道：“不信有这等奇事！”也不回家，一径奔到李清铺里，只见摆着灵柩，众门生一片都带着白，好些人在那里吊问。金老儿只管摇首道：“怪哉！怪哉！”众门生向前道：“我师父昨日午时归天了，因为你老人家不在，这灵柩还停在此。”又递过一张单来，道：“铺内一应什物家伙，遗命送与你做遗念的。”

金老儿接了单，也不观看，只叫道：“难道真个死了！我却不信。”众邻舍问道：“金阿公，你且说昨日怎的看见他来？”金老儿道：“昨日我出门虽早，未出南门，就遇了一个亲戚，苦留回去吃饭，直弄到将晚，方才别得。走到云门山下，已是午牌时分。因见了几种好草药，方在那里收采，撞见一个青衣童子，捧个香炉前走，我也不在其意。不上六七十步，便是你师父来，不知何故，左脚穿着鞋子，右脚却是赤的。我问他到哪里去，他说道：‘我因云门山上烂绳亭子里，有九位师父师兄专等我说话，还有好几日，未得回来哩。’他又在袖里取出一封书，一个锦囊，囊里像是个如意一般，递与我，教带到州里，好好地送甚裴舍人，不要误了他事。即今书与锦囊现在我处，如何却是死了？”便向袖中摸出来看。众门生起初疑心金老捣鬼，还不肯信，直待见了所寄东西，方才信道：“且莫论午时不午时，只是我师父从不见出铺门，怎有这东西寄送？岂不古怪！”众邻舍也道：“真也是稀见的事！他已死了，如何又会寄东西？却又先晓得裴舍人来聘他，便做道魂灵出现，也没恁般显然！一定是真仙了。”金老儿问道：“什么裴舍人聘他？”众邻舍将朝廷差裴舍人征聘，州官知得已死，着令结状之事说出。金老儿道：“原来如此。如今他既有信物，何必又要结状。我同你们去叩见州官，转达天使。”众人依着金老儿说话，一齐跟来。

金老儿持了书与锦囊，直至州中，将李清昨日遇见寄书的话禀知。州官也道奇异，即带一干人同去回复天使。那裴舍人正道此行没趣，连催州里结状，就要起身。只见州官引众人捧着书礼，禀是李清昨日午时，转托邻佑金老儿送上天使的，请自启看。裴舍人就教拆开书来，却是一通谢表，表上说道：“陛下玉书金格，已简于九清矣。真人降化，保世安民，但当法唐虞之无为，守文景之俭约。恭候运数之极，便登蓬阆之庭。何必木食草衣，刳心（摒弃杂念）灭智，与区区山泽之流，学习方术者哉！无论臣初窥大道，尚未证入仙班；即张果仙尊，罗公远道友，亦将告还方外，皆不能久侍清朝，而共佐至理者也。昔秦始皇远聘安期生（方仙道的创始人，被奉为上清八真之一）于东海之上，安期不赴，因附使者回献赤玉舄一双。臣虽不才，敢忘答效？谨以绿玉如意一枚，聊布鄙忱，愿陛下鉴纳。

裴舍人看罢，不胜叹异，说道："我闻神仙不死，死者必尸解也。何不启他棺看？若果系空的，定为神仙无疑。却不我回朝去，好复圣上，连众等亦解了无穷之惑。"合州官民皆以为然。即便同赴铺中，将棺盖打开看时，棺中只有青竹杖一根，鞋一只，竟不知昨日尸首在哪里去了。倒是不开看也罢，既是开看之后，更加奇异。但见一道青烟，冲天而起，连那一具棺木，都飞向空中，杳无踪影。唯闻得五样香气，遍满青州，约莫三百里内外，无不触鼻。裴舍人和合州官民，尽皆望空礼拜。少不得将谢表、锦囊，好好封裹，送天使还朝去讫。到得明年，普天下疫疠大作，只有青州但闻得这香气的，便不沾染。方知李清死后，为着故里，犹留下这段功果。至今云门山上立祠，春秋祭祀不绝。诗云：

观棋曾说烂柯亭，今日云门见烂绳。
尘世百年如旦暮，痴人犹把利名争。

## 第三十九卷　汪大尹火焚宝莲寺

削发披缁修道，烧香礼佛心虔。不宜潜地去胡缠，致使清名有玷。
念佛持斋把素，看经打坐参禅。逍遥散诞胜神仙，万贯腰缠不羡。

话说昔日杭州金山寺，有一僧人，法名至慧，从幼出家，积资富裕。一日在街坊上行走，遇着了一个美貌妇人，不觉神魂荡漾，遍体酥麻，恨不得就抱过来，一口水咽下肚去。走过了十来家门面，尚回头观望，心内想道："这妇人不知是甚样人家？却生得如此美貌！若得与她同睡一夜，就死甘心！"又想道："我和尚一般是父娘生长，怎的剃掉了这几茎头发，便不许亲近妇人。我想当初佛爷，也是扯淡！你要成佛作祖，只戒自己罢了，却又立下这个规矩，连后世的人都戒起来。我们是个凡夫，哪里打熬得过！却可恨昔日置律法的官员，你们做官的出乘驷马，入罗红颜，何等受用！也该体恤下人，积点阴骘，偏生与和尚做尽对头，设立恁样不通理的律令！如何和尚犯奸，便要责杖，难道和尚不是人身？就是修行一事，也出于各人本心，岂是捉缚加拷得的！"又归怨父母道："当时既是难养，索性死了，倒也干净！何苦送来做了一家货，今日教我寸步难行。恨着这口怨气，不如还了俗去，娶个老婆，生男育女，也得夫妻团聚。"又想起做和尚的不耕而食，不织而衣，住下高堂清舍，烧香吃茶，恁般受用，放掉不下。一路胡思乱想，行一步，懒一步，慢腾腾地荡至寺中。昏昏闷坐，未到晚便去睡卧，心上记挂这美貌妇人，难得到手，长吁短叹，怎能合眼。想了一回，又叹口气道："不知这佳人姓名居止，我却在此痴想，可不是个呆子！"又想道："不难！不难！女娘弓鞋小脚，料来行不得远路，定然只在近处。拼几日工夫，到那答地方，寻访消息，或者姻缘有分，再得相遇，也未可知。那时暗地随去，认了住处，寻个熟脚，务要弄她到手！"

算计已定，盼望天明，起身洗盥，取出一件新做的绸绢褊衫（一种僧尼服装。

开脊接领，斜披在左肩上，类似袈裟），并着干鞋净袜，打扮得轻轻薄薄，走出房门。正打从观音殿前经过，暗道："我且问问菩萨，此去可能得遇？"遂双膝跪倒，拜了两拜。向桌上拿过签筒，摇了两三摇，扑的跳出一根，取起看时，乃是第十八签，注着"上上"二字。记得这四句签诀上云：

天生与汝有姻缘，今日相逢岂偶然。
莫惜勤劳问贪懒，管教目下胜从前。

求了这签，喜出望外，道："据这签诀上，明明说只在早晚相遇，不可错过机会。"又拜了两拜，放下签筒，急急到所遇之处。见一妇人，冉冉而来；仔细一觑，正是昨日的欢喜冤家，身伴并无一人跟随。这时又惊又喜，想道："菩萨的签，果然灵验，此番必定有些好处！"紧紧地跟在后边。那妇人向着侧边一个门面，揭起班竹帘儿，跨脚入去，却又调转头，对他嘻嘻地微笑，把手相招。这和尚一发魂飞天外，喜之不胜。用目四望，更无一人往来，慌忙也揭起帘儿径钻进去问讯。那妇人也不还礼，绰起袖子往头上一扑，把僧帽打下地来。又赶上一步，举起尖趫趫小脚儿一蹴，谷碌碌直滚开在半边，口里格格地冷笑。这和尚唯觉得麝兰扑鼻。说道："娘子休得取笑！"拾取帽子戴好。

那妇人道："你这和尚，青天白日，到我家来做甚？"至慧道："多感娘子错爱，见招至此，怎说这话！"此时色胆如天，也不管她肯不肯，向前搂抱，将衣服乱扯。那妇人笑道："你这贼秃！真是不见妇人面的，怎的就恁般粗鲁！且随我进来。"弯弯曲曲，引入房中。彼此解衣，抱向一张榻上行事。刚刚肤肉相凑，只见一个大汉，手提钢斧，抢入房来，喝道："你是何处秃驴？敢至此奸骗良家妇女！"吓得至慧战作一团，跪到在地下道："是小僧有罪了！望看佛爷面上，乞饶狗命，回寺去诵十部《法华经》，保佑施主福寿绵长！"这大汉哪里肯听，照顶门一斧，砍翻在地。你道被他一斧，还是死也不死？原来想极成梦，并非实境。这和尚撒然惊觉，想起梦中被杀光景，好生害怕，乃道："偷情路险，莫去惹他，不如本分还俗，倒得安稳。"自此即蓄发娶妻，不上三年，**痨瘵**（láo zhài，肺结核病，俗称肺痨）而死。离寺之日，曾作诗云：

少年不肯戴儒冠，强把身心赴戒坛。
雪夜孤眠双足冷，霜天剃发髑髅寒。
朱楼美女应无分，红粉佳人不许看。
死后定为惆怅鬼，西天依旧黑漫漫。

适来说这至慧和尚，虽然破戒还俗，也还算做完名全节。如今说一件故事，也是佛门弟子，只为不守清规，弄出一场大事，带累佛面无光，山门失色。这话文出在何处？出在广西南宁府永淳县，在城有个宝莲寺。这寺还是元时所建，累世相传，房廊屋舍，数百多间，田地也有上千余亩。钱粮广盛，衣食丰富，是个有名的古刹。本寺住持，法名佛显，以下僧众，约有百余，一个个都分派得有职掌。凡到寺中游玩的，便有个僧人来相迎，先请至净室中献茶，然后陪侍遍寺随喜一过，又摆设茶食果品相待，十分尽礼。虽则来者必留，其中原分等则。若遇官宦富豪，另有一般延款，这也不必细说。大凡僧家的东西，赛过**吕太后的筵宴**（刘邦死后，吕太后把持朝政，有一回大宴群臣，命朱虚侯刘章以军法行酒令。有一人逃酒，被刘章拔剑斩之。后因以"吕太后的筵席"指充满杀机或寓有阴谋的筵席），不是轻易吃得的。

却是为何？那和尚们名虽出家，利心比俗人更狠。这几瓯清茶，几碟果品，便是钓鱼的香饵；不管贫富，就送过一个疏簿（旧时僧道募捐的册子），募化钱粮。不是托言塑佛妆金，定是说重修殿宇；再没话讲，便把佛前香灯油为名。若遇着肯舍的，便道是可扰之家，面前千般谄谀，不时去说骗；设遇着不肯舍的，就道是鄙吝之徒，背后百样诋毁，走过去还要唾几口涎沫。所以僧家再无个餍足之期。又有一等人，自己亲族贫乏，尚不肯周济分文，到得此辈募缘，偏肯整几两价布施，岂不是舍本从末的痴汉！有诗为证：

人面不看看佛面，平人不施施僧人。
若念慈悲分缓急，不如济苦与怜贫。

唯有宝莲寺与他处不同，时常建造殿宇楼阁，并不启口向人募化。为此远近士庶，都道此寺和尚善良，分外敬重，反肯施舍，比募缘的倒胜数倍。况兼本寺相传有个子孙堂，极是灵应，若去烧香求嗣的，真个祈男得男，祈女得女。你道是怎的样这般灵感？原来子孙堂两旁，各设下净室十数间，中设床帐，凡祈嗣的，须要壮年无病的妇女，斋戒七日，亲到寺中拜祷，向佛讨筶（指在神前用两块挖空的木块，丢在地下，看它俯仰的情况而定吉凶的一种迷信活动）。如讨得圣筶，就宿于净室中一宵，每房只宿一人。若讨不得圣筶，便是举念不诚，和尚替她忏悔一番，又斋戒七日，再来祈祷。那净室中四面严密，无一毫隙缝，先教其家夫、男仆，周遭点检一过。任凭拣择停当，至晚送妇女进房安歇，亲人仆从睡在门外看守，为此并无疑惑。那妇女回去，果然便能怀孕，生下男女，且又魁伟肥大，疾病不生。因有这些效验，不论士宦民庶眷属，无有不到子孙堂求嗣。就是邻邦隔县闻知，也都来祈祷。这寺中每日人山人海，好不热闹，布施的财物不计其数。

有人问那妇女，当夜菩萨有甚显应。也有说梦佛送子的，也有说梦罗汉来睡的，也有推托没有梦的，也有羞涩不肯说的，也有祈后再不往的，也有四时不常去的。你且想：佛菩萨昔日自己修行，尚然割恩断爱，怎肯管民间情欲之事，夜夜到这寺里托梦送子？可不是个乱话！只为这地方，原是信巫不信医的，故此因邪入邪，认以为真，迷而不悟，白白里送妻女到寺，与这班贼秃受用。正是：

分明断肠草，错认活人丹。

原来这寺中僧人，外貌假作谦恭之态，却倒十分贪淫奸恶。那净室虽然紧密，俱有暗道可入，俟至钟声定后，妇女睡熟，便来奸宿。那妇女醒觉时，已被轻薄，欲待声张，又恐反坏名头，只得忍羞而就。一则妇女身无疾病，且又斋戒神清；二则僧人少年精壮，又重价修合种子丸药，送与本妇吞服，故此多有胎孕，十发九中。那妇女中识廉耻的，好似哑子吃黄连，苦在心头，不敢告诉丈夫。有那一等无耻淫荡的，倒借此为由，不时取乐。如此浸淫，不知年代。

也是那班贼秃恶贯已盈，天遣一位官人前来。那官人是谁？就是本县新任大尹，姓汪，名旦，祖贯福建泉州晋江县人氏。少年科第，极是聪察。晓得此地夷汉杂居，土俗剽悍，最为难治。莅任之后，摘伏发隐（揭露隐秘的坏人坏事），不畏豪横。不上半年，治得县中奸宄敛迹，盗贼潜踪，人民悦服。访得宝莲寺有祈嗣灵应之事，心内不信，想道："既是菩萨有灵，只消祈祷，何必又要妇女在寺宿歇，其中定有情弊。但未见实迹，不好轻举妄动，须到寺亲验一番，然后相机而行。"择了九月朔日，特至宝莲寺行香，一行人从簇拥到寺前。汪大尹

观看那寺，周围都是粉墙包裹，墙边种植高槐古柳，血红的一座朱漆门楼，上悬金书匾额，题着“宝莲禅寺”四个大字。山门对过，乃是一带照墙，傍墙停下许多空轿。山门内外，烧香的往来挤拥，看见大尹到来，四散走去。那些轿夫，也都手忙脚乱，将轿抬开。汪大尹吩咐左右，莫要惊动他们。

住持僧闻知本县大爷亲来行香，撞起钟鼓，唤齐僧众，齐到山门口跪接。汪大尹直至大雄宝殿，方才下轿。看那寺院，果然造得齐整，但见：

层层楼阁，叠叠廊房。大雄殿外，彩云缭绕罩朱扉；接众堂前，瑞气氤氲笼碧瓦。老桧修篁，掩映画梁雕栋；苍松古柏，荫遮曲槛回栏。果然净土人间少，天下名山僧占多。

汪大尹向佛前拈香礼拜，暗暗祷告，要究求嗣弊窦。拜罢，佛显率众僧向前叩见，请入方丈坐下。献茶已毕，汪大尹向佛显道：“闻得你合寺僧人，焚修勤谨，戒行精严，都亏你主持之功。可将年贯开来，待我申报上司，请给度牒与你，就署为本县僧官，永持此寺！”佛显闻言，喜出意外，叩头称谢。汪大尹又道：“还闻得你寺中祈嗣，最是灵感，可有这事么？”佛显禀道：“本寺有个子孙堂，果然显应的！”汪大尹道：“祈嗣的可要做甚斋醮？”佛显道：“并不要设斋诵经，只要求嗣妇女，身无疾病，举念虔诚，斋戒七日，在佛前祷祝，讨得圣筶，就旁边净室中安歇，祈得有梦，便能生子。”汪大尹道：“妇女家在僧寺安歇，只怕不便。”佛显道：“这净室中，四围紧密，一女一室，门外就是本家亲人守护，并不许一个闲杂人往来，原是稳便的。”汪大尹道：“原来如此！我也还无子嗣，但夫人不好来得。”佛显道：“老爷若要求嗣，只消亲自拈香祈祷，夫人在衙斋戒，也能灵验。”汪大尹道：“民俗都要在寺安歇，方才有效，怎的夫人不来也能灵验？”佛显道：“老爷乃万民之主，况又护持佛法，一念之诚，便与天地感通，岂是常人之可比！”

你道佛显为何不要夫人前来？俗语道得好：“贼人心虚。”他做了这般勾当，恐夫人来时，随从众多，看出破绽，故此阻挡。谁知这大尹也是一片假情，探他的口气。当下汪大尹道：“也说得是。待我另日竭诚来拜，且先去游玩一番。”即起身教佛显引导，从大殿旁穿过，便是子孙堂。那些烧香男女，听说知县进来，四散潜躲不迭。汪大尹看这子孙堂，也是三间大殿，雕梁绣柱，画栋飞甍，金碧耀目。正中间一座神厨，内供养着一尊女神，珠冠璎珞，绣袍彩帔，手内抱着一个孩子，旁边又站四五个男女，这神道便叫作子孙娘娘。神厨上黄罗绣幔，两下银钩挂开，舍下的神鞋，五色相兼，约有数百余双。绣幡宝盖，重重叠叠，不知其数。架上画烛火光，照彻上下。炉内香烟喷薄，贯满殿庭。左边供的又是送子张仙，右边便是延寿星官。汪大尹向佛前作个揖，四下闲走一回，又教佛显引去观宿歇妇女的净室。原来那房子是逐间隔断，上面天花顶板，下边尽铺地平，中间床帏桌椅，摆设得甚是济楚。汪大尹四遭细细看觑，真个无丝毫隙缝，就是鼠虫蚂蚁，无处可匿。汪大尹寻不出破绽，原转出大殿上轿。佛显又率众僧到山门外跪送。

汪大尹在轿上一路沉吟道：“看这净室，周回严密，不像个有情弊的。但一块泥塑木雕的神道，怎的如此灵感？莫不有甚邪神，托名诳惑？”左想右算，忽地想出一个计策。回至县中，唤过一个令史，吩咐道：“你悄地去唤两名妓女，假

装做家眷，今晚送至宝莲寺宿歇。预备下朱、墨汁两碗，夜间若有人来奸宿，暗涂其头，明早我亲至寺中查勘，切不可走漏消息！”令史领了言语，即去接了两个相熟婊子来家，唤作张媚姐、李婉儿。令史将前事说与，两个妓女见说县主所差，怎敢不依？挨到傍晚，妓女装束做良家模样，雇下两乘轿子，仆从扛抬铺盖，把朱、墨汁藏在一个盒子中，跟随于后，一齐至宝莲寺内。令史拣了两间净室，安顿停当，留下家人，自去回复县主。不一时，和尚教小沙弥来掌灯送茶。是晚祈嗣的妇女，共有十数余人，那个来查考这两个妓女是不曾烧香讨筶过的。须臾间，钟鸣鼓响，已是起更时分，众妇女尽皆入寝，亲戚人等各在门外看守。和尚也自关闭门户进去不题。

且说张媚姐掩上门儿，将银硃碗放在枕边，把灯挑得明亮，解衣上床，心中有事，不敢睡着，不时向帐外观望。约莫一更天气，四下人声静悄，忽听得床前地平下咯咯地响，还道是鼠虫作耗，抬头看时，见一扇地平板渐渐推过在一边，地下钻出一个人头，直立起来，乃是一个和尚。倒把张媚姐吓了一跳，暗道："原来这些和尚，设下恁般贼计，奸骗良家妇女。怪道县主用这片心机。"且不做声，看那和尚轻手轻脚，走去吹灭灯火，步到床前，脱卸衣服，揭开帐幔，挨入被中。张媚姐只做睡着。那和尚到了被里，腾身上去，款款托起双股，就弄起来。张媚姐假作梦中惊醒，说道："你是何人？夤夜至此淫污！"举手推他下去。那和尚双手紧紧搂抱，说道："我是金身罗汉，今特来送子与你！"口中便说，下边恣意狂荡。那和尚颇有本领，云雨之际，十分勇猛。张媚姐是个宿妓，也还当他不起，玩得个气促声喘。趁他情浓深处，伸手蘸了银朱，向和尚头上尽都抹到。这和尚只道是爱他，全然不觉。一连要了两次，方才起身下床，递过一个包儿道："这是调经种子丸，每服三钱，清晨滚汤送下，连服数日，自然胎孕坚固，生育快易。"说罢而去。张媚姐身子已是烦倦，朦胧合眼，觉得身边又有人挨来。这和尚更是粗鲁，方到被中，双手流水拍开两股，往下乱推。张媚姐还道是初起的和尚，推住道："我玩了两次，身子疲倦，正要睡卧，如何又来？怎的这般不知餍足？"和尚道："娘子不要错认了，我是方才到的新客，滋味还未曾尝，怎说不知餍足？"张媚姐看见和尚轮流来宿，心内惧怕，说道："我身体怯弱，不惯这事，休得只管胡缠！"和尚道："不打紧，我有绝妙春意丸在此，你若服了，就通宵玩耍，也不妨得！"即伸手向衣服中，摸个纸包递与。张媚姐恐怕药中有毒，不敢吞服。也把银朱涂了他头上。那和尚比前的又狠，直戏到鸡鸣时候方去。原把地平盖好。不题。

再说李婉儿才上得床，不想灯火被火蛾儿扑灭，却也不敢合眼。更余时候，忽然床后簌簌的声响，早有一人扯起帐子，钻上床来，挨身入被，把李婉儿双关抱紧，一张口就凑过来做嘴。李婉儿伸手去摸他头上，乃是一个精光葫芦，却又性急，便蘸着墨汁满头摩弄，问道："你是哪一房长老？"这和尚并不答言，径来行事。那话儿长大坚硬，犹如一根浑枪刚鞭。李婉儿年纪比张媚姐还小几年，性格风骚，经着这件东西，又惊又喜，想道："一向闻得和尚极有本事，我还未信，不想果然。"不觉兴动，遂耸身而就。这场云雨，端的快畅：

一个是空门释子，一个是楚馆佳人。空门释子，假作罗汉真身；楚馆佳人，错认良家少妇。一个似积年石臼，经几多碎捣零舂；一个似新

打木桩，尽耐得狂风骤浪。一个不管佛门戒律，但姿欢娱；一个虽奉县
主叮咛，且图快乐。浑似阿难菩萨逢魔女，犹如玉通和尚戏红莲。

云雨刚毕，床后又钻一个来，低低说道：“你们快活得够了，也该让我来玩玩！难道定要十分尽兴。”那和尚微微冷笑，起身自去。后来的和尚到了被中，轻轻款款，把李婉儿满身抚摸。李婉儿假意推托不肯，和尚捧住亲个嘴道：“娘子想是适来被他玩倦了，我有春意丸在此，与你发兴。”遂嘴对嘴吐过药来，李婉儿咽下肚去，觉得香气透鼻，交接之间，体骨酥软，十分得趣。李婉儿虽然淫乐，不敢有误县主之事，又蘸了墨汁，向和尚头上周围摸转，说道：“倒好个光头。”和尚道：“娘子，我是个多情知趣的妙人，不比那一班粗蠢东西，若不弃嫌，常来走走。”李婉儿假意应承。云雨之后，一般也送一包种子丸药。到鸡鸣时分，珍重而别。正是：

偶然僧俗一宵好，难算夫妻百夜恩。

话分两头。且说那夜汪大尹得了令史回话，至次日五鼓出衙，唤起百余名快手民壮，各带绳索器械，径到宝莲寺前。吩咐伏于两旁，等候呼唤，随身只带十数余人。此时天已平明，寺门未开，教左右敲开。里边住持佛显知得县主来到，衣服也穿不及，又唤起十数个小和尚，急急赶出迎接。直到殿前下轿，汪大尹也不拜佛，径入方丈坐下，佛显同众僧叩见。汪大尹讨过众僧名簿查点。佛显教道人撞起钟鼓，唤集众僧。那些和尚都从睡梦中惊醒，闻得知县在方丈中点名，个个慌忙奔走，不一时都已到齐。汪大尹教众僧把僧帽尽皆除去，那些和尚怎敢不依，但不晓得有何缘故？当时不除，倒也罢了，才取下帽子，内中显出两个血染的红顶，一双墨涂的黑顶。汪大尹喝令左右，将四个和尚锁住，推至面前跪下，问道：“你这四人为何头上涂抹红朱、黑墨？”那四僧还不知是哪里来的，面面相觑，无言可对，众和尚也各骇异。汪大尹连问几声，没奈何，只得推称同伴中取笑，并非别故。汪大尹笑道：“我且唤取笑的人来，与你执证。”即教令史去唤两个妓女。谁知都被那和尚们盘桓了一夜，这时正好熟睡。那令史和家人险些敲折臂膊，喊破喉咙，方才惊觉起身，跟至方丈中跪下。汪大尹问道：“你二人夜来有何所见？从实说来。”二妓各将和尚轮流奸宿，并赠春意种子丸药，及朱、墨涂顶前后事，一一细说。袖中摸出种子春意丸呈上。众僧见事已败露，都吓得胆战心惊，暗暗叫苦！那四个和尚，一味叩头乞命。汪大尹喝道：“你这班贼驴！焉敢假托神道，哄诱愚民，奸淫良善！如今有何理说？”佛显心生一计，教众僧徐徐跪下，禀道：“本寺僧众，尽守清规。只止有此四人贪淫奸恶，屡训不悛。正欲合词呈治，今幸老爷察出，罪实该死！其余实是无干，望老爷超拔。”

汪大尹道：“闻得昨晚求嗣的甚众，料必室中都有暗道。这四个奸淫的，如何不到别个房里，恰恰都聚在一处，入我彀中（这里指圈套）？难道有这般巧事？”佛显又禀道：“其实净室唯此两间有个私路，别房俱各没有。”汪大尹道：“这也不难，待我唤众妇女来问，若无所见，便与众僧无干！”即差左右，将祈嗣妇女，尽皆唤至盘问。异口同声，俱称并无和尚奸宿。汪大尹晓得她怕羞不肯实说，喝令左右搜检身边，各有种子丸一包。汪大尹笑道：“既无和尚奸宿，这种子丸是何处来的？”

众妇人个个羞得是面红颈赤。汪大尹又道："想是春意丸，你们通服过了。"众妇人一发不敢答应。汪大尹更不穷究，发令回去。那些妇女的丈夫亲属，在旁听了，都气得遍身麻木，含着羞耻，领回不题。佛显见搜出了众妇女种子丸，又强辩是入寺时所送。两个妓女又执是奸后送的。汪大尹道："事已显露，还要抵赖！"教左右唤进民壮快手人等，将寺中僧众，尽都绑缚。只空了香公道人，并两个幼年沙弥。佛显初时意欲行凶，因看手下人众，又有器械，遂不敢动手。汪大尹一面吩咐令史将两个妓女送回。起身上轿，一行人押着众僧在前。那时哄动了一路居民，都随来观看。汪大尹回到县中，当堂细审，用起刑具。众和尚平日本是受用之人，如何熬得？才套上夹棍，就从实招称。汪大尹录了口词，发下狱中监禁，准备文书，申报上司，不在话下。

且说佛显来到狱中，与众和尚商议一个计策，对禁子凌志说道："我们一时做下不是，悔之无及！如今到了此处，料然无个出头之期。但今早拿时，都是空身，把什么来使用？我寺中向来积下的钱财甚多，若肯悄地放我三四人回寺取来，禁牌的常例，自不必说，分外再送一百两雪花！"那凌志见说得热闹动火，便道："我们同辈人多，不由一人做主，这百金四散分开，所得几何，岂不是有名无实？如出得二百两与众人，另外我要一百两偏手，若肯出这数，即今就同你去！"佛显一口应承道："但凭禁牌吩咐罢了，怎敢违拗！"凌志即与众禁子说知，私下押着四个和尚回寺，到各房搜括，果然金银无数。佛显先将三百两交与凌志。众人得了银子，一个个眉花眼笑。佛显又道："列位再少待片时，待我收拾几床铺盖进去，夜间也好睡卧。"众人连称道："有理！"纵放他们去打叠。这四个和尚把寺中短刀斧头之类，裹在铺盖之中，收拾完备，教香公唤起几个脚夫，一同抬入监去。又买起若干酒肉，遍请合监上下，把禁子灌得烂醉，专等黄昏时候，动手越狱。正是：

打点劈开生死路，安排跳出鬼门关。

且说汪大尹，因拿出这个弊端，心中自喜。当晚在衙中秉烛而坐，定稿申报上司，猛地想起道："我收许多凶徒在监，倘有不测之变，如何抵挡？"即写朱票，差人遍召快手，各带兵器到县，直宿防卫。约莫更初时分，监中众僧取出刀斧，一齐呐喊，砍翻禁子，打开狱门，把重囚尽皆放起，杀将出来，高声喊叫："有冤报冤，有仇报仇。只杀知县，不伤百姓。让我者生，挡我者死！"其声震天动地。此时值宿兵快，恰好刚到，就在监门口战斗。汪大尹衙中闻得，连忙升堂。县旁百姓听得越狱，都执枪刀前来救护。和尚虽然拼命，都是短兵，快手俱用长枪，故此伤者甚多，不能得出。佛显知事不济，遂教众人住手，退入监中，把刀斧藏过，扬言道："谋反的只是十数余人，都已当先被杀，我等俱不愿反，容至当堂禀明！"汪大尹见事已定，差刑房吏带领兵快到监查验，将应有兵器，尽数搜出，当堂呈看。汪大尹大怒，向众人说道："这班贼驴，淫恶滔天，事急又思谋反。我若莫有防备，不但我一人遭他凶手，连满城百姓，尽受荼毒了。若不尽诛，何以儆后？"唤过兵快，将出的刀斧，给散与他，吩咐道："恶僧事虽不谐，久后终有不测，难以防制。可乘他今夜反狱，除一应人犯，留明日审问，其余众僧，各砍首级来报！"众人领了言语，点起火把，蜂拥入监。佛显见势头不好，连叫："谋反不是我等！"言还未毕，头已落地。须臾之

间，百余和尚，齐皆斩讫，犹如乱滚西瓜。正是：

善恶到头终有报，只争来早与来迟。

汪大尹次日吊出众犯，审问狱中缘何藏得许多兵器；众犯供出禁子凌志等得了银子，私放僧人回去，带进兵器等情。汪大尹问了详细，原发到狱，查点禁子凌志等，俱已杀死。遂连夜备文，申详上司，将宝莲寺尽皆烧毁。其审单云：

看得僧佛显等，心沉欲海，恶炽火坑。用智设机，计哄良家祈嗣；穿墉穴地，强邀信女通情。紧抱着娇娥，兀的是菩萨从天降；难推去和尚，则索道罗汉梦中来。可怜嫩蕊新花，拍残狂蝶；却恨温香软玉，抛掷终风。白练受污，不可洗也；黑夜忍辱，安敢言乎！乃使李婉儿朱抹其顶，又遣张媚姐墨涅其颠。红艳欲流，想长老头横冲经水；黑煤如染，岂和尚颈倒浸墨池。收送福堂，波罗蜜自做甘受；陷入色界，磨兜坚有口难言。乃藏刀剑于皮囊，寂灭翻成贼虐；顾动干戈于圜棘（监狱），慈悲变作强梁。夜色正昏，护法神通开犴狴（àn bì，监狱）；钟声甫定，金刚勇力破拘挛。釜中之鱼，既漏网而又跋扈；柙中之虎，欲走圹而先噬人。奸窈窕，淫良善，死且不宥；杀禁子，伤民壮，罪欲何逃！反狱奸淫，其罪已重；戮尸枭首，其法允宜。僧佛显众恶大魁，粉碎其骨；宝莲寺藏奸之薮，火焚其巢。庶发地藏之奸，用清无垢之佛。

这篇审单一出，满城传诵，百姓尽皆称快。往时之妇女，曾在寺求子，生男育女者，丈夫皆不肯认，大者逐出，小者溺死。多有妇女怀羞自缢，民风自此始正。各省直州府传闻此事，无不出榜戒谕，从今不许妇女入寺烧香。至今上司往往明文严禁，盖为此也！后汪大尹因此起名，遂钦取为监察御史。有诗为证：

子嗣原非可强求，况于入寺起淫偷。

从今勘破鸳鸯梦，泾渭分源莫混流。

## 第四十卷　马当神风送滕王阁

山藏异宝山含秀，沙有黄金沙放光。

好事若藏人肺腑，言谈语话不寻常。

这四句诗，单说着自古至今，有那一等怀才抱德、韬光晦迹的文人秀才，就比那奇珍异宝，良金美玉，藏于土泥之中；一旦出世，遇良工巧匠，切磋琢磨，方始成器。故“秀才”二字，不可乱称。秀者，江山之秀；才者，天下之才。但凡人胸中藏秀气，腹内有才识，出言吐语，自是一般。所以谓之不寻常。

说话的，兀的说这才学则甚？因在下今日要说一桩“风送滕王阁”的故事。那故事出在大唐高宗朝间，有一秀士，姓王，名勃，字子安，祖贯山西晋州龙门人氏。幼有大才，通贯九经，诗书满腹。时年一十三岁，常随母舅游于江湖。一日从金陵欲往九江，路经马当山下，此乃九江第一险处。怎见得？有陆鲁望

（唐代诗人陆龟蒙，字鲁望）《马当山铭》为证：

山之险莫过于太行，水之险莫过于吕梁，合二险而为一，吾又闻乎马当。

王勃舟至马当，忽然风涛乱滚，碧波际天，云阴罩野，水响翻空。那船将次倾覆，满船的人尽皆恐惧，虔诚祷告江神，许愿保护。唯有王勃端坐船上，毫无惧色，朗朗读书。舟人怪异，问道：“满船之人，死在须臾，今郎君全无惧色，却是为何？”王勃笑道：“我命在天，岂在龙神！”舟人大惊道：“郎君勿出此言！”王勃道：“我当救此数人之命！”道罢，遂取纸笔，吟诗一首，掷于水中。须臾云收雾散，风浪俱息。其诗曰：

唐圣非狂楚，江渊异汨罗。平生仗忠节，今日任风波。

此时满船人相贺道：“郎君奇才，能动江神，乃是获安。不然，诸人皆不免水厄。”王勃道：“生死在天，有何可避！”众人深服其言。少顷，船皆泊岸，舟人视时，即马当山也，舟人皆登岸。王勃上岸独自闲游，正行之间，只见当道路边，青松影里，绿桧阴中，见一古庙。王勃向前看时，上面有朱红漆牌，金篆书字，写着：“敕赐中原水府行宫。”王勃一见，就身边取笔，吟诗一首于壁上。诗曰：

马当山下泊孤舟，岸侧芦花簇翠流。
忽睹朱门斜半掩，层层瑞气锁清幽。

诗罢，走入庙中。四下看时，真个好座庙宇。怎见得？有诗为证：

碧瓦连云起，朱门映日开。一团金作栋，千片玉为街。
帝子亲书额，名人手篆碑。庇民兼护国，风雨应时来。

王勃行至神前，焚香祝告已毕，又赏玩江景多时。正欲归舟，忽于江水之际，见一老叟，坐于块石之上。碧眼长眉，须鬓皤然，颜如莹玉，神清气爽，貌若神仙。王勃见而异之，乃整衣向前，与老人作揖。老叟道：“子非王勃乎？”王勃大惊道：“某与老叟素不相识，亦非亲旧，何以知勃名姓？”老叟道：“我知之久矣！”王勃知老叟不是凡人，随拱手立于块石之侧。老叟命勃同坐，王勃不敢，再三相让方坐。老叟道：“吾早来闻尔于船内作诗，义理可观。子有如此清才，何不进取，身达青云之上，而困于家食，受此旅况之凄凉乎？”王勃答道：“家寒窘迫，缺乏盘费，不能特达，以此流落穷途，有失青云之望。”老叟道：“来日重阳佳节，洪都阎府君欲作《滕王阁记》。子有绝世之才，何不竟往献赋，可获资财数千，且能垂名后世。”王勃道：“此到洪都，有几多路程？”老叟道：“水路共七百余里。”王勃道：“今已晚矣！只有一夕，焉能得达？”老叟道：“子但登舟，我当助清风一帆，使子明日早达洪都。”王勃再拜道：“敢问老丈，仙耶？神耶？”老叟道：“吾即中源水君，适来山上之庙，便是我的香火。”王勃大惊，又拜道：“勃乃三尺童稚，一介寒儒，肉眼凡夫，冒渎尊神，请勿见罪！”老叟道：“是何言也！但到洪都，若得润笔之金，可以分惠。”王勃道：“果有所赠，岂敢自私。”老叟笑道：“吾戏言耳！”须臾有一舟至，老叟令王勃乘之。

勃乃再拜，辞别老叟上船。方才解缆张帆，但见祥风缥缈，瑞气盘旋，红光罩岸，紫雾笼堤。王勃骇然回视江岸，老叟不知所在，已失故地矣！只见：

风声飒飒，浪势淙淙。帆开若翅展，舟去似星飞。回头已失却千

山，眨眼如趋百里。晨鸡未唱，须臾忽过鄱阳；漏鼓犹传，仿佛已临江右。这叫作：运去雷轰荐福碑，时来风送滕王阁。

顷刻天明，船头一望，果然已到洪都。王勃心下且惊且喜，吩咐舟人："只于此相等。"揽衣登岸，徐步入城，看那洪都果然好景。有诗为证：

洪都风景最繁华，仿佛参差十万家。
水绿山蓝花似锦，连城带阁锁烟霞。

是日正九月九日，王勃直诣帅府，正见本府阎都督果然开宴，遍请江左名儒，士夫秀士，俱会堂上。太守开筵命坐，酒果排列，佳肴满席，请各处来到名儒，分尊卑而坐。当日所坐之人，与阎公对席者，乃新除沣州牧学士宇文钧，其间亦有赴任官，亦有进士刘祥道、张禹锡等。其他文词超绝，抱玉怀珠者百余人，皆是当世名儒。王勃年幼，坐于座末。

少顷，阎公起身对诸儒道："帝子旧阁，乃洪都绝景。是以相屈诸公至此，欲求大才，作此《滕王阁记》，刻石为碑，以记后来，留万世佳名，使不失其胜迹。愿诸名士勿辞为幸！"遂使左右朱衣吏人，捧笔砚纸至诸儒之前。诸人不敢轻受，一个让一个，从上至下，却好轮到王勃面前。王勃更不推辞，慨然受之。满座之人，见勃年幼，却又面生，心各不美，相视私语道："此小子是何氏之子？敢无礼如是耶！"此时阎公见王勃受纸，心亦怏怏。遂起身更衣，至一小厅之内。阎公口中不言，自思道："吾有婿乃长沙人也，姓吴，名子章，此人有冠世之才。今日邀请诸儒作此记，若诸儒相让，则使吾婿作此文，以光显门庭也！是何小子，辄敢欺在堂名儒，无分毫礼让！"吩咐吏人，观其所作，可来报知。

良久，一吏报道："南昌故郡，洪都新府。"阎公道："此乃老生常谈，谁人不会！"一吏又报道："星分翼轸，地接衡庐。"阎公道："此故事也。"又一吏报道："襟三江而带五湖，控蛮荆而引瓯越。"阎公不语。又一吏报道："物华天宝，龙光射斗牛之墟；人杰地灵，徐孺下陈蕃之榻。"阎公道："此子意欲与吾相见也。"又一吏报道："雄州雾列，俊彩星驰。台隍枕夷夏之邦，宾主接东南之美。"阎公心中微动，想道："此子之才，信亦可人！"数吏分驰报句，阎公暗暗称奇。又一吏报道："落霞与孤鹜齐飞，秋水共长天一色。"阎公听罢，不觉以手拍几道："此子落笔若有神助，真天才也！"遂更衣复出至座前。

宾主诸儒，尽皆失色。阎公视王勃道："观子之文，乃天下奇才也！"欲邀勃上座。王勃辞道："待俚语成篇，然后请教。"须臾文成，呈上阎公。公视之大喜，遂令左右，从上至下，遍示诸儒，一个个面如土色，莫不惊服，不敢拟议一字。其全篇刻在古文中，至今为人称诵。

阎公乃自携王勃之手，坐于左席道："帝子之阁，风流千古；有子之文，使吾等今日雅会，亦得闻于后世。从此洪都风月，江山无价，皆子之力也！吾当厚报。"正说之间，忽有一人，离席而起，高声道："是何三尺童稚，将先儒遗文，伪言自己新作，瞒昧左右，当以盗论，兀自扬扬得意耶！"王勃闻言大惊。太守阎公举目视之，乃其婿吴子章也。子章道："此乃旧文，吾收之久矣！"阎公道："何以知之？"子章道："恐诸儒不信，吾试念一遍。"当下子章遂对众客之前，朗朗而诵，从头至尾，无一字差错。念毕，座间诸儒失色，阎公亦疑，众犹豫不决。王勃听罢，颜色不变，徐徐说道："观公之记问，不让杨修之学，子建之能，

王平之阅市，张松之一览。”吴子章道：“是乃先儒旧文，吾素所背诵耳。”王勃又道：“公言先儒旧文，别有诗乎？”子章道：“无诗。”道罢，王勃遂起身离席，对诸儒问道：“此文果新文旧文乎？后有诗八句，诸公莫有记之者否？”问之再三，人皆不答。王勃乃拂纸如飞，有如宿构。其诗曰：

滕王高阁临江渚，珮玉鸣銮罢歌舞。
画栋朝飞南浦云，珠帘暮卷西山雨。
闲云潭影日悠悠，物换星移几度秋。
阁中帝子今何在？槛外长江空自流！

诗罢呈上太守阎公并座间诸儒、其婿吴子章看毕。王勃道：“此新文旧文乎？”子章见之大惭，惶恐而退。众宾齐起坐向阎公道：“王子之作性，令婿之记性，皆天下罕有，真可谓双璧矣！”阎公曰：“诸公之言诚然也！”于是吴子章与王勃互相钦敬，满座欢然，饮宴至暮方散。众宾去后，阎公独留勃饮。

次日王勃告辞，阎公乃赐五百缣及黄白酒器，共值千金，勃拜谢辞归。阎公使左右相送下船，舟人解缆而行。勃但闻水声潺潺，疾如风雨。诘旦，船复至马当山下，维舟泊岸，王勃将阎公所赠金帛，携至庙中，陈于中源水君之前，叩头称谢。起身，见壁上所题之诗，宛然如新。遂依前韵，复作诗一首：

好风一夜送轻舟，倏忽征帆达上流。
深感神功知夙契，来生愿得伴清幽。

王勃题诗已毕，步出南门，欲买牲牢酒礼以献。看岸边船已不见了，其舟人亦不知所在。正犹豫间，忽然祥云瑞霭，笼罩庙堂，香风起处，见一老人坐于石矶之上，即前日所见中源水君。勃向前再拜，谢道：“前得蒙上圣助一帆之风，到于洪都，使勃得获厚利。勃当备牲牢酒礼至庙下，拜谢尊神，以表吾心。”老人见说，俯首而笑：“子适来言供备牲牢者，何牢也？吾闻少牢者羊，大牢者牛。礼，诸侯无故不杀牛，大夫无故不杀羊。吾岂可以一帆风，而受子之厚献乎！吾水府以好生为德，杀生以祀，吾亦不敢享也，更不必费子措置。适来观子庙下留题，有伴我清幽之意，吾亦甚喜。但子命数未终，凡限未绝，更俟数年，吾当图相会耳！”王勃遂稽首拜谢道：“愿从尊命！然勃之寿算前程，可得闻乎？”老叟道：“寿算者，阴府主之，不敢轻泄天机，而招阴祸。吾言子之穷通，无害也。吾观子之躯，神强而骨弱，气清体羸，况子脑骨亏陷，目睛不全。子虽有子建之才，高士之俊，终不能贵矣！况富贵乃神主之，人之一种一粟，皆由分定，何况卿相乎？昔孔子大圣，为帝王师范，尚不免陈蔡之厄。所谓秀而不实者也！子但力行善事，而自有天曹注福，穷通寿夭，皆不足计矣！子切记之！”于是与勃作别。叟行数步，复又走回，对王勃道：“吾有少意相托：子若过长芦之祠，当买阴帛，与我焚之。”

王勃道：“此何由也？”老叟道：“吾昔负长芦之神薄债未偿，子可与吾偿之。”王勃道：“非勃不舍，适来观上圣殿上，金钱堆积如山，何不以此还之？”老叟道：“汝不知殿上之钱，皆是贪利酷求之人，害物私心之辈，损人益己，克众成家。偶一过此，妄求非福，神不危而心自危之。所以求献于庙。此乃枉物，譬如吾之赃矣，焉敢用哉！”王勃再拜受教，老叟即化清风而去。

王勃骇然，仍携金帛之类，离马当山，趁船径往长芦。每思神所说“脑骨

亏陷，目睛不全，终不能贵”，心怀怏怏不乐。船至长芦，正思神叟所嘱，化财还债之言，忽然寒风大作，雪浪翻空，群鸦绕船，噪声不绝。其鸦或歇桅橹，或落船头，船不能进。满船人莫不惊骇畏惧，王勃亦自骇然。乃问舟人：“此是何处？”舟人道：“此是长芦地方。”王勃听了，方想江神之言，遂焚香默祷江神，候风息上岸，买金钱答还。祝毕，香烟未绝，群鸦皆散，浪息风平。于是一船人莫不欣喜。

次日，舟人以船泊岸，王勃买金钱十万下船，复至夜来风起之处焚化，船乃前进。

后来罗隐先生到此，曾作八句诗道：

江神有意怜才子，倏忽威灵助去程。
一夕清风雷电疾，满碑佳句雪冰清。
直教丽藻传千古，不但雄名动两京。
不是明灵祐祠客，洪都佳景绝无声。

王勃亲远任海隅，策骑往省，至一驿舍，欲求暂歇。方询问驿吏，忽闻驿堂上一人口呼：“王君，久不拜见，今日何由至此？”王勃闻言大惊，视之，略有面善，似曾相识，忘其姓名。只见其人道：“王君何忘乎？昔日洪府相会，学士宇文钧也。”勃大喜，乃整衣而揖。遂邀王勃同坐，叙话间，命驿吏献茶。茶罢，学士道：“某想昔日洪府之乐，安知今日有海道之忧，岂不悲哉！”王勃道：“学士因何至此？”学士道：“钧累任教授，后越阙为右司谏官。唐天子欲征高丽，钧直谏，触犯龙颜，将钧迁于海岛。千里独行，方悲寂寞，何期旅邸，得遇故人。某有《迁客诗》一首，为君诵之。诗曰：

万里为迁客，孤舟泛渺茫。湖田多种藕，海岛半收粮。
愿遂归秦计，劳收辟瘴方。每思缄口者，帝德在君旁。

王勃道：“有犯无隐，事君之礼。学士虽为迁客（遭贬迁的官员），直声播于千古矣！”遂答诗一首。诗曰：

食禄只忧贫，何名是直臣！能言真为国，获罪岂惭人。
海驿程程远，霜髯日日新。史官如下笔，应也泪沾巾。

当夜二人互相吟咏，至半夜同宿于驿舍。次日学士置酒管待王勃毕。至第三日学士邀勃同行，俄然天色下雨，复留海驿。二人谈论，终日不倦。至第五日，方始天晴，二人同下海船，饮食宿卧，皆于一处。船开数日，至大洋深波之中，忽然狂风怒吼，怪浪波番，其舟在水，飘飘如一叶，似欲倾覆，舟人皆大恐。学士宇文钧心中大惊，骇叹道：“远谪海隅，不想又遭风波，此实命也！”王勃面不改容，因述昔年马当山遇风始末，并叙中源水君两次相遇之语，真个是死生有命，富贵在天；风波虽有，不足介意！谈论方终，却见波涛暂息，风浪不生，舟人皆喜。满船之人，忽闻水上仙乐飘然而至，五色祥云从天降下，浮于水面，看看来到王勃船边，众人皆惊。只见祥云影里，幢幡宝盖，绛节旌旗，锦衣对对，绣袄攒攒，花帽双双，朱衣簇簇，两行摆开。前面有数十人，皆仙娥玉女，仙衣灼灼，玉珮珊珊。前有一青衣女童，手执碧符，遂呼王勃道：“奉娘娘之命，特来召子！”王勃愕然，问女童道：“娘娘是何人也？”女童道：“乃掌天下水籍文薄、上仙高贵玉女吴彩鸾便是。今于蓬莱方丈，翠华居止，其内有马当山水君，

举子文章贯古今，特来请子同往蓬莱方丈，作词文记，以表蓬莱之佳景。可速往，不可违娘娘之命！”王勃道：“与君人神异途，焉有相召之言？我闻生死分定于天，寿算乃阴府所主，岂有玉女召我作文？何召之有？吾实不从！”道罢，女童道：“君如不去，中源水君必自至矣！”道犹未了，只见一朵乌云，自东南角上而来，看看至近，到于船边，从空坠下。就水面之上，见一神人，头戴黄罗包巾，身穿百花绣袍，手仗除妖七星剑，高声大叫：“王勃！吾奉蓬莱仙女敕，召汝作文词，何不往也？况中源水君亦在蓬莱赴会，今众仙等之久矣！子亦有仙骨之分，昔日你曾庙下题诗，愿伴清幽，岂可忘之！”王勃听言自思：“马当山中源水君曾言日后遇于海岛，岂非前定乎？”遂忻然道：“愿从命矣！”神人见说，遂召鬼卒牵马来至舟侧。王勃甚喜，亦忘深渊，意为平地。乃回身与学士及满船之人作别，牵衣出舱，望水面攀鞍上马。但见乌云惨惨，黑雾漫漫，云霄隐隐，满船之人及宇文钧学士无不惊骇。回视王勃，不知所在。须臾，雾散云收，风恬浪静，满船之人俱各无事，唯有王勃乃作神仙去矣！

从来才子是神仙，风送南昌岂偶然！
赋就滕王高阁句，便随仙仗伴中源。